汉译世界文学名著丛书

# 爱伦·坡
# 短篇小说全集

## 上 卷

［美］埃德加·爱伦·坡 著

曹明伦 译

商务印书馆

# 汉译世界文学名著丛书
# 出版说明

1902年,我馆筹组编译所之初,即广邀名家,如梁启超、林纾等,翻译出版外国文学名著,风靡一时;其后策划多种文学翻译系列丛书,如"说部丛书""林译小说丛书""世界文学名著""英汉对照名家小说选"等,接踵刊行,影响甚巨。从此,文学翻译成为我馆不可或缺的出版方向,百余年来,未尝间断。2021年,正值"汉译世界学术名著丛书"出版40周年之际,我馆规划出版"汉译世界文学名著丛书",赓续传统,立足当下,面向未来,为读者系统提供世界文学佳作。

本丛书的出版主旨,大凡有三:一是不论作品所出的民族、区域、国家、语言,不论体裁所属之诗歌、小说、戏剧、散文、传记,只要是历史上确有定评的经典,皆在本丛书收录之列,力求名作无遗,诸体皆备;二是不论译者的背景、资历、出身、年龄,只要其翻译质量合乎我馆要求,皆在本丛书收录之列,力求译笔精当,抉发文心;三是不论需要何种付出,我馆必以一贯之定力与努力,长期经营,积以时日,力求成就一套完整呈现世界文学经典全貌的汉译精品丛书。我们衷心期待各界朋友推荐佳作,携稿来归,批评指教,共襄盛举。

商务印书馆编辑部
2021年8月

# 译者序

爱伦·坡（Edgar Allan Poe, 1809—1849）的文学生涯虽始于诗歌并终于诗歌，但他却被世人尊为侦探小说的鼻祖、科幻小说的先驱和恐怖小说大师。

爱伦·坡一生写了70篇（部）小说（含残稿《灯塔》），除长达12万字的《阿·戈·皮姆历险记》和4.8万字的《罗德曼探险日记》（未完稿）属长篇小说之外，其余68篇都符合他在《创作哲学》（The Philosophy of Composition, 1846）中制订的长度标准，都是"能让人一口气读完"的短篇小说。后人对爱伦·坡的小说有不同的分类，有的将其分为幻想小说、恐怖小说、死亡小说、复仇凶杀小说和推理小说，有的将其分为死亡传奇、旧世界传奇、道德故事、拟科学故事和推理故事。不过当代评论家对爱伦·坡小说的分类已日趋统一，大致分为四类，即死亡恐怖小说、推理侦探小说、科学幻想小说和幽默讽刺小说。

死亡恐怖小说是爱伦·坡小说中给人印象最深刻的一类。其中著名的篇什有《厄舍府之倒塌》《威廉·威尔逊》《瓶中手稿》《红死病的假面具》《泄密的心》《丽姬娅》《莫雷娜》《陷坑与钟摆》《一桶蒙特亚白葡萄酒》和《黑猫》等等。这些小说的背景多被置于莱茵河畔的都市、亚平宁半岛上的城堡、荒郊野地里的古宅，以及作者心中那片变化莫测的"黑暗海洋"，其情节多为生者与死者的纠缠、人面临死亡时的痛苦、人类的反常行为以及内心的矛盾冲突。这类小说气氛阴郁，情节精巧，有一种梦魇般的魔力。但这种魔力是不确定的，所以长久以来，评论家们对这些小说的看法总是见仁见智。有人认为这些小说内容颓废，形象怪诞，基调消沉，表现的是一种悲观绝望的情绪；有人则用弗洛伊德的精神分析学或荣格的分析心理学来解读这些小说，认为爱伦·坡在这些小说中表现了一种比人类现实情感更深沉的幻觉体验。具体举例来说，过去有人认为《瓶中手稿》和《阿·戈·皮姆历险记》写的不过是惊心动魄的海上历险，而现在却有人认为前者象征人类灵魂从母体子宫到自我发现和最终消亡的一段旅程，后者则象征一段人类精神从黑暗到光明的漫长求索；过去有人认为《厄舍府之倒塌》是美国南方蓄奴制社会必然崩溃的预言，而今天则有人认为《倒塌》实际上是宇宙终将从存在化为乌有的图示。总而言之，当代西方学者认为爱伦·坡的死亡恐怖小说之解读范围非常宽泛，他们甚至从中发现了他与现代主义和后现代主义的亲缘关系。不过笔者在研读和翻译爱伦·坡的作品时有一种深切的体会，那就是他描写恐惧是想查寻恐惧的根源，他描写死亡是想探究死亡的奥秘，而这种查寻探究的目的是为了最终能坦然地直面死亡。正如他在《我发现了》的篇末所说："……当我们进一步想到上述过程恰好就是每一个体智能和其他所有智能（也就是整个宇宙）被吸收回其自身的过程，我们因想到将失去自我本体而产生的痛苦便会马上停息。"

爱伦·坡是推理侦探小说的鼻祖，这早已是举世公认的定论。

不过在爱伦·坡的时代，英语中还没有侦探小说（detective stories）这个说法，爱伦·坡自己将这类作品称为推理小说（tales of ratiocination）。一般认为他的推理小说仅有《莫格街凶杀案》《玛丽·罗热疑案》《被窃之信》和《你就是凶手》等几篇。爱伦·坡在前三篇推理小说中塑造了业余侦探迪潘的形象，并创造了推理侦探小说的基本模式。尽管他的初衷只是想证明自己具有分析推理的天赋，而不是要创造一种新的小说类别，但事实上他这几篇小说却对推理侦探小说的兴起和发展产生了巨大的影响。福尔摩斯这位家喻户晓的大侦探实际上就脱胎于爱伦·坡的迪潘。福尔摩斯的塑造者柯南道尔曾感叹，在爱伦·坡之后，任何写侦探小说的作者都不可能自信地宣称此领域中有一方完全属于他自己的天地。他说："一名侦探小说家只能沿这条不宽的主道而行，所以他时时都会发现前方有爱伦·坡的脚印。如果他偶尔能设法偏离主道，独辟蹊径，那他就可以感到心满意足了。"

爱伦·坡不但是侦探小说的鼻祖，而且是科幻小说的先驱。他的《汉斯·普法尔登月记》和《气球骗局》堪称科幻小说的开山之作，前者比凡尔纳的《从地球到月球》早30年问世，后者也比凡尔纳的《气球上的五星期》早写19年。爱伦·坡固然不以其科幻小说著称，但他对西方科幻小说的影响却非常深远。有学者认为他是"科幻小说的奠基人"（founder of science fiction），是"真正意义上的科幻小说之父"（Indeed he can in a real sense be regarded as "the father of science fiction".）。著名科幻作家凡尔纳在1864年论及爱伦·坡的影响时说："他肯定会有模仿者，有人会试图超越他，有人会试图发展他的风格，但有许多自以为已经超过他的人其实永远也不可能与他相提并论。"

幽默讽刺小说是爱伦·坡小说的一个大类，就篇数而论占了他小说的三分之一，其中脍炙人口的篇什有《眼镜》《生意人》《欺骗是一门精密的科学》《如何写布莱克伍德式文章》和《森格姆·鲍勃先生的文学生涯》等等。有些西方学者认为爱伦·坡的幽默讽刺小说已经过时，认为他所嘲讽的对象（唯利是图的商贩、不学无术的学者，自封的文学大师和小丑般的政治家）在一百多年后的今天早已消失（have long since disappeared）。但笔者以为，这些学者似乎忽略了一点，即爱伦·坡所嘲讽的不仅仅是那个"事事都在出毛病的世道"，而是整个人类社会的假恶丑现象，因此他的许多讽刺小说仍具有现实意义，仍能让今天的人们发出有益于身心健康的笑声。

肖伯纳在论及爱伦·坡的小说时说："它们不仅仅是一篇篇小说，而完全是一件件艺术品。"笔者以为，这批价值连城的艺术品包括爱伦·坡的各类小说。

曹明伦
2020年仲夏于成都华西坝

# 目　录

对开本俱乐部 …………………………………… 1

梅岑格施泰因 …………………………………… 5

德洛梅勒特公爵 ………………………………… 15

耶路撒冷的故事 ………………………………… 20

失去呼吸——一个布莱克伍德式的故事 ……… 26

甭甭 ……………………………………………… 42

四不像——长颈鹿人 …………………………… 61

瓶中手稿 ………………………………………… 71

幽会 ……………………………………………… 83

捧为名流 ………………………………………… 98

死荫——寓言一则 ……………………………… 106

静——寓言一则 ………………………………… 109

贝蕾妮丝 ………………………………………… 114

莫雷娜 …………………………………………… 124

瘟疫王——一个包含一则寓言的故事 ………… 131

故弄玄虚 ………………………………………… 145

丽姬娅 …………………………………………… 156

如何写布莱克伍德式文章 ……………………… 175

钟楼魔影……199
被用光的人——一个关于最近巴加布和基卡普战役的故事……209
厄舍府之倒塌……222
威廉·威尔逊……244
埃洛斯与沙米恩的对话……267
为什么那个小个子法国佬的手悬在吊腕带里……274
本能与理性——一只黑猫……281
生意人……284
室内装饰原理……295
人群中的人……302
莫格街凶杀案……312
莫斯肯漩涡沉浮记……349
莫诺斯与尤拉的对话……368
千万别和魔鬼赌你的脑袋——一个含有道德寓意的故事……379
埃莱奥诺拉……391
一星期中的三个星期天……398
椭圆形画像……407
红死病的假面具……411
陷坑与钟摆……418
玛丽·罗热疑案——《莫格街凶杀案》续篇……436
泄密的心……489
金甲虫……496
黑猫……538
欺骗是一门精密的科学……549

| | |
|---|---|
| 眼镜 | 563 |
| 长方形箱子 | 592 |
| 凹凸山的故事 | 605 |
| 过早埋葬 | 617 |
| 被窃之信 | 633 |
| 塔尔博士和费瑟尔教授的疗法 | 656 |
| 催眠启示录 | 677 |
| 你就是凶手 | 690 |
| 气球骗局 | 706 |
| 奇异天使 | 721 |
| 汉斯·普法尔登月记 | 733 |
| 森格姆·鲍勃先生的文学生涯——《大笨鹅》前编辑自述 | 787 |
| 山鲁佐德的第一千零二个故事 | 814 |
| 与一具木乃伊的谈话 | 834 |
| 言语的力量——奥伊洛斯与阿加索斯的对话 | 854 |
| 反常之魔 | 859 |
| 瓦尔德马先生病例之真相 | 867 |
| 斯芬克斯 | 878 |
| 一桶蒙特亚白葡萄酒 | 884 |
| 阿恩海姆乐园 | 893 |
| 未来之事 | 910 |
| 兰多的小屋——《阿恩海姆乐园》之姊妹篇 | 929 |
| 跳蛙 | 943 |
| 冯·肯佩伦和他的发现 | 954 |

用X代替O的时候……………………………………963
灯塔（残稿）……………………………………………972

爱伦·坡年表……………………………………………975

# 对开本俱乐部

> 有一个马基雅弗利式的阴谋，
> 不过哪一只鼻孔都没有嗅到。
> ——塞缪尔·巴特勒《休迪布拉斯》

对开本俱乐部，我很遗憾地说，不过是一个愚人主义的秘密团体。我认为该团体成员之丑陋就如同他们的愚蠢一样。我相信他们的既定目标就是废除文学，消灭书刊，并推翻由名词和代词组成的政府。这些都是我个人的看法，现在我冒昧地将其公之于众。

不过，在我于一星期之前首次成为这个穷凶极恶的俱乐部的一名成员之时，没有人能比我对这个俱乐部怀有更深的倾慕之情和景仰之意。为什么我的感情会经历这样一个变化，将在下文清晰地显露。与此同时，我将维护我自己的名声和文学的尊严。

查询记录之后，我发现这个对开本俱乐部是于某年某月某日成立的。我这个人喜欢追根溯源，而且对日期有一种偏爱。当时的俱乐部章程中有一条款，严禁其成员不博学不睿智；而章程宣称的宗旨是"指导社会，娱乐自己"。为了实现后一个宗旨，俱乐部每月在一名成员家中举行一次聚会，届时要求每一位成员都带着自己近期创作的一个"散文体短篇故事"来赴会。每一篇这样的作品都将在席间大家喝着葡萄酒的时候由其作者向聚会者朗读。竞争当然是非常激烈，尤其是因为"最佳故事"的作者将当即被指派为俱乐部主席，这是一个津贴不多但威风不少的职位，其任期一直要延续到另一篇最佳之作产生之时。与此相反，被指定是最劣故事之作者则必须为下一次同样的聚会提供佳肴美酒。偶尔为俱乐部吸收一名新成员，以替代某位不幸者，这历来被视为一种行之有效的方法，那位不幸者通常是连续两次或者三次被罚提供佳肴美酒的人，他将自动地同时告别那个团体和"至高无上的荣誉"。俱乐部成员的数额限制在11位。关于这一限额有许多正当理由，这些理由无须明说，但却自然会引起每一位善思者的联想。不过，这些理由之一据说是在大洪水前350年[①]的4月1日那天太阳上恰好有11个黑点。读者会注意到，在这么匆匆地向大家介绍这个俱乐部的概况之时，我是如此地抑制住了自己的愤懑，以至于说起话来不偏不倚，落落大方。只消说说上周星期二晚俱乐部活动的一点儿细节，我揭露该俱乐部的意图就足以实现，当时我作为该俱乐部成员首次参加聚会，因此前我已被他们当作唯一的选择替代了被迫辞职的尊敬的奥古斯塔斯·斯科拉奇维先生。

下午五点，我按照约定时间来到了那位崇拜摩根女士的红与黑先生家里，红与黑先生的大作在上个月的聚会上遭到了谴责。我发现俱乐部全体成员已经聚集在餐厅里。我得承认，那耀眼的

---

[①] 据《圣经·旧约·创世记》第7章记载，挪亚600岁时发大洪水，挪亚的曾孙宁录（含之孙）从示拿（建通天塔之地）去亚述建尼尼微时距洪水氾滥又过了大约100余年，故"大洪水前350年"大约是公元前2850年。

炉火、舒适的房间、精美的餐具以及我对自己能力适度的自信，在当时曾引起我许多愉快的遐想。我受到了热情洋溢的欢迎，我为自己能成为如此英明的一个团体之一员而沾沾自喜。

俱乐部成员一般都是魁奇之士、翘秀之材。首先是现任主席斯纳普先生，他身材瘦长，有一个鹰钩鼻子，曾供职于《新英格兰评论》。

其次是康沃尔伍络斯·冈多纳先生，一位曾走南闯北的年轻绅士。

然后是德雷路姆·纳图拉先生，他戴着一副非常奇特的绿色眼镜。

接着是一位长着一对黑眼珠、穿着一身黑衣服的小个子男人。

接着是所罗门·西德雷福特先生，他横看竖瞧都像是一条鱼。

接着是哈里比利·迪克图先生，他有白色的眼睫毛，曾毕业于德国格丁根大学。

接着是布莱克伍德·布莱克伍德先生[①]，他曾为外国杂志撰写过几篇文章。

接下来是主人红与黑先生，他崇拜摩根女士。

接下来是一位肥胖绅士，他崇拜瓦尔特·司各特爵士。

最后便是克朗罗洛哥斯·克朗罗洛吉先生，他崇拜霍勒斯·史密斯，并有一颗曾在《小亚细亚》杂志社闻过的硕大的鼻子。

当我正脱掉外套之时，斯纳普先生对我说："先生，关于我

---

① 布莱克伍德主编的《爱丁堡杂志》以刊载耸人听闻的哥特式恐怖小说而闻名。另参阅本书《如何写布莱克伍德式文章》。

3

们俱乐部的规章,我相信,几乎没有必要让我来告诉你任何信息。我认为你知道我们的宗旨是指导社会,娱乐自己。不过今晚我们只打算做后一项,待会儿轮到你时我们将请你朗读你的大作。现在,就让我来开始。"斯纳普先生说着推开面前的酒瓶,抽出一份手稿,朗读如下。①

(1833)

---

① 爱伦·坡于1833年曾计划将已写成的11篇小说结集,以《对开本俱乐部的故事》为书名出版。按照其手稿的编排,斯纳普先生朗读的应该是《捧为名流》。

# 梅岑格施泰因

吾生乃汝祸，吾死亦汝亡。

——马丁·路德

恐怖和厄运历来都是不胫而走，八方蔓延。那为何要让我这个非讲不可的故事有一个明确的日期呢？我只需说，当我所讲的这个故事发生之时，在匈牙利内地流行着一种秘而不宣但却根深蒂固的对灵魂轮回之说的迷信。至于轮回之说本身（换句话说，关于轮回说的虚伪性或可能性），我不拟在此赘述。不过我敢断言，我们大多数的怀疑（就像拉布吕耶尔所说的我们全部的不幸）都"起因于不能承受孤独"。

但匈牙利人的迷信中有些要点却近乎荒谬。他们（匈牙利人）与其东方权威有着本质上的不同。譬如说"灵魂"，前者认为（我干脆抄录一位精明而睿智的巴黎人的原话）："灵魂只有一次能寓于敏感之肉体，其余犬羊牛马之类，甚至人类，也只不过与这种敏感的动物有几分相似而已。"

伯利菲茨茵和梅岑格施泰因两家之不和已延续了好几个世纪。从来没有两家这样声名显赫的豪门望族如此不共戴天地相互怨恨，相互仇视。这种宿怨的由来似乎见于一个古老的预言："当梅岑格施泰因家的死亡征服伯利菲茨茵家的不朽之时,一个高贵的姓氏将像骑手跌下马背一样可怕地跌落。"

当然,这个预言意义不大,或者说毫无意义。但就在不久以前,一些微不足道的原因却导致了同样严重的后果。此外,这两个毗邻的庄园长期以来一直在复杂的政府事务中施加着相互对立的影响。更有甚者,连庄园附近的邻居也很少交朋友。伯利菲茨茵城堡的居住者可以从他们高高的扶垛窥视梅岑格施泰因邸宅的窗户。他们最不想看见的就是那块封地的富丽堂皇,于是一种想消除因自己家族历史更短、财富更少而产生的愤然之情便油然而生。所以,无论那个预言是多么地愚蠢,它居然能应验于这两个早已注定要因其与生俱来的妒忌心之煽动而世代不和的家族,这有什么可奇怪的呢?那预言似乎早已暗示了(如果它真暗示了什么)那个已经更强大的家族的最后胜利;当然也被那个势力更弱、影响更小的家族所刻骨铭心,并糅合进一种更痛苦的怨恨。

伯利菲茨茵伯爵威廉虽说出身高贵,但在这个故事发生的年代,已经是个体弱多病、年迈昏聩的老人。他一生只有两件事引人注目,一是他对仇家有一种根深蒂固且难以抑制的怨恨,二是他对骑马打猎有一种酷爱,就连他身体的孱弱、年龄的垂暮以及心智的衰减都不能阻止他每天参加那种危险的活动。

另一方面,梅岑格施泰因男爵弗雷德里克则正值盛年。他的父亲G大臣中年早殇。不久他母亲玛丽女士也随夫而去。弗雷德里克当时才18岁。18年在城里不算漫长,但在一片旷野,在一片像那古老的封邑一样富裕的旷野,钟摆的摇动却别有一番深意。

先父去世之后,这位年轻的男爵马上就离开了父亲当大臣时那种特殊的官场环境，踏上了他那片广阔的领地。以前匈牙利贵族很少拥有如此宽旷的领地。他的城堡不计其数，但就壮观与宽敞而论，首屈一指的就是那座"梅岑格施泰因邸宅"。他领地的疆界从未曾被精确地划定，但他的主要园林就纵横方圆50英里。

对这位声望如此显赫、家业如此富厚，而且年龄又如此年轻的继承人，人们很少去推测他可能具有的品行习惯。实际上，这位比希律王还希律王的继承人在其后三天的所作所为完全出乎他最热心的敬慕者们的预料。不知羞耻的放荡淫逸、明目张胆的背信弃义，以及闻所未闻的暴戾凶残，这使他那些战战兢兢的仆从们很快就明白，从今往后，无论是他们自己的奴颜婢膝还是他们主人的良心发现都不能确保他们不受到那位小暴君无情毒牙的伤害。第四天晚上，伯利菲茨茵城堡的马厩被发现起火了；邻居们不约而同地将这桩纵火罪加在了男爵那张本来已令人触目惊心的罪行表上。

但就在那场大火引起骚乱的时候，年轻的男爵却坐在梅岑格施泰因邸宅楼上一个宽敞而冷清的房间里，显然是在沉思默想。墙头那些虽已褪色但依旧艳丽的挂毯黯然摇曳，挂毯上织着他许多显赫祖先朦胧而威严的身影。这边，身着貂皮长袍的牧师、主教正与那位专制暴君亲密地坐在一起，否决一位世俗国王的请求，或用教会至高无上的清规戒律限制那位头号敌人难驾御的王权。那边，身材高大、皮肤黝黑的梅岑格施泰因家族诸侯，骑着高头大马在敌人的尸体上横冲直撞的梅氏骑士，正以他们威武的气概震惊最健全的神经。而在另一边，昔日那些身材如天鹅般优雅娇媚的夫人小姐正在一个迷宫般的超凡舞会上伴着想象中的美妙旋律翩翩起舞。

但当那位男爵侧耳倾听，或佯装在倾听伯利菲茨茵家马厩那边传来的越来越响的喧嚣声时，或者也许是正在斟酌某个更新奇、更明确的冒险行为之时，他的眼光不知不觉地转到了挂毯上一匹色彩极不自然的巨马身上，那匹马属于他仇家的一位撒拉逊祖先。马在画面上处于最显著的位置，一动不动，像一尊雕塑；而再往后，画的是它那位被梅岑格施泰因家的剑刺杀的战败的骑手。

当弗雷德里克意识到他的目光在无意之间所凝视的方向时，他嘴角掠过一丝凶残的表情。但他并未将目光移开。相反，他感到了一种莫可名状、挥之不去的忧虑，那忧虑像一张裹尸布降下，罩住了他的意识。他费了好大劲儿才从那朦朦胧胧、支离破碎的幻觉中挣扎着回到现实。他越是凝视那张挂毯，那种诱惑就越具有魅力，他似乎就越发不能从那挂毯的蛊惑中收回目光。但因那尚未突然变得更激烈的喧嚣，他竭尽全力将自己的目光转向了燃烧的马厩映在他房间窗户上的红色火光。

但这个动作转瞬即逝，他的目光随之又无意识地回到了墙上。令他愕然惊诧并毛骨悚然的是，就在他刚才掉头的一刹那，挂毯上那匹巨马的头已改变了方向。那马的脖子本来是成弓形弯向它主人趴在地上的尸体，可现在却直端端地伸向男爵。马的眼睛原来并不明显，可现在却炯炯有神，似通人性，并闪着一种奇怪的红光；那匹显然被激怒的马张开的唇间赫然露出两排阴森而讨厌的牙齿。

被惊得发呆的年轻男爵趔趔趄趄走到门边。他刚一开门，远处一道红光便射进房间，把他的身影清晰地投射在那块微微抖动的挂毯上面；当他在门槛前踌躇之际，他哆嗦着看见自己的影子正好一丝不差地与织图中那位杀死伯利菲茨茵家撒拉逊祖先的凶手的身影重合——那位冷酷无情、耀武扬威的凶手。

为了摆脱那种恐惧，男爵匆匆逃到户外。他在宅院大门口遇见三名侍从。他们正冒着生命危险在手忙脚乱地制服一匹狂蹦乱跳的火红色巨马。

"谁的马？你们从哪儿弄到它的？"男爵用沙哑的声音愤然问道，因为他一眼就看出，眼前这匹烈马与房间里挂毯上那匹神秘的骏马简直出自一个模子。

"它是你的财产，阁下，"一名侍从回答，"至少没有别人声称拥有它。我们刚才看见它浑身冒烟，口吐白沫，疯狂地从伯利菲茨茵城堡燃烧的马厩往这边冲，我们以为它是那位老伯爵的外国种马，便把它作为走失的马牵回去。但那边的马夫拒不承认这马是他们家的；这事真奇怪，因为这马身上明明有它从那场大火中死里逃生的痕迹。"

"它额顶还清楚地烙着W.V.B.三个字母呢，"第二位侍从插话说，"我想这三个字母当然就是威廉·冯·伯利菲茨茵这个名字的首写字母，但城堡里的人都矢口否认见过这匹马。"

"真奇怪！"年轻的男爵若有所思地叹道，他显然没意识到自己在说些什么。"它，正如你们所说，是匹奇异的马，一匹非凡的马！虽然你们所说的都非常正确，它身份可疑，难以驾驭；不过，就让它属于我吧。"他顿了一顿又补充道，"或许我弗雷德里克，一名梅岑格施泰因家的骑手，甚至可以驯服从伯利菲茨茵家马厩里跑出来的魔鬼。"

"你弄错了,阁下。这匹马,我想我们刚才已经说过了,它并非从那位伯爵的马厩里面跑出来的。要果真是那样,我们知道该怎样办,而不会把它牵进你高贵的府门。"

"不错!"男爵冷冰冰地说。就在这时,一名内房仆人神色慌张,脚步匆匆地奔出宅门。他凑近主人耳边禀报,在他负责打理的那个房间里,挂毯上的一小块突然不翼而飞了。他叙述事情的经过和回答主人的提问时声音都压得很低,但他俩的谈话仍充分满足了那三名侍从被激起的好奇心。

与仆人谈话之时,年轻的弗雷德里克似乎被情绪的变化所激动。但他很快恢复了镇静,一丝胸有成竹的恶意显露在他的脸上,他断然下令立即锁上那个出事的房间,并由自己掌握那房间的钥匙。

"你听说伯利菲茨茵那个不幸的老猎手死了吗?"待那名仆人离去之后,男爵的一名属下问他。此时,在从邸宅去梅岑格施泰因家马厩的长路上,那匹男爵已决定据为己有的巨马愈发狂怒地踢蹦腾跃。

"没听说!"男爵猝然掉头对着问话人,"死了!你说?"

"千真万确,我的阁下;以你高贵的名义,我想,这并非一个不受欢迎的消息。"

一丝微笑飞快地掠过男爵的脸上。"他怎么死的?"

"在他拼命去救他所钟爱的那匹猎马之时,他不幸被大火烧死了。"

"果——真——如——此!"男爵惊呼道,仿佛他正被一个真实而激动人心的念头所慢慢而深深地感动。

"果真如此。"属下重复道。

"真可怕!"男爵平静地说,然后从容不迫地进了邸宅。

从这天起,年轻而放荡的弗雷德里克·冯·梅岑格施泰因男爵的举止行为发生了显著的变化。实际上,他的举动令所有的期望都变成了失望,出乎许多富于心计的成熟女人的意料。不过他的脾性和习惯依旧,甚至比过去更少与周围上流社会的那些人交往。人们在他的领地之外根本见不着他的身影,在这个广阔而喜欢交际的世界里,他真没有一个朋友,除非那匹他后来一直爱骑的奇怪的、火红的烈性马能有权利称得上他的朋友。

然而,周围那些与他家长期交往的邻居仍时常送来请帖。"恭请男爵阁下光临我们的庆典。""恭请男爵大人参加我们打野猪的狩猎。""梅岑格施泰因不打猎。""梅岑格施泰因不参加。"这便是他傲慢而简短的答复。

这种再三再四的无礼是骄傲的贵族们所不能容忍的。于是邀请来得越来越不恭,越来越稀少,最后竟完全没有了。人们甚至听说那位不幸的伯利菲茨茵伯爵的遗孀许下了这么一个愿望,"让那位男爵不想呆在家时偏偏会呆在家里,因为他侮辱了与他身份相同的朋友;让他不想骑马时偏偏骑在马上,因为他宁愿与一匹马交往。"这话当然是那位遗孀心中宿怨的一种非常愚蠢的宣泄,它只能证明当我们希望变得非常有力的时候,我们的话多容易变得毫无意义。

然而,心肠慈悲的人把这位年轻贵族的行为变化归因于一位过早失去双亲的儿子的自然而然的悲伤,不过他们似乎忘了他在刚失去双亲之后那段短暂时间内的凶残暴戾。一些人的确也绕着弯说他是太妄自尊大,太自命不凡。另一些人(其中值得一提的是家庭医生）则再次直言不讳地说起病态的忧郁、遗传的体弱。但大多数人却含糊其辞，模棱两可。

实际上，那位男爵对他新获得的那匹马的不合情理的迷恋，一种似乎能从那脾性凶如魔鬼的马的每一次新的表演中获取新的力量的迷恋，终于在所有心智健全的人眼里成了一种可怕而奇怪的走火入魔。在烈日炎炎的正午，在更深夜静的子时，无论生病健康，不管天晴下雨，那位年轻的梅岑格施泰因似乎都钉在那巨马的鞍上，那匹马极难驾驭的倔劲儿与骑手的脾性是那么地一致。

更有甚者，上述事实加上后来发生的情况给骑手对马的狂慕和马自身的能力都增添了一种非凡异常的色彩。那匹马一次腾跃的距离被精确地测量，人们发现其结果远远超出了最富有想象力的人的最大胆的猜想。此外，男爵没有替这匹马专门取个名字，尽管他其他的马都有根据其特征而取的名字。还有，这匹马的马厩也与其他的远远分开；其饲养和其他必要的照料均由男爵本人亲自动手，别人甚至不能进入那个特殊马厩的院落。人们还传说，虽然那三名看见那匹马逃出伯利菲茨茵家那场大火的侍从当时成功地用套索缰辔拦住了马的去路，但他们中谁也不敢肯定在那场危险的搏斗中，或是在后来的任何时候，他们的手真正触摸过那匹马。一名贵族和一匹烈马行为方面的种种传闻本不应该引起人们过分的注目，但确有那么一些细节硬是让最多疑和最漠然的人也按捺不住好奇之心；据说，有时那匹马可怕的尥蹶子所包含的令人难忘的深意会使周围目瞪口呆的围观者吓得退避三舍，有时它那诚挚得像人一样的眼里一闪而过的洞察的目光会使年轻的男爵脸色发白，畏缩不前。

不过男爵的所有仆从都毫不怀疑他们的主人对那匹马暴戾的脾性怀着一种异乎寻常的热情，只有一名卑微低贱且相貌猥琐的小厮除外。这名小厮丑得真可谓三分像人七分像鬼，而他的看法当然也最微不足道。可他居然厚颜无耻（假若他的看法还值得一提），硬说他的主人每次跳上马鞍时都会有一阵难以察觉的莫名其妙的颤栗；还说他每次从习惯的长距离骑马归来时，一种得意扬扬、心怀恶意的表情都扭歪了他脸上的每一块肌肉。

一个风雨交加的夜晚，梅岑格施泰因从沉睡中醒来，像一个疯子冲出他的房间，匆匆跳上马背狂奔而去，进入了迷宫般的森林。这种常常发生的事并未引起人们特别的留意，但他的迟迟不归却使他的仆从们焦虑不安。就在他骑马外出几个时辰之后，人们发现梅岑格施泰因邸宅那雄伟壮观的雉堞锯壁正在噼里啪拉地爆裂、从顶到底都在摇晃，随即整个邸宅便被一团无法控制的大火所笼罩。

由于人们看见火光时那火焰早已经冲天而起，所以任何试图拯救那座邸宅的努力显然都无济于事，惊愕的邻居们懒散地站在周围，缄默无言，如果不是漠然诧异。但一个可怕的新目标很快就转移了大多数人的注意力，这证明了目睹人类痛苦在人们心底引发的激情是多么强烈，它远远超过了最可怕但无生命伤亡的灾难所引发的激动。

人们看见，顺着那条有老橡树相夹的从森林通往梅岑格施泰因邸宅大门的道路，一匹骏马正飞驰而来，马上的骑手掉了帽子，衣饰不整，那马腾跃之猛烈远远胜过《暴风雨》中的那个精灵。

骑手对马显然已失去控制。他表情之痛苦、身体的挣扎都说明了他超乎常人的努力；但除了唯一的一声尖叫，他那被咬破的嘴唇再没有发出声音，那嘴唇是在极度的恐惧中被慢慢咬破的。眨眼之间，尖脆的马蹄声盖过了烈火的怒吼和疾风的呼啸，紧接着，那匹马纵身跃过大门和壕沟，冲上摇摇欲坠的楼梯，载着它的骑手一道消失在浓烟烈火之中。

暴风雨的喧嚣蓦然平息，死一般的静寂骤然降临。一团白色的火焰仍像一张裹尸布一样包裹着那座邸宅，火焰射出一种奇异的光芒，光芒溢进远方肃穆的空气；可一团烟云浓密地聚在断壁之上，形成一个巨大的身影——一匹马的身影。

（1832）

## 德洛梅勒特公爵

一步便跨入了一个更冷的地方。
——威廉·柯珀《任务》

济慈因一则批评而死。谁因《安德洛玛刻》而亡呢?[1]卑鄙的灵魂哟!德洛梅勒特死于一只雪鸦。故事就这么简单。救救我,阿皮西斯之灵![2]

一个黄金鸟笼把那个可爱的、迷人的、慵懒的、有翅膀的小流浪者从它遥远的故乡秘鲁带到了当丹路。那个帝国的六名贵族把这只快活的鸟从它原来那位女王般的拥有者拉贝丽西玛那里送到了德洛梅勒特公爵府上。

那天晚上公爵准备单独用餐。他懒洋洋地躺在他书房个人小天地里那张褥榻上。那是他不惜牺牲其忠诚用高价从他的君王那

---

[1] 法国作家加布里埃尔·盖雷(Gabriel Guéret)在其小说《改革的帕尔纳斯》(*Le Parnasse Réformé*, 1669)中让主人公蒙特福勒利在冥国这样说:"不管谁想知道我为何而亡,都别让他问我是否死于热病、浮肿或痛风;让他知道我是死于拉辛的《安德洛玛刻》。"

[2] 马库斯·加维斯·阿皮西斯(公元14—37),罗马一饕餮之徒,因吃光家产而自杀身亡。

里争来的褥榻,一张众人皆知的卡迪特褥榻。

他把脸埋在枕头中。时钟敲响!未能抑制住自己的感情,公爵大人吞下一枚橄榄。这时门轻轻打开,门外传来柔和的音乐。瞧!最鲜美的鸟呈现在最入迷的人眼前!可此刻,什么说不出的沮丧使公爵的脸蒙上了阴影?"见鬼,巴蒂斯特!你这条狗!这只鸟!天哪!这么漂亮的鸟,竟被你拔光羽毛赤裸裸地端上来!"再说就多余了——公爵在一阵突如其来的厌恶中气绝身亡。

"哈!哈!哈!"公爵大人在死后第三天开了口。

"咳!咳!咳!"魔王撒旦停住脚步,以一种傲慢的神情哼哼答话。

"当然,你肯定不是当真,"德洛梅勒特回应说,"我犯了罪,这不假。不过,我仁慈的阁下,你想想!你未必真要把……把那……野蛮的恐吓付诸实施。"

"未必什么?"魔王道,"动手吧,先生,脱!"

"你真要我脱!真非脱不可!不,阁下,我不会脱。你是谁,请问?而我,德洛梅勒特公爵,福瓦格拉斯亲王,刚到法定年龄,《玛祖卡德》之作者,法兰西研究院院士,竟然会遵照你的命令脱掉我这由布尔冬亲手剪裁的最精美的裤子,脱掉我这件由隆伯尔亲手缝制的最雅致的睡衣,更不用说要无缘无故地剥掉我的头皮,而不言及我将不怕费事与你认真一番?"

"我是谁?唷,问得好!我乃邪恶之神,众魔之王。我刚才从一口镶着象牙的花梨木棺材把你抓来。你当时怪香的,贴着标签等待搬运。是我的墓地督察把你送来的。你所说的这条由布尔冬剪裁的裤子是一条挺棒的亚麻衬裤,而你的睡衣是一块够尺寸的裹尸布。"

"阁下！"公爵答道，"我不会忍气吞声地忍受侮辱！阁下！我一有机会就将报仇雪耻！阁下！你就等着瞧吧！现在再会！"公爵正欲退出，魔王的一名侍从将他拦住并带回。于是，公爵大人揉了揉眼睛，打了个呵欠，耸了耸肩，定了定神。满足于自己验明了身份，他开始打量周围的环境。

这房间很华丽。连德洛梅勒特也认为它的确不错。这不是指其长度或者宽度，而是指它的高度。啊，真令人惊叹！这房间没天花板，肯定没有，只有一团浓密的、旋转的、火红的云。公爵大人抬眼仰望时只感到一阵头晕。从云端垂下一根不知用什么金属铸成的血红色的链子，链子的上端不知在何处，就像波士顿城隐在了云中。链子下端悬着一个巨大的灯盏。公爵知道那是一块红宝石，一块波斯人绝没有崇拜过的红宝石，一块拜火教徒绝没有想象过的红宝石，一块穆斯林教徒吸足了鸦片，蹒跚走到罂粟地，背枕着罂粟花，脸朝着阿波罗也绝没有梦见过的红宝石。公爵嘀咕着骂了一声，明显地表露出赞许。

房间的四周有四个圆形壁龛，其中三个壁龛各放置着一尊巨大的雕像。它们的美是希腊式的，它们的丑是埃及式的，它们的整体效果是法国式的。第四个壁龛里的雕像不大，蒙着面纱。但那儿还有一块锥形踝骨，一只穿着芒鞋的脚。德洛梅勒特将手压在胸上，闭上眼睛，然后睁开，他看见了魔王，在一片红色中。

可还有这些画！塞浦里斯！阿斯塔耳忒！阿斯托瑞斯！上千幅这样的画！拉斐尔肯定见过它们！对，拉斐尔肯定来过这里；因为他难道没有画过？他难道没因此而受到指责？这些画！这些画！哦，奢侈的画！哦，漂亮的画！注视着这些遭禁的美人图，谁还会去注意那些像星星一样撒布在堇色斑岩墙上的金画框的精巧设计呢？

但公爵此时一阵心悸。不过，他并非如你所想是被那壮观豪华弄得头昏眼花，也不是因为无数香炉发出的迷人香气而心醉神迷。他的确是留心到了这一切，但是，德洛梅勒特公爵正胆战心惊；因为透过一扇没挂窗帘的窗户所呈现的阴惨景象，他看见了所有火焰中最可怕的火焰。

可怜的公爵！他禁不住去想象，充溢那厅堂的富丽堂皇、骄奢淫逸和缭绕不绝的美妙音乐，经过这有魔力的窗格子炼金术般的过滤和变形，便是下地狱者绝望的悲鸣哀号！还有那儿！那儿！在那张褥榻上！他会是谁？他，小主人，不，上帝！谁像尊大理石雕像般坐在那儿，脸色苍白，痛苦地微笑？

但必须采取行动，这就是说，一个法国人绝不会完全丧失勇气。再说，公爵大人痛恨争吵。德洛梅勒特又恢复了镇静。一张桌上有几柄圆头剑，也有几柄尖头剑。公爵曾在B先生的指导下练过剑术，而且曾杀死过6名对手。那就看现在了。他还有机会逃生。他挑了两柄尖头剑，然后以一种无与伦比的优雅让魔王从中选一柄。见鬼！魔王不懂剑术！

但他会玩牌！多妙的念头！不过公爵大人历来记忆力强。他曾浏览过阿贝·加勒蒂耶的《魔王》一书。书中说"魔王从不拒绝玩牌"。

但运气！运气！这可是真正的孤注一掷：不过公爵还没有真正绝望。再说，他难道不知玩牌的诀窍？他难道没读过《勒布伦老头》？他难道不是二十一点俱乐部的成员？"如果我输了，"他说，"我只是加倍地输。我只会加倍地下地狱。就这么回事！（说到这儿公爵大人耸了耸肩）但如果我赢了，我将回去吃我的雪鹀。洗牌吧！"

公爵大人小心翼翼，全神贯注。魔王陛下则信心十足。旁观者也许会联想到弗朗西斯和夏尔。公爵大人盘算着输赢。魔王陛下则无所用心。他洗好牌。公爵切牌。

发牌完毕。王牌翻开。那是——那是老K！不，那是一张王后。魔王陛下诅咒她那身男装。德洛梅勒特将手摁在胸前。

牌局继续。公爵凝神细算。一手牌结束。魔王疏于盘算，微笑着喝葡萄酒。公爵趁机偷了一张牌。

"这下该你了，"魔王一边切牌一边说。公爵点点头，发完牌，从桌边站起身亮出那张偷来的老K。

魔王懊悔不已。

如果亚历山大不是亚历山大，他会是第欧根尼。[①]公爵一边离去一边宽他对手的心，"如果他不是德洛梅勒特，他就不反对魔王的存在。"

（1832）

---

[①] 相传第欧根尼不去拜见亚历山大大帝，后者便礼贤下士去见这位犬儒主义哲学家，问："第欧根尼，我能帮你忙吗？"后者回答："能，别挡住我的阳光。"亚历山大一阵沉默后说："假如我不是亚历山大，我一定做第欧根尼。"

# 耶路撒冷的故事

一个浑身鬃毛的讨厌之物。

——卢卡努斯《论加图》

"我们快去城墙吧,"埃比勒－菲迪姆在世元①3941年塔慕兹月②的第十日对布兹－本－列维和法利赛人西缅说,"让我们快去大卫城下雅闵门旁那段城墙,去俯视那些异教徒的军营;因为这已是四更的最后一个时辰,太阳正在升起;为了履行庞培的那个诺言,那些异教徒说不定正带着献祭的羔羊等着咱们呢。"

西缅、埃比勒－菲迪姆和布兹－本－列维是圣城耶路撒冷的吉兹巴里姆,或者说是搜集祭品的助理搜集官。

"说得对,"那个法利赛人③应答道,"我们快去;因为异教徒

---

① "世元"全称为"创世纪元",即从《圣经·旧约》记载的上帝"创世"开始的纪年。由于希伯来语、希腊语和拉丁语《旧约》所记载的年份各不相同,故基督教右派的世元纪年并不统一,更称不上准确。另参阅本书《对开本俱乐部》第3段相关注释。

② 塔慕兹月指犹太教历的4月,犹太国历的10月,共29天,相当于公历的6月—7月间。

③ 公元前2世纪至公元2世纪犹太教的一派,标榜墨守传统教规。在基督徒的心目中,法利赛人是假冒伪善的代名词。

的这种慷慨真是少有，那些信奉邪神的异教徒的天性历来都是反复无常，背信弃义。"

"他们的反复无常、背信弃义就像《摩西五经》①一样真实，"布兹-本-列维说，"不过他们是冲着主的信徒。我们是何时知道的，那些家伙原来是想自己捞好处？我认为，他们收30块银币才给我们一头用来供奉我主祭坛的羊羔，这真说不上是慷慨！"

"可你忘了，本-列维，"埃比勒-菲迪姆回话说，"那个正包围并亵渎这座圣城的罗马人庞培并不相信我们会把买来的羊羔作为献给主的祭品，而不会作为饱口福的美味。"

"那么，凭着我这把胡须的五个角，"法利赛人高声嚷道，他属于那个被称为"猛冲者"的教派（那一小群圣徒喜欢在碎石路上匆匆而行，任凭脚被碎石划破，而这种行为使那些不那么狂热的信徒长期蒙受耻辱，如坐针毡，也成了那些不那么有天赋的闲荡者的障碍），"凭着我这把作为祭司而被禁止剃掉的胡子的五个角！难道我们活着就是为了看到有朝一日让一个亵渎神明、崇拜邪魔的傲慢的罗马人告发我们擅自盗用最神圣的祭品来满足我们肉体的食欲吗？难道我们活着就是为了看到有朝一日……"

"我们就别去管那个非利士人②的动机，"埃比勒-菲迪姆打断了西缅的嚷嚷，"因为我们今天是第一次利用他的贪婪，或利用他

---

① 《摩西五经》指希伯来语《圣经》最初的五卷经典，相传由犹太先知摩西写成。这五卷书即《旧约》中的《创世记》《出埃及记》《利未记》《民数记》和《申命记》。

② 非利士人是起源于爱琴海的一古民族，公元前12世纪（以色列人到达之前）曾定居于迦南南部海岸（今巴勒斯坦加沙走廊及以北地区）。

的慷慨；但我们最好是快去城墙吧，以免那个天雨浇不灭其香火、风暴吹不散其烟柱的圣坛缺少了祭品。"

我们可敬的祭品搜集官正匆匆前往的那个城区坐落在巍峨陡峭的锡安山上，以其建筑者大卫王命名，被认为是耶路撒冷最森严壁垒的地方。一道从岩石上开凿出来的又宽又深的壕沟环绕城区，一道坚固的城墙从壕沟内沿拔地而起，城墙上每隔一段距离便有一座用白色大理石砌成的塔楼，最矮的有60肘尺①，而最高的达120肘尺。但在卞雅闵门附近，城墙并不是筑在壕沟边。与此相反，在壕沟的水平面和城墙的基座之间是一道高达250肘尺的绝壁，这道绝壁成了险峻的摩利亚山②的一部分。所以，当西缅和他的两个伙伴登上那座名为亚多尼比色的塔楼——那是环绕耶路撒冷的塔楼中最高的一座，是与围城敌人对话时常用的地方——他们是从一个极高的高处俯瞰敌人的营房，那高处比胡夫金字塔还高出许多，比柏罗斯神殿也高出一头。

"果不其然，"那个法利赛人头昏眼花地从绝壁之上朝下眺望时叹道，"那些异教徒就像是大海边的沙粒，荒原上的蝗虫！这国王之谷已成了亚都冥谷。"

"不过，"本-列维补充道，"你却不能给我指出一个非利士人，不能，一个也不能。从头到尾，从茫茫旷野到这高高城垛，你根本找不出一个非利士人！"

---

① 肘尺，古代西方的一种长度单位，等于一般成人从中指指尖到肘的前臂长度，约等于43至56厘米。

② 摩利亚山即锡安山，又称圣殿山。

"把装银币的筐放下来！"一名罗马士兵用沙哑、粗暴的声音从下面高喊，那声音听起来就像来自冥国地府，"快把那些让一位高贵的罗马人费了口舌的该死的银币放下来！你们就是这样表示你们对我们庞培大帅的感激之情吗，是他出于关切才认为应该答应你们纠缠不休的无理要求？福波斯，一位真正的神，已经驾着他的金马车启程一个时辰了。难道日出时分你们还没到城墙上吗？见鬼！难道你们认为我们这些世界的征服者是无事可做才在这狗窝的墙角站着傻等，与你们这些肮脏的狗做交易吗？快把筐放下来！我说，当心，你们的银币得够成色，够分量！"

"主啊！"当那个罗马人的喧嚷声顺着绝壁传来又朝着神庙消失之际，法利赛人失声问道，"主啊！福波斯神是谁？那个异教徒在呼唤谁？你，布兹-本-列维，你读过那些异教徒的法典，又曾旅居于那些亵渎我们神像的人当中！你说，那个异教徒说的是不是匿甲！或是亚示玛？或匿哈？或他玛他？或亚得米勒？或亚拿米勒？或疏割比讷？或半人半鱼神？或邪恶之神？或菲尼基人的邪神，异神，魔神？"

"都不是。不过你得当心别让绳子太快地滑出你的指间，万一那柳条筐挂上那块突出的巉岩，圣殿之圣物就会不吉祥地倒出。"

靠着一架简单粗糙的机械装置，那沉重的柳条筐被小心翼翼地放到了下面的人群中。从那令人头昏目眩的高处朝下望，只见那群罗马人乱哄哄地围住了柳条筐，但由于位置太高，雾又太浓，看不清墙下的具体情形。

半个时辰早已过去。

"我们会赶不上祭典的，"法利赛人一声长叹，就在叹息之际，他又朝那深渊望了一眼。"我们会赶不上祭典的。我们将被解职。"

"完了,"埃比勒-菲迪姆应和道,"我们将再不会过豪华奢侈的生活。我们的胡须将再不会有乳香的气味。我们的腰间将再不会系上神庙赐给的上等亚麻腰带。"

"这群废物!"本-列维破口骂道,"这群废物!难道他们要骗取买祭品的银钱?要不,神圣的摩西!他们是不是正在称我们圣殿银币的分量?"

"他们终于发信号了,"法利赛人喊道,"他们终于发信号了!快拉绳,埃比勒-菲迪姆。还有你,布兹-本-列维,快拉!因为不是那些非利士人还拽着筐子,就是主让他们的心软了,让他们往筐里放了一头够重量的牲口!"他们开始往上拉绳,那沉重的柳筐穿过越来越浓的雾慢慢上升。

"快看!"一个时辰之后,当绳端之物已依稀可见之时,本-列维张嘴惊呼道。

"快看!真可耻!那是头来自隐基底丛林没有阉过的公羊,就像约沙法山谷一样丑陋!"

"那是只头胎羊羔,"埃比勒-菲迪姆说,"从它那咩咩的叫声,从它被缚的四条无辜的腿,我知道它是头胎羊羔。它的眼睛比祭司长胸前的宝石更美,它的肉,就像希布伦的蜜一样鲜。"

"那是一头来自巴坤牧场的肥牛犊,"那个法利赛人说,"这些异教徒待咱们还真不错!让我们放开嗓子唱一首赞美诗!让我们表示感谢,用笛子和巴沙特琴,用竖琴和哈格勃琴,用塞瑟尔琴和七弦琴!"

直到那个柳条筐离他们只有几英尺之时,一阵低低的哼哼声才使他们明白那筐里是一头不大不小的猪。

"天啦！"三个人不约而同地眼望苍天，慢慢松开了手中的绳子，那头猪一个倒栽葱跌入下面非利士人群之中，"天啦！主与我们同在！那是令人难堪的肉啊！"

（1832）

# 失去呼吸
## ——一个布莱克伍德式的故事[①]

> 哦，别呼吸……
> ——穆尔《爱尔兰歌曲集》

最出名的厄运最终也必然屈服于百折不挠的哲学精神，犹如最坚固的城池最终也必然失陷于锲而不舍的敌兵。正如我们在《圣经》中读到的一样，亚述王撒缦以色围攻撒玛利亚虽耗时3年，但最终攻下了那座城池。[②]又如狄奥多罗斯所记载，亚述末代王萨达那帕鲁斯坚守孤城尼尼微达7年之久，但最终还是城破人亡。[③]特洛伊毁于第二个5年的最后一年；[④]而亚索忒恰如阿里斯泰俄斯以绅士的名誉作担保所说的那样，在把它的城门关闭五分之一个世纪以后，最终还是向普萨美提克敞开了所有大门。[⑤]

---

① 参见本书《对开本俱乐部》相关脚注。
② 事见《旧约·列王纪下》第17章第3—6节。
③ 事见狄奥多罗斯（Diodonas Siculus, 约公元前90—公元前21）所撰《世界史》。
④ 希腊人攻陷特洛伊城花了10个年头。
⑤ 亚索忒（Azoth）系耶路撒冷以西35英里处一古城（今称阿什杜德，Ashdod），曾被古埃及第二十六王朝法老普萨美提克围攻达29年，最终陷落。

\* \* \* \* \*

"你这个坏蛋！你这只狐狸！你这个泼妇！"在我们婚礼后的第二天早晨，我对我的妻子嚷道，"你这个巫婆！你这个妖孽！你这个狂妄的家伙！你这个罪恶的深渊！你……你……"当时我踮着脚尖，掐着她的脖子，把嘴凑近她的耳朵，正在搜肠刮肚想找到一些更恶毒的骂人的字眼，这些字眼一旦出口就不会不让她明白并信服她自己的微不足道，这时我极度惊恐地发现，我已经丢失了我的呼吸。

"气喘吁吁"，"上气不接下气"，这些说法平时我们常常挂在嘴边，但是我从未想到这种可怕的事情居然实实在在、毋容置疑地发生在我头上！想象一下吧（如果你有想象力的话）！我是说，想象一下我的骇然诧异，我的惊惶失措，我的极度绝望！

但有一种好的禀性从未把我彻底抛弃。在我情绪最难抑制的时候，我仍然保持着一种适当的意识，正如《朱丽》①一书中的爱德华勋爵说他所经历的一样，情感之路把我引向真正的哲学精神。

尽管一开始我并不能确定这一突发事件对我的影响已经到达什么地步，但我决定无论如何也得把这事瞒着我妻子，直到进一步的体验向我显示这场我从未经历过的灾难的程度。于是我脸上的表情来了个瞬息变幻，从刚才的横眉竖眼、龇牙咧嘴变成了嬉皮笑脸、和蔼可亲。我给妻子左脸一个抚摸、右脸一个亲吻，然后一个字也没说（复仇女神！我说不出一个字），丢下被我的滑稽举动惊呆的她，迈着一种和风舞步急转出了房间。

---

① 即卢梭的《新爱洛绮丝》。

现在来看看我安全地躺在我自己房间的情况吧。那是恶果交织着愤怒的可怕时刻，活着却有一种死去的感觉，死了却又有一种活着的意味；这颗星球上的一个畸形儿，非常安静，但没有呼吸。

是的！没有呼吸。我郑重宣布我的呼吸已完全丧失。即便我的生命是否结束还未见分晓，但我已不能用气息吹动一片羽毛，甚至不能在明镜上留下一团雾气。残酷的命运！但当第一阵悲伤席卷之后，我终于得到了一丝安慰。经过实验，经过我是否还有能力与我妻子进行对话的实验，我发现我原来断定已彻底毁掉的发音功能事实上只是局部有障碍，我发现如果我在那种有趣的紧要关头把声音降成一种奇特的低度喉音，那我仍然可以继续与她传达我的感情信息；我现在发现，这种音调（这种喉音）并不依赖于呼吸的气流，而是靠咽喉肌肉的某种痉挛。

我坐到一张椅子上，凝神沉思了好一会儿。我的所思所想当然不属于令人安慰的那一类。许多朦朦胧胧且催人泪下的设想一时间占据了我的心灵，甚至自杀的念头也从我脑海里一闪而过；但以远排近、以虚排实是人性堕落的一个特征。所以，想到自杀这个暴行中最明显的暴行使我浑身发抖，此时我家那只斑猫在地毯上不遗余力地喵咪喵咪，那条喜欢玩水的狗也在桌子下面孜孜不倦地呼哧呼哧；它俩显然是在炫耀它们强健的肺部，而这种炫耀是在嘲笑我肺功能不全。

正被一种希望渺茫、惊恐不安的纷乱思绪所压抑，我终于听到了妻子下楼的脚步声。一旦确定她出门之后，我又忐忑不安地回到了我这场灾难之中。

我小心翼翼地从里边把门锁上，然后开始了一场彻底的搜寻。

我认为我丢失的呼吸有可能躲藏在某个阴暗角落，或潜伏在某个壁橱或抽屉，我有可能把它找到。它也许是一种雾状的东西，甚至可能有一种实在的形体。在许多哲学问题上，大多数哲学家还非常缺乏哲学头脑。不过威廉·葛德文①在其《曼德维尔》一书中指出："看不见的东西是唯一的现实。"而大家都会承认，这真是一语破的。我倒想提醒有见识的读者不要匆匆指责这一论断过于荒谬。大家应该记得，阿那克萨哥拉②曾说雪是黑的，而我已经发现这是事实。

我认真而长久地继续搜寻，但我这种锲而不舍和不屈不挠所换来的报偿不过是一副假牙、两对臀部、一只眼睛和一叠温德纳夫③先生写给我妻子的情书。我倒不如在这儿说个明白，我妻子倾心于温德纳夫先生的证据并没有让我感到多少不安。拉克布瑞斯太太赞慕任何与我截然不同的人，这是一种既自然又必要的不幸。众所周知，我体格健壮，大腹便便，同时身材又多少有几分矮小；而我那位熟人则骨瘦如柴，其身高也早已成为笑柄，难怪他能得到拉克布瑞斯太太应有的青睐。不过我们还是书归正传。

---

① 威廉·葛德文（William Godwin, 1756—1836，又译戈德温），英国作家及社会思想家，文中引言见于他的三卷本小说《曼德维尔》（*Mandeville*，1817）第3卷第3章第8节。

② 阿那克萨哥拉（Anaxagoras, 约公元前500—公元前428），古希腊唯物主义哲学家，认为每一物体都含有一切物体的种子（如白雪中亦有黑色的种子）。

③ 温德纳夫（原文为Windenough）和下文中的拉克布瑞斯（原文为Lackobreath）均系坡杜撰的人名，前者（Wind enough）暗含"中气十足"之意，后者（Lack of breath）则藏"气息奄奄"之义。

正如我前文所说，我的一番努力毫无结果。一个壁橱接一个壁橱，一个抽屉接一个抽屉，一个角落接一个角落都搜寻遍了，但却是白辛苦一场。不过有一次我认为我确实得到了一个意外的收获，那是在搜查一个化妆用品盒的时候，我偶然打翻了一瓶格朗让护发公司制造的天使牌生发油——我在此不揣冒昧向诸位推荐，那种生发油闻起来像令人惬意的香水。

我怀着沉重的心情回到我的房间，想找到一种能避开我妻子洞察力的方法，直到我能作好准备，离开这个国家，因为我已经拿定主意离家出走。在异国他乡无人认识我的情况下，我也许有可能成功地隐瞒我的不幸，这种不幸甚至比行乞更有可能疏远人们的感情，引来那些善良快活的人们对这个可怜虫的天经地义的愤慨。我不再犹豫。由于天生聪明，我记得《变形记》整幕悲剧。我非常有幸地记起了在读该剧台词时，或至少在读该剧主人公的台词时，我现在所没有的那种声调是完全不必要的，该剧要求其主人公全场自始至终都用一种一成不变的低度喉音说话。

我在人们常去的一片沼泽地边进行了一段时间的发声练习，不过我的做法与德摩斯梯尼的同类做法完全无关①，而是根据我自己的一种独特而谨慎的设计。经过这样充分的准备，我决定使我妻子相信我突然狂热地迷上了舞台艺术。在这一点上，我成功地创造了一个奇迹。我发现，对她所提出的每一个问题或每一条建议，我都能用那幕悲剧中的某段台词和我极像青蛙叫的阴沉声调

---

① 传说这位著名演说家曾口含石子练习朗读以克服发音不清的缺点，曾一边爬山一边吟诗以克服肺活量不足的毛病。

应答自如。正如我很快就欣喜地注意到的一样，那幕剧中的任何段落都适用于任何有针对性的话题。但始料不及的是，当我朗诵那些段落的时候，我的缺陷也暴露无遗——侧目斜视，龇牙咧嘴，双膝抽搐，两脚乱跳，或是做出各种各样今天被公正地认为是舞台明星之特色的难以言传的优雅动作。诚然他们也说到了要用一件拘束衣①对我加以限制，可是天啊！他们绝没有怀疑我已经失去了呼吸。

在把一切安排就绪之后，我于一天清晨坐上了去某城的邮政马车，我对我的熟人们放风说，那座城市里有一桩鸡毛蒜皮的事需要我马上去亲自处理。

车厢里挤得满满的，但在晨昏朦胧之中，我那些旅伴的面容均无法辨认。我还来不及进行有效的抵抗，便被痛苦地夹在了两位体积庞大的绅士中间，第3位尺码更大的先生对他即将采取的无礼行为说了声道歉，便挺直身体一头横卧我身上并在眨眼之间就进入了睡眠状态，其鼾声盖过了我为减轻痛苦而脱口而出的喉音，与之相比，法拉里斯铜牛②的吼叫也会自愧不如。幸运的是，我呼吸功能的现状完全避免了一场窒息事件的发生。

但不管怎样，随着天光破晓，我们的马车已接近那座城市的郊区，我的折磨者终于起身整理了一下他的衬衫领子，然后非常友好地对我的客气表示感谢。见我毫无动静（我四肢的关节已全

---

① 用以束缚精神病患者或囚犯双臂的一种特制衣服。

② 法拉里斯（Phalaris，公元前570—公元前554）乃统治西西里岛阿格里琴托地区之希腊暴君。他常置人于一铜牛内活活烧死，受害人的惨叫声如牛吼。

部脱位，头也被扭到了一边），他的忧虑油然而生；把其他乘客唤醒之后，他毅然决然地宣布，一名死人趁天不亮之机装扮成一名活着的可信赖的旅伴对他们进行了欺骗；说着话他用拇指戳了戳我的右眼，以此来证明他讲的都是事实。

　　于是所有乘客，一个接一个（同车的有9名乘客），都认为有义务亲手揪一下我的耳朵。一位年轻的开业医生还把一面小镜子凑到我嘴巴跟前，发现我没有呼吸，我那位告发者的断言被宣布为应予受理的正式议案；全体一致表示从今以后绝不低三下四地容忍这样的欺骗，而眼下则绝不与任何一具这样的尸体继续一道旅行。

　　因此我被扔出了马车，摔在乌鸦酒店的招牌下（当时马车正好经过那家酒店），除了我的双臂被马车的左后轮压折外，着地时没再发生别的事故。而且我必须为马车夫说句公道话，他没有忘记把我最大的那口行李箱也扔下马车，不幸的是箱子正好砸在我头上，并且立即以一种有趣而非凡的方式砸破了我的脑袋。

　　乌鸦酒店的老板非常好客，发现我箱中之物足以补偿他为了我的利益而可能招致的任何一点小小的麻烦，他便马上派人请来了他认识的一位外科大夫，收了他10美元，然后连带收据把我交给那位大夫照料。

　　那位购买人把我弄回他的公寓并马上开始解剖。但在割下我的两只耳朵之后，他发现了我还活着的迹象。于是他摇铃叫人去请那附近的一位药剂师，准备与他共同切磋这一紧急情况。唯恐他认为我还活着的怀疑被最终证明为正确，他同时剖开了我的胸腔，取出几个内脏作为他私人的解剖标本。

　　那名药剂师的意见是我的确已经死亡。我试图反驳这一见解。

于是使出我全身力气又蹬又踢又踹又扭，因为那名外科大夫对我的切割已经多少恢复了我的活动能力。然而，我全部的努力都被归因为一种新型的伽凡尼电池组的作用，那个见多识广的药剂师正用那种电池组对我进行几项稀奇古怪的实验。我能在他们的实验中担负起自己的一份责任，这使我禁不住感到非常有趣。但令我痛苦的是，尽管我试了好几次想参加交谈，但我的说话能力完全处于暂停状态，我甚至不能张开嘴，更不用说驳斥他们那些颇有创见但却异想天开的理论。若是在别的情况下，凭我烂熟于胸的希波克拉底病理学知识，我早就把他俩驳得体无完肤了。

未能得出结论，那两位开业医生把我拘押起来以待进一步的实验。我被送上了一个阁楼，外科大夫的妻子给我穿上了衬裤和长袜，外科大夫捆紧了我的双手，并用一条手巾堵住了我的嘴，然后他从外边把门锁上就匆匆下楼吃饭去了，把我一个人丢在沉寂中冥想。

这时我极度欣喜地发现，要不是那条手巾堵住了我的嘴，我已能开口说话了。这一发现使我感到安慰，于是我像在入睡之前所习惯做的那样，开始默诵《上帝无所不在》的某些段落，就在这时，两只猫出于贪婪和该挨骂的目的，从一个墙洞钻进来，以加泰隆人的炫耀跃上我的身体，面对面地蹲在我眼前，为我无足轻重的鼻子展开了一场不合礼仪的争论。

但是，正如波斯的那位拜火教徒或占星术士[1]失去他的耳朵却

---

[1] 指波斯帝国阿契美尼德王朝时期的篡位者高墨达（Gaumāta, ? —公元前522），身为祭司的高墨达曾因过失被居鲁士下令割去了双耳，居鲁士之子冈比西斯继位后不得人心，高墨达趁机冒充冈比西斯的胞弟巴尔迪亚（被冈比西斯暗杀）率众政变，篡夺王位，8年后败露被杀。

得到了居鲁士的王位,正如索皮鲁士割去他的鼻子却获取了巴比伦①,所以我面部几盎司的损失结果却拯救了我的身体。疼痛难忍,怒火中烧,我猛然一下挣断了绳索和绷带。高视阔步走过房间之时,我轻蔑地看了一眼刚才交战的双方,在它们的极度惊恐与失望之中,我打开窗户,非常敏捷地从窗口摔了下去。

与我的身材相貌酷肖的邮路大盗W此时正在从市立监狱去郊外为他搭起的那座绞架的路上。他的极度虚弱和长期患病使他获得了不戴手铐的特权;他身穿死囚服(与我的衣着极其相似),伸直身体躺在刑车的底板上(刑车刚好在我往下坠落之时从那位外科大夫家的窗下经过),刑车上除了一个正呼呼沉睡的车夫和两名喝得烂醉的第六步兵团的新兵之外再没有其他看守。

真是祸不单行,我正好双脚朝下落在那辆刑车上。眼快心灵的W抓住这个千载难逢的机会呼地一跃而起,跳出车外,一溜烟蹿进一条小巷,眨眼工夫就无影无踪了。被这阵响动惊醒的两名卫兵闹不清发生了什么事,见一位与那名囚犯酷肖的男人站在他们的眼前,他俩以为是那条恶棍(指W)企图逃跑(他们是这样表达的),于是他俩相互沟通了看法,各自喝了一大口酒,然后用滑膛枪的枪托把我击倒。

不一会儿我们就到了刑场。我当然没法为自己辩护。上绞架是我不可避免的归宿。我怀着一种半是麻木半是讥讽的心情听天

---

① 据希罗多德《历史》记载,波斯王大流士久攻叛乱的巴比伦城不果,手下贵族索皮鲁士(Zopyrus)割下自己的鼻子和耳朵,用苦肉计骗得巴比伦人的信任,最后里应外合破城。

由命。有了这么一点儿犬儒主义的精神，我体验到了一条狗的全部情感。但这时刽子手调整了一下我脖子上的套索，接着脚下的活动踏板垂落。

我不打算描述被吊在绞架上的感觉，尽管我的描述毫无疑问会绝对真实，而这一题目还从来没有人把它写好。事实上，要写这样一个题目，被吊上绞架是非常必要的。每个作家都应该把自己局限于亲身经历的事。因此马克·安东尼写出了一篇关于酗酒的论文。

不过我可以告诉诸位。我并没有死。我的身体是被吊了起来，可我本来就没气；若非我左耳下的那个绳结（它给我一种挨枪托揍的感觉），我敢说我本来只应该感到稍稍有点儿不舒服。至于活动踏板落下时绞索对我脖子那猛地一拽，结果只不过把我在马车上被那位肥胖绅士扭歪的脖子给拧正了过来。

但是我有充分的理由竭尽全力不让那些人感到白辛苦了一趟。据说我当时的抽搐相当精彩，很难再有什么痉挛能与之媲美。围观的人纷纷要求再来一遍。有几位先生当场晕倒，而许多女士则是在歇斯底里中被护送回家。某画家利用了这一良机，根据他在刑场的一张速写，修润了他那幅令人赞慕的油画《被活剥皮的马尔斯亚斯》。

当我让人们消遣够了，他们认为应该把我的尸体从绞架上放下来；在这具被当作真正罪犯的尸体被放下并被认可时，我自己却极其不幸地无人所知。

当然，人们对我倾注了极大的同情，由于我的尸体没人认领，最后决定我应该被葬入一座公墓。

经过一番张罗,我安然入葬。教堂伙计离去,留下我孤孤单单。这时我才发现马斯顿的名剧《愤世者》中的那行诗(死神是良友,他总敞开大门)纯粹是个弥天大谎。

不过我撞开棺材盖,走出了坟墓。墓地里一派阴森凄凉的景象,我为自己的百无聊赖而苦恼。作为消遣我在无数排列整齐的棺材间摸索着前行,把棺材一个个搬下棺架,打开棺盖,揣度躺在里面的死者。

当我跌在一具又肥又胖又胀又圆的尸体上时,我自言自语道:"这肯定是个名副其实的不幸的倒霉蛋。他的不幸就在于他一生不能行走,而只能滚爬。他不是像人一样度自己的一生,而是像一头大象,不像一个人,倒像一头犀牛。

"他欲获成功的尝试屡屡受挫,他东一榔头西一棒的进程是一个明显的失败。他的不幸就在于他每往前走一步,就要往右走两步,往左走三步。他的研究仅限于格拉伯的诗,他从未体验过单足脚尖旋转时的奇妙感受。而蝴蝶舞步于他只不过是一个抽象的概念。他从不曾登上过一座山的峰顶。他从不曾从任何尖塔俯瞰过一个都市的壮美。炎热一直是他的死敌。酷暑总会热得他六神无主,七窍生烟,使他总要梦见火焰和窒息,梦见山上重叠着山,梦见珀利翁山擦在俄萨山上。他透不过气,一言以蔽之,他是透不过气。他认为吹奏管乐器是一种放肆。他是自动扇、招风帆和通风装置的发明者。他赞助过风箱制造人杜邦。他在试图吸一口雪茄时悲惨地死去。他的情况引发了我浓厚的兴趣,他的命运使我产生了深切的同情。"

"但这儿,"我说,"这儿,"说着我心怀恶意地把一个又瘦又高、形体古怪的家伙从他的棺材中拽了出来,他那怪异的外表给我一种极不舒服的似曾相识的感觉,"这个可怜的家伙不值得任何同情。"这样说着话,为了把那家伙的容貌看得更清,我用拇指和食指捏住了他的鼻子,使他一下从地上坐了起来。我一边捏着他的鼻子,一边继续自言自语。

"不值得,"我重复道,"任何同情。到底谁会想到去同情一个影子呢?再说,难道他还没有充分享受死亡的幸福?他是细高的纪念碑、制弹塔、避雷针和伦巴底白杨的起因。他那篇题为《影与影子》的论文使他不朽。他以杰出的才干编辑了《白骨堆上的南方》的最后一版。他早年进入大学,研究气体力学。毕业后回到家乡,终日无休止地闲聊,吹法国小号。他还出资保护风笛。巴克利大人[①]能迎着风走去,却不能迎着他走来;温德汉姆和阿尔布瑞斯是他最中意的作家;他最喜欢的艺术家是菲茨。他在吸气的时候光荣牺牲。就像圣哲罗姆所说的那样:谦虚的美名毁于微风[②]。他毋容置疑是一个……"

"你怎能?你——怎么——能?"我的批评对象突然打断了我的话,为了透口气,他已拼命扯掉了蒙住他嘴巴的绷带,"兰克布瑞斯先生,你怎么能如此凶残地捏住我的鼻子呢?难道你没有看见他们是如何堵住了我的嘴?你肯定知道,如果你知道什么的

---

[①] 罗伯特·巴克利(Robert Barclay, 1648—1690),苏格兰领主,好徒步行走,曾一日步行115公里。

[②] 圣哲罗姆的原话是:"谦虚之美名在女人中间是一种脆弱的东西,(如同)一朵娇花,一旦暴露在微风中就会被摧毁。"

话，我有多少气息非排出不可！但若是你不知道，那你坐下来听听就会明白。就我的处境而言，真正的安慰莫过于能够张开嘴巴，能够尽情倾述，能够与一个像你这样认为不应该随时打断一名绅士讲话的人交谈。打断别人的讲话是令人讨厌的，理所当然应该被废除，你难道不这样认为？别回答，我求你，一次有一个人讲话就够了。我一会儿就说完，那时你再说。先生，你究竟是如何到这地方来的？我求你别吭声，我到这儿已有些时候了，可怕的事故！我想你听到过——可怕的灾难！打你家窗下经过，就在不久以前，大约在你迷上舞台艺术那段时间，可怕的事故！听说过'透气'这个词吗，嗯？别吭声，我告诉你，我当时把别人的气给透过来了！这下我总是透不过气。在街角碰到勃拉柏那个喋喋不休的家伙，他不给我机会说出一句话，不容我插进一个字，结果我犯了癫痫病，勃拉柏逃走了，那些该死的白痴！他们以为我没气了，便把我埋在这里，他们干得可真够漂亮！我听说过你对我的那些议论。每个字都是谎言，真可怕！真奇怪！真残暴！真讨厌！真不可思议！……"

人们不可能想象我听到那番如此出乎意料的谈话时的惊讶，或喜悦心情，我渐渐明白，被那位绅士（我很快就认出他是我的邻居温德纳夫先生）那么不幸地透过去的那口气实际上就是我在与妻子对话之时所丢失的呼吸。时间、地点和当时的情形都证明这一点确凿无疑。但我并没有马上松开温德纳夫先生的鼻子，至少在这位伦巴底白杨的起因继续向我解释之时没有松开。

在这一点上我受一种习惯性的谨小慎微所驱使，这种谨慎历来是我的主要特点。我想到在我保鲜防腐的路上也许还存在许许多多的困难，这些困难只有靠我自己坚忍不拔的努力才能克服。我认为有许多人对自己所拥有的一切都敝帚自珍，无论这些东西是多么地毫无价值，令人讨厌，甚至使人痛苦，可一旦为别人所得或被他们自己抛弃，他们总想得到与别人的受益程度成正比的好处。难道温德纳夫先生就不可能是这种人？若我表示急于想得到他现在正心甘情愿要抛弃的这口气，那我说不定正好把自己暴露给他贪婪的要求？我感慨万端地记得这世上有那么些无赖，他们甚至会无所顾忌地抓住每一个不公正的机会占邻居的便宜，而且（恰如希腊哲学家爱比克泰德所说）正是在人们最迫不及待地想摆脱他们自己所承受的灾难之时，他们最不想去替别人消灾化难。

　　脑子里盘旋着诸如此类的考虑，两指仍紧紧捏着温德纳夫的鼻子，于是我认为有必要将自己的回话修饰一番。

　　"怪物！"我以一种愤怒的声调开始，"怪物！两口气的白痴！难道不是因为你的不仁不义，上天才高兴用双重呼吸来使你倒霉。我说，你居然敢用老熟人的腔调来跟我套近乎？'我撒谎'，当然！'别吭声'，遵命！真是一场对一位只有单呼吸的绅士的美妙谈话！还有，这一切都发生在我有能力消除你活该遭受的灾难之时，在我有能力削减你不幸多余的那口气之时。"

　　像布鲁图一样，我先不再说，静候回答①。果然，温德纳夫先

---

① "我先不再说，静候回答"的原文"I paused for a reply"出自莎士比亚《裘力斯·恺撒》第3幕第2场第37行，乃刺杀恺撒者布鲁图（Brutus）对民众讲完"不是因为我不爱恺撒，而是因为我更爱罗马"那段话后的结束语。

生的反应随即如一阵旋风向我袭来。声明连着声明,道歉接着道歉。无论多苛刻的条件他都愿意接受,而没有一个条件对我没有好处。

准备工作终于就绪,我那位熟人把他多余的呼吸交付与我。(经过认真仔细的检查之后)我给他开了张收据。

我意识到许多人将责怪我以如此马虎草率的方式来讲述这一如此精细微妙的事件。人们将会认为我本来应该对这一事件的细枝末节进行更为严密详尽的描写,这样也许很有可能从一个更新的角度来阐释物理学的一个十分有趣的分支。

很遗憾我不能对上述意见逐一作答。我所能给予的答复仅仅是一个暗示。的确有些细节可谈,但我思量再三之后认为,对一件如此微妙的事谈得越少越安全,如此微妙,我重复一遍,与此同时这事还牵涉到一个第三者的利益,而我眼下丝毫不想招惹他的愤怒和怨恨。

在做好必要的准备之后,我们很快就开始了逃离坟墓地牢的行动。我们复苏的声音所汇成的声浪很快就清晰可闻。辉格党编辑西索尔斯重新发表了一篇题为《地下声音的本质与起源》的论文。紧接着就是一家民主党报纸专栏中的一番答复、辩解、驳斥和澄清。直到为了解决这场争端而揭开墓顶,我和温德纳夫先生的出现才证明两党都明显地大错而特错。

在结束叙说这经历足够丰富的一生的某些奇闻怪遇之时,我不能不再次让读者注意到那不偏不倚的哲学的价值,它是一面可靠而适用的盾牌,可以抵挡那些看不见、摸不着、想不透的灾难的箭矢。正是以这种智慧之精神,古代的希伯来人坚信天国之门将不可避免地为罪人或圣人敞开，他们将用其健全的肺脏和绝对的虔诚高呼"阿门"。正是以这种智慧之精神，当一场猖獗的瘟疫在雅典肆虐，而任何方法都不能将其祛除之时，埃庇门笛斯，如第欧根尼·拉尔修在他的第二本书里谈到那位哲学家时所说，提议为"真正的神"建起神龛和圣殿。

（1832）

# 甬 甬

当美酒使我陶醉，我会比巴尔扎克①博学，比皮布拉克②聪明，用一条胳膊就能扫荡所有的哥萨克，睡在卡戎③的渡船上就能跨过他那条冥河，沉着镇静地走向骄傲的埃阿科斯④并请他抽袋烟。

——法国民谣

皮埃尔·甬甬是一个出类拔萃的餐馆老板，我想这一点凡是在某时代常去鲁昂菲布维尔死胡同那家小餐馆的人都不会随意争辩。皮埃尔·甬甬同样也擅长于那个时期的哲学，我想这一点更是无可非议。他的肝酱馅饼无疑是完美无瑕，但什么样的笔才能公正地评判他关于天性的文章、他关于灵魂的思想、他关于精神的见解呢？即便他的油煎鸡蛋和清炖牛肉难以评说，但那个时代

---

① 此处指法国17世纪文学家让-路易·巴尔扎克（Jean-Louis Guez de Balzac, 1597—1654）。

② 皮布拉克（Seigneur de Pibrac, 1529—1584），法国著名法理学家，写过道德诗。

③ 卡戎（Charon），希腊神话中接引亡灵过冥河的摆渡者。

④ 埃阿科斯（Aeacus），希腊神话中的冥府判官。

的哪一位文人墨客没有为一种"甭甭思想",就像为其他所有大学者的所有无聊的思想,而慷慨挥毫呢?甭甭搜遍了其他人未曾搜遍的图书馆,读的书比其他任何一个人想读的还多,明白的理比其他任何一个人认为可能弄明白的还多。虽说就是在他的全盛时期,鲁昂也不乏有作家断言说:"他的格言既无柏拉图学派之精纯,又无亚里士多德学派之深邃。"虽然,请注意,虽然他的学说并没有很普遍地被人了解,但这并不说明他的学说很难理解。我想,正是由于他那些学说的不言而喻才使得许多人认为它们高深莫测。就连康德(但我们别把这点说过了头),连康德那些高深的理论也主要受惠于甭甭。甭甭的确不是一位柏拉图主义者,严格地说也不是一位亚里士多德主义者。他也不像近代的莱布尼茨把本可以用来发明重汁肉丁或用来分析一种感觉的宝贵时间白白地花在试图使愚顽不化的油水交融那种琐碎的道德讨论上。甭甭全然不是这样。甭甭是爱奥尼亚式的,甭甭同样也是古意大利式的。他凭先验推理,他也靠经验推理。他的思想是先天的,他的思想也是后天的。他信奉特比隆的乔治,他也信奉贝萨里翁[①]。甭甭明显地是一个甭甭主义者。

我已经说过这位哲学家具有餐馆老板的资格。但我不会让我的任何一个朋友去想象,我们的主人公在履行他所继承的那一行业的义务时会对其尊严和重要性缺乏一种适当的认识。情况远非

---

① 拜占庭人文主义学者特比隆的乔治(George of Trebizond, 1396—1468)曾论断亚里士多德的现实主义学说优于柏拉图的理念主义学说,此论断遭到时任天主教枢机主教的贝萨里翁(John Bessarion, 1403—1472)的严厉批判。

如此。其实根本不可能说出他所从事的哪一样职业更使他引以自豪。依他之见,思维能力与胃之功能有着密不可分的联系。我实在不能肯定他与中国人的见解有多大不同,中国人认为灵魂寄寓在腹腔。他认为希腊人无论如何也是对的,他们用同一个词来表示精神和隔膜。我说这些并非是想含沙射影地指责饕餮贪食,也不是想严厉批评那位形而上学家的偏见。如果说甯甯有缺点,那么哪一位大人物没有上千个短处?我是说,假若皮埃尔·甯甯真有不足之处,那也不过是无伤大雅的白璧微瑕,换个德性来看,这种瑕疵的确通常都被视为美德。至于这些微瑕中的一个小疵,我之所以在这篇小说中将其提及,仅仅是因其过于显著,极度昭彰,与甯甯通常的脾性形成了鲜明的反差。这就是他绝不会放过任何讨价还价的机会。

并不是甯甯贪得无厌,不。这位哲学家绝不仅仅满足于为自己的利益而讨价还价。假如一桩买卖谈成,随便什么买卖,不拘什么条件,也无论在什么样的情况下,许多天内人们都会看到一丝洋洋得意的微笑使他容光焕发,一种老于世故的眼色显示他的聪明。

我刚才所提到的那种古怪的脾性会招惹人们的注意,这在任何时代都不足为奇。而在我们的故事所发生的年代,这种怪癖若不引人注目那反倒让人不可思议了。很快就有人传言,每当那种时候,甯甯的微笑总是不同于他平时自己开玩笑或者招呼熟人时的那种直截了当的露齿而笑。人们开始暗讽一种令人激动的性格;人们开始讨论那些匆匆成交而事后又后悔的危险的买卖;人们开始数落那位十恶不赦的作家为了达到他狡猾的目的而形成的莫名其妙的能力、不明不白的渴望和有悖常理的嗜好。

这位哲学家还有其他缺点，但几乎都不值得我们认真去探究。譬如，人们很少发现博大精深的思想家没有贪杯的嗜好。值得一说的是，这种嗜好到底是博大精深之动人原因，还是博大精深之确凿证明，据我所知，甫甫并不认为这个话题三言两语就能说清楚；我也一样。但千万别以为这位餐馆老板沉湎于一种如此正统的古典嗜好就会丧失他的直观辨别力，这种直观辨别力常常同时为他的论文和炒蛋增添特色。他独处幽居之时就是勃艮第葡萄酒物尽其用之际，也是罗纳滨海酒发挥用途之机。在他看来，索泰尔纳白葡萄酒之于梅多克红葡萄酒就好比卡图卢斯之于荷马。他总是一边啜饮圣佩雷酒一边玩三段式演绎法，但阐释一种理论他总是品尝沃涅奥葡萄酒，而推翻一种学说他则要狂饮香柏尔坦红葡萄酒。如果这种敏感的礼节观念只是在我上文提到的那种不重要的嗜好方面伴随着他，那也就万事大吉，但事实却并非如此。说实话，哲学家甫甫的思想特征最后终于呈现出一种奇异的偏激而神秘的性质，似乎带有他所喜欢研究的日耳曼魔鬼学的浓厚色彩。

在这个故事发生的年代，走进菲布维尔死胡同那家小餐馆就是步入了一位天才的圣殿。甫甫是一位天才。鲁昂没有一个帮厨的不会告诉你甫甫是一位天才。他那只猫知道这一点，在这位天才面前总是忍住不摇尾巴。他那条爱玩水的大狗通晓这一事实，每当主人走近它便会庄重其举止，耷拉其耳朵，并垂下它那完全不配一条狗所具有的下颌，充分暴露它的自卑意识。但实际上这种习惯性的尊重大多应归因于这位形而上学家的容貌。我不得不说，一个气度不凡的外貌甚至对野兽来说也是重要的；而我乐于承认这位餐馆老板的外表很适合让人对这头四足兽的创造力留下深刻的印象。这个小伟人的神态之间有一种与众不同的威严（但愿我能被允许这样模棱两可地表达），单看这样的身材人们无论何时都看不出有创造力。然而，就算甪甪身高不足一米，就算他的脑袋属于小型中的小号，但若是看他那滚圆的肚子，人们不可能不产生一种近乎于登峰造极的宏伟感。据其尺寸，狗和人都定能看出那是他学识的一个象征；依其巨大，则定能看出那是他不朽灵魂的恰当寓所。

如果这使我高兴，我就会详细描述这位形而上学家的服饰和其他外观情况；我就会暗示说我们的主人公的头发留得很短，光滑地梳理在前额，并被一顶圆锥形的白色法兰绒帽及其帽饰所覆盖；我就会暗示说他那件嫩绿色的紧身皮上衣并没有追随那个时代一般餐馆老板所穿戴的时髦；我就会暗示说那衣袖比被允许流行的衣袖更宽大，那袖口是翻卷的，但翻卷部分并非是像在野蛮时代通常所用的与衣服本身同色同质的布料，而是极富想象力地用了热那亚产的杂色天鹅绒；我就会暗示说他的拖鞋是一种鲜艳的紫色，奇妙地饰着金丝，要不是脚趾部分有精致的嵌缝和色泽瑰丽的镶边和绣花，那很有可能是日本货；我就会暗示说他的裤子是用一种名为"讨人喜欢"的像是缎子的黄色织物缝制，他那天蓝色的斗篷形状就如女人的长袍，上面饰满了深红色的图案，就像清晨的薄雾在他肩上自由飘舞；我就会暗示说他的整幅模样曾引发佛罗伦萨即兴诗人贝内韦努塔的惊人之语，"真难说清皮埃尔·甪甪到底是乐园中的一只鸟，还是一座完美无缺的乐园。"我是说，如果我高兴，我就会详尽地描写上述几点。但我克制住自己,纯粹的私人琐事应该留给那些历史小说家,因为他们有损于实事求是的道德尊严。

我已经说过,走进菲布维尔死胡同那家餐馆就是步入了一位天才的圣殿,但当时只有天才本人能充分估量那座圣殿的价值。由一副对开纸做成的招牌在门前摇晃。招牌一边画着一个酒瓶,另一边画着一个馅饼,招牌背面是"甫甫之业"几个醒目的大字。这位业主的双重职业便这样微妙地暗示出来。

一跨过门槛,那座建筑的内景便尽收眼底。一个屋顶微斜、古色古香的长形房间就是这家餐馆提供的全部服务设施。房间的一个角落里安置着这位形而上学家的卧床。一排幔帐加上一个希腊式的华盖顿时便赋予那张床一种舒适的氛围和一种古典的意味。与床的位置成对角线的另一个角落显现出厨房和书房融为一体的特征。一盘议论静静地放在食品柜上。这儿是满满一锅最新伦理学,那儿是整整一壶十二开本杂集。多卷本德国道德与炙烤架亲密无间地呆在一起,烤面包的铁叉会被发现躺在攸西比厄斯的旁边,柏拉图优哉游哉地倚在平底锅里,而同一时期的手稿则被装订在一柄烤肉叉上。

在其他方面,甫甫餐馆应该说与当时的一般餐馆略有不同。一个硕大的壁炉张着大口正对着大门。壁炉的右边是一个敞开的碗柜,碗柜里陈列着一长排贴着标签的酒瓶。

正是在这儿,在某年寒冬的一个夜晚大约12点光景,在皮埃尔·甫甫听完了他的邻居们关于他古怪嗜好的评议之后,我说正是在这儿,皮埃尔·甫甫把他们全都撵出了屋子,咒骂着在他们身后锁上了房门,然后怀着并不十分平和的心情把自己置身于一张皮垫扶手椅和一团木柴炉火的安慰之中。

这是一个在一百年中只能遇上一两次的那种可怕的夜晚。雪下得很猛,房子在狂风中摇摇欲坠,从墙缝和烟囱钻进的风可怕地吹动着这位哲学家床头的幔帐,并打乱了他的馅饼锅和文稿的体系。暴露于暴风雪的凶狂之中的那块大招牌摇曳着,发出不祥的吱嘎声,而招牌坚实的橡木支柱则发出一阵呻吟。

并不是在心平气和之中,我说,那位形而上学家把他的椅子拖到壁炉边通常的位置。就在那个白天,许多错综复杂的情况相继发生,扰乱了他平静的沉思默想。他本想做一份公主蛋卷,但却不幸地做成了王后蛋卷;对一个伦理学原理的发现结果因打翻一锅炖肉而泡汤;最后,但并非最不重要,他竟然在一场他任何时候都能因成功地战胜对手而获取那种特殊快感的讨价还价中遭受了挫折。但在他因那一连串不可理喻的变化而感到烦躁之中,也并非没有在某种程度上交织着一个风雪交加之夜最容易引发的精神焦虑。吹声口哨把我们上文提到的那条身躯庞大且喜欢玩水的黑狗唤到更靠近他身边的位置,忧心忡忡地坐在他那张椅子里,他忍不住将他小心翼翼且神色不宁的目光投向房间的幽深处,甚至连那通红的火光也只能部分地驱散那些不屈不挠的阴影。当他完成了这番也许连他自己也不知道确切目的的扫视之后,他把一张堆满书籍文稿的小桌子挪近座位,很快就专心于修改一大部打算第二天就要出版的手稿。

他这样全神贯注地工作了几分钟,这时房间里突然有一个声音嘀咕道:"我不着急,甭甭先生。"

"魔鬼!"我们的主人公惊叫着一跳而起,推翻了身边的小桌，纳闷地环顾四壁。

"千真万确。"那个声音平静地回答。

"千真万确！什么千真万确？你为什么来这儿？"我们的形而上学家厉声问道，这时他看见一个身影正伸直身子躺在他的床上。

"我是说，"那位闯入者没有注意他的诘问，"我是说我一点儿也不为时间着急，我所冒昧请求的这桩交易其实一点儿也不紧迫，总之，这完全可以等你写完你的论文。"

"我的论文！喂！你怎么知道，你怎么能认为我是在写一篇论文？我的上帝！"

"嘘！"那个身影用压低的尖声回答，接着从床上跃起，朝我们的主人公走近了一步。随着他的逼近，垂悬在头顶上方的一盏铁灯向后瑟瑟晃动。

那位哲学家的惊愕并没有阻止他把这位不速之客的衣着相貌仔细地打量一番。一套贴身但却是上个世纪式样的已褪色的黑衣一下就精密地勾勒出了一个极其瘦削但却比常人高很多的身影的轮廓。这身衣服当初显然是为一个矮得多的人剪裁的。他的脚踝和手腕都露出一长截。不过他鞋上的一对灿烂夺目的带扣使他那身衣服所暗示的清寒显得虚伪。他没戴帽子，头顶全秃，只有后脑勺垂下一根相当长的辫子。一副有边框的绿色眼镜使他的眼睛免受光的影响，同时也阻止了我们的主人公查明那双眼睛的颜色或形状。那人周身都没有穿衬衫的迹象，但一条脏兮兮的白领带极其精确地系在他咽喉处，领带两端照礼仪并排垂下（虽然我敢说是出于无心），使人想到一位牧师。实际上，他的相貌举止的许多方面都能使人确认那种属性。像现代牧师所时兴的那样，他的左耳上夹着一个颇像古人用的尖笔一样的东西。从他上衣胸前的口袋里露出一本用钢扣装订的黑色小书。不知是有心还是无意，那本书的封面正好朝外，使人能看清那黑底白字的书名《天主教礼仪》。他的整副面容显露出一种引人入胜的阴郁，甚至一种尸体般的苍白。他的前额很高，由于沉思而布满了皱纹。他的嘴角下垂，露出一副最最谦恭的表情。还有他交叉的十指和当他走向我们主人公时的一声长叹，总之是一副不会不引起人们好感的神圣的模样。当甯甯对他这位不速之客进行了一番令人满意的观察之后，他脸上的怒气早已烟消云散，他亲切地与他握手，并请他坐下。

但是，谁要认为这位哲学家感情的突变是因为那些自然会被认为有影响力的任何原因，那他就大错而特错了。据我尽其所能对他性格的了解，皮埃尔·甯甯的确是所有人中最不容易被华美的外表和优雅的举止所影响的人。一个对人对事的观察都如此精密的人，不可能不一眼就看出这位如此滥用他好客殷勤的不速之客的真正身份。多的不说，来访者那双脚的形状就足够奇特，他现在轻轻戴回头上的那顶帽子也高得过分，他裤子后部有一块隆起的地方在微微震颤，而他上衣燕尾之摆动是一个显而易见的事实。那就判断一下，我们的主人公是以什么样的满意的心情发现他自己就这样立即与一位他在任何时候都绝对尊敬的人建立了友谊。然而，他太具有外交家的素质，所以不会放过眼前真实情况的任何蛛丝马迹。他并不想显得已全然意识到了他如此意想不到地所享受的殊荣，而是想靠诱使他的客人与他对话，从而引出一些重要的伦理观念，这些观念一旦写进他打算出版的那本书，不但将使整个人类受到启蒙，同时也将使他自己流芳百世。我应该补充一点,他那位客人的高寿长年以及他众所周知的对伦理学的精通,很有可能使他提供出那些观念。

被自己的远见卓识所鼓舞,我们的主人公请那位绅士坐下,他趁机往壁炉里添了一些木柴,往被扶起的小桌子上放了几瓶啤酒。他飞快地准备好这一切,然后拉过他的椅子与客人面对面坐下,等着他的客人开口。然而,就像最周密的计划往往也容易一开始就受挫一样,那位餐馆老板发现他的客人一开口就把他弄得狼狈不堪。

"我看你认得我,甪甪。哈!哈!哈!嘿!嘿!嘿!嘻!嘻!嘻!呵!呵!呵!呜!呜!呜!"那魔鬼一说话便抛开了他刚才的凝重端庄,咧开大嘴,露出他那口参差不齐的尖牙,把头往后一仰,令人厌恶地哈哈大笑,引得那条蹲伏在一边的黑狗也起劲地加入了合唱,那只斑猫突然改变行径,在房间最远的那个角落坐下来尖声应和。

我们的哲学家没有笑,他太具有人的属性,所以他既不会像狗那样大笑,也不会像猫那样尖叫,从而暴露出极不雅观的惊惶。但必须承认,他感到了几分惊讶,因为他看见客人口袋里那本书上用白色字母拼成的《天主教礼仪》这个书名在短短几秒内既改变了颜色又改变了字义,在原来书名的位置,《罪犯名目》几个红色的大字赫然醒目。这一惊使甪甪在答话时露出了一种本来不应该有的窘态。

"唷,先生,"哲学家说,"唷,先生,老实说,我以为你是……当我说……魔……也就是说我认为……我想象……我有一种模糊的……一种非常模糊的想法……我不胜荣幸……"

"哦！呀！是的！很好！"魔鬼打断他的话头，"别说了，我明白是怎么回事。"说着他摘下那副绿色眼镜，用袖口仔细地擦了擦镜片，然后把眼镜放进了口袋。

如果说那本会自动变书名的书刚才让甬甬有几分惊讶，那现在这幅能自己观看的眼镜则使甬甬大吃了一惊。因为当他怀着强烈的好奇心抬眼想核实一下他客人眼睛的颜色时，他发现他们既不是他所猜想的黑色，也不是他可能想象到的灰色；既不是褐色也不是蓝色；既不是黄色也不是红色，更不是紫色、白色或绿色；不是天空能呈现的任何颜色，不是地上能看到的任何颜色，也不是水下能发现的任何颜色。简而言之，甬甬不但清清楚楚地看到他的客人压根儿没有眼睛，而且也未能发现它们曾经存在过的任何迹象。我不得不说，在那本来应该长眼睛的地方，只有一块平平展展的皮肉。

克制自己不对如此奇异的一种现象追根究底，这不是这位形而上学家的天性，而他的客人也马上给予了既不失尊严又令人满意的答复。

"眼睛！我亲爱的甬甬，你是说眼睛？哦！呀！我明白了。是那些荒谬的书，嗯？那些流行的书使你对我的容貌留下了错误的印象。眼睛！！不错。皮埃尔·甬甬，眼睛好好的在它们应该在的地方，你会说该在头上？对，在一条肠虫的头上。这些眼睛对你来说也同样必不可少，不过我将使你信服，我的眼光比你的敏锐。那儿有一只猫，我看见它在墙角，一只漂亮的猫！你看看它！好好看！现在告诉我，甬甬，你是否看见了思想，我是说它的思想，那些正在它心里产生的想法和念头？这就是了！你看不见。它正以为我们在赞美它尾巴的长度和思想的深刻。它刚才断定，我是个最杰出的牧师，而你是个最多余的形而上学家。这下你明白我并非又盲又瞎，只是对我所从事的一项职业，你所说的那种眼睛仅仅是一种累赘，任何时候都可能被一根烤叉或一柄草耙戳破。但我承认那种眼睛对你来说是必需的。尽力使用它们吧，甭甭，我的眼睛就是灵魂。"

客人说完这番话便自己动手倒桌上的酒喝，并为甭甭斟了满满一杯，还叫他随便喝，就当在自己家里一样。

"你这本书写得真不错，皮埃尔，"当甭甭遵照客人的吩咐喝干了那杯酒之后，来访者老练地拍着我们这位朋友的肩膀，重新提起了话头。"我以名誉担保，你这本书挺不错。这是一部令我称心如意的著作。不过我认为章节的安排还可以调整一下，你的许多见解都让我想起亚里士多德。那位哲学家是我最好的朋友之一。我就像喜欢他可怕的坏脾气一样喜欢他铸造错误的精湛技巧。在他的全部著作中只有一个颠扑不破的真理，而我为那个真理给予他提示纯粹是出于对他糊涂观念的同情。我想，皮埃尔·甭甭，你一定知道我所说的是哪一个神圣的真理。"

"不能说我……"

"完全正确！原来正是我告诉亚里士多德，人们通过打喷嚏从鼻孔排除多余的思想。"

"这……嗯……毫无疑问是事实。"这位形而上学家一边说一边为自己又斟了杯酒。然后把他的鼻烟盒递到客人手上。

"还有柏拉图。"客人恰如其分地谢绝了鼻烟盒及其暗示的恭维，"还有柏拉图，他是我以前最喜欢的朋友。你认识柏拉图吗，甫甫？哦，不，请务必恕我冒昧。有一天他在雅典碰见我，就在帕耳忒农神庙，他告诉我他正为一个概念而苦恼。我叫他写下 ο νους εστιν αυλος 这句话。他说他会照办，说完就回家去了，而我则动身去金字塔。但我的良心谴责我说了真话，即便是为了帮助朋友。于是我匆匆赶回雅典，来到那位哲学家的椅子后面，当时他正在写'αυλος'这个词。我用手指头轻轻一弹，把字母 λ 翻转过来。所以那句话现在还印作'νους εστιν αυγος'①，而你知道，这正是他的形而上学的根本原理。"

"你去过罗马吗？"餐馆老板问，这时他已喝完第二瓶啤酒，并从碗柜取出好几瓶香柏尔坦红葡萄酒。

"只去过一次，甫甫先生，一次。那是在——"魔鬼仿佛是在背诵一本书里的某个章节，"那是在历时5年的无政府状态时期②，当时共和国失去了所有的官员，除了由平民推选的保民官，再没有任何地方行政长官，那些保民官并未从法律上被赋予任何行政权力。只在那个时候，甫甫先生，我只在那个时候去过罗马，所以我根本不熟悉罗马的哲学。"③

"你怎么看……嚯……你怎么看伊壁鸠鲁？"

"我怎么看谁？"魔鬼惊问道，"你不至于要找伊壁鸠鲁的茬儿吧！我怎么看伊壁鸠鲁！你是在说我，先生！我就是伊壁鸠

---

① 这两句希腊语的意思分别是："思想是无形的"和"思想是一道光"。

② 指马略（Marius）死后至苏拉（Sulla）独裁之前的5年，即公元前86年至公元前82年。

③ 西塞罗、卢克莱修和塞涅卡都写哲学著作，但那不是希腊的哲学，而是罗马的哲学。

54

鲁。我就是那位写下被第欧根尼·拉尔修所纪念的那300卷论著的哲学家。"

"撒谎！"形而上学家说，因为他此时已有了三分酒意。

"很好！很好，先生！的确很好，先生！"魔鬼显然受宠若惊。

"撒谎！"餐馆老板固执地重复道，"撒……嗝……撒谎！"

"好啦，好啦！随你怎么想吧。"魔鬼心平气和地说；甭甭赢了这一场辩论，他认为自己有责任喝完第二瓶香柏尔坦红葡萄酒。

"如我所说，"来访者重提话头，"正如我刚才所说，你这本书里有一些非常奇特的见解。譬如，你那番关于灵魂的胡扯到底是什么意思？请告诉我，甭甭先生，何为灵魂？"

"灵……嗝……魂嘛，"形而上学家一边说一边查阅他的手稿，"毋容置疑是……"

"不对，先生！"

"不容置疑是……"

"不对，先生！"

"不可置疑是……"

"不对，先生！"

"显而易见是……"

"不对，先生！"

"无可争辩是……"

"不对，先生！"

"嗝……"

"不对，先生！"

"那毫无疑问是一个……"

"不对，先生！灵魂不是那种东西。"（此时那位哲学家对客人怒目而视，并趁机当场喝干了他的第三瓶香柏尔坦红葡萄酒。）

"那么……嗯……请告诉我，先生……那……那到底是什么？"

"那既不是这儿也不是那儿，甬甬先生，"魔鬼若有所思地回答。"我已经品尝过。也就是说，我已经认识一些很坏的灵魂，也有一些……相当不错的灵魂。"他说到这儿咂了咂嘴巴，不知不觉地用手摁住口袋里那本书，狠狠地打了一个喷嚏。

他继续道：

"克拉提诺斯的灵魂，还算过得去；阿里斯托芬的，有独特风味；柏拉图，味道精美，不是你那个柏拉图，而是喜剧诗人柏拉图，你那个柏拉图说不定会倒刻耳柏洛斯的胃口——哈哈！接下来让我想想！还有奈维乌斯、安德罗尼库斯、普劳图斯和泰伦提乌斯。然后是卢齐利乌斯、卡图卢斯、纳索和昆提乌斯·弗拉库斯。亲爱的昆提！正如他为我唱歌取乐时我所称呼他一样，当时我正兴致勃勃把他叉在一柄肉叉上烘烤。可必须得给这些罗马人加点调料。一个肥胖的希腊人抵得上一打罗马人，而且希腊人可以保鲜，那些奎里忒斯人则不行。让我们来尝尝你的索泰尔纳白葡萄酒吧。"

这时甬甬早已拿定主意对任何事都保持镇静，他尽量按客人的要求摆出酒瓶。但他突然觉得屋里有一种像是在摇尾巴的奇怪声音。尽管这对客人相当失礼，可这位哲学家顾不上了，他毫不掩饰地踢了狗一脚，叫它保持肃静。客人继续说道：

"我发现贺拉斯尝起来很像是亚里士多德，你知道我喜欢不同的风味。我一直没法区分泰伦提乌斯和米南德。纳索真让我吃惊，他实际上是伪装的尼卡德。维吉尔很有一股忒奥克里托斯的味道。马尔提阿利斯总让我想到阿尔基洛科斯，而蒂图斯·李维乌斯其实就是波利比奥斯，不过如此。"

"嗝！"甫甫应答，客人继续：

"但若是我有个嗜好，甫甫先生，若是我有个嗜好，那就是哲学家。不过我告诉你，先生，并非每一个魔……我是说并非每一个绅士都懂得如何挑选哲学家。高个儿不好，要是剥得不小心，最棒的高个儿也会发臭，如果稍有擦伤的话。"

"剥！"

"我的意思是从尸体里取出来。"

"那你认为……嗝……认为医生怎么样？"

"别提医生！呸！呸！"（魔鬼一阵激烈地干呕）"我只尝过一个医生，那个卑鄙的希波克拉底！有一股阿魏胶味。呸！呸！呸！我在冥河洗他时患了重感冒，他终究让我染上了霍乱。"

"这个……嗝……卑鄙小人！"甫甫骂道，"这个……嗝……药箱里掉出来的怪胎！"哲学家流下了一滴眼泪。

"毕竟，"客人继续说，"毕竟，假如一个魔……假如一位绅士想要活下去，他必须具有两份以上的才能；对我们来说，一张胖脸就是善于外交的证明。"

"为什么那样？"

"因为我们的给养常常都非常短缺。你肯定知道，在我们那种炎热的地方，要让一个灵魂活上两三个小时常常都是不可能的；而灵魂一死，除非马上腌制（可腌制的灵魂并不好吃），就会……

有味……你明白，嗯？所以当按常规程序向我们交付灵魂，我们通常焦虑的就是防腐问题。"

"嗝……嗝……我的上帝！那你们怎么处理？"

这时头顶上那盏铁灯开始更剧烈的摇晃，那魔鬼惊得几乎跳离座位；但随着一声轻轻的叹息，他又恢复了镇静，只是低声对我们的主人公说："我告诉你，皮埃尔·甬甬，我们千万不能再用上帝这个字眼来诅咒。"

主人又喝下一满杯葡萄酒，以此来表示他充分的理解和完全的默许，客人继续道：

"实际上有好几种处理方法。我们中的大多数忍饥挨饿，有一些则靠腌制品充饥，至于我吗，我购买活在肉体中的灵魂，我发现这样能充分保鲜。"

"可那肉体！嗝！……那肉体！！！"

"肉体，肉体，嘿，肉体怎么啦？哦！呀！我明白了，告诉你，先生，这种买卖对肉体毫无影响。我已经做过无数次那样的买卖，卖方从未感到过任何不便。那些人中有该隐，有宁录，有尼禄，有卡里克拉，有狄奥尼修，有庇西特拉图，还有……还有许多其他人，他们都绝不知道在他们的后半生有一个灵魂是怎么回事；可是，先生，这些人都曾为社会增光添彩。那现在为什么不能有你我都知道的A先生呢？他难道不依然心智健全，体格无恙？他现在写的讽刺诗难道不更尖刻？他现在的推理演绎难道不更机敏？他……但我们先不说这个！我皮夹子里有他的契约。"

他说着掏出一个红色的皮夹，从里边抽出一叠票据。甬甬晃眼瞥见一些票据上有马基、马萨、罗伯斯庇等字样，还有卡里古拉、乔治、伊丽莎白等名字。魔鬼从那叠票据中挑出一张窄窄的羊皮纸，高声念到：

"考虑到某项不必说明的精神基金，并作为1000金路易的报偿，现年1岁零1月的我，谨将我被称作灵魂的影子所具有的权利、称号及其附属物转让给本契约持有者。（签名）A……"（当时魔鬼反复提到一个名字，不过我觉得我没有正当理由不把它说得更含糊其辞。）

"一个聪明的家伙，"魔鬼说，"但他和你一样，甬甬先生，弄错了什么是灵魂。说灵魂是影子！灵魂是影子！哈！哈！哈！嘿！嘿！嘿！嘻！嘻！嘻！只消想想一份烩影子！"

"只消想想……嗝……一份烩影子！"我们的主人公大声重复道，他的才智因魔鬼的深奥而受到了启发。

"只消想想一份……嗝……烩影子！！真是的，呸！嗝……哼！如果我是那样一个……嗝……笨蛋就好啦！我的灵魂，先生……哼！"

"你的灵魂，甬甬先生？"

"对，先生……嗝……我的灵魂就……"

"就怎么样，先生？"

"不是影子，呸！"

"你的意思是说——"

"对，先生，我的灵魂就……嗝……哼……是的，先生。"

"你该不会是想说……"

"我的灵魂……嗝……尤其适合……嗝……适合做……"

"什么，先生？"

"清炖肉。"

"哈!"

"蛋奶酥。"

"是吗?"

"煎肉丁。"

"这不假!"

"荤杂烩和烤肉块,看看吧,我的好伙计!我可以把它卖给你……嗝……出个价吧。"那哲学家说到这儿拍了拍魔鬼的背。

"我简直没想到这种事。"魔鬼一边平静地说一边从座位上站起身来。那位形而上学家两眼盯着他。

"我现在给养充足。"魔鬼说。

"嗝……嗯?"

"手头又没有现金。"

"什么?"

"再说,我不想这么没有礼貌地……"

"先生!"

"乘人之危……"

"嗝!"

"利用你眼下斯文扫地、令人作呕的处境。"

那位来访者说到这儿便鞠躬退出,以一种很难准确描写的风度,但以一个非常协调的动作朝"那个家伙"扔过去一个酒瓶,从天花板上垂下的那根细链被打断,那位形而上学家被掉下的铁灯盏砸翻。

(1832)

# 四不像——长颈鹿人

> 人皆有其德。
> ——克雷比雍《泽尔士王》

安条克·厄庇菲涅斯①极为普遍地被看成是先知以西结所预言受罚的歌革②。然而,这一殊荣更适合归属于居鲁士大帝之子冈比西。实际上,那位塞琉西国王的声望根本不需要什么外加的修饰。他在基督降生前171年对王位的继承,或确切地说对王位的僭夺,他在厄斐索斯欲劫掠狄安娜神庙的企图,他对犹太人不共戴天的敌视,他对犹太神殿中至圣所的亵渎,以及他在风雨飘摇的11年统治之后在塔巴的不幸身亡,都属于那种惊天动地的业绩,因此格外地受到他那个时代的历史学家们的普遍注意,相比之下,那些构成他私人生活和个人声誉之总和的邪恶的、怯懦的、残酷的、愚蠢的、古怪的成就,便相对被忽略了。

---

① 即塞琉西王国国王安条克四世(在位期公元前175—公元前164),曾入侵耶路撒冷,镇压马加比起义,屠杀犹太人。作者借古喻今,暗讽有"印第安人杀手"之称的美国第7任总统安德鲁·杰克逊(Andrew Jackson,在任期1829—1837)。

② 上帝命先知以西结预言歌革终将被惩罚之事见于《旧约·以西结书》第38—39章。

尊敬的读者，让我们假定现在是世元3830年[①]，让我们暂时想象我们此刻正置身于人类那个最奇异的居所，盖世无双的安条克城。诚然，除了我特意提到的这一座，在叙利亚和其他国家还有16座城市叫那个名字。但我们这一座通常叫做安条克·厄庇达佛涅，因为它毗邻达佛涅小村，那里矗立着祭奉那位神的庙宇。此城是由继亚历山大之后那个王国的第一任国王塞琉古·尼卡多为纪念他的父亲安条克而建造的（虽然此说尚有争议），并马上就成了塞琉西王国的都城。在罗马帝国强盛时期，这里是该帝国东方行省行政长官的常规驻地；许多罗马皇帝（其中特别值得一提的是韦吕斯和瓦伦斯）在这儿度过了他们大部分的时光。不过我想我们已经来到了这座城市。现在让我们登上城墙，放眼眺望市区和周围的乡村。

"那条又宽又急、有无数瀑布的河是什么河，它奔腾着穿过多山的旷野，最后又穿过那一大片建筑？"

"那是奥伦特河，除了南边12英里外如明镜般铺开的地中海，它就是我们视线内唯一的水。人人都已见过地中海，但让我来告诉你，很少人见过安条克古城。我说的很少是指你我这种既受过现代教育又同时能参观这座城市的人。所以别去看地中海，集中心思来看看我们脚下那些鳞次栉比的房屋。你一定要记住现在是世元3830年。若是往后，譬如说，假若是现在的公元1845年，我们就见不到这番奇妙的景象。在公元19世纪，安条克已是（应该说安条克将是）一幅可悲可叹的衰败景象。经历了三个不同的

---

[①] 参见本书《耶路撒冷的故事》第1段相关注释。

时代,遭受了三场连续的地震,那时的安条克将已彻底毁灭。说实话,到那个时候,这座城市留下的将只有残垣断壁、满目凄凉,而那位统治者也早把他的京城迁到大马士革去了。这很好。我看出你已经采纳了我的建议,正用你大部分的时间在观看我说的那些房屋……

> ……就让你饱饱眼福吧,
> 看看这座名扬天下的城市
> 那些值得纪念的名胜古迹……①

对不起,我刚才忘了莎士比亚还要等1750年才会享有盛名。不过,这厄庇达佛涅城的面貌不正好说明我称它为奇观异景是正确的吗?"

"它可真称得上金城汤池,而这一点既得利于人工又受惠于自然。"

"非常正确。"

"这儿有多得惊人的雄伟的殿宇。"

"的确如此。"

"而这些数不清的神庙,华丽而庄严,堪与最值得赞颂的古迹媲美。"

"这一切我都得承认。可那边仍有比比皆是的泥棚屋、令人生厌的小茅舍。我们不免会想到那每一间陋室里的污秽龌龊,而

---

① 语出莎士比亚《第十二夜》第3幕第3场第22—24行,但在莎剧中,"让你饱饱眼福"应为"让我们饱饱眼福"。

要不是敬神的香火那浓烈的气味,我相信我们会闻到一种最难以忍受的恶臭。你见过这种窄得令人无法容忍的街道吗?你见过这种高得令人不可思议的房屋吗?它们的阴影把这地面遮得多么黑暗!幸好那些望不到尽头的柱廊里有大量的灯终日点着,不然我们就该尝尝埃及蛮荒时代黑暗的滋味了。"

"这真是一个奇妙的地方!那边那个奇怪的建筑是做什么用的?你看!它比别的建筑都高,就在我认为是王宫的那座建筑东边。"

"那是新建的太阳神庙。塞琉西人崇拜太阳神并把他称作厄拉·伽巴拉。以后将有一位大名鼎鼎的罗马皇帝把这种崇拜带到罗马,并由此派生出一个罗马姓氏希利伽巴拉。我敢说你很想见识见识那庙里的神。你用不着往天上看,他的光明不在天上,至少塞琉西人所崇拜的光明不在那儿。你到神庙里就能感到那种神性。受崇拜的神像是一根巨大的石柱,顶端是圆锥形或金字塔形,以此来象征火。"

"你听!你瞧!那些滑稽的家伙是干什么的?那些几乎赤身裸体、把脸涂得花里胡哨、正手舞足蹈对着贱民嚷嚷的那些家伙?"

"他们中有少数是江湖术士,其他有些属于哲学家的圈子,但绝大多数,尤其是那些挥舞棍棒痛打贱民的人,则是宫中的大臣,他们正在执行国王的命令,一种值得赞美的诙谐。"

"可我们听到的是什么声音?天啊!这城里到处都是野兽!多可怕的奇观!多危险的异景!"

"你想害怕就尽管害怕,可这儿丝毫也没有危险。如果你不怕麻烦仔细瞧瞧,你就会发现每一头野兽都一声不吭地跟在其主人身后。虽然有少数脖子上系着绳子由主人牵着,不过它们基本上都是那些个头和胆子都较小的种类。狮子、老虎和豹子都全然是无拘无束的。这些野兽轻而易举就被驯化来从事它们现在的职业,充当它们尊敬的主人的贴身仆从。不错,也有大自然维护她被侵犯的主权的时候;但在厄庇达佛涅城,吞噬一名士兵或撕碎一头祭神的牛几乎都是区区小事,不足挂齿。"

"可我听到了什么异乎寻常的喧嚣?即便对安条克城来说那声音也太吵!这说明肯定发生了重大骚乱。"

"是的,毫无疑问!国王已经下令开辟某个新的景点,也许是竞技场的格斗表演,或许是屠杀塞西亚俘虏,或许是焚烧他新修的那座宫殿,或许是拆毁一座漂亮的神庙,或甚至是要烧死一些犹太人。喧嚷之声越来越大。欢呼笑语响彻云霄。管乐的吹奏不堪入耳。万众的呐喊沸天震地。好吧,让我们下去凑个热闹,看看到底发生了什么事!这边走。小心!现在我们已到了主要街道,这条街名叫提玛库斯街。人群的海洋正往这边流来,我们在那人流里将很难穿行。他们正通过赫拉克利德胡同,那条胡同直接连着王宫;所以国王很可能就在狂欢的人群之中。果不其然,我听见传令官正用东方特有的华丽而夸张的措辞高声宣布他的驾临。待会儿他从阿什玛神庙经过时,我们就可以一睹他的风采。让我们先在这神庙门口歇歇,他马上就会过来。我们趁此机会来看看这尊神像。这是什么?哦,这就是阿什玛神。不过你看,他既不是羔羊也不是山羊;既不是半人半羊神萨蹄尔也不大像阿卡迪亚的潘神。然而这些外观都被……对不起,都将被未来世纪的学者们给予塞琉西人的阿什玛。戴上你的眼镜,请告诉我它是什么。

它是什么?"

"天啊!它是只猿!"

"对,是一只狒狒,但这丝毫不减少它一分神性。它的名字是从希腊语类人猿派生而来的。[1]博古家们都是些多蠢的家伙!"

"可你看!看!那边有个衣衫褴褛的小孩在奔跑。他要上哪儿去?他在叫喊什么?他在说些什么?"

"哦!他说国王正盛装凯旋而来;他说国王刚才亲手杀死了一千名被铁链捆着的以色列俘虏。此刻人群正在赞颂他的这一丰功伟绩。你听!过来了一支整整齐齐的队伍。他们已创作出一首拉丁赞歌来颂扬他们国王的英武神勇。你听,他们正一边走一边唱。

Mille, mille, mille,

Mille, mille, mille,

Decollavimus, unus homo!

Mille, mille, mille, mille, decollavimus!

Mille, mille, mille!

Vivat qui mille mille occidit!

Tantum vini habet nemo

Quantum sanguinis dffudit![2]

---

[1] 阿什玛神(Ashimah)在希伯来语中意为"罪孽",Ashimah 与希腊语 Σιμια(Simia,类人猿)读音相似,故有此谐。

[2] 据弗拉维乌斯·沃庇斯库斯在《罗马帝王传》中的记载,这首拉丁语赞歌唱的是罗马皇帝奥勒良,据说他在萨马尔特战争中独自杀了950名敌军。——原注

这首歌可以这样翻译：

　　一千，一千，一千，
　　一千，一千，一千，
　　我们只消一名勇士就全部杀完！
　　一千，一千，一千，一千，
　　让我们高唱千遍千遍！
　　来呀！——让我们高唱
　　我们的国王陛下千年千千年，
　　他消灭了那么优秀的一千！
　　来呀！——让我们呐喊，
　　他给予我们的红色血浆
　　车载斗量，遍野满山，
　　比塞琉西的酒浆还多万万千千！"

"你听见喇叭响亮的吹奏声吗？"

"听见了，国王正走过来！快看！人们崇拜得都呆了，都敬畏地抬眼望着天上。他来了！他来了！他在那儿！"

"谁？在哪儿？国王？我看不见。我没看见他。"

"那你一定是眼瞎了。"

"很有可能。但我还是只看见一大群熙攘攘乱哄哄的白痴和疯子，他们正手忙脚乱地拜倒在一头巨大的长颈鹿跟前，都拼命要去吻一吻那家伙的蹄子。瞧！那动物正不偏不倚地挨个儿踢那些贱民，一个，又一个，再一个。说实话，我真忍不住赞叹那动物

67

如此优雅地使用它的蹄子。"

"贱民，真的吗！那些人就是厄庇达佛涅的贵族和自由民！动物，真的吗？当心别让这话被人听见！你难道没看见那动物有一副人的面孔吗？告诉你，我亲爱的先生，那头长颈鹿正是东方最有权势的暴君，塞琉西王国的国王，辉煌者安条克，安条克·厄庇菲涅斯！当然，他有时被人称为凶神安条克，疯子安条克，但那是因为并非人人都能欣赏他的丰功伟绩。不错，他眼下正藏在一张兽皮里，尽力扮演一头长颈鹿的角色；但这样做是为了更好地维持他作为国王的尊严。再说，国王身躯高大，那身兽皮盛装对他来说既不会太小也不会太大。不过我们可以猜想他只是在某种场合才穿这身兽装。你得承认，现在就是刚杀了一千名犹太人的特殊场合。国王匍匐巡行是多么地威风八面！你看，他的尾巴由他的两名爱妃爱丽娜和阿姬莱丝捧着；要不是他那双几乎从头上蹦出的圆鼓鼓的蛤蟆眼，要不是他脸上那种由于酒喝太多而难以形容的奇怪颜色，他的整副模样倒是挺招人喜欢的。让我们跟着他去他正要去的竞技场吧。让我们听听他正在唱的那支祝捷歌吧：

　　除了厄庇菲涅斯谁为王？
　　你说——你可知晓？
　　除了厄庇菲涅斯谁为王？
　　真好！——真好！
　　除了我厄庇菲涅斯国王，
　　没有人——再没有人

这样撑走那轮太阳，

　　如此折毁那些神庙！

优美而热情奔放的歌！人群正在朝他欢呼，不仅称他为"东方的光荣""宇宙的欢乐""最杰出的长颈鹿"，还称他为"诗坛巨擘"。他们要求他再唱一遍。听见了吗？他又在唱那支歌。等他到达竞技场后，他将被戴上诗人的桂冠，以期待他在即将来临的奥林匹克竞赛会上获得此项胜利。

　　"可我的天啦！我们身后的人群是怎么回事？"

　　"你说我们身后？哦！呀！我明白了。朋友，你说得可正是时候。让我们赶紧找个安全的地方吧。就在这儿！我们藏到那拱形导水管下边去，我马上就告诉你这场暴动的原因。这和我预料的完全一样。似乎是那长颈鹿有个人头的古怪模样触犯了驯养在这座城里的那些野兽大体上遵从的礼仪观念。造反就是其必然结果，而通常在这种情况下，所有的人力都不足以镇压那些暴徒。有几个塞琉西人已经被吞掉了，但那些四足爱国者的共同呼声似乎是要吃掉那头长颈鹿。所以，"诗坛巨擘"已直起身来，用他的两条后腿逃命，他的大臣们纷纷弃他于不顾，他的爱妃也努力学习大臣们树立的榜样。"宇宙的欢乐"哟，你落到了悲惨的境地！"东方的光荣"哟，你陷入了被撕碎的危险！所以，你千万别去顾你那条可怜的尾巴；它当然会在污泥中拖脏，但这是没有办法的事。那就别回头去看它不可避免的丢人现眼，而是鼓足勇气，奋力奔跑，跑向那座竞技场！记住你是安条克·厄庇菲涅斯，辉煌者安条克！你还是"诗坛之巨擘""东方的光荣""宇宙的欢乐"和

"最杰出的长颈鹿"！天啊！你展示出多强的奔跑能力！你显现出多棒的逃命本领！跑呵，巨擘！好哇，厄庇菲涅斯！真棒，长颈鹿！光荣的安条克！他跑！他跳！他飞！他像支离弦之箭冲到了竞技场！他跳跃！他尖叫！他终于到了！这下可好，"东方的光荣"，因为你抵达竞技场大门时已足足迟了半秒，这下厄庇达佛涅的任何一头熊仔都会慢慢撕咬你的尸体。我们走吧！让我们离开这地方！因为我们会发现，我们脆弱的现代化耳朵将难以忍受即将开始的庆祝国王逃跑的震天欢呼！听！那声音已经开始。看！全城都乱七八糟。"

"这肯定是东方人口最多的城市！多么浩渺的人山人海！多么纷乱的三教九流！多么繁杂的教派种族！多么斑驳的衣帽服饰！多么混乱的南腔北调！野兽的吼叫多么惊心！管乐的奏鸣多么刺耳！还有多蠢的一群哲学家！"

"得啦，咱们走吧？"

"稍等片刻！我看见竞技场内正骚动不安，请告诉我那是怎么回事？"

"怎么回事？哦，没事！厄庇达佛涅的贵族和自由民，如他们宣称的一样，本来就对他们国王的忠诚、勇气、智慧和神威深信不疑，刚才又亲眼目睹了他超人绝神的轻快敏捷，于是觉得他们应义不容辞地给他戴上（除了诗人的桂冠外）赛跑冠军的花环，一个他在下届奥林匹克竞赛会上肯定会获得的花环，现在他们就提前给他戴上了。"

（1833）

# 瓶中手稿

> 人之将死，无密可瞒。
> ——基诺《阿蒂斯》

关于故国和家人我没有多少话可说。岁月的无情与漫长早已使我别离了故土，疏远了亲人。世袭的家产供我受了不同寻常的教育，而我善思好虑的天性则使我能把早年辛勤积累的知识加以分门别类。在所有知识中，德国伦理学家们的著作曾给予我最大的乐趣；这并非是因为我对他们的雄辩狂盲目崇拜，而是因为我严谨的思维习惯使我能轻而易举地发现他们的谬误。天赋之不足使我常常受到谴责，想象力之贫乏历来是我的耻辱，而植根于我观念中的怀疑论则任何时候都使得我声名狼藉。实际上，我担心我对物理学的浓厚兴趣已经使我的脑子里充满了流行于当今时代的一种错误思想，我是说现在的人总习惯认为任何偶发事件都与那门科学的原理有关，甚至包括那些与之风马牛不相及的事件。大体上说，这世上没有人比我更不容易被迷信的鬼火引离真实之领域。我一直认为应该这样来一段开场白，以免下边这个令人难以置信而我却非讲不可的故事被人视为异想天开的胡言乱语，而不被看作是一位从来不会想象的人的亲身经历。

在异国他乡漂泊多年之后，我又于18××年在富饶且人口稠密的爪哇岛登上了从巴达维亚港驶往巽他群岛的航船。我这次旅行只有一个原因，那就是我感到了一种像是魔鬼附身似的心神不定。

我们乘坐的是一条铜板包底、约400吨重的漂亮帆船，是用马拉巴的柚木在孟买建造的。船上装载的是拉克代夫群岛出产的皮棉和油料，此外还有些椰壳纤维、椰子糖、奶油、椰子和几箱鸦片。货物堆放得马虎，所以船身老是摇晃。

我们乘着一阵微风扬帆出海，许多天来一直沿着爪哇岛东海岸行驶，除了偶尔遇上几条从我们要去的巽他群岛驶来的双桅船外，一路上没有什么事可排遣旅途的寂寞。

一天傍晚，我靠在船尾栏杆上观看西北方一朵非常奇特的孤云。它之所以引起我的注意，一是因为它的颜色，二是因为自我们离开巴达维亚以来，这还是第一次见到云彩。我全神贯注地望着它直到夕阳西沉，这时那朵云突然朝东西两边扩展，在水天相接处形成一条窄窄的烟带，看上去宛若长长的一溜浅滩。我的注意力很快又被暗红色的月亮和奇异的海景所吸引。此时的大海正瞬息万变，海水似乎变得比平时更透明。虽然我能清楚地看见海底，但抛下铅锤一测，方知船下的水深竟有15英寻。这时空气也变得酷热难耐，充满了一种仿佛从烧红的铁块上腾起的热浪。随着夜晚的降临，微风渐渐平息，周围是一片难以想象的寂静。舵楼甲板上蜡烛的火苗毫无跳动的迹象，两指拈一根头发丝也看不出它会飘拂。然而，由于船长说他看不出任何危险的征候，由于我们的船正渐渐漂向海岸，所以他下令收帆抛锚。没派人值班守夜，那些多半是马来人的水手也全都满不在乎地摊开身子在甲板上睡下。我回到舱房，心中不无一种大祸临头的预感。实际上每一种征候都使我有充分的理由判定一场热带风暴即将来临。我刚才把我的担忧告诉了船长，可他对我的话却置若罔闻，甚至不屑给我一个回答便拂袖而去。但这份担忧却使我没法入睡，半夜时分我又起身去甲板。刚踏上后甲板扶梯的最上一级，一阵巨大的嗡嗡声便让我心惊胆战，那声音听起来像是水车轮子在飞速转动，而我还来不及弄清是怎么回事，就觉得整个船身在剧烈颤抖。紧接着，一排巨浪劈头盖脸向我们砸来，把船身几乎翻了个底朝天，然后从船头到船尾席卷过整个甲板。

事后看来，在很大程度上正是那阵来势凶猛的狂风使那条船没有立刻毁于一旦。因为，虽说整条船都被淹没，但由于桅杆全被那阵风折断落到了海里，船不一会儿就挣扎着浮出了水面，在排山倒海的风暴中颠簸了一阵，最后终于恢复了平稳。

我说不清到底是靠什么奇迹，我才幸免于那场灭顶之灾。当时我被那排巨浪打得昏头昏脑，待我回过神来，我发现自己被卡在船尾龙骨与舵之间。当我挣扎着站起身来，惊魂未定地四下张望，我首先想到的就是刚才我们被滚滚巨浪席卷的情景，而最令人可怕最难以想象的是那个飞溅着泡沫把我们吞噬的巨大漩涡。过了一会儿，我听见一位瑞典老头的声音，他是在我们正要离港时登上这条船的。我用尽力气朝他呼喊，他很快就跟跟跄跄地来到了船尾。我俩不久就发现，我俩是这场灾难中仅有的幸存者。甲板上的其他人全都被卷进了大海，而船长和他的副手们也肯定在睡梦中死去，因为船舱里早已灌满了水。没有援助，我俩不能指望能使这条船摆脱困境，而由于一开始我俩都以为船随时都会沉没，所以也没想到采取什么措施。当然，我们的锚链早在第一阵狂风袭来时就像细绳一样给刮断了，不然这条船早已倾覆。现在船正随波逐流飞速地漂动，阵阵涌过甲板的海浪冲刷着我俩。船后部的骨架早已支离破碎，实际上整条船只是百孔千疮；但我们惊喜地发现，几台水泵都还能启动，压舱物也基本没有移位。风暴的前锋已经过去，接下来的疾风并没有多大危险，但我们仍忧心忡忡地希望风浪完全平息；因为我们相信，既然船已破成这副模样，那随风而起的大浪将使我们不可避免地葬身鱼腹。不过，我们这种非常合乎情理的担忧看来不会马上变为现实。因为一连5天5夜（其间我们仅凭好不容易才从船头水手舱中弄来的一点椰子糖充饥）这破船一直顺着一阵虽不及第一场暴风那么猛烈但却是我平生所见的最可怕的疾风，以一种难以估计的速度飞一般地漂行。开始4天我们的航向没多大变化，一直是东南偏南正朝着新荷兰①海岸的方向。到了第5天，虽说风向已经渐渐偏北，但寒冷却令人难以忍受。一轮昏黄的太阳露出水平线，只往上爬了几英尺高，没有放射出光芒。天上不见一丝云彩，然而风力却有增无减，一阵接一阵地猛吹。在我们估计的中午时分，那轮太阳又攫住了我们的注意力。它依然没放射出我们通常称作的光芒，而只有一团朦朦胧胧没有热辐射的光晕，仿佛它所有的光都被偏振过了。就在它将沉入茫茫大海之前，那团光晕的中间部分却不翼而飞，好像是被某种神奇的力量一下扑灭。最后只剩下孤零零一个黯淡的银圈，一头扎入深不可测的海洋。

---

① 新荷兰，澳大利亚的旧称。

我们徒然地等待第6天出现。对我来说，那一天尚未到来；就瑞典老人而言，那一天压根儿没来过。从此我俩就陷入了冥冥黑暗。离船20步开外的东西都没法看清。漫漫长夜一直笼罩着我们，我们在热带司空见惯的海面磷光也划不破这种黑暗。我们还注意到，虽然暴风仍势头不减地继续怒号，但船边却不见了那种一直伴随着我们的惊涛骇浪。四周是一片恐怖、一片阴森、一片要令人窒息的黑暗。迷信的恐惧悄悄爬进瑞典老人的心头，我胸中也在暗暗诧异。我们不再关心这条破得不能再破的船，只是尽可能地抱紧后桅残杆，痛苦地窥视着冥冥大海。我们没有办法计算时间，也猜不出究竟在什么位置。但我俩心里都清楚，我们已经向南漂到了任何航海家都未曾到过的海域，同时我俩都惊奇为何没碰上照理说应该碰上的冰山。现在每时每刻都可能是我俩的死期，每一个山一般的巨浪都可能把我们淹没。浪潮的起伏超越了我的任何想象，而我们没立即葬身海底倒真是个奇迹。瑞典老头说船上货物很轻，并提醒说这条船本来质地优良，但我却不能不感到希望已彻底失去，再没有什么能延缓那即将来临的死亡，并绝望地为死亡的来临做好了准备，因为这破船每往前漂行一海里，那冥冥大海可怕的汹涌就增加一分。我们时而被抛上比飞翔的信天翁还高的浪尖，被吓得透不过气来，时而又被急速地扔进深渊似的波谷，被摔得头晕目眩；波谷里空气凝滞，没有声音惊扰海怪的美梦。

我们此刻正掉进一个那样的波谷，这时瑞典老人的一阵惊呼划破了黑暗。"看！看！"他的声音尖得刺耳，"天啊！看！快看！"当他惊呼之时，我已感觉到一团朦朦胧胧的红光倾泻在我们掉进的那个深渊的顶端边缘,并把一片光影反射到我们的甲板上。我抬头一看,顿时惊得血液都停止了流动。直挺挺在我们头顶一个可怕的高度,在一座险峻的浪山陡峭的边缘,正漂浮着一艘也许有4000吨重的巨轮。虽然它正被一个比它的船身高出100倍的浪峰托起,但看上去它比任何一艘战舰或东印度洋上的大商船都大。它巨大的船身一片乌黑,船体上通常的雕刻图案也没减轻那种色调。从它敞开的炮门露出一排黄铜大炮,锃亮的炮身反射着无数战灯的光亮,那些用绳索固定的战灯正摇曳不定。但使我们更惊更怕的是,那条船竟不顾超乎自然的巨浪和肆无忌惮的飓风,依旧张着它的风帆。我们开始只看见它的船头,因为它刚从那幽暗恐怖的漩涡底被举向高处,并在那可怕的浪尖上滞留了片刻,仿佛是在为自己的高高在上而出神,但紧接着,它就摇摇晃晃、令人心惊肉跳地直往下坠。

不知怎么回事,我的心在这关键时刻突然恢复了镇静。我摇摇晃晃地尽可能退到船的最后部,毫无恐惧地等着毁灭的一刻来临。我们的船终于停止了挣扎,船头开始沉入水里,因此坠下的大船撞上了它沉入水中的部分,随之而来的必然结果就是,一股不可抗拒的力量把我抛到了大船上的一堆绳索中。

就在我跌入绳堆之际,那条大船已调转船头顺着风向驶离了那个深渊的边缘。由于接下来的一阵混乱,我没有引起水手们的注意。我很容易就悄悄溜到了中部舱口,舱门半开着,我很快就瞅准一个机会躲进了这个避难所。我说不清自己为何要躲藏。也许第一眼看见这船上那些水手时心中所产生的一种模糊的畏惧感就是我想躲起来的原因。我可不愿轻易相信这伙人,因为刚才对他们的匆匆一瞥就使我隐隐约约感到一些新奇、怀疑和不安。所以我想最好还是在这个避难所里替自己弄一个藏身之处。于是我掀开了一小块活动甲板，以便能随时藏身于巨大的船骨之间。

我刚刚勉强弄好我的藏身之处，就听见船舱里传来一阵脚步声，迫使我对藏身处马上加以利用。一个人摇摇晃晃走过我藏身的地方。我看不见他的脸，但却有机会打量他的全身，看上去他显然已经年老体衰。岁月的负担使他的双腿步履蹒跚，时间的重压使他的全身颤颤巍巍。他一边用一种我听不懂的语言断断续续地低声咕哝，一边在角落里一堆式样古怪的仪器和遭虫蛀的海图中搜寻什么。他的举止既显示出老人的乖戾又透露出天神的威严。他最后终于上了甲板，而我再没有见过他。

* * * * *

一种莫可名状的感情占据了我的心灵。那是一种不容分析、早年的学识不足以解释、而未来本身恐怕也给不出答案的感情。对于一个我这种性质的头脑，连未来也想不出真是一种不幸。我将不再（我知道我将不再）满足于我的思维能力。不过眼下思维的模糊也不足为怪，因为引起思维的原因是那么新奇。一种新的感觉——一种全新的感觉又钻进我的心灵。

* * * * *

我踏上这条可怕的大船已经很久了，我想我的命运之光正在聚向焦点。这些不可思议的人哟！沉溺于一种我无法窥视的冥想之中，经过我身边却对我视而不见。我这样藏匿完全是愚蠢之举，因为那些人压根儿不会看见。刚才我就直端端地从大副眼皮底下走过，而不久前我曾闯入船长的卧舱，拿回纸笔，并已写下这些文字。我会经常地坚持写这日记。当然，我也许没有机会亲手将这日记公诸世人，但我绝不会放弃努力。到最后关头，我会把日记手稿封进瓶里，抛入海中。

\* \* \* \* \*

一件小事的发生使我开始了新的思索。难道这种事真是鬼使神差？我曾冒险登上甲板，悄悄钻进一条小艇，躺在一堆索梯和旧帆之中，我一边在寻思自己命运的奇特，一边却不知不觉地用一柄柏油刷往身边整整齐齐地叠在一只桶上的帆布上涂抹。现在那张翼帆已被挂上桅杆，而我无意之间的信手涂鸦展开后竟是"发现"这两个大字。

\* \* \* \* \*

我最近已把这艘大船的构造仔细观察了一番。虽说船上武器装备完善，但我并不认为这是一艘战舰。它的船形、索具和一般装备全都否定了这种猜测。然而，我虽能轻易地看出它不是一艘战舰，但恐怕却说不出它是条什么船。我不知道这是怎么回事，但每当我看见它奇特的船形、怪异的桅桁、过大的风帆、简朴的舰首和那颇具古风的船尾，我心里总会掠过一种似曾相识的感觉，而这种感觉中常常交织着一种朦朦胧胧的回忆，一种对异国往事和悠远年代的莫名其妙的追忆。

\* \* \* \* \*

我一直在查看这艘船的船骨。这条船是用一种我从未见过的木料建造的。这种木料有一种奇怪的特征，使我觉得它本不该用来造船。我的意思是说，且不论在那些海域航行不可避免的虫蛀，也不谈因年代久远自然而然的朽蚀，这种木材的质地也极其疏松。

我这种观察也许多少显得过分好奇，但若是西班牙橡木能用某种奇异的方法来发胀的话，那这种木材倒具有西班牙橡木的全部特性。当我重读上面这句话时，脑子里突然记起一位久经风雨的荷兰老航海家的一句古怪箴言。"千真万确，"每当有人怀疑他的诚实时，他总会说，"就像确实有那么一片海洋，船在其中会像人的身体一样慢慢长大。"

\* \* \* \* \*

大约1小时之前，我冒昧地挤进了一群水手当中。他们对我全都视若无睹，尽管我就实实在在地站在他们中间，可他们仿佛全然没有意识到我的存在。他们就像我刚上船时在中舱所看见的那个人一样，全都老态龙钟，白发苍苍。他们的双腿都颤颤巍巍，他们的肩背都伛偻蜷缩，他们的皮肤都皱纹密布，他们断断续续的声音都低沉而发颤，他们的眼睛都粘着老年人特有的分泌物，他们的苍苍白发在暴风中可怕地飘拂。在他们周围的甲板上，每一个角落都乱七八糟地堆放着最古里古怪的老式测算仪器。

\* \* \* \* \*

我不久前提到过那张翼帆被挂上了桅杆。从那以后，这条船便以它上至桅顶主冠下到侧帆横桁的每一幅风帆，乘着那猛烈的暴风，一直向南继续着它可怕的航行，它的上桅横桁两端时时都被卷入人们所能想象的最惊心动魄的惊涛骇浪之中。我刚才已经离开了甲板，因为虽说那群水手似乎并没有感到什么不便，但我自己却实在在那儿呆不住了。我们这艘大船没被大海一口吞没，这对我来说真是奇迹中的奇迹。我们肯定是命中注定要在这无始无终的边缘上漂荡，而不会一头扎进那永恒的深渊。从比我所见过的可怕一千倍的波峰浪尖，我们的船却像飞翔的海鸥一滑而过；巨大的狂澜就像潜在海底的恶魔把它们的头伸到我们上方，但那些魔鬼仿佛是受到什么限制，只是吓唬我们，而不把我们吞噬。最后我只能把这一次次的死里逃生归因于唯一能解释这种结果的自然原因。我只能推测这艘船是在某种巨大的海洋潮流或强大的水底潜流的支配之下。

\* \* \* \* \*

我已经在船长的卧舱里与他面对面见过，但如我所料，他丝毫没注意到我。虽说对旁观者而言，他的相貌可以说与普通人没什么两样，但我看他时总不免有一种既敬畏又惊奇的心情。他的身高与我不相上下，这就是说大约有5英尺8英寸。他的身体结实匀称，既不强壮也不十分瘦弱。但就是笼罩在他脸上的那种奇异的神情，就是那种令人不可思议且毛骨悚然的极度苍老的痕迹，使我胸中涌起了一种感情，一种莫可名状的感情。他的额上皱纹虽然不多，但却仿佛铭刻着无数的年轮。他的苍苍白发像是历史的记载，而他灰色的眼睛犹如未来的预言。他卧舱地板上到处是奇怪的铁扣装订的对开本书、锈蚀的科学仪器和早已被人遗忘的过时的海图；他当时正用双手支撑着头，用愤然不安的眼睛盯着一份文件，我认为那是一份诏封令，总之上面盖有一方王家印鉴。他就像我上次在中舱所见的那名水手，正用我听不懂的语言和暴戾的声调低声咕哝着什么。尽管说话人就在我跟前，可他的声音却似乎从1英里开外传来。

\* \* \* \* \*

这艘船和船上的一切都散发着古老的气息。水手们来来去去就像被埋了千年的幽灵在游荡。他们的眼中有一种急切不安的神情。当他们的身影在船灯灯光的辉映下横在我的道上，我心里便有一种前所未有的感受，尽管我平生专爱与古董打交道，一直沉湎于巴尔比克、塔德摩尔和波斯波利斯①残垣断柱的阴影之中，直到我自己的心灵也变成了一堆废墟。

\* \* \* \* \*

现在我看一看四周，就会为我先前的恐惧不安而感到羞愧。如果先前一直伴随着我们的疾风已经吓得我发抖，那现在目睹这用飓风、台风、罡风、厉风都不足以形容的狂飙与大海厮斗，我难道不该吓得魂飞魄散？船的周围是无穷无尽的黑暗和茫茫洪涛的混沌，但在船舷两侧3海里外的地方，却不时隐隐闪现出巨大的冰壁，冰壁岩岩仡仡，直插苍昊，朦胧中就像宇宙的围墙。

\* \* \* \* \*

如我所料，这船果然是在一股潮流之中——假若潮流这个词可以用来称呼那在白色的冰壁旁怒吼咆哮、像飞流直下的大瀑布轰鸣着朝南奔腾的滚滚洪涛的话。

\* \* \* \* \*

我认为要想象我有多恐惧是完全不可能的，但一种想探索这一海域秘密的好奇心甚至征服了我的恐惧和绝望，并将使我甘心于那种最可怕的死亡。显然我们正驶向某个令人激动的知识领

---

① 波斯波利斯是继帕萨加第之后的古波斯都城，公元前330年至公元前316年先后遭亚历山大大帝和阿拉伯人的劫掠，从塞琉古王朝起逐渐衰落，其废墟遗址位于伊朗西南部设拉子东北约51公里处。

域——某种从未被揭示过的秘密，这种知识和秘密的获得就是毁灭。也许这股潮流正把我们带向南极。必须承认，一个最最不切实际的假设也自有其概率。

\* \* \* \* \*

水手们迈着颤巍巍的步子不安地在甲板上踱来踱去，但从他们脸上的表情可以看出，他们对希望的憧憬多于对绝望的漠然。这时风仍然在我们的船尾，由于扬起了所有的大小风帆，船有时整个儿地被抛出水面！哦，这情形越来越恐怖！那堵冰墙忽而在右边，忽而在左边，我们正绕着一个巨大的圆心，围着一个像是大圆形剧场的漩涡四周头昏眼花地急速旋转，这大漩涡的涡壁伸延进黑洞洞的无底深渊。可我现在已没有时间来考虑自己的命运！圆圈飞快地缩小——我们正急速地陷入漩涡的中心——在大海与风暴的咆哮、呼号、轰鸣声中，这艘船在颤抖——哦，上帝！——在下沉！

附记——《瓶中手稿》最初发表于1831年，而在多年之后我才见到墨卡托①绘制的地图。在墨氏地图上，海洋从四个入口注入（北）极湾，并被吸进地腹；北极本身以一块巍然耸立的黑岩为标志。

（1833）

---

① 墨卡托（G.Mercator, 1512—1594），佛兰德地图学家，首创绘制地图的圆标形投影法。

# 幽　会

> 在那儿等我！我不会失约，
> 我会在那空谷幽地与你相会。
> ——奇切斯特主教亨利·金
> 《在亡妻的葬礼上》

不幸而神秘的人哟！被你自己想象的光彩所迷惑，坠入了你自己青春的火焰之中！我又一次在幻想中看见你！你再一次浮现在我眼前！哦，不是像你现在这样（在清冷的山谷和阴暗之中，而是像你应该的那样）挥霍一种用庄严的沉思构成的生活，在那座用模糊的梦境镶嵌的城市，你自己的威尼斯。那是个福星高照的海上乐园，帕拉迪奥式宫殿那些宽阔的窗户，带着一种深奥而苦涩的意味，俯视着静静的水的秘密。是的！我再说一遍，像你应该的那样。当然，除了这个世界还有其他世界，除了一般人的思想还有其他思想，除了大智者的沉思还有其他沉思。那么，谁会对你的行为表示异议？谁会责备你耽于幻想，或把那些沉思冥想斥为浪费生命，而那只不过是你无穷无尽的精力的多余？

正是在威尼斯，就在那座被称为叹息桥的廊桥下面，我第三次或者是第四次碰见我此刻所讲的这个人。现在回想当时碰面的情景，我的记忆已有点混淆。但是我记得。哦！我怎能忘记？那深沉的午夜，那叹息之桥，那女人的美丽，和那位出没于狭窄运河的浪漫天才。

那是一个非常阴沉的夜晚。广场的大钟已报过意大利夜晚的第五个时辰。钟楼广场已空空荡荡，一片岑寂，那座古老的公爵府的灯光也正在熄灭。当时我正经大运河从皮亚泽塔美术馆回家。但当我那条平底船驶到圣马尔科运河口对面之时，一个女人的声音突然从那条河的幽深处传出，划破了夜的沉静。那是一声疯狂的、歇斯底里的、长长的尖叫。惊于这声尖叫，我猛然从船上站起，而船夫却让那柄单桨从他手中滑脱，掉进黑暗之中没法找回，结果我们只能顺从那股大运河流向那条小水道的潮流。我们的船像一只巨大的黑色秃鹰，慢慢地漂向叹息桥，这时从两岸窗口闪出无数支火把，照向公爵府前的台阶，骤然把沉沉黑夜照得如同白昼。

原来是一个孩子从他母亲的手臂中滑出，从那座高耸的建筑楼上的一个窗口掉进了幽深的运河。静静的水已经平静地接受了这份献祭。尽管附近河面上只有我这条小船，但许多勇敢者早已跳进水中，徒然地在水面上搜寻那显然只能在水下才能找到的宝贝。在那座府邸门前宽阔的黑色大理石台阶上，在离水面只有几级台阶之遥的地方，站着一个叫人看上一眼就永远也忘不掉的女人。她就是侯爵夫人阿芙罗狄蒂，全威尼斯赞美的偶像，娇艳中之娇艳，美丽中之美丽，但也是那位年迈而阴险的门托尼侯爵的年轻妻子，那位此刻正在深水之下的可爱孩子的母亲。那是她第一个也是唯一的一个孩子，他此刻也许正在痛苦地思念她甜蜜的抚爱，正挣扎着用他小生命的最后一点力气呼唤她的名字。

她孤零零站在水边。她那双白皙而娇小的赤足在黑镜般的大理石上显得光洁如玉。她那头为夜间舞会而精心梳理、此刻尚未完全蓬松、缀着各式珍珠宝石、像抽芽的风信子般卷曲的秀发一圈重一圈地盘绕在她典雅的头上。她那娉婷玉体仿佛只披有一层雪白的薄纱，但仲夏夜半的闷热空气阴沉而凝滞，她那雕塑般的身躯也一动没动，所以那层薄纱连一道褶痕也不飘拂，像是一层沉重的大理石贴着那位尼俄柏①垂下。但说来可真奇怪，她那对晶莹的大眼睛并没有朝下注目于那座埋葬她最灿烂的希望的坟墓，而是凝视着一个截然不同的方向！我想她是在凝视威尼斯最雄伟的那座建筑，从前的威尼斯共和国监狱。但是，当她的孩子就在她脚下的水中窒息之时，她怎能如此出神地凝视那座监狱呢？那边的一个壁龛张着黑洞洞的大口正对着她房间的窗户。那么，在它的阴影之中，在它的构造之中，在它庄严肃穆并有青藤环绕的花檐之中，能有什么东西还没有让门托尼侯爵夫人在此之前诧异过上千次呢？胡说！在这样一个时刻，谁不记得那双眼睛就像摔得粉碎的镜子，映出了无数忧愁的影像，从无数遥远的地方，看见了这近在咫尺的悲哀？

在侯爵夫人身后远远的台阶上，在府邸水门的门拱下，站着衣冠楚楚、模样酷似萨蒂尔②的门托尼侯爵本人。他一边不时地向

---

① 尼俄柏（Niobe），希腊神话中的迪拜王后，因不敬神祇而遭神报复，全部子女都被神射杀，她因悲伤过度而化为岩石。

② 萨蒂尔（Satyr），希腊神话中一种半人半羊的林神。

寻找孩子的人发号施令，一边偶尔笨拙地拨弄一把吉他，看起来像是无聊到了极点。这一阵惊诧出神竟使我无力动一动。我听见第一声尖叫时直立起身子，在那群骚动的人眼里，我肯定像是一个幽灵和不祥之兆，因为我就那样脸色苍白、四肢僵硬地随着那条像是送葬的小船漂到了他们中间。

所有的努力似乎都无济于事。许多最出力的搜寻者都垂头丧气地放弃了搜寻。看来那孩子已希望渺茫（但与母亲希望之渺茫相比又多么微不足道！），但就在这时，从我们刚才提到的、属于旧共和国监狱建筑之一部分且正对着侯爵夫人窗口的那个黑洞洞的壁龛里，一个裹着斗篷的身影走到了亮处，稍稍打量了一下幽幽的水面，便令人眼花缭乱地一头扎进了运河。不一会儿，他已抱着那个一息尚存的孩子站在了大理石台阶上侯爵夫人的身边。他的斗篷因浸水而加重，滑落到他的脚旁。这时早已惊得目瞪口呆的人们看见了一个风度翩翩的青年，并听见了那个用大半个欧洲都能听见的声音呼出的名字。

青年并没有开口。可侯爵夫人呢！她现在会去接住她的孩子，会把他摁在心口，会紧紧地搂着他小小的身躯，用她的抚爱把他哄慰。唉！另一双手臂已经从陌生人手中接过孩子。另一双手臂已经把孩子抱走，抱着他悄悄地进了府邸！而那侯爵夫人！她的嘴唇，她美丽的嘴唇微微颤抖；泪水正涌进她的眼睛——那双像普林尼笔下的叶形柱饰般的眼睛"柔和而几乎透明"。对！泪水正涌进她的眼睛。看！那女人浑身战栗，那尊塑像有了生命！我们看见，那苍白的大理石面容，那高耸的大理石胸脯，那白皙的大理石纤足，突然因一股不可抑止的红潮而泛出血色；她那袅袅婷婷的身子微微发抖,犹如那不勒斯的微风吹拂草丛中的银百合。

为什么那位夫人会面露羞色?对这个问题没有答案,除非是因为救子心切的慌张和恐惧,使她冲出闺房时顾不得将纤足藏进绣鞋,也完全忘了往肩上披一件得体的衣裳。除此之外还有什么原因能解释她脸上的红潮?解释她苦苦哀求的目光?解释她急促起伏的胸脯?解释她那只颤抖的手的痉挛?那只手待门托尼侯爵一进府邸便意外地落在了那位青年的手上。还有什么原因能解释那位夫人与青年匆匆道别时低声说出的那句话的含义?"你已经赢了。"她说,或是水声欺骗了我的耳朵。"你已经赢了。日出后一个时辰,我们将相会。就这样吧!"

\* \* \* \* \*

那场骚乱已平静下来,公爵府里的灯火也已熄灭,这时我认出了那位独自站在台阶上的陌生人。他当时激动得浑身发抖,他的眼光在搜寻一条小船,我当然义不容辞地该帮他一把,而他欣然接受了我的好意。在水门处借得一柄单桨,我们便驾舟一道去他的住处,此时他已很快地恢复了镇定,并热情洋溢地谈起了我俩此前的偶然相识。

我有一些我乐于诉诸文字的题材。这位陌生人(让我们就这么称呼他,因为他对这个世界依然是一个陌生人)便是题材之一。与一般中等身材相比,他的身高也许稍矮一点,而不是稍高一点,尽管当他激动时他的身体似乎会膨胀,使人误以为他比实际上更高。他在叹息桥下的那番壮举靠的是他轻盈、匀称、差不多称得上纤弱的身材,而不是凭仗他在其他更危急的关头曾轻松自如地显示过的赫拉克勒斯般的神力。他有天神般的嘴巴和下颚;有一双非凡、任性、水汪汪的大眼睛,眼珠的色调由外向里呈浅褐色、深褐色和晶亮的黑色;有一头浓密乌黑的卷发,卷发下宽阔的天庭不时闪现象牙色的光泽。总之,我从未见过像他那种完全符合古典美的面容,如果把康茂德大帝[①]那副大理石面容除开的话。然而,他那种容貌人们只能在一生中的某个时期偶然一瞥,其后就再也不会看到。那张脸没有特征。没有过任何固定的表情能留在人们的记忆中。那是一张让人过目就忘的面孔,但那遗忘又总是伴随着一种朦朦胧胧且永不停息的想唤起那记忆的欲望。这并非是因为他每次激情迸发时未把他的心灵清晰地投射在那面孔的明镜上,而是因为激情闪过之后,那明镜,那明镜般的面孔竟不会留下丝毫激情的痕迹。

那天晚上奇遇之后的分别之时,他恳求我第二天一大早再去见他,我认为他当时的心情和态度都非常急迫。第二天太阳刚一露头我便应邀去了他的宅邸,那是一幢威尼斯常见的阴沉但华丽的巨大建筑,就耸立在大运河畔石廊附近。我被引上一段用马赛克镶嵌的宽阔的旋转楼梯,进了一个极其奢华的房间;还未进门就已经迎面扑来的无与伦比的富丽堂皇,使我感到一阵眼花缭乱,头晕目眩。

我知道我这位朋友很阔气。以前曾听人以一种我冒昧地以为是言过其实的夸张谈起过他的富有。但当我此刻环顾四周,我仍然不能相信一个普通欧洲国民的财富竟能展示出这一派帝王般的

---

[①] 康茂德(Lucius Aurelius Commodus,161—192),古罗马皇帝(在位期180—192)。

金碧辉煌和豪华靡丽。

虽然如我所说，太阳已经升起，但房间里依旧灯火通明。从房间里的情形，从我朋友脸上疲竭的神色，我猜测他昨晚是一夜未眠。从房间的布局和装饰来看，设计者明显的意图就是要让客人眼花缭乱并大吃一惊，从而很少去注意行话称之为协调的装饰风格，或很少去注意国风民情的和谐。我的眼光掠过一件件奇珍异宝，但却没有在任何一件上停留，无论是希腊画家们怪诞的绘画、意大利文艺复兴时期的雕塑，还是埃及野蛮时代的木刻。挂在房间各处的那些色彩艳丽的帷幔，在一阵不知发自何处的轻柔而忧伤的音乐声中微微摇摆。房间里弥漫着从一些奇怪的旋转香炉袅袅升起的不协调的混合香味，闪烁着各式各样的鲜绿色和紫罗兰色的灯光火影。初升的太阳从一扇扇用整块红玻璃镶嵌的窗户、从那些像是用熔化的银汇成、瀑布般从壁饰直泻而下的窗帘、以上千个角度朝室内倾泻进光芒，自然的光芒最后与屋里的灯光火影交织，柔和地摇曳在一块色泽斑斓、看上去像在流动的智利金丝地毯上。

"哈！哈！哈！哈！哈！哈！"主人大声笑着给我指了个座位，自己也向后一仰，摊开手脚靠在了一张褥榻上。"我看得出，"他看出我不能一下子适应他独特的迎客礼仪，"我看得出我这间屋子让你吃了一惊。我这些雕像、我这些绘画、我独出心裁的布局、我别具一格的装饰，这纷华靡丽使你完全陶醉了，是吗？但请你原谅，我亲爱的先生（说到这儿他声调一降，变得十分诚恳），请原谅我刚才无礼的大笑。你刚才看上去像是惊呆了。再说，有些事是那么地荒唐滑稽，令人不得不笑。在笑声中死去肯定是最辉煌的死法！托马斯·穆尔爵士（一个非常好的人就是托马斯·穆尔爵士），你肯定记得，托马斯·穆尔爵士就是笑着死去的。还有拉维休斯·特克斯特的《荒谬篇》中有一串长长的名单，那些人都这样辉煌地死去。不过，你知道吗，"他沉思着继续道，"在斯巴达（就是现在的帕里奥科里），在斯巴达，我说，就在那座要塞的西边，在一堆几乎看不见的废墟中有一块柱基，上面还残存着ΑΑΞΜ四个清晰的字母。它们毫无疑问是ΓΕΛΛΑΞΜ①这个字的存余部分。当时在斯巴达有敬奉上千种不同的神祇的上千座神庙和圣殿。你看有多奇怪，偏偏笑神祭坛能在毁灭中得以幸存！不过话说回来，"随着话锋一转他的声音和姿态都起了异样的变化，"我没有权利拿你取乐。你有充分的理由感到惊讶。欧洲再也找不出这么奇妙的地方，我这个小小的帝王般的房间。我的其他房间绝不是这种格调，它们只是单调乏味的对时髦的追逐。这比追逐时髦更好——不是吗？但这也不可避免地将成为时尚——即成为那些有世袭财产并出得起这笔花销的人的时尚。不过，我一直提防着这样的亵渎。自从它们被装饰得如你所见的这般俗不可耐以来，除了一个例外，除了我自己和我的仆人，你是唯一被允许进入这堂皇之所神秘之处的人！"

我只是点了点头向他表示谢意，因为屋里光彩、香气和音乐强加给我的感觉，再加上他言谈举止意想不到的古怪，都阻止我用言语来表示我当时也许已经认为是恭维的感谢。

"你看这儿，"他说着站起身来，靠着我一条胳膊开始在屋里

---

① 希腊文：笑。

走动,"这些画从希腊人那里传到契马布埃手中,然后从契马布埃流传至今。如你所见,许多画的选择都很少尊重维尔图的见解。不过它们全部都适合用来装饰这样一间屋子。这儿还有些那位无名大师的杰作。这儿是一些曾极负盛名的艺术家未完成的作品,那些艺术家学会明智地把这些作品的名字留给了沉默和我。你认为,"他说着话突然一转身,"你认为这幅《哀戚的圣母》怎么样?"

"它是安吉利科的真迹!"我热情洋溢地冲口答道,因为我早已在凝视这幅举世无双的名画。"它的确出自安吉利科之手!你是怎么把它弄到手的?画中的这位圣母无疑就像雕像中之维纳斯。"

"哈!"他若有所思地说,"维纳斯,那尊漂亮的维纳斯?梅迪奇的维纳斯?有一个娇小的头和镀金的头发的那一尊?左臂的断肢(说到这儿他的声音低得几乎听不见)和整个右臂都被复原,可我认为,那条千娇百媚的右臂包含了所有矫揉造作的元素。再说卡诺瓦的雕塑!那尊阿波罗!也是件复制品,这一点毫无疑问。我是个瞎眼白痴,我看不出那尊阿波罗的夸张的灵感!我忍不住,可怜我吧!我忍不住喜欢那尊安蒂诺斯[①]。难道那位说雕塑家在大理石块里发现其雕塑的人不正是苏格拉底?所以米开朗基罗那两行诗绝非他自己的独创:

天才艺术家所要表达的思想,
无不包含在未雕的石块之中。

---

① 安蒂诺斯(Antinous,110—130),古罗马宫廷侍卫,美少年,有许多雕塑家创作过他的雕像。

这一点早已，或者说早该被注意到，在这位真正的绅士的举止言谈中，我们总感到一种与众不同，但又一下子说不清不同之处何在。我承认这种感觉完全适合我那位朋友行为上的表现，但在那个多事的清晨，我还觉得它更是完全适合于他的精神性格。我无法解释那种似乎使他与其他所有人完全隔离的心理特征。只能把这种特征叫做一种沉思冥想的习惯，这种习惯甚至渗透于他最细小的动作，硬挤进他荒唐度日的每时每刻，交织于他每一点一闪而过的欢愉，就像波斯波利斯那些神庙飞檐下笑嘻嘻的面具眼睛中扭曲而出的小毒蛇。

然而，从他飞快地详谈一些无关紧要的小事所用的那种既轻浮又庄重的腔调中，我未能避免一次又一次地观察到一丝惊恐的痕迹，一丝在言行中都有所显露的神经质的激动，在任何时候都使我莫名其妙，甚至有时候把我惊得魂不守舍。他常常把话说到一半就停住，显然是忘了前半截说的什么，然后好像是在凝神倾听什么动静，似乎是在等一位早已约好的客人，又似乎是在聆听只能存在于他幻想之中的声音。

就是在这样一次或谓沉思或叫停顿的他的出神之际，我拿起身边褥榻上一本由著名诗人和学者波利齐亚诺写的悲剧《奥尔甫斯》（意大利最早的世俗悲剧），随意翻开其中的一页，发现了用铅笔画线圈点过的一个段落。那是第3幕末尾的一段——是最扣人心弦、感人肺腑的一节——这一节虽说有伤风败俗之嫌，但男人读它每次都会被新的感情所激动，而女人读它则免不了声声悲叹。那页书上还残留着新近洒上的泪痕，而与该页相对的插页上，则用英语写着一首诗，那字迹与我朋友奇特的性格极不相符，我费了好大劲才辨认出那确实是他亲笔所书。

　　你于我曾是一切，我的爱，
　　　我的灵魂曾把你慕恋——
　　海中的一个绿岛，我的爱，
　　　一泓清泉，一座神龛，
　　那一切都被仙果奇花环绕，
　　　所有的花都为我吐艳。

　　啊，梦太美就难以做长！
　　　啊，灿灿希望也曾上升
　　但终又被乌云所遮挡！
　　　呼喊，一个来自未来的声音，
　　"向前！"——但在过去之上
　　　（黑暗深渊）徘徊着我的心，
　　无言，静止，凄惶！

　　因为，于我，唉！唉！
　　　早熄灭了那团生命之光。
　　"无常——无常——无常，"
　　（这种语言把庄严的大海
　　　阻止在海岸的沙滩上，）
　　雷击的树还会繁花盛开？
　　　受伤的鹰还会展翅翱翔？

> 现在我的白天全是梦境，
> 而我夜间所有的梦
> 都是你闪耀的乌黑眼睛，
> 都是你纤足的移动
> 在多美的意大利河滨，
> 在多轻盈的舞步之中。
>
> 唉！因为那个不幸的时辰
> 他们带你去大海那头，
> 别了爱，去嫁那显赫的老人，
> 伴随不洁的枕衾帷幪——
> 别了我，别了多雾的英伦，
> 这里银柳正伤心泪流！

这些诗行用英语写成，使我多少有几分惊讶，因为在此之前我并不相信这首诗的作者精通那门语言。我现在充分意识到了他的多才多艺，也意识到了他这种特别的娱乐方式，他是故意隐瞒他懂英语，以便让别人发现时大吃一惊。但我得承认，这首诗的落款的确让我大吃了一惊。诗末原来写有"伦敦"字样，后来又小心翼翼但并不完全见效地涂掉了，似乎是不想让人看见那个字眼。我说这落款让我大吃了一惊，因为我清清楚楚地记得上次与他交谈时，我曾特意问他是否在伦敦见过门托尼侯爵夫人（她结婚之前的好些年一直都住在那座城市），如果我没听错，他当时给我的回答是说他从来没有去过大不列颠的那座都市。我在此不妨说明，我曾不止一次地听说（我当然不相信那些道听途说的传闻），我所讲述的这个人不仅出生在英国，而且是在英国受的教育，是个地道的英国人。

* * * * *

"这儿还有一幅画，"他并没意识到我在注意那部悲剧，"这儿还有一副你从未见到过的画。"他说着掀开一道帷帘，露出一幅侯爵夫人阿芙罗狄蒂的全身肖像。

人类的艺术不可能更惟妙惟肖地画出她那种超凡绝伦的美。昨晚站在公爵府外大理石台阶上的那个风致韵绝的身影，突然间又站在了我的眼前。但眼前的这位美人脸上焕发着絷然的微笑，那微笑中还交织着一种飘拂不定、令人费解、且与她绝世独立的美貌不可分的忧郁。她右臂弯在胸前，左手则向下指着一个精致的古瓶。只能看见一只娇小优雅的赤足接触地面——在她身后那团似乎将她的可爱环绕把她的美丽祀奉的灿烂辉煌的色调中，隐隐约约地漂浮着一对几乎辨认不出的想象中的翅膀。当我从画上收回目光看我朋友之时，我嘴里不知不觉地冒出了查普曼的悲剧《比西·德昂布瓦》中那两行刚健的诗：

　　他站起身

　　像一尊罗马雕像！他将屹立

　　直到死神把他变成大理石！

"来吧！"他最后说，然后转身走向一张华美贵重的银桌，桌上有几只色彩斑斓的酒杯，还有两个与画中式样完全相同的巨大的伊特拉斯坎古瓶，瓶中盛满了酒，我猜想是德国约翰尼斯堡酿的白葡萄酒。"来吧！"他突然说。"让我们来喝一杯！时间是早了点儿，但让我们喝吧。时间的确是早了一点儿，"他说话时似乎仍沉湎于冥想中。这时一个美貌的童仆用一柄金锤敲铃报响了日出后的第一个时辰。"时间的确是早了一点儿，但这又何妨？让我们喝吧！让我们为就要使这些华灯香炉黯然失色的神气活现的太阳斟上一份祭品！"他让我同他一道干过一杯之后，他自己又一口气接连喝了好几杯。

"做梦，"他又恢复了闲聊的口吻，并把一个华丽的古瓶举向一只香炉发出的彩光，"做梦就是我的全部生活。所以我为自己，正如你现在所看见的，为我自己装饰了一个做梦的房间。在威尼斯的中心我还能做得更好么？你看看你周围，不错，这东西合璧的装饰有点不伦不类，爱奥尼亚的简朴被这些老古董破坏，埃及的斯芬克斯趴在智利的金丝地毯上。然而，这效果只对胆小鬼不合适。地点的妥当、尤其是时间的妥当才是妖魔鬼怪，它们吓得人不敢进行庄严的沉思。我曾经是个循规蹈矩的人，但那种愚蠢的升华已使我的灵魂生厌。现在这一切更令我称心如意，就像这些阿拉伯风格的香炉，我的灵魂在香火中扭曲，这种谵妄的感觉很适合我去寻找那真实梦境之中的更荒凉的梦境，而我现在很快就要去荒凉的地方。"说到这儿他猝然住声，把头垂到他的胸前，仿佛是倾听一个我无法听见的声音。最后他直起身子，仰望苍天，大声呼喊出奇切斯特主教的两行诗：

在那儿等我！我不会失约，

我会在那空谷幽地与你相会。

接着他自称不胜酒力,摊开身子躺在那张褥榻之上。

一阵急促的脚步声在楼梯上响起,随之而来的是一阵猛烈的敲门声。我匆匆跨到门边,迎着第二阵敲击开了门,门托尼侯爵府上的侍从一头冲进房间,结结巴巴、语无伦次,上气不接下气地说:"我家夫人!我家夫人!服毒了!服毒!哦,美丽的……哦,美丽的阿芙罗狄蒂!"

我不知所措地冲到那张褥榻前,拼命想摇醒我的朋友,让他知道这一惊人的消息。但他的四肢已僵硬,他的嘴唇已发白,他刚才还炯炯有神的眼睛现在已黯然无光。我蹒跚着回到那张桌子跟前,我的手落在一个已被打破并已发黑的酒杯上。蓦然之间,这个可怕故事的全部来龙去脉在我脑子里一闪而过。

(1834)

## 捧为名流

所有人都惊讶地踮起了十个脚趾尖。

——约瑟夫·霍尔《讽刺诗集》

我是,也就是说,我曾是,一个名人。但我并非"朱尼厄斯信札"的作者,不是那个戴假面具的人①,因为我相信,我的名字叫罗伯特·琼斯,而且我出生在胡蒙胡欺城的某个角落。

我来到这世上的第一个动作就是用我的双手抓紧我的鼻子。我母亲看见了这个动作,称我是一个天才。我父亲乐得泪下沾襟,并马上给我大讲了一通鼻腔学②。于是我在被穿上裤子之前就已经精通了鼻腔学。

我现在开始探索我的科学之路,并很快就弄懂了一个道理:假使一个人有一个足以引人注目的鼻子,那他只消以此为业便可以一举成名。但我的注意力不仅仅局限于理论。我每天早晨都要

---

① 暗指菲利普·弗朗西斯爵士(Sir Philip Francis,1740—1818),一般人认为他曾以"朱尼厄斯"之化名发表一系列抨击英国内阁的信件,这些信件被称为"朱尼厄斯信札"。

② 原文是Nosology(疾病分类学),该词词根与Nose(鼻子)相似,作者在此谐用之。

把我的大鼻子拉扯两下，并喝下6大口烈性酒。

我成年后的一天，父亲问我是否愿意随他去他的书房。

"我的儿子，"我们坐定之后他问，"你生活的主要目标是什么？"

"我的父亲，"我回答道，"我生活的主要目标就是研究鼻腔学。"

"那么，罗伯特，"他接着问，"何为鼻腔学？"

"先生，"我回答，"就是关于鼻子的科学。"

"那你能否告诉我，"他追问道，"鼻子的含义是什么？"

"鼻子吗，我的父亲，"我非常婉转地回答，"曾有数以千计的不同学者给它下过五花八门的不同定义。"（说到这儿我掏出我的表）"现在是正午或大约是正午。到半夜之前，我们有足够的时间讲完这些定义。那我们就开始吧。鼻子，按照巴托林教授的见解，就是突出部，就是隆起部，就是肉瘤，就是……"

"答得好，罗伯特，"那位仁慈的老绅士抢过了话头，"你的学识真让我大吃一惊。我说的是真话，完全发自内心。"（说这句话时他闭上眼睛，把手摁在胸前）"到这儿来！"（他说着话拉起我的一条胳膊）"你的学业现在就算是完成了。眼下正是你出去闯一番的大好时机。你要做的事顶多不过就是经营你的鼻子……如此这般……如此这般……"（说到这儿他一脚把我踢下楼梯，踢出了门外）"滚吧，我的儿子，愿上帝保佑你！"

突然间我心里感到一种灵悟，我认为被赶出家门简直是一种幸运。我决心采纳父亲的建议。我决定经营我的鼻子。于是我当场把鼻子拉扯了两下，并立即写出了一本关于鼻腔学的小册子。

99

整个胡蒙胡欺城沸腾了。

"了不起的天才!"《医学季刊》说。

"顶刮刮的生理学家!"《威斯敏斯特月刊》说。

"聪明的家伙!"《国外通讯》周刊说。

"杰出的作家!"《爱丁堡日报》说。

"深刻的思想家!"《都柏林评论》说。

"伟大的人物!"本特利说。

"神圣的灵魂!"弗雷泽说。

"我们中的一员!"布莱克伍德说。

"他能是谁呢?"巴斯-布勒①夫人说。

"他能是啥呢?"巴斯-布勒大小姐说。

"他能在哪儿呢?"巴斯-布勒二小姐说。但我一点儿也没理会这些人的评价。我径直进了一位艺术家的工作室。

佑吾灵公爵夫人正坐在那儿让艺术家画像,如此这般侯爵正抱着公爵夫人的狮子狗,非此即彼伯爵正在与公爵夫人调情,而别碰我王子则靠在公爵夫人的椅背上。

我走到艺术家跟前亮出我的鼻子。

"哇,真美!"公爵夫人赞叹道。

"哇,天哪!"侯爵口齿有点不清。

"哇,讨厌!"伯爵呻吟道。

"哇,恶心!"王子咆哮道。

---

① 巴斯-布勒原文为法语Bas-Bleu,意为女才子,含贬义。爱伦·坡在《被用光的人》中也用了此名。

"画一画你的鼻子得多少钱？"艺术家问。

"画他的鼻子！"公爵夫人惊呼道。

"一千英镑。"我说着坐了下来。

"一千英镑？"艺术家沉吟。

"一千英镑。"我说。

"真美！"艺术家完全被吸引住了。

"一千英镑。"我说。

"你能保证它没问题？"艺术家边问边把我的鼻子转向亮处。

"我保证。"说着我喷了个响鼻。

"你能保证它不是冒牌货？"艺术家边问边虔敬地摸了摸我的鼻子。

"哼！"我把鼻子扭向一边。

"它从来没被临摹过？"艺术家边问边用一台显微镜对我的鼻子进行鉴定。

"没有。"我说着将鼻子翘起。

"真妙！"艺术家惊呼，我鼻子的动作之美使他彻底放心了。

"一千英镑。"我说。

"一千英镑？"他问。

"确实如此。"我说。

"真要一千？"他问。

"正是这样。"我说。

"你将得到一千。"他说，"多美的一件艺术品！"于是他当场开给我一张支票，并为我的鼻子画了张肖像。我回到杰尔明大街的住处，给女王陛下寄去了我的第九十九版《鼻腔学》，并附去了我鼻子的一张肖像。接着那个可怜的浪荡子威尔士王子便请我赴宴。

参加宴会的全都是名流精英。

首先是一位新柏拉图主义者。他开口闭口都是波菲利、杨布里柯、普洛提诺、普罗克勒、希洛克勒斯、马克西姆斯、泰路斯和塞里安鲁斯。

其次是一位完善人类理性者。他挂在嘴边的是杜尔哥、普赖斯、普利斯特列、孔多塞、斯塔尔夫人和那个"健康欠佳但野心勃勃的大学生"。

然后是绝对似是而非先生。他认识到所有的白痴都是哲学家，而所有的哲学家都是白痴。

接下来是伊斯提库斯·爱提各事先生。他提起火，提起同质和原子，提起一分为二和灵魂先存，提起相吸与相斥，提起原始智慧和同素体。

接着是塞耳逻辑斯·塞耳乐极神学家。他论及攸西比厄斯和阿里乌，论及异教和尼西亚宗教会议，论及牛津运动和三位一体教义，论及圣父圣子同一说和圣父圣子相似说。

接着是来自落舌德牡蛎市的糊里加塞先生。他谈到了红舌米里冬和酱汁花椰菜，谈到了圣梅勒沃尔特小牛肉，谈到了圣佛罗伦丁的腌泡汁，还谈到了拼盘橙桔果子冻。

接着是来自碰杯之乡的品杯了事先生。他浮光掠影地介绍了拉图尔酒和马克布鲁宁酒，莫索尔酒和香柏尔坦酒，里奇堡酒和圣乔治酒，霍布伦酒、莱昂维勒酒和梅多克酒，巴拉克酒和柏涅克酒，格拉夫酒和索泰尔纳酒，拉菲特酒和圣珀雷酒。他不喜欢沃日尔的红葡萄酒,并且闭着眼睛就能分辨西班牙的雪利酒和蒙特亚白葡萄酒。

接着是来自佛罗伦萨的丁冬丁丁锣先生。他谈论起契马布埃、阿尔皮诺、卡尔巴乔和阿尔哥斯提诺——他还谈论起卡拉瓦焦的朦胧、阿尔巴诺的明快、提香的色彩、鲁本斯的女人以及扬·斯蒂恩的诙谐。

接着是胡蒙胡欺大学的校长。他持这样的见解:月亮在色雷斯被叫作本狄斯,在埃及被叫作布巴斯提斯,在罗马被叫作杜安,在希腊被叫作阿耳忒弥斯。

接着是一位从伊斯坦布尔来的土耳其人。他老是没法不认为天使都是些公马、公鸡和公牛;他认为第六重天上的某人有七万颗脑袋,并认为大地由一头长着数不清的绿角的天蓝色母牛支撑着。

接着是德尔菲鲁斯·坡利格洛特先生。他给我们讲到了埃斯库罗斯失传的那83幕悲剧的下落,讲到了伊索乌斯的54份演讲稿,讲到了吕西阿斯的391篇演说文,讲到了忒奥佛拉斯图斯的180篇论文,讲到了阿波罗尼《圆锥曲线论》的第8卷,讲到了品达的颂歌及合唱琴歌,讲到了小荷马的45幕悲剧。

接着是弗迪南德·菲茨-福谢乌斯·费尔特斯帕尔先生。他给我们讲地内火和第三纪地质构造,讲气化状态、液化状态和固化状态,讲石英石和泥灰岩,讲结晶片岩和黑电气石,讲石膏和暗色岩,讲滑石和钙质,讲闪锌矿和角闪石,讲云母板岩和圆砾石,讲蓝晶石和锂云母,讲赤铁矿和透闪石,讲锑和玉髓,讲锰和任何你觉得有趣的东西。

最后便是我本人。我讲我自己,讲我自己,讲我自己,讲我自己;讲我的《鼻腔学》,讲我的小册子,讲我自己。我翘起我的鼻子,我讲我自己。

"令人难以置信的聪明人!"王子说。

"真棒!"他的客人们说。第二天上午,佑吾灵公爵夫人拜访了我。

"你愿意去阿尔马克交际俱乐部吗,漂亮的家伙?"她一边问一边拍了拍我的下巴。

"一定去。"我说。

"连鼻子也带上?"她问。

"那是当然。"我回答。

"这是入场券,我的宝贝儿。我能告诉他们,说你一定会去吗?"

"亲爱的公爵夫人,我用我整颗心保证。"

"啐!那你的整个鼻子呢?"

"我用我整个鼻子保证,亲爱的。"我说。然后我把鼻子拧了两下,于是我发现自己已到了阿尔马克俱乐部。

屋里拥挤得令人窒息。

"他过来了!"站在楼梯口的一个人说。

"他过来了!"站在上面一点的一个人说。

"他过来了!"站在更上面的一个人说。

"他来了!"公爵夫人欢呼,"他来了!那个小可爱!"她紧紧地抓住我的双手,在我的鼻子上吻了三下。

一个惊人的事件随之而发生。

"我的天!"卡普里科鲁蒂伯爵惊呼道。

"真该死！"唐·斯蒂尔托先生嘟哝道。

"天杀的！"格勒诺耶亲王怒吼道。

"活见鬼！"布兰登鲁夫选帝侯咆哮道。

是可忍，孰不可忍？我当即勃然大怒，猛转身朝着布兰登鲁夫。

"喂，老兄！"我对他说，"你是只狒狒。"

"先生，"他略一踌躇后说，"我要与你决斗！"

这正是我所希望的。我们相互交换了名片。第二天上午在白垩农场，我一枪打掉了他的鼻子，然后我就去拜访朋友。

"傻瓜！"第一个朋友说。

"笨蛋！"第二个朋友说。

"白痴！"第三个朋友说。

"蠢驴！"第四个朋友说。

"草包！"第五个朋友说。

"饭桶！"第六个朋友说。

"滚蛋！"第七个朋友说。

我感觉受到了奇耻大辱，于是便回家请教我的父亲。

"父亲，"我问，"我生活的主要目标是什么？"

"我的儿子，"父亲回答，"仍然是研究鼻腔学。不过你打掉那位选帝侯的鼻子做得太过分了。不错，你有个了不起的鼻子，但现在布兰登鲁夫却完全没有鼻子。你因此而被责骂，而他却成了当今之英雄。我承认，在咱们胡蒙胡欺市，一个名人的知名度与他鼻子的大小成正比。但是，天哪！你没法与一位压根儿就没有鼻子的名人竞争。"

(1835)

# 死荫——寓言一则

是的！虽然我穿行在死荫幽谷。

——《旧约·诗篇》

读这则寓言的你还活在世上，而写这则寓言的我恐怕早已去了亡灵之乡。因为在这些记录被世人读到之前，奇异的事情将会发生，神秘的事情将被知晓，许多个世纪将会过去。而在这些记载被读之时，有些人会不信，有些人会怀疑，但有少数人会在这些用铁笔镌刻[①]的字符中发现许多引人深思的东西。

那是一个恐怖之年，人们心里充满了一种这个世上还没有字眼可形容的比恐怖还恐怖的感情。因为许多奇征异兆相继出现，普天之下，从海洋到陆地，都被时疫黑色的翅膀所覆盖。然而，对于那些精通星象的人来说，并非不知道这是天象显出了凶兆。对他们中的我，希腊人奥伊洛斯来说，这显然是木星在白羊宫入口处与可怕的土星那道红色光环交接，794年的那场大更迭已经来临。如果我没有完全弄错的话，那种奇特的天意不仅显现在地球

---

[①] 《旧约·约伯记》第19章第23—24节有言："啊，愿我的这番话都被记下，被记录在一部书中，被铁笔和铅永远镌刻在岩石上。"《旧约·耶利米书》第17章第1节则曰："犹大的罪孽是用铁笔和金刚钻记录的。"

的自然轨道中，也显现在人类的精神、想象和沉思冥想之中。

一天晚上，在一座名叫普托勒墨斯的幽幽城中，在一个宏伟大厅的四壁之内，围着一些用长颈瓶装的开俄斯岛红葡萄酒，我们7个人坐在一起。除了一道巍峨的黄铜大门，我们这个房间没别的入口。那道大门由工匠科里乌诺斯铸成，稀罕的是那门只能从里边开闭。那阴暗房间的黑色帷幔，使我们看不见苍白的月亮和星星，也看不见窗外无人的街甬，但却挡不住那不祥之兆，也无法逐出我们对灾祸的记忆。我现在已不能清晰地描述当时的情景，无论是物质上的存在还是精神上的实感；除了气氛的压抑、窒息的感觉和如焚的忧虑，我记得最清楚的就是，在意识清醒而敏锐但思维能力却沉睡不醒之时，神经所经历的那种对生存的恐惧。一种死亡的压迫缠住我们不放。它缠住我们的四肢，缠住室内的摆设，也缠住我们喝酒的那些酒杯；所有的一切都被缠住，所有的一切都被压倒，只除了7团照亮我们酒宴的7盏铁灯的火焰。7盏灯的火苗都又细又长，火苗暗淡而且一动不动。灯光在我们围坐的那张黑檀圆桌上形成了一面镜子，从那面镜子中，我们每个人都看见了自己脸色的苍白，看见了同伴眼中的萎靡不振和焦灼不安。然而，我们仍歇斯底里地纵声大笑，纵情作乐，疯疯癫癫地吟唱阿那克里翁咏赞酒色的琴歌；虽然紫色的酒浆让我们想到鲜血，但我们依然狂饮高歌。因为我们屋里还有另一位叫做小索伊勒斯的房客。他正裹着尸衣直挺挺地躺在一旁，好像是那个场景的守护神。唉！他分享不到我们的快乐，只是他那张被瘟疫扭歪的脸和那双只被死神熄灭了一半瘟疫火焰的眼睛似乎正对我们的狂欢感兴趣。但是，虽然我感到死者的眼睛正盯着我，但我仍然强迫自己不去理会那眼中的痛苦，而是凝视着镜子般的黑檀桌面，用宏亮的声音高唱泰奥斯之子[①]的那些琴歌。但渐渐地，我的歌声停止了，那屋里黑色帷幔间萦绕的回声也越来越弱，最后终于完全消逝。瞧！就从歌声消逝的那些黑色的帷幔之中，走出一个模模糊糊、飘忽不定的影子，就像月亮刚刚升起时可能映出的人的影子；但它既不是人影，也不是神影，也不是任何我们所熟悉的东西的影子。它在黑色的帷幔间哆嗦了一会儿，最后终于在黄铜大门的表面上附定。但那影子仍若明若暗，虚无缥缈，毫不成形；既不像人也不像神——不像希腊的神，不像迦勒底的神，也不像埃及的任何神。那影子就附在门拱下的黄铜门上，一动不动，一声不吭，完全静止。如果我没记错，影子所依附的门正对着裹着尸衣的小索伊勒斯的双脚。但自从那影子从帷幔间飘出之后，我们7个人都没有正眼看过它一眼，而是垂下目光久久盯着那面黑檀木镜。最后我嗫嚅着问那影子姓甚名谁，居住何方。影子回答，"我叫死荫，居住在这普托勒斯城地下墓窟附近，就在极乐世界那混沌的旷野旁边，紧挨着那条肮脏的冥河。"这下把我们7个人都吓得从座位上一跃而起，一个个战战兢兢直打哆嗦；因为那影子的声音所包含的不是一个人的声调，而是许许多多人的声调。它说话时每发出一个音节就变换一种声调，这些声调阴沉沉地钻进我们的耳朵，使我们回忆起成千上万死去的朋友们那些熟悉的口音。

（1835）

---

[①] 古希腊诗人阿那克里翁（Anacreon）生于小亚细亚的泰奥斯，故有"泰奥斯之子"之称。

# 静——寓言一则

> 山峰都沉睡了；幽谷、
> 巉岩和洞穴寂然无声。
> ——阿尔克曼

"听我说，"魔鬼说着将一只手摁在我头上，"我讲的这个地方是利比亚的一个荒僻之处，在扎伊尔河畔。那里没有安宁，没有寂静。

"那条河中的水有一种令人作呕的番红花颜色，而且那水不往海里流，而是日复一日、年复一年地在火红的太阳下奔腾翻滚。从那条河的软泥河床向两岸伸延数英里，是一片长满巨大水百合的苍白的荒原。水百合在那片荒原上喟然相对，长吁短叹，朝天上伸着它们又长又白的脖子，永不停息地摇晃着它们的头。它们发出低沉而连续的声响，就像是地下水汩汩溅溅。它们喟然相对，长吁短叹。

"但水百合的荒原有一道疆界——那座阴森森、高巍巍的森林的疆界。在那儿，低矮的灌木丛犹如赫布里底群岛的波浪，永不停息地汹涌骚动。但天上没有一丝风。那些参天古树东摇西晃，发出一阵阵巨大的声响。从它们高高的树冠，一滴滴露珠长年不断地往下涌淌。树根旁长着奇异的毒花，毒花在不安的睡眠中扭动。头顶上，伴随着飒飒的声音，灰色的云亘古不息地飘向西方，直飘到天边那堵火红的墙上方，翻卷成一场瀑布般的暴雨。但天上没有一丝风。在扎伊尔河的两岸，既没有安宁也没有寂静。

"那是个夜晚，天在下雨，往下落时是雨，但落下来后是血。而且一直在下，天在下雨，但一直在下，那是血。我站在水百合丛中的泥淖里，雨浇在我的头上，那些百合花在孤寂与凄凉中相对喟然，唉声叹气。

"突然间，月亮穿过苍白的薄雾而升起，放射出血红色的月光。我看见了河边耸立着的一块被月光照亮的巨大岩石。那岩石阴沉，苍白，岿然独立。那岩石阴沉沉的。岩石的正面刻着字。我穿过长满水百合的泥淖走到河边，以便能看清岩石上刻的字。但我辨认不出那些字符的含义。我正回头走进泥淖，这时月光变得更红，我转身再一次看那块岩石，看那些字符。刻在岩石上的是一个'荒'字。

"我举头仰望，看见岩顶上站着一个人，于是我躲进水百合花丛中，以便能观察那个人的举动。那人的身躯魁梧而堂皇，从肩到脚被一件古罗马人穿的宽袍裹得严严实实。他身影的轮廓模模糊糊，但他的相貌却是一副神的相貌，因为黑夜、薄雾、月亮和露珠都没有遮掩他那张面孔。他高高的额顶带着沉思，他大大的眼睛充满忧虑；从他脸上的几道皱纹，我看出了他对人类的惋惜、厌倦和憎恶，看出了他对孤独的向往。

"那人在岩顶上坐下来，用一只手托着头，眺望那片旷野。他垂眼看看那不安的低矮灌木，又抬眼望望那些参天古树，然后再向上看那飒飒作响的天空，最后凝视那轮血红的月亮。我藏在百合花丛中，观察那个人的一举一动。那人在孤独中颤栗，但夜色将尽，而他坐在岩石上。

"那人从天空收回目光，放眼眺望凄迷的扎伊尔河，眺望那昏黄阴惨的河水，眺望那灰蒙蒙的一大片水百合花。那人倾听水百合的叹息，倾听它们发出的低沉而连续的声音。我悄悄地潜伏在隐蔽之处，观察那个人的一举一动。那人在孤独中颤栗，但夜色将尽，而他坐在岩石上。

"于是我退到泥淖深处，费力地走到那一大片百合花中央，呼唤那些住在泥淖深处沼泽地中的河马。河马听到了我的呼唤，与它们《圣经》中的同类①一道来到那块岩石脚下，在月光下高声而可怕地怒吼。我悄悄潜伏在隐蔽之处，观察那个人的一举一动。那人在孤独中颤栗，但夜色将尽，而他坐在岩石上。

"于是我用骚动的咒语诅咒风雨雷电，一场可怕的暴风雨开始在先前没有风的天空上聚集。来势汹汹的暴风雨遮天蔽月。大雨倾泻在那个人头上。河中洪水涌来，河里翻滚着泡沫浊浪。水百合在雨中声声哀鸣。大森林在风中分崩离析。雷声隆隆，电光闪闪，那块岩石连根基都在摇晃。我悄悄地潜伏在隐蔽之处，观察那个人的一举一动。那人在孤独中颤栗，但夜色将尽，而他坐在岩石上。

---

① 《旧约·约伯记》第40章第15—24节有关于河马的记载。但《圣经》中的河马叫做behemoth，一般的河马称作hippopotamus，故作者把两者称为同类。

"于是我用'静'的咒语来诅咒河，诅咒百合，诅咒风，诅咒森林，诅咒天空，诅咒雷电，诅咒水百合的叹息。我的诅咒立刻应验，它们全都静止下来。月亮停止了移动。雷声骤然消失。电光不再闪亮。云块全都凝固。河里的水退回到原来的水位。森林停止了摇晃。水百合不再叹息，也不再发出低沉而连续的声音，旷荡无边的荒原上一片岑寂。我再看岩石上刻的那个字符，发现已经变成了一个'静'字。

"我的眼光落在那个人脸上，他已被吓得脸色苍白。他猛然抬起头，站起身，朝前倾身聆听。但旷荡无边的荒原上一片岑寂，岩石上的字符也变成了'静'字。那人颤抖着掉转头，匆匆逃去，结果我再也没见到过他。"

\* \* \* \* \*

如今在古波斯祭司留下的那些卷帙中有许多好故事——在古波斯祭司那些铁钉装订的忧郁的卷帙中。唷，里边有天空、海洋和大地辉煌的历史，有关于统治天空、海洋和大地的神怪的故事。在西彼拉①的预言中还有许多传说，还有多多纳神庙周围那些摇晃的朦朦树叶所听到的那些神圣而古老的往事②。然而，尽管真主活着，我仍然认为魔鬼在坟墓阴影中坐在我身边讲给我的这则寓言是最奇妙的故事。当时魔鬼讲完故事就哈哈大笑着退回墓穴之中。

---

① 西彼拉（Sybils，或 Sibylla），希腊罗马神话传说中的女预言家，相传她著有《西彼拉预言书》，其残卷藏于罗马卡匹托尔山神庙。

② 多多纳神庙是古希腊伊庇鲁斯地区（曾为一古国）的宙斯神庙。关于从神庙周围的树叶声中得到神谕的记载最初见于荷马《奥德赛》第14卷。

我未能同魔鬼一道发笑,他因此而诅咒了我。永远居住在坟墓里的那只山猫蹿出来,匍匐在魔鬼脚边,一动不动地盯着他的脸。

(1832)

# 贝蕾妮丝

> 友人曾告诉我，若我能去爱人墓前，我的痛苦便可减轻。
> ——伊本·扎阿德[①]

痛苦有多种多样。人世间的不幸也是万象森罗。犹如那道横过寥寥天边的彩虹，其色彩也是千变万化，有时各色清晰可辨，有时又融合交织在一起。犹如那道横过寥寥天边的彩虹！我为什么从美中却生发出不爱？从安宁的承诺[②]中得到的却像是悲哀？不过，正如在伦理学中恶乃善之果，悲哀实际上产生于欢乐。不论是过去幸福的记忆变为今朝之痛苦，还是今天实实在在的痛苦起源于过去莫须有的狂喜极乐。

我的洗礼名叫埃加乌斯，我不想说出我的姓。不过在我的故乡，还没有任何门楣家院比我家那灰暗阴郁、世代相传的邸宅更长久地受人尊敬。我们家族一直被人称为一个梦幻家的家族，而

---

[①] 伊本·扎阿德（Ebn Zaiat）系公元3世纪的阿拉伯诗人。
[②] "安宁的承诺"指彩虹。《旧约·创世记》第9章第13—17节记载，大洪水之后上帝对挪亚承诺，其方舟所载之人和所有动物不会再被洪水灭绝，并以彩虹作为这个承诺的标记。

许多引人注目的怪事（我们家那座历史悠久的邸宅，主客厅里的那些壁画，每间卧室的那些挂毯，纹章上凸出图案的镌刻，尤其是走廊上那些古画，以及书房的摆布，而最重要的是书房里那些内容奇怪而独特的藏书）都足以证明人们的看法有根有据。

我对早年的回忆总与那间书房有关，与那些藏书有关，而关于后者，我不想多言。我母亲在那儿死去。我在那儿降生。但若说我在此之前不曾生活过，或者说我的灵魂在此之前不曾存在过，那纯属无稽之谈。你不相信这点？让我们别争论这事。我相信此说，但并不试图让别人也信服。然而，我脑子里总有一些与生俱来的记忆，一些虚无缥缈的身影，一些超凡脱俗且意味深长的目光，一些和谐悦耳但哀婉凄切的声音，一种无法排除的记忆，一种影子般的记忆，模模糊糊，朦朦胧胧，变幻莫测，飘忽不定；而只要我的理性之光还将闪耀，我就不可能摆脱那个影子。

我就降生在那个书房中。就这样从那个看似虚无但并非虚无的长夜中醒来，一下子进入了这个仙境般的地方，进入了一座想象的宫殿，进入了由禁欲思想和学问所统治的疆域。说来并不奇怪，我用惊奇而热切的眼光注视周围，我在书堆里消磨了我的童年，在沉思中耗费了我的青春；但奇怪的是当岁月流逝，人到壮年，我依旧住在我祖先传下的邸宅里。奇怪的是，一段什么样的停滞曾降临于我生命的春天？我原来最平凡的思维模式如何发生了一场彻底的逆转？人间的现实对于我就像是梦幻，而且是唯一的梦幻；梦境中的奇思异想反倒成了我生存的必需品，甚至完全成了生存本身。

\* \* \* \* \*

贝蕾妮丝和我是表兄妹，我俩一同在我父亲的邸宅里长大。然而我俩却截然不同。我体弱多病，性情忧郁，她却敏捷优雅，充满活力；我终日关在书房念书，她却整天在户外山坡逍遥；我生活在自己的内心世界，整个身心都沉溺于最紧张而痛苦的思索之中，而她却无忧无虑地度日，从不去想她生活道路上的阴影，也不管时间乌黑的翅膀在静静地飞翔。贝蕾妮丝！我呼唤她的名字——贝蕾妮丝！从灰蒙蒙的记忆废墟中，无数骚动的回忆被这声呼唤惊起！啊！她的形象又栩栩如生地展现在我眼前，一如她当年无忧无虑、快快活活的模样！哦！绚丽烂漫又绰约缥缈的美人！哦！阿恩海姆①的林中精灵！哦！洌洌清泉的水中仙女！可后来，后来一切都是那么神秘而恐怖，后来是一个不应该讲述的故事。疾病，一场致命的疾病，像热风突然降临到她身上，甚至当我去看她的时候，变化之精灵已把她席卷，改变了她的头脑、她的习惯和她的性格，甚至以一种最难以捉摸、最可怕的方式，使她看上去与从前完全判若两人！唉！毁灭者来了又去了，而罹难者今在何方？我不再认识她，或者说她不再是我认识的那个贝蕾妮丝。

在由那种招致我表妹在心身两方面都产生可怕巨变的致命病魔所引起的无数并发症中，也许应该提到的是一种最使人痛苦、

---

① "阿恩海姆"是司各特长篇小说《盖尔施泰因家的安妮》(*Anne of Geierstein*, 1829)中女主人公家的封地和祖宅，该小说第10章有段对漂亮的伯爵夫人安妮在阿恩海姆林间的描写。作者在此将贝蕾妮丝比作那位有魔法的漂亮女人。本书《阿恩海姆乐园》的篇名也来自该小说，《兰多的小屋》中那位安妮亦是该小说女主人公的影子。

最难以治疗、且常常使人神志昏迷的癫痫病。那种神志昏迷完全近乎于真正的死亡，而她从昏迷中清醒过来的方式往往又突然得令人震惊。就在我表妹患病期间，我自己的病（我一直被告知不应该说出该病的名称），我自己的病也越来越厉害，终于呈现出一种格外奇特的新型偏执狂的特征，病情日益加重，最后竟莫名其妙地完全把我控制。这种偏执狂，如果我必须这样称呼的话，以一种病态的激动构成其被玄学术语称之为凝意的心态特征。我当然不可能不知道这种心态特征，可我担心的是能否使一般读者对我那种神经质的偏狂强度有一个适当的概念，我的症状是，由于那种强烈的偏狂，我沉思冥想的精力（此处不用术语）全都被用来思索这世上最微不足道最鸡毛蒜皮的小事。

我常常一连几个小时不知疲倦地盯住书页边上某个可有可无的图案思索，或沉迷于某本书的印刷式样，把夏日里一天最好的时光用来聚精会神地凝视斜映在挂毯上或地板上的某片奇妙的阴影，整夜整夜地痴迷于一盏灯的火苗或是一团火的余烬，整天整天地陶醉于一朵花的芬芳，毫无变化地反复念一个普通的字眼，直到那声音再也不向大脑传送任何概念，身体长时间地绝对静止不动，直到完全丧失行为意识和肉体存在的意识。这些还仅仅是由一种心力状态所诱发的最普通最不要命的偏狂行为中的寥寥数例，虽说不全然空前绝后，但肯定已超越了分析或解释的范畴。

但千万别误解我的意思。绝不能将这种由零碎琐事所激发的过分的、热切的、病态的注意混同于人类所共有的爱沉思的癖好，尤其不能与耽于幻想相提并论。它甚至不像人们会猜想的那样是什么沉思冥想的过度现象或极端状态，它从本质上与沉思和幻想有根本的不同。举例来说，当梦幻家或狂热者对一件通常微不足道的事物感兴趣之时，他们会在由此而生发出的一大堆推理和启迪中忽略那件事物本身，他们那个白日梦的结尾常常都充满了华美的色彩，而当梦醒之时，他们沉思的诱因或第一原因早已烟消云散，无影无踪。而在我的病例中，首先是诱因绝对微不足道，尽管由于我病态的幻觉，它呈现出一种折射的非真实的重要性；其次是很少推理，如果有推理的话，那少有的推理也紧紧围绕诱因这个中心；其三是这种沉思冥想绝不愉快；最后就是当冥想终结之时，其诱因非但不会消失，反而会被夸张到超自然的地步，这也正是我这种疾病的主要特征。一言以蔽之，这种脑力的特殊运用，对我来讲就是我已经说过的凝意，而对白日做梦者而言，则是思辨。

我的那些书，在这个新时代看来，即使它们实际上并不足以造成神经错乱，但就它们富于想象且不合逻辑的内容来说，也会被人发现其本身就具有神经错乱的特征和性质。在那些书中，我还清楚地记得那位著名的意大利人科留斯·塞昆达斯·库里奥的论著《论上帝福地之阔》、圣奥斯丁的杰作《上帝之城》和德尔图良的《论基督肉身之复活》，最后一本书中那个似非而是的反论句（上帝之子死了，荒谬但可信；他又复活了，不可能但真实）曾使我一连几个星期殚精竭虑但终归徒然地对其进行研究。

从被微力所动摇这一点来看，我的精神似乎与托勒密·赫斐斯蒂翁所讲到的大海中的那块巉岩相似，那块巉岩在人类的攻击和风浪的震撼前都岿然不动，只在那种被叫做日光兰的花的触及下才瑟瑟颤抖。虽然在一位轻率的思想家看来，贝蕾妮丝不幸的疾病使她精神状态产生的巨变，无疑会给我刚才一直费力解说的我那种病态沉思提供许多诱因，但事实并非如此。在我清醒之时，她的不幸的确使我感到痛苦，她美丽而温柔的生命所遭受的毁损的确使我非常悲伤，我也并非没有经常地苦苦思索是什么惊人的力量在如此短的时间内造成了如此奇怪的巨变。但这些心理活动并不具有我那种疾病的特征，而是一般人在这种情况下都会有的正常思维。与我的病状特征相符的是，我错乱的神经完全沉溺于比精神变化更不重要但却更令人吃惊的贝蕾妮丝的身体变化，沉溺于她身躯相貌那令人震惊的完全变形。

在她绝世无双的美最粲然夺目的日子里，我绝对没有爱过她。在我那段怪异的生命中，感情对我从来不在于心，而总是在于脑。在清晨薄薄的灰雾之中，在中午森林的树影之中，在夜晚我书房的寂静之中，她都曾从我眼前倏然闪过。我也曾留意注视过她，但并非作为现实中的贝蕾妮丝，而是作为梦中的贝蕾妮丝；不是作为尘世间一个实实在在的人，而是作为这样一个人的抽象概念；不是作为赞美之物，而是作为分析之因；不是作为爱的对象，而是作为那种虽说杂乱无章但却最为深奥的沉思之主题。而后来，后来我一看见她就浑身发抖，她一走近我我就脸色发白。然而在为她憔悴的形容和孤独的处境深深悲叹之时，我想到了她长久以来一直爱着我，于是在一个不幸的时刻，我对她说起了结婚。

就在我们举行婚礼的日子临近之时，在那年冬日的一个下午（那种冬日有淡淡薄雾，异常地日丽风和，因此被叫做美丽翠鸟的看护人①）我像我平时想问题时一样，在我书房的里间独自而坐。可当我抬起眼睛，我看见贝蕾妮丝站在我跟前。

不知是我自己活跃的想象，还是窗外雾气的影响（抑或是室内朦胧的光线或垂落在她周围的灰色帷幔），造就了那么一个模模糊糊、飘忽不定的身影？这一点我说不清楚。她一声不吭，而我，无论如何也吭不出一声。一阵寒意冷彻我全身，一种难以忍受的焦虑感压得我喘不过气来，一种极为强烈的好奇心占据了我的灵魂；我身子往椅背一仰，老半天一动不动凝神屏息地凝视着她的身影。天哪！她的消瘦真叫人难以想象，从眼前那身影轮廓中，竟看不出一丝半点她从前身姿的形迹。我热烈的目光最后落在了她的脸上。

她高高的前额非常苍白，异常静穆。她那头曾乌黑发亮的头发现在变得焦黄而粗粝，蓬乱地披散在她的前额和深陷的双鬓。她古怪的表情中有一种压倒一切的忧郁。她的眼睛黯然无光，毫无生气，好像没有瞳孔似的。当我的目光从她无神的眼睛转向她皱缩的薄嘴唇时，我不知不觉地向后畏缩。那两片嘴唇张开，露出一个意味古怪的微笑，变形后的贝蕾妮丝的牙齿就这样慢慢展现在我眼前。哦！要是我没有看见那些牙齿该有多好！要是我看见之后就马上死去该有多好！

关门声使我猛然一惊，我定神一看，发现我表妹已经离开书

---

① 因为朱庇特在冬季两度让天气一连暖和7天，人们一直称冬日短暂的暖和天气为美丽翠鸟的看护人。——原注（[译者按] 美丽翠鸟是地中海海域的一种海鸟，每年夏至前一周内做窝，其后7天在窝中孵卵，届时附近海面风平浪静。）

房。但是她那两排洁白如玉的牙齿却没有离开我的脑海，而且我再也无法将它们赶走。那些牙齿表面没有半点瑕疵，珐琅质上没有一丝暗影，牙边上也没有任何凹痕，就在那短短的一笑之间，那洁牙皓齿便深深地烙在了我的脑际。我现在甚至比当时看得更清楚。那些牙齿！那些牙齿！它们在这儿，在那儿，在任何地方，都无时无刻不闪现在我眼前：又长又细、洁白如玉的牙齿，被那两片刚刚开启的灰白的嘴唇显露出来的牙齿。这下我的偏狂症猛然发作，我苦苦挣扎也摆脱不了它那不可抵御的奇怪影响。我心中除了那些牙齿再无别的念头。我对那些牙齿有种疯狂的向往。我所有的兴趣和精力全都集中于对那些牙齿的沉思。它们，它们已成了我心智的眼睛唯一之所见，它们已成了我精神生活唯一之要素。我在任何亮度下都看见它们。我以任何姿势都在想着它们。我考虑它们的属性。我寻思它们的特征。我揣摩它们的构造。我琢磨它们的本质变化。当我在想象中把它们那种甚至无需嘴唇的帮助就能传情达意的能力归因于它们具有一种知觉力时，我禁不住浑身发抖。人们说玛丽·萨莱小姐[①]的每个舞步都是感情，我则深信贝蕾妮丝的每一颗牙齿都是思想。思想！啊，正是那毁掉我的愚蠢的思想！思想！哦，原来我朝思暮想的就是那思想！我当时觉得只要能拥有那些牙齿，我便能得到安宁，恢复理智。

就这样，黄昏在我的冥想中降临，接着是夜晚的到来、逗留和离去，然后是新的一天开始，然后是第二天晚上的夜雾开始集聚，可我依然一动不动地坐在我那间幽静的书房里，依然凝神专

---

[①] 玛丽·萨莱（Marie Sallé，1707—1756），法国舞蹈家。

注地沉湎于我的冥思苦想之中，那些牙齿的幻影依然可怕地把我支配，它们以最生动最鲜明的形象飘舞在我房间里变幻着的光影之间。最后，一声恐怖的呼叫把我从沉思中惊醒，紧接着传来一阵喧嚷之声，其间掺杂着阵阵悲伤或痛苦的呜咽哀鸣。我从椅子中跃起，推开书房的一扇门，看见一位侍女泪流满面地站在前厅，她告诉我贝蕾妮丝已经——已经香消玉殒。她一大早就发作了癫痫病，而现在，当夜色阑珊之际，坟墓已准备好接待它的房客，有关葬礼的一切都已安排停当。

\* \* \* \* \*

我发现自己坐在书房里，而且又是一人独坐。似乎我刚刚从一场乱七八糟、令人激动的梦中醒来。我知道当时是半夜，而且非常清楚贝蕾妮丝在日落时分就已经下葬。但对从傍晚到半夜这段时间里我在干什么，我却毫无印象，或者说至少没有一个明确的记忆。我只记得那段时间充满了恐怖。那种恐怖因模糊而越发令人心悸，因朦胧而越发令人胆寒。那是我生命记载中最可怕的一页，它用模糊不清、莫名其妙且恐怖的记忆写成。我试图辨读这一页，但却枉费心机；然而一个女人凄厉的尖叫却像声音之精灵时时响在我的耳边。我肯定做了一件事，但是什么事呢？我高声问自己，四壁的回音应答我，"是什么事呢？"

我身边的桌上亮着一盏灯，灯旁放着一个小箱。那小箱并不惹眼，我过去常常见到它，因为它是我家家庭医生的医疗箱。可它怎么在这儿？怎么在我的桌上？为什么我一看见它就发抖？这些问题无论如何也难以说清。最后我的眼睛落在摊开的一本书上，并看到了一个下面用笔加了横线的句子。那是阿拉伯诗人伊本·扎阿德所写的一个古怪而简单的句子,"友人曾告诉我,若我能去爱人墓前,我的痛苦便可减轻。"那为什么,当我反复体味这句话时,我的头发会倒立,我的血液会凝固?

随着一声轻轻的敲门声,一个脸色煞白的仆人踮着脚尖进了我的书房。他满脸惊恐,用一种颤抖的、沙哑的、低沉的声音跟我说话。他说了些什么?我听到一些支离破碎的话语。他说一声尖叫划破了夜的沉寂,说府上的人都集合到了一起,说他们顺着那声音的方向寻找。说到这儿他的声音开始变得清晰,令人毛骨悚然的清晰,他给我讲一座被掘开的坟墓,讲一具裹着尸衣但面容被毁损的尸体,可那尸体还在呼吸,还有心跳,还活着!

他指着我身上的衣服,我衣服上粘着泥污,凝着血迹。我说不出话,他又抬起我一只手,我手上有被人的指甲抓破的凹痕。他接着又叫我看靠在墙根的一样东西,我足足看了几分钟,那是一把铁锹。我尖叫一声跳到桌边,抓起桌上那个箱子。但我没法把它打开,箱子从我颤抖的手中滑落,重重地掉在地上,摔得粉碎。随着砰的一声,一些牙科医生用的器具滚了出来,32粒细小、洁白、象牙般的东西混杂其间,撒落在我书房的地板上。

(1835)

# 莫雷娜

就它本身,只靠本身,万世不易,唯一一个。
——柏拉图《会饮篇》

对我的朋友莫雷娜,我怀着一腔非常深厚但又最最异常的感情。多年前偶然被抛进她的圈子,从我们初次相遇,我的灵魂便燃烧起一种我以前从不知道的火焰,但那并非是爱神之火。待我渐渐确信我无论如何也没法解释那火焰非同寻常的意义,或调整其含混不明的强烈程度之后,我的灵魂开始受到痛苦的煎熬。然而,我们相遇了,命运在神坛前把我俩结合到了一起,但我从没提起过恋情,也绝没想到过爱。可是,她放弃了所有的交往,只陪伴在我身边,使我幸福。那是一种令人惊讶的幸福,一种梦幻般的幸福。

莫雷娜学识渊博。正如我所希望的那样,她天资出众,智力超群。我感觉到了这点,并在许多问题上成了她的学生。但不久之后我发现,也许是因为她曾在普雷斯堡大学念过书的缘故,她在我面前摆出了许多神秘主义的作品,而这些作品在今天通常都被视为早期日耳曼文学的糟粕。我没法想象,她为何偏爱这些书并长期对其进行研究;我也没法想象,这些书后来竟渐渐成了我的所爱，这应该归因于她简单有效的言传身教。

在这整个过程中，如果我没弄错的话，我的理性很少起作用。我之信服或者说我之忘我，绝不是什么观念的效力。无论在我的行为还是思想中，除非我现在还大错特错，都找不到丝毫我所读到的神秘主义的色彩。由于信服，我盲目地把自己交给妻子引导，并毫不畏缩地步入了她那座研究的迷宫。而后来，后来当我因阅读那些禁书而感到被禁锢的心灵开始激荡之时，莫雷娜便会把她冰凉的手摁在我手上，从一门死亡的哲学中煽出一些早已冷透的古怪词句的灰烬，而这些词句的含义便会在我的记忆中死灰复燃并熊熊燃烧。于是我就会几个小时几个小时地逗留在她身边，沉溺于她娓娓动听的声音，直到最后，那悦耳的声音被恐怖浸染，我的灵魂被一片阴影笼罩，一听见那神秘的声调我便会脸色苍白，内心战栗。就这样，欢乐突然间变成了恐怖，最美丽的变成了最可怕的，就像欣嫩子谷变成了哥赫那谷。①

没必要阐述那些名篇巨论的大宗宏旨，没必要说明我提到的那些卷帙的特殊性质，总之在很长一段时间内，它们几乎是我和莫雷娜谈话的唯一内容。那些涉及的学科也许可被称为神学伦理学，精通其学者自然一看就懂，而不精通者则会百思不得其解。费希特的泛神论、毕达哥拉斯修正的灵魂轮回学说，尤其是谢林

---

① 欣嫩子谷（Hinnom）和哥赫那谷（Gehenna）均指耶路撒冷西南方同一山谷，古腓尼基人、迦南人和部分以色列人曾在此山谷用自家子女献燔祭，崇拜邪神摩洛，后被犹大国王约西亚废止（参见《旧约·利未记》第18章第21节、《列王纪下》第23章第10节、《历代志下》第28章第3节等）。

的同一哲学，常常是我们讨论的要点。这些讨论给富于想象的莫雷娜罩上了最美的光环。关于所谓的人之同一性，我认为洛克先生真正的意思是说有理性的生命的同一性。因为凭着人的存在，我们才知道一个有智力的实体具有理性，而且因为有一种总是伴随思想而存在的意识，这才使我们大家成为我们称之为的"我们自己"，从而使我们区别于其他会思想的人，并赋予我们个性特征。但个体存在的原理，那种同一性在死后是否万世不易的概念，在当时的任何时候对我都是一个趣味无穷的思考题目，那不仅是因为思考的结果令人既困惑又激动，更主要的是因为莫雷娜在说到这个话题时在表情和举止上明显表现出来的激动不安。

但不幸的时刻终于来临，我妻子表情举止的那种神秘性终于像一道咒符压得我喘不过气来。我再也没法忍受她苍白手指的触摸，再也没法忍受她歌吟一般的低诉，再也没法忍受她眼里那种忧郁的目光。她知道这一切，但并未责怪我；她仿佛意识到了我的懦弱或愚蠢，并微笑着说那是命中注定。她似乎还意识到了一个我不知道的原因，正是那原因使我与她逐渐疏远，但她没有给我任何暗示或提醒。可她毕竟是女人，她终于日渐憔悴。她脸上常常泛起久久不散的红晕，苍白的额上突出的青筋也越来越明显。我有时也忍不住动恻隐之心，但一接触到她那意味深长的目光，我的心又感到腻烦，头又觉得眩晕，就像一个人站在悬崖边上窥视那阴风凄凄的无底深渊。

那我是否能说，当时我是迫不及待地希望莫雷娜死去呢？是的，我希望。但那纤弱的灵魂却恋恋不舍它肉体的寓所。一天又一天，一周又一周，一月又一月，直到我饱受煎熬的神经完全控制了我的意志，无休无止的折磨使我变得狂躁，我甚至刻毒地诅咒那漫长而痛苦一天天、一月月，可她娇柔的生命就像日落之后的残霞，久久不肯散去。

但在一个秋日的黄昏，当天上的风静止之时，莫雷娜叫我去她的床边。当时整个大地笼罩着一层朦胧的薄雾，水面上映着暖融融的霞光，而且肯定有道彩虹从天空掉进了色彩斑斓的十月的森林。

"这是命中注定的一天，"当我走近床边时她对我说，"不论于生于死都只是命中注定的一天。对于大地和生命之子，这是美好的一天。啊！对于天空和死亡的女儿，这一天更为美好！"

我吻了吻她的前额，她继续说：

"我就要死去，但我将继续生存。"

"莫雷娜！"

"这些日子绝不是你能爱我的日子。但那个活着时你所嫌弃的她，在死后将被你爱慕。"

"莫雷娜！"

"我再说一遍，我就要死去。但我身体里有一个那种爱慕之情的结晶。哦，那么少！你对我的爱慕之情是多么少！我的灵魂离去之时就是这孩子降生之日。你和我的孩子，莫雷娜的孩子。不过，你未来的日子将充满忧伤，充满那种最刻骨铭心且绵绵不绝的忧伤，就像丝柏树一样四季常青。你的欢乐时光已经结束。人的一生不可能得到两次欢乐，不像帕斯图穆的蔷薇一年盛开两季。所以，你将不再去计算时日，而由于你不知桃金娘和常青藤为何物，你将在大地上裹上你的尸衣，就像麦加的那些穆斯林。"

"莫雷娜！"我高声惊问，"莫雷娜！你怎么知道这些？"但她转过身把脸埋进枕头，四肢一阵微微颤抖，然后气绝身亡，而我再没听到过她的声音。

但正如她所预言，她的孩子，她临死前生下的孩子，在她气绝之时开始了呼吸。她的孩子，一个女孩儿，来到了这个世界。这女孩的身心两方面的发育都非常奇特，活像她死去的母亲。我爱她，用一种我以前从不相信自己可能对任何人所怀有的炽热爱心。

但时过不久，这片纯情的天空变得阴暗，布满了朦胧、忧伤、恐怖的乌云。我说过这孩子身心两方面的发育都非常奇特。她身体的发育速度的确令人称奇，但可怕的是，哦，可怕的是当观察她智力发育时那些向我涌来的纷乱思绪。难道就不能是另一种情景，而只能每天从一个小女孩的想法中发现成年人的才干和成熟女人的能力？只能每天听两片稚气十足的嘴唇大讲什么经验教训？只能每天看那双沉思的圆圆眼睛闪烁出成熟的智慧和热情？我是说，当这一切对我惊骇的感官都变得彰明较著之时，当我的灵魂对此再也不能视而不见之时，当我战栗的知觉对此再也不能听而不闻之时，谁还会惊诧于那悄悄爬上我心头的既让人害怕又令人激动的疑心，或惊诧于我会回忆起死去的莫雷娜那些无稽之谈和令人毛骨悚然的理论？阅尽茫茫人世，我抓住了一个命运使我不得不爱的人；而在我与世隔绝的家中，我终日坐卧不安，提心吊胆地注视着我所爱之人的一举一动、一言一行。

随着岁月的流逝，我天天都凝视着她那张圣洁、柔和而富于表情的脸庞，天天都凝望着她那副日益成熟的身躯，天天都从她身上发现她与她母亲新的相似之处——忧郁与沉默。而很多时候，那些相似之处在她身上显得更神秘，更强烈，更明确，更使人困惑，更令人恐怖。她的微笑像她母亲，这我能忍受，但随之我就为其丝毫不差的同一性而浑身哆嗦。她的眼睛像莫雷娜，这我能忍受，但接下来它们便常常用莫雷娜那种强烈的、令人手足无措的、意味深长的目光直穿我的灵魂。从她高高额顶的轮廓，从她丝绸一般柔滑的鬈发，从她插入鬈发的苍白手指，从她说话时那种阴郁但悦耳的声调，而尤其是，哦，尤其是从挂在她嘴边的那些她死去母亲的话语之中，我发现了冥思苦想的材料，我找到了惊恐不安的原因——我看见了一具不愿死去的僵尸。

就这样一晃过了10年。可我的女儿在这个世界上还没有名字。"我的孩子"和"我的爱"便是父亲在感情迸发时所呼唤的名称，而她与世隔绝的生活又排除了与外界的任何交往。莫雷娜的名字已随她母亲一道死去。我从未向女儿提起过她的母亲——我实在没法提起。实际上，在我女儿来到这个世界之后的短短10年中，除了她所生活于其中的这个有限空间给她的印象之外，她对外面的世界一无所知。可最后，那个洗礼仪式把我萎靡不振、焦灼不安的心从我对命运的恐惧中解救了出来。站在洗礼盆前，我还在为女儿的名字迟疑。许多文雅的、漂亮的、古老的、现代的、本国的、外国的名字一下都涌到我嘴边，那么多美丽的、温柔的、巧妙的、恰当的名字。那么，到底是什么驱使我唤醒了对那个死者的记忆？是什么魔鬼蛊惑我发出了那个我一想到就会血压退潮、手脚冰凉的声音？在那个夜晚的寂静里，在教堂昏暗的圣殿中，是什么恶魔从我灵魂深处使我对着神父的耳朵轻声说出了那个名字——莫雷娜？只有魔鬼才会使我的女儿面部痉挛，脸如死灰。她一听到那个勉强能听到的名字就猛然一惊,抬起她呆滞的双眼凝望苍天,然后匍匐在教堂黑色的地板上,回答道:"我在这儿!"

那声平淡而冷静的回答清清楚楚地钻进我的耳朵,顿时如熔化的铅嘶嘶地蹿入我的大脑。岁月,岁月可以一去不返,但那段记忆绝不会泯灭!实际上我并非是不知鲜花青藤,而是铁杉和丝柏遮蔽了我的日夜。我不再计算时日,不再观测方位,我的命运之星从天际陨落,于是整个大地一片黑暗,世人从我身旁走过,犹如来来去去的影子,而那些影子中我只看见莫雷娜。天上的风呼呼吹过,但我耳里只有一个声音,大海的波涛永远在轻声呼唤莫雷娜。但她已死去,我亲手把她送往坟墓,可我久久地、痛苦地仰天狂笑,因为我把第二个莫雷娜安放进墓窟时,我发现里面压根儿就没有第一个莫雷娜的痕迹。

(1835)

# 瘟疫王
## ——一个包含一则寓言的故事

> 神祇们能容许国王放火，
> 但他们却厌恶平民点灯。
> ——巴克赫斯特《费里克斯和波里克斯的悲剧》[①]

在爱德华三世当政的骑士年代，在一个10月之夜的12点光景，一条来往于斯勒伊斯[②]和泰晤士河之间的名为"自由自在号"的商船正停泊在泰晤士河畔，船上的两名水手非常惊奇地发现他们坐在了伦敦圣安德鲁斯教区的一家酒馆里。这家酒馆以一幅"快乐水手"的画像作为招牌。

那顶篷低矮的酒馆里虽说乌烟瘴气，一塌糊涂，在哪个方面都符合那个年代那种地方的共同特征，但在酒馆里那些三五成群、奇形怪状的顾客眼中，这已经足以使他们称心如意了。

---

[①] 巴克赫斯特（男爵）即英国诗人、剧作家萨克维尔（Thomas Sackville，1536—1608），《费里克斯和波里克斯的悲剧》是他与托马斯·诺顿合著的无韵体诗剧，又名《戈尔伯德克的悲剧》。
[②] 荷兰西南部港口城镇。

我想，在那些三五成群的顾客中，我们这两位水手若不是最出众的一群，也应该算是最有趣的一对。

那位看上去年岁稍长、被他的伙伴形象地叫做"勒格斯"①的水手在两人之中个子也更高些。他身高应该是6英尺半，老是耷拉着的肩膀似乎就是他个子太高之必然结果。然而，他其他方面之不足更说明了他身高之多余。他出奇的瘦，正如他船上的伙伴们断言，他喝醉时可当桅梢的短索，清醒时能作第二斜桅。但诸如此类的俏皮话显然在任何时候都不会作用于这名水手的笑神经。他有一副高高的颧骨，一个很大的鹰钩鼻，有深陷的腮帮，往下坠的下巴和一双巨大而凸出的浅色眼睛。他脸上虽说固执地带有一种对一般事都满不在乎的神情，但并非不是一张难以想象、无法形容的一本正经的脸庞。

那位年轻一点的水手在外貌上则与他的同伴完全相反。他的身高不会超过4英尺。两条粗短的弯腿支撑着他那矮胖臃肿的身体，而他那短得出奇、粗得连末端的手掌都不成形的胳膊则像海龟的脚掌垂吊在他身躯两侧。一对说不出什么颜色的小眼睛深深地嵌入他的面部。他的鼻子也深深地埋在那堆裹住他那张又圆又胖的酱紫色脸的肥肉之中。他厚厚的上嘴唇自鸣得意地躺在比它更厚的下嘴唇上，主人不时要舐舐它们的习惯使它显得更为突出。他显然是怀着一种一半惊讶一半困惑的感情看待他那位高个儿伙伴；当他偶尔仰望他同伴那张脸时，就犹如圆圆的落日在仰望尼维斯山峰高高的巉岩。

---

① 英文勒格斯（Legs）意为腿。

然而，在那天晚上的前几个小时，这令人尊敬的一对已经在附近一些不同的酒馆里有过了一番丰富多彩的经历。阔佬们也有囊中羞涩的时候，此刻，我们这对朋友就带着空空如也的钱囊冒险坐在那家酒馆内。

就在这个故事开始之时，勒格斯和他的同伴休·塔波林正坐在那家酒馆的店堂中央，各自把双肘撑在大橡木桌上，都用一只手托着腮帮。他们正从桌上那一大瓶虽未付账但已在"冒泡的填充剂"后面凝视几个不祥的字眼，"没有粉笔"，而令他们又惊又怒的是，赫然写在大门上方的那几个字正是用说没有的那种矿物质写的①。秉公而论，这并非是指控这两位大海的门徒具有辨字识文的才能，在那个时代的平民百姓心目中，辨字识文之玄妙几乎不亚于写诗作文。实话实说，那几个字写得歪歪扭扭，就像船在风浪中东倒西歪，在那两个水手看来，这预示着一场暴风雨即将来临。于是他俩马上做出了决定，用勒格斯自己的话来说就是"抽干底水，扯满船帆，顺风疾驶。"

对剩下的麦酒进行了适当的处理，穿好了他们的紧身上衣，他俩终于朝街上逃去。尽管偏偏倒倒的塔波林两次误将壁炉当成大门，但他们毕竟成功地逃出了酒馆。12点半光景，我们的主人公发现大祸将临头，便顺着一条阴暗的胡同朝圣安德鲁斯码头方向匆匆逃命，而"快乐水手"酒馆的老板娘则在他俩身后紧迫不舍。

---

① 此处"没有粉笔"的原文是"No Chalk"。英文Chalk的意思是"白垩"、"粉笔"，昔时旅店酒肆把客人的赊账用粉笔记录在小黑板上，故No Chalk意思是"概不赊账"，但爱伦·坡让两位初识文字的水手将其理解为"没有粉笔"。

在这个故事发生之前后的许多年里，整个英格兰一直周期性地回荡着"黑死病"这个可怕的声音，而首都的情形则更为凄凉。这座城市的人口锐减——在那些瘟疫最猖獗的城区，在泰晤士河的两岸附近，在那些被认为是病魔诞生之地的又窄又暗的肮脏的小巷胡同，只剩下恐怖、畏葸和迷信在蔓延盛行。

根据国王的谕旨，这些凄凉荒僻的地区统统被封闭，任何人不得私自入内，违者一律格杀勿论。但无论是君王的禁令和竖在街口的栅栏，还是那使一般亡命之徒都闻风丧胆的令人恶心的死亡，都未能阻止那些没有家具也无人居住的寓所遭到劫掠，诸如铜、铁、铅制品等凡是能变卖成钱的东西都在夜间被盗得精光。

尤其是在每年冬天打开那些栅栏时，人们常常发现锁、栓和秘密地窖都不足以保护那些大量贮藏的各种酒，这些酒是四邻的许多商人外出避灾前考虑到搬运的麻烦和危险而托交邻居贮存保管的。

但是，被吓破胆的市民们很少有人把这些偷窃归因于世人所为。瘟神、病魔、疫精便成了公认的罪魁祸首，这种令人毛骨悚然的故事不胫而走，以致整个禁区终被死亡的恐怖笼罩，连那些自己创造了这种恐怖的劫掠者最后也被吓得望而却步，把整个空旷的禁区完全留给了凄凉、沉寂、瘟疫和死亡。就是在一道刚才所提到的、表明前方就是瘟疫禁区的可怕的栅栏前，慌不择路地顺着一条胡同逃过来的勒格斯和可敬的休·塔波林突然发现他们的逃路受阻。回头已不可能，必须当机立断，因为他们的追赶者就在身后。对训练有素的水手来说，翻越那匆匆架设的木栅栏本来就不在话下，加之酒精和奔逃的双重刺激已使这两名水手近乎于疯狂，于是他俩毫不犹豫地跳进了禁区，并高声大笑大嚷着磕磕绊绊地继续往前行走，但很快就为四周的阵阵恶臭和扑朔迷离而感到惊讶。

说实话，若不是他俩早已醉得不知天高地厚，周围的那番凄凉恐怖肯定早就让他们趔趄的脚步瘫痪了。禁区里空气冷清而迷蒙。铺路石早已松动，横七竖八地躺在四处蔓延、没过脚踝的荒草丛中。坍塌的房屋阻塞了街道。到处都弥漫着一种最令人恶心的腐臭。凭借那即使在半夜也能透过雾蒙蒙、臭烘烘的空气照射下来的惨白的月光，依稀可见街两旁小巷角落或是没有了窗户的住宅中到处都是那些在为非作歹之时被黑死病之手当场捉住的夜盗者的尸体。

但这一切都没有引起两位水手的激动和联想，也未能阻止他们前行的步伐。他们天生就勇敢，尤其当时又充满了"冒泡的填充剂"带给他们的勇气；他们居然能在那种状态下尽可能笔直地趔趄而行，毫不畏惧地走向死神张开的大口。前进，坚韧不拔的勒格斯仍在蹒跚着前进，并让那片荒凉肃穆回响起他的笑嚷声，犹如印第安人可怕的战斗呐喊；前进，又矮又胖的塔波林仍在踉跄着前进，他虽然拽着他那位更为敏捷的同伴的衣角，但在声乐方面却远远超过了同伴声嘶力竭的表演，从他能发出宏亮声音的肺部深处，发出一种牛吼般的男低音。

他们此刻显然已进入瘟疫的大本营。随着他们每前行一步或每磕绊一次，那街道都变得更加臭气熏天，更加阴森恐怖，更加幽深狭窄，更加扑朔迷离。巨大的石块和桁木从他们头顶上方那些腐朽的房顶直往下落，它们砸到地面的沉闷响声说明周围的建筑都很高大，当他们必须格外费力才能通过堆在街上的一堆堆垃圾时，他们的手不时碰到一副骷髅，或一具尚未完全干枯的尸体。

当他俩跌跌撞撞走近一幢高大阴森的楼房入口之时，当兴奋的勒格斯从喉咙里发出一声比刚才更为刺耳的高嚷之时，屋里突然传出一阵又像是人在狂笑又像是魔鬼在尖叫的回应声。在这样的时候，在这样的地方，这样的声音会使任何一个清醒者血液凝固，毛发倒立，可那两个醉鬼却愣头愣脑地扑向入口，撞开大门，嘴里骂骂咧咧，脚下偏偏倒倒地进到屋中。

他们所闯进的原来是一家棺材店，但门角地板上开着的一道活板门通往一个幽深的酒窖，酒窖深处不时传出的酒瓶胀裂的声音证明了它的贮量丰富。屋子的中央摆着一张桌子，桌子的中央矗立着一个像是装着混合酒的巨大酒瓶。宽阔的桌面上还放着许许多多形形色色盛满各类美酒佳醪的瓶壶瓮罐。在桌子四周的棺材架上围坐着6个人。对这6个人我得费点功夫——道来。正对着大门且比众人坐得稍高一点的那位看起来像是这伙人的首领。他长得又高又瘦，连勒格斯也大惊失色地发现那人的形销骨立比起他来也有过之而无不及。他的脸黄得像是番红花。但那张脸上只有一个显著的特征值得一提，这就是他那高高突起的额顶，那额顶高得非同寻常，令人心惊，就好像是在天生的头上人为地加上了一顶肉冠。他的嘴噘起，皱成一副可怕的和蔼相。他的眼睛，实际上和全桌人的眼睛一样，被酒气蒙上了一层薄翳。这位绅士浑身上下穿的是一块绣花金丝绒黑色裹尸布，尸布按照披西班牙斗篷的方式漫不经意地裹住他的身子。他的头上竖满了装饰灵车的黑羽毛，羽毛随着他气派而老练的头的摆动而摇晃，他右手握着一根人的大腿骨,而刚才他似乎正敲着这根大腿骨指名要桌边的某位唱支歌。

坐在他对面、背对着大门的是一位浑身上下都非同寻常的女士。虽说她足有我们刚才描述的那位先生那么高,但她却没有权利抱怨他不合情理的消瘦。她显然已到了浮肿病晚期,她的身子几乎就像她身边角落里那个打开着的能装120加仑十月啤酒的大桶。她的脸滚瓜溜圆,通红通红;与我前面提到的那位先生一样,有着同样的特色,或准确地说是缺少特色。这就是说她脸上也只有一个特征值得一提。实际上,精明的塔波林早已一眼看出,桌边的那些人都如出一辙,每人脸上都有一个特殊部位。这位女士的特殊部位就是她的嘴。一道裂口从她的右耳一直延伸到左耳,她两只耳朵上戴的短耳饰老是要晃进那道裂缝。不过,她尽力闭着嘴,一身新近浆洗熨烫过的、领口有竖起的波浪形皱边的枢衣使她显得端庄典雅。

她右手边坐着一位似乎是由她保护的身材娇小的年轻女士。她瑟瑟发抖的纤纤玉指、她毫无血色的发青的嘴唇,以及她不那么发青的脸上泛起的潮红斑,都明显地说明这位娇美柔弱的尤物患了一种奔马痨①。然而,她脸上弥漫着一种自命不凡的神气;她穿着一件用最好的印度细麻布缝制的宽大漂亮的寿衣,显得优雅而飘逸。她曲卷的秀发垂到脖子;她嘴边挂着一丝柔和的微笑;可她的鼻子,那又长又细又软又弯且长满粉刺的鼻子一直垂过了她的下嘴唇,尽管她不时用她的舌头极其优雅地将鼻子移到左边

---

① "奔马痨"是干酪样肺炎的别称,是一种恶化得极快的肺结核。

或右边，但这多少给了她那张脸一种说不清道不明的表情。

与她的座位相对，在那位浮肿女士的左边，坐的是一位呼哧呼哧直喘气的患痛风病的小个子老头儿，他的脸就像两只装奥波多酒的大酒囊堆放在他两边肩上。他交叉着双臂，把一条缠着绷带的腿放到桌上，似乎他认为自己有权利得到某种尊重。他显然为自己的每一分外貌而感到自豪，但更乐于让别人注意他那件色彩炫丽的大礼服。说实话，这礼服肯定花了他不少钱，而且剪裁得非常合身。礼服是依照一种精心刺绣、用来保护那些光荣的纹章盾牌的丝套式样剪裁的，在英格兰和别的地方，那些罩着丝套的纹章盾牌习惯上常挂在已故贵族新居某个显眼的位置。

与他相邻，坐在那位首领右手边的是一位穿着白色长袜和棉布衬裤的绅士，他的身子以一种十分滑稽的方式一阵阵战栗，塔波林称这种战栗为"恐怖"。他刚刚刮过的下巴被一条细棉布绷带紧紧缠住，他的手腕也以同样的方式被缠得紧绷绷的，这使得他不能随心所欲地替自己斟酒；依照勒格斯的看法，这是他那张饮酒过量、糟气喷鼻的脸所采取的必要措施。然而，他那双很可能没法控制、向两旁空间伸展的大耳朵不时地因拔瓶塞的声音而在一阵痉挛中竖起。

他对面所坐的第6位（也是最后那个人）显得异常呆板，认真地说，这位为麻痹症所苦的人肯定会因他那身极不随和的穿戴而感到不自在。他那身穿戴多少有点儿标新立异，他穿的是一口崭新的漂亮的红木棺材。棺材顶端的那一块压在他的头上，朝四方伸出像是一顶兜帽，使他的整张脸显出一种难以描绘的趣味。棺材两侧各掏了一个伸胳膊的洞，这显然是为了方便而不是为了风雅；但这身服装却使它的穿戴者不能像他的同伴们那样直端端地坐着；而当他成45度角斜靠在他的棺材架上之时，他那双眼珠突出的巨大眼睛因绝对惊异于自身的巨大而朝天花板翻着白眼。

桌边的每个人面前都放着一块用作酒杯的头盖骨。桌子上方悬着一具人的骷髅，骷髅的一条腿被一根绳子套住倒挂在天花板的一个环上，另一条腿没被束缚，与主体成直角搭下，使得整副因松散而嘎嘎作响的骨架随着每一阵钻进屋里的风旋转摇晃。在那副骷髅的头骨中放着一些燃烧的木炭，木炭发出忽明忽暗但能照清室内全部景象的火光；棺材店的棺材和其他殡仪用品被高高地堆放在屋子四周，遮住了窗户，以防止光线泄漏到街上。

看见这群怪模怪样的人，看见他们更古里古怪的衣饰装束，我们的两位水手没有表现出那种本来应该表现出的礼貌。勒格斯靠在他正好所在的那个位置的墙上，把他本来就往下坠的下巴坠得更低，把他那双本来就大的眼睛睁到了最大限度；休·塔波林则弯下腰，鼻子与那张桌子成同一水平，双手撑在双膝上，爆发出一阵最不合时宜、最没有节制的震耳欲聋且经久不息的笑声。

可是，那位高个子首领并没有因为这两个入侵者的唐突无礼而生气，而是和蔼地朝他俩微微一笑，体面地冲他俩点点他那竖着黑羽毛的头，然后起身抓住他俩一人一条胳膊，把他俩领到桌边，在他起身迎客之时，其他人早已挪出了座位。勒格斯对这番殷勤没有丝毫异议，顺从地坐到了指定给他的座位上；但爱对女人献殷勤的塔波林则自己动手将让他坐的靠近桌端的棺材架挪到了那位娇小的患肺结核的女士身旁，并高高兴兴在她身边坐下，替自己斟了满满一头盖骨红葡萄酒，为他们的进一步了解而咕咚咕咚将酒一饮而尽。但他这番无礼似乎大大地激怒了那位身穿棺材的僵硬绅士,若不是那位首领用大腿骨敲击桌而转移了大伙儿的注意力,后果将不堪设想。首领致词道:

"在这个欢乐的时刻,我们义不容辞……"

"等一等!"勒格斯神情严肃地打断了首领的致词,"稍稍等一等,我说,请先讲讲你们究竟是些什么人,到底在这儿干什么,干吗一个个穿得像是令人恶心的魔鬼,为什么大口大口地喝我诚实的船友、棺材店老板威尔·温布尔贮藏来过冬的杜松子酒!"

一听这番不可饶恕的不逊之言,原来围坐在桌旁的6个人都惊得几乎跳起,并发出一阵刚才把两名水手引进屋子的那种魔鬼般的尖叫声。但那位首领率先恢复了镇静,转向勒格斯,以非常威严的声调说:

"我们非常乐意满足我们尊贵的客人任何合乎情理的好奇心,尽管他们并没有受到邀请。那就让你们知道,在这片疆土上我是君王,这里是'瘟疫王一世'所统治的不可分割的王国。

"你用不敬之辞声称此屋是棺材店老板威尔·温布尔的店铺,但我们从来不认识那个人,在今晚之前,我们高贵的耳朵从未曾听见过他下贱的名字。现在我告诉你们,这间屋子是我们王宫的议事厅,用来举行我们王国的御前会议,或作其他神圣而高尚的用途。

"坐在我对面这位高贵的女士就是瘟疫王后,我们尊贵的王后殿下。你们所见到的这些达官贵人全都是我们王室的成员,他们都具有王家血统和各自的头衔。他们是'大公瘟症·伊夫尔罗斯殿下''公爵瘟疫·伊伦修阁下''公爵泰姆·瘟疫阁下'和'女大公安娜·瘟疫殿下'。

"至于，"他继续道，"至于你问我们坐在这儿干什么，请原谅我们只能这样回答：这仅仅与我们个人的私事和王室的利益有关，这些事对我们之外的任何人都毫不重要。但考虑到你们作为客人和陌生人，也许会觉得自己有权利知道，那我们可以做进一步的解释，我们今晚在此集会，是准备通过深入的调查和精密的研究来检测，分析，并全面确定这座美丽京城所有的葡萄酒、啤酒和烈性酒这些难以估量的味觉宝藏之难以界说的酒精含量和难以测定的质量特征；这样做并非是为了推行我们自己的计划，而是为了另一个世界那位君主的真正福利，那位君主统治着我们全体，他的疆域无边无际，他的名字就叫'死神'。"

"他的名字叫海神！"塔波林脱口纠正道，一边替身旁的那位女士斟了一头盖骨酒，然后也把自己面前的头盖骨倒满。

"亵渎神圣的贱民！"那位首领这下把注意力转向可敬的塔波林，"你这个亵渎神圣、可憎可恶的无赖！我们已经说过，仅仅是为了不侵犯甚至连你们这些下等人也享有的权利，我们才不耻下答你们那些粗野无理的提问。但是，由于你们闯入我们御前会议的亵渎行为，我们认为必须让你和你的同伙每人喝下1加仑黑带啤酒，为了我们王国的繁荣昌盛。若你们能跪在地上把酒一口喝干，那你们将马上获得自由，然后根据你们受尊重的个人意愿，既可离开此地走你们的路，也可留下来继续参加我们的酒会。"

"这完全是不可能的事。"勒格斯答道，瘟疫王一世的傲慢和威严显然已经使他对其产生了几分敬意，他站起身来靠稳桌边镇定地说："尊贵的陛下，此事断然不可能，就我的舱容量而言，连陛下你刚才提到的水货的四分之一也装载不下。别说中午之前作为压舱物填进去的那些东西，也不提今天晚上在不同的口岸搭载的各种各样的麦酒和烈酒，单是在'快乐水手'那个口岸装进并及时交付了货款的'冒泡的填充剂'眼下对我来说就还是满载。所以，尊贵的陛下，你应该仁慈地体谅我的苦衷，体谅我无论如何也不能或不会再吞下一口，尤其是不能再吞一口那种叫做'黑带啤酒'的令人恶心的船底污水。"

"住口！"塔波林截住了勒格斯的话头，他所惊讶的并非他伙伴说话啰唆，而是他实际上的拒绝，"住口，你这个笨蛋！我说，勒格斯，收起你那通废话！我的船舱还空着呢，虽然我承认你看上去有点头重脚轻；至于说你那份船货，我宁愿替你挤出点舱位也不愿引起风波，不过……"

"这个程序，"首领抢过话头道，"这个程序既不是处罚也不是判决，而是居于两者之间，它不能改变也不能撤销。我们已经提出的条件必须不折不扣地得到履行，而且不容拖延，若不然，我们将宣判将你们的脖子和脚捆在一起，马上丢进那个装有52加仑十月啤酒的大桶酒，作为叛逆者被淹死！"

"正确的判决！正义的判决！公正的判决！辉煌的判决！最公正、最正直、最神圣的判决！"瘟疫家族的成员们齐声呼喊。瘟疫王高耸起他的额头，露出数不清的皱纹；患痛风病的小老头呼哧呼哧像是一对风箱；穿细麻布寿衣的那位女士把鼻子摇来晃去；穿棉布衬裤的绅士竖起了耳朵；穿柩衣的那位气喘吁吁像条要干死的鱼；穿棺材的人一动不动向上翻着白眼。

"呸！呸！呸！"塔波林抿嘴暗笑，毫不理会那伙怪物的激动,"呸!呸!呸!——呸!呸!呸!听我说,他开口道,"当瘟疫王先生还在穿他的解缆针时,我就说两三加仑黑带啤酒对我这条尚未满载的不漏水的船来说是小事一桩,但当事情发展到要为那个(上帝赦免的)魔鬼干杯,要我在他这个狗屁陛下面前下跪,这就完全是另一回事了,正如我知道自己是个无赖,我也清楚地知道他在这世上也一文不值,他只不过是演戏的蒂姆·赫尔利格尔利!哈!这可完全是另一回事,完全把我给弄糊涂了。"

他没能安安稳稳地讲完这番话。因为一听到蒂姆·赫尔利格尔利这个名字,那6个家伙全都从座位上跳了起来,

"叛逆!"瘟疫王一世大喊。

"叛逆!"患痛风病的小个子高嚷。

"叛逆!"女大公安娜·瘟疫尖叫。

"叛逆!"下巴缠着绷带的绅士嘟嚷。

"叛逆!"棺材中的那一位咆哮。

"叛逆!叛逆!"大嘴巴的王后陛下惊呼,并趁不幸的塔波林正要为自己斟酒之机,一把抓住他的后裤裆,高高地举过头顶,然后毫不客气地把他扔进了旁边那个装有他所喜爱的啤酒的120加仑大桶。塔波林像泡在甜酒里的苹果,挣扎沉浮了一小会儿,最后消失在被他一番折腾所搅起的泡沫旋涡中。

但那位高个儿水手并没有乖乖地看他朋友那副狼狈相。勇敢的勒格斯一掌把瘟疫王推进那个开着口的陷阱,嘴里骂着呼呼地一声向下关上了活板门,然后大踏步走到屋子中央。他一把扯下悬在桌子上方的那副骷髅,将它放在自己身边。他精力是那么充沛,意志是那么坚强,以至于当屋里最后一丝光线消失之时,他

成功地敲碎了那个患痛风病的小老头的脑袋。接着他憋足全身劲猛然撞向那装着啤酒和塔波林的酒桶，酒桶一下子就被撞翻。啤酒像汹涌泛滥的洪水势不可挡地冲了出来，顷刻间淹没了整个屋子，摆满酒的桌子四脚朝天，当座位的棺材架七零八落，那个巨大的酒瓶被扔进了壁炉，两位女士被扔进了歇斯底里。一堆堆殡仪用品在酒中挣扎。各式各样的瓶壶瓮罐随波逐浪，大肚长颈瓶绝望地与厚玻璃瓶相撞。那个老一阵阵战栗的家伙被当场淹死，那位僵直的绅士在棺材中被冲走，而大获全胜的勒格斯抓住那位穿枢衣的胖女士的手腕，拉着她冲到大街上，直奔"自由自在号"而去，在他身后一帆风顺地跟着可尊可敬的休·塔波林，他一路上打了三四个喷嚏，气喘吁吁地跟在他身后的是女大公安娜·瘟疫。

（1835）

# 故弄玄虚

斯利德，若这就是你的"劈"和"刺"，那我可没这两招。
——内德·诺尔斯[①]

里茨内尔·冯·荣格男爵出自一个高贵的匈牙利家族，那个家族的每名成员（至少与准确的记载所能追溯的一样）都或多或少因某种值得记述的才能而著称。这些才能大多数是那种奇言怪行，而关于那种言行的概念，该家族一位名叫蒂克[②]的后裔已给出了一些生动（尽管不是最生动）范例。我与里茨内尔的相识就开始在那座宏伟的荣格府邸，18xx年夏天的几个月里，一连串不宜公之于世的奇妙遭遇把我抛进了那座府邸。我在那儿获得了对他的初步印象，也正是在那儿，在多少费了点功夫之后，我对他的心态有了一定的了解。在后来的日子里，这种了解日益加深，因为我与他一见如故，这允许我对他进行更为接近的窥察；而当我

---

[①] 内德·诺尔斯是本·琼森喜剧《各有所好》（*Every Man in His Humour*，1598）中的主人公，作为题记的这句话出自该剧第4幕第5场末尾部分。

[②] 暗指德国早期浪漫主义作家路德维格·蒂克（Ludwig J. Tieck, 1773—1853）。

们分别3年之后又在G大学<sup>①</sup>重逢之时,我完全体会到了了解里茨内尔·冯·荣格男爵的性格是非常必要的。

我还记得6月25日那天晚上他的到来在校园里所激起的那阵奇妙的嘈杂声。我更清楚地记得,当所有的人一看见他就宣布他为"世间最杰出人物"时,居然无人试图对这一评价进行任何论证。他的独一无二显得是那么无可非议,以致想要问问他那"独一无二"独在何处都被视为莽撞。不过,让我们现在别去深究此事,我只想告诉读者,从他的脚踏进学校大门那一刻起,他就开始对他身边所有人的习惯、举止、风度、钱包和嗜好产生一种最广泛、最专横,同时又最模糊不清、最莫名其妙的影响。这样,他在那所大学所呆的短短时期就成了该校校史中的一个纪元,这个纪元被属于该校或该校附校的各类人描述为"形成了里茨内尔·冯·荣格一统天下的非凡时代"。

他一到G大学便来我的房间找我。他当时没有具体的年龄,我这样说的意思是从他本人提供的任何资料中都不可能猜出他的年龄。他也许是15岁或50岁,而实际上是21岁零7个月。他绝不是个美男子,或许是其反面。他脸庞的轮廓多少有点儿生硬和粗糙。他的额头很高而且白皙。他的鼻子扁平并微微上翘。他的眼睛很大,眼神慵倦而呆滞,且不善表情。他那张嘴更值得一提。两片嘴唇微微突出,一片搭在另一片上。其方式不可能使人联想到任何人类的面部特征,哪怕是最复杂的特征,而是那么全然、

---

① 暗指德国格丁根大学(Göttingen University),后文提及的英国诗人柯尔律治曾在该校短期求学。

那么独一无二地传达出一个绝对庄重、绝对肃穆、绝对恬静的概念。

从我刚才的描述中可以看出，这位男爵是我们不时所发现的那些异常人中的一员，这些异常人使故弄玄虚这门科学成为他们终生研究的学问和谋生的职业。男爵的异常性格使得他本能地选择了这门科学，而他的生理相貌则使他能轻而易举地实施其计划。我深信，在那个被如此古怪地称之为里茨内尔·冯·荣格一统天下的著名时代，G大学没有一个学生正确地考察过那种遮掩了他真正性格的神秘。我有理由认为，除我之外，学校里甚至没人觉得他有开玩笑的能力，不管是口头上的笑话还是行为上的恶作剧——他们宁愿去指责花园门口那位年迈的学监助理，指责赫拉克利特的灵魂，或是指责那个神学荣誉教授的头脑。当一些能够想象的最恶劣、最不容宽恕的恶作剧和荒唐事明白无误地发生在他身边时，只要不是由他赤膊上阵，或至少不是明显地由他唆使或纵容，大伙儿依然不怀疑他缺乏那种才能。他那种故弄玄虚的艺术之美，如果我能这样称呼的话，在于他完美无缺的技艺（这种技艺产生于一种本能地对人类天性的了解和一种令人叹为观止的镇静），凭着这种技艺，他总能使那些他煞费苦心干出来的滑稽可笑的事看起来像是一半起因于他的不由自主，一半起因于他为了防止那些事的发生，为了维护母校良好的秩序和尊严而所进行的值得称赞的努力。而每当他这种值得称赞的努力失败之时，一种后悔莫及、自怨自艾、无地自容的表情便会弥漫于他面部的每一个毛孔，连他那些疑心最重的同学也丝毫不会怀疑他是一腔真诚。他的机敏也值得一说，凭着这种机敏，他总能把人们的荒唐感从创造者身上转移到创造物身上，从他本人身上转移到他所做的那些荒唐事上。在我上面所言及的事例中，我知道他迄今为止每次都神秘地逃脱了他的鬼花招本来应该带给他的后果，而那些鬼花招正是他荒谬的性格和人格之必然产物。一直被一种奇思怪想的气氛所包围，我的朋友似乎活在这个世上仅仅是为了社会的严肃；甚至连他的家里人回忆起里茨内尔·冯·荣格男爵之时，除了严肃和威严之外就再也没有其他印象。

就在他寄宿G大学期间，意大利人崇尚的"美妙的慵懒"似乎像梦魇一般笼罩着整个校园。至少大家除了吃喝玩乐便无所事事。学生宿舍变成了许许多多的小酒馆，而其中最著名最热闹的就是男爵的小酒馆。我们常常在那儿举行狂欢宴会，大家兴高采烈，时间拖得很长，而且每次都总会有点事件发生。

有一次我们的酒宴延续到快天亮的时候，当时大家都喝了不少酒。那天参加宴会的除男爵和我之外还有七八个人，他们大都是钱财宽绰、身份高贵、门庭显赫的年轻人，心里都充满了一种浮夸的荣誉感。他们满脑子都是最极端的德国人关于决斗的见解。对于这些堂·吉诃德式的观念，巴黎的一些刊物以当时发生在G大学的三四场致命的决斗为背景，又为其注入了新的活力和动力；于是在那晚的大部分时间里，人们对这个在当时压倒一切的热门话题都滔滔不绝，口若悬河。男爵在宴会的前半部分显得异常沉默而且心不在焉，但最后他似乎被自己的冷漠所惊醒，终于在讨论中扮演起主要角色，对决斗中礼仪准则的好处，尤其是对其妙处，进行了一番详论。他的发言热情奔放，雄辩有力，形象生动，娓娓动听，基本上激起了在场每一个人的最大热情，甚至连我也着实吃了一惊，因为我知道他心里正在嘲笑他嘴里吐出的每一个字眼，他尤其藐视决斗中那些礼节，认为那是不折不扣的虚张声势。

就在男爵拖声发一个长音之时（关于男爵的演讲，如果我顺便说一下它颇具柯尔律治那种激昂、单调、无聊但却富有音乐性和教诲性的风格，那我的读者也许就能对其获得一个大致的印象），我环顾了一下四周，在一个人的脸上发现了与共同兴趣相异的征兆。这位将被我称作赫尔曼的绅士是一位在各个方面都有其独创性的人，也许只有一点例外，那就是他是一个非常伟大的白痴。不过，他设法在学校的一伙人中赢得了一种声誉，那伙人崇拜他深刻的形而上学思想，而我认为他具有几分逻辑天才。他作为一名精于决斗者享有很高的名望，甚至在G大学也不例外。我忘了倒在他手下的具体人数，但那个数绝对少不了。然而他最引以自豪的是他对决斗礼仪规则的精通，以及他对荣誉感之谨慎。这些是他最喜欢卖弄的拿手好戏。至于里茨内尔，他随时提防着不出乖露丑，他奇异的性格长期以来一直使他能得心应手地故弄玄虚。但当时我并没意识到这一点，尽管我清楚地看到他脑子里正在酝酿一个古怪的念头，而赫尔曼正是他选中的目标。

当前者继续侃侃而谈，或准确地说继续独白之时，我觉察到后者越来越激动。最后他终于开口了。他对男爵所坚持的一个论点提出了异议，并详尽地阐述了他持异议的理由。男爵最后对他的异议进行答辩（仍然保持着他那种虚张声势、富于热情的声调），答辩的末尾用了一句我认为情趣低下的挖苦讽刺。这下赫尔曼的拿手好戏脱缰了。这一点我从他故意小题大作、条分缕析的反驳中就能看出。我还清楚地记得他最后一段话。"冯·荣格男爵,请允许我说,尽管你的见解基本正确,但其中许多要点有损你的名誉,也使你身在其中的学校蒙受耻辱。它们在好些方面甚至不值一驳。阁下,如果这不算冒犯的话(说到这儿他淡然一笑),那我还想说,阁下,你那些见解让人很难相信出自一位绅士之口。"

当赫尔曼说完这句意味深长的话,所有人的眼光一下都转到了男爵身上。他的脸先是一阵白,然后又一阵红,接着他把手巾掉在了地上,当他弯腰去拾时,我瞥见了他的脸,而此时别人都不可能看见。那张脸上闪现出那种显示他天性的表情,而这种表情我以前只是在我与他单独相处而且在他完全放松时才见过。他很快直起身来,面朝着赫尔曼。我从未曾见过一个人的表情能在那么短的时间内说变就变。一时间我竟以为自己一直误解了他,以为他本是个极其严肃认真的人。他当时似乎正被感情窒息,脸色看上去如同死灰。他沉默了一会儿,显然正在努力控制感情。最后他似乎成功了,于是他把手伸向他身边的一个有玻璃塞的圆酒瓶,他一边握紧酒瓶一边说:"赫尔曼先生,你自以为刚才对我说的那番话非常得体,但实则荒谬绝伦,漏洞百出,所以我既没有兴趣也没有时间来逐一匡谬。不过,我的见解让人难以相信出自绅士之口。这句话的确是一个直接的冒犯,这种冒犯只允许我按一条行为准则行事。然而,对今晚在座诸位,我应该以礼待之,此刻你作为我的客人,也当在其列。所以,如果我基于上述考虑而稍稍违背绅士们在受到同样的人身侮辱时所采取的一贯做法,那你应该宽宏大量。你应该原谅我即将对你的想象力施加有节制的压力,譬如,尽量认为你在那面镜子里的映像就是真正的赫尔曼先生。这样一来事情就好办多了。我将把这个酒瓶砸向镜子里的你,这样做虽非不折不扣地报复了你对我的侮辱,但也体现了其精神,从而也将避免对真正的你施加肉体上的暴力。"

他话音未落就将那个装满酒的瓶子砸向了与赫尔曼相对的那面镜子,酒瓶准确无误地击中了镜中的赫尔曼,当然,那面镜子被击得粉碎。所有的人都惊得一跃而起,除了我和里茨内尔,其他人都匆匆告辞。赫尔曼刚出房门,男爵就低声叫我跟上去,并要我主动向他提供帮助。我听从了他的话,尽管我并不知道他葫芦里装的究竟是什么药。

赫尔曼以他通常那种拘谨但极其考究的风度接受了我的帮助,拉着我的手领我去他的房间。他深沉而严肃地谈起他刚才受到的侮辱,并称那侮辱具有"高雅独特的性质",这使我差点儿没当着他的面笑出声来。在用平常的语调发表了一通沉闷的演说之后,他从书架上取出一摞已经发霉的关于决斗的书,并花了很长时间来给我讲那些书的内容;他一边高声朗读,一边热心地给我讲解。我现在只记得几本书的书名。它们是《腓力四世关于决斗的法规》[1]、法温所著的《荣誉剧场》[2]和奥迪吉耶[3]写的题为《论

---

[1] 此书由法国历史学家让·萨瓦荣(Jean Savaron, 1566—1622)所著,于1610年在巴黎出版。

[2] 指法国作家安德烈·法温所著《荣誉剧场与骑士精神》(*Le Théâtre d'honneur et de chevalerie*, 1620),该书英文版 *The Theater of Honour and Knighthood* 于1623年在伦敦出版。

[3] 指法国诗人及作家维塔尔·德奥迪吉耶(Vital d'Audiguier, 1565—1624)。

允许决斗》的长篇论文。他当时还向我炫耀过一本布朗托姆①所著、1666年在科隆用厄泽维尔②活字体印刷的《决斗回忆录》，一部非常贵重且独一无二的羊皮纸珍藏本，有精美的书边，由德罗姆装订所③装帧。但他以一种既神秘又机敏的表情叫我特别留意一本厚厚的八开本书，那本书由一位名叫埃德兰的法国人用蹩脚的拉丁语写成，有一个古怪的书名《写过的和未写过的以及写过和未写过之外的决斗法》④。他从那本最可笑的书中选了最滑稽的一章读给我听，那章的内容是关于"Injuriæ per applicationem, per constructionem, et per se"，读到一半，他断言说该章内容完全适合他眼下这个"高雅独特"的案例，不过我恐怕这辈子也听不懂他究竟读了些什么。他读完那一章后合上书，问我认为他应该采取什么必要行动。我回答说我绝对相信他比我更精细敏锐的感觉，并准备随时听候他的吩咐。这回答似乎使他感到受宠若惊，他当即坐下来给男爵写了一封短信。内容如下：

呈里茨内尔·冯·荣格男爵

  阁下：兹委托我的朋友P先生面呈此信。我觉得自己有义务要求你尽快在你方便之时对今晚发生在你屋里的事做出解释。倘若你拒绝这一请求，P先生将乐意与你指定的任何朋

---

① 指法国作家皮埃尔·德布朗托姆（Pierre de Brantôme，1539—1614）。
② 指荷兰古籍印刷出版家路易斯·厄泽维尔（Louis Elzevir，1540—1617）。
③ 18世纪法国一著名家庭书籍装订厂，由尼古拉-德尼·德罗姆（Nicolas-Denis Derôme, 1730—1790）创办。
④ 这个拉丁语书名及其后文的拉丁语内容均为爱伦·坡之杜撰。

友一道为我俩的会面做必要的安排。

> 谨致崇高的敬意
> 你最卑贱的仆人
> 约翰·赫尔曼
> 18××年8月18日

我不知还有什么更好的事可做,只能带上这封信去见里茨内尔。他从我手中接信时朝我鞠了一躬,然后神情庄重地请我坐下。读完那封挑战书,他马上写了回信,我又带着这封回信去见赫尔曼。

呈约翰·赫尔曼先生

阁下:

通过我们共同的朋友P先生,我收到了你今晚的来信。经过深思熟虑,我坦率地承认你要我做出解释的请求是正当的。虽然承认这点,但我仍然觉得(由于我俩之间的不和所具有的那种高雅独特的性质,由于我这方面所受到的人身侮辱)我不得不用道歉二字来命名的那种解决方式并不完全适合我们这个案例的紧迫性和变化性。然而,我完全信赖你在礼仪准则方面所具有的那种精细入微的辨别能力,你长久以来一直在这方面享有那么高的声望。因此我确信我将得到你的理解,所以请允许我让你去查阅一下埃德兰先生的见解,以代替我个人的意见,我请你查阅的内容在他那部书名为《写过的和未写过的以及写过和未写过之外的决斗法》的大作中篇名为 "Injuriæ per applicationem, per constructionem, et per se"的那章的第9段里。我深信，你对讨论到的所有问题所具有的精确的识别能力将足以使你承认，单是我请你查阅那段令人叹服的文字就应当满足你作为一名有荣誉感的人要求我做出解释的请求。

          谨致深切的敬意
          你最恭顺的仆人
          冯·荣格
          18××年8月18日

  赫尔曼开始读信时绷着一张脸，但当他读到关于Injuriæ per applicationem, per constructionem, et per se的那段废话时，他脸上露出了一种最滑稽的自我陶醉的笑容。读完信，他谄笑着恳请我坐下，然后找出信中要求的那部论著，翻到指定章节，认认真真地读了起来。最后他合上书，要求我以他密友的身份向冯·荣格男爵表达他那份得到提升的骑士的荣誉感，其次叫男爵放心，他提供的解释可谓最充分，最体面，而且也最明确无误地令人满意。

  我多少有点给弄糊涂了。我回到男爵的住处，他似乎觉得收到赫尔曼的和解信是件天经地义的事。和我说了几句话后，他到里屋拿出那部永恒的论著《写过的和未写过的以及写过和未写过之外的决斗法》，并把书递给我并叫我看看某章某节。我翻开书读了他所说的章节，但却几乎和没读一样，因为我没法从那些字眼中读出任何意义。于是他接过书去，高声给我朗读了一章。令我惊奇的是，他读出来的竟是一段关于两个野蛮人决斗的荒唐故事。这下他开始揭开谜底，原来那本书，正如它给人的第一印象一样，是按迪巴尔塔斯①的滑稽废话诗形式写成的；这就是说，其语言经过巧妙的排列，使人听起来觉得清晰易懂，甚至还能体味到几分深刻，但事实上却没有一丝一毫的意义。而读懂那本书的秘诀在于读第一个词后要跳过两个词，读第二个词（即第四个词）后则跳过三个词，然后如此交替跳读，于是一连串对现代社会流行的决斗的讽刺和嘲笑便会显现出来。②

男爵接着告诉我，在今晚这番冒险的两三个星期之前，他故意把这样一本书掉在了赫尔曼必经的路上，他后来从赫尔曼的谈话中满意地发现他已经绞尽脑汁地研究过那本书，并坚信那是一部价值非凡的杰作。男爵后来的所作所为基于这种明显的迹象：赫尔曼宁愿去死一千次也绝不肯承认这世上还有他读不懂的关于写决斗的书。

（1838）

---

① 迪巴尔塔斯（Guillaume de Salluste Du Bartas，1544—1590），法国诗人。
② 依照这种读法，故事中三次出现的 Injuriæ per applicationem, per constructionem, et per se 这句拉丁语就应该读成"Injuriæ per se"，意即"自我伤害"或"自残"。

# 丽姬娅

> 意志就在其中，意志万世不易。谁知晓意志之玄妙，意志之元气？因上帝不过乃一伟大意志，以其专一之特性遍及万物。凡无意志薄弱之缺陷者，既不降服于天使，也不屈服于死神。
>
> ——约瑟夫·格兰维尔

我怎么也想不起来当初我是怎样，在何时，甚至具体在什么地方与丽姬娅小姐相识的。打那之后许多年过去了，由于太多的痛苦，我的记忆力衰退。或许，我现在之所以想不起上述几点，实际上是因为我所爱之人的性格、她罕见的学识、她非凡但却娴静的美色，以及她那些低吟浅唱、拨人心弦、令人入迷的话语都曾是以那么平稳而隐秘的方式一点一滴地渗入我的心田，以致我从来就不曾察觉和知晓。但我相信，我和她的第一次见面以及后来的频繁交往都是在莱茵河畔一座古老衰微的大城市。关于她的家庭，我肯定听她谈起过。那毫无疑问可以追溯到非常久远的年代。丽姬娅！丽姬娅！虽说我正埋头于那些比其他任何事都更能使人遗世忘俗的研究，但仅凭这三个甜蜜的字眼——丽姬娅——就能使我的眼前浮现出早已不在人世的她的身影。而此刻，当我提笔写她之时，我才突然意识到，对于这位曾是我的朋友，我的未婚妻，后来又成为我读书的伙伴，最后终于成为我钟爱的妻子的她，我居然从来就不知道其姓氏。就我的丽姬娅而言，难道这是她一个调皮的告诫？或我不该问这个问题是对我爱之深切的考验？或这仅仅是我自己的一种任性？一份往至爱至忠的神龛上奉献的浪漫？连事实本身我现在都只能模模糊糊地记起，那我全然忘却产生该事实的原委或伴随该事实的细节又有什么可奇怪的呢？而实际上，如果真有那个被叫做罗曼司的神灵，如果在崇拜偶像的埃及真有那个长有缥缈翅翼的苍白的伊什塔耳忒，如果真像人们所说是由她在主宰不吉不利的婚姻，那我的婚姻肯定是由她主宰的。

然而，对一个非常珍贵的话题，我的记忆力还没有让我失望。那就是丽姬娅的身姿容貌。她身段颀长，略显纤弱，在她弥留之时，竟至形销骨立。要描绘出她的端庄、她的安详、她的风姿，或是她轻盈袅娜的步态，那我的任何努力都将是徒劳。她来去就像一个影子。我从来就觉察不到她进入我房门关闭的书房，除非她把纤纤玉手轻轻摁在我肩上，用低低的、甜甜的嗓音说出音乐般的话语。说到她美丽的脸庞，普天下没一个少女能与之相比。那种容光焕发只有在服用鸦片后的梦幻中才能见到，一种比翱翔在德洛斯岛的女儿们[①]梦境中的幻象更圣洁神妙的空灵飘逸的幻影。然而她那张脸并不属于异教徒的经典著作错误地教导我们

---

① "德洛斯岛的女儿们"指希腊女神阿耳忒弥斯的一群侍女。传说阿耳忒弥斯和阿波罗一起诞生在德洛斯岛上。

去崇拜的那种端正的类型。培根在论及形形色色的美时说过:"绝色者之五官比例定有异处"①。然而,尽管我看出丽姬娅的那张脸并不符合古典规范,尽管我发现她的美堪称"绝色"并觉得那美中充满了"异点",但我却无论如何也找不到不规范之处,觅不见我所理解的"异"。我曾端详过她高洁而苍白的额顶。那真是白璧无瑕,实际上用这个字眼来形容如此圣洁的端庄是多么的平淡!那象牙般纯净的肌肤,那宽阔而恬静的天庭,左右鬓角之上那柔和的轮廓,然后就是那头乌黑、油亮、浓密而自然卷曲的秀发,真是充分解释了荷马式形容词"风信子般的"之真正含义!我曾谛视过那线条优雅的鼻子。我只在希伯来人优雅的浮雕中看见过一种相似的完美,两者都有同样的光滑细腻的表面,有同样的几乎看不出曲线的鼻梁,有同样和谐的微鼓并表现出灵魂之自由的鼻孔。我曾细看过那张可爱的嘴。那真是天地间登峰造极的杰作,短短上唇那典雅的曲线,下唇上那丝柔和而性感的睡意,那会嬉笑的波纹,那会说话的韵律,还有当她露出清澈娴静但又最最粲然的微笑之时,那两排反射出每一道圣光的亮晶晶的皓齿。我曾凝望过那下颌的塑形。在那儿我发现了希腊人才有的那种阔大而不失秀媚、庄重而不失柔和、圆润中透出超凡脱俗之气的轮廓,这种阿波罗神只让雅典人的儿子克莱奥梅尼斯②在梦中见过的轮廓。而当时我还窥视过丽姬娅那双又大又圆的眼睛。

---

① 语出《培根随笔集》第43篇《论美》。
② 克莱奥梅尼斯(Cleomenes),公元3世纪希腊雕塑家,其代表作有仿制的"梅迪奇的维纳斯"。

说到眼睛，我们就没法从古代找到比拟了。在我心爱之人的那对眸子里，很可能就藏着培根所暗示的那个秘密。我必须相信，那双眼睛比我们这个种族一般人的眼睛大得多。它们甚至比诺尔亚德山谷①东方部族那种最圆的羚羊般的眼睛还圆。可是只在偶尔之间，在她最激昂兴奋的瞬息，她的这一特征才会稍稍引人注目。而在这样的时刻，她的美（也许在我炽热的想象中显得是这样）就是超越天堂或人间的无双之美，就是土耳其神话中天国玉女的绝世之美。那双眼睛的颜色是纯然的乌黑，眼睛上盖着又黑又长的睫毛。两道略显参差的眉毛也墨黑如黛。然而，我在那双眼睛里所发现的"异点"具有一种与其面部的塑形、韵致与光彩都不同的性质，而这终究还得从"眼神"里去找原因。啊，多苍白的字眼！单是在它窈然无际的含义之后，我们掩饰了多少对灵性的无知。丽姬娅的眼神哟！我是怎样长时间地对它沉思冥想！我又是如何用整整一个夏夜努力去把它窥测！那眼神是什么？那比德谟克利特那口井还深的东西，那深深藏在我心爱之人瞳孔里的东西，它到底是什么？我一心想要领悟那种眼神。那双眼睛哟！那双又大又亮的非凡的眼睛哟！它们于我成了丽达的双子星座②，我于它们则成了虔敬的星象学家。

在许许多多心理学上令人费解的异态现象中，最令人激动的

---

① 爱尔兰女作家谢里丹夫人（Frances Sheridan, 1724—1766）在其小说《诺尔亚德的故事》（*The History of Nourjahad*, 1767）中所描写的一个东方山谷。

② 据希腊神话传说，宙斯曾化作天鹅与丽达亲近，使其生下二蛋，一蛋孵出海伦，一蛋孵出狄俄斯库里兄弟（即卡斯托尔和波吕克斯）。后来宙斯将这对孪生兄弟变成双子星座。

莫过于这样一种现象（我相信学校里从不提及），那就是当我们竭力要追忆某件早已遗忘的往事之时，我们常常觉得自己马上就要想起来了，可结果却未能想起来。我在窥测丽姬娅那双眼睛时就常常是这样，每次我都觉得马上就会悟出那眼神的全部深意，觉得自己马上就会茅塞顿开。可终归未能贯通，结果最后又不甚了了！而（真奇怪，哦，奇怪得令人不可思议！）在极其普通的天地万物之中，我竟发现了许多与那种眼神的相似之处。我的意思是说，自从丽姬娅的美潜入我的灵魂并像供奉于一座神龛那样永驻我心之后，我从这个物质世界的无数存在中获得了一种情感，那种像我在窥视丽姬娅那双又大又亮的眼睛时所感觉到的那样的情感。但我尚不能给那种情感下定义，也不能分析它，甚至没法持续地对它进行仔细地观察。让我再说一遍，我往往在观看一棵迅速生长的青藤之时，在凝望一只飞蛾、一只蝴蝶、一只虫蛹、一条流淌的小溪之时体验到那种情感。眺望大海之时，看见流星陨落之时我感受到那种情感。从耄耋老人的目光中我体会到那种情感。当用望远镜窥视夜空的一两颗星星之时（尤其是窥视天琴座α星旁那颗六等食变星时），我意识到那种情感。弦乐器的某种声音使我心里充满那种情感。书籍中的某些片刻使我胸中萦绕那种情感。在其他数不清的这类事例中，我清楚地记得约瑟夫·格兰维尔一部书中的一段话（也许仅仅是因为它离奇，这谁说得准？）从来都会激起我那种情感："意志就在其中，意志万世不易。谁知晓意志之玄妙，意志之元气？因上帝不过乃一伟大意志，以其专一之特性遍及万物。凡无意志薄弱之缺陷者，既不降服于天使，也不屈服于死神。"

漫长的岁月以及后来对岁月的回顾，已使我真能看出在这位英国伦理学家的这段话与丽姬娅的某种性格之间有某种细微的联系。她思想、行为或言谈中的一种专一，或许就是那伟大意志之结果，或至少是一种反映，只不过在我们长期的交往之中，那种伟大的意志未能有其他更直接的显露罢了。在我所认识的所有女人中，外表始终安然恬静的丽姬娅其实是冷酷而骚动的激情之鹰最惨烈的牺牲品。对那种激情我不能做出评判，除非凭着那双在突然高兴之时大得不可思议，大得令我吃惊的眼睛，凭着她低声细语之中所包含的那种近乎于魔幻般的甜蜜、抑扬、清晰与温和，凭着她习惯性的不经之谈中那种咄咄逼人之势（这种势头与她文静的说话方式形成对照，因而更显猛烈）。

我已经提到过丽姬娅的学识，那真是广博之至。我从不知道女人有这般博学。她精通各种古典语言，而就我所通晓的欧洲各种现代语言来说，我从来没发现她错过一词一句。实际上，就任何一个她最喜欢的题目（她之所以喜欢仅仅是因为那在自夸博学的经院中被认为是最深奥的题目），我又何曾发现她出过差错？我妻子的这一特点只是在最近这段时间才那么格外令人激动地唤起了我的注意！我刚才说我从不知道女人有她那般广博的学识，可是，天底下哪儿又有男人能成功地研究包括伦理学、物理学和数学在内的所有学问？我当时并不像现在这样清楚地意识到丽姬娅的学识是如此广博，如此令人震惊；但我仍充分地意识到她对我拥有至高无上的支配权，怀着一种孩子气的信任，在我们婚后的前些年里，我一直由她领着去穿越我所醉心的形而上学那个混沌世界。当她俯身于我身边指导我研究那些很少有人研究、世人知之甚少的学问时，我是多么地踌躇满志，多么地欣喜若狂，心里怀着多少憧憬和希望。我实实在在地感到那美妙的远景正在我面前慢慢展开，沿着那漫长的、灿烂的、人迹罕至的道路，我最终将获得一种因为太珍奇神圣而不能不禁绝于世人的智慧！

所以，当几年后瞧见我已打好基础的前程不翼而飞，乘风而去，我心中那种悲哀当然会无以复加。没有了丽姬娅，我不过是一个在黑暗中摸索的孩子。单是她的相伴，单是她的讲解，就使我俩潜心研究的先验论中的许多奥秘豁然开朗。没有了她眼睛灿烂的光芒，轻灵绝妙的文字变得比铅还呆板凝重。而当时那双眼睛越来越难得照射到我所读的书页上。丽姬娅病了。那双热切的眼睛闪烁出一种太辉煌的光焰；那些苍白的手指呈现出透着死亡气息的颜色；哪怕最柔和的一点感情波动，那高洁额顶的缕缕青筋也会激烈地起伏。我看出她已经命在旦夕，我内心已在悄悄地与狰狞的死神抗争。而令我惊讶的是，我多情的妻子对死亡的抗争比我还激烈。她坚强的性格中有许多东西使我一直认为，死神降临于她时绝不会给她带来恐怖，可事实并非如此。她对死神的顽强抵抗和拼命挣扎之场景绝非笔墨所能描绘。眼睁睁看着那副可怜的惨状，我心里一阵阵痛苦地呻吟。我本该对她进行安慰，我本该对她晓之以理，但是，面对她那种强烈得近乎疯狂的求生欲望（生——只求生）我知道安慰和晓理无异于痴人说梦。然而，虽说她的灵魂一直在进行着最激烈顽强的挣扎，但直到她生命的最后一瞬，她举止上始终如一的平静才被动摇。她的声音变得更加柔和，更加微弱，可我不愿详述那些平静的话语所包含的疯狂的意义。当我神情恍惚地侧耳倾听她说话之时，我眩晕的大脑听到的仿佛是一种来自天外的悦耳的声音，一种世人从不曾知晓的臆想和渴望。

她爱我，这一点我从不怀疑，说不定我早就轻而易举地意识到在她这样一个女人的心中，爱也一定是一种不同寻常的爱。但只是在她弥留之际，我才完全为她的爱之深切所动。她久久地紧握住我的手，想一吐她心中对我那种比激情更强烈、比忠贞更永恒、早已升华为至尊至爱的一腔情愫。我怎么配消受这一番赐恩降福的表白？我怎么该承受我心爱之人在倾述衷情之后就要死去这一灾祸？可我实在不忍细述这个话题。让我只说一点，正是面对丽姬娅以难以想象的柔情痴恋一个，天哪！痴恋一个不值得她爱的人之事实，我才终于明白了她对即将离去的生命那么热切而疯狂地留恋的真正原因。而我所不能描述的，我所无力表达的，正是这样一种热切的企盼，正是这样一种对生命（仅仅对生命）的最强烈的渴望。

在她临死那天晚上的半夜时分，她明确地示意我坐到她身边，让我把她前几天刚写的一首诗再朗读一遍。我遵从她的吩咐朗读了那首诗：

瞧！这是个喜庆之夜
　在最近这些寂寞的年头！
一群天使，收拢翅膀，
　遮好面纱，掩住泪流，
　坐在一个剧场，观看
一出希望与恐怖之剧，

此时乐队间间断断
　　奏出天外之曲。

装扮成上帝的一群小丑,
　　叽叽咕咕,自言自语,
从舞台这头飞到那头——
　　他们只是木偶,来来去去
全由许多无形物支配,
　　无形物不断把场景变换,
从它们秃鹰的翅膀内
　　拍出看不见的灾难!

那出杂剧——哦,请相信
　　将不会被人遗忘!
因为那些抓不住幻想的人
　　永远都在追求幻想,
因为一个永远旋转的怪圈
　　最后总是转回原处,
因为情节之灵魂多是罪愆,
　　充满疯狂,充满恐怖。

可看哟,就在那群小丑之中
　　闯进了一个蠕动的怪物!
那可怕的怪物浑身血红

从舞台角落里扭动而出!
　　它扭动——扭动!真是可怕,
　　　小丑都成了它的美餐,
　　　天使们呜咽,见爬虫毒牙
　　　　正把淋淋人血浸染。

　　　熄灭——熄灭——熄灭灯光!
　　　罩住每一个哆嗦的影子,
　　　大幕像一块裹尸布一样,
　　　倏然落下像暴风骤雨,
　　　这时脸色苍白的天使,
　　　　摘下面纱,起身,肯定
　　　这是一幕叫《人》的悲剧,
　　　　而主角是那征服者爬虫。

"哦,上帝!"我刚一读完诗,丽姬娅挣扎着站起身来,高高地伸出痉挛的双臂,用微弱的声音呼喊着:"哦,上帝!哦,圣父!难道这些事情符合天道?难道这个征服者就不能被征服一次?难道我们在你心中毫不重要?有谁知晓意志之玄妙,意志之元气?凡无意志薄弱之缺陷者,既不降服于天使,也不屈服于死神。"

紧接着,仿佛被这阵感情耗尽了精力,她任凭两条雪白的胳臂无力地垂下,然后踅回她的床上,庄重地等候死神来临。在她最后的一阵叹息中,交织着几声低低的话语,我俯下身把耳朵凑到她嘴边，又清楚地听到了格兰维尔那段话中的最后一句："凡无意志薄弱之缺陷者，既不降服于天使，也不屈服于死神。"

她死了。痛不欲生的我再也不能忍受独自一人住在莱茵河畔那座阴沉破败的城市。我并不缺少世人所谓的钱财。丽姬娅带给我的财富远比命运带给一般人的还多。所以，经过几个月令人倦乏且漫无目的的游荡之后，我在美丽的英格兰一个最荒凉僻陋、渺无人迹的地方买下了一座我不想说出其名字的修道院，并对它进行了一番维修。那座宏大建筑的幽暗阴郁，周围近乎于原始的满目凄凉，由那寺院和荒郊所联想到的说不尽的忧愁道不完的记忆，倒非常符合我当时万念俱灰的心情，正是这种万念俱灰的心情把我驱赶到了那异国他乡的荒郊旷野。不过，虽然修道院那被青藤绿苔掩映的凋零残颓的外表没有改变，但我却以一种孩子般的乖僻，或许还怀着一线忘情消愁的希望，让整个室内显示出一派帝王般的豪华靡丽。对这种铺张而荒唐的居室布置，我从小就有一种嗜好，而现在似乎是趁我悲伤得神志恍惚，那种嗜好又死灰复燃。哦，从那些光怪陆离的帷帘幔帐，从那些庄严肃穆的埃及木刻，从那些杂乱无章的壁饰和家具，从那些金丝簇绒地毯上怪诞的图案，我觉得一定能看出我当初的早期癫狂症！我早已成为被鸦片束缚的奴隶，我的日常生活都弥漫着我梦幻中的色彩。但我不能停下来细说这些荒唐之事。还是让我来谈谈那个该被永远诅咒的房间，在一阵突发的精神恍惚中，我从教堂圣坛前娶回了来自特里缅因的金发碧眼的罗维娜·特里梵侬小姐，作为我的新娘，作为我难以忘怀的丽姬娅的替身。我领着她进了那个房间。

时至今日，那间新房里的摆设和装饰之每一细节对我都还历历在目。新娘那高贵的双亲难道没有灵魂，因为贪恋金钱竟允许他们如此可爱的女儿、一位如此可爱的少女，跨入如此装饰的一个房间？我已经说过我精确地记得那个房间的所有细节，但我却可悲地忘记了更重要的总体布局。在那种稀奇古怪的布置中，我所能记得的就是杂乱无章、毫无系统。那个房间在城堡式的修道院中一个高高的塔楼上，房间呈五角形，十分宽敞。五边形的朝南那一边以窗代墙，镶着一整块巨大的未经分割的威尼斯玻璃，玻璃被染成铅色，以至于透过窗户照在室内物件上的阳光或月光都带有一种灰蒙蒙阴森森的色泽。那扇巨窗的上部掩映着纵横交错的枝蔓，那是一棵沿塔楼外墙向上攀缘的古藤。房间的顶棚是极高而阴沉的橡木穹窿，上面精心装饰着半是哥特式半是特洛伊式的最奇妙荒诞的图案。从那阴郁的穹窿正中幽深之处，由一根长环金链垂下一个巨大的撒拉逊式金香炉，香炉的孔眼设计得十分精巧，以至于缭绕萦回的斑斓烟火看上去宛若金蛇狂舞。

一些东方式样的褥榻和金烛台放在房间的各处，还有那张床，那张新婚之床。床是低矮的印度式样，用坚硬的黑檀木精雕细镂，上方罩着一顶棺衣似的床罩。房间的五个角落各竖立着一口巨大的黑色花岗石棺椁，这些棺椁都是从正对着卢克索古城的法老墓中挖掘出来的，古老的棺盖上布满了不知年代的雕刻。可是，哦！那房间最奇妙的装饰就在于那些帷帘幔帐。房间的墙壁很高（甚至高得不成比例），从墙顶到墙脚都重重叠叠地垂着看上去沉甸甸的各式幔帐，幔帐的质地与脚下的地毯、褥榻上的罩单、床上方的华盖以及那半掩着窗户的罗纹巨幅窗帘一样，都是最贵重的金丝簇绒。簇绒上以不规则的间距点缀着一团团直径约为1英尺的怪异的图案，在幔帐上形成各种黑乎乎的花样。但只有从一个角度望去，那些图案才会产生真正的怪异效果。经过一番当时很流行但实际上古已有之的精巧设计，那些幔帐看上去真是变化万千。对一个刚进屋的人，它们只显出奇形怪状；但人再往里走，那种奇形怪状便慢慢消失；而当观者在房间里一步步移动，他就会看见四周出现无数诺曼底人迷信中的幽灵，或是出家人邪梦中的幻影。幔帐后面一股人为的循环不息的强风更加强了那种变化不定的魔幻效果，赋予室内的一切一种恐怖不安的生动。

就在这样的一座邸宅里，就在这样的一间新房中，我和罗维娜小姐度过了我们新婚蜜月中那些并不圣洁的日子，基本上还算过得无忧无虑。我不能不觉察到我妻子怕我喜怒无常的脾性。她总躲着我，而且说不上爱我，可是这反倒令我暗暗高兴。我也以一种只有魔鬼才会有的恶意嫌弃她。我又回忆起，（哦，怀着一种多么深切的哀悼！）回忆起丽姬娅，我心爱的、端庄的、美丽的、玉殒香消的丽姬娅。我沉迷于回想她的纯洁、她的睿智、她的高贵、她的飘逸，以及她那如火如荼的至尊至爱。当时我心中那团火比她的如火如荼还猛烈。在我吸食鸦片后的梦境之中，我会一声声地呼唤她的名字，在夜晚万籁俱寂之时，或白昼在深壑幽谷之间，似乎凭着对亡妻的这种追忆缅怀、神往渴慕、朝思夜想，我就能使她重返她已舍弃的人生之路。哦，她能永远舍弃么？

大约婚后第二个月一开始，罗维娜小姐突然病了，而且一病就是好久。使她形容憔悴的发烧弄得她夜夜不宁，而就在她昏沉恍惚之中，她向我谈起那塔楼上房间屋里和周围的声音和动静，我认为那不过是她病中的胡思乱想，不然也许就是房间本身那种光影变幻的结果。她的病情逐渐好转，最后终于痊愈。然而，只过了很短一段时间，第二场更严重的疾病又把她抛上了病榻，而她本来就孱弱的身子再也没能从这场罹病中完全康复。从那以后，她的病经常复发，而且发病的周期越来越短，这使得医生们大惑不解，所有的医疗手段均不见效。随着那显然已侵入膏肓以至于靠人力已无法祛除的痼疾之日益加重，我同时也发现她越来越容易紧张，越来越容易焦躁，常常为一些细小的动静而产生恐惧。她又开始谈起她曾提到过的幔帐间那种轻微的声音和异常的动静，而且谈得更加频繁，更加固执。

9月末的一天晚上，她对这个烦心的话题异乎寻常的强调引起了我的注意。她刚从一阵迷迷糊糊中醒来，而我刚才一直又急又怕地在留心她面部的抽搐。我坐在她那张黑檀木床旁边的一张印度式褥榻上。她半欠着身子非常认真地向我低声讲述她刚才所听见而我未能听见的声音，讲述她刚才所看见而我未能看见的情景。幔帐后风正急速吹过，我真想告诉她（让我承认，我要说的我自己也不能尽然相信）那些几乎听不见的声息和墙头轻轻变幻着的影子不过是风所造成的结果。但弥漫在她脸上的那层死一般的苍白向我表明，我想安慰她的努力将徒然无益。她眼看要昏晕过去，而塔楼上又唤不应仆人。这时我想起了医生吩咐让她喝的那瓶淡酒，于是起身穿过房间去取。但是，当我走到香炉映出的光亮中时，两件令人惊讶的事吸引了我的注意。我先是觉得一个虽说看不见但却能感知的物体从我身边轻轻晃过，接着我看见在香炉彩光映亮的金丝地毯的正中央有一个影子，一个模模糊糊、隐隐约约、袅袅婷婷的影子，正如那种可能被人幻想成幽灵的影子。不过我当时正处于因无节制地服用鸦片而产生的兴奋之中，所以对耳闻目睹的异象不大在意，也没把它们告诉罗维娜。我找到酒，再次穿过房间，斟了满满一杯，然后将酒凑到罗维娜唇边。但这时她已稍稍清醒了一点，自己伸手接过了酒杯，于是我在身边的一张褥榻上坐下，两眼紧紧地盯视着她。

就在这时，我清清楚楚地听到床边的地毯上响起一阵轻微的脚步声，紧接着，当罗维娜正举杯凑向嘴边之时，我看见，或说不定是我幻想自己看见，三四滴亮晶晶红艳艳的流汁，从房间空气中某个无形的泉眼中渗出，滴进了罗维娜手中的酒杯。虽说我亲眼目睹，但罗维娜并未看见。她丝毫没有犹豫地喝下了那杯淡酒，而我也忍住没把所见之事告诉她，毕竟我还认为那很有可能是一种幻觉，是由罗维娜的恐惧、过量的鸦片以及那深更半夜给我造成的病态的幻觉。

然而我不能对我的知觉隐瞒这样一个事实，就在我妻子吞下那杯滴进红液的酒后，她的病情突然急剧恶化，以致到事情发生的第三天晚上，她的侍女们已开始为她准备后事，而到第四天晚上，在那个曾接纳她作为我新娘的怪异的房间里，只剩我孤零零地坐在那儿陪伴她盖着裹尸布的尸体。服用鸦片之后所产生的影影绰绰的幻象在我眼前飞来舞去。我用不安的眼光凝视屋角那些黑色大理石棺椁，凝视幔帐上那些千变万化的图案，凝视头顶上那些缭绕萦回于金香炉的斑斓烟火。最后，当我想到前几天夜里发生的事，我的目光落到了我曾看见那个暗影的被香炉彩光映亮的地毯中央。但那儿不再有那个朦影，我不由得松了一口气，随之把目光转向床上那具苍白而僵硬的尸体。蓦然之间，无数对丽姬娅的回忆又向我涌来，于是那种说不出的悲伤又像滚滚洪水涌上我的心头，而我曾经就怀着那种悲伤看着她这样被裹尸布覆盖。夜深了，我仍怀着一腔痛苦的思绪追忆着我唯一刻骨铭心地深爱的女人，而我的眼睛则一直呆呆地望着罗维娜的尸体。

大约是在夜半时分，也可能是在半夜前后，因为我当时并没去留心时间，一声呜咽，一声低低的、柔柔的、但清清楚楚的呜咽，突然把我从冥想中惊醒。我觉得呜咽声是来自那张黑檀木床，来自那张灵床。我怀着一种迷信的恐惧侧耳细听，可那个声音没再重复。我再睁大眼睛细看那尸体，可尸体也没有丝毫动静。然而我刚才不可能听错。不管那声呜咽多么轻微，我的确听到了那个声音，而且我的灵魂早已清醒。这下我开始目不转睛地盯住那具尸体。可过了好一阵仍然没看出任何能解开刚才那谜团的迹象。但最后我终于明确无误地看见在她两边脸颊上，顺着眼睑周围那些微陷的细小血管，一股微弱的、淡淡的、几乎难以察觉的红潮正在泛起。由于一种人类的语言不足以描绘的莫可名状的恐惧，我坐在那儿只觉得心跳停止，四肢僵硬。但一种责任感终于使我恢复了镇静。

我不能再怀疑是我们把后事料理得过于仓促。我不再怀疑罗维娜还活着。现在需要的是马上进行抢救，但塔楼和仆人住的地方是分开的，从塔楼上没法唤来他们。要去叫仆人来帮忙，我就得离开房间好一阵，而我当时不能冒险那么做。于是我便一个人努力要唤回那缕还在飘荡的游魂。但过了一会儿，连刚才那点生气也完全消失，脸颊上和眼圈周围那点血色已荡然无存，剩下的只是一片大理石般的苍白；嘴唇变得比刚才更枯皱，萎缩成一副可怕的死相；一种滑腻腻的冰凉迅速在尸体表面蔓延，接下来便是照常的僵硬。我颤栗着颓然坐回我刚才一惊而起的那张褥榻，再一次沉湎于丽姬娅那些栩栩如生的幻影。

一个小时就这样一晃而过，这时（难道真有可能？）我第二次听见从床的那方传来隐约的声音。我在极度的恐惧中屏息聆听。声音再次传来，是一声叹息。一个箭步冲到尸体跟前，我看见，我清清楚楚地看见，那两片嘴唇轻轻一动，随之微微松开，露出一排灿如明珠的牙齿。我充满于心的恐惧中又掺和进几分惊诧，一时间我觉得眼睛发花，头脑眩晕，费了好大的劲我才终于振作起来，开始履行责任感再次召唤我去履行的义务。这时那额顶上、脸颊上和咽喉上都泛起一层淡淡的红晕，一股可感知的暖流迅速传遍那整个躯体，甚至连心脏也有了轻微的搏动。罗维娜活了。

这下我更是劲头十足地埋头于这项起死回生的工作。我擦热了她的太阳穴，洗净了她的两只手，采取了每一项单凭经验而不消看医书就知道采取的措施。但我的努力终归徒然。蓦地，那红晕消逝了，搏动停止了，嘴唇又恢复了那副死相，继而整个躯体又变得冷冰冰，白森森，直挺挺，又显出枯萎的轮廓，又显出几天来作为一具死尸所具有的全部讨厌的特征。

又一次我沉溺于对丽姬娅的幻想，而又一次（我一写到它就禁不住毛骨悚然的到底是什么奇迹？），一声幽幽的呜咽又一次从黑檀木床传进我的耳朵。可我干吗非得历述那天夜里一次又一次的莫可名状的恐怖？干吗非得细说在黎明到来之前那出复活的恐怖剧是如何一幕幕地重演；那一次次可怕的复活是如何不可避免地再次坠入一种更加不可改变、更加万劫不复的死亡；那一次次痛苦的死亡是如何展现出一番与某个看不见的对手的抗争；而那一次次的抗争又是如何伴随着尸体外观上那种我说不清道不明的急剧变化？还是让我赶快把故事讲完吧。

那个恐怖之夜的大部分时间已折腾过去，而早已死去的她又开始动弹，这次动弹比前几次都更富活力，尽管动弹是发自一次最可怕最无望的死亡。我早已放弃了努力，或说停止了抢救，只是一动不动地僵坐在褥榻上，听天由命地被一阵强烈的感情之旋风所俘获，在这阵旋风中，极度的恐惧也许是最不可怕最不耗神的一种感情了。我再说一遍，那尸体又在动弹，而且比前几次更有生气。生命的色彩伴着一种罕见的元气泛起在那张脸上，那僵直的四肢也完全松弛；若不是那双眼睛依然紧闭，若不是那层裹尸布依然证明那身躯就要被送进坟墓，我说不定会幻想罗维娜已经真的完全挣脱了死神的羁绊。但即便那种幻想在当时也不甚合乎情理，可当那缠着裹尸布的躯体翻身下床，像梦游者一样闭着眼睛，迈着纤弱的步子颤颤悠悠但却实实在在、明明白白地走到房间中央之时，我至少不能再怀疑了。

我没有发抖，我没有动弹，因为那个躯体的身姿、风度和神采使我产生了无数难以言传的想象，这些想象猛然涌进我的脑际，一下子使我僵直冰冷得像一块石头。我一动不动，只是呆呆地凝视着那个幻影。我的思绪变得异常紊乱，一种难以抑制的疯狂的骚乱。站在我眼前的真是活生生的罗维娜么？真是完完全全的罗维娜么？真是那个来自特里缅因的金发碧眼的罗维娜·特里梵依小姐？为什么，为什么我会怀疑这点？裹尸布就沉甸甸地垂在那张嘴边，可难道它会不是罗维娜活着时的那张嘴？还有那脸腮，上面有两朵在她生命之春天里开过的红玫瑰，不错，这很有可能就是罗维娜生前的粉面桃腮。还有那下颌，伴着她健康时有过的酒涡，这些难道会不是她的？但是，难道她生病以来还在长高？是怎样一种形容不出的疯狂使我产生了那个念头？

我朝前一扑，伸手去抓她的脚！她往后一缩，躲开了我的触碰，让那层裹尸布从她头顶滑脱，溢出一头长长的、浓密的、蓬松的秀发，飘拂在房间里流动的空气中；那头秀发的颜色比夜晚的翅膀还黑！紧接着，站在我面前的身影慢慢睁开了眼睛。"那么，至少，"我失声惊呼，"至少我不会弄错，我绝不会弄错，这双圆圆的、乌黑的、目光热切的眼睛，属于我失去的爱人！属于她！属于丽姬娅！"

（1838）

# 如何写布莱克伍德式文章[1]

"以穆罕默德的名义——无花果!"
——土耳其小贩的叫卖声

我相信人人都听说过我。我就叫普叙赫·泽诺比娅小姐。我知道这是一个事实。除了我的敌人绝没有谁叫我萨基·斯洛比斯。我一直坚信萨基不过是普叙赫的讹误,而普叙赫是个美妙的希腊字眼,意思是"灵魂"(那就是我,我完全是灵魂),有时也指"蝴蝶"[2],这后一个意思无疑是在暗示我穿上我那身崭新的鲜红缎袍时的模样,红袍配有天蓝色的阿拉伯式短披风,配有深绿色的搭扣装饰,并镶有7道橘黄色的报春花边。至于斯洛比斯,任何人只消看我一眼马上就会意识到我这个姓一点不势利。[3]塔比莎·特尼普小姐四处张扬说我势利,那纯粹是出于忌妒。塔比莎·特尼普的确是出于忌妒!哦,那个小坏蛋!不过,从一个萝卜那里我

---

[1] 参见本书《对开本俱乐部》相应脚注。
[2] 普叙赫(Psyche),希腊神话中灵魂的化身,通常被描绘成蝴蝶或有蝴蝶翅膀的少女形象。
[3] "斯洛比斯"之英文Snobs意即"势利小人"。

们能期望什么呢？①我真纳闷她是否记得那个关于"萝卜流血"的古老格言（夫人：一有机会就提醒她这一点……还有夫人，拉拉她的鼻子）。我说到哪儿啦？哦！我一直坚信斯洛比斯只不过是泽诺比娅的讹误，而泽诺比娅是个女王②（我也是女王。莫理本利博士就总是叫我心牌女王），除了普叙赫，泽诺比娅也是个美妙的希腊字眼，而我父亲是希腊人，所以我有权用我的父姓，那就是泽诺比娅，这姓无论如何也不势利。除了塔比莎·特尼普没有人叫我萨基·斯洛比斯。我是普叙赫·泽诺比娅小姐。

正如我刚才所言，人人都听说过我。我就是那个因作为我们协会的通讯秘书而天经地义地被众人所知晓的普叙赫·泽诺比娅小姐，我们的协会叫"费城致力于文明人类正规交易茶叶纯文学宇宙实验文献总协会"。这个名称是莫理本利博士为我们取的，他说他选这个名称是因为它听起来响亮，就像个空朗姆酒桶。（莫理本利博士有时很俗气，但他很深沉。）我们都在我们的名字后附上协会名称的缩写，正如皇家艺术学会缩写成R.S.A.，实用知识普及协会缩写成S.D.U.K.一样。莫理本利博士说S.D.U.K.中的S代表走了味的，而D.U.K.的意思是鸭子（但并不是），所以S.D.U.K.表示的是"走了味的鸭子"，而不是布鲁厄姆勋爵的"实用知识普及协会"。不过莫理本利博士是那么一个怪人，所以我从不敢肯定他何时讲的是真话。但不管怎么说，我们总是在我们的名字后面加上

---

① "特尼普"之英文Turnip有"萝卜"之义。
② 泽诺比娅（Zenobia，？—274以后，又译芝诺比阿），罗马帝国属下阿尔米拉殖民地女王。

我们协会名称的缩写P.R.E.T.T.Y.B.L.U.E.B.A.T.C.H.，这个缩写代表"费城致力于文明人类正规交易茶叶纯文学宇宙实验文献总协会"，一个字母代替一个词，这比起布鲁厄姆勋爵的协会名称缩写来是一个明显的改进。莫理本利博士总是说我们协会名称的缩写体现了我们的真正性质，但就是要了我的命，我也不明白他是什么意思。

虽然有莫理本利博士的鼎力相助，尽管协会为提高自身的知名度进行了不懈的努力，但直到我加入协会以后，协会才取得巨大成就。事实是，会员们过去沉迷于一种过分夸夸其谈的论风。每个星期六晚上读到的文章不是以深入透彻见长，而是以插科打诨著称。那些文章全都是搅得稀烂的乳酒冻，没有对事物本原的调查，没有对基本原理的研究，没有对任何事情的分析考证。文章压根儿不注意"事物的合情合理"这一要点。总之从未有过合情合理的妙文佳作。协会刊物整体上质量低劣，非常低劣！没有深度，没有学识，也没有形而上学。既无博览群书者所称的脱俗，也无不学无术者爱指责的"侃得"。（莫理本利博士说我应该把"侃得"写作"康德"，但我知道得比他清楚。）

我一加入协会便竭力引进一种更好的思维方式和写作风格，而人人都知道我已经取得多么大的成功。现在我们P.R.E.T.T.Y.B.L.U.E.B.A.T.C.H.所编写的文章甚至能同布莱克伍德先生那份杂志中的任何一篇媲美。我说布莱克伍德的杂志，因为我历来深信有关任何题目的最好的文章都出自那理所当然地闻名遐迩的杂志。现在我们的所有文章都以那份杂志作为楷模，所以我们正在迅速地引起世人瞩目。说到底，只要方法得当，写出正宗的布莱克伍德式文章并非不可企及。当然，我不谈政治性文章，那种文章谁都知道如何炮制，因为莫理本利博士曾做过讲解。布莱克伍德先生有一把裁缝用的大剪刀和3名不离左右的门徒。一名门徒为他递《时报》，另一名递《考察家报》，而第三名则递一份《格利新俚语怪话摘要》，布莱克伍德先生只是剪接拼凑。那做起来很快，不过就是《考察》《摘要》《时报》，然后《时报》《摘要》《考察》，再就是《时报》《考察》《摘要》。

但那份杂志的主要优点就在于它五花八门的文章，而那些文章的绝妙之处又在于被莫理本利博士称为"稀奇古怪"（这究竟是什么意思）而被一般人叫做扣人心弦的标题，这是一种我早就知道如何欣赏的作品，虽说只是在我最近（由协会委派）拜访布莱克伍德先生之后，我才弄明白这种文章的具体写法。这种写法非常简单，但也不是简单得像是在写政治性文章。当时我见到了布莱克伍德先生，向他转达了我们协会的请求，他非常有礼貌地欢迎我，领我进到他的书房，并详细地向我讲解了那种文章的全部写作过程。

"我亲爱的女士，"他显然被我端庄的仪表迷住了，因为我当时穿的就是那身有深绿色搭扣和橘黄色花边的鲜红缎袍，"我亲爱的女士，"他说，"你请坐下。事情是这样的。首先，要写扣人心弦的文章，你们的作者必须得有很黑的墨水，还要有一支非常大非常秃的笔。请注意，普叙赫·泽诺比娅小姐！"他略为一顿，然后以一种最庄严的语气和最肃穆的神情继续道，"注意！那支笔，无论如何都不能修笔尖！小姐，奥秘就在这里，这就是扣人心弦之灵魂。我能非常有把握地说，从来没有人，无论多么伟大的天才，用一支好笔写出过好文章。你可以理所当然地认为，如果手稿能读，那文章一定不值一读。这是我们信念中的一个主要原则，若是你对这一原则不能欣然同意，那我们的会谈就算结束了。"

他停了下来。可我当然不希望会谈就此结束，于是我欣然赞同这一如此一目了然、其真实性又是我长期以来有充分认识的主张。他显得很高兴，并继续对我进行教诲。

"普叙赫·泽诺比娅小姐，若是我让你去读任何一篇或几篇文章，无论是作为样板还是为了研究，也许都会惹你反感；但也许我仍然要让你注意几篇范文。让我想想。那篇《活着的死者》真是妙极了！文章写一名绅士尚未断气便被埋进了坟墓，真实地记录了他在坟墓中的感觉，充满了经验、恐怖、情趣、玄学和博识。读者会发誓说那作者就生在坟墓里长在棺材中。还有那篇《一个鸦片服用者的自白》。妙，妙不可言！瑰玮的想象，玄妙的哲学，深刻的思索，充满了激情、疯狂和一种显然莫明其妙的高雅情趣。作品中有些精巧的胡言乱语，可人们读起来却津津有味。他们原来总认为那文章出自柯尔律治之手，但并非如此。那是我的宠物狒狒写的，当时它喝了一大杯加水的荷兰杜松子酒，'热的，没加糖。'"（若不是布莱克伍德先生亲口讲述，我几乎不能相信有这种事情。）"然后是那篇《无意的试验者》，讲一名绅士被塞进炉里烘烤，结果他不但活着出来而且毫发无损，虽然他肯定有了一番变化。接下来是《一位已故医师的手记》，该篇的长处在于它高明的夸夸其谈和蹩脚的希腊语引用，这两点都很对公众的口味。其次是那篇《钟里的人》，顺便说一下，泽诺比娅小姐，向你推荐这篇作品我并无充分的根据。它讲的是一位年轻人的故事，他睡在教堂大钟的钟锤下，被一阵丧礼的钟声惊醒。那钟声使他发了疯，于是他铺开纸笔，记录下了他发疯后的感觉。总而言之，感觉非常重要。如果你曾被淹死过或吊死过，那你千万要把当时的感觉记下来，这样的记录1页就值10个金币。假若你想写得令人信服，泽诺比娅小姐，那你一定要密切注意感觉。"

"我一定注意，布莱克伍德先生。"我回答。

"很好！"他说，"我看出你是一个合我心意的学生。但我必须教你精通必要的具体方法，只有凭这些方法写出的文章才称得上是真正的布莱克伍德式文章，你将会理解我为什么认为无论从哪个意义上讲这种文章都是最好的。

"你要做的第一件事就是设法使自己陷入一种前人不曾陷入过的困境。譬如说掉进火炉，那将大受欢迎。但是，假若你身边既没有火炉也没有巨钟，假若你不能很方便地从气球上一跟头栽下，或是既不能被地震吞没，也不能被紧紧地卡在烟囱里，那你就必须用你的想象力去想象某种相似的灾难。不过我更希望你能有这类亲身经历作为证据。最有助于想象的莫过于自己的亲身经历。你知道，'真实是奇妙的，比虚构还奇妙'[①]，而且效果更佳。"我当即向他保证，我有一副非常漂亮的吊袜带，我将尽快地用它来上吊。

"很好！"他回答，"一定要那样去做，尽管上吊已略显陈腐。也许你能做得更新颖。譬如吞一瓶布兰德雷斯药丸，然后给我们

---

[①] 语出拜伦《唐璜》第14章第101节第1—2行。

写出你的感觉。不过我的教导同样适用于其他各种各样的天灾人祸，你在回去的路上也许很容易头上挨一棍子，或被一辆公共马车辗过，或被一条疯狗咬伤，或是在一条水沟里淹死。但你得继续下去。

"一旦确定了题目，接下来你必须考虑的就是叙述的语气，或称叙述方式。说教语气、抒情语气和自然语气都已经显得是陈腔滥调。但还有简洁语气，或称敷衍语气，这种语气最近开始大量使用。它的关键在于短句。无论如何得用短句。再短也不算短。再急也不嫌急。只用句号。而且绝不要分段。

"然后还有高调冗长插入式语气。我们一些最优秀的小说家爱用这种语气。所用的字眼必须像陀螺一样回旋，造成一种非常相似的响声，其效果比意义更加显著。这是所有可用的语气中最好的一种，用这种语气写作的作家总是忙得没法思考。

"形而上学语气也是种好语气。要是你知道什么名词术语，那你正好派上用场。谈谈爱奥尼亚和伊利提克学派，说说阿克塔斯、高尔吉亚和阿尔克曼。讲讲什么客观与主观。千万别忘了讲几句洛克的坏话。别去理会普通的事，而当你不小心写下点悖谬之词，你不必劳神费力将其抹掉，而只需加上一条脚注，就说上述深刻见解你是得益于康德的《纯粹理性批判》，或者说受到其《自然科学之形而上学基础》的启发，这将使你显得学识渊博，而且坦率。

"还有其他各式各样的同样出名的叙述语气，但我再教你两种，超验语气和综合语气。用超验语气的优点在于远远比别人深入地看透事物的本质。如果运用得当，这种第二视觉效果极佳。

稍稍读读《日暮》①将使你获益匪浅。用这种语气得避免使用名词术语等大字眼，而尽可能地用小字眼，并尽量把话说得颠三倒四、乱七八糟。翻翻钱宁的诗并引用他那段关于一个'有一副罐头盒般不可靠外貌的胖小男人'的话。插入几句有关天上那个独一无二的话。对地狱那个第二则只字不提。尤其重要的是学会拐弯抹角。凡事只可旁敲侧击，不可单刀直入。假如你觉得你想说'涂奶油的面包'，那你无论如何也不能直截了当地把它给说出来。你可以说任何接近'奶油面包'的东西。你可以含蓄地说荞麦饼，你甚至可以绕个大弯子说燕麦麦片粥，但是，假若奶油面包是你真想要说的东西，那你得当心，我亲爱的普叙赫小姐，不管怎样都不能说出'奶油面包'！"

我向他保证，只要我一息尚存，我将不再说奶油面包。他吻了我并继续道：

"至于综合语气，那只是把全世界所有的语气按照一定的比例加以适当的混合，由此把所有深刻的、伟大的、古怪的、有趣的、恰当的、美妙的东西拼凑起来。

"现在让我们假定，你已经确定了要写的事件和要采用的语气。最重要的部分，实际上也是必须加以注意的整个写作过程的灵魂，用我的话说，就是填写。一位女士或一位先生不应该一辈子就生活在书堆里。然而最最重要的是，你又必须让你的文章有一股学贯古今的意味，或至少能证明你博览群书。现在我就来教你如何做到这一点。你看这儿！"（他摊开三四本看起来极普通的

---

① 以爱默生为首的超验主义者在波士顿创办的一份评论季刊（1840—1844）。

书,并随意将它们翻开。)"你翻开这世界上任何一本书的任何一页,都能马上发现一些或具有学识或富有才气的只言片语,这些只言片语正好为布莱克伍德式文章增添趣味。我给你读的时候你最好记下一些。我将把这些只言片语分为两类:一类是比喻所需的妙趣横生的细节,一类是必要时可用的妙趣横生的表达。现在开始记吧!"于是他念我写。

"比喻所需的妙趣横生的细节。'诗歌女神最初只有3位,墨勒忒、谟涅墨和阿俄斯,即沉思、记忆和歌唱。'如果加工得法,你可以就这个细节小题大做。你知道并非人人都熟悉这一细节,可它看上去会深受读者欢迎。不过你得小心,得让读者感觉到一种即兴创作的味道。

"再听。'阿尔斐斯河从海底穿过,未伤其水之纯洁而浮出地面。'① 这个细节固然已老掉了牙,但如果加以适当的修饰和发挥,它仍然可以显得面貌一新。

"这儿有个更好的细节。'波斯的鸢尾草似乎对某些人具有一种美妙而浓烈的芳香,而对另一些人则全然无味。'美,异常精美!稍稍把它改造一下,它将产生奇迹般的效果。我们再来看另一种植物。没有比这更受欢迎的了,尤其是再用上其拉丁语学名。记吧!

"'爪哇岛的附生兰开一种非常美丽的花,它被连根拔起也能生长。当地居民用绳子将它悬于室内,常年享受其馥郁芬芳。'这

---

① 据希腊神话传说,河神阿尔斐斯(Alpheus)钟情于西西里水泉女神阿瑞图萨(Aretusa),化成一股水泉从伯罗奔尼撒半岛穿海而到西西里与其汇合。

真是绝了！用来作比喻再适合不过。现在我读妙趣横生的表达。

"妙趣横生的表达。'历史悠久的中国小说《玉娇梨》。'好！恰如其分地点出这么几个字眼，这将表明你熟稔中国语言文学。借助于这种表达，你也许能对付阿拉伯语、梵语或契卡索语。但是，文章中若不引用西班牙语、意大利语、德语、拉丁语和希腊语，则是万万不行的。我必须每种语言都给你找出个例子。任何一句话都行，因为你得依靠你自己的巧妙运用使之符合你写的文章。好，开始！

"'Aussi tendre que Zaïre'，像莎伊尔一般娇嫩，法语。暗用了人们常常重复的说法。娇嫩的莎伊尔，出自伏尔泰的同名悲剧。这种引用若恰到好处，不仅能显示你的语言知识，还能证明你的学问和机智。譬如你可以说你正在吃的那只鸡（假设你正在写一篇被鸡骨头卡死的文章）并不完全像莎伊尔一般娇嫩。听好！

*Van, muerle tan escondida*
*Que no te sienta venir,*
*Porque el plazer del morir*
*No me torne, a dar la Vida.*

这是西班牙语，引自塞万提斯的《堂·吉诃德》。'快来吧，哦，死神！/但千万别让我看见你的来临，/以免我看见你时将感到的欢乐/会不幸地让我死而复活。'这几行诗你可以不露声色并非常妥当地用在你临死前痛苦挣扎之时，就是在被鸡骨头卡住之后。再记！

*Il pover 'huomo che nom se'n era accorto,*

*Andava combattendo, e era morto.*

这是意大利语,你已经听出,引自阿里奥斯托,意思是说一位伟大的英雄在战斗最激烈的时候没有意识到自己已经被杀死,所以他虽然死了仍继续英勇地战斗。显而易见,这非常适合你的情况,因为我确信,普叙赫小姐,在你被鸡骨头卡死之后,你不会不至少反抗一个半小时。请再写!

*Und sterb'ich doth,no sterb'ich denn*

*Durch sie—durch sie！*

这是德语,引自席勒。'假若我死去,至少我是——为你而死——为你而死！'不言而喻,你这是在用顿呼法称呼你那场灾难的原因,那只鸡。其实我倒真想知道,哪一位有理性的先生(或女士)不愿为一只表面涂着橘子冻、肚里填满驴蹄草和蘑菇、像一幅镶嵌画盛在色拉碗中端上来的纯种摩鹿加岛肥鸡而献出生命。记下！(你在托尔托利餐馆可吃到那种鸡。)再记！如果你愿意再记的话！

"这儿有一个精妙的拉丁文短语,也是非常有趣,(拉丁文的引用越考究越简短越好,这种引用法正越来越普遍)ignoratio elenchi[①]。他犯了一个 ignoratio elenchi。这意思是说,他已经懂了你

---

① 逻辑学术语:不当结论。

命题的字眼，但并不明白其概念。你看，这种人是白痴。当你被那根鸡骨头卡住时，你对其述说的就是这样一个可怜的家伙，所以他不能正确地理解你的意思。当面给他来一句ignoratio elenchi，那你一下就把他镇住了。假若他胆敢还嘴，你可以用卢卡努斯这个说法（你看，在这儿）来告诉他，说他的话不过是anemonae verborum——秋牡丹。那秋牡丹倒挺艳，就是不中闻。或者，假若他开始发火，你可以劈头给他一句insomnia Jovis——朱庇特的幻想，西利乌斯·伊塔利库斯（你看这儿！）曾用这个措词来形容华而不实的思想。这必定会伤透他的心。他除了倒下死去别无他法。请你继续往下记好吗？

"希腊语我们得引段美妙的话，譬如德摩斯梯尼的 Ανηρ ο ψεογων και παλιν μαχεσεται。塞缪尔·巴特勒在其《休底布拉斯》中对这段话进行了很不错的翻译：

> 逃走的可以再次重返疆场，
> 死去的再也不能参加战斗。

在一篇布莱克伍德式文章里，没有什么比得上你们的希腊语耐看。单是那些字母就显得奥妙无穷。你看，小姐，看看ε这副机灵相！Φ肯定应该是个主教！难道还会有比Ο更伶俐的家伙？你再好好看一看这个τ！总之，对一篇真正写感觉的文章，希腊语是再妙不过了。就你眼下的情况而言，引用一句希腊语是天地间最明白不过的事。对那个一无是处、愚蠢透顶、听不懂你用浅显的英语说鸡骨头的家伙，你要用发誓的语调，以最后通牒的方式，严厉地说出德摩斯梯尼的那句话。他会有所领悟并知趣地离去，你可以相信这点。"

这些就是布莱克伍德先生就我提起的话题所能给予的教导，但我觉得这已完全够了。至少，我已经能够写出地道的布莱克伍德式文章，而且我决定马上动笔。在送我出门的时候，布莱克伍德先生提出买下我即将去写的文章；但由于他只能出50金币1页，我想与其为这么点蝇头小利而牺牲一篇佳作，还不如将稿子留给我们协会。虽说稿酬开价吝啬，但那位绅士在其他所有方面都表现出他对我的体贴，对待我真是做到了礼仪周全。他临别的一番话给我留下了深刻的印象，我希望我将永远怀着感激之情把他那番话铭记在心。

"我亲爱的泽诺比娅小姐，"他说话时眼圈里闪着泪花，"为了促使你可歌可泣的事业成功，我还能替你效什么力吗？让我仔细想想！只是有这种可能，你不能够又快又省事地把……把……把你自己淹死，或是……被一块鸡骨头卡死，或是……或是吊死，或……被一条狗……狗！有了！现在我想起来了，这院子里就有两条非常优秀的看门狗。好狗，我向你保证，凶猛无比，几乎像野狗。事实上这正合你的心意，它们可以在5分钟内把你吃掉（这是我的表！），连你缎袍上的报春花边也不剩，剩下来你就只消去思考你的感觉了！喂！我说，汤姆！彼得！迪克！你这个家伙！把那两条狗放……"但由于我的确十分着急，不能再耽误一分一秒，于是我极不情愿地匆匆告辞，并马上离开了那个地方。我承认，若按严格的礼节，我走得是有点仓猝。

告别布莱克伍德先生之后，我要做的第一件事就是依照他的忠告尽快使我陷入困境，抱着这一目的，我那天的大部分时间都在爱丁堡街头徘徊，寻找能置人于死地的危险，足以使我感情激烈的危险，适合我要写的文章特点的危险。在街头漫游时，陪伴我的有我的黑人随从庞培和我的小鬈毛狗狄安娜，都是我从费城带来的。然而，直到那天下午日近黄昏之时，我艰巨的事业才算获得了圆满的成功。一个重大事件终于发生。下面这篇用综合语气写成的布莱克伍德式文章就是该事件的经过和结果。

## 绝　境

是什么意外，美丽的小姐，使你像这样香消玉殒？
　　　　　　　　　　　　——弥尔顿《科摩斯》

那是一个宁静平和的下午，我漫步在美丽的爱丁纳城街头。大街上充满了嘈杂与喧哗。男人们喋喋不休。女人们吵吵嚷嚷。孩子们哭哭啼啼。猪仔在嚎叫。马车声辚辚。公牛在怒吼。母牛在低哞。辕马在嘶鸣。猫在叫春。狗在跳舞。跳舞！这可能吗？跳舞！唉，我想，我跳舞的日子已经结束！就那样一去永不复返。多少阴沉的记忆总是常常被唤醒在我具有才华、富于想象、善于沉思的心中，这颗心尤其具有这样一种天性，它注定要受到无穷的、永恒的、连绵的，有人也许会说剪……对，剪不断理还乱的、痛苦的、忧愁的、恼人的、请允许我说非常恼人的宁静的影响，注定要受到那种可以被称为这世上最令人欣慕的……不！最美不胜收的、最婉妙绰约的、也许还可以说最最俊俏的（请允许我如此冒昧地这样表达）事物的影响（请原谅我，亲爱的），但我这是情不自禁。我再说一遍，在这样一颗心中，一丁点小事就可以唤醒多少的回忆！狗在跳舞！我，我却不能！他们嬉戏，我却哭泣。它们欢跃，我却呜咽。多么伤感的情景！而此情此景不会不使古典派读者触景生情地联想起那段幽雅细腻的描写，那段描写可在美妙绝伦且历史悠久的中国小说《长亭送别》第3部的卷首找到。

当我孤独地穿行在那座城市，我有两位卑微但忠实的伴侣相随。狄安娜，我的鬈毛狗！最可爱的动物！它有一身遮住了一只眼睛的长毛，脖子上时髦地系着一根蓝色绸带。狄安娜身高至多有5英寸，但它的脑袋比身子稍大一点儿，它的尾巴被剪得极短，这赋予它一副受了委屈的天真模样，使它看上去真是人见人爱。

庞培，我的黑伙伴！可爱的庞培！我怎能把你忘怀？我当时就拉着庞培的手臂。他身高只有3英尺（我喜欢独特），年龄大约是70岁或80岁。他有一副罗圈腿，人长得也肥胖。他的嘴巴不能说小，耳朵也不能说短。然而，他的牙齿像一粒粒珍珠，他又大又圆的眼睛是美丽的白色。造物主没有赋予他脖子，并且让他的脚脖子（像他那个种族的人一样）长在脚背上。他的衣着朴素得引人注目。他唯一的装束就是一条9英寸的硬领巾和一件八成新的淡褐色厚呢大衣，那件大衣从前的主人是高大魁梧、赫赫有名的莫理本利博士。那是一件漂亮的大衣，裁剪考究，缝制精良。大衣几乎还是新的。庞培用双手拽住衣边，以免粘泥。

我们一行三位，而前两位已经介绍过了。还有第三位，那第三位就是我。我是普叙赫·泽诺比娅小姐。我不是萨基·斯洛比斯。我仪表端庄。在我所叙述的那个难忘的时节，我穿着一件鲜红色的缎袍，并配有天蓝色的阿拉伯式短披风。缎袍有深绿色的搭扣装饰，并镶有7道橘黄色的报春花边。我就那样成为了三人行的第三位，我们有鬈毛狗，有庞培，还有我自己。我们是三位。因此据说复仇女神最初只有三位，墨耳提、尼密和赫蒂，即沉思、记忆和演奏。

倚靠着漂亮的庞培的胳膊，由狄安娜恭敬地左右相随，我沿着爱丁纳如今已清冷萧索但当年却车水马龙的街道继续前行。突然，一座教堂进入我的视线。一座哥特式大教堂，巍峨宏大，历史悠久，有一座高耸入云的尖塔。当时是什么疯狂把我攫住？我为何匆匆扑向我的命运？我心里产生了一种难以抑制的欲望，要登上那座高塔去俯瞰全城的美景。教堂的门诱人地开着。命运之神驱使着我。我钻进了那凶多吉少的拱形门洞。那我的保护天使当时在哪里？如果真有那样的天使。如果！多可怜的回答！在那两个字眼里包藏了一个多么神秘莫测、意味深长、波谲云诡、变幻不定的世界！我钻进了那凶多吉少的拱形门洞！我进去了，没有损伤我的橘黄色报春花边。我从门洞下穿过，浮现在教堂的前庭！因此人们说宽阔的阿尔福瑞德河未受损伤、未被弄湿地穿过了海底。

我觉得那旋梯一定没有尽头。旋梯！是的，它往上旋啊，旋啊，旋啊，直旋得我忍不住猜想，和有远见卓识的庞培一道，当时我出于对早年感情的信任而放心大胆地倚靠着他坚实的臂膀，我忍不住猜想那漫长旋梯的上端一直在偶然地或是故意地向上延伸。我停下来喘气，就在这时，一个事件，一个无论以伦理学还是形而上学的观点来看都性质严重的事件显出了即将悄悄发生的苗头。在我看来，其实我对那个事实深信不疑，我不可能弄错。

不可能！我已经小心翼翼且忧心忡忡地把狄安娜的举动观察了一阵，我说我不可能弄错，狄安娜闻到了一只老鼠！我马上叫庞培注意这个情况，他同意我的判断。这下再也没有理由怀疑。那只老鼠已被闻到，被狄安娜闻到。天哪！我怎能忘记当时的那种激动？唉！人类自夸的才智到底为何物？那只老鼠！它就在那儿，也就是说它就藏在什么地方。狄安娜闻到了老鼠。而我，却未能闻到！所以人们说普鲁士的莲花对某些人具有一种美妙而浓烈的芳香，而对另一些人则全然无味。

旋梯已经被征服，现在塔顶与我们之间只剩下三四级阶梯。我们继续攀登，只有一步之遥。一步！短短的、小小的一步！在人生这架巨大的旋梯上，多少幸福或苦难往往就在于这么小小的一步！我想到了我自己，然后想到庞培，然后想到了笼罩着我们的神秘莫测的命运。我想到了庞培！天哪，我想到了爱！我想到了曾经迈出过、今后还可能再迈出的许多错误的一步。我决定今后要格外小心、格外谨慎。我放弃了庞培的臂膀，并在没有他帮助的情况下征服了剩下的最后一步，抵达了塔顶的钟楼。我的鬈毛狗也随我之后登上了塔顶。庞培一个人拖在了后面。我站在旋梯顶端，鼓励他往上攀登。他向我伸来求援的手，不幸的是这样一来他就被迫松开了他一直紧紧拽着的衣边。神祇们难道从不停止他们对人的迫害？大衣往下垂落，庞培的一只脚踩住了拖拽下来的长长的衣边。他一个趔趄朝前栽倒，这后果是不可避免的。他朝前一栽，他那该死的头正好撞在我怀里，使我和他一道摔在了钟楼坚硬的、肮脏的、可恶的地板上。但我的报复是肯定的，突然而彻底。我愤怒地用双手抓住他的黑鬈发，扯下了一大绺那种又黑又脆又卷的东西，并带着明显的轻蔑往下一抛。头发掉在钟索之间并停留在那儿。庞培从地上爬起来，一声没吭，只是用他那双大眼睛可怜巴巴地望着我，叹了口气。天神作证，那声叹息，它深入进我的心房。那绺头发，那黑色鬈发！如果我能够得着的话，我一定会用我的眼泪把它沐浴，以证明我的深深忏悔。可是，唉！它此刻远在我伸手不可及的地方。由于它在钟索间飘拂，我想象它依然还有生命。我想象它正愤怒地竖立着。正如人们所说，爪哇岛的附生兰开一种非常美丽的花，它被连根拔起仍然能活。当地居民用绳子将它悬于室内，常年享受其馥郁芬芳。

我和庞培已言归于好，我们四下张望，想找一个能俯瞰爱丁纳城的窗孔。幽暗的钟楼没有窗户，唯一的光源来自一个离地面大约7英尺高、1英寸见方的方洞。然而，对于真正有才华的人，什么目的不能达到？我决心攀到那个洞口。一大堆转轮、齿轮和其他模样神秘的机械装置就对着那个方洞而设立，一根铁棒从机械堆里伸出那个方洞。机械堆与有方洞那道墙之间勉强能容下一个人的身子，但我已孤注一掷，决心不达目的誓不罢休。我叫庞培来到我身边。

"你看那个洞，庞培。我想从那儿俯瞰全城。你就站在这个洞下边，就这样。现在，伸出一只手，庞培，让我站在上面，就这样。现在，另一只手，庞培，我可以踩着你的手爬上你的肩头。"

庞培照我的话做了。我发现，站在他肩头上我能轻而易举地把我的头和脖子伸出那个洞。景色真美。天底下不会有比这更壮丽的景色了。我只是稍稍停下来吩咐狄安娜安分一点，并向庞培保证我会非常小心，会尽可能轻地站在他肩上。我告诉他我会顾及到他的感情,像牛排一样娇嫩的感情。公正地安顿好我忠实的朋友之后,我便怀着极大的兴趣和热情开始欣赏那番慷慨地展现在我眼底的美景。

不过我会忍住不详谈这一点。我不必把爱丁堡描述一番。人人都去过爱丁堡,历史上有名的爱丁纳。我将只叙述我自己那场可悲可叹的冒险中的重要细节。多少满足了自己对那座城市的大小、处所和概貌的好奇心之后,我又从容地打量我所在的那座教堂及其塔楼尖顶美妙的建筑。我注意到我把头伸出去的那个方洞原来是一个巨钟钟面上的小孔,从下面街道上看,它肯定像个大钥匙孔,就像我们在法国表表面上所看到的一样。毫无疑问,这方孔的真正用途是让教堂杂役在必要时可以从钟楼里伸手调整钟表的指针。我还吃惊地注意到那些指针很大,最长的那根不会短于10英尺,最宽之处有七八英寸。指针显然是用钢做的,它们的边刃看起来很锋利。观察过这些和其他一些细节之后,我又把目光投向身下的壮丽景色,并很快就沉浸在我的眺望之中。

过了一会儿,庞培的声音把我从沉思中唤醒,他宣称他再也不能承受,并请我从他肩上下来。这真正不近情理,我费了一番口舌把这道理讲给他听。但他的回答显然完全误解了我命题的概念。于是我生气了,坦率地告诉他他是一个白痴,他犯了一个 ignoramus e-clench-eye,他的见解不过是 insommary Bovis,而他的话比 an enemy-werrybor'em[①] 好不了多少。这下他心满意足了,我

---

[①] 这三个原文短语乃对上文中三个拉丁文短语之英语腔十足的模仿,结果造成讹谬,以至引起下文中庞培的误解。

又继续放眼眺望。

大约在那场口角半小时之后,当我正深深沉醉于那天堂般的美景,我突然吃惊地觉得一个冰凉的东西轻轻地压在我的后颈上。不用说我感到了一种难以形容的恐惧。我知道庞培就在我脚下,而狄安娜正遵照我明确的指示蹲在钟楼最远的那个角落。那这冰凉的东西会是什么呢?天哪!幸亏我发现得早。把头轻轻一侧,我胆颤心惊地发现,那正在时间轨道上运行的巨大的、亮晃晃的、刀一般的分针已经架在我的脖子上。我知道一分一秒也不能耽搁,赶紧把脖子往后一缩,但为时已晚。我的头已陷入那可怕的陷阱,退出来已经毫无希望,而那陷阱的井口正以难以想象的可怕速度越合越拢。当时那种痛苦真无法形容。我使尽全身力气用我的双手去举那沉重的铁棒。我说不定是试图把教堂也一并举起。往下,往下,往下,那分针把洞口封得越来越小。我尖声呼喊庞培帮忙,可他说我刚才称他为"一双无知而歪曲的老眼睛"已伤了他的感情。我又向狄安娜求救,但它只"汪汪"两声,意思是说我已经指示过它无论如何也不能离开那个角落。于是我不能指望同伴的救援。

与此同时,那柄沉重而可怕的时间的镰刀(我现在发现了这个古典成语实实在在的含义)并没有停止,也不像会停止它的行程。它仍然在一点一点地往下压。它那锋利的边刃已切入我脖子整整1英寸,我的感受变得模糊而混乱。我一会儿觉得自己正在费城与堂堂的莫理本利博士在一起,一会儿觉得自己正在布莱克伍德先生的后客厅聆听他千金难买的教诲。紧接着,从前那些美好甜蜜的时光又浮现在眼前,我回忆起了那些快乐的日子,那时候这个世界还不全是一片荒原，那时候庞培还没有这么残酷。

那机械装置的嘀嗒声使我觉得有趣。我说有趣，因为此时我的感觉已接近极乐，所有最微弱的响动也能给予我乐趣。时钟那永恒的嘀嗒、嘀嗒、嘀嗒、嘀嗒在我耳里就是最动听的音乐，它甚至使我偶然想到奥拉波德博士[①]的感恩布道演说。接着钟面上出现了许多身影，他们都显得那么聪明，那么富有才智！现在他们开始跳马祖卡舞，而我认为跳得最合我心意的是身影V。她显然是一位有教养的女士。一点没有你们那种装腔作势，她的舞姿也毫不卖弄风情。她的单足旋转真是出神入化。她踮起脚尖旋转。我努力去为她搬椅子，因为我看出她似乎已跳累了，直到这时我才完全意识到我可悲可叹的处境。的确可悲可叹！那分针切入我的脖子已有两英寸深。它使我感到了一种妙不可言的疼痛。我祈求一死，而在这痛苦的时刻，我忍不住背诵起西班牙诗人塞万提斯那几行美妙的诗句：

> 快来吧，哦，死神！
> 但别让我看见你来临，
> 以免我见到你时的欢乐
> 会不幸地让我死而复活！

可现在又出现了一种新的恐怖，事实上这恐怖足以惊骇最坚

---

[①] 奥拉波德博士是英国剧作家小科尔曼（George Colman the Younger，1762—1836）所著喜剧《可怜绅士》（*The Poor Gentleman*，1802）中的人物。

强的神经。由于那指针毫不留情的压迫，我的眼珠已完全从眼窝里凸出。我正在思考我失去它们之后将如何应付，一只眼珠已从眼窝跳出，顺着塔楼陡斜的外墙，滚进了沿教堂主建筑屋檐延伸的雨槽之中。与其说是我失去了那只眼睛，倒不如说是那只眼睛获得了独立，它现在就以获得独立后的傲慢而轻蔑的眼神望着我。它就躺在我鼻子下的雨槽里，它那副傲慢的神情如果说不上令人作呕，至少也显得滑稽可笑。以前从不曾见它那么眨动过。它这种行为不仅因其明显的目中无人和可耻的忘恩负义而使我恼怒，而且还因为从前两只眼睛无论相隔多远但毕竟同存于一个脑袋时就形成的那种交感而使我感到极不方便。现在我不管愿意不愿意都只得多少眨一眨眼睛，以便与躺在我鼻子底下的那个下流胚保持协调。不过随着另一只眼珠的下落，我终于从这种尴尬中解脱了出来。这只眼珠选择了它同伴的那个方向滚去（可能早有预谋）。两只眼珠汇合后一起滚出了雨槽，实际上我非常高兴能摆脱它们。

现在那指针切入我的脖子已有4英寸半深，脖子上只剩下一层皮还连着脑袋。我的感觉已经是全然的快乐，因为我意识到最多再有几分钟我就可以从这令人极不舒服的处境中解脱出来。而我这个希望果然没有落空。当天下午5点25分整，那巨大的分针按部就班地切断了我脖子最后那点儿连接部分。看见曾使我如此窘迫的脑袋最终与身体分离，我并不感到难过。脑袋先是顺着塔楼外壁滚动，接着在雨槽中停顿了几秒，最后一蹦掉到街当中。

我得坦率承认，我当时的感觉具有一种最独特、最玄妙、最复杂而且最莫明其妙的性质。我的感觉同时既在这儿又在那儿。

我一会儿用我脑袋想,我脑袋是真正的普叙赫·泽诺比娅小姐;一会儿我又决定,我身体才是自己的正身。为了理清我对这一命题的概念,我伸手去口袋里掏鼻烟盒,但当我掏出鼻烟盒,准备按平常的方式使用一小撮令人愉快的烟末时,我一下子就意识到了我与众不同的缺陷,并马上把鼻烟盒抛给了我的脑袋。它非常满足地吸了一撮,然后冲我一笑表示感谢。接着它对我讲了一番话,但由于没有耳朵我听得不甚清楚。不过我基本上听出它是说它非常惊讶我在这种情况下居然还有活下去的愿望。它最后引用了意大利诗人阿里奥斯托那两行高贵的诗:

　　那不知已被杀的可怜的人哟,
　　英勇牺牲后还在奋勇杀敌。

以此把我比作诗中那个英雄,那英雄在激烈的战斗中没有意识到自己已经死去,仍以不灭的勇气继续战斗。现在没有什么能阻止我从高处下来,于是我回到了钟楼地面。我一直都无从知晓庞培从我的模样中看到了什么奇异之处。他当时咧开他那张大嘴,把眼睛闭得紧紧的,仿佛是要用上下眼皮来夹破胡桃似的。最后他丢下大衣,跃向旋梯,随即消失了。我冲着那条恶棍抛去了德摩斯梯尼那句有力的诗:

　　安德鲁·奥菲勒格森,你果然匆匆而逃。

然后我转向我最最心爱的、只有一只眼睛的、长毛蓬松的狄安娜。天哪！我眼前是一副多么可怕的景象？那在洞口躲躲闪闪的难道是只老鼠？这些碎片难道就是被那鼠魔残忍吃掉的小天使的残骨？天哪！我到底看见了什么？难道那真是我心爱的鬈毛狗飘逝的亡魂、阴魂、幽魂？可我还以为它正优雅地蹲在墙角。听！它在说话，天哪！它在用德语念诵席勒的诗句：

Unt stubby duk, so stubby dun
Duk she! duk she!

天哪！难道它说的不是事实？

假若我死去，至少我是
为你而死——为你而死。

可爱的小狗！它也为我牺牲了它自己。没有了狗，没有了黑人，没有了脑袋，现在不幸的普叙赫·泽诺比娅小姐还剩下什么？天哪，什么也没剩下！我已经完了。

（1838）

## 钟楼魔影

> 现在几点了?
> ——谚语

一般说来,每个人都知道世界上最美的地方就是(唉,或者说曾是)那个名叫冯德尔沃特米提斯的荷兰小镇。然而,由于那镇子远离大道,多少显得有点儿偏僻,所以我的读者中也许很少有人去过那地方。因此,替没去过那地方的读者着想,我理所当然应该把那个小镇介绍一番。实际上更有必要的是,由于我希望唤起公众对该镇居民的同情,我打算在此把最近刚刚发生在那里的不幸事件之来龙去脉告诉大家。凡了解我的人都不会怀疑,对于这项我自告奋勇承担起来的义务,我将以一种公正无私、实事求是并一丝不苟的精神,不遗余力地去加以履行,而这种精神在任何时候都能使想获取历史学家头衔的人出人头地。

借助于一些徽章、手稿和铭刻,我能肯定地说,冯德尔沃特米提斯镇从它开始存在的那一天起就一成不变地保持着它今天这副模样。但关于它最初存在的日期,悲哀的是我只能借用数学家们在处理某个代数公式时往往不得不容忍的那种模糊定义来加以阐述。请允许我这样说,那个古老而悠远的日期不可能迟于任何有文献记载的年代。

论及冯德尔沃特米提斯这个镇名的来历,我遗憾地承认,我也同样感到棘手。在对这个微妙问题的众多见解之中,有的深刻,有的博学,有的则完全相反,从中我没法挑出令人满意的定论。也许,几乎与饱食饼先生的观点不谋而合的痛饮酒先生的看法应该被谨慎地推作给读者。其看法是:"冯德尔沃特米提斯(Vondervoteimittis)的前半截Vonder来自德语的Donder(雷霆);后半截voteimitti可追溯到德语的Blitzen(闪电)。"[1]说实话,这个来历今天依然可以从该镇镇议会厅尖塔顶端明显的被雷电击过的痕迹中找到根据。但是,我不想在一个如此重要的论题下随意表态,我必须请想知其究竟的读者去查阅蠢货先生所著的《东猜西测演说录》,再读读谬误先生所著、时髦话及无密码公司出版、用红与黑字体印刷的对开本哥特体印刷版本《词源》一书中的27页到5010页;读时请参阅废话连篇教授亲笔所书的眉批和牢骚满腹博士所加的附注。

虽说冯德尔沃特米提斯镇的建镇日期和镇名来源仍然被浓烟迷雾所笼罩,但正如我前文所说,毋容置疑的是这个镇子从它存在以来就一直像我们今天发现它时的这副样子。镇上最老的人也记不得该镇的任何部分有过丝毫变化,实际上连对变化之可能性的任何暗示在该镇都被视为是一种侮辱。小镇坐落在一个其周长为四分之一英里的圆形山谷里,四周被并不陡峭的小山环绕,镇上的人从不曾翻越过那些小山。对这一点他们振振有词,那就是

---

[1] 德语"Donder und Blitzen!"是句粗话,意思是"该死!"或"真见鬼了!"

他们不相信山那边会有任何东西存在。

绕谷底周边（谷底十分平坦，并铺满了花砖）一幢连一幢地排着60幢小房子。这些房子都背靠小山，当然也肯定是面朝平原的中央，那平原的中央距每座房子的前门都是60码。每座房子前边都有一个小花园，花园里都有一条环形小径、一个日晷和24棵白菜。那一幢幢房子全都一模一样，人们无论如何也看不出它们有什么差别。由于年代久远，房子的建筑风格多少有几分古怪，但小镇并不因此而减少它的诗情画意。那些房子用烧制得十分坚硬的两头黑中间红的小砖块砌成，所以那一面面墙看上去就像一张张巨大的象棋棋盘。三角墙是房子的正面，在屋檐和正门的上方都有与其他所有房子一般大小的檐板。窗户又窄又深，有非常小的窗格子和许多上下开关的窗框。房顶上数不清的瓦片都有长长的波状耳形饰边。房子的木制部分全是黑色，上面雕刻不少，但图案变化不多；因为自古以来冯德尔沃特米提斯的雕刻师就只能刻两种东西：一种是时钟，另一种是白菜。不过他们把这两种东西雕刻得美妙绝伦，由于他们独有的技巧，凡是凿刀下得去的地方都被他们刻上了时钟和白菜。

房子室内的情况与其外观完全一样，所有的家具都是同一种样式。地上铺着方砖，桌椅用黑木头做成，有又细又弯的腿和狗形柱脚。壁炉上方的架子又宽又高，不仅正面刻满了时钟和白菜，而且架顶正中还有一个发出响亮嘀嗒声的真正的时钟，时钟左右两边的架端各有一个花瓶，花瓶里各插着一棵白菜。而在两端花瓶与中间时钟之间，又各自有一个小瓷人，瓷人有个大肚子，肚子上有个大圆孔，透过圆孔可看见一只表的表面。

壁炉都又大又深，炉膛里有弯曲得令人害怕的薪架。壁炉里永远烧着旺旺的火，火上永远有一口大锅，锅中永远满装着猪肉和白菜，而女主人也永远忙着在锅边照料。她通常会是一位又小又胖的夫人，有蓝蓝的眼睛和红红的脸庞，戴一顶像棒糖一样的巨大帽子，帽子饰有紫色和黄色的丝带。她的衣服会是橘黄色并且是棉毛混织，后边很长而腰间很短，其实除了后边其余各边都短，从不长过她的膝盖。她的腿多少有点粗，脚脖子也一样，但她总会有一双漂亮的绿色长袜遮住双腿。她的鞋是粉红色皮革，鞋带是一束黄色丝带，丝带系成一棵白菜的式样。她的左手腕上有一只体积虽小但分量很重的荷兰表，右手则总是挥着一柄搅猪肉白菜的勺子。她的身边会蹲着一只肥胖的花猫，猫尾巴上会系着一只镀金玩具自鸣表，自鸣表是因为"孩子们"淘气而系上的。

每家的3个小男孩都在花园里伴着猪。孩子们的身高都是两英尺。他们戴的是三角卷边帽，穿的是垂及大腿的紫色小背心、鹿皮短裤、红色羊毛长袜、带有大银扣的笨重的鞋和长长的大礼服型大衣，大衣上有用珍珠母做的大纽扣。每个孩子口中都叼着一个烟斗，右手也都戴着一块虽小但笨的手表。他们抽一口烟看一眼表，看一眼表抽一口烟。那头又肥又懒的猪一会儿忙着掇散落在地上的白菜叶，一会儿踢一下尾巴上的镀金自鸣表，自鸣表也是那些淘气鬼系上的，为了让猪看起来和猫一样漂亮。

每座房子的大门口都有一把高背皮垫扶手椅，扶手椅和室内的桌子一样有弯弯的腿和狗形脚，椅子上坐的就是房子的主人。他是一个肥头大耳的小个子老绅士，有一双又大又圆的眼睛和一副巨大的双下巴。他的穿着和孩子们差不多，所以我不必做进一步的介绍。所有的不同之处就在于他的烟斗比孩子们的大一些，因而他能吐出更大的烟团。和孩子们一样，他也有块表，但他总是把表放在口袋里。说实话，他有比表更重要的东西要留意，那东西是什么我马上就告诉大家。他坐在那儿把右腿放在左膝上，总是面带庄重的神情用一只眼睛，至少用一只眼睛，不屈不挠地凝视着平原中央一个引人注目的物体。

那个物体位于镇议会厅的尖塔上。镇议会议员都是些矮小、肥胖、油滑而聪明的老人，都有盘子般圆的眼睛和臃肿的双下巴，他们的大衣比普通镇民的长得多，他们的鞋扣也比普通镇民的大得多。自我寄居该镇以来，他们已召开了好几次特别会议，并做出了三个重要的决定：

一、改变旧有的好习惯是错误的；

二、冯德尔沃特米提斯镇以外没有好东西；

三、我们将忠于我们的时钟和白菜。

镇议会厅会议室上方就是那座尖塔，尖塔上就是那个钟楼，钟楼上存放着（而且自古以来就存放着）冯德尔沃特米提斯镇的骄傲与珍宝，一个巨大的钟。坐在高背皮垫扶手椅上的那些老绅士的眼睛所注视的就是这个大钟。

大钟有七个钟面，每个钟面在尖塔的一方，以便人们从任何方向都能轻易地看到。它巨大的钟面是白色的，笨重的指针是黑色的。钟楼上有位守钟人，他唯一的任务就是照料那个钟；不过这是份最最轻松的闲差，因为据人们所知，冯德尔沃特米提斯的大钟从来没出过什么差错。直到不久前，任何假定钟会出差错的想法都会被视为异端邪说。从文献所能追溯的最遥远的古代开始，该镇的钟点就一直由一口大钟准确无误地报出。实际上该镇其他所有的钟表也同样走时准确。这世上再没有第二个地方保持着那么精确的时间。当那个巨大的钟舌认为该说"12点！"它顺从的伙计们便都同时张开喉咙，一起发出回应的响声。总而言之，善良的镇民们热爱他们的白菜，但他们却为他们的钟感到自豪。

凡是担任有闲差的人都不同程度地受人尊敬，而冯德尔沃特米提斯的守钟人差事最闲，所以他是这世界上最受尊敬的人。在那个小镇就数他最高贵，每一头猪都怀着一种敬畏的心情仰望他。他燕尾服的燕尾比别人的长得多，而且他的烟斗、他的鞋扣、他的眼睛和他的肚子都比该镇其他任何一位老绅士的大得多。至于他的下巴，那不仅是双重而且是三重。

这样我就描绘出了冯德尔沃特米提斯那幅其乐融融的景象。唉，如此美丽的一幅图画竟然会毁于一旦。

在镇上最聪明的人当中一直流传着一句格言，那就是"山外不可能来福"，这话似乎果真含有预言的意味。前天差5分钟到正午的时候，东边山梁上出现了一个看上去非常古怪的身影。这一事件理所当然地吸引了全镇的注意力，每一位坐在高背皮垫扶手椅中的小个子老绅士都惊恐地把一只眼睛转向了这一现象，另一只眼睛仍目不转睛地盯着尖塔上的大钟。

到差3分钟到正午的时候，人们已经看出那个古怪的身影是一位个子很小的外国青年。他以相当惊人的速度下山，所以人们很快就把他看得清清楚楚。他真是一位冯德尔沃特米提斯镇所见过的最讲究的小个子。他的脸是深褐色，脸上有一个长长的钩鼻、一双豌豆眼、一张大嘴巴和一排很漂亮的牙齿，对于后者，他似乎总急于炫耀，因为他一直咧开他那张从左耳到右耳的大嘴。他的胡须用不着多描述，总之是密匝匝地盖住了他那张脸。他头上没戴帽子，头发用卷发纸修饰得非常整洁。他穿着一件合身的黑色燕尾服（从燕尾服的一个口袋里露出一长截白色手绢）、一条黑色的克什米尔羊毛短裤、一双黑色长袜和一双看起来很笨重的轻便舞鞋，鞋上有用一大束黑色缎带系成的蝴蝶结。他的一个腋下夹着一顶巨大的三角折帽，另一个腋下夹着一把几乎比他的身体大5倍的提琴。他的左手握着一个金鼻烟盒，当他抄着各种异想天开的捷径蹦着跳着下山之时，他以一种最舒服最惬意的神情不断地享用着那金烟盒里的鼻烟。天哪！冯德尔沃特米提斯诚实的镇民们这下有好看的了！

坦率的说，尽管那家伙一直咧着嘴笑，但他有一张厚颜无耻且阴险邪恶的脸；当他蹦蹦跳跳进入小镇之时，他那双轻便舞鞋的笨拙模样引起了不少的猜疑，那天看见过他的镇民肯定都给过他少许钱，以便撩起从他燕尾服口袋那么莽撞地垂下的白麻纱手绢看上一眼。但那个下流而自负的家伙之所以激起全镇的公愤，主要还因为他无论跳斗牛士舞步还是跳旋风式舞步都似乎没有一丝一毫的念头要把步子踩在时间的点子上。

然而如我所说，当时只差半分钟就要到正午，所以当那个无赖蹦蹦跳跳地跳进镇子时，善良的镇民们几乎不可能有机会把眼光都集中到他身上；那家伙一会儿跳快滑步，一会儿跳摇摆步，一会儿跳旋转步，一会儿跳和风步，最后他以鸽子展翅舞步一下子跳上了镇议会厅上的钟楼，当时惊讶不已的守钟人正威严而沮丧地坐在钟楼上抽烟。但那个小无赖一把抓住他的鼻子，使劲一

205

扭，然后一拉，接着用他那顶巨大的三角折帽敲他的脑袋，劈头盖脸给他一阵猛抽；最后他抡起那把大提琴结结实实给了他一顿痛打，结果是你若看见守钟人身上那股胖劲儿，看见提琴那副凹陷的模样，你一定会发誓说曾有一大群提琴推销员在冯德尔沃特米提斯尖塔的钟楼上大打出手。

要不是只差1秒钟就到正午，真不知这种蛮横无理的殴打会激起镇民们何等强烈的报复。那口大钟就要敲响，此刻明显而绝对必要的是每个人都应该看好自己的表。但显而易见，就在那1秒钟内，钟楼上那个家伙对钟做了他无权做的手脚。可是大钟这时候已经敲响，人们无暇注意到他的花招，因为他们都必须去数钟报的钟点。

"一！"钟说。

"幺！"冯德尔沃特米提斯镇的每一张高背皮垫扶手椅上的每一位小个子老绅士回应道。"幺！"他的表也说；"幺！"他妻子的表说，"幺！"孩子们的表和系在猫和猪尾巴上的镀金自鸣表说。

"二！"大钟继续说。

"两！"回应者重复。

"三！四！五！六！七！八！九！十！"钟说。

"三！四！五！六！拐！八！勾！洞！"其余者同声回答。

"十一！"大钟说。

"幺幺！"小家伙们附和。

"十二！"钟说。

"幺两！"回应者心满意足地拖长了声音。

"现在幺两点！"所有的小个子老绅士说着收起他们的表。

但那大钟却并没有完。

"十三!"它说。

"幺仨!"所有的小个子老绅士都突然脸色发白,透不过气来,烟斗从口中掉出,右腿从左膝上滑下。

"幺仨!"他们呻吟着说,"幺仨!幺仨!我的天哪,现在,现在是幺仨点!"

干吗要试图去描绘那番可怕的情景?整个冯德尔沃特米提斯镇骤然间陷入了一阵可悲可叹的喧骚鼓噪。

"我的猪是怎么啦?"所有的孩子咆哮道,"这时间真让我生气!"

"我的白菜是怎么啦?"所有的妻子都尖声嚷道,"这个时候它们都变成破布片了!"

"我这斗烟丝是怎么啦?"所有小个子老绅士都诅咒道:"真见鬼!才这个时候就已经燃完了!"于是他们都愤愤然地重新填满烟斗,颓丧地坐回他们的扶手椅,开始拼命地抽烟,他们抽得那么猛,以至于整个山谷顷刻之间就充满了浓烟。

与此同时,所有的白菜都变红了脸,而且那个魔鬼似乎缠住了每一样像钟的东西。刻在家具上的那些钟仿佛中了邪似的开始跳舞,而摆在壁炉架上那些钟也压抑不住满腔的愤怒,钟摆不住地摇晃扭动,无休无止地报着13点,其情景真令人可怕。但最可怕的是,无论是猫还是猪都不能再容忍系在它们尾巴上的镀金自鸣表,并对这种行为表示出愤慨,它们四处乱窜,东抓西刨,又嘶又鸣,又嚎又叫,忽而扑向人脸,忽而钻进裙裤,折腾出一番凡理智健全者都可能想象得出的最可恶的骚乱。为了把事情弄得更糟，钟楼上那个小无赖显然把吃奶的劲儿都使上了。人们不时可透过浓烟瞥见那条恶棍。他就坐在平躺着的守钟人身上，用他的牙齿咬住钟索，不停地晃动他的脑袋，制造出我现在想起来耳朵都会嗡嗡作响的巨大声音。他的膝上靠着那把大提琴，他正既无节奏又没有音调地乱拉一气，那白痴！正大出洋相地装着在演奏《朱迪·奥弗兰娜根和帕迪·奥拉弗尔蒂》①。

情况就是这样惨不忍睹，我厌恶地离开了那个地方。现在，我向所有热爱正确时间和美好白菜的人们请求援助。让我们团结起来向冯德尔沃特米提斯进军，撵走尖塔上那个无赖，恢复那个小镇古老的秩序。

（1839）

---

① 《朱迪·奥弗兰娜根》（Judy O'Flanagan）和《帕迪·奥拉弗尔蒂》（Paddy O'Rafferty）是两首爱尔兰民谣，前者歌词见于爱尔兰诗人托马斯·穆尔的《爱尔兰歌谣集》，后者则曾由贝多芬谱曲（作品224号）。爱伦·坡在此处将两者合二为一。

被用光的人
——一个关于最近巴加布和基卡普战役[①]的故事

> 哭吧,哭吧,我的眼睛!没时间笑了,
> 因为我生命的一半已经把另一半埋葬。
> ——高乃依《熙德》

  我现在就是记不起当初我是在何时或何地与那位真称得上英俊的名誉准将约翰·史密斯相识的。当时某人的确把我介绍给了那位绅士,这我敢肯定;那是在某次公共聚会上,这我很清楚;举行那次聚会是为了某件很重要的事,这毫无疑问。我还确信聚会就是在某个地方举行的,只是那地方的名字被我给莫名其妙地忘了。实际情况是——就我这一方面而言,当时的介绍伴随着一点儿令人不安的窘迫,而正是那种窘迫使我对时间和地点都没有留下明确的印象。我这个人有点儿神经质,这是与生俱来的缺陷,对此我无法克服。尤其是,只要出现稍显神秘性的事物,出现任何我不能充分理解的要点,都会立刻使我陷入一种焦灼不安的可

---

  [①] 巴加布和基卡普是两个印第安部落,曾于1836年卷入第二次塞米诺尔战争(又称佛罗里达战争,1835—1842)。

怜境地。

我正在讲的那个人身上好像有一种非凡的东西。对，非凡的，尽管要表达我的全部意思这个字眼还嫌平淡。他身高或许有6英尺，有一副独具威严的仪表，整个身上弥漫着一种高贵的气质，暗示出他具有教养且出身名门。关于这个话题，即关于史密斯的容貌仪表的话题我负有一种令人悲伤的义务来加以仔细描述。他那头美发肯定会为布鲁图斯发式增光[①]，因为从不曾见过头发有那般润泽，那么光滑，那么乌黑。他那口难以想象的连鬓胡也是同样颜色，或更恰当地说是没有颜色。谁都会发现我一说到他的胡须就压抑不住热情，说那是阳光下最美的鬓胡也毫不过分。总之，胡须环绕着他那张无与伦比的嘴，有时还部分地夺去了嘴的光辉。嘴里有两排人们所能想象得出的最整齐洁白的牙齿。在每一个恰当的机会，那两排皓齿之间都会吐出一种最清晰、最悦耳并最富感染力的声音。说到我那位熟人的眼睛，那也是天赋其美。那对眼睛的任何一只都抵得上普通人的一双眼睛。眼睛是深褐色，非常大，非常亮；人们时时可以感觉到，单是那双眼睛有趣的斜视就给人一种含蓄的意蕴。

将军的胸部无疑是我所见过的最美的胸部。你一辈子也休想从它那令人惊叹的比例中找到任何瑕疵。这种罕见的比例使他的

---

[①] 古罗马人以美发为荣，苏维托尼乌斯（约公元69—122后）就在其《名人传》第35章专门记载过罗马独裁官辛辛纳图斯（公元前519前后）的美发。布鲁图斯发式以古罗马政治家布鲁图斯（约公元前85—前42）而得名，其型为将头发从额前向后梳平。在传统舞台上，在莎士比亚《尤利乌斯·恺撒》一剧中出现的布鲁图斯有一头美发。

双肩越发俊秀，连阿波罗雕像也会因之自惭形秽，满脸通红。我对那副美肩情有独钟，可以说我以前从没见过如此完美的肩头。那两条胳臂也被塑造得令人叹为观止。他的下肢也毫不逊色。实际上，那下肢简直是人腿美之极至。每一位人体鉴赏家都承认那是一双好腿。腿上的肌肉既不太多，也不太少；既不粗糙，也不纤弱。我实在想象不出还有比他的股骨更优美的曲线，他那举世罕有的腓骨也同样美妙绝伦，正是那罕有的腓骨造就了他小腿比例精确的造型。我真希望我那位年轻而有才的雕塑家朋友希朋切比诺能看一看名誉准将约翰·史密斯的那两条美腿。

然而，虽说如此绝美的男人不像理由和黑草莓那样俯拾皆是，可我仍然不能使我相信，我刚才所提到的那种非凡的东西，那种弥漫于我那位新朋友身上而我却不知究竟的奇特神态，竟完全在于，或说百分之百地在于他那超群绝伦的天生玉质。这或许可以从他的举止上去探究，但在这一点上我也不能说我完全自信。他的举止虽说不上生硬，但总有一种拘泥（请允许我这样来表达），他的每个动作都显得有点儿过分严谨，这种严谨若出现在一位身材稍矮小一点的人身上，就会使人觉得有那么一点儿做作、夸张或局促，但若是出现在一位像他那样身材高大的绅士身上，则很容易被视为是出于节制与傲慢，出于一种值得赞赏的意识，简而言之，出自一种与其魁伟身躯成正比的威严。

那位把我介绍给史密斯将军的好心朋友私下向我嘀咕了几句关于将军的评价。他是个非凡的人，一个非常了不起的人，实际上是当地最了不起的人之一。他还是女士们特别喜欢的人物——这主要是因为他英勇无畏的盛名。

"在这一点上他可是天下无双。他真是个十足的亡命徒,一个真正的吞火大师,这千真万确,"我的朋友说到这儿把嗓音降得不能再低,那种神秘兮兮的声音就令我毛骨悚然。

"一个真正的吞火大师,这千真万确。我应该说,最近在南方与巴加布族和基卡普族印第安人的那场吃亏的大战中,他表现得相当出色。"(说到这儿我的朋友瞪圆了眼睛。)"啧啧!遍地鲜血!漫天炮火!惊人的勇气!你当然听说过他?你知道他是一个……"

"一个还活着的人,"这时将军本人插了进来,"各位好吗?说实话,挺高兴见到你们!"他说着上前一把握住我朋友的手。当我被介绍给他时,他有点不自然却极其谦恭地欠了欠身。我当时觉得(现在也认为)我从未听到过那么清晰那么动人的声音,也从未见到过那么漂亮的一口牙齿;但我得说我很遗憾他那个时候插进来,因为我朋友的那番低语和暗示当时已经使我对这位巴加布和基卡普战役中的英雄产生了极大的兴趣。

不过,名誉准将约翰·史密斯痛快淋漓的谈吐很快就驱散了我的遗憾。我那位朋友做完介绍便匆匆离去,留下我俩面对面地促膝畅谈,那番交谈不仅使我感到愉悦,而且真正地使我深受教益。我从不曾听过有人像他那样口若悬河,也从不曾遇到过有人像他那样无所不知。但由于他的谦虚稳重,他闭口不谈我当时最想知道的那个话题(我是指关于巴加布战争的鲜为人知的事实)就我而言,我想当时是一种微妙的礼节意识令我难以开口问他,尽管我内心真恨不得说出那个话题。我还察觉那位勇敢而英俊的军人喜欢谈论哲学,尤其喜欢评论机械发明的日新月异。实际上不管我把话头引到哪儿,他最终都会将其引回这个话题。

"没有比这更奇妙的了,"他总会说,"我们是一代奇妙的人,生活在一个奇妙的时代。降落伞和铁路!陷阱和弹簧枪!我们的轮船航行在所有的海洋,'拿骚号'飞艇就要开始在伦敦和廷巴克图之间定期飞行了(单程旅费只需20英镑)。谁能预测电磁学原理的必然结果将会对社会生活、艺术、商业和文学所产生的巨大影响呢?这还并非全部,我向你保证!发明创造之路永远没有尽头。最奇妙的,最精巧的——让我补充一点,汤……汤……汤普逊先生,我相信这是你的名字——让我再补充一点,最实用的,真正最实用的机械发明,每天都在像蘑菇一样不断涌现,请允许我这样形容,或说得更形象一点,就像……啊……像……像蝗虫,汤普逊先生——在我们周围并包……包……包……包围着我们!"

汤普逊固然不是我的名字,但不用说我是怀着对史密斯将军极大的兴趣而离开他的,我对他的口才有一种高度的评价,而对我们有幸生活在一个机械发明的时代并享受其提供的宝贵特权也有了深刻的意识。然而,我的好奇心还没有被完全满足,我决定马上在我的熟人中进行调查,询问有关准将本人的情况,尤其是询问他在巴加布和基卡普战役中所起的重要作用。

第一个机会出现并被我毫不犹豫就抓住了(现在回想起来我还激动得发抖)。这机会出现在牧师德鲁蒙普博士的教堂,那是在一个星期日做礼拜的时候,当时我发现自己不仅坐在教堂的长凳上,而且还坐在我那位值得尊敬、心直口快的可爱朋友塔比莎小姐的身边。我有充分的理由庆幸这一天赐良机。如果说有任何人对名誉准将约翰·史密斯有任何了解的话,那我清楚地知道这个人就是塔比莎小姐。我俩相互交换了一下眼色,然后就把头凑到一起低声交谈起来。

"史密斯!"她开始回答我一本正经的提问,"史密斯!干吗不称约翰将军?天哪,我还以为你对他啥都知道呢!这真是个不可思议的发明时代!那种事真让人恶心!一群残忍的家伙,那些基卡普人!战斗得像个英雄!惊人的勇气!不朽的名声!史密斯!约翰将军!啊,你知道他是个……"

"人,"这时德鲁蒙普博士把嗓门提到最高点,并砰的一声敲了下布道坛,以唤起我们注意,"人,为妇所生,天数有限,如花萌生,如花被砍!"①我猛然一惊,朝布道坛望去,从牧师激动的脸上我能看出,他那阵差点儿用敲破布道坛来表现的愤怒缘于我与塔比莎小姐的交头接耳。实在没有办法,我只好欣然忍受那份肃穆的折磨,听完了他精彩布道的其余部分。

第二天晚上我成了喧哗剧场一名稍稍迟到的观众。我深信,我只消走进那个漂亮的包厢,见到和蔼可亲且无所不知的阿拉贝拉和米兰达这对艺术鉴赏家姊妹,我的好奇心就能得到满足。那晚由著名悲剧演员克莱马克思扮演伊阿古②,剧场里挤得满满的,加之那个包厢就紧靠舞台边门,完全俯瞰整个舞台,结果我费了好一番口舌才让二位小姐明白我的来意。

"史密斯?"阿拉贝拉小姐终于弄明我的问题后说,"史密斯?干吗不称呼约翰将军?"

---

① 语出《旧约·约伯记》第14章第1—2节。
② 莎士比亚悲剧《奥赛罗》中的反派人物。

"史密斯?"米兰达若有所思地问,"天哪,你见到过比他更英俊的人吗?"

"没有,小姐,但请告诉我……"

"见过如此无与伦比的优雅吗?"

"从来没有,我向你保证!但求你告诉我……"

"见过这样一种对舞台效果的鉴赏吗?"

"小姐!"

"见过对莎士比亚真正的美更敏锐的感觉吗?请看那条腿!"

"见鬼!"我重新转向她姐姐。

"史密斯?"她说,"干吗不称呼约翰将军?那种事真让人恶心,不是吗?一群卑鄙的家伙,那些巴加布人,真是丧心病狂!但我们生活在一个不可思议的发明时代!史密斯!哦,是的!了不起的人!十足的亡命之徒!不朽的名声!惊人的勇气!前所未闻!"(这几个字是用尖声叫出。)"天哪!为什么他是个……"

"……不管是曼陀罗
还是这世界上所有安眠的琼浆
都永远不能再给你安稳的睡眠
像你昨天夜里所享有的一样!"①

这时那个悲剧演员突然在我耳边咆哮,他的拳头就在我眼前不停晃动,使我不能忍受,也不愿忍受。我匆匆告别了那对鉴赏

---

① 《奥赛罗》第3幕第3场中伊阿古的台词。

家小姐,径直去了后台,给了那个卑鄙的无赖一阵痛打,我相信这顿打他一辈子都不会忘记。

在那位可爱的寡妇凯瑟琳·王牌夫人家的晚会上,我深信自己不会再遇到同样的失望。所以当我一坐上牌桌,面对我漂亮的女主人时,我就迫不及待地提出了那些已经搅得我心绪不宁的基本问题。

"史密斯?"我的对家说,"干吗不称呼约翰将军!那种事真让人恶心,不是吗?你是说方块?那些基卡普人真是些可怕的恶棍!对不起,饶舌先生,我们是在玩惠斯特,不过,这是一个发明的时代,毫无疑问。这时代,有人会说,最卓越的时代。我这是在讲法语吗?哦,真是个英雄!十足的亡命徒。你没红桃,饶舌先生?我不信。不朽的英名!惊人的勇气!闻所未闻!天哪,为什么他是个……"

"曼?曼上尉?"这时从房间最远那个角落传来一个小个子女人的尖声。"你们在谈曼上尉和那场决斗吗?哦,我得听听。讲呀,继续讲呀,王牌夫人!接着讲吧!"王牌夫人又接着讲了,讲的全是一个要么挨了枪子要么被吊死了的什么曼上尉[①],也许那家伙既该挨枪子又该被吊死。是的!王牌夫人继续讲,而我,我却溜了。那天晚上再没有机会听到更多的关于名誉准将约翰·史密斯的情况。

我仍然安慰自己,坏运气迟早会过去,并决定冒昧去那个迷

---

① 这位名叫丹尼尔·曼的上尉卷入了当时轰动美国的药业大王迪奥特(Thomas W. Dyott, 1771—1861)欺诈性破产案(1839年5月—6月在费城开庭审判)。

人的小天使、优雅的舞会皇后皮罗奥特夫人的宴会上去打探情况。

"史密斯?"皮罗奥特夫人一边和我跳和风舞一边对我说,"史密斯?干嘛不称呼约翰将军?那些巴加布人干的事真可恶,不是吗?可怕的印第安人!你的脚该往外转!我真替你害臊。勇敢的人!可怜的家伙!但这是个不可思议的发明时代。哎哟,我快透不过气来了。简直是个亡命徒!惊人的勇气!闻所未闻!难以置信。我必须去坐一会儿再接着给你讲。史密斯!为什么他是个……"

"曼弗雷德,我告诉你!"当我领皮罗奥特夫人去座位时,巴斯-布勒小姐大声嚷道。"有人听说过那本书吗?那是《曼弗雷德》,正如我刚才所说,无论如何也不是《忠仆》。"[1]巴斯-布勒小姐专横地向我招手,不管我愿不愿意,我只能离开皮罗奥特夫人去参加一场裁决拜伦勋爵一出诗剧剧名的辩论。尽管我非常干脆地宣布那部悲剧的真正名称是《忠仆》,而不是《曼弗雷德》,但当我回过头寻皮罗奥特夫人时,她早已不见踪影。在我悻悻然离开那幢房子时,心里充满了对天下所有巴斯-布勒小姐[2]的不共戴天的仇恨。

事情现在看起来已非常严重,我毅然决定去拜访我的知心朋友西奥多·西尼维特先生;因为我知道我至少可以从他那儿得到

---

[1] 曼弗雷德是拜伦同名诗剧中的主人公,忠仆之名则源自《鲁宾逊漂流记》中那个忠心耿耿的仆人"星期五",曼弗雷德的英语名是Manfred,"星期五"的英语名是Man-Friday,两者读音相似。

[2] 巴斯-布勒原文为法语Bas-Bleu,意为女才子,含贬义。爱伦·坡在《捧为名流》中也用了此名。

一些具体的消息。

"史密斯？"他以他那种远近闻名的拖长了的声音说："史密斯？干吗不称呼约翰将军？那些基……基……基卡普人真野蛮，不是吗？你说！难道你不这样认为？十足的亡命之……之……徒。真不幸，我以名誉担保！不可思议的发明时代！惊……惊人的勇气！顺便问一下，你听说过曼……曼上尉吗？"

"曼上尉死了！"我说，"请继续讲史密斯将军吧。"

"哼！……好！……都是一回事，正如我们用法语说的。史密斯，嗯？约翰名誉准将？我说，"（说到这儿西尼维特先生认为他该把指头摁在鼻子一侧）"我说，你该不是真真切切打心眼儿里想要告诉我，你对史密斯的事还不知其尽然，还不是像我这样了如指掌，嗯？史密斯？约翰将军？天哪，为什么他是一个……"

"西尼维特先生，"我央求道，"难道他是一个戴着面具的人？"

"不！不！"他狡黠地说，"也不是一个月亮上的人。"

我认为这回答是一个明显而纯粹的侮辱，于是马上愤然离去，决心要让我的朋友西尼维特先生尽快对他非绅士的无礼行为作出解释。

但与此同时，我要把事情弄个水落石出的愿望并未被挫败。我还有一个渠道。我要直接找那消息的源头。我要立刻去拜访将军本人，直言不讳地要求他回答这个令人头痛的神秘的问题。我想他本人至少不会有机会闪烁其词。我要开门见山，直截了当，像馅饼皮那样干脆，像塔西陀和孟德斯鸠那样简洁。

我去拜访的时候天还很早，将军正在穿戴，但我说有急事，一名年迈的黑人侍从把我领进了将军的卧室,在我访问将军之时,那名黑人一直在一旁服侍主人。我当然是一进卧室就四下张望寻找主人,但一时间却没看见他的人影。一个模样非常古怪的大包裹似的东西躺在我脚边地板上,由于我并非世界上脾气最好的人,所以我一脚把它踢到了一边。

"哼!啊哼!我得说你真懂礼貌!"那个包裹用一种介乎于叽叽和呜呜之间的最细微也最滑稽的声音说,那种声音我平生就听见过那次。

"啊哼!真懂礼貌,我应该说。"

我吓得尖叫着一下退到房间最远的角落。

"天哪!我亲爱的朋友,"那个包裹又发出声音"怎么?怎么?怎么?怎么回事?我想你根本就不认识我。"

我对这能说什么呢?我能说什么呢?我摇摇晃晃地坐进一张椅子,圆瞪着眼睛,大张着嘴巴,等待这一奇观显露真相。

"可是,奇怪你竟然不认识我,不是吗?"这时我觉得地板上那个发出声音的奇妙包裹正在做某种令人费解的动作,类似人拉上一只长袜的动作。但显而易见,那儿只有一条腿。

"可是,奇怪你竟然不认识我,不是吗?庞培,给我那条腿!"那个叫庞培的黑人侍从递上一条早已穿好鞋袜的非常漂亮的软木腿,那包裹转眼之间就用螺丝刀上好,然后在我眼前站了起来。

"那是场血腥的战斗,"那东西继续说话,仿佛在自言自语,"但当时我们必须同巴加布人和基卡普人作战,我们以为负点轻伤就能熬到胜利。庞培,现在请给我那条胳臂。"(转向我)"托马斯的软木腿无疑是做得最好,但是,假若你缺一条胳臂,我亲爱的朋友,你一定得让我向你推荐毕晓普。"说话间庞培已经装好那条胳臂。

"你也许会说我们操作得非常熟练。现在,你这个家伙,快给我穿上肩和胸!皮帝特做肩真把活儿做绝了,但要做一副胸你必须去找达克罗。"

"胸!"我说。

"庞培,你难道永远也梳不好那头发?做头发虽然是粗活,但你想要最好的还得去榆树发店。"

"头发!"

"现在,你这黑鬼,拿牙来!想有这么一副好牙你最好马上去帕姆利牙科诊所;价钱很贵,但很管用。可我当时只能把那些顶好的东西往肚里吞,那个大个子巴加布人用他的步枪枪托往我嘴里夯。"

"枪托!往里夯!!我的天哪!!!"

"哦,是的,顺便说说我的眼睛。这儿,庞培,你这个懒鬼,快把它装上!那些基卡普人挖眼睛可真够麻利,但威廉医生毕竟是个能以假当真的天才;你没法想象我用他做的眼睛看得有多清楚。"

现在我开始清楚地看见站在我面前的那个包裹原来正是我的新朋友名誉准将约翰·史密斯。我必须承认,庞培的一番操作使那人的外貌产生了一个非常惊人的变化。然而,虽说外观上的疑团被迅速解开,但那嗓音仍然令我大惑不解。

"庞培,你这个黑家伙,"将军用他那叽叽叽的声音说,"我看你是真想让我不戴我的上颚就出门。"

于是那个黑人一边喃喃道歉,一边走到他主人跟前,带着一副马贩子的神气掰开他主人的嘴巴,把一个模样奇特的小机器装了进去,他的动作灵巧得使我几乎没反应过来是怎么回事。但是,将军整个面部表情的变化是那么突然和令人吃惊。当他再开口说话时,他的嗓音已变成我第一次与他见面时所听到的那种非常悦耳并富有感染力的声音。

"那些该死的无赖!"他的声音一下变得那么清晰,真把我给吓了一跳,"那些该死的无赖!他们不但敲掉了我的上颚,而且不怕麻烦地至少割去了我八分之七的舌头。不过,要做出这种真正称得上好的舌头,全美国除了邦凡特医生还找不到第二位。我可以放心地把你推荐给他。"(这时将军欠了欠身子)"我向你保证,我非常乐意为你效劳。"

我以最谦恭优雅的方式感谢了他的这番好意,然后马上向他告辞。这下我终于完全弄清了整个事情的来龙去脉,终于彻底解开了那个一直搅得我心绪不宁的疑团。事情是那么清清楚楚。事情是那么明明白白。名誉准将约翰·史密斯是一个……是一个被用光的人。

(1839)

# 厄舍府之倒塌

> 他的心儿是一柄诗琴，
> 轻轻一拨就舒扬有声。
>
> ——贝朗瑞

那年秋天一个晦暝、昏暗、廓落、云幕低垂的日子，我一整天都策马独行，穿越一片异常阴郁的旷野。当暮色开始降临时，愁云笼罩的厄舍府终于遥遥在望。不知为什么，一看见那座房舍，我心中便充满了一种不堪忍受的抑郁。我说不堪忍受，因为那种抑郁无论如何也没法排遣，而往常即便到更凄凉的荒郊野地、更可怕的险山恶水，我也能从山情野趣中获得几分喜悦，从而使愁悒得到减轻。望着眼前的景象——那孤零零的房舍、房舍周围的地形、萧瑟的垣墙、空茫的窗眼、几丛茎叶繁芜的莎草、几株枝干惨白的枯树——我心中极度的抑郁真难用人间常情来比拟，也许只能比作鸦片服用者清醒后的感受：重新堕入现实生活之痛苦、重新撩开那层面纱之恐惧。我感到一阵冰凉、一阵虚脱、一阵心悸、一阵无法摆脱的凄怆、一阵任何想象力都无法将其理想化的悲凉。究竟是什么？我收缰思忖。是什么使我一见到厄舍府就如此颓丧？这真是个不解之谜。我也无从捉摸沉思时涌上心头的那些朦胧的幻觉。无奈我只能接受一个不尽如人意的结论：当天地间一些很简单的自然景物之组合具有能这样影响我们的力量之时，对这种力量的探究无疑超越了我们的思维能力。我心中暗想，也许只需稍稍改变一下眼前景象的某些局部，稍稍调整一下这幅画中的某些细节，就足以减轻或完全消除那种令人悲怆的力量。想到这儿，我纵马来到房舍前一个水面森然的小湖，从陡峭的湖边朝下俯望。可看见湖水倒映出的灰蒙蒙的莎草、白森森的枯树和空洞洞的窗眼，我心中的惶悚甚至比刚才更为强烈。

然而，我却计划在这阴森的宅院里逗留几个星期。宅院的主人罗德里克·厄舍是我童年时代的好朋友，不过我俩最后一次见面已是多年前的事了。但不久前我在远方收到了他写给我的一封信，信中急迫的请求使我只能亲身前往给予他当面答复。那封信表明他神经紧张。信中说到他身患重病；说到一种使他意气消沉的精神紊乱；说他极想见到我这个他最好的朋友、唯一的知交；希望通过与我相聚的愉悦来减轻他的疾病。信中还写了许多诸如此类的话。显而易见，他信中所求乃他心之所望，不允许我有半点犹豫，于是我马上听从了这个我依然认为非常奇异的召唤。

虽说我俩是童年时代的知交，但我对我这位朋友实在知之甚少。他为人格外谨慎，平生不苟言谈。不过我仍然得知他那历史悠远的家族从来就以一种特有的敏感气质而闻名。在过去漫长的岁月中，这种气质在许多品味极高的艺术品中得以展现，而近年来又屡屡表现于慷慨而不张扬的慈善施舍，表现于对正统而易辨的音乐之美不感兴趣，反而热衷于其错综复杂。我还得知一个极不平常的事实，厄舍家族虽历史悠久，但却不曾繁衍过任何能赓延不绝的旁系分支；换句话说，除在很短的时期内稍有过例外，整个家族从来都是一脉单传。想到这宅院的特性与宅院主人被公认的特性完全相符，想到这两种特性在漫长的几个世纪中可能相互影响，我不禁认为，也许正是这种没有旁系血亲的缺陷，正是这种家业和姓氏都一脉单传的结果，最终造成了两者的合二为一，使宅院原来的宅名变成了现在这个古怪而含糊的名称——厄舍府。在当地乡下人心目中，这名称似乎既指那座房舍，又指住在里面的人家。

前面说到，我那个多少有几分幼稚的试探的唯一结果，俯望湖面的结果，就是加深了我心中最初的诡异感。毋庸置疑，主要是我心中急剧增长的迷信意识（为什么不能称之为迷信呢？）促成了那种诡异感的加深。我早就知晓，那种迷信是一种似是而非的法则：即人类所有感情都以恐惧为其基础。说不定正是因为这个原因，当我再次把目光从水中倒影移向那座房舍本身之时，我心中产生了一种奇怪的幻觉，那种幻觉非常荒谬，我提到它只是要说明令我压抑的那种感觉是多么真实而强烈。我如此沉湎于自己的想象，以致我实实在在地认为那宅院及其周围悬浮着一种它们所特有的空气。那种空气并非生发于天地自然，而是生发于那些枯树残枝、灰墙暗壁，生发于那一汪死气沉沉的湖水。那是一种神秘而致命的雾霭，阴晦，凝滞，朦胧，沉浊如铅。

拂去脑子里那种谅必是梦幻的感觉，我更仔细地把那幢建筑打量了一番。它主要的特征看来就是非常古老。岁月留下的痕迹十分显著。表层覆盖了一层毛茸茸的苔藓，交织成一种优雅的网状从房檐蔓延而下。但这一切还说不上格外的破败凋零。那幢砖石建筑尚没有一处坍塌，只是它整体上的完好无损与构成其整体的每一块砖石的风化残缺之间有一种显而易见的极不协调。这种不协调倒在很大程度上使我想到了某个不常使用的地下室中的木制结构，由于常年不通风，那些木制结构表面上完好无损，实则早已腐朽了。不过，眼前这幢房子除了外表上大面积的破败，整个结构倒也看不出摇摇欲坠的迹象。说不定得有一双明察秋毫的眼睛，方能看出一道几乎看不见的裂缝，那裂缝从正面房顶向下顺着墙壁弯弯曲曲地延伸，最后消失在屋外那湖死水之中。

观看之间我已驰过一条不长的石铺大道，来到了那幢房子跟前。一名等候在那儿的仆人牵过我的马，我径直跨入了那道哥特式大厅拱门。另一名轻手轻脚的侍仆一声不吭地领着我穿过许多幽暗曲折的回廊去他主人的房间。不知怎么回事，一路上所看到的竟使我刚才描述过的那种说不清道不明的感情越发强烈。虽说我周围的一切（无论是天花板上的雕刻、四壁阴沉的幔帐、乌黑的檀木地板，以及那些光影交错、我一走过就铿锵作响的纹章甲胄）都不过是我从小就早已看惯的东西，虽说我毫不犹豫地承认那一切是多么熟悉，但我仍然惊奇地感觉到那些熟悉的物件在我心中唤起的想象竟是那样的陌生。在楼梯上我碰见了他家的家庭医生。我认为当时他脸上有一种狡黠与困惑交织的神情。他慌慌张张跟我打了个招呼便下楼而去。这时那名侍仆推开一道房门，把我引到了他主人跟前。

我进去的那个房间高大而宽敞。又长又窄的窗户顶端呈尖形。离黑色橡木地板老高老高，人伸直手臂也摸不着窗沿。微弱的暗红色光线从方格玻璃射入，刚好能照清室内比较显眼的物体；然而我睁大眼睛也看不清房间远处的角落，或者回纹装饰的拱形天花板深处。黑色的帷幔垂悬四壁。室内家具多而古雅，但破旧而不舒适。房间里有不少书籍和乐器，但却未能给房间增添一分生气。我觉得呼吸的空气中也充满了忧伤。整个房间都弥漫着一种凛然、钝重、驱不散的阴郁。

我一进屋厄舍便从他平躺着的一张沙发上起身，快活而热情地向我表示欢迎，开始我还以为他的热情有点过分，以为是那个厌世者在强颜欢笑。但当我看清他的脸后，我确信他完全是诚心诚意。我俩坐了下来，一时间他没有开口说话，我凝视着他，心中涌起一种又怜又怕的感情。这世上一定还没人像罗德里克·厄舍一样，在那么短的时间内发生那么可怕的变化！我好容易才确信眼前那个脸色苍白的人就是我童年时代的伙伴。不过他脸上的特征倒一直很突出。一副苍白憔悴的面容、一双又大又亮的清澈的眼睛、两片既薄又白但曲线绝美的嘴唇、一个轮廓优雅的希伯来式但又比希伯来鼻孔稍大的鼻子、一张不甚凸出但模样好看并显出他意志薄弱的下巴、一头比游丝更细更软的头发，所有这些特征再加上他异常宽阔的额顶便构成了一副令人难忘的容貌。现在他容貌上的特征和惯常有的神情只是比过去稍稍显著一点，但却给他带来了那么大的变化，以至于我真怀疑自己在跟谁说话。而当时最令我吃惊甚至畏惧的莫过于他那白得像死尸一般的皮肤和亮得令人不可思议的眼睛。还有他那柔软的头发也被毫不在意地蓄得很长，当那细如游丝的头发不是耷拉而是飘拂在他眼前之时，我简直不能将那副奇异的表情与任何正常人的表情联系起来。

我一开始就觉得我朋友的动作既不连贯又不协调，很快我就发现那是因为一种他竭力在克服但又没法克服的习惯性痉挛，一种极度的神经紧张。对这一点我倒早有心理准备，一是因为读了他的信，二是还记得他童年时的某些特性，三则是根据他独特的身体状况和精神气质所做出的推断。他的动作忽而生气勃勃，忽而萎靡不振。他的声音忽而嚅嚅嗫嗫（这时元气似乎荡然无存），忽而又变得简洁有力，变成那种猝然、铿锵、不慌不忙的噪声，那种沉着、镇定、运用自如的喉音，那种声音也许只有在酩酊者心醉神迷之时或是不可救药的鸦片服用者神魂颠倒之时方能听到。

他就那样向我谈起他邀我来的目的，谈起他想见到我的诚挚愿望，谈起他希望我能提供的安慰。他还相当详细地谈到了他自我断定的病情。他说那是一种与生俱来的遗传疾病，一种他对药物治疗已不抱希望的顽症——他立即又补充说那不过是一种很快就准会逐渐痊愈的神经上的毛病。那病的症状表现在他大量的稀奇古怪的感觉。当他详述那些感觉时，其中一些使我既感兴趣又感迷惑，尽管这也许是他所用的字眼和说话的方式在起作用。一种病态的感觉敏锐使他备受折磨，他只能吃最淡而无味的饭菜，只能穿某一种质地的衣服，所有花的芬芳都令他窒息，甚至一点微光都令他的眼睛难受，而且只有某些特殊的声音以及弦乐器奏出的音乐才不会使他感到恐怖。

我发现他深深地陷在一种变态的恐怖之中。"我就要死了，"他对我说，"我肯定会在可悲的愚蠢中死去。就那样，就那样死去，不会有别的死法。我怕将要发生的事并非是怕事情本身，而是怕其后果。我一想到任何会影响我这脆弱敏感的灵魂的事，哪怕是最微不足道的事，就会浑身发抖。其实我并不讨厌危险，除非在它绝对的影响之中,在恐怖之中。在这种不安的心态下,在这种可怜的境地中,我就感到那个时刻迟早会到来,我定会在与恐惧这个可怕幻想的抗争中失去我的生命和理智。"

此外我还不时从他断断续续、语义含混的暗示中看出他精神状态的另一个奇怪特征。他被束缚于一些关于他所居住并多年不敢擅离的那幢房子的迷信观念,被束缚于一种他谈及其想象的影响力时用词太模糊以至我没法复述的影响,一种仅仅由他家房子之形状和实质的某些特征在他心灵上造成的影响(由于长期的忍受,他说),一种由灰墙和塔楼的外观以及映出灰墙塔楼的那湖死水最终给他的精神状态造成的影响。

不过,虽然他犹豫再三,但他还是承认那种折磨他的奇特的忧郁之大部分可以追溯到一个更自然而且更具体的原因,那就是他在这世上仅有的最后一位亲人,他多少年来唯一的伴侣,他心爱的妹妹,长期以来一直重病缠身,实际上眼下已病入膏肓。"她一死,"他用一种令我难忘的痛苦的声音说,"这古老的厄舍家族就只剩下我一个人了(一个绝望而脆弱的人)。"他说话之际,马德琳小姐(别人就这么叫她)从那房间的尽头慢慢走过,没有注意到我的存在便悄然而逝。我看见她时心里有一种惊惧交织的感情——但我却发现不可能找到那种感情的原因。当我的目光追随着她款款而去的脚步时,我只感到一阵恍恍惚惚。最后当门在她身后关上,我才本能地急速转眼去看她哥哥的神情,但他早已把脸深深地埋进双手之中,我只能看见他瘦骨嶙峋的十指比平常更苍白,指缝间正淌出滚滚热泪。

马德琳小姐的病早就使她的那些医生束手无策。根深蒂固的冷漠压抑、身体一天天地衰弱消瘦、加上那种虽说转瞬即逝但却常常发作的强直性昏厥便构成了她疾病的异常症状。但她一直顽强地与疾病抗争，始终不让自己委身于病榻；可就在我到达那座房子的当天傍晚（她哥哥在夜里极度惶遽地来向我报了噩耗），她却终于屈从于死神的淫威；我方知我恍惚间对她的匆匆一瞥也许就成了我见到她的最后一眼，至少我是不会再见到活着的她了。

接下来的几天，厄舍和我都闭口不提她的名字。在那段日子里，我一直千方百计地减轻我朋友的愁苦。我们一起绘画，一起看书，或是我如痴如梦地听他那柄六弦琴如泣如诉的即兴演奏。就这样，我与他之间越来越亲密的朝夕相处使我越来越深入他的内心深处，也使我越来越痛苦地意识到我想让他振作起来的一切努力都将毫无结果，他那颗仿佛与生俱来就永无停息地散发着忧郁的心把整个精神和物质的世界变得一片阴暗。

我将永远记住我与厄舍府的主人共同度过的许多阴沉的时刻。但我却不可能试图用言辞来描述他使我陷入其中，或领着我读的那些书或做的那些事所具有的确切的性质。一种非常活跃并极其紊乱的想象力使一切都罩上了一层朦胧的光。他那些长段长段的即兴奏出的挽歌将永远回响在我的耳边。在其他曲调中，我痛苦地记得他对那首旋律激越的《冯·韦伯最后的华尔兹》①所进行的一种奇异的变奏和扩充。从那些笼罩着他精巧的幻想、在他的画笔下逐渐变得空濛、使我一见就发抖而且因为不知为何发抖而越

---

① 《冯·韦伯最后的华尔兹》是由德国作曲家赖西格尔（K. G. Reissiger，1799—1859）为纪念冯·韦伯而作的一首弦乐独奏曲。

发不寒而栗的绘画中——从那些（似乎迄今还历历在目的）绘画中，我总是费尽心机也只能演绎出那本来就只能属于书面语言范畴的一小部分。由于那绝对的单纯，由于他构思的裸露，他那些画令人既想看又怕看。如果这世上真有人画出过思想，那这个人就是罗德里克·厄舍。至少对我来说——在当时所处的环境中——那位疑病患者设法在他的画布上泼洒出的那种纯粹的抽象使人感到一种强烈得无法承受的畏惧，而我在观看福塞利①那些色彩肯定强烈但幻想却太具体的画时也从未曾有过丝毫那样的畏惧感。

在我朋友那些幻影般的构思中，有一个不那么抽象的构思也许可以勉强诉诸文字。那是一幅尺寸不大的画，画的是一个无限延伸的矩形地窖或是隧洞的内部，那地下空间的墙壁低矮、光滑、雪白，而且没有中断或装饰。画面上某些陪衬表明那洞穴是在地下极深处。巨大空间的任何部分都看不到出口，也看不见火把或其他人造光源，但有一片强光滚过整个空间，把整个画面沐浴在一种可怕的不适当的光辉之中。

我上文已谈到过他听觉神经的病态，除了某些弦乐器奏出的曲调，所有其他音乐都令他不堪忍受。也许正是他那样把自己局限于那柄六弦琴的原因，在很大程度上赋予他的弹奏那种古怪空幻的韵味。但他那些即兴之词的炽热酣畅却不能归结于这个原因。洋溢在他那些幻想曲的曲调和歌词（因为他常常边弹边即兴演唱）之中的炽热酣畅必定是，也的确是，精神极其镇静和高度集中的

---

① 福塞利（Henry Fuseli，1741—1825），出生于瑞士的英国画家，其画充满了"忧郁的幻想和美妙的怪诞"。

产物,而我在前文中婉转地提到过,他的沉着镇静只有当他不自然的兴奋到达顶点之时才能见到。我迄今还轻而易举地记得他那些即兴唱出的诗文中的一首。这也许是由于他弹唱的这首吟诵诗给我留下的印象最强烈,因为我当时以为自己从那潜在的或神秘的意蕴之中,第一次觉察到了厄舍心中的一个秘密:他已经充分意识到他那高高在上的崇高理性正摇摇欲坠。那首题为《闹鬼的宫殿》的诗基本上是这样的,如果不是一字不差的话:

1

在我们最绿的山谷之间,
那儿曾住有善良的天使,
曾有座美丽庄严的宫殿——
金碧辉煌,巍然屹立。
在思想国王的统辖之内——
那宫阙岿岿直插天宇!
就连长着翅膀的撒拉费
也没见过宫殿如此美丽!

2

金黄色的旗幡光彩夺目,
在宫殿的屋顶漫卷飘扬;
(这一切——都踪影全无
已是很久以前的时光)
那时连微风也爱嬉戏,

在那甜蜜美好的年岁,
沿着宫殿的粉墙白壁,
带翅的芳香隐隐飘飞。

3

当年流浪者来到这山谷,
能透过两扇明亮的窗口,
看见仙女们翩翩起舞,
伴和着诗琴的旋律悠悠,
婆娑曼舞围绕一个王位,
上坐降生于紫气的国君!
堂堂皇皇,他的荣耀光辉
与所见的帝王完全相称。

4

珍珠和红宝石熠熠闪光
装点着宫殿美丽的大门,
从宫门终日飘荡,飘荡,
总是飘来一阵阵回声,
一队队厄科①穿门而出,
她们的职能就是赞美,
用优美的声音反反复复

---

① 厄科(Echo),希腊神话中的神女,回声的化身。

赞美国王的英明智慧。

5

但是那邪恶，身披魔袍，
侵入了国王高贵的领地；
（呜呼哀哉！让我们哀悼
不幸的君王没有了翌日！）
过去御园的融融春色，
昔日王家的万千气象，
现在不过是依稀的传说，
早已被悠悠岁月淡忘。

6

而今旅游者走进山谷，
透过那些鲜红的窗口，
会看见许多影子般的怪物
伴着不和谐的旋律飘游，
同时，像一条湍急的小河，
从那道苍白阴森的宫门，
可怕的一群不断地穿过，
不见笑颜——只闻笑声。

我还清楚地记得那首歌谣的暗示当时曾引起我们许多联想，厄舍的一种见解就在那些联想中清晰地显露出来；我提到这种见解与其说是因为它新颖（其实别人①也有同样的观念），毋宁说是因为厄舍对它坚持不渝。那种见解一般说来就是认为花草树木皆有灵性。但在他骚乱的幻想中，那种观念显得更大胆，在某种情况下竟伸延到了非自然生长形成的体系。我无法用语言来表达他对那种观念相信到何等程度，或迷信到什么地步。不过，他的信念（正如我前文所暗示）与他祖传的那幢灰石房子有关。他想象那种灵性一直就存在于那些砖石的排列顺序之中，存在于覆盖砖石的大量细微苔藓的蔓延形状之中，存在于房子周围那些枯树的间隔距离之中，尤其存在于那种布局经年累月的始终如一之中，存在于那湖死水的倒影之中。它的存在，他说，那种灵性的存在可见于（他说到此我不禁吃了一惊）湖水和灰墙周围一种灵气之逐渐但却无疑的凝聚。它的后果，他补充道，那种灵性的后果则可见于几百年来决定了他家命运的那种寂然无声但却挥之不去的可怕影响，而正是那影响使他成了我所看见的他——当时的他。这种看法无须评论，而我也不想评论。

正如人们所能想象，我们当时所读的书与那种幻想十分一致，而那些书多年来已形成了那位病人精神状态的一个不小的组成部分。当时我俩一起读的有这样一些书：格雷塞的《绿虫》和《我的修道院》、马基雅弗利的《魔鬼》、斯韦登堡的《天堂与地狱》、霍尔堡的《尼克拉·克里姆地下旅行记》、罗伯特·弗拉德、让·丹达涅和德·拉·尚布尔各自所著的《手相术》、蒂克的《蓝

---

① 如沃森、珀西瓦尔博士和帕兰扎尼，尤其是兰达夫主教沃森。——参见《化学论文集》第五卷（原注）

色的旅程》和康帕内拉的《太阳城》。我们所喜欢的一本书是多米尼克教派教士埃梅里克·德·希罗内所著的一册八开本《宗教法庭手册》，而庞波尼乌斯·梅拉谈及古代非洲的森林之神和牧羊之神的一些章节常常使厄舍如痴如醉地坐上几个小时。不过，我发现他主要的兴趣是读一本极其珍稀的四开本哥特体书，一座被遗忘的教堂的祈祷书，其书名是《在美因茨教堂礼拜式上为亡灵之祝祷》。

在他已通知过我马德琳小姐去世消息后的一天傍晚，他告诉我说他打算把他妹妹的尸体放在府邸许多地窖中的一个中保存，等14天后才正式安葬，这时我就禁不住想到了那本书中疯狂的仪式以及它对这位疑病患者可能造成的影响。不过，他采取这一特别措施也有其世俗的原因，对此我觉得不便随意质疑。他告诉我，他之所以决定采取那个措施是考虑到他死去的妹妹所患之病异乎寻常，考虑到为她治病的那些医生冒昧而急切地探访，还考虑到他家墓地处所偏僻且无人守护。我不会否认，当时我回忆起初到他家那天在楼梯上所碰见的那个人的阴险脸色，所以我压根儿没想到反对他采取那个我当时认为对任何人都没有伤害，而无论如何也不算违情悖理的预防措施。①

在厄舍的请求下，我便亲自帮他安排那临时的安葬。尸体早已装入棺材，我俩单独把它抬到了安放之处。我们安放棺材的那个地窖已经多年未打开过，里边令人窒息的空气差点儿熄灭我们的火把，使我们没有机会把地窖细看一番。我只觉得那个地窖又

---

① 当时解剖用尸体缺乏，盗卖鲜尸十分普遍。

小又湿,没有丝毫缝隙可以透入光线。地窖在地下很深的地方,上方正好是我睡觉那个房间所在的位置。显而易见,那地窖在遥远的封建时代曾被用作地牢,后来又作为存放火药或其他易燃物品的库房,因为它地板的一部分和我们经过的一条长长的拱道内都被小心翼翼地包上了一层铜皮。那道巨大的铁门也采用了同样的保护措施。沉重的铁门在铰链上旋动时便发出格外尖厉的吱嘎声。

我们在那可怕的地窖里把棺材安放在架子上之后,把尚未钉上的棺盖打开,瞻仰死者的遗容。他们兄妹俩容貌上的惊人相似第一次引起了我的注意;厄舍大概猜到了我的心思,用低沉的声音对我进行了一番解释,从他的解释中我得知,原来死者和他是孪生兄妹,他俩之间一直存在着一种几乎令人难以理解的生理上的感应。但我们的目光并没有在死者身上久留,因为我们都不免感到畏惧。如同对所有强直性昏厥症患者一样,那种使她香消玉殒的疾病在她的胸上和脸上徒然留下了一层淡淡的红晕,在她的嘴唇上留下了那种令人生疑、逗留不去、看起来那么可怕的微笑。我们重新盖上棺盖,钉上钉子,关好铁门,然后跌跌撞撞地回到了几乎与地窖一样阴沉的地面。

在过了痛苦悲伤的几天之后,我朋友精神紊乱的特征有了显著的变化。他平时那种举止行为不见了。他也不再关心或是完全忘了他平时爱做的那些事。他现在总是匆匆忙忙、歪歪倒倒、漫无目的地从一个房间到另一个房间。他苍白的脸色,如果真可能的话,变得更加苍白,但他眼睛的光泽已完全消失。他那种不时沙哑的声音再也听不到了,代之以一种总是在颤抖的声音,仿佛那声音里充满了极度的恐惧。实际上我有时还感到,他那永无安宁的心中正藏着某个令他窒息的秘密,而他正在拼命积蓄能揭开那秘密的勇气。我有时又不得不把他所有的反常归结为令人费解的癫狂行为,因为我看见过他长时间地以一种全神贯注的姿势茫然地凝视空间,仿佛是在倾听某个他想象的声音。难怪他的状况使我感到恐惧,使我受到影响。我觉得他那种古怪荒谬但却给人以深刻印象的迷信之强烈影响,正慢慢地但却无疑地在我心中蔓延。

尤其是在把马德琳小姐安放进那个地窖后的第7或第8天晚上,我在床上充分体验到了那种影响的力量。当时我辗转反侧不能入睡,而时间却在一点一点地流逝。我拼命想克服那种已把我支配的紧张不安,竭力使自己相信,我的紧张多半是(如果不全是)由于房间里那些令人抑郁的家具的使人迷惑的影响,由于那些褴褛的黑幔的影响,当时一场即将来临的风暴送来的阵风卷动了那些帷幔,使它们在墙头阵阵晃动,在床头的装饰物上沙沙作响。但我的一番努力无济于事。一阵压抑不住的颤抖逐渐传遍我全身,最后一个可怕的梦魇终于压上心头。我一阵挣扎,气喘吁吁地摆脱了那个梦魇,从枕头上探起身子凝视黑洞洞的房间,侧耳去倾听(我不知为何要去听,除非那是一种本能的驱使),倾听一个在风声的间歇之时偶尔传来的微弱而模糊的声音,我不知那声音来自何方。被一阵莫可名状、难以忍受、强烈的恐惧感所攫住,我慌慌张张地穿上衣服(因为我感觉到那天晚上我再也不能安然入睡),开始在房间里疾步踱来踱去,想用这种方式来摆脱我所陷入的那种可怜的心态。

我刚那样来回踱了几圈,附近楼梯上一阵轻微的脚步声引起了我的注意。我不久就听出那是厄舍的脚步声。紧接着他轻轻叩了叩门,端着一盏灯进了我的房间。他的脸色和平时一样苍白,但不同的是他的眼睛里有一种疯狂的喜悦,他的举动中有一种虽经克制但仍显而易见的歇斯底里。他那副样子使我害怕,但当时最使我不堪忍受的是那份独守长夜的孤独,所以我甚至把他的到来当作一种解救。

"你还没有看见?"他一声不吭地朝四下张望了一阵,然后突然问我,"这么说你还没有看见?但等一等!你会看见的。"他一边这样说着话一边小心地把他那盏灯遮好,然后冲到一扇窗前,猛然将其推开,让我看窗外骤起的暴风。

刮进屋里的那阵风的猛劲差点儿使我俩没站稳脚跟。那的确是一个狂风大作但却异常美丽的夜晚,一个恐怖与美丽交织的奇特的夜晚。一场旋风显然早已在我们附近聚集起它的力量,因为风向正在频繁而剧烈地变动,大团大团的乌云垂悬得那么低,仿佛就压在那座府邸的塔楼顶上;但浓密的乌云并没有妨碍我们看见变换着方向的风从四面八方刮起,极富生气地在附近飞驰碰撞。我说即使浓密的乌云也没有妨碍我们看见那场大风,可我们却没有看见月亮或星星,也没有直见任何闪电。但是,在那些大团大团涌动着的乌云下面,在我们眼前地面上的物体之上,却有一层闪着微弱但却清晰的奇异白光的雾霭,像一张裹尸布把府邸及其周围笼罩,使一切都泛出白光。

"你不能——你不该看这个!"我哆嗦着一边对厄舍说一边轻轻用力把他从窗口拖到一张椅子上。"这些使你迷惑的景象不过是很普通的电气现象,或者也许是那湖中瘴气弥漫的缘故。让我们关上这窗户,冷空气对你的身体可没有好处。这儿有一本你喜欢的传奇小说。我来念给你听,这样我们可以一起熬过这可怕的一夜。"

我随手拿起的那本旧书是兰斯洛特·坎宁爵士的《疯狂的约会》,但我说它是厄舍喜欢的书则不过是一句言不由衷的调侃,因为平心而论,那本书语言粗俗,想象缺乏,故事也拖泥带水,其中很少有东西能引起我那位心智高尚、超凡脱俗的朋友的兴趣。不过,那是当时我手边唯一的一本书;而且我还有一种侥幸心理,那就是我希望正搅得我朋友不安的那份激动恰好能在我读给他听的那些荒唐透顶的情节中得以缓解(因为精神紊乱的病史中不乏有同样的异常事例)。事实上,假若当时我能从他听(或表面在听)故事时表露出来的快活中所潜藏的过度紧张作出判断的话,那我说不定真可以庆幸自己的设想成功了。

我已经念到故事为人们所熟悉的那一部分,那次会面的主人公埃塞尔雷德想和平进入那个隐士的居处未获允许,于是他便开始强行闯入。记得这段情节是这样的:

> 埃塞尔雷德生性勇猛刚强,加之他眼下又乘着酒力,于是他不再与那个顽固不化且心肠歹毒的隐士多费口舌,当感到雨点淋在肩上,他担心暴风雨就要来临,便抡起钉头锤一阵猛击,很快就在门上砸出一个窟窿,他伸进戴着臂铠的手使劲一拉,顿时将那道门拉裂扯碎,那干木板破裂的声音令人心惊胆战,在那座森林中久久回响。

刚念完最后一句我猛然一惊,一时间竟没有接着往下念;因为我似乎听见（虽然我随即就断定是我因激动而产生的幻觉欺骗了我），我似乎听见从那座底邸中某个僻静的角落隐隐传来一个回声，那回声与兰斯洛特·坎宁爵士在书中所描写的那种破门声非常相似，只是听起来更沉闷一点。毫无疑问，正是那个巧合吸引了我的注意力；但在劈劈啪啪的窗框撞击声和窗外混杂着其他声音的越来越强的风声中，那个声音的确算不了什么，它既没有引起我的兴趣，也没有搅得我心神不宁。我开始继续念故事：

 但破门而入的勇士埃塞尔雷德又恼又惊地发现，眼前并没有那个歹毒隐士的踪影，却见一条遍身鳞甲、口吐火舌的巨龙，守着一座黄金建造、白银铺地的宫殿；宫墙上悬着一面闪闪发光的铜盾，铜盾上镌刻着两行铭文——
 进此殿者得此箱；
 屠此龙者赢此盾。
 埃塞尔雷德抡起钉头锤，一锤击中龙头，巨龙顿时倒在他眼前，发出一声临死的惨叫，那声惨叫撕心裂胆，前所未闻，令人毛骨悚然，埃塞尔雷德不得不用双手捂住耳朵。

念到这儿我又猝然停住，心中感到大为惊讶，因为无论如何也不能怀疑，这一次我的确是清清楚楚地听到了（尽管我发现不可能说出声音来自何方）一个微弱而遥远但却刺耳的、拖长的、最异乎寻常的尖叫声和摩擦声。这声音刚好与我根据书中描写所想象出来的那声巨龙的惨叫相吻合。

虽然由于这第二次最不寻常的巧合，各种相互矛盾的感情压得我喘不过气来，而其中最令我不堪承受的是极度的惊讶和恐怖，但我仍然保持着足够的镇静，以免被我朋友看出蹊跷，从而刺激他敏感的神经。我不敢肯定他是否注意到了我说的那个声音，尽管他的举止在刚才几分钟内的确发生了一个奇怪的变化。他本来是面对我坐着，可现在他已慢慢地把椅子转开，以便他的脸正对着房门，这样我虽然看见他的嘴唇在颤动，仿佛在无声地念叨着什么，但我却不能看见他的整个面部。他的头耷拉在胸前，但从侧面我也能看出他正睁大着眼睛，所以我知道他没有睡着。他身体的动作也说明他并没有睡觉，因为他的身体一直轻轻地不停地左右摇晃。把这一切看在眼里，我又继续念兰斯洛特爵士的那篇故事。情节如下：

那勇士从巨龙可怕的惨叫声中回过神来，想起了墙上那面铜盾，想起了祛除附在盾上的魔法。于是他搬开横在他面前的巨龙的尸体，勇敢地踏过白银地板走向悬挂盾牌的那道墙壁；可实际上没等他走到墙根，那面铜盾便掉在了他脚下的白银地板上，发出一声铿锵的可怕巨响。

最后几个字还挂在我嘴边（仿佛当时真有一面铜盾重重地砸到了白银地板上），我听到了一声清晰而沉重的金属撞击声，不过听起来显得沉闷压抑。这下我惊得一跃而起，但厄舍却依然在椅子上摇来晃去。我冲到他的椅子跟前。他的眼睛一眨不眨地紧盯着地面，他的整个表情严肃得犹如石雕。但是，当我把手放上他的肩头，他浑身上下猛然一阵颤栗，哆嗦的嘴唇露出一丝阴沉的冷笑；我看见他的嘴在急促地颤动，结结巴巴地在念叨着什么。仿佛没意识到我在他眼前，我俯下身子凑近他的嘴边，终于听出了他那番话的可怕含义。

"没听见吗？不，我听见了，而且早就听见了，早就——早就听见了。许多分钟以前，许多小时以前，许多天以前我就听见了。可我不敢说！哦，可怜我吧，我是个可怜的家伙！我不敢，我不敢说！我们把她活埋了！我不是告诉过你我感觉敏锐吗？我现在告诉你，她在那空洞洞的棺材里最初弄出的轻微响动我就听见了。我听见了动静，许多天，许多天以前。但我不敢，我不敢说！可现在，今天晚上，埃塞尔雷德，哈！哈！那隐士洞门的破裂，那巨龙临死的惨叫，那盾牌落地的铿锵！嘿，还不如说是她棺材的破裂声，她囚牢铁铰链的摩擦声，她在地窖铜廊中的挣扎声！哦，我现在逃到哪儿去？难道她不会马上就到这儿来？她难道不正匆匆赶来责备我做事草率？难道我没有听见她上楼的脚步声？难道我没有听出她的心在猛烈而可怕地跳动？疯狂的人哟！"念叨到这儿他突然疯狂地一跃而起，把嗓门提到尖叫的程度，仿佛他正在做垂死的挣扎，"疯狂的人哟！我告诉你她现在就站在门外！"

似乎他那声具有超凡力量的呼叫真有一股魔力，随着他那声呼叫，他用手指着的那道又大又沉的黑檀木房门两扇古老的门扉竟慢慢张开。那是风的缘故，但是，门外果真站着身披衾衣的马德琳小姐凛然的身影。她那白色的衾衣上血迹斑斑，她消瘦的身子浑身上下都有挣扎过的痕迹。她颤颤巍巍、摇摇晃晃在门口站立了一会儿，然后随着一声低低的呻吟，她朝屋内一头栽倒在她哥哥身上，临死前那阵猛烈而痛苦的挣扎把她哥哥也一并拽倒在地，厄舍倒下时已成了一具尸体，成了他曾预言过的恐怖的牺牲品。

我心惊胆战地逃离了那个房间和那座府邸。当我惊魂未定地穿过那条古老的石铺大道之时，四下里依然是狂风大作。突然，顺着大道射来一道奇异的光，我不由得掉头去看那道光的来源，因为我知道身后只有那座府邸和它的阴影。原来那光发自一轮圆圆的、西沉的、血红色的月亮，现在那红色的月光清清楚楚地照亮了我前文说过的那道原来几乎看不见的、从正面房顶向下顺着墙壁弯弯曲曲延伸的裂缝。就在我凝望之际，那道裂缝急速变宽，随之一阵狂风卷来，那轮血红的月亮一下迸到我眼前。我头昏眼花地看见那座高大的府邸正在崩溃坍塌，接着是一阵久久不息的骚动声，听起来就像是万顷波涛在汹涌咆哮。我脚下那个幽深而阴沉的小湖，悄然无声地淹没了"厄舍府"的残砖碎瓦。

（1839）

# 威廉·威尔逊

> 怎么说它呢？怎么说倔强的良心，
> 那个挡在我道上的幽灵呢？
> ——张伯伦《法萝妮达》

暂且就让我自称威廉·威尔逊吧。摊在我面前的这张白纸没必要被我的真名实姓玷污。那姓名早已使我的家族受尽了羞辱，遭够了白眼，讨足了嫌弃。难道那阵阵愤怒之风还没有把这昭著的臭名扬到天涯海角？哦，天下最寡廉鲜耻的浪荡子哟！难道你对世事并非永远漠然？对世间的荣誉、鲜花和远大抱负并非永无感觉？难道在你的希望与天国之间，并非永远垂着一片浓密、阴沉、无边无际的云？

要是可能的话，我今天就不会在此记录下我近年遭受的难以形容的痛苦、犯下的不可饶恕的罪恶。这一时期（最近这些年）我突然越发地放荡堕落，这放荡堕落的原因正是我眼下要谈的话题。人们通常是一步步走向邪恶。可所有的道德于我就像一件披风，刹那间就从我身上全部脱落。我仿佛是迈着巨人的步伐，一步就从微不足道的顽劣跨进了比埃拉伽巴卢斯①的暴行更难饶恕的罪恶深渊。是什么命运，是什么样一种变故使这种罪恶发生？现在就容我从头道来。死神正向我走近，预告他来临的阴影已经软化了我的心。在穿过这朦胧的死亡幽谷之时，我渴望得到世人的同情，我差点说得到世人的怜悯。我唯愿他们能相信，我多少是身不由己地受了环境的摆布。我企盼他们能从我正要讲述的详情里，替我在罪恶的荒漠中找到一小块命运的绿洲。我祈望让他们承认，承认他们所忍不住要承认的事实，尽管不久前诱惑也许极为强烈，但至少绝没有人受到过我这样的诱惑，当然也绝没有人像我这样堕落。可难道因此就绝没有人像我这般痛苦？难道我真不是一直生活在梦中？难道我此刻不是作为天底下最疯狂的那个幻影的牺牲品，作为其恐怖和神秘的牺牲品，在等待死亡？

我生于一个历来就以其想象力丰富和性情暴躁而著称的家族。我还在襁褓中就已经显示出我完全继承了家族的禀性。随着我一年年长大，这种禀性也更加难移；由于种种原因，这种禀性成了我朋友们焦虑不安的缘由，也成了我自己名誉受损的祸根。我渐渐变得刚愎自用，喜怒无常，放荡不羁。对我日益显露的恶性，和我一样意志薄弱且体质羸弱的父母基本上是无可奈何。他们那番力不从心且不得要领的努力最后以他们的一败涂地而告终，当然也就是以我的大获全胜而结束。从此以后，我的话便成了家里的法规。到了大多数孩子还在蹒跚学步的年龄，他们就任凭我按

---

① 埃拉伽巴卢斯（Elagabalus, 204—222），罗马皇帝，在位时荒淫放荡，臭名昭著，终被禁卫军弑杀。

自己的意愿行事，除了名字，我自己的所有事都由我自己做主。

忆及我最初的校园生活，我总会想到一座巨大而不规则的伊丽莎白时代的房子，想到一个薄雾蒙蒙的英格兰村镇，想到镇上那许许多多盘根错节的大树和所有那些年代久远的房舍。委实说来，那历史悠久的古镇真是个梦一般的地方，一个抚慰心灵的地方。此刻我仿佛又感到了它绿荫大道上那股令人神清气爽的寒意，仿佛又闻到了它茂密的灌木丛散发出的那阵芳香，仿佛又怀着朦胧的喜悦被它深沉而空灵的教堂钟声感动，那钟声每隔一小时便突然幽幽鸣响，划破阴暗岑寂的空气，而那座有回纹装饰的哥特式尖塔就静静地嵌在空气之中。

也许在我眼下的各种体验中，唯有细细回想那所学校，回想有关那所学校的往事，才能够给我带来快活。虽然我现在正深深陷入痛苦（痛苦，唉！实实在在的痛苦），但读者将会原谅我在东拉西扯的闲聊中去寻求痛苦的减轻，不管这种减轻是多么细微和短暂。再说照我看来，这些东鳞西爪甚至荒唐可笑的闲聊若是与某个时间和地点相连，倒也会显出意想不到的价值，因为就是在那个时间和那个地点，我第一次模模糊糊地听到了那个后来一直完全把我笼罩的命运对我提出的忠告。那就让我来回忆一下吧。

我已经说过，那幢房子非常古老而且极不规则。房子周围的场地十分开阔，由一道顶上抹了泥灰并插着碎玻璃的又高又结实的砖墙围绕。那道狱墙般的高壁就成了我们领土的疆界，墙外的世界我们一星期只有两天能看见，每个星期六下午我们被允许由两名老师领着，集体到附近的田野进行一次短时间的散步；每个星期日早晚各一次，我们排着同样的队列到镇上唯一的那座教堂做礼拜。我们的校长就是那座教堂的牧师。每次我从教堂后排的长凳上望着他迈着庄严而缓慢的步子登上布道坛时，我心里说不出有多么惊讶和困惑！那牧师的表情是多么庄重而慈祥，那身长袍是多么似是而非又似非而是，那头假发是多么硬，多么密，发粉敷得多么匀！这难道会是他，会是那个昨天还板着副面孔、穿着被鼻烟弄脏的衣服、手握戒尺在学校执行清规戒律的人？呵，真是格格不入，荒谬绝伦，匪夷所思！

那道阴沉的高墙一角开着一道更阴沉的大门。门扇上星罗棋布地饰满了螺钉，门顶上参差不齐地竖立着尖铁。那道门是多么地令人生畏！除了上述三次定日定时的出入，那道门平时从不打开；所以每当它巨大的铰链发出吱嘎声响，我们就会发现许许多多的奥秘，许多值得认真观察、也更值得严肃思索的事物。

开阔的校园形状极不规则，有不少宽敞的幽僻之处，其中最大的三四处就连成了学校的运动场。运动场地面平坦，铺着又细又硬的沙砾。我清楚地记得运动场内没有树木，没有长凳，也没有任何类似之物。当然，运动场是在那幢房子的后面。房子的正前方有一个小小的花坛，种着黄杨之类的灌木，但实际上，除了在第一次进校和最后毕业离校的时候，或是父母亲友来接我们，我们高高兴兴回家过圣诞节或是施洗约翰节的时候，我们很少经过那块圣地。

但那幢房子！那是座多么古怪的老式建筑！它在我眼里真是一座名符其实的迷宫！它那些迂回曲折的走廊仿佛没有尽头。它那种莫名其妙的分隔常令人找不到出路。任何人在任何时候都很难说清自己到底是在它两层楼的楼上还是楼下。从任何一个房间到任何另一个房间都肯定会碰到三四级或上或下的台阶。还有它那些多得令人难以想象的偏门旁屋，那真是门门相通，屋屋相连，以至于我们对那幢房子最精确的概念跟我们思考无穷大时所用的概念相去不远。在我寄读那所学校的五年期间，我从来都没能弄清楚分给我和另外十八九名同学住的那间小寝室到底在那幢房子的哪一个偏僻角落。

我们的教室是那幢房子里最大的一间，我当时忍不住认为那是天底下最大的一间。房间很长，狭窄，低得令人压抑，有哥特式尖窗和橡木天花板。教室远端令人生畏的一角有个八九英尺见方的凹室，那是我们校长、牧师布兰斯比博士"定时祈祷"时的圣所。那凹室构造坚固，房门结实，当那位"老师兼牧师"不在的时候，我们大家宁愿死于酷刑也不肯去开那门。教室的另外两个角落还有两个类似的隔间，虽说远不及那个凹室令人生畏，但仍然令人肃然起敬。一个是"古典语文"老师的讲坛，另一个是"英语和数学"教师的讲坛。教室里横三竖四歪七扭八地摆着许多陈旧的黑色长凳和课桌，桌上一塌糊涂地堆着被手指翻脏的课本，桌面上凡是刀子下得去的地方都被刻上了缩写字母、全名全姓和各种稀奇古怪的花样图案，以至于那些桌子早已经面目全非。教室的一头放着一只盛满水的大桶，另一头搁着一只大得惊人的钟。

就在那所古老学校厚实的围墙之内，我度过了我生命的第三个五年，既没有感到过沉闷，也不觉得讨厌。童年时代丰富的头脑不需要身外之事来填充或娱乐，学校生活明显的单调沉闷之中却充满了我青年时代从奢侈之中、成年时代从罪恶之中都不曾再感到过的那种强烈的激动。但我必须认为，在我最初的智力发育中,有许多异乎寻常甚至过分极端之处。对一般人来说,幼年时代的经历到成年后很难还有什么鲜明的印象。一切都成了灰蒙蒙的影子,成了一种依稀缥缈的记忆,一种朦胧的喜悦和虚幻的痛苦之模糊不清的重新糅合。但我却不是这样。想必我在童年时就是以成年人的精神在感受那些今天仍留在我脑子里的记忆,那些像迦太基徽章上镌刻的题铭一样鲜明、深刻、经久不灭的记忆。

但事实上,依照世人的眼光来看,那儿值得记忆的事情是多么的少啊!清晨的梦中惊醒、夜晚的就寝传唤、每天的默读背诵、定期的礼拜和散步;此外就是那个运动场和运动场上的喧闹、嬉戏和阴谋诡计。可这一切在当时,由于一种现在早已被遗忘的精神幻术,曾勾起过多少斑驳的情感,曾引起过多少有趣的故事,曾唤起过多少令人精神振奋的激动!"啊,那个铁器时代是多么欢乐的时代!"[①]

说实话,我与生俱来的热情和专横很快就使我在校园里成了个著名人物,而且慢慢地但却越来越巩固地,我在所有那些比我大不了多少的同学中间占据了支配地位,除了一个例外,其他所有人都听我摆布。那个例外虽然并不与我沾亲带故,但却和我同名同姓。这一巧合其实也不足为奇,因为我虽然出身高贵,但我的姓名却非常普通,依照约定俗成的时效权利,这姓名自古以来就被平民百姓广泛采用。因此在这篇叙述中我把自己叫做威廉·威尔逊,一个与我的真名实姓相差无几的虚构的名字。在按校园术语称之谓的"我们这伙人"当中,唯有我那位同名者敢在

---

[①] 语出伏尔泰讽刺长诗《世俗之人》(*Le Mondain*,1736)第21行。

课堂上的学习中与我竞争，敢在运动场的嬉闹中与我较量，敢拒绝盲目相信我的主张，不肯绝对服从我的意志。实际上，他敢在任何方面都对我的独断专行横加干涉。如果人世间真有至高无上的专制，那就是孩子群中的大智者对其智力略逊一筹的伙伴们的专制。

威尔逊之不逊成了我窘迫不安的原因。最令我难堪的是，尽管在公开场合我坚持对他和他的自负进行虚张声势的威胁，但私下里我却意识到自己怕他，并且不得不承认，他那么轻而易举就和我并驾齐驱，这恰好证明了他很优秀；因为为了不被他压倒，我已经进行过不懈的努力。不过他的优秀（甚至与我并驾齐驱）其实也只被我一个人所承认；由于某种无法解释的视而不见，我们那些同学似乎没有半点察觉。实际上，他与我的竞争、他同我的较量，尤其是他对我意志的横加干涉，从来都不曾公开，而是在私下里进行。他好像既没有需要我去征服的野心，也没有能促使我去超过的激情。说不定他和我作对的唯一动机就是使我受挫，令我吃惊，让我丢脸；尽管有时我禁不住怀着一种又惊又恼的窘迫心情发现，在他对我的伤害、羞辱或反驳之中，竟包含着一种极不相称且讨厌之至的深情厚意。我只能认为，这种异常的表现是由于他极度的自负，是由于他俗不可耐地以庇护人和保护者自居。

也许正是威尔逊行为中的后一个特征，加之我们同名同姓而且碰巧同一天入校，这才使得学校高年级同学中流传开了我俩是兄弟的说法。对低年级同学的事，那些高年级学生往往不进行非常认真的查问。我前面已说过或早就说过，那个威尔逊与我们家丝毫也不相干。但假若我俩真是兄弟，那肯定应该是孪生兄弟；

因为后来我离开布兰斯比博士的那所学校之后，曾偶然听说我那位同名者生于1813年1月19日。这真算得上是个惊人的巧合，因为那天恰好是我的生日。

看起来也许有点奇怪，虽然威尔逊的敌对态度和令人难以容忍的抵触情绪让我终日焦虑，但我对他却一点儿也恨不起来。当然，我俩几乎每天都争吵，而他总是当众把胜利的棕榈让给我，同时又设法让我感到胜利本该归他；不过，我具有的一种自尊心和他具有的一种名副其实的尊严使我俩之间总保持着所谓的"泛泛之交"，而我俩性格志趣方面的诸多相同，则在我心中唤起了一种感情，也许仅仅是我俩各自所处的位置阻止了这种感情化为友谊。实际上很难解释，甚至很难形容我对他的真实感情。那是一种错综复杂的混合感情，一种说不上仇恨的意气用事的怨恨，三分尊重、五分敬仰、七分畏惧，其中又糅合进许许多多令人不安的好奇。另外对道德学家我得加上一句，大可不必说威尔逊和我是最难分开的朋友。

毫无疑问，正是因为我俩之间的这种微妙关系，我对他的攻击（许许多多公开或隐蔽的攻击）成了一种善意的取笑或恶作剧（用逗乐的方式使他苦恼），而没有成为真正的敌对行为。不过我的这一手并非每次都成功，甚至连我最周密的计划也有失败的时候；因为我那个同名者具有与其个性相称的稳重和严谨，而当他自己开始冷嘲热讽之时，那真是滴水不漏，无懈可击，绝不会露出破绽让对手反唇相讥。实际上我只能找到他一个弱点，而对这个可能是因为先天疾病而造成的生理缺陷，不到我那种智穷才竭的地步谁也不忍心去加以利用。我对手的弱点就在于他的咽喉或者说发音器官，这使得他的嗓音在任何时候都只能提到悄声细语的高度。对他这个可怜的缺点，我从来就没放过加以利用的机会。

威尔逊的报复可谓多种多样，而其中有一种曾搅得我不知所措。他那聪明的头脑当初是如何发现那漂亮的一手的，这问题过去常常使我烦恼，而且我迄今也未能找到答案；可他一经发现那一手，就常常用它来烦我。我过去一直讨厌我这个没有气派的姓名，它实在太普通，即使不说它贱。我一听到那几个字眼就仿佛听见恶毒的话语；而当我入学那天得知又有一个威廉·威尔逊到校，我不禁因他与我同名而怒火中烧，并且对那个名字更加倍讨厌，因为一个陌生人也叫那名字，那名字的呼喊频率就会增加一倍，而那个陌生人会经常出现在我眼前，由于这讨厌之至的巧合，他在学校日常活动中的所作所为将不可避免地常常与我的行为混淆。

就这样，随着我与对手在心理或生理两方面的相似之处被逐一证实，我的烦恼也变得越发强烈。我当时尚未发现我俩同岁这一惊人的事实，但已看出他个子同我一般高，并意识到我们连身材相貌都出奇地相似。高年级同学中关于我俩是亲戚的谣传也令我气愤。总而言之，除了提到我俩之间性情、相貌或身份的相似，还没有什么事能使我如此不安（尽管我总是小心翼翼地掩饰这种不安）。但除了我与他的关系之外，事实上我没理由认为我与他的相似已成了别人议论的话题，甚至没理由认为同学们对此已有所察觉。对此他已从各方面有所觉察，并且和我一样确定，这倒是显而易见的事实；但正如我前面所说，他之所以能从那么多方面发现这一令人烦恼的情况，只能归因于他非同寻常的观察能力。

他竭力完善对我言谈举止的模仿，并且把他的角色扮得令人叹服。我的衣着服饰很容易就被他如法炮制。我的步态举止他没费功夫就据为己有。甚至连我的声音,尽管他有那个天生的缺陷,也没有逃脱被他盗用。我洪亮的声音他当然望尘莫及,可我的语调竟被他模仿得惟妙惟肖,而他那种独特的悄声细语慢慢也就成了我语调的回声。

我此刻不敢冒昧地描述,当时那幅最绝妙的肖像(因为公正地说那不能被称为漫画)使我有多么烦恼。那时候我唯一的安慰就在于这样一个事实:显然只有我一个人注意到了那种模仿,而我不得不忍受的也只有我那位同名者狡黠而奇怪的冷笑。他似乎满足于在我心中造成了预期效果,只为已经刺痛了我而暗暗得意,而全然不在乎心智的成功很可能为他赢得的公众喝彩。事实上,在其后提心吊胆的几个月中,学校里竟无一人察觉他的计划,无人发现他的成功并和他一齐嘲笑,这一事实对我来说一直是个不解之谜。也许是他模仿的浓淡相宜使其不那么容易被人识破,或更有可能的是,我之所以平安无事,是因为那个模仿者巧妙娴熟的风格,他不屑于模仿形式(在一幅画中迟钝的人看到的只是形式),而是以我特有的沉思和懊恼来展示原作的全部精神实质。

我已不止一次地谈到了他那副以庇护人自居的讨厌面孔,谈到了他常常多管闲事,对我的意志横加干涉。那种干涉往往是以令人不快的劝喻方式,不是直截了当地提出忠告,而是含沙射影地给予暗示。我怀着一种矛盾的心理接受他的劝告,但随着年岁增长,那种矛盾也越发尖锐,但在事隔多年后的今天,就让我公平地对待他一次。我承认,尽管他当时看上去年幼无知且经验不足,但我不记得他所给予的暗示中有过任何他那种年龄容易有的谬误或愚蠢；我承认即便他综合能力不比我强，世故人情不比我精，但至少他的道德意识远远比我敏锐；而且我还要承认，假若当初我对那些包含在那个意味深长的悄声细语里的忠告不是那么深恶痛绝，不是那么嗤之以鼻，不是那么常常抵制的话，那说不定我今天就会是一个更善良的人，因而也是一个更幸福的人。

可事实上，对他那种令人厌恶的监督，我终于厌恶到了极点；对他那种我认为难以容忍的傲慢，我也一天比一天公开地表示出怨恨。我说过，在我俩同学的前几年中，我对他的感情说不定很容易转化成友谊；但在我寄居学校的最后几个月里，虽说他动辄就对我横加干涉的次数无疑已有所减少，可我对他的感情却几乎与之成反比，明确无误地具有了几分敌意。我想他有一次看出了这点，从此便对我避而远之，或是表面上对我避而远之。

如果没记错的话，我大约就在那段时间里跟他有过一次激烈的争吵，在争吵中他一反常态地毫无戒心，说话举止都表现出一种与他性格极不相符的直露坦率；当时我从他的音调、神态和外表之中发现了（或者说我以为发现了）一种开始令我不胜惊讶、接着又使我极感兴趣的东西，它使我脑子里浮现出我襁褓时代的朦胧幻象，许许多多在记忆力出现之前就存在的纷乱庞杂的印象。我与其去描述那种使我压抑的感觉，倒不如说说我费了好大一番劲才不再相信这样一种幻觉：我与站在我眼前的那个人相识在某个非常遥远的时期，某个甚至无法追溯的悠远的年代。不过与它来得突然一样，那种幻觉倒也很快就消逝了。我在此提到它，仅仅是为了明确我与我那位奇特的同名者在那所学校最后一次谈话的日期。

那幢有无数房间的巨大而古老的房子有几个彼此相连的大房间，那儿住着全校绝大部分学生。然而（像设计得那么笨拙的建筑所不可避免的一样）那幢房子里有许多角落、壁凹和其他零星的剩余空间，具有经济头脑的布兰斯比博士把它们也都改装成了寝室，尽管这些寝室只有壁橱那么大，里边只能容一个人居住。在这样一间小寝室中就住着威尔逊。

在我五年学校生活快结束之时，也就是在刚才提到的那场争吵之后的一天晚上，趁同学们蒙头酣睡之机，我悄悄翻身下床，提着灯偷偷穿过一条条狭窄的通道，从我的房间去我那位对手的寝室。我早就心怀恶意地想出了一招要拿他寻开心的恶作剧，可一直没找到适当的机会下手，现在我就要去把我的计划付诸实现，我决意要让他感到我心中对他的怨恨到底有多深。来到他那间小寝室门前，我把手中有灯罩的灯放在门外，无声无息地溜了进去。我往前迈了一步，听到了他平静的呼吸声。确信他已睡着，我转身取了灯，再次走到那张床前。在实行我计划的过程中，我轻轻地慢慢撩开了遮住卧床的帘子，当明亮的灯光照在那熟睡者身上，我的目光也落在了他的脸上。我定睛一看，顿时只觉得四肢麻木，浑身冰凉，心跳加剧，两腿发颤，一种莫可名状、难以忍受的恐惧攫住了我的整个心灵。我喘着气把灯垂低，尽量凑近那张脸。难道这，这就是威廉·威尔逊那副容貌？我看见的的确是他的容貌，但想象中他并非这个样子，这使我像发疟疾似的一阵颤抖。那副容貌上有什么使我如此惊慌失措？我两眼凝视着他，脑子里却闪过许多不连贯的念头。他清醒而活泼的时候看起来不像这样，肯定不像这样。同一个名字！同一副面孔！同一天进入同一所学校！接下来就是他锲而不舍并毫无意义的模仿，模仿我的步态、嗓音、习惯和举止！可难道人间真有这种可能，难道我此刻所目睹的仅仅是那种可笑的模仿之习以为常的结果？我不寒而栗，毛骨悚然，灭掉提灯，悄悄退出那房间，并立即离开了那所古老的学校，从此再也没返回那里。

无所事事地在家里过了几个月之后，我成了伊顿公学的一名学生。对于在布兰斯比博士那所学校里发生的事，那短短的几个月已足以淡化我的记忆，或至少使我回忆时的心情发生了实质性的变化。那出戏的真相（悲剧情节）已不复存在。我这下能有时间来怀疑当时我的意识是否清楚，而且每每忆及那事我都忍不住惊叹世人是多么容易轻信，并暗暗讥笑我天生具有的想象力竟如此活跃。我在伊顿公学所过的那种生活也不可能抹掉这种怀疑。我一到伊顿就那么迫不及待，那么不顾一切地投入的轻率而放荡的生活，就像旋涡一样卷走了一切，只剩下过去生活的沉渣，所有具体的或重要的印象很快就被淹没，脑子里只剩下对往日生活的最轻淡的记忆。

但我此刻并不想回顾那段放荡生活，那段蔑视惯例规范并躲过了校方监督的放荡生活。三年的放浪形骸使我一无所获，只是根深蒂固地染上了各种恶习，此外就是身材有点异乎寻常地长高。一次在散漫浪荡了一星期之后，我又邀了一伙最不拘形迹的同学到我的房间偷偷举行酒宴。我们很晚才相聚，因为我们打算痛快地玩个通宵。夜宴上有的是酒，也不乏别的刺激，也许还有更危险的诱惑；所以当东方已经显露出黎明的曙光，我们的纵酒狂欢才正值高潮。玩牌醉酒早已使我满脸通红，当我正用亵渎的言语坚持要与人干一杯时,我突然注意到房门被人猛地推开了一半,接着从门外传来一个仆人急切的声音。他说有人正在门厅等着要同我谈话,而且显然迫不及待。

当时酒已使我异常兴奋,那冷不防的打扰非但没让我吃惊,反而令我感到高兴。我歪歪斜斜地出了房间,没走几步就到了那座建筑的门厅。又矮又小的门厅里没有点灯,而除了从半圆形窗户透进的朦胧曙光,没有任何灯光能照到那里。走到门边,我看见一个年轻人的身影,他个子与我不相上下,他身上那件式样新颖的白色克什米尔羊绒晨衣也同我当时穿的那件一样。微弱的曙光使我看到了这些,但却没容我看清他的脸。我一进屋他就大步跨到我跟前,十分性急地抓住我一条胳膊,凑到我耳边低声说出几个字眼"威廉·威尔逊"。

我一下子完全清醒过来。

陌生人那番举动的方式,他迎着曙光伸到我眼前的手指颤抖的那种方式,使我心中充满了极度的惊讶;但真正使我感到震撼的还不是那种方式,而是那个独特、低沉而嘶哑的声音里所包含的告诫;尤其是他用悄声细语发出那几个简单而熟悉的音节时所有的特征、声调和语调,像一股电流使我的灵魂猛然一震,许许多多的往事随之涌上心头。不待我回过神来,他已悄然离去。

虽说这一事件并非没有对我纷乱的想象力造成强烈的影响,但那种强烈毕竟是短暂的。我的确花了几个星期来认真调查,或者说我被裹进了一片东猜西想的云中。我并不想假装没认出那个人,那个如此穷追不舍地来对我进行干涉、用他拐弯抹角的忠告来搅扰我的怪人。但这个威尔逊究竟是谁?他是干什么的?他从

257

哪儿来？他打算做什么？对这一连串问题我都找不到答案，只查明他家突遭变故，使他在我逃离布兰斯比博士那所学校的当天下午也离开了那所学校。但很快我就不再去想那个问题，而一门心思只想着要去牛津大学。不久我果然到了那里。我父母毫无计划的虚荣心为我提供了全套必需品和固定的年金，这使我能随心所欲地沉迷于我已经非常习惯的花天酒地的生活，使我能同大不列颠那帮最趾高气扬的豪门子弟攀比阔气。

那笔供我寻欢作乐的本钱使我忘乎所以，我与生俱来的脾性更是变本加厉，在我疯狂的醉生梦死之中，我甚至不顾最起码的礼仪规范。但我没有理由停下来细述我的骄奢淫逸。我只需说在所有的浪荡子中，我比希律王还荒淫无耻，而若要为那些数不清的新奇的放荡行为命名，那在当时欧洲最荒淫的大学那串长长的恶行目录上，我加上的条目可真不算少。

然而，几乎令人难以置信，正是在那所大学里，我堕落得完全失去了绅士风度，竟去钻研职业赌棍那套最令人作呕的技艺，而一旦精通了那种卑鄙的伎俩，我便常常在一些缺心眼儿的同学中玩弄，以此增加我本来已经够多的收入。不过事实就是如此。我那种有悖于所有男子汉精神和高尚情操的弥天大罪无疑证明了我犯罪时肆无忌惮的主要原因（假若不是唯一原因）。事实上在我那帮最放荡的同伙之中，有谁不宁愿说是自己昏了头，也不肯怀疑威尔逊有那种品行？那个快活、坦率、慷慨的威廉·威尔逊，那个牛津大学最高贵、最大度的自费生，他的放荡（他的追随者说）不过是年轻人奇思异想的放纵，他的错误不过是无与伦比的任性，他最狠毒的恶行也只不过是一种轻率而冒昧的过火行为。

我就那样一帆风顺地鬼混了两年,这时学校里来了一位叫格伦迪宁的年轻人,一个新生的贵族暴发户,据说他与希罗德·阿蒂库斯①一样富有,钱财也一样来得容易。我不久就发现他缺乏心计,当然就把他作为了我显示技艺的合适对象。我常常约他玩牌,并用赌棍的惯用伎俩,设法让他赢了数目可观的一笔钱,欲擒故纵地诱他上我的圈套。最后当我的计划成熟之时,我(抱着与他决战的企图)约他到自费生普雷斯顿先生的房间聚会,普雷斯顿与我俩都是朋友,但公正地说,他对我的阴谋毫无察觉。为了让那出骗局更加逼真,我还设法邀请了另外八九名同学,我早就精心策划好玩牌之事要显得是被偶然提到,而且要让我所期待的那个受骗上当者自己提出。我简单布置好这桩邪恶勾当,该玩的花招伎俩无一遗漏,而那些如出一辙的花招伎俩是那么司空见惯,以至于唯一值得惊奇的就是为何还有人会稀里糊涂地上当。

我们的牌局一直延续到深夜,我终于达到了与格伦迪宁单独交手的目的。我们所玩的也是我拿手的二人对局。其他人对我俩下的大额赌注很感兴趣,纷纷抛下他们自己的牌围拢来观战。那位暴发户早在上半夜就中了我的圈套,被劝着哄着喝了不少的酒,现在他洗牌、发牌、或玩牌的动作中都透出一种极度紧张,而我认为他的紧张并不全是因为酒醉的缘故。转眼工夫他就欠下了我一大笔赌账,这时他喝了一大口红葡萄酒,然后完全按照我冷静的预料,提出将我们本来已大得惊人的赌注再翻一番。我装出一

---

① 希罗德·阿蒂库斯(Herodes Atticus, 101—177),希腊著名学者,生于一雅典富家,以乐善好施闻名于世。

副不情愿的样子,直到我的再三不肯惹得他出言不逊,我才以一种赌气的姿态依从了他的提议。这结果当然只能证明他已经完全掉进了我设下的陷阱。在其后不到一个小时的时间内,他的赌债又翻了四番。酒在他脸上泛起的红潮早就在慢慢消退,可现在看见他的脸白得吓人仍令我不胜惊讶。我说我不胜惊讶,因为我早就打听到格伦迪宁的钱财不可计量。我想他输掉的那笔钱对他虽然不能说是九牛一毛,但也不会使他伤筋动骨,不至于对他产生那么强烈的影响。他脸色白成那副模样,最合理的解释就是他已经不胜酒力。与其说是出于什么不那么纯洁的动机,不如说是想在朋友们眼里保住我的人格,我正要断然宣布结束那场赌博,这时我身边一些伙伴的表情和格伦迪宁一声绝望的长叹使我突然明白,我已经把他毁到了众人怜悯的地步,毁到了连魔鬼也不忍再伤害他的地步。

现在也很难说清我当时该怎么办。我那位受害者可怜巴巴的样子使在场的每个人都露出尴尬而阴郁的神情。屋子里一时间鸦雀无声,寂静中那伙人中的尚可救药者朝我投来轻蔑或责备的目光,我禁不住感到脸上火辣辣的。我现在甚至可以承认,当随之而来的那场意外突然发生时,我焦虑不堪的心在那一瞬间竟感到如释重负。那个房间又宽又厚的双扇门突然被推得大开,开门的那股猛劲儿像变戏法似的,熄灭了房间里的每一支蜡烛。在烛光熄灭前的刹那间,我们刚好能看见一个陌生人进了屋子,他个子和我不相上下,身上紧紧地裹着一件披风。可现在屋子里一团漆黑,我们只能感觉他正站在我们中间。大家还未能从那番鲁莽所造成的惊讶中回过神来,那位不速之客已开口说话。

"先生们,"他用一种低低的、清晰的、深入我的骨髓而令我终生难忘的悄声细语说,"先生们,我不为我的行为道歉,因为我这番冒昧是在履行一种义务。毫无疑问,你们对今晚在双人牌局中赢了格伦迪宁勋爵一大笔钱的这位先生的真正品格并不了解。因此我将向你们推荐一种简捷而实用的方法,让你们了解到你们非常有必要了解的情况。你们有空时不妨搜搜他左袖口的衬里,从他绣花晨衣那几个大口袋里或许也能搜出几个小包。"

他说话时屋里非常安静,静得连掉根针在地上也许都能听见。他话音一落转身便走,去得和来时一样突然。我能够,或者说我需要描述我当时的感觉吗?我必须说我当时感到了所有要命的恐惧吗?当时我肯定没足够的时间做出反应。大伙儿七手八脚当场把我抓住,烛光也在突然之间重新闪亮。一场搜查开始了。他们从我左袖口的衬里搜出了玩双人对局必不可少的花牌,从晨衣口袋里找到了几副与牌局上用的一模一样的纸牌,只不过我这几副是那种术语称为的圆牌,大牌的两端微微凸出,小牌的两边稍稍鼓起。经过这样处理,按习惯竖着切牌的上当者将发现他抽给对手的常常都是大牌,而横着切牌的赌棍则肯定不会抽给他的受害人任何一张可以计分的大牌。

他们揭穿我的骗局后若真是勃然大怒,也会比那种无言的蔑视或平静的讥讽令我好受。

"威尔逊先生,"我们的主人一边说一边弯腰拾起他脚下的一件用珍稀皮毛缝制的华贵的披风。"威尔逊先生,这是你的东西。"(那天天冷,我出门时便在晨衣外面披了件披风,来到赌牌的地方后又把它脱下放到一边。)"我想就不必再从这件披风里搜出你玩那套把戏的证据了（他说话时冷笑着看了看披风的褶纹。）实际上我们已有足够的证据。我希望你能明白，你必须离开牛津。无论如何得马上离开我的房间。"

虽说我当时自惭形秽，无地自容，但若不是我的注意力被一个惊人的事实所吸引，那我早就会对那种尖酸刻薄做出强烈的反应。我当时穿的那件披风是用一种极其珍稀的毛皮做成，至于有多珍稀、多贵重，我不会贸然说出。那披风的式样也是我独出心裁的设计，因为我对那种琐碎小事的挑剔已到了一种虚浮的地步。所以当普雷斯顿先生将他从双扇门旁边地板上拾起的那件披风递给我时，我惊得近乎于恐怖地发现我自己那件早已经搭在我胳膊上（当然是在无意识之间搭上的），而递给我的那件不过是我手中这件的翻版，两件披风连最细小的特征也一模一样。我记起那位来揭我老底的灾星进屋时就裹着一件披风，而屋里其他人除我之外谁也没穿披风。我还保持着几分镇定，于是我从普雷斯顿手中接过那件披风，不露声色地把它放在我手中那一件之上，然后带着一种毅然决然的挑衅神情离开了那个房间。第二天早晨天还未亮，我便怀着一种恐惧与羞愧交织的极度痛苦的心情，匆匆踏上了从牛津到欧洲大陆的旅途。

我的逃亡终归徒然。我的厄运似乎乐于把我追逐，并实实在在地表明他对我神秘的摆布还刚刚开始。我在巴黎尚未站稳脚跟，就发现那个可恶的威尔逊又在对我的事情感兴趣。岁月一年年流逝，而我却没感到过安定。那条恶棍！在罗马，他是多么不合时宜又多么爱管闲事地像幽灵一样插在我与我的雄心之间！在维也纳也如此。在柏林也这般。在莫斯科也同样没有例外！实际上，在哪儿我才会没有从心眼里诅咒他的辛酸的理由呢？我终于开始惊恐地逃避他那不可思议的暴虐，就像在逃避一场瘟疫；但我逃到天涯海角也终归徒然。

我一次次地在心里暗暗猜想，我一次次地对着灵魂发问："他是谁？他从哪儿来？他到底要干什么？"但是我从来找不到答案。现在我又以十二万分的精细，彻底审视他对我进行无理监督的形式、方法和主要特征。可就是这样也很少能找到可进行推测的根据。实际上能引人注目的就是，在最近他对我挡道拆台的无数事例中，他没有一次不是要挫败和阻挠我那些一旦实现就会造成灾难性后果的计划和行动。其实，这一发现对一种显得那么专横的权力来说，不过是一种可怜的辩护！对一种被那么坚决而不客气地否认的自封的天赋权力来说，不过是一种可怜的补偿！

我还被迫注意到，长期以来，我那位施刑者虽然小心而奇妙地坚持穿和我一样的衣服，但他每次对我的意志横加干涉时都应付得非常巧妙，结果我在任何时候都未能看清他那副面孔。不管他威尔逊会是什么样的人，他这样做至少是矫揉造作，或者愚不可及。难道他真以为我居然会认不出在伊顿公学警告我的、在牛津大学毁了我名誉的、在罗马阻挠我一展宏愿的、在巴黎遏止我报仇雪恨的、在那不勒斯妨碍我风流一番的、或在埃及不让我被他错误地称为贪婪的欲望得到满足的那个凶神和恶魔就是我中学时代的那个威廉·威尔逊，那个我在布兰斯比博士那所学校时的同名者、那个伙伴、那个对手、那个既可恨又可怕的对手？这不可能！但还是让我赶紧把这幕剧的压轴戏唱完吧。

我就那样苟且偷安地屈服于了那种专横的摆布。我注视威尔逊的高尚品格、大智大慧、无所不在和无所不能之时所惯有的敬畏心情,加上我注意他天然生就或装腔作势的其他特征之时所具有的恐惧心理,一直使我深深地意识到自己的软弱与无能,使我(尽管极不情愿)盲目地服从他独断专行的意志。但最近一些日子我饮酒无度,酒精对我天性的疯狂影响使我越来越不堪任人摆布。我开始抱怨,开始犹豫,开始反抗。难道我认为自己越来越坚定,而我那位施刑者却越来越动摇?这仅仅是我的一种幻觉?即便就算是幻觉,我现在已开始感觉到一种热望的鼓舞,最后终于在心灵深处形成了一个坚定不移且孤注一掷的决心,那就是我不再甘愿被奴役。

那是在罗马,18××年狂欢节期间,我参加了一个在那不勒斯公爵迪·布罗利奥宫中举行的化装舞会。我比平常更不节制地在酒桌边开怀畅饮了一通,这时那些拥挤不堪的房间里令人窒息的空气已使我恼怒。挤过乱糟糟的人群之艰难更使得我七窍生烟,因为我正急着寻找老朽昏聩的迪·布罗利奥那位年轻漂亮且水性杨花的妻子(请允许我不说出我那并不高尚的动机)。她早就心照不宣地告诉了我她在化装舞会上将穿什么样的服装,现在我瞥见了她的身影,正心急火燎地朝她挤去。就在此时,我感到一只手轻轻摁在我肩上,那个低低的、该死的、我永远也忘不了的悄声细语又响在我耳边。

在一阵绝对的狂怒之中,我猛转身朝着那位横加阻挠者,一把揪住他的衣领。果然不出我所料,他打扮得和我一模一样,身上披一件蓝色天鹅绒的西班牙披风,腰间系一条猩红色皮带,皮带上悬着一柄轻剑,一副黑丝绸面具蒙着他的脸。

"无赖!"我用沙哑的声音愤然骂道,我骂出的每一个字都像是往我心中那团怒火浇的一瓢油,"无赖!骗子!该死的恶棍!你不该,你不该对我穷追不舍!跟我来,不然我就让你死在你站的地方!"我拽着并不反抗的他挤过人群,从舞厅来到了隔壁的一间客厅。

我一进屋就猛然把他推开。他跌跌撞撞地退到墙边,这时我一边发誓一边关上房门,转身命令他拔出剑来。他略为踌躇了片刻,然后轻轻叹了口气,终于默默地抽剑摆出防御的架势。

那场决斗的确非常短暂。各种各样的刺激早已使我疯狂,我觉得自己握剑的手有千钧之力。眨眼工夫我就奋力把他逼到墙根,这下他终于得任我摆布,我凶狠而残暴地一剑剑刺透他的心窝。

这时有人试图扭开门闩。我急忙去阻止被人闯入,随之又转身朝着我那位奄奄一息的对手。可人世间有什么语言能描述我当时看见那番情景时的那种惊异,那种恐怖?就在我刚才掉头之间,那个小客厅的正面或说远端在布置上发生了一个重大的变化。一面大镜子(在我开初的慌乱之中显得如此)正竖立在刚才没有镜子的地方,而当我怀着极度恐惧的心情朝它走过去时,我的影子,我那面如死灰、浑身溅满鲜血的影子也步履蹒跚地朝我走来。

我说显得如此,其实并非如此。走过来的是我那个对手,是威尔逊,他正带着临死的痛苦站在我面前。他的面具和披风已被扔在地板上。他衣服上没有一根纤维不是我衣服上的纤维。他那张脸上所有显著而奇妙的特征中没有一丝纹缕,甚至按照最绝对的同一性,不是我自己的!

那就是威尔逊,但他说话不再用悄声细语,当时我还以为是

我自己在说话:

你已经获胜,而我输了。但从今以后你也就死去,对这个世界、对天堂和希望也就毫无感觉!你存在于我中,而我一死,请看这个影子吧,这是你自己的影子,看你多么彻底地扼杀了自己。

(1839)

# 埃洛斯与沙米恩的对话

> 我将给你带来烈火。
> ——欧里庇得斯《安德洛玛刻》

**埃洛斯**：你为什么叫我埃洛斯？

**沙米恩**：从今以后你就叫埃洛斯。你也必须忘掉我在地球上的名字，而叫我沙米恩。

**埃洛斯**：这真不是梦？

**沙米恩**：我们从此不再有梦，只有这些莫名的奥秘。我很高兴看见你恢复生气，神志清醒，你眼睛上的那层阴翳也已经消失。勇敢点儿，啥也别怕。你命定的昏迷期已结束，而明天，我将亲自引你进入你充满欢乐与奇妙的新生活。

**埃洛斯**：真的，我不再感到昏迷，一点儿也不。那种强烈的恶心和可怕的黑暗已离我而去。我不再听见那种疯狂的、奔腾的、吓人的声音，那种"像是百川奔流的声音"[1]。但是，沙米恩，这种新的知觉如此敏锐，我的感官现在不知所措。

---

[1] 语出《新约·启示录》第14章第2节"我听见天上传来的声音，像是百川奔流的声音……"

**沙米恩：**这过几天就会好的。不过我非常理解你，同情你。按地球上的时间计算，我经受你此刻所受的这种痛苦已是10年前的事了，但那种记忆现在还缠着我。然而，你将在庄严世界经受的痛苦你现在已经全部接受了。

**埃洛斯：**庄严世界？

**沙米恩：**庄严世界。

**埃洛斯：**天哪！可怜可怜我吧，沙米恩！我现在最承受不了的就是庄严，过去不知而现在所知的庄严，那淹没在威严而确切的现在中的纯理性未来之庄严。

**沙米恩：**现在别去苦苦思考这件事情。这我们明天再谈吧。你现在心绪不安，而简单地回忆一下往事可以使它平静。别瞧四周，也别朝前望，往后看。我正迫不及待地想听听那场把你抛到我们之中的惊人事件的经过。给我讲讲吧。让我们来谈一些熟悉的事情，用那种已如此可怕地消亡的我们所熟知的地球语言。

**埃洛斯：**太可怕了，太可怕了！这真不是梦。

**沙米恩：**梦已一去不返。当时他们很为我哀痛吗，我的埃洛斯？

**埃洛斯：**哀痛，沙米恩？哦，哀痛欲绝。在那个最后的时刻，你们全家都被一片愁云惨雾所笼罩。

**沙米恩：**那个最后的时刻，就谈它吧。记住，除了那场明摆着的大灾难本身，别的啥我也不知道。当我离开人类，经过坟墓进入黑夜，在那个时候，如果我没记错的话，这场毁了你们的灾难可谁也没料到。不过，我对当时的自然科学的确了解不多。

**埃洛斯：**正如你所言，这场灭顶之灾完全始料未及，但类似的飞灾横祸很久以来就一直是天文学家们讨论的一个话题。用不着我来告诉你，我的朋友，甚至在你离开我们之时，世人关于圣典中言及万物终将毁于火的那些段落①，就已经一致理解为指的是地球。但自从天文学证实彗星并不具有火的威胁之后，人们对最终毁灭的直接媒介就一直感到困惑。那些彗星非常小的密度早已被准确地测定。人们曾观察到它们在木星的卫星群中穿过，结果并没有给那些卫星及其运动轨道带来任何明显的变化。长期以来，我们一直把那些流浪者视为由极其稀薄的气雾构成的天体，认为即使它们与地球相触也完全不可能对我们坚固的地球造成伤害。但相触本身是完全用不着担忧的，因为所有彗星的活动范围人们都知道得一清二楚。很多年来，我们应该从彗星中去寻找那种毁灭之力的看法一直被认为是一种难以接受的观念。但最近一些日子，人类中奇怪地流传开了一些奇思异想；尽管只有少数无知无识的人对天文学家发现了一颗新彗星真正感到了畏惧，但据我所知，那一宣布在大多数人中也并非没有引起普遍的不安和怀疑。

那个陌生天体的活动范围很快就被测出，而且观测者马上就一致承认，那颗彗星的运行轨道将使它在其近日点与地球非常接近。有两三位二流的天文学家坚持认为一场相撞不可避免。我很难向你描述这个消息对世人造成的影响。开始几天他们不愿相信这一断言，因为他们长期用于世故人情的才智对此压根儿就不能理解。但那生死攸关的事实真相很快就让最迟钝的头脑也开了窍。

---

① 《新约·彼得后书》第3章第10节云："那日，天将在一声巨响中消失，万物将在烈火中溶化，地球及其上面的一切都将被烧毁。"

最后所有的人都看出天文学家没有撒谎，于是他们等待着那颗彗星。那颗彗星的接近开初显得并不快，它的出现也并不具有非常奇异的特征。它呈暗红色，有一条看得见的小小的彗尾。在其后七八天里，我们看不出它的直径有什么明显的增加，只感觉到它的颜色有局部的变化。这时人们已放弃了通常的事务，所有的兴趣都被引进了一场由科学界指导的关于彗星性质的越来越热烈的讨论。甚至许多无知者也把他们呆钝的智能投入进了这场思索。这时学者们把他们的才智，他们的心灵，全部用来思考如何消除恐惧，或是为可爱的理论找到依据。他们寻求（他们渴望）正确的见解。他们企盼精确的认识。真理从其力量与极度庄严的纯洁中诞生，聪明人心悦诚服，顶礼膜拜。

那种认为彗星与地球相接触会对我们的地球或地球居民造成严重伤害的看法在聪明人中很快就再也站不住脚，于是聪明人被允许任意去控制其他人的理智和幻想。现在已证实，那颗彗星彗核之密度远远小于我们地球上最稀薄的空气；人们坚决认为这次彗星经过地球将会与那次通过木星的卫星一样不造成伤害，这种看法大大消除了恐怖。神学家们怀着被恐惧唤起的热情详论有关的《圣经》预言。并用一种从不曾有过先例的真诚和直率为人们讲解这些预言。他们以一种非让普天下人都深信不疑的精神极力宣传说地球的最终毁灭只能由火的力量造成；而彗星不具有火的性质（正如人们当时所知）是一个事实，这在很大程度上减轻了人们对那场预言的大灾难的恐惧。显而易见，世人对瘟疫和战争的偏信，在每一次彗星出现时都惯常流行的谬误，这一次却全然不为人知。仿佛凭着某种暴发之力，理性一下子就把迷信推下了宝座。最软弱无力的才智从极度的关切中获得了力量。

冥思苦想的问题集中到了这场相触可能造成的较小的危害上。学者们谈到了轻微的地质变动，谈到了可能的气候变化及其所引起的植物变化，还谈到了也许会出现的磁力影响和电力影响。许多学者认为无论如何也不会产生看得见的或感觉得到的影响。当这样的讨论正在进行之时，被讨论的主体离地球越来越近，其直径显然增大，亮度也大大增强。随着它的来临，人们又越来越怕。人类所有的正常活动都停止了。

当那颗彗星终于大得超过了以往任何观测记录之时，人类的感情历程出现了一个新的纪元。人们不再相信天文学家连续错误地给予他们的希望，从自己的体验中确信了即将大祸临头。他们恐惧中的幻想成分已经消逝。现在连世上最坚强的人心也怦怦直跳。可几天之后，连这样的感情也被更难以忍受的感觉所淹没。我们已不能再用任何习惯的思维方式来想到那个奇异的天体。它的历史属性已不复存在。它以一种可怕而崭新的情感压迫我们。我们不再把它看作空中的一种天文现象，而把它视为我们心中的一个噩梦，我们大脑中的一个幽灵。它以难以想象的速度呈现出一种罕见的火焰的特征，一个巨大的白织罩从地平线的一端伸延到另一端。

又一天过去了，人们觉得呼吸比平常畅快。很明显我们已经开始受到那颗彗星的影响，但我们活着。我们甚至异乎寻常地感觉到身体更富有弹性，头脑也更加敏捷。我们所恐惧的那个天体之极其稀薄已显而易见，因为透过它我们仍能清晰地看见天上的所有天体。与此同时，地球上的植物已明显发生变化；从这一早被预言过的变化,我们信服了那些聪明人的远见。一种前所未知的繁茂的叶蔟,突然间从每一种植物上长出。

又一天过去了,而大祸尚未完全临头。现在已清楚,那颗彗星的彗核将先与地球接触。一种急剧的变化已发生在每一个人身上,而最初的痛感就是全球恸哭和恐怖的明显征兆。这种痛感表现在胸肺的极度压缩和一种难以忍受的皮肤干燥。不可否认我们的大气层已完全被影响,于是大气层的构成以及彗星可能使它遭受的变化成了人们讨论的题目。讨论研究的结果把极度的恐怖送进了地球上每一个人的心。

我们早就知道弥漫于地球周围的空气是一种氧和氮的混合气体,其中氧气占21%,氮气占79%。氧气为燃烧所必需,是热的传送媒介,更为动物生存之必不可少,而且它是自然界最有能量且极其活泼的一种元素。氮则相反,它既不能维持生命也不能燃烧。人们早已查明,氧气过于充分会导致动物精神兴奋,正如我们后来所体验的那样。正是这种研究以及这种概念的延伸,造成了人们的极度恐惧。完全抽掉氮气会是什么结果?那将是《圣经》所预言的世界毁灭于火的不折不扣的应验。

沙米恩,还需要我来描述人类最后的疯狂么?那颗彗星密度之稀薄曾给我们带来希望,现在却成了我们绝望痛苦的原因。在它那无形的气体特征中,我们已经清楚地感到了命运的结果。这时又过了一天,带走了人类的最后一线希望。我们在急剧变化的空气中喘息。鲜红的血液在狭窄的血管里奔涌。所有的人都陷入了一种谵妄,他们朝可怕的苍天僵直地展开双臂,一边浑身颤抖一边大声尖叫。但那颗灾星的彗核此时已接触地球,甚至在这儿,在庄严世界，我一说到那时刻就禁不住发抖。让我说得简短些吧，就像那场灭顶之灾一样短暂。因为一时间只看见一种可怕的光，降临一切并穿透一切。然后，让我们膜拜吧，沙米恩，在至高无上的上帝面前！然后，突然传来一个充满天际、声震寰宇的声音，那声音仿佛就从他口中发出；接着我们所生存于其中的整个空间，顿时燃起了一种炽热的火焰，它那种超凡的光辉和炽热，甚至连天堂里那些无所不知的天使也形容不出。一切就这样毁灭。

（1839）

# 为什么那个小个子法国佬的手悬在吊腕带里

毫无疑问,从我那些用粉红色锻光纸印的名片上,任何想看的绅士都会看到这些有趣的字眼,"布卢姆兹伯里区,罗素街区,南安普敦路39号,帕特里克·格兰迪森爵士,从男爵。"而若是你正想发现谁是彬彬有礼的化身,谁是全伦敦上等人中的典范,那当然正好是我①。相信这种事一点儿也不奇怪(所以请不要再做鬼脸),6个星期以来,我每分每秒都是个绅士,告别了爱尔兰沼泽地的日子,开始过从男爵的生活,活得像个十足的皇帝,发号施令,享受特权,这个人就是帕特里克。啊!如果你能用你的两只眼睛盯住帕特里克·格兰迪森爵士,看他衣冠楚楚去参加舞会,看他钻进马车去海德公园,这对你来说难道不是一件令心情愉悦的事?我有一副高大而优雅的身材,而正是因为这个原因,所有女士对我都一见钟情。难道我魁梧的身体现在不是有6英尺高,穿上鞋还要高出3英寸,而且匀称得无与伦比吗?不管怎么说,难道

---

① 这位格兰迪森爵士恰好与英国作家理查逊的长篇小说《格兰迪森》(*The History of Sir Charles Grandison*, 1754)中的主人公同姓,而那位格兰迪森爵士则是理查逊塑造的绅士典范。

比起住在街对面那位小个子法国佬（但愿他倒霉）我不真的高出3英尺还多吗？可他居然整天转着一双贼溜溜的眼睛，死死盯住我隔壁那位漂亮寡妇，我最特殊的朋友和熟人特拉克夫人（愿上帝赐福于她）。你现在看见那小个子家伙多少有点儿垂头丧气，而且他的左手悬在吊腕带里。为什么会这样？对不起，我正打算告诉你他为何这样。

整个事情的真相其实很简单。当我第一天从爱尔兰的康诺特来到这儿时，当我优雅的身躯第一次出现在那条大街上时，正倚窗眺望的漂亮寡妇特拉克夫人一眼就看见了我，这顿时就令她芳心摇曳，失魂落魄。要知道，我一下子就感觉到了这点，没错，那可是千真万确的事。首先是那扇窗户当即大开，接着是她把两只眼睛睁到圆得不能再圆的程度，然后她飞快地将一个小小的金质单管望远镜凑到一只眼前，要是那只眼睛对我说的话不是眼睛能说清的，那让魔鬼烧死我好啦。它当时通过望远镜对我说，"哦！早上好，帕特里克·格兰迪森爵士，我亲爱的；你无疑是一个漂亮的绅士，我非常乐意侍候你，亲爱的，随时准备听候你的吩咐。"我不是那种会被你斥为不懂礼貌的人，所以我向她鞠了一躬，你要是看见那个鞠躬说不定也会心碎。然后我摘掉我那顶华丽的帽子，接着我就使劲儿朝她眨动两只眼睛，仿佛是对她说，你说的不错，特拉克夫人，你是个可爱的小东西，亲爱的，如果我帕特里克·格兰迪森爵士这纯正的伦敦式眨眼不是在向你求爱，那但愿我被淹死在沼泽地里。"

那是第二天上午，肯定是的，我正在考虑给那位寡妇写封情书送去是否礼貌，这时一个信差送来了一张漂亮的名片，他告诉我那名片上的名字（因为我是个左撇子，对铜板印刷体从来就无从辨识）说的一位先生，一位伯爵、一个傻瓜、一个笨蛋、一个法国佬，那串稀奇古怪的字眼就是住在街对面那个法国小老头长长的名字。

刚说到这儿那位小个子法国佬亲自登门了，他朝我欠了欠身子，说他不揣冒昧前来拜访是为了向我表示敬意，然后他就东拉西扯、海阔天空地说个没完，而他到底要向我说些什么我可是差不多都没听明白，除了他说"别吱声，听着，"然后就从一堆废话中说出了他是个不幸的人，他疯狂地爱着我那位寡妇特拉克夫人，我的寡妇特拉克夫人对他有一种魔力。

听他说出这些，你可以绝对相信，尽管我气得像一只蚱蜢，但我还记起自己是帕特里克·格兰迪森爵士，想到怒而忘礼很不绅士风度，于是我息事宁人，保持沉默，与那位小个子家伙友好交谈。过了一会儿，他邀请我随他一道去那个寡妇家，说他很乐意时髦地把我介绍给那位尊敬的夫人。

"你要去那地方吗？"我心中暗想，"你说的不错，帕特里克，你是这世间最幸运的人。我们很快就会看到，那个特拉克夫人爱的到底是你还是这个位小个子法国佬先生。"

于是我们动身去隔壁那位寡妇的家，你完全可以说那是一个优雅的地方。的确如此。整个房间地板被一张地毯铺满，房间的一角有一盆龙胆草、一株吊兰和另外一种魔鬼才叫得出名儿的植物，另一角有一张最最漂亮的沙发，而毫无疑问，坐在沙发上的就是那位可爱的小天使特拉克夫人。

"上午好，特拉克夫人，"我说，以一种说不定会令你大感不解的优雅和恭顺。

"别吱声,听我说,注意礼节,"那位小个子法国佬吩咐我,然后介绍说,"真的,特拉克夫人,这位绅士难道不是尊敬的帕特里克·格兰迪森爵士,不正是我在这个世界上最特殊的朋友和熟人?"

于是那位寡妇从沙发上起身,行了一个前所未有的最优雅的屈膝礼,然后又像天使一般重新坐下,而那位小个子法国佬则趁势使尽全身力气一屁股坐到了她的右手边。哦,天哪!我还以为我的两只眼睛会当场迸出,因为我气得怒目圆睁!然而,"怨谁!"我过了片刻说。"你要坐那地方吗,法国佬先生?"说着我坐到了那位夫人的左手边,以示对那个家伙的报复。真讨厌!你要是瞧见我对着她的脸使劲而优雅地挤眉弄眼,那对你的心脏会有好处。

但那位小个子法国佬没起一丝半点的疑心,他坚定不移地认为是他在向那位尊敬的夫人求爱。"别吱声"他说,"听着"他说,"注意礼节"他说。

"你说也没用,我亲爱的法国佬先生,"我心中暗想;于是我尽可能滔滔不绝,口若悬河地打开了话匣子,结果使那位夫人高兴的始终是我,因为我与她之间高尚的谈话一直是关于康诺特那些可爱的沼泽地。不久,她给了我一个甜蜜的微笑,她的嘴粲然咧开,这使我勇敢得像一头猪,于是我用最脱俗的姿势一把捉住了她的小手,翻着两只白眼直瞪瞪地盯住她。

这下你可以看到那可爱的天使有多聪明伶俐,因为她一发现我在捏她的手,马上就把手抽开,藏到了身子背后,这等于是说,

"得啦，格兰迪森爵士，这不是时候，我亲爱的。当着这位小个子法国佬的面捏我的手，这可不是一件雅观的事。"

于是我使劲儿对她眨了眨眼睛，用眼神告诉她，"就让格兰迪森爵士一个人表演这种把戏吧，"这下我放心大胆地行动，而你要是看见我是如何巧妙地把右臂偷偷滑到那位夫人的身子背后，那你说不定到死也忘不了，毫无疑问，我在那儿找到了一只可爱的小手，它正等着说，"上午好，格兰迪森爵士。"难道不正是我实实在在地给了那只小手全世界最轻柔的一捏，而且从一开始对那位夫人并不太冒犯吗？唉，真讨厌，难道我没有得到作为回报的最温柔最美妙的一捏吗？"真够刺激，我亲爱的格兰迪森爵士，"我心中暗想，"相信这正是你自己，而不是其他任何人，这是那个来自康诺特的漂亮而幸运的爱尔兰青年！"想到这儿我使劲儿捏了捏那只小手，而那位夫人也用力一捏作为回答。不过这时你要是看见那位小个子法国佬想入非非的行为，那你一定会笑破肚子。那种行为可真是见所未见，闻所未闻，他居然以一种急促不清的声音、一种皮笑肉不笑的表情，窘迫不安地开始向那位夫人求婚；而我若是没有亲眼目睹他用一只眼睛向她暗暗使眼色，那就让魔鬼把我烧死。哦，天哪！如果当时气得像只基尔肯尼猫①的不是我，那我倒真想知道那人是谁！

"让我告诉你，法国佬先生，"我用世人所知晓的最彬彬有礼的姿态说，"你的眼珠子以那种方式向一位尊贵的夫人转动，这无论如何也是不礼貌的行为。"我一边说一边又捏了那只小手一把，

---

① 基尔肯尼是爱尔兰东南部一小镇。"基尔肯尼猫"喻打起架来不顾死活的人。

以此告诉她,"你看,我亲爱的,现在能保护你的不正是格兰迪森爵士?"于是那只小手又捏回了一把作为回答。"你说得对,格兰迪森爵士,"一只小手能把话说得有多清楚那一捏的意思就有多清楚,"你说得对,我亲爱的格兰迪森爵士,你真是一个优雅而高尚的绅士,这是千真万确的事实,"这时她把一双美丽的眼睛睁得那么圆,以至于我以为它们会从眼窝里凸出来,她先像一只愤怒的猫打量了一下法国佬先生,然后明白无误地朝我嫣然一笑。

"那么,"法国佬说,"哦,天哪!别吱声,听着,"然后他垂下了双肩,露出了头顶,接着他的嘴角也耷拉下来。当时我恨不得自己能赶走那个家伙。

请相信我,我亲爱的读者,当时勃然大怒的是格兰迪森爵士。我尤其不能容忍那个法国佬不住地朝那位寡妇眨眼睛;而当时那位寡妇正在捏我的手,好像是对我说,"再治治他,亲爱的格兰迪森爵士。"于是我开始破口大骂。

"你这个沼泽地的牛蛙崽!你这只小小的法国青蛙!"可你猜当时那位夫人怎么样了?她好像是被咬了一口似的呼地从沙发上一跃而起,急急出了房门,而我则掉过头来用一双莫名其妙的眼睛不知所措地望着她的背影。你看得出我自有理由知道她不可能真下楼去,因为我心里非常清楚,我还捏着她一只手呢,而且我当时一点儿也没松开。于是我说:

"尊敬的夫人,难道你不正在犯一个人世间最微小的错误吗?回来吧,我这就松开你的手。"可她早就像离弦之箭一般飞快地下楼去了,于是我转过头来看那位小个子法国人。哦,天哪!假如捏在我手中的不是他那只小爪子……那么……那么就不是……这下全完了。

见那小个子终于发现他一直紧紧握住的不是那位寡妇的手，而是格兰迪森爵士的手，笑得要死的也许并不只是我。那老家伙绝没有看见当时他的脸有多长！至于格兰迪森爵士，像他那种高贵的人从来不在乎这种微不足道的纰漏。你也许能看见（上帝作证是真的），在我松开那个法国佬的手之前（那已经是那位夫人的男仆把我俩踢下楼梯后的事），我是那么地狠狠捏了一把，以至于使它变成了山莓酱的颜色。

"别吱声，"他说，"听着，"他说，"戴上帽子！"

这就是为什么他的左手悬在吊腕带里的真实原因。

(1840)

## 本能与理性——一只黑猫

把动物之本能区别于人类自夸之理性的那条界限，无疑是一条最模糊不清而且最不能令人满意的界限，一条比新英格兰或者俄勒冈之州界难划得多的界限。低等动物是否具有理性，这个问题也许永远也得不到解决，当然更不会在我们目前的知识状态下得以解决。虽然人类的自恋和自大会坚持否认动物的反映能力，因为承认就意味着削弱他们自我吹嘘的至高无上，但是，当人类被迫在数以千计的事例中承认本能与他们宣称仅为己有的理性相比具有无限的优越性时，他们就不断地发现把本能贬为一种低级能力使他们陷入了自相矛盾的境地。本能非但不是一种低级理性，而且也许是最精密的智能。它在真正的哲学家看来就正如神圣的智力直接作用于其创造物。

狮蚁、海狸和多种蜘蛛的行为与人类通常的理性作用之间有一种惊人的类似，更确切地说是惊人的相同（而另一些动物的本能却没有这种类似），这只能归因于上帝的精神直接作用于动物的意志，而不是通过其肉体器官起作用。珊瑚虫为这种高级本能提供了一个值得注意的例子。这种小小的生物、陆地的建筑师，不仅具有令最熟练的工程师也能获益匪浅的能力，即以明确的目的、科学的适应和巧妙的布局构筑壁垒抵御大海的能力，而且具有人类所不具有的能力，即使其预言绝对应验的能力。它可以提前几个月就预见到它身边将会发生的变故，并在它无数同胞的帮助下采取行动，万众一心（真正的万众一心，即创造者之心）地勤奋工作，以预防那仅仅存在于未来的影响。还有一个有关蜂巢的非常惊人的研究。假若让一位数学家来解决蜂巢的形状问题，单是力度和空间就会使他发现自己碰到了最高深、最抽象的解析研究问题。如果让他数数那给予蜂巢最大空间和最大坚固性的边的数目，再说出那个为了达到同一目的而让巢顶必须倾斜的精确角度，最后回答质问，那他一定得是个牛顿或者拉普拉斯。然而自从蜜蜂存在于世，它们就一直不断地在解决这个问题。本能与理性之间的主要区别似乎就是当其中之一的作用范围无限地变得更加精密，更加确定，更具有先见性之时，另外一个的作用范围则更加向外延伸。但我们此刻正在说教，虽然我们只想讲一个关于一只猫的小故事。

　　本文作者有一只这世上最非凡的黑猫，这已经很说明问题，因为人们会记起天下所有黑猫都是女巫。我们所讲的这只黑猫没有一根白毛，而且有副一本正经、道貌岸然的神态。它最经常出入的厨房只有一道门，关门装置是那种叫做拇指闩的插闩；这种插闩做工粗糙，通常需要猛劲儿加巧劲儿才能抽开。但那只猫却有每天去开那道门的习惯，它开门的方式如下。它首先从地面跃至插闩护罩处（护罩就像枪的扳机护圈），将其左前爪伸进护罩以吊住身子。然后它用右前爪压闩，直到将其抽出，这一动作往往得做几遍。然而，它似乎知道，抽出插闩，它的工作才完成一半，因为假若门尚未推开，那它一松爪插闩会重新掉进插孔。所以，它卷起身子以便其后肢正好能位于插闩之下，并以这种姿势开始它往下跳的动作，因为跳跃产生的动力会把门推开，而在这种动力产生之前，它的后肢一直支撑着插闩。

我们至少上百次地亲眼目睹过这种非凡的技艺，相信我们不会不对本文开篇那番议论留下深刻的印象：本能与理性之间的那条界线是一条模糊不清的界线。在开门的整个过程中，那只黑猫肯定运用了所有的知觉能力和反映能力，而这些能力我们习惯上认为是理性惯有并独有的特征。

（1840）

# 生意人

> 条理乃生意之灵魂。
> ——谚语

我是个生意人。我是个有条理的人。条理终究是必不可少的东西。不过我打心眼儿里最瞧不起的就是那些对条理不求甚解却夸夸其谈的古怪的白痴，那些只注意条理二字的字面意思，但却玷污其精神实质的白痴。那些家伙总是用他们认为有条理的方法在做最无章法的事情。我想这里边有个绝对似非而是的悖论。真正的条理只适应于平凡而清楚的事务，而不可用于超出常规的事情。有谁能把明确的概念赋予这样的说法，诸如"一个有条不紊的花花公子"或"一种井然有序的扑朔迷离"？

要不是在我很小的时候发生过一件幸运的事，说不定我对这个问题的看法也会和你们一样不那么清楚。当有一天我正发出不必要的吵嚷声之时，一位好心的爱尔兰老保姆（我在遗嘱里将不会忽略她）抓住我两只脚后跟把我倒提起来，在空中晃荡了两三圈，让"这个尖叫的小恶棍"止住了眼泪，然后把我的头重重地撞在床柱上。啊，这一撞决定了我的命运，撞出了我的运气。我头顶上顿时隆起一个疙瘩，后来证明那疙瘩是一个条理器官，它有多漂亮，人们在夏天总会看到。从此我对秩序和规律的欲望就把我造就成了一个杰出的生意人。

如果说这世上有什么我可憎恶的，那就是天才。你们那些所谓的天才全都是著名的蠢材。越是伟大的天才越是著名的蠢材，这个规律没有例外。尤其是你不可能把一个天才培养成一个生意人，正如你不可能从一个守财奴口袋里掏出钱，或是从松果里提炼出肉豆蔻一样。天才们往往总是不顾"事物的合理性"而突然改弦易辙去从事某项异想天开的职业，或进行某种滑稽可笑的投机，去做那种无论如何也不能被视为生意的生意。因为你单凭他们从事的职业就可以辨认出他们。假若你看出一个人在做进出口贸易，或从事加工制造，或经营棉花烟草，或处理任何与此相似的业务；假若你发现某人是布匹商或制皂人，或在干任何与此类同的差事；假若你察觉某人自封是律师、铁匠或医生，或任何诸如此类的角色，那你马上就可以把他视为天才，然后再根据比例运算法则把他视为蠢材。

现在无论从哪个方面看我都不是一个天才，而是一个有板有眼的生意人。我的现金日记簿和分类账将很快证明这一点。那些账簿记得非常清楚，尽管这是我自诩；我有精确而严谨的习性，时钟欺骗不了我。再说，我的生意与我同胞们的日常习惯从来都很合拍。在这一点上我并不觉得自己辜负了意志非常薄弱的父母。毫无疑问，若不是我的保护天使及时赶来搭救，我最终肯定会被他们造就成一名古怪的天才。在传记中真实最为重要，而在自传中更容不得半句假话，但我却几乎不奢望读者能相信我下面陈述的事实，不管我陈述得多么庄重。大约在我15岁那年，我可怜的父亲把我推进了被他称为"一名做一大堆生意的受人尊敬的小五金代销商"的账房！做一大堆无聊的事！但他这个愚蠢之举的后果是我两三天后就不得不被人送回了我那个大门装饰了门钉的家，当时我发着高烧，头痛欲裂，痛点就在我头顶那个条理器官的周围。那头痛差点儿要了我的命，我在无法确诊的危险中过了6个星期，医生们对我已经绝望，放弃了所有治疗措施。但是，虽说我经受了不少痛苦，可我大致上是个幸运的孩子。我终于逃脱了成为"一名做一大堆生意的受人尊敬的小五金代销商"的厄运，我非常感激那个已成为我救星的头顶上的疙瘩，以及当初赋予我这颗救星的那个好心的爱尔兰女人。

大多数孩子长到十一二岁便离家出走，可我却一直等到16岁。若不是碰巧听到母亲说要我独自开一家杂货店，到那时我还不觉得我该离开家呢。杂货店！只消想象一下吧！我当即决定离家出走，去尝试做一门体面的生意，不用再奉承两位古怪老人的反复无常，不用再冒最终被造就成一个天才的危险。在第一阶段的尝试中，我的这一计划进行得非常顺利，到我18岁的时候，我发现自己已在服装流动广告界做着一门涉及面广且有钱可赚的生意。

我之所以能够履行这门职业的繁重义务，仅仅是凭着我对已形成我主要心理特征的条理化的执着。一种一丝不苟的条理不仅体现在我的账目中，而且表现在我的行为上。以我而论，确保人成功的是条理而不是金钱；至少我绝不是靠雇我那个裁缝而发迹的。我每天上午9点约见那名裁缝并要出当日所需服装。10点钟时我行进在某个时髦的队列中，或者出现在某个公共娱乐场所。我以精确的规律性转动我漂亮的身体,以便我身上服饰的每一个部分能被人逐一看清,我那种转动的规律性令做这门生意的所有行家都赞叹不已。到中午时我一定会把一名主顾带到我的老板裁剪先生和请再来先生家中。我一讲到这些就无比自豪,但同时眼里也滚动着泪花,因为那家裁缝店的两位老板原来是最卑鄙的忘恩负义之徒。我与他们争吵并最后分手,其原因是因为一笔小账,而那笔账无论如何也不会被真正熟悉这门生意行情的绅士认为是漫天要价。不过在这一点上我感到骄傲和欣慰,因为我能让读者自己做出判断。我的账单如下:

裁剪及请再来先生联合成衣店
支付流动广告人彼得·普洛费特

| | | 全额 $ |
|---|---|---|
| 7月10日 | 常规街头行走并领客上门 | 00.25 |
| 7月11日 | 同上 | 00.25 |
| 7月12日 | 撒谎一个,二级;毁损黑布料按墨绿色布料售出 | 00.25 |
| 7月13日 | 撒谎一个,一级;特别质量和尺寸;推荐水磨缎为绒面呢 | 00.75 |
| 7月20日 | 购新式纸衬衫领或称假前胸,以衬托彼得呢外套 | 00.02 |
| 8月15日 | 穿双衬短摆上衣(温度计在阴凉处显示华氏706度) | 00.25 |
| 8月16日 | 单腿站立3小时,以展销新式背带裤, |  |

|  |  |  |
| --- | --- | --- |
|  | 每腿每小时12.50美分 | 00.37$^{1/2}$ |
| 8月17日 | 常规街头行走并领回顾客一名 |  |
|  | （肥胖大个儿） | 00.50 |
| 8月18日 | 同上（中等个儿） | 00.25 |
| 8月19日 | 同上（小个儿并出低价） | 00.06 |
|  |  | $ 2.96$^{1/2}$ |

　　这张账单上有争议的主要款项就是2美分买那个衬衫假胸的天公地道的出价。我以名誉担保，这并非不合理的高价。那是我所见过的最匀称最漂亮的衬衫假胸；而且我有充分的理由相信它的衬托导致了3件彼得呢外套的销售。然而，那家成衣店年长的那位合伙人只允许我出价1美分，并擅自向我演示了以何种方法可以用1张大页书写纸做出4个那样的假胸。但不用说我坚持的是原则。生意就是生意，做生意就应该像做生意的样子。骗我这1美分，骗我这50%，没有任何规矩，也没有任何条理。我当即结束了与裁剪先生和请再来先生的雇佣关系，独自投身于"眼中钉"行业，一种最有利可图、最值得尊敬、最不受约束的普通职业。

　　我的诚实、条理和严格的经营习惯在这儿又一次发挥作用。我发现自己生意做得很红火，很快就成了交易所中众所瞩目的人。其实我从不涉足于华而不实的业务，而是墨守成规一步步地慢慢发展。若不是在经营那个行业的一宗日常业务时发生了一点小小的意外，那我无疑今天还在做那种生意。每一个聪明人都知道，无论任何时候，一旦一位年迈而有钱的吝啬鬼，或一个挥金如土的败家子，或一家濒临破产的公司动了要建一幢大楼的念头，那这天下还没有什么东西能打消他们的主意。而这一事实正是"钉子户"行业主要的经营项目。所以，上述那些人的建楼计划刚一开始酝酿，我们从事"钉子户"行业的人就在拟议中的建楼地址稳稳地占住一个相宜的角落，或是在相邻或相对的地方占一个最好的位置。这事完了我们就等待，等到那大楼修到一半，我们便雇请一名有风格的建筑师在紧挨着大楼的地方匆匆搭起一座虚有其表的建筑：或是幢新英格兰式农舍，或是间荷兰式塔房，或是一个猪圈，或是任何有独创性的奇棚怪屋，管它像爱斯基摩人的，克卡普人的还是霍屯督人的。当然，在利润少于购地盖房成本总额500%的情况下，我们无论如何也不能拆掉那些建筑。我们能吗？我问这个问题，并请教其他生意人。回答是如果认为利润低于500%就能拆，那一定是疯了。可当时偏偏就有那么一家卑鄙的公司请求我做那样的生意。那样的生意！我当然没有接受他们荒唐的报价，但我觉得自己有义务在当天晚上用烟灰去涂黑他们那座大楼。就为了这个，那群丧心病狂的恶棍把我送进了监狱；而当我出狱之时，"钉子户"行业的绅士们未能避免与我断绝业务往来。

我后来为生计所迫，冒着风险去做的"挨打"生意，这使我娇弱的身体感到多少有点不适应，但我怀着一颗适应的心开始了这项工作，并且一如既往地发现当年那位可爱的老保姆赋予我的有条有理、一丝不苟的习性使我获益匪浅。我若是在遗嘱中把她漏掉，那我一定是个最卑鄙的小人。如我所言，凭着我对那种买卖规矩章法的观察，凭着我记下的那些脉络分明的账簿，我使得自己能克服重重困难，最终体面地在那个行当中站稳了脚跟。说实话，在任何行道都很少有人能像我这样舒舒服服地做生意。我只需从我的日记簿里抄下一两页就可以避免我在这里自吹自擂，就可以避免那种品格高尚的人应该避免的恶习。请看，日记簿毕竟不会撒谎。

"1月1日（元旦）：街头偶遇斯纳普，步履蹒跚。备忘：潜在主顾。稍后又遇格拉夫，酩酊大醉。备忘：也是潜在主顾。二位绅士均记入分类账，并各自开立流水账户。

"1月2日：见斯纳普在交易所，迎上猛踩其脚。他握紧拳头，把我击倒。妙！重新爬起。在索价上与代理人巴格有细小分歧。我拟索要伤害赔偿金1000美元。但巴格说那样被人一拳击倒我们至多只能索赔500美元。备忘：务必辞退巴格，此人毫无条理。

"1月3日：上剧院寻找格拉夫，见他就座于一侧面包厢，在第二排一胖一瘦二女士中间。用剧场望远镜观察那伙人，直到看见那胖女士红着脸对格拉夫说悄悄话。我起身过去，然后进入包厢，将鼻子凑到他伸手可及之处。他没扯我的鼻子，初试未果。搡鼻再三，仍未成功。于是坐下朝瘦女士眨眼，此时心满意足地感到他抓住我的后颈把我提起，并把我抛进正厅后排。颈关节错位，右腿严重撕裂。欣然回家，喝香槟一瓶，在那位年轻人账上记下5000美元欠款。巴格说索价合理。

"2月15日：私了斯纳普先生一案。入日记账金额：50美分（参见账目）。

"2月16日：格拉夫一案败诉，那条恶棍给了我5美元。支付诉讼费4.25美元。纯利润（参见日记账）75美分。"

于是，在很短的一段时间内我就有了一笔不少于1.25美元的净收入，这还仅仅是斯纳普和格拉夫两笔生意，而我在此庄严地向读者保证，以上抄录是从我的日记簿里信手拈来的。

但与健康相比金钱犹如粪土，这是一个古老而颠扑不破的谚语。我觉得"挨打"生意对我娇弱的身体要求太苛刻，最后还发现我完全被揍变了形，以至于我已不能准确地知道如何处理业务，以至于朋友们在大街上碰见我竟全然认不出我就是彼得·普洛费特，这下我想最好的办法就是改行另谋生路。于是我把注意力转向"溅泥浆"行业，而且一干就是好几个年头。

这一行业最糟的一点就是许多人对此都趋之若鹜，因而竞争异常激烈。每一个发现自己的头脑不足以保证自己在流动广告界、"眼中钉"行业或是在"挨打"的营生中获取成功的笨家伙都想当然地以为他能成为"溅泥浆"业的一把好手。可最令人难以接受的就是那种认为溅泥浆无须动脑筋的错误观念，尤其是那种认为溅泥浆就用不着条理的荒唐见解。我所做的只是小本经营，可我讲究条理的老习惯使我经营得非常顺利。我首先是十分慎重地选定了一个街口，而除了那个街口我绝不把扫帚伸到城里的其他任何地方。我还小心翼翼地使自己手边拥有了一个漂亮的小泥坑，那泥坑我随时都能就位。单凭这两点我就在顾客中建立起了良好的信誉，而我告诉你们，这已经使我的生意成功了一半。接下来是人人抛给我一个铜子儿，然后穿着干干净净的裤子通过我的街口。由于我这一行的经营特点被人们充分理解，所以我从未遇到过欺诈的企图。如果我被人哄骗，我将不堪承受。我做生意历来童叟无欺，所以也没人装疯卖傻赖我的账。当然我没法阻止银行的欺诈行为，它们的暂停营业给我的生意带来灾难性的不便。可这些银行不是个人，而是法人；众所周知，法人既没有让你踢一脚的身体，也没有供你诅咒的灵魂。

就在我财源滚滚之时，我受到一种不幸的诱惑，把生意扩展为"狗溅泥浆"业。这一行虽说与老本行大致类似，但无论如何也不那么受人尊重。固然我的经营场所非常理想，位于市中心的黄金口岸，而且我备有第一流的靴油和鞋刷。我那条名叫庞培的小狗也长得肥头大耳，而且极其精明，不易受骗。它从事这一行当已有很长时间，请允许我说它是精于此道。我们日常的经营程序是，庞培自己先滚上一身稀泥，然后蹲在商店门口，直到发现一位穿着双锃亮皮靴的花花公子朝它走近。这时它开始向那人迎过去，用它的身子在那双威灵顿长靴上磨蹭一两下。于是那位花花公子破口大骂，然后就四下张望找一名擦靴匠。我就在那儿，在他的眼前，带着第一流的靴油和鞋刷。那只是一种一分钟买卖，转眼之间6美分就到手。这种生意我们稳稳当当做了一段时间，实际上我并非贪婪之辈，可庞培却是条喂不饱的狗。我答应给它三成红利，但它坚持要对半分成。这我不能接受，于是我俩吵了一架，然后分道扬镳。

接下来我做了一阵在街头演奏手摇风琴的营生，而且可以说我干得相当不赖。那是一种一看就会的买卖，不需要任何特殊的技艺。你可以让你的手摇风琴只发出一种风鸣声，而要做到这一点你只需把那玩意儿拆开，用榔头狠狠地敲上三下或者四下。这样一来那玩意儿的音质顿时改善，其经营效果会远远超出你的想象。然后你就只需背着那玩意儿沿街行走，直到你看见路面上铺着鞣料废渣，看见门环上缠着鹿皮。这下你可以停下来摇响你的风琴，装出你是想使它不再发声，可实际上尽量让它吱嘎到世界末日。不一会儿就会有一扇窗户打开，有人会抛给你6个美分，并附上一句"让那玩意儿住声，赶快滚开"之类的话。我知道有些同行一直是拿到那笔钱就能承受"滚开"，但对我来说，我觉得投入的成本太高，不允许我在低于10美分的情况下就轻易"滚开"。

干那一行我做成过不少买卖，可不知为什么我总觉得不甚满意，于是我最终放弃了那一行当。其实我当时处于没有真正爱上那一行的不利位置，而且美国的街道太泥泞，具有民主作风的居民太霸道，再说到处都是那些爱恶作剧的该死的孩子。

我停业赋闲了几个月，但最后终于怀着极大的兴趣成功地在"假邮政"事业中占有了一席之地。开办这种邮政责任轻松，而且并非完全无利可图。譬如，我一大早就得准备好我的假信邮包。在每封信里面我都得信手涂鸦几笔（就我能想得出的足以令人莫名其妙的话题），然后签上汤姆·多布森，或博比·汤普金斯，或诸如此类的名字。把信一封封折好封好，再盖上各种假邮戳，诸如新奥尔良、孟加拉、植物学湾或任何远在天边的地方，最后我便立即踏上当天的邮路，显出一副匆匆忙忙的样子。我通常专挑大房子投递假信并接收包裹。那些人付投递费从不含糊，尤其是付双倍邮资更不犹豫，人就是这样的白痴。在他们来得及打开信之前，我早就轻而易举地转过了一个拐角。干那一行的不足之处就是我走路太多，而且走得太快，投递区域的变换也太频繁。此外就是我感到良心自责。我不忍心听见无辜者被人辱骂，全城对汤姆·多布森和博比·汤普金斯的那种咒骂听起来真叫人不寒而栗。我怀着厌恶的心情洗手不再做那门生意。

我做的第8种也是最后一种生意一直是"养猫"。我发现这是一种非常令人惬意又有钱可赚的生意，而且真的一点儿也不麻烦。尽人皆知，这个国家已经是猫害成灾，以至于前不久有一份万人签名的除猫请愿书被送到国会，正赶上国会休会前那令人难忘的最后一轮会议。在当今时代，国会的信息异常灵通，已通过了许多明智而有益的法案，而《禁猫法》的通过更是锦上添花。在众议院最初通过的这项法案中，政府提供一笔资金收购猫头（每个4美分），但参议院成功地修正了该项法案的主要条款，结果用"猫尾"代替了"猫头"字样。这一修订显而易见是那么精当，以致众议院一致同意。

总统刚一签署那项法案，我就倾其全部资本购进雄猫和雌猫。开始我只能喂它们老鼠（价格便宜），可人们执行起那项神圣的法令来是那么地雷厉风行，以至于我终于认为慷慨才是上策，于是我让那些猫纵情享受牡蛎和海龟。按照法定价格，它们的尾巴现在为我带来可观的收入；因为我发现借助马卡沙生发油，我一年可以收割3次。我还高兴地发现那些猫很快就适应了新变化，现在它们都宁愿让它们的尾巴被剪掉。所以我认为自己是一个成功的生意人，我正期待着在哈得孙河畔廉价买一幢别墅。

（1840）

## 室内装饰原理

在居所的室内装饰方面，如果不说其外部建筑方面，英国人是首屈一指的。意大利人除了大理石和色彩就很少有别的什么情趣。而在法国，设计总是更好的，结果总是更糟的，因虽说法国人对居室之得体实际上具有一种高雅的鉴赏力，或者说至少具有基本的正确意识，但那个民族太沉迷于寻欢作乐，结果总不能保持其居室之得体。中国人和大多数东方民族有一种热情却不切实际的幻想。苏格兰人是蹩脚的装饰家。荷兰人也许模模糊糊地知道窗帘不是白菜。而在西班牙，除了窗帘还是窗帘，似乎那是一个由绞刑吏组成的民族。俄罗斯人不装饰。霍屯督人和基卡普人自有其装饰妙法。唯有我们美国人荒谬可笑。

要知道何以如此其实不难。我们没有血缘上的贵族阶级，于是为我们形成一个美元贵族阶层便成了一件自然而然并且实际上也不可避免的事，而财富的炫耀在我们这儿就不得不取代君主制国家里纹章的显示，并起着显示纹章的作用。经过一段易于理解而且说不定早已预见到的过渡时期，我们就终于被淹没在我们趣味观念本身的单纯卖弄之中。

说具体一点，譬如说在英格兰，人们就不见得会像我们这样只炫耀价格昂贵的物品，以造成那种物品本身美好的印象，或造成物品之主人风雅的印象。究其原因，其一，财富在英格兰并非志向抱负的最高目标；其二，那些严格保持正统情趣的真正世袭贵族往往避免单纯地炫耀其物质上的奢华，因为任何一名暴发户在任何时候都能成功地享有那种奢华。平民总是效仿贵族，结果那种高尚的情感便蔚然成风。可是在美国，金钱是唯一的贵族标志，炫耀金钱大体上可以说是显示贵族特征的唯一手段；而平民大众总是眼睛朝上去寻找楷模，结果不知不觉之间被人误导，从而混淆了美和豪华这两个截然不同的概念。简而言之，一件家具或器皿的价格最终便成了我们从装饰的角度视其价值的唯一标准，而这个愚蠢的标准一旦建立，又把我们引向了许多由它派生出来的同类谬误。

在美国，也就是说在阿巴拉契亚[①]，最令艺术家看不顺眼的就是被称之为"室内"的一套家具齐备的房间。这种房间最通常的缺陷就是缺乏协调。我们说起一个房间的协调就正如我们常常论及一幅画的协调一样，因为画和房间都应遵从那些规范各种艺术的坚定不移的原则，而我们决定一幅画之价值所依据的那些法则基本上也足以使我们决定一个房间的调整。

缺乏协调有时可见于几件家具的特征，但通常见于它们所采用的颜色和式样。它们那种刺眼的非艺术的摆布更是屡见不鲜。直线太流行，太不间断地延伸，或是笨拙地被直角中断。如果出现曲线，那也只是千篇一律的单调重复。由于过分精确，许多好

---

[①] 爱伦·坡曾撰文呼吁用"阿巴拉契亚"（Appallachia）作为国名代替"美利坚合众国"。

房间的外观都被彻底糟蹋了。

就其他装饰而论，窗帘很少配置得体或挑选得当。窗帘与主要家具不相匹配，而且大量的帷幔无论如何也不符合高雅的情趣，因为和适当的布置一样，适当的数量也应该依据整体效果而定。

比起古人来，现代人对地毯更有见识，但我们仍然常在其花色图案上犯错误。房间的灵魂就是地毯。从地毯演绎出来的不仅是所有在它之上的物体的颜色，而且还有其式样。习惯法的法官可以是一个普通人，一名地毯的好法官则必须是一名天才。可是我们一直带着"梦中盲从者"的神情听一些家伙大谈而特谈地毯，而那些家伙不应该也不可能被信任能料理好他们自己脸上的胡须。每个人都知道大房间可以用图案大的地毯，小房间则必须用图案小的地毯，然而这并非关于地毯的全部知识。就质地而论，唯有萨克森羊毛毯可以接受。布鲁塞尔毛圈毯已是超过去完成时态，而土耳其花毯正在体验临死前的痛苦。就图案而言，地毯不应该像里卡利印第安人那样上面全是红的粉笔、黄的赭石和公鸡羽毛。简言之，不含意义的清晰的底色、鲜明的圆形或云彩花图案是地毯的"中间"法则。以花卉或任何人们所熟悉的物体描绘的地毯图案在基督教国家会使人生厌并且不可容忍。实际上，无论是地毯、窗帘、帷幔、床罩还是其他所有同类室内装饰物上的图案都应该既精致又奇异。至于那些在平民住宅仍偶尔可见的作为地毯代用品的老式铺地布，即那些巨大的、蔓延的、图案绚丽的、条纹点缀的、五光十彩的、看不出底色的织物，不过是一个随波逐流且嗜钱如命的种族之邪恶发明，而发明者堪称邪神的子孙、财神的信徒、边沁①的追随者，这些人为了节约思想和省下梦幻，先是残酷地发明了万花筒，然后又建立起股份公司用蒸汽来使其旋转。

眩光是美国室内装饰原理中一个主要谬误，一个从刚才所说的那种异常趣味中演绎出来的易于辨认的谬误。我们疯狂地迷恋于煤气灯和玻璃。前者完全不该被允许进入室内。它刺耳的声音和闪动的火苗令人极不舒服。有脑子有眼睛的人都不会用它。一盏柔和的，或被艺术家们称为冷光的、能产生暖影的灯甚至会使一个装饰欠佳的房间具有奇妙的效果。最可爱的想法莫过于那种星灯。当然我们是说那种适当的星灯，那种有朴素的毛玻璃灯罩、能发出柔和而稳定的月华般光亮的圆筒芯灯。雕花灯罩是一种有害的拙劣发明。我们对它的渴求部分是因为其浮华，而最根本的原因则是因为它价格昂贵，而这正好为本文开篇之命题加上了一条注释。这样说一点儿也不过分，乐于使用雕花灯罩的人完全缺乏审美情趣，或者说他们是盲目地追逐时髦。从那种炫丽的可恶之物中发出的光极不均匀，支离破碎，令人讨厌。单是那种光就足以毁掉被它所笼罩的家具的好效果。尤其是女性之可爱在它邪恶的光影中会顿失一半魅力。

说到玻璃，我们通常遵循一些错误的原则。玻璃的主要特征就是闪烁，而我们在闪烁一词中表达了多少厌恶！闪烁不定的光有时会令人愉悦（对孩子和白痴永远如此），但这种光在房间装饰中应该完全避免。实际上，甚至稳定的强光也不能允许。悬挂在我们大多数时髦客厅的色彩缤纷、没有灯罩、大得毫无意义的玻

---

① 边沁（Jeremy Bentham，1748—1832）英国哲学家，功利主义学说的创始人。

璃枝形吊灯也许可作为趣味低下、设计荒谬的总典型。

如前文所述，闪烁在观念上已经同华丽混为一谈，所以对闪光的热情还导致了我们对镜子的滥用。我们为房间装上许多英国产的大镜子，然后以为我们干了件漂亮的事。现在稍加思索就足以使任何长着眼睛的人信服，滥用镜子，尤其是大镜子，其效果有多糟。先撇开其反射不说，镜子本身是一个延伸的、平展的、无色的、单调的表面，一种常常使人明显地感到不愉快的东西。视其为反射器，它所反射的是一种畸形而丑恶的单调，因为邪恶往往在镜中被加重，不仅仅是按其被反射物的正比增长，而是按照一种不断增长的比例。事实上，一个房间随便装上四五面镜子，这从艺术的眼光来看无论如何也毫无情趣。如果我们再增加这种邪恶，闪烁上再加闪烁，那我们就会得到一种极不协调、令人极不愉快的大杂烩效果。一个地道的乡下人走进这样一个闪闪发光的俏丽房间，马上就会意识到有什么不对劲儿，尽管他也许说不出不对劲儿的原因。但把同样一个人领进一间装饰得高雅的房间，他会吃惊地发出一种愉悦而意外的赞叹。

对钱包大的人来说，其大钱包里通常只有一个很小的灵魂，这是衍生于我们共和制度的一种邪恶。审美情趣的败坏是美元工业的一个部分或一种附属品。随着我们渐渐富裕，我们的观念也渐渐迟钝。所以，我们绝不可能在我们的贵族中间（如果不是在全阿巴拉契亚）去寻找一个英国式房间的超凡脱俗。不过我们见过一些有节制的美国人的房间，它们至少在通过避免瑕疵而产生优点方面，堪与我们大洋彼岸那些朋友的任何一个华丽的房间媲美。即便在此刻，我们心灵的眼睛也能看见一个毫不虚饰浮华、装饰得无可挑剔的小房间。房间的主人躺在一张沙发上熟睡。天气凉爽，时间将近半夜。我们就趁主人熟睡之时来打量一下这个房间。

房间呈矩形（长约9米，宽约7—8米），一般说来，这是一种最适宜家具摆布的形状。房间只有一道门（无论如何也不能太宽），开在这个矩形的一边，而仅有的两扇窗户则开在另一边。后者是很大的落地窗，窗洞很深，朝着一条意大利式的游廊。深红色的玻璃嵌在比一般窗棂大的花梨木窗格里。窗洞里挂着与窗户一般大小的厚银纱窗帘，纱帘松松地挂在小小的卷轴上。窗洞外挂的是缀有网状金饰、镶有银色绢边的色泽非常瑰丽的深红色丝绒窗帘，这是一种从窗外看不透的织物。墙上没有壁带，但一大圈折褶的帷幔（活泼而不是厚重，显得轻盈飘然）从墙壁与天花板连接处的一圈镀金壁顶线盘下垂落。帷幔的开合由一根环穿过它的金丝绳操纵，金丝绳末端自然地系成一个花结；帷幔上不见饰针或其他诸如此类的装饰物。窗帘及其缀饰的颜色（深红色和金色）出现在房间的每一个角落，为房间定下了的基调。那块萨克森羊毛地毯足有1厘米厚，其底色也是同样的深红，只有金色的条纹衬托于底色之上（犹如窗帘上的缀饰），金色条纹形成接连不断的不规则的短曲线（一条偶然地压在另一条上）。房间四壁裱糊着一层银灰底色的光滑墙纸，底色上点缀着与房间深红色基调相称的淡红色的细小而奇异的图案。墙上点缀几幅画，使宽阔的墙纸不显单调。画主要是富有想象力的风景画，诸如斯坦菲尔德那些仙洞神窟，或查普曼那个凄凉的沼泽湖。不过也有三四幅女人头像，画的是同一位飘渺的美人，以萨利的风格绘出的肖像。每幅画都是暖色调，但又显得阴郁。全然没有"辉煌灿烂"的效果。恬静笼罩着全部画面。所有的画尺寸都不小。小幅的画会使房间看上去斑驳纷杂，让那么多艺术杰作挤在一堆本身就是个瑕疵。画框宽而不深，雕刻华丽，既不显呆板也不过分精致。它们都是金色，都平挂在墙上，而不是用绳斜着悬挂。后一种挂法往往使画本身更容易观赏，但房间的整体外观却因此而被损伤。房间里只看见一面镜子，而且不是很大的一面。镜子基本上呈圆形，挂得恰到好处，人坐在房间里任何一个固定座位都不会从那面镜子里看到自己的映像。房间里的全部座位是两张用花梨木和饰有金色花纹的深红色丝绒做成的低矮的大沙发，另有两把也是用花梨木做成的轻便单人椅。房间里有台没有罩布、开着盖的钢琴（也是花梨木做的）。一张完全用最华丽的金丝大理石做成的八角形桌子放在一张沙发的旁边。桌子也没有罩布，主人认为有褶皱帷帘就足够了。四个漂亮的赛佛尔大花瓶分别占据了房间四个略带圆形的角落，每个花瓶里插着一大束爽心悦目的鲜花。在我那位熟睡的朋友头边立着一个高高的烛台，烛台上有一盏小小的、古香古色的、盛满上等香油的油灯。房间里还有几排轻巧优雅的悬架，悬架的边框是金色，用红丝绒和金丝带装饰，上面放着两三百册装帧精美的图书。除了这些之外，屋里再没有别的家具，如果我们不把那盏圆筒芯灯视为家具的话，那盏灯有一个朴素的深红色毛玻璃灯罩，用一根细细的金链从高高的拱形天花板垂下，为室内的一切蒙上一层宁静而神奇的光芒。

（1840）

# 人群中的人

> 不幸起因于不能承受孤独。
> ——拉布吕耶尔

据说有那么一部德文书[①]不允许被人读。世上也有那么些秘密不允许被人讲。每夜都有人在自家床上死去，临死前紧握住忏悔牧师苍白的手，乞哀告怜地望着神父的眼睛，随着心灵的绝望和喉头的痉挛与世长辞，这都是因为他们心中包藏着不堪泄露的可怕秘密。唉，人的良心偶尔会承受一份沉重得令人恐惧的负担，只有躺进坟墓才能将其卸下。而所有罪恶之本就因此未能大白于天下。

不久前一个秋日下午将近黄昏的时候，我坐在伦敦D饭店咖啡厅宽敞的凸窗旁边。前几个月我一直健康欠佳，但当时正久病初愈，精力恢复，我觉得自己正处于一种与厌倦截然相反的愉快心境，一种欲望最强烈的心境；那层曾蒙蔽心眼的薄雾一旦飘去，惊醒的理智便会远远超越它平日的状态，会像莱布尼茨那样生动

---

[①] 即本篇故事末尾提到的《幽灵花园》（Hortulus Animae）。该书于1500年在德国施特劳斯堡出版，英国学者迪斯雷利（Isaac D'Israeli, 1766—1848）曾在其《文学珍品》（Curiosities of Literature, 1823）中批评该书有轻薄猥亵的内容。

而公正地推理,会像高尔吉亚那样疯狂而浮夸地雄辩。当时我觉得连呼吸都是享受,我甚至从许多正统的痛苦之源中得到真正的乐趣。我感受到一种宁静,但对一切都觉得好奇。嘴里叼着雪茄,膝上摊着报纸,大半个下午我就这样自得其乐,一会儿细读报纸上那些广告,一会儿观察咖啡厅里杂乱的人群,一会儿又透过被烟熏黑的玻璃凝望窗外的大街。

那条大街是伦敦的主要街道,终日里车水马龙,熙熙攘攘。而随着黄昏的临近,人群又不断增加;到灯光闪亮的时候,从咖啡厅门前匆匆而过的行人比白天多了一倍。在黄昏这个特定的时刻,我以前从不曾呆在这样一个位置,所以窗外那人头涌动的海洋使我心中充满了一种趣味无穷的新奇感。我最后完全不再理会咖啡厅里的情景,而是全神贯注地望着窗外的场面。

开始我的注意力还有点浮泛。看着熙来攘往的行人,我想到的是他们的群体关系。但不久之后我就开始注意细节,开始饶有兴趣地打量那些形形色色的身姿、服饰、神态、步法、面容以及那些脸上的表情。

行人中很大一部分都显出一种心满意足、有条有理的神态,似乎他们所思所想的就只是穿过那蜂拥的人群。他们的眉头皱在一起,他们的眼睛飞快地转动,被人推搡碰撞之时他们也不急不躁,只是整理一下自己的衣服又匆匆前行。另有数量也不少的一部分人姿态中透出不安,他们脸色发红,走路时自言自语,比比划划,仿佛他们在这摩肩擦背的人流中感到寂寞。当行路受阻时,这些人会突然停止嘀咕,但会比划得更厉害,嘴角露出一种心不在焉且过分夸张的微笑,等着前面挡路的人让开道路。如果被人碰撞到，他们会毫不吝啬地向碰撞者鞠躬，显得非常窘迫不安。除了我所注意到的这些，这两大类人没有更显著的特征。他们的衣着属于那种可被直截了当地称之为正派的一类。他们无疑都是些上等人、生意人、代理人、手艺人和股票经纪人——世袭贵族或平民百姓，悠闲自在的人或肩负责任且忙于事务的人。他们没有引起我太多的注意。

职员是人群中一个明显的部分，我看出他们分为引人注目的两类。一类是住寄宿房的低级职员，一群西服紧身、皮靴锃亮、油头粉面、自命不凡的年轻绅士。在我看来，抛开那股因无更恰当字眼形容而只能称为办公室风度的伶俐劲儿，这些人的风度完全是流行于一年或一年半以前的时髦风尚之惟妙惟肖的模仿。他们附庸风雅，拾上流社会之牙慧，而我相信，这是对这一类人最精确的定位。

那些精明强干或"老成持重"的高级职员不可能被人误认。辨认这些人的标志是他们那身剪裁得能很舒服地坐下的黑色或棕色的衣裤，配着白色的领带和西服背心，以及看上去很结实的宽边皮鞋和厚厚的长统袜或者腿套。他们都有点微微秃顶，右耳朵由于长期夹铅笔而古怪地向外翘着耳端。我注意到他们总是用双手摘帽或是戴帽，总是用一种结实的老式短金表链系表。他们的举止是一种体面人的矫揉造作，如果真有那么体面的矫揉造作的话。

人群中有许多穿得漂漂亮亮的家伙，我一眼就看出他们属于每个大城市都少不了的第一流的扒手。我怀着极大的好奇心观察这些家伙，发现很难想象他们怎么会被真正的绅士们误认为是绅士。他们的袖口宽大得过分坦率，这本该使他们一下就原形毕露。

我曾多次描写过的赌徒也很好辨认。他们穿着各式各样的服装，从铤而走险的骗子恶棍穿戴的丝绒背心、杂色围巾、镀金表链和过分精致的纽扣，到谨小慎微的牧师穿的朴素得不容人起丝毫怀疑之心的教服。识别这些人凭的是他们因酗酒而显得麻木的黝黑脸庞、朦胧而浑浊的眼睛和苍白而干瘪的嘴唇。此外他们还有两种我通常能据此辨认出他们的特征：一是他们说话时小心谨慎的低调，二是他们的拇指太经常地以直角与其他指头分开。在与这些骗子的交往中，我常常注意到他们虽说习性稍有不同，但毕竟还是一丘之貉。也许可以把他们称为一群靠耍小聪明过日子的绅士。他们诈骗的对象似乎分为两类：一类是花花公子，一类是当兵的。前者的主要特征是蓄着长发，满脸微笑；后者的主要特征是身着军装，横眉竖眼。

降到我们称之为上等人的尺度之下，我发现了一些值得我思索的更阴暗更深刻的主题。我看见闪着敏锐目光的犹太商贩，他们的每一个面部特征都只呈现出一副奴才相；我看见身强力壮的职业乞丐瞪眼怒视比他们更名副其实的同类，而那些同类仅仅是被绝望驱赶到街头来获取博爱。我看见一些身体虚弱、面容苍白的病者，死神离他们已仅有咫尺之遥，他们侧着身子蹒跚在人群之中，可怜巴巴地望着每一张脸庞，似乎在寻求一种偶然的慰藉，寻求一种失落的希望。我看见一些质朴的年轻姑娘，干完长长的一天活后正回她们没有欢乐的家，她们悲愤地躲避歹徒恶棍的盯视，而实际上她们甚至连更直接的伤害都没法避免。我看见各种类型各种年龄的街头妓女，她们那种袒胸露臂的女性成熟之美使人想到卢奇安笔下的那尊雕像，表面是帕罗斯岛的白色大理石，里边却塞满了污泥烂淖，一群华丽衣裙包裹的令人作呕而无可救药的麻风病患者，一群用珠宝首饰和白粉红脂掩盖皱纹、做最后一番努力要留住青春的老太婆；另外还有一些体形尚未发育成熟的女孩，但她们已在长期的卖俏生涯中成为了搔首弄姿、卖弄风情的老手，正雄心勃勃地要在这伤风败俗的行当中与她们的老大姐们并驾齐驱。我还看见许多难以形容的酒鬼，其中有些人衣衫褴褛，偏偏倒倒，口齿不清，他们往往满脸青肿，两眼无光；有些人身着肮脏但还成套的衣服，步履踉跄却依然昂首阔步，他们通常有色迷迷的厚厚嘴唇，有容光焕发的红润脸庞；另一些人穿着曾一度非常体面、现在也用心刷过的衣服，他们走起路来有一种稳实轻快却不甚自然的步态，但他们的脸白得令人心惊，眼睛红得令人胆颤，而当他们穿过人群之时，他们发抖的手指会抓住每一样他们能够抓住的东西。除了上述几类人，我还看见卖馅饼的、搬行李的、运煤炭的、扫烟囱的、拉风琴的、耍猴戏的、卖艺的和卖唱的，以及各类蓬头垢面的工匠和精疲力竭的苦力，这所有的人汇成一股沸沸扬扬闹闹哄哄的巨流，使人觉得聒噪刺耳，目不暇接。

随着夜色的加深，我对窗外景象的兴趣也越发浓厚；这不仅因为人群的属性起了实质性的变化（由于循规蹈矩的那部分人纷纷回家，街头优雅的身影渐渐稀少，而粗鲁的身影更加突出，黑夜从阴暗处带来各种丑恶），而且还因为刚才还在与残留的暮色相争的煤气灯光此刻也终于占了上风，在所有物体上投下一阵阵绚丽夺目的光亮。所有一切都黑暗但又辉煌，就像一直被比喻为德尔图良风格的黑檀木。

灯光的强烈效果使我的目光只能局限于每个行人的脸；尽管

窗前灯光闪烁非常急促，只允许我对每张脸匆匆瞥上一眼，但我在当时特殊的精神状态下，竟似乎能在那么短促的一瞥之间，从一张脸上读出一部长长的历史。

我就那样把额头靠在窗玻璃上，凝神细看街上的行人。突然，一张面孔闪进我的视野（那是一位大约六十五或七十岁的老人的脸），由于那副面孔所具有的绝对独一无二的神情，我一下就被完全吸引住了。我以前从不曾见过哪怕与这种神情有丝毫相似的任何表情。我现在还清楚地记得当我第一眼看见那张脸时，脑子里闪过的第一个念头，我想假若雷茨希①见到了这张脸，他一定会非常乐意把他作为他画那个魔鬼的原型。当我在那转瞬即逝的一瞥之间力图从那种神情中分析出某种意义之时，我脑子里闪过一大堆混乱而矛盾的概念：谨慎、吝啬、贪婪、沉着、怨恨、凶残、得意、快乐、紧张、过分的恐惧、极度的绝望。我感到异常的激动、震惊和迷惑。我暗自叹道："那胸膛里书写着一部多么疯狂的历史！"接着我产生了一种想再看见他、更多地了解他的强烈欲望。匆匆穿上外套，抓起帽子和拐杖，我一头冲上大街，汇入人流，朝我刚才看见老人消失的方向挤去。经过一番磕头碰脑摩肩擦背，我终于看见了他的背影。我向他靠拢，紧跟在他的身后，但非常小心，以免引起他注意。

我现在有机会把他仔细打量一番。他身材又矮又瘦，看上去非常虚弱。他的衣着总体上又脏又破，但借着不时强烈闪亮的灯

---

① 雷茨希（F. A. M. Retzsch, 1779—1857），德国画家，因替歌德的《浮士德》插图而闻名。

光，我发现他的亚麻衬衫虽说很脏，但质地精良；要么是眼睛欺骗了我，要么就是我真从他那件显然是二手货的纽扣密集的长大衣的一道裂缝间瞥见了一颗钻石和一柄匕首。这一发现更加激起了我的好奇心，我决定紧紧跟着这老人，无论他去什么地方。

此时天色已完全黑下来，悬浮于城市上空的一层浓云密雾不久就化作了一场持续的大雨。这一天气变化在人群中产生出一种奇妙的效果，他们顿时陷入一场新的骚动，全部躲到一张张伞下。人群的晃动、推挤和嘈杂声比刚才增加了十倍。我对那场雨倒不很在乎，一种热病长期潜伏在我体内，这使浇在我身上的雨水虽说危险但却令人感到几分惬意。我用手巾蒙住嘴，继续跟踪前行。老人用了半小时费力地挤过那条大街。我一直紧跟在他身边，唯恐把他丢失。他一次也没有回头张望，因而也没有发现我在跟踪。不久他拐上了一条横街，虽然那条横街也人来人往，但不如刚才那条大街拥挤。这时他的行动有了明显的变化。他比刚才走得更慢，更显得没有目标，更露出几分迟疑。他似乎漫无目的，忽而走到街的一边，忽而又走到另外一侧。街上行人依然很多，他每次穿过街道我都不得不紧紧相随。那条横街又窄又长，他差不多走了一个小时，其间路上的行人慢慢减少，最后降到了中午时分百老汇大街靠近公园那一段的行人密度——美国最繁华城市的人口与伦敦的人口相比也有天壤之别。第二次拐弯把我们带到了一个灯火辉煌、人声鼎沸的广场。一进广场，陌生老人又展现出他在大街上时的风采。他下巴垂到胸前，紧皱眉头，眼睛飞快地转动，扫视他身边的人群。他坚定不移地挤开他前行的道路。可我吃惊地发现，当他绕着广场走完一圈之后，他又转身开始绕第二圈。更令我惊讶的是他竟这样反反复复地绕着广场走了好几圈，有次他猛然调头时差点发现我。

他就这样在广场上消磨了又一个小时，当他绕最后一圈时，挡住他去路的行人比起他绕第一圈时已大大减少。雨下得很急，空气渐渐变凉，人们正纷纷回家。他以一种急切的姿势钻进了广场旁边一条比较偏僻的街道。沿着那条约四分之一英里长的僻街，他以一种我做梦也想不到如此年迈之人会具有的敏捷匆匆而行，这使我费了一番劲儿才跟上他。几分钟后我们来到了一个热闹的商业区，陌生老人似乎很熟悉那儿的方向位置，他又开始故伎重演，在一群群顾客和商贩中来来回回地挤来挤去。

在穿行于商业区的大约一个半小时中，我需要格外小心才能既跟上他又不被他察觉。幸好那天我穿着一双橡胶套鞋，走起路来可以没有一丝声响。他从一家家商店进进出出，既不问价也不吭声，而是以一种急切而茫然的眼光扫视一切。现在我对他的行为更是大为惊异，下定决心要一跟到底，直到我对他的好奇心多少得到满足。

一座大钟沉重地敲了十一下，商业区的人群很快散去。一家商店老板关铺门时碰到了那位老人，我看见老人浑身猛然一阵颤栗。他仓猝间冲到街上，焦虑地四下张望了一阵，然后以惊人的速度穿过一条条弯弯拐拐、无人行走的小巷，直到我们又重新回到他最初出发的那条大街，即D饭店所在的那条大街。可大街上早已不是刚才那番光景。虽说它依然被煤气灯照得通亮，但此时大雨如注，行人稀少。陌生老人的脸慢慢变白。他郁郁不乐地顺着不久前还熙熙攘攘的大街走了几步，然后重重叹了口气，转身朝着泰晤士河的方向走去,穿过许多僻静的背街小巷,最后来到一座大剧院附近。当时正值散场的时候,观众正从剧院大门蜂拥而出。我看见老人大口喘息,仿佛重新投入人群使他透不过气来,但我认为他脸上那种极度苦恼已大大缓解。他的头又重新垂到胸前,看上去又像我第一眼看见他时那样。我注意到这次他挑选了观众最多的那个方向,可对他这些反复无常的行为,我基本上还是大惑不解。

越往前走人群越是渐渐散去,他又恢复了不安和犹豫。他一度紧随一伙由十一二人组成的喧闹的人群,可那伙人越来越少,到一个又窄又暗的僻静小巷时,前面只剩下三个人了。陌生老人停下脚步,一时间好像在出神思考;最后他显出激动不安,大步流星地踏上了一条路,那条路把我们引到城市的边缘,来到了与我们刚走过的那些地方完全不同的区域。这是全伦敦最令人厌恶的一个角落,这里的一切都打上了悲惨、贫困、绝望和犯罪的烙印。借着偶然闪出的微弱灯光,可以看见一些高高的、古式的、虫蛀的、摇摇欲坠的木制房屋,房屋之间的一条通道是那么迂回曲折,那么三弯九转,完全不像是一条街道。街面上的铺路石极不平整,早已被蔓延的荒草挤得七零八落。路旁堵塞的臭水沟里淤积着污秽。空气里也充满了颓败凄凉。但随着我们往前行走,渐渐地又听到了人声,最后全伦敦最自暴自弃的那些人出现在我们眼前,三五成群东倒西歪地来来往往。那位老人的精神又为之一振,如同一盏灯油将尽的油灯那么一跳。他前行的步伐又一次变得轻快起来。转过一个角落,一阵炫目的灯光突然闪耀在我们前方,我们面前是一座巨大的郊外酗酒者的神庙(一座魔鬼的宫殿），廉价酒馆。

当时已经快要天亮，可一群群肮脏的酒鬼还在从那道花里胡哨的门洞进进出出。随着一声低低的半惊半喜的尖叫，老人跻身于人群之中，一下又恢复了他不久前的举止，毫无目的但却大踏步地走来走去。不过这次他没走上两个来回，酒鬼们纷纷涌出门来，这说明老板就要关门打烊了。这时从被我锲而不舍地跟踪的那位怪老头的脸上，我看到了一种甚至比绝望还要绝望的神情。但他并没有为他的行程而踌躇，而是立刻疯野地甩开大步，顺着原路返回伦敦那颗巨大的心脏。在他匆匆而行的长路上，紧随其后的我已到了最惊讶的地步，我横下心绝不放弃现在已吸引了我全部兴趣的这场追究。我们还在路上太阳就已经升起，而当我们再一次回到最繁华的市中心，D饭店所在的那条大街之时，街上的喧哗与拥挤几乎已不亚于前一天晚上我所见到的情景。在这儿，在不断增加的人山人海中，我坚持不懈地紧跟在那位陌生老人身后。可他与昨晚一样，只是在街上走过来又走过去，整整一天也没走出那条大街的骚动与喧嚷。而当夜幕重新降临之时，我已经累得精疲力竭，于是我站到那流浪者跟前，目不转睛地注视他的脸。他没有注意我，但又一次开始了他庄严的旅程，这下我停止了跟踪，陷入了沉思。最后我说：那个老人是罪孽深重的象征和本质。他拒绝孤独。他是人群中的人。我再跟下去也将毫无结果，因为我既不会对他了解得更多，也不会知道他的罪孽。这世上最坏的那颗心是一部比《幽灵花园》还粗俗的书，它拒绝被读，也许只是因为上帝的一种仁慈。

(1840)

# 莫格街凶杀案

> 塞壬唱的什么歌，或阿喀琉斯混在姑娘群中冒的什么名，虽说都是费解之谜，但也并非不可揣度。
>
> ——托马斯·布朗爵士

被人称为分析的这种智力特征，其本身就很难加以分析。我们领略这种特征仅仅是据其效果。我们于其他诸事物中得知：若是一个人异乎寻常地具有这种智力，他便永远拥有了一种乐趣之源。正如体魄强健者为自己的体力而陶然，喜欢那些能运用其体力的活动一样，善分析者也为其智力而自豪，乐于解难释疑的脑力活动，只要能发挥其才能，他甚至能从最微不足道的小事中感到乐趣。他偏爱猜谜解惑，探赜索隐；在他对一项疑难的释解中展示他那种在常人看来不可思议的聪明程度。他凭条理之精髓和灵魂得出的结果，实在是有一种全然凭直觉的意味。

解难释疑的能力可以凭研究数学而大大加强，尤其是凭研究它那门最高深的分支——高等数学。高等数学因其逆运算而一直被错误地认为是最杰出的分析，然而计算本身并不是分析，譬如下象棋的人算棋就无须分析。由此可见，下象棋凭智力天性的看法完全是一种误解。我现在并非在写一篇论文，而是非常随意地用一些凭观察而获得的知识作为一篇多少有点离奇的故事的开场白，因此我愿意趁此机会宣称，较强的思考能力用在简单而朴素的跳棋上比用在复杂而无聊的象棋中作用更加明显，更加见效。象棋中各个棋子皆有不同的古怪走法，并有不同的可变化的重要性，而人们往往把这种复杂误以为是深奥（不足为奇的谬见）。下象棋务必全神贯注，若稍有松懈，一着不慎，其结果将是损兵折将或满盘皆输。象棋的走法不仅多种多样而且错综复杂，出错的可能性因此而增多；十局棋中有九局的胜者都赢在比对手更全神贯注，而不是赢在比对手聪明。跳棋与象棋正好相反，它只有一种走法而且很少有变化，因而疏漏的可能性很小，相对而言也无须全神贯注，对局者谁占优势往往取决于谁更聪明。说具体一点，假设一局跳棋双方只剩4个王棋，这时当然不存在疏漏之虞。显而易见（如果棋逢对手），胜利的取得仅在于某种考究的走法，在于某种智力善用之结果。若不能再用通常的对策，善分析者往往会设身处地地去揣摩对手的心思，这样倒往往能一眼看出能诱他误入歧途或忙中失算的仅有几招（有时那几招实在简单得可笑）。

惠斯特牌一向因其对所谓的计算能力有影响而闻名，而那些智力出众者素来爱玩惠斯特而不下无聊的象棋也为众人所知。毫无疑问，在这类游戏中再没有什么比玩惠斯特更需要分析能力。整个基督教世界最好的象棋手或许也仅仅是一名最好的棋手，可擅长玩惠斯特就意味着具有在任何更重要的斗智斗法的场合取胜的能力。我说擅长，是指完全精通那种囊括了获取正当优势的全部渠道的牌技。这些渠道不可悉数，而且变化无穷，并往往潜伏在思想深处，一般人完全难以理解。留心观察就能清楚记忆，就此而言，专心致志的棋手都是玩惠斯特的好手，只要他能把霍伊尔牌谱中的规则（以实战技巧为基础的规则）完全弄懂。于是记忆力强和照"规则"行事便普遍地被认为是精于此道的要点。但偏偏是在超越规则范围的情况下，善分析者的技艺才得以显示。他静静地作大量的观察和推断。但也许他的牌友们也这么做；所以所获信息之差异与其说是在于推断的正误，不如说是在于观察的质量。必要的是懂得观察什么。我们的牌手一点儿不限制自己，也不为技巧而技巧而拒绝来自技巧之外的推论。他观察搭档的表情，并仔细地同两位对手的表情逐一比较。他估计每人手中牌的分配，常常根据每人拿起每张牌时所流露的眼神一张一张地计算王牌和大牌。他一边玩牌一边察言观色，从自信、惊讶、得意或懊恼等等不同的表情中搜集推测的依据。他从对手收一墩赢牌的方式判断收牌人是否会再赢一墩同样花色的牌。他根据对手出牌的神态识别那张牌是否声东击西。总之，对手偶然或无意的只言片语，失手掉下或翻开一张牌及其伴随的急于掩饰或满不在乎，计点赢牌的墩数以及那几墩牌的摆法，任何窘迫、犹豫、焦急或惶恐，全都逃不过他貌似直觉的观察，都向他提供了真实情况的蛛丝马迹。两三个回合下来他便对各家的牌胸有成竹，从此他的每张牌都出得恰到好处，仿佛同桌人的牌都摆在了桌面上似的。

分析能力不可与单纯的足智多谋混为一谈，因为虽说善分析者必然足智多谋，但足智多谋者却往往出人意料地不具有分析能力。常凭借推断能力或归纳能力得以表现的足智多谋被骨相学家（错误地）归之于某一独立器官，并认为是一种原始能力，但这种能力是那么经常地见之于其智力在别的方面几乎等于白痴的人身上，以致引起了心理学者的普遍注意。实际上，在足智多谋和分析能力之间存在着一种比幻想和想象之间的差别还大得多的差异，不过两者之间有一个非常类似的特征。其实可以看出，足智多谋者总沉湎于奇思异想，而真正富于想象力的人必善分析。

在某种程度上，读者可以把下面这个故事看作是对上文一番议论的注解。

18××年春天和初夏我寓居在巴黎，其间结识了一位名叫C.奥古斯特·迪潘的法国人。这位年轻绅士出身于一个实际上颇有名望的高贵家庭，但由于一系列不幸的变故，他当时身陷贫困，以致意志消沉，不思振作，也无意重振家业。多亏债主留情，给他留下了一小部分财物；他就凭来自那份薄产的收入，精打细算维持起码的生活，除此倒也别无他求。实际上书是他唯一的奢侈品，而在巴黎书是很容易到手的东西。

我与他初次相遇是在蒙马特街一家冷僻的图书馆里，当时我们都在寻找同一本珍奇的书，这一巧合使我俩一见如故。此后我们就频频会面。他以法国人那种一谈起自己的家庭就少不了的坦率把他的家史讲得很详细，我则怀着极大的兴趣听得津津有味。我对他的阅读面之广而大为惊讶；而更重要的是，我感到他炽烈的热情和生动新奇的想象在我的心中燃起了一把火。当时我正在巴黎追求我自己的目标，我觉得与他那样的人交往对我来说是一笔无价的财富。我真诚地向他袒露了我的这一感觉。最后我俩商定，在我逗留巴黎期间我俩将住在一起。由于我当时的境况多少不像他那般窘迫，他同意由我出钱在圣热尔曼区一个僻静的角落租下了一幢式样古怪、年久失修、摇摇欲坠的房子，那房子因某些迷信而长期闲置，我俩对那些迷信并未深究，只是把房子装饰了一番，以适应我俩共有的那种古怪的忧郁。

倘若我们在这幢房子里的日常生活为世人所知，那我俩一定会被人视为疯子，不过也许只被视为于人无害的疯子。我们完全离群索居，从不接纳任何来客。实际上我一直小心翼翼地没把我俩的隐居处告诉我以前的朋友，而迪潘多年前就停止了交友，在巴黎一直默默无闻。我俩就这样避世蛰居。

我的朋友有一个怪诞的习性（除了怪诞我还能称什么呢？），他仅仅因为黑夜的缘故而迷恋黑夜；而我也不知不觉地染上了他这个怪癖，而就像染上他其他怪癖一样；我完全放任自己心甘情愿地服从他的奇思狂想。夜神不可能总是伴随我们，可我们能够伪造黑夜。每当东方露出第一抹曙光，我们就把那幢老屋宽大的百叶窗统统关上，再点上两支散发出浓烈香味、放射出幽幽微光的小蜡烛。借着那点微光，我们各自沉浸于自己的梦幻之中——阅读、书写或是交谈，直到时钟预报真正的黑夜降临。这时我俩便手挽手出门上街，继续着白天讨论的话题，或是尽兴漫步到深更半夜，在那座繁华都市的万家灯火与阴影之中，寻求唯有冷眼静观方能领略到的心灵之无限激动。

每当这样的时候，我就不能不觉察并赞佩迪潘所独具的一种分析能力，不过我早就从他丰富的想象力中料到他具有这种能力。他似乎也非常乐意对其加以运用，如果恰好不是炫耀的话。他毫不含糊地向我承认这为他带来乐趣。他常嬉笑着向我夸口，说大多数人在他看来胸前都开着一扇窗户，他还惯于随即说出我当时的所思所想，以此作为他那个断言直接而惊人的证据。这种时候他显得冷冷冰冰、高深莫测，两眼露出心不在焉的神情；而他那素来洪亮的男高音会提到最高音度，若不是他言辞的审慎和阐释之清晰，那声音听起来真像是在发火。看到他心绪这般变化，我常常会想到那门有关双重灵魂的古老哲学，并觉得十分有趣地幻想有一个双重迪潘，一个有想象力的迪潘和有分析能力的迪潘。

别以为我刚才所说的是在讲什么天方夜谭，或是在写什么浪漫传奇。我笔下已经写出的这位法国人的言行，纯然是一种兴奋的才智，或说一种病态的才智之结果。不过我最好举一个例子来说明他在那一时期的观察特点。

一天晚上我俩在王宫附近一条又长又脏的街上漫步。显然当时我俩都在思考问题，至少已有15分钟谁也没吭一声。突然，迪潘开口说了这句话：

"他是个非常矮小的家伙，这一点没错，他更适合去杂耍剧院。"

"那当然，"我随口应答，一开始并没有意识到迪潘所言与我心中所思完全不谋而合这一蹊跷之处（因为我当时正想得出神）。转眼工夫我回过神来，才不由得感到大吃一惊。

"迪潘，"我正颜道，"这真叫我难以理解。不瞒你说，我都被弄糊涂了，几乎不敢相信自己的感觉。你怎么可能知道我正……"我故意留下半句话，想弄清他是否真的知道我正在想谁。"

"……想到尚蒂耶，"他说，"干吗说半句话？你刚才正在想他矮小的个子不宜演悲剧。"

这正是我刚才心中所想到的问题。尚蒂耶原来是圣德尼街的一个修鞋匠，后来痴迷于舞台，曾在克雷比雍的悲剧《泽尔士王》

中试演泽尔士一角，结果一番苦心换来冷嘲热讽，弄得自己声名狼藉。

"看在上帝份上，"我失声嚷道，"请告诉我诀窍（如果有诀窍的话），告诉你我能看透我心思的诀窍。"说实话，我当时竭力想掩饰自己的惊奇，可反倒比刚才更显诧异。

"诀窍就是那个卖水果的，"我朋友答道，"是他使你得出结论，认为那个修鞋匠个子太矮，不配演泽尔士王和诸如此类的角色。"

"卖水果的！你可真让我吃惊！我并不认识什么卖水果的。"

"就是我们走上这条街时与你相撞的那个人。这大约是15分钟之前的事。"

这下我记起来了，刚才我俩从C街拐上这条大街时，的确有个头上顶着一大筐苹果的水果贩子冷不防地差点儿把我撞倒。可我不能理解的是，这和尚蒂耶有什么关系。

迪潘脸上没有丝毫糊弄人的神情。"我给你解释一下，"他说，"听完解释你也许就完全清楚了。我们先来回顾一下你刚才的思路，从我开口说话追溯到那卖水果的与你相撞。这段时间你思维的主要环节是：尚蒂耶、猎户星座、尼科尔博士、伊壁鸠鲁、石头切割术、铺路石和那个卖水果的。"

很少有人在其一生中没有过这样的消遣，那就是回顾自己的思路是怎样一步步到达某个特殊的结论。这样的回顾往往非常有趣，而初次进行这种回顾的人常常会惊于发现自己最初的念头或思路的最后终点竟会相差十万八千里，完全风马牛不相及。所以，当听完迪潘那番话并不得不承认他所言句句是真时，我心中当然是万分惊讶。他继续道：

"如果我没记错，我们走出C街之前一直在谈马。那是我们刚才谈论的最后一个话题。当我们拐上这条街时，一位头顶大筐的水果贩子从我俩身边匆匆擦过，把你撞到了一堆因修人行道而堆起来的铺路石块上。你踩上了一块松动的石块，滑了一下，稍稍扭了脚脖子，你显得有点儿生气或是不高兴，嘴里嘀咕了几声，回头看了看那堆石块，然后不声不响地继续行走。我并非是特意要留神你的举动，只是近来观察于我已成了一种必然。

"后来你两眼一直盯着地面，面带怒容地看那些坑洼和车辙（结果我看出你还在想那些石块），这样一直走到那条名叫拉马丁的小巷，就是那条正尝试用交搭铆接的砌石铺地面的小巷。这时你脸上露出了喜色，我还看见你嘴唇动了一动，我毫不怀疑你念叨的是'石头切割术'，一个非常适用于那种铺砌法的术语。我知道你不可能在念叨'石头切割术'这个词的时候不联想原子这个同根词，从而进一步想到伊壁鸠鲁的原子说；因为我俩不久前讨论过这个题目，当时我向你说起那个杰出的希腊人那些模糊的推测是多么奇妙但又多么不为人知地在后来的宇宙进化星云学说中得到了证实，我觉得你免不了会抬眼去望望猎户座中那团大星云，我当然料到你会那样做。你果然抬眼望了，这下我确信自己摸清了你的思路。而在昨天的《博物馆报》上发表的那篇针对尚蒂耶的讽刺长文中，那位挖苦修鞋匠一穿上厚底戏靴就改了名的讽刺家引用了一句我俩经常爱提到的拉丁诗句：

第一个字母已失去它原来的发音。

我曾告诉过你，这句诗说的是猎户星座，现在拼作Orion，但从前拼作Urion；由于我解释时也有几分挖苦，我想你对此不会轻易忘记。所以这非常清楚，你不会不把猎户星座和尚蒂耶这两个概念连在一起。从你嘴角掠过的那种微笑我看出你的确把它们合二为一。你想到那位怪可怜的鞋匠成了牺牲品。在此之前你一直弯着腰在走路，可那会儿我看见你挺直了腰板。这下我肯定你想到了尚蒂耶矮小的身材，于是我打断了你的思路，说他（那个尚蒂耶）是个非常矮小的家伙，他更适合去杂耍剧院。"

那件事发生不久后的一天，当我俩在读《法庭公报》的一份晚间版之时，下面一则短讯吸引了我们的注意力。

"**离奇血案**：今晨3点左右，圣罗克区的居民被一阵可怕的尖叫声惊醒，声音明显是从莫格街一幢房子的四楼发出，人们知道那幢楼房里只住着一位姓莱斯巴拉叶的夫人和她的女儿卡米耶·莱斯巴拉叶小姐。邻人试图以正常途径进门未果，稍后用一撬棍撬开大门，八九位邻居在两警察陪同下入内。此时尖叫声已停，但当众人冲上一楼楼梯时，听出有两个或两个以上粗野的声音在争吵，争吵声似乎从楼上传出。当人们登上二楼时，那些声音也听不见了，这时整座楼房一片沉寂。人们分头匆匆搜寻一个个房间。当搜寻者进入四楼一个朝后的大套间时（该套间房门反锁，人们是破门而入），室内的景象令每个人都又惊又怕。

"房间里乱七八糟，家具全被砸碎，并被扔得满地都是。屋里只有一个床架，床垫早被拉开，抛在了屋子中央。一张椅子上搁着一把沾满血迹的剃刀。壁炉前的地板上有两三束又长又密的灰白头发，头发也沾满鲜血，仿佛是被连着头皮一块扯下的。人们在地上找到4枚金币、1只黄玉耳环、3把大银匙、3把小铜匙，另外还发现两只袋子，里面大约装有4千金法郎。屋角一个衣柜的抽屉全被拉开，虽说抽屉里仍有许多衣物，但显然已经遭到过搜劫。在床垫下（不是在床架下）发现一只小铁箱。铁箱开着，钥匙还插在箱盖上。箱里只有几封旧信和一些无关紧要的票据。

"屋里不见莱斯巴拉叶夫人的踪迹；但壁炉里异乎寻常的大量烟灰使人们搜查了烟囱，（说来可怕！）从烟囱里拖出了卡米耶的尸体，她原来头朝下脚朝上地硬被人往那狭窄的烟道里塞上去一大截。尸体尚有体温。细看可见遍体擦伤，这无疑是被塞进和拉出烟道所致。死者面部有许多严重的抓伤，喉部有深紫色淤痕并有深凹的指甲印，似乎受害人是被掐死的。

"在对该楼各处的彻底搜寻均无进一步发现之后，搜寻者来到了屋后一个石块铺地的小院，院内躺着老夫人的尸体，她的喉部被完全割断，当搜寻者试图抬起尸体时，头与尸体分离。老夫人的身体和头部均血肉模糊，尤其是身体早已不成人形。

"本报认为，这桩可怕的疑案目前尚无丝毫头绪。"

第二天的报纸登载了如下详情。

"**莫格街悲剧：**针对这个离奇而恐怖的事件"（"事件"一词在法国尚不含我们已赋予该词的轻薄之义），"许多有关人士已被传讯，但传讯结果仍未使案情明朗。现将重要证词摘引如下。

"波利娜·迪布尔，洗衣女工，证实她认识两位死者已有3年，其间一直为她们洗衣。那位老夫人和她女儿似乎相处和睦,非常相亲相爱。她们信用很好。说不出她们的生活方式或生活来源。认为莱斯巴拉叶夫人靠算命谋生。据说有储蓄。每次取衣送衣从不曾见过房子里有旁人。确信她们未雇有佣人。除了四楼之外,其他各楼好像都没有家具。

"皮埃尔·莫罗,烟草零售商,证实他将近4年来一直向莱斯巴拉叶夫人零售烟草和鼻烟。出生在该城区,并一直居于附近。死者母女俩住进那幢其尸体被发现的楼房已逾6年。此前房子被一名珠宝商租用,他曾把楼上的房间转租给三教九流。房子本是莱斯巴拉叶夫人的财产。她后来不满意房客如此糟蹋房屋,便不再出租,自己住了进去。老夫人很傻气。证人在6年中只见过她女儿五六次。母女俩过着一种离群索居的生活,传闻很有钱。听邻里说莱夫人算命,但不相信。从不见任何外人出入那幢房子,除了那母女俩,只有一位搬运工来过一两回,一名大夫去过七八次。

"众证人,均为邻居,提供了同上相似的证词。都说不见有人常去那房子。莱夫人及其女儿是否有什么亲朋好友不得而知。房子正面的百叶窗很少打开。屋后的窗户则总是关着,除了四楼那个大套间例外。那房子是幢好房子,不算太旧。

"伊西多尔·米塞,警察,证实他于当日凌晨3点左右应召到现场,发现有二三十人正在设法进入那幢楼房。最后终于用一把刺刀(不是用撬棍)撬开了大门。撬门并不太难,因为那是一道折门,或说双扇门,上下都没有加闩。楼上尖叫声直到撬门时还在继续,随后戛然而止。它们听起来像是某个人(或某些人)极度痛苦的惨叫，声音又响又长，不是又短又急。证人率众上楼。在一楼楼梯平台听到两个发怒的声音在大声争吵，一个声音粗哑，另一个非常尖厉，是一种非常奇怪的声音。粗哑声讲的是法语，能听出个别字眼。确信不是女人的声音。能听清的字眼是'该死'和'见鬼'。尖厉声讲的是一种外国话。不能肯定是男人还是女人的声音。不能分辨声音内容，但认为讲的是西班牙语。该证人对那个房间和死者尸体的描述与本报昨日描述相同。

"亨利·迪瓦尔，邻居，职业为银匠，证实他是最先进屋者之一。总体上确证了米塞的证词。他们一进楼房就重新关闭了大门，以免围观者进入，因为虽是深更半夜，观者仍蜂拥而至。这名证人认为那个尖厉之声是一个意大利人的声音。认定讲的不是法语。不能肯定那是男人的声音。说不定是女人的声音。证人不谙意大利语。不能分辨词义，而是凭语调确信说话者乃意大利人。认识莱夫人及其女儿。曾与二位死者多次交谈。确信那个尖厉的声音不是受害的母女俩的声音。

"奥登赫梅尔，饭店老板。该证人自愿提供证词。不会讲法语，通过译员接受讯问。阿姆斯特丹人。尖叫声传出时正经过那幢楼房。尖叫声持续了好几分钟，恐怕有10分钟。声音拖得很长而且大声，非常可怕，非常凄惨。是最先进楼的一员。除一点不同外，在其他各方面均确证了原有证词。确信那个尖厉之声是男人的声音，法国男人。不能辨别词义。声音很大而且急促，发音长短不均匀，说话时显然是又怒又怕。那声音刺耳，与其说是尖厉不如说是刺耳。不能称之为尖厉的声音。那个粗哑的声音不住地说'sacré','diable',还叫了一声'mon Dieu'[①]。

"朱尔·米尼亚尔,银行家,在德洛兰街开有米尼亚尔父子银行。证人系老米尼亚尔。莱斯巴拉叶夫人有些财产。有年春天在他银行开了个账户(是8年前)。经常存入小笔款子。8年间从未取款,直到遇害前3天才亲自来银行提清全部存款共计4千法郎。这笔钱付的是金币,由一名银行职员送去她家。

"阿道夫·勒邦,米尼亚尔父子银行职员,证实那天中午时分由他提着分装成两袋的4千法郎陪送莱斯巴拉叶夫人回家。门开后莱斯巴拉叶小姐出来从他手中接过一只钱袋,而老夫人则接过了另一只。于是他鞠了一躬就告辞了。当时未见街上有旁人。那是条背街,很僻静。

"威廉·伯德,裁缝,证实他为进入楼房的人之一。他是英国人。在巴黎已居住两年。最先冲上楼梯的就有他。听到了吵架的声音。粗哑的声音是一个法国人的声音。当时听懂一些字句,但现在全忘了。只记得清楚地听见'该死'和'我的天哪'。当时似乎有一种几个人搏斗的声音,一种厮打格斗的声音。那个尖厉声嗓门很大,比粗哑声更大。确信那声音不是英国人的声音。像是德国人的声音。很可能是女人的声音。证人不懂德语。

"上述4名证人又经传讯,证实发现莱小姐尸体那个套间的门当时是反锁着的。他们到达门边时屋内静寂,没听见呻吟或其他任何声音。破门而入后未见任何人影。套间内外间的窗都关着并从里面牢牢闩上。两个房间之间那道门关着,但未上锁。外间通

---

[①] 法语,意思分别为"该死"、"见鬼"和"我的天哪"。

往走道的门锁着，钥匙挂在门内锁孔。四楼走道尽头临街一面的一个小房间开着，门是半开半掩。那里面堆满了旧床破箱和诸如此类的杂物。那些东西都经过仔细的搬动和搜查。整幢楼没有一个角落没被小心翼翼地搜过。所有烟囱上上下下也都扫过。那是一幢四层楼的房子，外加阁楼（屋顶室）。屋顶上一扇天窗被钉得很死，看上去多年未曾开过。从听到争吵声到撞开四楼套间门之间有多名证人各说不一。说短者是3分钟，说长者有5分钟。开房门花了不少工夫。

"阿方索·加西奥，棺材店老板，证实他居住在莫格街。西班牙人。进入楼房的人之一。未上楼。胆小，怕吓出毛病。听到了吵架声。粗哑声是法国人的声音。未能听清说些什么。尖厉声是英国人的声音，确信这点。证人不懂英语，而是凭语调断定。

"阿尔贝托·蒙塔尼，糖果店老板，证实他当时在最先上楼梯的人当中。听到了那两个声音。粗哑声是个法国人的声音。听清了几个字眼。说话人好像是在劝告什么人。未能听清尖厉声说些什么。说得急促而且音调起伏不匀。认为是一个俄国人的声音。大体上确证其他证词。证人是意大利人，从未与俄国人交谈过。

"几名证人再经传讯，证实四楼各房间的烟囱都很窄小，人体不可能穿过。他们扫烟道用的是柱形扫帚，和扫烟囱人专用的扫帚一样，该楼每一个烟囱都用这种扫帚扫过。该楼房没有后楼梯，他们上楼时不可能有任何人下楼。莱斯巴拉叶小姐的尸体在烟囱里塞得太紧，以致他们四五个人一齐用劲才拖下来。

"保罗·迪马，医生，证实当天清晨被请去验尸。当时两具尸体都躺在发现莱斯巴拉叶小姐的那个房间里那个床架的麻布底垫上。那位年轻小姐遍体淤痕和擦伤。她被塞进烟囱这一事实足以说明伤痕的原因。咽喉严重掐伤。颏下有几处深度抓伤，并有一串显然是指印的青黑色斑点。死者面部完全变色，眼珠突出。舌头被部分咬穿。胸部发现一大团淤痕，显然是由膝盖压迫所致。依照迪马先生的看法，莱斯巴拉叶小姐是被一人或数人掐死。那位老夫人的尸体支离破碎。右腿和右臂的全部骨骼都或轻或重碎裂。左胫骨和左侧全部肋骨均粉碎性折断。整具尸体可怕地淤血变色。很难解释这些伤害是如何造成。除非有一臂力过人之壮汉双手挥动大木棒、粗铁棍，或抡起一把椅子或任何又大又沉的钝器，方能对人体造成如此伤害。女人使用任何凶器都不可能造成这种重伤。证人见到死者时，死者头部与身体已完全分离，头颅严重破损。咽喉显然是被某种利器割断，大概是一把剃刀。

"亚历山大·艾蒂安，外科医生，和迪马先生一道被请去验尸。与迪马先生陈述相同，见解一样。

"尽管还传讯了其他几名证人，但没有任何进一步的重要发现。一桩案情如此神秘莫测、扑朔迷离的谋杀案，在巴黎可谓史无前例，如果这真是一桩谋杀的话。面对这一异乎寻常的奇案，巴黎警方正不知所措，处境尴尬。然而，此案目前尚无任何明显的线索。"

该报晚间版又发消息，说圣罗克区依然人心惶惶。那幢房子再次被仔细搜查，有关证人再次被警方传讯，结果仍属徒劳。然而消息后附加的短讯提到，阿道夫·勒邦已被逮捕入狱，不过除了报上已详载过的事实之外，并未有任何证据说明他有罪。

迪潘似乎对这一事件的进展特别感兴趣,至少我从他的神态中这么判断,因为他对此事一直未加评论。直到勒邦被捕的消息公布之后,他才问我对这桩凶杀的看法。

我只能附和整个巴黎的见解,认为这是一个不解之谜。我看不出有任何可能找到凶手的办法。

"我们绝不能凭调查的表象来判定方法。"迪潘说,"素来因聪明干练而被交口称誉的巴黎警察确是干练,但也仅仅是干练而已。除了目前所用的方法,他们在破案中毫无绝招。他们大肆炫耀有许多锦囊妙计,但并非不是常常用得驴唇不对马嘴,结果总使人想到儒尔丹先生要睡衣,以便更清楚地听音乐[1]。他们破案的成绩也并非不是常常令公众惊讶,但那多半都是单凭不辞劳瘁的苦干。而当单凭克尽厥职不奏效时,他们的方略也就宣告失败。譬如,维多克[2]是个推测的能手,也是个百折不挠的男人,但由于缺乏受过教育的头脑,所以不断地因过分的调查而一错再错。他看事物靠得太近,反而有损于他的想象力。他也许能把一两个方面看得特别清楚,但与此同时却必然会忽略事物的全面。这样,事情在他看来就显得太深邃。真相并非总是在井里。其实对于越是重要的真知,我倒越认为它一定浅显易得。其深邃在于我们去寻它的那些幽谷,而不在它被找到的那些山顶。这种错误的模式和原

---

[1] 语出莫里哀喜剧《贵人谜》第1幕第2场。儒尔丹是该剧主人公,是个一心要挤入贵族阶层的富商。

[2] 弗朗索瓦·欧仁·维多克(François-Eugène Vidocq,1775—1857),法国名探,曾为拿破仑组建国家警察总队。后来自己开办了一家私人侦探所。

因在对天体的注视中显得最为典型。侧目看星星，就是斜着眼看，即朝向星星的是视网膜的外侧（因为外侧对弱光比内侧更敏感），这时候最能够欣赏到星星的璀璨，一种我们正眼看它时会相应变暗的璀璨。正眼看星星时，大部分星光实际上仅仅是落在了眼睛上，可侧目看星星，则会有一种更精确的领略。过分的深究会搅乱并削弱我们的思想；一种过于持久、过于专注、过于直接的凝视，甚至有可能使金星也从夜空黯然消失。

"至于那桩凶杀案，在我们形成看法之前先让我们自己来进行一番调查，一种能为我们提供消遣的调查，"（我认为消遣这个词用得很怪，但没吱声）"再说，勒邦曾经帮过我一个忙，对此我不能忘恩负义。我们应该去亲眼看看那幢房子。我认识警察局长G，得到必要的允许不成问题。"

得到允许之后，我俩立即前往莫格街。那是里舍利厄街和圣罗克街之间的一条糟糕的街道。我们到达那里已是下午较晚的时候，因为那个区离我们住的区相隔很远。那幢房子很容易就被找到；因为在它的街对面还有许多人毫无目的但却满心好奇地在凝望它那些紧闭的窗户。那是一幢普通的巴黎式楼房，有一个门道，门道一侧是一间装有玻璃的小屋，小屋窗上的一个滑动窗格说明那是间门房。进楼之前我们沿街而行，拐进一条小巷，然后再转弯经过房子的后面，在这期间，迪潘十分仔细地把那房子和四邻周围都查看了一遍，我看不出这番细查有什么目的。

我们原路折回，再次来到楼前，揿响了门铃，出示了证件，警方的守卫人员让我们进了房子。我们径直上楼，来到发现莱斯巴拉叶小姐尸体的那个套间，两名死者的尸体还仍然放在那里。

按常规做法，屋里仍保持着那副乱七八糟的模样。我看到的和《法庭公报》上所描述的没什么出入。迪潘仔细检查了每一样东西，连受害人的尸体也没漏掉。然后我们查看了其他房间，最后来到屋后那个小院，整个过程一直有一名警察陪着我们。我们查完现场离开时已经天黑。回家途中，我那位朋友进一家报馆耽误了片刻。

我已经说过我那位朋友突发的奇思异想真是层出不穷，对他那些怪念头 Je les ménageais[①]（我在英文中找不到合适的说法）。他回家后闭口不谈那桩凶杀案，这就是他的脾性。直到第二天中午他才突然问我，在凶杀现场是否观察到什么特别情况。

他对"特别"二字的强调中有某种意味，竟使我莫名其妙地猛然一抖。

"没有，没有什么特别的，"我说，"至少跟咱们从报上看到的情况差不多。"

"恐怕那份《公报》还没有领略到这桩惨案中那种异乎寻常的恐怖性。"他应答说，"不过别去管那份报纸的无稽之谈。在我看来，这个谜之所以被认为无法解开，倒正是因为那本该使它被认为容易解开的理由，我指的是因为其特征所具有的超越常规的特性。警方感到尴尬，因为表面上毫无动机，不是说凶杀本身的动机，而是指杀人手段那么残忍的动机。他们还大惑不解，因为从表面上看来，楼上除了莱斯巴拉叶小姐再没发现旁人是个事实，凶手逃离现场必然被上楼者看见也是个事实，而这两个事实无论

---

[①] 法语：我一向都很宽容。

如何也不可能统一。那个房间被折腾得乱七八糟，姑娘的尸体被倒塞进烟囱，老夫人的尸首支离破碎，这一切加上我刚才提到的事实以及其他我无须提及的事实，已足以使警方夸耀的聪明无法施展，使他们那份干练不能奏效。他们已陷入那个严重但寻常的谬误，错把异常混同于深奥。可正是要凭着那些超越常规的异常，理性方能摸索出探明真相的途径，假若那途径果真存在的话。例如在我们眼下进行的调查中，该问的与其说是'出了什么事'，不如说是'出了什么从未出过的事'。实际上我将解开此谜或已经解开此谜的那种轻而易举，与警方眼中此谜显然不可解的看法刚好成正比。"

我盯着迪潘，暗自惊讶。

"我此刻正在等候，"他两眼望着房门继续说道，"我在等一个人，尽管此人也许并非本案的凶手，但他肯定与这场凶杀有几分牵连。他可能对这场残杀中最令人发指的那部分一无所知。我期待我的推测完全正确，因为我揭开整个谜底的希望就建立在这个推测上。我期待那个人来这儿，来这个房间，随时随刻。当然，他有可能不来，但他多半会来。若是他来了，就有必要把他稳住。这儿是手枪，如果必要的话，咱俩都知道如何使用。"

我取了手枪，几乎不知道自己在做什么，或是几乎不相信自己所听到的，而迪潘还在继续往下说，很像是在自言自语。我已经谈到过他在这种时候那副心不在焉的神态。他说话的对象是我，说话的声音也不大，但他所用的却是那种通常跟老远的人说话时所用的高音调。他的眼睛只茫然地盯着墙壁。

他说，"上楼的人所听到的争吵声不是那两个女人的声音，这一点已被证人充分证实。这就排除了我们对是否那位老夫人先杀死女儿,然后再自杀的怀疑。我提到这一点主要是为了探讨作案的手段,因为莱斯巴拉叶夫人的力气完全不可能把她女儿的尸体塞进烟囱并塞成其被发现时的那个样子,而她自己身上的那种伤势也完全排除了她自杀的可能。所以,凶杀是由第三者所为,而这个第三者的声音便是人们所听到的争吵声。现在让我来谈谈有关争吵声的证词,不是全部证词,而只谈证词中的特别之处。你注意到什么特别之处没有?"

我注意到虽然所有证人都一致认定那个粗哑声是一个法国人的声音,但说到那个尖厉声,或按其中一名证人的说法是刺耳声,他们的认定就莫衷一是。

"那本身就是证据,"迪潘说,"但并不是证据的特异之处。你还没有注意到奇特的地方,可这里有一点值得注意。如你所言,证人们对那个粗哑声意见相同,在这一点上他们众口一词。但说到那个尖厉声,特异之处不在于他们莫衷一是,而在于当一个意大利人、一个英国人、一个西班牙人、一个荷兰人和一个法国人试图形容那个声音时,每个人都说那是一个外国人的声音。每个人都确信那不是他一名同胞的声音。每个人都没有把那个声音比拟成他所熟悉的任何语言的声音,而是恰恰相反。那名法国警察认为那是一个西班牙人的声音,而'要是他懂西班牙语就会分辨出几个字眼'。那个荷兰人确信那是一个法国人的声音,可我们发现证词说他'不懂法语,通过译员接受讯问'。那位英国人认为那是一个德国人的声音,可他'不懂德语'。那个西班牙人'确信'那是一个英国人的声音,但他完全'凭语调断定,因为他压根儿不懂英语'。那位意大利人认为那是一个俄国人的声音，但他'从未与俄国人交谈过'。此外，另一名法国人与那位法国警察的说法不同，他肯定那是一个意大利人的声音，但他不谙意大利语，而是像那个西班牙人一样'凭语调确信'。瞧，那个声音该有多么稀奇古怪，居然能诱出如此言人人殊的证词！连欧洲五大区域的人都没法从它的声调中听出点儿熟悉的东西！你可以说那也许是一个亚洲人，或非洲人的声音。巴黎的亚洲人或非洲人都不多，但我们先不去否定这种推断，我现在只想要你注意三点。有一位证人说那声音'与其说是尖厉不如说是刺耳'。有两名证人描述那声音'急促而不均匀'。没有一个证人提到从那声音里听出了什么字眼，或者说像什么字眼的声音。

"到此为止，"迪潘继续说，"我不知道我刚才所言对你自己的理解有何影响；但我毫不犹豫地说，正是从证词的这一部分（关于粗哑声和尖厉声的部分）所做出的合理推断，其本身就足以引发出一种怀疑，而这怀疑将指明进一步调查这桩疑案的方向。我说'合理推断'，但这并没有充分表达我的意思。我想说的是，这种推断是唯一恰当的推断，而那种怀疑则是这推断必然引出的唯一结果。但那种怀疑是什么，我暂且不表。我只要你记住，在我自己看来，那种怀疑足以使人信服地使我在调查那个套间时有一个明确的方式，一个确定的倾向。

"现在让我们想象又回到了那个套间。我们首先该探寻什么呢？凶手逃离现场的途径。咱俩谁也不相信超自然的怪事，这样说一点也不过分。莱斯巴拉叶母女俩不会被幽灵杀害。凶手是有血有肉的，其逃离也是有形有迹的。那如何逃走的呢？幸运的是这问题只有一种推论方法，而这种方法必然把我们引向一个明确的结论。让我们来逐一审视凶手可能的逃路。非常清楚，人们上楼时凶手正在后来发现莱斯巴拉叶小姐的那个房间，或至少在那个套间里的另一个房间。所以，我们只需从这两个房间去寻找凶手的逃路。警方已经全面彻底地检查过那两个房间的地板、天花板和墙壁。没有什么秘密出口能逃过他们的检查。但我信不过他们的眼睛，自己又查了一遍。所以，绝对没有秘密出口。两个房间通往过道的门都锁得严严实实，钥匙都插在房内。我们再看那些烟囱，虽然壁炉上方的烟道口也有通常的八九英尺宽，但整个烟道连一只个头稍大一点儿的猫也钻不过去。这样，上面所说的地方都绝对不可能成为逃路，那我们就只好来看看窗户了。从前面那个房间的窗户逃走不可能不被街上的人群看见。因此，凶手一定是从后面那个房间的窗户逃走的。现在，既然我们已经如此毫不含糊地得出了这个结论，那作为推论者，我们就不应该因为看上去不可能而对它予以否定。我们只能够去证明那些看上去的'不可能'实际上并非不可能。

"那个房间有两扇窗户。其中一扇未被家具遮掩，整体均可被看见。另一扇的下半部分被紧靠它的床架的一头挡住。前一扇窗户被发现从里边闩得牢牢实实，任何人使尽浑身力气也休想把它提起①。它窗框的左沿被钻有一个大孔，一颗粗实的长钉十分吻合地横插在孔内，孔外几乎只露出钉头。打量另一扇窗户。可见同样的一颗铁钉同样严丝合缝地横插于孔内，即便用力也同样提不起

---

① 西方建筑的窗户一般为上下开闭。

那扇窗户，这就使警察完全相信凶手不是从窗口逃走。所以，他们认为拔出插钉开一下窗户是多此一举。

"我的检查则多少更为挑剔，这挑剔的理由我刚才已谈过，因为我知道，那所有看上去的不可能必须被证明为实际上未必不可能。

"我开始沿着这思路琢磨，由果溯因。凶手准是从这两扇窗户中的一扇逃走的。因此，他们不可能从里边重新闩上窗框，像后来我们所发现的那样，由于这一事实显而易见，警方停止了往这方面继续追究。然而，窗框既然被闩上，那它们必有能闩上的动力。这个结论没有漏洞。于是我走到那个没被遮掩的窗口，稍稍用力拔出了插钉，然后试图推上窗框。不出我所料，我用尽力气也推不上。我这才知道窗户肯定暗装有一道弹簧。不管插钉的情况显得有多么神秘，但关窗自有动力这一想法的证实，至少使我确信我的前提是正确的。一番仔细的搜寻使我很快就找到了那个暗装的弹簧。我按了按弹簧并满足于这一发现，便忍住了没有去提起窗框。

"我重新插上钉子并把它仔细观察了一番。一个人出窗之后可以再把窗户关上，那弹簧也会自动碰上，不过这钉子不可能重新插好。这结论很清楚，我的侦察范围再次缩小了。凶手一定是从另一扇窗户逃走的。那么，假定两扇窗户的弹簧可能相同，那两扇窗户的插钉就一定有不同之处，至少在插法上有不同之处。我踏上那个床架的麻布底垫，仔细看了看第二扇窗户露在床头板上方的部分。我把手伸到床头板后面，很容易就发现并按动了弹簧，如我所料，那弹簧与前一扇窗户的弹簧完全相同。我再看插钉，它和另一颗一样粗实，其插法看上去也没什么不同，孔外几乎只露出钉头。

"你会说我这下迷惑了，可要是你这么认为，那你就肯定误解了归纳推理的性质。借用一个打猎术语，我从来没有'失却嗅迹'。猎物的嗅迹片刻也没有丢失。整根链子不少一个环节。我已经追到这个秘密的终点，这终点就是那颗插钉。我说它在各方面看上去都与另一颗插钉没什么不同，这是事实，但与线索就要在此终结这一重要性相比，这个事实绝对毫无意义（尽管它也许显得非常明确）。我说'这颗插钉肯定不对劲儿'。我伸手一拔，那钉头连着一小截钉身随着我的手指出了钻孔，而另一截钉身却仍在孔内，原来这颗钉断成了两截。断口是旧的（因为表面已经生锈），断开显然是由一柄榔头的一击造成的，那一击也把钉头部分嵌在了底窗窗框上。于是我小心地把钉头重新插入我刚才抽出的孔内，它看上去又像一颗完好的钉子，看不出裂缝。我按了一下弹簧，轻轻把窗往上提开几寸，钉头随着窗框上升，同时仍牢牢地嵌在孔内。我放下窗户，那颗钉又显得完好无损。

"到此为止，这个谜总算解开了，凶手是从床头那扇窗户逃走的。窗户在凶手逃出后自动落下（或许是凶手故意关上），并由那道弹簧牢牢固定；窗户推不上去是因为那道弹簧，警察却误以为是因为那颗插钉，于是认为没必要进一步探究。

"接下来是凶手如何下楼的问题。对这个问题，我在和你一道绕那幢房子转悠时就已经心中有数。离我们所说的那扇窗户大约5英尺半的地方竖着一根避雷针。任何人从这根避雷针都不可能够着窗口，更不用说进入窗口。但我注意到四楼的百叶窗式样特别，是那种巴黎木匠称之谓的'火印窗'。这种式样现在很少采用，但却常见于里昂和波尔多的一些老式建筑。这种窗样子像普通的门（单门，而不是双扇门），只是窗的上半部被做成或铸成花格式样，这就可以被人当作绝妙的把手。我们所谈论的那些百叶窗宽度足有3英尺半。当我们从屋后望去时，它们正半开着，这就是说，它们与墙面恰好成直角。除我之外，警方可能也查看过房子的背面，若是这样，那他们在看那些宽宽的火印窗时（他们肯定会看），没有注意到我说的那个宽度，或者无论如何也没有把它作为应当考虑的因素。事实上，由于他们已先入为主地认为那窗口不可能成为凶手的逃路，他们的查看自然而然就非常草率了。然而，在我看来却非常清楚，床头那扇窗户的百叶窗如果打开到足以与墙面成直角的程度，那它离那根避雷针的距离尚不足两英尺。还有一点也非常清楚，凭着异常的矫捷和足够的勇气，从避雷针进入那个窗口是可以办到的。要越过那两英尺半的空中距离（我们现在假定那扇百叶窗是完全敞开），盗贼可以用一只手先紧紧抓住窗上花格，然后松开抓避雷针的另一只手，再用脚稳稳地顶住墙，大着胆子用力一蹬，这样他可以使那扇百叶窗转动并关上，如果我们假定当时内窗也开着，那他甚至可以顺势跳进房间。

"希望你特别记住，我刚才说要完成那么危险而困难的一跳需要异常的矫捷。我的意图是想让你明白，第一，从窗口进入房间也许是可能的；第二，但这是主要的，我希望你能牢记并领悟那个异乎寻常，那种能够完成这一动作的几乎不可思议的敏捷。

"毫无疑问，你会用法律语言说，'为了证明我的案例，'我应该宁可低估凶手的能力，也不该充分强调他所需要的敏捷。这在法律上是惯例，但却不是推理的习惯。我的最终目标只是弄清真相。我的直接目的则是要你把下列事实并列起来：我刚才所说的异乎寻常的敏捷，那个特别尖厉（或刺耳）而且不均匀的声音，关于那声音的国籍众证人莫衷一是，从那个声音中辨不出一个音节。"

迪潘最后这段话使我脑子里倏地掠过一个模糊的概念，我好像隐隐约约明白了他的意思。我似乎差一点就要恍然大悟，但最终还是无力完全理解，就像人们有时觉得自己马上就会回忆起某事，可结果还是未能记起来。我的朋友继续他的推理。

"你一定注意到了，"他说，"我已经把话题从逃出去的方式转移到了溜进去的方法。我这是故意向你暗示，进出都是以同一方式，在同一地方。现在让我们来看看室内。让我们来看看房间里的情况。报上说那个衣柜的抽屉遭到过搜劫，尽管许多衣物还留在里边。这是一个悖理的结论。它只是一种猜测，一种非常愚蠢的猜测，仅此而已。我们怎么会知道抽屉里发现的衣物不是抽屉里本来装的全部东西呢？莱斯巴拉叶夫人和她的女儿过着一种离群索居的生活，不会见客人，很少外出，用不着许多衣装。抽屉里的那些衣装至少像是那母女俩所有的最好的衣装。如果盗贼偷了衣服，那他干吗不偷最好的？干吗不全都偷走？简而言之，他干吗对4千金法郎弃之不顾，却劳神费力去偷一堆衣裳？金币被弃之不顾。银行家米尼亚尔先生所提到的那笔钱几乎是原封不动地被发现在地板上的那两个钱袋里。所以，我希望你从你的思维中排除动机这个错误的概念，即警方根据证词中送钱上门那一部分所产生的关于动机的概念（送钱上门，收款人在收到钱3天内被谋杀），比这蹊跷十倍的巧合在我们的生活中随时都在悄悄地发生在我们每一个人的头上。一般说来，巧合是那种受过教育却不懂概率论的思维者思路上的障碍。而多亏有了概率论，人类对一些最辉煌的目标之探究才获得了最辉煌的例证。就眼下这个实例而言，假如金币丢了，那3天前送去金币之事实就不仅仅是一个巧合。它就可以用来证实我们所说的动机。但是，面对这个实例的真实情况，如果我们还认为金币是杀人动机，那我们也必须想象凶手是一个踌躇不定的白痴，他居然把他的金币连同动机一并抛弃。

"现在请牢牢记住我提醒你注意的几点：那个奇怪的声音，那种异常的矫捷，还有就是那么格外残忍的凶杀却令人吃惊地没有动机。现在就让我们来看看这残杀本身。一个女人被一双手掐死，然后头下脚上地被塞进烟囱。一般的凶手不采用这种手段杀人，尤其是不会这样处理尸体。单凭尸体被向上塞进烟囱的做法，你就得承认这里边有超越常规的蹊跷。即便我们把凶手视为一名最卑劣的歹徒，其做法也超越了我们对人类行为的一般概念。再想想，把尸体往一个狭窄的烟道里向上塞那么紧，以致几个人合力才勉强拖下，这需要多大的力量才能做到！

"且让我们来看看那股最不可思议的力量的其他迹象。壁炉前的地板上有两三束（密密的两三束）灰白头发。头发是被连着头皮一块儿扯下的。你知道要从头上连根拔掉二三十根头发也得费很大的劲儿。你和我都亲眼见到了那几束头发。它们的发根（惨不忍睹！）还粘着头皮上的碎肉片，由此可见那股劲儿有多大，说不定能一次扯掉5万根头发。那位老夫人不仅仅是咽喉被割断，而是整个头部与身体分离：凶器却不过是把剃刀。我希望你也注意到这暴行中残酷的兽性。至于莱斯巴拉叶夫人身上的淤伤，我就不多说了。迪马先生和他那位可敬的助手艾蒂安先生已经宣布那些伤是由某种钝器造成,而在这一点上那两位先生完全正确。钝器显然就是铺在后院的那些石块,死者正是从床头那扇窗户被扔下后院的。不管这一点现在看来有多简单,但警方却像忽略百叶窗宽度那样把它给忽略了,因为他们的思路已被那两颗插钉牢牢钉死,认为窗户绝不会有打开过的可能性。

"除了以上所说的情况,如果你现在又适当地想到了那个房间的异常凌乱,那我们就已经可以把下列概念串起来了:惊人的矫捷,超人的力量,残酷的兽性,毫无动机的残杀,绝对不符合人性的恐怖手段,再加上一个分不清音节、辨不出意义、在几个国家的人听来都像是外国话的声音。这下产生了什么结论呢?我的话对你的想象力产生了什么作用呢?"

迪潘问我这个问题时,我感到一阵毛骨悚然。"一个疯子,"我说,"是一个疯子干的,一个从附近疗养院逃出来的发了狂的疯子。"

"从某些方面来看,"他答道,"你的猜测也不无道理。但疯子即便在最疯狂的时候,其声音也和人们上楼时所听到的那种声音不相符。疯人也有国籍,不管他们的言辞多么不连贯,但通常都有连贯的音节。再说,疯子的毛发也不像我现在手中的这种。这一小撮毛发是我从莱斯巴拉叶夫人捏紧的手指间发现的。告诉我你对此如何理解。"

"迪潘!"我大惊失色地说,"这种毛发太少见。这不是人的毛发。"

"我也没说它是,"他说,"不过在我们确认它是什么之前,我希望你看看我描出的这幅草图。这幅草图摹画的就是证词中有一部分所说的'深紫色淤痕和深凹的指甲印',也就是(迪马先生和艾蒂安先生在证词)另一部分所说的'一串显然是指印的青黑色斑点'。"

"你会发现,"我的朋友一边说一边把那幅草图摊在我们面前的桌子上,"这幅草图说明那双手掐得多么牢实。没有一点滑动过的痕迹。每个指头都一直(可能一直到受害者死亡)保持在它最初嵌进肉里的位置。现在你来试试把你的手指同时摁在你所见的这些指印上。"

我试了试,可我的指头却对不上那些指印。

"我们这样试验也许不公平,"他说,"这张纸被摊成了平面,但人的脖子是柱形。这儿有根木柴,跟人脖子差不多粗细。把草图包在上面,再试试。"

我又试了试,可这次甚至比刚才更显困难。"这,"我说,"这不是人的手印。"

"那现在就来读读居维叶[①]教授的这段文章吧。"迪潘答道。

那是一段从一般习性和解剖学上对东印度群岛的褐色大猩猩的详细描述。那种哺乳动物以其巨大的体格、惊人的力量、非凡的灵敏、异常的凶残和爱模仿的嗜好而为世人所知。我突然间明白了那桩凶杀的恐怖所在。

我读完那段文章后说,"这里对足趾的描述与这张草图完全吻合。我看除了这儿提到的那种大猩猩外,再没有什么动物的趾印能合上你画下的指印。这撮深褐色毛发也与居维叶描述的那种

---

[①] 居维叶(Georges Guvier, 1769—1832),法国动物学家,著有《动物界》等书。

动物的毛发相同。但是，我仍然不能理解这可怕之谜的一些细节。另外，证人们所听见的争吵声是两个，而其中一个被无可非议地确认为是一个法国人的声音。"

"不错，那你一定记得证人们几乎异口同声地说那声音里有句话是'我的天哪！'证人之一（糖果店老板蒙塔尼）已经正确地认为那句话在当时的情况下好像是一种劝告或告诫。所以，我已经把解开此谜的希望主要寄托在了这句话上。一个法国人知晓这一惨案。可能（实际上远远不止可能）他在这场血腥的残杀中是无罪的。那只猩猩说不定就是从他那里逃出。他说不定一直追到了那个房间窗下，但由于随后发生的使人不安的事情，他绝不可能重新捕获那只猩猩。猩猩现在还逍遥自在。这不能再猜下去了（除了猜测我现在还没权利用别的名称），因为我这些想法所依据的思考几乎尚未深刻到可以由我自己的理智做出估价的程度，因为我还不能自称可以让别人了解我的想法。所以我们就把这些想法称作猜测，把它们作为猜测来谈论。假若那个法国人真像我所猜测的在那桩暴行中无罪的话，那我昨晚在回家路上去《世界报》报馆登的这则启事就会把他引到我们这儿来（那是一份航运界的报纸，很受水手们欢迎）。"

他递给我一张报纸，我读到了这则启事：

**招领**：某日清晨（即凶杀案当日清晨）在布洛涅树林捕获一体大、褐色婆罗洲猩猩。失主（据悉为一艘马耳他商船上的水手）一经验证无误并偿付少量捕获及留养费用，即可将其领回。认领处为圣热尔曼区×街×号，请上四楼。

341

"你怎么可能知道那人是一名水手，"我问，"而且属于一条马耳他商船？"

"我并不知道，"迪潘说，"我并不肯定。不过这儿有一小根缎带，从这式样和油腻腻的样子来看，它显然是喜欢蓄长辫的水手们系头发用的。况且这个结除了水手，尤其是马耳他船上的水手，很少有人会打。我是在那根避雷针柱脚下拾到这缎带的。它不可能属于那两位被害人。说到底，即便我凭这根缎带就认定那个法国人是一条马耳他商船上的水手这一推断错了，这对我在报上登的那则启事也仍然没有妨害。如果我真错了，他也只会认为我是被某种表象迷惑，绝不会费神来追究。但假若我对了，我的目的也就达到了。那法国人虽知自己在那桩凶杀中是无罪的，但他仍会自然而然地犹豫是否回应那则启事，是否认领那只猩猩。他会这样来说服自己：'我是无辜的。我穷，我的猩猩值一大笔钱，对我这种处境的人来说算得上是一笔财产。我干吗要因为毫无根据的危险而失去它呢？它就在这儿，伸手可及。它是在布洛涅树林被人发现的，那地方远离凶杀现场。人们怎么能怀疑那桩凶杀是一头畜生所为呢？警察对此案茫然无知，他们迄今尚未找到一丝线索。就算他们查出了那头畜生，也不可能证明我知道那场凶杀，或是因为我知情就定我有罪。最重要的是，我已被人知道。刊登启事那人就认定我是那头畜生的主人。我不清楚他对我到底知道多少。如果我不去认领那份已经知道是属于我而且又值一大笔钱的财产，我至少会使那畜生容易遭人怀疑。我现在既不能让人注意到我，也不能让人注意到那头畜生。我要去应那则启事，认领回那只猩猩，然后把它关起来直到事情过去。'"

这时我们听见楼梯上响起了脚步声。

"准备好手枪，"迪潘吩咐道，"但没有我的信号不要开枪，也别把枪亮出来。"

房子的大门一直开着，来人没按门铃就进到屋里，然后往楼梯上走了几步。然而，他这时似乎又犹豫起来。接着我们听见他下楼的声音。迪潘正飞快地冲向房间门边，此时我们又听见他朝楼上走来。这一次他没有打退堂鼓，而是毅然决然地上了楼，敲响了我们的房门。

"请进！"迪潘的声音里透出高兴和热情。

进来的是个男人。他显然是名水手，高大，魁梧，健壮，一副天不怕地不怕的样子，并不招人讨厌。他那张被太阳晒黑的脸有一大半被他浓密的胡须遮住。他手里拎着根粗实的橡木棍，但除此之外好像没带别的武器。他局促地鞠了一躬，用法语问我们"晚上好"，他的法语虽略带几分讷沙泰勒①口音，但仍然足以听出他原籍是巴黎。

"请坐，朋友，"迪潘说。"我想你是为那只猩猩来的。说实话，我真有点羡慕你有这只猩猩，一个非常漂亮的家伙，肯定也非常值钱。你看它有几岁了？"

水手长长地松了口气，露出一种如释重负的神情，然后放心大胆地回答：

"我也说不清楚，但它至多4岁或5岁。你们把它关在这儿吗？"

"哦，不；我们这儿没有关猩猩的设备。它这会儿在迪布尔街

---

① 讷沙泰勒，法国北部一小城，在卢昂以北50公里处。

一家马车行的马厩里，就在附近。你明天一早就能把它领走。你当然是打算领它回去？"

"的确如此，先生。"

"让它走我还真有点儿舍不得。"迪潘说。

"我并不想让你白辛苦一场，先生，"水手说，"我也不能那么奢望。我是诚心诚意要付一笔酬金以感谢你替我找到那家伙。这么说吧，只要合情合理，你要什么都行。"

"那好，"我朋友答道，"这当然非常公平。让我想想！我该要什么呢？哦！我会告诉你。我要的报酬是这个。我只要你尽可能地告诉我莫格街凶杀案的全部经过。"

迪潘说最后一句话时声音很低，很平静。他也以同样的平静走到门边，锁上房门，把钥匙放进衣袋。然后他从怀里掏出手枪，不慌不忙地放在桌上。

那位水手的脸骤然间涨得通红，好像是憋得透不过气来。他惊得一跃而起，双手紧握木棍；但很快他又颓丧地坐下，浑身发抖，面如死灰。看他一声不吭坐在那儿，我对他不由得生出恻隐之心。

"我的朋友，"这时迪潘用温和的口气说，"你不用害怕，实在不用害怕。我们丝毫没有伤害你的意思。我用一名绅士和法国人的名誉向你担保，我们并不想伤害你。我清楚地知道在莫格街惨案中你是无罪的。但也不可否认你与此案多少有些牵连。从我所说的你肯定已经明白，对此案的真相我早已有了了解的渠道，你做梦也不可能想到的渠道。事情就是这样。你没有犯任何你能避免的错，你当然也就无可指责。虽然你当时尽可神不知鬼不觉地盗走那些金币,可你却甚至分文未取。你没有什么值得隐瞒。你也没有理由隐瞒什么。反之,你在道义上有责任把你所知道的和盘托出。一个无辜的人现在因被控犯有那桩谋杀罪而遭关押,只有你才能说清那桩凶杀的真正凶手。"

那水手听完迪潘这番话,在很大程度上定下神来;只是不再像刚才那样放心大胆。

"老天作证,"他略为踌躇了一下说,"我一定把我所知道的全都告诉你们,不过我并不指望你们能完全相信我的话。如果我那么指望,那我一定是个大傻瓜。但我是无罪的,我即便为此而送命也要说出全部真相。"

他的叙述大致如下。他不久前曾航行到东印度群岛。包括他在内的一伙人在婆罗洲登陆,远足到密林深处游览。他与一位伙伴共同捕获了那只猩猩。伙伴死了,猩猩就归他一人所有。返航途中那猩猩难以驯服的野性使他费了不少周折,但他终于成功地把那家伙带到了巴黎,安全地关进了自己家里,为了不招惹邻居们讨厌的好奇心,他一直小心翼翼地没让猩猩露过面,想等到猩猩脚上一处在甲板上被碎片扎破的伤口愈合后再作打算。他的最终目的是要卖掉猩猩。

就在血案发生的那天晚上,准确地说是那天清晨,当他与一些水手玩了一通宵后回家时,他发现那畜生已闯出了与他卧室相邻的小房间,正呆在他的卧室里,在此之前那家伙一直如他想象的那样十分安全地被关在那个小房间里。那猩猩拿着一把剃刀,满脸肥皂泡,正坐在一面镜子前试着要刮脸,毫无疑问它曾从小房间的钥匙孔里窥视过主人刮脸的动作。看见那么凶猛的动物拿着那么危险的武器并且能那么熟练地使用,他一时吓得不知如何是好。不过他已经习惯于用鞭子驯服那畜生,即便在它兽性大发的时候,于是他又取出鞭子。那猩猩一见鞭子便猛然跳出卧室,冲下楼梯,从一扇偏巧开着的窗户窜到了街上。

这名法国水手绝望地紧追不舍;那只还握着剃刀的猩猩不时停下来回头看看,朝着追赶它的主人手舞足蹈,待主人快追上时,它调头又跑。他们就这样追追停停持续了好一阵。当时大街上阒无一人,因为时间已将近凌晨3点。当那只猩猩顺着莫格街后面的一条小巷逃窜时,从莱斯巴拉叶夫人家四楼卧室开着的窗户射出的灯光吸引了它的注意力。冲到那幢房子背后,它看见了那根避雷针,于是它异常敏捷地顺杆而上,抓住了当时完全敞开的百叶窗,凭借百叶窗的旋转,趁势跃上了窗边的床头。这整个过程前后还不到1分钟。猩猩跃进房间时,又顺势把百叶窗给踢开了。

当时那名水手是又高兴又担心。高兴的是他这下很有希望抓住那只猩猩,因为它除了原路退回,几乎不可能逃出它自己钻进的那个陷阱,而它再顺着避雷针杆下来则会被截获。担心的是那家伙很有可能在那个房间里胡作非为。这种担心促使那水手一直追到楼下。爬上一根避雷针柱本来不难,对一名水手来说更是轻而易举,但当他爬到与那窗户一般高时,才发现窗户还隔着老远,他根本跃不过那段距离,他所能做的就是尽量探出身子去看一看房间里的情形。这一看差点儿没吓得他从避雷针杆上摔下来。就是在那个时候,可怕的尖叫声划破了黑夜,把莫格街的居民从睡梦中惊醒。身着睡衣的莱斯巴拉叶夫人和她的女儿当时显然正在整理上文提到过的那个铁箱里的票据,铁箱当时被推到了房间中央，打开着，里面的东西全摊在地板上。被害人肯定是背朝着那扇窗户而坐，从那只猩猩进入房间到屋里传出尖叫声之间这段时间来看，母女俩当时大概并没有立即发现猩猩，她们自然而然地以为百叶窗的响动是由于风吹的缘故。

当水手朝里看时，那只猩猩已抓住莱斯巴拉叶夫人的头发（头发披散着，因为她刚梳过头），正模仿着刮脸的动作，在她脸前挥舞着那把剃刀。莱斯巴拉叶小姐躺在地板上一动不动，早已吓昏过去。老夫人的尖叫和挣扎（其间她的头发被扯下）使也许本无恶意的猩猩勃然大怒。它有力的臂膀使劲一挥，差点儿没完全割下她的脑袋。喉腔喷出的鲜血使猩猩的大怒变成了疯狂。它龇牙咧嘴，眼冒凶光，扑到那位姑娘的身上，用它可怕的双爪掐住她的脖子，直到那姑娘窒息而死。这时它疯狂而错乱的目光扫向床头，认出了它主人那张几乎吓变形的脸。毫无疑问它还记得鞭子可怕的滋味，它的疯狂顿时变为恐惧。自知难逃鞭子的惩罚，它似乎想掩盖它血腥的罪行，紧张不安地在屋里跳来窜去；这下房间被弄得乱七八糟，家具被摔得七零八落，床垫也被拖离了床架。最后它先抓起那姑娘的尸体，塞进了后来发现尸体的壁炉烟囱；然后抓起老夫人的尸体，从那个窗口一头扔了下去。

就在猩猩拖着那具支离破碎的尸体走向窗口时，那水手吓得缩回身子，连爬带滑下到底，一溜烟跑回了家。生怕被那桩血案牵连，他也就心安理得地不再关心那只猩猩的下落。证人们在楼梯上听见的只言片语就是那个法国人惊吓时发出的声音，其间混杂着那只猩猩凶猛的叫声。

我几乎没有什么可补充的了。那只猩猩肯定是在人们破门而入之前又利用那根避雷针逃出了房间。它肯定是在逃出时又把窗户给关上了。它的主人后来把它重新捕获，以一个很高的价钱卖给了巴黎植物园①。在我们去那位警察局长的办公室讲述了事情真相（加上迪潘的一些评注）之后，勒邦随即获得了释放。不管那位局长对迪潘多么有好感，他也未能完全掩饰住情况的急转直下使他产生的懊恼，忍不住冷嘲热讽了两句，说什么任何人都搅和进他的公务不太恰当。

"让他说去吧，"迪潘说，他认为没有必要搭理。"让他发发议论，这样他心里好受些。我在他的城堡里赢了他，这我就满足了。但话说回来，他未能解开这个谜一点也不奇怪，绝非他所想象的不可思议，因为我们这个当局长的朋友其实多少有点狡诈过分而造诣不足。他的智慧之花没有雄蕊。就像拉威耳娜②女神像有头无身，或至多像一条鳕鱼只有头和肩膀。不过他毕竟是个不错的家伙。我尤其喜欢他的能言善辩，他正是凭这点赢得了足智多谋的名声。我说的是他那种否认实事、强词夺理的本领。"

（1841）

---

① 巴黎植物园（Jardin des Plantes）的前身是17世纪路易十三王朝时代开辟的"皇家草药园"，1794年植物园中又附设了一个小型的动物园，饲养着不少珍稀的动物，但人们仍习惯将包括动物园的该园称为巴黎植物园，如奥地利诗人里尔克的名诗《豹——在巴黎植物园》。

② 拉威耳娜（Laverna），罗马的赢利女神，也被认为是窃贼的庇护神。

# 莫斯肯漩涡沉浮记

> 神造自然之道犹如天道，非同于吾辈制作之道；故自然之博大、幽眇及神秘，绝非吾辈制作之模型所能比拟，自然之深邃远胜德谟克利特之井。
>
> ——约瑟夫·格兰维尔

我们当时登上了最高的巉崖之顶。那位老人一时间似乎累得说不出话来。

"不久前，"他终于说道，"我还能像我小儿子一样利索地领你走这条路；可大约在三年前，我有过一次世人从未有过的经历，或至少是经历者从未有人幸存下来讲述的那种经历。我当时熬过的那胆战心惊的六小时把我的身子和精神全都弄垮了。你以为我是个年迈的老人，可我不是。就是那不到一天的工夫，我的黑发变成了白发，手脚没有了力气，神经也衰弱了，现在稍一使劲就浑身发抖，看见影子就感到害怕。你知道吗，现在从这小小的悬崖往下看，我都有点头昏眼花？"

这"小小的悬崖"，他刚才还那么漫不经心地躺在悬崖边上休息，身体的重心几乎是挂在崖壁上，仅凭一只胳臂肘支撑着又陡又滑的岩边，保持着身子不往下掉。这"小小的悬崖"是一道由乌黑发亮的岩石构成的高峻陡峭的绝壁，从我们脚下的巉岩丛中突兀而起，大约有1500或1600英尺高。说什么我也不敢到离悬崖边五六码的地方去。实际上，看见我那位同伴躺在那么危险的地方我都紧张得要命，以至于我挺直身子趴在地上还紧紧抓住身旁的灌木，甚至不敢抬眼望一望天空。与此同时，我总没法驱除心中的一个念头：这山崖会被一阵狂风连根吹倒。过了好一阵我才说服了自己，鼓足勇气坐起来朝远处眺望。

"你一定得克服这些幻觉，"那位向导说，"因为我领你上这儿来，就是要让你尽可能好好看看我刚才说的那件事发生的现场，让这地方就在你眼皮底下，我才好跟你细说那番经历。"

"我们现在，"他用他独有的不厌其详的方式继续道，"我们现在是在挪威海边，在北纬68度，在诺尔兰这个大郡，在荒凉的罗弗敦地区。我们脚下这座山叫赫尔辛根，也称云山。请把身子抬高点儿，要是头晕就抓住草丛。就这样，朝远处看，越过咱们身下的那条雾带，看远方大海。"

我头昏眼花地极目远望，但见浩浩荡荡一片汪洋。海水冥冥如墨，这让我一下想到了那位努比亚地理学家所记述的"黑暗海洋"[①]。眼前景象之凄迷超越了人类的想象。在我们目力所及的左右两方，各自延伸着一线阴森森的黑崖，犹如这世界的两道围墙，咆哮不止的波涛高卷起狰狞的白浪，不断地拍击黑崖，使阴森的

---

① 指摩洛哥地理学家易德里希（Al Idrisi，1100—1165），他写的世界地理志之拉丁语译本于1619年在巴黎出版，书名被译为《努比亚地理志》（*Geographia Nubiansis*），从此他也被讹传为努比亚人。

黑崖更显幽暗。就在我们置身于其巅峰的那个岬角对面，在海上大约五六英里远之处，有一个看上去很荒凉的小岛；更确切地说，是透过小岛周围的万顷波澜，那小岛的位置依稀可辨。靠近陆地两英里处又耸起一个更小的岛屿，荒坡濯濯，怪石嶙峋，周围环绕着犬牙交错的黑礁。

较远那座荒岛与陆地之间的这片海面有一种非常奇异的现象。虽然当时有一阵疾风正从大海刮向陆地，猛烈的疾风使远方海面上的一条双桅船收帆停下后仍不住颠簸，整个船身还不时被巨浪覆盖，但这片海面上却看不见通常的波涛，只有从逆风或顺风的各个方向流来的海水十分短促地交叉涌动。除了紧贴岩石的地方，海面上几乎没有泡沫。

"远处的那座岛，"老人继续道，"挪威人管它叫浮格岛。中途那座是莫斯肯岛。往北一英里处是阿姆巴伦岛。再过去依次是伊弗力森岛、霍伊荷尔摩岛、基尔德尔摩岛、苏尔文岛和巴克哥尔摩岛。对面远处（在莫斯肯岛和浮格岛之间）是奥特荷尔摩岛、弗里门岛、桑德弗利森岛和斯卡荷尔摩岛。这些名称就是这些小岛的准确叫法，但至于人们为什么认为非得这么叫，那就不是你我能弄懂的了。你现在听见什么吗？你看见海水有什么变化吗？"

我们当时在赫尔辛根山顶已待了大约十分钟，我们是从罗弗敦内地一侧爬上山的，所以直到攀上绝顶，大海才骤然呈现在我们眼前。老人说话之际，我已经听到了一种越来越响的声音，就像美洲大草原上一大群野牛的悲鸣。与此同时，我还目睹了水手们所说的大海说变就变的性格，我们脚下那片刚才还有风无浪的海水眨眼之间变成了一股滚滚向东的海流。就在我凝望之时，那股海流获得了一种异乎寻常的速度。那速度每分每秒都在增大，海流的势头每分每秒都在增猛。不出五分钟，从海岸至浮格岛的整个海面都变得浊浪滔天，怒涛澎湃；但海水最为汹涌的地方则在莫斯肯岛与海岸之间。那里的海水分裂成上千股相互冲撞的水流，突然间陷入了疯狂的骚动，跌宕起伏，滚滚沸腾，嘶嘶呼啸，旋转成无数巨大的漩涡，所有的漩涡都以水在飞流直下时才有的速度转动着冲向东面。

几分钟之后，那场景又发生了一个急剧的变化。海平面变得多少比刚才平静，那些漩涡也一个接一个消失，但在刚才看不见泡沫的海面，现在泛起了大条大条的带状泡沫。泡沫带逐渐朝远处蔓延，最后终于连成一线，又开始呈现出漩涡状的旋转运动，仿佛要形成另一个更大的漩涡。突然，真是突如其来，那个大漩涡已清清楚楚地成形，其直径超过了半英里。那漩涡的周围环绕着一条宽宽的闪光的浪带，但却没有一点浪花滑进那个可怕的漏斗。我们的眼睛所能看到的那漏斗的内壁，是一道光滑、闪亮、乌黑的水墙，墙面与水平面大约成45度角，以一种令人眼花缭乱的速度飞快地旋转，向空中发出一种可怕的声音，一半像悲鸣，一半像咆哮，连气势磅礴的尼亚加拉大瀑布也不曾向苍天发出过这种哀号。

一时间山崖震颤，岩石晃动。我紧张得又一下趴到地上，紧紧抓住身边稀疏的荒草。

"这，"我最后终于对老人说，"这一定就是著名的梅尔斯特罗姆大漩涡了。"

"有时候人们也这么叫，"他说，"但我们挪威人称它为莫斯肯漩涡，这名字来自海岸和浮格岛之间的莫斯肯岛。"

一般关于这大漩涡的记述都未能使我对眼前所见的景象有任何心理准备。约纳斯·拉穆斯[①]的记述也许最为详细，但也丝毫不能使人想象到这番景象的宏伟壮观或惊心动魄，或想象到这种令观者心惊肉跳、惶恐不安的新奇感。我不清楚那位作者是从什么角度和在什么时间观察大漩涡的，但他的观察既不可能是从赫尔辛根山顶，也不可能是在一场暴风期间。但他的描述中有几段特别详细，我们不妨把它们抄录于此，不过，要传达对那种奇观异景的感受，这些文字还嫌太苍白无力。

他写道："莫斯肯岛与罗弗敦海岸之间水深达36至40英寻；但该岛至浮岛（浮格岛）之间，水深却浅到船只难以通过的程度，即便在风平浪静的日子，船只也有触礁的危险。当涨潮之时，那股强大的海流以一种疯狂的速度冲过罗弗敦和莫斯肯岛之间；而当它急遽退落时所发出的吼声，连最震耳欲聋最令人害怕的大瀑布也难以相比。那种吼声几海里外都能听见。那些漩涡或陷阱是那么宽，那么深，船只一旦进入其引力圈就不可避免地被吸入深渊，卷到海底，在乱礁丛中撞得粉碎。而当那片海域平静之时，残骸碎片又重新浮出海面。但只有在无风之日潮水涨落之间的间歇，才会有那种平静之时，而且最多只能延续十五分钟，接着那海流又渐渐卷土重来。当那股海流最为狂暴且又有暴风雨助威时，离它四五英里之内都危机四伏。无论小船大船，只要稍不留意提

---

[①] 约纳斯·拉穆斯（Jonas Ramus，1649—1718），挪威学者。

防，不等靠拢就会被它卷走。鲸鱼游得太近被吸入涡流的事也常常发生，这时它们那种徒然挣扎、奢望脱身时所发出的叫声非笔墨所能形容。曾有一头白熊试图从罗弗敦海岸游向莫斯肯岛，结果被那股海流吸住卷走，当时它可怕的咆哮声岸上都能听见。枞树和松树巨大的树干一旦被卷入那急流，再浮出水面时一定是遍体鳞伤，仿佛是长了一身硬硬的鬃毛。这清楚地表明海底怪石嶙峋，被卷入的树干只能在乱石丛中来回碰撞。这股海流随潮涨潮落或急或缓，通常每六个小时一起一伏。1645年六旬节的星期日清晨，这股海流的狂暴与喧嚣曾震落沿岸房屋的砖石。"

说到水深，我看不出那个大漩涡附近的深度如何能测定。"40英寻"肯定仅指那股海流靠近莫斯肯岛或罗弗敦海岸那一部分的深度。莫斯肯漩涡的中心肯定深不可测，而对这一事实的最好证明，莫过于站在赫尔辛根山最高的巉崖之顶朝那旋转着的深渊看上一眼，哪怕是斜眼匆匆一瞥。从那悬崖之巅俯瞰那条咆哮的冥河，我忍不住窃笑老实的约纳斯·拉穆斯竟那么天真，居然把鲸鱼白熊的传闻当作难以置信的事件来记载；因为事实上在我看来，即便是这世上最大的战舰，只要一进入那可怕的吸力圈，也只能像飓风中的一片羽毛，顷刻之间便消失得无影无踪。

我曾读过那些试图说明这种现象的文章。记得当时还觉得其中一些似乎言之有理，现在看来则完全不同，难以令人满意。人们普遍认为，这个大漩涡与法罗群岛那三个较小的漩涡一样，"其原因不外乎潮涨潮落时水流之起伏与岩石暗礁构成的分水脊相碰，水流受分水脊限制便如瀑布直落退下，于是水流涌得越高，其退落就越低，结果就自然形成涡流或漩涡，其强大吸力通过模拟实验已为世人所知。"以上见解乃《大英百科全书》之原文[1]。基歇尔[2]等人推测莫斯肯漩涡之涡流中心是一个穿入地球腹部的无底深渊,深渊的出口在某个非常遥远的地方,而有一种多少比较肯定的说法是认为那出口在波的尼亚湾。这种推测本来并无根据,但当我凝视着眼前的漩涡,我的想象力倒十分倾向于同意这种说法。我对向导提起这个话题,他的回答令我吃了一惊,他说虽然一说起这话题几乎所有挪威人都接受上述观点,但他自己并不同意这种见解。至于前一种见解,他承认自己没有能力去理解。在这一点上我与他不谋而合,因为不管书上说得多么头头是道,可一旦置身于这无底深渊雷鸣般的咆哮声中,你便会觉得书上所言完全莫名其妙,甚至荒唐透顶。

"你现在已好好地看过了这大漩涡,"老人说道,"如果你愿意绕过这巉崖爬到背风的地方,避开这震耳欲聋的咆哮,我会给你讲一段故事,让你相信我对莫斯肯漩涡应该有几分了解。"

我爬到了他所说的地方,他开始讲故事。

"我和我两位兄弟曾有一条载重七十吨的渔船,我们习惯于驾船驶过莫斯肯岛,在靠近浮格岛附近的岛屿间捕鱼。海中凡有漩涡之处都是捕鱼的好地方,只要掌握好时机,再加上有胆量去一试。不过在罗弗敦一带所有渔民当中,只有我们三兄弟常去我告诉你的那些岛屿间捕鱼。通常的渔场在南边很远的地方。那儿随

---

[1] 值得一提的是,如今的《大英百科全书》《哥伦比亚百科全书》等权威辞书在"莫斯肯漩涡"这个词条中都要提及爱伦·坡对此漩涡的描述。

[2] 基歇尔(Athanasius Kircher, 1601—1680),德国学者。

时都能捕到鱼，没有多少危险，所以人们都情愿去那儿。可这边礁石丛中的好去处不仅鱼种名贵，而且捕捞量大，所以我们一天的收获往往比我们那些胆小的同行一个星期所得到的还多。事实上，我们把这营生作为一种玩命的投机，以冒险代替辛劳，以勇气充当资本。

"我们通常把船停在沿这海岸往北大约五英里处的一个小海湾里；遇上好天气，我们就趁着那十五分钟平潮赶快驶过莫斯肯漩涡的主水道，远远地到那大漩涡的北边，然后调头南下，直驶奥特荷尔摩岛或桑德弗利森岛附近的停泊地，那儿的涡流不像别处那么急。我们通常在那儿停留到将近第二次平潮，这时我们才满载鱼虾起锚返航。要是没遇上一阵能把我们送去又送回的平稳的侧风，那种我们有把握在我们回来之前不会停刮的侧风，我们绝不会出海去冒这种险。而对风向的预测我们很少出错。六年期间，我们因为没风而被迫在那儿抛锚过夜的事只发生过两次，天上一丝风也没有的情况在我们这儿十分少见；还有一次我们不得不在那边渔场上逗留了将近一个星期，差点儿没被饿死，那是因为我们刚到渔场不一会儿就刮起了狂风，狂风使水道怒浪滔天，那狂暴劲儿叫人想都不敢想。不管怎么说，那次我们本该被冲进深海，因为那些漩涡使我们的船旋转得那么厉害，结果连锚都被缠住了，我们只得拖着锚随波逐流。但幸好我们漂进了那些纵横交错的暗流中的一条，今天漂到这儿，明天漂到那儿，最后顺流漂到了弗里门岛背风的一面，在那儿我们侥幸地抛下了锚。

"我们在'渔场那边'遭遇的艰难，我真难以向你一言道尽。那是个险恶的地方，即便在好天也不太平，但我们总能设法平安无事地避开莫斯肯漩涡的魔掌。不过也有过吓得我心都提到嗓子眼的时候，那就是我们通过主水道的时间碰巧与平潮时间前后相差那么一分钟左右的时候。有时启航后才发现风不如我们预测的那么强劲，我们只好缩短我们本来该绕的圈子，这时候海流就会把船冲得难以控制。当时我哥哥已有个十八岁的儿子，我也有两个健壮的男孩。在刚才说到的那种需要划桨加速的时候，或是在到达渔场后撒网捕鱼的时候，孩子们都可以成为很好的帮手。可不知什么缘故，尽管我们自己就在玩命，但却没勇气让孩子们去冒风险，因为那毕竟是一种可怕的危险，这话可一点不假。

"再过上几天，我下面要给你讲的那件事就已经发生三年了。那是18××年7月10日，这一带的人永远都忘不了那个日子，因为就在那天，这里刮过一场从来没有过的最可怕的飓风。然而在那天上午，实际上一直到下午很晚的时候，天上还一直吹着轻柔而稳定的西南风，头顶上也一直艳阳高照，所以连我们中最老的水手也没料到会骤然变天。

"我们三人，我两个兄弟和我，大约在下午两点左右到达那边的岛屿之间，并很快就让鱼舱几乎装满了好鱼，我们都注意到那天捕的鱼比以往任何时候都多。七点整，根据我表上的时间，我们开始满载返航，好趁平潮期驶过那涡流的主水道，我们知道下次平潮是在八点。

"我们乘着从右舷一侧吹来的劲风驶上归途，以极快的速度行驶了好一阵，压根儿没想到有什么危险，因为事实上我们看不出任何值得担忧的迹象。可突然之间，从赫尔辛根山方向吹来的一阵风让我们吃了一惊。这种情况异乎寻常，我们以前从没遇到过，我不由得感到一点不安，不过我不清楚不安的缘由。我们让船顺着那阵风，但由于流急涡旋，船却完全没法前进；我正想建议把船驶回刚才停泊的地方，这时我们朝后一望，但见整个天边已被一种正急速升腾的黄铜色怪云笼罩。

"与此同时，刚才阻挠我们的那阵风也渐渐消失，我们完全没有了前行所需的风力，一时间只能随波逐流。可这种情况并未延续多久，甚至不够我们细想一下当时的处境。不出一分钟，风暴降临我们头上。不出两分钟，天空布满了乌云。乌云遮顶加上水雾弥漫，我们周围顿时变得漆黑一团，以致同在一条船上也彼此看不见对方。

"要描述当时那场飓风可真是痴心妄想。整个挪威最老的水手也不曾有过那种经历。我们趁那飓风完全刮来之前赶紧收起了风帆；可第一个风头就把我们的两根桅杆都刮倒在船外，仿佛它们早就被锯断了似的。主桅杆把我弟弟也带进了海里，因为他为安全起见把自己绑在了桅杆上。

"我们的船是海上船只中最轻巧的一种。它有一层十分平滑的甲板，只在靠近船头的地方有个小小的舱口，而我们一直习惯于在驶越大漩涡之前钉上扣板，将其密封，以防汹涌的海水灌入。要不是采取了那样的措施，恐怕我们早就沉到了海底，因为有一阵子我们完全被埋在水下。我说不上我哥哥是如何逃过那灭顶之灾的，因为我根本就没机会去弄明白。至于我自己，当时我一放下前帆就趴倒在甲板上，用双脚紧紧抵住船头狭窄的船舷上沿，两手则死死抓住前桅杆下一个环端螺栓。我那样做仅仅是由于本能的驱使，那无疑也是我当时最好的选择，因为我慌得没工夫细想。

"正如我刚才所说,有一阵子我们完全被埋在水下,其间我一直屏住呼吸,并紧紧抓住那个螺栓。待我实在不能再坚持时我才跪起身来,但抓螺栓的手一点也没放松,因此我保持了神志清醒。接着我们的小船晃了一阵,就像狗从水中出来时晃动身子,这样多少总算从水下钻出了水面。我正试图驱散刚向我袭来的一阵恍惚,好定下神来考虑对策,这时我觉得有人抓住了我一条胳臂。那是我哥哥,我高兴得心里直跳,因为我刚才以为他肯定已掉到海里去了。可我的高兴转眼之间就变成了恐惧,因为他把嘴凑近我的耳朵,惊恐地喊叫出了那个名字:'莫斯肯漩涡!'

"没有人会知道我当时是什么心情。我浑身上下直打哆嗦,就像发一场最厉害的疟疾。我清楚他嚷出的那个名词所包含的意义,我知道他想让我明白的是什么。随着那阵驱赶我们的狂风,小船正飞速驶向莫斯肯漩涡,我们已毫无希望得到拯救!

"你也知道,每次穿过这漩涡的主水道,我们总是远远地从漩涡北边绕一个大圈,即便在最好的天气也不例外,然后还得小心翼翼地等待平潮,可现在我们却直端端地被驱向那大漩涡本身,而且是在那样的一场飓风之中!'当然,'我心中暗想,'我们到达漩涡时会正赶上平潮。这样我们也许还有一线生机。'但紧接着我就诅咒自己是个十足的白痴,居然会想到从大漩涡生还的希望。我知道得非常清楚,就算我们是一条比有九十门大炮的战列舰还大十倍的船,这次也是在劫难逃。

"这时风暴的头一阵狂怒已经减弱,或者是因为我们顺风行驶而觉得它不如刚才凶狂,但不管怎样,刚才被狂风镇服、压平、只翻涌着泡沫的海面,现在卷起了一排排山一样的巨浪。天上也起了一种奇异的变化。虽说周围仍然是一片漆黑，可当顶却骤然裂开一个圆孔，露出一圈晴朗的天空，我所见过的最清澈明朗的天空，呈一种深沉而晶莹的湛蓝。透过那孔蓝天涌出一轮圆月，圆月闪耀着一种我从不知月亮有过的光华。月光把我们周围的一切照得清清楚楚。可是，天哪，它照亮的是一番什么景象！

"我当时试了一两次要同我哥哥说话，可我弄不明白是怎么回事，震耳欲聋的喧嚣声越来越猛，我扯开嗓门对着他耳朵喊叫也没法让他听到我的声音。不一会儿他朝我摇了摇头。面如死灰地竖起一根手指，仿佛是说'听！'

"开始我还弄不懂他的意思，但紧接着一个可怕的念头倏然掠过脑际。我从表袋里掏出怀表。指针没有走动。我借着月光看了一眼表面，不禁哇地一下哭出声来，随之把怀表扔进了大海。表在七点钟时就已停走！我们已经错过了平潮期，此时的大漩涡正在狂怒之中！

"当一条建造精良、结构匀称、且载货不多的船顺风而行时，被强风掀起的海浪似乎总是从它的船底一滑而过，对不懂航海的人来说，这显得很奇怪，可用海上的行话来说，那就叫骑浪。对啦，在此之前我们就一直在骑浪而行；但不久一个巨大的浪头紧紧贴住了我们的船底，并随着它的涌起把我们给托了起来，向上，向上，仿佛把我们托到了空中。我真不敢相信浪头能涌得那么高。然后，伴随着一顿、一滑、一坠，我们的船又猛然往下跌落，跌得我头昏眼花，直感恶心，就像是在梦中从山顶上往下坠落。但当我们被托起时，我趁机朝四下扫了一眼，而那一眼就完全足够了。我一眼就看清了我们的准确位置。莫斯肯大漩涡就在我们正前方大约四分之一英里处，但它已不像平日所见的莫斯肯涡流，而像你刚才所见到的水车沟一样的漩涡。如果我当时不知道我们身在何处，不知道我们正面临什么，那我一定完全认不出那地方。事实上，那一眼吓得我当即闭上了眼睛，上下眼皮像抽筋似的自己合在了一起。

"其后可能还不到两分钟，我们突然觉得周围的波涛平息了下来，包围着小船的是一片泡沫。接着小船猛地朝左舷方向转了个直角，然后像一道闪电朝这个新的方向猛冲。与此同时，大海的咆哮完全被一种尖厉的呼啸声吞没。要知道那种呼啸声，你可以想象几千艘汽船的排气管同时放气的声音。我们当时是在那条总是环绕着大漩涡的浪带上。当然，我以为下一个时刻马上就会把我们抛进那个无底深渊。由于我们的船以惊人的速度在飞驶，我们只能朦朦胧胧地看见下面。可小船并不像要沉入水中，而是像一个气泡滑动在水的表面。船的右舷靠着漩涡，左舷方则涌起我们刚离开的那片汪洋。此时那片汪洋像一道扭动着的巨墙，横在我们与地平线之间。

"说来也怪，真正到了那漩涡的边上，我反倒比刚才靠近时平静了许多。一旦横下心来听天由命，先前让我丧魂失魄的那种恐惧倒消除了一大半。我想，当时使我平静下来的正是绝望。

"这听起来也许像在吹牛，但我告诉你的全是实话。我开始想到，以这样的方式去死是多么壮丽，想到面对上帝的力量如此叹为观止的展现，我竟然去考虑自己微不足道的生命，这是多么可鄙，多么愚蠢。我确信，当时这种想法一闪过我脑子，我的脸顿时羞得通红。过了一会儿，我终于被一种想探究那个大漩涡的强烈的好奇心所迷住。我确实感到了一种想去勘测它深度的欲望,即使为此而丢掉生命也在所不惜,可我最大的悲伤就是我永远也不可能把我即将看到的秘密告诉我岸上那些老朋友。毫无疑问,这些想法是一个面临绝境的人脑子里的胡思乱想。后来我常想,当时也许是小船绕漩涡急速旋转使得我有点儿神志恍惚了。

"使我恢复镇静还有另一个原因;那就是风停了,风已吹不到我们当时所处的位置,因为正如你现在亲眼所见,那圈浪带比大海的一般水位低得多,当时海面高高地耸在我们头顶,像一道巍峨的黑色山梁。要是你从没在海上经历过风暴,那你就没法想象风急浪高在人心中造成的那种慌乱。风浪让你看不清,听不见,透不过气来,让你没有力气行动也没有精力思考。可我们当时基本上摆脱了那些烦恼,就像狱中被宣判了死刑的囚徒被允许稍稍放纵一下,而在宣判之前则禁止他们乱说乱动。

"说不清我们在那条浪带上转了多少圈。我们就那样绕着圈子急速地漂了大约一个小时,说是漂还不如说是飞,渐渐地移到了浪带中间,然后又一点一点向浪带可怕的内缘靠近。这期间我一直没松开那个螺栓。我哥哥则在船尾抓住一只很大的空水桶,那水桶一直牢固地绑在船尾捕鱼笼下面。飓风头一阵袭击我们时,甲板上唯一没被刮下海的就是那只大桶,而就在我们贴近那漩涡边缘时,他突然丢下那只桶来抓环端螺栓,由于极度的恐惧,他力图强迫我松手。因为那个环并不大,没法容我们兄弟俩同时抓牢。当我看见他这种企图,我感到了前所未有的悲伤,尽管我知道他这样做时已神经错乱,极度的恐怖已使他癫狂。不过我并不想同他争那个螺栓。我认为我俩谁抓住它结果都不会有什么不同;

于是我让他抓住那个环,自己则去船尾抓住那个桶。这样做并不太难;因为小船旋转得足够平稳,船头船尾在同一水平面,只是随着那漩涡巨大的摆荡,前后有些倾斜。我勉强在新位置站稳脚跟,船就猛然向右侧一歪,头朝下冲进了那个漩涡。我匆匆向上帝祷告了两句,心想这下一切都完了。

"当我感觉到下坠时那种恶心之时,我早已本能地抓紧木桶并闭上了眼睛。有好几秒钟我一直不敢睁眼,我在等待那最后的毁灭,同时又纳闷怎么还没掉到水底作垂死的挣扎。可时间一刻一刻地过去。我仍然活着。下坠的感觉消逝了,小船的运动似乎又和刚才在浪带上旋转时一样,只是现在船身更为倾斜。我壮着胆子睁开眼再看一看那番情景。

"我永远也忘不了我睁眼环顾时那种交织着敬畏、恐惧和赞美的心情。小船仿佛被施了魔法,看起来就像悬挂在一个又大又深的漏斗内壁表面上。要不是那光滑的内壁正以惊人的速度在旋转,要不是它正闪耀着亮晶晶的幽光,那水的表面说不定会被误认为是光滑的乌木。原来那轮皓月正从我刚才描述过的那个乌云当中的圆孔把充溢的金光倾泻进这个巨大的漩涡,光线顺着乌黑的涡壁,照向深不可测的涡底。

"一开始我慌乱得根本无法细看,蓦然映入眼中的就是这幅可怕而壮美的奇观。但当我稍稍回过神来,我的目光便本能地朝下望去。由于小船是悬挂在涡壁倾斜的表面,我朝下方看倒能够一览无余。小船现在非常平稳,那就是说它的甲板与水面完全平行,但由于水面以45度多一点的角度倾斜,小船看起来几乎要倾覆。然而我不能不注意到,我几乎并不比在绝对水平时费劲就能抓紧水桶、固定身体。现在想来,那是因为我们旋转的速度。

"月光似乎一直照向那深深漩涡的涡底;可我仍然什么也看不清,因为有一层厚厚的雾包裹着一切,浓雾上方悬着一道瑰丽的彩虹,就像穆斯林说的那座狭窄而晃悠的小桥,那条今生与来世之间唯一的通道。这层浓雾,或说水沫,无疑是那个漩涡巨大的水壁在涡底交汇相撞时形成的,可对水雾中发出的那种声震天宇的呼啸,我可不敢妄加形容。

"我们先前从那条涌着泡沫的浪带上朝漩涡里猛然一坠,这已经使我们沿着倾斜的水壁向下滑了一大段距离,但其后我们下降的速度与刚才完全不成比例。我们一圈又一圈地随着涡壁旋转,但那种旋转并非匀速运动,而是一种令人头昏目眩的摆动,有时一摆之间我们只滑行几百英尺,而有时一摆之间我们却几乎绕涡壁转了一圈。我们每转一圈所下降的距离并不长,但也足以被明显地感知。

"环顾承载着我们的那道乌黑的茫茫水壁,我发现漩涡里卷着的并非仅仅是我们这条小船。在我们的上方和下面都可以看到船只的残骸、房屋的梁柱和各种树干,另外还有许多较小的东西,诸如家具、破箱、木桶和木板等等。我已经给你讲过了我那种反常的好奇心,那种使我消除了恐惧感的好奇心。现在当我离可怕的死亡越来越近时,我那种好奇心似乎也越来越强烈。我怀着一种不可思议的兴趣开始观察那许许多多随我们一道漂浮的物体。我肯定是神经错乱了,因为我居然津津有味地去推测它们坠入那水沫高溅的涡底时的相对速度。有一次我竟发现自己说出声来,'这下肯定该轮到那棵枞树栽进深渊,无影无踪了',可随之我就失望地看到一条荷兰商船的残骸超过那棵枞树，抢先栽进了涡底。我接着又进行了几次类似的猜测，结果没有一次正确，这一事实，我每次都猜错这一事实，终于引得我思潮起伏，以致我四肢又开始发抖，心又开始怦怦乱跳。

"使我发抖心跳的不是一种新的恐惧，而是一种令人激动的希望。这希望一半产生于记忆，一半产生于当时的观察。我想起了那些被莫斯肯漩涡卷入又抛出，然后漂散在罗弗敦沿岸的各种各样的东西。那些东西的绝大部分都破碎得不成样子，被撞得千疮百孔，被擦得遍体鳞伤，仿佛是表面上被粘了一层碎片，但我也清楚地记得有些东西完全没有变形走样。当时我只能这样来解释这种差异，我认为只有那些破碎得不成样子的东西才被完全卷到了涡底，而那些未变形的东西要么是涨潮末期才被卷进漩涡，要么是被卷进后因某种原因而下降得太慢，结果没等它们到达涡底潮势就开始变化，或是开始退潮，这就视情况而定了。我认为无论是哪种情况，这些东西都有可能被重新旋上海面，而不遭受那些被卷入早或沉得快的东西所遭受的厄运。我还得出了三个重要的观察结论。第一，一般来说，物体越大下降越快；第二，两个大小相等的物体，一个是球形，另一个是其他任何形状，下降速度快的是球形物；第三，两个大小相等的物体，一个是圆柱形，另一个是其他任何形状，下降速度慢的是圆柱形物体。自从逃脱那场劫难以来，我已经好几次同这个地区的一名老教师谈起这个话题，我就是从他那儿学会了使用'圆柱形'和'球形'这些字眼。他曾跟我解释（虽然我已经忘了他解释的内容）为什么我所看到的实际上就是各种不同漂浮物的必然结果，他还向我示范，圆柱形浮体在漩涡中是如何比其他任何形状的同体积浮体更能抵消漩涡的吸力，因而也就更难被吸入涡底。①

"当时还有种惊人的情况有力地证明了我那些观察结论，并使得我迫不及待地跃跃欲试。那种情况就是当我们一圈一圈地旋转时，我们超过了不少诸如大木桶或残桁断桅之类的东西，我最初睁开眼看漩涡里那番奇观时，有许多那样的东西和我们在同一水平线上，可后来它们却留在了我们上面，似乎比原来的位置并没有下降多少。

"我不再犹豫。我决定把自己牢牢地绑在我正抓住的那个大木桶上，然后割断把它固定在船尾的绳子，让木桶和我一道离船入水。我用手势引起我哥哥的注意，指给他看漂浮在我们船边的一些大木桶，千方百计让他明白我打算做什么。我最后认为他已经明白了我的意图，但不管他明白与否，他只是绝望地向我摇头，不肯离开他紧紧抓住的那个螺栓。我当时不可能强迫他离船，当时情况紧急，刻不容缓；于是我只好狠狠心让他去听天由命，径自用固定木桶的绳索把自己绑在桶上，并毫不犹豫地投入水中。

"结果与我所希望的完全一样。因为现在是我在给你讲这个故事，因为你已经看到我的确劫后余生，因为你已经知道了我死里逃生的方法，因此也肯定能料到我接下去会讲些什么，所以我要尽快地讲完我的故事。大约在我离船后一个小时，早已远远降到我下面的那条船突然飞速地一连转了三四圈，然后带着我心爱的哥哥，一头扎进了涡底那水沫四溅的深渊，一去不返。而绑着我

---

① 参见阿基米德《论浮体》(De Incidentibus in Fluido) 第2部分。——原注

的那只大木桶只从我跳船入水的位置朝涡底下降了一半多一点儿的距离,这时漩涡的情形起了巨大的变化。涡壁的倾斜度变得越来越小。旋转的速度变得越来越慢。水沫和彩虹渐渐消失,涡底似乎开始徐徐上升。当我发现自己又升回海面时,天已转晴,风已减弱,那轮灿灿明月正垂悬西天,我就在能望见罗弗敦海岸的地方,就在刚才莫斯肯漩涡的涡洞之上。当时是平潮期,但飓风的余威仍然使海面卷起小山般的波涛。我猛然被推进了大漩涡的水道,在几分钟内就顺着海岸被冲到了渔民们捕鱼的'渔场'。一条渔船把我打捞上来,当时我已累得精疲力竭,恐怖的记忆(既然危险已过去)使我说不出话来。救我上船的那些人都是我的老伙计和经常见面的朋友,可他们居然仅仅把我当作一名死里逃生的游客。我前一天还乌黑发亮的头发当时就已经白成了你现在所看见的这个样子。他们还说我脸上的神情都完全变了。我给他们讲了我那番经历。他们并不相信。现在我讲给你听,可我并不指望你会比那些快活的罗弗敦渔民更相信我的故事。"

(1841)

# 莫诺斯与尤拉的对话

> 这些是未来之事。
> ——索福克勒斯《安提戈涅》

**尤　拉**："再生"？

**莫诺斯**：是的,最美丽最可爱的尤拉"再生"。这就是我因为不相信教士们的解释而长期冥思苦想其神秘含义的那两个字,直到死亡本身替我揭示了这个秘密。

**尤　拉**：死亡!

**莫诺斯**：亲爱的尤拉,你重复我话的声音多么奇怪!我还注意到你的步子晃了一下,你的眼睛里有一种快活的不安。可能是永生庄严的新奇感使你感到迷惑,感到压抑。是的,我正是说死亡。而这个从前常常为所有的心灵带去恐怖,为所有的欢乐投下霉菌的字眼,在这里听起来多么奇怪!

**尤　拉**：哦,死亡,那个曾无处不在的幽灵!莫诺斯,我们过去是多么经常地沉湎于推测它的本质!它终止人们的欢乐时行踪是多么地诡秘,总是突然说一声"到此为止吧,别再向前!"那曾燃烧于我们胸中的真挚的相爱,我亲爱的莫诺斯,当我们因它的萌发而感到幸福之时,我们是多么地自以为是,以为我们的幸福会因为爱的力量而加强！唉！随着爱的增长，我们心中的恐惧也在增长，我们惧怕那不祥的时刻正匆匆赶来把我们永远分开！这样，爱迟早会变得痛苦。因此恨说不定倒真是幸运。

**莫诺斯**：别再说这些伤心事，亲爱的尤拉，你现在永远是我的了，我的！

**尤　拉**：但回忆过去的忧伤，难道不是现在的快乐？我还有好多好多的话要对你讲。可最重要的是我迫不及待地想知道你自己穿行那黑沉沉的死荫幽谷①时的详细经过。

**莫诺斯**：什么时候美丽的尤拉向她的莫诺斯提出的要求没有得到过满足？我会详详细细地讲述一切。但这番离奇的叙述应该从哪一点上开始呢？

**尤　拉**：从哪一点上？

**莫诺斯**：你已经说过了。

**尤　拉**：我懂了，莫诺斯。通过死亡我俩都认识到了人类爱给难以下定义的事物下定义的癖好。那我不说从生命中止的那个时刻开始，而说从那个悲伤的时刻开始，就是当那场热病把你抛弃、你陷入一种屏息且静止的麻痹、而我用充满爱的手指替你合上眼皮的那个时刻。

**莫诺斯**：亲爱的尤拉，我先说一个词，一个关于这个时代人类概况的词。想必你还记得我们的先辈中有一两位聪明人（虽非

---

① 参见《旧约·诗篇》第23篇第4节："虽然我穿行于死荫之幽谷，但我不怕罹祸，因为你与我同在，你会用牧杖引我，用权杖护我。"

举世公认但却名副其实的聪明人），他们曾勇敢地质疑用于人类文明进步的"改进"一词的贴切性。在我们消亡之前，每五六百年都会有那么几个周期，其间会出现某位强有力的智者，大胆地坚持那些正确原则，那些用我们今天已被剥夺其权力的理性来看其正确性是如此明显的原则，那些本该教会人类别试图去控制自然规律、而要服从其引导的原则。相隔更长的时间则会出现某位才智非凡者，把实用科学的每一进展都视为人类真正幸福的一次倒退。偶然也出现诗人智者，那种我们现在公认的最高尚的智者，因为那些对我们永远都具有重要性的真理只有凭借用诗的语言说出的比拟才能被我们的想象力所接受，才不会给我们独立的理性带来负担。这种诗人智者偶尔也的确多走一步去推导出那个模糊的哲学概念，并在那则讲智慧树及其禁果产生出死亡的神秘寓言中发现一个清楚的暗示：知识并不适合其灵魂尚幼稚的人类。而这些人，这些诗人，生前死后都遭到那些自我标榜为"实用主义者"的空谈家粗暴的奚落，而那些空谈家自封的称号本来只有给予被奚落者才名副其实，这些人，这些诗人，苦苦地但并非不明智地向往过去，向往我们那些享受不多、欲望也少的日子，那时候享乐是个不为人知的字眼，更为低调而庄重的那个字眼是幸福。在那些庄严神圣且无忧无虑的日子里，未被筑坝的蓝色河流穿过未被砍劈的青山，流进远方未被勘测过的幽静而清馨的原始森林。

然而，这些要防止普遍骚乱的高尚异议反而加强了普遍骚乱。唉！我们遇上了所有不幸时代中最不幸的时代。伟大的"运动"（这是个时髦字眼）继续进行，那是一场精神和肉体上的病态骚动。技术（各种技艺）变得至高无上，而它们一旦占据高位便反过来禁锢把它们推上高位的智者。由于人类不得不承认自然的权威，所以一旦获得并不断加强对自然资源的支配权时，他便像孩子一般欣喜若狂。可正当他悄悄走近他想象中的上帝时，一种早期低能症向他袭来。恰如从他骚动之根源就可以预料的那样，他慢慢染上了"系统病"和"抽象症"。他把自己包裹在模糊的概念之中。除其他古怪的念头外，人人平等之念头风靡一时；不顾类比，不顾上帝，不顾在人世与天堂之万物中都那么明显普及的等级法则的大声警告，企图实现一种全球民主的疯狂计划被逐一制定。但这个不幸肯定产生于那个主要不幸，即产生于知识。因为人不可能既知晓又服从。与此同时，冒着浓烟的大城市成千上万地出现。绿叶在高炉的热浪前瑟瑟退缩。大自然美丽的容颜遭到毁伤，就像遭受了一场可恶瘟疫的蹂躏。而我认为，可爱的尤拉，甚至连我们违反自然的睡眠意识也会把我们拘留在这儿。不过现在看来，我们人类是因为情趣的堕落而为自己挖掘了坟墓，或准确地说是因为完全忽略了学校中的情趣陶冶。因为在这危急存亡之际，事实上唯有情趣（那种介乎于纯粹智力和道德观念之间的能力）绝不可以被心安理得地忽略，因为只有情趣能引导我们慢慢地重归于美，重返自然，重返生活。可只怪柏拉图的凝神观照和堂堂的直观论！只怪他理由充分地认为单凭音乐就足以包揽对灵魂的陶冶！只怪他和他的音乐！因为在最需要他和他的音乐时，这两者都已被彻底遗忘和扬弃。①

帕斯卡,一个我俩都爱戴的哲学家,他说得多么正确啊!"我们所有的推理最终都将让位于感觉。"②而要是时间允许,自然的感觉并非没有可能重占上风,压倒经院派刻板的数学推理。但这种事没有发生。由于过早地滥用知识,这个世界的末日已经来临。当时大多数人都没看到这点,或者是因为他们虽不幸福但仍然活得起劲,所以故意视而不见。但对我来说,人类历史已教会我去期待那场作为极度文明之代价的大范围毁灭。我早已从历史的比较中预见到了我们的命运,我曾把质朴而悠久的中国与善建筑术的亚述、善占星术的古埃及、以及比这两者更善用技术、堪称所有技艺骚动之母的努比亚进行过比较。从这些地方的历史③记载中,我窥视到了一线来自未来的光芒。后三个古国各自违背自然的造作曾是人类世界的局部病症,而从它们各自的灭亡之中,我已经发现了适用于局部病症的药方;但对于这个整体染疾的世界,

---

① "很难发现一种更好的[教育方法]能胜过这么多世纪的经验已发现的这种方法,而此方法可被概括为由锻炼身体的体育和陶冶灵魂的音乐组成"(《理想国》卷2)。"为此音乐教育是最根本的教育,因为它能让节奏与和谐最深入地穿透灵魂,最有力地攫住灵魂,让心灵充溢美,使人具有美的心灵……人将崇拜美,颂扬美;将欣然把美纳入心灵,将从中汲取营养并将自身与美融为一体。"(同前卷3)。不过,音乐($\mu o \upsilon \sigma \iota \kappa \eta$)在古代雅典人中具有一种远比我们所理解的更广泛的意义。它不仅包括节拍与曲调之和谐,而且包括诗的措词、情感和创造,每一点都在其最广泛的意义上。实际上,音乐教育于他们乃最为全面的情趣培养。那种识别美的情趣,与只识别真的理性相对。——原注

② 语出帕斯卡《思想录》第7编。

③ "历史"一词来自希腊词 $\iota \sigma \tau o \rho \epsilon \iota \nu$(沉思)。——原注

我看只有在死亡中才可能新生。人类作为一个种族不会绝种，我看他必须被"再生"。

最美丽最可爱的尤拉，于是我们曾终日把自己的灵魂包裹在梦中。于是我们曾在薄暮朦影中讨论未来的时日，那时候地球被技艺弄得伤痕累累的表面已经历了那场非它而不能抹去其污秽的净化①，那时候地球将重新披上绿装，重新有其乐园般的山坡和溪流，最终重新成为适合人类居住的地方，适合已被死亡净化过的人类，适合其高尚心智不再被知识毒化的人类，适合那已获救的、新生的、无忧无虑的、已成为不朽但仍然是物质的人类。

尤　拉：我当然清楚地记得那些谈话，亲爱的莫诺斯；但那个毁于烈火的时代并不像我们所认为的那样近在咫尺，而且也不像你所指出的那种堕落真让我们确信无疑。人们各自生生死死。你自己也病故，进了坟墓；而你忠贞的尤拉也匆匆随你而来。尽管那个已经过去、其终结把我俩又聚在一起的世纪用并非忍受不了的持久折磨我们的睡眠意识，可我的莫诺斯，它仍然是一个世纪。

莫诺斯：如我方才所说，准确地说是那模糊的无穷中的一个点。毋庸置疑，我正是在世界的老化期中离去。因为我内心厌倦了由于天下大乱和世风日下所产生的忧虑，所以我屈服于那场可怕的热病。经历了没几天痛苦和许许多多充满了狂喜的梦一般的谵妄，其表现被你误认为是痛苦，而我心里极想但却没有能力让你醒悟。几天之后，你所说的那种屏息而静止的麻痹突然向我袭来，这就是被当时站在我周围的那些人称之谓的死亡。

---

① "净化"（Purification）用在此处显然与其希腊词根 πυρ（火）有关。——原注

语言真是苍白无力。我当时的状态并没有剥夺我的知觉。我觉得那似乎与一个在夏日中午伸直身子、完全平卧、久久酣睡之后的人开始慢慢恢复其意识时的情况没多大不同，已完全从自己的睡眠中潜出，但又未被外界的动静所唤醒。

我没有了呼吸，没有了脉搏，心脏已经停止跳动。意识尚未离去，但很微弱。感官异常敏锐，尽管敏锐得出奇，往往各自任意发挥其作用。味觉和嗅觉纠缠到一起，混淆成一种反常而强烈的感觉。你的温柔最后用来湿润我嘴唇的玫瑰香水，使我产生了花的芬芳幻觉，奇异的花，远比世间原有的任何花可爱，但那种花的原型现在就开在我们周围。我的眼皮透明而苍白，对视觉不造成任何妨碍。由于意志暂时中止，眼珠不能在眼窝里转动，但所有在视觉范围内的物体，程度不同地都能被看清楚；射在视网膜外侧或进入眼角的光线比射在视网膜内表面或进入眼睛正面的光线产生出一种更鲜明的效果。但在前一种情况下，那效果太反常，以致我只能将其作为一种声音来领略，而声音的和谐与否取决于靠近我跟前之物体的色调之明暗，轮廓之曲直。与此同时，听觉虽说有点兴奋，但还没有完全乱套，它以一种过度的精确鉴别真正的声音，至少是以一种过分的敏感。触觉经历了一种更奇特的变化。它的感应变得迟缓，但接收到的感应更持久，而且总是引起最美妙的肉体快感。所以你可爱的手指在我眼皮上的压力，开始只被视觉辨出，在手指移开很久之后才终于以一种无限的肉体快感充溢我全身。我说以一种肉体快感。我所有的知觉都纯然是肉体的。由于理解力消失，材料通过感官传送给钝态的大脑已丝毫不起作用。那种感觉有一点痛苦，有许多快活；但精神上的痛苦和快活都荡然无存。因此，你的哭泣声带着它们哀婉的韵律飘进我的耳朵，它们悲切的声调之每一分变化都被听出；但它们是柔和的音乐声，仅此而已。它们并未向已失效的理性传达产生出它们伤心的任何暗示，而你那些不断滴到我脸上的大颗大颗的泪珠，使旁观者感到了一颗破碎的心，却只使我身上的每一根纤维都浸透了欣喜。这就是那些旁观者敬畏地悄声说的死亡，就是你，可爱的尤拉，为之放声痛哭的实实在在的死亡。

他们替我装殓准备入棺。三四个黑乎乎的身影在我旁边匆忙地来来去去。当他们与我的视觉直接交叉，他们是作为人影被我感到；但当他们绕到我旁边，他们的影像给我的印象是尖叫、呻吟的概念和其他阴郁的表达，诸如害怕、恐惧、或者苦恼。只有你，穿一身白衣，从任何方向经过都像是音乐。

白昼将尽。当日光黯淡，我被一种朦胧的不安缠住。那种不安就像睡眠者感到的不安，当他的耳朵里不断传进忧伤而现实的声音——低沉、遥远、肃穆、节奏均匀、混进他忧郁的梦中的悠悠钟声。夜晚降临。随着夜的阴影我感到一种难忍的不适。不适感以一种易于感觉的沉闷的重量压迫我的肢体。还有一种呜咽的声音，并非不像远方波涛的回响，但更加连绵不断，它随薄暮的出现而开始，随黑夜的来临而加强。突然，光亮被送进那间屋子，那种回响顿时被阻断成一阵阵节奏常常不均匀的同样的声音，但没那么凄凉，没那么清晰。沉重的压迫感大大减轻，而从每盏灯的光焰（因为有不少灯）向我耳里流进一种不间断的悦耳的单调旋律。就在这时，亲爱的尤拉，你走近我躺着的那张床，轻轻坐到我的身边，你可爱的嘴唇呼出香气，你把嘴唇印在我额上，我胸中颤栗着涌起一种东西，交织着被环境唤起的肉体知觉，一种类似于情感本身的东西，一种被你真挚的爱和悲伤所唤起的半是感激半是回应的感情。但这种感情并没有在已停止跳动的心里生根，实际上似乎更像是虚幻而不像真实，而且消退得很快，开始是变成一种完全静止，然后就成了前面那种纯粹的肉体快感。

接着从平常那些官能的残余和混乱之中，我身上似乎出现了一种第六官能，一种完美无缺的官能。在它的运用之中我感到极度喜悦，不过仍然是肉体的喜悦，因此理解力与它完全无关。我的生理运动早已完全停止。肌肉、神经和血管早已不颤动。但是，大脑里似乎出现了一种新的运动，一种没法用语言向人的智力传达其丝毫概念的运动。姑且让我把它称为一种精神摇摆脉动。它是人抽象的时间概念之精神体现。就是凭着这种脉动（或诸如此类的脉动）之绝对均等，天体的运行周期得以校准。借助这种脉动，我校出壁炉架上的钟和在场那些人的表全都不准。钟表的嘀嗒声在我听来十分响亮。与真正的相称之最细微的误差（这种误差极其普遍）对我的影响就正如世间亵渎抽象真理常常对精神意识产生的影响。虽然屋里的计时器走时全都各有差异，但我能毫不费力地记下各自走动的声音和各自的瞬间误差。而这种持续感，这种敏锐、完善、独自存在的持续感，这种独立于任何活动之外而存在（正如人们不可能设想其存在）的感觉，这种概念，这种从其他官能的残余中诞生的第六官能，是永恒的灵魂迈向时间之永恒的明显而无疑的第一步。

时间已是半夜，而你依然坐在我身边。其他所有的人都离开了那间灵寝。他们已经把我放进棺材。灯光在闪动，我是凭那种单调旋律的颤抖而知道这一点的。但突然之间,那种旋律变得越来越模糊,越来越微弱,最后终于完全消失。我鼻孔里的香气散尽。物影不再作用于我的视觉。黑暗的压迫自动从我胸上离去。一阵犹如电击般的沉闷的震荡传遍我全身,随后就是触觉的彻底丧失。人们所称之谓的官能全部合并为一种唯一的存在意识,一种绵绵无期的持续感。肉体终于被那只可怕的腐朽之手攫住。

但并非所有的知觉都离我而去,因为那种存在意识和持续感也发挥出某种无生气的直觉作用。所以我感觉到肉体上不祥的变化已经开始,而就像做梦者有时意识到有人俯身于他身体上方一样。可爱的尤拉,我也仍然依稀感到你坐在我身边。同样,当第二天中午来临之时,我也并非没有意识到发生的一切,他们怎样把你从我身边拉开,怎样钉上我棺材的棺盖,怎样把我搬进柩车,怎样把我拉到墓地,怎样把我放入墓坑,怎样在我上边盖上厚厚的土,又怎样把我留给黑暗与腐朽,留给虫豸蠹蛆,留给我阴郁而庄重的长眠。

在这儿,在这间没有多少秘密可言的囚室,时间一天天、一周周、一月月地过去;灵魂精确地观测流逝的每分每秒,并毫不费力地记录下时间的周而复始,毫不费力且毫无目的。

一年过去了。存在意识已变得越来越淡薄,在很大程度上被一种纯粹的空间意识所取代。存在之概念与空间概念渐渐合二为一。原来被肉体占据的狭窄空间现在已慢慢变成了肉体本身。最后,就像睡眠者常常经历的那样(只有靠睡眠及其梦境才能想象死亡),最后,就像世间沉睡者有时经历的那样,某道一晃而过的光把他一半唤醒,但仍让他一半还包裹在梦中。我就是那样,在死荫紧紧的包裹之中，来了那道唯一有力量把我唤醒的光，那道永恒的爱之光。人们在我躺于黑暗中的那个坟头挖掘，刨开上面潮湿的泥土，在我发霉的骨骸上放下了尤拉那具棺材。

现在一切又重归虚无。那道朦胧的光已熄灭。那微弱的颤栗又恢复平静。许多年已经荏苒流逝。尘土已经归于尘土。虫豸再也找不到食物。存在意识终于烟消云散，取而代之的、代替一切的、支配并永恒的，是空间和时间的专制。对于那已不存在的，对于那没有形体的，对于那没有思想的，对于那没有知觉的，对于那没有灵魂的（虽然灵魂不含物质成分），对于那全部的虚无，也对于那全部的不朽，坟墓依然是一个家，而腐蚀性的时间依然是伙伴。

（1841）

# 千万别和魔鬼赌你的脑袋
## ——一个含有道德寓意的故事

拉斯托雷斯的唐·托马斯在其《爱情诗集》序言中声称："Con tal que las costumbres de un autor, sean puras y castas, imporó muy poco que no sean igualmente severas sus obras"，用通俗易懂的话来说，这意思就是，假若一名作家自身道德高尚，那何为他作品的道德寓意就无关重要。我们可以假定唐·托马斯因下此断言而进了炼狱。而且为了诗的公道，一个明智的做法就是让他呆在那儿，直到他的《爱情诗集》售罄绝版，或等到他那些诗集因无人问津而被束之高阁。每一篇故事都应该有一种道德寓意；而且说得更贴切一点，批评家们已经发现每个故事都有这种寓意。菲利普·梅兰希顿300年前曾写过一篇关于《蛙鼠之战》的评论，证明了荷马的宗旨是要唤起一种对骚乱的厌恶。皮埃尔·拉塞纳则更进一步，他证明荷马的意图是要劝说年轻人节食节饮。正是这样，雅各布斯·胡戈也已经彻底弄清，荷马是以欧厄尼斯暗讽约翰·加尔文，以安提诺俄斯影射马丁·路德，以食忘忧果的民族挖苦全体新教徒，以哈耳庇厄揶揄所有德国人。我们更现代的训诂学者也同样深刻。这些先生证明《洪水之前》中有一种隐藏的意义，《波瓦坦》中有一则道德寓言，《知更鸟》中有一种新的观点，而《小拇指》中则有超验论。一言以蔽之，只要一个人坐下来写作就不可能没有一个深刻的立意。一般说来，这样作家们倒省了不少麻烦。譬如说，一名小说家用不着去担心他的寓意。它就在那儿，也就是说它就在什么地方，寓意和批评家们能自己照料自己。时机一到，那位小说家想说的一切和不想说的一切都会在《日暮》或《新英格兰人》等杂志上曝光，另外还会加上他本来应该想说的一切，以及他显然是想说而没有说的一切，结果寓意那东西到最后全都会老老实实地出来。

因此，那些不学无术的家伙没有任何正当理由对我横加指责，说什么我从未写过一篇道德小说，或说得精确一点，是从未写过一个含有道德寓意的故事。他们并不是上帝派来使我扬名并启发我道德感的批评家——那是秘密。不久之后《北美无聊季刊》就会使他们为自己的愚蠢而感到羞耻。与此同时，为了阻止对我的伤害，为了减轻对我的非难，我献出下面这个悲伤的故事。这个故事的道德寓意无论如何也毋庸置疑，因为任何人只消瞥一眼就能从这个故事的副标题中看到寓意。我应该因这样谋篇布局而受到赞扬，这样谋篇远比拉封丹之流的故事结构更为明智，因为拉封丹之流总是把效果保留到最后一刻，到故事结尾才让读者看到其寓意。

"别让死者受到伤害"是古罗马十二铜表法戒律之一，而"替死者讳"是一项极好的禁令，即使被提到的死者是微不足道的小民。所以，我的意图并非是要诽谤我死去的朋友托比·达米特。他曾是个无赖，这一点不假，而且非常悲惨而可耻地死去，但他不应该为他不道德的恶习受到责备。那些恶习之养成是因为他母亲身上的一个缺陷。当他还是个婴儿之时,他母亲就尽其全力用鞭子对他进行教育,因为履行义务对她那井井有条的头脑来说总是件乐事,而婴儿就像咬不动的牛排,或像现代希腊的橄榄树,当然是打得越多越好。但是,可怜的女人!她不幸是个左撇子,而用左手去打孩子那还不如不打。地球的旋转是从右向左。打孩子万不可从左向右。如果说从正确的方向一鞭子可以抽掉一种不良倾向,那可以推测,从相反的方向一鞭子会抽进同等量的邪恶。托比受惩戒时我常常在场,甚至从他蹬腿踢脚的方式,我就能看出他一天比一天变得更坏。最后我终于两眼噙着泪花看到,那条恶棍已完全无可救药。有一天他挨耳光一直挨到满脸发黑,黑得别人会以为他是个非洲孩子,可结果除了他扭动着身子昏了过去,那顿耳光没产生任何效果,我不能容忍再这样下去,只好立刻跪倒在地上,提高嗓门预言了他的毁灭。

事实是他恶性的早熟令人不寒而栗。他5个月大时就常常大发脾气,以至于不可能咬清楚字眼,6个月大时我曾亲眼目睹他咬坏一副扑克牌,7个月大时他就养成了抓扯和亲吻小女孩儿的习惯,8个月大时他就毅然决然地拒绝了在戒酒誓约上签字。就这样一个月接着一个月,他在邪恶的道路上越走越远,到他满1岁的时候,他不仅坚持要蓄胡须,而且染上了赌咒发誓的恶习,并用打赌的方式固执己见。

正是由于最后这个卑鄙下作的习惯,我所预言的毁灭最后终于降临到托比·达米特头上。那个习惯"随他成长而成长,随他健壮而健壮",所以待他长大成人之后,他几乎是不打一个赌就说不出一句话。这并不是他真正下注打赌,决不是。我得替我的朋友说句公道话，他要真正下注，保管彻底输光。对他来说打赌仅仅是一句套话，仅此而已。他在这一点上的言辞表达没有丝毫的意义。那些话很简单，如果并非全是虚词，一些用来完成句子的富有想象力的措辞。当他说"我和你赌什么什么"，从来没人想到接受他的打赌，但我仍然禁不住认为制止他是我义不容辞的责任。这是一个不道德的习惯，我这样告诉他。这是一个鄙俗的习惯，我请求他相信这点。社会一致反对赌博，在这点上我说的全是实话。国会明令禁止赌博，在这点上我绝对无意撒谎。我规劝告诫，但无济于事。我举例论证，但徒费口舌。我苦苦哀求，他一笑置之。我动情央告，他哈哈大笑。我晓之以理，他冷嘲热讽。我威胁恫吓，他诅咒发誓。我踢他，他叫警察。我扯他的鼻子，他趁机擤一擤，并与魔鬼赌他的脑袋，说我再也不敢劝他改邪归正。

贫穷是达米特的母亲特有的生理缺陷留给她儿子的另一种恶习。他穷得叮当响，而毫无疑问，这正是他打赌时闪烁其词而很少真正下注的原因。我不敢说我曾听到过他使用"我跟你赌1美元"这样的措词。他通常使用的措词是"我跟你赌你想赌的"，或是"我跟你赌你敢赌的"，或是"我跟你赌句废话"，要不然就还是那句更有实际意义的"我跟魔鬼赌我的脑袋"。

这最后一种赌注似乎最中他的意，这也许是因为他承担的风险最小，因为达米特已经变得非常吝啬。万一有人接受他打的赌，他的脑袋本来就小，因而他的损失也就不大。不过这些仅仅是我的个人想法，而我不敢肯定我这样想他是否正确。总之，那句话越来越成为他的口头禅，虽然把脑袋当作钞票来打赌极其不妥，但这一点是我朋友倔强的脾性不允许他去理解的。到后来他完全抛弃了其他形式的打赌，决心只说"我跟魔鬼赌我的脑袋"，他这种专一的顽强性和排他性使我感到的不快不亚于给我造成的惊奇。凡是我说不清原因的事都总使我感到不快。难以理解的事总逼着人去思考，而思考则有损健康。事实上，达米特先生在说出他那句无礼之言时脸上总有某种东西，他发音吐字方式中的某种东西。这在一开始还显得有趣，但后来却令我感到非常不安。由于眼下尚无确切的术语为这种东西命名，请务必允许我把它称为费解，不过柯尔律治先生会把它称为玄妙，康德先生会把它称为泛神，卡莱尔先生会称它为歪曲，而爱默生先生则会称它为超验。我开始完全讨厌那种东西。达米特先生的灵魂处于一种危险的境地。我决定要发挥我雄辩的口才去拯救它。我起誓要像爱尔兰编年史所记载的圣帕特里克为一只癞蛤蟆尽力那样为他尽力，这就是说"要让他清醒地意识到自己的处境。"我立即着手履行这项义务。我再一次对他进行苦口婆心的劝告，竭尽全力进行最后一次直言诤谏。

待我讲完我那通宏篇大论，达米特先生的态度显得非常暧昧。他一时间一声不吭，只是好奇地打量我的脸。但不久之后他就把头扭向一边，高高地扬起两道眉毛。然后他摊开手掌并耸了耸肩头。然后他眨了眨右眼。然后他用左眼重复同一动作。然后他把两只眼睛紧紧闭上。然后他把眼睛睁得老大，以至于我非常担心其严重后果，然后他用拇指顶住鼻端，并认为理所当然应该用其余指头做出一种难以形容的动作。最后他交叉起双臂，屈尊俯就地开始回答。

我只记得他那番回答的开头几句。如果我能闭上嘴他将对我不胜感谢。他并不需要我的忠告。他鄙视我那些拐弯抹角的暗示。他已经是成人，能自己照料自己。难道我依然把他当作3岁小孩？难道我唠唠叨叨是想改变他的天性？难道我想侮辱他？我是否是一个白痴？总而言之，我母亲是否知道我当时不在家？他见我是个老实人才向我提出那最后一个问题，他坚持要我就此问题做出回答。他再一次明确无误地要求我告诉他是否我母亲知道我外出。他说我的慌张使我露了馅儿，并说他非常乐意把脑袋押给魔鬼赌我母亲不知道我外出。

达米特先生没有给我回答的机会。他非常下流而轻率地转身离我而去。他那样做也许有他的道理。我的感情已受到了伤害。甚至我的怒火也已经开始中烧。我破天荒地第一次愿意接受他那个侮辱性的打赌。我宁愿替魔王撒旦赢下达米特先生那颗小脑袋，因为事实是，我母亲当时完全知道我那仅仅是短暂的外出。

不过 *Khoda shefa midêhed*（安拉解忧），就像伊斯兰教徒被人踩了脚时说的那样。毕竟我是在履行自己的义务时受到的侮辱，我是作为一名男子汉蒙受耻辱。不过现在看来，我已经为那个可怜虫做了我能够做的一切，我决定不再用我的忠告去使他烦恼，而把他留给他自己和他的良心。但尽管我能克制自己不再用忠言去逆耳，可我却完全不能放弃他的友谊。为此我甚至到了这样的地步，竟然迁就他某些并非完全不可饶恕的不良倾向；有几次我还发现自己被他的恶作剧逗笑，还像讲究饮食的人吃了芥末，眼里充满了泪水。听他那些邪恶的话语使我感到了深深的悲哀。

日丽风和的一天，我俩手挽手外出闲逛，道路把我们朝一条河的方向引去。河上有座桥，我俩决定跨桥而过。那是一座能遮风避雨的拱形廊桥，由于窗户不多，廊桥里黑乎乎的，黑得使人感到不安。一进桥廊，桥外的阳光明媚和桥内的阴沉昏暗所产生的对照顿时就使我感到精神极其压抑。可不幸的达米特却没有那种感觉，他用他的脑袋跟魔鬼打赌，说我是患了忧郁症。他当时看上去心情异常地好，兴致格外地高，以至于我认为我并不知道有什么可不安的。他感染上超验症并非不可能。不过我对超验症的诊断不是很精通，尚不足以一针见血地马上确诊，偏巧当时桥头上没有一个我《日晷》①季刊的朋友。但我还是想到了这个念头，因为一种严重的小丑主义似乎迷住了我可怜的朋友，使他完全把自己变成了一个小丑。对出现在路上的任何物体，他都扭动着身子钻过去或跳过去；一会儿扯开嗓子，一会儿直着舌头，呼喊嘟哝着各种各样稀奇古怪的小字眼和大字眼，但却一直保持着一副这世上最严肃认真的面孔。我实在拿不定主意到底是该踢他还是怜悯他。最后当我们就要穿过桥廊接近人行道之时，我们的去路被一道多少有点高的旋转栅门挡住。我像平常一样推动转门，从容通过。但这种过法并不符合达米特先生的过法。他坚持要跳过那道转门，并说他还能在空中来一个鸽子拍翅的舞步动作。凭良心说，我认为他不可能做到这点。在各种风格的鸽子拍翅的舞步动作中，跳得最好的是我的朋友卡莱尔先生。可据我所知，连他也做不到这一点，我不相信他做不到的会被托比·达米特做到。所以我就对达米特说了两句，我说他是一个吹牛大王，他不可能说到做到。我后来理所当然地为那番话感到悔恨，因为他马上用

---

① 以爱默生为首的超验主义者在波士顿创办的一份评论季刊（1840—1844）。

脑袋跟魔鬼打赌，说他能够说到做到。

虽然我早已做出不再劝他的决定，但当时我还是打算再说几句劝他改掉那恶习；我正要开口，突然听到我身边传来一声轻轻的咳嗽，听起来很像是在说"啊哼！"我猛然一惊，抬眼环顾。最后我的目光落在桥廊的一个角落，看到了一位神态可敬的瘸腿小个子老先生。没有什么能比他的整个外表更令人肃然起敬，因为他不仅身着全套黑色丧服，而且他的衬衫纤尘不染，领子非常整洁地翻下压着一条白色领带，头发则像女孩子一样从前额向两边分开。他的双手忧郁地握在胸前，两眼小心翼翼地打量着他头顶上方。

我再一仔细观察，发现他那身小号丧服外面还系着一块黑色的丝绸围裙；而这是一件我认为非常古怪的事。但不待我对这一如此奇特的事件发表任何评论，他就用第二声"啊哼"阻止了我。

对这个意见我没有立即回答的思想准备。事实上对这种简洁得只有一个字眼的言论人们几乎难以回答。我就知道有一家评论季刊被"胡说八道"这个字眼搞得狼狈不堪。所以我并不为求助于达米特先生而感羞愧。

"达米特，"我说，"你在干什么？你听到了吗？这位老先生说'啊哼！'"我对我朋友这么说话时两眼严厉地瞪着他；因为实话实说，我当时非常尴尬，而当一个人非常尴尬的时候，他必须横眉倒立，怒目圆睁，要不然他看上去肯定会像个白痴。

"达米特，"我说。尽管这听起来很像是在诅咒①，仿佛除了诅

---

① 人名"达米特"之英文原文是Dammit，与Damned（该死）读音相似。

咒我再没别的意思,"达米特,"我说,"这位老先生说'啊哼!'"

我无意在深奥这一点上为我的话辩护;我自己就不认为我的话深奥;但我一直注意到,我们的言词所表达的意思通常总是与那些言词在我们眼中的重要性成反比;假若当时我用佩克桑炮弹①猛轰达米特先生,或是劈头盖脑地给他大讲一通《美国的诗人与诗》,那他几乎也不可能比听到我这几句简单的话更显得狼狈——"达米特,你在干什么?你听到了吗?这位老先生说'啊哼!'"

"你不也这样说?"他终于喘息未定地开口了,就像一条刚被一艘战舰追得惊慌失措的海盗船。"你完全肯定他是那么说的吗?那好吧,无论如何我现在已是骑虎难下,那我最好还是装作心中有数,瞧我的。啊哼!"

那位小个子先生似乎对这一声"啊哼"非常满意,只有上帝知道是怎么回事。他离开了桥廊里那个角落,极其庄重地一瘸一拐走上前来,抓住达米特的手,诚挚地握了一阵,并一直用一种世人不可能想象的最宽厚仁慈的目光向上注视着达米特的脸。

"我相信这赌你一定能赢,达米特,"他带着一种最坦率的微笑说,"但你知道,我们不得不试一下,这仅仅是为了形式的缘故。"

"啊哼!"我朋友回答,随之一边叹气一边脱下了外套,然后在腰间扎了一条手巾,然后眼角一扬,嘴角一沉,表情顿时起了一种奇怪的变化。"啊哼!"顿了一顿他又"啊哼"了一声。之后除了"啊哼",我再也没有听他说出任何其他字眼。"啊哈!"我

---

① 法国将军亨利-约瑟夫·佩克桑(Henri-Joseph Paixhans,1783—1854)发明并以其名字命名的一种野炮之炮弹。

未露声色地暗暗想到,"这对托比·达米特真是难得的沉默,而这无疑是他先前太唠叨的结果。一个极端常常导致另一个极端。我真想知道他当时是否已忘记了我最后一次对他说教的那天,是否已经忘了他曾那么口若悬河地一口气向我提出一大堆我无法回答的问题。但不管怎么说,他的超验症现在是被治愈了。"

"啊哼!"这时托比应答道,仿佛他已经猜透了我的心思,他看上去就像一个正在沉思的老教徒。

此时那位老先生拉起他的胳膊,领他退到桥廊更阴暗之处,离开那道旋转栅门有好几步远。"我亲爱的朋友,"他说,"肯定是我的良心允许你多跑这几步。等在这儿,等我到栅门旁边去,以便我看清你是否跳得漂亮,跳得美妙,别忘了鸽子拍翅的花样。一个形式而已,你知道。我会喊'一、二、三、跳',请你一听到跳就跳。"老先生说完退到栅门旁边,停顿了一会儿,好像是在沉思,然后抬眼向上望了望,我认为他非常不引人注目地笑了笑,然后他紧了紧他那条围裙的束带,然后他长长地看了达米特一眼,最后他按照事先的约定喊出:

一、二、三,跳!

"跳"的声音未落,我可怜的朋友猛然起跑。那道栅门不算太高,就像洛德先生[①]的格调;但也不算太低,就像洛德先生那些评

---

[①] 洛德(William W. Lord, 1819—1907),美国诗人,曾被一些评论家捧为"美国的弥尔顿"。爱伦·坡于1841年7月在《格雷厄姆杂志》发表文章批评洛德,指责他抄袭他人的诗。

论家的格调①，但从大体上看，我确信我的朋友能够跳过。可万一没跳过将会怎么样呢？啊，那倒是该考虑的问题，即使没跳过又有什么关系？我说："那位老先生有什么权利让另一位先生去跳？那个一瘸一拐的小老头！他是谁？如果他叫我跳我就不跳，绝对不跳，我并不在乎他到底是谁。"如我所说，那是一座拱形廊桥，其建筑风格非常荒谬，桥廊里总有一种令人不快的回声，一种我刚才说出最后几个字时越发清楚地听见的回声。

但我所言、所思或所闻都发生在顷刻之间。我可怜的托比起跑后还不足5秒钟已纵身一跳。我看见他跑得非常轻捷，从桥面跃起非常壮观，他上升时两腿在空中交叉出最美妙的花样，正好在栅门顶上来了个鸽子拍翅。我当然认为他没有趁势越过那道栅门是一件极其异乎寻常的事。但整个跳跃过程就发生在眨眼之间，我还来不及进行任何深刻的思考，达米特先生已直挺挺地落在了地上，是在他起跳的这边。与此同时，我看见那位老先生用他的围裙接住并包好了从那道栅门正上方的拱顶暗处重重地掉下来的一个东西，然后以他最快的速度一瘸一拐地离去。这一切令我大为惊讶；但我没有时间去思索，因为达米特先生躺在那儿一动不动，我断定他的感情已受到伤害，现在正急需我的帮助。我飞快地冲到他身边，发现他受到了一种可以称为严重的伤害。事实是他的脑袋不见了，我仔细地寻找了一番也未能找到。于是我决定

---

① "栅门"英文原文为stile，与style（格调）读音相同，由此产生双关。

送他回家，并叫人去请顺势疗法[①]医生。与此同时，一个念头闪过我的脑际，我猛然推开最近的一扇桥廊窗户，我顿时就明白了这场悲剧的真相。就在那道旋转栅门正上方5英尺处，横过通道上方的拱顶，一根扁平的铁杠以平卧状态伸延，以此构成支撑整个桥廊结构的一部分。看来非常明显，我不幸的朋友在越栅门时，脖子刚巧撞上了那根铁杠平展的边刃。

他可怕的伤势使他没挺多久，那些顺势疗法医生并没有给他开出多少药，而开出的那点药他又不愿服用。所以他变得越来越糟，最后终于一命呜呼，这对所有浪荡之徒都是个教训。我在他墓前流了一通眼泪，并在他的家族纹章盾牌上加了一道不祥的横杠，至于说他葬礼的全部开销，我给那些超验论者送去了一张非常公道的账单。可那些卑鄙的家伙拒绝付账，于是我当即把达米特先生从墓中挖出，并把他卖掉作了狗食。

．

（1841）

---

[①] 一种与"对抗疗法"相反的医疗措施，即让患者服用能使健康者产生该病症状的少量药物的一种疗法。

# 埃莱奥诺拉

> 灵魂安于特殊形体的保护。
> ——拉蒙·卢尔

我生于一个以其想象力丰富和感情炽热而著称的家族。人们历来认为我疯狂。不过，疯狂到底是不是最高的智慧？许多辉煌成就和全部远见卓识是否就来自这种思想疾病，来自以正常智力为代价而得以升华的这种精神状态？这样的问题迄今尚无答案。白日做梦者知晓许多只在夜晚做梦的人无法知晓的事理。他们在阴郁的梦幻中瞥见未来，醒来时激动地发现他们已经接近那个巨大的秘密。渐渐地，他们明白了一些善良的智慧，知晓了更多纯粹是邪恶的知识。尽管没有舵轮也没有罗盘，他们还是驶入了那片"不可名状的光"的浩瀚海洋，而且就像那位努比亚地理学家[①]的探险，"他们已进入黑暗的海洋，欲发现那片海洋中有什么。"

因此我们可以说我疯狂。至少我承认我的精神生活中有两种性质不同的状态：一种是清晰而无疑的状态，它属于构成我生命第一时期的那些事件的记忆；另一种是朦胧而疑惑的状态，它属

---

[①] 参见本书《莫斯肯漩涡沉浮记》相关脚注。

于现在，属于构成我生命第二纪元的那些事的回想。所以，对我就要讲述的第一时期的事，请读者尽管确信不疑；对我会谈起的第二纪元的事，则只相信可信之处，或全然不信。如若你们对我第二纪元的事不能不信，那就像俄狄浦斯一样去解开这个斯芬克斯之谜①。

我青年时代所爱的她，我此刻平静而清楚地为之写下这些回忆的她，是我早已去世的母亲唯一一个妹妹的独生女儿。埃莱奥诺拉就是我这位表妹的芳名。我们曾长期共同生活，在热带地区的阳光下，在那个"多色草山谷"中。没有向导谁也进不了那个山谷，因为它在遥远的崇山峻岭之间，四周环绕着悬崖峭壁，其最可爱的幽深处终年照不进阳光。那山谷周围没有进出的道路，要去我们幸福的家，必须用力拨开成千株森林树木的绿叶，必须践踏上万朵姹紫嫣红的香花。我，我表妹，还有她母亲，就那样过着远离尘嚣的生活，全然不知山谷外边的世界。

从我们那片群山环抱的领地北边，从山外某个混沌的地方，缓缓流来一条狭窄而幽深的小河，除了埃莱奥诺拉那双眼睛，没有什么能比那小河更清澈晶莹。小河蜿蜒曲折，静静流过，流向比它的发源地更混沌的山边，最后从山间穿一幽暗的峡谷迤逦而去。我们把那条小河叫做"宁静之河"，因为它的水流似乎能使人宁静。它的河床里悄然无声，河水的流动是那么潺湲，以至于河

---

① 俄狄浦斯是希腊神话中的英雄，在去忒拜途中解答了拦路的女怪斯芬克斯的谜语。问：什么动物会分别用四条腿、两条腿和三条腿走路？答：人幼时四条腿走路，长大后两条腿走路，老了三条腿走路（拄拐杖）。

底那些我们喜欢凝视的珍珠般的卵石从来就纹丝不动，只是心满意足地躺在它们各自本来的位置，永远闪烁着灿烂的光芒。

小河的两岸，无数逶迤而来汇入小河的潺潺溪流的两岸，以及从这些岸边向下伸延到河流深处有卵石的地方的河床溪底，都和整个山谷里一样铺着一层密密的、矮矮的、平平的、柔嫩而芬芳的青草，只是从河岸到周围山地的绿色地毯上到处都点缀着黄色的金凤花、白色的延命菊、紫色的紫罗兰和鲜红色的常春花，那超凡绝伦的美向我们的心底大声诉说着上帝的爱和上帝的荣耀。

在青草地上各处的小树林里，犹如数不清的梦幻，生长着一棵棵奇异的树，它们又细又高的树干不是向上直立，而是朝着只有在正午才能窥视一下山谷中央的阳光优雅地倾斜。它们的树皮闪现着交替变换的黑色或银色的斑点，而且除了埃莱奥诺拉那张脸庞，没有什么能比那些树皮更光滑；所以要不是从树端整整齐齐伸出的巨大绿叶在颤巍巍地迎风嬉戏，人们说不定会以为那是一条条在向主宰它们的太阳顶礼膜拜的叙利亚巨蟒。

在爱情尚未进入我们心中之前的15年里，我和埃莱奥诺拉常常手拉手地在山谷里漫游。那是在她将满15岁而我将满20岁那年的一天黄昏，我们坐到了那些巨蟒般的树下，相互依偎在对方怀里，静静地观看宁静之河的水面映出的我俩的倒影。在那美妙的一天剩下的时间里，我俩都默默无言，甚至第二天我俩也很少说话，说话时声音也还在颤抖。我们已经从水中引来了爱神厄洛斯，现在我们感到他已经在我们心中激起了我们祖辈那种火一般的热情。那种数百年来一直使我们家族闻名的激情与那种也同样使我们家族驰誉的想象力一道蜂拥而至，并一道为"多色草山谷"带来了一种狂喜极乐。山谷里的一切都发生了变化。以前从不开花的树上突然绽开一种奇异而漂亮的星形花朵。绿色的草地变得更青翠，而在白色的延命菊一朵朵消失的地方，十朵十朵地开出鲜红的常春花。我们漫步的小径也出现生机，因为从不见踪影的火烈鸟在我们面前炫耀其火红色的羽毛，随之而来的还有各种快活而斑斓的小鸟。金色和银色的鱼儿开始在小河里嬉游，小河渐渐发出淙淙水声，水声变得越来越清晰，最后汇成一种比埃俄罗斯的竖琴声还柔和甜蜜的曲调，除了埃莱奥诺拉那副嗓子，没有什么能比那曲调更动听。还有那一大片我们常见于金星附近的云彩，现在也飘离金星，带着它全部鲜红和金黄的灿烂，静静地停在了我们头顶，然后一天天下降，越来越低，直到它的边缘栖息在群山之巅，把阴沉的山顶变得壮观而瑰丽，仿佛把我们永远关进了一个魔幻般的富丽堂皇的囚笼。

埃莱奥诺拉的美是天使之美，但她是一个天真烂漫的人间少女，犹如她在花间度过的短促人生一样纯洁无瑕。她毫不掩饰燃烧在她胸中的爱之炽热，当我们在"多色草山谷"漫步之时，她同我一起探讨爱最深奥的真谛，并谈论起山谷中所发生的巨大变化。

后来有一天，她含着眼泪说到了那终将降临于人类的最后的劫变。从那以后她就老想着这个悲伤的话题，我们无论谈论什么她都会插进这个题目，就像在设拉子那位诗人的诗行间，同样的意象被发现反复出现在诗句的每一种令人难忘的变化之中。①

---

① "设拉子那位诗人"指古波斯诗人哈菲兹（Hafiz，1320—1389），他诗中永恒的意象即美酒、美人和爱情。

她早已发现死神的手指已触到了她的胸房，发现自己犹如蜉蝣，仅仅是为了死亡才被赋予天生丽质。不过只是在她感到一种担忧时，坟墓才使她产生恐惧，而在一天傍晚薄暮时分，她在宁静之河河边向我诉说了她的担忧。她忧心忡忡的原因是怕我在把她葬于"多色草山谷"之后，我会永远离开那快乐的幽谷，会把对她的一腔恋情转移到山外俗世中某位少女身上。我听完她的诉说当即匆匆跪在她脚下，对她和上帝立下了一个誓言，我今生绝不会同今世的任何女人结婚，我无论如何也不会忘记可爱的她，不会忘记她曾使我幸福的至爱深情。我请求全能的主为我庄严的誓言作证。倘若日后我自食其言，必遭我对他和她（极乐世界的一位圣女）立下的誓言中所包含的那个惩罚，在此我不能把那种惩罚之极其恐怖用文字记录下来。我这番话使埃莱奥诺拉晶莹的眼睛变得更晶莹，她一声长叹，仿佛是释去了心头的重负，接着她浑身发颤，很伤心地哭了，但她接受了我的誓言（因为她毕竟还是个孩子），那誓言使她能安然面对死亡。不久之后她平静地死去，临死前她对我说，由于我为安慰她的灵魂所做的一切，她死后灵魂将来照顾我，如果允许她那样做，她会在夜晚未眠时分有形地回到我身边；但如果那样做超越了极乐世界的灵魂之能力，那她至少会让我常常感到她存在的迹象，会在晚风中对着我叹息，或是让天使香炉里的香弥漫我呼吸的空气。这些话之余音还挂在她嘴边，她就结束了她纯洁的生命，同时也结束了我生命的第一时期。

至此我已把第一时期原原本本地讲完。但由于我在时间之路上经过了痛失心上人这一关，我觉得在我生命的第二纪元中总有一片阴影笼罩着我的头脑，因而我不相信下面的记录完全正确。

不过还是让我往下讲吧。沉闷的日子年复一年地过去，我依然住在"多色草山谷"，但山谷中的一切已经历了第二次变化。星形花缩进树枝再也不见踪影，绿色的草地渐渐不再青翠，鲜红的常春花一朵朵凋谢，取而代之的是十朵十朵开放的黑眼睛似的紫罗兰，这些紫罗兰总是不安地扭动，总是承负着沉甸甸的露珠。我们漫步的小径也失去了生机，因为高大的火烈鸟不再向我们炫耀火红的羽毛，而是悲伤地离开那幽谷飞进了深山，与它做伴的那些快活而斑斓的小鸟也随它而去。金色和银色的鱼儿顺着小河穿过峡谷离开了我们的领地，从此再也不来装点那可爱的小河。而那比埃俄罗斯的竖琴声还柔和甜蜜的曲调，那除了埃莱奥诺拉的嗓音比什么都动听的曲调，也渐渐地变回成淙淙水声，水声越来越低，小河终于完全恢复了昔日的肃穆岑寂。最后，那一大片云彩也冉冉升起，把群山之顶重新抛回过去的混沌，云彩飘回金星闪烁的地方，带走了"多色草山谷"全部的富丽堂皇和壮观瑰丽。

但是，埃莱奥诺拉许下的诺言未被忘记，因为我常常听见天使们的香炉摇晃的声音，山谷中也总是飘浮着一阵阵圣洁的芳香。有时当我心情沉重的时候，吹拂我额顶的柔风会带来一阵轻柔的叹息，夜晚的空气中常常充满了隐隐约约的呢哝，而有一次，哦，只有一次！我从死一般的沉睡中被唤醒，觉得刚才有两片无形的嘴唇吻在我的唇上。

但尽管如此，我心里那份空虚仍无法填满。我渴望那种曾充溢我心间的爱。最后山谷中的一切都使我痛苦，因为它们总使我想起埃莱奥诺拉，于是我永远地离开了山谷，来到了山外喧嚣而浮华的世界。

*　*　*　*　*

我发现自己来到了一座陌生的城市,那里的一切说不定会抹去我长久以来对"多色草山谷"那些美梦的记忆。堂堂宫廷的靡丽豪华,刀剑甲胄的碰撞铿锵,以及红颜粉黛的千娇百媚,使我着迷,令我陶醉。但我的心依然忠于它的誓言,我在夜深人静之时仍能感到埃莱奥诺拉存在的迹象。可突然间那些迹象不再显现,我眼前的世界变得一团漆黑;接着我惊于那把我攫住的火热的欲望,惊于那把我缠住的可怕的诱惑,因为从一个非常遥远且无人知晓的国度,一位少女来到了我侍奉的那位国王的王宫。她的美顷刻就俘虏了我怯懦的心。怀着最热烈最卑微的爱慕,我心甘情愿地拜倒在她的脚下。与我含泪跪在飘逸的埃芒迦德脚边向她倾诉我满腔爱慕之情时的那种炽热、那种痴狂、那种心醉神迷相比,我对山谷中那位年轻姑娘的恋情又算得了什么呢?哦,圣女般的埃芒迦德就是辉煌!置身于那种光芒中我心里再装不下别人。哦,天使般的埃芒迦德就是神圣!当我凝视她那双似曾相识的眼睛深处时,我只想到那双眼睛,只想到她。

我结婚了,毫不惧怕我曾祈求过的诅咒,惩罚的痛苦也没有降临到我头上。而有一次,但又是在寂静的夜晚,那早已弃我而去的轻柔叹息透过窗棂传来,叹息声变成了熟悉而甜蜜的嗓音,嗓音说:

"安心睡吧!因为有爱之神主宰一切。当你倾心于名叫埃芒迦德的她时,你对埃莱奥诺拉立下的誓言即被解除,其原因待你日后升天就可知晓。"

(1841)

# 一星期中的三个星期天

"你这个狠心的、愚蠢的、顽固的、迂腐的、粗鲁的、发霉的、古板的老家伙！"一天下午我在想象中对我舅舅拉姆加乔说，并在想象中朝他挥舞拳头。

只能在想象中。事实上，当时在我所说的话和没胆量说出的话之间，在我所做的事和我有点想做的事之间，的确存在着某种小小的矛盾。当我推开客厅门时，那条老海豚正把双脚搭在壁炉架上坐着，手里端着一满杯红葡萄酒，正竭尽全力要完成那首小调：

斟满你的空杯！
请一饮而尽！

"我亲爱的舅舅，"我说着轻轻关上门，堆着一脸最殷勤的微笑走到他身边，"你对人总是那么体贴入微，你已经在很多方面，在那么多的方面表现了你的仁慈，以至……以至于我觉得，我只消再向你提一下这件小事就保证能得到你充分地默许。"

"哼，"他说，"好孩子！往下说！"

"我深信，我亲爱的舅舅，（你这个讨厌的老家伙！）你并不是真正要，并不是当真要反对我和凯特表妹结婚，这不过是你的一句笑话。我知道,哈!哈!哈!你有时候可真逗。"

"哈!哈!哈!"他说,"浑小子!我是当真的!"

"诚然,当然!我知道你在开玩笑。你看,舅舅,眼下凯特和我想要的,就是你能给我们一个忠告,譬如关于时间。你知道,舅舅,总之,你看什么时候对你最方便,我是说……举……举……举行婚礼,你心里明白?"

"婚礼,你这个无赖!你这是什么意思!你最好是安安心心等着那一天吧。"

"哈!哈!哈!嘿!嘿!嘿!嘻!嘻!嘻!呵!呵!呵!喔!喔!喔!哦,好极了!哦,妙极了!真是有趣!不过,现在我们想要的,你知道,舅舅,是你能指示一个准确的时间。"

"啊!准确的?"

"对,舅舅,就是说,如果这对你完全方便的话。"

"博比,难道我让它随便是哪一天不行吗,譬如说某年某时之类的?我非得说个准确的时间吗?"

"对不起,舅舅,准确的。"

"那好吧,博比,我的孩子。你是个好孩子,不是吗?既然你想要准确的时间,那我就当然,我就破例答应你一次。"

"亲爱的舅舅!"

"嘘,先生!(他止住了我的声音)我就破例答应你一次。你会得到我的同意和那笔钱的,我们一定不要忘了那笔钱。让我想想!该在什么时候呢?今天是星期天,不是吗?那么,你准确的结婚时间?挺好,准确的时间!当3个星期天出现在1个星期内之时!听清了吗?先生!你发什么呆?我说,当3个星期天一起出现在1个星期内之时,你就可以得到凯特和她那笔钱。但在此之前不行,你这个小无赖,在此之前不行,即使要我的命也不行。你了解我,我是个遵守诺言的人。现在滚吧!"他说完一口喝干了他那杯红葡萄酒,而我则绝望地冲出了客厅。

我舅舅拉姆加乔是一个非常"优雅的英国老绅士",但他与那首歌中的绅士不同,他有他的弱点。他是个矮小、有钱、傲慢、暴躁、半圆形的重要人物,有一个通红的鼻子、一个迟钝的脑袋、一个很大的钱包,而且对自己的重要性有一种强烈地意识。怀着这世上最善良的心愿,通过一种卓越而矛盾的任性,他设法在那些对他一知半解的人当中赢得了一个吝啬鬼的名声。像许多杰出人物一样,他似乎也有一种爱逗弄人的兴致。乍眼一看,这种兴致也许容易被人误以为是狠心。他对任何要求的立即答复都是一个斩钉截铁的"不"字,但到最后,到很久以后的最后,真正被他拒绝的要求却少得可怜。所有对他钱包发起的进攻都遭到他最为顽强的抵抗,但到头来的结果通常是,从他那儿勒索去的金额与进攻时间之长度和抵抗之顽强程度成正比。在施舍方面,没有人比他更慷慨或是更勉强。

对艺术,尤其是对文学艺术,他抱一种嗤之以鼻的态度。在这点上他一直受到卡齐米尔·佩里耶[①]的鼓舞,他习惯引用他那句辛辣的质问:"诗人有什么用?"而且还像那位不再极端的逻辑天

---

[①] 卡齐米尔·佩里耶(Casimir-Pierre Périer,1777—1832),法国银行家及政治家,路易·菲利普当政期间曾任首相(1831—1832)。此处引言出自其遗著《论说集》(*Opinions et discourse*,1838)。

才一样，问这句话时总用一种滑稽的腔调。所以我对缪斯的略知一二早已惹他对我大为不满。一天我要求他为我买一部新版贺拉斯时，他向我担保说"*Poeta nascitur non fit*"这句拉丁话应该翻译成"令我作呕的诗人一无是处"。这一说法令我怒火中烧①。最近，由于一种对他所认为的自然科学的偶然偏爱，他对"人文科学"的厌恶越发加剧。曾有人在街上招呼他，错把他当作一位不亚于那个假自然科学讲师杜布勒博士的人物②。这使得他突然间一反常态，而就在这个故事形成的时期（因为故事总是慢慢形成的），我舅舅拉姆加乔只在谈到碰巧与他正在热衷于的马术嗜好相一致的话题时才会通情达理，性情平和。对于其他，他一概手舞足蹈地加以嘲笑。他的政见非常顽固且易于理解。他同霍斯利一样认为，"人除了服从法律之外与法律没有任何关系。"③

我一直同这位老绅士生活在一起。我父母临终前把我作为一件贵重的遗赠物留给了他。我认为这老家伙爱我就像爱他自己的孩子。即便不如他爱凯特那样，但也差不多。不过他让我过的毕竟是一种悲惨的生活。从我1岁到5岁，他非常有规律地用鞭子抽我。从我5岁到15岁，他时时刻刻都用感化院威胁我。而从我15岁到20岁，他没有一天不保证要取消我的继承权。我是个浪荡子，这一点不假，但在当时那是我天性之一部分，是我信仰的一个要

---

① 因为这句拉丁语的意思是"诗人乃天生，而非造就。"
② 暗指伦敦大学拉德纳教授（Dionysius Lardner, LL.D., 1793—1859），拉德纳教授1840年赴美就自然科学论题做巡回演讲。
③ 霍斯利（Samuel Horsley，1733—1806），英国议员，此处引言出自其1795年11月11日在上议院辩论时的发言。

点。不过我有凯特做我的坚强后盾,并且这一点我很清楚。她是个好姑娘,她非常甜蜜地对我说,无论何时只要我能从我舅舅那儿纠缠出那个必要的同意,我就可以得到她(包括她的钱等等)。可怜的姑娘!她才15岁,而如果没有那个必要的同意,她那笔小小的存款要等5个漫长的夏天"慢慢熬过之后才能够到手"。那怎么办呢?无论是15岁还是21岁(我当时已度过了我的第5个4年),翘首期待的5年和500年都没什么不同。我俩徒然地向那位老绅士发起了无休止的进攻。这是一道令人垂涎的主菜(正如于德先生和卡雷姆先生[①]常说),但恰好对上他那种与众不同的口味。若是看见他像一只老猫对待两只可怜的小耗子一样对待我俩,连极能忍耐的约伯[②]说不定也会勃然大怒。其实他心里也巴不得我和凯特结婚。他早就一个人拿定了主意。事实上,如果他能想出任何答应我们这一非常自然的请求的借口,他情愿从自己钱包里掏出1万英镑(凯特的钱属于她自己)。但当时我俩过于轻率,竟然自己提出了那个话题。在这样的情况下不加以反对,我真认为超越了他的能力。

我已经说过他有他的弱点,但千万别以为我说这话是在说他的顽固。顽固是他的一个优点,而绝非是一个缺点。我提到他的弱点,是指他有一种奇怪的老妇人般的迷信。他热衷于梦、预兆、以及各种各样的胡说八道。他还对小小的面子问题过分拘泥于形

---

[①] 于德(Louis-Eustache Ude)和卡雷姆(Marie-Antoine Carêm)是当时著名的法国菜谱作家。

[②] 约伯是《圣经》中忍辱负重的典范。参见《旧约·约伯记》。

式。按他的说法，他无疑是一个遵守诺言的人。这其实是他的一个嗜好。他可以毫无顾忌地轻视他诺言的精神实质，但其字面意思却神圣而不可违背。而正是他性格中的这后一个特点，在那次客厅谈话不久之后的某一天，凯特的机智使我们对其加以了意想不到的利用。这样，按照现代诗人和演说家们时兴的方式，在开场白中耗尽了我可自由支配的时间并几乎耗尽了我可随意使用的篇幅之后，我将把构成这篇故事之要点简单地总结一下。

当时很凑巧，命运就这么安排，在我心上人那些当海军的朋友中，有两位先生在海上航行一年之后刚刚踏上了英格兰海岸。经过一番预谋，我表妹和我陪着这两位先生去拜访我舅舅拉姆加乔。那是10月10日星期天下午，正好是在那个令人难忘的决定残酷地摧毁了我们的希望3个星期之后。开始约半个小时的谈话都极其平常；但我们终于非常自然而然地使其变成了下面这段对话：

**普拉特船长**："唷，我离开这儿已有整整1年。今天恰好是1年，千真万确，让我想想！没错！今天是10月10日。你肯定记得，拉姆加乔先生，去年今天我曾来向你道别。顺便说一下，这事看起来真是巧极了，难道我们的朋友史密瑟顿船长不也是正好离开了1年，今天刚好1年？"

**史密瑟顿**："没错！不多不少刚好1年。你肯定记得，拉姆加乔先生，去年的今天我和普拉特船长一块儿来向你告别，向你请安。"

**我舅舅**："没错，没错，没错。我记得非常清楚。的确非常奇怪！你俩都刚好走了1年。这的确是个奇怪的巧合！正是杜不勒博士常说的一个异乎寻常的并发事件。杜不勒博士……"

**凯特**：（插入）"当然，爸爸，这是件稀奇事；可当时普拉特船长和史密瑟顿船长并不是走的同一条航线，而这会造成一种差异，你知道。"

**我舅舅**："我会对这种事一窍不通？你这个傻丫头！我怎么会呢？我认为这只能使这件事更不寻常。杜不勒博士……"

**凯特**："当然，爸爸，普拉特船长绕的是合恩角，而史密瑟顿船长绕的是好望角。"

**我舅舅**："一点不错！一个朝东而一个往西，你这个死丫头，然后他俩都包着地球绕了一圈。顺便说一下，杜不勒博士……"

**我自己**：（匆匆插入）"普拉特船长，你明晚务必来做客，你和史密瑟顿船长，你们可以给我们讲讲你们的航行，我们还可以玩一局惠斯特牌，另外……"

**普拉特**："玩牌，我亲爱的朋友，你忘乎所以了，明天是星期天。改天晚上再……"

**凯特**："哦，去你的！博比还不至于那么忘乎所以。今天才是星期天。"

**我舅舅**："当然！当然！"

**普拉特**："我请你们二位原谅，但我不可能这么糊涂。我之所以知道明天是星期天，那是因为……"

**史密瑟顿**：（大为惊奇）"你们脑子里都在想些什么？我倒真想知道，难道昨天不是星期天？"

**众人**："昨天当然不是！你弄错了。"

**我舅舅**："今天才是星期天，我说，难道我还不知道？"

**普拉特**："哦，不对！明天是星期天。"

**史密瑟顿**："你们都疯了，你们每个人都疯了。我确知昨天是星期天，就正如我确知此刻我坐在这把椅子上一样。"

**凯特：**（急切地一跃而起）"我明白了，我全都明白了。爸爸，这是对你的一个报应，关于……反正你知道关于什么。现在听我说，我来简单地解释一下。这事其实很简单。史密瑟顿船长说昨天是星期天，昨天的确是，他是对的。博比表哥，我爸爸和我说今天是星期天，今天的确是，我们是对的。普拉特船长说明天将是星期天，明天的确是，他也是对的。事实上我们大家都是对的，这样，3个星期天已经一起出现在一个星期之内。"

**史密瑟顿：**（略一踌躇之后）"你看，普拉特，凯特让我们完全明白了。我俩可真是大傻瓜！拉姆加乔先生，事情是这样的：这地球，你知道，其圆周长为2.4万英里。地球绕地轴自西向东旋转（自转）这2.4万英里的时间正好是24小时。这你明白吗？拉姆加乔先生？

**我舅舅：**"当然，当然，杜不勒博士……"

**史密瑟顿：**（压过他的声音）"很好，先生。这样地球自转的速度是每小时1000英里。现在假设我从这里往东航行了1000英里。那我当然就比伦敦的日出时间提前了一个小时。我会比你早一个小时看见太阳升起。若朝同一方向再航行1000英里，我就早两个小时看见日出。再走1000英里，我就提前3个小时。以此类推，直到我包着地球绕一圈又回到伦敦，这样我就向东航行了2.4万英里，我正好比伦敦的日出时间提前了24个小时。这就是说，我比你的时间提前了一天。现在明白了，嗯？"

**我舅舅：**"但是杜不勒博士……"

**史密瑟顿：**（提高嗓门）"而普拉特船长则正好相反，他从这

405

儿每往西航行1000英里就比伦敦时间晚一个小时,而当他往西航行完2.4万英里,他就比这儿的时间晚了24个小时,或者说晚了一天。这样,对我来说昨天是星期天,在你看来今天是星期天,而就普拉特而言,明天才是星期天。而且,拉姆加乔先生非常清楚我们大家都是对的,因为不可能有任何哲学上的理由能够认为我们当中谁比谁的时间概念更正确。"

**我舅舅**:"天哪!好啦,凯特。好啦,博比。正如你们所说,这是对我的报应。但我是一个遵守诺言的人。听好,孩子!你可以娶她(包括她的钱等等)随你什么时候。我累了,真的!3个星期天排着队来!我得去问问杜不勒博士关于这个问题的见解。"

(1841)

## 椭圆形画像

　　为了不让身负重伤的我在露天过夜，我的随从佩德罗贸然闯入了那座城堡，那是自古以来就矗立在亚平宁半岛群山间的城堡中的一座，堂皇而森然，丝毫不亚于拉德克利夫夫人①想象中的那些城堡。城堡主人显然是不久前才临时外出。我们主仆二人在一套最小而且装饰也最不豪华的房间里安顿下来。这套房间位于城堡内一座偏僻的塔楼。房间里装饰品不少，但都破烂陈旧。室内墙上挂着壁毯，装饰着许多绘有不同纹章的战利品，此外还有许多镶在图案精美的金色画框里的现代绘画。这些绘画不仅挂在主要的几面墙上，而且也挂在由于城堡的奇特建筑式样而必然形成的许多墙隅凹角。也许是我初发的谵妄使我对那些画产生了浓厚的兴趣，所以我让佩德罗关闭了那个房间阴暗的百叶窗（因为当时天色已晚），点燃了我床头高架烛台上的所有蜡烛，并完全拉开了卧床四周加有缘饰的黑色天鹅绒帷幔。我希望安排好这一切，这样即使我不能入睡，至少也可以交替着看看墙上那些绘画，再读读在枕边找到的一本评介这些画的小册子。

---

　　① 拉德克利夫夫人（Ann Radcliffe，1764—1823），英国作家，擅长写哥特式神秘小说，常以欧洲山区的城堡寺院作为故事背景。

我久久地读那本小书，专心地看那些绘画。几个小时在愉悦中飞驰而去，不知不觉就到了半夜时分。烛台的位置不合我心意，我不愿唤醒正酣睡的随从，便自己费力地伸手把烛台挪动了一下，好让更多的烛光照在书上。

但这一挪动却产生了一种完全没料到的效果。许多蜡烛的光线（因为蜡烛很多）这下射进了一个刚才一直被一根床柱的阴影遮暗的壁龛。于是我在明亮的烛光中看见了一幅先前完全没注意到的画。那是一位刚成熟为女人的年轻姑娘的肖像。我对那幅肖像只匆匆瞥了一眼就紧紧闭上了眼睛。我为何如此，一开始连我自己也不明白。但就在我双目紧闭之时，我找到了为何闭眼的原因。那是一种下意识的冲动行为，为的是能有思索的时间，从而去弄清我的视觉没有骗我，去平息我的想象力以便更冷静更确切地观看。没过一会儿我的目光又重新凝视在那幅画上。

我不能也不会怀疑这下我完全看清了，因为最初照上画布的烛光似乎已经驱散了刚才悄悄笼罩着我意识的梦一般的恍惚，并一下子把我完全惊醒。

我已经说过，那幅肖像画的是一位年轻姑娘。画面上只有头部和胸部，是以那种术语称之为"半身晕映像"的画法完成，颇具萨利[①]擅长的头像画之风格。画面上的双臂、胸部乃至灿灿发梢都令人不易察觉地融入构成整幅画背景的朦胧但深沉的阴暗部分。画框是椭圆形的，华丽地镀了一层金，以摩尔人的风格装饰得极其精致。作为一件艺术品，其最令人叹为观止的还是肖像本

---

① 萨利（Thomas Sully，1783—1872），美国画家，擅长画优雅的女性肖像。

身。但刚才那么突然又那么强烈地打动我的，既不可能是作品精湛的画技，也不可能是画中人不朽的美貌。而最不可能的是，我那已从半睡眠状态中醒来的想象力会把画中的头像当作活着的姑娘。可我马上就明白，那构图、画法以及画框的特点当时很可能一下子就已经否定了我这种看法，并且不容我再抱有一丝一毫的怀疑。也许有整整一个小时，我一直半坐半倚在床头，两眼目不转睛地凝视着那幅肖像，心里认认真真地思量着那些特点。最后在弄清了那种效果的真正奥秘之后，我才心满意足地躺进了被窝。我已经在一种绝对栩栩如生的表情中发现了那幅画一开始让我吃惊、最后又使我困惑、把我征服、令我丧胆的魔力所在。怀着深深的敬畏之情，我把烛台挪回了原处。当那使我极度不安的原因又被遮离我的视线之后，我开始急切地查阅那本评述这些绘画及其由来的小书。翻到介绍这幅椭圆形画像的部分，我读到了下面这段含糊而离奇的文字：

"她是位其美貌世上罕见的姑娘，而她的欢快活泼比她的美貌还罕见。当她与画家一见钟情并成为了他的新娘，不幸的时刻也随之降临。那位画家感情炽烈，工作勤奋，不苟言笑，并早已在他的艺术中拥有了一位新娘。她，一位其美貌世上罕见的姑娘，她的欢快活泼比她的美貌还罕见。她的微笑是那么粲然。她嬉戏作乐就像只小鹿。她热爱一切，珍惜一切；只憎恨那成了她情敌的艺术，只害怕那些夺去她爱人笑脸的调色板、画笔和其他画具。甚至当听到画家说他想替自己的新娘画像，姑娘也觉得那是一件非常可怕的事。但她是一位婉约柔顺的新娘，她非常温顺地在这又暗又高的塔楼房间里一连坐了好几个星期，房间里只有从头顶上方照射到灰白画布上的一点光亮。但那位画家以自己的工作为荣耀，每天每夜每时每刻都沉湎于绘画。他本是个感情炽烈、倜傥不羁、喜怒无常的人，现在又完全陷入自己的冥想之中，以至于他未能察觉那孤楼上如此惨淡的光线正在摧残他新娘的身心健康，而除了他谁都能看出新娘越来越憔悴。但她依然微笑，依然静静地坐着，没有半句抱怨的话，因为她看见那位画家（他很出名）在他工作中获得了极大的乐趣，怀着燃烧的激情夜以继日地画着那么爱他的她，然而她精神日渐萎靡，身体日渐衰弱。事实上，一些前来看画的人都悄声说这肖像画得酷肖，说这是一个非凡的奇迹，说这不仅证明了画家深厚的功力，而且证明了他对画中人深深的爱恋。但最后当这项工作即将完成之时，其他人不再被允许上那座塔楼，因为那画家的工作热情已近乎于疯狂，他的目光很少从画布上移开，哪怕是看上一眼他妻子的容颜。他竟然没有察觉他涂抹在画布上的那些色彩就来自坐在他身边的妻子脸上。好几个星期已经过去，整幅画眼看就要大功告成，只剩下嘴唇欠一笔修饰，眼睛的色彩尚未点缀，这时姑娘的精神又变得神采奕奕，犹如火苗在烛孔里的最后闪烁。于是最后一笔修饰了，眼睛的色彩也点上了。那画家神魂颠倒地在自己亲手画成的肖像前呆了一阵，但紧接着，就在他继续凝视之时，他开始浑身发抖，既而脸色苍白，目瞪口呆，最后大声惊呼：'这就是生命！'可当他蓦然回首看他心爱的人时，她已经死去。"

（1842）

# 红死病的假面具

"红死病"蹂躏这个国度已有多时。从不曾有过如此致命或如此可怕的瘟疫。鲜血是其象征,是其标志——血之殷红与血之恐怖。有剧烈的疼痛,有突发的头晕,接着便是随毛孔大量出血而来的死亡。患者身上,而尤其是脸上,一旦出现红斑,那便是隔离其亲友之救护和同情的禁令。这种瘟疫从感染,发病到死亡的整个过程,前后也就半个小时。

但普洛斯佩罗亲王快活,无畏,而且精明。眼见其疆域内的人口锐减一半,他便从宫中召集了1千名健壮而乐观的骑士淑女,并带着他们退隐到一座非常偏远的城堡式宅院。那是一座宽敞而宏伟的建筑,是亲王那与众不同但令人敬畏的情趣之创造。宅院四周环绕着一道坚固的高墙。大门全用钢铁铸就。亲王的追随者们带来了熔炉和巨锤,进宅院之后便熔死了所有门闩。他们决心破釜沉舟,不留退路,以防因绝望或疯狂而产生的想出去的冲动。宅院内的各种必需品非常充裕。有了这样的防御措施,那些绅士淑女们便可以藐视瘟疫的蔓延。墙外的世界能够自己照料自己。在这种时候去忧心忡忡是庸人自扰。亲王早就做好了寻欢作乐的一切安排。宅内有插科打诨的小丑,有即席吟诵的诗人,有表演芭蕾的舞女,有演奏音乐的乐师,而且还有美女和酒浆。所有的欢乐和平安都在墙内。墙外则是红死病的天下。

就在这种隔离生活的第5个月或第6个月将近之时，也就是墙外的瘟疫最猖獗的时候，普洛斯佩罗亲王为他的1千名追随者举行了一场异常豪华的假面舞会。

那假面舞会的场面真可谓骄奢淫逸。不过先容我讲讲举行舞会的场所。那一共是7个房间，一组富丽堂皇的套房。但在一般宫殿里，这样的套房只需把各间的双扇门推开到墙边便能形成一条笔直的长廊，整个套房也就几乎一览无余。可这组套房的情况却迥然不同，正如从亲王追奇逐异的嗜好中就可以料到的一样。这7个房间的布局极不规则，所以一眼只能看到一个房间。套房中每隔二三十米便是一个转角，每拐过一个转角都有一种新的效果。每个房间左右两边墙上的正中都有一扇又高又窄的窗户，窗户面对一条封闭的回廊，回廊绕这组套房蜿蜒迂回。这些窗户都镶有染色玻璃，其色彩随各房间装饰物的主色调之不同而变化。譬如说最东边的那个房间悬挂的饰物均为蓝色，那它的窗户则晶蓝如碧。第2个房间的饰物壁毯皆为紫色，其窗格玻璃就紫如青莲。第3个房间整一片绿色，它有的便是两扇绿窗。第4个房间的家具装饰和映入的光线都是橘色。第5个是白色。第6个是紫罗兰色。第7个房间四壁从天花板到墙根都被黑丝绒帷幔遮得严严实实，帷幔的褶边沉甸甸地垂在同样是黑丝绒的地毯上。但只有这个房间窗户的颜色与饰物的色调不配。它窗玻璃的颜色是殷殷猩红，红得好像浓浓的鲜血。在散布于或悬垂于这7个房间的大量贵重装饰品中，却没有一盏灯或一个烛台。这组套房中没有任何日光，灯光或者烛光。但在环绕这组套房的回廊里，每一扇窗户跟前都立着一个三角支架，每一个三角支架上都放着一盆火，火光透过染色玻璃照亮里面的房间，从而产生出绚丽斑斓、光怪陆离的效果。但是在西间或黑色房间里，火光透过红色玻璃照射在黑色帷幔上的效果却可怕到了极点，凡进入该房间的人无不吓得魂飞魄散，以致宅院中几乎无人有足够的胆量进入那个房间。

同样也是在那个房间里，靠西墙立着一座巨大的黑色时钟。其钟摆伴随着一种沉闷，凝重而单调的声音左右摆动。每当分针在钟面上走满一圈，报点的时刻到来之时，从巨钟的黄铜壁腔内便发出一种清脆，响亮，悠扬，悦耳但其音质音调又非常古怪的声音。结果每隔一小时，乐队的乐师们就不得不暂时中止他们的演奏，侧耳去听那个声音。于是跳华尔兹的男男女女停止其旋转，狂欢的人群一下子仓皇失措。钟点声继续鸣响之际，可见轻浮浅薄者一个个脸色发白，年长者和稳重者则以手覆额，仿佛是在出神或者沉思。但待钟声余音寂止，人群中又顿时充满轻松的笑声，乐师们你看我，我看你，相视而笑，像是在自嘲方才的紧张和傻气。他们还彼此低声诅咒发誓，下次钟响时绝不会再这样忘情失态；可在60分钟之后（那包含了似箭如梭的3600秒），黑色巨钟又一次鸣响，于是又出现和前次一样的仓皇失措，神经紧张和沉思冥想。

但尽管如此，整个化妆舞会仍不失为一次靡丽放荡的狂欢。亲王的情趣别有风味。他对色彩和效果独具慧眼。他的构思大胆热烈，而他的思想却闪耀着野蛮的光辉。大概会有人认为他疯狂。他的追随者却觉得并非如此。要确信亲王的确没疯，那必须听他说话，与他见面，同他接触。

因这次舞会场面盛大，7个房间的活动装饰大部分由他亲自指点，而正是他个人的情趣嗜好使舞会参加者的化装各具特色。请相信他们全都奇形怪状。舞会上充满了灿烂光彩，横生妙趣，朦胧幻影，充满了自《爱尔那尼》①一剧上演以来所见过的所有舞台效果。有人装扮成肢体与面具不相称的怪物。有人穿戴着只有精神病患者才能想出的怪装。有许多人装扮得漂亮，许多人装扮得荒唐，许多人装扮得怪诞，有一些人装扮得可怕，还有不少人装扮得令人恶心。事实上，来往穿梭于那7个房间之间的简直是一群梦。他们（这群梦）从一个个房间扭进扭出，随房间之不同而变幻着色彩，并使乐队疯狂的伴奏似乎就像是他们舞步的回声。可是不一会儿，黑房间里的那个黑钟又一次鸣响。于是一时间一切都静止不动，除了钟声一切都悄无声息。那些梦也各自凝固成他们站立的样子。但等钟声余音散尽（钟声延续的时间并不长），随之又荡漾起一阵略微克制的笑声。音乐又重新响起，那些梦又复活，并比先前扭得更欢，在扭动中随着被回廊上火光映亮的彩色玻璃窗而变幻色彩。但现在参加假面舞会的人当中已没有人敢进入7个房间中最西头那间，因为已近深更半夜，从那血红色窗棂透进的火光更红，那些阴森森的黑色帷幔令人毛骨悚然。对于那些站立于黑色地毯上的人，那黑色巨钟沉闷的钟摆声听起来比那些在其他房间作乐的人所听到的更显得阴沉压抑。

此时其他房间里挤得比肩接踵，一颗颗充满活力的心在兴奋

---

① 《爱尔那尼》（Hernani）是法国作家雨果所著悲剧，1830年曾在巴黎上演，后由意大利作曲家威尔第改编成4幕歌剧，1844年首演于威尼斯。

地跳动，正当纵情狂欢达到高潮之时，黑色的巨钟鸣响了午夜钟声。于是如我刚才所描述，音乐停止了演奏，舞者停止了旋转，一切都像先前一样陷入一种不安的休止。但这一次钟声要响12下，因此，也许碰巧有更多的思想会潜入狂欢者中那些善思者更长一点的沉思冥想之中。也正因为如此，人群中有许多人直到最后一声钟响完全消失，才有空注意到一个先前未引起过任何人注意的戴着假面具的身影。关于这位新来者的消息不胫而走，人群终于响起一阵表示不满和惊讶的喊喊喳喳或嘟嘟囔囔的声音，最后这种声音里渐渐流露出惊恐，畏惧和厌恶的意味。

在我所描述的这样一个光怪陆离的假面舞会上，按理说一般人的出现不可能引起如此轩然大波。事实上，那天晚上的装束面具几乎没有限制，但大家注意到的那个身影比希律王还希律王，他的装束和面具甚至超越了亲王那几乎没有限制的礼仪限度。最无动于衷的心也不可能没有能被情感拨动的弦。甚至对那些视生死为儿戏的迷途浪子而言，也总有那么一些事他们不能视为儿戏。实际上，当时所有参加假面舞会的人似乎都深深感到那个陌生人的装束和举止既无情趣可言也不合礼仪。陌生人身材又高又瘦，从头到脚都藏在一块裹尸布里。他那如僵尸面孔的假面具做得足以乱真，以致凑上前细看也一定很难辨出真假。不过对这群疯狂的寻欢作乐者而言，这一切虽不值得赞赏，但说不定还可以容忍。但那位陌生人太过分了，他居然装扮成红死病之象征。他的裹尸布上溅满了鲜血，他的额顶以及五官也洒满了猩红色的恐怖。

当普洛斯佩罗亲王看见这个幽灵般的身影（缓慢而庄重地在跳华尔兹的人群中高视阔步，仿佛是想将其角色扮演得更逼真），他显然大为震惊。开始只见他一阵猛烈地颤抖，说不出是因为恐惧还是厌恶；但随之就见他气得满脸通红。

"是谁如此大胆？"他声嘶力竭地问站在他身边的随从，"谁敢用这种无礼的嘲弄来侮辱我们？快抓住他，揭开他的面具，让我们看看日出时吊死在城墙上的到底是个什么家伙！"

普洛斯佩罗亲王嚷出这番话时正站在东头的房间里。他洪亮的声音清楚地传遍了7个房间，因为亲王生性粗野豪放，而音乐也早已随着他的挥手停止了演奏。

亲王当时正站在蓝色房间，身边围着一群面如死灰的随从。他刚开始嚷叫时，这帮随从还稍稍朝那位不速之客逼近了两步，不料那个也在不远之处的不速之客竟也迈着从容而庄重的步伐朝亲王走来，他的狂妄傲慢已在所有人的心中唤起了一种莫可名状的敬畏感，所以没有一个人敢伸手去抓他，结果他畅通无阻地从亲王身边不足1米的地方走过。这时所有的人仿佛都情不自禁地从房间中央退缩到了墙边，那陌生人如入无人之境，继续迈着那种从一开始就使他显得与众不同的庄重而平稳的步伐从蓝色房间进入紫色房间，从紫色房间进入绿色房间，从绿色房间进入橘色房间，再从橘色房间进入白色房间，在一个抓他的行动开始之前，他甚至已快要进入紫色房间。可是就在此时，为自己刚才的胆怯而恼羞成怒的普洛斯佩罗亲王飞身冲过了6个房间，尽管那些被恐惧攫住的随从没有一人紧随其后。亲王高举一柄出鞘短剑，心急火燎地追到了离那退却的身影只有1米左右的地方。只听一声惨叫，那柄明晃晃的短剑掉落在黑色的地毯上，紧接着普洛斯佩罗亲王的尸体也面朝下倒在了上边。这时一群狂欢者才鼓起玩命的勇气，一哄而上冲进了那个黑色房间。可当他们抓住那个一动不动地直立在黑色巨钟阴影中的瘦长身影时，他们张口结舌地发现，他们死死抓住的那块裹尸布和僵尸般的面具中没有任何有形的实体。

这下红死病的到来终于被承认。它就像一个小偷趁黑夜溜了进来。狂欢者一个接一个倒在他们寻欢作乐的舞厅之血泊里，每一个人死后都保持着他们倒下时的绝望姿势。随着最后的欢乐结束，那个巨大的黑钟也寿终正寝。三角支架上的火盆全部熄灭。黑暗、腐朽的红死病开始了对一切漫漫无期的统治。

(1842)

# 陷坑与钟摆

> 就在这儿，那群贪婪而邪恶的暴徒
> 曾长久地对无辜者的鲜血怀着仇恨，
> 如今祖国已解放，死亡之狱被摧毁，
> 死神曾猖獗之处将出现健康的生命。
> ——为巴黎雅各宾俱乐部原址
> 所建之市场大门而作的四行诗

我真虚弱。由于那种漫长的痛苦，我已经虚弱不堪；而当他们终于替我松绑，并允许我坐下之时，我觉得我的知觉正在离我而去。那声宣判，那声可怕的死刑宣判，便是传进我耳朵的最后一个清晰的声音。从那之后，法官的声音就仿佛消失在一种梦一般模糊的嗡嗡声中。它使我想到了天旋地转这个概念，这也许是在恍惚中由此而联想到了水车的声音。这种情况只延续了一会儿，因为很快我就什么也听不见了。不过我暂时还能看见，只是所看见的是一种多么可怕的夸张！我看见了那些黑袍法官的嘴唇。它们在我看来非常苍白，比我写下这些黑字的白纸还白，而且薄得近乎于荒诞。那么薄的嘴唇居然能说出斩钉截铁的词句，做出不容更改的判决，对人类的痛苦表现出冷酷的漠然。我看见那个决定我命运的判决无声地从那些嘴唇间流出。我看见那些嘴唇说话时可怕的扭动。我看见它们形成了我名字发音的口形。我为此一阵颤栗，因为没有随之而来的声音。在一时间因恐怖造成的谵妄之中，我还看见遮住房间四壁的黑色幔帐轻得几乎不为人察觉的波动。然后我的目光落在了桌上的7支长蜡烛上。开始它们还呈现出一副仁慈博爱的模样，宛如一群会拯救我的白色小天使。可转眼之间我突然感到一阵恶心，感到我身上的每一根纤维都猛然一震，就好像我碰到了伽戈尼电池组的导线，与此同时，那些天使都变成了头顶冒着火苗的毫无意义的幽灵，我看出不可能指望它们来拯救。随即一个念头像一支优美的曲调悄悄地溜进了我的想象：坟墓中的安眠一定非常美妙。那念头来得悄然而隐秘，似乎过了好一阵我才充分意识到它的来临。但正当我终于完全感觉到它并接受它时，那些法官的身影突然像变戏法似的从我眼前消失；7支长长的蜡烛化为乌有，它们的火苗完全熄灭。随之而来的便是一片黑暗中的黑暗，所有的感觉仿佛都被灵魂坠入地狱时的那种飞速下降所吞没。然后就是那个沉寂而静止的冥冥世界。

　　我当时虽已昏迷，但仍然不能说我全部的知觉都已丧失。剩下的到底是一种什么状况，我现在无意下定义，甚至不想加以描述。但我并非完全失去了知觉。在沉睡中？不是！在谵妄中？不是！在昏迷中？不是！在死亡中？也不是！即使长眠于坟墓中也不会完全失去知觉。否则对人类便无不朽可言。从睡眠之最深处醒来的过程中，我们冲破一层梦的丝网。可转眼之间（也许那层丝网太薄），我们不再记得梦中所见的一切。从昏迷中苏醒过来有两个阶段：第一阶段是心理或精神存在意识的苏醒，第二阶段是生理存在意识的苏醒。看来情况很可能是这样的，如果我们苏醒到第二阶段时尚能回忆起第一阶段的印象，那我们就会发现这些印象有助于我们忆及在此之前的那个昏迷之深渊。那个深渊是怎么回事？至少，我们该如何区别那个深渊的阴影和坟墓的阴影？但即使我刚才称之为第一阶段的印象未被随意记起，可难道它们不会在很久以后自动冒出来，哪怕我们会惊于它们从何而来？从不曾昏迷过的人绝不会看到奇异的宫殿和在煤火中显现的非常熟悉的面孔，绝不会看到许多人也许看不到的黯淡的幻影在半空中飘浮，绝不会沉湎于某种奇花的芬芳，他的大脑也不会为某种以前没引起过他注意的韵调的意义而感到困惑。

在我经常有意识地去回忆那种昏迷状态的努力中，在我认真地去追忆我昏迷时所陷入的那种表面上的虚无状态之特征的努力中，也有过一些我认为是成功的时刻。有过一些我居然唤起了记忆的很短很短的瞬间，而其后清醒的理智使我确信，那些短暂的记忆只可能与当时那种表面上的无意识状态有关。这些少量的记忆隐隐约约地证明，当时一些高大的身影把我抬起，并默默无声地抬着我往低处走去，下降，继续下降，直到我感到那下降没有止境，感到一种可怕的眩晕向我压来。记忆还证明当时我心中有一种说不出的恐惧，因为当时心脏静得出奇。接着突然有一种一切都静止不动的感觉，仿佛那些抬我的人（一群可怕的家伙）在下降的路上已经超过了没有止境的界线，由于精疲力竭才停下来歇一会儿。在那之后，我还记起了晦冥与潮湿；然后一切都是疯狂，一种忙于冲破禁区的记忆的疯狂。

突然，我的心灵恢复了运动和声音，心一阵骚乱地运动，耳朵听到了心动的声音。接着是一阵短时间的空白。然后又有声音，又有运动，并有了触觉，一种弥漫我全身的刺痛的感觉。接着是一种没有意志的纯粹的存在意识，这种状态延续了较长时间。然后突然之间，意志恢复，恐惧感苏醒，并产生了一种急于了解我真实处境的意图。接着是一种想重新失去知觉的强烈欲望。然后是心智完全复活，行动的努力也获得成功。随之而来的便是对审判、法官、黑幔、判决、虚弱和昏迷的清楚回忆。接着就是昏迷之后那遗忘中的一切，那在后来经过许多努力才使我模模糊糊地回忆起来的一切。

到此为止，我尚未睁开眼睛。我感觉到自己是仰面躺着，手脚没被捆绑。我伸出一只手，它无力地垂落在某个潮湿而坚硬的表面。我让手保持在那个位置。与此同时，我竭力去猜想自己身在何处，处境会怎样。我极想睁开眼睛，但又不敢。我害怕向周围看第一眼。这并不是说我害怕见到什么吓人的东西，而是因为我唯恐睁开眼睛会什么也看不见。最后我终于心一横，猛然把眼睛睁开。结果我所担心的得到了证实。包裹着我的是永恒之夜的黑暗。我困难地喘息着。那沉沉黑暗似乎压得我喘不过气来。空气也湿闷得令人难以忍受。我仍然静静地躺着，开始尽力运用我的理智。我回想起了这次宗教法庭审判的全过程，并力图以此推断出我当时的真实处境。死刑判决已经宣布；那对我来说仿佛已是很久以前的事情。但我从来没有认为自己真已死去。不管我们在小说中读到些什么，那类想象与真实情况都完全不相符。可我究竟在哪儿？情况到底怎样？我知道，被宗教法庭判处死刑的异端通常是被捆在火刑柱上烧死，而我受审的当天夜里就已经执行过那样一次火刑。难道我已被押回原来那个地牢，等待将在数月后举行的另一次火刑？我马上就看出这不可能。受害者从来都是被立即处死。再说我原来那间地牢和托莱多城①所有的死牢一样是石头地面，而且也并非一丝光都没有。

一个可怕的念头突然令我血流加快，心跳加剧，一时间我又陷入昏迷。待我重新醒来，我蓦地一跃而起，浑身忍不住瑟瑟发抖。我伸出双手上下左右乱摸了一阵。我什么也没摸到，但我仍然不敢挪动一步，生怕会被墓壁挡住去路。我浑身直冒冷汗，豆大的汗珠凝在我的额顶。这种悬疑不安的痛苦终于使我不能承受。于是我小心翼翼地向前挪动了脚步，双臂朝前伸得笔直，两眼睁得几乎要突出眼窝，希望能看见一丝微弱的光线。我朝前走了好几步，可周围仍然只有黑暗与空虚。我稍稍松了一口气。看来很清楚，至少我待的地方还不是命运最可怕的那个归宿。

就在我继续小心翼翼往前摸索之时，心里不由得回忆起许许多多关于托莱多城的恐怖传闻。其中也谈到了地牢中的一些怪事，一些我认为不过是无稽之谈的怪事，但那些事毕竟稀奇古怪，可怕得没人敢公开谈论，只有在私下悄悄流传。难道他们是想让我在这个伸手不见五指的地下世界里饿死？或是还有什么更可怕的死法在等着我？我对那些法官的德性了如指掌，所以我并不怀疑我面前只有死路一条，而且知道我会比一般人更痛苦地死去。我一心想知道的，或使我感到迷惑的，只是我具体的死法和时间。

我伸出的手终于碰到一个坚固的障碍物。那是一面墙，摸上

---

① 西班牙历史名城，位于马德里西南71公里处。

去好像是用石头砌成,给人一种光溜溜、黏糊糊、冷冰冰的感觉。这下我顺着墙走,迈出的每一步都带着某些古老的故事灌输给我的谨慎和疑惧。但这样并不能使我弄清那间地牢的大小,我很可能走完一圈回到原处但自己却并不知道,因为那面墙摸起来始终是一个样。于是我伸手去掏我那把小刀,我记得我被带上法庭时那把小刀还在我衣兜里。可小刀不见了,我的衣服也被换成了一身粗布长袍。我本想将那把小刀插进石壁上的某条细缝,以便确定我起步的位置。尽管在心慌意乱中,那事开始显得像是一个无法克服的困难,但它毕竟是一件容易的事。我从长袍边上撕下一条布带,将其摊平横铺于地上,与墙面形成直角。这样我在绕墙走完一圈时就不可能不踩到这条布带。至少我当时心里是这么想的。但我没去考虑地牢的大小,也没有想到自己的虚弱。地面又湿又滑,我蹒跚着朝前走了一会儿,然后一个趔趄摔倒在地上。我极度的疲乏诱使我就那样躺着,而且睡意很快就向我袭来。

醒来时我伸出一条手臂,发现身边有一块面包和一壶水。我当时又饥又渴,没有去想是怎么回事就狼吞虎咽地把面包和水都送进了肚里。很快我又开始绕着地牢摸索前行,虽然很吃力,但终于回到了那条布带的位置。摔倒之前我已经数了52步,醒来后到触及布带我又数了48步。这样一共是100步;两步可折合1码,于是我推测那间地牢的周长为50码。但我在摸索绕行的过程中摸出那面墙有许多转角,所以我不能断定那个地窖是什么形状,当时我已不能不认为那是个地窖。

我这番探究几乎没有目的,当然更不会有什么侥幸心理,只不过是一种朦朦胧胧的好奇心驱使我探究下去罢了。我放弃了那面墙壁，决定从地牢中央横穿而过。开始我每一步都走得极其小心，因为那地面虽然感觉上很坚实，但却非常容易使人滑倒。不过我终于壮起胆子把步子迈得更平稳匀称，力图尽可能笔直地走到对面尽头。我这样毫不迟疑地朝前走了十一二步，这时我刚才因撕布带而扯碎的长袍残边拖曳在我两腿之间。最后我一脚踩住袍边，重重地朝前一头栽倒。

在刚刚摔倒的那阵狼狈之中，我没有马上意识到一个多少有点令人吃惊的情况，但在随后的几秒钟内，当我还趴在地上之时，那情况就引起了我的注意。当时的情况是这样的：我的下巴搁在了黑牢的地面上，但我的嘴及其以上面部却没有碰到任何支撑物，尽管它们的水平位置明显比下巴更低。同时我的前额仿佛是浸在一种阴冷的雾气中，一股霉菌的异味也直往我鼻孔里钻。我伸手一摸，这才浑身一震地发现我正好摔倒在一个圆坑的边上，当然，那圆坑有多大当时我没法确定。在靠近坑沿的坑壁上摸索了一阵，我终于从坑壁上抠出一小块碎片，并让它掉进那个深渊。开始好几秒钟我听到它下落时碰撞坑壁的声音，最后终于听见它阴沉地掉进水里并引起一阵沉闷的回声。与此同时，头顶上也传来一阵好像是急速地开门又关门的声响，其间一道微弱的光线倏地划破黑暗，接着又骤然消失。

我已看清了替我安排好的死亡，并暗暗庆幸那使我免于坠入陷坑的及时的一跤。若摔倒之前我再多走一步，那我就早已不在人世了。我侥幸逃脱的那种死法，与我以前听说但认为荒诞不经、难以置信的关于宗教法庭处死人的传闻相同。死于宗教法庭暴虐的人有两类死法，一类是死于直接的肉体痛苦，一类是死于最可怕的精神恐惧。他们为我安排的是第二类死法。当时长久的痛苦早已使我神经脆弱，以致我听到自己的声音都禁不住发抖，所以无论从哪方面看，他们为我安排的死法都是对我最恰当不过的折磨。

我战战兢兢地摸索着回到墙边，横下一条心宁死也不再冒险去受那些陷阱的惊吓，我当时想象那个地牢遍地都是陷阱。在另一种精神状态下，我说不定会有勇气跳进那样的一个深渊，在瞬间内结束我的痛苦，可当时我却是个十足的懦夫。另外我总忘不了以往读到的关于那些陷坑的描述，它们的最可怕之处并非是让你一下就死去。

纷乱不安的心情使我清醒了好几个小时，但最后我又昏睡过去。再次醒来时，我发现身边和上次一样有一块面包和一壶水。我口渴难耐，便将那壶水一饮而尽。谅必是水里放了麻醉药，因为水一下肚我就感到一阵不可抗拒的困倦。我陷入一种沉睡，一种犹如死亡的沉睡。我当然不知道我究竟睡了多久，但当我再一次睁开眼时，身边的一切竟然清晰可见。凭着一道我一时说不出从何而来的黄中透绿的强光，我终于看出了那间牢房的大小和形状。

我刚才把它的大小完全弄错了。那间牢房的周长顶多不过25码。这个事实一时间又使我枉费了一番心机，真是枉费心机，因为身陷我那种绝境，还有什么事比牢房的大小更微不足道呢？可我偏偏对这种微不足道的事产生了强烈的兴趣，并绞尽脑汁一心要找出我先前量错的原因。最后我终于恍然大悟。我先前丈量时刚数到第52步就摔倒了，而当时我离那条布带肯定只差一两步。事实上，我几乎已经绕地牢走完一圈。然后我睡着了，而待我醒来时，我肯定是往后走了回头路，这样就把地牢的实际周长差不多多估计了一倍。当时我脑子里一片混乱，所以没注意到我出发时墙是在左边，而当我碰到布带时墙是在右边。

关于地牢的形状我也大错而特错。先前一路摸去我发现许多转角，于是乎我便断定其形状极不规则。由此可见，绝对的黑暗对一个刚从昏迷中或睡眠中醒来的人有多大的影响！那些转角不过是由墙上间隔不等的一些微微凹陷所形成。地牢大致上是四方形。我先前以为的石墙现在看来是用一些巨大的铁板或某种其他金属板镶成，那些镶缝或接合处便形成了那些凹处。这个金属牢笼的内壁表面被拙劣地涂满了各种既可怕又可憎的图案，即起源于宗教迷信的那种阴森恐怖的图案。相貌狰狞的骷髅鬼怪以及其他更令人恐惧的图像布满并玷污了地牢四壁。我注意到那些鬼怪图轮廓倒还清晰，只是色彩似乎因褪落而显得模糊，好像是因为空气潮湿的缘故。我还注意到了地面，它是用石头铺成的。地面当中就是那个我先前侥幸没有坠入的圆形陷坑，不过牢房里只有那么一个陷坑。

这一切我看得不甚清楚，而且费了不少力气，因为在睡着之时，我身体所处的情况发生了很大变化。现在我是直挺挺地仰面躺在一个低矮的木架上，一条类似马肚带的长皮绳把我牢牢地缚在木架上边。皮绳一圈又一圈地缠绕我全身，只剩下头部能够活动，另外我的左手能勉强伸出，刚好够得着我身边地上一个瓦盘里的食物。我惊恐地发现那个水壶已经不见了。我说惊恐，因为难以忍受的焦渴正令我口干舌燥。这种干渴显然是我的迫害者们故意造成的结果，因为那盘中盛的食物是一种味道极浓的肉块。

我朝上打量地牢的天花板。它离我有三四十英尺高，其构造与四壁大致相仿。我全部的注意力都被其中一块镶板上画的一个异常的身影吸引住了。那是一幅彩色的时间老人画像,跟一般的画法没多大不同,只是他手里握的不是一柄镰刀,开始晃眼一看,我还以为他手里握着的是一个巨大的钟摆,就像我们在老式钟上所看见的那种。但是这个钟摆外形上的某种奇异之处引起了我更多的注意。当我目不转睛地朝上盯着它看时(因为它的位置在我的正上方),我觉得我看见它在动。我的这种感觉很快就被证实了。它的摆动幅度不大,当然其速度也慢。我盯着它看了一会儿,心里有点害怕,但更多的是惊奇。最后它单调的摆动终于让我看厌了,于是我移开目光去看牢里其他东西。

一阵轻微的响动引起了我的注意。我朝地上一看,只见几只硕大的老鼠正横穿过地板。它们是从我右边视线内的那个陷阱里钻出来的。就在我注意它们之时,它们正成群结队地匆匆朝我逼近,肉香的诱惑使它们都瞪着贪婪的眼睛。我费了极大的精力才把它们吓退。

大约过了半个小时,甚至也许会是一个小时(因为我现在对时间只有个大致上的概念),我又抬眼朝头顶望去。这一看顿使我大惊失色,惶恐不安。那钟摆摆动的幅度已增大到将近1码。作为其必然结果,它摆动的速度也大大加快。但最使我恐慌的是我意识到它明显地往下坠了一截。我这下注意到(不用说我当时有多么恐惧),那钟摆的下端犹如一柄闪闪发亮的月牙形钢刀,从一角到另一角的长度大约有1英尺,两角朝上,朝下的边显然像剃刀一般锋利。也像剃刀一样,那看上去又大又沉的钟摆越往上越细,形成一个完整的宽边锥形结构。锥形的上端悬挂在一根结实的铜

427

棒上，整个结构摆动时在空气中划出嘶嘶的声音。

我再也不能怀疑这个由那些善于折磨人的僧侣独出心裁地为我安排的死法。宗教法庭的那些家伙已知道我发现了陷坑，那个预定要让我这种胆大包天、不信国教的人饱尝恐惧滋味的陷坑，那个传闻说是作为宗教法庭极端惩罚的象征地狱的陷坑。我偶然摔那一跤使我免于坠入那个深渊，而我知道，让受刑人惊魂不定，把受刑人诱入陷坑是那些稀奇古怪的地牢死刑之重要组成部分。既然我没能自己掉进陷坑，那即使推我下去也达不到那邪恶计划的预期效果，于是（没有选择余地）一种不同的更温和的死法正等待着我。温和！我居然想到用这个字眼，这使我禁不住微微苦笑。

现在来讲我当时数钢刀摆动次数时的那种比死还可怕的漫长恐惧又有何益！一丝丝，一线线，以一种仿佛要过几个世纪才能觉察到一点的速度，那钟摆慢慢地下降！几天过去了，也许是好多天过去了，那钟摆才终于降到我能感觉到它扇出的微风的高度。那锋利钢刃刻毒的气息才钻进我的鼻孔。我祈祷，我千遍万遍地祈求上苍让它降得快一些。我变得极度疯狂，拼命挣扎，想抬起身去迎住那柄可怕的弯刀的摆动。然后我突然变得平静，静躺着笑看那闪光的死亡，就像个孩子笑看一件稀罕的玩具。

我又完全昏迷了一次；这一次时间很短，因为当我醒来时，丝毫也察觉不出钟摆有所下降。不过昏迷的时间也可能很长，因为我知道那些恶棍会发现我昏迷过去，而他们能随意停止钟摆的摆动。这次醒来我还觉得非常虚弱，简直是觉得自己已虚弱不堪，仿佛是长时间处于饥饿状态。即便是处在痛苦之中，需要食物还是人之天性。我费了很大的劲才把左手伸到皮绳所允许的地方，拿了不多一点老鼠吃剩的肉。我刚把其中一点放进嘴里，脑子里突然闪过一个尚未成形但却令人欣喜的念头，希望的念头。可我与希望还有什么关系？如我所说，那是一个尚未成形的念头，人们有许多这种最终绝不会完全成形的念头。我觉得那念头令人欣喜，带给人希望；但我同时也感到它在形成的过程中就消失了。我拼命想找回那念头，并使它完全成形，但终归徒然。长期的痛苦几乎已耗尽我正常的思维能力。我成了个笨蛋，一个白痴。

钟摆的摆动方向与我竖躺的身体成直角。我看出那月牙形的锋刃将按预计的那样划过我的胸部。它将会擦到我的囚袍，它将会一遍又一遍地从囚袍上擦过。尽管它可怕的摆动幅度（已达30英尺甚至更多）和它发出嘶嘶声的下降力度足以劈开那些铁壁，但它磨穿我的囚袍仍然需要好几分钟。我这个念头到此为止。我不敢接着再往下想。我紧紧地抓住这个念头不放，仿佛只要紧紧抓住这个念头，我就能阻止那柄钢刀下降。我强迫自己去想象那月牙形的锋刃擦过囚袍时的声音，去想象那磨擦声作用于神经所产生的那种独特的毛骨悚然的感觉。我就这么想象这些无聊的细节，直到想得我牙根发颤。

下降，钟摆悄悄地慢慢下降。我从比较它的摆动速度和下降速度之中感到了一种疯狂的快感。向右，向左，摆得真远，像坠入地狱的灵魂在尖叫，像一头悄悄接近猎物的老虎一步一步接近我的心脏！随着一种念头或另一种念头在脑子里占上风，我忽而大笑，忽而怒号。

下降，钟摆无疑而且无情地下降！它的摆动离我的胸口只剩下3英寸！我拼命挣扎，疯狂挣扎，想挣开左臂。我左臂只有肘关节以下能够自由活动。我能够吃力地把左手伸到那个盘子和嘴边，但不能伸得更远。若是我能挣脱肘关节以上的束缚，我就会抓住并努力阻止那个钟摆。我说不定还会去阻止一场雪崩！

下降，仍然不停地下降，仍然不可避免地下降！钟摆的每一次摆动都引起我一阵喘息、一阵挣扎。每一次摆动都引起我一阵痉挛性的畏缩。怀着由毫无意义的绝望所引发的渴望，我的眼睛紧随着钟摆向外或向上的摆动，而当它朝下摆来时又吓得紧紧闭上。尽管死亡会是一种解脱，哦，多么难以形容的解脱！但一想到那钟摆再稍稍下坠一点，其锋利而发亮的刀刃就会切入我的胸膛，我的每一根神经就禁不住颤抖。正是希望使得我神经颤抖，使得我身子畏缩。正是希望，那战胜痛苦的希望，甚至在宗教法庭的地牢里也对死囚犯窃窃私语。

我看出，那钟摆再摆动十一二次其刀刃就将触到我的囚袍。随着这一观察结果，我绝望的神志突然变得既清醒又冷静。多少个小时以来，也许是多少天以来，我第一次开始了思考。我突然想到，束缚我的皮绳或马肚带是完整的一条，此外没有别的绳子把我捆住。那剃刀般锋利的弯刃划过这根皮绳的任何一处都会将其割断，这样我的左手就有可能使我的整个身子摆脱其束缚。但要是那样的话，那可真正是钢刀已架在了脖子上，稍稍一挣扎都会碰上那刀口！再说，难道那些刽子手事先会没料到并防止这种可能性？而且绕过我胸口的皮绳会不会在钟摆摆动的轨道中呢？唯恐我这线微弱的并且似乎也是最后的希望破灭，我尽力抬起头去看那条皮绳绕过脚部的情形。皮绳横七竖八地紧紧缠绕着我的手脚和身体,唯独避开了刀刃将划过的地方。

我的头几乎尚未放回其原来的位置,我脑子里突然闪出一个念头,准确地说是我上文提到的那个脱身念头尚未形成的一半,也就是先前我把食物送到焦灼的嘴边时模模糊糊地飘忽在我脑子里的那半个念头的另一半。现在整个念头呈现出来了,朦胧,依稀,模糊,但却完整。我以一种产生于极度绝望的精力,立即着手实现这一想法。

几个小时以来,我躺在上面的那个矮木架周围一直挤满了老鼠。它们大胆,猖獗,贪婪,一双双血红的眼睛死死地盯住我,仿佛一旦等我不再动弹就会蜂拥而上把我吞噬。我不由得暗想,"它们在陷坑里习惯吃什么食物?"

虽然我竭尽全力驱赶它们,但它们还是把盘子里的食物吃得只剩下一点肉末。我的左手一直习惯性地在盘子周围挥舞,可后来这种无意识的动作再也不起作用。那些讨厌的家伙在贪吃盘中肉时其尖牙常咬着我的手指。现在我把盘中剩下的那点油渍渍香喷喷的肉末全部涂在那根皮绳上我左手可及的地方,然后从地板上缩回左手,屏住呼吸一动不动地躺着。

一开始,那些贪婪的小动物对这一变化(我的不动)感到又惊又怕,纷纷惶恐地向后退缩,许多甚至逃回了那个陷坑。但这种情况转瞬即逝。我没有低估它们的贪婪。见我始终一动不动,一两只最大胆的老鼠又蹿上木架,闻了闻那根涂了肉末的皮绳。这一闻好像是总攻的信号。成群结队的老鼠一下子又匆匆涌出陷坑。它们死死缠住了木架,蜂拥其上,并有数百只跳上了我的身子。钟摆有节奏的摆动一点儿也不妨碍它们。它们一边躲闪着不让钟摆撞上,一边忙着啃那根涂了肉末的皮绳。它们压在我身上,一堆一堆重重叠叠地挤在我身上。它们在我脖子上扭动。它们冰凉的尖嘴触嗅我的嘴唇。我几乎被它们压得喘不过气来。我心里涌起一种莫可名状的厌恶感。一种黏糊糊滑腻腻的感觉使我的心直发颤。但只一会儿工夫我就感到那场斗争即将结束。我明显地觉察到那根皮绳已经松弛。我知道它被老鼠咬断的地方不止一处。我以一种超人的毅力继续躺着一动不动。

计算上我没出错,那阵难受我也没白熬。我终于感到自由了。那根皮绳已断成一截一截的挂在我身上。但钟摆的锋刃已压到我胸上。它已经划破了囚袍。它已经割破了下面的亚麻衬衫。它又摆荡了两个来回,一阵剧烈的疼痛顿时传遍我每一根神经。可脱身的时刻也已经到了。我的那些救助者随着我的手一挥便纷纷逃去。以一种平稳的动作,小心地一侧,慢慢地一缩,我滑离了那根皮绳的束缚,逃离了那个钟摆的锋刃。至少我一时间获得了自由!

自由!可仍在宗教法庭的魔掌之中!我刚从那可怕的木架上滑到牢房的石头地面,那可憎的钟摆就停止了摆动。接着我看见它被一种无形的力量往上拉,穿过天花板不见了。这对我是一个刻骨铭心的教训。我的一举一动都无疑地受到监视。自由!我只不过是逃脱了一种痛苦的死法,随之而来的将是比死亡还痛苦的折磨。想到这儿,我神经质地环顾囚我于其中的几面铁壁。显而易见,某种异常,某种一开始还令我回不过神来的变化,已经发生在这间地牢。在好一阵恍恍惚惚战战兢兢的出神之中,我徒然地绞尽脑汁去东猜西想。在这段时间里，我第一次意识到了那道照亮地牢的黄中透绿的光线之来源。光从一条沿着整个地牢墙脚伸延的宽约半英寸的缝隙中透进，这样看起来墙壁仿佛完全是与地面分开的，实际情况也的确如此。我拼命想从那条缝隙看到外边，结果当然是枉费心机。

当我放弃那企图从地上站起来时，我突然看出那牢房发生了什么样的变化。我先前曾注意到，墙上那些鬼怪图的轮廓虽然清晰，可色彩却显得模模糊糊。但现在这些色彩已显现出并越来越鲜明地显现出一种令人吃惊的最光彩夺目的灿烂，这使得那些鬼怪图更显恐怖，连比我神经健全的人见了也会毛骨悚然。那些鬼怪突然间都长出了我先前不曾看见过的眼睛，现在这些可怕而又极富生气的魔眼正从四面八方瞪着我，而且都闪出一种火一般的光焰。我无论如何想象也没法认为那火是我的幻觉。

幻觉！我甚至连呼吸都觉得铁板烧红的气息直往我鼻孔里钻！地牢里弥漫着一种令人窒息的气味！那些盯着我受煎熬的眼睛变得越来越亮！一种比血更浓艳的红色在那些血淋淋的恐怖画上蔓延。我气喘吁吁！我上气不接下气！这毫无疑问是我那些刽子手们的阴谋。哦！最无情的家伙！哦！最凶残的恶棍！我从那炽热的铁壁往地牢当中退缩。想到马上就要被活活烧死，那陷坑的阴凉似乎倒成了我灵魂的安慰。我迫不及待地冲到那可怕的坑边，睁大眼睛朝下张望。从烧着的牢顶发出的火光照亮了陷坑的幽深之处。可是，我所看见的一时间差点使我疯狂，我的心灵拒绝去领悟我所见的是何意义。但最后那意义终于闯入了我的心灵，在我发抖的理智上烙下了它的印记。哦！无可言表！哦！真正的恐怖！哦！除此之外任何恐怖都算不上恐怖！我一声尖叫，逃离坑边，双手捂着脸失声痛哭。

温度急剧升高，我又一次抬眼张望，浑身不由得像发疟疾似的一阵颤栗。地牢里又发生了第二次变化，这一次显然是形状的变化。像刚才一样，我一开始也是无论如何也弄不明白到底出了什么事。但这一次我很快就回过神来。宗教法庭因我两度脱险而加快了报复，这次再也不可能与死神周旋。地牢本来是四方形的。可我现在看见那铁壁的四角有两个成了锐角，另外两个成了钝角。这可怕的变化随着一种低沉的轰隆声或呼啸声飞速加剧。转眼之间，地牢已经变成了一个菱形。但变化并没有到此为止，我也一点儿不希望它到此为止。我可以把那火红的四壁拥抱进我的胸膛，作为一块永恒的裹尸布。"死亡，"我说，"除了死于那陷坑，我接受任何死亡！"白痴！我难道会不知道把我逼进陷坑正是这火烧铁壁的目的？难道我能忍受铁壁的炽热？即便能忍受，难道我能经得起它的压力？此时那菱形变得越来越扁，其变化速度快得不容我思考。菱形的中心，当然也就是最宽处，已刚好在那张着大口的深渊之上。我缩离陷坑，可步步逼近的铁壁不可抗拒地把我推向深渊。最后，地牢坚实的地面已没有供我因烧灼而扭曲的身体的立足之地。我不再挣扎，但我灵魂之痛苦在一声响亮的、长长的、绝望的、最后的喊叫中得以发泄。我感觉我正在深渊边摇晃。我移开了目光。

忽闻一阵乱哄哄的鼎沸人声！一阵嘹亮的犹如许多号角吹响的声音！一阵震耳的好像无数雷霆轰鸣的声音！一只伸出的手臂抓住了我的胳膊，就在昏晕的我正要跌进那深渊之际。那是拉萨尔将军[1]的手。法国军队已进入托莱多城。那个宗教法庭落在了它的敌人手中。

(1842)

---

[1] 指拉萨尔伯爵（Comte de Lasalle, Antoine-Chevalier-Louis Colbert, 1775—1809），拿破仑麾下将军，半岛战争（1808—1814）初期曾率法军攻占过托莱多城。

# 玛丽·罗热疑案[①]
## ——《莫格街凶杀案》续篇

想象中的一些事件往往与真实事件并行。它们很少重合。人与环境总是去改动想象中的事件,这就使其看上去并不完美,因而导致的结果也同样不完美。宗教改革即如此,想的是新教,来的却是路德宗。

——诺瓦利斯[②]《道德论》

---

[①] 《玛丽·罗热疑案》最初发表时,作者认为不需要现在所增补的这些脚注,但本故事所依据的那场悲剧已过去多年,所以作者认为最好还是加上这些脚注,并对故事的总体构思做一简单介绍。几年前,一位名叫玛丽·塞西莉娅·罗杰斯的年轻姑娘在纽约市郊被杀害,尽管她的惨死在当时引起了强烈而长久的轰动,但直到本故事写成并发表之时(1842 年 11 月),她的死因仍未查明。在本故事中,作者在假托叙述巴黎一女店员之死时虽然只参考了真实的玛丽·罗热斯谋杀案中那些无关紧要的事实,但作者在每一细节上都一直追随着该案的本质。因此,根据这篇小说得出的全部论据都适用于那个真实的案件,而对该案真相之探究乃本文之目的。

《玛丽·罗热疑案》是在远离上述惨案现场的地方写成的,除了报纸所提供的事实,作者对该案未进行过其他形式的调查。因此,作者错过了许多如果他当时在那里并勘查过现场便可加以利用的材料。然而,记录下下面这个事实也许仍不算冒昧:两名证人(其中之一即这篇小说中的德吕克太太)于这篇小说发表很久以后,在不同时间所提供的证词不仅充分证实了这篇小说的推论,而且还完全证实了这一推论所依据的全部假设的主要细节。——原注

[②] 诺瓦利斯(Novalis,1772—1801),真名冯·哈登贝格(Friedrich Leopold von Hardenberg),德国早期浪漫诗人及散文家,力图把哲学、科学和诗歌结合起来,用隐喻解释世界。

即使在最冷静的思索者当中,也很少有人未曾偶然遇到过这样的经历:那就是,因为惊于某些表面上看来是那么不可思议以至于理智没法将其视为纯属巧合的巧合,从而陷入一种朦朦胧胧但又毛骨悚然的对超自然现象的半信半疑。这种心情(因为我所说的这种半信半疑绝不会具有充分的思维能力)很难被彻底抑制,除非借助于机缘学说,或按其专门术语的说法,借助于概率计算法。由于这种计算法本质上纯然是数学的,因此,就让我们破例把科学之严谨精密运用于推测中最扑朔迷离的捕风捉影。

以时间先后而论,人们会发现,我现在应约公之于众的这些离奇的细节将构成一系列几乎不可理解的巧合之主脉,这些巧合的支脉或尾脉将被读者在最近发生于纽约的玛丽·塞西莉娅·罗杰斯谋杀案中看出。

大约一年前,当我在一篇名为《莫格街凶杀案》的小说中尽力描述我的朋友C.奥古斯特·迪潘爵士心智上一些非常惊人的特性时,我压根儿没想到我今天会旧话重提。描述那种性格是我动笔的初衷,而这一初衷已通过我所举出的那些能证明迪潘特有癖好的事例而得以实现。我本可以举出其他一些事例,但我没必要进一步证明。然而,惊于最近某些事情出人意料之进展,我便进一步写出了这些细节,这也许会使我的叙述含有一种逼供的意味。但既然已听说了最近发生的一切,我若对多年前的所见所闻还保持沉默,那倒真是咄咄怪事。

莱斯巴拉叶母女俩惨死的案件一了结,迪潘爵士马上就不再去想那事。他故态复萌,又重新沉醉于喜怒无常的冥思苦索。总爱出神发呆的我欣然与他的脾性保持了一致。我们继续住在圣热尔曼区我们的寓所，把未来抛在九霄云外，平静地蛰伏于现实之中，将身边沉闷的世界编织进我们的梦幻。

但这些梦幻并非全然不被惊扰。不难想象，我朋友在侦破莫格街一案时所扮演的角色并不是没在巴黎警方的心目中留下难以磨灭的印象。迪潘这个名字在巴黎警界早已是无人不知，无人不晓。除我之外，迪潘从来没向任何人解释过他解谜所用的那种简单的归纳推理法，甚至包括那位警察局长，所以，他破案之事几乎被人视为奇迹也就不足为奇，而他的分析能力为他赢得直觉敏锐的声誉也不足为怪。其实他的坦率本可以纠正好奇者的这种偏见，但他的惰性使他不愿去谈论一件他早已不再感兴趣的事。就这样，他发现自己成了警方眼中的要人，巴黎警察局想请他协助侦破的案子也着实不少。其中最引人注目的一件就是一位名叫玛丽·罗热的年轻姑娘被谋杀的案子。

这件事大约发生在莫格街惨案两年之后。玛丽是寡妇埃丝苔尔·罗热的独生女儿，她的教名和家姓都与那位不幸的"卖雪茄的姑娘"之姓名相仿[①]，读者一看便会引起注意。玛丽自幼丧父，从那之后，直到本文所讲述的凶杀案发生之前18个月内，她一直随母亲住在圣安德烈街[②]，罗热太太在那儿经营一个膳宿公寓，由玛丽帮着照料。母女俩就这样过着日子，直到玛丽22岁那年，她

---

[①] "卖雪茄的姑娘"即上文提及的纽约姑娘玛丽·塞西莉娅·罗杰斯，其英文教名和姓氏Mary Rogers与巴黎少女玛丽·罗热的法文姓名Marie Rogêt相仿。

[②] 拿骚街。——原注（[译者按]作者在脚注中对应于正文里的地名和人名分别为纽约和纽约附近地区之地名以及与玛丽·罗热案件有关人士的姓名。）

迷人的美貌引起了一位香料商的注意。那位叫勒布朗①的香料商在罗亚尔宫的底层开有一家商店，其顾客多半是出没于那一带的流氓恶棍。勒布朗先生意识到，雇漂亮的玛丽来照料那个商店将使他有利可图，而他慷慨的提议被那位姑娘迫不及待地接受，尽管罗热太太多少有几分犹豫。

香料商果然如愿以偿，女店员的活泼与魅力很快就使那家香料店为众人所知。玛丽在那家商店干了大约一年，有一天突然从店中消失，害得她那帮倾慕者一个个心慌意乱。勒布朗先生说不出她的去向，罗热太太又急又怕。报纸很快就抓住了这个题目，警方正准备进行认真调查，可在过了一星期之后的一天早晨，玛丽又出现在那家香料店她通常站的柜台后面。她平安无恙，只是隐隐约约显出一种悲哀的神情。除了私人问候之外，所有的询问都理所当然地是自讨没趣。勒布朗先生仍然宣称对情况一无所知。玛丽母女俩对所有探问都一概答称上星期她是在乡下一位亲戚家里度过。事情就这样烟消云散，渐渐被人们所淡忘。至于那位姑娘，她借口要摆脱人们的好奇心对她的冒犯，事过不久就辞掉了香料店那份工作，回到圣安德烈街她母亲家里躲了起来。

大约在她辞职回家3年之后，她的朋友们惊恐地发现她突然第二次失踪。3天过去，毫无她的音信。到第4天，有人发现她的尸体漂浮在塞纳河②上，就在圣安德烈区对岸离鲁尔门③那片僻静地

---

① 安德森。——原注
② 哈得孙河。——原注
③ 哈得孙河对岸新泽西州的威豪肯区。——原注

区不太远的河边。

凶杀之惨无人道（因为一看就知道是凶杀）、死者之年轻漂亮、尤其是她生前风流的名声，使得敏感的巴黎人对这一事件大为关注。我记不得还有什么同类事件引起过那么普遍而且那么强烈的轰动。一连几个星期，人们只谈论这一撩拨人心的话题，连当时重大的政治问题都被抛到了一边。警察局长非常难得地不遗余力，巴黎的警力当然也就全部派上了用场。

尸体刚被发现时，人们猜测凶手将很快落入法网，因为警方马上就雷厉风行地开始了调查。直到一个星期之后，警方才认为有必要悬赏缉拿，而即便如此，赏金也被限制在1千法郎。与此同时，调查仍在继续进行，虽说不一定有功劳，但却不乏苦劳。被调查询问的人可谓不计其数，结果终归徒劳无功。由于这桩疑案一直没有线索，公众的情绪变得越来越激愤。10天之后，警方认为最好把原来的悬赏金额增加一倍。又过了一个星期，案情仍毫无进展，巴黎人历来对警方抱有的偏见终于酿成了几起严重的骚乱。这下警察局长亲口许诺两万法郎，"要把那位凶手绳之以法"，如若查明凶手不止一人，则"每缉获一名凶犯"赏两万法郎。在这份悬赏公告中，警方还许诺对举报同伙并出庭作证的同案犯免予追究。这份公告所贴之处，一个市民委员会又附上了一份非官方告示，宣称除警察局长许诺的赏金外，他们再提供1万法郎。这样整笔赏金已高达3万法郎。如果我们考虑到那位姑娘卑微的身份，再考虑到类似这桩凶杀案的暴行在各大城市都屡见不鲜，那这笔赏金的数目的确高得有点惊人。

现在谁也不怀疑这桩神秘的谋杀案很快就会大白于天下。但是，虽然警方也逮捕了一两伙似乎能使案子水落石出的嫌疑犯，但却查不出他们与那桩凶杀案有任何牵连，最后只好把他们立即释放。从发现尸体算起已过了3个星期，其间警方没找到任何有价值的线索。看起来虽然有点奇怪，但在那3个星期过去之前，这桩闹得巴黎满城风雨的事的确丝毫也没有传进迪潘和我的耳朵。当时我俩都全身心地埋头于各自的研究，差不多有一个月，我俩谁也没出门，也没会过客，连看我们那份日报也只是匆匆浏览一下头版上的政论文章。第一个带给我们谋杀案消息的正是巴黎警察局长G先生本人。他于18××年7月13日午后登门拜访，和我们一直谈到当天深夜。他缉拿凶手的一番努力失败，这使他大为光火。这有关他的信誉，他以巴黎人特有的气派这么说，甚至有关他的名誉。现在公众对他都拭目以待，只要这桩疑案的侦破能有所进展，他不惜付出任何代价。他结束开场白时用一种不无滑稽的口吻把他觉得应该称之为的迪潘的机智恭维了一番，然后向迪潘提出了一个直截了当、而且的确慷慨大方的建议。至于那建议的具体内容我觉得不便随意泄露，不过它与我叙述的事件毫无关系。

我朋友把那番恭维悉数奉还，但是欣然接受了那个提议，尽管那提议所答应的好处完全是靠不住的。协议一经达成，局长马上开始滔滔不绝地阐释他自己的见解，并插入大段大段的他对我们尚未获得的证据的评论。他口若悬河地讲了许多，而且当然是讲得博大精深，尽管其间我曾冒昧地偶然暗示过天色已晚的问题。迪潘一直稳稳地坐在他习惯坐的那张扶手椅上，完全是一副洗耳恭听的样子。整个会谈期间他始终戴着眼镜。我偶尔朝那两块绿镜片下瞥了一眼，这一眼已足以使我相信，由于他一言不发，那位局长告辞之前那漫长的七八个小时丝毫没影响他的酣睡。

第二天上午我去警察局取了一份案情证词的正式记录，又到各家报馆把刊载有这桩惨案消息的各种报纸一张不少地搜集了一份。经过一番去伪存真，报道的概况大致如下：

18××年6月22日（星期日）上午9点钟左右，玛丽·罗热离开了圣安德烈街她母亲的住处。临走前她只告诉过一位名叫雅克·圣厄斯塔什①的先生，说她要去德罗梅街她姑妈家呆一天。德罗梅街是一条又短又窄但人口稠密的街道，离塞纳河不远，从罗热太太的膳宿公寓到那儿，抄最近的路大约要走两英里。圣厄斯塔什是玛丽认可的求婚者，就寄宿在罗热太太的膳宿公寓。他本该在黄昏时分去接他的未婚妻并陪她回家。但午后天下起了瓢泼大雨。他心想她准会留在她姑妈家过夜（因为以前碰到这种情况她也在外过夜），所以他认为没有必要去履行诺言。罗热太太是个年逾古稀且体弱多病的老人，那天天黑时有人听见她表露这样的担心"恐怕她再也见不到玛丽了"，不过这句话在当时并没有引人注意。

到星期一方知道那姑娘不曾去过德罗梅街。直到那一天过去尚无她的音信，人们才开始分头到城里城外几个地方去寻找。然而，到她失踪后的第4天，人们仍未打听到任何关于她的下落。就在那一天（6月25日，星期三），一位叫博韦②的先生和他一个朋友到圣安德鲁街对岸的鲁尔门一带打听玛丽的下落，听说塞纳河

---

① 佩恩。——原注
② 克罗姆林。——原注

上的渔夫刚从河中捞起一具漂浮的尸体。博韦见到尸体后犹豫了一阵，然后才确认是香料店那位女郎。他朋友倒是一眼就认出了死者。

死者面部充血。一些发黑的血浆从嘴角溢出。嘴里未见一般溺死者通常都有的白沫。细胞组织尚未变色。喉部有淤伤和手指掐过的痕迹。双臂弯曲至胸前，已经僵硬。右手掌紧握，左手掌半开。左腕有两道环形擦伤，显然是两根绳子或一根绳绕两圈捆绑所致。右腕部分及整个背部也有严重擦伤，但双肩擦伤最为严重。渔民将尸体拖上岸时曾使用过绳子，但那些擦伤不是由此造成。死者颈部肌肉肿胀，可并无创伤或殴打所致的淤伤。脖子上发现一根系得很紧的饰带，紧得深陷进肉里不易被看见，只是在左耳下方留了一个结。单是这根饰带就足以致命。验尸报告确认死者死亡前有过性行为。报告说她曾遭受野蛮的轮奸。尸体发现时的状态不难被其朋友辨认。

死者的衣服破碎凌乱。从套裙裙边一直到腰部被撕成一条宽约1英尺的长带，长带未被撕离套裙，而是顺着腰间绕了3圈，在背后系成了一个结。紧贴套裙下边的是一件细布衬裙，一块宽约18英寸的布带从这件衬裙上被整幅撕下，撕得很匀称而且撕得很小心。这条宽布带被发现松松地缠在死者脖子上，并打了一个死结。在这条布带和那根饰带上边还系着两端连着一顶无檐女帽的帽带。帽带的结不是女人通常系的那种，而是一个活结或称水手结。

尸体被认出后未按常规送到陈尸所（这一做法被认为多余），而是在离打捞地点不远的地方匆匆埋掉了。由于博韦先生的多方奔走，这一事件被尽可能地掩盖起来，在好几天内都不为公众所知。然而，一家周报①终于披露了这桩凶杀，结果尸体被掘出重新检验，但除了上面所记录的，再没有什么新的发现。不过这次将死者的衣服送给她母亲和朋友们辨认过，大家一致确认那些衣服都是那姑娘离家时所穿的。

这时公众的反应越来越强烈。有几人被捕而随之又被释放。圣厄斯塔什尤其被警方怀疑，一开始他说不清玛丽离家的那个星期天他到过些什么地方，但后来他向G先生提交了一份宣誓书，其中令人信服地说明了他那天每一个小时的行踪。时间一天天过去，警方仍一无所获，上千种自相矛盾的传闻开始散布，记者们也纷纷发表高见。其中最引人注目的说法是玛丽·罗热还活着，塞纳河上发现的那具尸体是另一位不幸的姑娘。我想最好还是把持这种见解的文章摘几段让读者自己读读。这些段落均逐字逐句译自《星报》②，一份总体上还算办得不错的报纸。

18××年6月22日，星期日上午，罗热小姐以去德罗梅街看她姑妈或别的什么亲戚为由，离开了她母亲家。从那之后便没有人能证明看见过她。她一去就无影无踪或音信渺然……迄今为止，尚无任何人声称在她跨出其母亲家大门之后的当天看见过她。……那么，尽管我们还没有玛丽·罗热在6月22日星期日上午9点之后还活在这世上的证据，但我们已经证明在当日9点之前她还活着。星期三中午12点，鲁尔

---

① 《纽约信使》周刊。——原注
② 《纽约乔纳森兄弟报》，由H.黑斯廷斯·韦尔德先生主编。——原注

444

门附近河岸边发现一具漂浮女尸。即使我们假定玛丽·罗热在离开她母亲家后3小时内就被抛进河中，那从她离家到发现她的尸体也只有3天时间，恰好3天。但是，若认为这桩凶杀（如果她真被杀害的话）能发生得那么早，以致凶手居然能在半夜之前将她的尸体抛进河中，那我们就太愚蠢了。犯这种血腥罪行的人通常都选择深更半夜而不是光天化日。……由此可见，如果河上发现的尸体真是玛丽·罗热，那尸体在水中的时间就只有两天半，或最多3天。而所有的经验都已证明，凡溺死者或被杀害后立即抛入水中的人，其尸体需要6至10天腐烂到一定程度，然后才会浮出水面。即便尸体上方的水面上有大炮开火，那也只有至少浸泡过五六天的尸体才能浮起，如若任其漂浮，随即又会下沉。那么我们要问，究竟是什么原因使这尸体背离自然之常规呢？……如果说这具尸体以其血肉模糊的状态在岸上被一直放到星期二晚上，那岸上就应该发现凶手的一点蛛丝马迹。而且就算尸体在岸上放了两天才被抛进水中，它是否能那么快就浮出水面仍然得加个问号。何况任何犯下了我们所假定的这桩谋杀罪的家伙都断然不可能不给尸体缚上重物就将其沉入水中，毕竟用这种办法沉尸灭迹并不是什么难事。

接着该报撰稿人继续论证那具尸体浸泡于水中"绝不仅仅只有3天，至少也有5个3天"，因为尸体已经腐烂到连博韦也费了好大劲儿才认出的地步。可对博韦认出尸体这一事实，该报却进行了充分的驳斥。且让我再往下翻译这篇文章：

那么，博韦先生凭什么确信那具女尸肯定是玛丽·罗热的尸体呢？他卷起过死者的衣袖并说他发现了使他确信的特征。公众一般都以为他所说的特征是指某种疤痕。其实他只摸了摸那条手臂，并觉得上面有汗毛。我们认为只需稍动动脑筋就会发现这不足为凭，正如在衣袖里摸到了一条胳膊一样不足为据。博韦先生星期三没有返回城里，只是在当晚7点托人捎信给罗热太太，说关于她女儿的调查尚在继续进行。如果我们承认罗热太太是由于上了年纪再加上悲恸因而不能过河去（这完全可以被接受），那肯定有什么人应该认为自己有必要过河去参加调查，如果他们认为那是玛丽的尸体的话。可事实上谁也没过河去。圣安德烈街没人说起或听说这件事，甚至住在那同一幢楼里的人对此也毫无所闻。玛丽的情人及未婚夫，那位寄宿在她母亲家里的圣厄斯塔什先生，宣誓作证说直到第二天早晨博韦先生到他房间告诉他时，他才知道他未婚妻的尸体已经找到。对这样一条消息有关人却无动于衷。这不能不让我们感到震惊。

由此可见，这家报纸极力要造成一种玛丽的亲友对她之死态度漠然的印象，从而与亲友们相信那是她尸体之假定形成矛盾。这等于是向读者暗示：玛丽是因为卷入了一场于她不利的风流韵事而离开巴黎，她的出走得到了亲友们的默许，亲友们后来得知塞纳河上发现了一具跟她有几分相像的女尸，他们便趁此机会让公众相信玛丽已经死去。不过《星报》未免又操之过急。事实清楚地证明并不存在那种想象的漠然。那位老太太的身体极其虚弱，加之连日来过分焦虑,听到消息后也只是心有余而力不足。圣厄斯塔什闻讯后也绝不是无动于衷,而是悲恸得死去活来,连神志都变得恍恍惚惚,以至于博韦先生不得不说服了一名亲友对他加以照料,并阻止了他去参加开棺验尸。更有甚者,尽管验尸后死者由公家出资重葬的新闻是由《星报》发布,但它同时又刊载消息说一孔私人墓穴之慷慨馈赠被死者家属断然谢绝,而且死者家属没有一人参加葬礼。如我方才所言,《星报》刊载这一切都是为了加深它企图造成的那种印象,然而这一切都被证明为子虚乌有。在紧接着的一期报纸上,该报又试图让博韦遭到嫌疑。那位撰稿人说:

> 请注意现在情况发生了一个变化。我们获悉当某次一位B夫人在罗热太太家时,欲出门的博韦先生对B夫人说有一位警察马上要来,并吩咐她在他回来之前务必对警察什么也不要说,而是把事情留给他本人去对付。照事情目前的情况来看,博韦先生似乎对整个事件都胸中有数但又讳莫如深。没他的允许别人不得越雷池一步,因为你随意迈步将对他不利。……由于某种原因,他决意除自己外不让任何人插手此事,而按照死者的一些男性亲友的说法,他是用一种奇特的方式把他们挤到了一边。他好像极不喜欢让死者的亲友见到尸体。

根据下面这个事实,对博韦的怀疑似乎显得可信。在那位姑娘失踪的前几天,曾有人上博韦的办公室找他,当时博韦不在,来人看见门上锁孔里插着一朵玫瑰，门边的记事板上写着"玛丽"这个名字。

就我们从报上所能搜集到的材料来看，普遍的印象似乎都认为玛丽死于一伙歹徒之手。这伙歹徒将玛丽挟持到河对岸，对她施以了暴行然后把她杀害。然而《商报》[①]这份有广泛影响的报纸却非常认真地反对这种普遍的看法。我从其专栏文章中引用一两段如下：

>就老在鲁尔门一带搜寻凶手的行迹而论，我们认为这场追踪一直是南辕北辙。像死者那样一位名声在外的年轻女郎，不可能一连走过3个街区都不被一个认识她的人看见。而任何熟人只要看见过她就一定会记得，因为认识她的人对她都感兴趣。再说她出门之时正是街上人来人往之际……她居然能走到鲁尔门或者德罗梅街而没被10个熟人认出，这样的事情绝不可能发生。然而，迄今尚无一人声称在她母亲家门之外看见过她，而除了关于她表示过要外出的证词之外，没有任何证据能证明她确实出了家门。她的套裙被撕出一条长带缠在她腰间，这样便可把尸体像包裹一样搬运。假若凶杀是在鲁尔门附近发生，那凶手完全用不着费这番手脚。发现尸体漂在鲁尔门附近这一事实并不能证明尸体就是在那里被抛入水中……从那个不幸姑娘的衬裙上撕下的一条两英尺长一英尺宽的布带被扎在她的颔下并且绕过她的脑后，这样做很可

---

① 纽约《贸易报》。——原注

能是为了防止她喊叫。由此可见凶手是一帮身边没带手绢的家伙。

然而，在那位警察局长拜访我们之前的一两天，警方曾获得一个重要报告，这个报告的内容似乎至少能推翻《商报》那番议论的主要部分。报告说一位德吕克太太的两个儿子在鲁尔门附近的树林里游玩时偶然钻进了一片密集的灌木丛，那儿有三四块大石头堆得像把有靠背和脚踏的椅子。上边的一块石头上有条白色裙子，另一块石头上有一方丝织围巾。在那儿还找到一柄女用阳伞、一双手套和一张手绢。手绢上绣着"玛丽·罗热"的名字。周围的荆棘上发现有衣裙的碎片。地面被踏平，灌木枝被折断，一切都证明那儿曾有过一场搏斗。从灌木丛到河边的篱笆围栏被推倒，地上有重物拖过的痕迹。

一家名叫《太阳报》①的周报就这一发现发表了如下评论，但仅仅是重复巴黎各报的共同看法：

> 被发现的物品遗留在那里显然至少已有三四个星期，由于雨水浸泡，那些东西全都生霉，而且被霉菌粘连在一起。有些东西的周围和上边都长出了野草。伞上的绸面质地结实，但其线头全部朽脆。上端折叠部分完全发霉腐烂，被人一撑开就撕破了……被荆丛撕下的几块套裙布片一般有3英寸宽6英寸长，其中一块是裙边，上面有缝补过的痕迹。另外有一

---

① 费城《星期六晚邮报》，由C.J.彼得森先生主编。——原注

块是从裙子上撕下的，但不是裙边。它们看上去像是一条条被撕下来挂在荆丛上似的，距地面大约有1英尺高。所以毋庸置疑，这桩骇人听闻的凶杀案之现场已被发现。

这一发现又引出了新的证据。德吕克太太证明道，她一直在正对鲁尔门离河边不远的地方经营一个路边客栈。那附近没有人家，特别僻静。通常星期天都有城里的浪荡子成群结队地划船过河到那儿游玩作乐。就在出事的那个星期天下午3点左右，一个年轻姑娘来到了客栈，由一位肤色黝黑的小伙子陪着。他俩在客栈里呆了一阵子，然后离开客栈往附近的密林走去。德吕克太太注意过那位姑娘的装束，因为那件套裙与她死去的一位亲戚所穿过的一件套裙相似。她还特别留意过那条围巾。这对青年男女刚走，客栈里来了一帮无赖之徒，他们吵吵嚷嚷地吃喝了一通，没有付账便顺着那对青年男女离去的方向而去，大约傍晚时分他们又返回客栈，然后匆匆忙忙划船过河。

那天天黑不久，德吕克太太和她的大儿子曾听到客栈附近传来一个女人的尖叫。那声音凄厉但很短促。德吕克太太后来不仅认出了在灌木丛中找到的那条围巾，而且还认出了尸体上的那件套裙。接着有一位名叫瓦朗斯[①]的马车夫也宣誓作证，他在那个星期天曾看见玛丽·罗热乘渡轮到塞纳河对岸，有一个皮肤黝黑的年轻人陪着她。瓦朗斯认识玛丽，不可能把她认错。在灌木丛中找到的那些物件都逐一被玛丽的亲属确认。

---

① 亚当。——原注

我按照迪潘的吩咐从报上搜集到的证词和材料中还包括这样一条，但这一条看起来似乎非常重要。好像是上面所说的衣物刚被发现不久，人们就在如今被公认为是凶杀现场的地方发现了已经昏迷或奄奄一息的玛丽的未婚夫圣厄斯塔什，并在他身边找到一个贴着"鸦片酊"的空玻璃瓶。他呼出的气息证明他已服毒。他一声没吭就死去了。从他身上发现一封信，信中简短地述说了他对玛丽的爱以及他殉情自杀的意图。

迪潘仔细读完我作的案情摘要后说："几乎用不着由我来告诉你，这是一桩远比莫格街血案还复杂的案子，此案有一个要点与那桩血案不同。尽管这也是一起残忍的血案，但却是一件普通案子。全部案情毫无特别之处。你会看到，人们一直认为这个谜容易解开，正是因为它平淡无奇，而它本该被认为难以解开，也正是因为它司空见惯。就因为它平常，所以警方一开始认为没必要悬赏。G手下那帮警探马上就能够弄清这样一桩暴行为何会发生，又怎样发生。他们会设想出作案方式（多种方式），作案动机（许多动机）；而由于这许许多多的方式和动机不可能每一个都是真正的方式和动机，于是他们便理所当然地认为其中之一必定是真的。然而，这些不同的设想中所包含的共同的容易性和每个设想都呈现出的各自的可能性，本来就应该被视为是此案难破之暗示，而不应该被看成是容易破案的信号。我以前曾说过，正是凭着那些超越常规的现象，理性方能摸索出探明真相之途径，假若那条途径果真存在的话。而对于我们眼下所面对的这种情况，该问的与其说是'出了什么事？'不如说是'出了什么从未出过的事？'

在对莱斯巴拉叶夫人[①]那幢房子进行调查时，G手下那帮警探就是被这种特别搞得垂头丧气，狼狈不堪，而这种异常对一个思维精密的智者来说，却能提供最确切的成功之兆。可面对这桩香料店女郎的案子，同样的一名智者说不定就会完全丧失信心，因为满眼皆是司空见惯、屡见不鲜的情况，除了让警察局那帮家伙空欢喜一场之外，这些情况不说明任何问题。

"在莱斯巴拉叶夫人及其女儿的那桩案子里，我们刚一开始调查就确信是桩凶杀案。自杀之可能即刻就被排除。这次我们也是从一开始就排除了自杀的嫌疑。在鲁尔门发现的那具尸体是那么惨不忍睹，使我们对这一要点没有置疑的余地。但是，有人已经暗示被发现的尸体不是玛丽·罗热，这就是说，现在悬赏缉拿的和我们私下与警察局长达成协议追查的并非杀害玛丽的那名或那伙凶手。我俩对那位局长先生都很了解，对他不宜过分相信。如果我们从被发现的这具尸体开始调查，并由此追查出一名凶手，那我们有可能会发现这尸体是另外什么受害人，而不是玛丽。而若是我们从活着的玛丽着手追踪并最终找到了她，但我们又可能发现她并没有遇害。无论是哪一种情况，我们都将白忙一场。所以，为了我们自己的利益，如果这不是为了伸张正义的话，我们必不可少的第一步首先就该是确定被发现的那具尸体是不是失踪的玛丽。

"《星报》的论调对公众很有影响，而这家报纸自命不凡，这从它关于这个案子的一篇文章开头一句就可见一斑。它说：'今天

---

① 参见《莫格街凶杀案》。——原注

好几家晨报都在谈论星期一《星报》那篇毋庸置疑的文章。'在我看来，这篇文章除了作者那份热情之外，看不出有什么毋庸置疑的地方。我们应该记住，一般说来，我们那些报纸的目的首先在于引起轰动，在于哗众取宠，而不在乎追求事实真相。只有当两者看起来相吻合之时，追求事实真相才可能被顾及。只发表普通见解的报纸得不到公众的信任（无论其见解是多么有根有据）。在公众眼里，唯有与众不同的尖刻才算深刻。无论在推论中还是在文学中，正是这种惊世之言能最迅速而且最普遍地受到赏识。而无论是于推论还是于文学，这种惊世之言都最没有价值。

"我要说的是，正是玛丽·罗热还活着这一想法的惊人之处和戏剧效果，而不是这一想法的真实可能性，使《星报》对此大做文章，以确保其迎合公众的口味。现在让我们来审视一下它议论的要点，同时尽量避免它开始阐释其论点时的那种毫无条理。

"该作者的首要意图是想证明，由于从玛丽失踪到发现那具浮尸之间的时间很短，所以被发现的尸体不是玛丽的尸体。于是，把那段时间缩短到最低限度立刻就成了该推论者的直接目的。因为急于要达到这一目的，他一下笔就迫不及待地来了个纯粹的假定。他说，'若认为这桩凶杀（如果她真被杀害的话）能发生得那么早，以致凶手居然能在半夜之前将她的尸体抛进河中，那我们就太愚蠢了。'我们马上要问，而且当然要问，何以见得？为什么认为那姑娘离开其母亲家后5分钟内遇害就太愚蠢？为什么认为那姑娘是在当天任何一个假定的时间遇害就太愚蠢？凶杀无论何时都可能发生。但是，如果这桩凶杀发生在星期日上午9点到夜里11点45分这段时间里的任何时候，那都会有足够的时间'在半夜之前将她的尸体抛进河中'。所以，这个假定实际上等于是说，这桩凶杀压根儿不是发生在星期天。可如果我们允许《星报》这样假定，那我们就可以容许它任意信口雌黄。以'若认为这桩凶杀……'开始的那段议论，不管它在《星报》上是怎样措词用句，我们都不难想象它在作者头脑中是以这种方式存在的：'即便那位姑娘真的被杀害，但若是认为凶杀能发生得那么早，以至于凶手居然能在半夜之前将她的尸体抛进河中，那是愚蠢的看法，那样认为是愚蠢的；与此同时，如果（像我们决意要认为的那样）认为尸体是在半夜之后才被扔进河里，这也是愚蠢的'。这样说已够逻辑混乱，但还不像报上那句话完全令人莫名其妙。

迪潘继续说："如果我的目的仅仅是要证明《星报》的那段议论站不住脚，那我完全可以对它置之不理。可我们必须对付的，不是《星报》，而是由此探明事实真相。照正被谈论的这个句子的现状来看，它字面上只有一个意思，就是我刚才清楚地陈述的那个意思，但重要的是，我们应该透过其字眼去寻找这些字眼显然想表达但又没表达出来的意思。那位撰稿人的意图本来是要说，这桩凶杀无论是发生在那个星期天白天或晚上的任何时候，凶手都未必敢冒险在半夜之前把尸体搬运到河边。我真正抨击的正是这个假定。这个假定设想凶杀是发生在这样的一个地点，并发生在这样的一种情形下，以至于把尸体搬运到河边成了一种必然。可是，那桩凶杀案说不定就发生在河边，或发生在河面。这样，把尸体抛进水中无论在白天和晚上的任何时候都可能被作为最明显、而且最干脆的匿尸手段。你会明白我这里并非在暗示事情就是这样发生，也不说明这与我的见解一致。我所说的迄今与案情真相尚无关系。我只是要提醒你注意《星报》文章开头的那种片面性,从而注意它全部语气中的暗示。

"规定了这么一个期限来适应其先入之见,又假定了如果那是玛丽的尸体,那么它在水中的时间就很短,那位撰稿人继续写着:

> 所有的经验都已证明,凡溺死者或被杀害后立即抛入水中的人,其尸体需要6至10天腐烂到一定程度,然后才会浮出水面。即便尸体上方的水面上有大炮开火,那也只有至少浸泡过五六天的尸体才能浮起,如若任其漂浮,随即又会下沉。

"《星报》的这番论断被巴黎各报一致默认,唯有《箴言报》①一家除外。该报单单针对'溺死者的尸体'这一部分竭力进行反驳,引证了五六起公认为是溺水者的尸体在比《星报》所坚持的期限更短的时间内浮出水面的事例。《箴言报》的意图是要全盘否定《星报》的论断,可它却用几个特殊的事例去驳斥一个总体论断,这未免太缺乏哲学修养。即便它能引证50个而不是5个实例来证明尸体只需两三天就能浮出水面,那在《星报》的那条普遍规律被驳倒之前,它的50个实例仍然只能被视为那条规律的例外。而一旦承认那条规律(《箴言报》并未否认规律,只是强调了那些例外),就等于容许《星报》的论断继续有效存在。因为《星报》论断之着眼点并不在于争论尸体是否能在3天内浮出水面的问题,所以除非上述那种幼稚的例证多得足以形成一条针锋相对的规律,

---

① 《纽约商业广告报》,由斯通上校主编。——原注

这种可能性的争论只会对《星报》有利。

"你马上就能看出，如果真有那么一条规律，那所有对这一要点的争论都应该立即将矛头直指那规律本身，为此我们必须审视那条规律的基本原理。一般说来，人体既不比塞纳河中的水轻多少，也不会比它重多少。这就是说，人体在自然状态下，其比重略等于躯体所排开的淡水体积。骨骼小而肉和脂肪多的躯体比骨骼大但肉和脂肪少的躯体更轻，女人的躯体通常比男人的更轻，而河水的比重多少要受到海潮的影响。但即使抛开海潮的因素也可以这么说：就是在淡水里也极少有人体会自动下沉。几乎每个掉进河里的人都能够浮在水面，只要他能允许水的比重与他身体的比重恰好保持平衡，换句话说，就是只要他能允许自己的整个身体尽可能地浸入水中。对不会游泳的人来说，正确的姿势应该是像在岸上走路时那样垂直，头尽量后仰并浸入水中，只让嘴和鼻孔露出水面。这样我们就会发现自己可以毫不费力地浮在水面。可显而易见，人体的重量与所排开的水的体积必须平衡得恰到好处，而任何一点微弱的力量都会打破这种平衡。譬如说把一条胳膊伸出水面，那条胳膊就会失去浮力的支撑，结果身体增加的重量就足以使整个头部淹进水中，而偶然借助于一块小小的木头，我们就可以直起头来四下张望。不会游泳的人在水里挣扎时总不免举起双臂，同时还竭力像平常一样直着脖子，结果嘴和鼻孔就浸入水中。而在水面之下呼吸的结果又使水进入肺腔，胃里也会大量进水。肺和胃里原有的空气现在被水置换，身体因此而变得更重。这种变化通常就足以使人体下沉，但那种骨骼小而肉和脂肪特别多的人会例外。那种人即便被淹死也不会下沉。

"沉入河底的尸体一直要等到其比重又小于被它排开的水的比重时才能重新浮起。这种结果可由尸体的腐烂或其他原因造成。尸体的腐烂会产生气体,气体使腹腔、胸腔和细胞组织扩张,并使全身呈现出一种十分可怕的肿胀。这种肿胀使尸体的体积增大但重量并不相应增加,因而尸体肿胀到一定程度,其比重就会小于它排开的水的比重,随即便可浮出水面。但尸体的腐烂受制于不同的环境,其腐烂之快慢受无数媒介的影响,譬如天气的冷暖、水中含矿量的多少或说水的纯度、水域的深浅、水流的急缓、尸体的温度,以及死者生前有无疾病等等。因此,我们显然没法确定尸体要多少时间才能腐烂到能浮出水面的程度。在某些条件下,这种结果可在一小时内产生;在另一些条件下,也许永远也不会产生这种结果。有些化学注剂可保持动物尸体永不腐烂,二氯化汞就是其中一种。不过尸体除了腐烂之外,胃腔也经常因其中的植物性物质酸性发酵而充满气体(其他腔体器官也可因其他原因产生气体),这样也足以使尸体肿胀到能浮出水面的程度。水面大炮开火所起的作用只是震荡作用。这种作用一方面可以让尸体摆脱淤泥或其他沉淀物的羁绊,使其在其他条件已成熟的情况下上浮,另一方面可震掉细胞组织在腐烂过程中产生的黏性,从而允许腔体在空气的作用下膨胀。

"弄清了这个问题的基本原理,我们就能轻而易举地来审视《星报》的那番论断。这家报纸说,'所有的经验都已证明,凡溺死者或被杀害后立即抛入水中的人,其尸体需要6至10天腐烂到一定程度,然后才会浮出水面。即使尸体上方的水面有大炮开火,那也只有至少浸泡过五六天的尸体才能浮起,如若任其漂浮,随

即又会下沉。'

"现在来看,这整段文章就必然是一堆矛盾百出且语无伦次的废话。所有的经验并没有证明'溺水者的尸体'需要6至10天才能腐烂到能浮出水面的程度。科学和经验都证明,沉尸浮出水面的时间是而且必然是不确定的。此外,如果一具沉尸因水面大炮开火的震动而浮出水面,它也不会因'任其漂浮就随即下沉',而是要等到它腐烂得再也盛不住体内所产生的气体时才会下沉。不过我希望你能注意到'溺死者的尸体'和'被杀害后的遇害人的尸体'这两者之间的区别。虽然那位作者也承认这种区别,可他在议论中却把它们混为一谈。我已经说明了溺水者是如何使自己身体的比重大于被其排开的水的比重,说明了他完全可以不下沉,除非他在水中挣扎,把双臂伸出水面,并由于在水下呼吸而让水置换掉肺里原有的空气。但'被立即抛入水中的遇害人'的尸体既不会挣扎也不会呼吸,因此这种尸体一般说来根本不会下沉。对这一事实《星报》显然是一无所知。这种尸体要等腐烂到相当程度,腐烂到肌肉大部分与骨骼脱离的时候,这时,而且只有到这时,它才会从水面上消失。

"现在,对于因为浮尸在3天内被发现就认为不可能是玛丽的尸体的那个论断,我们又该如何看呢?假若那是个溺死的女人,那她也许压根儿就没往下沉,或是下沉后又在一天内或更短的时间内浮了起来。但没人认为她是淹死的。而若是她在被抛入水中之前就已经死去,那任何时候都可能发现她浮在水面。

"《星报》还说,'如果这具尸体以其血肉模糊的状态在岸上被一直放到星期二晚上,那岸上就应该发现凶手的一点蛛丝马迹。'

初看这句话使人很难领会推论者的意图。其实他表示的意思是他预见到了这一假想有可能成为其论断之反证，即：假若尸体在岸上放了两天，那就会腐烂得更快，比浸泡在水中腐烂得更快。他以为那样尸体就有可能在星期三浮出水面，并认为只有在那种情况下这样的事才可能发生。于是乎他赶紧证明尸体没有被放在岸上，因为要是那样的话，'岸上就应该发现凶手的一点蛛丝马迹。'我猜你会为这种推论而感到好笑。你无论如何也弄不明白，为什么尸体放置岸上的持续时间能作用于凶手踪迹的增加。我也弄不明白。

"我们那份报纸接着说，'何况任何犯下了我们所假定的这桩谋杀罪的家伙都断然不可能不给尸体缚上重物就将其沉入水中，毕竟用这种办法沉尸灭迹并不是什么难事。'请注意这段话里可笑的思维混乱！没有谁（甚至包括《星报》）对发现的死者是被谋杀表示过异议。尸体上暴行的痕迹太明显了。我们那位推论者的目的不过是要证明那具尸体不是玛丽的尸体。他希望证明的是玛丽没有被杀害，而并非想证明发现的那名死者不是被杀。可他的一番议论却只证明了后者。这有一具没缚重物的尸体。而凶手沉尸不可能不缚上重物。所以这具尸体并非凶手所抛。如果说这段话证明了什么，那这就是它所证明的一切。死者身份的问题甚至就不了了之，而《星报》煞费了一番苦心，结果反倒否认了它刚刚承认过的一个事实。它前文曾说，'我们确信被发现的浮尸是一名被杀害的女性的尸体。'

"我们那位推论者不仅仅是在这个例证上不能自圆其说，他在其主论的那一段里也不知不觉地自己跟自己过不去。我已经说过，他明显的目的就是要尽可能地缩短从玛丽失踪到发现浮尸之间的时间。可我们却发现他极力强调那姑娘离开她母亲家后便无人再见过她这一点。他说,'我们还没有玛丽·罗热在6月22日星期日上午9点之后还活在这世上的证据。'因为他的论证本来就是片面的,所以他至少应该对这一点视而不见,因为若是知道有谁看见过玛丽,比方说在星期一或是星期二,那议论中的那段时间就可以被大大缩短,而根据他的推论,那具浮尸是那位女店员的尸体之可能性也就会大大减少。不过,看见《星报》那么信心十足地坚持认为这一点有助于它总的论断,这倒使人觉得非常有趣。

"现在让我们再来看看《星报》针对博韦辨认尸体的那段议论。关于手臂上汗毛的说法,《星报》显然是别有用心。博韦先生不是白痴,他在辨认尸体时不可能只简单地说手臂上有汗毛。哪一条手臂都有汗毛。《星报》那种笼统的说法不过是对证人原话的歪曲。博韦先生肯定谈到过那汗毛的某种特征,谈到过其颜色、疏密、长短或生长部位之特征。

"该报揶揄道,'说她脚小,脚小的何止万千。她的吊袜带压根儿算不上证据,她的鞋子也不足为凭,因为同样的鞋子和袜带都成包成箱地出售。她帽子上的饰花也同样随处都能买到。博韦先生一再坚持的一点是,那副吊袜带带子被缩短,而且吊扣上移。这一点丝毫也不说明问题,因为大多数女人都宁愿把吊袜带买回家后再依照自己腿的尺寸调节吊扣,而不愿在商店里试好再买。'从这儿已很难认为那个推论者是在认真讨论问题了。如果博韦先生在寻找玛丽的尸体时发现了一具其身材相貌都与她大体相同的尸体,那他就有正当理由认为他要找的尸体已经找到(完全用不着再考虑什么衣着的问题）。要是除了身材相貌酷似，他还在其手臂上发现了他曾在活着的玛丽的手臂上看见过的汗毛特征，那他的认定就会理所当然地得到加强，而这种确信之增强很可能就与汗毛特征的特异或异常程度成正比。如果玛丽的脚小，而那具尸体的脚也小，那么尸体即玛丽的可能性就不仅仅是成算术比例增加，而是以几何比例或累积比例增长。若是再加上那双鞋正好像她失踪那天人们所知道她穿的那双，那即使这种鞋在商店里'成包成箱'的出售，你也仍然可以认为那种可能性已经接近于确实无疑。由于处在确证的位置，其本身本来不足为据的东西反倒会成为更确凿的证据。所以，只要那顶帽子上的花和失踪那位姑娘所戴的相同，我们就不用再找别的证据。只要有一朵花，我们就不用再找别的证据。那如果有两朵、三朵或者更多的花呢？那每一朵花就可以使证据增加一倍。证据的增长不是一个一个相加，而是以百位数或千位数去相乘。现在假定我们发现那名死者腿上的吊袜带正好是失踪的那位姑娘所用的那种，我们再要往下追究就已经有点可笑了。可这副吊袜带还被发现缩紧了吊带，并且是以玛丽通常在出门之前上移吊扣的那种方式缩紧的。这下还有谁怀疑，那他不是装疯就是卖傻。《星报》说什么吊袜带的缩短是常有的事，这只能证明它将错就错，固执己见。吊袜带本身具有的伸缩性证明缩短吊带并非常有的事。它本身所具有的调节功能只能在很少的特殊情况下才需要再调节。严格地说，玛丽那副吊袜带需要像上面说的那样缩紧，这肯定是一种少有的情况。单是那副吊袜带就足以证明她的身份。可人们不单是发现那具尸体系着那位失踪女郎的吊袜带，不单是发现它穿着她的鞋子，或戴着她的帽子，或插着她帽子上那种花，或脚和她一样小，或手臂有她一样的标记，或身材相貌都与她大体相像，而是发现那具尸体有她所有的每一点，有她所有的一切。如果证明《星报》那位撰稿人对死者之身份是真正抱有怀疑，那在这种情况下也大可不必送他去接受精神病检查。他不过一直认为重复那些律师们的废话是明智之举，而大多数律师只满足于重复那一本本四四方方的法规法典。在此我想说明一下，被法庭驳回的许多证据在智者看来都是最好的证据。因为法庭只遵循确认证据的一般原则，即被普遍接受和记入法典的原则，而不愿转向特殊的事例。绝对不顾与原则冲突之例外，坚定不移地恪守原则，这种惯例无论时间怎样延续也是能最大限度探明真相的一种可靠方法。因此这种惯例在总体上是明智的，但可以肯定，它仍然会在个别事例上酿成大错①。

"关于博韦有嫌疑的暗示，你也许很乐意能一下子排除。对这位热心绅士的真正秉性你已经有所了解。他是个爱管闲事的人，精明不足，风流有余。他这种好事之徒遇上这真正的热闹事，自然难免热心过头，所以容易招惹过分精明的人或居心不良的人对

---

① 据某一客体之特性所立之理论，有可能随着其客体之不同而难自圆其说；据事物之起因设置论题者，有可能随着其结果的不同而弃题废论。所以各国法学都一再表明，法律一旦成为一门科学和一种制度，那它也就不再公正。对分类原则之盲从已导致法律出错，对这些错误，只消看看立法机构是如何经常被迫出面恢复其法律丧失之公正便可得知。——兰多〔(译者按)此注乃爱伦·坡原注。兰多即美国法理学家及文学家霍勒斯·B. 华莱士（Horace Binney Wallace, 1817—1852），他曾以笔名威廉·兰多（William Landor）出版其长篇小说《斯坦利》（*Stanley*, 1838），原注引文即出自该小说第2卷第78章。〕

他生疑（如你的摘要所示）。博韦先生与《星报》那位撰稿人单独进行过几次交谈，他无视撰稿人那番理论，大胆说出自己的想法，坚持认为那具浮尸千真万确是玛丽的尸体，结果冒犯了那位撰稿人。《星报》说，'他一口咬定说那是玛丽的尸体，可除了本报已加以评论的那些细节，他提不出任何令人信服的证据。'现在无须再谈论不可能提出'令人信服'的有力证据这一事实，我们也许注意过这样的情况，一个人可以非常清楚地表明他相信某事，但却不能提出任何让别人也相信的理由。没有什么比谈对人的印象更说不清的事了。谁都认识自己的邻居，可很少有人对说出认识的理由有所准备。《星报》那位撰稿人无权因博韦先生说不出相信的理由就大动肝火。

"博韦先生的招疑之处更符合我假设的那种风流好事之徒，而不符合那位撰稿人说他有罪的暗示。只要接受这种更富善意的解释，我们就不难理解报上说的那些情况，如锁孔里那朵玫瑰、记事板上写的'玛丽''把男性亲友挤到一边''不喜欢让他们见到尸体''吩咐B夫人在他（博韦）回来之前不要同警察谈话'，以及他决意'除自己之外不让任何人插手此事'等等。在我看来，博韦毫无疑问是玛丽的追求者之一，而玛丽也肯定向他卖弄过风情。他巴不得让别人认为玛丽和他最亲热，最知心。对这一点我不想再说什么，至于《星报》所说的玛丽的母亲及其亲友对她的死态度冷漠，一种与他们相信那具尸体就是玛丽的假定相矛盾的冷漠，这已被事实证明是无稽之谈。现在让我们认为证明死者身份的问题已圆满解决，我们将以此为基础继续探讨案情。

"那么，"我问，"你认为《商报》的看法怎么样？"

"就其要旨而言,《商报》的看法比其他已经发表的有关见解更值得注意。它从前提所引出的推论既明智又精辟,但它的前提至少有两个不足之处。《商报》意在暗示玛丽是在离她母亲家不远的地方被一伙下流的歹徒挟持。它强调说:'像她那样一位名声在外的年轻女郎,不可能一连走过3个街区都不被一个认识她的人看见。'持这种看法的肯定是一位久居巴黎的人,一位从事社会活动的人,而且是一位其日常行程大部分局限公务机关附近的人。他知道他从自己的办公室出来走上12个街区,很少有不被人认出并向他打招呼的时候。他知道他有多少熟人,也知道有多少人认识他。他把自己的知名度与那位香料店女郎的名气进行比较,觉得二者没多大差别,于是马上得出结论,她走在街上也会像他一样容易被人认出。这一结论只有在玛丽平时也像他那样按部就班、一成不变地来往于同一区域的条件下才能成立。他总是在一定的时间来往于一个限定的区域,那里有许多人由于情况与他相同而对他感兴趣,进而认识他本人。但一般说来,玛丽通常行走的路线应该被认为是没有定准的。而在这个特例中,不难理解她非常有可能走了一条与她平时习惯走的路线截然不同的路。我们设想存在于《商报》心目中的那种对等只有在两个人横穿全城的情况下才能被证明。在那种情况下,假定他俩的熟人一样多,那他们可能与熟人相遇的次数也就机会均等。在我看来,我倒相信玛丽无论何时,无论从哪条路从她的住处到她姑妈家而没遇上她认识的人或被认识她的人看见的情况不仅是可能的,而且是完全可能的。要全面而正确地看这个问题,那我们必须牢牢记住,即使对全巴黎最出名的人而言,认识他的人与巴黎的总人口相比也少得可怜。

"但不管《商报》的看法显得多么有说服力，只要我们一考虑到那姑娘出门的时间，那种说服力就会大为减色。《商报》说'她出门之时正是街上人来人往之际'，可实际情况并非如此。那是上午9点钟。的确，每天上午9点钟时巴黎的街上都挤满了人，但是唯有星期天除外。星期天上午9点，大多数人都还在家里为上教堂做准备。细心的人不会不注意到安息日上午8点到10点巴黎的街头有多冷清。从10点到11点，街上会比肩接踵，但在上面所说的那段时间里绝不会人来人往。

"就《商报》而言，它在另一点上似乎有一个观察失误。它说：'从那个不幸姑娘的衬裙上撕下的一条两英尺长，1英尺宽的布带被扎在她的颔下，并且绕过她的脑后，这样做很可能是为了防止她喊叫。由此可见凶手是一帮身边没带手绢的家伙。'这种看法有无根据，我们以后会尽力弄清楚；可《商报》撰稿人所说的'没带手绢的家伙'指的就是那群下流的歹徒。然而，那些家伙即使不穿衬衫也不会不带手绢。你肯定已经注意到近些年来，手绢已成了流氓恶棍必不可少的东西。

"那我们对《太阳报》的那篇文章又如何看呢？"我问。

"可惜那位作者不是一只天生的鹦鹉，不然他这篇文章倒可以使他在同类中显得出类拔萃。他仅仅是把别人已经发表过的消息评论一条一则地重复了一遍。他那种寻章摘句、东拼西凑的勤勉倒令人钦佩。他说'被发现的物品遗留在那里显然至少已有三四个星期'，并'毋庸置疑，这桩骇人听闻的凶杀案之现场已被发现'。《太阳报》所重复的情况其实远远不能消除我对这个问题的怀疑，以后我们将联系这个话题的另一部分再来审视这些情况。

"现在我们得来进行另一番探讨。你不会不注意到验尸进行得极其草率。诚然尸体的身份问题容易确定，或说本该不难确定，但还有另外一些要点需要弄清。死者是否遭到过任何抢窃？死者出门前是否戴有任何珠宝首饰？如果有，发现尸体时它们是否还在？这些重要的问题证词里只字未提，还有些同样重要的问题迄今也无人注意。我们必须凭自己的调查使自己信服。圣厄斯塔什的情况得重新审查。我对他这个人并不怀疑，但还是让我们有条不紊地来进行。我们得毫无疑问地弄清他关于那个星期天行踪的宣誓书完全属实。那种宣誓书很容易成为干扰视线的东西。但如果它内容属实，我们就可以把圣厄斯塔什从我们的调查中排除。不管他的自杀在发现他宣誓书有欺诈的情况下会多么值得怀疑，但若无这样的欺诈，那就决非一件无法解释的事，我们就不必因此而转移正常分析的思路。

"从我刚才所提到的来看，我们应该抛开这幕悲剧的内情，而把精力集中到它周围的情况。在进行此类调查中，屡见不鲜的错误就是把调查局限于直接对象，而全然忽略那些间接的或伴随的情况。把证据和审议都限制在明显相关这一界线内，这是法庭的不当行为。而经验已经证明，而且一种真正的哲学也始终表明，真相的一部分或大部分往往存在于表面上与它无关的事物现象中。正是由于这个原理的精神实质，如果说不是由于它丝毫不差的字面意思，现代科学才决心去预测难以预知之事物。不过你也许不明白我这番话的意思。人类知识的历史一直不断地证明，我们许许多多极其有价值的发现都归功于间接的、偶然的、或意外的事件，以至于从任何发展进步的眼光来看，充分地而且是非常充分地去估计许多发明创造都将产生于偶然和纯粹的意外已经终于成为一种必然。对未来之展望必须以现实作为根据已经不再富于哲理。偶然已被公认为是这种根据之一部分。我们已经使偶然性成为绝对计算的要素。我们还把难以预料和难以想象的因素置入了学校中的数理方程式。

"我再重复一遍，所有真相之绝大部分产生于间接因素是确凿的事实；而正是根据这个事实所含有的原理之精神，我将把我们眼下的调查从别人已经调查过但毫无结果的事件本身转移到事件发生时它周围伴随的情况。当你去查清那份宣誓书的真伪之时，我将更全面地把你所研究过的这些报纸再研究一遍。迄今为止，我们还仅仅是勘察了一下我们要调查的范围。不过，要是在对这些报纸进行一番我所说的那种全面研究之后，它们还不能为我们提供能指明调查方向的要点，那这事就奇怪了。

我按照迪潘的建议对那份宣誓书的内容进行了认真彻底的核查。核查结果证明宣誓书无伪，因而也证明了圣厄斯塔什清白无罪。与此同时，迪潘似一种在我看来毫无目的的精细，对各种各样的报刊资料进行了一番仔细的研究。一个星期之后，他把下面的这份摘记摆到了我跟前；

> 大约3年半以前，这同一位玛丽·罗热也曾从罗亚尔宫底层勒布朗先生的香料店里突然失踪，那次失踪也和这次一样引起过轰动。但她一星期后又重新出现在她通常站的柜台后面。她与平常相比别无二致，只是脸色隐约透出一种与平

467

时不同的苍白。据勒布朗先生和她母亲说,她不过是去乡下看望了一位朋友。那件事很快就烟消云散。本报认为,这次失踪又是和上次一样的把戏。不出一星期,或许不出一个月,她又会回到我们中间。——《晚报》,6月23日,星期一。①

昨天一家晚报提到了罗热小姐前一次神秘的失踪。人们早已知道,在她离开勒布朗香料店的那个星期里,陪着她的是一名年轻的海军军官,而那名军官素以寻花问柳而闻名。据测是一场争吵使她幸运地重返家门。本报已获悉那名浪荡军官的姓名,他眼下正被派驻巴黎,但由于显而易见的原因,本报不能将此公诸于众。——《信使报》,6月24日,星期二晨版。②

一桩最残忍的强奸案于前天发生在本市近郊。当日黄昏时分,一位挈其妻女的先生见6名青年划一条小船在塞纳河边闲荡,便雇请他们渡他全家过河。船至对岸,那一家3口下船,当已经走到看不见船影的时候,女儿发现把伞忘在了船上。她独自返回取伞,结果被那伙人堵上嘴劫至河心,在遭受野蛮的强奸之后,被弃于离她先前随父母登船之处不远的河岸上。这帮歹徒目前尚逍遥法外,但警方正在寻迹追踪,其中有人可望很快落入法网。——《晨报》,6月25日。

---

① 《纽约快报》。——原注
② 《纽约先驱报》。——原注

本报收到几封来信，其目的都是要证明梅奈①在最近那桩强奸案中有罪。但鉴于此君经审讯之后已被宣布无罪，加之来信者的论点论据似乎都热心有余而深刻不足，本报认为不宜将其发表。——《晨报》，6月28日。②

本报收到几封颇具说服力的来信，这些显然来自不同渠道的消息足以使我们有理由确信，不幸的玛丽·罗热已惨遭星期天横行于本市郊外的多群歹徒中一群的毒手。本报完全赞同这一推测。今后我们将尽量抽出版面刊载此类议论。——《晚报》，7月1日，星期二。

星期一，一名与税务署有联系的驳船管理员看见塞纳河上有一条空船顺水漂流。空船的帆收卷在船底。管理员把空船拖回驳船管理处。次日晨发现该船已被人弄走，而管理处无一人知晓是何人所为。船的舵轮尚在管理处。——《勤奋报》，6月26日，星期四。③

读完这些零散的摘记，我不仅觉得它们似乎彼此互不相干，而且看不出它们中的任何一则能以任何方式与讨论中的问题联系

---

① 梅奈是最初涉嫌并被捕的当事人之一，但因缺乏证据而获释。——原注
② 《纽约信使问询报》。——原注
③ 《纽约晚邮报》。——原注

469

起来。我等待迪潘的解释。

"我现在不打算详细讲述抄在这里的第一和第二段,"他说,"我把它们抄下来,主要是想让你看到警方的极端疏忽。据我从那位局长那儿了解的情况,他们迄今尚未劳神从任何一个方面去调查一下报上提到的那名海军军官。可要说玛丽的两次失踪之间不存在某种可以假定的关系,那就真是蠢到了极点。我们不妨承认第一次私奔是以情人间的争吵、被玩弄者的返家而告终。这样我们就完全可以把第二次私奔(假如我们知道又发生了一次私奔的话)看成是原来那位诱惑者提议重归于好的后果,而不是另一名第三者向她求爱的结局。我们就完全可以将此视为旧情的'重温',而不是看作新欢的开始。曾经和玛丽私奔过的那个人很可能再次提议和她一道私奔,而曾接受过一个人的私奔提议的玛丽则不太可能接受另一个人提出的私奔建议,这两者的概率是十比一。现在我想请你注意这个事实,那就是从真实的第一次私奔到假定的第二次私奔之间的这段时间比我们军舰的常规巡航期多几个月。难道那位情夫上次的卑劣行径是由于必须出航而被迫中断?难道他远航归来就抓紧时机要重新实现那个尚未实现(或者说尚未被他实现)的卑鄙计划?对这些事我们还一无所知。

"不过你也许会说,并不存在我们假定的第二次私奔。当然不存在,可难道我们能说那个未实现的私奔计划也不存在?除了圣厄斯塔什,或许还有博韦,我们找不到一个公认的、公开的、体面的玛丽的追求者,没听到说起过别的什么人。那么,连玛丽的亲友(至少大多数亲友)都一无所知,玛丽在星期天上午前去相会的那个秘密情人会是谁呢?是谁那么值得玛丽信赖,以至于她毫不犹豫地陪他在鲁尔门偏僻的树林里一直呆到天黑呢？我是问，那个至少玛丽的大多数亲友都一无所知的情人到底是谁？罗热太太在玛丽要出门的那天清晨说'恐怕我再也见不到玛丽了'。这句古怪的预言又到底意味着什么？

"但即使我们不能设想罗热太太心里明白那个私奔计划，难道我们也不能假定至少那姑娘接受了那个计划吗？她离家时说是要去德罗梅街看她姑妈，并叫圣厄斯塔什天黑的时候去接她。这个事实乍眼一看与我的看法相矛盾，但让我们细细来看。我们已经知道，她的确会见了某位男友，和他一道过了河，并在下午3点钟那么晚的时候到达鲁尔门。可是在她答应陪伴那个人（无论她出于什么动机，也不管她母亲是否知晓）之时，她必然会想到她离家时所说的去向，必然会想到她的未婚夫圣厄斯塔什按时去德罗梅街接她而发现她不在时的惊讶和猜疑，更有甚者，当他带着这个令人惊恐的消息回到那个膳宿公寓时，他会意识到她已一整天不见踪影。我说她必然会想到这些事。她必然会预料到圣厄斯塔什的懊恼，预料到所有人的猜疑。她不可能想到回去承受那种猜疑。不过我们若是假定她并不打算再回家，那种猜疑对她来说也就无所谓了。

"我们可以这样来揣测她当时的心思，'我要去会见某人并和他一道私奔，或是为了其他只有我才知道的目的。有必要防止受阻的可能，必须得有足够的时间让我们远走高飞。我要让人知道我将去德罗梅街姑妈家呆一天。我要叫圣厄斯塔什天黑才来接我，这样我就能指望尽量延长离家的时间，而不致引起他们的怀疑或担心，而这比用其他方法争取到的时间都多。我叫圣厄斯塔什天黑来接我，那他绝不会不等到天黑；可要是我根本不叫他去接，那我逃离的时间反而会减少，因为他们会指望我更早回家，我的不归会更快地引起他们的焦虑。而要是我本来就打算回去，要是我本来只打算陪那个人逛一逛，那我就犯不着叫圣厄斯塔什去接我；因为他一去就必然会弄清我一直在骗他，而这个事实我本可以瞒他一辈子，只要我平日离家时不告诉他我的去向，只要我每天天黑之前就回家，只要这一次我是告诉他我是去德罗梅街姑妈家拜访。但是，既然我现在的打算是永不回家，或是几星期后才回家，或是隐匿相当一段时间后才回家，那我的当务之急就只是争取时间。'

"你从你的案情摘要中已经注意到，公众对这桩惨案最普遍的看法是，而且从一开始就是，那位姑娘成了一帮歹徒的牺牲品。而在某种情况下，对公众舆论不能充耳不闻。当这种舆论完全以一种自然而然的方式产生和表露时，我们应该将其视为与天才所特有的直觉相类似的感觉。我在百分之九十九的情况下都会依从公众舆论。但关键是这种舆论中不能有操纵的痕迹，这种舆论必须百分之百是公众自己的舆论；而这两者的区别往往极难看出，极难把握。就眼下事例而言，我觉得关于一伙歹徒这一'公众舆论'似乎是由我摘抄的第三段报道所详述的那桩并发案件在推波助澜。玛丽尸体之发现使巴黎满城风雨，因为这姑娘既年轻漂亮又声名远扬。尸体被发现有遭强奸的痕迹，而且漂浮在塞纳河上。可这时人们得知，恰好在所推测的玛丽遇害的时间或几乎与此同时，一伙年轻的歹徒对另一名年轻姑娘施以了玛丽所遭受的那种暴行，尽管伤害程度没那么严重。一桩已知的暴行会影响公众对另一桩不明原因的暴行的看法，这有什么奇怪？公众的看法急需引导，而这桩已知的强奸案似乎非常及时地提供了这种指引！玛丽的尸体被发现漂在河上，而这桩已知的强奸案也发生在同一条河上。这两件事之间的联系是那么一目了然，以至于真正奇妙之处反倒不为公众所知所悟。可事实上，这桩已知是怎样发生的暴行恰好证明了另一桩几乎与它同时的暴行不是这样发生的。假设一帮歹徒正在某处干一桩闻所未闻的邪恶勾当之时，竟然有另一帮同样的歹徒在同一座城市，在同一个地方，在同样的情况下，以同样的手段和方式，在完全相同的时间内干着完全相同的罪恶勾当，那这简直是一个奇迹！然而，那个碰巧被人操纵了的公众舆论不是要我们相信这一连串奇迹般的巧合，那又是要我们相信什么呢？

"在我们进一步探讨之前，让我们考虑到鲁尔门附近树林里那个被认为的凶杀现场。那片树林虽说茂密，但却位于一条公路附近。树林里有三四块大石头，堆得像是一把有靠背和踏脚板的椅子。上边的一块石头上发现条白色裙子，另一块石头上有一块丝织围巾。在那儿还找到一柄女用阳伞、一双手套和一块手绢。手绢上绣着'玛丽·罗热'的名字。周围的荆棘上发现有衣裙的碎片。地面被踏平，灌木枝被折断，一切都证明那儿曾有过一场搏斗。

"尽管林中这一发现博得了各家报纸的喝彩，尽管公众一致认为那就是真正的凶杀现场，但必须承认，我们仍有充分理由对此进行怀疑。说它是凶杀现场，我可以相信也可以怀疑，但我有怀疑的充分理由。如果像《商报》所暗示的那样，真正的凶杀现场就在圣安德烈街附近，再假若凶手仍然滞留在巴黎，那他们自然会因公众的注意找准了方向而感到惊恐；而在某种人的心中，很可能一下就会想到有必要设法转移公众的注意力。这样，在已经遭人怀疑的鲁尔门那片林中放上后来被发现的那些东西之念头就很有可能应运而生。虽然《太阳报》推测那些东西被遗留在那里已远远不止几天，但却没有确凿的证据能证明其推测。与之相反，倒有不少间接证据能够证明，从那个不祥的星期天到孩子们发现它们的那个下午，那些东西不可能一连20天放在那里而不引起任何注意。《太阳报》鹦鹉学舌地说，'由于雨水浸泡，那些东西全都生霉，而且被霉菌粘连在一起。有些东西的周围和上边都长出了野草。伞上的绸面质地结实，但其线头全都朽脆。上端折叠部分完全发霉腐烂，被人一撑开就撕破了。'按照'有些东西的周围和上边都长出了野草'这种说法而论，《太阳报》所陈述的事实显然只能是根据那两个小男孩的话而确定的，因而只能是根据回忆而确定的，因为两个孩子在第三者见到那些东西之前就已经把它们移动并带回家里。但野草一天会长两三英寸，尤其在温暖而潮湿的日子（就像这桩凶杀发生前后的这些日子）。让一柄伞横放在一片新铺草皮的地上，它也会在一星期内被向上生长的草完全遮掩。至于说《太阳报》的撰稿人那么不厌其烦地强调，以至于在短短的一段文字中就3次提及的霉菌，难道他是真不知道这种霉菌的性质？难道他非得要别人来告诉他那种霉菌是许许多多种真菌当中的一种，它最显著的特征就是在24小时内生长并衰亡？

"这样我们一眼就看出，被该报得意扬扬地用来支撑那些物品在树林中'至少已有三四个星期'这一说法的根据是多么荒唐可笑，压根儿不能被视为那件事的证据。从另一方面来看，很难相信那些物品能在那片树林里放上一个星期，从一个星期天放到下一个星期天。凡了解巴黎周围情况的人都知道，要寻一个清静地方有多不容易，除非他远离巴黎近郊。要在近郊的树林或树丛间找一块人迹罕至或是游人稀少的幽僻之处，这简直连想都不敢想。我们假设一个人，他打心眼儿里热爱大自然，但公务却使他不得不长期地承受这座大都市的尘嚣与火热，假设这么一个人甚至在不是星期日的一天，偷闲到环抱着我们的自然之美景中去了却他探幽寻静的一番心愿。他每走一步都会发现自然之魅力增添一分，但同时他也会发现这种魅力很快就被流氓地痞的喧嚣横行或恶棍无赖的聚众狂欢逐一驱散。他在密林中寻找清静的希望会化为泡影。那儿到处是藏污纳垢的阴暗角落，到处是被人亵渎的神庙圣殿。那名寻幽者会怀着厌恶的心情逃回污秽的巴黎，似乎巴黎因其污秽之和谐而不显得那么讨厌。可如果市郊连平时都这般不清静，那星期天就不知有多么热闹！尤其是现在，城里的那些流氓恶棍找不到活干，或是失去了通常胡作非为的机会，便纷纷去寻找城外的天地。这倒不是因为他们喜欢他们压根儿就看不上眼的乡村，而是以此来逃避社会的规范和习俗。他们并不希罕新鲜的空气和绿色的树林，他们贪图的只是在乡下可以恣意妄为。在乡下的路边客栈，或在密林的树阴下，除了自己那帮酒肉朋友外，不会有任何监视的目光。他们沉溺在疯狂而虚幻的寻欢作乐之中，沉溺在自由和朗姆酒混合的产物之中。当我重复上述物件放在巴黎郊外任何树林里从一个星期天到下一个星期天而不被人发现的情况只能被视为奇迹之时，我说的无非是任何头脑冷静的人都能看清的事实。

"然而，我们还有其他的根据来怀疑那些东西被放进树林是为了转移人们对真正的凶杀现场的注意。首先我请你注意发现那些物品的日期，再把那日期同我从报上摘抄的第5段报道的日期核对一下。这样你就会发现，找到那些物品的时间几乎就紧随在那几封信被迫不及待地寄给那家晚报之后。信虽然有几封，而且显然来自不同渠道，但却达到了同一个目的，即引导人们注意到那桩惨案的凶手是一伙，而且凶杀的现场就在鲁尔门附近。所以在这一点上，由于那几封信的结果，或说由于公众的注意力被那几封信转移，那值得怀疑的当然不是那些东西被孩子们发现，而应该是（而且很可能是）那些东西在此之前没被孩子们发现，因为在此之前那些东西并不在树林里，而是晚至那几封信发出的日期或稍早一点才被那位有罪的写信人放进那片树林的。

"那片树林是一片奇特的树林，一片非常奇特的树林。它异常茂密。在它的天然屏障包围之中有三块非凡别致的石头，堆得像把有靠背和脚踏的椅子。而这片充满了一种自然天工的树林就在离德吕克太太家只有几杆①远的附近，而她家的孩子为了寻找黄樟木的干皮，总习惯在林间的灌木丛中搜索。我敢下一千比一的赌注打个赌，那些被安置在这座绿阴殿堂、被摆设在它的天然石冠上的东西，那两个小男孩一天至少能找到一件。谁若是不敢下这样的赌注，那他要么是不曾当过孩子，要么就是已经忘了孩子的天性。我再说一遍，那些东西能在那片树林里放上一两天而不被发现，这无论如何也难以置信。所以，尽管《太阳报》愚顽不化，

---

① 1杆约等于5.3米。

我们仍有充分的理由怀疑那些东西是在事后很久的某一天才被人放进那片树林的。

"可除了我刚才强调的几点，我们还有其他更令人信服的理由相信那些东西是被人放置的。现在我请你注意一下那些东西摆布上的人为痕迹。上边的一块石头上有条白色裙子，另一块石头上有块丝织围巾，周围散落着一柄女用阳伞、一双手套和一张绣着'玛丽·罗热'名字的手绢。这正是一个不甚精明的人想把东西摆得自然一点而自然摆出的结果。可这绝不是一种真正自然的摆布。我倒宁愿希望看见那些东西全扔在地上而且被人踩过。在那么狭窄的一块林间空地，又有那么多人在那里进行过一场搏斗，那条裙子和那方围巾几乎没有可能还能保持它们在石椅上的位置。据说'地面被踏平，灌木枝被折断，一切都证明那儿曾有过一场搏斗，'可那条裙子和那块围巾竟被发现好像是挂在衣架上似的。'被荆丛撕下的几块套裙布片一般有3英寸宽6英寸长，其中一块是裙边，上面有缝补过的痕迹。它们看上去像是一条条被撕下来的。'《太阳报》无意之间用了一个非常可疑的句子。像所描写的一样，那些布片的确'看上去像是一条条被撕下来的'，但却是被一双手故意撕下来的。从我们所说的那种外套上，单凭一根刺就'撕下'一块，那可真是千古奇闻。从这类织物的质地来看，扎进去的荆刺或钉子通常会撕出一个直角，撕出两道其一端在扎刺点形成正角的长裂缝，但几乎难以想象那块布会被'撕下'。我从不知道有这种事，你也不知道。要从这种织物上撕下一块，几乎毫无例外地需要两股方向不同的力。如果那块织物有两道未缝合的边，譬如假定那是一块手绢，这时，也只有在这时，才可望凭一股力量就撕下一块。可我们眼下所讨论的是一件套裙，它只有下摆一道边。若要从当中没边的地方撕下一块，那除非由几颗刺来创造一个奇迹，而一颗刺绝不可能办到。但即使是在靠近裙边的地方，也必须得有两颗刺才行，其中一颗作用于两个方向，另一颗作用于一个方向。而这还得假定那裙边未经卷缝。若经卷缝，则不可能撕下布片。由此可见，要单凭'刺'的作用就从衣服上'撕下'布片有多少障碍，有多么困难；可《太阳报》却要我们相信这样撕下的不仅是一块，而且是许多块。并且'其中一块是裙边！另外有一块是从裙子上撕下的，但不是裙边'。这就是说，那完全是凭刺的力量从裙子当中没有边的位置撕下来的！恐怕这种事情别人不信也情有可原。但冷静地看，凶手谨慎地想到弄走尸体，但却把死者那些东西一股脑留在树林中，与这一惊人的情况相比，我上面所说的那些事情也许就并非使我们生疑的最有说服力的根据。不过，你若是以为我的意图就是要否定那片树林即凶杀现场，那你就还没有正确领会我的意图。树林里说不定有过一桩邪恶，或更可能是德吕克太太的客栈里发生过一起暴行。可事实上这并非最重要的问题。我们答应那位局长的不是寻找作案现场，而是查明杀人凶手。我刚才所引用的事实尽管琐细，但实际上只有两个目的，其一是证明《太阳报》自信而轻率的断言是多么愚蠢，但主要目的还在其二，那就是要让你顺着一条最自然的思路进一步去思索这桩凶杀是或者不是一伙人所为。

"我们只稍稍提一下那位医生在验尸时所验证的那个令人恶心的细节，以此来简单谈谈这个问题。这问题唯一有必要说的，就是他在验尸报告中关于歹徒人数的推断受到了巴黎所有著名解剖学家理所当然的嘲笑，他们认为该推断说法失当，毫无根据。这并非说事情不可能像所推断的那样，而是说没有提供推断的根据。难道没有做出另一种判断的充分根据？

"现在让我们来看看那些'搏斗的痕迹'。请问人们认为这些痕迹证明了什么。一伙歹徒。可难道它们不是相反地证明并没有一伙歹徒。在一名娇弱无力的姑娘和那群想象中的歹徒之间，能够发生一场什么样的搏斗？那场搏斗得多么激烈，得延续多久，才能够到处留下'痕迹'？几条粗壮的胳膊没声没息地一使劲儿，那姑娘顷刻间就会香消玉殒。所以那姑娘当时肯定是完全由他们摆布。这下你可以记住，我关于那片树林不是作案现场的论述，主要是用来证明那不是'一伙人'作案的现场。如果我们推测凶手只有一人，那我们就可以想象，也只有这样才能想象，那场非常激烈而顽强、从而留下明显'痕迹'的搏斗。

"另外，我已经讲过，那些东西居然被完全留在后来发现它们的那片树林中，这一事实足以使人生疑。看上去那些罪证几乎不可能是被偶然留在那儿的。凶手当时镇静（谅必如此）的程度足以想到转移尸体，但却让一件比尸体（其容貌特征也许很快就会被腐烂消除）更确凿的罪证明明白白地留在了作案现场，我说的是那张绣着死者姓名的手绢。如果这是个偶然，那不会是一伙人的偶然。我们只能设想这仅是一个人的偶然。我们来看看是怎么回事。一个人犯下了这桩凶杀罪。他独自和死者的尸体在一起。尸体一动不动地躺在他跟前，这使他感到了惊骇。他胸中的狂怒平息，这下心里自然产生出那种害怕死人的常情。他没有那种合伙犯罪时必然会激发的胆量。他独自和死者在一起。他浑身发抖，手足无措。可是他必须得处理掉尸体。他把尸体弄到河边，却把其他罪证留在了身后；因为，即使并非全然不可能，要一下子带走那全部累赘也有困难，而待会儿回去取则很容易。可就在他拖着尸体朝河边走时，他心中越发感到恐惧。一路上仿佛四下里都有人声。他不时地听见或以为听见一个旁观者的脚步声。甚至连对岸城里的灯火也使他心慌。他内心极度痛苦，不时走走停停，但总算及时到达了河边，并处理了那个可怕的包袱，也许凭借一条小船。但此时此刻，天底下还有什么金银财宝，天底下还有什么天网恢恢之威胁，能有力量怂恿那孤独的杀人者再次踏上那条艰难而危险的路，重返那片茂密的树林，重返那个血淋淋的记忆？他不会回去，管它后果是什么，即便他想回去也不能回去。他唯一的念头就是马上逃离那个地方。他转过身，永远不再面对那片可怕的树林，像逃避天罚似的逃之夭夭。

"可要是一伙歹徒又会怎么样呢？人多势众会激发他们的胆量，如果那种十足的恶棍心中竟然缺乏胆量的话。而假定中的那帮歹徒则全由十足的恶棍组成。恐怕他们的人数会阻止他们像我刚才设想的那个单身凶手那样手足无措，惊恐万状。即便我们能假设他们中一人、两人或三人有什么疏忽，这个疏忽也会被第四个人察觉并纠正。他们不会让任何东西留在身后，因为他们人多，可以一次把东西全带走。他们用不着重返那片树林。

"现在来看看尸体被发现时那件套裙的情况，'从套裙裾边一直到腰部被撕成一条宽约一英尺的长带，顺着腰间绕了三圈，在背后系成了一个索结。'这样做的用意显然是为了弄出一个搬尸体的把手。可要是有几个人，他能想到使用这样一种方法吗？只要有三四个人，死者的手脚就足以被当作把手，而且是最合适的把手。这种方法只有一个人时才会采用。而这又为我解释了这个事实：'从灌木丛到河边的篱笆围栏被推倒，地上有重物拖过的痕迹！'可几个人能够轻而易举地把一具尸体抬过任何篱笆，他们干吗要多此一举把篱笆推倒？他们干吗要那样拖曳尸体，以致一路留下拖过东西的明显痕迹？

"说到这儿我不得不提到《商报》的一个观察结论，一个我已经稍稍论及过的结论。这家报纸说：'从那个不幸姑娘的衬裙上撕下的一条布带被扎在她的颏下，并且绕过她的脑后，这样做很可能是为了防止她喊叫。由此可见，凶手是一帮身边没带手绢的家伙。'

"我先前已经说过？一个十足的流氓绝不会不带手绢。可这不是我现在着重要谈的问题。我要说的是，掉在树林里的那张手绢清楚地表明，凶手之所以用这条布带，并不是像《商报》所臆测的那样因为缺少一张手绢，而且其目的也并非是'为了防止她喊叫'，因为要防止她喊叫本有更好的方法，可凶手却优先采用了这条布带。证词里是以这样的措词谈到这条布带的，'被发现松松地缠在死者脖子上，并打了个死结。'这种说法相当含混，但与《商报》的说法明显不同。这条布带有18英寸宽，所以虽说是细布，但顺着叠起来或卷起来仍会是一根结实的带子。它被发现时正是这样卷着。我的推断是：那名孤独的凶手用捆在尸体腰间的长带为把手，扛着尸体走了一段路（或是从树林出发或是从别的什么地点），这时他发现用这种方法对他来说太吃力了。于是他决定拖着尸体走，证据也表明尸体曾被拖曳。既然改为拖，那就有必要在尸体的一端系上根绳子之类的东西，而且最好是系在脖子上，

481

这样头就可以防止绳子滑脱。这时凶手无疑会想到捆在尸体腰间的那根长带。要不是那根长带在尸体腰间缠了几圈，要不是那个结一时难以解开，要不是他突然想到长带并未被撕离套裙，他也许用的就是那根长带了。从衬裙上另撕一条布带非常容易。他撕下一条，把它系在尸体的脖子上，就那样把被害人拖到了河边。这条费了一番手脚才弄成但却并不理想的'布带'既然被使用，那就证明必须使用它的情况产生之时正处于一段没法再拿到那条手绢的时间。换言之，就是像我们所假定的那样，是在离开树林之后（如果离开的是树林的话），是在从树林去河边的路上。

"可你会说德吕克太太的证词特别指出，在那桩凶杀案发生之时或发生前后，树林附近出现过一群无赖。这一点我承认。我看，在那场悲剧发生之时或发生期间，在鲁尔门附近或者其周围，像德吕克太太所描述的那种无赖恐怕不下10帮。但是，尽管德吕克太太的证词稍嫌太晚且并不可靠，可招来严厉谴责的无赖却只有一帮，即被那位诚实而细心的老太太说成是吃了她的饼，喝了她的酒，而没有劳神费心向她付账的那一帮。老太太的愤怒不就因为他们赖账？

"可德吕克太太准确的证词是怎么说的呢？'客栈里来了一帮无赖之徒，他们吵吵嚷嚷吃喝了一通，没有付账便顺着那对青年男女离去的方向而去，大约傍晚时分他们又返回客栈，然后匆匆忙忙划船过河。'

"当时那分'匆忙'在德吕克太太眼里很可能会显得过分匆忙，因为她正伤心地念叨着她被掠夺的饼和酒。她很可能还心存一线希望，希望她的饼和酒得到补偿。要不，既然已是傍晚时分，又何言什么匆匆忙忙？这丝毫也没有理由感到惊奇，当要划一条小船渡过一条大河，当暴风雨迫近，当夜晚即将来临，即使一帮无赖也会忙着回家。

"我说即将来临，因为夜晚还没到。那帮'恶棍'有失体统的匆忙刺痛德吕克太太的眼睛时还只不过是傍晚时分。但我们被告知就在那天晚上，德吕克太太和她的大儿子'曾听到客栈附近传来一个女人的尖叫。'关于听见那个尖叫声的具体时间，德吕克太太原话是怎样说的呢？她说，'那天天黑不久'。可'天黑不久'至少是已经天黑，而'傍晚时分'则当然是白天。所以问题非常清楚，那帮人离开鲁尔门在先，而德吕克太太听见（？）尖叫声在后。尽管在许多关于这段证词的报道中，这两个相关的措词也是像我刚才对你说话时这样区别使用的，但迄今为止，尚无任何一家报纸或任何一名警探注意到了这个不能自圆其说的矛盾。

"对我关于不是一伙人作案的论证，我只再补充一点。不过至少在我自己看来，这一点具有完全不可否认的分量。在悬有重赏的情况下，在供出同伙并出庭作证就能得到赦免的条件下，不用推测也可以断定，作案的若是一帮歹徒或任何什么团伙，那他们中很快就会有人出卖其同伙。这位出卖者倒并非完全是贪图赏金或企求赦免，而主要是担心被同伙出卖。他越早出卖其他同伙就能越早保证自己不被其他同伙出卖。这个秘密迄今尚未揭穿，这证明它的的确确是个秘密。这个邪恶的秘密只有一个人或两个人知道，另外还有上帝知晓。

"现在让我们来总结一下这番条分缕析所得到的虽不充分但确实无疑的收获。我们已经得出了这样一个概念，无论是德吕克太太客栈里的一幕悲剧还是鲁尔门附近树林里的一桩谋杀，都是由死者的一位情人，或至少是由死者的一位秘密相好所为。这名相好的皮肤黝黑。这黝黑的皮肤，长带上的'结'，以及那个用帽带系成的'水手结'，都说明那人很可能是名海员。他与死者这样一位风流但并不下贱的姑娘厮混，说明他的地位在普通水手之上。那些行文流畅且迫不及待地寄给报馆的信也可以充分证实这点。《信使报》所提及的第一次私奔的情况，有助于我们把这名海员与上次勾引这位薄命女郎私奔的那名'海军军官'联想到一起。

"说到这儿我们有必要来看一看那个黑皮肤的他为何一直不见踪影。让我们认真注意那人的皮肤是非常黑，能被车夫瓦朗斯和德吕克太太同时作为唯一特征记住，这绝不会是一般的皮肤黝黑。可为什么这个人不见踪影？他难道也被那伙人杀害？若是那样，为何又只见那位遇害姑娘的痕迹？若两人都遇害，那当然应该是在同一地点。可他的尸体上哪儿去了？凶手很可能会把两具尸体按同一方法处理。但我们也可以说那人还活着，只是害怕被指控谋杀而不敢露面。他这种担心现在可以被视为理所当然（只是在事后的现在），因为已有人证明曾看见他和玛丽在一起，但在凶杀刚发生之后这种担心却不合情理。一名无辜者的第一反应应该是马上报案，并协助警方辨认凶手。他应该想到这是上策。他已经被人看见与那姑娘在一起。他是和她一道乘公共渡轮过的塞纳河。甚至一个白痴也能看出，及时报案才是使自己免遭怀疑的最可靠而且也是唯一的途径。我们不可能认为他在那个不幸的星期天晚上完全是清白无辜，对凶杀案一无所知。然而，只有在上述情况下我们才可能想象他既然活着又为何没去报案。

"我们应该以什么方法去探明那个真相呢？只要按上述情况推敲，我们就会发现那些终将使事情水落石出、真相大白的方法。首先让我们对第一次私奔的经过一查到底。让我们弄清那名'军官'过去的历史、现在的情况，以及凶杀案发生时他的行踪。让我们对寄给《晚报》的那些指控此案系一伙人所为的不同信件进行一番仔细的逐一比较。然后让我们把这些信的风格和笔迹与先前寄给《晨报》那些坚持要归罪于梅奈的信件来一番对照。接下来让我们把这些不同的信件与那名已经查明的军官的手迹相比。让我们反复地询问德吕克太太和她的儿子以及马车夫瓦朗斯，尽力问出那个'黑皮肤男人'更切确的相貌特征。巧妙的提问不会不从他们口中诱出这方面（或其他方面）的情况，也许连他们自己也以为自己不了解的情况。而最后则让我们去追查那条船，即被驳船管理员于6月23日星期一上午拾到、而又于尸体被发现之前在管理处人员不知并且没有舵轮的情况下被人弄走的那条船。只要适当小心并坚持不懈，我们必然会找到那条船，因为不仅拾到船的驳船管理员认识它，而且它的舵轮在我们手中。一条帆船丢了舵轮，一般人绝不会若无其事，连问也不问。请让我在此插一个问题。管理处并没有刊登这条船的招领广告。船被拖回驳船管理处就像它后来被人弄走一样并无旁人知晓。可那条船的主人或租用人，怎么可能在没看广告的情况下于星期二一大早就得知星期一拾到的那条船停泊在什么地方呢？除非我们想到那个驳船管理处与海军方面有某种联系，某种使其枝节小事都在对方知晓范围的经常性的个人联系。

"在谈到那位孤独的凶手把尸体拖到河边时，我已经说过些利用一条船的可能性。现在我们得认为玛丽·罗热就是从一条船上给抛进河里的。事情当然应该是这样。把尸体丢在河边浅水中达不到匿尸的目的。死者背部和肩部的奇怪伤痕是与船底肋条摩擦的结果。尸体被发现没缚有重物也可以证实这种看法。如果是从岸上抛尸，尸体上就应该缚有重物。对于没缚重物的原因，我们现在只能假设是由于凶手离岸前忘了在船上带上重物。当他动手推尸体下水之时，他无疑也注意到了自己的疏失，可当时手边又没有补救的办法。他甘愿冒任何风险也不愿再回到那该死的对岸。他可能是抛掉尸体之后就驾船匆匆回城，在某个僻静的码头弃船上岸。可那条船，他会系上吗？他当时也许还惊魂未定，顾不上去系好一条小船。何况把船系在那个码头，他会觉得是留下了对他不利的证据。他当然会希望把所有与他犯罪相关的东西都尽可能地远远抛开。他不仅自己要逃离那个码头，而且也不会容许把船留在那儿。结果他肯定是让那条船顺水漂去。让我们接着这样来设想。第二天上午，那凶手惊恐地得知那条船已经被人拾到，而且就扣在他天天都要去的一个地方，一个也许他的职责使他经常去的地方。到夜里他偷偷弄走那条船，也没敢去讨那个舵轮。此刻这条没舵轮的船会在何处？现在就让它成为我们首先要找的目标。当我们第一眼看见这条小船之际，也就是我们成功曙光显露之时。这条船将以一种快得连我们自己也吃惊的速度，指引我们很快查出在那个不幸的星期日午夜使用过它的人。随后确证会接二连三地出现，凶手终将被我们找到。

〔编者按：鉴于不宜说明但对多数读者都不言而喻的原因，我们在此处冒昧地从作者手稿中删去了讲述迪潘根据获得的一点线索查出凶手的那一部分。本刊认为对删去的部分只需交待两句：预想的结局果然出现。警察局长虽说勉强，但仍然如期履行了他与迪潘爵士协议之条款。下文是坡先生这篇小说的结尾。]①

读者将会明白，我讲的是巧合，仅此而已。我在上文中对这一话题肯定讲得够多了。我心中并不相信超乎自然。自然是自然，上帝乃上帝，这一点会思想的人都不会否认。创造自然的上帝能随意支配或者改易自然，这一点也是毋庸置疑。我说"随意"，因为这是意志问题，而不是逻辑狂所设想的权力问题。并非上帝不能改易其法则，而是我们在设想一种可能必要的改动时会亵渎上帝。上帝的法则在被创造之初就包含了会出现在"未来"的全部偶然。在上帝眼中，一切都是"现在"。

所以我重申，我讲述这些事情仅仅是把它们作为偶然之巧合。此外，读者将会从我的叙述中看到，就已知的命运而言，在不幸的玛丽·塞西莉娅·罗杰斯的命运和一个叫玛丽·罗热的姑娘生命中某一时期的命运之间，一直存在着一条平行线，当人们感觉出这条平行线之不可思议的精确性时，其理性便会感到尴尬。我说这一切将会被看到。但当看到上述时期中的那个玛丽的悲惨遭遇时，当看到包裹着她的那层迷雾被拨开之时，读者千万别猜测我是想暗示那条平行线之伸延，别以为我想暗示采用巴黎追查杀害一名女店员的方法，或采用以任何相似的推理为根据的方法，就可以得到相似的结果。

因为，就这种猜测的后半部分而论，读者应该考虑到，这两

---

① 此按由最初发表这篇小说的杂志所加。——原注

个案子中哪怕事实上最细微的一点变化也会改变两件事发展的进程，从而得出许多错误的推论。这很像演算一道算术题，一个本身也许微不足道的错误数字，由于在运算过程中与其他各数相乘，结果会产生出一个与正确得数相去甚远的数字。而就这种猜测的前半部分而论，我们得务必牢记，我曾提到过的那种概率计算法不容许任何延伸那条平行线的念头，它绝对断然地不容许以那条已被人为拉长并被弄得精确无误的平行线来作为其计算比例。这是那些不规则定理中的一条，它表面上似乎迎合完全除开数学之外的思想，可实际上只有数学家才能对它充分了解。例如，最难的事莫过于让一般读者相信，一位赌客掷骰子时连续两次掷出六点的事实就是让注赌他第三次再也掷不出六点的充分理由。这样的打赌提议通常会被有智之士断然拒绝。在他们看来，那已经被掷过的两次点数，那现在已经绝对属于'过去'的两次点数，似乎并不能影响仅仅还存在于'未来'的一掷。掷出六点的概率似乎与平时完全一样，就是说它只受骰子可能掷出的其他不同点数的影响。这是一种显得那么清晰明白的见解，所以想驳倒它的试图引起的往往是人们的嘲笑，而不是任何类似尊敬的反应。对这里所讲到的这种谬见，对这种意味着灾祸的谬见，我不能自称能在这有限的篇幅中将其揭穿，而且出于明智也无须揭穿。也许说出下面这句话就已足够：在"理性"纤悉无遗的求真路上所产生的无数谬误中，这种谬见构成其中的一环。

（1842—1843）

# 泄密的心

没错！神经过敏，非常过敏，我从来就神经过敏，而且现在也非常厉害地神经过敏。可你干吗要说我是发疯？这种病曾一直使我的感觉敏锐，可没让它们失灵，没让它们迟钝。尤其是我的听觉曾格外敏感。我曾听见天堂和人世的万事万物。我曾听见地狱里的许多事情。那么，我现在怎么会疯呢？听好！并注意我能多么神志健全，多么沉着镇静地给你讲这个完整的故事。

现在已没法说清当初那个念头是怎样钻进我脑子的，但它一旦钻入，就日日夜夜纠缠着我。没有任何动机。没有任何欲望。我爱那个老人。他从不曾伤害过我。他从不曾侮辱过我。我也从不曾希图过他的钱财。我想是因为他的眼睛！对，正是如此！他有只眼睛就像是兀鹰的眼睛，淡淡的蓝色，蒙着一层阴翳。每当那只眼睛落在我身上，我浑身的血液都会变冷。于是渐渐地，慢慢地，我终于拿定了主意要结果那老人的生命，从而永远摆脱他那只眼睛。

那么这就是关键。你以为我疯了。疯了可啥也不知道。可你当初真该看看我。你真该看看我动手是多么精明，看看我是以何等的小心谨慎、何等的远见卓识、何等的故作镇静去做那件事情！在杀死那个老人之前的一个星期里，我对他从来没有过那么亲切。每天晚上半夜时分，我转动他的门闩，推开他的房门。哦，推得多轻！然后，当我把门推开到足以探进我的头时，我先伸进一盏遮得严严实实、透不出一丝光线的提灯，接着再探进我的脑袋。哦，你要是看见我是如何机灵地探进脑袋一定会发笑！我一点一点地探，非常非常的慢，以免惊扰了老人的睡眠。我花了一个小时才把头探进门缝，这时方能看见他躺在床上。哈！难道一个疯子有这般精明？然后，当我的脑袋已探进房间，我便小心翼翼地打开提灯。哦，非常小心，非常小心（因为灯罩轴吱嘎作响）。我只把提灯掀开一条缝，让一束细细的灯光照亮那只鹰眼。这样我一连干了七夜，每次都恰好在午夜时分。可是我发现那只眼睛总是闭着，这样就使得我没法下手，因为让我恼火的不是老人，而是他那只"邪恶的眼睛"。而每天早晨天一亮，我便勇敢地走进他的卧室，大胆地跟他说话，亲热地对他直呼其名，并询问他夜里睡得可否安稳。所以你瞧，要怀疑我每天半夜12点整趁他睡觉时偷偷去看望他，那他可真得是个深谋远虑的老人。

第八天晚上，我比往日更加小心地推开房门。就连表上分针的移动也比我开门的速度更快。那天晚上我第一次感觉到了自己的力量和机敏的程度。我几乎按捺不住心中那股得意劲儿。你想我就在那儿，一点一点地开门，而他甚至连做梦也想不到我神秘的举动和暗藏的企图。想到这儿我忍不住抿嘴一笑，而他也许听见了我的声音，因为他突然动了动身子，仿佛是受到了惊吓。这下你或许会认为我缩了回去，可我没有。他的房间里黑咕隆咚伸手不见五指（因为害怕盗贼，百叶窗被关得严严实实），所以我知道他不可能看见门被推开。我依然继续一点一点地推开房门。

我探进了脑袋,正要打开提灯,这时我的拇指在铁皮罩扣上滑了一下,老人霍然从床上坐起,大声问道:"谁在那儿?"

我顿时一动不动,一声不吭。整整一个小时我连眼皮都没眨动。与此同时,我也没听见他重新躺下。他一直静静地坐在床上,侧耳聆听,就跟我每天夜里倾听墙缝里报死虫的声音一样。

随后我听见了一声轻轻的呻吟,而我知道那是极度恐惧时的呻吟。这样的呻吟不是因为痛苦或悲伤。哦,不是!它是当灵魂被恐惧彻底压倒时从心底发出的一种低沉压抑的声音。我熟悉这种声音。多少个夜晚,当更深人静,当整个世界悄然无声,它总是从我自己的心底涌起,以它可怕的回响加深那使我发狂的恐惧。我说我熟悉那种声音。我知道那位老人感觉到了什么,虽说我心里暗自发笑,可我还是觉得他可怜。我知道自从第一声轻微的响动惊得他在床上翻身之后,他就一直睁着眼躺在床上。从那时起他的恐惧感就在一点一点地增加。他一直在试图使自己相信没有理由感到恐惧,可他未能做到。他一直在对自己说:"那不过是风穿过烟囱,那仅仅是一只老鼠跑过地板,"或者"那只是一只蟋蟀叫了一声。"是的,他一直在试图用这些假设来宽慰自己,但他终于发现那是枉费心机。一切都枉费心机,因为走向他的死神已到了他跟前,幽暗的死荫已把他笼罩。而正是那未被察觉但却令人凄惶的死荫使他感觉到(尽管他既没有看见也没有听到)我的脑袋探进了他的房间。

我耐心地等了很长一段时间,没有听见他重新躺下。于是我决定把灯罩虚开一条缝,一条很小很小的缝。于是我开始动手。你简直想象不出我动手有多轻多轻。直到最后,一线细如游丝的微光终于从灯罩缝中射在了那只鹰眼上。

那只眼睛睁着,圆圆地睁着,而我一看见它就怒不可遏。我当时把它看得清清楚楚,一团浑浊的蓝色,蒙着一层可怕的阴翳,它使我每根骨头的骨髓都凉透;但我看不见脸上的其余部分和老人的躯体,因为仿佛是出于本能,我将那道光线丝毫不差地对准了那个该死的蓝点。

瞧,我难道没告诉过你,你所误认为的疯狂只不过是感觉的过分敏锐?那么现在我告诉你,当时我的耳朵里传进了一种微弱的、沉闷的、节奏很快的声音,就像是一只被棉花包着的表发出的声音。我也熟悉那种声音。那是老人的心在跳动。它使我更加狂怒,就像是咚咚的战鼓声激发出了士兵的勇气。

但我仍然控制住自己,仍然保持一声不吭。我几乎没有呼吸。我举着灯一动不动。我尽可能让那束灯光稳定地照在那只眼上。与此同时那可怕的心跳不断加剧。随着分分秒秒的推移,那颗心跳得越来越快,越来越响。那老人心中的恐惧肯定已到了极点!我说随着时间的推移,那心跳的声音变得越来越响!你明白我的意思吗?我已经告诉过你我神经过敏,我的确神经过敏。而当时是在夜深人静的时刻,在那幢老房子可怕的沉寂之中,那么奇怪的一种声音自然使我感到难以抑制的恐惧。但在相当长一段时间里,我仍然抑制住恐惧静静地站着。可那心跳声越来越响!我想那颗心肯定会炸裂。而这时我又感到一种新的担忧,这声音恐怕会被邻居听见!那老人的死期终于到了!随着一声呐喊,我亮开提灯并冲进了房间。他尖叫了一声,只叫了一声。转眼之间我已把他拖到床下,并且把那沉重的床倒过来压在他身上。眼见大功告成，我不禁喜笑颜开。但在好几分钟内，那颗心仍发出低沉的跳动声。不过它并没使我感到恼火，那声音不会被墙外边听到。最后它终于不响了。那个老人死了。我把床搬开，检查了一下尸体。不错，他死了，的确死了。我把手放在他心口试探了一阵。没有心跳。他完全死了。他那只眼睛再也不会折磨我了。

如果你现在还认为我发疯，那待我讲完我是如何精明地藏尸灭迹之后你就不会那么认为了。当时夜色将尽，而我干得飞快但悄然无声。首先我是把尸体肢解。我砍下了他的脑袋、胳膊和腿。

接着我撬开卧室地板上的三块木板，把肢解开的尸体全部塞进木缝之间。然后我是那么精明又那么老练地把木板重新铺好，以至于任何人的眼睛（包括他那只眼睛）都看不出丝毫破绽。房间也用不着打扫洗刷，因为没有任何污点，没有任何血迹。对这一点我考虑得非常周到。一个澡盆就盛了一切。哈！哈！

当我弄完一切，已是凌晨4点。天仍然和半夜时一样黑。随着4点的钟声敲响，临街大门传来了敲门声。我下楼去开门时心情非常轻松，因为还有什么好怕的呢？三位先生进到屋里，彬彬有礼地介绍说他们是警官。有位邻居在夜里听到了一声尖叫，怀疑发生了什么恶事凶行，于是便报告了警察局，而他们（三名警官）则奉命前来搜查那幢房子。

我满脸微笑，因为我有什么好怕的呢？我向几位先生表示欢迎。我说那声尖叫是我在梦中发出。我告诉他们那位老人到乡下去了。我领着他们在房子里走了个遍。我请他们搜查，仔细搜查。最后我带他们进了老人的卧室。我让他们看老人收藏得好好的金钱珠宝。出于我的自信所引起的热心，我往卧室里搬进了几把椅子，并请他们在那儿休息休息，消除疲劳。而出于我的得意所引起的大胆，我把自己的椅子就安在了下面藏着尸体的那个位置。

警官们相信了我的话。我的举止使他们完全放心。我当时也格外舒坦。他们坐了下来，而当我畅畅快快回答问题时，他们同我聊起了家常。但没过一会儿，我觉得自己脸色发白，心里巴不得他们快走。我开始头痛，并感到耳鸣，可他们仍然坐着与我闲聊。耳鸣声变得更加明显，连绵不断而且越来越清晰。我开始侃侃而谈，想以此来摆脱那种感觉，但它连绵不断而且越来越明确，直到最后我终于发现那声音并不是我的耳鸣。

这时我的脸色无疑是变得更白，但我更是提高嗓门海阔天空。然而那声音也在提高。我该怎么办？那是一种微弱的、沉闷的、节奏很快的声音，就像是一只被棉花包着的表发出的声音。我已透不过气，可警官们还没有听见那个声音。我以更快的语速更多的激情夸夸其谈，但那个声音越来越响。我用极高的声调并挥着猛烈的手势对一些鸡毛蒜皮的小事高谈阔论，但那个声音越来越响。他们干吗还不想走？我踏着沉重的脚步在地板上走来走去，好像是那些人的见解惹我动怒，但那个声音仍然越来越响。哦，天啦！我该怎么办？我唾沫四溅，我胡言乱语，我破口大骂！我拼命摇晃我坐的那把椅子，让它在地板上磨得吱嘎作响，但那个声音压倒一切，连绵不断，越来越响。它越来越响，越来越响，越来越响！可那几个人仍高高兴兴，有说有笑。难道他们真的没听见？万能的主啊？不，不！他们听见了！他们怀疑了！他们知道了！他们是在笑话我胆战心惊！我当时这么想，现在也这么看。可无论什么都比这种痛苦好受！无论什么都比这种嘲笑好受！我再也不能忍受他们虚伪的微笑！我觉得我必须尖叫，不然就死去！可听！它又响了！听啊！它越来越响！越来越响！越来越响！

"你们这群恶棍！"我尖声嚷道，"别再装聋作哑！我承认那事！撬开这些地板！这儿，就在这儿！这是他可怕的心在跳动！"

（1843）

# 金甲虫

> 嘿！嘿！这家伙手舞足蹈！
> 他是被那种毒蜘蛛咬了。
> ——《一切皆错》

许多年前，我与一位叫威廉·勒格朗的先生成了知己。他出身于一个古老的法国新教徒家庭，曾经很富有，但一连串的不幸已使他陷入贫困。为了避免他的不幸可能给他带来的羞辱，他离开了祖辈居住的新奥尔良城，在南卡罗来纳州查尔斯顿附近的沙利文岛上隐居了起来。

这是一座非常奇特的岛。它差不多全由海沙构成，全岛长约3英里，最宽处不超过四分之一英里。一湾被大片芦苇遮掩得几乎看不见的海水把这座小岛与大陆分开，芦苇丛间是野鸡喜欢出没的软泥沼泽。可以想象，岛上林木稀疏，或至多有一些低矮的植物。任何高大的树木都不见踪影。靠近小岛西端矗立着默尔特雷要塞，散落着几幢每逢夏季才会有人为逃避查尔斯顿的尘嚣和炎热而前来居住的简陋木屋，也许只有在那儿能发现几丛扇叶棕榈。但除了这西端和沿岸一些白得刺眼的沙滩之外，全岛都被一种英格兰园艺家格外珍视的可爱的桃金娘所覆盖。这种灌木在这儿通常长到15至30英尺高，形成一片几乎密不透风的灌木林，向空气中散发其馥郁芬芳。

就在这片灌木林的幽深之处，在小岛东端或离东端不远的地方，勒格朗为自己盖起了一间小屋，我当初与他偶然相识时他就住在那屋里。我们的相识很快就发展成为了友谊，因为这位隐居者身上有许多引人注目且令人尊敬的地方。我发现他受过良好的教育，而且智力超乎寻常，只是感染了愤世嫉俗的情绪，常常忽而激情洋溢，忽而又郁郁寡欢。他身边有许多书，但却很少翻阅。他主要的消遣是打猎钓鱼，或是漫步走过沙滩，穿过灌林，一路采集贝壳或昆虫标本。他所收藏的昆虫标本说不定连斯瓦默丹[①]之辈也会羡慕。他漫步时通常都由一位名叫丘辟特的黑人老头陪着，这黑老头早在勒格朗家道中落之前就已获得解放，可无论是威胁还是利诱都没法使他放弃他所认为的服侍威廉少爷的权利。这个中缘由未必不是勒格朗的亲戚们认为勒格朗思维多少有点儿紊乱，于是便设法把这种固执的权利意识灌输进了丘辟特的脑子，以便他能监视和保护那位流浪者。

在沙利文岛所处的纬度上，冬季里也难得有砭人肌骨的日子，而在秋天认为有必要生火的时候更是千载难逢。然而，18××年10月中旬的一天，气候突然变得异常寒冷。日落之前，我磕磕绊绊地穿过灌木丛朝我朋友那间小屋走去，我已有好几个星期没去看望过他了，因为我当时住在查尔斯顿，离那座小岛有9英里，而那时来来去去远不如今天这么方便。到了小屋前我像往常一样敲门，

---

[①] 斯瓦默丹（Jan Swammerdam, 1637—1680），荷兰博物学家，著有《昆虫史》等。

没人回应，我便从我知道的藏钥匙的地方寻出钥匙，径自开门进屋。炉膛里一炉火燃得正旺。它使我觉得新奇，可绝没有令我感到不愉快。我脱掉外套，在一张扶手椅上坐下，挨近哔哔剥剥燃烧的木柴，耐心地等待两位主人回家。

天黑不久他俩回来，对我表示了最热忱的欢迎。丘辟特笑得合不上嘴，忙着张罗用野鸡准备晚餐。勒格朗正发作出一阵激情（除这么说之外我还能怎么说呢？），他找到了一个不为人知的新种类双贝壳，而更重要的是，他在丘辟特的帮助下紧追不舍，终于捉到了一只他认为完全是一种新虫类的甲虫，不过关于他的认为，他希望天亮后听听我的看法。

"何不就在今晚呢？"我一边在火上搓着手一边问他，心里却巴不得让所有的甲虫统统去见魔鬼。

"唉，我要早知道你来就好啦！"勒格朗说，"可我好久没见到你了，我怎么会料到你偏偏今晚会来呢？刚才在回家的路上我碰见要塞的G中尉，糊里糊涂就把虫子借给他看去了，所以你要到明天早晨才能看到。今晚你就住在这儿，明早日出时我就让丘辟特去把它取回来。它可真是最美妙的造物！"

"什么？日出？"

"别胡扯！我是说那只甲虫。它浑身是一种熠熠发光的金色，差不多有一颗大胡桃那么大，背上一端有两个黑点，另有一个稍长的黑点在另一端。他的触须是……"

"它身上可没有镀锡，威廉少爷，让我来接着你说吧，"这时丘辟特插了进来，"那是只金甲虫，纯金的，除开翅膀，从头到尾里里外外都是金子。我这辈子连它一半重的甲虫也没见过。"

"好啦，丘辟特，就算像你说的，可难道这就是你要让鸡烧煳的理由？"勒格朗以一种我觉得就事而论似乎多少有点过分的认真劲儿对丘辟特说，然后他转向我，"那颜色真的差不多可以证实丘辟特的想法。你绝没有见过比那甲壳更璀璨的金属光泽，不过这一点你明天可以自己判断。现在我只能让你知道它的大概形状。"他说着话在一张小桌前坐了下来，那桌上有笔和墨水，但却没有纸。他拉开抽屉找了找也没找到。

"没关系，"他最后说，"用这个也行。"他从背心口袋里掏出一小片我以为是被弄脏了的书写纸模样的东西，提笔在上面画出了一幅粗略的草图。当他画图的时候，我依然坐在火旁，因为当时我还觉得冷。他画好图后没有起身，只是伸手把图递给我。我刚把图接过手，忽听一阵狗的吠叫，接着是一阵抓门的声音。丘辟特打开门，勒格朗那条硕大的纽芬兰犬冲进屋里，扑到我的肩上，跟我好一阵亲热，因为以前我来访时曾对它献过许多殷勤。待它那股亲热劲儿过去，我看了看那张纸片，可说实话，我朋友所勾画的图形令我莫名其妙。

"噢！"我把纸片打量了一会儿说，"这是一只奇怪的甲虫，我必须承认，它对我来说很新鲜，我以前从不曾见过像这样的东西，除非它是一个颅骨，或者说是一个骷髅，在我所见过的东西中，没有什么能比它更像骷髅了。"

"骷髅！"勒格朗失声重复道，"哦，不错，那是当然，它在纸上看起来倒真有几分像骷髅。这上面的两个黑点像是眼睛，嗯？低端的这个长黑点像是嘴巴，再说这整个形状是椭圆形的。"

"也许是这么回事，"我说，"不过，勒格朗，恐怕你不是个画家。我若是真想那甲虫的模样,也只得等到我亲眼目睹之时。"

"好吧,我不知道我算不算个画家,"他说话时有点激怒,"可我的画还算过得去,至少画这只虫子还可以。我拜过一些名师,而且相信自己的脑子还不笨。"

"但是,我亲爱的朋友,你这就是在说笑话了,"我说,"这是一个画得很好的颅骨。依照对这类生理标本的一般概念,我真的可以说这是一个画得极好的颅骨。如果你那只甲虫真像这个样子,那它一定是这世界上最奇怪的甲虫。嘿,我们倒可以在这一点上玩弄一下令人毛骨悚然的迷信。我看你不妨把这只甲虫命名为人头甲虫,或取个与此相似的名字,博物学中有不少诸如此类的名称。不过,你刚才说的触须在哪儿?"

"触须!"勒格朗对此似乎显出了一种莫名其妙的激动,"我相信你一定看见了触须。我把它们画得跟它的身子一样清楚,我想那就够了。"

"好吧,好吧,"我说,"也许你已经画得够清楚,可我还是没看见。"我不想惹他发火,便不再多说,只是把纸片递还给他;不过事情变成这样可真让我吃惊,他为何生气也令我摸不着头脑;而就他画的那幅甲虫图而论,上面的的确确看不见什么触须,而且整个形状确实像一个通常所见的骷髅。

他面带怒容地接过纸片,正要把它揉成一团,显然是想把它扔进火里,这时他偶然瞥向纸片的目光突然把他的整个注意力都吸引住了。一时间他的脸涨得通红,紧接着又变得非常苍白。他坐在那儿仔仔细细地把那张草图看了好一阵子。最后他起身从桌子上取了支蜡烛,走到屋子远端的一个角落在一只水手箱上坐下。

他在那儿又开始急切地细看那幅草图,把一张小纸片颠来倒去。可他一直默不作声。他的举动令我大为惊讶,但我想还是小心点啥也别说,以免为他越来越坏的心绪火上浇油。不一会儿他从衣袋里掏出个皮夹,小心翼翼地将纸片夹在里面,然后他把皮夹放进书桌抽屉并且锁好。这时他才开始显得平静了一些,但他进屋时那股洋溢的激情已完全消失。不过他看上去与其说像是发怒,倒不如说是像在出神。随着夜色越来越浓,他也越来越深地陷入沉思,我所有的俏皮话都不能把他从沉思中唤醒。我本来打算像往常一样在小屋过夜,可眼见主人这般心绪,我觉得还是告辞为妙。他没有勉强留我,但分别之时他握手的意味却甚至比平时还热忱亲切。

在此大约1个月之后(其间我没见到过勒格朗),他的仆人丘辟特来查尔斯顿找我。我从不曾见过那位好心的黑人老头看起来那么沮丧,心里不由得担心有什么灾祸降到我朋友身上。

"喂,丘辟特,"我问,"出了什么事?你家少爷好吗?"

"好什么,实话实说吧,先生,他不像希望的那样好。"

"不好!听你这么说我真难过。他自己怎么说?"

"你瞧!问题就在这儿!他啥也不说,但却为憋在心头的事犯病。"

"犯病,丘辟特!你干吗不早说?他卧床了吗?"

"不,他没有卧床!他哪儿也不卧。糟就糟在这儿。我都快为可怜的威廉少爷愁死了。"

"丘辟特,我倒真想弄明白你到底在说些什么。你说你家少爷病了。可他难道没告诉过你他哪儿不舒服?"

"唷，先生，你犯不着为这事发火。威廉少爷说他没哪儿不舒服。不过，他干吗要那样走来走去，耷拉着脑袋，耸起肩膀，脸色白得像只鹅？还有他老是做拼字游戏……"

"拼什么字，丘辟特？"

"拼记事板上的那些数字。那些稀奇古怪的数字我从来没见过。我可吓坏了，我跟你说。我不得不留神死死盯住他。可那天太阳还没出来，他就趁我不留神溜了出去。在外面逛了整整一天。我准备了一根大木棍，打算他一回来就狠狠揍他一顿。可我真是个大笨蛋，到头来我又不忍心下手，他的身体看上去糟透了。"

"嗯？什么？哦，是的！总而言之，我认为你对那可怜的家伙最好别太严厉。别揍他，丘辟特，他那身子骨经不起揍。不过你就不能想象一下是什么惹出了他这场病，或者说是什么使他变得这么古怪？我上次走后发生过什么不愉快的事吗？"

"不，先生，你走后没有过不愉快的事。我看恐怕是在那以前，就在你来的那天。"

"那是怎么回事？你想说什么？"

"啊唷，先生，我是说那只虫子。你瞧。"

"什么？"

"那虫子。我敢说威廉少爷的头上肯定有什么地方被那虫子咬了一口。"

"丘辟特，是什么使你这样认为？"

"先生，那虫子有好多脚，还有嘴。我从来没见过那样一只该死的虫子，谁靠近它它都又蹬脚又张嘴。威廉少爷开始捉住了它，但很快又不得不把它扔掉，我跟你说，他肯定就是在那个时候被咬的。我自己反正不喜欢那虫子嘴巴的模样，所以我才不用手指头去捉它，而是用我找到的一张纸把它逮住。我用那张纸把它包起来，还往它嘴里塞进一个纸角。就那么回事。"

"这么说你认为你家少爷真被那甲虫咬了一口，而这一咬就使他犯了病？"

"我不是认为，我知道这事。他要不是给那只甲虫咬了，那他干吗满脑子想着金子？我以前听说过金甲虫的事。"

"可你怎么知道他满脑子想金子？"

"我怎么知道？因为他梦里都在念叨金子，所以我就知道了。"

"好啦，丘辟特，也许你是对的；可我今天为何这般荣幸，有你这样的贵客光临？"

"你怎么啦，先生？"

"我是说勒格朗先生让你捎什么话没有？"

"没有，先生，我只捎来这封信。"丘辟特说着递给我一张便条，其内容如下：

亲爱的朋友：

为何我这么久见不着你？我希望你还不至于那么愚蠢，竟见怪于我一时的失礼怠慢；可你不会，这不大可能。

自上次与你分手，我心中当然一直很忧虑。我有一件事要对你说，可又几乎不知道从何谈起，或者该不该对你说。

我前些日子心绪不太好，而可怜的老丘又惹我生气，他那份出于好意的关心差点儿让我吃不消。你能相信这事吗？前几天我趁他不防，悄悄溜走，一个人在大陆那边的山上待了一天，他居然为此而备了根大木棍要惩罚我。我相信是我这副病容才使我免遭他那一顿痛打。

分手以来我的陈列柜里没增添新的标本。

若你能抽身，那请你无论如何也要设法随丘辟特来一趟。来吧。我希望今晚见到你，有要事相商。我向你保证此事至关紧要。

你永远的朋友

威廉·勒格朗

便条里的字里行间透露出一种令我深深不安的语气。它的行文风格与勒格朗平时的风格大不相同。他写信时可能在梦想些什么呢？他那容易激动的脑子里又冒出了什么奇思异想呢？他会有什么"至关紧要的事"非办不可呢？丘辟特所讲述的他的情况分明不是什么好的兆头。我真担心他所遭受的不幸所产生的持续压抑最终使得他精神紊乱。于是我毫不犹豫地决定随那黑人去一趟。

到了码头，我注意到我们要乘坐的那条小船里放着一把长柄镰和三把铲子，一看就知道全是新买的。

"这些是干什么用的，丘辟特？"我问。

"这是镰刀和铲子，先生。"

"这我知道，可放在这儿干吗？"

"威廉少爷硬要我在城里替他买这些镰刀和铲子，我给了那个该死的老板好多钱才把它们买到手。"

"可是，你家威廉少爷到底要用这镰刀铲子去干什么。"

"这我可不清楚，要是我相信他自己清楚要干什么的话，让我出门撞见魔鬼好啦。不过，这一切都是因为那只虫子。"

看来丘辟特现在满脑子都是"那只虫子"。发现没法从他嘴里得到满意的答复，我便随他登船，扬帆启程。乘着一阵顺畅有力的和风，我们很快就驶入了默尔特雷要塞所在的那个小海湾，那儿离勒格朗的小屋有两英里路。我们到达小屋时是下午3点左右。勒格朗一直在期待着我们。

他抓住我的手时显出一种神经质的热情，这引起我的恐惧，也加深了我心头已经产生的怀疑。他的脸色白得就像蒙了一层死灰，他深陷的双眼中闪烁着一种奇异的光芒。问候过他的健康状况之后，我一时不知该说什么，便信口问他是否已经从G中尉那里讨回了那只甲虫。

"哦，是的，"他激动得脸上有了血色，"我第二天一早就把它要了回来。现在无论什么都休想把我与那只甲虫分开。你知道吗，丘辟特对它的看法完全正确？"

"什么看法？"我问，同时我心里涌起了一种不祥之兆。

"就是认为它是一只纯金的甲虫。"他说得一本正经，而我却感到非常震惊。

"这只甲虫将为我带来好运，"他露出一丝得意的微笑说，"它将帮助我重振家业。那么，我珍视它有什么大惊小怪的呢？既然命运女神认为应该把它给我，那我只要正当地利用它就能够找到它所指明的金子。丘辟特，把甲虫给我拿来！"

"啥！那虫子，少爷？我可不想去惹那只虫子。你要你得自己去拿。"于是勒格朗起身，露出一种严肃而庄重的神情，从一个玻璃匣子里为我取来了那只甲虫。那真是一只美丽的甲虫，而它在当时尚不为博物学家们所知。从科学的角度来看，这当然是一个重大收获。它靠近背部一端有两个圆圆的黑点，另有一个稍长的黑点靠近另一端。甲壳坚硬而光滑，看上去金光灿灿。虫子的重量也令人吃惊。考虑到所有这一切，我几乎不能责备丘辟特对它的看法，可我无论如何也看不出该怎样理解勒格朗对那种看法的赞同。

待我把那只甲虫仔细地看过一遍后，勒格朗以一种夸张的口吻说，"我把你请来，就是要听听你的意见和得到你的帮助，以便进一步认清'命运'和那只虫子……"

"我亲爱的勒格朗，"我高声打断了他的话头，"你肯定是病了，我们最好是采取点预防措施。你应该躺在床上，让我来陪你几天，直到你痊愈。你在发烧而且……"

"你摸摸我的脉搏。"他说。

我试了试他的脉，说真的，没有丝毫发烧的症候。

"可你也许是病了但没有发烧。这一次你就听我的吩咐吧。首先你得躺在床上。然后……"

"你弄错了，"他插嘴说，"我身体现在好得甚至能指望承受住我正在经历的激动。如果你真想我好，你就应该帮我减轻这激动。"

"那我该怎么做呢？"

"非常容易。丘辟特和我正要去大陆那边的山里进行一次探险，为此我们需要一位我们信得过的人帮忙。而你是我们唯一可信赖的人。无论这次探险成败与否，你现在所感觉到的我这份激动都同样会被减轻。"

"我非常希望能答应你的任何请求，"我回答说，"可你的意思是否说这该死的甲虫与你进山探险有什么联系？"

"正是如此。"

"那么，勒格朗，我不能参加这种荒唐的行动。"

"我很遗憾。非常遗憾！因为我们就只好自己去试试看了。"

"你们自己去试试！你简直是疯了！可慢着！你们打算要去多久？"

"可能整整一晚上。我们马上出发，而且无论如何也得在日出前赶回。"

"那你是否能以你的名誉向我保证，等你这个怪念头一旦过去，等虫子的事（天哪！）一旦按你的心愿了结，你就务必回家并绝对听从我的吩咐，就像听从你医生的吩咐一样？"

"是，我保证；那我们现在就出发吧，因为我们不能再耽搁了。"

我怀着沉重的心情伴随我的朋友。我们（勒格朗、丘辟特、那条狗和我）于下午4点左右出发。丘辟特扛着镰刀和铲子。他坚持要一个人扛那些工具。据我看，他这样做与其说是出于过分的勤快或者殷勤，倒不如说是生怕这些工具的任何一件会落在他少爷手上。他的行为非常固执，一路上他嘴里只嘀咕着"那该死的虫子"这几个字。我的任务是带着两盏有遮光罩的提灯，而勒格朗则满足于带着他那只甲虫，他把甲虫拴在一根鞭绳绳端，一路走一路反复让它滴溜溜地转动，看上去就像在变戏法。看到我朋友这种明显是神志错乱的表现，我的眼泪几乎夺眶而出。但我想最好是迁就一下他的想入非非，至少眼下应该这样，直到我想出行之有效的办法。同时我力图向他打听这次探险的目的。但结果却一无所获。似乎他一旦把我劝上了路,就不愿再谈任何次要的话题,对我提出的所有问题他都一言以蔽之:"咱们走着瞧吧!"

我们乘一叶轻舟渡过小岛西端的海湾,登上大陆海岸的高地,朝西北方向穿过一片人迹罕见的荒野。勒格朗信心十足地领着路,只是偶尔稍停片刻以查看那些显然是他上次经过时亲手留下的路标。

我们就这样走了大约两个小时。日落时分,我们进入了一个比一路上所见景象更凄凉的地方。那地方像是一个平台,靠近一座几乎不可攀援的小山之峰顶,那小山从山脚到峰顶都被茂密的林木覆盖,林木间不时有摇摇欲坠的巨石巉岩突出,有好些巨石巉岩之所以未从峭壁坠入下面的山谷,仅仅是凭着它们倚靠于其上的树木的支撑。几条方向不同的深壑为这幅凄凉的景象增添了一种庄严肃穆的气氛。

我们所登上的那块天然平台荆棘丛生,我们很快就发现若不用那把长柄镰开道我们简直是寸步难行。丘辟特按照他少爷的吩咐为我们开出了一条小径,直通到一棵高大挺拔的百合树下。那棵百合树与八九棵橡树并肩屹立,但其叶簇之美丽、树形之优雅、丫枝之伸展,以及气势之巍峨都远远超过了那几棵橡树和我所见到的其他树。待我们到达那棵树下,勒格朗转向丘辟特,问他是否认为他能爬上那棵树。那老人似乎被这个问题吓了一跳,老半天没有回答。最后他走到那巨大的树身跟前,慢腾腾地围着它绕圈,非常仔细地上下打量。进行完这番详尽的探查,他只说了一句:

"行,少爷,老丘这辈子见过的树都爬得上去。"

"那你就尽快爬上去吧,因为天很快就会黑得看不清周围了。"

"得爬多高，少爷？"丘辟特问。

"得爬上主干，然后我再告诉你往哪儿爬。嘿，站住！把这只甲虫带上。"

"虫子，威廉少爷！金虫子！"那黑人吓得一边后退一边嚷，"干啥非得把虫子带上树？我不干！"

"如果你害怕，老丘，如果像你这样一个高大魁梧的黑人竟害怕一只伤不了人的小小的死甲虫，那你可以用这根绳子把它弄上去，可你要是不想办法把它带上去，那我非得用这把铲子砸碎你的脑袋。"

"你怎么啦，少爷？"丘辟特显然是因不好意思才勉强依从，"总想对你的老黑人大声嚷嚷。我不过说句笑话罢了。我怕那虫子！我干吗怕那虫子？"他说着小心翼翼地接过绳子，尽可能地让绳子另一端的甲虫远离他的身体，然后他准备上树。

这种百合树又称木兰鹅掌楸，是美洲森林中最壮观的一种树，其幼树期时树身特别光滑，通常长得很高也不横枝旁节；但进入成年期后，树皮逐渐变得粗糙多节，树干也横生出许多短枝。所以当时那番攀缘看上去吃力可实际上并不很难，丘辟特尽可能让双臂双腿紧贴着巨大的树身，并用双手抓住一些短枝，在避免了一两次失手坠落之后，他终于爬进了树干的第一个分叉处，并且他似乎认为已大功告成。攀登的危险事实上已经过去，尽管攀登者离地面有六七十英尺高。

"现在得往哪儿去，威廉少爷？"他问。

"顺着最大那根分枝往上爬，就是这边这根。"勒格朗回答。那黑人立刻遵命而行，而且显然没费多大力气；他爬得越来越高，直到茂密的树叶完全遮蔽了他矮胖的身影。不一会儿传来了他的喊声。

"还得爬多高？"

"你现在有多高？"勒格朗问。

"不能再高了，"那黑人回答说，"能从树顶看见天了。"

"别去看天，注意听我说。顺着树干往下看，数数你身下这一边的横枝。你现在爬过了多少横枝？"

"1，2，3，4，5……我身下有5根横枝，少爷，在这边。"

"那再往上爬一根。"

过了片刻树上又传来声音，宣布已到达第7根横枝。

"听着，丘辟特，"勒格朗高声喊道，显得非常激动，"现在我要你尽可能再顺着那根横枝往外爬。要是看见什么奇怪的东西就马上告诉我。"

这时，我对我朋友的精神错乱还抱有的一分怀疑也终于被消除。我只能认定他是完全疯了，这下我开始焦虑怎样才能把他弄回去。当我正在琢磨如何是好，突然又听到了丘辟特的声音。

"真吓人，爬这根树枝太危险，这根枯枝从头到尾都光秃秃的。"

"你说那是根枯枝，丘辟特？"勒格朗用颤抖的声音大声问道。

"是的，少爷，它早就枯了，早就朽了，早就烂了。"

"天哪，我该怎么办？"勒格朗自问道，显得非常焦虑。

"怎么办！"我说，心中暗喜终于有了插话的机会，"回家去睡觉呗。走吧！这才是我的好朋友。天已经晚了，再说，你得记住你的保证。"

"丘辟特，"他径自喊道，把我的话完全当作了耳边风，"你能听见吗？"

"能听见，威廉少爷，听得清清楚楚。"

"那好，用你的刀子戳戳那木头，看看它是不是糟透了。"

"它已经够糟了，少爷，"那黑人过了一会儿回答道，"不过还没有完全糟透。说真的，我自己倒是还敢往外边再爬一截儿。"

"你自己！这是什么意思？"

"我说这只虫子呗。这虫子太重了。要是我把它扔掉，这根枯枝也许还不至于被一个黑人压断。"

"你这条该死的恶棍！"勒格朗显然是如释重负地嚷道，"你这样跟我胡说八道安的什么心？你要把甲虫扔掉我就拧断你的脖子。喂，丘辟特！你听见我的话吗？"

"听见了，少爷，你用不着对你可怜的黑人这般大声嚷嚷。"

"那好！你听着！要是你不扔掉虫子，继续往外爬，直爬到你觉得有危险的地方，那你下来后我就送你一块银币。"

"我正爬着呢，威廉少爷，我在爬，"那黑人立即答道，"都快爬到头了。"

"到头了！"勒格朗这时简直是在尖叫，"你是说你已经爬到那根横枝的头了？"

"就快到头了，少爷，啊……啊……啊哟！老天保佑！这树上是个啥玩意儿？"

"好啦！"勒格朗欣喜若狂地大声问道，"是个啥东西？"

"唉，偏偏只是个颅骨，有个人把自己的脑袋留在了树上，乌鸦把脑袋上的肉都吃光了。"

"你说是个颅骨!太好啦!它是怎样固定在那丫枝上的?用什么固定的?"

"当然,少爷,我得看看。真没想到,这太奇怪了!颅骨上有颗大钉子,就是这颗钉子把它钉在树上的。"

"很好,丘辟特,现在我怎么说你就怎么做。听见了吗?"

"听见了,少爷。"

"那你听仔细了,先把颅骨的左眼找到。"

"哼!哈!真妙!这儿压根儿就没有剩下什么眼睛。"

"你这个该死的笨蛋!你分得出你的右手和左手吗?"

"分得出,这我完全知道,我劈柴用的这只手就是我的左手。"

"当然!你是左撇子,你的左眼就在你左手那一边。我想,你这下该找到那颅骨上的左眼,或原来长左眼的那个窟窿了。找到了吗?"

这一次那黑人老半天没吭声,最后他问:

"这颅骨的左眼也在它左手一边吗?当然,这颅骨压根儿就没有什么手。不过没关系?我现在找到左眼了。这儿就是左眼!我该做什么?"

"把那只甲虫穿过它垂下来,尽量把绳子放完,可你得当心别松手放开了绳端。"

"都做好了,威廉少爷,把虫子穿过这窟窿真太容易了。注意它下来了!"

说话之间丘辟特的身影完全被树叶遮住,但他费了一番周折所垂下的那只甲虫已能够被看见,它像一个锃亮的金球悬在绳端,在依然还蒙蒙映照着我们所站的那片高地的最后一线夕阳余晖中熠熠生辉。那只甲虫完全穿出了树冠的所有枝叶,如果让它往下掉就会掉在我们脚边。勒格朗飞快地拿起那柄镰刀,在正对甲虫的下方清理出一块直径三四码的圆形地面,然后他叫丘辟特放开绳子,爬下树来。

在甲虫坠地的准确落点打进一棍木桩之后,我朋友从口袋里掏出一个卷尺。他将卷尺的一端固定在百合树的树干离木桩最近的一点上,接着拉开卷尺到达木桩,然后顺着树干与木桩这两点形成的直线又往前拉出50英尺。丘辟特用镰刀清除了这一线的荆棘。勒格朗在卷尺尽头的一点又打进一根木桩,并以这木桩为圆心大致画出了一个直径约4英尺的圆圈。最后他拿起一把铲子,给丘辟特和我也各人一把,这下他请求我们开始尽可能快地挖土。

说实话,我任何时候对这类消遣都毫无兴趣,而在那种特殊的情况下,我更是恨不得一口就拒绝他的请求,因为当时夜幕正在降临,而且经过一路跋涉我已经感到相当疲倦。可我一时想不出溜走的办法,又怕一口拒绝会使我朋友不安。当然,要是我能够依靠丘辟特的帮助,那我早就毫不犹豫地设法把这疯子强行弄回家了,但我太清楚这个黑人老头的立场,在任何情况下都不能指望靠他的帮助来反对他的少爷。我毫不怀疑这位少爷一直受到南方人关于地下埋有宝藏的许多迷信传说的影响,而由于他找到了那只甲虫,或者也许是由于丘辟特一口咬定那是"一只真金的虫子",他便以为自己的想入非非得到了证实。错乱的神志往往都容易被这类暗示引入歧途,尤其是当这种暗示与其先入之见相吻合的时候,于是我不由得记起这可怜的家伙说那只甲虫"将指引他找到财富"。总之,我当时是忧心忡忡而且莫名其妙,但最后我决定，既然不得已而为之，那就干脆唱好这出假戏，认真挖坑，以便更快地用明明白白的事实让那位幻想家相信他是在想入非非。

两盏提灯一齐点亮，我们以一股更值得干件正经事的热情开始干活儿。由于灯光照在我们的身上和工具上，我禁不住想，若是这时有人偶然闯入附近，那在他眼里我们这伙人该有多么别致，我们所干的活该显得多么奇怪又多么可疑。

我们一刻不停地挖了两个小时。其间大家都很少说话，我们主要的麻烦是那条狗的吠咬，它对我们所干的活儿产生了极大的兴趣。到后来它的汪汪声越来越高，以至于我们开始担心它会惊动周围什么迷路的人；确切地说这是勒格朗的担心，因为我巴不得有人来打岔，使我能趁机把这位精神错乱者弄回家去。最后，丘辟特终于有效地止住了狗叫声，他不慌不忙且不屈不挠地爬出土坑，用他的一根吊裤带捆住了狗的嘴巴，然后他回到土坑，庄重地抿嘴一笑，重新开始干活。

这两个小时之后，我们已挖了5英尺深，但却不见任何金银珠宝的踪迹。于是大家歇了下来，我开始希望这出滑稽戏能到此收场。然而，勒格朗虽说显得很窘，但他若有所思地拭去头上的汗又动手挖了起来。我们把那个已挖成的直径4英尺、深5英尺的土坑向外又稍稍扩大了一圈，向下又多挖了两英尺。但仍然一无所获。我所深深怜悯的那位寻金人终于带着一脸的绝望爬出土坑，极不情愿地慢慢穿上他开始干活前脱掉的外套。在此期间我一句话也没说。丘辟特按照他少爷的示意开始收拾工具。一切收拾停当，再解开了狗嘴上的裤带，我们便默不做声地上路回家。

我们也许刚走出十多步，勒格朗突然大骂一声冲到丘辟特跟前,一把揪住了他的衣领。那黑人惊得目瞪口呆,他扔掉了铲子,跪倒在地上。

"你这条恶棍,"勒格朗咬牙切齿一字一句地骂道,"你这个该死的黑鬼!我敢肯定是怎么回事!你说,马上回答我,别支支吾吾!哪只?哪只是你的左眼?"

"哦,天哪,威廉少爷!难道这只不是我的左眼?"心惊胆战的丘辟特大声问道,同时把手伸向他的右眼,并死死地捂住那只眼睛,好像是生怕他的少爷会将其挖出似的。

"我早就料到是这样!我早就知道是如此!好哇!"勒格朗大叫大嚷着松开了那黑人,手舞足蹈地旋转跳跃起来,他那位惊魂未定的仆人从地上爬起身,一声不响地看看他少爷又看看我,看看我又看看他少爷。

"嗨!我们得回去,"勒格朗说,"这事还没完呢。"他说着又带头朝那棵百合树走去。

"丘辟特,"我们一回到树下他又开口道,"到这儿来!那个颅骨是脸朝外钉在横枝上呢,还是脸朝着横枝?"

"脸朝外,少爷,所以乌鸦没费劲就能把眼睛吃掉。"

"很好,那么你刚才是把甲虫穿过哪只眼睛垂下来的?是这只还是那只?"勒格朗说着分别触了触丘辟特的两只眼睛。

"是这只眼睛,少爷,左眼,就像你告诉我的。"那黑人一边说一边指的恰恰是他的右眼。

"够了!我们必须再试一次。"

这下我看出,或者说我相信我看出,我朋友的狂热痴迷中显然有一些有条不紊的迹象。他把那根标明甲虫坠地落点的木桩从

515

原来的位置往西挪动了3英寸左右，然后像先前一样将卷尺从树干最近一点拉至木桩，并顺着这条直线往前拉出50英尺，在离我们刚才挖掘地点几码远的地方定出一个新点。

一个比上次多少大一些的圆圈绕着这个新点被画出，我们又开始用铲子挖土。我当时累极了，可我几乎不明白是什么东西使我改变了自己的想法，对强派给我的那份活儿我不再觉得反感。我已经莫名其妙地产生出兴趣，甚至感到了兴奋。也许是勒格朗越轨行为中显露的某种东西，某种老谋深算或说深思熟虑的神态打动了我。我热心地挥铲挖土，并不时发现自己心中实际上也怀有某种近似于期望的东西，也在期待那笔已使得我不幸的朋友精神错乱的想象中的财宝。就在这种想入非非的念头完全把我缠住之时，就在我们再次挖掘了大约一个半小时之后，我们又受到了那条狗狂吠的骚扰。它上次的不安显然只是一种嬉戏或任性，可它这一次却叫得声嘶力竭。当丘辟特又想捆住它的嘴巴时，它拼命反抗，并跳进坑里用它的爪子疯狂地刨土。不一会儿它就刨出了一堆尸骨，尸骨看上去是两具完整的骷髅，骷髅骨间混杂着几颗金属纽扣和看上去早已腐烂成土的毛呢。接下来的一两铲挖出了一片大号西班牙刀的刀身，再往下挖又发现了三四枚零散的金币和银币。

丘辟特看见这些东西便喜形于色，可他少爷脸上却露出大失所望的神情。不过他催促我们继续往下挖，而他话音未落，我突然一个趔趄朝前摔倒，原来我的靴尖绊住了一个半埋于松土中的大铁环。

我们这下挖得更起劲了，我一生中还从来没经历过比那更紧张而激动的10分钟。就在那10分钟内，我们顺顺当当地挖出一个长方形木箱。从木箱的完好无损和异常结实来看，它显然曾经过某种矿化处理，也许是经过二氯化汞处理。木箱长3.5英尺，宽3英尺，高2.5英尺。它被铁条箍得结结实实，还上着铆钉，整个表面形成一种格状结构。箱子两边靠近箱盖处各有3个铁环（总共6个），凭借这些铁环6个人可以稳稳地提起箱子。我们3人使出全身劲也只能稍稍摇动它一下。我们马上就看出不可能搬动这么重一口箱子。

幸运的是箱盖只由两根插销闩住。当我们拉动插销之时，热望使我们浑身发抖，气喘吁吁。转眼之间，一箱难以估量其价值的珍宝闪现在我们眼前。由于两盏提灯的灯光照进坑里，箱里混作一堆的金币珠宝反射出耀眼的光芒，一时间晃得我们眼花缭乱。

我不敢自称能描述我看见那箱财宝时的心情。当然，那会儿主要的心情就是惊诧。勒格朗好像是被兴奋耗尽了精力，老半天不说一句话。丘辟特一时间面如死灰，当然，这是说黑人的脸所能灰到的程度。他似乎被惊呆了，或者说吓坏了。过了一会儿他在坑底双膝跪下，把两条胳膊深深地插入那箱财宝，并久久地保持着那个姿势，仿佛在享受一次奢侈的沐浴。最后他深深叹了口气，好像是自言自语地大声说道，"这全亏那只金虫子！那好看的金虫子！那可怜的金虫子！那被我用粗话诅咒的小虫子！你难道不害臊，你这个黑鬼？回答我呀！"

最后我不得不提醒这主仆二人最好是搬走那些财宝。天越来越晚，我们应该尽力在天亮前将箱子里的每一件宝物都搬回家去。当时很难说该如何搬那口箱子，想办法就花去了我们好多时间，因为当时我们3人都那么慌乱无措。最后，我们将箱子里的东西拿出三分之二，才勉强把箱子弄出了土坑。我们把拿出的财宝藏在荆棘丛中，让那条狗留在那里守护，丘辟特还严厉地对狗叮咛了一番，要它在我们返回之前不许找任何借口擅自离开，也不许开口汪汪乱叫。随后我们就抬起箱子匆匆回家。我们平安抵达小屋时已是凌晨1点，而且大家都筋疲力尽。像我们那样疲乏不堪，要马上再接着干活儿已超越常人的能力。于是我们休息到两点并吃过晚饭，这才赶快又出发进山，这一次我们带上了3只刚巧在小屋找出的结实的口袋。将近4点我们又到达坑边，把剩下的财宝尽量平均地分装进3只口袋，也顾不得填上那个土坑，我们又上路匆匆回家。当我们再次把财宝放进小屋时，东边的树梢上刚刚露出最初的几抹曙光。

这下我们是彻底累垮了，但当时那股兴奋劲儿却不容我们安睡。在辗转不安地睡了三四个小时之后，我们就好像是事先商量过似的一道起床，开始清点我们的宝库。

那口箱子装得满满的，我们花了整整一天和一个大半夜才把那些金器珠宝清点完毕。那些东西装得毫无规矩条理，所有的钱币珠宝都乱七八糟混作一堆。经过一番细心的分门别类，我们发现我们所拥有的财产比开始想象的还要多。单是钱币的价值就超过了45万美元，我们是尽可能精确地按当时的兑换率来估计其价值的。

钱币中没一块银币。全部是年代久远而且五花八门的金币，有法国的、西班牙的和德国的古币，有少量英国的几尼，还有一些我们从来没有见过的金币。有几枚又大又沉的金币表面差不多被磨光，我们怎么也辨认不出当初所铸的字迹图案。钱币中没有一块美国铸币。箱里珠宝的价值更是难以估量。其中有110颗钻石，有些很大很纯，而且没一颗不大；有18块璀璨夺目的红宝石；有310块绿宝石，都很美丽；有21块蓝宝石，外加1块蛋白石。这些宝石全都被拆离了镶嵌物，胡乱地散装在箱子里。而那些我们从其他金器中分拣出来的镶嵌物看上去全都被榔头砸扁，似乎是为了防止被人认出。除了这些之外，箱里还有大量纯金装饰品，有将近200只分量很重的戒指和耳环，有30根华丽珍贵的金链（如果我没记错数的话），有83个又大又重的金十字架，有5个极其贵重的金香炉，有1只硕大的金制酒钵，上面雕有精美的葡萄叶和诸酒神图案，此外还有两把镶饰得非常精致的剑柄和其他许多我已记不起来的小物件。这些金器的重量超过了150公斤，而我还没有把179只上等金表计算在内，其中有3只每只都值得上500美元。它们大多数都很古老，作为计时器已没有价值，表内的机件多少都受到腐蚀，但它们全都有昂贵的金壳并镶饰有精美的珠宝。

那天晚上我们估计整箱宝物价值150万美元，到后来卖掉珠宝首饰时（有几件我们留着自用），我们才发现我们是大大低估了那箱财宝的价值。

当我们终于把财宝清点完毕，当那种紧张兴奋稍稍平息了几分，勒格朗见我迫不及待地想知道这谜中之谜的谜底，便开始详详细细地讲述事情的来龙去脉。

"你记得我让你看我画的甲虫图的那天晚上，"他说，"你也记得当你坚持说我画得像个骷髅时我十分恼火。你开始那么说时我还以为你在开玩笑，但后来我转念想到了甲虫背上那3个奇特的黑点,于是暗自承认你的说法还算言之有理。可你对我绘画技艺的嘲笑仍然令我激怒,因为我通常被人认为是名出色的画家,所以,当你把那块羊皮纸递还给我的时候,我气呼呼要把它揉成一团扔进火里。"

"你是想说那张纸片吧。"我说。

"不!它看起来很像普通纸片,开始我也以为它是张纸片,但当我在上面画图时,我马上就发现它是一块极薄的羊皮。它很脏,这你还记得。对啦,当我正要把它揉成一团时,我的眼光落在了你看过的那幅草图上,而你可以想象我当时有多惊讶,我似乎看见在我先前画出甲虫的位置实实在在是一个骷髅的图形。我一时间惊得回不过神来。我知道我刚才所画的与眼前所见的在细节上迥然不同,尽管两者的轮廓大致相像。随即我取了支蜡烛,坐在屋子的另一头更加仔细地看那块羊皮纸。在我把它翻过来时,我在背面上看见了我画出的草图,和我先前画它时完全一样。

"我当时的第一个念头就是惊奇,我为两个图形的轮廓完全一样而感到惊奇,为这个事实中奇妙的巧合而感到惊奇。我惊奇自己竟然不知道在羊皮纸的另一边,在自己画的甲虫图背面有一幅骷髅图。我惊奇那个骷髅不仅轮廓与我画的甲虫一样,而且大小也完全相同。我是说这种巧合之奇妙曾一度使我完全惊呆。这是人们碰到这类巧合时的通常结果。脑子拼命想要理出一个头绪,找出一种因果关系,而一旦不能如愿以偿,就会出现暂时的呆滞。然而,当我从这种呆滞中回过神来之时,我渐渐感知到一种甚至比那个巧合更令我吃惊的醒悟。我开始清清楚楚、明明白白地记起,在我画那只甲虫的时候,羊皮纸上并没有其他图案。我最终完全确信了这一点,因为我记得我当时为了找一块干净地方下笔,曾把羊皮纸的正反两面都翻过。如果那上面画有骷髅,我当然不可能不注意到。这儿的确有一个我当时觉得不可能解开的谜;不过,即便是在那最初的一刻,我们昨晚的冒险所昭然揭示的那个真相似乎也像萤光一样在我心灵最幽深隐秘之处隐隐闪烁。我立刻起身小心地放好了那块羊皮纸,留待我一个人时再去进一步思考。

"待你离去和丘辟特熟睡之后,我开始对这件事进行更有条不紊的审视。首先我回顾了这块羊皮纸落到我手中的经过。

"我们发现甲虫的地方是在大陆海岸与这座岛相对偏东约1英里处,而且离涨潮水位线只有很短一段距离。

"当我抓住甲虫时它狠狠地咬了我一口,这使我不得不把它扔掉。丘辟特出于他习惯性的谨慎,见那只甲虫朝他飞去,便四下张望,想在身边找一片树叶之类的东西来捉那虫子。就在那个时候,他的目光和我的目光一道落在了这块羊皮纸上,当时我还以为是张普通纸片。它一半埋在沙里,一角朝上翘着。就在找到羊皮纸的附近,我注意到了一堆船体残骸,看上去像是大船上的一条救生艇。那堆残骸在那儿似乎已有很久很久,因为船骨的轮廓都几乎难以看出。

"后来丘辟特拾起了那块羊皮纸,把那只甲虫包在里面一齐交给我。不久之后我们就掉头回家,而在回家的路上碰见了G中尉。我让他看那虫子,他求我把虫子借给他带回要塞去看。我刚一答应,他就把虫子揣进了他的背心口袋,而没有再包上那块羊皮纸,因为在他看虫子那会儿羊皮纸一直捏在我手中。他也许是害怕我改变主意,认为最好还是马上把那意外收获抓牢再说,你知道他对与博物学有关的一切是多么热衷。我肯定就是在那个时候不知不觉地把那块羊皮纸放进了我自己的口袋。

"你还记得当我走到桌旁想画出那只甲虫时,我发现桌上通常放纸的位置没有纸。我拉开抽屉找了找,也没找到。于是我搜寻自己的口袋,想找出一封旧信,这时我的手摸到了那块羊皮纸。我把羊皮纸到手的经过讲得这么详细,因为这些细节给我留下了特别深的印象。

"当然,你会认为我是胡思乱想,但我当时已经理出了一种关系。我已经把一根大链条的两个链环连接起来。当时海边上停着条小船,离小船不远处有张上面画着骷髅的羊皮纸,而那不是一张普通纸片。你自然会问'关系在哪儿?'我的回答是,颅骨或说骷髅是众所周知的海盗标志。海盗船在作战时都要升起骷髅旗。

"我已经说过那是块羊皮纸,而不是普通纸。羊皮纸耐久,几乎可以永远保存。记载无关紧要的小事人们很少会用羊皮纸,因为一般的写写画画用普通纸反而更加适合。我所想到的这一点向我暗示了那个骷髅具有某种意义,某种关联。我也没有忽略那块羊皮纸的形状。尽管它的一角由于某种原因被损,但仍然可以看出它本来是长方形的。实际上人们正是用这样的羊皮纸来记录备忘之事,记录一些需要长期记忆并小心保存的事情。"

"可是,"我插话道,"你说你画那只甲虫时羊皮纸上并没有那个骷髅。那你怎么能把小船和骷髅扯在一起呢?因为按照你自己的说法,那个骷髅肯定应该是在你画完甲虫之后才被画上去的(上帝才知道是怎么画的,谁画的)。"

"啊,整个奥秘的关键就在于此,不过我解决这关键的一点相对说来并没费多大力气。我的思路笃定无误，那就只能得出一个结果。譬如，我当时是这样来推论的：我画那只甲虫时羊皮纸上并没有那个骷髅。我画好之后就把羊皮纸递给了你，并且在你把它还给我之前我一直在仔细地观察你。所以，你并没有画那个骷髅，而且当时也没有别人能画。那么，羊皮纸上出现骷髅非人力所致。然而骷髅的出现是一个事实，

"当思路走到这一步，我就努力去回想并且清清楚楚地回想起了在那一段时间内所发生的每一件枝末小事。那天天气很冷（真是难得的幸事！），壁炉里烧着旺旺的火。我因为走热了而坐到了桌旁。然而你却早拖了把椅子坐在炉边。我刚把那方羊皮纸交到你手上，而你正要仔细看时，我那条叫沃尔夫的纽芬兰犬进屋并扑到你肩上。你当时用左手抚摸它然后将它撑开，而你拿着羊皮纸的右手则懒洋洋地垂到了你双膝之间，靠近了炉火。我一度曾以为火苗点着了纸片，并正要开口警告你，可你没等我开口就将其缩回，而且认认真真看了起来。当我把这些细节斟酌一番之后，我再也不怀疑我在羊皮纸上看见的那个骷髅是由于受热而显现出来的。你知道有一种化学药剂，自古以来就存在那种东西，用它可以在普通纸和皮纸上书写，而写的字迹只有经过火烤才会显露。人们有时将钴蓝釉置于王水中加热浸提，然后用4倍于浸提物之重量的水加以稀释，这样便得到一种绿色溶剂。将钴熔渣溶于硝酸钠溶液，便得到一种红色溶剂。这类书写剂冷却之后，经过或长或短的一段时间颜色就会消失，但若再次加热，颜色又会重新显露。

"于是我非常小心地细看那个骷髅。它外侧的边缘（靠羊皮纸边最近的边缘）比其他部分清楚得多。这显然是因为热力不足或

不匀的缘故。我马上燃起火,把羊皮纸的每个部分都烤到炽热的程度。开始的唯一效果就是加深了骷髅图暗淡的线条,但随着实验的继续,羊皮纸上与骷髅所在位置成对角线相对的那个角上显露出一个图形;我开始还以为那是只山羊,但细看后我确信要画的是只小山羊。"

"哈!哈!"我说,"我虽然没有权利笑话你,毕竟150万美元是一件不容取笑的正经事,但你不会为你那条链条找出第三个链环,你不可能在你的海盗和一只山羊之间发现任何特殊联系。你知道,海盗与山羊风马牛不相及;它们只与农业有关。"

"可我已经说过那图形不是山羊。"

"啊,那么说是小山羊,这差不多也一样。"

"差不多,但并非完全一样。"勒格朗说,"你也许听说过一个叫基德船长的人。我当时马上就把那个动物图形视为一种含义双关或者有象征意义的签名[①]。我说是签名,因为它在羊皮纸上的位置给了我这种暗示。与它成对角线相对的那个骷髅也同样具有图章或戳记的意味。但使我恼火的是除此之外别的什么也没有,没有我所想象的契约文件内容,没有供我理清脉络的正文。"

"我想你是期望在那个印记和签名之间找出一封信。"

"正是想找诸如此类的东西。事实上,我当时有一种不可抗拒的预感,觉得有一笔财富即将落入我手中。我现在也难以说清为什么会有那种感觉。说到底,那也许仅仅是一种强烈的欲望,而不是一种真正的信念。可你知道吗,丘辟特关于纯金甲虫的那些

---

[①] "基德"英文为Kidd,而"小山羊"为Kid,两者拼写和读音均相似。

蠢话对我的想象力施加了极大的影响。然后就是那一连串的意外和巧合，那么异乎寻常的意外和巧合。你注意到了吗，所有的一切居然都发生在同一天内，这是一个多么纯粹的巧合！而那一天偏巧又是一年中冷得应该或者可以烧火取暖的唯一一天，若没有那炉火，若不是那条狗恰好不早不晚地在那一刻进屋，那我也许永远也不知道有那个骷髅，因而也永远不会得到这笔财富？"

"接着讲呀！我都等不及啦。"

"那好，你当然听说过许多流传的故事，许许多多关于基德和他的海盗们在大西洋岸边某地埋藏珍宝的传说。这些传说很可能有一定的事实根据。而在我看来，它们能经年历代流传至今，这只能说明埋藏的珍宝迄今依然未被发掘。若是基德把他的赃物埋了一段时间然后又取走，那我们今天所听到的传闻就不会这样几乎千篇一律。你一定已注意到那些传说讲的都是寻宝的人，而不是找到宝藏的人。而要是那个海盗自己取走了财宝，那寻宝之事早就应该偃旗息鼓。依我之见，似乎是某种意外事件，比如说指示藏宝地点的密件丢失，使得他没法再找回那批珍宝，而这个意外事件又被他的喽罗们所知，不然他们也许永远也不会听说藏宝的事。那些喽罗们开始寻觅宝藏，但由于没有指引而终归徒然，而他们寻宝的消息不胫而走，成了今天家喻户晓的传闻。你听说大西洋沿岸发掘出过什么大宗珍宝吗？"

"从未听说。"

"但众所周知，那个基德所积聚的财宝不可悉数。所以我理所当然地认为那批珍宝还埋在地下。我说出来你也许还不至于被吓一跳，当时我就感觉到了一种希望，一种几乎等于确信的希望，我希望这方来得如此蹊跷的羊皮纸暗暗记载着那个藏宝的地点。"

"那你是如何着手处置的呢？"

"把火加旺之后我把羊皮再次伸到火边，但什么也没显出。这下我想到那很可能是羊皮纸表面那层污垢在碍事，于是我小心翼翼地浇着热水把羊皮纸冲洗干净，然后将其画有骷髅的一面朝下放进一个平底锅，并把平底锅放在一个烧旺的炭炉上。过了几分钟，平底锅完全加热，我揭下羊皮纸，欣喜若狂地发现上面有好几个地方显露出了看上去像是排列着的数字。我把羊皮纸放回平锅又烤了一分钟。当我再把它揭起时，上面所显露的就和你现在所看见的一样。"

勒格朗说话间已把羊皮纸重新加热，现在他把羊皮递给我看。下面的这些字符就是以一种红色溶剂被拙劣地书写在那个骷髅和山羊之间：

53‡‡†305 ) ) 6*;4826 ) 4‡. ) 4‡ ) ;806*;48†8¶60 ) )
s;;]8*;:‡*8†83（88）5*†;46（;88* 96*?; 8）*‡（;485）;5*†2:*‡
（;4956*2（5*—4）8¶8*; 4069285）6†84‡‡; 1（‡9; 48081;
8:8‡1; 48†85;4）485†528806*81（‡9;48;（88;4（‡?34;48）
4‡;161;:188;‡?;

"可我还是莫名其妙。"我说着把羊皮纸递还给他。"即便我解开这个谜就把哥尔昆达①的珠宝全都给我，我也肯定没法得到它们。"

---

① 哥尔昆达，印度古城，在今海得拉巴以西9公里处，曾以盛产钻石而闻名。

"然而，"勒格朗说，"此谜并不像你乍一看见这些字符时所想象的那么难解。正如任何人都能轻而易举就猜出的一样，这些字符构成了一组密码，这就是说，它们具有意义；但是，从世人对基德所了解的情况来看，我并不认为他能够编出任何一组深奥难解的密码。我当时立刻就认定这组密码属于简单的一类，不过对那些笨头笨脑的水手来说，没有译码暗号这就等于一页天书。"

"你真把它给解开了？"

"没费吹灰之力，比这难上万倍的谜我都解开过。生活环境和我心智上的某种嗜好使我历来对这类字谜颇感兴趣，而人们完全可以怀疑，是否人的机敏真能编出一种让人用机敏得到的适当的方法也解不开的谜。事实上，一旦证实这些连接完整且字迹清楚的字符之后，我几乎就没有想过推究出它们的含义有什么真正的困难。

"就眼前这个例子而言，其实对所有的密码暗号也一样，首要的问题是考察出密码所采用的语言，因为破译密码的原则，尤其是就较简单的密码而论，往往就依其独有的语言特征而定，并随其特征的变化而变化。一般来说，破译者唯一的办法就是用自己所通晓的语言逐一试验（由概率决定试验方向），直到考察出与密码相吻合的语言。但我们面前这份密码由于有这个签名，考证语言这道难题便迎刃而解。'基德'这个词只有在英语中才能体会其双关意味。要不是想到了这一点，我说不定会先用西班牙语和法语来试译，因为出没于加勒比海一带的海盗编这种密码十有八九会用那两门语言。事实上，我假定这份密码是用的英语。

"你看这些字符全连在一起。若是中间有间隔，破译起来就会相对容易一些。在那种情况下，我首先就会从对照分析较短的符号入手，只要能从字符中找出一个字母，这很有可能（比如a或者I），我就可以认为破译之成功已有了保证。但是，这些字符间没有间隔，那我第一步就必须是确定出现次数最多和最少的符号。经过点数，我列出了下表：

　　8出现33次。

　　；出现26次。

　　4出现19次。

　　‡和）各出现16次。

　　*出现13次。

　　5出现12次。

　　6出现11次。

　　†和1各出现8次。

　　0出现6次。

　　9和2各出现5次。

　　：和3各出现4次。

　　？出现3次。

　　¶出现2次。

　　]、—和.分别出现1次。

"而在英语中，出现频率最高的字母是e。其余依序是：a o d h n r s t u y c f g I m w b k p q x z。然而e的使用频率是那么高，以至于在任何一个不论长短的单句里，都很少发现出现次数最多的字母不是e。

"这样,我们从一开始就有了这个并非纯粹猜测的根据。很明显,我列的这种统计表用途很广泛,不过单就这份密码而言,我们只需要稍稍借助于它的部分用途。因为我们这份密码中用得最多的符号是8,我们不妨一开始就假设符号8代表字母表中的e。为了证实这个假设,让我们来看看是否8在这份密码中一再叠用,因为e这个字母在英文中常常叠用,譬如像在'meet''fleet''speed''seen''been'和'agree'等单词中那样。眼下这份密码虽说很短,可8这个符号的叠用却多达5次。

"因此让我们假定8就是e。而在英语中,最常用的单词是'the',所以让我们来看看密码中是否一再出现按相同顺序排列而且末尾是8的3个符号。如果我们发现这样排列的3个符号一再重复,那它们很可能就代表'the'这个字眼。细细一查,我们会发现这样的排列至少出现了7次,排列的符号是';48'。于是我们就可以假定这个分号代表t,4代表h,而8则代表e。现在最后这个假定已被充分证实。这样我们就迈出了一大步。

"而我们一旦确认了一个单词,我们就能够确定非常重要的一点,即我们能够确定其他几个单词的词头和词尾。现在让我们以离密码结尾不远处的倒数第2个';48'组合为例。这下我们知道紧随其后的那个分号是一个单词的词头,而接在'the'这个单词后面的6个符号我们至少认识5个。让我们把这些符号变成我们已知的它们所代表的字母,为那个未知的字母留出一个空格——

t eeth。

"现在我们一下子就能看出末尾的'th'并非一个以t开头的单词之组成部分，从而将其排除，因为把字母表中的全部字母逐一填入上面那个空格试拼，我们都发现不可能拼出一个th结尾的单词。于是我们把它缩短为

t ee,

若有必要，可像先前一样把全部字母逐一填入空格，我们会发现只有'tree'是唯一拼得通的单词。这样，有了'the tree'这两个并列的单词，我们又得到了由'('代表的字母'r'。

"顺着这两个已知的单词稍稍向后推延，我们会又看到一个';48'符号组合，把这一组合作为这一小段的末尾，于是我们得出以下排列：

the tree;4（‡?34 the,

或者用已知的字母替换出代表它们的符号，排列读成：
the tree, thr‡?3h the。

"现在要是把未知的符号变为空格或用圆点代替，我们便读到如下字样：

the tree thr ... h the,

这时'through'一字便显露无遗。而这一发现又给了我们3

个新的字母,即分别由‡、?和3代表的o、u和g。

"现在要是把密码从头到尾仔细看一遍,找出已知符号的组合,我们会在离开头不远的地方发现这个排列,

83(88,或译成egree,

这一看就知道是'degree'这个单词后面的部分,于是我们又知道了符号'†'表示字母d。

"在与'degree'这个单词间隔4个符号之后,我们看到这样的组合:

46(;88*

"译出已知的符号,未知的依然用圆点代替,我们便读到:

th.rtee,

这一字母组合马上就暗示出'thirteen'这个单词,这又为我们提供了两个新的译码暗号,字母i和n分别由符号6和*表示。

"这下来看看密码的开头,我们看到这个组合,

53†‡‡†,

"像先前一样破译,我们得到

.good

这使我们确信那第一个字母是A，而密码开头的两个字是'A good'。为了避免混淆，我们现在应该把已经发现的译码暗号列成一张表，列表如下：

5代表a

†代表d

8代表e

3代表g

4代表h

6代表I

*代表n

‡代表o

（代表r

；代表t

"所以我们至少已经破译出至关重要的字母中的10个，而破译的详细过程我们无须在此赘述。我所说的已经足以使你相信这类密码不难破译，而且让你对破译密码的基本原理有了几分了解。不过请相信，我们眼前的这个例子属于密码中最最简单的一类。现在唯一要做的就是让你看根据羊皮纸上那些已被解答的符号破译出的密码全文。请看：

'一好镜在毕晓普客栈在魔鬼的椅子21°13'东北偏北主枝第7丫枝东侧从骷髅左眼落子弹一直线从树经子弹到50英

尺外。'"

"可是，"我说，"这谜似乎仍然和先前一样费解。怎么可能解释这些莫名其妙的话呢，什么'魔鬼的椅子''骷髅'，还有'毕晓普客栈'？"

"我承认，"勒格朗说，"这事晃眼一看仍然是雾中观花。我的第一番努力就是把全文分成编密码的人本来想说的句子。"

"你是说加标点？"

"差不多是那么回事。"

"但这怎么可能呢？"

"我想编密码的人把他的符号不加间隔地连在一起自有目的，那就是为了增加破译的难度。而一个并不太精明的人想这样做，十之八九会做得过了头。在书写过程中，每当遇到本来该用标点来表示停顿的地方，他往往把符号连接得比其他地方还紧。如果你愿意细看一下眼前这份手稿，你不难看出这种连接得特别紧的地方一共有5处。根据这种暗示，我把全文分成5个意群：

'一好镜在毕晓普客栈在魔鬼的椅子——21°13′——东北偏北——主枝第7丫枝东侧——从骷髅左眼落子弹——一直线从树经子弹到50英尺外。'"

"即便这样划分开，我还是不知所云。"我说。

"开始几天我也不知所云"，勒格朗答道，"那些天我跑遍了沙利文岛附近的地方，四下打听叫'毕晓普旅馆'的房子，当然我没有用'客栈'这个过时的字眼。打听不到这方面的情况,我便准备扩大寻找的范围,并以一种更有系统的方法继续进行调查,就在这时的一天早上,我非常突然地想到这个'毕晓普客栈'很可能与一个姓贝索普的古老家族有关,那个家族很久以前曾在沙利文岛北方约4英里外的地方有过一座庄园。于是我去了那个地方,在那些上了年纪的黑人中打听。最后有一个年龄最大的女人告诉我,她曾听说过一个被叫做贝索普城堡的地方,并认为她可以领我去那儿,不过那地方既不是什么城堡也不是什么客栈,而是一座高高的岩壁。

"我提出要给她一笔可观的酬劳,而她犹豫了一下才答应为我领路。我们没费多大周折就找到了那个地方,让那老妇人离开之后,我便开始了仔细的观察。那'城堡'是一堆奇形怪状的峭壁巉岩,其中一块巉岩尤其引人注目,它兀然独立,高高耸起,而且似乎有人工雕凿的痕迹。我一口气爬上那巉岩之顶,然后我感到一阵茫然,不知下一步该做什么。

"就在我埋头沉思之时,我的目光落在了我脚下1码处巉岩东壁一个窄长形的突出部上。这个突出部向外伸出约18英寸,宽则不超过1英尺,在它正上方的岩壁上有一凹处,这使它看上去就像一把我们的祖辈使用过的那种凹背椅。我确信那就是密码中提到的'魔鬼的椅子',而这时我似乎已经领悟了那个字谜的全部奥秘。

"我知道'好镜'只能是指望远镜,因为水手使用'镜'这个字时很少是指别的东西。而且我马上就明白了需要使用望远镜观测,而且必须在一个确定的观测点,这地点不许变动。我还毫不迟疑地相信密码中说的'21°13''和'东北偏北'是指望远镜对准的方向。这些发现使我兴奋不已,我匆匆回家取了望远镜,然后又急匆匆地返回那巉岩之顶。

"我下到那个突出部上,并发现只有以一种独特的姿势才能够坐在上面。这个事实证明了我先前的揣测。我开始用望远镜观测。当然,那'21°13''只可能指观测点水平线之上的仰角,因为'东北偏北'已清楚地指示了地平方向。地平方向很快就被我用一个袖珍罗盘测定,然后我凭估计尽可能地使观测线与观测点水平线形成一个21°的仰角,这下我小心翼翼地上下移动望远镜,直到我的注意力被远方一棵比其他树都高的大树叶簇之间的一个圆形缝隙或空隙所吸引。我发现那空隙当中有一个白点,但开始未能看清是什么,待调过望远镜的焦距我再仔细一望,这时才看出那是一个骷髅。

"这一发现使我大为乐观,自信已经揭开了谜底,因为密码中的'主枝第7丫枝东侧'只能是指那个骷髅在那棵树上的位置,而'从骷髅左眼落子弹'也只容许一种解释,那是寻宝的方法之一。我看出其做法就是从那个骷髅的左眼丢下一粒子弹,然后从树干离子弹最近点引一直线,经'子弹'(或说子弹坠地的落点)向前再延伸50英尺,这就会指示出一个确定的地点,而我认为这个地点下边至少可能埋着一批财物。"

"这一切都非常清楚,"我说,"尽管很巧妙,但简单明了。那后来呢,在你离开'毕晓普旅馆'之后?"

"后来吗,小心地记住了那棵树的方位之后,我就回家了。不过在离开'魔鬼的椅子'之后,我发现那个圆形空隙从望远镜中消失了，虽然我反复调整角度，但都未能再看到它一眼。在我看来，这整个事情最巧妙的地方似乎就是这个事实（因为一再地尝试使我确信那是个事实），除了岩壁上那个窄长的突出部所提供的观测点外，从任何可能的角度都看不到树上那个圆形空隙。

"那次'毕晓普旅馆'之远征我是由丘辟特陪着去的，他准是注意到我在那之前的几个星期内一直心不在焉，所以特别留神不让我单独外出。但第二天我起了个早，设法趁他不备时溜了出去，独自进山去寻那棵树。我费了不少劲但总算把树找到了。待我晚上回家时，我这位仆人竟然打算揍我一顿。至于后来的事，相信你和我知道得一样清楚。"

"我想，"我说，"你第一次挖错了地方就是因为丘辟特愚蠢地将那只甲虫从骷髅的右眼垂下，而不是穿过左眼垂下。"

"完全正确。这一错就使'子弹'的落点相差了大约两英寸半，这就是说使靠近树的那根木桩与本来应该的位置差了两英寸半。如果那批财宝就埋在'子弹'落点之下，那这一差错就无足轻重，可那落点和树干离'子弹'最近点仅仅是确定一条直线方向的两点；所以，不管这一差错开头是多么微乎其微，但随着直线的延伸它变得越来越大，等我们拉出50英尺之时，那就真可谓失之毫厘，差之千里了。若不是我深信那批财宝就埋在那儿的什么地方，那我们很可能就会徒劳一场。"

"我相信基德是受海盗旗的启发才想到那个骷髅，想到让一粒子弹穿过骷髅的眼睛坠地的。毫无疑问，他觉得在通过这一不祥的标志找回他的钱财的过程之中有一种理想化的连贯性。"

"也许如此。可我还是忍不住认为他这样做更多的是出于常识,而不是出于什么理想化的连贯性。如果标志很小,又要从魔鬼的椅子上才能看到,那它就必须是白色;而没有任何东西能像人头骨那样长期被风吹雨打却仍能保持白色,而且甚至会变得更白。"

"可当初你言过其实的一番吹嘘,还有你转动甲虫的一番举动,真是古怪得到了极点!我当时认为你肯定疯了。可你后来为什么还坚持让那只甲虫穿过骷髅垂下,而不是用一粒子弹呢?"

"这个吗,坦率地说,你当时怀疑我神志不健全使我多少有几分恼怒,于是我决定以我的方式稍稍故弄玄虚,暗暗地对你进行惩罚。我因此才转动那只甲虫,并故意要让它从树上垂下。我想到这后一个主意还是因为听你说那甲虫很重。"

"哦,我明白了;现在只剩下一点还使我感到迷惑。我们该怎么理解坑里挖出的那两具骷髅呢?"

"这问题我和你一样没法回答。不过,对此似乎只有一种还讲得通的解释,不过要相信我这个解释中所指的那种残忍真是太可怕了。事情很清楚,基德他(如果这批财宝确系基德藏匿,而对这一点我深信不疑),基德他显然得有人帮助他搬运挖坑。但在箱子埋下之后,他也许会认为最好是把知道他秘密的人都干掉。趁他的助手们在坑里忙乎之时,他也许用一把鹤嘴锄砸两下就足够了,或许需要砸十来下,这谁能说得上来?"

(1843)

# 黑　猫

对于我正要写出的这个荒诞不经但又朴实无华的故事，我既不期待也不乞求读者相信。若是我期望别人相信连我自己的理性都否认其真实性的故事，那我的确是疯了。然而我并没有发疯，而且也确信自己不是在做梦。可是我明天就将死去，我要在今天卸下我灵魂的重负。我眼下的目的就是要把一连串纯粹的居家琐事直截了当、简明扼要，且不加任何评论地公之于世。正是由于这些琐事的缘故，我一直担惊受怕，备遭折磨，终至毁了自己。但我并不试图对这些事详加说明。对我而言，这些事几乎只带给我恐怖；但对许多人来说，它们也许显得并不那么恐怖，而是显得离奇古怪。说不定将来会发现某种能把我这番讲述视为等闲之事的理智，某种比我的理性更从容、更逻辑、更不易激动的理智，它会看出我现在怀着敬畏之情所讲述的这些详情细节不过是一连串普普通通且自然而然的原因和结果。

我从小就以性情温顺且富于爱心而闻名。我心肠之软可谓众所皆知，这甚至使我成了伙伴们的笑柄。我特别喜欢动物，父母便给我买了各种各样的小动物让我高兴。我大部分时间都和那些小动物呆在一起，没有什么能比喂养和抚摸小动物更让人感到快乐。这种性格上的怪癖随着我的成长而逐渐养成，待我成年之后，它成了我获取快乐的一个主要来源。对那些能珍爱忠实伶俐的狗的人们来说，我几乎无须费神去解释那种快乐的性质和强度；而对那些已饱尝人类薄情寡义滋味的人们，动物那种自我牺牲的无私之爱中自有某种东西会使其刻骨铭心。

我很早就结了婚，并欣喜地发现妻子与我性情相似。她见我豢养宠物，便从不放过能弄到其优良品种的任何机会。我们有雀鸟、金鱼、兔子、一条良种狗、一只小猴和一只猫。

那只猫个头挺大，浑身乌黑，模样可爱，而且聪明绝顶。在谈到它的聪明时，我那位内心充满迷信思想的妻子往往会提到那个古老而流行的看法，认为所有的黑猫都是女巫的化身。这并不是说她对这种看法非常认真，而我之所以提到此事，更多的是因为我刚才恰好记起了此事。

普路托，这是那只猫的名字，是我宠爱的动物和朋友。我单独喂养它，而它不论在屋里屋外都总是跟在我身边。我甚至很难阻止它跟着我一道上街。

我们的友谊就这样延续了好几个年头，在此期间，由于嗜酒成癖（我羞愧地承认这点），我通常的脾气和秉性经历了朝坏的方向的激剧变化。日复一日，我变得越来越喜怒无常，烦躁不安，越来越无视别人的感情。我居然容忍自己对妻子使用恶言秽语。后来甚至对她拳打脚踢。当然，我那些宠物也渐渐感到了我性情的变化。我不仅忽略它们，而且还虐待它们。然而，对普路托我仍然保持着足够的关心，我克制自己不像对其他宠物一样粗暴地对待它，而对那些兔子，对那只猴子，甚至对那条狗，不管它们是偶然经过我跟前还是有意来和我亲热，我都毫无顾忌地虐待它们。但我的病情日渐严重。还有什么病比得上酗酒呢！到后来甚至连由于衰老而变得有几分暴躁的普路托也开始尝到我坏脾气的滋味。

一天晚上，当我从城里一个常去之处喝得醉醺醺的回家之时，我觉得那只猫在躲避我。我一把将它抓住；它被我的暴虐所惊吓，便轻轻地在我手上咬了一口，使我受了一点轻伤。我顿时勃然大怒而且怒不可遏，一时间变得连我自己都不认识自己。我固有的灵魂似乎一下子飞出了躯壳，而一种由杜松子酒滋养的最残忍的恶意渗透了我躯体的每一丝纤维。我从背心口袋里掏出一把小刀，一手将其打开，一手抓紧那可怜畜生的咽喉，不慌不忙地剜掉了它一只眼睛！在我写下这桩该被诅咒的暴行之时，我面红耳赤，我周身发热，我浑身发抖。

当理性随着清晨而回归，当睡眠平息了我夜间放荡引发的怒气，我心中为自己所犯下的罪行产生了一种又怕又悔的情感，但那至多不过是一种朦胧而暧昧的感觉，我的灵魂依然无动于衷。我又开始纵酒狂饮，并很快就用酒浆淹没了我对自己所作所为的记忆。

与此同时，那只猫渐渐痊愈。它被剜掉了眼珠的那个眼窝的确显得可怕，但它看上去已不再感到疼痛。它照常在屋里屋外各处走动，可正如所能预料的一样，它一见我走近就吓得仓惶而逃。我当时旧情尚未完全泯灭，眼见一个曾那么爱我的生灵而今如此明显地厌我，我开始还感到过一阵伤心。但这种伤感之情不久就被愤怒之情所取代。接着，仿佛是要导致我最终不可改变的灭亡，那种"反常心态"出现了。哲学尚未论及这种心态。然而，就像我相信自己的灵魂存在，我也相信反常是人类心灵原始冲动的一种，是决定人之性格的原始官能或原始情感所不可分割的一个组成部分。谁不曾上百次地发现自己做一件恶事或蠢事的唯一动机就仅仅是因为他知道自己不该为之？难道我们没有这样一种永恒的倾向：正是因为我们明白那种被称为"法律"的东西是怎么回事，我们才无视自己最正确的判断而偏偏要去以身试法？就像我刚才所说，这种反常心态导致了我最后的毁灭。正是这种高深莫测的心灵想自寻烦恼的欲望，想违背其本性的欲望，想只为作恶而作恶的欲望，驱使我继续并最后完成了对那个无辜生灵的伤害。一天早晨，我并非出于冲动地把一根套索套上它的脖子并把它吊在了一根树枝上。吊死它时我两眼噙着泪花，心里充满了痛苦的内疚。我吊死它是因为我知道它曾爱过我，并因为我觉得它没有给我任何吊死它的理由。我吊死它是因为我知道那样做是在犯罪，一桩甚至会使我不死的灵魂来生转世于猫的滔天大罪（如果这种事可能的话），一种甚至连最仁慈也最可畏的上帝也不会宽恕的深重罪孽。

就在我实施那桩暴戾的当天晚上，我在睡梦中被一阵救火的喊叫声惊醒。床头的幔帐已经着火。整幢房子正在燃烧。我和我妻子以及一个仆人好不容易才从那场大火中死里逃生。那场毁灭非常彻底。我所有的财产都化为了灰烬，而从那之后我就陷入了绝望的境地。

我现在并不是企图要在那场灾难和那桩暴行之间找到一种因果关系。但我要详细讲述一连串事实，并希望不要漏掉任何一个可能漏掉的环节。火灾的第二天，我去看过了那堆废墟。除了一个例外，墙壁全都倒塌。那个例外是一堵不太厚的隔墙，它处在房子的中央，原来我的床头就靠着它。墙面的泥灰在很大程度上抵御了烈火对墙的摧毁。我把这归因于泥灰是新近涂抹的缘故。那堵墙跟前聚集着一大堆人，其中许多正在仔仔细细地查看墙上的某个部分。人群中发出的"奇哉""怪哉"和诸如此类的惊叹激起了我的好奇心。我走上前一看，但见白色的墙面上好像有一幅浅浅的浮雕，形状是一只硕大的猫。那猫被雕得惟妙惟肖，脖子上还绕着一根绞索。

当我第一眼看到那个幻影之时（因为我还不至于把它视为乌有），我的惊讶和恐惧都到了无以复加的地步。但回忆又终于令我释然。我记得那只猫是被吊在屋子旁边的一个花园里。发现起火之后，花园里立刻挤满了人，肯定是有人砍断了吊猫的套索，从一扇开着的窗户把猫扔进了我的卧室。他这样做也许是为了把我唤醒。其他墙壁的倒塌把我暴虐的牺牲品压进了刚刚涂抹的泥灰。石灰、烈火加上尸骸发出的氨，相互作用便形成了我所看见的浮雕。

尽管我就这样轻而易举地对我的理性（如果不完全是对我的良心）解释了刚才所讲述的那个惊人事实，但该事实并非没有给我的想象力留下一个深刻的印象。一连好几个月我都没法抹去那只猫的幻影。而在此期间，我心中又滋生出一种像是悔恨又不是悔恨的混杂的感情。我甚至开始惋惜失去了那只猫，并开始在我当时常去的那些下等场合寻找一只多少有点像它的猫，以填补它原来的位置。

一天晚上，当我昏昏沉沉地坐在一家臭名昭著的下等酒馆里时，我的注意力忽然被一团黑乎乎的东西所吸引，那团黑乎乎的东西在一个装杜松子酒或朗姆酒的大酒桶上，而那个酒桶是那家酒馆里最醒目的摆设。我注意看那个酒桶上方已经有好几分钟，而使我惊奇的是刚才竟然一直没发现上面有个东西。我走到酒桶跟前，伸手摸了摸那东西。它原来是一只黑猫，一只个头很大的猫，足有普路托那么大，而且除了一点之外，其他各方面都长得和普路托一模一样。普路托浑身上下没一根白毛，可这只猫胸前，却有一块虽说不甚明显但却大得几乎覆盖整个胸部的白斑。

我一摸它，它马上就直起身来，一边发出呼噜噜的声音，一边用身子在我手上磨蹭，好像很高兴我注意到它。看来它就是我正在寻找的那只猫。我当即向酒馆老板提出要把它买下；可老板说那只猫不是他的。他对那猫一无所知，而且以前从不曾见过。

我继续抚摸了它一阵，而当我准备回家时，那只猫表示出要随我而去的意思。我允许它跟着我走，一路上我还不时弯下腰去摸摸它。它一到我家就立即适应了新的环境，而且一下子就赢得了我妻子的宠爱。

至于我自己，我很快就发现我对它产生了一种厌恶之情。这与我原来预料的正好相反，但是，我不知道是怎么回事，也不知道为何至此，它对我明显的喜欢反而使我厌腻，使我烦恼。渐渐地，这种厌烦变成了深恶痛绝。我尽量躲着它，一种羞愧感和对我上次暴行的记忆阻止了我对它进行伤害。几个星期以来，我没有动过它一根毫毛，也没有用别的方式虐待它，但渐渐地，慢慢地，我变得一看见它那丑陋的模样就有一种说不出的憎恶，我就像躲一场瘟疫一样悄悄地对它避而远之。

毫无疑问，使我对那只猫越发憎恶的原因在于我把它领回家的第二天早晨竟发现它与普路托一样也被剜掉了一只眼睛。不过这种情况只能使它深受我妻子的钟爱。正如我已经说过的一样，我妻子具有那种曾一度是我的显著特点并是我获取天趣之乐之源泉的博爱之心。

然而，虽说我厌恶那只猫，可它对我似乎却越来越亲热。它以一种读者也许难以理解的执着，寸步不离地跟在我身边。只要我一坐下，它就会蹲在我椅子旁边或者跳到我膝上，以它那股令人讨厌的亲热劲儿在我身上磨蹭。如果我起身走路，它会钻到我两腿之间，曾经险些把我绊倒。要不然它就用又长又尖的爪子抓住我的衣服，顺势爬到我胸前。每当这种时候，我都恨不得一拳把它揍死，但每次我都忍住没有动手，这多少是因为我对上次罪行的记忆，但主要是因为（让我马上承认吧）我打心眼里怕那个畜生。

这种怕不尽然是一种对肉体痛苦的惧怕，但我不知此外该如何为它下定义。我此时也几乎羞于承认（是的，甚至在这间死牢里我也羞于承认）当时那猫在我心中引起的恐怖竟然因为一种可以想象的纯粹的幻觉而日益加剧。我妻子曾不止一次地要我注意看那块白毛斑记的特征，我已经说过那块白斑是这只奇怪的猫与被我吊死的普路托之间唯一看得出的差别。读者可能还记得这块白斑虽然很大却并不十分明显。但后来慢慢地（慢得几乎难以察觉，以致我的理性在很长一段时间内都竭力把那种缓慢变化视为幻觉），那块白斑终于呈现出一个清清楚楚的轮廓。那是一样我一说到其名称就会浑身发抖的东西的轮廓。由于这一变化，我更加厌恶也更加害怕那个怪物；要是我敢，我早就把它除掉了。如我刚才所说，那是一个可怕的图形，一件可怕的东西的图形，一个绞刑架的图形！哦，那恐怖和罪恶的、痛苦和死亡的、令人沮丧和害怕的刑具！这下我实在是成了超越人类之不幸的最不幸的人。一只没有理性的动物，一只被我若无其事地吊死了其同类的没有理性的动物，居然为我（一个按上帝的形象创造出来的人）带来了那么多不堪忍受的苦恼！天哪！无论是白天还是黑夜，我再也得不到安宁的祝福！在白天，那家伙从不让我单独呆上一会儿；而在夜里，我常常从说不出有多可怕的噩梦中惊醒，发现那家伙正在朝我脸上呼出热气，发现它巨大的重量（一个我没有力量摆脱的具有肉体的梦魇）永远压在我的心上！在这种痛苦的压迫下，我心中仅存的一点善性也彻底泯灭。邪念成了我唯一的密友，那种最最丧心病狂的邪念。我原来喜怒无常的脾性发展成了对所有事和所有人的怨恨憎恶；而从我任凭自己陷入的一种经常突然发作的狂怒之中，我毫无怨言的妻子，哦，天哪！我毫无怨言的妻子则是最经常、最宽容的受害者。

一天，为了某件家务事她陪我一道去我们由于贫穷而被迫居住的那幢旧房子的地窖。那只猫跟着我下陡直的阶梯，并因差点儿绊我一跤而令我气得发疯。狂怒中我忘记了那种使我一直未能下手的幼稚的恐惧，我举起一把斧子，对准那只猫就砍，当然，如果斧头按我的意愿落下，那家伙当场就会毙命。但这一斧被我妻子伸手拦住了。这一拦犹如火上浇油，使我的狂怒变成了真正的疯狂，我从她手中抽回我的胳膊，一斧子砍进了她的脑袋。她连哼也没哼一声就倒下死去。

完成了这桩可怕的凶杀,我立即开始仔细考虑藏匿尸体的事。我知道不管是白天还是晚上,我要把尸体搬出那房子都有被邻居看见的危险。我心里有过许多设想。一会儿我想到把尸体剁成碎片烧掉。一会儿我又决定在地窖里为它挖个坟墓。我还仔细考虑过把它扔进院子中那口井,考虑过按杀人者通常的做法把尸体当作货物装箱,然后雇一名搬运工把它搬出那幢房子。最后,我终于想出了一个我认为比其他设想都好的万全之策。我决定把尸体砌进地窖的墙里,就像书中所记载的中世纪僧侣把他们的受害者砌进墙壁一样。

那个地窖派这样一种用场真是再合适不过了。它的墙壁结构很松,而且新近用一种粗泥灰抹过,由于空气潮湿,新抹上的泥灰还没有变硬。此外,其中一面墙原来有一个因假烟囱或假壁炉而造成的突出部分,后来那面墙被填补抹平,其表面与地窖的其他墙壁没有两样。我相信我能够轻易地拆开填补部分的砖头,嵌入尸体,再照原样把墙砌好,保管做得叫任何人都看不出丝毫破绽。

这一番深思熟虑没有令我失望。我轻而易举地就用一根撬棍拆开了那些砖头,接着我小心翼翼地置入尸体,使其紧贴内墙保持直立的姿势,然后我稍稍费了点劲儿照原样砌好了拆开的墙。为了尽可能地防患于未然,我弄来了胶泥、沙子和头发,搅拌出了一种与旧泥灰别无二致的抹墙泥,并非常仔细地用这种泥灰抹好了新砌的墙面。完工之后,我对一切都非常满意。那面墙丝毫也看不出被动过的痕迹。地上的残渣碎屑也被我小心地收拾干净。我不无得意地环顾四周,心中暗暗对自己说:"看来我这番辛苦至少没有白费。"接下来我就开始寻找那个造成了这么多不幸的罪魁祸首，因为我终于下定了决心，非要把那畜生置于死地。要是我当时能够找到那只猫，那它肯定必死无疑；可那狡猾的家伙似乎是被我刚才那番狂暴之举所惊吓，知趣地自个儿避开了我那阵雷霆之怒。简直没法形容或想象那只可恶的猫之离去为我带来的那种令人心花怒放的轻松感。它整整一晚上都没有露面。这样，自从它被我领进家门以来，我终于酣畅而平静地睡了一夜。唉，甚至让灵魂承受着行恶之重负睡了一夜！

第二天和第三天相继而过，那个折磨我的家伙仍没有回来。我再次作为一个自由人而活着。那怪物已吓得永远逃离了这幢房子！我再也不会见到它的踪影！我心中的快乐无以复加！我犯下的那桩罪孽很少使我感到不安。警方来进行过几次询问，但都被我轻而易举地搪塞过去。他们甚至还来进行过一次搜查，但结果当然是什么也没发现。我认为自己的前景已安然无忧。

在我杀害妻子之后的第四天，一帮警察非常突然地到来，对那幢房子又进行了一番严密的搜查。不过我确信藏尸的地方他们连做梦也想不到，所以我一点儿不感到慌张。那些警察要我陪同他们搜查。他们连一个角落也不放过。最后，他们第三次或是第四次走下地窖。我泰然自若，神色从容。我的心跳就像清白无辜者在睡梦中时那样平静。我从地窖的这端走到那头。我把双臂交叉在胸前，优哉游哉地踱来踱去。那些警察消除了怀疑正准备要走。这时我心中那股高兴劲儿已难以压抑。我忍不住要开口，哪怕只说一句话，以表示我的得意之情，让他们更加确信我清白无罪。

"先生们，"就在他们踏上台阶之际我终于开了口，"我很高兴消除了你们的怀疑。我祝你们大家身体健康，并再次向诸位表示我微薄的敬意。顺便说一句,先生们,这,这是一座建筑得很好的房子。"(在一种想使语言流畅的疯狂欲望之中,我几乎不知道自己都说了些什么。)"请允许我说是一座建筑得最好的房子。这些墙……要走吗,先生们?这些墙砌得十分牢固。"说到这儿,出于一种纯粹虚张声势的疯狂,我竟然用握在手中的一根手杖使劲敲击其后面就站着我爱妻尸体的那面墙拆砌过砖头的部分。

但愿上帝保佑,救我免遭恶魔的毒手!我敲击墙壁的回响余音刚落,壁墓里就传出一个回应我的声音!一个哭声,开始低沉压抑且断断续续,就像是一个小孩在抽噎,随之很快就变成了一声长长的、响亮的,而且持续不断的尖叫,其声怪异,非常人之声。那是一种狂笑,一种悲鸣,一半透出恐怖,一半显出得意,就像只有从地狱里才可能发出的那种声音,就像因被罚入地狱而痛苦的灵魂和因灵魂坠入地狱而欢呼的魔鬼共同从喉咙里发出的声音。

现在要来说我的想法可真愚蠢。我当时昏头昏脑,踉踉跄跄地退到对面墙根。由于极度的惊恐和敬畏,台阶上那帮警察一时间呆若木鸡。其后十几条结实的胳膊忙着拆那面墙。墙被拆倒。那具已经腐烂并凝着血块的尸体赫然直立在那帮警探眼前。在尸体的头上正坐着那个有一张血盆大口和一只炯炯独眼的可怕的畜生,是它的狡猾诱使我杀害了妻子,又是它告密的声音把我送到了刽子手的手中。原来我把那可怕的家伙砌进了壁墓!

(1843)

汉译世界文学名著丛书

# 爱伦·坡
# 短篇小说全集

## 下 卷

［美］埃德加·爱伦·坡 著

曹明伦 译

商务印书馆
The Commercial Press

# 欺骗是一门精密的科学

> 嘿，骗人，骗人，
> 那猫和那把提琴。

自开天辟地以来，这世上已有两个杰里米。一个写了《为高利贷辩护》这部伤心史，他的大名叫杰里米·边沁。他被约翰·尼尔①先生崇拜得五体投地，因而他是个小小的伟人。另一个杰里米②则为一门最精密的科学命名，因而他是个大伟人。请允许我说，事实上是个大大的伟人。

欺骗，或者说由动词欺骗所表达的那个抽象概念，可谓浅显易懂。但欺骗之事实、欺骗之行为乃至欺骗为何物，却多少有几分难下定义。不过，凭着下"人是一种会欺骗的动物"这一定义（不是为欺骗本身下定义），我们对上述问题或许能得到一个还算

---

① 约翰·尼尔（John Neal，1793—1876），美国作家，1824年至1832年访英期间曾与英国哲学家边沁（Jeremy Bentham，1748—1832）交往，成为其朋友。
② 指英国戏剧家肯尼（James Kenney，1780—1849）著名滑稽剧《筹款》（*Raising the Wind*，1803）中的主人公杰里米·欺蒙（Jeremy Diddler）。这篇小说篇名中的"欺骗"之英文原文即Diddler。

得上是清晰的概念。若是柏拉图当年想到了这个定义，那他就不会受辱于那只被拔光了毛的鸡。

有人曾恰如其分地质问过柏拉图，根据他下的那个定义，被拔了毛的鸡显然也是"没有羽毛的两足动物"，可为什么却不是他定义的人呢？但我却不会被类似的质问问倒。人是一种会欺骗的动物。除人之外没有任何动物会欺骗。要推翻我这个定义得需要一整窝拔光了毛的鸡。

构成欺骗之实质、风味和原理的那些东西事实上正是这类穿衣服裤子的动物所独有的特性。乌鸦会偷窃，狐狸会哄骗，黄鼠狼会蒙混，人会欺骗。欺骗乃人所命中注定。诗人说"人生而悲之"。但事实上却是人生而骗之。此乃人之目的，人之目标，人之终极。因此当有人骗到了头，我们就说他"完事大吉"。

经过深思熟虑的欺骗是一种混合物，其成分为细小精微、自私自利、不屈不挠、足智多谋、胆大包天、从容不迫、别出心裁、傲慢无礼和喜欢窃笑。

**细小精微**——你们遇到的骗子通常谨小精微。他的交易规模很小。他的生意是零售，或者说是一手交钱一手交货的买卖。倘若他一旦受诱惑要扩大经营，那他马上就会失去自己的特征，从而成其为我们所谓的"金融家"。而金融家这个字眼虽说在各方面都体现了欺骗之概念，但唯有在"大"这个方面属于例外。因此，一个骗子可以被视为一个小小的金融家，而一次"金融交易"则可被看作是大人国里的一次欺骗。由此及彼，就像从荷马到"弗拉库斯"①，从乳齿象到小老鼠，从彗星的尾巴到猪尾巴。

**自私自利**——你们遇到的骗子总受自私自利的引导。他蔑视为了欺骗而进行欺骗。他眼睛总盯着一个目标，他的口袋和你们的口袋。他始终注视着赚钱的机会。他总把自己的利益放在首位。你们是第二位，你们得当心自己。

**不屈不挠**——你们遇到的骗子总是不屈不挠。他不会轻易地灰心丧气。即便银行都破产他也会满不在乎。他坚定地追求自己的目标，而且"像一条无法从油腻腻的肉皮前赶走的狗"②，绝不会放弃他的事业。

**足智多谋**——你们遇到的骗子通常足智多谋。他胸存鸿猷大谱。他精通计谋韬略。他会捏造谎言并诱人上当。他若不是亚历山大也该是第欧根尼。③假如他不是一个骗子，那他会是一名造捕鼠器的专家，或是钓鳟鱼的一把好手。

**胆大包天**——你们遇到的骗子总是胆大包天。他是个勇士。他把战火烧到非洲。他凭进攻征服一切。他不会害怕弗雷·赫伦之流的匕首。要是多几分小心谨慎，迪克·特平或许会成为一名优秀的骗子。要是少两句甜言蜜语，丹尼尔·奥康奈尔大概也可以归入此列。要是脑子再增加一磅或两磅，查理十二说不定也能

---

① "弗拉库斯"是美国作家托马斯·沃德（Thomas Ward，1807—1873）的笔名。爱伦·坡曾以《我们的业余诗人》为题撰文批评他的诗集《帕赛伊克》（*Passaic*，1842）。该文开篇曰："如今弗拉库斯这个姓氏所代表的诗人无论如何也不是古罗马那个贺拉斯，甚至不是其英灵，而仅仅是沃德先生。"

② 语出贺拉斯《讽刺诗集》（*Satires*）卷二第5章第83行。

③ 参见本书《德洛梅勒特公爵》相关脚注。

获此殊荣。①

**从容不迫**——你们遇到的骗子总是从容不迫。他完全不会神经紧张。他绝不会有任何神经。他从来不会被弄得惊慌失措。他从来不会被弄得面子扫地,除非把他的面子扫地出门。他会很冷静,冷静得像一条冰黄瓜。他会很恬然,"恬然得像伯里夫人的微笑"。他会很熨帖,熨帖得就像一只戴旧的手套,或像古代那不勒斯湾海边比亚村的少女。

**别出心裁**——你们遇到的骗子总是别出心裁,平心而论的确如此。他的想法就是他自己的想法。他从来就鄙视剽窃人家的思想。陈腐的惯用伎俩是他深恶痛绝的东西。我敢肯定,如果他发现自己骗得一笔钱财靠的是一种非独创的方法,那他会将其物归原主。

**傲慢无礼**——你们遇到的骗子通常傲慢无礼。他高视阔步。他两手叉腰。他爱把双手揣进裤兜。他当面把你嘲笑。他伤害你的感情。他吃你的饭,喝你的酒,借你的钱,扯你的鼻子,踢你的小狗,还吻你的妻子。

**喜欢窃笑**——你们遇到的真正的骗子干完每一件事都会发笑。不过这种笑除了他自己没人能看见。完成了一天的日常工作他要发笑。干完了他自己的分内活儿他要发笑。夜里在他的密室他要发笑。总而言之,他为他自己私下的欢乐而笑。他回到家要笑。

---

① "弗雷·赫伦之流"指早期美国西部的亡命之徒。迪克·特平(Dick Turpin, 1706—1739)是英国大盗。丹尼尔·奥康奈尔(Daniel O'Connell, 1775—1847)是爱尔兰爱国者,当时自称废奴主义者,故不受大多数美国人待见。查理十二指瑞典国王查理十二世(Charles XII of Sweden, 在位期1697—1718),曾不计后果地东征西战。

他锁上门要笑。他脱下衣服要笑。他吹灭蜡烛要笑。他上了床要笑。他躺下身子要笑。你们所谓的骗子干完这一切都要发笑。这并非假设,而是理所当然的事情。我推究这笑来自先验,而没有这一笑,那欺骗也就不成其为欺骗。

欺骗之起源可以追溯到人类的摇篮时期。说不定第一个骗子就是亚当。不管怎么说,这门科学都可以追溯到一个非常古老而遥远的年代。然而现代人已经使其达到了我们愚笨的祖先做梦也想不到的完美地步。所以我无须停下来说几句"古老的格言",我将满足于简要叙述若干更"现代的事例"。

一次精彩的欺骗是这样的。比如,一位想买沙发的家庭主妇已经进进出出了好几个家具商店。最后她来到了一个出售各种好沙发的货栈门外。门口一位彬彬有礼且十分健谈的人向她打招呼并邀请她入内。她发现了一张她中意的沙发,一问价格,惊喜地听到了一个比她预期的价格至少低五分之一的售价。她毫不犹豫地将其买下,付过了钞票,接过了收据,留下了地址,提出了送货要尽可能快的要求,然后她千恩万谢地告别了那位货栈老板。夜晚降临但沙发未临。第二天过去可沙发还没有影子。一名仆人被派去询问耽搁的原因。那笔交易被矢口否认。没人卖过沙发,没人收过钱,除了那个暂时冒充过老板的骗子。

我们的家具店通常没人照料,因此为这一类欺骗提供了良机。顾客从进店、看货到离去都没人理睬,没人注意。若是有人想买货或是问价,旁边有个铃铛可摇,而这就被认为足够了。

再举一例,这是一次相当体面的欺骗。一个衣冠楚楚的人进了一家商店,买了价值一美元的东西,随之尴尬地发现他把钱包忘在了另一件衣服的口袋里。于是他对商店老板说：

"亲爱的先生，请别介意！请把东西送到我家去好吗？但等一等！我确信即便在我家也没有5元以下的小钞。不过，你知道，你可以随货附上4美元找补的零钱。"

"好吧，先生，"商店老板回答，他心中立刻对这位顾客的高尚品格做出了高尚的评价。他暗暗对自己说，"我知道有些家伙会把东西挟在腋下就走，丢下一句话说下午路过时再把钱补来。"

一名伙计被派去送这件附有零钱的货物。他在路上非常偶然地被买货那位先生碰到，那位先生大声说：

"啊！这是我买的东西，原来如此，我还以为你早已经把它送到家了。好啦，去吧！我妻子特罗特夫人会付给你5美元，我刚才已经叮嘱过她这事。你最好先把找补的零钱给我，我正需要些银角子好上邮局。很好！一元，两元，这银币不会假吧？三元，四元，分文不差！告诉特罗特夫人你碰到了我，现在你得当心，别在街上闲逛。"

那名小伙计压根儿没在街上闲逛，可他那趟差事却花了很长的时间，因为他根本就找不到叫什么特罗特夫人的女士。不过他聊以自慰的是，他还没有蠢到没收到钱就留下货物的地步。于是他带着一副自鸣得意的神情回到商店，当老板问他零钱上哪儿去了，他觉得感情受到了伤害并满腔愤怒。

一次很简单的欺骗是这样的。一艘正准备起航的货船船长接见了一名官员模样的人，那人递给他一份异常公道的结关税单。喜于这么容易就脱身上路，加之启航前百事缠身搅得他昏头昏脑，他立即付清了那笔款项。大约15分钟之后，另一份不那么公道的税单送到了他手上，送单人很快就证明前一位收税员是个骗子，前一次收款是一次欺骗。

这儿还有一个与此有几分相似的例子。一艘汽船正要解缆离港。一名旅客手提旅行包正朝码头冲过来。他突然停住，垂首弯腰，以一种非常不安的动作从地上拾起一件东西。那是一个钱包，于是他高声叫喊，"哪位先生掉了钱包？"没人能说他正好丢了钱包，但当那旅客上船发现钱包里的钱数额巨大之后，引起了一场很大的哄动。然而，汽船不可因此而滞留港口。

"时间不等人。"船长说。

"看在上帝的分儿上，等几分钟吧，"拾包人求道，"失主可能马上就会出现。"

"不能等！"船长说，"解缆开船，你们听到了吗？"

"那我怎么办？"拾包人非常为难地问，"我要离开这个国家好些年头，而我不可能心安理得地把这么多钱据为己有。"于是他向岸上的一位先生喊道，"对不起，先生，我一看就知道你是个老实人。你能帮我保管一下这钱包，并为它登一则招领广告吗？我知道我可以信任你。这些钞票，你看，数目相当可观。失主肯定会坚持酬谢你这番辛劳。"

"我！不，酬谢的应该是你！是你拾到了钱包。"

"好吧，如果你非得要这样，那我就先取一笔小小的酬金，这仅仅是为了消除你的顾虑。我看看，全是百元大钞。天哪！我拿100美元太多了一点，50美元就足够了，我相信……"

"解缆开船！"船长喊道。

"可我换不开100美元，总的说来，你最好……"

"开船！"船长下令。

"不用担心！"岸上那位先生大声说，他在最后一刻查看过了自己的钱包，"不用担心！我有办法，这儿有一张北美银行的50元钞票。把那钱包扔给我吧。"

那位过分正直的拾包人显然极其勉强地接过了那50美元，然后按那位先生的要求把钱包扔给了他，此时汽船嘶嘶地冒着烟离港启程。大约在汽船开走半小时后，那"一大笔钱"被发现全是假钞，而整个事件是一次精彩的欺骗。

一次大胆的欺骗是这样的。一次野营布道会或者类似的聚会将在某地举行，而到达那个地点必须过一座自由通行的桥。这时一位行骗者出现在桥头，体面地向每一位过桥人宣布，根据县议会一项新的法规，步行过桥者每人得交纳过桥费一美分，骡马每匹交纳两美分，等等等。有人会抱怨，但所有人都会服从，行骗者回家时已成为一名拥有五六十美元的富翁。不过，向那么多人一分两分地收取过桥费是一件非常麻烦的事。

一次干净利落的欺骗是这样的。一位朋友持有行骗者的一份欠款字据，字据按照正规格式填写并签名，用的是那种红油墨印刷的普通空白票据。于是行骗者买回一打或两打这样的票据，每天取出一张蘸上肉汤让他的狗纵身扑食，最后终于使他的狗觉得那是一种美味食品。字据到期的那一天，这位骗子带着他的狗一块儿上那位朋友家去，那份欠款字据是他们谈论的主题。朋友从书桌里取出字据正要递给骗子，这时那条狗纵身一扑，把那份字据吞到了肚里。那位骗子不仅为他那条狗的荒唐行径感到惊讶，而且感到十分恼火和愤慨，他向朋友表示他随时准备偿付那笔债款，只要有证据表明他承担着这项义务。

一次非常精细的欺骗是这样的。一位女士在大街上受到一名骗子的同伙的侮辱。这时候骗子本人飞身上前相救，在给了他那位朋友一顿舒适的痛打之后，他坚持把那位女士护送到家。他把手按在胸前向女士鞠躬，非常体面地向她告别。女士请求她的救命恩人进屋小憩，认识一下她的兄长和父亲。他叹了口气，谢绝了女士的请求。"那么，先生，"女士嗫嚅道，"你就不给我个机会让我表示一下我的感激之情吗？"

"唔，哦，小姐，我给你个机会。你能借给我两个先令吗？"

在头一阵激动中，那位女士决定当即晕过去。但转念一想，她解开了钱袋，交付了钱币。正如我刚才所说，这是一次精细的欺骗，因为整笔借款的一半得付给那位在街头侮辱妇女，然后又站着不动等着挨揍的人。

一次规模很小但仍具科学性的欺骗是这样的。行骗者走近一家酒馆的柜台，说要两支雪茄。拿到雪茄后他略为看了一下，然后说：

"我不太喜欢这种烟草。这儿，请拿回去，另外给我一杯掺水白兰地。"

掺水白兰地送上并被喝光，然后那骗子径直朝门口走去。

可酒馆老板的声音使他站住。

"我想，先生，你忘了为你那杯白兰地付账。"

"为我那杯白兰地付帐！难道我没有退给你雪茄换那杯白兰地？这难道还不够吗？"

"可对不起，先生，我不记得你为那雪茄付过钱。"

"这是什么话,你这个无赖?难道我没有把雪茄退还给你?难道你的雪茄不正在柜台里面?你是想要我为我没买的东西付钱吗?"

"但是,先生,"这时酒馆老板已不知说什么才好,"但是,先生……"

"别老跟我说什么但是但是,"骗子怒不可遏地打断老板的话,呼的一声甩上门便扬长而去。身后丢下一句话:"别跟我说什么但是但是,休想用你们那套把戏来蒙过路人。"

这儿还有一次非常精巧的欺骗,其简洁并非它最不重要的可取之处。这次是真有人丢了钱袋或钱包,失主在一座大城市的一份日报上登了一则对失物进行了详尽描述的寻物广告。

于是我们的行骗者抄下了那则广告的实际内容,但更新了标题,改动了措词,并变换了地址。譬如,原来那则广告冗长累赘,标题是《寻找一个失落的钱包》,并要求拾得者将钱包留在汤姆街1号。而修改后的广告则简明扼要,标题只有《寻物》二字,并说明拾得者可在迪克街2号或哈里街3号见到失主。更有甚者,这则广告至少同时在五六家日报上登出,而说到时间,它只比原来那则广告晚几个小时。即使这则广告被真正的失主读到,他几乎也不会怀疑这与他自己的不幸有什么联系。但是,拾得那个钱包的人更可能去骗子所指示的地址,而不大可能去真正的失主所说的那个地方,这两者的机会是五比一或者六比一。结果是后登广告者支付了一笔酬金,侵吞了那个钱包,然后溜之大吉。

这儿有一次与上例非常相似的欺骗。一位女士在大街上丢了一枚相当贵重的钻石戒指。为了找回失物,她愿付40或者50美元酬金。她在寻物启事里非常详细地描述了那颗钻石及其镶嵌物,并宣称拾得者只要把戒指送到某某大街某某号就可以立即拿到酬金，而且失主将不提任何问题。一天或者两天之后，当那位女士不在家时，某某大街某某号的门铃被摇响。一名佣人开门，得知来者求见女主人，便回答说女主人不在家。一听这惊人的消息，来访者表达了他深深的遗憾。他来访之目的非常重要，而且关系到女主人本人。事实上，他非常有幸地找到了她那枚钻石戒指。不过，他也许有可能再来一趟。"那可不行！"佣人说。"那可不行！"被立即唤出的女主人的妹妹和小姑子说。戒指在一阵吵嚷声中被验明正身，酬金当即给付，那位找到戒指的家伙几乎是跑着出了房门。女主人回家，对她的妹妹和小姑子稍稍表示了几分不满，因为她们碰巧花40或者50美元买了一个她那枚钻石戒指的仿制品，一个用真正的金色黄铜和地道的人造宝石做成的赝品。

但由于欺骗未有穷期，所以我即便只是稍稍地提一下这门科学所具有的变化形式或曲折形式中的一半，那这篇文章也不可能有结尾。可我又不得不让这篇文章有一个结尾，而我能给出的最好结尾莫过于简略地介绍一幕极其体面但又煞费苦心的骗局，这幕骗局不久前曾把我们这座城市当作舞台，其后又在这个合众国其他一些民风更纯朴的地区一再成功地上演。一名中年绅士不知从什么地方来到市区。他的举止刻板，严谨，沉着，从容。他的衣着整洁得无可挑剔，但却自然大方，质朴无华。他系一条白色领带，穿一件只从舒适着眼的宽大背心，厚底鞋看上去也很舒适，裤子没有用吊带。事实上，他的整副模样活脱儿是你们见过的那种富有、严肃、庄重而体面的"实业家"，最杰出的一类，就像我们在一流喜剧中所看到的那种外表冷漠严厉但内心却温柔善良的人。那种人一言既出，驷马难追。那种人用一只手行善，以一掷千金而闻名；用另一只手做生意，以诛求无厌而著称。

他费尽周折才找到一个适合于他的寄宿之处。他讨厌孩子。他喜欢清静。他的生活习惯有条不紊，所以他宁愿住进一户幽僻、体面且虔奉教规教义的小小人家。费用高低他并不在乎，只是他非要坚持每月的第一天结账（现在已变成第二天），而当他终于找到一户合他心意的人家时，他请求女房东无论如何别忘了他对这一点的叮嘱，务必在每个月的第一天上午10点整送进账单和收据，在任何情况下都不要拖延到第二天。

这些事安排妥当，我们的实业家便在城里一个体面的地区（而不是时髦的地区）租下了一间办公室。他最瞧不起的就是虚饰浮夸。他说"大凡金玉其外，往往败絮其中"。这句话给他的女房东留下那么深刻的印象，以至于她马上用一支铅笔将其记在了她那本大号家庭版《圣经》中所罗门《箴言》篇之空白处。

接下来就是登广告，多少依照了这座城市的时尚，即只登每份报纸售价6美分的大报，因为那些每份报纸仅售1美分的小报不仅"有失体面"，而且有刊登任何广告都得预付费用的规矩。而我们的实业家持有这样一种信念：活儿没干完之前绝不应该付钱。

**招聘**：本公司拟在本市兴办广泛的经营业务，特诚聘三至四名富有才能的职员，薪俸优厚。本公司最看重的并非应聘者之工作能力，而是其诚实品格。鉴于受聘者将承担的工作责任极其重大，必须经手巨额款项，故本公司认为要求每一名受聘职员交纳50美元保证金乃妥善之举。

因而凡不拟向本公司交纳该项保证金者和不能为自己提供最具说服力的道德证明书者均无须提交申请。虔奉教规教义之青年绅士将被优先考虑。应聘申请请于上午10点至11点，下午4点至5点送交本公司。

博格斯、霍格斯、洛格斯及弗罗格斯公司<br/>多格街110号

截至该月31日，这份广告已为博格斯、霍格斯、洛格斯、弗罗格斯公司引来了15或20名虔奉教规教义的青年绅士。但我们的实业家并不急于同其中任何一人签约（没有哪位实业家会草率行事），每一名青年绅士都得经过最严格的教规教义问答以证明其虔诚，其后他才能被正式聘用，他交纳的50美元才会有收据。这仅仅是博格斯、霍格斯、洛格斯、弗罗格斯公司所采取的适当的预防措施。在第二个月的第一天上午，女房东没有按约送去她的账单。毫无疑问，住在那屋里的那位名字以"格斯"结尾的舒适先生一定会因她的这一疏忽而严厉地对她进行责备，如果他能说服自己为了这一目的而在城里多呆一天或两天的话。

实际上，警方已被这事弄得焦头烂额，他们找遍了城里所有的地方，而他们所能做的就是非常郑重地宣布那位实业家是一只"高脚鸡"。有人据此认为警方实际上要暗示的是这3个字中的3个字母n、e、i。而这3个字母则应该被理解为那个非常经典的术语 non est inventus①。与此同时，那些青年绅士全都不再像先前那样

---

① 拉丁语法律用语：此人所在不明。

虔奉教规教义，而那位女房东则花一先令买了块最好的印度橡皮，小心翼翼地擦掉了某个白痴用铅笔在她那本大号家庭版《圣经》所罗门《箴言》篇之空白处写下的那句备忘格言。

（1843）

# 眼　镜

多年以前，对"一见钟情"的嘲笑曾风靡一时，但那些善于思索者和那些感觉深切者一样，始终提倡这种恋情之存在。其实，那些或许可以被称作道德魅力或磁性审美的现代发现已经证明了这样一种可能性：人类最自然，因而也最真实而强烈的爱情，正是那种像电磁感应一样发自心底的倾慕之情。简言之，最辉煌最持久的心之镣铐都是在一瞥之间被钉牢的。我正要写出的这份自白将为这种真实心态之不胜枚举的事例再添上一例。

我这个故事要求我应该讲得稍稍周详一些。我还是一个正值少壮的青年，年龄尚不足22岁。我眼下姓辛普森，一个非常普通而且相当平民化的姓。我说"眼下"，因为只是近来我才被人这样称呼，我于去年依法采用了这个姓氏，以便接收一位名叫阿道弗斯·辛普森的远亲留给我的一大笔遗产。接收那笔遗产以我改姓遗嘱人的姓氏为条件，只改姓，不改名。我的名字叫做拿破仑·波拿巴，更严格地说，这是我的首名和中间名。

我接受辛普森这个姓多少有点勉强，因为姓我本来的父姓弗鲁瓦萨尔，我感到一种完全可以谅解的自豪。我认为我可能是

《闻见录》之不朽作者让·弗鲁瓦萨尔①的后裔。说到姓氏这个话题，请允许我顺便提一下我的一些直系前辈姓氏发音中一个惊人的巧合。我的父亲姓弗鲁瓦萨尔，来自巴黎。15岁就成为他妻子的我的母亲本姓克鲁瓦萨尔，是银行家克鲁瓦萨尔的大女儿。银行家的妻子嫁给他时也只有16岁，她是维克托·瓦萨尔先生的大女儿。真是奇妙，瓦萨尔先生刚巧娶了一个与他姓氏相似的穆瓦萨尔小姐。这位小姐结婚时也差不多还是个孩子。而同她一样，她的母亲穆瓦萨尔夫人也是14岁就初为人妻。这样的早婚在法国司空见惯。然而，这些婚姻却造成了穆瓦萨尔、瓦萨尔、克鲁瓦萨尔和弗鲁瓦萨尔这些姓氏混为一族，一脉相传。正如我刚才所说，我的姓已依法改成了辛普森，但我曾一度对这个姓相当厌恶，实际上我还犹豫过是否接受这笔附加有这个毫无价值而且令人讨厌的限制性条款的遗产。

至于我个人之天赋，我没有任何缺陷。恰恰相反，我认为自己健全完美，而且有一副百分之九十的人都会说的漂亮的面孔。我身高有5英尺11英寸。我的头发乌黑而且曲卷。我的鼻子堪称挺秀。我的眼睛又大又灰，虽说它们已经近视到令我极感不便的地步，但就其外观而言，尚无人会怀疑它们有什么缺陷。不过，这近视本身却一直使我很恼火，我采取了每一种补救措施，唯有戴眼镜这一措施除外。正值青春年少，又生得一表人才，我自然

---

① 让·弗鲁瓦萨尔（Jean Froissart，1337—1405，通译"让·博华萨"），法国诗人及宫廷史官，其4卷本《闻见录》（*Chroniques*，1373—1400）主要记载并描写了百年战争的"光荣业绩和武功"。

讨厌眼镜，而且从来就断然拒绝使用它们。我真不知道还有什么东西能如此损害一个年轻人的形象，或是使其每一面部特征都带上一种即便不是冒充圣人或老人至少也是假装正经的神态。从另一方面来说，单片眼镜有一种十足的华而不实且矫揉造作的意味。迄今为止我哪一种眼镜都不戴，但却依然能够应付自如。不过，这些纯粹的个人琐事在很大程度上其实并不重要。此外我要满意地说，我的性情乐观，急躁，热情，奔放，我一生都是一个忠实的女性崇拜者。

去年冬天的一个晚上，我和朋友塔尔博特先生一道进了P剧院的一个包厢。那天晚上上演的是一出歌剧，演出海报做得格外精彩，所以剧场里相当拥挤。不过我们按时到达了我们预订的正面包厢，并稍稍费了点劲挤开进包厢的通道。

我那位朋友是个音乐迷，整整两个小时他一直目不转睛地盯着舞台。而在此期间，我却一直在津津有味地观看主要由本城名流精英组成的场内观众。就在我感到心满意足，正要掉头去看台上的首席女演员时，我的目光突然被我刚才漏掉的一个私人包厢里的一个身影牢牢地吸引住了。

即使我活上一千岁，我也绝不会忘记我看见那个身影时的强烈感情。那是一个女人的身影，是我见过的最优雅的身影。当时那张脸正朝向舞台，所以好几分钟内我都未能看见，可是那身影真是绝妙非凡，再没有什么字眼可以用来形容其优雅匀称，甚至连我所用的"绝妙非凡"这个词也显得苍白无力。

女人身姿之美和女性优雅之魅力历来就是一种我无法抗拒的力量，更何况眼前就是那人格化、具体化的优雅，就是我最疯狂热烈的梦幻中的理想之美。那个包厢的结构允许我对那身影一览无余。它看上去比中等身材略高，虽未绝对达到但也差不多接近端庄之极致。它无瑕的丰满和曲线恰到好处。其只见后脑勺的头部之轮廓与古希腊美女普叙赫媲美，一顶漂亮的薄纱无檐帽与其说是遮住头部不如说是在展示头部，这使我想起了古罗马修辞学家阿普列乌斯所形容的"用空气织就"。那条右臂倚在包厢栏杆上，其精妙的匀称美使我的每一根神经都为之颤动。手臂上半部被当时流行的宽松袖遮掩。宽松袖刚刚垂过肘部，肘下露出的紧身衣袖质地轻薄，袖口镶着华丽的饰边，饰边优雅地遮住手背，只露出几根纤纤玉指，其中一根手指上闪烁着一颗我一眼就看出价值连城的钻石戒指。那浑圆的手腕上戴着一个手镯，上面也镶饰着华贵的珠宝。这一切在顷刻间就明白无误地道出了其佩戴者之富有和过分讲究的审美情趣。

我凝视那个女王般的身影至少有半个小时，仿佛我突然之间被变成了一块石头。而就在那半个小时之中，我感受到了一直被世人讲述或讴歌的"一见钟情"的所有力量和全部真谛。我当时的感情与我从前经历过的任何感情都截然不同，虽说我从前也曾目睹过一些最富盛名的女性美之典范。一种莫名其妙的东西，一种我现在不得不认为是心与心之间的磁性感应的东西，当时不仅把我的目光，而且把我全部的思维能力和感觉，都牢牢地钉在了眼前那个美妙的身影上。我发现，我认为，我知道，我已经深深地、疯狂地、而且不可挽回地坠入了爱河，而此时我尚未能一睹我心上人的容颜。当时我心中那种恋情是那么强烈，以致我现在依然深信，即便那未睹之芳颜被证明不过是寻常品貌，那恋情也不会因此而减弱一分。只有真正的爱情，只有一见钟情，才会如此别具一格，才会如此不依赖于那似乎仅仅是引发它并控制它的外部形态。

当我就这样沉迷于对那个可爱身影的赞美之时，观众中突发的一阵骚动使她把头稍稍转向了我，这下我看见了那张脸的整个轮廓。那容貌之美甚至出乎我的预料，可那眉宇之间却有一种令我失望可又说不出准确原因的神情。我说"失望"，但这绝不是一个恰当的字眼。我的感情在突然之间得到了一种宁静和升华。它们由心荡神移变成了一种平静的热烈，或说热烈的平静。这种感情状态之产生也许是由于那张脸上有一种圣母般端庄安详的神情，可我马上就领悟到那种神情不可能是全部原因。那眉宇之间还有某种东西，某种我未能发现的奥秘，某种引起我极大兴趣可又使我稍稍不安的表情。事实上我当时处于那样一种心态，那种心态可以使一名多情的青年男子采取任何毫无节制的行动。那女子若是孤身一人，我无疑会不顾一切地进入她的包厢同她搭话。可幸运的是她身边有两位陪伴，一位先生和一位非常漂亮的女士，那位女士看上去比她年轻几岁。

我脑子里想出了上千种方案，一想散场后我得设法被正式引见给那位年龄稍长的女士，二想我眼下无论如何得设法更清楚地欣赏她的美貌。我真想换一个离她包厢更近的座位，但剧院座无虚席之现状排除了这种可能，而且即便我有幸带了望远镜上剧院，上流社会严格的法令最近也对在那样一种情况下使用剧场望远镜做出了强制性的禁止，何况我也没有带望远镜。我就那样陷入了绝望之中。

这时我终于想到求助于我的朋友。

"塔尔博特，"我说，"你有个剧场望远镜。让我用用。"

"望远镜！没有！你认为我会用那玩意儿来干什么？"他说完不耐烦地把头重新转向舞台。

"可是，塔尔博特，"我拉了拉他的肩头继续道，"请听我说，好吗？你看见那个包厢没有？那儿！不，旁边那个，难道你见过那样可爱的一个女人？"

"她非常漂亮，这毋庸置疑。"他说。

"我真想知道她是谁！"

"什么，以所有天使的名义起誓，你真不知道她是谁？'不知她者乃无名鼠辈。'她就是大名鼎鼎的拉朗德夫人，当今绝世无双的美人，眼下全城讨论的话题。她还非常富有，是个寡妇，一个佳偶，她刚从巴黎来。"

"你认识她？"

"是的。我有这份荣幸。"

"你能为我引见吗？"

"非常乐意。什么时候？"

"明天，午后1点，我会到B旅馆来找你。"

"那好吧。现在请闭上嘴，如果可以的话。"

我不得不接受了塔尔博特这后一句忠告。因为他对我进一步的问题和建议都坚持一概充耳不闻，而且那天晚上剩下的时间他都不再理我，整个心思都集中于台上的演出。

与此同时，我一直目不转睛地盯着拉朗德夫人，而最后我终于幸运地看到了她那张脸的正面。那副面容真是楚楚动人，当然，我的心早就告诉了我这一点，甚至在塔尔博特告诉我之前。但仍有某种莫名其妙之处使我感到不安。我最后断定，我是被一种庄重、悲哀，或更准确地说是被一种厌倦的神情所深深打动，那种神情使那张脸少了几分青春的活力，但却赋予它一种天使般的温柔和庄重，因而也自然而然地令我多情而浪漫的心更加神往。

就在我这样大饱眼福之际，我终于惊慌失措地从那女士几乎不为人察觉的一惊中发现，她已在蓦然之间意识到了我专注的目光。可我当时完全神魂颠倒，竟未能收回我的眼光，哪怕只收敛一时半会儿。她掉过脸去，于是我又只能看见她后脑线条清晰的轮廓。过了一会儿，仿佛是受好奇心的驱使，想知道我是否还在偷看，她又偷偷地转过脸来，又一次面对我火热的目光。她那双乌黑的大眼睛蓦地垂下，满脸顿时羞得通红。但使我惊讶的是她不仅再一次向我掉过头来，而且竟然从她的紧身衣中掏出了一副双片眼镜。她举起眼镜，对准方向，然后不慌不忙、专心致志地把我打量了足足有好几分钟。

即便当时有个炸雷落到我脚下，我也不可能感到更为震惊，仅仅是震惊，没有丝毫的反感或者厌恶。不过若是换一个女人，那样无礼的举动很可能引起反感或厌恶，但她对我的打量进行得是那么安详宁静，那么漫不经心，那么泰然自若，总之是明白无误地显示出了一种最好的教养，使人感觉不到一星半点的厚颜无耻，而当时我心中只有赞美和惊讶的感情。

我注意到，她第一次举起眼镜之后不久，似乎已满足地把我看了一番，然后她正要收起眼镜，这时仿佛又想到第二个念头，于是她再次举起眼镜，全神贯注地一连看了我好几分钟，我敢说至少也有5分钟。

这番在美国剧院非常招人耳目的举动吸引了许多人的注意,并在观众中引起了一阵骚动,或者说是一阵喊喊喳喳的声音,这使我感到一阵心慌意乱,但并没有使我的目光离开拉朗德夫人的脸。

满足了她的好奇心之后(如果真是那样的话),她放下了眼镜,平静地把她的注意力重新转向舞台。现在她的侧影又一次朝向我,我仍然像先前一样目不转睛地盯住她看,尽管我充分地意识到那样做显得相当无礼。不一会儿,我发现她的头慢慢地、轻轻地变换了一下位置;随即我就完全确信,那位女士是假装在看舞台,实际上却在暗暗地注视我。我无须赘述那样一位窈窕淑女的这番举动对我易激动的心产生了什么样的影响。

就那样把我细看了大约15分钟,我所恋的那个美人侧身去对陪她那位先生说话。当她说话时,我凭着他俩的目光清楚地看出他们的谈话是在说我。

谈话之后,拉朗德夫人再次把头转向舞台,一时间似乎沉浸于台上的演出。然而在这段时间的末了,我极度兴奋地看见她第二次打开了挂在她身边的那副折叠双片眼镜,像上次那样完全对着我,不顾观众中再次发出的喊喊喳喳声,以刚才那种既使我高兴又令我惶惑的不可思议的从容,从头到脚地再次对我细细打量。

这种异乎寻常的行为把我抛进一种完全疯狂的激动,抛进了一种绝对的爱之谵妄,因此没让我感到惊惶失措,反而鼓起了我的勇气。在一阵强烈的爱的疯狂之中,我完全忘记了身边的一切,心中只有那正面对着我的幻影之端庄美丽的存在。我等待着机会,当我认为观众已完全被歌剧所吸引,我终于不失时机地迎住了拉朗德夫人的眼光，而就在四目相交的瞬间，我非常轻微但明白无误地冲她点了点头。

她顿时面红耳赤，随之避开了目光，接着又缓慢而谨慎地四下环顾，显然是想知道我这个轻率的举动是否被人发现。然后她又把身子侧向坐在她旁边那位先生。

这时我为自己不体面的举止感到了羞愧，并以为事情马上就会暴露，随之我脑子里闪过明天挨枪子儿的幻象，这令我深感不安。但我马上就如释重负，因为我看见那位女士并没有说话，而只是把一份演出海报递给了那位先生。不过紧随其后发生的事也许能使读者对我心灵的极度惊讶、深深诧异和茫然迷惑形成某种模糊的概念，因为转眼之间，当她再一次偷偷地左顾右盼之后，她允许她那双明亮的眼睛完全而持续地迎住了我的目光。然后微微一笑，露出两排珍珠般光洁的牙齿，并清清楚楚、明明白白、一点也不暧昧地朝我点了两下头。

我当然没必要详述我当时那种喜出望外、心醉神迷和销魂荡魄。如果真有男人快活得发疯，那男人就是当时的我。我恋爱了。那是我的初恋，我觉得是那么回事。那是一种至高无上的爱，一种难以形容的爱。那是"一见钟情"。它被感知并得到了一见倾心的回报。

是的，回报。我怎么能又干吗要对此有片刻的怀疑？对一位如此美丽、如此富有、如此有才艺、如此有教养、社会地位、如此高贵，在各方面都像我所感觉的那样完全可尊可敬的女士的这番举动，对拉朗德夫人的这番举动，我难道还可能做出什么别的解释？是的，她爱上了我，她以一种同我一样盲目、一样坚决、一样偶然、一样放任、一样无限的热情回报了我的爱之热情!

可这些美妙的想象和思绪此时被大幕的垂落所打断。观众起身,随之就是通常的喧嚣。我匆匆离开塔尔博特,竭尽全力想挤到拉朗德夫人身边。由于人多我未能如愿以偿,最后我放弃了追踪而踏上回家的路。我极力宽慰自己因未能摸到她的裙边而引起的失望,因为我想到了塔尔博特将把我介绍给她,正式引见,就在明天。

这个明天终于来临。也就是说在一个沉闷难熬的长夜之后,新的一天终于开始;可到1点钟之前的几个小时就像蜗牛爬行,单调沉闷,漫漫无期。但常言道,伊斯坦布尔也终将有其末日,因而这漫长的等待也总有尽头。时钟终于响了。当其余音平息之时,我已经步入B旅馆找塔尔博特。

"出去了。"塔尔博特的仆人说。

"出去了!"我偏偏倒倒向后退了几步,"请听我说,我的伙计,这种事完全不可能而且绝对不可能;塔尔博特先生不会出去。你说他出去了是什么意思?"

"没啥意思,先生。只是塔尔博特先生不在旅馆。就这么回事。他乘马车去S了,吃过早饭就走了,还留下话说他一个星期内都不会在城里。"

我又惊又怒呆呆地站在那里。我还想问话可舌头不听使唤。最后我绷着一张气得发青的脸转身离去,心中早把所有的塔尔博特统统打入了厄瑞波斯统辖的永恒的黑暗。显而易见,我那位细心的音乐迷朋友早把与我的约会抛到了九霄云外,他早在与我约定之时就将其忘在了脑后。他从来就不是一个认真履行诺言的人。

实在没有办法。于是我尽可能地平息了胸中的怒气，郁郁不乐地徘徊于街头，枉费心机地向我所碰到的每一位熟人问起拉朗德夫人。我发现人人都听说过她，许多人还见过她，但她来这座城市只有几个星期，所以很少有人宣称与她相识。认识她的几个人与她也几乎只是一面之交，均不能或不愿冒昧在大白天为我正式引见。当我正灰心丧气地站在街边与三个朋友谈论那个撩拨我心扉的话题之时，碰巧谈论的对象正好从那条街经过。

"千真万确，她就在那儿！"第一个朋友高声嚷。

"绝代美人，举世无双！"第二个朋友大声说。

"真是天使下凡！"第三个朋友赞叹道。

我抬眼一望，但见在一辆顺着大街缓缓向我们驶近的敞篷马车上，正坐着我在剧院里见到的那个勾魂摄魄的身影，而与她同包厢的那位年轻女士则坐在她身边。

"她的女伴也显得超凡脱俗。"最先开口的那位朋友说。

"真令人吃惊，"第二个朋友说，"依然那么光彩照人，不过艺术会创造奇迹。我发誓，她看上去比5年前在巴黎时更美。依然是一个漂亮女人。你不这么认为，弗鲁瓦萨尔？我是说，辛普森。"

"依然！"我说，"她干吗不是？不过与她的朋友相比，她就像金星旁边的一颗黯淡的星，就像安塔瑞斯①旁边的一只萤火虫。"

"哈！哈！哈！当然，辛普森，你可真善于发现，我是说独出心裁的发现。"说到这儿那三位朋友与我分手，当时他们中的一位哼起了一首快活的法国小调，我只记下其中两句：

---

① 安塔瑞斯（Antares），天蝎座中最亮之星，中文名为"心宿二"。

> 尼农，尼农，尼农请下车，
> 下来吧，尼农·德朗克洛！①

但在这场小小的遭遇中，有一件事给了我极大的安慰，尽管它又撩拨起了那已经使我心力交瘁的一腔激情。当拉朗德夫人的马车经过我们身旁之时，我注意到她认出了我。更有甚者，她对认出我这一点毫不掩饰，竟赐给我一个所有可想象的微笑中最甜蜜的微笑。

至于被正式引见，我不得不暂时放弃了所有希望，耐心等待塔尔博特认为他应该从乡下返回的那个时间。与此同时，我锲而不舍地频繁出入每一个体面的公共娱乐场所。最后在第一次看见她的那家剧院，我终于欣喜若狂地再次看见了她，并再次与她交换了目光，不过这已经是在第一次见到她的两星期之后。在这两星期当中，我每天都去塔尔博特下榻的旅馆询问他的归期，而每天都被那千篇一律的回答惹得生一场气，他那位仆人就一句话，"还没回来。"

所以，在我第二次见到她的那个晚上，我陷入了一种近似疯狂的心态。既然我已得知拉朗德夫人是巴黎人，最近从巴黎来到这里，那她难道不可能突然返回巴黎？在塔尔博特回来之前就离去？难道她不可能就此永远从我身边消失？这念头可怕得令人不

---

① 尼农·德朗克洛（Ninon De L'Enclos, 1620—1705），法国美女及才女，曾与许多名人相交。

堪承受。既然我未来的幸福在此一举，我决定要采取一个男子汉的行动。长话短说，演出结束之后，我跟踪那位女士到她的住处并记下了地址，第二天一早就给她寄去一封我精心写成的长信，在信中我把积压在心头的话全都倒了出来。

我直言不讳，畅所欲言，总而言之我是慷慨陈词。我什么也没有掩饰，甚至包括我的缺点。我谈到了我和她初次相逢那种富于浪漫色彩的形式。我甚至谈到了我和她之间的眉来眼去。我竟然还宣称我确信她爱我，而我把这种确信和我对她的倾慕之情作为了我这要不然就不可饶恕的冒昧之举的两个理由。至于第三个理由，我谈到了我对自己在有机会被正式介绍给她之前她会离开这座城市的担心。我在这封最激情洋溢的信之末尾，坦率地告诉了她我的现状、我的富有，并直截了当地向她求婚。

我在一种痛苦的期待中等待回音。似乎过了漫长的一个世纪终于等来了回信。

是的，居然来了回信。虽说这看来不切实际，可我的确收到了拉朗德夫人的回信，我所崇拜的美丽而富有的拉朗德夫人的回信。她的眼睛，她那双漂亮得惊人的眼睛，没有辜负她高贵的心灵。像她那样一个真正的法国女人，她服从了她理智的坦率指令，服从了她天性的强烈冲动，因为她鄙视世俗的假装正经。她没有对我的求婚不屑一顾。她没有让自己躲避在沉默之中。她没有把我的去信原封不动地退回。她甚至用她的纤纤玉指亲笔写给我一封回信。信的内容如下：

辛普森先生，请原谅我不能像应该的那样用贵国优美的语言写好此信。这是因为我最近才来贵国，还没有机会学好英语。

在为此辩护的同时，我现在想说，唉！辛普森先生真是猜得太准了。我还需要说什么吗？唉！我是不是已经多嘴了？

欧仁妮·拉朗德

我把这封心地高尚的回信吻了无数遍，而且因它之故而有过上千种我现在已不记得的其他痴言痴行。塔尔博特还不想回来。天哪！要是他能稍稍想到他的离去给他的朋友带来的痛苦，难道极富同情心的他还不想立即飞回来拯救我？然而他还没回来。我去了信，他回了信。他被急事耽搁，但很快会回来。他在信中求我不要急躁，劝我控制住自己的激动，读点轻松读物，别喝比白葡萄酒更刺激的饮料，并且要求助于哲学的安慰。这个白痴！即使他本人不能回来，可他为什么不能动动脑子，在信中给我附寄一份引见信呢？我再次给他写信，恳求他马上寄一份引见信给我。可这封信被那位仆人退回，信封上用铅笔写着如下签名附言。那条恶棍已经去乡下和他的主人做伴：

昨天离开S，去处不明，没说去什么地方，也没说啥时回来。所以认为最好把信退回，因为认识你的笔迹，并知道你总是多少有点着急。

你忠实的斯塔布斯

读完这段附言，不消说我早已把那主仆二人一并献给了地狱之神。可生气发怒毫无作用，任何抱怨也都于事无补。

不过我还有一条出路，那就是我天生的冒险精神。这种精神一直使我获益匪浅，而这次我决定用它帮我达到目的。此外，在和拉朗德夫人有过书信来往之后，只要我不太过分，那什么样的不拘礼节会被她认为是无礼呢？自从收到那封回信以来，我已经习惯于监视她的住处，并由此发现每天傍晚时分，她习惯在她住处窗户俯瞰的一个花园广场散步，跟随她的只有一名穿仆人制服的黑人。就在那个公共广场，在茂密而阴凉的小树林间，在仲夏黄昏的薄暮之中，我看准了我的机会并上前与她搭话。

最好是能骗开伴随她的那名侍从，所以我招呼她时露出一副老朋友的姿态。以真正的巴黎式的镇定自若。她马上接过话头向我问好，并伸出了她那双迷人的小手。那名仆人立刻知趣地躲到了一边。于是，怀着两颗激情洋溢的心，我俩长久而坦诚地谈起了我们的爱情。

由于拉朗德夫人讲英语甚至比她写英语更糟，我们的交谈必然是用法语进行。用这门最适合谈情说爱的甜蜜语言，我任凭一腔火热的感情宣泄无遗，并以我所具有的全部口才，恳求她答应立即同我结婚。

看我这么急切，她莞尔一笑，接着便大讲礼仪规范这个古老的故事。正是这无端的恐惧阻止了多少人去获取幸福，直到幸福的机会永远失去。她说，我极其轻率地让我的朋友都知道我渴望认识她，因而让他们知道了我并不认识她，结果我们就不可能隐瞒我们初次相识的日期。然后她红着脸谈到了我们相识的时间太短,马上结婚不太恰当,不合礼仪,有悖常规。她以一种天真可爱的神态谈起这一切,这使我伤心,使我信服,又使我入痴入迷。她甚至笑吟吟地责备我太急躁、太轻率。她要我记住,我实际上甚至不知道她到底是谁,不知道她的前程、她的社会关系和社会地位。她请求我重新考虑我的求婚,不过她请求时叹了口气。她把我的爱称作是一时糊涂,是磷火的闪现,是片刻的遐思或者说悬想,是想象力飘忽不定的产物,而不是出自心底的真情实感。她说话之间暮色越发深沉,我们周围变得越来越暗,然后随着她仙女般的小手轻轻一摁,她在一个美妙的瞬间结束了她那番穷根究理。

我的回答之精彩只有真正的恋人才能做到。最后我不屈不挠地谈起了我忠贞不渝的爱,她超凡绝伦的美,以及我对她的热诚渴慕。结束时我以一种令人心悦诚服的说服力,详论了爱情之路上充满的种种危险。真正的爱之历程绝不会一帆风顺,因此无谓地延长这历程其危险显而易见。

我最后的这番雄辩似乎终于软化了她的执拗。这下她变得温情脉脉。可她说我们的爱情之路上还有一个障碍,一个她确信我尚未加以考虑的障碍。这是一个非常微妙的问题,而让一个女人来说则更难启齿。她说她提出这点肯定会付出感情的代价,不过为了我她可以做出任何牺牲。她所说的障碍是年龄问题。我是否已经意识到,是否已充分意识到我俩之间的年龄差异?丈夫比妻子大几岁,甚至大15到20岁,方能被周围的世界认可,实际上甚至被认为天经地义;不过她一直这样认为,妻子的年龄至少不应该大于丈夫的年龄。这种不自然的年龄差异太经常地造成,唉!

造成生活的不美满。她已经知道我的年龄不超过22岁；而与此相反，我也许还不知道我的欧仁妮已远远地超过了这个年龄。

超越所有一切，这种高贵的心灵，这种高尚的坦率，使我欣喜，令我陶醉，永远地为我戴上了爱情的枷锁。我几乎不能压抑心中的那阵狂喜。

"我最最可爱的欧仁妮，"我大声说，"你所说的这一切算什么呢？你的年龄比我大些，可那又怎么样？世俗的陈规陋习是那么地愚蠢而荒唐。对那些像我们这样相爱的人来说，一年和一个小时到底有什么不同？你说我22岁，就算如此；其实你马上就可以说我已经23岁。而你自己呢，我亲爱的欧仁妮，你的年龄不过也只有……不过也只有……也只有……只有……"

说到这儿我稍稍有所停顿，希望拉朗德夫人会接过我的话头说出她的真实年龄。但一个法国女人对令人难堪的问题很少正面回答，她通常是以略施小计来作为答案。此时的欧仁妮就似乎在她的怀中搜寻着什么东西，不一会儿她把一幅微型画像掉在了草地上，我立即把画像拾起并递还给她。

"留下吧！"她说，同时露出一个最令人销魂的微笑。"把它留下，为了我，为了其实不如画像漂亮的她。另外，在这个小玩意儿的背后，你也许正好能找到你似乎想知道的答案。诚然现在天色已黑，但你可以明天早晨有空的时候再看。同时，今晚你将护送我回去。我的一些朋友要举行一个小小的音乐会。我保证你能听到一些美妙的歌声。我们法国人不太像你们美国人这样拘泥形式，我把你作为老朋友偷偷带去不会有什么困难。"

说完她挽住了我的胳膊，我陪着她回到她的住处。那座公寓相当不错，而我认为陈设也非常高雅。不过对这后一点我几乎没有资格做出评判，因为我们进屋时天已完全黑下来，而在炎热的夏季，美国的高级公寓很少在一天中这最令人惬意的时刻点灯。虽说在我们进屋大约一小时之后，大客厅里点亮了一盏被遮暗的太阳灯，这使我能够看出那个房间布置得异常高雅甚至富丽堂皇，但套房里人们主要集聚的另外两个房间整个晚上都笼罩在一种舒适的阴暗之中。这是一种充满奇思异想的习俗，它至少可以让人去选择光明或者阴暗。我们来自大洋彼岸的朋友对此只能够入乡随俗。

这样的夜晚无疑是我一生中度过的最美妙的夜晚。拉朗德夫人并没有夸张她朋友们的音乐才能，我所听到的歌声是除了在维也纳之外我在私人音乐聚会上所听到的最优美的歌声。器乐演奏者不少，而且都是第一流的高手。歌唱者大多是女士，没有一位不唱得悦耳动听。最后随着一声不容拒绝的对"拉朗德夫人"的呼唤，她立即从我和她并排坐着的那张躺椅起身，毫不扭扭捏捏或假意推辞，由一两位先生和与她一道看歌剧的那位女士陪同，她走向大客厅里的那架钢琴。我倒真愿意陪她前去，但既然我是被悄悄引进那套房子，我觉得我最好是呆在原处别惹人注意。就这样我被剥夺了看她唱歌的快乐，尽管没被剥夺听的权利。

她的唱歌给每个人造成的影响似乎都非常强烈，但给我留下的印象却是一种比强烈更甚的感觉。我不知该如何恰当地对这种感觉进行描述。毫无疑问，它多少起因于我正在受其影响的爱情，但更多的是由于我对歌唱者情感之热烈的确信。她无论是唱咏叹调还是宣叙调都用了一种比她本身的激情更热烈奔放的音调，这一点很难用艺术来解释。她唱《奥瑟罗》时那种浪漫空灵的发音，以及她唱《凯普莱特和蒙太古》中"*Sul mio sasso*"这几个意大利字眼的声调，迄今还回旋在我的记忆中。她的低音令人完全不可思议。她的音域跨三个全八度，从女低音直到女高音，而尽管她的歌声足以响彻那不勒斯的圣卡洛歌剧院，可她仍然精益求精地处理好乐曲中的每一个难点，每一个或升或降的音阶，每一个终止式，或者每一个装饰音。在唱《梦游女》的终场曲时，她把下面的歌词唱出了一种出神入化的效果：

啊！没有人能够想象出
此时充溢我心中的满足。[①]

唱这句时她模仿马利布兰[②]，对贝利尼的原句进行了更改，以便把她的声音降至男高音声部，然后用一个飞快的过渡连升两个八度音程，突然从男高音声部升到女高音声部。

在这些奇迹般的演唱后她离开了钢琴，重新在我身边坐下。这时我用最富深情的字眼向她表示了我对她演唱的喜欢。至于我的惊讶，我只字未提，尽管我实际上是惊讶万分，因为她与我谈话时所用的那种娇滴滴的声音，或准确地说是颤悠悠的声音，使我预料她在歌唱中不会表现出任何惊人的才华。

---

[①] 语出意大利作曲家贝利尼歌剧《梦游女》（*La Sonnambula*，1831）第3幕第10场。

[②] 玛丽亚·马利布兰（Maria Malibran, 1808—1836），西班牙著名女歌唱家。

这下我俩久久地、真诚地、滔滔不绝并且毫无保留地交谈了起来。她让我讲了许多我早年生活的情况，而且对我讲的每一个字都凝神屏息地倾听。我什么也没有隐瞒，我觉得我没有权利辜负她的信任。被她在年龄这个微妙问题上的光明磊落所激励，我不仅坦坦荡荡地详细讲了我许多次要的不足之处，而且还痛痛快快地如实坦白了我道德上甚至生理上的一些弱点，这种需要极大勇气的自我暴露无疑正是爱情最有力的证明。我谈到了我大学时代的有失检点，谈到了我的放荡不羁，谈到了我的纵酒狂欢，谈到了我的欠账负债，还谈到了我的风流轻佻。我甚至谈到了曾使我受折磨的一次轻微的肺热咳，谈到了我曾一度患过的慢性风湿，谈到了我发过一次的遗传性痛风，而最后，我终于谈到了那令人不快、使人不便但迄今一直被小心掩饰的我的眼睛的近视。

"关于这最后一点，"拉朗德夫人笑盈盈地说，"你如实坦白显然不是明智之举，因为你要是不说，我认为当然就不会有人指责你这一错误的行为。顺便问一下，"她继续道，"你是否还记得，"这时我甚至在那个房间的昏暗之中也觉察到一团红晕清清楚楚地显现在她的脸上，"我亲爱的朋友，你是否还记得现在挂在我脖子上的这副小小的眼镜？"

她问话时手指捻弄着那副曾在歌剧院里使我大为震惊的双片眼睛。

"哦，当然！我完全记得。"我大声说，同时热烈地紧紧握住那只把眼镜递给我看的娇嫩的手。那副眼镜形如一件复杂而华丽的玩物，上有精美的微雕和金银线装饰，并镶有闪闪发光的珠宝，即便是在昏暗朦胧之中，我也不可能不看出它非常贵重。

"好吧！我的朋友，"她以一种令我感到相当惊奇的热诚真挚的口吻继续说，"好吧！我的朋友，你热切地恳求我给你一个你乐于称为无价之宝的许诺。你请求我明天就与你结婚。若是我答应你的请求，请允许我补充，这也是答应我自己内心的恳求，那我是否有资格向你提出一个小小的、一个很小很小的请求作为回报？"

"你提吧！"我欣喜若狂的声音大得差点儿没引起一屋人的注意，而仅仅是因为那些人在场才阻止了我冲动地跪倒在她的脚边。"你提吧，我亲爱的，我的欧仁妮，我的心上人！提吧！但在你的请求提出之前我已经答应它了。"

"那么，我的朋友，"她说，"你将为了你所爱的那个欧仁妮而克服你刚才所承认的最后那个小小的弱点，那个与其说是生理上的还不如说是道德上的缺点。请允许我向你保证，这个缺点与你高贵的天性是那么不相称，与你坦荡的胸怀是如此不和谐，如果容忍它继续下去，那它迟早会使你陷入某种非常难堪的困境。为了我的缘故，你必须克服你刚才所承认的那种使你悄悄地或者说含蓄地否认你眼睛近视的虚伪做法。因为你否认这个弱点，实际上就是不愿采用有助于克服这一弱点的惯用手段。所以你应该明白，我是说我希望你戴上眼镜。嘘，别作声！你已经为我而答应戴上它了。你必须接受我手中这个小小的玩意儿，虽说这玩意儿对于视力很有帮助，但作为一件珍宝却并不贵重。你看，就这样稍稍调整一下，或这样调整，它就既可作为双片眼镜架在鼻梁上，又可以作为单片眼镜揣在背心口袋里。不过你答应的是用前一种方法，你已经为我的缘故而答应要习惯戴它。"

我非得承认么？这个请求当时使我不知所措。但伴随着这一请求的那种情况当然容不得我有半点犹豫。

"行!"我高声答应道,尽量鼓起我当时能鼓起的全部热情。"行!我非常乐意接受。为了你我愿献出每一分感情。今晚我把这可爱的眼镜作为单片镜戴在我胸上,但等明天早晨曙光初露,待我能有幸把你称为妻子,我就将把它戴在……戴在我的鼻梁上,而且以后我将永远戴着它,以这种不那么风流、不那么时髦但却肯定是你所希望的更有益的方式。"

接着我们的话题转到了明天的细节安排。我从我未婚妻口中得知塔尔博特刚刚回城。我必须马上去见他并准备一辆马车。这个音乐聚会要凌晨两点方能结束,届时那辆马车会停在门口,趁着客人们告辞的那阵混乱,拉朗德夫人能轻易地钻进马车而不被人注意。接着我们将去一位正等着我们的牧师家,在那儿举行婚礼,留下塔尔博特,然后我俩将去东部作一次短途旅行,把那个上流时髦社会丢在身后,让他们对这事爱说什么就说什么。

安排好这一切之后,我马上离开那个公寓去找塔尔博特,但半路上我忍不住拐进了一家旅馆,为的是好好看看那幅微型画像,而我看画像时借助了那副很有效力的眼镜。画像上的那副容貌真美得超凡绝伦!那又大又亮的眼睛!那端庄挺秀的鼻子!那乌黑美丽的鬈发!"啊!"我欣喜若狂地自言自语道,"真画得和我的心上人一模一样!"我翻转画像,发现背面写着这些字:"欧仁妮·拉朗德,27岁零7个月。"

我找到了塔尔博特,并马上开始告诉他我的好运。当然他承认他感到大吃一惊,但很真诚地向我表示了祝贺,并尽力向我提供一切帮助。总之,我们不折不扣地实施了我们的安排。而在凌晨两点钟之时,那个音乐聚会刚结束10分钟后,我发现我已经和拉朗德夫人,我应该说和辛普森夫人,坐在了一辆有篷的马车里,马车飞快地出了城,朝东北偏北的方向驶去。

塔尔博特已经为我们做出了决定,因为我们将通夜兼程北上,所以我们应该把离城约20英里的C村作为第一站,在那儿吃顿早饭并稍微休息一会儿,然后再继续启程赶路。因此在凌晨4点,马车停在了C村客栈门外。我把我敬慕的妻子扶下马车,并且马上要了早餐。同时我俩被引进一间小厅坐下。

如果当时说不上是白天,但也接近天亮,而当我神魂颠倒地凝视我身边那位天使之时,我才突然第一次想到,自从我知道拉朗德夫人誉满天下的美貌以来,我这实际上还是头一次能在白天并在近处欣赏她的美貌。

"现在,我的朋友,"她拉住我的手说。她的话打断了我的遐思,"现在,我亲爱的朋友,既然我们已结合在一起,既然我已经答应了你热切的请求,履行了我俩协议中我的义务,我相信你没有忘记你也有一份小小的义务要履行,一个你想要遵守的诺言。啊!让我想想!让我回忆一下!对啦,我轻而易举地就记起了你说的每一个字,你昨晚对欧仁妮许下的可贵诺言。你听!你是这样说的:'行!我非常乐意接受!为了你我愿献出每一分感情。今晚我把这可爱的眼镜作为单片镜戴在我胸上,但等到明天早晨曙光初露,待我能有幸把你称为妻子,我就将把它戴在我的鼻梁上,而且以后我将永远戴着它,以这种不那么风流、不那么时髦但却肯定是你所希望的更有益的方式。'这些是你的原话,我心爱的丈夫,难道不是这样?"

"是这样，"我说，"你记性真好；而毫无疑问，我美丽的欧仁妮，我绝对无意逃避履行这番话中所包含的那个小小的诺言。你瞧！你看！刚好合适，相当合适，不是吗？"说话之间我早取出眼镜并把它调整成普通的形状，小心翼翼地戴在了恰当的位置。而辛普森夫人则整了整帽子，交叉起双臂，突然坐得端端正正，以一种多少有几分拘谨而古板的姿势，实际上是以一种多少有损尊严的姿势。

"天哪！"眼镜框刚一架上我的鼻梁我就尖声惊叫，"天哪！我的天哪！这副眼镜到底会是怎么回事？"我飞快地把眼镜取下，用一块丝织手绢仔细地擦拭镜片，然后再重新把它戴上。

但是，如果说第一次发生的事让我吃惊，那这第二次吃惊就变成了震惊；而这种震惊是那么深切，那么强烈，实际上请允许我说是那么可怕。这究竟是怎么回事？我难道能相信自己的眼睛？我能吗？这正是问题。那难道是……难道是……难道是胭脂？而那些难道……难道……难道是欧仁妮·拉朗德脸上的皱纹？哦，爱神啊！还有每一个男神女神大神小神！她……她……她的牙齿是怎么啦？我猛然把那副眼镜狠狠摔到地上，一跃而起站到屋子中央，双手叉腰、龇牙咧嘴、暴跳如雷地面对辛普森夫人，但与此同时我却一句话也说不出来，惊恐和盛怒使我不知所措。

我前面已经说过欧仁妮·拉朗德夫人，也就是说辛普森夫人，讲的英语并不比她写的英语更好，因此在一般场合她都非常得体地不试图用英语进行交谈。但愤怒往往会把女人引向任何极端；而它当时就使辛普森夫人采取了一个惊人的极端行为，她竟然试图用一门她并不完全通晓的语言来进行对话。

"嘿，先生，"她以一种显而易见的惊讶神情把我打量了一阵后说，"嘿，先生！这下怎么办？出了什么事？你跳的是不是圣维图斯舞①？要是不喜欢我，为什么你要隔着袋子买猫？"

"你这个卑鄙的女人！"我喘着粗气骂道，"你……你……你这个可恶的老巫婆！"

"巫婆？老？我毕竟还不算很老？我只不过82岁，一天也不多。"

"82岁！"我惊呼道，同时跟跟跄跄地退到墙边，"你这只8200岁的老狒狒！画像上说的是27岁零7个月！"

"啊！真是那样！一点不错，但那张像是55年前画的。在我同我第二个丈夫拉朗德先生结婚的时候，当时我请人画了那张像，送给我和我第一个丈夫穆瓦萨尔生的女儿。"

"穆瓦萨尔！"我重复道。

"是的，穆瓦萨尔，穆瓦萨尔。"她模仿着我其实并非最好的发音说，"那又怎么样？你对穆瓦萨尔知道些什么？"

"没什么，你这个老怪物！我对她完全一无所知；只是我有个祖先曾姓那个姓，很久以前。"

"那个姓！你为什么说姓那个姓？那是一个很体面的姓。瓦萨尔也一样，那也是一个很体面的姓。我的女儿，穆瓦萨尔小姐，她嫁给了一位瓦萨尔先生，而瓦萨尔是一个非常体面的姓。"

"穆瓦萨尔！还有瓦萨尔！"我惊问道，"你到底想说些什么？"

---

① 一种神经错乱症，俗称舞蹈病，因其医治人西西里的殉道者圣维图斯（约公元4世纪）而得名。

"我想说什么？我想说穆瓦萨尔和瓦萨尔。而就此来说，我还想说克鲁瓦萨尔和弗鲁瓦萨尔，如果我觉得这样说恰当的话。我女儿的女儿，瓦萨尔小姐，她嫁给了一位克鲁瓦萨尔先生，后来，我女儿的外孙女，克鲁瓦萨尔小姐，她嫁给了一位弗鲁瓦萨尔先生，而我认为你会说，那不是一个体面的姓。"

"弗鲁瓦萨尔！"这下我开始变得有气无力，"嗨，你肯定不是在说穆瓦萨尔、瓦萨尔、克鲁瓦萨尔和弗鲁瓦萨尔吧？"

"我正是在说这个，"她回答道，说着把她的身子完全靠在椅背上，把她的两条腿完全伸直。"我是在说穆瓦萨尔、瓦萨尔、克鲁瓦萨尔和弗鲁瓦萨尔。但弗鲁瓦萨尔先生是一个你们所说的那种笨蛋，他像你一样是一头蠢驴，他离开美丽的法兰西来到了这个愚蠢的亚美利加，而当他来这儿的时候，他有一个非常笨，一个非常非常笨的儿子。我听说是这样，尽管我还未能有幸遇到他，不管是我还是我的同伴斯特凡妮·拉朗德夫人都没遇到过他。他的名字是拿破仑·波拿巴·弗鲁瓦萨尔，而我认为你会说那也不是一个很体面的名字。"

无论是这番话的长度还是内容都足以使辛普森夫人非同寻常地激情迸发。很费力地讲完那番话后，她就像中了魔似的突然从椅子上跳起，她那有撑架的长裙完全展开，落地时罩住了整个地板。一旦站定身子，她咬牙切齿，挥舞双臂，卷起衣袖，在我面前晃动她的拳头，随之一把揭下头上的帽子，连同一头浓密、漂亮、乌黑而且很值钱的假发，然后她大吼一声把帽子假发狠狠扔在地上，并歇斯底里地在上面跳起了一曲西班牙舞。

与此同时我惊得一下坐进了她空出来的那把椅子。"穆瓦萨尔和瓦萨尔！"当她跳出一个鸽子拍翅舞步时我若有所思地重复道，"克鲁瓦萨尔和弗鲁瓦萨尔！"当她完成另一个舞步时我若有所悟地喃喃道："穆瓦萨尔、瓦萨尔、克鲁瓦萨尔，还有拿破仑·波拿巴·弗鲁瓦萨尔！嗨，你这个不可言喻的恶魔，那就是我！那就是我！你听到了吗？那就是我！"这时我用最大的嗓门呼喊道，"那——就——是——我！我就是拿破仑·波拿巴·弗鲁瓦萨尔！我真不该同我的太外祖母结婚，我真希望我能永远昏头昏脑！"

欧仁妮·拉朗德夫人，准辛普森夫人，从前的穆瓦萨尔夫人，的的确确是我的太外祖母。她年轻时非常漂亮，即使在82岁的高龄也还依然保持着她少女时代端庄颀长的身材、头部清晰的轮廓、又大又亮的眼睛和典雅挺秀的鼻子。凭借着那些珍珠粉、胭脂、假发、假牙和假胸垫，以及巴黎做时髦女装的一流裁缝，她竟然在法国都市那些风韵犹存的美人堆里体面地占有一席之地。在这一点上，她确实可以被认为与那位大名鼎鼎的尼农·德郎克洛相差无几。

她非常富有，第二次成为寡妇时没留下孩子，于是她想到了在美国的我。她为了让我成为她的继承人而前来美国，陪伴她的是她第二个丈夫的一名远亲，美貌绝伦的斯特凡妮·拉朗德夫人。

那天在歌剧院，我太外祖母的注意力被我的凝视所吸引。在用眼镜对我打量一番之后，我与她相貌上的某种相似给她留下了印象。她由此而产生兴趣，加之她知道她寻找的继承人实际上就在这座城市，于是她向同伴打听我的情况。陪她的那位先生认识我，并告诉了她我是谁。这消息使她再次对我细细打量，而正是这次打量鼓起了我的勇气，使我干出了已经讲过的那番荒唐事情。

但她投桃报李地冲我点头是基于这样一种情况，她以为我已经偶然发现了她的身份。我的近视和女人的化妆艺术使我对那位陌生女士的年龄和魅力产生了错误的印象，当我那么热切地向塔尔博特打听她是谁时，他当然以为我是在问那位年轻的美人，所以便实事求是地告诉我她是"大名鼎鼎的寡妇，拉朗德夫人"。

第二天上午，我太外祖母在街上遇见了塔尔博特这个巴黎老相识，他们的谈话自然而然地转到了我身上。塔尔博特就在那时解释了我的近视，因为我这个缺陷早已人人皆知，尽管对人人皆知这一事实我还完全被蒙在鼓里。我太外祖母十分恼怒地发现她上了当，原来我并不知道她的身份，而只是在剧院里丢人现眼，向一个陌生的老太婆表白爱情。为了惩罚我这一轻浮之举，她和塔尔博特设下了一个圈套。塔尔博特故意避开了我，以免为我正式引见。我在街上打听"美丽的寡妇拉朗德夫人"，当然被人认为是在询问那位更年轻的夫人，所以我离开塔尔博特下榻的旅馆后与碰到的那三位先生的谈话并不难理解，他们在小调中唱到尼农·德朗克洛也很容易解释。我一直没有机会在白天于近处看到拉朗德夫人，而在她那个音乐聚会上，我拒绝戴眼镜的愚蠢做法实际上阻止了我发现她的真实年龄。当人们呼唤"拉朗德夫人"演唱时，显然指的是更年轻的那位，而且也正是她起身去客厅演唱。为了进一步迷惑我，我的太外祖母也同时站了起来，陪她一道走向客厅的钢琴。如果当时我决定陪她前去，那她一定会胸有成竹地建议我最好呆在原处，可我自己的小心谨慎使这一点也成了没有必要。那令我赞叹不已的歌声，那使我对我情人的青春活力确信无疑的歌声，实际上是由斯特凡妮·拉朗德夫人唱出。她赠送那副眼镜其实是作为对我自欺欺人的责备，是对我掩目捕雀的嘲讽。送我眼镜为教训我的弄虚作假提供了一个机会，而我已经因此而受到了深刻的教育。我几乎没有必要画蛇添足地补充这点，我太外祖母所戴的那副眼镜早已被她调换了两块更适合我这个年龄的镜片。我戴上那副眼镜刚好合适。

那位仅仅是假装为我们主持婚礼的牧师原来是塔尔博特的好友，而并非什么神职人员。不过他倒是一名出色的"马车夫"。在脱下教服而换上大衣后，是他驾那辆载着"新婚夫妇"的马车出了城。当时塔尔博特就坐在他身边。那两条恶棍就这样到了事情结束的现场，并通过客栈后厅一扇半开的窗户，津津有味且忍俊不禁地亲眼目睹了那场戏的收场。我认为我将不得不与他俩决斗。

不过我现在并非我太外祖母的丈夫，一想到这点我就感到无限欣慰。但我现在是拉朗德夫人的丈夫，斯特凡妮·拉朗德夫人的丈夫；我太外祖母生前（如果她真会去世的话）不仅让我成了她唯一的继承人，而且还费心张罗了我与斯特凡妮的婚姻。总之，我现在永远与情书断了缘分，我现在永远与眼镜形影不离。

（1844）

# 长方形箱子

几年前，我在哈迪船长那条漂亮的邮船"独立号"上预订了舱位，准备乘该船从南卡罗来纳的查尔斯顿去纽约市。如果天气允许，邮船将于当月（6月）15日启航。14日那天，我登船去我的特等舱做一些安排。

我发现打算乘该船的旅客特别多，而其中女士的数量又多于平常。旅客名单上有几位熟人的名字，我欣喜地看到科尼利厄斯·怀亚特先生的名字也在其中，对这位年轻的画家我怀着一种深深的友情。他曾是我在C大学时的同学，在校期间我俩经常在一起。他具有天才们所常有的那种禀性，既愤世嫉俗、多愁善感又热情奔放。由于兼备了这些特性，他的胸腔里跳动的是一颗最最热烈而真诚的心。

我注意到有3个特等舱的门号卡片标着他的名字。再看旅客名单，我发现他是为他的妻子以及他自己的两个妹妹预订的座舱。特等舱足够宽敞，每舱有上下两个铺位。诚然这些铺位窄得只能睡下一个人，可我仍然不能理解为什么这种关系的4个人需要订3个特等舱。那段时期我正处于一种忧郁的心理状态，这种心态使人对寻常小事也异常好奇。现在我不无羞愧地承认，当时我对他多订一个特等舱的目的进行了各种各样无礼而荒谬的推测。虽然这事与我毫不相干，但我还是执拗地绞尽脑汁想解开这个谜。最后我终于得出一个推论，而这个推论使我惊异自己为什么没能一开始就想到这个谜底。"这当然是为仆人订的，"我自言自语道，"我真是个白痴，竟然没有早一点想到这个如此显而易见的答案！"于是我再一次细看旅客名单，可我从名单上清清楚楚地看到，并没有仆人与他们同行，尽管事实上他们本来打算带上一位，因为名单上原来写有"仆人"字样，但后来又被划掉了。"哦，一定是额外有行李，"这下我暗想到，"某种他不愿意放进货舱的东西，某种他希望放在眼皮底下的东西。啊，我明白了，大概是一幅画，就是他一直在和那个意大利犹太人尼科利洛讨价还价的那副。"这一推论令我满意，于是我暂时打消了好奇心。

怀亚特的两个妹妹我都很熟悉，她们是一对非常聪明可爱的姑娘。他妻子同他结婚不久，因而我从未与她见过面。不过他曾经常常在我面前谈起她，而且是以他通常那种富有热情的语调。他把她形容成一个超凡绝伦的美人，既有智慧又有教养。所以我非常渴望能与她相识。

就在我登船的那一天（14日），怀亚特一家也要登船看舱（船长这样告诉我），所以我比原计划多在船上待了一小时，希望趁机结识那位新娘，但不久就听到这样一个解释："怀亚特夫人偶染小疾，要到明天开船的时候方能上船。"

第二天终于来临，我正从我下榻的旅馆去码头，这时哈迪船长碰见我并对我说，"鉴于某种情况，"（一个笨拙但却实用的辞令），"他认为'独立号'得推迟一两天才能启航，待一切就绪，他会派人来通知我。"我觉得这事很奇怪，因为当时正刮着强劲的南风，但由于"那个情况"无从得知，所以我尽管刨根问底地打听了一阵，最后还是只能回到旅馆，无所事事地忍受我心中的焦躁。

几乎整整一个星期都没有收到我所期待的船长送来的消息。但最后消息终于传来，我立即动身上了船。船上挤满了旅客，一切都处在启航前的忙乱之中。怀亚特一家比我晚10分钟到达。登上船的正是那两姊妹、新娘和画家本人，后者当时正处于他习惯性发作的愤世嫉俗的抑郁之中。不过我对他的脾性早习以为常，所以并不特别在意。他甚至没向我介绍他妻子，这一礼节被迫由他聪明可爱的妹妹玛丽安来完成，她三言两语匆匆为我和那位新娘作了番相互介绍。

怀亚特夫人严严实实地蒙着面纱，而当她撩起面纱向我还礼之时，我承认我当时是万分诧异。不过我本来应该更加吃惊，但长期的经验早已告诉我，当我那位画家朋友纵情谈论女人的美丽可爱时，不能过分地盲目相信他那种热情奔放的描述。我知道得很清楚，当美成为谈论的话题时，他是多么容易翱翔于那种纯粹的理想境界。

事实上，我不得不认为怀亚特夫人无疑是一个其貌不扬的女人。如果不说她长得绝对丑陋，我认为离难看也相差无几。然而她的衣着颇有优雅的情趣，因此我确信，她能迷住我朋友的心，凭的是她更永恒的智慧和心灵之美。她只同我略为寒暄了几句就马上随怀亚特先生进了船舱。

我先前那份好奇心又死灰复燃。没有仆人随行，这已经不言而喻。于是我期待那件额外的行李。稍过了一会儿，一辆马车抵达码头，运来了一口长方形箱子，它看上去似乎正是我所期待的东西。箱子刚一上船我们就扬帆起航，不一会儿就平安地驶过港口的沙洲，离岸驶向宽阔的海面。

正如我刚才所说，那个箱子是长方形的。它大约有6英尺长，2.5英尺宽。我观察得很仔细，尺寸似乎恰好如此。这种形状非常独特，我一看见它就暗暗为自己推测之准确而得意。读者应该记得我已得出的那个推论，我那位艺术家朋友这件额外的行李应该是画，或至少说是一幅画。因为我知道好几个星期以来，他一直在同尼科利洛协商，而现在从箱子的形状可以看出，它装的不可能是别的什么东西，而只能是达·芬奇《最后的晚餐》的一件复制品。我早就知道，一件由小鲁比尼在佛罗伦萨绘制的《最后的晚餐》的复制品暂时被尼科利洛所收藏。所以，我认为我心中的疑点已得到充分的解释。一想到我的精明我就禁不住暗自发笑。这是我第一次知晓怀亚特对我保守他艺术方面的秘密，但他这次明显是想瞒着我，想在我鼻子底下把一幅名画偷运到纽约，而且希望我对此事一无所知。我决定迟早得好好地嘲弄他一下。

但有件事令我大为不快。那箱子没有被放入多余的那个客舱。它被抬进怀亚特住的舱内并被放在了那里，几乎占据了舱内的全部地面，这无疑会使画家和他的妻子感到极不舒服，尤其是用来在箱盖上写字的沥青或油漆散发出一种强烈、难闻，我甚至觉得异常讨厌的气味。箱盖上用大写字母潦草地写着"纽约州奥尔巴尼市阿德莱德·柯蒂斯夫人。科尼利厄斯·怀亚特先生托。此面向上。小心搬运。"

一开始我只意识到那个阿德莱德·柯蒂斯夫人是画家妻子的母亲，但随后我就把那姓名地址统统视为是一种特意要迷惑我的故弄玄虚。我当然能肯定，那口箱子和里面装的东西都绝对不会比我这位愤世嫉俗的朋友在纽约钱伯斯大道的那间画室再往北多走一步。

开始三四天天气很好，不过完全是顶头风，因为我们刚离岸不久风向骤然由南转北。好天气使船上的旅客兴致勃勃，大家都乐于互相交往，但怀亚特和他的两个妹妹却是例外，他们行为拘谨，而且我禁不住认为他们对其他人都显得无礼。怀亚特的行为我并不很在乎。他情绪低落，甚至比平常还抑郁，事实上他一直愁眉不展，不过我早已习惯他喜怒无常的怪癖。但对他两个妹妹的行为我却无从解释。在航行的大部分时间她俩都把自己关在船舱内，虽然我多次相劝，可她俩断然拒绝与船上其他任何人接触。

怀亚特夫人倒是非常容易相处。这就是说她喜欢聊天，而爱聊天在船上则是最好的介绍信。她很快就与船上的大部分女士打得火热，而且令我震惊的是，她还非常露骨地向男人们卖弄风情。她把我们大家逗得乐不可支。我说"逗"，是因为连我自己都几乎不知道该怎样来形容。实际情况是，我很快就发现怀亚特夫人更多的是被人嘲笑而不是与人共笑。先生们很少谈起她，但女士们不久就宣布她是"一个相貌平平、毫无教养、俗不可耐、但心肠好的女人。"令人大感不解的是怀亚特怎么会陷入这样的一场婚姻。财富是一般的解释，但我知道这压根儿不是答案，因为怀亚特曾告诉过我，她既没有带给他一个美元，也没有继承任何遗产的希望。他说他"结婚是为了爱情，仅仅是为了爱情；而他的新娘非常值得他爱"。我承认，一想到我朋友的这些表白我就感到说不出的困惑。难道可能他当时正在发疯？除此我还能怎样认为？

他是那么的高雅，那么明智，那么讲究，对瑕疵有那么一种精微的直感，对美有那么一种敏锐的鉴赏能力！当然，那位女士显得对他特别多情，尤其是当他不在场的时候，这时她会十分可笑地左一句她"亲爱的丈夫怀亚特先生"怎样怎样说，右一句她"亲爱的丈夫怀亚特先生"如何如何讲。"丈夫"这个字眼似乎总是（用她自己精妙的话来说）"挂在她的舌尖"。与此同时，全船旅客都注意到，她亲爱的丈夫以一种最明显不过的方式在躲避她。他大部分时间都把自己一个人关在舱里，事实上可以说他完全是一个人住着那个特等舱，任凭他妻子在大舱的公共场合随心所欲地按她认为最合适的方式消遣。

我从我的所见所闻得出结论，由于命运莫名其妙的捉弄，或者是因为一阵突发的奇思狂想，致使这位画家娶了一个完全配不上他的女人，因而很快就自然而然地对她彻底生厌。我打心眼里觉得他可怜，但由于上述原因，我不能原谅他在《最后的晚餐》这件事上对我保持沉默。因此我决定对他施行报复。

一天他来到甲板上，我照从前的习惯挽着他一条胳膊，和他一道在甲板上来回散步。然而他心中的忧郁丝毫未减（我认为在那种情况下这非常自然）。他很少说话，即便开口也依然闷闷不乐而且非常勉强。我冒昧的说了一两句笑话，他也试图挤出一丝微笑。可怜的家伙！当我想到他妻子，我真想知道他是否有心思强颜欢笑。最后我壮着胆子开始了致命的一击。我决定针对那个长方形箱子来一番含沙射影或巧妙暗示，恰到好处地让他慢慢察觉我压根儿不是他那个小小的滑稽把戏的笑柄，或者说不是他的受骗人。我的第一番话就像是一座隐蔽的炮台突然开火。我说起了

"那口箱子奇特的形状"。在我说话之间,我狡黠地冲他笑了一笑,会意地朝他眨了眨眼,还用食指轻轻戳了戳他的肋骨。

对这个没有恶意的玩笑,怀亚特的反映使我一下就确信他是疯了。一开始他只是呆呆地盯住我,仿佛他觉得不能理解我那番话的言外之意,但随着我话中的弦外之音渐渐深入他的心窍,他的眼睛似乎也慢慢地从眼窝突出。接着他的脸变得通红,随之又变得煞白,然后好像是被我的冷嘲热讽所逗乐,他突然开始大声狂笑。使我惊讶的是,他竟然越来越厉害地狂笑了10分钟或者更久。最后他重重地跌倒在甲板上。当我冲过去扶他时,他看上去好像死人一般。

我叫来人帮忙,大家费了好一番劲才终于使他苏醒。他醒来后就一直语无伦次地说胡话。最后我们给他放了血①让他安睡。第二天早上他便完全恢复,不过仅仅是就他的身体而言。至于他的精神,我当然什么也不必说。依从船长的劝告,我在其后的航行中一直避免和他见面,船长似乎同我的看法一致,认为我朋友精神错乱,但他告诫我别把这事告诉其他任何人。

紧接着怀亚特的发病又发生了几件事,这些事促使我本来已具有的好奇心变得越发强烈。在这些事中最突出的是下面一件事:我因喝了太酽的绿茶而感到神经过敏,夜里睡不安稳,事实上可以说有两天晚上我整夜未能入眠。我的特等舱与船上其他单身男子的舱位一样通连大舱,或者说餐厅。怀亚特那3个舱房是在后

---

① 旧时"放血疗法"在中西方都很流行。爱伦·坡在《汉斯·普法尔登月记》中也有放血描写。

舱，由一道夜里也不上锁的轻便滑门与大舱相隔。由于我们几乎一直逆风航行，而且风势并不强劲，所以船朝下风斜得很厉害；而每当右舷朝下风，那道滑门便自动滑开，也没有人自找麻烦起床去把它关上。可我的铺位在这样一个位置，当我的舱门和那道滑门都同时开着时（由于天热，我的舱门总是开着），我能清清楚楚地看到后舱，而且正好是怀亚特先生那几个舱房坐落的位置。这样，我辗转不眠的那两个夜里（并非连续两夜），我每晚11点左右都清楚地看见怀亚特夫人小心翼翼地从怀亚特先生的舱房溜进多余的那个船舱，并在那里一直待到黎明时分，然后由她的丈夫把她唤回。他们实际上是在分居，这显而易见。他们早已分开居住，无疑是正在考虑永远解除婚约，而我认为，这毕竟就是多订一个船舱的奥秘。

另外还有一件事也使我极感兴趣。就在上述那两个我夜不成眠的晚上，紧接着怀亚特夫人溜进那个多余的特等舱之后，我马上就被她丈夫舱内某种奇异、谨慎而低沉的声音所吸引。聚精会神地聆听了一段时间，我终于明白了是怎么回事。那是画家用凿刀和木槌撬开那个长方形箱子所发出的声音，木槌的前部显然被包上了某种毛织品或棉织物，以便声音变得低沉。

即便这样，我相信我仍能准确地听出他何时打开箱盖，也能听出他何时把盖子完全移开，还能听出他何时把它放上他舱内的下铺，譬如说我知道这后一点就是凭着他极力将箱盖放下时箱盖与木床相触那一点轻微的声音，舱内地板上没有放箱盖的足够空间。两天晚上都一样，箱盖移开之后就是一片死寂，直到快天亮我都听不见什么响动，除非可以允许我提到一种抑制得几乎听不见的呜咽或哀诉声,假如这种声音真的不是我凭空想象的话。我说那声音像是呜咽或哀诉,但它哪种声音都不可能是,这自不待言。我宁可认为它只是我的耳鸣。毫无疑问,那仅仅是怀亚特先生出于习惯,在纵容他的一种嗜好,沉浸于他艺术激情的一阵冲动之中。他打开那口箱子是为了解解眼馋,想看看里边那件绘画珍品。然而做这件事没有任何理由使他呜咽。所以我再说一遍,那呜咽声肯定只是我的一种幻觉,是好心的哈迪船长送我的绿茶所引起的幻觉。在我所说的那两个晚上快天亮之前,我都清楚地听见怀亚特把盖子重新放上木箱,并用那把包着软物的木槌把钉子钉回原处。做完这事之后,他便衣冠整齐地走出舱门去唤回怀亚特夫人。

我们在海上已航行了7天,此刻正在哈特勒斯角之外的海面,这时突然刮起了一阵猛烈的西南风。但我们对这场风多少有所准备,因为天气显现其征兆已有多时。甲板上所有的东西该收好的都收好,该入舱的都入舱,该拉上桅杆的都拉上桅杆。随着风力的逐渐加强,我们最后只好加倍卷缩起后樯纵帆和前樯中桅帆,这时候船已不能前进。

我们在这种情况下平安地漂泊了48小时。"独立号"在许多方面都证明是一条好船,一直没有任何大浪打上甲板。但在那48小时之后,疾风加强而成为飓风,我们的后帆被扯成了破布条,这下船被抛进深深的波谷,一连几个巨大的浪头从甲板上冲过。这一变故使我们失去了3个人、连同舱面厨房和差不多整个左舷壁。我们刚刚回过神来,就趁前帆未被撕成碎片之前拉起了一张支索帆,这一措施在几个小时内还算奏效,风浪中的船比刚才平稳多了。

但暴风依然吹个不停,我们看不到任何风势减弱的迹象。索具看上去都难以承受,全都绷紧到了最大限度。在风暴持续的第3天下午5点左右,我们的后桅在船迎着风头的一次剧烈倾斜中折断落水。由于船颠簸得厉害,我们花了一个多小时也未能使船摆脱倾斜,而当我们还在努力之时,船上的木匠从船尾跑来告知,舱底积水已达4英尺。更糟的是我们发现抽水机全都熄了火,而且几乎不能修复。

这时一切都陷入了混乱与绝望之中。但大伙儿仍进行了一番减轻船体的努力,尽可能地抛掉了船上装载的货物,并砍掉了剩下的两根桅杆。这一切终于完成,可我们仍然没法修好那些水泵,而与此同时,舱底漏水越积越深。

日落时分,暴风明显地不再那么猛烈,而由于海面上的波涛随着风势的减弱而减弱,我们仍然怀有乘救生艇逃生的一线希望。傍晚8点,上风头天际的云层突然裂开,我们看到了一轮满月,这一好运极大地振奋了我们颓丧的精神。

经过一番难以置信的努力,我们终于成功地把邮船上那艘大救生艇顺利放入水中,这艘救生艇挤上了"独立号"的全体船员和大部分旅客。他们立即驶离大船,在经历了许多苦难之后,终于在"独立号"沉没后的第3天平安抵达了奥克拉科克海湾。

另外14名旅客和船长当时还留在船上,决定把自己的命运托付给船尾的那条小救生艇。我们毫不费力就把小艇放进水中,尽管它落水时居然没有倾覆完全是一个奇迹。小艇上载的是船长夫妇、怀亚特一家、一位墨西哥官员和他的妻子以及四个孩子,此外就是我和一名黑人仆从。

当然，除了必不可少的几件器具、一些给养和穿在身上的衣服外，小艇已没有装其他任何东西的余地。事实上也没人想要带上更多的东西。可是当小艇离开大船已有几英寻之时，怀亚特先生突然从艇尾座上站起身来，厚颜无耻地要求哈迪船长把小艇退回去取他那口长方形箱子，当时大家的惊讶可想而知！

"坐下，怀亚特先生，"船长的回答有几分严厉，"你要不静静地坐好会把船弄翻的。我们的舷边都快要进水了。"

"箱子！"怀亚特仍然站着大声嚷道，"我说那个箱子！哈迪船长，你不能，你不会拒绝我的。它很轻。它不重。一点儿也不重。看在你母亲的份儿上，看在仁爱的上帝份儿上，看在你救助之心的份儿上，我求你让我回去取那个箱子！"

船长一时间似乎被画家真诚的哀求所打动，但他很快就恢复了镇静，依然严厉地说道：

"怀亚特先生，你疯了。我不能答应你的请求。坐下，我叫你坐下，不然你会把船弄翻的。挡住他。抓住他！快抓住他！他要跳船！瞧，我早知会如此。他跳下去了！"

就在船长说话之际，怀亚特先生事实上已经跳出了小艇，由于我们当时正位于沉船的下风处，他凭着超人的努力成功地抓住了一根从前锚链上垂下的绳子。转眼之间他已经上了沉船，疯狂地冲进了船舱。

此时小艇已被吹到沉船船尾，完全离开了它的背风面，开始任凭依然汹涌的海浪的摆布。我们曾努力想靠拢沉船，但我们的小艇犹如暴风中的一片羽毛。我们一眼就看出那个不幸的画家已难逃厄运。

当小艇与沉船之间的距离急速拉大之时，我们看见那个疯子（因为我们只能这么看他）出现在升降口，凭着一股显然是巨大的力量，他把那个长方形箱子拉了出来。就在我们目瞪口呆地凝望之际，他用一根粗绳在箱子上绕了几圈，接着把那根绳子缠绕在自己身上。转眼工夫他连人带箱子都已在海里，随之便非常突然并且永远地从海面上消失了。

我们悲哀地停止摇桨，任船逗留了一会儿，大家都呆呆地盯住他沉没的地方。然后我们摇桨离去。整整一个小时谁也没有说话。最终由我冒昧地打破了沉默。

"你注意到了吗，船长，他连人带箱沉得多快？这难道不是件奇怪的事？我得承认，当我看见他把自己和那个箱子捆在一起投身大海时，我心里还产生过一丝他终能获救的希望。"

"他们当然会沉下去，"船长回答道，"而且沉得和铅球一样快。然而，不久之后他们会浮上来，但得等到盐化完之后。"

"盐！"我失声重复。

"嘘！"船长止住我，指了指死者的妻子和两个妹妹。"这些事待适当的时候我们再谈。"

我们吃尽了千辛万苦，经历了九死一生，不过命运对我们也像对大救生艇上的伙伴一样照顾。在危难中漂泊4天之后，我们终于死里逃生，登上了罗阿诺克岛对面的海滩。我们在哪儿逗留了一个星期，没有受到营救者的虐待，最后我们搭上了一条去纽约的船。

大约在"独立号"失事一个月之后，我在百老汇偶然遇上了哈迪船长。我们自然而然地谈起了那场灾难，尤其谈到了可怜的

603

怀亚特悲惨的命运。于是我知道了以下详情。

原来画家为他和他妻子、他的两个妹妹和一名仆人订了舱位。他的妻子正如他所描述的一样，的确是一位美丽可爱又极富教养的女人。6月14日（我登船看舱的那天）早上，那漂亮女人突然犯病死去。年轻的丈夫悲痛欲绝，但情况又绝对不允许他延期去纽约。他必须把他爱妻的尸体送交她的母亲，可另一方面，他深知世俗的偏见将会阻止他公开运尸。百分之九十的旅客宁可不乘那条船也不愿和一具尸体待在一条船上。

进退两难之际，哈迪船长为尸体做出了安排，他建议将尸体做局部防腐处理，然后再和大量的盐一道装入一个尺寸相宜的木箱，这样便可以作为货物搬上船。那位女士的夭亡一点风声也没走漏，而怀亚特先生为妻子预订有舱位的事已为人所知，所以必须得有人装扮成他妻子在旅途中露面。他亡妻的女仆很容易就被说服担当此任。在其女主人未亡之前为这个姑娘订的那个特等舱仍然保留。当然，这个假扮的妻子每天晚上都睡在那个舱里。而在白天她则尽其所能扮演她女主人的角色。此前船长早已仔细核定，船上的旅客都不认识怀亚特夫人。

当然，我自己的错误就在于我过分轻率，过分好奇，过于感情冲动。可近来，我夜里很少能睡得安稳。尽管我想避开，但总有一副面容出现在我的眼前。总有一种歇斯底里的笑声回响在我的耳边。

(1844)

# 凹凸山的故事

1827年秋天我曾住在弗吉尼亚州的夏洛茨维尔附近，在此期间我偶然结识了奥古斯塔斯·贝德尔奥耶先生。这位年轻绅士在各方面都引人注目，因而激起了我浓厚的兴趣和强烈的好奇心。我发现自己简直不可能领会他的话，不管他是论及精神上的问题还是谈到物质上的事情。说起他的家庭，我没能听到过令人满意的叙述。至于他从何而来，我从来都没有弄清楚。甚至关于他的年龄（尽管我称他为年轻的绅士），也有令我大惑不解的地方。他当然显得年轻，而他也总是刻意强调他年轻，可竟有那么些时候，我会很容易地想象他已经活了100岁。不过无论他哪一方面都比不上他的外貌更奇特。他异乎寻常地又高又瘦。他通常都是弯腰驼背。他的四肢特别长，而且瘦骨嶙峋。他的前额格外宽，而且很低。他的面容绝对没一丝血色。他的嘴巴很大，而且灵活。虽说他的牙比我所见过的人的牙齿都更完好无疵，但却极度地参差不齐。然而，他微笑时的表情却不像人们会意料的那样难看，只是那表情从来没有变化。那是一种深深的忧郁，一种莫可言状的绵绵哀愁。他的眼睛大得出奇，而且像猫眼一样圆。其瞳孔也恰如猫科动物的一样，能随着光线的明暗收缩或扩张。在激动之时，那双眼珠可亮到几乎不可思议的程度，仿佛正放射出熠熠光芒。

那不是一种反光，而是像蜡烛或太阳一样自身发出的光芒。但在一般情况下，它们却呆滞而朦胧，毫无生气，使人联想到一具早已埋葬的僵尸的眼睛。

这些外貌特征显然使他感到烦恼，他总是用一种半是解释半是道歉的语气不断婉转地提到它们。我第一次听到那种语气时觉得它令人讨厌。但我不久就慢慢习惯了那种语气，我那种不愉快的感觉也渐渐消失。他似乎是有意要转弯抹角而不是直截了当地告诉我，他那副模样并非天生如此，而是长期以来阵发性的神经疼痛，使他从一个美男子变成了我所看见的这副模样。多年来他一直由一位名叫坦普尔顿的医生（一位大概有七十岁的老年绅士）陪伴。他第一次碰到坦普尔顿医生是在纽约州的萨拉托加。在那里逗留期间，他从他的关照中获得了，或者说他自以为获得了很大的好处。其结果是非常有钱的贝德尔奥耶和坦普尔顿医生达成了一个协议，根据此协议，作为对一笔慷慨大方的年薪的回报，医生答应把他的时间和医治经验全部用来照料这位病人。

坦普尔顿医生年轻时曾周游世界，而巴黎之行使他在很大程度上成了梅斯墨尔①那套催眠学说的信徒。他曾仅凭催眠疗法就成功地减缓了他这位病人的剧痛。这一成功非常自然地鼓舞了后者，使他多少相信了产生这种疗法的学说。然而医生就像所有的狂热者一样，竭尽全力要让他这名学生完全相信，最后他终于达到了目的，竟劝诱这位患者接受了无数次实验。无数次实验的反复进

---

① 梅斯墨尔（F. A. Mesmer, 1734—1815），奥地利医师，他首创的催眠治疗法曾风靡一时。

行终于产生了一种结果，这种结果在今天看来已不足为奇，以致很少引人注目或完全被人忽视。但在我所记录的那个年代，这种结果在美国还鲜为人知。我的意思是说，在坦普尔顿医生和贝德尔奥耶之间，渐渐产生了一种非常特殊而且极其明显的关系，或者说催眠关系。但时至今日我仍不能断言这种关系超越了纯粹的催眠作用之界限，不过其作用本身当时已达到了非常强烈的程度。在第一次施行磁性催眠的尝试之中，那位催眠师彻底失败。经过长期不懈的努力，他终于在第5次或第6次尝试时获得了部分成功。只是到了第12次他才大获全胜。从此以后那位病人的意志便可在顷刻之间服从于他这位医生的意志。结果当我初次与他俩认识时，那病人几乎能在其医生产生催眠意志的同时安然入睡，甚至当他不知医生在何处时也是一样。只有在1845年的今天，在类似的奇迹每天都被无数人目睹的今天，我才敢于记录下这个显然不可能存在的确凿的事实。

贝德尔奥耶神经非常敏感，性情容易激动，而且极其热情奔放。他的想象力异常丰富，并很有创造性。这当然部分地是因为他习惯性地服用吗啡，因若不大量吞服吗啡，他会觉得没法活下去。他的惯例是每天早餐之后马上就服用剂量很大的吗啡，准确地说是在一杯浓咖啡之后，因为他在中午之前不吃东西。然后他就独自出门，或是只由一条狗陪伴，长时间地在城外的山间漫步。那是绵延起伏于夏洛茨维尔西面和南面的一座座荒凉而沉寂的小山，被当地人夸张地称为凹凸山脉。

将近11月末，在美国人称为"印度之夏"的那段季节反常期间，在一个阴沉、温暖、雾蒙蒙的日子，贝德尔奥耶先生像往常一样去山间漫步。整整一天过去，他还没有回来。

晚上8点左右，我们为他的迟迟不归而感到惊恐，正要出发去山里寻找，他却突然出现在我们眼前，身上不少一根毫毛，而且显得比平时还精神。他对他那一天经历的讲述，那些使他在山里逗留的事件，的确是一个奇妙非凡的故事。

"你们应该记得，"他说，"我离开夏洛茨维尔是在上午9点。我径直朝山边走去，大约在10点钟左右进了一个我以前从未见过的峡谷。我兴致勃勃地穿行于那条弯弯曲曲的山路。谷间展示的景色虽说不上壮丽，但在我眼里却有一种说不出其精妙的荒凉之美。那种幽静似乎从未受到过玷污。我不禁认为我脚下绿色的草地和灰色的石岩在我之前从来没有经受过人的踩踏。那幽谷完全与世隔绝，事实上若不是一连串阴差阳错，连那深谷的入口都难以到达，所以我并非不可能是第一个探险者，第一个也是唯一一个进入其幽深之处的探险者。

"'印度之夏'时节独有的那种浓雾，或者说云烟，当时正笼罩着山谷中的一切，这无疑加深了那一切给人留下的虚无缥缈的印象。那令人惬意的雾是那么的浓，以致我只能看清前面十几码远的地方。脚下的小径蜿蜒曲折，头顶上又见不到日光，所以我很快就完全迷失了方向。与此同时吗啡也开始发挥其通常的作用，使我以一种浓厚的兴趣去感受整个外部世界。一片树叶的颤抖、一株小草的颜色、一朵三瓣花的形状、一只蜜蜂的嗡鸣、一滴露珠的闪耀、一阵柔风的吹拂，以及森林散发出的淡淡的幽香，都启迪我想到天地间万事万物，引起我一种快活而斑驳、狂热而纷乱的绵绵遐思。

"沉醉于这番奇境遐思,我不知不觉朝前走了好几个小时,其间我周围的雾霭越来越浓,浓得我后来只能够摸索着前行。而就在这时,我突然感到一种难以形容的不安,一种神经质的踌躇和恐惧。我不敢再迈步,生怕我会跌入某个深渊。我还记起了关于凹凸山的那些古怪的传说,记起了传说中讲的那些居于林间洞中的可怕的野人。无数朦胧的幻觉使我压抑,使我仓皇,幻觉因为其朦胧更令人焦灼不安。忽然,我的注意力被一阵响亮的鼓声吸引。

"我那阵惊异当然是无以复加。这些山中从来不知道鼓为何物。我当时即便是听见大天使的喇叭声也不会有那么惊讶。可一件更让人吃惊并令人困惑的新鲜事又随之而来。一阵嘚嘚嗒嗒或丁丁当当的声音由远而近,仿佛是有人在晃动一串巨大的钥匙,接着一位面色黝黑的半裸男人尖叫着从我身边冲过。他离我非常近,以致我脸上都感到了他呼出的热气。他手里握着一件用许多钢环做成的器具,一边跑一边使劲地摇动。他刚一消失在前方的雾中,随后就蹿出一头巨兽,那巨兽张着大口,瞪着眼睛,喘着粗气朝那人追去。我不可能看错那头巨兽。它是一条鬣狗。

"看见这家伙非但没有增加我的恐惧,反而消除了我的不安,因为现在我确信我只是在做梦,于是便努力要使自己清醒过来。我大胆地朝前迈出轻快的步伐。我揉我的眼睛。我高声喊叫。我捏我的四肢。小小的一泓清泉进入我的视野,我在泉边弯下腰洗手、洗头和脖子。这一洗仿佛洗掉了一直令我不安的那种莫可名状的感觉。当我重新直起腰时,我认为我完全变了一个人。我迈着平稳的步子,悠然自得地继续走那条我不认识的路。

"最后,由于精疲力竭,也由于空气闷热得令人窒息,我坐到了一棵树下。不一会儿天空透出曚昽的日光,那棵树树叶的影子淡淡地但却清晰地映在草地上。我疑惑地把那影子凝视了好几分钟。它的形状惊得我目瞪口呆。我抬头一看,那是棵棕榈树。

"这下我匆匆站起身来,感到一阵恐惧不安,因为我不能再以为自己是在做梦。我发现我完全支配着自己的感官,而这些感官此时为我的灵魂带来了一种新奇而异样的感觉。天气一下子热得不堪忍受。风中飘来一种陌生的气味。一种低沉而持续的溅溅水声,就像一条水量充沛但流动缓慢的河流的声音,交织着由许多人发出的奇异的嘈杂之声,一并传入我的耳朵。

"当我在一种我无须描述的极度惊讶中倾听之时,一阵猛烈而短促的风突然吹散了浓雾,仿佛是一位巫士挥舞了一下魔杖。

"我发现自己在一座高山脚下,正俯瞰着前方一片宽阔的平原,一条壮观的大河蜿蜒于平原之上。大河的岸边坐落着一座具有东方情调的城市,就像我们在《天方夜谭》中读到的那种,但比书中所描绘的更具特色。我所处的位置远远高于那座城市,所以我能看到城里的每一个角落,它们就像是画在地图上一样。街道看上去不可悉数,纵横交错,但与其说是街道,不如说是又长又弯的小巷。那些小巷里全都挤满了人。城里的房子颇具诗情画意。四方八面都是数不清的阳台、游廊、尖塔、神龛和雕刻得非常奇妙的凸肚窗。集市比比皆是,出售的货物品种繁多,琳琅满目——丝绸、薄纱、最耀眼的刀剑、最华丽的珠宝。此外可见到处都有旗幡和轿子,有抬着蒙面纱的端庄妇人的肩舆,有被打扮得光彩夺目的大象,有被雕刻得奇形怪状的偶像,有皮鼓,有旌旗,有铜锣,有长矛,还有镀银和镀金的钉头锤。而在人群之中,在喧嚣之中，在全城的纷乱挤轧之中，在熙来攘往的包着头巾、裹着长袍、须髯飘垂的黑皮肤和黄皮肤的人流之中，穿行着数不清的披着饰带的圣牛，而大群大群虽说肮脏却不可侵犯的圣猴则在神庙寺院的房檐周围攀援啼叫，或是攀附于尖塔和凸肚窗。从拥挤的街道到那条河的岸边，有不计其数的一段段向下延伸的石阶，直通到一个个沐浴之处，而那条河本身倒像是费劲地从载满货物的船队中挤过，帆樯如林的船只遮盖了整个河面。城外四周有大片大片的棕榈树和椰子树，其中间杂着其他巨大的古树，随处可见分散的一块稻田、一间农民的茅屋、一方水池、一座隐寺、一个吉卜赛人营地，或是一位美丽的少女独自一人头顶水罐走向那条大河的岸边。

"当然，你们现在会说我是在做梦，但事实并非如此。我的所见所闻所感所思都不具有我绝不会弄错的梦的特征。一切都那么首尾相连，前后一致。开始我也怀疑自己是否真正醒着，于是我进行了一系列试验，结果很快就使我确信我的确神志清醒。当一个人在梦中怀疑自己在做梦之时，他的怀疑绝不会得不到证实，而做梦者几乎往往是马上醒来。所以诺瓦利斯[1]说得不错，'当我们梦见自己做梦时，我们正接近清醒。'假若这番景象如我所描述的那样出现在我的脑际而被我怀疑为一种梦境，那它说不定真是一场大梦。但是，既然它像它出现的那样出现，既然它像它被怀疑和试验的那样经受了怀疑和试验，那我现在就不得不把它归入另一类现象。"

---

[1] 参见本书《玛丽·罗热疑案》题记相关脚注。

"关于这点，我不能确定地说你错了，"坦普尔顿医生说，"但请接着往下讲。你站起身并朝下边那座城市走去。"

"我站起身，"贝德尔奥耶继续道，一边用一种非常惊讶的神情打量医生，"我站起身，正如你刚才所说，并朝下边那座城市走去。路上我汇入了一股巨大的人流，无数的平民从条条道路拥向同一个方向，一个个都显得慷慨激昂。突然之间，被一阵不可思议的冲动所驱使，我对身边正在发生的事产生了强烈的兴趣。我仿佛觉得自己有一个重要角色要扮演，可又不清楚那到底是个什么角色。然而，我体验到了一种深切的仇恨之情，对围在我身边的人群怀有了仇恨。我从他们中退出，飞快地绕路到了城边并进入了那座城市。全城都处在骚乱与战斗之中。一小队半是印度装束半是欧式装束的男人由一名身着部分英军装束的绅士指挥，正以寡敌众地与潮水般的街头暴民交战。我加入了力量弱的一方，用一名倒下的军官的武器疯狂地与我不认识的敌人进行战斗。我们很快就寡不敌众，被迫退守进一座东方式凉亭。我们在那儿负隅顽抗，一时半会儿还不会有危险。从靠近凉亭顶端的一个窗孔，我看见一大群愤怒的人正在围攻一座突出于河面之上的华丽宫殿。不一会儿，一个看上去很柔弱的人出现在宫殿上层的一个窗口，凭着一根用他的侍从们的头巾连接而成的长绳，他从那个窗口吊了下来。下边有一条船，他乘那条船逃到了河对岸。

"这时一个新的目的占据了我的心灵。我急促而有力地对我的同伴们说了几句话，在争取到他们中少许人的支持之后，一场疯狂的突围开始了。我们从凉亭冲入包围我们的人群中。开始他们在我们面前节节败退。接着他们重振旗鼓疯狂反扑，然后又重新向后退缩。左冲右突之间,我们已远远离开了那座凉亭,被赶进了那些狭窄弯曲、两旁房屋鳞次栉比、幽深处从来不见阳光的迷津般的街道。暴民们疯狂向我们扑来,用他们的长矛不断袭击我们,用一阵阵乱箭压得我们抬不起头。这些箭矢非常奇特,形状就像马来人的波刃短剑。它们是模仿毒蛇窜行时的身形而造成,箭杆细长乌黑,箭镞有浸过毒的倒钩。这样的一支箭射中了我的右太阳穴。我摇晃了一下倒在地上,顿时感到极度的恶心。我挣扎,我喘息,我死去。"

这时,我微笑着说:"现在你简直不能再坚持说你那番奇遇不是一场梦。你还不至于硬要说你现在是死人吧?"

说完这番话,我当然以为贝德尔奥耶会说句什么俏皮话来作为回答,但令我吃惊的是,他竟然变得狐疑不决,浑身哆嗦,面如死灰,而且一言不发。我朝坦普尔顿看去,只见他端端正正坐在椅子上,他的牙齿在打战,他的眼睛几乎要瞪出了眼窝。"接着往下讲!"他最后用沙哑的声音对贝德尔奥耶说。

"有好几分钟,"贝德尔奥耶继续道,"我唯一的感情,我唯一的感觉,就是黑暗和虚无,伴随着死亡的意识。最后,似乎有一种突然而猛烈的震荡穿过我的灵魂,仿佛是电击。随之而来的是一种轻灵的感觉。后一点我是感觉到,而不是看到。我好像是一下从地面升起。但我没有肉体,也没有视觉、听觉和触觉。人群已经散离。骚乱已经平息。那座城市此刻相当安静。我的下方躺着我的尸体,太阳穴上还插着那支箭,整个头部已肿胀变形。但这一切我都是感觉到,而不是看到。我对一切都不感兴趣。甚至那具尸体也显得与我无关。我没有意志,但却好像是被推入了运动。我轻快地飘出了那座城市，折回我曾走过的那条弯弯曲曲的小路。当我到达我曾在那儿遇见鬣狗的那个地点时，我又一次感到一阵电击般的震荡，重感、意志感和实体感顿时恢复。我又成了原来的自己，并匆匆踏上回家的路，但那番经历并没有失去它真实鲜明的色彩。而现在，哪怕只是暂时的一分一秒，我也没法强迫我的判断力把它认为是一场梦。"

"它也不是一场梦，"这时坦普尔顿一本正经地说，"不过此外又很难说该如何为它命名。让我们只是这样来推测，当今人类之灵魂已非常接近于某种惊人的精神发现。暂时就让我们满足于这一推测。至于别的我倒有一个解释。这儿有一幅水彩画，我本来早就应该让你们看，但有一种莫名其妙的恐惧感阻止我那样做。"

我们看了他递过来的画。我看那幅画并没有任何特别之处，可它对贝德尔奥耶产生的影响却令人吃惊。当他看见那幅画时差点儿没昏过去。然而那只是一幅微型画像，诚然画中人的相貌特征与他酷肖绝似。至少我看画时是这样认为的。

"你们可以看到，"坦普尔顿说，"这幅画的年代，在这儿，几乎看不见，在这个角上，1780年。这张画像就是在那一年画的。它是我死去的朋友奥尔德贝先生的肖像。在沃伦·黑斯廷斯任孟加拉总督时期，我和奥尔德贝在加尔各答，我俩曾经情同手足。当时我才20岁。贝德尔奥耶先生，我在萨拉托加初次见到你时，正是你和这幅肖像之间那种酷肖绝似诱使我同你搭话，和你交朋友，并促成了最终使我成为你永久伙伴的那些协议安排。我这样做部分地是，也许该说主要地是出于一种对我亡友的惋惜和怀念，但部分地也是出于一种担心，一种并非完全不带恐惧的对你的好奇。

"在你对你在山里所看到的那番景象的详述中,你已经非常精确地描绘了印度圣河岸边的贝拿勒斯城①。那些暴动、战斗和杀戮均是发生于1780年的蔡特·辛格叛乱中的真实事件,当时黑斯廷斯经历了他一生中最危险的时期。那个用头巾接成绳子逃走的人,就是贝拿勒斯帮主蔡特·辛格本人。凉亭里的那些人就是黑斯廷斯所率领的一队印度兵和英国军官。我便是其中一员,当时我尽了一切努力要阻止那名军官冒险突围,最后他在混乱的巷战中被一个孟加拉人的毒箭射死。那名军官就是我最亲密的朋友。他就是奥尔德贝。你看看这些手稿就会发现,"(说到这儿他拿出一个笔记本,其中有几页显然是刚刚才写上字)"当你在山中想象这些事情之时,我正在家里把它们详细地记录在纸上。"

大约在这次谈话一星期之后,夏洛茨维尔的一家报纸发表了以下短讯:

"我们有义务沉痛地宣告奥古斯塔斯·贝德尔奥先生与世长辞,他是一名仁慈厚道的绅士,他因其许多美德而早已赢得了夏洛茨维尔市民们对他的敬爱。

"贝先生多年来一直患有神经痛,此病曾多次对他的生命构成威胁,但这只能被视为他死去的间接原因。导致他死亡的直接原因格外异常。在几天前去凹凸山的一次远足中,贝先生偶染风寒引起发烧,并伴随有严重的脑充血。为治疗此症,坦普尔顿医生采取了用水蛭局部吸血的方法。水蛭被置于两边太阳穴。在可怕的片刻之间病人死去,原因似乎是盛水蛭的罐中意外地混入了一

---

① 今称瓦腊纳西,著名的印度教圣地。

条偶尔可见于附近池塘的毒蚂蟥。这条毒蚂蟥紧紧地吸住了患者右太阳穴的一条小血管。毒蚂蟥与治疗用的水蛭极其相似，由此造成了这一不可弥补的疏忽。

"注意：夏洛茨维尔的毒蚂蟥通常可据其色黑而区别于治疗用的水蛭，尤其可根据它与蛇酷似的扭曲或蠕动。"

同该报撰稿人谈起这一惊人的意外事故时，我突然想到问他报上把死者的姓写成贝德尔奥是怎么回事。

我说："我相信你这样拼写肯定有你的根据，不过我一直认为写这个姓末尾还有个'耶'字。"

"有根据？不，"他回答说，"那仅仅是一个印刷错误。这个姓全世界都写作贝德尔奥耶，我这辈子还不知道有别的拼法。"

"那么，"我转身时不由得喃喃自语道，"那么，难道出现了一个比虚构还奇妙的故事，因为去掉了'耶'字，'贝德尔奥'一倒读不正好是'奥尔德贝'？而那个人告诉我这是个印刷错误。"

（1844）

# 过早埋葬

有那么一些题目非常引人入胜，但若写成正统小说却过分恐怖。所以纯粹的浪漫主义作家对这些题目应避而远之，如果他不想干犯众怒或是招人讨厌的话。只有得到确切而庄重的真相之认可，方能对这类题目加以适当的处理。譬如说，读到下列叙述时，我们总会感到毛骨悚然，总会感到最强烈的"愉悦的痛苦"，诸如对强渡别列茨那河的叙述、对里斯本大地震的叙述、对伦敦黑死病的叙述、对圣巴托罗缪大屠杀的叙述，或是对加尔各答土牢里那123名囚犯窒息死亡的叙述。但是，在这些叙述中，引人入胜之处正是其事实，正是其真相，正是其历史。若是作为虚构，我们就会怀着厌恶之情掩鼻而视。

我已经列出了有史记载的这几场引人注目且令人敬畏的灾难，但在这些事例中，灾难之规模给人留下的强烈印象并不亚于灾难之性质。我用不着提醒读者，从人类灾难那份长长的目录中，我可以列出许多比这些大规模灾难更充满实质性痛苦的个人祸殃。其实真正的不幸，最大的悲哀，往往是特殊的而不是普遍的。最可怕最极端的痛苦总是由个体的人经受，而不是由群体的人承担，为此让我们感谢仁慈的上帝！

毫无疑问，被活埋乃是迄今为止降于人类命运的那些痛苦至极的灾难中最可怕的一种。善思者几乎都不会否认,活埋人的事一直频频发生,屡见不鲜。那些划分生与死的界线充其量是些模糊而含混的畛域。谁能说生命就在那里终结?谁能说死亡就从那里开始?我们知道有些疾病会使患者表面上的生命机能完全终止,但正确地说这些终止只能被称为中止,只是我们尚缺乏了解的那种机械运动的暂停。一段时间之后,某种神秘莫测的因素又会使那些神奇的小齿轮和具有魔力的大飞轮重新转动。银线并没有永远地松弛,金碗并未被不可修复地打破①。不然,在此期间灵魂寓于何处?

但除了这必然的推论,这种由因溯果的推论,除了这种推想,如此这般的原因必然导致如此这般的结果(这些假死的病例必然时常导致过早埋葬的发生),我们还有医学上和日常经历中的直接证据来证明大量这样的活埋实际上一直在发生。如果有必要,我可以马上举出上百个有根有据的例子。一个其性质非常惊人、其细节对某些读者也许还记忆犹新的事例前不久发生在附近的巴尔的摩市,并在该市引发了一场痛苦、激烈、波及面甚广的骚动。一位最受人尊敬的市民的妻子,一位很有地位的律师和国会议员的夫人,突然患了一种莫名其妙的病,此病令她的医生们完全束手无策。她在经历了极大痛苦之后而死去,或者说被断定死去。的确没人怀疑,或者说没人有理由怀疑她实际上并没有死亡。她显示了一般死亡的全部表象特征。面部呈现出通常缩陷的轮廓。

---

① 《旧约·传道书》第12章第6—7节有言:"银线松,金碗碎……尘归尘,灵归灵。"

嘴唇变成了通常大理石般的苍白。眼睛失去了光泽。身上没有了体温。脉搏停止了跳动。她的身体被停放了3天，已变得完全僵硬。总之，由于被人们所认为的腐烂很快发生，她的葬礼被匆匆举行。

那位女士被放进了她家族的墓窟，其后3年墓窟未曾开过。3年之后，墓窟被打开欲放一口石棺。可是，天哪！多么可怕的一场震惊等待着那位丈夫，因为正是由他在开墓门。当墓门向外打开时，一个白乎乎的物体嘎嘎作响地倒进他的怀中。原来那是他妻子的骷髅，穿着尚未腐烂的柩衣。

一场细致的调查证明，她在被放进墓穴两天之后复活。她在棺材里的挣扎使棺材从一个壁架或木架上掉了下来，棺材摔破使她能钻出。一盏无意间遗留在墓中的盛满油的灯被发现油已干涸，但油很可能是蒸发而尽。在通入墓穴的台阶之最高一级，有一大块棺材碎片，似乎她曾用此碎片敲打铁门，力图引起墓外人的注意。而也许就在她敲打之间，她由于极度的恐惧而晕厥或死亡。在她倒下之际，她的柩衣被铁门上向内突出的部分缠住。于是她就那样挂在那里，就那样直立着腐烂干枯。

1810年，一起活埋事件发生在法国，并由此而引出了一个甚至被人理所当然地认为比小说还离奇的真实故事。这个故事的女主人公是一位名叫维克托里娜·拉福加德的小姐，一位出身名门、极其富有、而且非常漂亮的年轻姑娘。在她众多的追求者中有一位巴黎的穷文人，或者说穷记者，名叫朱利安·博叙埃。他的才华与厚道引起了那位女继承人的注意，他似乎已经被她真正爱上，但她与生俱来的傲慢使她决定拒绝了他的求婚，而嫁给了显赫的银行家兼外交家勒内莱先生。可那位先生婚后对她很冷淡，也许甚至还对她进行虐待。她不幸地随他生活了几年之后而夭亡，至少她当时那种与死亡极其相似的状态使看见她的每一个人都认为她已死去。她被埋葬，但不是埋在墓窟，而是葬在她出生的那个村里一个普通的坟墓中。那位仍被深情怀念所折磨的记者悲痛欲绝，痴情地从巴黎去了那个村庄所在的偏远外省，心中怀着一种罗曼蒂克的意图，要把他的心上人从墓中掘出，获得一缕她美丽的头发。他到达了那座坟墓。夜半时分他挖出并打开了棺材，当他正在拆散头发之时，他突然发现他的心上人睁开了眼睛。事实上那位女士是被活埋了。生命并未完全离她而去。她情人的抚弄把她从那场被误认为是死亡的昏迷中唤醒。他发疯似的把她抱回他在村里的住处。他凭着丰富的医学知识给她服用了一些很有效的补药，最后她终于完全苏醒。她认出了她的保护人。她继续和他呆在一起，直到她慢慢地恢复了原有的健康。她那颗女人的心并非铁石，这爱的最后一课足以使它软化。她把那颗心交给了博叙埃。她没再回到她丈夫身边，也没让他知道她已复活，而是同她的情人一起逃到了美国。20年之后他俩重返法国，确信时间已经大大地改变了那位女士的容貌，她的朋友们不可能会认出她。可他们错了，因为勒内莱先生实际上一眼就认出了她，并提出要领回他的妻子。她抵制这一要求。法庭确认她的抵制合理。裁决认为，鉴于多年分离这一特殊情况，勒内莱先生不仅于理而且于法都已丧失了丈夫的权利。

莱比锡的《外科杂志》是一份非常权威且极有价值的期刊（但愿有某位美国书商能组织翻译并在美国出版），该刊最近一期记载了一起我们正在谈论的这种非常不幸的事件。

一名身材高大、体格健壮的炮兵军官从一匹烈马背上被抛下，头部严重撞伤，他当场失去知觉，确诊颅骨轻微破损，但并无生命危险。开颅手术成功地完成。他被抽了血，许多常规的辅疗措施也都被采取。可渐渐地，他陷入了一种越来越令人绝望的昏迷状态，最后，他被确认为已经死亡。

当时天气暖和，他被非常草率地埋进了一个公共墓地。他下葬的那天是星期四。在随后的那个星期天，墓地和往常一样挤满了游客。中午时分，一个农民的陈述在墓地里引起了一阵骚动。那农民说当他坐在那位军官的坟头时，他清楚地感觉到了地面在颤动，好像是下面有人在挣扎。开始人们对那个农民所述并不大在意。但他显而易见的惊恐，以及他执拗地坚持他所言是真，最后终于对人群产生了自然的效果。他们匆匆寻来铁锹，匆匆挖开坟墓，那个坟墓浅得令人觉得难为情，人们只挖了几分钟就看到了被埋葬者的头部。当时从表面上看，他的确已死；但他几乎是直着身子坐在棺材里面，由于他猛烈的挣扎，棺材盖已被部分顶起。

他立即被送进了附近的医院，医院宣布他还活着，尽管处于一种窒息状态。几个小时之后他苏醒过来，认出了他的朋友，并断断续续地讲述了他在坟墓里的痛苦。

根据他的讲述，这一点非常清楚，在他被埋进坟墓之后陷入昏迷之前的一个多小时中，他肯定一直具有生命意识。墓坑填得草率稀松，土中有许多缝隙小孔，这样便透进了必要的空气。他听到了头顶上人群的脚步声，于是便拼命挣扎想使上面的人听见。他说，似乎正是墓地里的喧哗把他从沉睡中唤醒，可他一醒来就充分地意识到了他可怕的处境。

据记载，这名伤员在其情况好转，看来正在完全康复之际，却成了骗人的医学实验的牺牲品。流电疗法被采用，他在电流意外引起的一阵再度昏迷中突然死亡。

不过说到电流疗法，倒使我回想起了一个众所周知、非常离奇的活埋事例，在这一事例中，电流的作用使伦敦被埋葬了两天的青年律师恢复了生气。这事发生在1831年，当时在消息所到之处都引起了极大的轰动。

患者爱德华·斯特普尔顿先生明显死亡于斑疹伤寒，伴随着一种令他的医生们感到好奇的异常症状。由于他表面上已死亡，医生向他的亲友提出验尸的要求，但要求被拒绝。正如这种拒绝后面常常发生的事情那样，那些医生决定悄悄地掘出尸体进行从容的解剖。他们与遍布伦敦的许多盗尸团伙中的一个达成的协议被轻而易举地履行。在那个葬礼后的第三天晚上，指定的那具尸体从一个8英尺深的墓坑里被挖了出来，放进了一家私人医院的解剖室。

一个长长的切口在腹部切开，尸体毫无腐烂迹象使解剖者想到了使用流电池。从一次接一次的通电实验中，解剖者除了通常的结果没发现任何特异之处，只是有那么一两次，尸体的抽搐比一般抽搐更显得有生命的迹象。

夜已晚，天将明。解剖者终于认为最好是马上继续进行解剖。但有一名医科学生极想试验一下他自己的一项理论，坚持要给一块胸肌通电。胸腔被草率地切开，电线被匆匆接上，这时那名病人突然以一种急促但绝非抽搐的动作从解剖台上一跃而起，走到解剖室中央，不安地环顾了几秒钟，然后，开口说话。他所说的话很难听懂，但吐出的是字句，音节很清楚。说完话，他重重地倒在了地板上。

开始一会儿解剖室里的人全被吓得目瞪口呆，但情况之紧急使他们很快恢复了镇静。他们发现斯特普尔顿先生还活着，尽管处于昏迷之中。经过一番抢救他苏醒过来，并且迅速地恢复了健康，回到了他的朋友之中。不过一开始并没有让他的朋友们知道他复活，直到不再担心他旧病复发。他朋友们那番又惊又喜读者可以想象。

然而这一事件最惊人的奇特之处还在于斯先生自己的陈述之中。他宣称他在任何时刻都没有完全失去知觉，他迟钝而惶惑地意识到了发生于他的每一件事，从医生宣布他死亡那一刻到他昏倒在那家医院地板上之时。当他认出解剖室后竭尽全力说出而没人听懂的字句，原来是"我还活着"。

诸如此类的故事可以轻易地讲出许多，但我不准备再讲，因为我们实在没必要这样来证明过早埋葬之发生这一事实。当我们从这种事例中想到，我们能察觉这种事发生的机会是多么难得，我们就必须承认这种事可能在不为我们察觉的情况下频频发生。事实上，不管出于什么目的、大到什么规模，当人们占用一块墓地时，几乎无不发现有骷髅保持着各种各样令人顿生疑惧的姿势。

这种疑惧的确可怕，但更可怕的是那种厄运！可以毫不犹豫地断言，没有任何经历能像被活埋那样可怕地使灵与肉之痛苦达到极致。不堪忍受的肺的压迫，令人窒息的湿土的气味，裹尸布在身上的缠绕，狭窄的棺材紧紧的包围，那绝对之夜的深深黑暗，那犹如大海深处的寂然无声，还有那看不见但却能感觉其存在的征服一切的虫豸；所有这些感觉，加之想到头顶上的空气和青草，忆及那些一旦获悉我们的厄运便会飞身前来拯救我们的好友，意识到他们绝不可能知道这种灾难，意识到我们的绝望才是那种真正的死亡；所有这些思维，如我所言，给尚在跳动的心带来一种骇人听闻和无法忍受的恐怖，而这种恐怖定会使最大胆的想象力也退避三舍。我们不知道地面上有什么能使人那样极度痛苦。我们做梦也想象不出那冥冥地狱一半的恐怖。因此所有关于这一题目的叙述都能引人入胜，不过由于人们对这一题目本身有一种神圣的敬畏，这种引人入胜就特别理所当然地依赖于我们对所讲之事的真实性之确信。而我现在所要讲的是我自己的实际感知，是我自己纯粹的亲身经历。

多年来我一直被一种怪病缠身，因无更确切的病名，医生们一致称它为强直性昏厥。尽管此症的直接原因、诱发原因乃至其真正的病理特征都还是一些未解之谜，但其显而易见的表面特征人们已相当熟悉。此症的发病情况尤其变化不定。有时病人只在一天或更短的时间内处于一种异常的昏迷状况。他没有知觉而且一动不动，但心跳还能被略略感知，身上仍保持着微微体温，脸颊中央尚残留淡淡血色；若把一面镜子凑到他嘴边，我们还能察觉到一种迟钝的、不匀的、游移的肺部活动。但有时这种昏迷的时间会延续几个星期，甚至几个月；这时连最细致的观察和最严密的医学测试都无法确定昏迷者的状态和我们认为的绝对死亡这两者之间有何实质性的区别。通常，昏迷者幸免于被过早埋葬仅仅是凭着他的朋友们知道他以前发作过强直性昏厥，凭着他们因此而产生的怀疑，尤其是凭着他的身体没有腐烂的迹象。幸运的是，这种疾病的发展是由轻到重。第一次发作虽然引人注目，但症状并不明确。其后的发作一次比一次明显，昏迷的时间也一次比一次更长。免于被埋葬的主要保障即在于此。那些第一次发作就意外地显示出极端症状的不幸者，几乎都不可避免地会被活着送进坟墓。

我的症状和医书里讲的没有什么特别的不同。有时，我会在没有任何明显原因的情况下渐渐陷入一种半昏厥或半昏迷状态。在这种状态中，没有痛苦，不能动弹，或严格地说不能思想，却有一种朦胧的生命意识，能模模糊糊地感到我床头那些人的存在。我会一直保持那种状态，直到发病期的那个转折点使我突然恢复全部知觉。在另一些时候，该病会猛然向我袭来，我马上感到恶心、麻木、发抖、眩晕，并一下子倒下。然后是一连几个星期的空茫、黑暗和沉寂，整个世界一片虚无。彻底的湮灭感无以复加。然而，从这后一种昏迷中，我的苏醒之缓慢却与发作之突然成正比。就像白昼降临于一个无友可投、无房可居、在漫长孤寂的冬夜漫步于街头的乞丐一样，那么缓慢，那么慵懒，那么令人愉快，灵魂之光重返于我。

除了这种昏迷的倾向，我总的健康状况似乎良好。我也没能察觉到这一普通的疾病对我的健康有任何影响，除非真可以把我日常睡眠中的一个特异之处视为其并发症。从睡眠中醒来之时，我从来不能够一下子就完全神志清醒，而总是一连好几分钟陷在恍恍惚惚和茫然困惑之中，思维能力基本上停止，记忆力则完全是一片空白。

在我所有的感受之中没有肉体上的痛苦，但却有一种无限的精神上的悲伤。我的想象力变得阴森恐怖。我说起"虫豸、坟墓和墓志铭"。我沉浸于死亡的幻想，而被过早埋葬的念头始终占据着我的脑海。我所面临的那种可怕的危险日夜缠绕着我。白天，沉思的痛苦令我不堪忍受；夜晚，冥想的折磨更是无以复加。当狰狞的黑暗笼罩大地，我怀着担忧的恐惧瑟瑟发抖，就像柩车上的羽饰瑟瑟颤抖。当天性再也不能支撑着不眠，我总要挣扎一番才被迫入睡，因为一想到醒来时说不定我会发现自己在坟墓中，我就禁不住不寒而栗。而当我终于进入睡眠，那也不过是一下子冲进了一个幻想的世界，在那个世界的上空，那个支配一切的阴沉的念头正张着它巨大的、漆黑的、遮天蔽日的翅膀在高高翱翔。

从无数在梦中这样压迫我的阴沉的幻象中，我只挑独一无二的一个记载于此。我想象我正陷于一次比平常更持久更深沉的强直性昏厥，突然一只冰凉的手摁在我额顶上，一个急躁而颤抖的声音轻轻响在我耳边："起来！"

我坐了起来。眼前一片漆黑。我看不见把我唤醒的那个人的身影。我既想不起我是何时陷入那场昏迷，也弄不清我当时身在何处。当我一动不动地坐着竭力想理清自己的思绪时，那只冰凉的手猛然抓住我一只手腕使劲摇晃，同时那个颤抖的声音又说道：

"起来！难道我没有叫你起来？"

"你，"我问，"你是谁？"

"在我所居之处我无名无姓，"那个声音悲哀地回答道，"我过去是人，现在是鬼。我过去冷酷，但现在慈悲。你感觉到我在发抖。我说话时牙齿在打战，然而这并不是因为夜，并不是因为这没有尽头的夜的寒冷。而是这恐怖令我难耐。你怎么能睡得安稳？这些痛苦的呼唤使我不能入睡。这些哀叹令我不堪忍受。起来吧！随我一道进入外面的黑夜，让我为你打开那些坟墓。这难道不是一副悲惨的景象？看吧！"

我放眼望去，那个依然抓着我手腕的看不见的身影已经打开了全人类的坟墓。从每一个墓坑中都发出微弱的磷光，所以我能看到墓坑深处，看到那些悲惨而肃穆地与虫共眠的裹着柩衣的尸体。可是，天哪！真正的安息者比未眠者少百万千万。有的被葬者在无力地挣扎，到处是惨不忍睹的躁动，从数不清的墓坑深处传来一种凄惨的被葬者的柩衣发出的窸窸窣窣的声音。而对于那些看上去已经安息的尸骨，我看到有许多都在不同程度上改变了它们被埋葬时那种僵直而不自然的姿势。我正这么看着，那个声音又对我说：

"这难道不是，哦，上帝！这难道不是一番可悲可怜的景象？"可不待我找到回答的字眼，那个身影已松开我的手腕，磷光熄灭，所有的坟墓都在猛然之间合上，从坟墓中传出一阵绝望的喧嚣，重复道："这难道不是，哦，上帝！这难道不是一番可悲可怜的景象？"

夜里呈现出的这些幻象把它们可怕的影响延伸到了我清醒的时候。我的神经变得极度衰弱，我时时刻刻都在被恐怖折磨。我对骑马、散步或是任何要我走出家门的运动都总是犹豫再三。事实上，我不再敢单独离开那些知道我容易犯强直性昏厥的朋友，唯恐在一次常见的发作之中，我会被不明真相的人埋掉。我怀疑我最亲密的朋友们的关心和忠诚。我害怕在一次比平时更持久的昏迷中，他们会被人说服，从而认为我不能再醒来。我甚至于担心，由于我给他们添了不少麻烦，他们会非常乐意把我任何一次持久的发作视为完全摆脱我的充分理由。他们尽力消除我的疑虑，向我做出最庄重的保证，结果却是白费口舌。我逼着他们发出最神圣的誓言，无论在任何情况下，只有当我的身体腐烂到不可能继续保存的地步才可以把我埋葬。即便如此，我极度的恐惧仍听不进任何道理。在众多的措施中，我改造了我家族的墓窟，使其能够轻易地从里边打开墓门。只消轻轻地按一根伸进墓穴的长杆，那两道沉重的铁门就会很容易地打开。改造中还做了透气透光的安排，食物和水也将贮存在棺材边我伸手可及的地方。那口棺材衬垫得既暖和又松软，棺盖的设计依照了开启墓门的原理，另外加了一道弹簧，以至棺材里最轻微的动静都会使其自动开启。除此之外，从墓顶上还吊下一个大铃，按照设计，铃绳的一端将穿过棺材上的一个孔，紧紧地系在尸体的一只手上，可是，唉！与人类的命运抗衡有什么作用？即便这些设计巧妙的防范措施，也不足以避免被活埋的极度痛苦，不足以避免早已注定的痛苦之不幸！

　　一个重要时日来临，如同以前经常的那样，我发现自己正从完全无意识中浮入最初的那阵模模糊糊的存在意识，慢慢地（慢得就像蜗牛爬行）接近精神之白昼那灰蒙蒙的黎明。一阵迟钝的不安。一阵对隐痛漠然的忍受。没有烦恼，没有希望，没有努力。接着，在一阵长长的间歇之后，一阵耳鸣；接着，在一阵更长的间歇之后，一阵强烈地刺扎感或刺痛感；随后是一阵仿佛遥遥无期的舒适的静止，在此期间清醒感正挣扎着进入思想，接着是一阵短暂的再度无意识，然后蓦然苏醒。眼皮终于微微眨动，随之而来的是一种强烈而模糊的恐惧所引起的一阵像电击一般的震荡，这震荡使血液从太阳穴急涌到心间。然后是第一次明确的思维尝试。然后是第一次努力想回忆。然后是部分的、转瞬即逝的成功。然后记忆恢复到某种程度，以致我能认识到自己的状态。我觉得我不是在从一般的睡眠中醒来。我回忆起我陷入了强直性昏厥。最后，仿佛是被大海的波涛冲击，我战栗的灵魂被那种狰狞的危险压倒，被那个幽灵般的、挥之不去的念头压倒。

被这种幻想攫住之后，我在好几分钟内一动也没动。何以如此？我没法鼓起勇气动弹一下。我不敢做出努力去证实自己的命运，然而我心中却有一个声音悄悄对我说那是必然。绝望（不像其他不幸所唤起的那种绝望），仅仅是绝望驱使我，在久久的犹豫之后睁开了我沉重的眼皮。我睁开了眼睛。一团漆黑，漆黑一团。我知道这次发作已经结束。我知道发病期的那个转折点早已过去。我知道我已经完全恢复了视觉能力，可眼前一团漆黑，漆黑一团，只有那冥冥墨墨的永恒之夜的黑暗。

我试图尖叫。我的嘴唇和焦灼的舌头一起震动，但没有声音发自胸腔，胸口仿佛压着一座大山，肺部随着心脏急速地悸动，拼命地挣扎着想透过气来。

试图喊叫时上下颚的运动，告诉我它们被固定住了，就像通常对死者所做的那样。我还感觉到我是躺在某种坚硬的物质上，两边也是同样的物质紧紧地贴着我。到此为止，我还没有冒险动一动我的肢体，可现在我猛然举起两腕交叉平放着的双臂。手臂撞上了一块坚硬的木板，那木板伸延在我身子上方，离我的脸不超过6英寸高。这下我再也不能怀疑我终于躺进了一口棺材。

现在，在我无限的痛苦之中，降临了那个天使般可爱的希望，因为我想到了我那些预防措施。我扭动身体，一阵阵地努力想打开棺盖，可他纹丝不动。我摸索两只手腕想找到铃绳，可没有找到。此时希望永远地消失，一种更严峻的绝望却得意扬扬，因为我不仅发现棺材里没有我那么精心地准备的衬垫，随之我还突然感觉到强烈的湿土异味钻进我的鼻孔。那个结论已无法抗拒。我并不在家族的墓窟里。我是在离家之时陷入了一场昏迷，在一群陌生人当中，什么时候或者如何发生我已记不起来。而正是那些陌生人把我像狗一样埋掉，钉进一口普通的棺材，抛进，深深地，深深地，并且永远地，抛进了一个普通的无名无姓的坟墓。

当这一可怕的确信闯入我灵魂深处，我再一次拼命地大声喊叫。而这一次努力获得了成功。一声持久而疯狂的痛苦的尖叫，或者说惨叫，响彻那冥冥之夜的领域。

"喂！喂！好啦！"

一个粗鲁的声音回应道。

"到底出了什么事？"

第二个声音问。

"别嚷嚷！"

第三个声音说。

"你干吗那样嚎叫，就像一只山猫？"第四个声音问。随之一群看上去很粗鲁的人把我抓住，非常无礼地把我摇晃了好几分钟。他们并没有把我摇醒，因为我尖叫时本来就醒着，但他们使我完全恢复了记忆。

这个奇遇发生在弗吉尼亚州的里士满附近。我由一位朋友陪伴去那里打猎，我们顺着詹姆斯河岸朝下游走了几英里。夜晚来临，我们遇上了一场暴风雨。停泊在河边的一条给花园装肥土的单桅船成了我们唯一的躲避之处。我们充分利用了它，在船上过夜。我睡进了船上仅有的两个铺位中的一个，一条六七十吨重的单桅船上的铺位几乎用不着描写。我睡的那个铺位没有任何褥具。它最宽有18英寸。从铺面到头顶甲板的距离正好和它的宽度一样。我觉得当时挤进那个铺位就是件挺难的事。但我睡得很香，因为没有做梦，我醒来时那番幻觉自然是来自我当时所处的环境，来自我平时头脑中的偏见，来自我已经提到过的当我从长睡中醒来时在清醒神志，尤其是恢复记忆方面的困难。摇晃我的那些人是船上的水手和前来卸船的工人。从船上的装载物我闻到泥土的气味。捆扎住上下颚的带子原来是我自己包扎在头上的一条丝绸手绢，因为没有我习惯用的睡帽。

然而，我当时经受的那番痛苦无疑和真正被埋葬的感受别无二致。它们是那么惊人地，那么令人难以置信地骇人听闻。但真是祸兮福所倚，因为过度的痛苦在我心里引起了一种必然的突变。我的灵魂恢复了健全，获得了勇气。我出国旅行。我朝气蓬勃地锻炼。我呼吸天空自由的空气。我思考其他问题，而不是死亡。我把医书统统丢掉。我把"巴肯"①付之一炬。我不再读《夜思》②，

---

① 指苏格兰医生威廉·巴肯（William Buckan, 1729—1805）所著的《家庭医学》(*Domestic Medicine; or The Family Physician*, 1769)，该书在当时非常流行。

② 即英国诗人爱德华·杨格（Edward Young, 1683—1765）所著长诗《哀怨，或关于生命、死亡和永生的夜思》(*Night Thoughts, of Death, Time and Immortality*, 1742)。

不再读对墓地浮夸的诗文，不再读吓唬人的故事，例如本篇。总之，我变成了一个新人，过着一个人的生活。自从那个难忘之夜，我永远地驱除了我那些阴森恐怖的恐惧，强直性昏厥也随着它们一道消失。也许，恐惧一直是我昏迷的原因，而并非其结果。

有那么些时候，甚至在理性清醒的眼里，我们悲惨的人类世界也会像一个地狱。可人类的想象力决非卡拉蒂丝[①]，能泰然地去探测地狱每一个洞穴。哀哉！那些数不清的阴森恐怖不可被视为纯然的想象，但就像陪着阿弗拉斯布顺奥克苏斯河航行的那些魔鬼，它们必须沉睡，不然它们会吞噬我们。必须让它们沉睡，不然我们将灭亡。[②]

（1844）

---

[①] 卡拉蒂丝是英国小说家贝克福德（William Beckford, 1759—1844）所著小说《瓦提克》（*Vathek*, 1798）中的女巫，她使自己的儿子成了在地狱中永受煎熬的迷途之魂。

[②] 魔鬼陪阿弗拉斯布航行的故事见于美国作家华莱士（Horace Binney Wallace, 1817—1852）的小说《斯坦利》（*Stanley*, 1838）。

# 被窃之信

> 智者所恨莫过于机灵过头。
> ——塞内加

18××年秋,一个凉风阵阵的傍晚天刚黑之际,在巴黎圣热尔曼区迪诺街33号4楼我朋友那间小小的后书房,或者说藏书室里,我和朋友C.奥古斯特·迪潘一道,正在享受着双重的愉悦,一边沉思冥想,一边吸着海泡石烟斗。至少有1个小时,我们保持着一种完全的沉默。当时在任何偶然瞩目者的眼中,我俩说不定都显得是全神贯注地沉浸在污染了一屋空气的缭绕烟圈之中。可就我自己而论,我当时是正在琢磨黄昏初临之时我俩所谈论的某些话题;我指的是莫格街事件,以及玛丽·罗热谋杀案之不可思议。所以,当我们的房门被推开并走进我们的老熟人、巴黎警察局长G先生之时,我认为那真是一种巧合。

我们对他表示了由衷的欢迎,因为此君虽说讨厌,但也颇有风趣,而且我们有好几年没看见过他了。我俩一直是坐在黑暗之中,此时迪潘起身想去点灯,可一听G的来意便又重新坐下,G说他登门拜访是要就某件已引起大量麻烦的公事向我们请教,更确切地说是想征求我朋友的意见。

"如果是件需要动脑筋的事,"迪潘忍住没点燃灯芯,并说,"那我们最好还是在暗中来琢磨。"

"这又是你的一个怪念头,"那位警察局长说,他习惯把凡是他理解不了的事情都称之为"怪",而且就那样生活在一大堆"怪事"当中。

"非常正确",迪潘一边说一边递给客人一只烟斗,并推给他一把舒适的椅子。

"这次是什么难题?"我问,"我希望别又是什么谋杀案?"

"哦,不,不是那种事。其实这件事非常简单,我相信我们自己也能处理得够好,不过我认为迪潘会喜欢听听这事的详情,因为这事是那么古怪。"

"既简单又古怪,"迪潘说。

"嘿,是的,可又不尽然。实际上我们都感到非常棘手,因为事情是那么简单,而我们却束手无策。"

"也许正是这事情的非常简单使你们不知所措,"我的朋友说。

"你胡说八道些什么!"警察局长一边应答一边开怀大笑。

"也许这个秘密有点儿太公开,"迪潘说。

"哦,天哪!谁听说过这种高见?"

"有点儿太不证自明。"

"嘿嘿嘿!呵呵呵!哈哈哈!"我们的客人乐不可支,纵声大笑,"唉哟,迪潘,你早晚得把我笑死!"

"你要说的到底是什么事?"我问。

"嘿,我就告诉你们,"局长答道,随之沉思着慢慢吐出长长的一口烟,并在他那把椅子上坐了下来。"我三言两语就可以告诉你们，但在我开始之前，请允许我提醒你们，这是一件需要绝对保密的事，要是让人知道我向谁透露了此事，我眼下这个位置很可能就保不住了。"

"讲吧。"我说。

"要么别讲。"迪潘道。

"这个，好吧，这消息是一名地位很高的要人亲口告诉我的，王宫里一份绝顶重要的文件被人窃走。窃件人是谁已经知道，这一点确凿无疑；他是在有人目睹的情况下窃走文件的。另外还知道，那份文件还在他手里。"

"这何以得知？"迪潘问。

"这显然是根据文件的性质推断而得知，"警察局长回答，"根据文件一旦被窃贼转手便会立即引起的某些后果尚未出现这一事实，也就是说，根据他正按照其最终必然会利用那份文件的计划在对其加以利用这一事实。"

"请稍稍讲明白一点。"我说。

"好吧，我可以斗胆说到这个程度，那份文件会使窃件人在某一方面获得某种权力，而这种权力之大不可估量。"那位警察局长爱用外交辞令。

"我还是不大明白。"迪潘说。

"不大明白？好吧，倘若把那份文件泄露给一位我们不便称名道姓的第三者，那有位显要人物的名誉就将受到怀疑，而这一事实使文件之持有者现在能摆布那位名誉和安宁都如此岌岌可危的显要人物。"

"但这种摆布，"我插话道，"大概得依赖于窃件人确知失窃者知道他就是窃贼。可谁敢……"

"这个窃贼，"G说，"就是D大臣，他什么事都敢做，不管那是不是一个男子汉该做的事。他这次偷窃手段之巧妙不亚于其大胆。我们所说的那份文件，坦率地说，是一封信，一封那位失去它的要人独自在王宫时收到的信。她正在读信，突然被另一位要人的出现所打断，而这个高贵的人物正是她最不想令其见到那封信的人。慌乱中她未能将信塞进抽屉，只好把已拆开的信放在了桌面上。不过朝上的一面是姓名地址，因此信的内容并没有暴露，从而没引起那位高贵人物的注意。在这个节骨眼上D大臣走了进来。他目光锐利的眼睛一下子就看到了桌上的信件，认出了写地址姓名的笔迹，觉察到了收信人的惶遽，并揣摩出了她的秘密。在按他通常的方式匆匆办完几件公事之后，他取出一封与桌上信件有几分相似的信，并将其拆开假装读了一阵，然后把它放在桌上那封信旁边。接着他又就公务谈了大约有15分钟。最后告辞之时，他从桌上取走了那封不属于他的信。那信的合法所有人眼睁睁看他把信拿走，可当着那位就站在她身边的第三者，她当然没敢声张此事。那位大臣溜了，把他自己的那封信（一封无关紧要的信）留在了桌上。"

"那么，"迪潘对我说，"这下正好有了你刚才所要求的那种实现摆布的先决条件，即窃信人确知失信人知道他就是窃贼。"

"是的，"警察局长答道；"而凭这种摆布所获取的权力，几个月来一直被用于政治上的意图，已经到了一种非常危险的地步。失信的那位要人一天比一天更清楚地认识到收回那封信的必要性。但是这事当然不能公开进行，最后被逼得走投无路，她就把这事托付给我来处理。"

"除了你,"迪潘在一大团缭绕翻卷的烟雾中说,"我看再也找不到,甚至再也想不到更精明能干的办事人了。"

"你是在奉承我,"警察局长答道,"但说不定有人一直持有这种看法。"

"显而易见,"我说,"正如你所言,那封信依然在那位大臣手里,因为正是这种占有,而不是其他任何形式的利用,使他获得那份权力。信一旦另作他用,那份权力也就失去。"

"的确如此,"G说道,"我着手此事也正是基于这种确信。我首先考虑的就是要彻底搜查那位大臣的宅邸;而在这点上,我主要的为难之处就在于搜查必须在不为主人所知的情况下进行,我事先就已经警觉到,要是落下把柄,让他怀疑到我们的意图,那将会招来危险的后果。"

"可是,"我说,"你在这方面是真正的专家。巴黎警方以前也经常进行这类调查。"

"那倒也是,因此我没有丧失信心。那位大臣的习惯也给了我可乘之机。他常常整夜不在家。他的仆人并不太多。他们睡觉的地方离主人的房间有一段距离,而且他们大多是那不勒斯人,很容易被灌醉。正如你们所知,我有能打开巴黎任何房间或任何橱柜的钥匙。3个月来,没有一天晚上我不是大部分时间都在亲自参加对D家宅邸的搜查。这件事关系到我的名誉,而且,实不相瞒,那笔酬金数目很大。因此我一直没放弃搜寻,直到最后我终于相信这个窃贼的确比我机灵。我认为我已经搜遍了那座宅邸里能藏匿那封信件的每个角落。"

"但是,有没有这可能,"我委婉地启发道,"尽管那封信也许在那位大臣手里,正如毫无疑问的那样,可他说不定会把信藏在别处,而没有藏在他自己家里?"

"这几乎不可能,"迪潘说。"照眼下宫中的特殊情况来看,尤其是从已知有D卷入的那些阴谋来看,那封信应该藏在他身边,以便他伸手可及、随时可取,因为这点与占有那封信几乎同样重要。"

"它的随时可取?"我问。

"也就是说,随时可销毁。"迪潘说。

"完全正确,"我说,"由此可见那封信显然是在他家里。至于那位大臣随身带信,我们可以认为这毫无可能。"

"完全不可能,"警察局长说,"他已经连遭两次抢劫,仿佛是遇上了拦路强盗,他在我亲自监视下被严格地搜过身。"

"你本该省掉这份麻烦,"迪潘说,"我相信D不完全是个白痴,既然如此,他一定会理所当然地料到这些拦路抢劫。"

"不完全是个白痴,"G说,"可他是个诗人,而我认为诗人和白痴也就只差那么一步。"

"言之有理,"迪潘若有所思地从他的海泡石烟斗深深吸了口烟,然后说,"尽管我自己也愚不可及地写了些打油诗。"

"你详细谈谈搜查的经过吧。"我说。

"当然,事实上我们搜得很慢,而且我们搜遍了每一个地方。对这种事我有长期的经验。我对那幢房子是一个房间一个房间地搜,每个房间都花了7个晚上。我们首先是检查房间里的家具。我们打开了每一个可能存在的抽屉,我相信你们也知道,对一名训练有素的警探,像秘密抽屉之类的把戏不可能有秘密可言。谁若是在这种搜查中竟允许一个'秘密'抽屉从他眼皮下滑过,那他准是个笨蛋,这种事非常简单。每一个橱柜都有一定的体积,都占一定的空间。再说我们有高精度的量尺。一根线的五十分之一的差异都逃不过我们的眼睛。搜完橱柜我们又检查椅子。椅垫都被探针一一戳过,就是你们看见我用过的那种精巧的长针。我们还卸下桌面。"

"干吗要卸下桌面?"

"有时候,桌面或是其他家具类似的板面会被想藏东西的人卸开;然后把柱脚凿空,把东西放进空洞,再把板面重新装上。床柱的柱脚和柱顶也可按此同样的方式加以利用。"

"可难道不能凭声音查出空洞?"我问。

"要是放入东西后,周围再填足够的棉花,那就听不出来了。再说,我们这次搜查绝不能弄出任何声响。"

"但你们总不能卸下——总不能把所有可能按你所说的方式藏匿东西的家具都统统拆开。一封信可以被缩卷成一个细细的纸卷,形状大小和一根粗一点的编织针差不多,这样它便可以,譬如说可以被嵌进椅子的横档。你们没把所有的椅子都拆散吧?"

"当然没有,可我们干得更好。借助于一个高倍放大镜,我们检查了那幢房子里每一把椅子的横档,实际上是检查了各种家具的全部接榫。若是有任何新近动过的痕迹,我们都会马上检查出来。譬如说,一粒钻孔留下的尘末,看起来会像一个苹果那样明显。粘合处的任何细微差异,接榫处的任何异常缝隙,都保证会被我们查出。"

"我相信你们注意到了镜子的镜面和底板之间,刺过了卧床和床上的被褥,也没有放过窗帘和地毯。"

"那是当然。我们用这种方式彻底检查完所有的家具之后,我们又检查了那幢房子本身。我们把房子的整个表面划成区片,编上号码,从而不漏查任何一个部分,然后我们细查了整个宅邸的每一平方英寸,包括毗连的两幢附属房屋,我们和先前一样借助了放大镜。"

"毗连的两幢房屋!"我失声道,"你们准费了不少力。"

"是费力不少,可那笔酬金也高得惊人。"

"你们查过了房屋周围的地面吗?"

"所有的地面都铺了砖。这没给我们造成什么麻烦。我们检查了砖缝间的青苔,发现全都没被动过。"

"你们当然查过D的文件,而且查过他书房里那些书?"

"的确如此,我们打开了每一个文件包和文件夹。我们不仅打开了每一本书,而且每一本都逐页翻过,而不是像我们有些警官那样,只把书抖抖就算了事。我们还非常准确地测量了每本书封面的厚度,并用放大镜进行过最挑剔的查看。要是有哪本书的装帧新近动过,那它绝对不可能逃过我们的眼睛。有五六本刚被重新装订过的书,我们都用探针小心翼翼地纵向刺过。"

"你们查过地毯下面的地板吗?"

"那还用说。我们掀开了每一块地毯,所有地板都用放大镜看过。"

"那么墙纸呢?"

"查过。"

"你们查过地窖吗？"

"也查过。"

"那么，"我说，"你肯定是失算了，那封信并不像你所认为的那样藏在那座住宅里。"

"恐怕这点上你是对的，"警察局长说，"而现在，迪潘，你说我该怎么办？"

"再把那幢住宅彻底搜一遍。"

"这绝无必要，"G回答，"我确信那封信不在那座宅邸，就像我确信自己还在呼吸一样。"

"那我就没有更好的主意了。"迪潘说，"当然，你一定知道那封信准确的特征？"

"哦，是的！"警察局长说着掏出一本备忘录，开始大声念出那封失窃信件的内面，尤其表面的详细特征。他念完那番描述不久就神情沮丧地告辞了，我以前从未见过这位快活的绅士如此垂头丧气。

大约1个月之后他再次来访，发现我俩几乎和上次一样呆在屋里。他拿了一只烟斗，在一把椅子上坐下，开始和我们闲聊了起来。最后我说：

"对啦，G那封被窃之信怎么样了？我想你最终已经承认，同那位大臣勾心斗角你绝不是对手？"

"见他的鬼！我得说，是的，可我仍然按迪潘的建议重新搜查了那幢宅邸，但不出我所料，全是白费力气。"

"提供的那笔酬金是多少，你说过吗？"迪潘问。

"唔，一笔大数，一笔非常慷慨的酬金，我不想说出具体数

641

目，但有一点我可以说，无论是谁能给我弄到那封信，我不惜开给他一张5万法郎的私人支票。实际上，这事正变得一天比一天要紧；最近那笔酬金已翻成了两倍。可即使是翻成3倍，我能做的都已经做了。"

"噢，是吗？"迪潘一边吸他的海泡石烟斗，一边拖长声音说道，"其实……其实我真认为，G，就此事而论，你还没竭尽全力。你可以……我认为，再稍稍努把力，嗯？"

"怎么努力？朝哪个方面？"

"噢……噗……你可以……噗……就此事向人讨教嘛，嗯？……噗，噗，噗。你记得人们讲的阿伯内西①那个故事吗？"

"不。该死的阿伯内西！"

"当然！你尽可以说他该死。可从前有个阔绰的守财奴竟想揩他的油，挖空心思想骗这位阿伯内西白白为他开一张处方。为此在一次私人交往中，他趁聊家常之机巧妙地向这位医生述说了自己的病情，装作是在讲一名假设患者的症状。"

"'我们可以假定，'那个守财奴说，'他的症状就是这样；那么，大夫，你说他该讨什么药？'"

"讨什么药！"阿伯内西回道，"那当然应该向医生讨教。"

"可是，"警察局长略为不安地说，"我是非常乐意向人讨教，而且真心愿意为此付钱。任何人能够帮我办这事，我会实实在在地给他5万法郎。"

"要是那样的话，"迪潘说着拉开一个抽屉，取出一本支票簿，

---

① 阿伯内西（John Abenerthy, 1764—1831），英国著名医生。

"你最好照你刚才说的那个数填张支票给我。等你在支票上签好名，我就把那封信给你。"

我大吃一惊，而那位警察局长则完全像是遭了雷击。他好几分钟没吭一声，而且一动不动，只是大张着嘴不相信地盯着我的朋友，那对眼珠仿佛都快从眼窝里迸出来了。过了一会儿他似乎多少恢复了神志，抓起一支笔，接着又踌躇了片刻，狐疑地看了我朋友几眼，最后终于填了一张5万法郎的支票，签上名后隔着桌子把它递给了迪潘。迪潘仔细地看过支票并将其夹入了自己的钱包，然后他用钥匙打开书桌的分格抽屉，从里面取出一封信交给警察局长。这位官员大喜过望地一把抓过信，用颤抖的手把它展开。匆匆地看了一眼信的内容，然后急急忙忙、跌跌撞撞奔向门边，终于不顾礼节地冲出了我们的房间和那幢房子，自从迪潘要他填支票时起，他就没说过一个字。

他走之后，我的朋友开始解释此事。

"巴黎的警察自有他们的能干之处。"他说，"他们坚忍不拔，足智多谋，聪明老练，而且完全精通他们那行似乎应该具备的知识。所以当G向我们讲述他搜查D那些房屋所用的方法时，我完全确信他已经进行了一次符合要求的调查，就他所作的努力而论。"

"就他的所作的努力而论？"我问。

"对，"迪潘道。"他们不仅采用了他们最好的方法，而且其实施过程也无可挑剔。要是那封信藏在他们的搜寻范围之内，这些家伙毫无疑问会把它找出。"

对他所言我只是付之一笑，可他却显得相当认真。

"所以，"他继续道，"那些方法本身是好的，实施过程也无可指责，其不足之处就在于那些方法不适用于此案此人。一套良策妙法在这位局长手中就像一张普罗克儒斯忒斯①的床，他总是把他的计划斩头削足地硬塞进去。可对手中正在处理的事情，他总是不断重复着要么操之过急要么浅尝辄止的错误；连许多小学生都比他会推理。我曾认识一个8岁左右的孩子，他玩'猜单猜双'的游戏几乎是百猜百中，赢得人人叹服。这种游戏很简单，是用弹子来玩。游戏的一方手中捏弹子若干，要求另一方猜出弹子是单数还是双数。猜的人若是猜对便赢得一颗弹子，若是猜错便输掉一颗。我说的那个孩子把全校所有的弹子都赢了过去。当然他有他猜测的原理，而这个原理仅在于观察和估量对手的机灵程度。比方说他的对手是个十足的傻瓜，这傻瓜伸出握紧的手掌问，'是单是双？'我们这位小学生猜'单'并且输了；可他第二次就赢了，因为他当时寻思，'这傻瓜第一次已出了双数，而他那点机灵只够他在第二次出单数，所以我要猜单'，结果他猜单而且赢了。但若是遇上个比前一位傻瓜稍聪明一点的笨蛋，他就会这样来推究：'这家伙看到我第一次猜的是单，他这第二次的第一冲动也会像刚才那个傻瓜一样，打算来一个由双到单的简单变化，但他的第二念头会告诉他这变化太简单，因而他最后会决定照旧出双。所以我要猜双'，于是他猜双而且赢了。那么，这名被他的伙伴们称为'幸运儿'的小学生的这种推理模式，归根到底是怎么一回

---

① 普罗克儒斯忒斯（Procrustes），希腊神话中的巨人强盗，他把羁留的旅客缚在床上，体长者被截其下肢，体短者则被拉长。"普罗克儒斯忒斯的床"比喻生搬硬套，削足适履。

事呢？"

"这只是推理者将其智力等同于他对手的智力所产生的一种自居心理。"我说。

"正是，"迪潘道，"当我问那孩子他凭什么方法产生出保证他成功的那种精确的自居心理之时，我得到了如下回答：'我要想知道任何一个人有多聪明，有多傻，有多好，有多坏，或是他当时脑子里在想些什么，我就让我的脸上尽可能惟妙惟肖地露出与他脸上相同的表情，然后我就等着，看脑子里出现什么念头似乎与那种表情相配，或是心里产生出什么感情好像与那种表情相称。'这位小学生的回答便是拉罗什富科[①]、拉布吕耶尔[②]、马基雅弗利[③]和康帕内拉[④]所具有的全部假深奥之基础。"

"如果我对你所言理解正确的话，"我说，"这种推理者将自身智力等同于对手智力的自居心理，依赖于对对手智力估量的准确性。"

"就其实用性而言，这种准确性是关键，"迪潘回答，"而警察局长和他手下那帮人如此屡屡失误，首先是因为缺乏这种自居心理，其次是因为对对手的智力估计不当，更正确地说是由于压根儿没去估计。他们只考虑自己的神机妙算，在搜寻任何藏匿之物的时候，他们想到的只是他们自己会采用的藏匿模式。他们在这

---

[①] 拉罗什富科（La Rochefoucauld，1613—1680）法国伦理学家，著有《箴言录》5卷。
[②] 拉布吕耶尔（La Bruyère，1645—1696），法国作家，著有《品格论》等。
[③] 马基雅弗利（1469—1527），意大利学者，著有《君主论》等。
[④] 康帕内拉（T.Campanella，1568—1639），意大利哲学家，著有《太阳城》等。

一点上是对的，那就是他们的神机妙算忠实地体现了大多数人的锦囊妙计，可要是遇上罪犯的计谋与他们的心路相异，那罪犯当然会挫败他们。若那计谋高他们一着，这种挫败更不可避免。即便那计谋逊他们一筹，这种挫败也屡见不鲜。他们进行调查的原则始终一成不变，即使被某种紧急情况催迫（被某笔高额赏金驱使），他们充其量也只会把他们习惯的那套老办法铺得更开，拉得更长，而不会去触及他们的原则。比如在这次D案中，他们的所作所为有哪一点改变了其行动原则呢？钻孔、刺眼、测量、用放大镜观察、把房屋表面划分成编上号的一个个平方英寸，这一切，除了说是那个或那套搜寻原则在运用时的变本加厉之外，还能说是什么呢？而这种原则难道不是建立在那位局长在其长期的公务中所习惯的对人类心智的一整套看法？你难道没有看出，他理所当然地认为，任何人要藏一封信，即便不是不折不扣地藏在椅脚上钻出的空洞里，至少也是藏在那个念头所启示的另外某一个洞穴或角落？你难道没有看出，这种秘密的藏物之处只适合一般情况，而且只被智力平平的人采用，因为在所有的藏匿物品案中，物品的这种藏法（以这种秘密的藏法）总是最先被假定并被推测出的；因而所藏物品之发现并不依赖搜寻者的敏锐，仅仅依赖他们的细心、耐心和决定；而每逢案情重大，或者说因为巨额赏金使案情在警方眼中显得重大，还从不知道有过失去这种细心、耐心和决心的时候。你现在肯定已明白了我要说的意思，假若那被窃之信藏匿在那位局长搜寻范围之内的任何地方，换言之，假若其藏匿原则包括在警察局长那套原则之中，那它的被发现就会是一件毫无疑问的事。可这位局长大人已完全被弄得莫名其妙，而他受挫的间接原因就在于他推测那位大臣是个白痴,因为该大臣素有诗人的名望。白痴皆诗人,警察局长这么认为,并因此而得出诗人皆白痴的结论,从而彻底地犯了一个全称肯定判断之谓项周延的逻辑错误。"

"可此人真是诗人吗?"我问,"据我所知他们是两兄弟,两人都以博学多才而闻名。我想这位大臣曾颇有见地写过微分学方面的专论。他是个数学家,而不是诗人。"

"你弄错了。我对他非常了解,他两者都是。作为诗人兼数学家他历来善于推理,若仅仅是个数学家,那他压根儿就不会推理,而这样他也许早就由那位长官摆布了。"

"你真令我吃惊,"我说,"这种见解一直被世人群起而攻之。你总不至于要蔑视千百年来举世公认的看法。数学推理早已被视为最完善的推理方法。"

"'可以断定,'迪潘引用尚福尔的一句原话作为回答,'所有流行的见解和公认的惯例都是蠢话,因为它们适合大多数人。'① 不错,数学家们一直不遗余力地散播你所提到的这个流行的谬误,这个谬误虽被当作真理传播,但归根结底还是谬误。譬如,他们以一种本值得用于更好目的的心计,巧妙地把'解析'这个术语悄悄挪用于'代数'。法国人是偷换这个术语的创始人;但是,如果说一个术语还有其重要性,如果说字眼从其应用性中衍生出什么含义,那么,'解析'本身就包含'代数'之意,这差不多就像

---

① 语出法国作家尚福尔(Chamfort,1741—1794)《箴言与轶事》(*Pensées, maximes et anecdotes*, 1795)第2卷第42章。

拉丁文'ambitus'含有'野心'之意，'religio'含有'宗教'之意，或像'homines honesti'含有'体面人'的意思一样。"

"我明白了，"我说，"你是在同巴黎的一些代数学家进行一场争论，但请说下去。"

"除了抽象逻辑形式的推理之外，我对根置于其他任何特殊形式的推理之实用性表示怀疑，因而也怀疑它们的价值。我尤其怀疑由数学研究演绎而出的推理。数学是研究空间形式和数量关系的科学，数学推理仅仅是用来观察形式和数量的逻辑推理。世人之大错在于竟把那种所谓的纯代数之真理视为抽象真理或普遍真理。这种错误是如此荒谬绝伦，以致它被接受之普遍性着实令我惶惑。数学公理并非普遍真理之公理。譬如，形式和数量关系中的真理，于伦理学则常常是十足的谬误。在伦理学中，各部分相加之和等于整体这一公理几乎不能成立。这公理在化学中也不足为理。在考虑动机时，这公理也不适用；因为两个各有其既定价值的动机，加在一起的价值未必就等于二者各自价值之和。还有许多其他的数学真理也只有在研究关系的范畴内才成其为真理。但数学家据自己的有限真理进行争论之时，都出于习惯地认为它们似乎具有绝对普遍的实用性，正如世人们实际上所想象的那样。布赖恩特在其博大精深的《神话》[①]中提到了一个类似的谬误根源，他说'尽管异教徒的神话纯属子虚，可我们却不断地忘乎所以并把它们

---

① 即英国学者雅各布·布赖恩特（Jacob Bryant, 1715—1804）所著《一个新体系，或古代神话分析》（*A New System; or, an Analysis of Ancient Mythology*, 1774—1776）。

当作存在的现实，并从中做出推论.'但对这些本身就是异教徒的代数家们来说，'异教神话'是可信的，他们从中做出推论与其说是由于记忆差错，不如说是因为一种莫名其妙的头脑糊涂。总之，我还没遇见过一位除了求等根之外能信得过的数学家，也不知道有哪位数学家不暗中坚信$x^2+px$绝对无条件等于$q$。请你不妨试试，去对那些先生中的某一位说你认为可能会出现$x^2+px$不尽然等于$q$的情况，而且一旦让他明白你的意思你就尽快溜走，因为毫无疑问，他会竭力把你驳倒。"

当我只是对他最后一句话付之一笑之时，迪潘继续道，"我的意思是说，如果那位大臣仅仅是名数学家，那么警察局长就没有必要给我这张支票。但我知道他既是数学家又是诗人，因而我用的办法很适合他的智力，同时也考虑到了他所处的环境。我还知道他是个猾吏佞臣，是一个无耻的阴谋家。我认为这样一个人不可能不了解警方行动的常规模式。他不可能不料到，而事实已经证明他的确料到了，他会遭到拦路抢劫。我想，他肯定也预料到了他的住宅会被秘密搜查。他常常不在家过夜被警察局长喜滋滋地认为是助他成功的良机，可我却只把它视为诡计，他是故意向警方提供彻底搜查的机会，以便更快地让他们确信那封信并没有藏在家里，事实上G最后果然上当。还有我刚才用心对你讲的关于警方搜赃行动之不变原则的那一连串想法，我觉得这些想法也必定会在那位大臣脑子里一一闪过。这必然会使他看不上通常藏匿物品的那些旮旯角落。我想他不可能这么愚钝，竟然看不出在警察局长的探针、木钻和放大镜前，他那宅邸里最偏僻隐秘的角落也会像最普通的橱柜一样暴露无遗。总而言之我看出，即便

649

不是出于深思熟虑的选择,他也会理所当然地被迫求简。你大概该记得我们与警察局长第一次会谈时他是如何狂笑,就是当我向他暗示这难题令他棘手很可能正是因为其不证自明的那个时候。"

"记得,"我说,"我记得他当时那股乐劲儿。我真以为他会笑得抽筋。"

"物质世界,"迪潘继续道,"有很多地方与非物质世界极其相似;因此修辞定义便被赋予了某种真实的意味,隐喻或明喻不但可以用来给描述润色,也可以用来增强论证的效果。譬如,惯性原理在物理学中和在形而上学中似乎是相同的。在物理学中,一个质量大的物体比一个质量较小的物体更难以启动,而启动后的动量与启动的难度相称;在形而上学中也有同样的情况,智能较高者在运用其智力时比智能较低者更有力,更持久,而且更富于变化,但在其行进的最初几步中,他们却更不容易起步,更显得窘迫,更多优柔寡断。还有,你是否注意过街头商店门上的招牌,哪一种最引人注目?"

"我从来没注意过这事。"我说。

"有一种在地图上玩的找字游戏,"迪潘接着讲,"玩的一方要求另一方找出一个指定的字眼,城镇、河流或国家的名称,总之就是那花花绿绿、错综复杂的地图表面上的任何字眼。玩这种游戏的新手为了难住对方,通常都是指定一些字号最小的名字,但老手却往往挑那些从地图的一端伸到另一端的大号字印的地名。这些地名就像街上那些字形太大的招牌和广告一样,由于过分明显反而不被人注意;这种视觉上的疏虞和心智上的失慎完全相同，那些过分彰明较著、不言而喻的考虑往往会被智者所忽略。不过那位警察局长对这一点似乎没法领会，或是不屑于去领会。他压根儿就不会想到那位大臣很可能，或者说有可能，把所窃之信就放在众人的眼皮底下，用这种最好的办法来防止别人发现。

"可我越是想到D那种锐气十足且有胆有识的老谋深算，就越是想到他要充分利用那信就必然会始终把它放在身边这一事实；越是想到警察局长已给出的确证，即信并没有藏在他的常规搜寻范围之内，我就越是确信那位大臣会用欲擒故纵的妙计，大模大样地把信摆在显眼的地方。

"心中有数之后，我备了一副绿色镜片的眼镜，并在一个晴朗的上午非常偶然地去那位大臣的府邸拜访。我发现D在家，像平时一样打着哈欠懒洋洋地在屋里闲荡，装出一副无聊透顶的样子。其实在活着的人当中，他也许是精力最充沛的一个，不过只有在没人看见时他才会那样。

"为了和他旗鼓相当，我抱怨自己眼睛弱视，并为必须戴眼镜而悲叹了一番，同时我表面上只顾跟主人说话，暗地里却在眼镜的遮掩下留心把房间彻底地扫视了一遍。

"我特别注意他座位旁边的一张大书桌，桌面上杂乱无章地放着一些书信和文件，另有一两件乐器和几本书。然而，经过长时间周密而仔细的观察，我并没有发现任何可疑之处。

"最后，当我再次扫视房间之时，我的目光落在了一个纸板做的华而不实的卡片架上，那个卡片架由一根脏兮兮的蓝色缎带悬挂在壁炉架正中稍低一点的一个小铜球雕饰上。在这个分成三四格的卡片架里插着五六张名片和一封孤零零的信。此信又脏又皱,几乎从中间撕成两半,仿佛信的主人开始觉得它没用,打算把它撕碎,但转念一想又改变主意将它留了下来。信上印着一枚大黑图章,清楚地呈现出D姓名首写字母的拼合图案,信上的收信人地址是一位女性娟秀的笔迹,收信者正是D大臣本人。信被漫不经心地,甚至好像是被不屑一顾地插在卡片架的最上一格。

"我一看见此信就立刻断定它就是我要找的那封。诚然,它看上去与警察局长为我们详细描述的那封信完全不同。这封信上的印章又大又黑,图案是D的名字首写字母的拼合,而那封信上的印章又小又红,图案是S家族的公爵纹章。这封信的收信人是大臣本人,写地址姓名的笔迹纤细娟秀,而那封信的收信人是一名王室成员,写姓名地址的字迹粗犷刚劲。两信唯一的相似之处就是大小相同。然而,那些不同之处未免太过分了;那信又脏又皱而且还被撕开一半的样子与D实际上井井有理的习性极不相符,不由得令人想到这是企图要蒙骗看到信的人,使其误认为此信毫无价值。这些情况,连同该信让来者一眼就能看到的过分突出的位置,加之与我先前的断定如此一致,所有这些情况,如我刚才所言,在一个心存疑窦的来者眼里,都足以证实心中的怀疑。我尽可能地拖长做客的时间,一边就一个我深信大臣不会不感兴趣的话题与他高谈阔论,一边却把注意力真正集中在那封信上。在这次观察中,我记住了信的外貌和它插入卡片架的样子,而且最后我还有一个忽然的发现,这发现消除了我心中也许还残存的任何一丝疑惑。在细看那封信的四边之时,我注意到它们的磨损似乎超过了应有的程度。它们所呈现的那种磨损就像有人把一张硬纸先叠好再用折叠器压过，然后又翻过一面按先前的折痕重新叠过。这个发现足以使我清楚地看出，此信就像一只手套那样被人翻过，把里面翻到外面，然后重写地址姓名，重新加封盖印。于是我向大臣道过日安，匆匆告辞，把一个金鼻烟盒留在了那张桌上。

"第二天上午我专程去取那个烟盒，两人又急切地重新谈起了前一天的话题。可是当我们正谈得起劲，忽听紧挨着宅邸的窗下传来一声巨响，像是一支手枪射击的声音，随之是一阵可怕的尖叫和街上人群的大声呼喊。D冲向一扇窗户，将其推开并朝外张望。与此同时我走到卡片架跟前，抽出那封信放进我的口袋，然后把一封一模一样的信（就其外表而言）插在了原来的位置。假信是我在家里精心复制好的，我用面包做假印，很容易就模仿了D的图章。

"街上那阵骚乱是由一名带滑膛枪的人胡作非为所引起的。他在妇孺群中开了一枪。可后来证明枪里没装弹丸，那家伙也就被当作疯子或酒鬼随他去了。他走之后D才离开窗口，而我刚才一拿到信就跟着他站到了窗边。此后没过多久我就向他告辞。那个装疯的人是我花钱雇来的。"

"可是，"我问，"你用一封假信去掉包有何意义？你第一次拜访时抓过信就走不是更好吗？"

"D是个亡命之徒，"迪潘回答，"而且遇事沉着果敢。再说，他府上也不乏对他忠心耿耿的奴仆。如果我照你说的那样贸然行事，那我很可能不会活着与那位大臣分手。善良的巴黎人说不定就再也不会听谁说起我了。不过除了这些考虑我还有一个目的。你知道我的政治倾向。在这件事中，我充当了那位当事的夫人的坚决支持者。这位大臣已经把她摆布了18个月。现在该由她来摆布他了。因为，由于不知道所窃之信已不在自己手中，他将一如既往地继续对她进行讹诈。这样他马上就会不可避免地导致自己政治上的灭亡。他的垮台将使他感到突然，但更会使他感到难堪。下地狱容易，这话说得真好；不过在各种各样的攀缘钻营中，那就正如卡塔拉尼①谈到唱歌时所说的那样，升高比降低要容易得多。就眼下之例而言，我对他的垮台毫不同情，至少毫不怜悯。他就是那种维吉尔说的那种"可怕的怪物"②，一个没有德行的天才。可我得承认，我非常想知道，当他被那位警察局长称之谓'某位要人'的她嗤之以鼻时，当他被逼得只好打开我为他留在卡片架上的那封信时，他心里会有一番什么感想。"

"怎么？难道你在信中写了什么不成？"

"当然，让里面一片空白似乎很不恰当，那岂不是显得无礼。D曾经在维也纳做过一件有损于我的事，我当时曾平心静气地对他说我不会忘记。所以，既然我知道他会对是谁赢了他而感到好奇，我觉得不给他留一条线索未免遗憾。他非常熟悉我的笔迹，于是我只在那面白纸中央抄写了一句话：

'如此歹毒之计，若比不过阿特柔斯，也配得上堤厄斯忒斯'。"

--- 

① 卡塔拉尼（Angelica Catalani, 1780—1849），意大利著名女高音歌唱家，曾在《费加罗的婚礼》中饰苏珊娜。

② 语出维吉尔《伊尼特》第6卷第658行。

这句话可见于克雷比雍的《阿特柔斯》。①

(1844)

---

① 即法国剧作家克雷比雍（Crébillon, 1674—1762）根据希腊神话写成的悲剧《阿特柔斯与堤厄斯忒斯》(*Atrée et Thyeste*, 1707)。剧中堤厄斯忒斯诱奸了其兄迈锡国王阿特柔斯之妻；作为报复，阿特柔斯杀了堤厄斯忒斯的3个儿子并烹熟让其食之。

## 塔尔博士和费瑟尔教授的疗法

18××年秋天，在一次穿越法国最南部各省的漫游中，旅途把我引到了离一座疗养院，或者说离一家私立疯人院只有几英里远的地方。关于这家疯人院，我在巴黎时曾听我医学界的朋友谈到过它的详情。由于从未见识过这种地方，所以我认为不可失去此次良机。于是我向我的旅伴（一位几天前偶然结识的先生）提出建议，说我们应该离开大道，花上个把小时去看看那个地方。对此他断然拒绝，先是借口说他行程怱偬，随后又改口说他非常害怕见到精神病患者。不过他求我千万别仅仅为了对他表示礼貌而妨碍了我对好奇心的满足，并说他会让马慢慢走，以便我可以在当天，或无论如何也可以在第二天追赶上他。当他向我告别时，我忽然想到说不定要进那家疯人院会有什么困难，于是我道出了自己的这种担心。他回答说，事实上除非我本人认识院长马亚尔先生，或是持有某种书面凭证，不然就会发现很难进去，因为这些私立疯人院的清规戒律比公立医院的更加严格。随之他补充说他本人在几年前认识了马亚尔，他可以陪我骑马到疯人院门前并为我引见，尽管他对精神错乱这种事所抱有的反感不会允许他进入那道大门。

我向他表示感谢，然后我俩勒缰离开大道，拐上了一条杂草丛生的小路。半小时后，小路几乎消失在一座靠近山边的密林之中。我俩策马在那座阴暗潮湿的森林中穿行了两英里左右，那座疗养院终于出现在眼前。那是一座式样古怪且破败不堪的别墅，实际上由于年久失修，看上去简直已不宜居住。它那副外貌在我心中唤起了纯然的恐惧，我收住缰绳差点儿决定掉转马头。但我很快就为自己的懦弱感到羞愧，于是纵缰继续前行。

当我们走近门边时，我发现大门虚掩着，一张脸正在朝外窥视。转眼之间那人走了出来。直呼其名与我的旅伴搭话，非常亲切地同他握手，并请求他下马。此人正是马亚尔先生。他是个身躯魁梧、仪表堂堂的老派绅士，并有一种给人深刻印象的优雅风度和一副庄重、高贵、威严的神态。

我朋友把我介绍给马亚尔先生，向他述说了我想参观的愿望，并得到了他所作的要尽心照料我的保证，然后就告辞离去，从此我再也没见到过他。

他走之后，那位院长把我引进了一间非常整洁的小客厅，在其他一些显示出高雅情趣的陈设当中，我看到有不少书籍、绘画、花瓶和乐器。一团令人愉快的火正在壁炉里熊熊燃烧。一位年轻美貌的女士正坐在一架钢琴前弹唱着贝利尼作的一首咏叹调。她见我进屋便停止了弹唱，温文尔雅地向我表示欢迎。她声音很低，举止柔和。我认为我还从她的脸上觉察到了悲伤的痕迹，那张脸虽说符合我的审美趣味，但并非苍白得令人讨厌。她穿着一身丧服，在我心中激起了一种敬重、关心和赞慕的混杂感情。

我早在巴黎时就听说，马亚尔先生的这家精神病院实施的是被法国人称作的"安抚疗法"，所有的惩罚一概废除，甚至连拘束也很少采用,病人虽然暗中受到监护,但却任其充分享有表面上的自由。他们大多数都被允许在房前屋后散步,并像正常人一样衣着打扮。

怀着这些先入为主的印象,我在那位年轻女士跟前说话格外小心,因为我不能确信她是否有健全的神志。事实上,她眼中有一种不安的异彩使我多少推测她神志并不正常。于是我把交谈限制在一般话题上,限制在我认为即便对一名精神病患者也不会感到不快或是引起激动的那种话题上。她以一种完全合乎情理的方式对我所说的一切应答如流,甚至她独到的见解也显示出最健全的辨别力,但我长期积累的关于癫狂心理学的知识早已教会我别相信这种神志健全的迹象,所以在整个交谈之中,我始终保持着开始那种小心谨慎。

不一会儿,一名身着制服的健壮男仆端进一个托盘,盘中有水果、葡萄酒和其他饮料及点心,和我们一道用过茶点之后,那位女士很快就离开了客厅。她一走我就向主人投去询问的目光。

"哦,不!"主人说,"她是我家里人,是我的侄女,而且是一位多才多艺的女人。"

"请务必饶恕我这般猜疑,"我回话道,"可你当然应该知道我为何请你原谅。你这儿的出色管理在巴黎知者甚众,因此我认为这很可能,你知道……"

"哦,我知道,请别再说了,认真说来应该是我向你表示感谢,感谢你刚才那番值得称赞的谨慎。我们很少发现有年轻人考虑问题如此周到,而正因为我们的一些参观者考虑不周,不幸的意外事故曾不止一次地发生。当我原来的方法还在施行的时候,我的病人被允许任意在周围漫步,那时一些轻率的来访者常常引发他们危险的癫狂,因此我不得不实施一种严厉的封闭法,凡是我信不过其谨慎者均不得进入这家病院。"

"当你原来的方法施行时!"我重复着他的话问,"那么,你是说我曾听那么多人提及的那种'安抚疗法'已不再实施?"

"几个星期以前,"他答道,"我们已决定永远废弃那种方法。"

"什么!你真让我感到惊讶!"

"先生,"他叹了一口气说,"我们发现恢复旧有的惯例绝对必要。安抚疗法之危险性在任何时候都骇人听闻;而它的有利之处却一直被估计得过高。我认为,先生,如果说这种方法经过什么尝试,那它已经在这所病院接受了一次公正的检验。我们曾采用过有理性的人们提出的每一项建议。我真遗憾你未能早一点前来参观,因为那样你就可以自己加以评判了。不过我相信你熟悉安抚疗法,包括其细节。"

"未必尽然,我所知道的都是道听途说。"

"那么,我可以告诉你,安抚疗法大体上就是一种迁就纵容病人的方法。我们从不反驳病人脑子里冒出的荒唐念头。相反,我们对这些奇思异想不仅迁就而且鼓励,而我们有许多最持久的治愈效果就是这样达到的。最能作用于精神病患者脆弱理性的方法莫过于归谬法,譬如,我们有一些病人幻想他们自己是鸡,其治疗方法就是坚持认为他们的幻想是事实,并责备他们太愚蠢以致未能对这一事实充分领悟,从而在一个星期内除了鸡饲料拒绝让他们吃别的东西。以这种方法,少许谷物和砂砾就可以创造奇迹。"

"可是,这种迁就就是安抚的全部吗?"

"当然不是。我们深信一些简单的娱乐活动,诸如音乐、舞蹈、一般的体育锻炼、纸牌和某些书籍等等。我们对待每一位病人都装作是在为他们治疗某种普通的身体疾病。'精神病'这个字眼我们从不使用。关键的一点是让每一位精神病患者监视其他所有病人的行为。信任一名精神病患者的理解能力或判断能力便可赢得他整个身心。这样我们还能够节省一大笔雇护理人员的开支。"

"你们那时不施行任何惩罚?"

"对。"

"你们从不拘禁你们的病人?"

"很少那样做。偶尔有某位病人病情危急,或是疯狂劲儿突然发作,我们便将其送进秘密病房,以免他的疯狂影响到其他病人,待他情况有所好转我们才放他回到他朋友中间,因为对这种发狂的病人我们没有别的办法。他通常会被转移到公立医院。"

"而你现在改变了这一切。你是想改善?"

"的确如此。那种方法有弊端,甚至有危险。幸运的是,它如今已在法国所有的精神病院中被废除。"

"我对你所说的感到非常诧异,"我说,"因为我确信,眼下这个国家的任何地方都没有其他治疗精神病的方法。"

"你还年轻,我的朋友,"我的主人答道,"不过总有一天,你会学会自己评判这世间发生的一切,而不去相信别人的闲言。对你所耳闻的一概不信,对你所目睹的也只信一半。至于说到我们的私立精神病院,显然是有位冒充博学的白痴给了你错误的印象。

但等晚餐之后，待你从旅途劳顿中恢复过来，我将乐于领你参观这家病院，向你介绍一种新的疗法。在我看来，在每个亲眼目睹过其运作的人看来，这都是一种迄今为止所发明的最不可比拟、最行之有效的方法。"

"你自己的方法？"我问，"是你自己的一项发明？"

"我很自豪地承认，"他回答，"是我的发明，至少有一部分是"。

我就这样和马亚尔先生交谈了一两个小时，交谈之间他领我参观了院内的花园和温室。

"我现在还不能让你见我的病人。"他说，"对一个敏感的人来说，这样的参观通常多少都会令他感到震惊，而我并不想败了你晚餐的胃口。我们将举行宴会。我要让你尝尝梅勒沃尔特小牛肉，加上酱汁花椰菜，然后再来一杯伏涅沃葡萄酒，这样你的神经就会足够镇定了。"

6点钟时宣布晚宴开始。主人把我引入了一个宽敞的饭厅，那儿已经聚了不少客人，总数有25或者30。他们看上去都是有身份的人，肯定都有很高的教养，尽管我认为他们的服装过分华丽，多少有几分旧时宫廷中过于虚饰浮夸的意味。我注意到这些客人至少有三分之二是女士。她们中有些人的穿戴绝不会被当今巴黎人认为得体，比如说有好些年龄不会低于70岁的老太太都戴着大量珠宝首饰，诸如戒指、手镯和耳环之类，而且衣着也极不体面地袒胸露臂。我还注意到几乎没有哪件衣裙称得上制作精良，或至少说几乎没有哪件衣裙它们主人穿起来合身。这么张望之时，我发现了马亚尔先生在小客厅里向我介绍过的那位有趣的姑娘。可我看到她那身打扮时不由得大吃一惊，她身穿一条内有鲸骨环的裙子，脚蹬一双高跟鞋，而且头戴一顶脏兮兮的布鲁塞尔花边帽。那顶帽子太大，显得她那张脸小得滑稽可笑。而我第一次看见她时，她穿着一身非常合体的丧服。总而言之，那些人的穿着有一种古怪的意味，这在一开始使我又想到了"安抚疗法"，并以为马亚尔先生是有意在蒙我，为的是不让我因为发现与精神病患者同桌进餐而感到不自在。但随后我记起在巴黎时曾听人说过，南方的这些外省人行为异常古怪，还保留着许多过时的观念；接着我同他们中的几个人略一交谈，我心中的疑虑马上被完全消除。

尽管那饭厅也许已足够舒适宽敞，但却没有任何过分优雅之处，譬如说地板上没铺地毯，不过在法国，地毯常常并非必不可少。还有窗户也没挂窗帘，紧闭着的窗板上装有安全铁条，像一般商店窗户上的铁条一样排成斜行。我注意到饭厅实际上是别墅的一个侧厅，所以这个平行四边形的三面墙上都开有窗户，门开在另一面墙上。三面墙上至少开有10扇窗户。

餐桌上的摆设极为壮观，堆满了各式餐具和几乎堆不下的各种菜肴。食物之多绝对达到了野蛮人的地步。单是肉类就足够亚衲族人[①]饱餐一顿。我一生从未见过如此奢侈浪费、如此暴殄天物的场面。然而，各种安排却显得没多少情趣；数不清的蜡烛发出的强光使我习惯柔和光线的眼睛感到极不舒服。那些插在银烛台上的蜡烛摆满了餐桌和整个饭厅里凡是能摆下的地方。有几位手脚麻利的仆人在席间服侍。在饭厅尽头的一张大桌子上坐着七八

---

① 于希伯来人之前居住在巴勒斯坦南部之巨人族。参见《旧约·民数记》第13章第13节，《旧约·约书亚记》第15章第14节。

个摆弄提琴、横笛、长号和铜鼓的家伙。这些家伙在晚宴之间使我感到非常烦恼，因为他们不时怀着奏出音乐的意图十分卖力地制造出一种无限变化的噪音，这种噪音似乎为其他所有人都带来了极大的快乐。

总之，我当时禁不住认为我所看见的每一件事都很古怪。不过这世界毕竟是由形形色色的人、各式各样的思想和千差万别的风俗习惯所组成，而且我已经到过许多地方，早已成了对任何事都能漠然视之的过来人，所以我镇定自若地坐在主人的右首，津津有味地品尝摆在我面前的美酒佳肴。

席间的谈话轻松活泼，包罗万象。女士们像通常一样说个没完。我很快就发现几乎所有的人都受过良好的教育；我那位和善的主人则有一肚子的奇闻轶事。他似乎很乐意谈起他作为一家私立疯人院院长的身份，而令我不胜惊奇的是，精神病这个话题实际上最为全体客人所津津乐道。他们就精神病患者的怪念头讲了许多引人发笑的故事。

"我们这儿曾经有个家伙，"坐在我右边的一位小个子胖先生讲道，"一个认为自己是把茶壶的家伙。顺便说一句，这个怪念头那么经常地钻进精神病患者的脑袋，这难道不是特别奇怪吗？法国几乎没有一家疯人院不能够提出一把这样的人茶壶。我们的这位先生是一把不列颠合金壶，他每天早晨都要用鹿皮和铅粉拭擦他的身子。"

"后来，"正对面的一位高个子男人说，"就在不久以前，我们这儿有个家伙以为自己是一头驴，从比喻的意义上讲，你们可以说他是名副其实。他是个麻烦的病人，我们费尽力气才把他管住。

有很长一段时间他除了大蓟草什么也不吃，不过凭着坚持让他只吃大蓟草，他这种怪癖很快就被治愈。后来他又老是踢他的脚后跟，就这样踢，这样踢……"

"德科克先生！请你放规矩一点儿！"这时坐在说话者旁边的一位老女士打断了他的话。"请收好你的腿！你踢脏了我的缎袍！请问，有必要这样蹬脚踢腿地来加以说明么？我们这位朋友用不着你的示范表演也肯定能听懂你的意思。老实说，你差不多就和你讲的那个倒霉家伙一样像头驴。你表演得的确非常逼真。"

"对不起！小姐！"德科克先生这样称呼并答话，"请原谅！我并无冒犯之意。拉普拉斯小姐，德科克先生为表示敬意而邀你共饮一杯。"

说到这儿德科克先生深深鞠了一躬，用非常正式的礼仪飞了一个吻，然后与拉普拉斯小姐互相祝酒。

"现在，我的朋友，"这时马亚尔先生对我说，"请允许我把这块梅勒沃尔特小牛肉放在你盘里，你会发现它异常鲜美。"

他说话时，三名健壮的仆人早已在桌上稳稳地放下了一个巨大的盘子，或者说木盆，开始我以为盆中盛的是那种"可怕的、变形的、巨大的瞎眼怪物"[①]。但定睛细看之后，我确信那只是一头整个烤熟的小牛，烤牛犊跪在盆中，嘴里塞了个苹果，就像英国人烤全兔一样。

"谢谢，不要，"我回答，"说实话，我并不特别喜欢这种……叫什么来着？这种什么尔特小牛肉，因为我觉得它不完全对我的

---

① 语出维吉尔《伊尼特》第6卷第658行。

胃口。不过我愿意换个盘子，尝尝兔子肉。"

桌上有好几个小盘子，所盛之物看上去像是一般的法国野兔，我可以向读者推荐，那是一种美味佳肴。

"皮埃尔，"主人唤道，"换掉这位先生的盘子，并给他一块猫兔肉。"

"什么肉？"我问。

"猫兔肉。"

"噢，谢谢，我想我还是不尝为好。我情愿自己动手来点儿火腿。"

我心中暗想，真不知道这些外省人吃些什么东西。我不会尝他们的猫兔肉，就此而言，也不会尝他们的兔猫肉。

"后来，"坐在餐桌末端的一位形容枯槁的人拾起了刚才被打断的话头，"后来，在各种各样的怪念头中，我们曾有过一位顽固地坚信自己是一块科尔多尔乳酪的病人，他手持一把小刀东游西逛，死乞白赖地求他的朋友们从他腿上切下一小片尝尝。"

"他毫无疑问是个大傻瓜，"有人插了进来，"但他不能同另一个傻瓜相比，除了这位陌生的先生，我们在座诸位都认识那个傻瓜。我说的是那个以为自己是瓶香槟酒的白痴，他嘴里总是发出呼哧呼哧的声音，就像这样。"

说到这儿，那人用一种我认为相当粗鄙的动作，把他的右手拇指伸进嘴里顶住左腮帮，随之往外一抽，发出砰的一下像是开瓶塞的声音，然后他凭着舌头在齿间灵巧的震动，模仿出一阵香槟冒泡的嘶嘶声，声音延续了好几分钟。我清楚地看到马亚尔先生并不很喜欢这番举动，但他一声没吭。这时话头被一位长得又

665

瘦又小却戴着很大一头假发的人接了过去。

"后来这里有过一位笨蛋,"他说,"他把自己误认为是一只青蛙。顺便说一句,他的确很像。你要是见过他就好了,先生,"这时说话人对我说道,"看他表演那种天生的技艺对你的心脏会有好处。先生,如果那个人不是一只青蛙,那我只能说真遗憾他不是青蛙。他叫出的呱呱呱、呱呱呱的声音真是天底下最美妙的音调,降B调。当他像这样把胳臂肘撑在桌上,在喝过一两杯酒后,当他像这样鼓起嘴巴,像这样瞪圆眼睛,并像这样飞快地眨动,哦,先生,我敢说,我敢肯定地说,你一定会陶醉于赞美此人的天才。"

"对此我深信不疑。"我说。

"而后来,"另一个人说,"后来就是珀蒂·加亚尔,他以为自己是一撮鼻烟,并因为不能将自己捏在两指之间而大为苦恼。"

"后来有位朱尔·德苏利埃,真是一个非常奇特的天才。他疯狂地想象自己是个南瓜。他硬要厨师把他做成南瓜馅饼,这个要求被厨师愤然拒绝。在我看来,我决不相信用德苏利埃做成的南瓜馅饼竟然不会是一种非常可口的食品。"

"你真让我吃惊!"我说;并向马亚尔先生投去狐疑的目光。

"哈!哈!哈!嘿!嘿!嘿!嘻!嘻!嘻!呵!呵!呵!呼!呼!呼!"那位绅士大笑一阵之后说,"真是太妙了!你千万别感到吃惊,我的客人;我们这位朋友是个才子、一个怪杰,你断然不可按字面意思理解他的话。"

"后来,"席间另一个人说,"后来有位布封·勒格朗,又一位自有其异处之人物。他因失恋而精神失常,并幻想自己长有两个脑袋。他坚持认为其中一个是西塞罗的头颅,而另一个则是颗合成脑瓜儿，从脑门子到嘴巴是德摩斯梯尼的，而从嘴巴到下巴则是布鲁厄姆勋爵的，他完全大错特错也并非没有可能，但他可以让你信服他是对的，因为他是一个伟大的雄辩家。他对演说有一种绝对的热情，老是忍不住即兴演说。比如他过去常常跳上餐桌，就这样跳……"

这时坐在说话人旁边的一位朋友伸手摁住他的肩头，并凑在他耳边嘀咕了几句。他随之戛然止住话音，颓然坐回他那把椅子。

"后来，"刚才嘀咕的那位朋友说，"有过一位手转陀螺布拉尔。我把他称为手转陀螺，因为他实际上冒出了这个滑稽但又并不完全荒谬的怪念头，认为自己早已被变成了一个手转陀螺。你们要是看见他旋转肯定都会哈哈大笑。他可以单腿旋转一个小时，就这个样子，这样……"

这下刚才被嘀咕打断的那位朋友也如法炮制履行了他的职责。

"但是，"一位老女士用她最高的嗓门嚷道，"你那位布拉尔先生是个疯子，而且充其量是个愚不可及的疯子，因为，请允许我问你，谁听说过人会是手转陀螺？这事真是荒谬绝伦。可正如你们所知，快乐夫人就更懂事理。她有个怪念头，但那怪念头充满了常识，并为所有有幸认识她的人带来快乐。她在周密的深思熟虑之中，偶然发现她已经被变成了小公鸡；但作为一只小公鸡她举止得体。她以惊人的努力拍动翅膀，就这样，这样，这样；至于她的啼鸣，那可真美妙！喔喔喔！喔喔喔！喔喔喔！喔——喔——喔……"

"快乐夫人，我请你放规矩点！"这时我们的主人非常生气地打断了那阵鸡叫。"你要么举止行为像一位有教养的女士，要么就马上离开桌边,这由你选择。"

那位女士(在听她讲了快乐夫人的故事之后又听到她被称为快乐夫人,这使我感到万分惊讶),她的脸一下子红到了眉毛,好像是因为受到申斥而感到无地自容。她耷拉下脑袋,一句也没申辩。但另一位年轻女士接过了话头,她就是我在小客厅见过的那位漂亮姑娘。

"哦,快乐夫人曾是个白痴!"她大声说,"不过在欧仁妮·萨尔沙菲德的想法中,毕竟还真有不少健全的意识。她是个非常漂亮而且端庄淑静的年轻女士,她认为普通的衣着方式有失体统,并总想把自己穿在衣服外面,而不是穿在衣服里面,这毕竟是一件很容易做到的事。你只消这样,然后这样,这样,这样,然后再这样,这样,这样,然后……"

"天哪!萨尔沙菲德小姐!"十来个声音同时惊呼。"你干什么?住手!够了!我们已看清了是怎么回事!住手!住手!"好几个人已经从座位上跳起,打算去制止萨尔沙菲德小姐扮演梅迪奇那尊裸体双臂的维纳斯雕像,但正在这时,那位姑娘的行为非常突然而有效地被一阵喧噪的尖叫声或喊叫声所制止,那阵声音从别墅的主体部分传来。"

这些呐喊声固然使我非常紧张,但我真可怜席间其他的人。我一生中还从未见过一群人被吓得如此魂不附体。他们一个个全都面如死灰,一个劲儿畏缩在椅子里,浑身哆嗦,牙齿打战,惊恐万状地倾听喊叫声的重复。声音再次传来,更响而且显得更近,接着是第三阵,听起来很大声,然后听见第四阵。其势头明显减弱。随着喊叫声明白无误的消失,饭厅里那群人顿时收魂定魄,一个个又像先前一样精神十足，谈笑风生。于是我不揣冒昧地询问这场恐慌的缘由。

"不过小事一桩，"马亚尔先生说，"这种事我们都习以为常，实际上并不真正在意。精神病患者时而会发出一阵集体号叫，一个传一个，就像有时夜里一声犬吠引起一群狗叫。不过，偶尔这种集体号叫之后也同时伴随着逃跑的努力。当然，遇上这种时候就多少有点危险可担忧。"

"你现在有多少病人？"

"眼下我们不多不少共有10个。"

"我想大多是女人？"

"哦，不，我可以肯定地告诉你，他们全都是男人，而且个个身强力壮，"

"什么！我从来都听说精神病患者大多数都是女性。"

"通常如此，但并非总是这样。不久前这里有27名患者；而他们中至少有18个女人；可如你所见，最近情况已有很大变化。"

"对，如你所见，已有很大变化。"这时那位踢过拉普拉斯小姐小腿的先生插嘴道。

"对，如你所见，已有很大变化。"席间所有人齐声重复。

"闭嘴，统统闭嘴！"我的主人愤然作色道。这下整个饭厅顿时鸦雀无声，死一般的寂静差不多延续了一分钟。有位女士按字面意思理解马亚尔先生的命令，顺从地伸出她奇长无比的舌头，并用双手将其抓住，直到宴会结束才松开。①

---

① 此处"闭嘴"英文是"Hold your tongues"，其字面意思为"抓住你的舌头"。

"这位女士，"我把身子俯向马亚尔先生，低声对他说，"这位规规矩矩的女士，就是刚才发过言并给我们学喔喔喔的这位，我想她不会伤人，完全不会伤人吧，嗯？"

"不会伤人！"马亚尔先生以一种绝非假装的惊讶失声道："唷！你这是什么意思？"

"只是稍稍受了点损伤？"我说着用手指了指我的头。"我敢说她的病并不严重，并不危险，嗯？"

"天哪！看你想到哪儿去啦！这位女士，我的老朋友快乐夫人，她神志和我一样完全正常。诚然她有些小小的怪癖，可你知道，所有上了年纪的女人，所有的老太太都或多或少有那么点古怪！"

"当然，当然，"我说，"那么其他的这些女士和先生……"

"都是我的朋友和护理人员，"马亚尔先生打断我的话，骄傲地挺直了身子说，"都是我的好朋友和好帮手。"

"什么！全都是？"我问，"包括那些女人？"

"的确如此，"他说，"我们压根儿就不能够没有女人。她们是世界上最好的精神病护士。她们自有她们的护理方法。她们明亮的目光有一种神奇的效果。你知道，那多少有点像蛇的魅力。"

"当然，当然！"我说，"她们行为有点儿古怪，是不是？她们显得有点儿异常，是不是？难道你不这么认为？"

"古怪！异常！啊唷，你真这么以为？诚然，我们南方人不那么一本正经，举止言谈太随心所欲，享受生活和生活之类的一切，你知道……"

"当然，"我说，"当然。"

"那么，也许这伏涅沃葡萄酒有点儿上头，你知道，有点儿劲大。你明白,嗯?"

"当然,当然,"我说,"顺便问一句,先生,你是不是说你现在用来取代安抚疗法的方法是一种非常严厉的方法?"

"当然不是,虽说我们对病人实行了必要的封闭式限制,但我们的处理,我是说医疗处理,还是挺适合病人的。"

"这种新方法是你自己的发明?"

"不完全是。其中某些部分可归之于塔尔教授。对他你当然听人说过。另外我乐意承认,我这个方法中的某些改进按其绝对权利当属于著名的费瑟尔教授。如果我没弄错的话,你非常荣幸地和他是老熟人。"

"非常惭愧,"我答道,"坦白地说,我甚至连这二位先生的大名都不曾听说过"。

"天哪!"我的主人突然往椅背上一靠,高举起双手,失声惊呼。"我肯定是听错了!你该不是说你既没有听说过学识渊博的塔尔博士,也没有听说过闻名遐迩的费瑟尔教授?"

"我不得不承认我孤陋寡闻,"我回答,"但事实毕竟不容改变。然而令我无地自容的是,我竟然没读过过这二位先生的大作,毫无疑问他们都是非凡的人物。我将尽快找到他们的著作,并认认真真地仔细拜读。马亚尔先生,你真的,我必须承认这点,你真的让我为自己感到羞愧!"

我说的是实话。

"别说了,我年轻的朋友,"他和蔼地摁住我的手说,"现在请与我共饮一杯索泰尔纳白葡萄酒。"

我俩举杯共饮。其他人也学我们的样举杯,但毫无节制地喝起酒来。他们聒噪不休。他们斗嘴戏谑。他们纵声大笑。他们胡诌出上千个荒唐故事。提琴吱吱,铜鼓咚咚,长号就像无数法拉里斯的铜牛①发出阵阵刺耳的吼声。整个饭厅变得越来越乌烟瘴气,最后当葡萄酒泛滥成灾,饭厅则成了一座群魔乱舞的地狱。与此同时,马亚尔先生和我隔着一堆索泰尔纳和伏涅沃葡萄酒瓶,用最高的嗓门继续交谈,当时用一般声调说话根本就没法听见,就像在尼亚加拉大瀑布水下,鱼跃声没法被听见一样。

"先生,"我冲着他的耳朵尖声嚷道,"你晚餐前提到过一件事,关于安抚疗法招致危险。怎么会那样呢?"

"是的,"他回答道,"偶尔的确非常危险。精神病患者之反复无常不尽详述;依我之见,而且塔尔博士和费瑟尔教授也这样认为,不加管束地让他们自由行动绝非谨慎之举。一名精神病患者也许可以像所谓的那样被'安抚'一时,但到最后,他很容易变得难以制驭。况且他的诡诈也人所共知,并且超乎寻常。如果他心里有一个企图,他会以一种令人难以置信的智慧来加以掩饰,而他假装神志正常的那种机敏,则向心理学家们提出了一个精神研究方面的最奇怪的问题。实际上,当一名精神病患者看上去完全神志正常之际,那正是该给他穿上拘束衣之时。"

"可是,我亲爱的先生,就你所谈论的那种危险,以你自己的经验,在你管理这座病院期间,你是否有实际上的理由认为,对精神病患者来说,自由就是危险?"

---

① 法拉里斯(Phalaris,公元前570—公元前554)乃统治西西里岛阿格里琴托地方之希腊暴君。他常置人于一铜牛内活活烧死,受害人的惨叫声如牛吼。

"在这儿？以我自己的经验？我当然可以说是的。譬如，并不太久以前，就在这家病院里发生了一起非常事件。你知道，当时正实行'安抚疗法'，病人们都能自由行动。他们当时表现得异常规矩，格外循规蹈矩，说不定任何有常识的人都能看出某种可怕的阴谋正从这异乎寻常的循规蹈矩中酝酿成熟。而果不其然，在一个晴朗的早晨，管理人员发现他们自己被捆住了手脚，关进了秘密病房，被精神病患者们当作精神病患者来护理，而那些精神病患者已篡夺了他们的管理位置。"

"此事当真！我这辈子还从来没听说过这么荒唐的事！"

"千真万确，这一切的发生都依靠一个愚蠢的家伙，一名精神病患者，他不知怎么想到了这样一个念头，认为他发明了一种比以前任何方法都好的管理方法，我是说管理精神病人的方法。我想他是希望用他的发明来进行一次试验，于是他说服其他病人参加了他推翻管理机构的阴谋。"

"他真得逞了吗？"

"这自不待言。管理者和被管理者很快就交换了位置。说交换也不完全准确，因为原来病人是自由的，但现在管理者马上就被关进了秘密病房，而且我得遗憾地说，他们受到了很不客气的对待。"

"但我敢说马上就会有一个迎头痛击。那种状况不可能长久存在，周围的乡下人和远道而来的参观者都会发出警报。"

"这你就错了。那个老奸巨猾的反叛者首领对此早有防范。他对所有的来访者一概拒绝，只有一个例外，一天来了位看上去傻乎乎的青年绅士，那位首领没有任何理由对他感到担心，他允许他进来参观这个地方，只是为了有点变化，为了拿他取乐。当他一旦把那个青年捉弄够了之后，便把他撵出了病院。"

"那么这些疯子统治了多久呢？"

"哦，好长一段时间，真的，肯定有一个月，但具体有多久我说不上来。在那段时间，精神病患者们过得非常快活，你可以坚信这点。他们脱掉了身上不体面的衣服，随心所欲地穿戴上了家常的服装首饰。这座别墅的地窖里堆满了酒，而这些疯子喝起酒来简直像一群魔鬼。他们过得很快活。我可以肯定地说。"

"那么治疗呢？那个反叛者首领实行的是什么样一种特殊疗法呢？"

"当然，说到这一点，正如我已经说过的一样，一名精神病患者未必就是白痴，而我真的认为他的疗法比被其取代的疗法要好得多。那真是一种第一流的方法，简单，易行，一点儿不麻烦，实际上很有趣，那是……"

这时主人的谈话被另一阵呐喊声打断，这阵呐喊同先前令我们惊慌失措的那阵是一种声音，但听起来似乎是由一群正迅速接近饭厅的人发出的。

"天哪！"我不由自主地叫出，"这肯定是精神病人逃出来了。"

"恐怕真是那么回事。"马亚尔先生此时脸色变得煞白。他话音未落，一阵响亮的呐喊声和咒骂声从窗口处传来。接着事情就变得清楚了，外面有些人正力图进入饭厅。饭厅的门好像在被一个大铁锤撞击，窗户上的铁条被巨大的力量拧弯并摇动。

饭厅里陷入了一种最可怕的混乱。最令我吃惊的是，马亚尔先生钻到了一个餐具柜下边，而我本指望他能坚决果敢。那些乐队成员在刚才最后15分钟内似乎是因为喝得太醉而未能尽其本分。现在都一跃而起抓住他们的乐器,纷纷爬上他们那张桌子,突然一齐奏起了《扬基歌》,如果说他们的演奏并不完全合调,但至少也尽了一种非凡的努力,在整个骚乱期间,他们一直没停止演奏。

与此同时,那位先前费了好大劲才忍住没跳上桌子的先生终于跳上了餐桌,站到了酒瓶之间。他刚一站稳脚跟就开始了一场演说,那演说毫无疑问非常精彩,如果它能够被听见的话。在这同一时刻,那个有陀螺偏执狂的人开始在饭厅里旋转起来,他将其双臂展开与身体成直角,以致他事实上具有了一只陀螺的全部风采,并把碰巧进入他旋转轨道的人统统撞倒在地。此时我还听到一阵令人难以置信的开香槟酒瓶的砰砰嘶嘶声,最后我发现这声音是由那个在席间表演过香槟酒瓶的家伙发出的。随后那个蛙人也呱呱呱地叫了起来,仿佛他灵魂之拯救就依靠他叫出的每一声。而在这一切之中,一头驴连续不断的嘶鸣声最显突出。至于我的老朋友快乐夫人,我当时真为那可怜的女士叹息,她看上去是那么不知所措。不过她所做的一切就是站在壁炉边一个角落,扯着嗓子不断地高唱"喔喔——喔!"。

随后高潮来临,那幕悲剧开始收场。由于除了惊呼呐喊和喔喔喔之外,外面那伙人的侵犯没遭到任何抵抗,10扇窗户很快并且几乎是同时被冲破。可我永远也忘不了我当时那种惊诧和恐惧,因为当我看见入侵之敌从窗口跳进室内乱七八糟、手舞足蹈、乱抓乱踢、鬼哭狼嚎的人堆里时,我以为看见了一群猩猩、巨猿,或来自好望角的又大又黑的狒狒。

我挨了重重的一击,随之滚到了一张沙发下边并一动不动地躺在那里。我躺在那里侧耳倾听室内发生的一切，但15分钟之后，我终于满意地知道了这场悲剧的来龙去脉。情况似乎是这样的，马亚尔先生在给我讲那位煽动病友造反的精神病患者之时，实际上是在讲他自己的故事。这位先生两三年前的确是这家疯人院的院长；但他后来精神失常，变成了一名病人。把我介绍给他的我那位旅伴并不知道这个事实。10名管理人员被突然制服之后，先是浑身被涂满柏油，接着又被仔细地粘上羽毛，然后被关进了地下的秘密病房。他们在那儿被囚禁了一个多月，其间马亚尔先生不仅慷慨地给予他们柏油和羽毛（柏油和羽毛构成了他的"疗法"），而且还给他们一点面包和大量的水，水是通过一条水道抽给他们。最后，他们中的一位从水道逃出，并让其他人获得了自由。

经过重要改进的"安抚疗法"已经在那家病院恢复；然而我却禁不住赞同马亚尔先生，他的"疗法"是此类疗法中第一流的方法。正如他言之有理的评述，那方法"简单，易行，一点儿不麻烦，一点也不。"

但我必须补充一点，尽管我一直在欧洲的每一家图书馆里搜寻，想找到塔尔博士和费瑟尔教授[1]的著作，可时至今日，

我仍然是白费力气，连一本都没找到。

（1844）

---

[1] 人名"塔尔"与"柏油"之英文分别为Tarr和Tar，读音及拼写相似；人名"费瑟尔"与"羽毛"之英文分别为Fether和Feather，读音及拼写亦相近。

# 催眠启示录

不管什么样的疑云还笼罩着催眠原理，其触目惊心的事实现在已几乎为世人所公认。对这些事实仍持怀疑态度者便是你们所谓的职业怀疑家，一群无利可图且声名狼藉的家伙。在当今之日，对时间最大的浪费莫过于企图去证明如下事实：人，仅仅凭着意志的运用，就可以对他的伙伴施加如此深的影响，以致使其进入一种异常状态，这种状态之现象非常相似于死亡，或至少比我们所知的任何其他正常状态之现象都更相似于死亡现象。在这种状态下，被影响者起初只能费力地运用其外部感觉器官，其后便完全丧失这种能力。然而，凭借一种敏锐而精确的知觉，通过一些假定尚不为人知的渠道，他却能感知到超越生理器官感知范围的事情。更有甚者，他的智能会惊人地得到升华和加强；他与施加影响者之间的交感会深不可测；最后，他对那种影响的敏感性会随着其次数的增加而增加，而与此成正比，由此产生的那种特异现象也会越发持久，越发显著。

就其一般特征而言，这些便是催眠之规律，而如我刚才所说，这些都无须加以论证。我今天也不会把这番如此毫无必要的论证强加给我的读者。其实我眼下所抱有的是一个截然不同的目的。纵然面对铺天盖地的偏见，我也迫不得已要不加评论地详细披露一次对话的惊人内容,这次对话发生在我自己与一名被催眠者之间。

我早已习惯于对此人(凡柯克先生)施行催眠,通常的那种敏感性和催眠知觉的升华也早已产生。好几个月以来,他一直受晚期肺结核的折磨,而该痼疾所带来的大部分痛苦也一直被我的催眠术减轻。本月15日星期三晚上,我被请到了他的床边。

病人当时正感到心口剧痛,呼吸困难,呈现出气喘病通常所有的全部症状。平时遇上这病发作,他一般可用作用于神经中枢的芥子粉加以解除。但那天晚上此法一直不见效。

我走进他房间时,他高兴地微笑着向我致意。尽管他肉体上的巨大痛苦显而易见,但看上去他的精神非常安然。

"我今晚把你请来,"他说,"与其说是为了减轻我肉体上的痛苦,不如说是为了消除我精神上的某些印象,这些印象近来一直使我深感焦虑和惊诧。我用不着告诉你我对灵魂不朽这个题目一直是如何怀疑。我不能否认,似乎就在我一直否认的那个灵魂之中,总是存在着一种朦朦胧胧的不完全的感受,一种灵魂自身存在的感受。但这种不完全的感受从来也没有变成确信。我的理性与此无关。实际上,所有合乎逻辑的探究结果都留给我更多的怀疑。我一直被劝说研究一下库辛[①]。我不仅研究了库辛本人的著述,还研究了他在欧洲和美国的追随者们的大作。比如说布朗森先生[②]

---

[①] 库辛(Victor Cousin, 1792—1867)是当时享有盛名的法国哲学家。

[②] 布朗森(Orestes A. Brownson, 1803—1876)是美国教士及作家,曾先后当过长老会、宇宙神教、唯一神教及罗马天主教牧师。他的《查尔斯·埃尔伍德》(*Charles Elwood, or The Infidel Converted*, 1840)是一部半自传体小说。

的《查尔斯·埃尔伍德》就曾放在我手边。我全神贯注地研读过该书。我发现它整体上合乎逻辑，但其中不尽然合乎逻辑的若干部分偏巧正是该书那位缺乏信仰的主人公最初的那些论证。在我看来非常明显，那位推理者的结论甚至连他自己都不能信服。他结尾时显然已忘了他开头所说的，就像特林鸠罗说他那个共和国[①]一样。总之，我不久就悟出，如果人类想从理性上确信其自身的不朽，那这种信念不会从长期以来流行的那些英国、法国和德国的道学家们的抽象观念中得以建立。抽象观念可娱乐并训练心灵，但却不会占据心灵。我相信，至少在这个世界，哲学将永远徒然地号召我们把抽象的质视为具体的物。意志也许会赞同，但灵魂（智能）绝不会。

"那么我再说一遍，我只是不完全地感觉，而从来没有从理性上相信。但近来这种感觉多少有所加深，直到它变得几乎像是理性的默认，以致我发现很难对两者进行区别。我还能清楚地把这种结果归因于催眠的影响。要解释这句话的意思，我只能凭这样一种假设，催眠之升华作用使我能够领悟在那种异常状态下令我信服的一系列推理。但那种完全合乎催眠现象的推理除了通过其结果，并不延及我的正常状态。在催眠状态下，推理及其结论，原因及其结果，都同时出现。在我的正常状态中，原因消失，只

---

① 特林鸠罗（Trinculo）是莎士比亚《暴风雨》中那不勒斯王的弄臣。爱伦·坡在此显然是将其与那不勒斯王的老臣贡柴罗（Gonzalo）弄混了。在《暴风雨》第2幕第1场中，那不勒斯君臣等人因沉船而流落荒岛，老臣贡柴罗正描述要把荒岛建成一个理想国，遭人质疑，这时国王插话说："他结尾时显然已忘了他开头所说的。"

剩结果，而且也许只剩部分结果。

"这些考虑使我想到，若是在我被催眠的时候向我提出一系列引导得当的问题，那也许会产生某些好的结果。你常常观察到被催眠者所表明的那种深奥的自知，在所有与催眠状态有关的问题上所表现出来的广博的知识。而一次恰当的回答也许可以从这种自知中推演出某些暗示。"

我当然同意进行这次实验。几个手势动作就让凡柯克先生进入了催眠状态。他的呼吸立刻变得比刚才轻松，他似乎不再遭受肉体上的痛苦。随后就产生了以下对话。"凡"在对话中代表凡柯克先生，"坡"则代表我自己。

**坡**：你睡着了吗？

**凡**：是的，不。我宁愿睡得更熟一些。

**坡**：（又作了几个手势之后）你现在睡熟了吗？

**凡**：是的。

**坡**：你认为你现在的病结果会怎样？

**凡**：（经过长时间的犹豫而且似乎回答得很吃力）我肯定会死去。

**坡**：死的念头使你苦恼吗？

**凡**：（非常快地）不！不！

**坡**：你对这种预见感到高兴吗？

**凡**：如果我醒着我会喜欢死亡，可现在这无关紧要。催眠状况与死亡那么相近，这使我感到满足。

**坡**：我希望你能解释明白，凡柯克先生。

**凡**：我很乐意解释，但我感觉到我力所不能及。你的问题提得不恰当。

**坡**：那我应该问些什么？

**凡**：你必须从起点开始。

**坡**：起点！可哪儿是起点？

**凡**：你知道起点就是上帝。①（说这句话是以一种低沉而波动的声调，并带有各种无限崇拜的迹象。）

**坡**：那何为上帝？

**凡**：（犹豫了好几分钟）我说不上来。

**坡**：上帝不是精神吗？②

**凡**：我醒着的时候知道你说"精神"是什么意思，但现在它似乎只是一个字眼，譬如就像"真"和"美"，我是说一种性质。

**坡**：上帝不是非物质的吗？

**凡**：没有什么非物质，那只是一个字眼。不为物质者什么也不是，除非性质即物质。

**坡**：那么上帝是物质的吗？

**凡**：不。（这回答使我大吃一惊。）

**坡**：那他是什么？

**凡**：（久久不语，然后喃喃说道）我明白了，但这事难以言传。（又是久久不语）他不是精神，因为他存在。他也不是物质，不是你所理解的物质。但物质有人类一无所知的各种等级；粗糙者促成精良者，精良者弥漫于粗糙者。譬如，大气驱动电气原理，

---

① 比较《旧约·创世记》第1章第1节："太初，上帝造天地。"
② 《新约·约翰福音》第4章第24节曰："上帝即灵"。

而电气原理则弥漫于大气。这些物质等级的粗糙或精细逐渐递增，直到我们得出一种无粒子物质，没有基本粒子，不可分，一体，推动和弥漫的法则在此被改变。这种终极物质，或者说无粒子物质，不仅弥漫于万事万物而且促成万事万物，这样万事万物都尽在其中。这种物质就是上帝。人们试图用"思想"一词使之具体化者，便是运动中的这种物质。

**坡：** 形而上学家们坚持认为所有行为均可还原成运动和思想，而后者乃前者之因。

**凡：** 有了。我现在已看出这种概念之混淆。运动是精神行为，不是思想行为。那种无粒子物质，或曰上帝，在其静止之时便是人们所谓的精神（这与我们能够想象的相近似）。自动力（实际上相当于人的意志）在无粒子物质中便是其一体性和无所不及性之结果；我不知道为何如此，而且我现在清楚地看出我将永远不得而知。但是，被存在于自身的一种法或一种质驱于运动状态的无粒子物质便是思想。

**坡：** 就你所谓的无粒子物质，你不能再给我一个更准确的概念吗？

**凡：** 人类所认识的物质，其等级性被忽略。例如我们有金、木、水、气、热、电、大气层和以太。现在我们把所有这些都称作物质，把所有物质都包含在一个笼统的定义之中。但尽管如此，不可能再有两个概念能比以下两个概念更具有本质上的不同，这就是我们赋予金属的概念和我们赋予以太的概念。当我们想到后者，我们会感到一种几乎不可抗拒的倾向要将其归类于精神，或是归类于虚无。制止我们这样做的唯一考虑就是我们关于其原子结构的概念。而即便在这里我们也不得不借助于我们对原子的概念，将其视为在无限小中具有密度、实感和重量的某种东西。一旦消除原子结构这个概念，我们就再也不可能视以太为一种实体，至少不能将其视为物质。由于没有更恰当的字眼，我们可以把它叫做精神。现在，从以太再往前走一步，设想一种比以太稀薄得多的物质，正如这种以太比金属稀薄得多一样，那我们（不管所有经院教条）马上就会得出一种独特的质量，一种无粒子物质。因为，尽管我们可以承认原子内部的无限之小，但原子之间空间的小之无限是一种谬论。那儿应该有个点，那儿应该有个稀疏的度。在这个度上，如果原子数量够多，它们之间的间隙就必然为零，其质量也就绝对凝聚。但因对原子结构的考虑此时已被排除，于是这种质量的性质便会不可避免地滑向我们所想象的精神。但显而易见，它同先前一样完全是物质。实际上不可能设想何为精神，因为不可能想象何不为精神。当我们满足于我们已形成了精神之概念，我们只不过是在用无限稀薄之物质这种想法欺骗我们的理解力。

**坡**：在我看来，绝对凝聚这个概念有一个不可逾越的障碍，那就是运行于太空的天体所受到的那种非常微弱的阻力，一种现在被认定的确以某种程度存在，但由于太微弱以致连牛顿的洞察力也完全将其忽略的阻力。我们知道物体的阻力主要与它们的密度成比例。绝对凝聚就是绝对密集。没有间隙就绝不会有可变性。比起具有硬石密度或铁之密度之以太，一种绝对密集的以太会更加无限有效地阻止天体的运行。

**凡**：回答你这个障碍问题的容易性与其表面上的不可回答性

几乎成比例。关于天体之运行，是天体穿过以太还是以太穿过天体都不可能有什么差异。天文学上最不可理解的错误就是把已知的彗星减速和它们穿过一种以太的概念混为一谈，因为无论设想这种以太有多稀薄，它都会在一段大大短于那些天文学家所承认的时间内阻止所有的天体运行，而正是那些天文学家一直在竭力忽略一个他们感到不可理解的要点。从另一方面来看，实际上遭受的阻滞也许可以被认为是由于以太在瞬间内穿越天体造成的摩擦所致，在这种情况下，减速力是瞬间的，而且自身内部完整。在另一种情况下，它是不断积累的。

**坡**：但在这一切之中，在这种纯粹物质与上帝的同一化之中，难道就无不敬之嫌？（我不得不一再重复这个问题，直到被催眠者完全明白我的意思。）

**凡**：你能说出为什么物质应该不比精神更受崇敬的原因吗？不过你忽略了，就其极大的包容力而言，我所说的那种物质完全就是经院派所说的"心智"或"精神"，此外，它同时也是经院派所说的"物质"。具有归之于精神之全部力量的上帝，不过就是物质的尽善尽美。

**坡**：那么你是宣称，无粒子物质在运动中就是思想？

**凡**：一般说来，这种运动是万能精神之万能思想。这种思想会创造。被造之物不过是上帝的思想。

**坡**：你说"一般说来"。

**凡**：是的。万能精神是上帝。对于新个体，物质乃必需。

**坡**：可你现在说到"精神"和"物质"就像是形而上学家们所言。

**凡**：是的，为了避免混乱。当我说"精神"，我是指无粒子物质，或者说终极物质；说物质，我指别的一切。

**坡**：你刚才说"对于新个体，物质乃必需"。

**凡**：对；因为以非结合形式存在的精神只是上帝。为了创造有思想的个体生物，赋予其神圣精神之部分是必要的。于是人类被赋予了个性。脱去共同赋予，人便为上帝。所以，无粒子物质之被赋予部分的各自运动是人类的思想；正如其整体运动是上帝的思想。

**坡**：你是说脱去形体人将成为上帝？

**凡**：（沉吟良久之后）我不可能说过这话；这是个谬论。

**坡**：（查阅笔记）你是说"脱去共同赋予，人便为上帝"。

**凡**：此乃真话。人这样被脱形就会是上帝，就会被非个性化。但人绝不可能这样被脱形，绝不可能，不然我们就必须想象一种上帝收回赋予的行为，一种没有意义也没有价值的行为。人是一种造物。造物是上帝的思想；而不可改变是思想的属性。

**坡**：我不明白。你说人绝不会脱去形体？

**凡**：我是说人绝不会无形体。

**坡**：请解释。

**凡**：人有两种形体——雏形和成形，相当于幼虫和蝴蝶这两种状态。我们所谓的"死亡"不过是痛苦的变形。我们现在的形体是进化的、预备的、暂时的。我们未来的形体则是完善的、终极的、永恒的。终极之生乃完全的意志。

**坡**：可我们清楚地知道幼虫变形。

**凡**：我们，当然，但我们不是幼虫。构成我们雏形形体的物质在这种形体之器官的知识范围之内，或说得更清楚一点，我们的雏形形体适合构成雏形形体的物质，但不适合构成终极形体的物质。所以终极形体不为我们的雏形感官所知，我们只知道外形在腐烂中从内形脱落，但对那内形却一无所知，不过这内形和外形均被那些已获得终极之生者感知。

**坡**：你经常说催眠状态与死亡非常相似。这是怎么回事？

**凡**：我说它像死亡，意思是说它像终极之生，因为当我进入催眠，我雏形生命的感官便处于暂停状态，这时我不是用器官，而是凭一种我将在终极的、无器官的生命中使用的媒介直接感知外部事物。

**坡**：无器官的？

**凡**：对。器官这种装置使人感知到物质个别的种类和形态，同时排除其他的种类和形态。人的器官适合其雏形状态，仅此而已。人的终极状态由于没有器官，从而具有对万事万物无限的理解力，只有一点除外——上帝意志的性质。也就是说，无粒子物质的运动。如果你把终极形体设想为全是大脑，你也许会对其有个清晰的概念。它并非全是大脑；但这样一种概念可以让你更接近于理解它是什么。一个天体把光波振动传递给以太。这些振动在视网膜内引起类似的振动，这些类似的振动再把类似的振动传递给视神经。视神经把类似的振动传至大脑，大脑又把这种振动传递给弥漫于它的无粒子物质。后者的运动便是思想，思想最初的波动便是概念。这就是雏形生命的心智与外部世界沟通的模式；而由于器官之特性，这个外部世界对雏形生命是有限的。但在没器官的终极生命中，外部世界直达全身（如我刚才所言，终极生命的全身都是与大脑类似的物质），除了一种甚至比以太还要稀薄得多的以太，其间再没有任何媒质介入。整个身体伴随着这种以太振动，与其保持一致，使弥漫于全身的无粒子物质开始运动。所以，我们必须把终极生命那几乎无限的理解力归因于没有了特异的器官。对雏形生物来说，器官是在其变形之前对它们加以限制的必要囚笼。

**坡**：你说到"雏形生物"。除人类之外还有其他有思想的雏形生物吗？

**凡**：大量的稀薄物质团进入星云、行星、恒星和其他既不是星云、恒星，也不是行星的天体都只有一个目的，那就是为无数的雏形生物之器官特性提供营养。如果不是雏形生命在变为终极生命之前的需要，就不会有这样一些天体。每一个这样的天体都寄居着一种截然不同的有器官、有思想的雏形造物。总的说来，器官随着寄居地的特征而变化。在死亡或者说变形之后，这些造物享受终极之生（不朽），知晓除了这个秘密之外的全部秘密，凭纯粹的意志做任何事情，到任何地方。我们存在于其中的不是我们看来唯一可感知的天体，不是我们为了与之相适应而盲目地以为由空间创造的天体，而是那个空间本身，是其实质性的浩瀚像从天使的知觉中抹去无用之物一样吞噬掉星影的那个无限。

**坡**：你说"如果不是雏形生命的需要"就不会有星体。但为何有这种需要？

**凡**：在无机生命中，以及在一般无机物中，不存在任何障碍来阻止一种简单唯一的法则之实行——神圣意志。为了制造障碍，（复杂的、物质的、为法则所累的）有机生命和物体被创造。

**坡**：可是，为什么必须制造这种障碍？

**凡**：法则不受妨碍的结果就是完美，就是正确，就是相对幸福。法则受到妨碍的结果是不完美、错误、绝对痛苦。通过这些由有机生命和物质之法则的数、复杂性和实质性所提供的障碍，违反法则在某种程度上变得切实可行。这样，在无机生命中不可能有的痛苦在有机生命中就成其为可能。

**坡**：但让痛苦成其为可能有什么好处呢？

**凡**：比较而言，所有事物都有其好的一面和坏的一面。充分的分析可证明，欢乐在任何情况下都不过是痛苦的对照。绝对的欢乐是个纯粹的概念。要想任何程度上的欢乐我们都必须经受同样程度的痛苦。从不经受痛苦就永远不会得到幸福。但早已证明，痛苦不可能存在于无机生命之中，所以对有机生命痛苦必不可少。人世间初级生命所经受的痛苦，是天国终极生命极乐至福的唯一根基。

**坡**：你还有一个措词我觉得无法理解——"无限之实质性的浩瀚"。

**凡**：这也许是因为你对"实质"这个词本身尚缺乏一般的概念。我们绝不可将其视为一种质，而必须把它看作一种情。在有思想的生物中，它就是物质与他们的机体相适应的知觉作用。地球上有许许多多的东西对金星居民来说则会是虚无，金星上有许多可视可触之物，我们则压根儿不会认识到它们的存在。但对于无机生物，对于天使，全部无粒子物质都是实质；也就是说，整个被我们称之谓的"空间"，对他们来说都是最真实的实体。与此同时，天体由于被我们认为有形，从而不会被天使们感知，与此正好相称的是无粒子物质因为被我们认为无形,从而不被有机生物感知。

当那位被催眠者用一种微弱的音调说出最后这些话时,我注意到他脸上呈现出一种异常的表情,这多少令我感到惊恐,并驱使我马上将他唤醒。我一做出手势他脸上就露出一个粲然的微笑,随之向后倒在枕头上停止了呼吸。我发现还不到一分钟,他的尸体已僵硬得像一块石头。他的额头冷得像一块冰。在通常情况下,这种僵冷只有在被引魂天使之手抓住好久之后才会出现。那么,当那位被催眠者发表他后一部分论述之时,难道他真是在冥冥之域跟我说话?

(1844)

# 你就是凶手

我现在要扮演俄狄浦斯,像他解开斯芬克斯之谜那样来解开嘎吱镇之谜①。我要详细地向你们讲述(因为只有我才能讲述)造成了嘎吱镇奇事的那个计谋之秘密,而正是这件真正的、公认的、无可争辩而且毋庸置疑的奇事,干脆利落地结束了嘎吱镇居民没有信仰的历史,使所有那些曾铤而走险怀疑教义的凡夫俗子皈依了老祖母们信奉的正教。

这件奇事,这桩我遗憾地要用一种与之不相称的油腔滑调来详述的事件,发生在18××年夏天。巴纳巴斯·沙特尔沃思先生,这位嘎吱镇最为富有而且最受尊敬的镇民,在一种使人们怀疑到一桩奸诈暴行的情况下失踪已经有好几天了。沙特尔沃思先生于一个星期六大清早骑马从嘎吱镇出发,宣称他要去约15英里外的某城,当天晚上返回。但在他出发两小时之后,他的马空鞍回镇,出发时捆扎在马背上的鞍囊早不翼而飞。那匹马也受了伤,浑身沾满了泥。这些情况自然在失踪者的朋友中引起了极大的恐慌,而当星期天上午过去还不见他回来,全镇人便成群结队要去寻找他的尸体。

---

① 参见本书《埃莱奥诺拉》相关脚注。

最先并最起劲提出搜寻建议的是沙特尔沃思先生的知心朋友,一位名叫查尔斯·古德费洛的先生,或者照一般的称呼叫他"查利·好好先生",或"老查利·好好先生[①]"。我直到今天也没能够弄明白是否这是一个惊人的巧合,或者说是否名字本身对性格有一种无形的影响。但无可非议的事实是:从来没有一个叫查尔斯的人不豁达,不勇敢,不诚实,不和蔼,不坦率,不无一副清脆而响亮并且闻之有益的嗓子,不无一双总是直视在你脸上的眼睛,那眼睛好像在说,"我问心无愧;从不做一件亏心事,不怕这世上任何人。"所以,舞台上那些精神饱满且无忧无虑的"龙套先生"十之八九都叫查尔斯。

且说"老查利·好好先生",尽管他移居嘎吱镇尚不足半年或只有半年左右,尽管镇上人对他来这儿之前的情况一无所知,可他却毫不费力就结识了镇上所有有身份的人。男人们在任何时候对他都言听计从,至于那些女人,很难说她们不会对他有求必应。而这一切都因为他受洗礼时被命名为查尔斯,因为他因此而拥有的那副众人皆知是"最佳推荐信"的老实巴交的面孔。

我已经说过,沙特尔沃思先生是嘎吱镇最体面、而且无疑也是最有钱的人,而"老查利·好好先生"与他关系之亲密就好像他从来就是他兄弟。这两位老绅士乃隔壁邻居,不过沙特尔沃思先生很少(如果有的话)拜访"老查利",而且据知从不曾在他家吃过一顿饭。但这并没有阻止这一对朋友像我刚才所说的那样情同手足,因为"老查利"没有一天不3次或4次登门看望他的邻居

---

[①] 古德费洛之原文Goodfellow意即"好人"。

过得如何，而且每每留下来用早餐或茶点，并几乎总是在那儿吃晚饭，至于说这对挚友每次喝多少酒，那就难说了。老查利最喜欢喝的是马尔哥堡葡萄酒，看见老朋友按其一贯喝法一夸脱接一夸脱地开怀畅饮，这似乎对沙特尔沃思先生的心脏有好处。于是有一天，当葡萄酒流进、而智慧作为一种必然结果多少流出之时，他拍着他老朋友的背说，"让我告诉你真话，老查利，你是我有生以来遇上的最好最好的朋友，既然你喜欢喝马尔哥堡葡萄酒，我要不送你一大箱就让我不得好死。上帝作证，"（沙特尔沃思先生有个爱诅咒发誓的坏习惯，尽管他的咒语誓言很少超出"让我不得好死""上帝作证"或"老天在上"这几句话）。"上帝作证。"他说，"我要不今天下午就给城里送去订单，预购一大箱所能弄到的最好的那种酒，作为送给你的一件礼物，就让我不得好死，我会的！你现在什么也别说，我会的，我可以肯定，这事就算定了。你就等着吧，酒会在某个好日子送到你跟前，恰好在你最不想它的时候！"我在此稍稍提及沙特尔沃思先生的慷慨，仅仅是为了向你们证明这两位朋友之间是多么心心相印。

好啦，就在我们所说的那个星期天上午，当人们清楚地意识到沙特尔沃思先生已身遭不测的时候，我绝没看见任何人像"老查利·好好先生"那样悲痛欲绝。当他起初听说那匹马空鞍而回并且没有了它主人的鞍囊，听说它挨了一枪因而浑身血迹，听说那颗手枪子弹穿过它的胸部而没有要它的命——当他听说这一切之时，他的脸白得好像那位失踪者真是他亲兄弟或亲爹似的，他浑身上下直哆嗦，仿佛正在发一场疟疾。

一开始他完全被悲伤所压倒，以至于他不能够采取任何行动，或决定任何行动计划,所以在很长一段时间内,他尽力劝说沙特尔沃思先生的其他朋友不要轻举妄动,把这事往好处想,再等一等,比方说等待一个或两个星期,或者观望一个或两个月,看是否有什么事情发生,或看沙特尔沃思先生是否会安然无恙地回来,并解释他让马先回家的原因。我敢说各位读者一定常常看到那些被巨大悲痛所压倒的人采取这种权宜之计,或拖延之策。他们的智力似乎被变得麻木,所以他们害怕采取任何行动,而只喜欢静静地躺在床上,像老太太们所说的那样"将息他们的悲痛",也就是说,沉思他们的不幸。

实际上,嘎吱镇人是那么高度地评价"老查利"的智慧和谨慎,以致大多数人都有意听从他的劝阻,不轻举妄动,"直到什么事发生",正如那位诚实的老绅士所言;而我认为,若不是沙特尔沃思先生的外甥,一个行为放荡、名声不好的青年非常可疑地干涉,那老绅士的话终究会成为全体的决定。这个姓彭尼费瑟尔的外甥对"等待观望"等理由一概不听,坚持要马上开始搜寻"被谋害人的尸体",这是他使用的措辞;而古德费洛先生当即就敏锐地评论到这只是对此事表达的"一家之言"。老查利的这一评论对公众产生了极大的影响,只听当时就有人令人难忘地质问,"年轻的彭尼费瑟尔先生何以如此清楚地知晓关于他有钱的舅舅失踪的全部情况,以至于他认为有权明确无误地宣称他舅舅是'被人谋杀'"。于是乎一些无聊的争吵斗嘴在人群中发生,而争得最厉害的就是"老查利"和彭尼费瑟尔先生。不过这两人的争执实际上并不新鲜,因为他俩相互心存芥蒂已有三四个月,甚至事态曾一度急转直下,以至于彭尼费瑟尔先生竟然把他舅舅的朋友打翻在地，理由是后者在他舅舅家里过分随便，而这个外甥就住在他舅舅家里。据说那次"老查利"表现出了堪称楷模的克制和基督教徒的宽容。他从地上爬起来，整理好衣服，丝毫没试图以牙还牙，只是嘀咕了一句"君子报仇，十年不晚"。这句咕噜是一种自然而然且合情合理的发泄，但并不具有任何意义，而且毫无疑问，那话说过也就被忘了。

不管以前的情况怎样（那些情况与眼下的争论毫不相干），现在完全肯定的是，主要由于彭尼费瑟尔先生的说服，嘎吱镇人终于决定分头去附近乡下寻找失踪的沙特尔沃思先生。如我前面所说，他们一开始就做出了这个决定。在完全决定要进行一次搜寻之后，搜寻者应该分头去找便几乎被认为是理所当然的事，也就是说，把搜寻者分成几组，以便更彻底地搜遍周围地区。但我现在已记不清"老查利"是用什么样一番理由终于让大伙儿相信分头寻找是最不明智的计划。不过他的确说服了大伙儿（除了彭尼费瑟尔先生之外），最后做出了决定，搜寻应该由结成一队的镇民极其小心并非常彻底地进行，全队人马由"老查利"引路。

对于搜寻这样的事，不可能有比"老查利"更合适的向导了，因为人人都知道他有一双山猫的眼睛，但是，尽管他领着大伙儿走过了许多无人曾想到存在于附近的小路蹊径，钻进了各种各样荒僻的洞穴和角落，尽管那场搜索夜以继日不间歇地进行了差不多一个星期，可仍然未能发现沙特尔沃思先生的踪迹。当我说没有发现踪迹，千万别从字面上理解我的意思，因为在某种程度上，踪迹肯定是有的。人们曾跟着那位可怜的绅士的马蹄印（蹄印很特别），顺着通往城里的大道来到嘎吱镇东面大约3英里远的一个地方。马蹄印从那里拐上了一条穿过一片树林的小路，小路从树林的另一头钻出再上大道，抄了约有半英里的近路。大伙儿跟着马蹄印拐上小路，最后来到了一个污浊的池塘边，池塘被小路右边的荆丛半遮半掩，而马蹄印在池塘对面则踪迹全无。不过，池边好像发生过一场某种性质的搏斗，似乎有某种比人体更大更重的物体从小路上被拖到了池边。池塘被仔细地探捞过两遍，可结果没发现任何东西。失望之余大伙儿正要离开，这时神灵授予古德费洛先生排干池水的权宜之计。这一方案被大伙儿欣然接受，并伴随着许多对"老查利"之英明考虑的赞美恭维。由于考虑到可能需要挖掘尸体，许多镇民都随身带着铁锹，所以排水非常容易并很快见效。池底刚一露出人们就发现泥淖正中有一件黑色的丝绒背心，几乎在场的每个人都一眼认出那是彭尼费瑟尔先生的东西。这件背心多处被撕破并凝有血迹，有好几个人都清楚地记得在沙特尔沃思先生进城去的那天早晨，彭尼费瑟尔穿的正是这件背心。而另有一些人表示，如果必要，他们愿发誓证明彭先生在那令人难忘的一天剩下的其余时间内再没穿过这件背心，同时未能发现任何人宣称，在沙特尔沃思先生失踪以后的任何时间看见过那件背心穿在彭先生身上。

此时情况对彭尼费瑟尔先生来说非常严峻，当对他的怀疑变得明白无疑之时，人们注意到他的脸色变得煞白，而当问他有什么话要说之时，他压根儿没法说出一个字眼。于是，他的放荡生活留给他的几个朋友立即把他抛弃，甚至比他公开的凤敌还更起劲儿地吵着要求马上把他拘捕。但与之相反，古德费洛先生的宽宏大量在对照之下更闪射出夺目的光彩。他极富同情心并且极有说服力地为彭尼费瑟尔先生进行了一场辩护,在辩护中他不止一次地提到他本人郑重地宽恕那名放荡的年轻绅士,那位"富有的沙特尔沃思先生的继承人",宽恕他(那年轻绅士)无疑是因一时感情冲动而认为有理由施加于他(古德费洛先生)的那次侮辱。他说"他打心眼儿里原谅他的那次过失,所以他(古德费洛先生)虽然遗憾地认为情况对彭尼费瑟尔先生非常不利,但它非但不会落井下石,反而要尽其所能做出每一分努力,充分运用他所拥有的那么一点口才,并尽可能地凭着良心去——去——去缓和这一的确非常复杂的事件的最坏情况"。

古德费洛先生以这种足以为他的头脑和心灵增光的调门儿一口气讲了半个多小时;但你们所谓的那种热心人慷慨陈词时很少能恰如其分,为朋友帮忙的激情常常使他们头脑发热,使他们说出各种各样不合时宜的错话,因此他们往往怀着世界上最良好的愿望,结果却做出适得其反的事情。

在眼下这个实例中,"老查利"的一番雄辩结果就是如此。因为,尽管他竭尽全力为那名嫌疑犯辩护,但不知怎么回事,他发出的每一个音节中都包含着一种<u>直露</u>但却无意识的倾向,这非但没为他赢得听众好评,反而加深了人们对他为之辩护的那名嫌疑犯的嫌疑,激起了公众对那名嫌疑犯的义愤。

这位雄辩家所犯的最莫名其妙的一个错误,就是间接地把那名嫌疑犯称作"富有的沙特尔沃思先生的继承人"。其实在此之前,人们根本没想到这点。他们只记得那位当舅舅的(他除了这个外甥别无亲属)在一两年前曾威胁过要取消外甥的继承权,所以他们一直以为这份继承权的剥夺是一个既成事实(嘎吱镇人就是这般实心实意)。但"老查利"的话使他们马上就开始考虑这个问题,并由此而看出那些威胁不过是一种威胁的可能性。于是"Cui bono"这个必然的问题便立即被提出,这个问题甚至比那件背心更有助于把这桩可怕的谋杀罪加在那个年轻人头上。在此,为了我不致被误解,请允许我稍稍说几句题外话,我刚才使用的那个极其简短的拉丁短语历来被无一例外地误译和误解。"Cui bono"在所有一流小说中和在别的什么地方都被误译,譬如在戈尔夫人(《塞西尔》之作者)的那些书中,戈尔夫人是一位爱引用从闪族语到契卡索语所有语言的女士,是一位"按其所需"、依照一个系统的计划、在贝克福德先生的帮助下做学问的女士①。正如我刚才所说,在所有一流小说中,从布尔沃和狄更斯的巨著,到特纳彭尼和安斯沃斯的大作,cui bono这两个小小的拉丁词都被译成"为何目的"或是(像quo bono一样)译成"有什么好处"。然而,cui bono真正的意思是"对谁有利"。Cui——对谁;bono——有利。这是一个纯粹的法律术语,恰好适用于我们现在所考虑的这种案例。在这类案例中,某人做某事的可能性,视此人受益的可能性或该事完成所产生的利益而定。在眼下这个实例中,cui bono这个问题非常直截了当地牵涉到彭尼费瑟尔先生。他舅舅在立下了有利于他的遗嘱后曾以剥夺其继承权对他进行过威胁。但那个威胁实际上并没有被付诸行动,原来所立的遗嘱看来并没被

---

① 英国小说家戈尔夫人(Catherine Grace Frances Gore, 1799—1861)于1841年出版的《塞西尔》(*Cecil, or Adventures of a Coxcomb*)曾被指控抄袭了贝克福德(William Beckford, 1760—1844)的著名哥特式小说《瓦提克》(*Vathek*, 1786)。

更改。如果遗嘱被更改，那可以假定的这位嫌疑犯的谋杀动机就只能是通常的报复，可这一动机恰好可以被他重新讨得舅舅的欢心这一希望所抵消。但在遗嘱未被更改，而更改之威胁却仍然悬在这位外甥头顶的情况下，一个最有可能的杀人动机便立刻出现：这就是嘎吱镇那些体面的镇民所得出的具有洞察力的结论。

于是彭尼费瑟尔先生被当场捉拿，人们继续搜寻了一阵之后便押着他开始返程。然而在回镇的路上，又发生了一件更有助于证实现有怀疑的事。古德费洛先生热情洋溢，总是比众人走得稍前一点，人们见他突然朝前冲了几步，弯下腰，然后显然是从草丛间拾起了一样小东西。人们还注意到，他匆匆把那东西打量了一眼就企图将其藏进他的外衣口袋。但正如我所说，他的这一举动被人注意到并随之被阻止，这时人们发现他所拾之物是一把西班牙折刀，当即就有12个人认出那把刀属于彭尼费瑟尔先生。另外，刀柄上刻着他姓名的首写字母，刀刃张开着，上面凝有血迹。

现在这位外甥的杀人之罪已不容置疑，一回到嘎吱镇，他就被扭送到地方法官的跟前受审。

情况在这里再次急转直下。当那名嫌疑犯被问及在沙特尔沃思先生失踪的那天上午他的行踪时，他竟然胆大包天地承认当天上午他带着步枪外出猎鹿，地点就在凭着古德费洛先生的英明发现了那件染血背心的那个池塘附近。

这时古德费洛先生两眼噙着泪花走出人群，要求对他进行查问。他说，他对他的上帝，至少对他的同胞，所怀有的一种不可动摇的责任感不允许他再继续保持沉默。迄今为止，他心中对这位年轻人所怀有的最真挚的爱（尽管后者曾无礼地对待他古德费洛先生）一直诱使他做出每一种可能想到的假设，以期解释已证明对彭尼费瑟尔先生那么不利的可疑的原因，但这些情况现在已太令人信服，太确凿不移，所以他不愿再优柔寡断，他要把他所知道的一切都和盘托出，尽管他的心（好好先生的心）绝对会在这一艰难的尝试中裂成碎片。然后他继续陈述，在沙特尔沃思先生离镇进城去的前一天下午，那位富有的老绅士在他（古德费洛先生）听力所及的距离内向他的外甥提到了他第二天进城的目的，说他是要把数目非常大的一笔钱存入"农工银行"，当时沙特尔沃思先生还明白无误地向外甥宣布了他废除原立遗嘱、剥夺他继承权的不可更改的决定。他（证人）现在庄严地请求被告声明他（证人）刚才之陈述是否在每个实质性细节上都完全属实。令在场每一个人都大吃一惊的是，彭尼费瑟尔先生直言不讳承认证词属实。

这时法官认为他有责任派两名警察去搜查被告于他舅舅家里的居室。搜查者几乎马上就带回了那个众人皆知那位老绅士多年来一直习惯带在身边的加有钢边的褐色皮革钱夹。但钱夹里的钱早已被取出，法官白费了一番力气追问被告把钱都花在了什么地方，或者把它们藏在了什么地点。实际上被告对钱夹之事完全矢口否认。警察还在被告的床褥之间发现了一件衬衫和一条围巾，两样东西上都有被告姓名的首写字母，两样东西都可怕地浸染着被害人的鲜血。

就在这个时刻，有人宣布被害人那匹马因枪伤不愈而刚刚死于马厩，古德费洛先生就马上提议应该立即对死马进行解剖验尸，看是否有可能找到那粒弹丸。解剖随之而进行，仿佛是要证明被告之罪确凿无疑，古德费洛先生在死马的胸腔内仔细探寻一阵之后，居然发现并取出了一粒尺寸非常特别的弹丸。经过验证，发现那粒弹丸正好与彭尼费瑟尔先生那支步枪的口径吻合，而对镇上和镇子附近所有的枪来说都显太大。然而使这件事更确信的是，弹丸上被发现有一条凹线或裂缝与通常铸弹的接缝成直角相交，而经过验证，这条凹线与被告承认为自己所有的一副铸模内的一条凸线或隆线完全吻合。找到这粒子弹后，主审法官便拒绝再听任何进一步的证词，并当即决定把罪犯交付审判，开庭之前绝对不准许保释。不过这个严厉的决定遭到了古德费洛先生的强烈抗议，他愿意充当保释人并提供任何数目的保释金。"老查利"的这番慷慨大方只不过与它客居嘎吱镇以来所表现出的全部仁慈而豪爽的行为保持了一致。在眼前这番慷慨中，这位高尚的人完全被他极度的同情之心弄昏了头脑，以至于他似乎忽略了一个事实：当他要为他年轻的朋友提供保释金之时，他（古德费洛先生）在这个世界上所拥有的财产还不值1美金。

被告被拘押之结果也许很容易预见。在第二审开庭时，彭尼费瑟尔先生在嘎吱镇人的一片唾骂声中被押送去接受审判，当时大量详尽的证据已被另一些确凿的事实所加强，因为古德费洛先生敏感的良心不允许他对法庭隐瞒那些事实，结果证据被认为无可置疑，不容辩诉，以至于陪审团没有离席商议就立即宣布了"一级谋杀罪"的裁决。那个不幸的人很快就被判处死刑，并押回监狱等待那不可避免的法律的报复。

与此同时，"老查利·好好先生"的高尚行为使嘎吱镇正直的居民们对他更加爱戴。他受欢迎的程度比以前增加了10倍。而作为他备受礼遇的一个必然结果，他好像是迫不得已地松懈了在此之前他的贫穷一直驱使他奉行的过分节俭的习惯，开始三天两头地在他自己家里举行小小的聚会，这时情趣和欢乐便无以复加。当然，当客人们偶然想到那不幸并令人伤感的命运正逼近这位慷慨主人的已故好友的外甥之时，欢乐的气氛便会稍稍减弱。

这位高尚的老绅士惊喜交加地收到了如下来信：

嘎吱镇查尔斯·古德费洛先生收
H.F.B公司寄发
马尔哥堡酒，A级，1等，瓶数：6打

亲爱的查尔斯·古德费洛先生：
　　依照我们尊敬的客户沙特尔沃思先生约两月前递交敝公司的一份订单，我们荣幸地于今晨向贵府发送一加大箱贴紫色封条的羚羊牌马尔哥堡葡萄酒。箱上数码及标志如信笺上端。
您永远忠顺的仆人<br/>霍格斯·弗罗格斯及博格斯公司<br/>18××年6月21日　于××城

　　又及：货箱将于您收悉此信之次日由运货车送达。请代我们向沙特尔沃思先生致意。
H.F.B公司

其实自从沙特尔沃思先生死后，古德费洛先生已放弃了收到他许诺过的马尔哥堡葡萄酒的全部希望，所以他把现在这份礼物视为一种上帝对他的特殊恩惠。他当然欣喜若狂，狂喜之中他邀请了一大群朋友第二上他家参加一个小小的晚宴，以便为好心的老沙特尔沃思先生的礼物启封。这并不是说他在发出邀请时提到了"好心的老沙特尔沃思先生"。事实上他经过深思熟虑，决定对此事只字不提。如果我没记错的话，他未曾向任何人提及他收到的马尔哥堡葡萄酒是一件礼物。他只是请他的朋友去帮他喝一些质量上乘、味道极佳的美酒，这酒是他两个月前从城里订购的，而他将于次日收到订货。我常常绞尽脑汁地猜测，为什么"老查利"当时会决定对老朋友送酒一事守口如瓶，但我一直未能准确推断出他保持沉默的原因，不过他无疑有某种极其充分并非常高尚的理由。

第二天终于来临，接着一大群非常体面的人聚到了古德费洛先生家中。我本人当时也在场。然而，令主人"老查利"大为光火的是，直到很晚那箱马尔哥堡葡萄酒才送到，而当时由他提供的那顿奢侈的晚餐已经让每一名客人都酒足饭饱。不过酒终于来了，而且是那么巨大的一箱。由于全体客人兴致都极高，所以一致决定应该把酒箱抬上餐桌，并立即取出箱内的东西。

说干就干，我也帮上了一把。转眼之间，我们已把箱子抬上了餐桌，放到了被喝空的酒瓶和酒杯中间，结果有不少酒瓶酒杯在这阵忙乱中被打碎。这时早已喝得醉眼昏花、满脸通红的"老查利"在餐桌的首端坐了下来，露出一副故作威严的神态，用一个圆酒瓶使劲敲打桌面，呼吁全体客人"在掘宝仪式期间"遵守秩序。

在一阵大叫大嚷之后，人们终于完全安定下来，就像在此类情况下通常发生的那样，出现了一种静得出奇的死寂。接着我被请求去打开箱盖，我当然"怀着无限的喜悦"遵命行事。我插进一把凿子，再用榔头轻轻敲了几下，那箱盖便突然弹起并猛烈飞开，与此同时，被谋害的沙特尔沃思先生那具遍体伤痕血迹并几乎已经腐烂的尸体忽地一下坐了起来，直端端面对着晚宴的主人。那具尸体用它腐烂而毫无光泽的眼睛悲哀地把古德费洛先生的脸凝视了一会儿，缓慢地，但却清楚而感人地说出了几个字："你就是凶手！"然后似乎心满意足地倒伏在箱沿上，伸出的肢体在餐桌上微微颤动。

当时那个场景真无法形容。客人们吓得纷纷夺门跳窗，有许多身强力壮的人被吓得当场昏倒。但在第一阵丢魂丧魄、惊呼呐喊之后，所有的目光都射向了古德费洛先生。即便我活上一千年，我也不会忘记呈现在那张脸上的极大痛苦，那张刚才还因得意和美酒而红扑扑的脸，此时已变得面如死灰。在好几分钟内，他像尊大理石雕像坐在那儿一动不动。他眼睛那种失神的样子仿佛是他的目光掉转了方向，正向内凝视他自己那颗痛苦而凶残的灵魂。最后，那两道目光好像是突然射向外部世界，他随之从椅子上一跃而起，头部和肩部重重地摔在桌上，他就那样俯在尸体跟前，以飞快的语速和强烈的感情一五一十地坦白了那桩可怕的罪行，那桩彭尼费瑟尔先生正为之坐牢并被判处死刑的罪行。

他所叙述的情况大致如下：他尾随被害人到了那个池塘附近。在那里他用一支手枪击中了马，用枪托打死了马的主人，还拿了死者装钱的皮夹子，以为那匹马已死，便用力将其拖到了池边的荆棘丛中。然后他用自己的马驮上沙特尔沃思先生的尸体，并把它藏在了一个远离那片树林的隐蔽之处。

被找到的背心、折刀、钱夹和子弹都是他为了报复彭尼费瑟尔先生而亲手放置的。他还策划让警察发现了染血的围巾和衬衫。

那番充满血腥味的叙述快结束之时，那名罪犯的话语变得结结巴巴，声音变得低沉空洞。当那桩罪行被坦白完毕，他站起身摇摇晃晃朝后退了几步，然后倒下，死去。

逼出这番及时招供的方法虽然颇见效，可其实很简单。古德费洛先生的过分坦诚一直令我厌恶，并从一开始就引起了我的怀疑。彭尼费瑟尔先生揍他那次我也在场，当时他脸上那种恶魔般的表情虽说转瞬即逝，但却使我深信他扬言的报复只要有可能便会严厉地施行。因而我能够用一种与嘎吱镇善良的镇民们截然不同的眼光来观看"老查利"巧施心计。我一眼就看出，不管是直接还是间接，所有的罪证都由他发现。不过让我看清案情真相的则是他从死马胸腔里发现子弹一事。尽管嘎吱镇人全部忘记，但我却记得清清楚楚，马身上弹丸射进处有一个洞，弹丸穿出的地方还有一个，如果弹丸穿出后又从马身上找到，那我当然能认为找到的弹丸肯定是由找到者放入的。染血的衬衫和围巾证实了我对子弹的看法，因为经过检验，那些看上去的血迹原来不过是用上等波尔多红葡萄酒染成。当我开始思索这些情况，包括古德费洛先生的花费和慷慨行为近来增加的情况，我心中产生了一种怀疑，虽然这种怀疑十分强烈，但我对谁也没有声张。

与此同时，我私下里开始认真地寻找沙特尔沃思先生的尸体，而我有充分的理由让我的搜寻方向尽可能地与古德费洛先生领着众人搜过的地方背道而驰。结果几天之后，我偶然发现了一口干涸的古井，井口差不多被荆棘遮掩。就在那口井的井底，我找到了我所寻找的尸体。

真是无巧不成书，就在古德费洛先生诱骗他的主人许诺送他一箱马尔哥堡葡萄酒之时，我正好无意间听到了这两个好朋友的谈话。于是我便利用这一点开始行动。我弄了一根很硬的鲸骨，将其从喉咙插入尸体，再把尸体放进一个旧酒箱，小心翼翼地使尸体和里面的鲸骨对折弯曲。这样做，我钉钉子时不得不使劲儿压住箱盖。我当然预期只要钉子一被撬松，箱盖就会飞开，尸体就会弹起。

这样钉好箱子后，我照已经说过的那样加上数码标志并写上地址；然后我以沙特尔沃思先生爱打交道的酒商的名义写了一封信，我还吩咐我的仆人按我发出的信号，把装在一辆两轮车上的箱子推到古德费洛先生门口。至于我想要尸体说出的那句话，我完全依赖我运用腹语术的技能；至于其效果，我指望那名凶手的良心发现。

我相信再没有什么需要解释的了。彭尼费瑟尔先生当即被释放，继承了他舅舅的财产，从这次经历中吸取了教训，从此改过自新，幸福地过上了一种新的生活。

（1844）

# 气球骗局

《快报》诺福克惊人消息！三天跨越大西洋！蒙克·梅森先生的飞行器获巨大成功！梅森先生、罗伯特·霍兰先生、亨森先生、哈里森·安斯沃思先生及另外四人乘有舵气球"维多利亚号"，经75小时越洋飞行，抵达南卡罗来纳州查尔斯顿附近的沙利文岛！越洋飞行大纪实！

这篇冠以上述大字标题并精心点缀溢美之词的妙文，最初实际上是发表在纽约的一家日报《纽约太阳报》上。它当时完全造成了这样一种效果，那就是在查尔斯顿送出两个邮袋之间的几个小时内为那些爱道听途说的人创造了一份难以消化的美餐。购"独家消息"的人趋之若鹜，其场面甚至比消息本身还惊人。而事实上（正如有人断言），即使"维多利亚号"压根儿就没有完成所记载的飞行，那要为它找一个为何未完成的原因还颇伤脑筋。

这个重要的问题终于被解决！除了陆地和海洋，天空也已经被科学征服，并将成为人类一条普通而便利的通道。人类已乘气球实实在在地越过大西洋！而且这次跨越轻而易举，没有遇上任何很明显的危险，飞行器始终在控制之下，并且从彼岸到此岸只用了令人难以置信的短短75小时！凭着本报在南卡罗来纳查尔斯顿的一名代理人的努力，我们得以首家向公众提供这次非凡航行的详细报道。此次航行始于本月6日星期六上午11点，终于本月9日星期二下午两点。参加这次航行的有埃弗拉德·布林赫斯特爵士、本廷克勋爵的侄子奥斯本先生、著名气球驾驶员蒙克·梅森先生和罗伯特·霍兰先生、《杰克·谢泼德》等书之作者哈里森·安斯沃思先生、最近失败的那个飞行器设计者亨森先生，加上两名来自"伍利芝号"的水手，共计8人。以下报道之每一细节均可靠而准确，因为除了一点小小的例外，其余内容都一字不差地抄自蒙克·梅森先生和哈里森·安斯沃思先生的联合日记。这二位先生还彬彬有礼地向我们的代理人口述了许多关于气球本身及其构造的知识，并介绍了其他一些重要情况。我们对来稿所作的唯一改动就是把本报代理人福赛斯先生的急就章变成了通顺易懂的文字。

## 气　　球

最近两次非常明显的失败（亨森先生和乔治·凯利爵士的失败）已经大大降低了公众对空中航行这门学科的兴趣。亨森先生那个（一开始连科学家们都认为切实可行的）设计所依据的是斜面原理，飞行器凭借外力从一高处起飞，再凭靠空气冲动的叶片旋转保持动力，气冲叶片的数量和形状都像一架风车的转翼。但在所有于阿德莱德跳台进行的模型试验中，均发现这些扇叶的转动非但不能推动飞行器，实际上反而阻碍其飞行。飞行器所显示出来的唯一推进力只是斜面的下降所产生的动力。这种动力在叶片静止时比在叶片运动时更能把飞行器带到稍远一点的地方，这一事实充分证明这些叶片完全无用。而失去了同时又作为支持力的推进力，整个飞行器必然会坠落。正是这个重要事实才使乔治·凯利爵士想到了把一个推进器装于某种本身就具有承载能力的飞行器，也就是说，把推进器装于气球。不过乔治爵士的这个想法只有在考虑其付诸实践的方式时才能被视为新颖，或者说别出心裁。他在工艺学院展示了他这项发明的一个模型。推进原理或动力原理同样被运用于该模型的分瓣翼面，或者说叶片，使其旋转。这些叶片共有四瓣，但被发现完全无助于推动气球，也无助于气球本身的升力。所以整个设计是一个彻底的失败。正是在这个时候，曾因于1837年驾"拿骚号"气球从多佛尔飞至韦尔堡而引起过轰动的蒙克·梅森先生想到了用阿基米德螺旋原理来从空气中获得推进力。他不无道理地将亨森先生和乔治·凯利爵士的失败归因于翼面被分断成为单块的叶片。他的第一次公开试验在威利斯实验室进行，但后来他把试验模型搬到了阿德莱德跳台。

同乔治·凯利爵士的气球一样，他的气球也是椭圆形。其长度为13英尺6英寸，高度为6英尺8英寸。该试验气球能容纳320立方英尺气体，如果充纯氢气，刚充完气后，也就是在气体尚未消耗或漏掉之前，能吊起21磅的重量。整个飞行器及其设备的重量是17磅，大约余下4磅承载能力。气囊的正下方是一个轻木料做的骨架结构，其长度为9英尺，以通常的方式用一个索网系于气囊本体。从这个骨架结构悬吊着一个柳条筐，或称吊舱。

螺旋装置有一根18英寸长的空心铜管轴，一组钢线辐条按15度倾斜半螺线穿过轴心，辐条均为两英尺长，这样在轴的两端各伸出一部分。这些辐条在其伸出的两端处被连接于两个扁平金属线环箍。这一切就以这种方式构成了这个螺旋装置结构，另外再蒙上一块剪出许多三角形边的油布面罩，绷紧的面罩大致呈现与螺旋形状相同的表面。这个螺旋的轴的两端分别由从环箍向下的空心铜管柱支撑。这些铜管柱的下端便是螺旋柱各支枢旋转的孔眼。从螺旋轴靠近吊舱的一端伸出钢制传动轴，该轴把螺旋装置与固定在吊舱的一个发条装置的齿杆连接在一起。靠这个发条装置的作用，螺旋装置能以极快的速度旋转，从而使整个飞行装置向前运动。凭着舵的操纵，飞行器很容易转换任何方向。与其体积相比，这个发条装置的动力可谓巨大，一个直径4英寸的圆筒拧上第一圈后就能产生45磅拉力，随着发条拧紧，拉力也逐渐增加。它本身重量共计8磅零6盎司。方向舵是用外罩油绸的木棍做成的一个轻巧结构，形状有点像一柄勺子，大约有3英尺长，最宽处有1英尺。它的重量约为两盎司。方向舵可平置，也可上下左右任意转动，这样便使气球驾驶员能够把在飞行中必须使其处于倾斜位置的空气阻力改变到他所希望的任何一边，从而从相反的方向限定气球。

这个模型（由于时间关系，我们对其只能这样大致描述）在阿德莱德跳台被投入试飞，并成功地达到了每小时5英里的航速。尽管说来奇怪，与亨森先生前不久那个复杂的飞行器相比，这个模型并没引起公众多大的兴趣，因为世人是如此毅然决然地藐视任何模样看上去简单的东西。人们普遍认为，要实现迫切需要的空中航行，就必然要运用某种异常深奥的动力学原理来造出某种格外复杂的飞行器。

然而,梅森先生坚信他的发明将获得最后成功。他决定一有可能就马上建造一个容量够大的气球,用一次远距离航行来证明这个问题。最初的计划是像上次驾驶"拿骚号"一样飞越英吉利海峡。为了实现他的愿望,他请求并获得了埃弗拉德·布林赫斯特爵士和奥斯本先生的资助。这两位先生因他们在科学方面的学识而闻名,尤其是众人皆知他们对浮空器操纵术的发展所显示出来的兴趣。应奥斯本先生的请求,这项计划完全对公众保密,知道这一计划的人实际上仅仅只有参加该飞行器建造的那些人。在梅森先生、霍兰先生、埃弗拉德·布林赫斯特爵士和奥斯本先生的监督下,该飞行器在威尔士彭斯特拉索尔附近奥斯本先生的别墅建造。亨森先生由他的朋友安斯沃思先生陪伴,于上个星期六被允许亲眼目睹了气球,当时这二位绅士最终商定参加这次冒险行动。关于两名水手也被纳入探险者行列的原委,本报目前尚不得而知,但在一两天内,本报将让读者了解到这次非凡航行的有关细节。

气球用涂了一层橡胶的绸布制成。其气体容积超过了4万立方英尺,但由于用煤气取代了更加昂贵且不便控制的氢气,气囊刚充满气后,飞行器的承载能力不超过2500磅。煤气不仅价格便宜得多,而且容易生产和控制。

煤气被普遍用于浮空技术领域,为此我们得感激查尔斯·格林先生[①]。在他的这一发现之前,为气球充气不仅昂贵,而且不可

---

① 查尔斯·格林(Charles Green, 1785—1870),英国气球飞行家,曾于1836年驾气球从伦敦飞到德国的韦尔堡,航程达770公里。

靠。当时人们经常白白地花上两天甚至三天来制造足以充满一个气球的氢气，因为氢元素活泼，与周围大气有很强的亲和力，很容易从气囊中漏掉。在一个密封性能足以使充入的煤气在6个月中保持纯度和体积不变的气囊中，同等量的氢气按同样的要求连6个星期也不能保持。

飞行器的承载能力估计为2500磅，而乘员的总重量只有1200磅左右，剩余的1300磅中又有1200磅被压舱物和其他物品消耗。压舱物是一些大小不等的沙袋，沙袋上标有各自的重量。其他的物品有绳索、气压表、望远镜、装有半个月给养的桶、一些水桶、斗篷、毛毡旅行袋和各种各样其他必需品，包括一个设计用熟石灰来热咖啡的壶，以完全避免在飞行器上用火，断然消除用火危险。除了压舱物之外，所有这些物品和其他一些小东西都被悬挂在头顶的环箍上。吊舱按比例来说比模型吊舱小得多也轻得多。它用轻柳条编成，对于看上去那么脆弱的一个飞行器来说，它显得极为结实。吊舱的边框约4英尺高。方向舵按其比例则比模型舱大得多，而螺旋装置相应要小些。此外气球上还备有一个小锚和一根导绳，而后者具有最必不可少之重要性。在此有必要多说几句，为不熟悉浮空器操作术细节的读者做点解释说明。

气球一旦离开地面，便受到许多势必会改变其重量的因素的影响，从而增加或减少它的升力。譬如说凝集在气囊上的露水甚至可达数百磅重，这时就必须扔压舱沙袋，不然气球就会下降。抛掉压舱物之后，当阳光蒸发掉露水并同时使气囊中的气体膨胀之时，整个飞行器又会急速上升。要控制这种上升，唯一的办法就是（准确地说在格林先生发明导绳之前曾是）通过阀门放气；

但气球损失气体也就是相应地损失其升力，所以在比较短的一段时间内，密封性能最好的气球也必然会因耗尽气囊中的气体而返回地面。这曾是气球远距离飞行的最大障碍。

导绳以可以想象的最简单方式克服了这一障碍。它只是一根从吊舱垂下的很长的绳子，而它的作用却是阻止气球在飞行时产生任何实质性的变化。比如当气囊上凝集了露水，气球因此而开始下降，此时就不必靠扔压舱物来抵消增加的重量，因为增加的重量已被按其需要的长度而放到地面上的导绳按正好相等的比例所抵消，或者说平衡。反之，无论什么因素使气球重量过轻并因此而上升，这种过轻马上就会被从地上收回导绳所增加的重量抵消。这样，除了在一个非常有限的范围内，气球既不会上升也不会下降，而它的资源，无论是气体还是沙袋，都会相对地没有减少。当飞越大面积水域时，有必要使用一些铜制或木制的小桶，桶内装满比重比水轻的液体。这些浮桶所起的作用和导绳在陆地上所起的作用相同。导绳另一个很重要的功能就是指示气球的方向，只要气球升空，无论在陆地或海洋的上方，导绳总是拖曳在下，所以气球有任何飘动，都将会处于导绳的前方，因此用指南针再比较两者的相应位置，就总能测出气球的航向。同样，导绳与气球纵坐标轴形成的夹角指示出气球的速度。当角度为零时，换句话说就是当导绳垂直悬吊时，整个气球静止不动；而角度越大，也就是说气球先于导绳末端的位置越是向前，速度就越快，反之则越慢。

由于原定计划是飞越英吉利海峡，降落地点是尽可能靠近巴黎，所以探险者们预先准备好了出入欧洲大陆各国的护照，像

"拿骚号"飞行那次一样说明了探险的性质，使探险者们有权免于通常的正式手续，但意想不到的事变使这些护照成了多余。

本月6日，星期六，早晨天刚破晓，在威尔士北部离彭斯特拉索尔约1英里处，在奥斯本先生的别墅威尔沃尔庄园的庭院中，充气非常迅速地开始。11点零7分，万事俱备，气球解缆离开地面，渐渐地但却稳定地朝偏南方向飘升。开始半个小时，螺旋装置和方向舵均未使用。本报随即将根据福赛斯先生抄写的蒙克·梅森先生和安斯沃思先生的联合日记，继续向公众报道此次航行。正如已知的那样，日记的主体部分由梅森先生执笔，每天增加的附记则由安斯沃思先生完成，该日记正在编辑中，不久就将为公众提供一个更为详细，而且无疑也会更引人入胜的关于此次航行的报道。

# 日　记

**4月6日，星期六：**每一件有可能给我们造成麻烦的准备工作都已在夜间完成，今晨天刚破晓我们就开始充气，但由于一场弥漫于气囊皱褶并使之难以控制的大雾，充气工作将近11点才完成。随之解缆升空，大家兴高采烈。上升缓慢但稳定，一阵偏北微风把我们吹向英吉利海峡方向。发现升力比我们预料的更大，随着我们升高避开了悬崖峭壁，更多地处在阳光之中，我们的上升变得非常迅速。但我并不希望探险刚一开始就损失煤气，所以决定暂且继续上升。我们的导绳很快就已够不着地面，不过即使我们刚才把它完全收离地面之时,我们仍然在急速上升。气球异常平稳,看上去非常漂亮。离开地面大约10分钟后,气压表显示出15000英尺的高度。天气特别晴朗,下面的山岭原野显得格外壮丽,从任何角度看下去都是一幅富于浪漫色彩的图画。数不清的深峡幽谷由于充满了浓云密雾,看起来好像一个个平湖,而东南方那些重重叠叠、犬牙交错的绝顶巉崖,看上去最像一座座东方传说中的城市。我们正迅速接近南方的山脉,不过我们的高度已远远超过安全飞越大山的需要。几分钟后,我们优雅地翱翔于群山之上,安斯沃思先生和两名水手都惊于从吊舱看下去大山显然缺乏高度,惊于气球超乎寻常的上升趋势使脚下峰峦起伏的地面看上去几乎像是一马平川。11点半,在继续偏南的飘行中,我们第一眼望见了布里斯托尔湾。15分钟之后,海岸的浪花线直接出现在我们身下,我们已完全飘到海上。这时我们决定放掉适量气体,使系有浮桶的导绳接触水面。这一决定立即被执行,我们开始慢慢下降。20分钟后第一个浮桶触水,随着不久后第二个浮桶也触水,我们的高度开始保持不变。这下我们都急于试一试方向舵和螺旋装置的功效,我们立即把两者都投入使用,以期使我们的飘飞方向更加偏东,与巴黎形成一条直线。借助于方向舵,我们马上就达到了改变方向的目的,使我们的航向和风向几乎形成了直角。这时我们让螺旋发条开始运动,并欣喜地发现它如期望的一样轻易地产生出推力。我们为此欢呼了几声,随之把一个密封有一张羊皮纸的瓶子抛入了大海,羊皮纸上简略叙述了这项发明的原理。然而,我们的欢呼声刚刚消失,就发生了一起令我们大为泄气的意外事故。(由于我们带上的两名水手中的一位在舱内移动，引起吊舱倾斜）那根连接发条装置和螺旋推进器的钢轴靠吊舱的一端被猛然扔出，一时间完全脱离了螺旋的旋转轴而悬空挂着。当我们集中全部注意力，正努力使那根钢轴归位时，气球被卷入了一股从东面吹来的强风，这股风以不断增加的极快速度把我们吹向大西洋。我们很快就发现自己正以肯定每小时不低于五六十英里的速度被刮出海湾，结果待我们固定好钢轴并有时间来思考我们该如何办时，我们已来到离北边的克利尔角大约40英里的海面上。就是在这个时候，安斯沃思先生提出了一个令人吃惊，但在我看来并非毫无道理或异想天开的建议，并立即得到了霍兰先生的支持。他的建议是：我们应该利用吹动我们的这股强风，放弃逆风飞往巴黎的计划，做一次直达北美海岸的尝试。我略为思忖之后便欣然同意了这个大胆的提议，（说来也奇怪）反对这一建议的只有那两名水手。但由于我们是多数，所以压倒了他俩的恐惧，坚决地保持了我们的航向。我们朝正西方飘行，但由于浮桶的拖曳实际上阻碍了我们的行进，加之我们已完全控制了气球的升降，于是我们先抛掉了50磅压舱物，然后（用一个绞盘）把导绳完全收离了水面。我们发现这一措施立即生效，大大地加快了前进的速度。随着风力的加强，我们飞行的速度简直难以想象，拖曳在吊舱后面的导绳就像船上的一根飘带。不消说，我们眨眼工夫就再也看不见海岸。我们从许许多多的各型船只上方飞过，一些船只正奋力逆风前进，但大多数都收帆停船。我们为每条船都带来了一阵兴奋激动，这种激动使我们感到非常快活，尤其使我们的两名水手振奋，此时他俩在少许杜松子酒的作用下，似乎已决定让顾虑或恐惧都随风而去。许多船只为我们鸣响了号炮，而所有的船只都以欢呼呐喊向我们致意（这些呼喊声我们听起来出人意料的清晰），并向我们挥舞水手帽和手巾。白天我们一直以这种方式前进，没出现任何意外情况，而当夜幕在我们周围合拢之时，我们粗略地估计了一下一天的航程。我们飘过的距离不会少于500英里，而且很可能更多。推进器一直处于运转状态，这无疑大大地有助于我们的前进。随着夕阳西沉，疾风变成了一场真正的飓风，由于磷光现象，我们身下的洋面清晰可见。整整一夜风都从东方吹来，给予了我们最灿烂的成功预兆。寒冷使我们尝到了苦头，空气的潮湿也令人极不好受；不过吊舱里有足够的空间让我们能躺下，凑合着斗篷和几条毯子，我们总算还可以对付。

**附记（由安斯沃思先生执笔）：** 刚过去的9个小时无疑是我一生最激动的时刻。我无法想象还有什么事能比这样一次惊险而新奇的冒险活动更使人得以升华。愿上帝保佑我们成功！我祈求成功并非为了我个人微不足道的生命安全，而是为了人类知识的缘故，为了这一成功的深远意义。但没想到建立这一功绩却是如此明显地可能，以致我唯一的惊叹就是在此之前人们为何一直顾虑重重，不敢一试。只需要眼下帮助我们的这样一场大风，假设这样的一场风把一只气球向前刮四五天（这些风常常持续更久），那从此岸到彼岸的越洋飞行就可以轻易成功。对于这样一场疾风来说，浩瀚的大西洋不过是一个湖。此刻，给我印象最深的现象莫过于笼罩着下面大海的无以复加的寂静，尽管此时的大海正波涛汹涌。波涛的声音天上一点儿也听不见。辽阔无边的大海毫无怨言地扭曲翻滚。小山般的巨浪使人想到无数哑然无声的巨魔徒然地在痛苦中挣扎。对我来说，一个人活上这么一个销魂荡魄的夜晚，胜过庸庸碌碌地活上一个世纪。我不愿为平平淡淡的一百年而放弃这份狂喜。

**7日，星期日（梅森先生执笔）：** 今晨风速由10节降低到八九节（对海面船只而言），也许每小时把我们往前送30英里或多一点。但风向已大大偏北。此刻，在夕阳西下的时分，我们主要靠螺旋和舵保持着正西航向，它们的功能都发挥得极好。我认为设计完全成功，任意朝任何方向（除正面逆风之外）的空中航行从此再也不成其为问题。我们不能迎面抗拒昨天那样的大风，但如果必要，我们可以凭升高而摆脱其影响。至于面对一般的强风，我确信我们能凭着推进器保持自己的航向。今天中午曾靠抛压舱物上升到约25000英尺的高空。那样做的目的是想寻找更偏西的气流，但高空并没有发现比我们此刻正处于其中的更有利的风向。即便这次航行会延续3个星期，我们也有足够的煤气飞越这个小小的池塘。我对航行结果没有丝毫担忧。困难一直被不可思议地夸张和误解。我现在能选择气流，而即使我发现所有气流都是逆向，我也可以凭推进器保持一种还算过得去的行进。我们迄今未遇上任何值得记录的事变。今晚天气可望晴朗。

**附记（由安斯沃思先生执笔）：** 我没有多少补充，除了那个（对我来说非常出人意外的）事实：在相当于科托帕希火山[①]海拔的高度，我既没有感到很冷，也没有感到头痛或呼吸困难。我还发现梅森先生、霍兰先生和埃弗拉德爵士都没有什么异常反应。

---

① 该火山位于厄瓜多尔，高度为5897米。

奥斯本先生诉说过胸闷,但这种感觉很快就消失。白天我们一直以极快的速度飞行,我们现在肯定已经飘过了半个大西洋。我们曾越过二三十艘各种类型的船只,似乎船上的所有人都又惊又喜。乘气球飞越大洋压根儿不是一桩千难万险的业绩。未知之事总被视为宏伟之举。**备忘**:在25000英尺的高度,天空看上去几乎一团漆黑,星星清晰可见,同时海面并不(像人们想象的那样)呈凸面,而是绝对地并且非常明显地呈现凹面[1]。

**8日,星期一(梅森先生执笔)**:今晨推进器的传动钢轴又给我们添了点麻烦。该轴务必彻底改造,以免造成重大事故。我说的是那根钢轴,不是螺旋翼。后者不可能再被改进。整个白天一直刮着稳定而强劲的东北风;迄今为止命运似乎一直对我们很关照。刚要天亮之前,我们所有人都多多少少感到过一阵惊恐,当时气囊里发出奇怪的声音并一阵震动,整个飞行器随之明显地往下一沉。这些现象的原因是,由于大气的温度上升,引起气囊里的煤气膨胀,结果崩裂了夜间凝结在骨网架表面的冰粒。朝下面

---

[1] [按]安斯沃思先生没有试图说明这一现象,但这种现象完全能够解释。从25000英尺高处划一直线垂直于地面(或海面),这条直线可形成一个直角三角形的高,该直角三角形的底边从直角顶点延伸至地平线,其斜边则从地平线延伸至气球。但与视线所及的距离相比,25000英尺的高度微不足道或几乎为零。换言之,与这个假设的三角形的高相比,其底边和斜边的长度长得几乎可以被看成是两条平行的直线。在这种情况下,气球驾驶员眼中的地平线看上去似乎与吊舱处于同一水平线上。但由于垂直于他身下的那个点看上去(而且实际上)隔一段很长的距离,因此这个点看上去当然也就远远低于地平线。凹面的印象由此产生,只有当这个高度与视线的距离成比例大大向上延伸,直到底边和斜边视觉上的平行完全消失,这种凹面的印象才会随之消失,此时地球真正的凸面就肯定会显露出来。——原注

过往的船只抛下过几个瓶子。看见其中一个被一条大船捞起，从外观看，那条大船好像是一条纽约的定期邮轮。力图辨认出船名，但未能弄清。奥斯本先生的望远镜辨认出似乎是"亚特兰大号"。此刻是深夜12点，我们仍然以极快的速度朝偏西方向飞行。今夜海上的磷光格外灿烂。

**附记（由安斯沃思先生执笔）**：现在是凌晨两点，海上几乎风平浪静，这是据我所能做出的判断，但这一点很难断定，因为我们正乘风急速前行。自从离开威尔沃尔庄园后我就没睡过觉，但我现在再也支持不住了，我得打个盹儿。我们离美洲海岸不会很远了。

**9日，星期二（安斯沃思先生执笔）**：下午1点，我们清楚地看见了下方的南卡罗来纳海岸。这道巨大的难题终于被解决。我们已经越过大西洋，乘一个气球顺顺当当并轻轻松松地越过了大西洋！感谢上帝！从今以后谁还能说有什么事不可能？

\* \* \* \* \*

日记到此结束。但安斯沃思先生对福赛斯先生讲述了一些着陆时的细节。当航行者们第一眼看见海岸时，风几乎已完全平息，海岸位置当即就被那两名水手和奥斯本先生认出。这后一位绅士有熟人在莫尔特雷要塞，所以马上决定把气球降落在要塞附近。气球在操纵下飞临海滩（当时正值退潮，坚固而平滑的沙滩很适宜着陆），抛下的锚立即就把气球固定。岛上居民和要塞驻军当然蜂拥而出观看那个气球，但航行者磨破了嘴皮才使那些人相信了这次实实在在的航行，飞越大西洋的航行。锚触地的时间正好是下午两点整，这样整个航行历时共75小时；若只从海岸到海岸计算，时间则更短。航行中没发生任何重大事故。整个期间没有担心过任何真正的危险。气球被毫不费事地排气并系牢，当编辑成这篇报道的手稿从查尔斯顿送出时，航行者们还呆在莫尔特雷要塞。他们下一步的意向尚未确定，但本报有把握向读者保证，最迟星期一或是星期二，公众将读到我们进一步的报道。

这是人类迄今为止所完成甚至所尝试的最惊人、最有趣、最重要的业绩。今后还会发生什么惊人的事件，现在加以测定也许是徒劳无益。

(1844)

# 奇异天使

## 一首幻想曲

那是11月里一个寒冷的下午。我刚吃过一顿格外丰盛的午餐，而不易消化的块菌①绝非是那顿午餐的主菜。当时我正独自一人坐在饭厅，把双脚搁在壁炉围栏上，胳膊肘撑着一张被我推到炉芯旁的小桌，桌上摆着一些权充餐后甜食的果品和各式各样装着葡萄酒、烈性酒和甜露酒的瓶子。那天上午我一直在读格洛弗的《斯巴达王莱奥尼达斯》、威尔基的《忒拜后辈英雄》、拉马丁的《朝拜圣地》、巴洛的《哥伦比亚德》、塔克曼的《西西里岛》和格里斯沃尔德的《美国文学珍品》②，因此我现在乐于承认，当时我

---

① 块菌（truffle）亦称块菰或松露，一种多生长在松树、栎树、橡树下的一年生天然真菌类植物，在西方与鱼子酱、鹅肝酱并称三大名菜，价格昂贵。

② 这里提到的作品都极负盛名，但爱伦·坡认为都是些令人昏昏欲睡的无聊之作。爱伦·坡对多产的法国诗人拉马丁评价不高，他在《诗歌原理》中说："《评论季刊》也没坚持要我们评价拉马丁时必须凭其诗作的体积"；在《莫格街凶杀案》中，他甚至把一条小巷命名为拉马丁。拉马丁的《朝拜圣地》（*Pilgrimage to the Holy Land*）是其法文原作 *Souvenirs d'Orient*（《东方回忆录》）的英文版书名。

觉得有点儿昏昏沉沉，于是我频频独斟独饮拉斐特酒，试图让自己恢复清醒。但喝酒也无济于事，于是我绝望地试着读一份随手拿到的报纸。字斟句酌地读完"房屋出租"专栏、"寻狗启事"专栏、以及"妻子私奔"和"学徒逃亡"两个专栏之后，我又毅然决然地开始读那篇社论，从头到尾读了一遍，可一个字眼也没有读懂，心想那些字眼可能是中文，便又从尾到头再读了一遍，但结果仍然不知所云。我正厌恶地要扔掉

> 这份连批评家也不批评的
> 四页对开的幸运之作，[1]

这时我觉得自己的注意力多少被下面这个段落唤醒：

> 死亡的途径不计其数而且千奇百怪。伦敦一家报纸报道有人因一种奇异的原因而丧命。此人当时正在玩"吹镖"，这种游戏的玩法是通过一根细管将一根被嵌入绒线的长针吹向镖靶。他错误地把针倒头放进了细管，当他想吸足气用力吹镖之时，却把针吸入了咽喉。针滑进了肺部，使他在几天之后毙命。

读完这段文字，我莫名其妙地勃然大怒，大声骂道："这篇报

---

[1] 引自英国诗人威廉·柯珀（William Cowper，1731—1800）的无韵体冥想诗《任务》第4章第50—51行。另参见本书《德洛梅勒特公爵》题记。

道是一派卑鄙的谎言,是一种拙劣的欺骗,是某个穷酸文人的向壁虚构,是'安乐乡'[①]某个可怜虫的胡编乱造。这些家伙知道如今世人好欺,便把他们的聪明才智用来幻想不可能的可能,幻想他们所谓的奇灾异祸;但对于一份像我这样爱沉思的智力"(我当时无意识地把食指挪到了鼻子旁边)"对于一种像我所具有的这种爱冥想的悟性,这种事似乎一眼就能被看穿:近来这些'奇灾异祸'令人惊奇的增长频率,才正是迄今为止最最奇怪的灾祸。对我来说,我打算从今以后对凡是带'奇异'的事都一概不信。"

"天哪,那么你真是个傻瓜!"一个我所听见过的最奇异的声音突然答话。开始我以为是自己耳鸣,就像一个人酩酊大醉时往往会体验到的那样;但转念一想,我认为那简直像是用粗棍子敲打一个空桶所发出的声音。事实上,若不是那声音里清楚地包含着音节和字眼,我本来可以断定那的确是敲桶的声音。我天生就不神经过敏,而且我已经喝下的那很少几杯拉斐特酒也大大地增加了我的勇气,所以我觉得自己并没有发抖,只是悠然地抬起双眼四下环顾,仔细搜寻那个不速之客。但结果我什么人都没有看见。

"哼!"当我的目光继续搜索之时,那个声音再次说话,"那么你肯定醉得像头猪,居然看不见我就坐在你身边。"

于是我想到该马上看看鼻子跟前,果不其然,就在桌子旁边与我面对面坐着一个人物,此人虽说并非全然不可描述,但的确几乎没法形容。他的身子是一个126加仑的葡萄酒桶或120加仑的

---

① 安乐乡(Cockaigne),旧时对伦敦的谑称。

723

朗姆酒桶，或者说是诸如此类的东西，具有一种真正的福斯塔夫[①]的气派。大桶下端嵌着两个10加仑的小桶，看起来是作为两条腿使用。胳膊是从那躯体上部吊下的两个还算够长的瓶子，瓶颈便是两只手掌。我所看见的那个怪物脑袋是一个黑森雇佣兵们用的那种水壶，形状就像个大鼻烟壶，壶盖中央有个洞。这个军用水壶（顶上有个漏斗，活像一顶遮住了眼睛的骑士帽）位于酒桶上端边缘，有洞的一面正朝着我。那个洞皱皱巴巴，就像一个古板的老妇人的嘴巴，那怪物正从这个洞里发出显然是想让人听懂的低沉的咕哝声。

"我说，"他说道，"你肯定醉得像头猪，因为你坐在那儿却没看见我坐在这儿。我还要说，你肯定蠢得像只鹅，因为你竟然不相信印在报上的事情。那全是实情，句句是真，字字不假。"

"请问你是谁？"我虽然有点不知所措，但仍然神气十足地问道："你是如何到这儿来的？你在说些什么？"

"问我如何到这儿来的。"那家伙回答，"这不关你的事；问我在说些什么，我在说我认为该说之事；至于说到我是谁，嘿，我来这儿就是要让你自己看个明白。"

"你是个喝醉酒的流浪汉，"我说，"我这就摇铃叫我的仆人把你踢到街上去。"

"嘿！嘿！嘿！"那家伙说，"喔！喔！喔！你不能那样做。"

"不能！"我问，"你这是何意？我不能做什么？"

---

[①] 福斯塔夫是莎士比亚在《亨利四世》和《温莎的风流娘儿们》等剧中塑造的一个人物，是个肥胖、快活、滑稽的角色。

"摇铃。"他回答道,试图用他那张讨厌的小嘴挤出一丝笑意。

我一听这话便努力要站起身,从而把我的威胁付诸于行动,可那个流氓不慌不忙地把两个长瓶中的一个伸过桌子,用瓶颈在我额顶上重重一敲,把我一下敲回了我正想离开的那把椅子。我彻底惊呆了,一时间竟全然不知所措,而与此同时,他还在继续说话。

"你看,你坐着不动岂不更好。现在你可以知道我是谁了。看着我!看!我是奇异天使。"

"而且真够奇异,"我壮着胆子说,"可我从来都认为天使长有翅膀。"

"翅膀!"他愤然吼道,"我要翅膀干什么?天哪!你以为我是只鸡?"

"不!哦,不!"我惊骇万分地回答,"你不是鸡。当然不是。"

"那好吧,坐在那儿别动,放规矩点,不然我就再用手腕敲你。鸡才有翅膀,猫头鹰才有翅膀,小魔鬼才有翅膀,魔王才有翅膀。天使可没有翅膀,而我是奇异天使。"

"那你现在来找我有何……有何贵干……"

"这是我的事!"那家伙高声嚷道,"咳,你真是个既没教养又自负的家伙,居然问一位绅士和天使有何贵干!"

这种刻薄话即便是出自一个天使之口,也实在令我实在不能容忍;于是我鼓起勇气,抓起手边的一个盐瓶,朝着那位不速之客的脑袋砸去。可不是他躲闪得快就是我没砸准,因为盐瓶所砸碎的是壁炉架上那个钟的水晶防护罩。至于那位天使,他像先前那样在我额顶上一连重重敲了两三下，以表明他对我这场攻击的看法。这两三下顿时使我屈服，而且我一直羞于承认，当时不知是因为疼痛还是因为懊恼，我眼里竟然涌上了几滴泪花。

我的悲痛显然使奇异天使温和了不少。"天哪！"他说，"天哪，你这个人要么是喝得太多，要么是非常伤心。你千万不能喝这么烈性的酒，你必须往你的酒里掺水。来，喝点这个，像条好汉，别哭鼻子了！别哭！"

奇异天使说着把一种从他一只瓶子手里流出的无色液体掺兑进我的酒杯（杯里原有约三分之一的红葡萄酒）。我注意到那两个瓶子的瓶颈上贴着标签，标签上用德文印着"樱桃酒"。

这位天使的关心体贴使我大为平静。在他不止一次往我的葡萄酒里搀进的樱桃酒的帮助下，我终于恢复了足够的镇静来听他那番奇谈怪论。我不敢自称能复述他告诉我的一切，但从他所言我得知，他是负责人类意外事故的守护天使，他的任务是不断惊吓那些不信意外的人，为他们带去奇灾异祸。有一两次当我斗胆对他的夸夸其谈表示怀疑之时，他都突然大动肝火，结果我终于认为最好是一声不吭，任凭他自己去说个天花乱坠。于是他继续长篇大论，而我则坐在椅子上，眯缝着眼睛，自得其乐地大嚼葡萄干，并用指头把葡萄柄弹向房间四处。但没过多久，那天使突然认为我这种态度是对他的轻蔑。他怒不可遏地站起身，垂下他的漏斗遮住双眼，郑重地发了一个誓，对我进行了某种我不甚明白的威胁，最后朝我深深地鞠了一躬并且告辞，临行前用《吉尔·布拉斯》中那位大主教的话祝我"万事如意并多长点儿见识"。①

他的离去令我如释重负。我先前喝下的那几杯拉斐特酒此时已产生出让我昏昏欲睡的效果，我想打个盹儿，照我午餐后的习惯稍稍睡上15或20分钟。6点钟我有一个重要约会，那是一次我必须应约的会见。我住宅的保险单于前一天到期，而由于出现了某种争执，最后商定我应该在6点钟与保险公司的董事们会面，解决保险期延长问题。抬眼看了一下壁炉上的座钟（因为我感觉困得不想掏表），我高兴地发现我还有25分钟。此时是5点半，我只消5分钟就能步行到保险公司，而我平时打盹儿从来不会超过25分钟。所以我觉得万无一失，并立即静下心来开始打盹儿。

舒舒服服的一觉醒来，我又看了看那个座钟，并几乎不相信有可能发生那种怪事，因为我发现我并非像平时那样睡了15或20分钟，而是只有3分钟；因为还差27分钟才到约会时间。我翻身再睡，而待第二次醒来，我大为惊奇地发现仍然还差27分钟才到6点。我一跃而起去检查那个钟，发现它早已停止走动。我的表告诉我时间已是7点半；当然，由于睡了两个小时，我已经赶不上我的约会。"这没关系，"我自言自语道："我可以早上再去保险公司当面道歉；可现在这钟会是什么毛病？经过检查，我发现是我与奇异天使谈话时胡乱弹出的一根葡萄梗飞进了被砸破的水晶钟面，

---

① 此句原文是爱伦·坡自撰的法文"beaucoup de bonheur et en peu plus de bon sens"。在勒萨日原著第7卷第4章末尾，大主教赶吉尔·布拉斯走时说的是"toutes sorts de prospérités avec un peu de goût"（祝你事事成功，另外再提高一点儿读文章的品位）。

非常奇怪地钻进了上发条的钥匙孔，留着一节梗尾翘在外边，因此而阻止了分针的走动。

"啊！"我说，"我明白是怎么回事了。这件事本身就说明了问题。一次正常事故，正如往往会发生的那种！"

我不再去考虑这次事故，按我通常的时间上床睡觉。上床前我把一支蜡烛放在床头的阅读架上，打算在入睡之前读上几页《上帝无所不在》①，不幸的是我还没读上20秒钟就沉入了梦乡，留下那支蜡烛继续燃着。

我的梦被奇异天使可怕的幻影频频惊扰。我梦见他站在床边，撩开围帘，用朗姆酒桶空洞而可憎的声调向我发出威胁，说要因我对他的轻视而对我施行最严厉的报复。他长篇大论之后摘下他的漏斗帽，把漏斗管插进我的咽喉，并从他当作手臂的一个长颈瓶里哗啦啦地不断倒出樱桃酒，满满地灌了我一肚子。我的痛苦终于难以忍受，而我惊醒之时正好看见一只老鼠卷走阅读台上那支燃着的蜡烛，但我没法及时阻止它带着那支蜡烛逃进洞去。不一会儿，一股令人窒息的气味钻进我的鼻孔，我清楚地意识到房子已着火。几分钟内火焰就熊熊窜起，眨眼工夫整幢楼房就被烈火包围。卧室所有的出口都被封断，只剩下一扇窗户可以逃命。不过人们很快就找来并架起了一架长梯。我顺着这架梯子急速下降，眼看就要安全到达地面，可这时出现了一头肥猪，它那滚圆的肚子，实际上它的整副形态和外形，都使我想到那位奇异天使。

---

① 英国作家蒙哥马利（Robert Montgomery，1807—1855）的这部书也被爱伦·坡认为是无聊之作，他在《失去呼吸》中也嘲讽过此书乃催眠之书。

我是说出现了一头肥猪，那头猪刚才一直在泥淖里安睡，可此时它觉得它的左肩需要搔搔痒痒，而除了那架梯子的支脚之外，它再也找不到更合适的地方磨皮擦痒。我顷刻之间猛然摔下，不幸折断了一条胳臂。

这场事故使我损失了保险金，更严重的是损失了我的头发，因为全部头发都被大火烧光。这样的事故使得我的情绪极易波动，以至于我终于决定娶个妻子。一个有钱的寡妇正因为失去了她的第七个丈夫而郁郁寡欢，我的山盟海誓成了医治她心灵创伤的灵丹妙药。她勉强答应了我的求婚。我感激而敬慕地在她脚边跪下。她羞得满脸通红低下头，把一头浓密的秀发垂到由格朗让护发公司临时为我提供的假发上。我迄今都不知道纠缠是怎样发生的，但当时真发假发的确纠缠在了一起。我站起身时没有了假发，只剩一个光溜溜的秃头，而她却几乎被缠在一堆的头发所遮蔽。这下她怒形于色，对我不屑一顾。我娶那寡妇的希望就这样葬送于一场事故，诚然这场事故完全不可预料，但它仍造成了正常的事故后果。

不过我并没有灰心丧气，接着又向一颗不那么顽固的心发起了进攻。运气在短时间内又是很顺，但又遇上了一件小小的事情。约好与我的未婚妻在全城名流云集的一条大街上会面，我正急匆匆上前要用经过我充分深思熟虑的一种鞠躬礼向她致敬，这时一小粒奇怪的东西突然钻进我的眼角，使我一时间什么也看不见。不待我重新睁开眼，我爱的那位女士已经消失，因为她认定我是故意经过她身边而不理她，以这种粗鲁来使她当众蒙受奇耻大辱。我正站在那儿为这突发事件感到迷惑（不过这种事说不定会发生在天底下任何人头上），而且我的眼睛仍然还看不清东西，这时奇异天使突然把我唤住，并以一种我没有理由指望的礼貌向我伸出援手。他非常耐心并熟练地检查了我睁不开的那只眼睛，告诉我里面有一个滴状物，并把它取了出来（不管这"滴状物"到底是什么），解除了我的痛苦。

当时我认为已到了去死的时候（既然命运执意对我加以迫害），于是我走向最近的一条河。我在河边脱光了身上的衣服（因为我们没有理由不像赤条条出生那样赤条条地去死），头朝下纵身跃入水流。我死亡的唯一见证者是一只孤零零的乌鸦，它被浸过白兰地的玉米引诱，因此离开了它的伙伴。我刚一跳进水中，那只鸟就想带上我的服装中最必不可少的那一部分飞走。所以我暂且推迟了自杀计划，匆匆让我的下肢穿进上衣的两只袖子，开始以情况所要求并允许的全部敏捷追赶那个罪犯。但我的厄运依然伴随着我。由于我鼻子朝天全速奔跑，一心只想抓住那个偷我裤子的窃贼，我忽然觉得我的双脚已不再脚踏实地。事实上我已经从一座悬崖上摔下，若不是我有幸抓住了从飞过的一只气球上垂下的导绳的绳端，那我早不可避免地被摔成碎片了。

待我稍稍回过神来，意识到我正处于其中或说吊于其上的可怕困境之后，我便立即扯开嗓门，想让头顶上的气球驾驶员知道我的尴尬。可我喊了老半天也是白搭。要么是那个白痴听不见我的声音，要么是那条恶棍故意不理我。与此同时气球以飞快的速度上升，而我的体力则以更快的速度下降。我很快就到了听天由命的时刻，眼看就要无声无息地坠入大海，这时头顶上传来一个空洞洞的声音，使我突然恢复了精神，那声音听起来像是在懒洋洋地哼唱一首咏叹调。抬眼一望，我看见了奇异天使。他交叉双臂俯身于吊舱边上，嘴里叼着一个烟斗，正优哉游哉地吞云吐雾，似乎正自我陶醉于宇宙万物之中。我已经累得说不出话，所以只是用乞求的目光望着他。

尽管他直盯着我的脸，可好几分钟他都没吭一声。最后他小心翼翼地把他那个海泡石烟斗从右嘴角移到左嘴角，以一种高高在上的口吻对我说话。

"你是谁？"他问，"你到底在那儿干什么？"

对这种厚颜无耻、残酷无情和虚情假意，我只能以一声"救命"作为回答。

"救命！"那流氓重复道，"那可不是我的事。这是瓶子，救你自己吧，该死！"

他说着扔下重重的一瓶樱桃酒，瓶子不偏不倚正砸在我头顶，我想自己的脑浆肯定已被全部砸出。想到脑袋已开花，我便打算松开双手欣然放弃灵魂，这时那天使的喊叫声把我拦住，他命令我抓紧。

"抓紧！"他说，"别那么着急！别急！你是想再来一瓶，还是你觉得已经清醒，已经彻悟？"

于是我赶紧点了两下头，第一下是否定式，从而表明我暂时不想再来一瓶；另一下是肯定式，意思是说我很清醒，而且已经大彻大悟。这样我多少使那位天使温和了一点。

"那么你终于信了？"他问，"这么说你相信奇灾异祸的可能性？"

我又点头表示认可。

"你也相信我,奇异天使?"

我再次点头。

"你承认你是个醉鬼,是个笨蛋?"

我再一次点头。

"那么把你的右手放进你左边的裤兜,作为你完全服从奇异天使的象征。"

由于非常明显的原因,我觉得此事压根儿不可能照办。首先,我的左臂在摔下梯子时已被折断,所以要是我松开右手,那我肯定就完全松开了绳子。其次,在我找到那只乌鸦之前我不可能有什么裤子。所以,我非常抱歉地被迫以否定式摇头,从而想让天使明白我感到此时此刻不便遵从他天经地义的要求!可我的摇头刚一停止,奇异天使便怒吼道:

"那你就见鬼去吧!"

随着这声怒吼,他抽出一把锋利的折刀割断了我吊于其上的吊绳,而由于我们当时碰巧正刚刚飞过我那幢房子的上方(在我外出旅行期间,房子已重建一新),所以我一个倒栽葱跌进了宽敞的烟囱,落在了饭厅壁炉跟前。

待我苏醒之时(因为那一跤完全把我摔昏了),我发现是凌晨4点左右。我直挺挺地躺在我从气球上摔下来的那个地方。脑袋枕着已熄灭的炉灰,双脚则压在一张被打翻的小桌子的残片上,四周散落着杂七杂八的餐后水果,其间混有一份报纸,一些砸碎的酒杯和酒瓶,还有一个装斯希丹樱桃酒的空壶。奇异天使就这样替自己报了仇。

(1844)

# 汉斯·普法尔登月记

> 怀着一颗充满狂想的心,
> 对于这颗心我就是主人,
> 持闪光的矛,乘风之马,
> 我朝着茫茫的荒野行进。
> ——《汤姆·奥贝德朗之歌》

据最近从鹿特丹发来的报道,那座城市似乎正处于科学上的极度兴奋状态。事实上,发生在那儿的现象是那么绝对地出人意料,那么完全地新鲜离奇,那么彻底地悖于世人的先入之见,以致我毫不怀疑整个欧洲早已沸沸扬扬,整个物理学界正骚动不安,所有的理性都正在与天文学格斗。

事情好像是这样的,某月某日(我不能肯定是哪一天),成千上万的市民为了并未特别说明的目的被召集到了美丽的鹿特丹市宽敞的交易所广场上。那天较热(就季节而言热得异常),空气几乎凝滞不动,可人们的情绪并不坏,因为不时有惬意的阵雨从密布于蓝天的大团大团的白云间洒下。然而大约在中午时分,人群中出现了一阵轻微但却奇怪的骚动,上万根舌头开始发出叽叽喳喳的声音,上万张脸庞随之向上朝着天空,上万支烟斗同时从上万个嘴角被取下。接着，一阵只能比作尼亚加拉瀑布之咆哮的呐喊声经久不息地响彻鹿特丹全城和整个郊区。

这阵呐喊声的缘由很快就一清二楚。但见从已经说过的一大团轮廓分明的白云后面，一个奇形怪状可又显然很结实的物体慢悠悠地飘进了一片蓝天。它的形状是那么古怪，它的结构是那么异常，以致站在它下面那些大张着嘴巴的强健的鹿特丹市民无论如何也没法理解，无论如何也不会喜欢。它能是什么？以鹿持丹所有魔鬼的名义，它到底会有什么可能的预示？没有人知道，没有人能想象，没有人（甚至包括市长明赫尔·叙佩巴斯·冯·昂德达克）有丝毫可解开此谜的线索。于是，由于没有更适当的事情可做，每一个男人又小心翼翼地把烟斗放回嘴角，一边继续用一只眼睛死盯着那个怪物，一边喷口烟，歇口气，走两步，并意味深长地咕哝两声，然后走回原处，咕哝两声，歇口气，最后再喷口烟。

但与此同时，那个引起了这么多好奇心的怪物，那个引出了这么多烟雾的原因，正越来越低地朝这座美丽的城市飘来。几分钟后，它已经近得足以被准确地辨认。它看上去就像是……对！它毫无疑问是一种气球。不过这种气球在鹿特丹肯定从来没有人见过，因为，请允许我问问，有谁听说过完全用下流小报做成的气球？这在荷兰当然是没人听说过。可就在这儿，就在每个人的鼻子底下，准确地说是在他们鼻子上方的不远之处，此刻就有那样一个气球，而且我有充分的根据说，它的的确确是用那种人们从来不知可用于此类目的的材料制成。这对鹿特丹人的良知来说是一个奇耻大辱。至于那个怪物的形状，那就更应该受到指摘，它看上去简直就像一顶倒挂着的巨大的小丑戴的尖帽。这顶尖帽决不可被等闲视之,当它飘得更近之时,人们看见一根宽大的丝带从其顶尖垂下,而环绕那圆锥形的上沿或者说底边,有一圈像是牧羊铃似的小乐器,正丁丁当当地奏着《贝蒂·马丹》[①]的曲调。但还有更糟的,从那个古怪的飞行器的吊舱垂下的蓝色丝带上,吊着一顶硕大的淡褐色海狸皮帽,其帽檐无比宽阔,其半球形的帽顶饰有黑带银扣。可令人多少感到意外的是,许多鹿特丹市民竟然发誓说他们以前曾多次看见过那顶帽子。实际上所有的人似乎都觉得它十分眼熟,而葛丽特尔·普法尔太太一看见那顶帽子则又惊又喜地尖叫了一声,并宣布那是她丈夫戴的帽子。说到她丈夫得多交待几句,因为普法尔先生连同其3个伙伴实际上早在5年前就从鹿特丹消失,而且消失得非常突然非常奇怪,直到这个故事发生之时,所有打听他们下落的努力都毫无结果。当然,最近人们在城东郊外一个荒僻之处发现了一些骨骸,这些被认为是人骨头的残骸和一些看上去很怪的碎屑混杂在一起,而且有人甚至认为那个地方曾发生过一起卑鄙的谋杀,受害人很可能就是汉斯·普法尔和他的3个朋友。不过让我们书归正传。

那个气球(因为它无疑是个气球)此刻离地面已只有100英尺,下面的人群已能清楚地看见上边的那个人。此人长得实在是非常奇特。他身高不可能超过两英尺,可这个身高虽说微不足道,但已经足以使他不能保持平衡,若不是有一道安装于气球索具、高至胸部的圆形边框阻拦,他肯定会滚出他那个小小的吊舱。

---

[①] 《贝蒂·马丹》(Betty Martin)是一支源自英国的通俗小调,当时在美国流行。

那个小矮人的躯体宽得不成比例，使他看上去活像一个滑稽可笑的圆球。他的脚当然没法看见。他的一双手大得出奇。他的头发是灰色，被系成一条辫子垂在脑后。他的鼻子又长又弯而且通红。他的眼睛又圆又亮而且敏锐。他那张脸虽说已老得布满皱纹，但却又宽又胖，而且是双下巴。不过说到耳朵，在他头部的任何地方都找不到相似之物。这位古怪的小个子先生穿着一件宽松的天蓝色缎面礼服大衣，与之相配的是一条膝部有银扣固定的紧身裤。他的背心是用一种嫩黄色的布料做成，一顶白色波纹绸帽子非常时髦地遮住他半边头顶。为了完善他这身装束，一条血红色的丝织围巾系在他脖子上，并且非常优雅地垂在胸前，系成一个巨大而古怪的蝴蝶结。

正如我刚才所说，气球已下降到大约离地面100英尺的高度，这时那位小个子老先生突然一阵瑟瑟发抖，似乎不想再接近地面。于是他非常吃力地抱起一个帆布口袋，从里边倒出了一些沙子，从而使他暂时保持不升不降。接着他焦急不安地从他那件大衣侧包里掏出一个很大的笔记本。他疑惑地把那个笔记本掂了掂，然后极度惊讶地盯着它，显然是惊于它的重量。最后他打开笔记本，从中抽出一个用红色火漆加封、用红带小心捆扎的大信封，并不偏不歪地将其掷于叙佩巴斯·冯·昂德达克市长的脚边。市长阁下弯腰去拾信封。可那位依然仓皇不安，无意在鹿特丹逗留的气球驾驶员此刻已开始忙着离去。他必须抛掉部分压舱物才能使气球上升，可这一次他并没有劳神从口袋里往外倒沙子，而是一个接一个地一口气扔下了6个沙袋，非常不幸的是这些沙袋全都砸在了市长的背上，使他在鹿特丹市民众目睽睽之下一连翻了6个跟斗。但不能认为了不起的昂德达克是泰然地忍受了那位小个子老人的这番无礼。恰恰相反，据说他每翻一个跟头就省了猛抽六口烟，因为在翻那6个跟斗的过程中他始终竭尽全力咬紧他的烟斗，而只要一息尚存，他就不会让那支烟斗离开他的嘴角（如果情况允许的话）。

与此同时，那个气球像一只云雀高高翱翔，远远地飞离了这座城市，最后静静地飘进了与它先前从中飘出的那片云相似的一片白云，就此从善良的鹿特丹市民惊讶的眼光中永远消失。

这下所有的注意力都转向那封信，那封信的投下和随即产生的后果已经证明，这对市长阁下冯·昂德达克的身体和个人尊严都起到了非常要命的颠覆作用。不过那名官员在翻滚之时并没有忘记拾信这一重要目的，待后来定睛一看，才发现该信正好落在了最适合的收信人手中，因为那封信是写给他本人和卢巴迪布教授的，称呼的是他俩作为鹿特丹天文学学会正副主席的头衔。因此二位高官大员当场拆开信封，读到了下面这封异乎寻常而且的确非常严肃的信：

鹿特丹天文学学会主席冯·昂德达克阁下及副主席卢巴迪布阁下：

二位阁下或许还记得一个名叫汉斯·普法尔，以修风箱为业的谦卑的市民，他和另外3人大约在5年前从鹿特丹失踪，其失踪的方式肯定一直被人们认为莫名其妙。可二位阁下看有多怪，给您们写此信的我正是汉斯·普法尔本人。我的父老乡亲们大多数都知道，在我失踪前的40年里，我一直住在那条叫绍尔克劳特的小巷巷口一幢小小的方砖楼里。我的祖辈自古以来也一直住那幢小楼，他们和我一样也曾一直从事修风箱这门既体面又赚钱的职业，因为说实话，直到前些年，也就是在所有人都热衷于政治之前，一名正直的鹿特丹市民所想望或值得想望的最好职业就是我这个行道。这行道信誉卓著，从不缺活儿，收入可观，而且受人尊敬。但正如我要说的，我们不久就开始感到了自由权利、长篇演说、激进主义和所有诸如此类的新鲜事的影响。那些原来堪称世界上最佳主顾的人现在没有片刻的时间想到我们。他们不得不尽其所能去获悉变革的消息，竭尽全力跟上智力的发展和时代的精神。如果需要煽风点火，那用报纸比用风箱还来得便当。而且由于政府渐渐变得软弱，我毫不怀疑皮革和铁的耐久性也需要相应增长，因为不久之后整个鹿特丹就再没有一副风箱需要缝补一针，或是需要榔头相助。这是一种非常难熬的境况。我很快就穷得一贫如洗，而由于有妻子和孩子需要养活，我的负担终于变得不堪承受。我开始几个小时几个小时地寻思用哪种最佳方法结束我的生命。与此同时，讨债人使我很少有空闲认真思索。我家几乎是从早到晚都被债主包围。有3个特别的家伙生怕我寻短见，终日堵在我家门口监视，并用法律对我进行威胁。我暗暗发誓，要是有朝一日这3个家伙落到我手中，我一定要对他们施行最严厉的报复；而我认为，正是这种期待复仇的快感阻止了我用大口径手枪打碎自己的脑袋，使我取消了马上自杀的计划。不过我想最好掩饰起自己的愤怒，暂且用诺言和恭维话哄住他们，待时来运转再伺机报仇雪恨。

一天，我趁他们不防悄悄溜出了家门。怀着比平日还更沮丧的心情，我漫无目的地徘徊在最僻静的背街小巷，直到最后我偶然撞上了一个书摊。看见身旁有一张为顾客准备的椅子,我也就不客气地坐了下来,并且几乎不知道是怎么回事就翻开了随手拿到的第一本书。那原来是一本关于天文学理论的小册子,作者要么是柏林大学的恩克①教授,要么是一位名字相仿的法国人。我对天文学方面的知识还有那么点一知半解,所以很快就被该书的内容吸引住了。事实上在重新想到我的现实处境之前,我已经把该书从头至尾一连读了两遍。这时天已渐近黄昏,我朝着家的方向迈开了步子。可那本论著(连同我一位表兄最近从南特写信作为重要秘密告诉我的在气体力学方面的一个发现)已经在我心中留下了抹不去的印象,而当我沿着昏暗的街道漫步之时,我仔细地反复回想该书作者那些新奇大胆而且有时令人难懂的推论。书中有些特别的章节以一种特别的方式对我的想象力产生了影响。我对那些章节想得越久,我心中已被激发的兴趣就变得越浓。我所受的普通教育之局限,尤其是我对自然科学的无知,非但没有使我怀疑自己对所读之书的理解能力,或是使我怀疑因此而产生的许多模糊概念,反而进一步刺激了我的想象。而且我有充分的自信,或许还有充分的理由去怀疑,那些看上去产生于混乱头脑中的不成熟的想法,是否就不具有本能或直觉的全部力量,就不具有真实性和其他与生俱来的特性。

我到家时已经很晚,所以我进屋就上了床。但我满脑子的问题使我根本没法入睡,于是我躺在床上沉思了一个通宵。第二天

---

① 恩克(Johann Franz Encke,1791—1865),德国天文学家,曾担任柏林大学天文学教授和天文台台长,"恩克彗星"(Encke's Comet)即以他的名字命名。

我一大早又匆匆去了那个书摊，用我仅有的一点钱买了几本力学和实用天文学书籍。我带着这几本书平安回家，利用所能用上的每一分钟认真研读，并且很快就精通了有关方面的知识，以至于我认为自己已有足够的能力实施一个计划，一个要么是魔鬼、要么是我的守护神让我想出的计划。在读书的间歇之时，我不遗余力地哄慰那3个使我烦恼不堪的债主。在这一点上我终于获得了成功，这部分是靠变卖家具还了他们一半的债，部分是靠许诺我一旦完成一个小小的计划就还清余额。我告诉他们，对那个计划我心中已有谱，并请求他们协助我实施该计划。凭着这些手段，我发现没费多少力就让他们上了我的圈套（因为他们都愚昧无知）。

在我妻子的帮助下，我设法做出了这样的安排，我们一边偷偷摸摸、非常谨慎地卖掉了我剩下的全部家产，一边以各种名目东拼西凑地借到了一笔可观的现金。说来也惭愧，我当时压根儿没去想将来还钱的事。凭着这笔拼凑起来的钱，我陆续采购了一批幅宽12码的上等细棉布、一些绳子、大量橡胶漆，订做了一个又大又深的柳条筐，此外还买了其他几种制作和装备一个特大气球所必需的材料。我叫我妻子用最快的速度缝制气囊，并教她所有必要的知识和特殊的缝制方法。与此同时，我把绳子编成了一个巨大的索网，并为它装上了一个圆箍和必不可少的索具，还买了许多在高空进行实验的仪器和材料。然后我利用深夜往城东一个荒僻之处运去了5个能装50加仑的铁圆桶和一个容积更大的铁桶，6根直径为3英寸、长度为10英尺、设计成某种形状的马口铁管，一些我不能说出名称的特种金属，或者说半金属，以及6坛极其普通的酸。除我之外，用后两种物质形成的一种气体尚未被任何人制造出，或者说至少从未被用于与我的计划相似的目的。在此我只敢冒昧地说，那是一种长期以来被认为不可分解的氮的成分，它的密度大约比氢稀薄37.4倍。它尝起来无味，但并非闻起来无味。当纯气体燃烧时，它发出绿色火焰，同时对人畜都有致命的危险。我可以毫不费力地说出它的全部秘密，但正如我前文已经暗示，这个权利属于法国南特市的一位市民，他写信告诉我秘密时就附加了这一条件。此人在不知道我意图的情况下，还教了我一个用某种动物膜做气球的方法，用这种物质做成的气球所盛的气体几乎不可能泄漏。然而我发现这样做花销太昂贵，而且从大体上说，我并不能肯定用细棉布涂橡胶漆做成的气囊是否就不能达到同样的效果。我之所以提到这件事，是因为我认为那个人今后可能会利用我所谈到的这种新气体和新材料尝试一次气球飞行，而我并不想把他这一非凡发明的荣誉窃为己有。

我在计划中的为气球充气期间每个小铁桶应在的位置各挖了一个小洞。这些悄悄挖成的小洞形成了一个直径为25英尺的圆圈。在这个圆圈的中央，即在拟放置那个大桶的位置，我挖了一个更大更深的洞。我往5个小洞里分别放入了5个装有50磅炸药的铁罐，而往那个大洞里则放入了一个装有150磅炸药的桶。我以适当的方式用隐蔽的导火线把那些铁罐和桶连在一起；把4英尺长的一根缓燃引信之一端插入一个铁罐之后，我填上那个小洞，把那个小铁桶置于其上，让引信另一端伸出地面约1英寸，紧靠在桶底边缘勉强能被看见。接着我填上了剩余的洞，并把铁桶置于它们各自的预定位置！

除了上面说到的那些东西，我还往该处运去了一台格林先生[1]改造过的那种空气浓缩器，并把它藏在了那儿。不过我发现这台机器需要经过一番改装才能适合用于我计划中的目的。但通过艰苦的劳动和不懈的努力，我终于成功地完成了所有的准备工作。我的气球很快就被做好。它可以容纳4万多立方英尺气体；我算出它能轻而易举地载起我和我的全部器具，如果我安排得当，还可以加上175磅压舱物。气囊涂过3道漆，我发现细棉布完全能代替丝绸，它同样结实，但便宜得多。

万事俱备之后，我逼我妻子发誓保守秘密，对我那天上书摊之后的全部所作所为只字不提，而我则许诺只要情况一允许我就会返回，我把剩下的一点钱全部给了她，然后同她告别。其实我一点儿不为她担心。她是人们所说的那种会当家的女人，没有我帮忙她也能把诸事料理妥当。实话实说，我相信她始终认为我是一名游手好闲之徒，一个无足轻重之辈，除了想入非非之外一无是处，而且她巴不得能摆脱我。我同她告别是在一个漆黑的夜晚，带着那3位给我添了不少麻烦的债主，我们绕道把气囊、吊舱和装备运到了存放其他东西的那个地点。我们发现存放的东西完好无损，于是我马上开始动手做该做的事。

那天是4月1日。如我刚才所说，那是一个漆黑的夜晚，天上看不见一颗星星；而且不时有蒙蒙细雨洒下，弄得我们极不舒服。但我主要担心的还是气球，虽说橡胶漆能防水，但雨水已开始使气球大大地增加了重量，此外埋在地下的炸药也容易受潮。所以

---

[1] 参见本书《气球骗局》相应脚注。

我让那3位讨债人同我一道不歇气地加紧干活儿,我们敲掉了中间那个桶表面的冰,搅拌了其他几个桶里的酸。不过他们一直不停地盘问我到底想用那些仪器设备来干什么,并对我让他们干那么重的活儿表示了极大的不满。(他们说)他们看不出让全身湿透能有什么好的结果,说那只不过是在参加我玩弄的可怕妖术。我开始感到不安,并竭尽全力拼命继续干活儿,因为我确信那3个白痴真以为我与魔鬼签订了合同。简单地说,他们以为我当时正在做最不应该做的事。所以我生怕他们一起离我而去。但我设法哄住了他们,许诺说只要一干完正在干的那些活,我马上就付清欠他们的全部借款。对我这番话他们当然有自己的理解,他们肯定以为我无论如何也会弄到一大笔现金,而只要我能还清欠款,再付给他们来帮忙的报酬,我敢说他们并不会在乎我的灵魂或肉体会变成什么样。

大约4点半光景,我发现气球的气已充够。于是我系上吊舱,并把全部装备放入舱内。它们包括一个望远镜、一个经过重大改进的气压表、一个温度计、一个静电计、一个罗盘、一个指南针、一只秒表、一个铃子以及一个喊话筒等等。另外还有一个抽掉了空气又小心塞好的玻璃球。我当然没忘记放入那台空气浓缩器、一些生石灰、一支封蜡、足够的淡水和大量的食物,诸如一小块里就含有多种营养的干肉饼。我还把一只猫和一对鸽子放进了舱内。

这时天已快亮,我认为已到了我出发的时间。于是我假装不小心把一支燃着的雪茄烟掉在了地上,趁俯身拾烟的机会我偷偷点燃了那截缓燃引信,我前文已说过那截引信的一端从一个小铁桶的边上微微伸出地面。那3个讨债人丝毫没觉察到我这个小动作；而我已纵身跳进吊舱，立刻砍断了那根将气球系于地面的绳子，并高兴地发现气球在载着175磅压舱铅块的情况下仍以惊人的速度猛然上升，看来它能够载起更大的重量。我离开地面时气压计的读数是30英寸，温度计显示摄氏19度。

可我刚刚升到50码的高度，就只听地面传来一阵惊天动地的轰响，随之而来的是一阵由火焰、砾石、燃烧的木头、炽热的金属和血肉模糊的肢体形成的飓风。我的心猛地一沉，身体一下瘫倒在舱底瑟瑟发抖。其实我当时就意识到自己把事情做过了头，意识到我要遭受爆炸产生的震荡之主要影响。因此我马上就觉得全身的血液都涌上脑门，紧接着，一种我永远也不会忘记的震荡猛然冲破黑夜，仿佛要把天空撕成两半。待我后来有时间回想之时，我并非没有把我感受到的爆炸之极度猛烈归于它正当的原因，即我当时刚好在爆炸现场的上方，正处于它最猛烈的震荡波内。但当时我只想到保命。气球开始是一瘪，接着又猛然膨胀，然后以令人头昏眼花的速度不住地旋转，最后竟像一个醉汉一样蹒跚摇摆，把我甩出了吊舱的边缘，使我头朝下脸朝外地被一根大约3英尺长的细绳吊在半空云中，那根细绳刚巧从靠近吊舱底部的一个裂缝中垂下，而我掉出吊舱时左脚非常幸运地被它缠住。不可能（完全不可能）想象我当时那种可怕的处境。我大张着嘴拼命喘气，浑身每一根神经每一块肌肉都像发疟疾似的不住颤抖。我觉得自己的眼睛就要从眼窝里迸出，一阵可怕的恶心向我袭来，最后我终于完全失去了知觉。

不可能说清楚我到底昏迷了多久。不过那段时间肯定不会太短，因为当我模模糊糊恢复存在意识之时，我发现天正在破晓，气球已高高地飘在茫茫大海之上，而在广阔的地平线内，看不见任何陆地的踪影。不过在我慢慢恢复知觉的过程中，我绝没有感到也许会被预想到的痛苦。实际上当我开始查看我的处境之时，我的平静中倒充满了愚钝。我先后把两只手分别伸到眼前，心里直纳闷是什么使它们青筋突露，指甲发黑。随后我小心翼翼地检查我的头，我反复地把它摇来晃去，专心地感觉了好一阵，直到我成功地证实它并不像我开始怀疑的那样比我的气球还大。接着我用一种伶俐的动作摸我的两个裤兜，发觉兜里的一本便笺和一盒牙签不知去向。努力想查明它们遗失的原因但未能如愿，心中感到说不出的懊恼。这时我才感觉到左脚踝关节极不舒服，脑子里才开始朦朦胧胧地意识到我当时的处境。可说来也真怪！我当时既没感到惊讶，也不觉得害怕。如果我真感觉到了什么，那就是一种暗暗自喜，一种为我即将用来使我摆脱困境的妙法而感到的满意。我继续沉思冥想了好几分钟。我清楚地记得当时我不住地咬嘴唇，把我的食指摁在鼻子旁边，并使用了其他一些平时人们舒舒服服坐在椅子上思考复杂或重要的问题时通常爱用的姿势和表情。待我认为自己已充分地集中了思想，我开始非常小心翼翼地把双手伸到后背，解下了我腰带上的那个大铁扣。此扣有三个钩齿，由于有点儿生锈，所以很不容易绕轴转动。但费了一番力气，我终于使钩齿与铁扣本身形成了直角，并高兴地发现它们死死地保持在那个位置。把铁扣咬在齿间，我开始解领带的结。在完成这一动作前我不得不歇了好几次，但最后我终于解开了领带。于是我用领带的一端紧紧系住铁扣，另一端则牢牢地捆住我一只手腕。这下我用尽全身力气猛地把身子往上一抬，并一举成功地把铁扣抛进吊舱，使它像我期望的那样钩住了柳条编的吊舱边缘。

现在我的身体大约以45度角倾斜于吊舱的侧边，但千万别因此而认为我与垂直线的倾斜度也是45度。事实远非如此，我的身体仍然与地面几乎成水平状，因为我身体位置的变化使得吊舱的底部朝远离我的一方高高翘起，因此我当时的处境极其危险。不过应该记住，当我一开始从吊舱往下掉时，如果我的脸是面向气球，而不是像实际上那样朝向外面，或者，如果把我吊住的那根细绳碰巧是从吊舱的上沿垂下，而不是从靠近底部的一个裂缝中滑出，那我敢说后果将不难设想。无论上面假设的哪一种情况发生，我都不可能做到我现在已经做到了的那么多事情，而我在此信中所揭示的秘密将完全不可能为子孙后代所知。所以我当时有充分的理由感到庆幸；尽管我实际上仍然昏昏沉沉，对发生的一切仍然感觉迟钝，并且以那种奇特的方式继续悬吊了大约有15分钟，其间没作丝毫进一步的努力，而是沉浸在一种呆滞、喜悦、平静的奇异状态之中。但这种感觉并非不是很快就消失，随之而来的是恐惧、沮丧和一种极度绝望的感觉。事实上，先前涌在脑门喉头使我处于谵妄状态的血液此时已开始回归正常的通道，而我因此而获得的对危险的清楚意识则足以使我丧失面对危险的信心和勇气。但幸运的是，这种软弱并没有延续多久。我及时地从绝望之中摆脱出来，随着一阵疯狂的叫喊和挣扎，我猛然拉着领带向上攀援。最后我的一只手终于像虎钳似的抓住了我向往已久的吊舱边缘。我扭动着身躯翻进吊舱，浑身哆嗦着头朝下栽到了舱底。

过了好一阵我才恢复过来，才开始为我的气球感到担忧。但等我仔细地查看之后，我大为欣慰地发现它完好无损。我的仪器装备也都安然无恙，压舱物和给养也幸运地全部留在舱内。其实我把它们放得十分牢靠，完全没有可能掉出舱外。这时我看了看表，时间是清晨6点。我仍然在以极快的速度上升，气压计显示的高度是三又四分之三英里。我正下方的海面上有一个略呈长方形的黑色物体，看上去约有一块骨牌那么大，而且从各方面看都像是一块骨牌。取出望远镜一看，我清楚地辨认出那是一艘有94门大炮的英国战舰。战舰正朝着西南偏西方向顶风行驶，船身前后颠簸得很厉害。除了这艘战舰之外，我看见的只有汪洋和苍天，还有那轮早已升起的太阳。

现在已该是我向二位阁下解释我此行之目的的时候。二位阁下应该记得鹿特丹的苦难境况最后已逼得我想要自杀。但那并不是因为我对生命本身有一丝一毫的厌恶，而是因为伴随我生命的外在痛苦与折磨已经使我不堪承受。在这种既想活下去但又厌倦了生活的心态之中，我在书摊上读到的那本论著以及我在南特的那位表兄的适时发现为我的想象力提供了一个新的源泉。于是我终于拿定了主意。我决心离开这个世界，但却是要活着离去并且要继续生存。简单地说，为了抛开莫名其妙的人和事，我决定不管会发生什么结果我都要尽可能闯路飞向月球。现在，为了我不至于被人认为是疯子，我愿尽可能详细地谈谈我当时的一些考虑，因为正是这些考虑使我确信，登月虽说困难重重并充满危险，但对于一位勇者来说，它并非一件绝对不可能的事。

月球离地球到底有多远？这是首先要考虑的问题。我们知道，这两颗行星圆心之间的平均距离是地球赤道半径的59.9643倍，或者说大约只有23.7万英里。我说平均距离，但必须记住，月球的运行轨道是一个椭圆，其偏心距正好是该椭圆之长轴的0.05484倍，而地球中心就处于这个椭圆之中心，所以只要我能设法在这个轨道的近地点与月球相遇，那上述距离实际上就会缩短。但现在姑且不谈这种可能性，已经非常肯定的一点是我无论如何也得从那23.7万英里中减去地球的半径，即4000英里，再减去月球的半径，即1080英里，这样需要飞越的实际平均距离是231920英里。而我认为这并非一段非常漫长的距离。陆上交通工具的速度已多次达到每小时60英里；而且这个速度实际上还可望大大加快。但即使就按60英里的时速计算，我到达月球表面也不过只需要161天。然而有许多特殊情况使我相信，我飞行的平均速度很可能远远超过每小时60英里，而由于这些考虑并非没在我心中留下深刻的印象，我以后还会更详细地提到它们。

需要考虑的第二点是一个重要得多的问题。我们从气压计的显示中发现，当我们从地面升到1000英尺高度，大气圈内的空气总量已有十三分之一在我们脚下；上升至10600英尺，留在身后的空气总量已近三分之一；而当升到与科托帕希火山高度差不多的18000英尺，我们就已越过空气总量的二分之一，或无论如何也可以说越过了覆盖于我们这颗星球之上的可估量的空气总量的二分之一。人们还计算出，在不超过地球直径百分之一的高度，也就是说在不超过80英里的高空，空气已稀薄到无论如何也不能维持动物生命的程度，而且我们所拥有的最精密的测定大气密度的仪器也不足以让我们确信有空气存在。但我并非没有看出这后几项推算所依据的完全是我们对空气特性的经验知识，以及那些控制空气之膨胀和压缩的力学定律，而这些知识和定律都只在相对说来可以被称为最接近地球表面的低空得到过验证。与此同时，人们想当然地认为，在任何一个达不到的高度动物生命都肯定不会有实质性的变化。当然，从这样的论据得出的这样的推论，肯定只能是类比推论。人类所达到过的最高高度是法国人盖伊-卢萨克和比奥先生的气球所达到的2.5万英尺。这是一个非常一般的高度，即便与上面所说的80英里相比。而我禁不住认为，这个问题还大有怀疑和思索的余地。

可事实上，一定的上升高度与其越过的空气量并不成正比，即上升一段距离所越过的空气量并不等于下一段同等距离所越过的空气量，这个比例在不断减低（这一点从上文的陈述中也许清晰可见）。所以非常清楚，无论我们能升多高，毫不夸张地说，我们都不可能到达一条在其之外就没有空气存在的界线。我坚持认为空气肯定存在，尽管它也许无限稀薄。

从另一方面来说，我知道从来就不乏有论据证明大气圈有一个真实而明确的界限存在，越过该界限就绝对不再有任何空气。但有一个情况从不曾被那些坚持认为有那么一个界限的人加以考虑。在我看来，这个情况虽不能绝对推翻他们的信念，但仍是一个值得认真研究的要点。在比较恩克彗星连续到达其近日点的间隔周期之时，在用最精确的方法计算了各行星的引力所造成的全部干扰之后，结果发现该彗星的运转周期正在逐渐减少。这也就是说，该彗星椭圆形轨道之长轴正慢慢变短，这种变化很缓慢但非常有规律。而如果我们假定有一种极其稀薄的介质弥漫于该彗星运行轨道区域并使其受到阻力，那这正好可以解释上述情况。因为显而易见，在减慢该彗星运行速度的过程中，这样一种介质肯定靠减弱该彗星的离心力而增加了它的向心力。换言之，太阳对该彗星的引力将会越来越大，而该彗星每运行一周就会靠太阳更近一点。事实上再没有别的途径可以解释上述变化。此外，观察发现该彗星彗头的实际直径在接近太阳的时候便急速收缩，而离开近日点之后则以同样的速度膨胀。那我难道没有理由同意瓦尔斯先生的推测，认为这种明显的体积收缩是由我上文所说的同一稀薄介质的压力所致，而那种介质靠太阳越近便越浓密？锥体状光，亦称黄道光，是一种值得注意的现象。这种在热带地区显得那么明显、以致不可能被误认为大气现象的光芒从地平线向上倾斜延伸，一般顺着太阳赤道的方向。在我看来，这显然是一种从太阳表面向外扩散的稀薄空气，至少是从金星轨道内圈扩散而出。我对这一点坚信不疑。[1]实际上，我没法想象上述介质只局限于那颗彗星的椭圆轨道区域，或是只存在于紧靠太阳的空间。相反，人们很容易想象那种介质弥漫于我们的整个行星系，在各行星周围则浓缩成我们称之谓的大气，而且在某些行星周围也许还会因某些纯地质因素而有所变化，即被各个天体挥发的物质所引起的比例变化（或纯性质变化）。

对此问题已有这样的见解，我几乎不再有别的犹豫。我认为自己在航行中当然会遇上与地球表面之空气本质上相同的大气，

---

[1] 黄道光大概就是古人称之谓的梁光，"从哪儿射出他们所说的光束。"（普林尼《自然史》卷2第26页）——原注

而凭着格林先生发明的那种精巧的设备，我应该很容易就能将其浓缩到保证让我呼吸的程度。这样就消除了登月航行中的主要障碍。实际上，我花费了一些钱和大量的劳动来改造那台设备，使之适用于我的意图，而只要我能在一段适当的时间内完成航行，我确信它会完全奏效。时间问题又使我想到了可能的航行速度。

不错，人们知道气球刚从地面上升时其速度相对说来较慢。而气球的升力全在于周围空气的比重与气囊内气体的比重之差异。由于气球升高，它就必然会不断升入密度急剧下降的气层，乍看起来这似乎不可能，我是说气球在上升过程中速度会不断增加似乎显得毫无道理。但从另一方面来看，我并不知道有任何记载证明气球的绝对上升速度有过减慢，尽管这种减慢看来应该是理所当然的事，因为即便不说别的原因，单是由于气球制作欠佳并用普通漆涂刷所造成的漏气就足以导致这种结果。所以，这种漏气导致的结果看来正好抵消了气球因远离引力中心而获得的加速。我当时认为，假如我在航行中发现了我想象的那种介质，假如它被证明实质上就是我们称为大气的那种物质，那即使发现它非常稀薄对我也没有多大影响，也就是说，对我的上升能力没多大影响，因为我气球中的气体不仅本身也同样稀薄（为了与稀薄的介质成比例，我可以允许防止爆炸所必不可少的一定量的泄漏），而且由于其特性，它无论如何也会轻于任何纯粹的氮氧混合气体。这样就有了一种可能性（事实上是一种极大的可能性），即在我上升的整个期间，在任何一个我达到的高度，我巨大的气球、气球中难以想象其稀薄的气体、吊舱以及舱内物品加在一起的重量都不会与它们置换掉的大气重量相等。不言而喻，这种相等是我向上飞行会停止的唯一条件。但即便遇到这种情况，我还可以抛掉总重量约为300磅的压舱物和其他物品。与此同时，地球的引力会不断与我上升的高度按等比级数减小，这样，随着速度大大加快，我最终会进入地球引力被月球引力所取代的空间。

但另一个困难却使我感到过一点不安。据说当气球上升到一定高度，飞行者除了呼吸困难、头部剧痛和身体不适之外，还会出现流鼻血和其他令人惊恐的症状，而所有这些反应的剧烈程度与上升的高度成正比。[1]这一点想起来多少有点令人吃惊，难道这些症状会不断加剧，直到最后被死亡终止？我最终认为这不可能。这些症状的原因是由于身体表面习惯性的大气压力逐渐减小，从而导致表层血管扩张，而不是像呼吸困难那样是由于生理机能被打乱，因为呼吸困难是因为空气的密度在化学性质上不足以保证心室血液的正常新陈代谢。若非因为缺乏这种新陈代谢，那我实在看不出生命有何理由不可以在真空中延续，因为通常称为呼吸的胸腔的扩张和收缩，实际上是一种纯粹的肌肉运动，它是呼吸的原因，而不是结果。总而言之，我认为当身体一旦慢慢习惯大气压的减少，那些痛苦的感觉就会渐渐消失。至于在习惯过程中对那些痛苦的忍受，我对自己钢筋铁骨般的健壮体魄充满了信心。

这样，但愿二位阁下能满意，我已经虽说不是全部但也非常

---

[1] 自《汉斯·普法尔》问世以来，我发现因"拿骚号"气球飞行而誉满天下的格林先生和其他一些后来的气球驾驶员均否认洪堡就这一问题的断言，并且都谈到了一种逐渐减弱的不适感，这与本文所力陈的理论不谋而合。——原注（[译者按]《汉斯·普法尔登月记》最初于1835年连载于《南方文学信使》月刊）

详细地谈了我的一些考虑，正是这些考虑使我想出了登月飞行计划。我现在要继续给您们讲这一计划的实施结果。从观念上说，这个计划显然是一次非常大胆的尝试，而且在人类历史上无论如何也是前所未有。

气球升到上文所说的高度时（也就是说三又四分之三英里），我从吊舱里往外抛出了一把羽毛，结果发现我仍然在以够快的速度上升，所以，我还没有必要抛任何压舱物。我为此而感到高兴，因为我希望尽可能地保持气球的重量，其显而易见的原因是对月球的引力和大气密度我都没法确知。到此为止我尚未感到身体不适。我呼吸畅快，头一点儿也不痛。那只猫安静地躺在我脱下的外衣上，以一副若无其事的神情盯着那两只鸽子。而那两只被捆住腿以防止其飞掉的鸽子正忙着啄食撒在舱底的谷粒。

6点20分，气压计显示的高度为26400英尺，或者说正好5英里。这时我的视野仿佛毫无限制。其实用球面几何很容易算出我当时能看到多宽的地球表面。对一个球体的整个表面来说，任何一个球截体之凸面就是该球体直径被截段的正矢。以我当时的位置而言，那正矢（即我身下被截段的厚度）大约与我的高度相等，或者说与地面上空视点的高度相等。那么5英里比8000应该表示我所看见的地面部分。换句话说，我当时看见了整个地球表面的一千六百分之一。大海看上去平滑如镜，尽管从望透镜中我可以看出它正波涛汹涌。那艘战舰已不见踪影，显然是早已顺风往东边漂去。此时我开始阵发性的感到头痛，尤其是耳朵周围的部位，但呼吸还算勉强正常。猫和鸽子似乎没感到任何不适。

6点40分，气球钻进了一长串浓云之中，这使我感到非常不安，因为云会损坏我的空气浓缩器，还会使我浑身湿透。这当然是一次异常的偶然遭遇，因为我以前从不相信在这么高的地方能有这样浓密的云。不过我当时认为最好是从我那175磅压舱物中扔掉两块各5磅重的铅块。扔掉铅块之后我很快就升出了云层，并立即感觉到我的上升速度已大大加快。我钻出云层才刚刚几秒钟，就只见一道通亮的闪电从头至尾横贯了那片密云，使它就像一块巨大的木炭整个在熊熊燃烧。必须记住这事是发生在白天。要是这同样的现象发生在漆黑的夜里，那场景真不知道有多么壮观。也许可以恰当地把它比作地狱。但即便是在白天，当我远远地望着身下那张着大口的深谷，试想穿行在那些奇妙的拱廊之中，穿行在那么燃烧着通红火焰的可怕的无底深渊之时，我也禁不住毛发倒立。我可真是死里逃生。要是气球在云里再稍稍多呆一会儿，也就是说，要不是因为浑身湿透不舒服这个念头使我下决心抛弃压舱物，那我的毁灭说不定（而且很可能）早已经成为事实。这种现象虽说很少被想到，但也许正是气球航行中肯定会遇到的最大危险。不过此时我已经升得太高，再也不会为这种危险感到不安。

我正在急速上升，7点钟时气压计显示的高度正好是9英里半。我开始感到呼吸非常困难。我的头也痛得特别厉害，觉得脸颊上湿漉漉的已有好一阵，最后我发现那是血，正不断地从耳朵鼓膜渗出。而且我的眼睛也格外难受。用手摸了摸，它们似乎并非无关紧要地从眼窝向外突出，以致吊舱里的所有东西，甚至连气球本身，在我的眼里全都变了模样。这些症状大大超出了我的预料，使我感到了几分惊恐。在这个时候，我不假思索就非常轻率地从吊舱往外抛了3块5磅重的压舱物。由此而获得的加速度使气球飞快上升，几乎没有一个过渡阶段就把我带入了极其稀薄的空气层，其结果差一点当即就结束我的探险和我的生命。一阵突如其来的痉挛延续了不下5分钟，而即便当痉挛稍稍平息之后，我也只能大张着嘴，非常艰难地呼吸。鼻子和耳朵一直在大量出血，甚至有少量的血从眼睛里渗出。那对鸽子看上去非常痛苦，正拼命挣扎着想要逃走；那只猫发出可怜的喵喵声，长伸着舌头偏偏倒倒地在舱内来回走动，好像是吃了有毒的诱饵。这时我才悔之莫及地发现我轻率地抛出压舱物所铸成的大错。我的心顿时乱到了极点。我当时已没有别的指望，以为自己在几分钟内就会死去。我所承受的肉体痛苦也使我几乎不可能做出任何努力来拯救自己的生命。实际上我的思维能力也所剩无几，而我头部的剧痛似乎还在不断加剧。因此我觉得自己马上就要完全失去知觉，我已经抓住了一根控制气阀的绳子，打算放气让气球下降，这时我想到了我对那3个讨债人所玩的致命花招，想到了我返回地面可能会发生的后果，这些想法阻止了我拉开阀门。我在舱底躺下，努力使自己镇定下来。这样我终于决定进行放血实验。但由于没有放血针，我只能用我所能用的最好方法来实施这个手术，最后我用随身带的小刀成功地剖开了我左臂的一根血管。血液刚一流出我就感到痛苦明显减轻，而当流出了大约半小盆血后，大部分最痛苦的症状已完全消失。不过我并不认为自己可以马上起身；于是我尽可能细心地包扎好左臂，继续躺了大约15分钟。最后当我站起身时，我发现再也感觉不到刚才一个多小时内所受的任何一种绝对痛苦。然而呼吸困难的情况并没有多少好转。我知道很快我就绝对需要使用我的空气浓缩器，与此同时，我看见那只猫又舒舒服服地躺在了我的外衣上，而且我惊奇万分地发现它居然趁我特别难受的那段时间生下了3只小猫。这下我们的乘客数量大大增加，我完全没料到这一情况，但对其发生我感到高兴。这将为我提供一个机会来验证一种推测，就我这次飞行尝试而言，这种推测比其他任何因素对我产生的影响都更大。我曾设想，动物在高空之所以会痛苦，是因为（或者说基本上是因为）对地面大气压力的习惯性承受。如果发现这些小猫和它们的母亲一样感到身体不适，那我必须认为自己的理论错了，可如果情况相反，那我就应该将其视为我推论的有力证据。

到8点钟时，我实际上已升到离地面17英里的高度。所以我清楚地意识到我的上升速度不仅在加快，而且即使我不抛掉那些压舱物，气球也会慢慢上升。头顶和耳部的剧痛又开始间歇发作，鼻孔偶尔还在流血，但从总体上说，我所感到的痛苦远远低于可预期的程度。不过我的呼吸越来越困难，每吸一口气都伴随着胸腔一次难受的抽搐。于是我取出了空气浓缩器，准备随时开始使用。

在此上升期间，地面的景象真可谓美不胜收。极目眺望，但见西面、北面和南面都是茫无涯际、风平浪静的一片汪洋，海水的蓝色每时每刻都在一点一点地加深。朝东边望去，可清晰地辨认出不列颠群岛绵延在万里之外，法国和西班牙濒临大西洋的海岸也全都一览无余，此外还能看到非洲大陆北端的一小部分。具体的高楼大厦压根儿就不见踪影，人类最引以为自豪的那些城市也统统从地面上消失。身下景象最令我惊讶的是地球表面看上去明显呈凹状。而我曾不假思索地以为我在那样的高度会看到地面呈现其真正的凸状。不过稍微动动脑子就足以解释这一矛盾。从我的位置划一直线垂直于地面，这条直线可形成一个直角三角形的高，该直角三角形的底边从直角顶点延伸至地平线，其斜边则从地平线延伸至我的位置。但与我视线所及的距离相比，我当时的高度简直微不足道或几乎为零。换言之，就我当时的情况来说，若把那个假设中的三角形之底边和斜边与它的高相比，那前两条直线长得几乎可以被看成是两条平行线。在这种情况下，气球驾驶员眼中的地平线似乎总是与吊舱处在同一水平线上。但由于垂直在他身下的那个点看上去（而且实际上）隔着一段很长的距离，因此这个点看上去当然也就远远低于地平线。凹面的印象由此产生；只有当高度与视野的距离成比例大大向上延伸，直到底边和斜边视觉上的平行完全消失，这种凹面的印象才会随之消失。

此时那对鸽子看上去正在经受极大的痛苦，我决定让它们获得自由。我先解开了那只美丽的灰斑鸽，并把它放到吊舱的边缘上。它显得极其不安，惶遽地拍着翅膀东张西望，大声地发出咕咕叫声，可就是不敢振翅飞离吊舱。我只好一把抓住它，把它扔出气球大约有6码之遥。然而它并没有像我所期望的那样试图往下飞，而是竭尽全力挣扎着要飞回吊舱，同时发出声声凄厉的尖叫。它最后终于回到了吊舱边缘上它原来的位置，可它刚一飞回脑袋就耷拉到了胸前，接着掉在舱底死了。另一只的命运没有那么不幸。为了防止它以它的伙伴为榜样往回飞，我用尽全身力气把它往下一掷，结果满意地看到它以极快的速度继续下降，非常自然非常轻松在拍动着它的翅膀。不一会儿它就从我的视野里消失，而我毫不怀疑它最终平安地返回了地面。那只死去的鸽子则让看上去已从不适中恢复过来的老猫饱餐了一顿，它吃饱之后便心满意足地呼呼大睡。它那三只小猫非常活泼,迄今尚未显露出一丝一毫不舒服的迹象。

8点15分,呼吸困难已变成我不堪忍受的痛苦,于是我马上开始在舱内安装那台空气浓缩器的附属设备。这设备需要稍稍加以说明,二位阁下不妨先记住我首要的目的是要将我和吊舱整个地与我置身于其中的极其稀薄的大气隔开,然后在这隔离的空间里用我的浓缩器把一定量的稀薄大气浓缩成能供我呼吸的空气。为了这一目的我早就备下了一个非常结实、非常轻巧、但又非常柔韧的弹性橡胶袋。整个吊舱将以某种方式被置于这个足够大的橡胶袋内。也就是说,橡胶袋铺过整个舱底,再沿吊舱四壁向上延伸,然后顺着绳具伸延到舱缘上方,或者说伸延到与气囊索网相连的那个圆箍。以此方式将橡胶袋拉起封住吊舱的底部和周围之后,现在需要做的就是让它的上沿或者说袋口穿过索网上圆箍的上方,换句话说,就是让袋口穿过索网与圆箍之间。但如果为此目的而让索网与圆箍分离,那与此同时用什么来承受吊舱呢?原来索网与圆箍的连接并非永久性的,而是凭着一长串滑环或者说活套。所以我可以一次只松开几个活套,而让其余的活套继续承受着吊舱。待把橡胶袋的袋口塞入一部分之后,我又重新固定那几个活套。不是固定于原来的圆箍,因为夹入袋口之后这样做已不可能,而是固定于安装在离袋口3英尺处的一圈大钮扣上,而这圈钮扣的间距与活套的间距完全吻合。这做完之后,再解开另外几个活套,再塞入另外一部分袋口,然后再把活套同与之相对应的钮扣连接。以这种方式就可以把橡胶袋的整个上沿部分都塞进索网与圆箍之间。显而易见,那个圆箍最终会掉进舱里,而整个吊舱的重量则完全由那些钮扣来承受。这乍看起来也许会显得不太保险，但实际情况并非如此，因为那些钮扣不仅本身很结实，而且一颗挨一颗排得很密，所以每颗钮扣只承重了总重量中的很小一部分。实际上即便吊舱及其装载物重上3倍，我也完全用不着担心。现在我从橡胶袋里重新举起那个圆箍，用3根早已准备好的轻巧柱杆将它支撑在与原来差不多高的位置。这样做当然是为了使橡胶袋的顶部张开，同时也为了使索网的下部保持其正常状态。这下要做的就只剩下封住袋口，而这一点做起来非常容易，我只消把袋口多余的部分收在一起，从里边紧紧地把它拧成一个螺旋状，最后再用带子把它扎紧。

在这个封闭了吊舱的橡胶袋的侧边，嵌着三块很厚但仍然透明的圆形玻璃，通过它们我可以毫不费力地观察各个水平方向。在橡胶袋的底部也用同样的方式开着第四个窗口，刚好与吊舱底部本身的一个小孔吻合。这个窗孔使我能垂直往下看，但由于袋口封闭的特殊方式，我发现不可能在头顶也同样开一个窗口，所以我没法看到位于我上方的物体。这个问题当然是无关紧要，因为即使我能在头顶开个天窗，巨大的气囊也会挡住我的视线。

在一扇侧窗下方大约1英尺处，有一个直径为3英寸的圆孔，圆孔的周围是一道铜边，铜边内缘有一组螺丝孔。空气浓缩器的抽气管就用螺丝固定于那道铜边，浓缩器本身当然是在橡胶袋封闭的舱内。通过那根管子，气球周围的稀薄大气被浓缩器造成的一种真空吸入该机器，经过浓缩之后再排入舱内，与舱内原有的空气混合。当浓缩器排放了几次浓缩后的气体之后，舱内便充满了适合呼吸的空气。但在如此狭小的空间内，空气很快就会变得污浊，不再适合与肺部反复接触。这时可打开舱底一个小小的活门，浓密的空气很容易就渗入外面稀薄的大气中。为了防止舱内出现真空状态，这种净化过程决不能一次完成，而要用一种逐渐的方式。活门每次只能打开几秒钟，直到浓缩器放出的气体弥补了被排出的污浊空气。为了进行实验，我早把大小4只猫放进一个小篮子，并把篮子挂在了舱底外边活门旁边的一个套扣上，必要的时候我可以通过活门喂给它们食物。我做这件事得冒几分风险，因为我必须在关上活门之前用上文提到用来支撑圆箍的一根杆子将食物送到吊舱下的篮子里。一旦吊舱里充满浓缩空气之后，那个圆箍和支撑杆就再也没有必要，封闭的浓缩空气已足以使橡胶袋完全张开。

当我弄好那一切并使舱内充满浓缩空气之后，时间只差10分钟就到9点。而在我忙着封舱的整个期间，我一直承受着呼吸困难所带来的最可怕的痛苦。我真为我的疏忽大意（更准确地说是愚蠢轻率）而感到后怕，因为我居然把如此重要的一件事拖延到了最后的时刻。不过我总算把这件事做了，并很快就开始享受我这项发明带来的好处。我又开始轻松自在地呼吸。干吗不呢？我还又惊又喜地发现，一直折磨着我的各种剧痛已在很大程度上减轻。一点轻微的头疼，加上手腕、脚踝和喉头有一种肿胀的感觉，差不多就是我现在可抱怨的全部。所以看来非常明显，如我期待的那样，因脱离大气压力而产生的绝大部分不适感实际上都渐渐消失，而我在过去两小时内经受的大部分痛苦都应该归因于呼吸不足。

在8点40分，也就是在我封闭橡胶袋之前不久，气压表上的水银柱已升到极限，或者说停止了上升。正如我前文所说，那是一个经过改进加长的仪器。所以它最后指示的高度是132000英尺，即25五英里，因此我当时所能看见的地面正好是地球表面积的三百二十分之一。到9点钟时我再也看不见东方的陆地，不过在此之前，我已经知道气球正以极快的速度飘向西北偏北方向。脚下的洋面看上去仍然呈凹状，尽管我的视线常常被飘来飘去的云团所阻断。

9点半钟我进行了一次实验，从舱底活门撒出了一把羽毛。它们没有像我所期待的那样飘在空中，而是像一团子弹以飞快的速度垂直下降，几秒钟内就飞出了我的视野。我开始并不明白是什么原因造成了这种奇异的现象，不敢相信我的上升速度突然之间会变得如此飞快。但我很快就想到此刻舱外的大气已稀薄到了甚至连羽毛也承受不住的程度，所以它们实际上是像看上去的那样以极快的速度下坠，结果羽毛下坠和气球上升的两个速度加在一起使我感到了惊诧。

到10点钟时，我发现自己已没有多少事需要时时关心照料。一切都进行得非常顺利。我相信气球的上升速度每时每刻都在增加，尽管我已经没有办法弄清增加的程度。我不再有疼痛的感觉或任何不适感，精神比自我离开鹿特丹之后的任何时候都好。我现在只是时而检查一下各种仪器的状态，时而更换舱内的空气。后一项工作我决定每40分钟做一次，这主要是考虑到我自己的身体健康，而不是如此频繁地净化空气有绝对之必要。与此同时，我禁不住去猜想我要去的地方，沉湎于月球梦一般的荒凉景象。我的想象力曾一度不受任何束缚地尽情徜徉于那片朦胧而神秘的土地上各种不断变幻的奇观。忽而我看见地老天荒的原始森林、嶙峋嵯峨的悬崖峭壁、轰鸣着跌入无底深渊的巨大瀑布。忽而我进入了永远是正午的幽静之处，那儿空气里没有一丝风，那儿罂粟花和纤柔如百合的无名花点缀的草地一望无涯，那儿永远是沉寂和静止。忽而我又远游到了另一个地方，那地方是一个影影绰绰的湖泊，湖岸是片片飘浮的云。但我脑子里并非只想到这些景象。最严酷最可怕的恐怖也常常闯进我的脑海，那里可能是不毛之地的推测使我感到胆战心惊。然而，我不会让我的思绪长时间地纠缠于这后一种景象，观察和判断航行中真实而可能的危险足以使我专心致志。

下午5点，利用更换舱内空气的机会，我从舱底活门对那几只猫进行了观察。老猫看上去又痛苦不堪，而我毫不犹豫地把这归于它呼吸困难的缘故，可小猫的实验结果却令人不可思议。我当然以为会看到它们也表现出痛苦，尽管痛苦之程度不及它们的母亲，而这也足以证实我关于大气压力之习惯性承受的见解。但我压根儿没想到仔细观察的结果却发现它们完全健康无恙，呼吸非常轻松自如，没显露丝毫不适的迹象。我只有扩充我的理论才能解释这一切，那就是这周围极其稀薄的大气也许并非像我所认为的那样在化学性质上不足以维系生命，一个在这样一种介质中降生的人很可能完全感觉不到呼吸上的困难，而让他下降到地面浓密的气层中时，他也许会经受一番我刚才所经历过的那种折磨。此时一桩令我迄今还追悔莫及的可怕事故使我失去了那窝猫，同时也剥夺了我对这个问题继续观察实验的机会。当我把手伸出活门，准备给老猫送一杯水时，我的衬衫袖口绊住了那个承受篮子的圆箍，这样立即就使篮子脱离了那个套扣。假若那整只篮子真是消失进了空中，那它也不可能以一种更突如其来、更急若流星的方式从我眼前转瞬即逝。毫无疑问，从篮子脱离套扣到它完全消失总共也不足十分之一秒。我美好的心愿追随着那只篮子返回地球，可我当然不敢奢望那些猫能活着来讲述它们不幸的遭遇。

6点，我发现地球东边的可视部分已大半被浓浓的阴影笼罩，阴影很快地扩展，到6点55分，我视野内的全部地面已被包裹进夜的黑暗之中。但在此之后很长一段时间内，夕阳的余晖依然照耀着气球。虽说我早就充分预料到了这种情况，但它仍然让我感到了无限的满足。显而易见，到早晨的时候我至少可以比鹿特丹的市民早几个小时看见旭日东升，尽管他们的位置远比我更靠东方，这样随着这一天天越升越高，我将越来越多地享受到太阳的光芒。我决定开始记航行日志，把从1点到24点算作一天，不考虑有无黑夜的间断。

到10点钟时我感到了困倦，于是想躺下来睡上一夜，可这时却发现了一个困难，这困难虽说是早就明摆在那儿，可在我所说的那个时刻之前却一直没引起我注意。若是我像打算的那样躺下来睡觉，那在此期间怎么能更换舱内的空气呢？舱内的空气最多只能维持1小时的呼吸，即或这段时间可延长到1小时零15分钟，其后也同样会发生最致命的后果。考虑到这一困境使我感到极度不安。真叫人难以置信，在经历了那么多危险之后，我居然会把这件事看得那么严重，以致放弃实现我最终计划的全部希望，最后被迫做出下降的决定。不过这一念头转瞬即逝。我很快就想到人实际上是习惯的奴隶，许多被人认为是日常生活中重要得必不可少的事情，其实不过是人的习惯所致。我当然不可能不睡觉，但我可以使自己适应每小时醒来一次。把舱内的空气净化到最佳状态最多也只需要5分钟,唯一真正的困难在于想出一种在适当的时候把我弄醒的方法。但我乐于承认,这个问题真让我绞尽了脑汁。当然我也听说过那位用功学生的故事,他为了防止自己伏在书本上呼呼大睡,夜读时手里握着一个铜球,椅子旁边的地板上则放着一个铜盆,任何时候只要他一打瞌睡,铜球坠盆的铿锵声都会有效地把他惊醒。可我自己的情况与那完全不同,使我没有余地去想类似的主意,因为我并不是想熬夜不睡,而是希望从睡眠中被按时唤醒。最后我终于想到了下面这个应急措施,这方法看上去虽然简单,可当时我却为它而欢呼,并把它视为一项堪与望远镜、蒸汽机或印刷术媲美的发明。

我有必要先说明一下,在达到当时的高度之后,气球顺着既定的上升路线飘得非常平稳,因此坠在下边的吊舱也四平八稳,感觉不出一丝一毫的摇晃。这种情况非常有利于我决定要采取的措施,我的水分装在一个个容积为5加仑的小桶里,小桶被牢靠地放置在吊舱内周围。我解开其中一个小桶,然后取出两根绳子,将绳子从吊舱边缘的一边拉到另一边,让两绳间隔约1英尺并保持平行,这样便做成了一个绳架,接着我把小桶平放在绳架上固定好。在绳架下方8英寸、离舱4英尺处,我做成了另一个架子,不过用的是我所拥有的唯一一块薄木板。在这个木架上直接垂直于小桶之处,一个小小的陶壶被放在了那里。然后我在陶壶上方的桶端钻了个洞,并用软木做了一个圆锥形的孔塞。我把软木塞往那个孔里塞进又拔出,一连试了好几次,直到最后塞得恰到好处,这样从孔塞处渗出并滴下的水刚好在60分钟内装满下边的陶壶。

这一点当然很容易确定，我只消注意水在任何确定的时间内漫到陶壶的什么部分就行了。这一切弄好之后，计划的其余部分也就一目了然。我就躺在吊舱地板上，而头部正好在陶壶嘴的下方。显而易见，当一个小时过去陶壶装满水后，水便会从比壶沿稍矮一点儿的壶嘴漫出，同样也非常明显，从4英尺多的高处漫下的水只能浇在我的脸上，其必然的结果就是马上把我惊醒，哪怕是从最熟的酣睡之中。

我完成这些安排后已经11点，于是我立即躺下睡觉，心里绝对相信我这项发明会奏效。它果然没有令我失望。每隔60分钟我就被这个精确的计时器唤醒，我把壶中的水倒回小桶，启动浓缩器换过空气，然后又躺下接着睡觉。这种对我睡眠的有规律的打断并没有使我感到有多不舒服，甚至不如我所预料。当我最后醒来时已是清晨7点，太阳早已高高地升起在我的地平线上。

4月3日。我发现气球的确已升得很高，地球的凸面此时已变得非常明显。我身下的洋面上有一串黑斑，毫无疑问那是一些岛屿。头顶上的天空一片漆黑，可见明亮的星星闪烁。实际上自我第一天升空之来就一直能看见星星。极目北方，我看见一条细细的、雪白的、晶亮的光带（或者说条纹）嵌在地平线上，而我毫不迟疑就断定那是北冰洋冰川朝南的一面。我的好奇心被极大地唤起，因为我希望能尽可能地去向北方，希望在一段时间内我有可能正好置身于地极之上。现在我开始惋惜我巨大的高度会妨碍我如愿以偿地对北极进行一番仔细的观察。不过许多情况仍可以弄清。

此外整天再没有看到什么特别的景象。我所有的仪器装备都情况良好。气球仍然在感觉不到丝毫晃动的状态下上升。寒冷加剧，迫使我紧紧地裹上了一件大衣。当夜幕降临地球时我开始睡觉，尽管我处的位置还要好几个小时才会天黑。水钟严守时刻，有规律地把我唤醒，除此之外我一夜睡得很香。

4月4日。继续上升，身心状况俱佳，惊于海洋面貌发生的奇异变化。它一直呈现的深蓝色已在很大程度上消失，现在它变成了一种灰白色，并泛出一种炫目的光辉。洋面的凸状已变得非常明显，以致冥冥蒙蒙一洋洪波好像正飞落直下地平线之深渊，而我居然发现自己竟踮起脚尖想去听那巨大的瀑布发出的轰鸣。那些黑斑点似的岛屿已不见踪迹，不知它们是消逝在东南方的地平线之下，还是我的升高已使它们再也不能被看见。不过我倾向于后一种情况。北方的那道冰缘越来越清晰。寒冷但绝非凛厉难耐。没什么重要事情发生，我在阅读中消磨了一天，毕竟我临行前还想到了带上一些书。

4月5日。看到了一种奇怪现象，日出之后我能看见的地球表面大部分还笼罩在黑暗之中。但当阳光普照大地之时，我又看见了北方的那条冰线。它现在显得非常清楚，色泽看上去比海水深得多。我显然正在飞快地接近它的上方。以为我能再次辨认出东西方的各一线陆地，但却不能肯定。天气温和。整天没有重要事情发生。早早躺下睡觉。

4月6日。意外地在一个适度的距离内看见了那块冰面，并看见一片巨大的冰面向北方地平线延伸。显而易见，如果气球保持现在的航向，它很快就会飘临北冰洋上空，而我现在毫不怀疑我最终会看见地极。整整一天我一直在向那块冰面靠近。快天黑之时，我视野中的地平线突然大大增长，这无疑是因为地球的形状是个扁球体，而我已飘在北极圈附近的扁平地区上空。当黑暗终于笼罩我时，我怀着担忧的心情躺下睡觉，生怕我会错过观看到那么罕见的奇观的机会。

4月7日。早早起身，终于欣喜若狂地看到了北极，我没有半点犹豫就认定了这点。毫无疑问，它就在那儿，就在我的脚下。可是，唉！我此时已升得太高太高，下面的一切都没法看清楚。实际上，根据4月2日上午6点到8点40分（气压表之水银柱在此时升到极限）之间我在不同时刻的不同高度之数列来判断，完全可以推算出在当时，即4月7日清晨4点，气球至少已升到海面之上7254英里的高处。这个高度也许已显得惊人，可计算得出的这个结果很可能还远远低于当时的实际高度。但不管怎样，我无疑是看到了地球的整个大直径，整个北半球就像一幅正交射影图展现在我脚下，而巨大的赤道圈则构成了我眼中的地平线分界线。不过二位阁下也许很容易想象，虽说北极圈内那个迄今未被探查过的狭小区域就在我正下方，因此它看上去并没有丝毫按透视法缩小的意味，但相对说来那片区域本身就太小，从这么高的地方看下去不可能看得很清楚。然而，所能看到的确实是一番奇妙而动人的景象。稍加保留地说，上文提到的那道巨大冰面可以被称作是人类在这一地区发现之极限，由此极限再往北，伸延着一块完整或几乎完整的巨大冰原。在开始的几个纬度上，可以明显感觉到这片冰原渐渐变平，继续往北便降低为一片平原，最后变成一个不小的凹面，在地极形成一个清晰可见的圆心，其显而易见的直径以65秒的角度与气球相对，其不断加深的微黑色始终比整个北半球其他任何一点都暗，偶尔还变成绝对的漆黑。除此之外就很难再确定什么。到中午12点，那个圆心看上去已变得很小，而到下午7点则完全从我眼中消失。气球飘过了那片冰原西方的突出部，以极快的速度向赤道飘去。

4月8日。发现地球的直径明显缩短，而且颜色和外观也有了很大变化。我所能看见的这一面全都不同程度地呈现出淡黄色，有些部分甚至还发出耀眼的光芒。我的视线还在相当程度上受到地球表面附近浓密气层中云团的阻碍，我只能在云团的缝隙中偶尔看到地面本身。在过去的48小时内，我的视线已多多少少受到这种阻挠，但我现在巨大的高度好像把那些飘浮的云雾聚得更拢，而且随着我越升越高，我当然会越来越难看清地面。不过我现在还能轻易地看出气球正翱翔在北美大陆那片巨大的湖区，朝着正南方向飘行，这将很快把我带到热带地区。这一情况并非没有使我打心眼儿里感到高兴，我把它作为成功的吉兆而为之欢呼。其实此前的航向早已使我心里充满了忧虑。显而易见，我要是继续那样飘下去，那我完全没有可能到达月球，因为月球的轨道与黄道的倾斜度只有小小的5度8分48秒。虽然这也许会显得奇怪，可我正是在这么晚的时候才开始明白我已经犯了一个极大的错误，没有选择在月球椭圆形投影中的某一点离开地球。

4月9日。今天地球的直径看上去大大缩短，表面的黄色也每时每刻都在加深。气球稳定地保持朝南的航向，晚上9点飘临墨西哥湾北岸上空。

4月10日。今晨五点我突然被一阵可怕的噼啪声惊醒，我无论如何也没法解释这阵巨响的原因。声音持续的时间很短，但当它持续时，我听出那是一种我从不曾听见过的声音。不消说我当时真是惊恐万状，因为我起初还以为是气球的爆炸声。然而待我仔细地检查所有的设备，却未能发现任何故障。一天的大部分时候都在想这件奇怪的事，但始终没有找到能解释其原因的答案。郁郁不乐地躺下睡觉，同时心里感到惴惴不安。

4月11日。地球看上去已小得令人吃惊，同时我第一次注意到，只差几天即为满月的月球已明显变大。现在得花更长的时间和更多的劳动才能保证吊舱里有足够维持生命的浓缩空气。

4月12日。气球的航向发生了一次奇怪的变化，尽管我对此早有预见，但仍然感到喜出望外。在以原来的航向到达南纬20度时，气球忽然向东转了一个锐角，此后一整天都朝着这个方向前进，如果说不上完全，也可以说是差不多一直保持在月球椭圆形投影之中。值得一提的是，随着方向的改变，吊舱里明显地感到了一种振荡，一种时强时弱地持续了好几个小时的振荡。

4月13日。再次被那种可怕的噼啪声惊醒，我被吓得魂不附体。久久地思索这件怪事，但最终还是百思不得其解。地球看上去又小了许多，它此刻正在侧下方与气球形成稍稍大于25度的角度。月球已完全不见，因为它差不多已移到我的头顶。我仍然处于它的椭圆形投影中，但基本上已不再东移。

4月14日。地球的直径以极快的速度缩短。今天我获得了一个强烈的印象，气球实际上正朝着月球轨道近地点之拱点线飞升，换句话说，它保持的航向将使我在月球轨道离地球最近的部分登上月球。月球已移到我头顶正上方，因而被完全遮离了我的视线。必须长时间地花大量精力才能获得足够的浓缩空气。

4月15日。现在连地球表面陆地海洋的轮廓也难以辨认。大约12点左右，我第三次听到了那种曾使我心惊胆战的可怕声音。但这一次它持续了好一会儿，而且听起来越来越震耳欲聋。最后，正当我吓得魂飞魄散，呆呆地站在舱内等待着我不知究竟的灾难时，吊舱突然猛烈地振动起来，接着一大块我没能看清的燃烧着的物质犹如千万个雷霆从气球旁边轰隆隆地呼啸而过。待我的惊恐稍稍平息之后，我很容易就猜到那肯定是某种巨大的火山碎片，是从我正急速接近的那个世界喷发而出，它很可能就是我们在地球上偶尔拾到的那种奇异物质，因缺乏更好的名称我们把它称为陨石。

4月16日。今天，交替着从每个侧窗尽可能朝上仰望，我欣喜若狂地看到月球圆盘之外沿好像有一小部分突出在气球巨大的气囊周围。我感到无比振奋，因为我现在毫不怀疑这次危险的航行很快就会结束。当然，浓缩空气的频率增加，这对我精力的消耗已到了令我难以承受的地步，使我简直得不到任何喘息的机会。现在睡觉几乎已成为不可能的事。我好像病得非常厉害，浑身因精疲力竭而不住发抖。人类的肌体不可能再继续长时间地承受这种剧烈的痛苦。在现在已经变得很短的夜里，又有一块陨石从我旁边呼啸而过，这种现象的频频发生开始使我感到极大的不安。

4月17日。今天早晨证明是我航行中的一个新纪元，应该记得。13日那天地球与我相对的角度是25度。到14日这个角度已大大变小。15日这个角度的减少更加明显。而在16日晚上睡觉之前，我曾注意到那个角大约已缩小到7度15分。所以，当我今晨从短暂而不安的睡眠中醒来，发现身下的球面与我相对的角度突然惊人地增大到了39度,我心中那种惊讶肯定不知有多强烈!我顿时觉得像是遭到了雷击!没有任何语言能形容当时把我攫住并把我压垮的那种极度恐惧和极度惊骇。我两腿哆嗦,我牙齿打战,我浑身毛发倒立。"这么说是气球爆了!"我脑子里首先闪过的就是这可怕的念头。"气球肯定已经爆炸!我正在坠落,以最快最猛、最无可比拟的速度在坠落!根据已经飞速坠下的巨大距离来判断,最多再过十分钟我就会坠到地球表面摔得粉身碎骨!"但思想终于使我松了口气。我开始踌躇。我开始考虑。我开始怀疑。这种事情决不可能。我无论如何也不该以这么快的速度坠落。再说,尽管我正在明显地接近身下的地面,但接近的速度绝没有我一开始所想象的那么快。这番思考已足够平息我心中的惊惶,使我终于发现了这种现象的真正原因。实际上,肯定是那阵惊骇使我一时间丧失了辨别能力,结果没能及时看出我身下的地面与地球表面之间的巨大差别。其实地球已移到我的头顶,完全被巨大的气囊遮住,而月球,美丽壮观的月球,此时正展现在我的脚下。

这一位置的奇妙变化在我心中造成的恍惚和诧异也许是这次历险中最难解释的部分。因为这种上下颠倒本身不仅天经地义,不可避免,而且实际上早已被预见。我早就料到,无论何时只要我到达旅途中的某个确切位置,地球的引力便会被其卫星的引力所取代,或更准确地说,是地球作用于气球的引力将小于月球作用于气球的引力,于是气球颠倒的情况就会发生。毫无疑问,是我刚刚醒来时的稀里糊涂使我对这一现象感到震惊,因为虽说我对此早有预料,但并没料到会发生在哪个时刻。当然,颠倒本身肯定是发生得非常自然,非常缓慢,而且非常不易察觉,所以即便我当时醒着也不可能凭舱内的任何迹象感觉到气球在颠倒，也就是说，我既不会感到自己身体不适，也不会发现仪器装备出现混乱。

不言而喻，当我终于弄清了自己的境况，当我从震撼了我每一根神经的恐惧中镇静下来，首先吸引我注意力的就是月球的自然概貌。月球表面像一幅地图铺展在我的下方，尽管我认为它离我尚有相当远一段距离，可它的凹凸不平在我看来已非常明显，明显得令人吃惊，令人不可思议。月面上完全没有汪洋或大海，实际上也没有湖泊、河流或任何形式的水体，这种最为异常的地质特征第一眼就给我留下了深刻印象。可说来也怪，我居然看见了一块块明显具有冲积扇特征的广漠平原，尽管当时我所能看见的半球之大部分都布满了看上去像是人工堆成而非天然隆起的锥形火山。这些火山中最高者之垂直高度不会超过三又四分之三英里，不过若借助一幅意大利坎帕尼亚火山区地图，二位阁下对这些火山概貌的印象，会比我所能想到的任何笨拙的描述都更清晰。它们中的大部分显然正处在喷发状态，那种所谓的陨石现在越来越频繁、越来越可怕地轰鸣着从气球周围呼啸而上，这使我惊恐地了解了那些火山的猛烈和威力。

4月18日。今天我发现月球的体积已大大增加，而我下降速度之明显加快已开始令我感到恐慌。应该记住，在我最初考虑登月之可能性时，我曾预测这颗行星周围存在着其浓度与它的体积成比例的空气。尽管这个预测与许多理论相悖，而且人们普遍不相信会有任何形式的月球大气层存在。然而，除了我在谈到恩克彗星和黄道光时已经提出过的那些论据之外，利林塔尔的施勒尔特先生①所进行的一些观察也使我坚信自己的看法。他在新月两天半之后，在太阳刚刚落下的傍晚，在月球之黑暗半球显露之前就开始观察，一直观察到它显露。观察中发现，两个月角好像逐渐变细伸入一个暗淡但明显的延长部分，而在黑暗半球之任何部分显露之前，两个延长部分已各自显现出被太阳光微微照亮的尖端。不久黑暗半球的边缘被照亮。我认为，两个月角超过半圆的延长部分肯定是由月球大气层对阳光的折射所致。我还算出这个大气层的厚度为1356法尺②（因为该大气层足以把阳光折射进黑暗半球，并在月球从新月位置上升到与地球的夹角为32度时产生出一种比地球的反射光更亮的微光）。由此我推测该大气层可折射阳光的最高点为5376英尺。我对这一问题的见解还被《自然科学记录》第82卷中的一段文字所证实，据该书陈述，在一次木星卫星的掩星过程中，木卫三在模糊了一两秒后完全消失，而木卫四之边缘部分则变得难以辨别。③

---

① 施勒尔特（Johann Hieronymus Schröter, 1745—1816），德国天文学家，曾任萨克森地区利林塔尔市市长，在该市建大型天文台，使之一度成为天文学中心。

② 1法尺等于0.32484米，比1英尺（0.3048米）略长。

③ 赫维留写道，当天空非常晴朗，连六等星和七等星都明显可视之时，他曾数次用同一架望远镜以同样的距角对同一高度的月球进行过观测，结果发现月球及其暗斑之亮度并非在任何时候都相等。据观测所具备的条件来看，该现象之起因显然不在于地球大气、望远镜、月球本身或者观测者的眼睛，而肯定在于月球周围存在着某种物质（一个大气层？）。让-多米尼克·卡西尼曾多次观测到，当土星、木星和一些恒星接近月球发生掩星现象时，它们的圆轮都变成了椭圆形；而在另外一些掩星过程中，他却没有发现这种变化。因此可以认为，在某些时候，而不是在另外的时候，有一种浓密的物质包裹着月球，那些天体的光芒在这种物质中被折射。——原注［（译者按）赫维留（Johannes Hevelius, 1611—1687），波兰天文学家。卡西尼（Gian Domenico Cassini, 1625—1712），法国天文学家。］

当然，我把最后安全着陆的希望完全寄托于月球表面有一个如我所料的浓密气层。我指望这个气层的阻力，或更严格地说是指望它的支撑。毕竟，如果届时证明我推测错了，那我这次冒险所能指望的就只有一个结局，即摔在这颗卫星崎岖的表面化为齑粉。而事实上，我当时有充分的理由感到恐惧。相对说来我离月球的距离已微不足道，可浓缩空气所需要的精力却丝毫没有减少，我看不出舱外的稀薄空气有任何变浓的迹象。

4月19日。上午9点左右，我惊喜地发现月球表面已近在咫尺，正当我的恐惧达到极限，浓缩器的送气泵终于显示出舱外空气的密度有了变化。10点，我已有理由相信舱外空气的浓度在急剧增加。11点，我几乎已用不着耗费精力来操纵浓缩器。而到12点，稍稍犹豫一番之后，我冒险松开了扎橡胶袋的带子，当发现这样做并无什么不妥，我终于把橡胶袋完全拉开，并将其沿吊舱四壁拉到舱底。正如可以预料的一样，这个如此轻率和冒险的实验马上就给我带来了痉挛和头痛。但这些症状和其他伴随着呼吸困难的不适感似乎并没有达到危及我生命的程度，我决心咬紧牙关尽量忍受，心想只要更接近月球，进入更浓密的气层，这些症状就会自然消失。然而我的下降仍然非常迅猛，而且很快我就惊恐地看出，尽管我对月球表面有一个与其质量成比例的大气层这一点很可能没有弄错，但我在另一点上却完全错了，那就是我错误地认为这个大气层的密度足以支撑我的气球及其装载物的巨大重量，至少在临近月球表面时足以支撑。而情况本来应该如此，应该和在地球表面的情况一样，假如这两颗行星作用于物体的重力真与其周围空气的密度成正比。但情况却并非如此，我的迅猛坠落就是有力的证明。为什么不像预料的那样？这只能解释为与我上文提到过的那些地质上潜在的紊乱有关。但不管怎么说，我现在总算已飞临这颗行星，并正在以最可怕的速度急剧下降。因此我立即动手把所有压舱物抛出舱外，接着又扔掉全都水桶，然后是浓缩器和橡胶袋，最后丢掉了吊舱里的每一样东西。但这番努力全是徒劳。我仍在以可怕的速度飞快下坠，而此时离月球表面已不足半英里。于是作为最后一招，我脱掉了大衣和靴子，并砍掉了其重量相当可观的吊舱本身。这样，我用双手直接抓住索网，尽目力所及勉强俯瞰了一眼身下星罗棋布地点缀着小小住宅的地面，然后就一头跌在了一座古怪城市的中央，落在了一大群相貌丑陋、身材矮小的人当中。这些人谁也没吭一声，也没谁给予我丝毫的帮助，而全都像白痴一样站在我周围，非常滑稽地嘻嘻直笑，双手叉腰斜着眼看我和我的气球。我轻蔑地避开他们的目光，抬眼仰望天上的地球，那个我不久前才告别而且也许是永别的地球。它看上去像一面色泽暗淡的巨大的铜盾，一动不动地高挂在我头顶的天际，盾的一边镶着一弯金光灿灿的新月状饰边。再也看不出陆地或海洋的轮廓，它的表面布满亮度有变化的暗斑，并依稀可见赤道和回归线形成的条带。

就这样，但愿二位阁下乐于知道，我历尽了闻所未闻的千难万险，经过了无可比拟的九死一生，终于在离开鹿特丹之后的第19天平安地到达了我航行的终点。这无疑是由地球居民所构想、进行并完成的最非凡、最重要的一次航行。可我还没开始讲我在月球的各种奇遇。其实二位阁下也许不难想象，在一颗不仅其自身特征非常有趣，而且因作为地球卫星而与人类居住的世界有着更有趣的紧密联系的行星上居住5年之后，我会有许多消息值得告诉您们学会那些天文学家，这些消息远比我那次幸运而成功的航行细节更为重要，不管那些细节是多么精彩。实际情况的确如此。我有许多许多我非常乐意告诉您们的消息。我要谈这颗行星的气候，谈它奇妙的冷暖变化，谈它一连半个月的烈日高照，谈它另外半个月的天寒地冻，谈它的水分像被真空蒸馏一样从日晒点移到远离日晒点之处，谈它的一个变幻不定的流水带，谈月球居民本身，谈他们的风俗习惯、生活方式和政治制度，谈他们奇异的生理结构，谈他们丑陋的相貌，谈他们没有耳朵（那种附属器官在一个变得如此独特的大气层里毫无作用），谈他们因此而对语言之运用和特性之完全无知，谈他们用来代替语言的一种奇特的沟通方式，谈每一个单独的月球居民与某一个单独的地球人之间所存在的一种难以理解的关系，一种类似于并依靠于两星轨道关系的一种关系，通过这种关系，一个星球上居民的生命和命运与另一颗星球上居民的生命和命运交织在一起。而最重要的是，如果二位阁下真想知道的话，我还要谈谈藏在月球另一面的那些隐晦而可怕的秘密。由于月球的自转周期和绕地球转动的周期几乎令人不可思议的完全相等，所以它的另一面从来没有，而且因为上帝的怜悯也永远不会，转向人类天文望远镜的镜头。所有这一切，还有其他许多许多，我都非常乐意详细地告诉您们。但长话短说，我必须得到报偿。我渴望重返故乡与家人团圆，而作为我进一步向您们提供信息的报偿，考虑到我有能力为自然科学和形而上学的许多重要学科带来新的启迪，我必须请求，利用您们受人尊敬的团体之影响，请求赦免我离开鹿特丹时所犯下的造成3名讨债人死亡的罪行。这便是我写此信的目的。送信人是一位月球居民，我说服他并正确地指导他来地球为我送信，他将恭候二位阁下的恩惠，为我带回我所请求的赦免，如果这一赦免能以任何方式获得。

如此这般，不胜荣幸。

您们谦恭的仆人

汉斯·普法尔

据说刚读完这封离奇的长信，卢巴迪布教授在极度惊讶中把烟斗掉在了地上，而冯·昂德达克市长则取下眼镜擦了擦并揣进兜里，完全忘记了自己的身份和尊严，在极度的惊讶和赞叹中用脚后跟一连转了三个圈。此事毋庸置疑，赦免应该得到。卢巴迪布教授最后断然发誓，而大名鼎鼎的冯·昂德达克终于也这么认为，于是他挽住他那位科学界同事的胳臂，一句话没说就开始抄近路回家，准备回去细想获得这项赦免的方法。可刚到市长府邸的大门口，教授突然大胆地提出，既然那位送信人已经认为溜走为妙（无疑是被鹿特丹市民凶悍的外貌吓得要命），那获得赦免也毫无用处，因为除了月球人谁也不会去完成如此遥远的一次飞行。市长阁下赞同了这一真知灼见，所以这件事便宣告结束。可是传闻和猜测却并没有到此为止。那封信被公开发表，引出了各种各样的意见看法和流言蜚语。一些过分聪明的人甚至可笑地说，那件事不过是一场骗局。但我相信对这些聪明人来说，凡他们弄不懂的事都会被视为骗局。就我自己而言，我实在想象不出他们的这一指责有何真凭实据。且让我们来看看他们都说了些什么：

首先，鹿特丹的某些小丑对某些市长和天文学家怀有某种特别的反感。

其次,一个曾因不端行为被人割掉了两只耳朵的会变戏法的侏儒已从邻近的布鲁日市失踪了好几天。

其三,贴满那个气球表面的报纸是荷兰报纸,因此不可能是在月球上印成。它们是下流小报(非常下流),印刷工布吕克可以对着圣经发誓说它们是在鹿特丹印刷的。

其四,酒鬼恶棍汉斯·普法尔本人以及那3位被称为债主的游手好闲之徒两三天之前被人看见在郊外的一家酒馆,当时他们正从海外旅行归来,每个人的口袋里都揣着钱。

最后,人们普遍认为,或者说人们应该普遍认为,毫不夸张地说,鹿特丹市天文学学会的天文学家,以及世界各地其他学会的天文学家,更不用说一般学会的一般天文学家,都不像他们应该的那样更合格,更称职,更有学问。

**附记**:严格说来,上面这个故事与洛克先生那个尽人皆知的《月球故事》[1]很少有相似之处,但由于两者都具有骗局的特征(尽管一个以调侃的口吻,另一个用严肃的语气),由于两个骗局都是关于月球这一主题,加之两者都试图用科学上的细节使故事显得逼真,所以,为了替自己辩护,《汉斯·普法尔》的作者认为有必

---

[1] 指美国记者理查德·亚当斯·洛克(Richard Adams Locke, 1800—1871)于1835年8月下旬在《纽约太阳报》连载的长篇报道《约翰·赫舍尔爵士的天文学新发现》(Great Astronomical Discoveries Lately Made by Sir John Herschel),其单行本后称《月球故事》或《月球骗局》。

要宣称，他自己这篇游戏之作在《南方文学信使》发表的日期比洛克先生的大作在《纽约太阳报》上开始连载的日期大约早3个星期。以为有一种也许并不存在的雷同，一些纽约的报纸转载了《汉斯·普法尔》，并把它与《月球骗局》进行对照，想从一篇作品的作者身上看到另一篇作品的作者。

由于对更多的人来说，与其说是乐于信以为真，不如说实际上是被《月球骗局》所欺骗，所以笔者在此说明为什么不该有人受骗，剖析那些竟然使人信以为真的故事细节，这也许能为公众提供一点乐趣。事实上，不管这篇精巧的小说所展示的想象力有多么丰富，但因对事实和普通类推注意不够，所以仍然缺乏本来可大大加强的说服力。公众上当受骗，哪怕是一时被哄骗，仅仅证明了人们对天文学知识普遍而极端的无知。

说个整数，月球和地球的平均距离是24万英里。如果我们想弄清一架天文望远镜能在视觉上使这颗卫星看上去有多近，我们当然只消用该望远镜的放大倍数去除该距离，或更严格地说，是用该望远镜的空间透视放大率去除。洛克先生把他那架望远镜的放大率定为4.2万倍。用这个数除24万（距月球的实际距离），我们得到五又七分之五英里这个视觉距离。从这么远的距离任何动物也不可能被看见，更不用说该故事中所详述的那些细微特征。洛克先生说约翰·赫舍尔爵士看到了月球上的花（罂粟花等等），甚至还看清了小鸟眼睛的颜色和形状。而且在此段描写之前不远处，他又说那架望远镜观测不到直径小于18英寸的物体；但正如我刚才所说，即使这也大大超过了他那架望远镜的空间透视能力。阅读该故事时可以读到，那架巨大的望远镜据说是在苏格兰邓巴顿由哈特利及格兰特先生的玻璃制镜厂订制,但那位先生的工厂在这个骗局问世之前就早已关闭多年。

《月球骗局》单行本第13页上谈到一种野牛眼圈上的"一种绒毛帘"时说:"赫舍尔博士马上就敏锐地想到,那是一种天赋的器官,用来保护那种动物的眼睛,使其免于遭受朝向地球一面的月球居民周期性遭受的光明与黑暗之极度悬殊的刺激。"可这一点不能被认为是那位博士的"敏锐"观察。朝向地球一面的月球居民显然是压根儿就没有黑暗。所以更谈不上什么"极度"。当没有阳光的时候,月球居民能沐浴到来自地球的光,这种光的亮度相当于13个无云遮掩的望月之月光。

尽管作者声称他通篇的月球地形均与布伦特的月面地图相符,可实际上却与该地图或其他任何月面地图大相径庭,甚至连本身的描绘也自相矛盾。该书中的罗经点也令人不解地混乱不堪,好像作者并不知道月面地图上罗经点的标法与地球上的标法并不一致,譬如东方被标在左边等等。

也许是对云海、静海、丰富海这些前辈天文学家给予月球暗斑的含糊名称望文生义,洛克先生详细地描绘了月球上的海洋和江河湖泊,其实天文学上最明确的一点莫过于查明了月球上并不存在那样的水体。(在蛾眉月时或凸月时)观测月面的明暗分界线,可见该线穿越任何暗斑时都呈参差不齐的锯齿状,假若那些暗斑是水面,分界线穿过显然不应该曲折。

第21页上对蝙蝠人翅翼的描绘,实际上不过是彼得·威尔金所描述的海岛飞人翅膀的翻版。这种愚蠢的写法本来应该令人生疑,至少可以引人三思。

在第23页上我们可读到以下文字："当这颗卫星还处于萌芽状态之时，作为化学亲和力的被动受实验对象，我们这个比它大13倍的星球肯定一直对它施加了一种巨大的影响！"写得非常不错，但应该注意的是，没有任何天文学家会在任何科学杂志上发表这样的议论，因为肯定地说，地球比月球并非只大13倍，而是大整整49倍。相似的一个谬误占据了该书的最后几页，作为对土星上某些发现的介绍，那位哲人般的记者竟像一名小学生似的对那颗行星进行了一番详细的描述，而且声称其文内容摘自《爱丁堡科学杂志》！

不过该书中有一点特别能够说明它是虚构。让我们设想，若真有望远镜能让观测者从地球看到月球表面上的动物，那么首先吸引观测者注意力的应该是什么呢？肯定不会是它们的形状、大小或任何诸如此类的特征，而应该是它们奇怪的坐落情况。它们看上去会像天花板上的苍蝇那样以脚朝上头朝下的姿势行走。真正的观测者会马上惊叹这种奇特的姿势（不管他事先对月球的了解有多充分），而那位虚构的观测者对这种情况连提也没提，一开始就大谈而特谈他看见了那些动物的整个身体。然而可证明的是，他只能看见它们的头顶！

最后，我们还可以注意到那些蝙蝠人的身材，尤其是他们的能力，比如他们在那么稀薄的大气中飞行的能力（如果月球真有大气层的话）。另外该书对动植物生存的大部分其他幻想，基本上都与人们对这些论题所作的类比推理不符，而在这点上的类推往往相当于最后结论。也许已没有必要再说，故事开篇强加于布鲁斯特和赫舍尔的关于"一种人造光对观测物焦点之渗透"等联想，严格说来全都属于那种前言不搭后语的象征描写。

视觉上对天体的发现有一个现实而明确的限制，一种稍加说明便可了解的限制。实际上，假若造出大尺寸的透镜便是发现天体所需要的一切，那人类的聪明才智终将证明足以胜任，因为我们终将拥有任何所需尺寸的透镜。可不幸的是，随着透镜尺寸的增加，即随着空间透视放大率的增加，被观测物发出的光则由于散射而成比例地相应减弱。而人类对这个不幸却无能为力，因为一个物体之所以被看见，是通过发自该物体的光，无论是直射光还是反射光。所以，那种能有助于洛克先生的独一无二的"人造"光应该是一种他有能力射出的人造光，但不是射在"观测物焦点"上，而是射在真正的观测物上，即射在月球上。人们已经轻易地算出，当发自一颗恒星的光经过长期漫射，以致微弱到晴朗无月之夜一般星光的程度，那该恒星实际上再也不会被看见。

罗斯伯爵那台最近在英格兰制造的望远镜有一个反射面为4071平方英寸的窥器，而那位赫舍尔的望远镜反射面只有1811平方英寸。罗斯伯爵的透镜直径为6英尺；其边缘厚度为五又二分之一英寸，中央厚度为5英寸。该镜重3吨。焦距为50英尺。

我最近读到过一本非常奇妙而且有几分别出心裁的小书，其扉页上印着："《月球上的人——幻想中的登月旅行最近被西班牙探险家多米尼克·冈萨雷斯揭秘》，又名《飞行使者》。此书由让·博杜安[①]译成法语，由巴黎弗朗索瓦斯·皮奥出版社和瓜纳尔出版社于1648年联袂出版。"该书共有176页。

---

[①] 让·博杜安（Jean Baudoin, 1590—1650），法国翻译家。

该书作者冈萨雷斯声称他的书是从一位戴维森先生的英文本转译而成的，不过他的声明语焉不详。他说："我从戴维森先生处得到此书的原版。戴维森先生在当今文学界，尤其是在自然科学界享有盛名。我感谢他不仅因为他使我拥有了此书的英文本，而且还因为他使我拥有了托马斯·达兰先生的手稿，达兰先生是一位因其美德而为人称道的苏格兰绅士，坦率地说，我就是借助该译本而写出了我自己的书。"

在开篇30页来了一大段与主题毫不相干的吉尔·布拉斯式的冒险之后，该作者讲述他在一次海上航行中身患疾病，水手们把他和一名黑人奴仆丢在了圣赫勒拿岛上。为了增加获得食物的机会，主仆二人便尽可能远地分开生活。这样就引出了一段训练鸟来为他俩传书递信的故事。渐渐地，这些鸟已被教会运送有一定重量的小包，而且包的重量也逐渐增加。最后，作者终于想到把许多鸟的负重力合在一起，以便能载起他自身的重量。为此目的他设计出了一种机械装置。我们从书中可读到关于这个装置的详尽描绘，它是用一幅钢板雕刻画为原料制成。这下我们看到脖子上围着绣花褶边、头上戴着假发的冈萨雷斯先生骑上了那个模样很像是扫帚柄的装置，该装置被一大群野天鹅带上天空，因为每只天鹅的尾巴都用绳子拴在那个装置上。

这位先生的故事要点在于一个非常重要的事实，而读者对这一事实一直全然不知，直到快把书读完才恍然大悟。原来已经与主人公亲密无间的那些野天鹅其实并非圣赫勒拿岛上的土著，而是月球上的居民。它们自古以来就习惯每年定期从月球迁徙到地球的某个地方。当然，到一定的季节它们又会返回月球。而有一天，当作者碰巧要它们作一次短途飞行时，却出乎意料地被它们带着直往上飞，并在很短的时间内就飞到了那颗卫星。于是他从月球上诸多怪事当中，发现那里的人民生活得很幸福。他们没有法律。他们死时没有痛苦。他们的身高从10英尺到30英尺；他们的寿命平均为5000年。他们有一个名叫爱尔多罗泽的皇帝。而且由于没有引力作用，他们能跳60英尺高，还能用扇状翼飞来飞去。

我禁不住要摘抄该书有关科学常识的一段文字。

冈萨雷斯先生在书中说："我现在得告诉你们我当时所在的那个地方的情景。所有的云都在我脚下，如果你高兴，或许我可以说是在我和地球之间。至于星星，由于我所在的地方没有黑夜，所以它们看上去总是一个模样，如往常一样并不璀璨，而是暗淡无光，很像清晨所看到的月亮。不过很少能够看见它们，而据我判断，这些星星看上去比在地球居民眼中要大10倍。差两天就是望月，那时月球会大得惊人。

"在此我决不能忘了说，星星只出现在地球朝向月球这一边的天空，它们离月球越近便显得越大。我还必须告诉你们，不管是天气晴朗还是有暴风雨，我发现自己总是直接处于月球和地球之间。我想这有两个原因：一是因为我的那些鸟总是直线飞行，二是因为每当我们试图停下来休息，我们就不知不觉地被带着绕地球旋转。因为我承认哥白尼的观点，他坚持认为地球从不停止自东向西旋转，不是绕着通常被称为地轴的赤道圈极点，而是绕着黄道圈极点。这个问题我打算以后再更多的谈论，等我有空回想起我年轻时在萨拉曼卡学过但后来又忘了的占星学时再说。"

虽说有用斜体字①标出的那些谬误，但由于此书为我们了解当时天文学界流行的观点提供了一个自然标本，所以它并非不值得予以注意。当时的一种观点假定"地心引力"只局限于离地球表面很近的距离，因此我们看到我们那位航行者"*不知不觉地被带着绕地球旋转*"之类的文字。

另外还有过一些"登月飞行"的故事，但都不如刚才提到的那个更有价值。贝热拉克②的那一篇可以说毫无意义。在《美国评论季刊》第3卷中，可读到一篇就我们正在谈论的这种"旅行"而精心炮制的评论。可从那篇评论中，读者很难看出那位批评家到底是在揭露他所评之书的愚蠢，还是在展示他自己对天文学的可笑无知。我忘了那本书的标题；不过书中的旅行工具构想得甚至比冈萨雷斯先生的天鹅还令人可叹。那位冒险家挖土时碰巧发现了一种特殊的金属，而月球对这种金属具有很强的吸引力，于是他马上用这种金属做了口箱子，当解开把箱子系于地面的缆绳之时，那口箱子载着他一下子就飞上了那颗卫星。《托马斯·奥罗克飞行记》并非一部可以完全嗤之以鼻的游戏之作，而且已经被翻译成德文。小说主人公托马斯实际上是一位爱尔兰贵族的猪场看守人，那名贵族古怪的性情引出了这个故事。"飞行"工具是一只鹰，出发地点是班特里海湾北岸一座名叫亨格里山的高山。

这些书的目的都在于讽刺抨击，其主题都是把月球居民的风

---

① 原文引文中的斜体字译文用楷体表示。
② 贝热拉克（Savinien Cyrano de Bergerac, 1620—1655），法国剧作家，写有《月球旅行》(*Voyage dans la Lune*, 1656)

俗习惯与地球人的进行对比。这些书没有一本对飞行细节的似真性下过功夫。那些作者似乎无一例外全都对天文学一窍不通。《汉斯·普法尔》的构思是新颖的,因为在这种异想天开的主题允许的前提下,作者尽可能逼真地把科学原理运用于从地球到月球的实际航行。

(1845)

# 森格姆·鲍勃先生的文学生涯
## ——《大笨鹅》前编辑自述

我现在正一天天上年纪,既然我知道莎士比亚和埃蒙斯先生[①]都已作古,那说不定哪天我一命呜呼也并非没有可能。所以我想到了我最好是从文坛隐退,安享已经赢得的声誉。不过我切望通过为子孙后代留下一笔重要的遗赠,使我从文坛王座的退位传为千古佳话,也许我所能做的最好的一件事就是写出一篇我早年文学生涯的自述。其实,我的名字长期以来是那么经常地出现在公众眼前[②],以致我现在不仅欣然承认它所到之处所引起的那种自然而然的兴趣,而且乐于满足它所激起的那种强烈的好奇心。事实上,在走过的成功路上留下这样几座指引他人成名的路碑,这不过是功成名遂者义不容辞的责任。因此,在眼下这篇(我曾想命名为《美国文学史备忘》的)自述中,我打算详细地谈谈我文学生涯中那举足轻重但却孱弱无力、磕磕绊绊的最初几步。正是凭

---

[①] 埃蒙斯(Richard Emmons)是与爱伦·坡同时代的一名医生兼业余诗人。

[②] 森格姆·鲍勃 Thingum Bob 这个杜撰的人名化自英语单词 thingumbob,该词常用于口语,用以指称不知其名、暂忘其名或不屑于称呼其名的人或事物,中文常译作"某人""某事""某东西"。

着这几步，我最终踏上了通向名望顶峰的康庄大道。

一个人没有必要过多地谈论自己年代久远的祖先。我父亲托马斯·鲍勃先生多年来一直处于他职业的巅峰。他是这座体面城的一名理发商。他的商铺是该地区所有重要人物常去的场所，而去得最经常的是一群编辑，一群令周围所有人都肃然起敬并顶礼膜拜的要人。至于我自己，我把他们奉若神明，并如饥似渴地吸取他们丰富的聪明才智，这种聪明才智往往是在被命名为"抹肥皂泡"的那个过程中从他们庄严的口里源源不断地流出。我第一次实实在在的灵感肯定是产生在那个令人难以忘怀的时刻。当时《牛虻》报那位才华横溢的编辑趁上述那个重要过程间歇之际，为我们一群悄悄围拢来的学徒高声朗诵了一首无与伦比的诗，诗的主题是歌颂"唯一真正的鲍勃油"（这种生发油因其天才的发明者我父亲而得名），因为这首诗，托马斯·鲍勃商业理发公司以帝王般的慷慨酬谢了《牛虻》报那位编辑。

正如我刚才所言，这些献给"鲍勃油"的天才诗行第一次为我注入了那种神圣的灵感。我当即就决定要成为一个伟人，并且要从当一名大诗人开始。就在当天晚上，我屈膝跪倒在我父亲跟前。

"父亲，"我说，"请饶恕我！但我有一个高于抹肥皂泡的灵魂。弃商从文是我坚定的意向。我要当一个编辑，我要当一名诗人，我要为'鲍勃油'写出赞歌，请饶恕我并请帮助我成名！"

"我亲爱的森格姆，"父亲回答（我受洗时依照一位富亲戚的姓被命名为森格姆），"我亲爱的森格姆，"他说着牵住我两只耳朵把我从地上扶起，"森格姆，我的孩子，你是名勇士，和你父亲一样有气魄。你还有一个硕大的脑袋，里边肯定装了不少智慧。这一点我早就看到了，所以我曾想使你成为一名律师。不过律师这行道已经越来越不体面，而当一名政治家又无利可图。总的来说，你的判断非常明智，做编辑这份营生是份美差，而且如果你能同时又成为诗人，就像大多数编辑都顺便当诗人一样，那你还可以一箭双雕。为了鼓励你肇始开端，我将让你得到一间阁楼，并给你纸笔墨水、音韵词典，外加一份《牛虻》报。我料定你几乎已别无他求。"

"如果我还想多要，那我就是个忘恩负义的家伙。"我热情洋溢地回答。"你的慷慨汪洋无极。我的报答就是让你成为一名天才的父亲。"

我与那位最好的人的会谈就这样结束，而会谈刚一结束，我就怀着满腔的激情投入了诗歌创作；因为我最终登上编辑宝座的希望主要就寄托在我的诗歌创作之上。

在我写诗的最初尝试中，我发现那首《鲍勃油之歌》对我不啻是一种妨碍。它灿烂的光芒更多的是使我眼花缭乱，而不是使我心中亮堂。想想那些诗行的优美，比比自己习作之丑陋，这自然使我感到灰心丧气，结果在很长一段时间内，我一直在做无谓的努力。最后，一个精巧的原始构思钻进了我的脑袋，这种原始构思时常会渗进天才们的大脑。这构思是这样的，更准确地说这构思是这样被实施的：从位于本城偏僻一隅的一个旧书摊的垃圾堆中，我收集到几本无人知晓或被人遗忘的古老诗集。摊主几乎是把书白送给了我。这些书中有一本号称是位叫但丁的人所写的《地狱篇》的译本，我从中端端正正抄了一大段，该段说的是一位有好几个孩子的名叫乌戈利诺的男人①。另一本书的作者我已忘掉，该书有许多古老的诗句，我以同样的方式和同样的小心从中摘录了一大堆诗行，这堆诗行说的是"天使""祈祷牧师""恶魔"和其他一些诸如此类的东西②。第三本书的作者好像是个瞎子，记不清他是希腊人还是印第安巢克图人（我不能劳神费力去回忆无关紧要的小事），我从这本书中抽出了50节诗，从"阿喀琉斯的愤怒"到他的"脚踵炎"以及别的一些事情③。第四本书我记得又是一个盲人的作品，我从中精选了一两页关于"欢呼"和"圣光"的诗行④。虽说盲人没有权利写光，但那些诗行仍然自有其妙处。

我清清爽爽地抄好这些诗，在每一篇前面都署上"奥波德多克"这个名字（一个响亮悦耳的名字），然后规规矩矩地把它们分别装入信封，分别寄给了四家最重要的杂志，同时附上了请尽快刊登并及时付酬的要求。然而，尽管这一周密计划的成功将省去我今后生活中的许多麻烦，但其结果却足以使我相信有那么些编辑并不轻易上当受骗，他们把慈悲的一击（就像他们在法国所说）施加于我最初的希望（正如他们在超验城⑤所言）。

---

① 第一本书被抄的是《神曲·地狱篇》第33歌《安泰诺狱·乌戈利诺和他在塔楼中的孩子们》。

② 第二本书被"摘录"的内容出自莎士比亚《哈姆莱特》第1幕第4场。

③ 第三本书被"抽"出的诗节是蒲伯英译的荷马史诗《伊利亚特》第一卷开始部分。

④ 第四本书指弥尔顿《失乐园》，该书第3卷第1行曰："福哉，圣光！上天的第一产物。"

⑤ 暗指爱默生等超验论者集聚的波士顿。

实际情况是上述四家杂志都分别在其"每月敬告撰稿人"栏目给了奥波德多克先生致命的一击。《无聊话》杂志以下列方式把他狠狠地训斥了一顿:

> "奥波德多克"①(何许人也)给本刊寄来一首长诗,讲一个他命名为乌戈利诺的狂人有好几个孩子,而那些孩子居然没吃晚饭就被鞭子赶上床睡觉。这首诗非常单调乏味,即使不说它无聊透顶。"奥波德多克"(何许人也)完全缺乏想象力。依敝刊之愚见,想象力不仅乃诗之灵魂,而且还是诗之心脏。为他这堆愚蠢而无聊的废话,"奥波德多克"(何许人也)居然还恬不知耻地要求本刊"尽快刊登并及时付酬"。可凡属此类无聊之作,本刊既不会予以发表,也不会支付稿酬。但毫无疑问,他可以轻而易举地为他所能炮制出的全部废话找到销路,那就是在《闹哄哄》《棒棒糖》或《大笨鹅》编辑部。

必须承认,这番评论对奥波德多克来说非常严厉,但最尖刻无情的是把"诗"这个字眼排成小号字。难道在这个耀眼的字眼中没有包含着无穷无尽的艰辛!

然而,奥波德多克在《闹哄哄》杂志上也受到了同样严厉的惩罚,该杂志书说:

---

① 奥波德多克的英文原文是Opodeldoc,指理发师用的一种混合有酒精、樟脑和香油的肥皂剂。

我们收到了一封非常奇怪而傲慢的来信，寄信人（何许人也）署名为"奥波德多克"，以此亵渎那位有此英名的伟大而杰出的罗马皇帝[1]。在"奥波德多克"（何许人也）的来信之中，我们发现了一堆乱七八糟、令人作呕且索然无味的诗行，胡言乱语什么"天使和祈祷牧师"，除了纳撒尼尔·李[2]或"奥波德多克"之流，连疯子也发不出这般嚎叫。而对于这种糟粕之糟粕，我们还被谦恭地请求"及时付酬"。不，先生。绝不！我们不会为这种垃圾付稿费。去请求《无聊话》《棒棒糖》或是《大笨鹅》吧。那些期刊无疑会接受你能给予他们的任何文学垃圾，正如他们肯定会许诺为那些垃圾付酬一样。

这对可怜的奥波德多克的确太辛辣了一点。但这次挖苦讽刺的主要分量加在了《无聊话》《棒棒糖》和《大笨鹅》的头上，它们被尖酸刻薄地称为"期刊"，而且是用斜体字排印，这肯定会使他们伤心到极点。

《棒棒糖》在残酷性方面简直一点不亚于同行，它这样评论道：

某位先生自称名叫"奥波德多克"（先辈贤达的英名是多么经常地被用于这种卑鄙的目的！），该先生为本刊寄来了五六十节打油诗，其开篇如下：

---

[1] 罗马历史上并无名叫奥波德多克的皇帝。
[2] 纳撒尼尔·李（Nathaniel Lee，1653—1692），英国剧作家，其剧作被认为过于夸张。

阿喀琉斯的愤怒，对希腊灾难不尽的悲惨

的春天……。①

我们敬告这位"奥波德多克"（何许人也），本刊编辑部没有哪位编辑的助手不每天都写出比这更好的诗行。"奥波德多克"的来稿不合韵律，"奥波德多克"应该学会打拍子。但完全不可理喻的是，他为何竟然想到这个念头，认为本刊（不是别的刊物而是本刊！）会用他那些莫名其妙的胡言乱语来玷污我们的版面。当然，这些荒谬绝伦的信口雌黄倒好得简直可以投给《无聊话》《闹哄哄》和《大笨鹅》，投给那些正在从事把《鹅妈妈的歌谣》②当作原创抒情诗出版的机构。"奥波德多克"（何许人也）甚至还狂妄地要求为他的胡说八道支付稿酬。难道"奥波德多克"（何许人也）不知道，难道他不明白，他这种来稿即便倒给钱本刊也不能刊用？

当我细读这些文字时，我觉得自己变得越来越渺小，而当我读到那位编辑把那篇精心之作讥讽为"打油诗"时，我觉得自己已小得不足两盎司。至于"奥波德多克"，我开始对那可怜的家伙

---

① 见《伊利亚特》第1卷开篇。
② 《鹅妈妈的歌谣》（又名《摇篮曲》）于1819年在波士顿出版，作者署名托马斯·弗利特（Thomas Fleet）。后人普遍认为该集是抄袭英法等国童谣童话，包括剽窃佩罗的《鹅妈妈的故事》。

产生了同情。但是，如果说可能的话，《大笨鹅》显得比《棒棒糖》更缺乏怜悯之心。正是《大笨鹅》写出了如下评注：

> 一个署名为"奥波德多克"的可怜而蹩脚的诗人竟然愚蠢到如此地步，以为本刊会发表他所寄来的一堆语无伦次、文理不通且装腔作势的破烂，而且还会支付稿酬，这堆破烂以下列这行最通俗易懂的字眼开始：
>
> 冰雹，圣光！上天的第一幼仔。①
>
> 我们说"最通俗易懂"。也许我们可以恳请"奥波德多克"（何许人也）给我说说"冰雹"怎么会是"圣光"。我们历来认为冰雹是结成冰块的雨。另外他是否愿意告诉我们，结成冰块的雨怎么会在同一时刻既是"圣光"（姑且不论圣光为何物）又是"幼仔"？而（如果我们对英语稍稍有点常识的话）后一词的贴切含义只是指那些6个星期左右的婴儿。不过对这种荒谬之辞加以评论，这本身就十分荒谬，尽管"奥波德多克"（何许人也）还厚颜无耻地以为我们不仅会"刊登"他这些愚昧无知的疯话，而且还（绝对会）为此支付稿酬！
>
> 真是荒唐！真是可笑！而我们倒真想把他所写的这堆荒

---

① 此行乃《大笨鹅》编辑对弥尔顿《失乐园》第3卷首行"福哉，圣光！上天的第一产物"之误读。"福哉""冰雹"之英文均为hail，而"产物""幼仔"的英文均可为offspring。

谬之辞一字不改地公之于众，以惩罚这位不知天高地厚的青年蹩脚诗人。我们想不出还有什么比这更严厉的惩罚，而要不是考虑到这样做会倒读者胃口，我们真会把这种惩罚付诸现实。

请"奥波德多克"（何许人也）今后把诸如此类的诗作寄给《无聊话》《棒棒糖》或者是《闹哄哄》。他们会予以"发表"。他们每个月都"发表"这种废话。请把废话寄给他们。我们不可能心安理得地蒙受耻辱。

这对我是一场灭顶之灾。而对于《无聊话》《闹哄哄》和《棒棒糖》，我压根儿搞不懂他们怎么能幸免于难。他们被排成小得不能再小的七号铅字（这种很伤感情的挖苦暗示了他们的卑微，他们的渺小），而用大号字排成的"我们"则居高临下地俯视着他们！哦，这太尖刻了！这是痛苦之源，这是烦恼之因。我若是这些刊物中的任何一家，我一定会不遗余力地依法对《大笨鹅》起诉。根据《禁止虐待动物条例》，这场官司说不定能够胜诉。至于奥波德多克（他何许人也），这次我对那家伙完全失去了耐心，对他的同情也荡然无存。他毫无疑问是个白痴（他究竟是谁），他罪有应得，他自作自受。

这次古为今用的实验结果首先使我确信了"诚实乃上策"，其次让我认识到了这样一个事实：假若我不能比但丁先生、那两个盲人以及其他老前辈写得更好，那要想比他们写得更糟至少是一件很难的事。于是我鼓起勇气，决定无论付出多少努力与艰辛也要坚持"完全独出心裁"（就像他们在杂志封面上说的那样）。我又一次把《牛虻》报编辑那首光辉灿烂的《鲍勃油之歌》作为楷模放到了眼前，决心以同一崇高的主题写一首颂歌，与已经有的这首争奇斗艳。

写第一行时我没有遇到什么实质性的困难。这行诗如下：

写一首关于"鲍勃油"的颂歌。

然而，待我小心翼翼地把所有与"歌"字押韵的单词都查过一遍之后，我发现这首诗不可能再写下去。在这进退维谷之时我求助于父亲。经过几小时的冥思苦想，我们父子俩终于完成了这首诗：

写一首关于"鲍勃油"的颂歌
是各种各样工作中的一种工作。

（署名）假绅士

诚然这首诗不算太长，但我"已经懂得"，正如他们在《爱丁堡评论》里所说，一篇文学作品的价值与其长短毫不相干。至于该季刊所侈谈的"长期不懈的努力"，我看里边不可能有什么道理。所以，我基本上满足于这篇处女作的成功，而现在唯一要考虑的问题就是对这篇处女作该如何处置。父亲建议我把它投给《牛虻》报，但有两个原因阻止了我采纳这一建议。首先我担心那位编辑会嫉妒；其次我已经查明，对有独创性的稿件他不付稿酬。因此，经过一番适当的深思熟虑，我把诗稿寄给了更具权威性的

《棒棒糖》杂志,然后就焦虑不安但又无可奈何地等待结果。

就在《棒棒糖》的下一期上,我骄傲而高兴地看到我的诗终于被刊出,而且是作为压卷之作,并加上了用斜体字排在括号中的如下意义深远的编者按:

[本刊敬请读者注意此按后所附这首可圈可点的《鲍勃油之歌》。我们无须赘述其庄严与崇高,或悲怆与哀婉,凡仔细吟味者均难免潸然泪下。至于那些对《牛蛇》报编辑以此庄严主题写出的那首同名诗一直感到恶心的读者,将不难幸运地看出这两首诗之间的天壤之别。

又按:"假绅士"显而易见是个笔名,我们正心急如焚地探查围绕着这个笔名的秘密。难道我们会没有希望一睹诗人的真颜?]

这一切似乎有失公允,但我承认,这远远超出了我的预料。请注意,我承认这是我们国家乃至全人类万世不易的耻辱。但我仍不失时机地去拜访《棒棒糖》那位编辑,并非常幸运地发现这位绅士正好在家。他招呼我时怀着一种深深的敬意,其间稍稍混有一点长辈对晚辈那种屈尊俯就的赞佩,这无疑是因为我乳臭未干的外貌所致。请我坐下之后,他马上就切入正题谈起了我的诗,不过谦虚之美德不允许我在此重复他对我的千般称羡,万般恭维。可螃蟹先生(此乃该编辑之大名)的溢美之词绝非那种不讲原则、令人作呕的吹捧。他直言不讳而且精辟透彻地分析了我的作品,毫不犹豫地指出了几个小小的瑕疵。此举大大提高了他在我心目中的地位。当然，《牛虻》报也被纳入了这场讨论，而我希望自己永远也不要受到像螃蟹先生对那首不幸的同题诗所进行的那种细致的批评和严厉的斥责。我早已习惯于把《牛虻》报那位编辑视为超凡的天才，可螃蟹先生很快就纠正了我这种观念。他把那只苍蝇（这是螃蟹先生对那位同行冤家讽刺性的称呼）的文章连同道德都一股脑地抖搂在了光天化日之下。他说那只苍蝇是个很不正派的人物。他曾经写过伤风败俗的东西。他是个穷酸文人。他是个文坛小丑。他是个流氓恶棍。他曾经写过一幕令全国公众都捧腹大笑的悲剧，并写过一幕使普天之下泪流成河的喜剧。除此之外，他还不知羞耻地写过一篇针对他（螃蟹先生）个人的讽刺文章，极欠考虑地称他为"一头蠢驴"。螃蟹先生向我保证，任何时候我想发表自己对苍蝇先生的看法，《棒棒糖》杂志对我都不限篇幅。与此同时，由于我明显地会因写了一首挑战性的《鲍勃油之歌》而受到那只苍蝇的非难，他（螃蟹先生）愿意承担起密切注视我个人利益的责任。如果我没有马上被培养成一个人物，那不应该说是他（螃蟹先生）的过失。

螃蟹先生暂时中止了他的高谈阔论（对议论的后半部分，我觉得自己没法理解），我鼓起勇气转弯抹角地提出了稿费问题，因为我从来就被教导我的诗应得到稿酬。我提到了《棒棒糖》杂志封面上的通告，该通告宣布（《棒棒糖》杂志）"历来坚持被允许为所有采用的稿件从优付酬，为一首短小精练的小诗所付之稿酬常常超过《无聊话》《闹哄哄》和《大笨鹅》三家杂志全年稿费开支的总和。"

当我"稿费"这个词一出口，螃蟹先生先是眼睛一瞪，接着嘴巴一张，眼瞪嘴张都达到了一种惊人的程度，使他的外表看上去活像一只正激动得嘎嘎叫的老鸭子。他一直保持着这种状态（不时用他的双手紧紧摁住前额，仿佛处于一种极度为难的境地），直到我差不多把我非说不可的话说完。

我话音刚落，他颓丧地坐回他的椅子，好像是当头挨了一棒，两条胳膊无力地耷拉在身边，但嘴巴仍然像鸭子叫时那样大张开着。当我正被他这番令人惊恐的举动惊得说不出话时，他突然从椅子上一跃而起，疾步冲向摇铃的绳索。但他的手刚刚触到铃绳，他似乎又改变了他那让我不知究竟的主意，因为他钻到了一张桌子下边，随之又拿着一根短棒从桌下钻出。他正把短棒高高举起（我简直想象不出他到底要干什么），突然，他脸上显出了一种慈祥的微笑，然后他回到椅子边平静地坐了下来。

"鲍勃先生，"他开口道（因为我在递上自己之前就递上了我的名片），"鲍勃先生，你是个年轻人，我猜……非常年轻？"

我赞同他的猜测，补充说我还没有过完我生命中的第3个5年。

"啊！"他回答道，"很好！我知道那是多少，请别解释！至于稿费这个问题吗，你所言极是。事实上非常正确。不过……啊……这是第一篇稿子，对第一篇，我是说杂志从来没有付稿酬的先例……你明白，是吗？其实在这种情况下，通常我们是收费者。"（螃蟹先生在强调"收费者"一词时笑得格外和蔼）"对大多数的处女作，我们发表时都要收版面费，尤其是对诗歌。其次，鲍勃先生，这家杂志的规矩是从不支付我们用法语说的argent comptant（现金），我相信你理解。在来稿发表一两个季度之后，或一两年之后，本刊并不反对开出分9个月付清的稿费期票。假若我们能始终安排得当,那我们肯定能'破例'6个月付清。我衷心地希望,鲍勃先生,这番解释能够使你满意。"螃蟹先生说到这里时两眼已经噙满了泪花。

不管有多么无辜,给这样一位杰出而敏感的人物带来痛苦仍然使我感到痛心,于是我赶紧赔礼道歉,消除他的忧虑,说我与他的见解完全一致,而且充分理解他微妙的处境。我干净利落地说完这番话,然后告辞。

紧随着这次谈话后的一天早上,"我一觉醒来发现自己已成了名人"[①]。我的知名度凭当天各报的评价即可得到充分的估量。人们可以看到,这些评价包含在各报对载有我诗作的那期《棒棒糖》的评论之中,各家评论都观点清楚,结论明确,令人完全满意,也许只有一个难解的符号除外,那就是每篇评论末尾都附有"9月15日—$I\,t$"[②]字样。

《猫头鹰》是一份有远见卓识的报纸,以其文学评论的严谨周密而为人所知。《猫头鹰》如我所言评论如下:

> 《棒棒糖》!这份有趣的杂志之10月号超过了它以往各期,摆出了与竞争者对抗的架势。在版式的精美和纸张的考究方面,在钢铸凹版的数量和质量方面,以及在稿件的文学价值方面,将《棒棒糖》与其进展缓慢的对手相比,就犹如将提

---

① 语出拜伦《备忘录》(Memoranda,1812)。
② 表示前文是10月份出刊的杂志刊登的9月15日前付费的广告。

坦神许珀里翁与林神萨蹄尔相比[1]。不错,《无聊话》《闹哄哄》和《大笨鹅》在吹牛说大话方面占尽优势,但《棒棒糖》在其他所有方面都居领先地位!这家著名杂志何以能承受其显而易见的巨额开支,这已非本报所能理解。诚然它拥有10万订户,而其订单在上个月又增加了四分之一;但从另一方面来看,它坚持支付的稿酬金额也高得惊人。据悉巧驴先生那篇举世无双的《猪论》所获稿酬不低于37.5美分。有螃蟹先生作为编辑,有假绅士和巧驴先生这样的作者列入其撰稿人名单,《棒棒糖》不可能有"倒闭"之虞。快去订阅吧。9月15日—*I t*。

我必须声明,对《猫头鹰》这样一份体面报纸所发表的这篇精彩评论我感到相当满意。把我的名字(即我的笔名),置于巧驴先生的大名之前,这是一种我自认为当之无愧的恰当的赞美。

接下来我的注意力被《癞蛤蟆》报上的短评所吸引,该报以其诚实和有主见而著称,并因从不曲意奉承施舍者而闻名。

《棒棒糖》10月号比其所有的同行都进了一步,而且在装帧之华丽以及内容之丰富方面都当然地远远超过了它们。我们承认,《无聊话》《闹哄哄》和《大笨鹅》在自吹自擂方面仍遥遥领先,但《棒棒糖》在其他所有方面都独占鳌头。这

---

[1] 在《哈姆莱特》第1幕第2场中,哈姆莱特曾用这两者来比喻他父亲和篡夺王位的叔叔。

家著名杂志何以能承受其显而易见的巨额开支,这已非本报所能理解。诚然它拥有20万订户,而其订单在最近半个月又增加了三分之一;但从另一方面来看,它每月支付的稿酬金额也高得惊人。本报获悉,咕噜拇指先生因他最近的那首《泥潭挽歌》而收到的稿费不下50美分。

在本期非抄袭撰稿人当中,(除该刊著名编辑螃蟹先生之外)我们注意到假绅士、巧驴和咕噜拇指这样一些人。不过本报认为,除编辑部文章之外,本期最有价值的篇章当数"假绅士"以"鲍勃油"为题献给诗坛的一颗明珠,但我们的读者切莫因为这首诗的标题,就认为这块无与伦比的瑰宝与某位其名不堪入耳的卑劣之徒就同一题目的胡言乱语有任何相似之处。眼下的这首《鲍勃油之歌》已经激起了公众普遍的兴趣和好奇,大家都急切地想知道是谁拥有"假绅士"这个显而易见的化名。幸运的是,本报有能力满足公众的这份好奇心。"假绅士"乃本城森格姆·鲍勃先生所用之笔名,鲍勃先生乃著名的森格姆先生之亲戚(前者之名以后者之姓命之),并于本州大多数名门望族保持着来往。他父亲托马斯·鲍勃是体面城一富商。9月15日—*I t*。

这种慷慨的认可令我大为感动,尤其是当这种认可来自像《癞蛤蟆》报这种众所周知、举世公认的纯正渠道。用"胡言乱语"一词来形容那只苍蝇的《鲍勃油之歌》,我认为用得异常尖锐并恰如其分。但用"明珠"和"瑰宝"来比喻我的诗作,在我看来则多少单薄了一点。我觉得用字尚缺乏力度。我认为措辞还不够鲜明（就像我们用法语所说）。

我刚一读完《癞蛤蟆》的评论，一位朋友又给了我一份《鼹鼠》日报。该报因其对总体事态看法敏锐而享有盛名，并因其社论公开、坦诚、正大光明的风格而众望所归。《鼹鼠》日报对本期《棒棒糖》评述如下：

> 我们刚刚收到《棒棒糖》今年第10期，而我们必须说，我们所读到过的任何刊物之任何一期都不曾有过这般精彩。本报所言经过深思熟虑。《无聊话》《闹哄哄》和《大笨鹅》得好好当心它们的声誉。当然，这几家报刊在自我吹嘘方面均先声夺人，但《棒棒糖》在其他所有方面都首屈一指！这家著名杂志何以能承受其显而易见的巨额开支，这已非本报所能理解。诚然它拥有30万订户，而其订单在上个星期内增加了百分之五十；但它每个月所支付的稿费之巨也令人瞠目。本报从权威渠道获悉，胖庸先生最近发表的家庭中篇小说《洗碗布》所得稿酬至少达62.5美分。
>
> 我们注意到本期撰稿人有螃蟹先生（著名编辑）、假绅士、咕噜拇指和胖庸等等，但是紧随编辑本人那些独步文坛的杰作之后，本报特推荐一位青年诗人创作的钻石般的佳作。这位青年诗人署名为"假绅士"，而我们预言这个笔名有朝一日将使'泰斗'的光芒黯然失色。本报获悉，"假绅士"本名为森格姆·鲍勃，他是本城富商托马斯·鲍勃先生唯一的继承人，是大名鼎鼎的森格姆先生的一位近亲。鲍勃先生这首令人赞佩的诗题为《鲍勃油之歌》。顺便提一下，这个标题不

幸同于某位与一家小报有瓜葛的卑鄙流氓就同一主题所写的那堆胡话的标题。不过，这两者并无相互混淆之危险。9月15日——*It*。

像《鼹鼠》这样英明的报纸慷慨认可，这使喜悦浸透了我的灵魂。我觉得文章的唯一缺陷就是"卑鄙流氓"这一提法欠妥，这个提法说不定应该改为"讨厌而且卑鄙的无赖、恶棍加流氓"。我认为这样听起来会更文雅。此外必须承认，"钻石般的"这几个字简直不足以表达《鼹鼠》报所明显想表达的《鲍勃油之歌》的灿烂光辉。

就在我读到《猫头鹰》《癞蛤蟆》和《鼹鼠》诸报评论的当天下午，我碰巧看到了一本《长脚蚊》，这是一家因其深刻的洞察力而闻名遐迩的评论期刊。下面就是《长脚蚊》的评论：

《棒棒糖》!！这本豪华杂志的10月号已奉献在公众眼前。该刊是否杰出的问题就此一劳永逸地得到了解决，从今以后，《无聊话》《闹哄哄》和《大笨鹅》的任何与之竞争的企图都将成为可笑之举。这几家杂志在自卖自夸方面也许略微居前，但《棒棒糖》在其他所有方面都独领风骚！这家著名的杂志如何能承受其显而易见的巨额开支，这已经超越了本刊的理解能力。诚然它足足拥有50万订户，而其订单在过去的两天内又增加了百分之七十五，但与此同时它每月支付的稿酬之巨几乎令人难以置信；本刊已探悉这样一个事实：抄一点小姐最近那篇关于独立战争的重要小说所得稿费不低于87.5美分，该小说的标题是《约克镇蝈蝈叫和邦克山蝈蝈不叫》。

本期最优秀的篇章当然还是由该刊编辑（著名的螃蟹先生）操觚，但有不少上乘之作分别署名为假绅士、抄一点小姐、巧驴、撒小谎夫人、咕噜拇指和略诽谤太太，胖庸名列最后但并非最不重要。这个世界很可能由此而产生一群光彩夺目的文豪诗宗。

我们发现，署名"假绅士"的那首诗赢得了公众的交口称赞。而我们不得不说，如果可能的话，这首诗值得更高的褒扬。这首融雄辩和艺术为一体的名诗题为《鲍勃油之歌》，本刊的一两位读者也许会朦朦胧胧但却深恶痛绝地记起一首同名诗（？），那首劣作的炮制者是一个穷文人、叫花子、杀人犯，本刊相信他以洗碗工的资格染指于本城贫民窟附近的一家下流小报。本刊恳请那一两位读者，看在上帝份上，千万别把这两首诗混为一谈。我们听说，《鲍勃油之歌》的作者森格姆·鲍勃先生是一位天才的学者、真正的绅士。"假绅士"不过是笔名而已。9月15日——It。

当我细读这段讽刺的结论性部分时，我几乎抑制不住胸中的愤慨。我清楚地看到了《长脚蚊》在提到《牛虻》报那位蠢猪编辑时所表现出来的那种优柔寡断的态度，那种显而易见的克制（姑且不说是彬彬有礼）。如我所言，我清楚地看到，在这种彬彬有礼的措词中除了对那只苍蝇的偏袒，不可能再有别的什么东西。《长脚蚊》之意图显然是想在损害我的情况下提高那只苍蝇的声誉。其实任何人只用半只眼睛就可以看出，倘若《长脚蚊》的真实意图真是它所希望表露的那样，那它(《长脚蚊》)的措词就应该更直截了当，更尖酸刻薄，更一针见血。"穷文人""叫花子""洗碗工"以及"杀人犯"都是些故意挑选的称呼，它们是那么笼统含混，模棱两可，以至于用在那位写出了全人类最劣诗篇的作者头上比不用还糟。我们都知道"明贬暗褒"是何含义，反之，谁会看不穿《长脚蚊》另一不可告人的意图——明褒暗贬？

《长脚蚊》爱怎么说那只苍蝇与我无关，可它怎么说我却大有关系。在《猫头鹰》《癞蛤蟆》和《鼹鼠》诸报均以高尚的姿态对我的能力进行了充分评价之后，像《长脚蚊》这样只冷冰冰地说一句"天才的学者，真正的绅士"未免太过分。真正的绅士这倒不假！我当即决定，要么《长脚蚊》向我书面致歉，要么我就与之决斗。

怀着这一目的，我开始四下寻找一个能为我给《长脚蚊》送信的朋友，由于《棒棒糖》那位编辑曾明确表示要关心我的利益，所以我最后决定找他帮忙。

我迄今尚不能满意地解释螃蟹先生在听我阐述计划时所表现出来的那种非常奇怪的表情和举止。他又从头到尾地表演了一番抓铃绳、举短棒的动作，而且没有漏掉大张鸭嘴。有一会儿我以为他真要嘎嘎地叫出声，但像上次一样，他这阵发作终于平静下来，他的举止言谈又恢复了常态。但他拒绝为我去送挑战书，而且实际上劝阻我不要进行决斗。不过他十分坦率地承认《长脚蚊》这次是极不体面地大错而特错。尤其是错在把我称为"绅士和学者"。

螃蟹先生对我的利益真正表现出了父亲般的关心，在这次谈话的末尾,他建议我应该用正当的手段挣一点钱,同时可偶尔替《棒棒糖》扮演Thomas Hawk的角色,以此进一步提高我的声誉。

我请求螃蟹先生告诉我谁是Thomas Hawk,为什么希望我扮演他的角色。

这时螃蟹先生又一次"睁大了眼睛"(就像我们用德语所说),但他终于从极度惊讶中恢复过来,并向我解释说他用"Thomas Hawk"这名字是为了避免Tommy这种低俗的说法。不过他真想说的是Tommy Hawk,或者说是tomahawk,即北美印第安人用的一种战斧,而他所谓的"扮演战斧",意思就是对那些可憎可恶的作家进行剥头皮、剜眼珠似的严厉批评,或是叫他们彻底完蛋。

我向我的庇护人保证,如果这就是全部,那他完全可以把扮演战斧的任务交给我去完成。于是螃蟹先生希望我在力所能及的范围内以最凶猛的风格,叫《牛虻》报那位编辑立即完蛋,以此作为我能力的一种标志。我雷厉风行地完成了这项任务,我那篇对原《鲍勃油之歌》的评论占了《棒棒糖》杂志36个页码。我发现扮演印第安人战斧远远没有写诗那么麻烦,因为我干得很有章法,这样就能轻而易举地把事情做得完全彻底。我的具体做法是这样的:我(廉价)买来拍卖本《布鲁厄姆勋爵演讲集》《科贝特作品全集》《新俚语摘要》《谩骂艺术大全》《下流话入门》(对开本)和《刘易斯·G.克拉克言论集》[①]。我用马梳把这些书完全撕

---

① 亨利·P. 布鲁厄姆(1778—1868),英国政治家、《爱丁堡评论》创始人之一;威廉·科贝特(1763—1835)英国记者及政治改革家;刘易斯·G. 克拉克(1808—1873),美国作家,《纽约的荷兰人》杂志编辑。

成碎片，把所有碎片放进一个细筛，仔细筛掉所有可能会被认为正派的言词（数量微不足道），然后把剩下的粗话脏话通通装进一个硕大的铁皮胡椒罐，胡椒罐开有纵向孔，以便完整的句子不遭实质性损害就能通过。于是这种混合物便随时可用。每当需要我扮演战斧的角色，我便用一枚公鹅蛋的蛋清涂写一张大页书写纸，再照上述撕书的方法把这页纸撕成可炮制评论的碎片（只是撕得更加小心，以便让每个字都分开），然后我让这些碎片与原来那些装在一起，拧上罐盖，使劲儿一摇，于是那些混合碎末就粘在了蛋清上。这样写出的评论具有强烈的感染力，其效果令人叹为观止。实际上，我用这种简单方法炮制出来的文章从来都不会千篇一律，而且篇篇都堪称天下奇文。开始由于缺乏经验而不好意思，我心里还有点忐忑不安，因为我总觉得文章从整体上看显得有那么点自相矛盾，有那么点稀奇古怪（正如我们用法语所说）。所有的字词都不恰当（就像我们用古英语所言）。许多短语离谱错位。甚至有些措辞完全颠倒，而每当这后一种情况发生，文章效果无不多少受到损害。例外的只有刘易斯·克拉克先生的那些段落，这些段落是如此坚强有力，以致任何极端的位置都不会使它们看起来特别尴尬，无论怎样颠来倒去它们都显得同样恰如其分，同样令人满意。

多少有点难以测定，在我对原《鲍勃油之歌》的批评文章发表之后，《牛虻》报那位编辑怎么样了。最合理的推论就是他哭泣着死去。总之他突然之间就从地球表面上完全消失，从此再也没有人看见过他的踪影。

由于这事做得干净利落，由于复仇之神泄了心头之恨，我顿时备受螃蟹先生的青睐。他把我当作知己，给了我《棒棒糖》杂志的战斧这一永久性位置，而由于他暂时还不能给我发工资，他允许我在他的指点下任意挣钱。

"我亲爱的森格姆，"一天晚饭后他对我说，"我尊重你的才能，爱你就像爱儿子。你将是我的继承人。我死的时候会把《棒棒糖》遗赠给你。我会的，只要你始终听从我的忠告。现在要做的第一件事就是摆脱那个讨厌的老家伙。"

"讨厌的？"我不解地问，"猪，是吗？野猪？（就像我们用拉丁语说的）谁是猪？在哪儿？"

"你父亲。"他说。

"正是，"我回答，"猪。"

"你有大钱要挣，森格姆，"螃蟹先生继续道，"可那个老家伙是一块缠在你脖子上的磨石。我们必须马上砍掉他。"（一听这话我抽出了小刀。）"我们必须砍掉他，"螃蟹先生接着说，"干脆利落地，并且一劳永逸地。他不会有用。他不会。考虑慎重一点儿，你最好是踢他一顿，或是用棍子打他，或是照诸如此类的方式处置。"

我谦虚地征求他的意见，"你看这样好不好，我先踢他一顿，再用棍子揍他，最后拧他的鼻子？"

螃蟹先生盯着我沉思了好几分钟，然后回答说：

"鲍勃先生，我认为你所说的方法很奏效，实际上总是很成功。这就是说，就过去的情况而论，但理发师是很难摆脱的，而我基本上认为，在完成了你所提议的对托马斯·鲍勃的行动之后，明智的做法是你再用双拳使他两眼一团黑，要做得非常小心并完全彻底，以免他今后再看见你在上等人的行列。做完这之后，我实在看不出你还能做什么。不过，把他推在阴沟里滚两圈也挺不错，然后就把他交给警察。第二天上午你再找个时间去拘留所威胁他一番。"

螃蟹先生这番忠告证明了他本人对我的厚爱，这使我非常感动，而我没有辜负他的厚爱并从中受益。结果是我摆脱了那个讨厌的老家伙，开始感到了一点独立并稍稍像个绅士。然而在好几个星期内，囊中羞涩仍使我感到极不自在，不过凭着小心翼翼地运用我的两只眼睛，仔细地观察发现在我鼻尖前的事件，我终于悟出了这种情况该如何改变。我说"情况"，请注意，因为人们告诉我拉丁语中的 *rem* 就是情况。说到拉丁语，我顺便问一声，有谁能告诉我 *quocunque* 是何意思，或告诉我 *modo* 作何解释？①

我的计划非常简单。我所做的一切就是廉价买下了《老鳖》日报的十六分之一。这事一完成，我就往包里揣钱。诚然其后还有一些琐细的安排，但它们并非我那个计划的组成部分，而是一种当然的结果，一种效果。例如我买了笔墨纸张，并让它们物尽其用。我就这样为杂志写了篇文章，标题为《胡尔弄尔》，署名为《鲍勃油之歌》的作者，然后把它寄给了《大笨鹅》。可那家杂志在"每月敬告撰稿人"栏中称那篇文章为"胡说八道"。于是我把文章标题改为《嘿，欺骗！欺骗！》，署名为森格姆·鲍勃先生，

---

① 这几个拉丁词可使人想到贺拉斯《书札》(*Epistles*)第1卷第1章第65—66行中的一句话 "*rem facias ... quocumque modo*"（挣钱不择手段）。

颂歌体《鲍勃油之歌》的作者兼《老鳖》日报编辑。经过这番修改，我再次把稿子寄给了《大笨鹅》，在等待回音的同时，我每天在《老鳖》上发表6个专栏堪称既富哲理又非常逻辑的文章，钩深致远地分析《大笨鹅》杂志的文学价值以及该刊编辑的个人品格。一个星期之后，《大笨鹅》终于发现，由于某种奇异的差错，它不幸"把一个无名鼠辈的一篇题为《嘿，欺骗！欺骗！》的狗屁文章同著名的《鲍勃油之歌》的作者森格姆·鲍勃先生就同一辉煌题目所写的佳作混为了一谈"。《大笨鹅》"对这一非常自然的意外事故深表遗憾"，并且保证将在该刊的最近一期发表名副其实的《嘿，欺骗！欺骗！》。

实情是我认为，我真的认为，我当时认为，我后来还认为，而且我此刻也没有理由不认为，《大笨鹅》的确是出了一个差错。我从不知道有谁像《大笨鹅》那样，怀着世界上最好的意愿弄出了那么多奇异的差错。从那天起我对《大笨鹅》产生了好感，而结果是我很快就深入地了解到了它的文学价值，并且没有放过任何一个适当的机会在《老鳖》报上对其价值详加评述。而后来发生的事只能被视为一种非常奇妙的巧合，一种让人去进行严肃思考的非凡绝伦的巧合，那就是发生在我与《大笨鹅》之间的那样一种对立观点的彻底改变，相左看法的全面动荡（如我们用法语所说），不同见解的完全颠倒（请允许我使用巢克图族语中这个颇有力度的语汇），居然在其后很短一段时间内又接连以极其相似的方式发生在我与《闹哄哄》之间，发生在我与《无聊话》之间。

就这样凭着天才的技巧，我终于通过"把钱揣进腰包"而完善了我的胜利，从而可以说是真正地并完全地开始了那辉煌灿烂并波谲云诡的事业，它最终使我功成名就，使我今天能和夏多布里昂一道宣称："J'ai fait l'histoire"（"我已经创造了历史"）。

我的确"已经创造了历史"。从我现在所记述的那个光辉年代开始，我的一举一动，一字一句，都成了人类的财富。它们在这个世界上已被人们熟悉。所以我不必在此赘述我在扶摇直上的过程中是如何继承了《棒棒糖》杂志，是如何将这家刊物与《无聊话》合并，是如何买下了《闹哄哄》，并使三家期刊合为一家，最后又是如何成功地与剩下的唯一对手做成交易，从而把这个国家的全部文字统一进了一本家喻户晓、人人皆知的高贵刊物。这就是《闹哄哄、棒棒糖、无聊话及大笨鹅》。

不错，我已经创造了历史。我已为世人所瞩目。我的名声已传至地球最偏远的角落。你展开任何一份普通报纸都不可能不看到言及不朽的森格姆·鲍勃先生的篇章。森格姆·鲍勃先生说了什么什么，森格姆·鲍勃先生写了什么什么，森格姆·鲍勃先生做了什么什么。但我功成不居，虚怀若谷。毕竟，这算得了什么？这种被世人坚持称为"天才"的莫可名状的东西究竟是什么？我同意布丰和霍格思的说法：天才说到底不过是勤奋。

请看看我！我如何勤奋！我如何辛劳！我如何写作！天哪，难道我没有写作？我不知道天底下有"悠闲"二字。白天我紧紧地粘在案头，夜晚我脸色苍白地面对孤灯。你们本该看见过我。你们本该。我曾朝右倾。我曾朝左倾。我曾向前坐。我曾向后坐。我曾笔挺而坐。我曾垂头而坐（就像他们用克卡普族语所说），把头低低地俯向雪白的稿纸。因为所有的一切，我写。因为欢乐和悲伤，我写。因为饥饿和干渴，我写。因为喜讯和噩耗，我写。因为阳光和月色，我写。我写些什么无需说明。重要的是我的风格！我从胖庸笔下染上了这种文风，嘘！嘶！而我正在为你们略举一例。

（1844）

# 山鲁佐德的第一千零二个故事

真实比虚构更奇妙。

——谚语

最近,在研究东方文化的过程中,我有机会查阅了《喻吾是与否》[①]这样一本书,该书就像西蒙·约哈德的《光辉之书》[②]一样,即使在欧洲也几乎无人知晓。而据我所知,也许除了《美国文学珍奇录》的作者之外,该书还从来未被任何一个美国人引述。如我刚才所说,在有机会翻阅了几页这本首次提及的奇书之后,我大为惊讶地发现文学界一直弄错了一个问题,那就是在萨桑国宰相之女山鲁佐德的命运问题上,文学界迄今为止一直令人不可思议地照《一千零一夜》中的叙述在以讹传讹。我发现就《一千零一夜》的结局而言,即便不说它不完全准确,但至少应该责备它没把故事讲完。

---

① 爱伦·坡杜撰的一个书名,原文为 *Tellmenow Isitsöornot*,英语国家读者很容易将其读成 "Tell me now is it so or not."(现在请告诉我是或不是)。

② 西蒙·约哈德(Simeon Jochaides)是公元2世纪的希伯来学者,《光辉之书》(*Zohar*)是他用犹太神秘主义对摩西五经(即《旧约》中的《创世记》《出埃及记》《利未记》《民数记》和《申命记》)的注疏。

关于这个有趣的话题之详情，我得请读者自己去查阅《喻吾是与否》一书，不过与此同时，请允许我概略地讲一讲我在那本书中的发现。

读者应该记得，照那些故事的一般讲法，有充分理由猜疑其王后的萨桑国王不仅把她处死，而且对着他的胡须和先知发了一个誓，要每晚娶一名他王国中最漂亮的少女为妻，第二天早上则把她交给刽子手。

许多个年头他一直严格地按照教规教义不折不扣地履行了他的誓言，这使他赢得了信仰虔诚、理性健全的荣誉。可一天下午，他受到了前来觐见的宰相的打扰（肯定是在他做祷告的时候），似乎是因为宰相的女儿想到了一个念头。

宰相之女名叫山鲁佐德，她的念头是：要么她偿清那片国土上的美女所欠的人头税，要么她就以所有那些被公认的女英侠妇为楷模，在这一尝试中献出生命。

所以，尽管我们考证出那一年并非闰年（闰年使这种牺牲更可歌可泣），她仍然委托她身为宰相的父亲向国王提出她自愿与其成婚。国王求之不得，马上答应了这门婚事（他对她早已垂涎三尺，只是慑于宰相才迟迟没有行动）。但在答应的同时，他让所有的人都明白，不管宰相不宰相，他都丝毫无意违背自己的誓言，或是放弃他的特殊权利。因此，当美丽的山鲁佐德不顾父亲的苦苦劝告，坚持要嫁给国王，而且实际上与他成婚之时（如我所言，不管我愿意与否，当她坚持并实际上嫁给他之时），她那双黑眼睛完全清楚地看到了事情性质可能带来的结果。

但这位颇有心计的少女（她肯定一直在读马基雅弗利的书）

怀有一个非常精巧的小小的阴谋。就在婚礼的那天晚上，她以一个我现在已忘了是什么的似是而非的借口，设法让她的妹妹在离王家龙床够近的位置占据了一张卧榻，以便她们姐妹俩能舒舒服服地隔床聊天。她还留心趁鸡叫之前弄醒了她的丈夫，那位仁慈的君王（他虽然天亮就要勒断她的脖子，但对她仍然颇有好感）。正如我所说，她设法弄醒了国王（尽管他因为问心无愧和消化良好而睡得很香），凭着一个非常有趣的故事（我想就是关于一只老鼠和一只黑猫的故事），她当时正把这故事讲给她妹妹听（当然一直用的是一种悄声细语）。天亮时分，碰巧这个故事还没有完全结束，而山鲁佐德自然不可能接着把它讲完，因为那个时辰已到，她必须起床去被勒死（一种比被吊死稍稍舒服一点、略略斯文一分的死法）！

但我很遗憾地说，那位国王的好奇心恰好胜过了他虔信的宗教原则，竟诱使他破例将其誓言推延到第二天早上去履行，以便希望能在当天晚上听到那只黑猫（我认为是一只黑猫）和那只老鼠最后怎么样了。

夜晚终于来临，可山鲁佐德女士不仅讲完了黑猫和老鼠的故事（那只老鼠是蓝色的），而且在她还没明白是怎么回事之前，她发现自己又不知不觉地讲起了另一个复杂的故事，（如果我没有完全记错的话）这个故事讲的是一匹粉红色的马（有绿色翅膀），这匹马靠发条装置狂奔疾驰，上发条的是一把蓝色钥匙。这个故事让国王听得更加津津有味，当天亮而故事尚未结束之时（尽管山鲁佐德王后尽了最大努力想赶在天亮之前把故事讲完，以便去受死），国王除了像前一天那样把仪式推迟24小时之外别无他法。第二天晚上又出了同样的事故，并且带来了同样的后果；随之一而再，再而三，以致到了最后，在国王不得已被剥夺了一千零一次履行其誓言的机会之后，这位仁慈的君主要么是完全忘记了誓言，要么是通过正规手续将其废除，或（更有可能的是）干干脆脆地抛弃了他的信誓，同时也抛弃了他忏悔神父的脑袋。总之，那位从夏娃一脉正传的山鲁佐德，那位也许还继承了我们所知夏娃在伊甸园那棵树下拾得的整整7筐故事的山鲁佐德，最后终于赢得了胜利，美女们所欠的人头税得以免除。

　　当然，这个（我们有书为证的）结局无疑是非常恰当，非常愉快。可是，唉！就像许许多多愉快的事情一样，令人愉快但不真实，而我衷心感谢《是与否》一书纠正了这一谬误。有句法国谚语说"最好乃好之死敌"，而在提到山鲁佐德继承那7筐故事时，我本来应该补充，她后来以复利把它们贷出，直到它们增加到77筐。

　　"我亲爱的妹妹，"她在第一千零二夜说，（在此我一字不改地引述《是与否》一书中的原话）"我亲爱的妹妹，"她说，"既然被勒死的小小危险已被化为乌有，既然那笔讨厌的税款已被免除，我现在觉得自己一直很内疚，因为我非常轻率地没让你和国王听完辛伯达航海旅行的故事（我很遗憾地说，国王睡觉打呼噜，这不是一名绅士应该有的行为）。除了我讲过的那几次航行外，这位航海家还经历过许许多多其他更有趣的冒险，可实情是我讲这故事的那天晚上觉得很困，所以就来了个长话短说。这是个严重的错误，唯愿安拉能宽恕我。不过现在来弥补这一过失也为时不晚。让我拧国王两下，待他清醒一点并停止发出这可怕的呼噜声，我马上就让你（也让他，如果他想听）听到这个非凡故事的结尾部分。"

据我从《是与否》一书中所知，山鲁佐德的妹妹当时并没有显出特别的喜悦，但国王已被拧得够受，最后终于停止了打鼾，并说了声"哼!"，然后又说了声"呼!"王后当然明白这话（肯定是阿拉伯语）的意思是说他正洗耳恭听，并将竭尽全力不再打呼噜。王后像我刚才所说的那样把一切安排停当之后，马上就开始接着讲航海家辛伯达的故事：

"最后在我的晚年，"（这些是辛伯达自己的原话，就像山鲁佐德所复述的一样）"最后在我的晚年，当我在家中享了好些年清福之后，去国外游览的欲望再一次把我攫住。一天，没让家里人知道我的计划，我把一些价值最高而体积最小的货物打成几个包裹，雇了一名脚夫挑上，与他一道直奔海滨，在那儿等任何一条出海船只，只要它能把我从这个王国带到我从未去过的某个地方。

"把包裹放在沙滩上之后，我们坐在几棵树下边，极目眺望海上，希望能发现一条船，但过了好几个小时我们也没见到船的踪影。最后，我觉得自己听到了一种呜呜声或嗡嗡声。那名脚夫仔细听了一阵，也说他听出了那个声音。不一会儿那声音变得越来越响，因此我们毫不怀疑发出那声音的物体正在向我们靠近。终于，我们发现天边地平线上出现了一个小黑点，小黑点飞快地变大，直到我们认出那是头巨大的怪物，它游动时身子的大部分都露在水面。怪物以令人难以置信的速度直向我们游来，在它胸前掀起巨大的浪花，并用一根伸得很远的火柱把它经过的海面照亮。

"当那怪物游近，我们看得越发清楚。它的身子有3棵参天大树那么长，有你王宫里的大谒见厅那么宽，哦，尊贵而慷慨的哈里发。它的身子不像一般的鱼，而是像一块坚硬的岩石，浮在水面的部分通体漆黑,只有一条环绕它全身的细斑纹是红色。那怪物浮在水面下的肚子只有当它随波起伏时我们才能偶尔瞥上一眼,那肚子表面布满了金属鳞片,颜色就像是有雾时的月光。它的背坦平,差不多是白色,从背上竖起六根脊骨,脊骨大约有它半个身子那么长。

"这可怕的怪物没有我们能看见的嘴巴,但似乎是为了弥补这个缺陷,它至少被赋予了80只眼睛,它们就像绿蜻蜓的眼睛一样从眼窝突出,成上下两排环绕身体排列,与那条看上去好像是作为眉毛的血红色斑纹平行。这些可怕的眼睛中有两三只比其他都大,外表看上去像是纯金。

"尽管这怪兽像我刚才所说的那样以极快的速度接近我们,但它肯定是全凭巫术驱动。因为它既不像鱼有鳍,也不像鸭子有蹼;既不像能以行船的方式被吹着走的海贝那样有翼,也不像海鳗那样能靠身子的扭动而前行。它的脑袋和尾巴完全一模一样,只是离尾巴不远处有两个作鼻孔的小洞,那怪物通过小洞猛烈地喷出它浓浓的粗气,同时发出尖锐刺耳的声音。

"看见这可怕的家伙,我们都吓得要命,但我们的惊奇甚至超过了恐惧,因为当它离得更近时,我们发现它背上有许多其形状大小都与人类无二,其他方面也都像人的动物,只是它们不(像人类那样)穿衣戴帽,而(无疑是天生)就套有一层丑陋而且不舒服的外罩,模样很像是服装,但把皮肤贴得非常紧,结果使那些可怜的家伙显得笨拙可笑。显而易见,也使它们非常痛苦。它们头顶上都有个略微呈方形的盒子,我开始一看还以为那是它们的头巾,但我很快就发现,那种盒形物又重又硬,于是我断定那是一种故意设计的装置，以其重量来保持那些动物的脑袋在其肩上的平稳和安全。那些动物的脖子上都套着黑色颈圈（肯定是奴隶的标志），就像我们套在狗脖子上的那种，只是宽得多，而且也硬得多，所以那些可怜的受害者朝任何方向转动脑袋，都不得不同时也转动身体，这样它们就注定了要永远盯着自己的鼻子，一种令人惊叹的驴鼻，如果不是令人生畏的狮子鼻的话。

"那怪物快接近我们站的海岸之时，突然远远地向外鼓出一只眼睛，眼睛里喷出一团可怕的火焰，还冒出一大团浓浓的云烟，并伴随着一种我只能比喻为雷声的巨响。待云烟飘散，我们看见那些奇怪的动物人当中的一个站到了那头庞然大物的脑袋前端，它手里拿着一个喇叭，随后它就通过喇叭（将其置于嘴前）用一种响亮、刺耳而讨厌的腔调朝我们嚷嚷，若不是那种嚷嚷声完全从鼻孔里发出，我们说不定会把它误以为是语言。

"那嚷嚷声显而易见是冲着我们来的，可我全然不知该如何回应，因为我一点儿也不明白在嚷些什么。在这种困境之下，我转向那名吓得差点儿晕过去的脚夫，问他是否知道那是种什么怪物，它想干什么，挤在它背上那些动物是什么生物。脚夫虽然浑身发抖，但仍然尽可能完整地回答了我的提问，他曾经听说过这种海兽。那是一种凶残的魔鬼，其内脏是硫磺，血液是火焰，由恶神造出来作为一种带给人类灾难的工具。它背上的那些动物叫寄生人，就像猫狗身上的寄生虫一样，只是他们个头更大，而且更野蛮。这些寄生人自有其益处，可是也有害处，因为那种海兽正是通过他们又咬又刺的折磨才被激怒到某种程度，而这种激怒是它咆哮怒吼、行凶作恶的必要条件，它的行凶作恶则实现了那个恶神邪恶的报复计划。

"这番讲述使我决定拔腿就跑,而且我连头也没回就一口气飞快地跑进了山里。当时那名脚夫跑得和我一样快,尽管跑的方向几乎正好相反,结果他终于带着我的包裹逃之夭夭,我毫不怀疑他会很好地照管我的货物,不过这点我没法证明,因为我不记得在那之后我还看见过他。

"至于我自己,我被一群寄生人紧追不舍(他们乘小艇登岸),很快就被他们抓住,捆了手脚,搬到了那头海兽背上,海兽随即又游向大海远方。

"这下我痛悔自己的愚蠢,竟放弃家中舒适的生活,拿生命来冒这样的风险。但后悔也没用,于是我尽量利用自己的条件,极力去讨好那个拥有喇叭的寄生人,他好像管辖着他那些伙伴。我这种努力非常成功,几天之后,那家伙露出了喜欢我的各种迹象,甚至不厌其烦地教我对他们的语言来说完全是虚有其名的基础语法,所以我终于能用他们的语言流利地交谈,最后还用这种语言表达了我想看看这个世界的强烈愿望。

"'洗洗压压叽叽,辛伯达,嘿,欺欺,哼哼还有喔喔,嘶嘶,嘘嘘,嗖嗖。'一天晚饭后那个寄生人对我说——不过请陛下务必恕罪,我忘了陛下并不精通鸡鸣马嘶语方言(那个寄生人是这样称的。我猜想他们的语言形成了马嘶和公鸡叫之间联结的一环)。如蒙恩准,我将为陛下翻译。'洗洗压压叽叽'这段话的意思是说,'我很高兴地发现,我亲爱的辛伯达,你真是一个非常杰出的家伙。我们眼下正在做一件叫环球航行的事,既然你那么想看看这个世界,我将破例作一次让步,让你在这头海兽背上免费航行。'"

据《是与否》一书记载，当山鲁佐德女士讲到这里，国王从左到右翻了个身，并说：

"这真是非常令人吃惊，我亲爱的王后，你过去居然漏讲了辛伯达后来的这些冒险故事。你知道吗，我认为它们非常有趣并十分奇妙？"

书中告诉我们，当国王说完这番话之后，美丽的山鲁佐德又接着往下讲她的故事：

"辛伯达以这种方式继续讲道——我感谢了那位寄生人的仁慈，并很快发现自己在海兽背上感到非常自在，那海兽以极快的速度穿游海洋。尽管在世界的那个部分，海洋并不是一个平面，而是圆圆的像一个石榴，所以可以这么说，我们一直是忽而上山，忽而下山。"

"这个我认为非常奇怪。"国王打岔道。

"可这相当真实。"山鲁佐德回答说。

"我不相信，"国王道，"不过请继续往下讲吧。"

"我会的，"王后说，"辛伯达继续讲道，正如我刚才所讲的那样，那海兽忽而游上山，忽而游下山，最后把我们载到了一座海岛，那座岛方圆有好几百英里，然而它却是由一群虫子[①]般的小东西建筑于海中。"

"哼！"国王说。

"离开了这座岛，辛伯达讲道（读者必须理解山鲁佐德并不理

---

[①] 珊瑚虫。——原注

会她丈夫那种粗鲁的哼哼哈哈),离开了这座岛,我们又到了另一座,那座岛上有坚硬的石头森林,林木是那样的硬,以至于我们努力要伐木时连最好的斧头也被碰成了碎片。"①

"哼!"国王再次哼哈,但山鲁佐德对此毫不理会,继续复述辛伯达的原话。

"过了这最后一座岛,我们来到了一个国度,那里有一个在地下伸延了30或40英里的山洞,洞中有许许多多宽敞而华丽的宫殿,远比在大马士革和巴格达所能看到的宫殿都更加宏大,更加雄伟。从那些宫殿的屋顶垂悬着数不清的宝石,像是钻石,但比

---

① "大自然最令人叹为观止的奇景之一当数得克萨斯州帕西格罗河源头附近的一片化石森林。该林由直立着变成化石的数百棵树组成。一些部分变成化石的树迄今仍在生长。这对自然科学家们来说是一个惊人的事实,而且必然会使他们修改目前的石化作用理论。"(引自威廉·肯尼迪的《得克萨斯》)

这段一开始被人怀疑的报道已因一座完整的石化森林之发现而得到证实,该石化森林位于起源于罗奇山脉黑山段的沙叶河(或称锡纳河)源头附近。

无论按地质学的观点还是从风景的角度来看,地球表面也许没有一种奇观能比得上开罗附近那片石化森林所展示的异景。旅游者在经过城外那些法老陵墓之后,以几乎与横穿沙漠通往苏伊士的大路成直角的角度转向,朝南约行10英里至一荒芜低谷,该谷遍布黄沙、砾石和海贝,仿佛海水昨天才从那里消退,然后旅游者再越过一道有些段落与其脚下的路相平行的沙砾山梁。这时他难以想象其奇妙和荒凉的景观就呈现在他眼前。一大片化石树的碎片从他身下向周围延伸数英里之遥,就像一座腐败而匍匐的森林,化石块在他马蹄的敲击下发出铸铁般的铿锵之声。化石木呈深褐色,但形状完好,长度从1英尺到15英尺不等,厚度一般为半英尺到3英尺。就目力所及而言,它们散落得那么密集,以致一头埃及驴也难以从中穿过,它们又散落得那么自然,以致若是在苏格兰或爱尔兰,不注意看也许会把这片化石林误认为是一片干涸的沼泽。露出根的树木正在阳光下腐烂,有许多树根和枝丫几乎保持着原状,有些树皮下被虫蛀的洞可轻而易举地辨出。最精细的木纹以及树心里所有更精细的部分均完整无损,用高倍放大镜便可清晰地看到。所有木块都硅化到了可在玻璃上划出痕迹的硬度,并可接受最精密的抛光。(引自《亚洲杂志》)——原注

人体还大。在塔楼、庙宇和金字塔之间的街道当中，流淌着一条条黑如乌木的大河，河中成群地游着没有眼睛的鱼。"①

"哼！"国王说。

"然后我们进入了一片海域，发现那里有一座巍峨的高山，山腰奔涌着一条条熔化的金属激流，其中一些有12英里宽，60英里长。②而从山顶的一个深渊里则喷出那么多的烟灰，以致把天上的太阳完全遮蔽，天变得比最黑的夜晚还黑；结果我们在离那座山150英里远的地方也不可能看见即使最白的东西，不管如何把它凑到眼前。"③

"哼！"国王说。

"离开那片海岸之后，海兽继续它的航行，直到我们抵达了另一个国家。那个国家的事情好像都被颠倒，因为我们在那儿看见一个大湖，在距水面100多英尺深的湖底，枝繁叶茂地生长着一座巨大的森林。"④

"胡说！"国王道。

---

① 肯塔基州之大钟乳洞。——原注
② 1783年在冰岛拉基火山的熔岩流。——原注
③ 1766年海克拉火山喷发时，这种黑云便造成了这种程度的天昏地暗，以致在距火山150英里的格劳姆巴城，人们只能摸索着走路。1794年维苏威火山喷发时，200英里之外的卡塞塔居民只能举着火把行走。1812年5月1日圣文森特岛上一座火山喷出的火山灰遮蔽了整个巴巴多斯，将其笼罩在一片黑暗之中，以致中午在户外人们也看不见身边的树和其他物体，甚至把白手绢凑到眼前6英寸处也没法看见。（引自休·默里《地质学百科全书》费城版215页）——原注
④ 1790年，在加拉加斯的一场地震中，一大片花岗岩地面下陷，形成一个直径800码，深度80至100英尺的湖。下陷地面正是阿里波森林之一部分，树木之苍翠在水下保持达数月之久。（引自休·默里《地质学百科全书》费城版211页）——原注

"又往前行了数百英里,我们来到了一个地方,那里的空气密度之大能支撑住钢铁,就像我们的空气能支撑住羽毛。"①

"胡扯!"国王说。

"仍然朝同一方向航行,不久我们到达了这个世界上最壮美的地区。一条数千英里长的大河蜿蜒其上。这条河深不可测,河水比琥珀还透明。河宽3英里至6英里不等;两边直立陡峭的河岸高达1200英尺,河岸上长满了四季开花的树和终年芬芳的花,这使那整个地区宛若一座姹紫嫣红的花园。但这片美丽的土地名叫恐怖王国,误入其境的人都必死无疑。"②

"哼!"国王说。

"我们匆匆离开了这个王国,几天之后又到了另一个国度,在那儿我们惊奇地看到了无数怪物,它们头顶上的角犹如长柄镰刀。这些可怕的怪物在土中为它们自己掘出巨大的漏斗形洞穴,沿洞穴边壁一块叠一块地堆上石头,其他动物一踏上,石头便会倒塌,这样那些动物就猛然跌进怪物的洞穴,它们的血马上被吸干,而它们的尸骨则随之被抛到离这些死亡之洞老远的地方。"③

"呸!"国王说。

"继续朝前航行,我们在一个地方看到有许许多多的植物不是

---

① 在氢氧吹管的作用下,最硬的钢也会被化为无形的粉末,这样便可轻易地浮在空气中。——原注

② 尼日尔地区。(参见西蒙德的《殖民地杂志》)——原注

③ 狮蚁。"怪物"一词对或大或小的怪异之物均同样适用,而"巨大"这种性质形容词不过是相对而言。狮蚁之洞穴与普通红蚁的洞穴相比较可谓巨大。同样,一粒矽土也可被称为一块"石头"。——原注

825

生长在土地之上，而是生长在空气之中。①另外还有一些从其他植物的体内长出，②另有一些则从活着的动物身上获取养分。③此外，还有一些生长时周身发出火光，④另有一些则随心所欲地从一个地方挪到另一个地方。⑤最奇妙的是，我们还发现一种花能按自己的意愿生长、吐香并摇动枝梗，更有甚者，它们还具有人类那种奴役其他生物的邪恶欲望，它们把被奴役的生物关进可怕的单间牢房，直到被监禁者完成指派的苦役。⑥

"唪！"国王说。

---

① 附生兰，属兰科，生长时根部表面附着于树木或其他物体，但并不从附着物中吸收养分——其所需养分全由空气供给。——原注
② 寄生植物，例如生长于马来半岛的神奇寄生草。——原注
③ 斯考韦声称有一类寄生于活动物身上的植物——皮外寄生植物。墨角藻和水藻均属此类。马萨诸塞州赛伦市的J.B.威廉斯先生将来自新西兰的一只昆虫赠给"国家研究院"时附有以下描述："这只被确认为属珊瑚虫或蠕虫的'霍特虫'在阔叶红树下被发现时头上长有一株植物。这种最最奇特的虫子爱在当地红树和毛梨树中旅行，它们从树顶钻进，一路啃食树干直至根部，然后钻出树根而死或蛰朋，植物从其头部长出。虫体完好无损，比活着时更硬。当地毛利人从此虫提取纹身之染料。——原注
④ 在矿井和天然洞穴中我们均发现一种放射强烈磷光的隐花属真菌。——原注
⑤ 红门兰、山萝卜和苋科属鳞茎草。——原注
⑥ "这种花（热带铁线莲）之花冠呈管状，但其顶端收缩成一舌状细管，底端则膨胀为一个球形。管状部分内壁有一圈较硬的茸毛，毛端朝下。球形部分内包含仅由一个子房和柱头构成的雌蕊，以及环绕于周围的雄蕊。但雄蕊甚至比子房还短，不可能将花粉施于柱头之上，而该花在授粉之前又总是昂首直立。因此，若是没有某种特殊的外力帮忙，花粉必然全部撒落于花冠底部。而大自然为这种情况所提供的援助就是一种名为长脚双翅蜂的小小昆虫前来帮忙。这种蜜蜂为采蜜经花冠细管进入球体，四下搜采直到全身粘满花粉，但由于细管内壁的茸毛毛端朝下，就像捕鼠器中的金属丝会聚到一起，双翅蜂无法再原路退出。被囚的双翅蜂急不可耐，东碰西撞寻找出路，直到它一次次碰上柱头，授予柱头足够的花粉使其受精，授粉的结果是花冠开始耷拉下来，茸毛因此而贴向管壁，这样双翅蜂便轻而易举地得以逃生。"（引自帕特里克·基思《植物生理系统》）——原注

"离开那地方之后,我们很快又到了一个帝国,那里的蜜蜂和飞鸟都是学识渊博的天才数学家,所以它们每天都为那个帝国的聪明人讲授几何学。该国皇帝曾悬赏求解两道很难的难题,结果两题均被当场解答——一题是由蜜蜂,而另一题是由飞鸟。但皇帝对它们的答案秘而不宣,只是在经历了许多个年头,进行了最深入而艰辛的研究,并写出了一部卷帙浩繁的巨著之后,人类数学家才终于求出了曾被蜜蜂和飞鸟当场给出的那两个答案。"①

"喔!"国王说。

"那个帝国刚刚从我们的视野消失,我们发现自己又接近了另一个国家的海岸,那里有一大群鸟从我们头顶上飞过,那个鸟群有1英里宽,240英里长,所以,尽管它们每分钟飞行1英里,整个鸟群也花了整整4个小时才完全飞过我们的头顶。这群鸟的数目至少有好几个百万的百万。"②

---

① 蜜蜂,自从其存在以来,建筑其蜂巢就一直采用这样一种边、这样一种数、这样一种倾斜角度,这些边、数、角(在一个牵涉最深奥的数学原理的问题中)已被证明正是蜂巢结构具有最大坚固性和具有最多空间这个统一性所需要的最合理的边、数和角。在上个世纪末期,数学家们提出了这样一个问题,"根据风车之风篷离转动翼以及旋转中心的变化距离,确定出风篷最合理的形态。"这是一个极其复杂的问题,因为换一种说法,这个问题就是要在一段无限变化的距离和无数个支点当中找出一个最佳位置。许多最杰出的数学家的上千次尝试都归于失败。但这个问题最终得到了一个无可争辩的最佳答案,因为人们发现,自从天上有飞鸟以来,鸟的翅膀就早已经给出了这个绝对精确的位置。——原注

② 他在法兰克福和印第安纳之间曾观察到一大群鸽子飞过,鸽群至少有1英里宽;它们全部通过用了4个小时。以每分钟飞行1英里计算,鸽群长度为240英里;假若每只鸽子占1平方码空间,整群鸽子多达22亿只。(F. 霍尔中尉《加拿大与美国之旅》)——原注

"噢!"国王说。

"我们刚一摆脱那个给我们带来不少麻烦的巨大鸟群,马上又惊恐地看到了另一种鸟,这是一只奇大无比的巨鸟,比我在前几次航行中所见到过的那种神鹰还大。哦,最慷慨的哈里发,它比你王宫顶上最大的圆屋顶还大。我们发现这种可怕的鸟没有脑袋,而且整个身子全由肚皮组成,那个又大又圆的肚皮看上去软绵绵,光溜溜,亮闪闪,而且有五颜六色的条纹。那只怪鸟的利爪抓着一间房子,它正带着那房子飞往它天上的巨巢。那间房子的屋顶已被掀掉,我们清楚地看见了屋里的那些人。毫无疑问,他们正在为等待着他们的可怕命运而感到恐惧和绝望。我们竭尽全力高声呐喊,希望能吓得那只鸟丢下它的捕获物,但它只是哼了一声或啐了一口,仿佛感到非常生气,然后它把一个重重的口袋丢到我们头上,后来我们发现口袋里装的是沙子!"①

"瞎说!"国王道。

"正是在这次冒险之后,我们遇上了一块非常辽阔而且坚如磐石的陆地,可是那块陆地却整个儿被驮在一头母牛背上,那头母牛是天蓝色,而且至少有400只角。"②

"这我倒相信,"国王说,"因为我从前在一本书里读到过这样的事。"

"我们直接从那块陆地下穿过(从那头母牛的腿之间游过),几个小时之后,我们来到了一个实在非常奇妙的国家,那个寄生

---

① 怪物指气球,被它抓住的房子是吊舱,被它抛下的是压舱沙袋。
② "大地由一头有400只角的天蓝色母牛驮负。"(引自《可兰经》)——原注

人告诉我，那儿就是他的故乡，居住着和他一样的同类。这极大地提高了那位寄生人在我心目中的位置。实际上，我当时开始为我对他极不尊重而感到羞愧，因为我发现寄生人大体上是一个最有魔力的魔术师民族，他们让虫子生存于他们的大脑之中，①而毫无疑问，虫子痛苦的挣扎扭动有助于刺激他们的想象力，使其达到最神奇的效果。"

"瞎扯！"国王说。

"这些魔术师驯养了几种非常奇怪的动物，例如有一种巨大的马，它的骨骼是钢铁，血液是沸腾的水。它通常的饲料不是燕麦，而是黑色的石块。然而，尽管它的食物那么粗糙，但它却体格健壮，快步如飞，它能拉动比这座城市最大的神庙还重的货物，跑起来比飞得最快的飞鸟还快。"②

"简直是梦话！"国王说。

"另外，我在那些人当中还看见了一只没有羽毛但比骆驼还大的母鸡。这只母鸡以钢铁和砖块代替了骨和肉；同那匹马一样（实际上它们几乎可以说是亲戚），它的血液也是沸腾的开水，它也是除了木头和黑石块别的什么也不吃。这只母鸡常常在一天内孵出100只小鸡；小鸡被孵出后有好几个星期都呆在母鸡的怀抱里。"③

---

① 体内寄生虫或肠虫已屡次在人的肌肉和大脑质中发现。（参见怀亚特著《生理学》第143页）——原注
② 在大西部铁路线伦敦至埃克塞特区间，火车时速已达71英里。一列载重90吨的火车从普丁顿到迪德科特（53英里）只用了51分钟。——原注
③ 1844年在纽约展出的一种孵化器。——原注

"骗人!"国王说。

"这些非凡的魔术师当中的一位还用黄铜、木头和皮革造出了一个人,他把那个人造得非常机巧,以致他下起棋来天下无人是他的对手,[①]只有伟大的哈里发何鲁纳·拉施德例外。这些魔术家中的另一位(用相同的材料)造出了一个家伙,那家伙甚至让它的创造者也感到自惭形秽,因为它的思考能力是那么强,以致它在1秒钟内进行的运算需要5万人花上整整1年才能够完成。[②]但还有一位魔术师更加令人称奇,他为自己造了一个了不起的玩意儿,那玩意儿既不是人,也不是野兽,但它却有用铅做的头脑,其间混有一种像是沥青的黑东西,此外它还有灵巧得令人难以置信的手指,用那样的手指它在1小时内可以毫不费力地抄出两万本《可兰经》,而且所有的抄本都写得完全一模一样,以至于一本书与另一本书之间竟找不出哪怕是头发丝那么细的一点差异。这玩意儿具有极大的威力,它可以不费吹灰之力就建立或推翻最强大的帝国,但它的力量既可以用来行善,也可以用来作恶。"[③]

"荒唐!"国王说。

"这些魔术师当中还有一位血管里流的是火蛇,因为他可以毫无顾忌地坐下来把他的长烟管伸进烤炉猛抽,直到他的晚餐在炉板上完全烤熟。[④]另一位魔术师具有点铁成金的本领,在其变化过

---

[①] 梅尔泽尔发明的自动下棋机。——原注
[②] 查尔斯·巴比奇发明的计算机。——原注
[③] 印刷机在19世纪30—40年代得到极大的改进。
[④] 吐火魔术师沙贝尔(John Xavier Chabert),以及他之后的上百人。——原注

程中他连看都不看一眼。①另有一位其触觉是那样敏感，以至于他能让一根金属丝细得看不见。②另一位则具有极其敏锐的知觉力，他能数清一个弹性物体的全部运动，哪怕这个物体以每秒钟九亿次的频率来回弹跳。"③

"荒谬！"国王说。

"这些魔术师中的另一位，凭借一种从来没人见过的液体，能使他朋友的尸体踢腿挥臂，打架搏斗，甚至站起来随意跳舞。④另一位把他的声音练得那么响亮，以至于他在地球一端说话另一端也能听见。⑤另一位有一条非常长的手臂，以致他人坐在大马士革而手却能在巴格达写信（实际上无论多远的距离他都能这样做）。⑥另一位命令闪电从天上到他身边，闪电遵命而来，供他作玩物。另一位用两个响亮的声音制造了一片寂静。另一位用两道耀眼的光制造了一片黑暗。⑦还有一位从炽热的熔炉里造出了

---

① 电铸术。——原注

② 为造望远镜镜头，威廉·海德·沃拉斯顿用白金锻制出了只有千分之十八英寸那样细的金属丝。这种细丝只有用显微镜才能看见。——原注

③ 牛顿证明，视网膜在紫色光的影响下，每秒钟振颤9亿次。——原注

④ 伏打堆。——原注

⑤ 电报在一瞬间传达信息，至少在地球上的任何距离内可以这样认为。——原注

⑥ 电文打印机。——原注

⑦ 普通物理学实验。如果两道红光从不同光源点射入一暗室并汇聚于一白色表面，而其波长相差0.0000258英寸，它们的亮度增加一倍。如果其波长差是上述小数的任何整数倍数，结果也是如此。假若该小数变成其21/4倍、31/4倍……，结果会只剩下一道光的亮度；但若变成其21/2、31/2倍……，结果就是一片黑暗。当两道紫色光的波长差为0.0000157英寸时，也会产生上述结果。这种结果对其他各色光也是一样，其波长差按从紫色到红色的相同比值增加。对声音进行类似的实验可得到类似的结果。——原注

冰。①另一位则命令太阳为他画像，而太阳从命。②另外还有一位把太阳、月亮和其他星体一并揽到手，先是非常精确地称出它们的重量，然后又刺探它们内部深处，并发现了构成它们的物质之密度。不过那整个种族的确是具有非常惊人的魔力，所以不仅连他们的孩子，甚至连他们普通的猫狗都可以轻而易举地看见压根儿就不存在的物体，或者说看见在他们那个种族诞生之前两千万年就已经从宇宙表面被抹去了的东西。"③

"荒谬绝伦！"国王说。

"这些法力无边、聪明无比的魔术师的妻子们和女儿们，"山鲁佐德继续往下讲，毫不理会她那位缺乏教养的丈夫的再三打岔，"这些杰出的魔术师的妻子们和女儿们，她们可全都多才多艺，温文尔雅；若不是被一种不幸的灾祸袭扰，她们可称得上最最有趣，最最漂亮，而她们的丈夫和父亲所具有的魔力也一直没法把她们

---

① 置铂坩埚于酒精灯上，使其炽热，倒入一定量硫酸，硫酸在常温下虽然极易挥发，但在炽热的坩埚里则会被发现变得完全稳定，一点也不挥发。事实上，由于被其自有的一层空气包围，硫酸并未接触坩埚表面。这时加入几滴水，酸立即与炽热的埚面接触，并化为硫酸气急速挥发，由于挥发速度极快，结果把水的热量也一并带走，失去热量的水变成冰留在埚底；抓住其融化之前的一瞬间机会，便可从炽热的熔埚中取出冰块。——原注

② 银板照相术。——原注

③ 虽然光的传播速度是每秒16.7万英里，但天鹅座61号星（唯一被测定了距离的恒星）之遥远仍然是那么难以想象，它发出的光竟然需要10年以上才能到达地球。至于那些更远的星体，估计需要20年乃至1000年也许并不为过。所以，即使它们在20年前或1000年前就已经湮灭，我们今天仍能凭它们在湮灭之前发出的光而看见它们。我们每天所看见的星星有许多实际上已经湮灭，这种情况并非不可能——甚至很可能是事实。老赫歇尔声称凭他的大型天文望远镜所观测到的亮度最弱的星系，其光到达地球肯定经历了300万年。那么，被罗斯勋爵的望远镜所观测到的一些星系，其光到达地球至少也得1000万年。——原注

从那种灾祸中解救出来。灾祸出现的形式非此即彼，但我所讲的这种灾祸却是以一种怪念头的形式出现。"

"一种什么？"国王问。

"一种怪念头。"山鲁佐德说，"有一位总在伺机作恶的恶魔把这个怪念头放进了那些优雅女士的脑袋，使她们认为我们所形容的人体美完全在于腰背下面不远之处隆起的那个部位，她们宣称，美丽可爱与那个部位的隆高程度成正比。由于那些女人长期拥有这种观念，加之那个国家的枕垫又非常便宜，所以要区分一个女人和一头单峰骆驼的可能性在那个国度已早就不复存在……"[①]

"住口！"国王说，"我再也听不下去了，也不想再听。你这些谎言早已经使我头痛欲裂。再说，我发现天已经在开始亮了。我们结婚已有多久了？我的良心又在感到不安。还有就是你说的单峰骆驼。你把我当傻瓜？总而言之，你最好是起床去准备被勒死。"

正如我从《是与否》一书所得知，这些话令山鲁佐德既伤心又惊讶。但是，她知道国王是一个认真而诚实的人，不大可能收回他说出的话，所以她非常爽快地顺从了她的命运。不过当脖子被越勒越紧之时，她从沉思中得到了极大的安慰，她想到还有许多故事没来得及讲，想到她残忍而性急的丈夫已经遭到了应得的报应，因为他再也听不到那许许多多令人难以想象的冒险故事。

（1845）

---

[①] 爱伦·坡对裙撑（支撑并且使女裙后部高高隆起的支架或衬垫）的嘲讽又见于《眼镜》和《未来之事》。

833

# 与一具木乃伊的谈话

对我的神经来说，前一天晚上的讨论会稍稍有点过分。我感到头痛得厉害，而且非常困倦。因此我没有按原计划出门去消磨夜晚，而是想到了最好在家吃点东西，然后立即上床睡觉。

当然是一顿分量很少的晚餐。我总是很爱吃威尔士调味乳酪。虽说一次超过一磅在任何时候都不可取。不过来上两磅并不会有实质性的妨害。而二和三之间其实只差一。或许我冒险尝试过四。我妻子会允许五，但她显然混淆了两种性质截然不同的东西。我乐于接受"五"这个抽象的数，但具体说来它指的是黑啤酒的瓶数，说到调味食品，没有黑啤酒最好别尝试威尔士乳酪。

就这样吃过一顿节约的晚餐，我怀着平静的希望戴上睡帽，唯愿能一觉睡到第二天中午。我把头放上了枕头，由于问心无愧，眨眼之间就进入了一种酣睡状态。

可人类的愿望何时得到过满足？我还未能打完第三个呼噜，大门外就传来了吵闹的铃声，接着有人性急地敲打门环，声音顿时把我惊醒。一分钟后，当我还在揉眼睛，我妻子劈脸丢给我一张便条，便条是我的老朋友庞隆勒医生写来的。其内容如下：

我亲爱的好朋友，收到此条后请务必尽快来我处。来吧，来增添我们的快乐。经过锲而不舍的周旋，我终于征得了市博物馆理事会的同意，开棺检查那具木乃伊，你知道我说的哪具。我还获得允许，如果需要，可解开缠裹物并进行解剖。只有几位朋友到场，你当然是其中之一。木乃伊现已在我家，我们将于今晚11点开棺。

你忠实的庞隆勒

待我读到庞隆勒的签名时，我方觉被猛击了一掌，顿时完全清醒。我欣喜若狂地从床上一跃而起，撞翻了所有挡道的东西，以惊人的麻利穿好衣服，然后以最快的速度出门直奔医生家。

我发现迫不及待的朋友们已聚集在那里。他们等我已经等得不耐烦。那具木乃伊早已被放上餐桌，我一进屋对它的考察就马上开始。

这具木乃伊是庞隆勒的表兄阿瑟·萨布雷塔什船长几年前带回来的两具中的一具。发掘出它的那座陵墓位于远离尼罗河岸底比斯古城的利比亚山区中埃勒斯亚斯附近。该地区的墓穴虽比不上底比斯那些石墓壮观，但由于它们能提供更大量的关于古埃及民间生活的实证，因而引起了世人更大的兴趣。据说发掘出我们这具标本的那个墓室就有许许多多那样的实证。墓室的墙壁完全被壁画和浮雕所覆盖，而墓中的雕像、花瓶以及图案精美的镶嵌工艺品则显示出死者生前的富有。

这件珍宝一直按萨布雷塔什船长发现它时的原样丝毫未动地存放在博物馆里，也就是说，棺材迄今尚未开过。8年来它就这样放置，只让公众参观其外表。所以，现在由我们支配的是一具完整的木乃伊。而凡是知道这种未遭洗劫的古代瑰宝到达我们的海岸是多么难得的人，都能一眼就看出我们有充分的理由为我们的好运而感到庆幸。

走近桌边，我看到放在上面的是一个大盒子，或者说大箱子，差不多有7英尺长，大概有3英尺宽，高度约为两英尺半。箱子是长方形，不是棺材形状。我们开始以为其质地是埃及榕木（悬铃木），但经切割却发现是人造木板，或更正确地说，是用纸莎草为原料造的混凝纸浆板。棺材上密密麻麻地绘着表现葬礼场面和其他一些悲哀主题的图画，其间在每一个不同的方位都有一串象形文字，这些字符无疑是代表死者的姓名。幸亏格利登先生是我们中的一员，他能毫不费力地翻译那些字符，那些发音简单的字符所代表的名字读作阿拉密斯塔科[①]。

我们费了点力才弄开那个箱子而没有对它造成损坏，但完成这一工作后我们又遇到了第二个木箱，这一个是棺材形状，尺寸比外边的一个小得多，但在其他方面都一模一样。两个箱子之间的空隙填满了树脂，这在某种程度上毁损了里面一个的色彩。

打开这第二个木箱（这次开得很容易），我们又发现了第三个，又是棺材形状，与第二个没有什么不同，只是它的质地是杉木，还散发出那种木料特有的芳香。第二个箱子与第三个之间没有填充物，两个箱子紧紧相扣。

打开第三个箱子，我们发现并取出了木乃伊本身。我们本以

---

① "阿拉密斯塔科"之原文是Allamistakeo，英语国家的读者很容易读出其寓意"All a mistake, O!"（啊，全盘皆错！）。

为会像通常一样发现它被包裹在一层层亚麻布带或绷带之中，可结果我们却看到了一种纸莎草做的缠裹物，外面涂有一层镀金描画的熟石膏。石膏上的绘画主题表现了所想象的该灵魂的各种义务，它被引荐给诸神的场景，以及许多完全相同的人物形象，后者很有可能就是为制作木乃伊的人所画的像。包裹着的木乃伊从头到脚就是一块柱形或竖形的碑，上面铭刻着表音象形文字，再次给出了死者的姓名头衔以及他亲属的姓名头衔。

在这样缠裹着的脖子上，套着一个柱形玻璃珠项圈，玻璃珠五光十色，其排列形式构成诸神和圣甲虫等的化身，伴着那个有翅膀的太阳。腰部也有一个同样的项圈，或者说腰圈。

剥掉那层纸莎草，我们发现尸体保存得完好无损，没有丝毫异味。尸体表面呈红色。皮肤结实、平滑而富有光泽。牙齿和头发完好如初。眼睛（似乎）被剜去，代之以玻璃眼珠，显得非常漂亮并逼真得令人惊叹，只是目光之凝视多少显得过于坚毅。手指和脚趾的指甲都被镀了亮晃晃的金。

格利登先生认为尸体表层的红色完全是由于沥青所致，但用一钢具轻刮表层并将刮下的一点粉末投入火中，樟脑味和另一些树脂的芳香味清晰可闻。

我们非常仔细地在尸体上寻找通常取出内脏的开口，但令我们吃惊的是竟然未能找到。而当时在场的人，竟无人知晓完整的或没有开口的木乃伊并非不常遇见。制作木乃伊的惯例是从鼻孔取出脑髓，在体侧切一开口掏去内脏，接着剃须，洗净，浸以盐，然后放上几个星期，最后才开始那种被严格地称之为"香存"的涂油填香处理。

由于没找到任何切口的痕迹，庞隆勒医生开始摆弄器具准备实施解剖。这时我注意到时间已是深夜两点，于是大家一致同意把体内考察推迟到第二天晚上进行。当我们正要分手离去，有人突然提议用伏打电堆来进行一两次实验。

为一具至少已有三四千年历史的木乃伊通电，这主意即使说不上聪明绝顶也足够新鲜，我们大家顿时都想一试。怀着一分认真九分玩笑的心情，我们在医生的书房里准备好了电池组，并把那个埃及人搬进了书房。

我们费了好一番手脚才终于将尸体的太阳穴肌肉裸露，那里的肌肉显得不像尸体的其他部分那么僵硬。但正如我们所料，通电之后尸体对电流理所当然地没有任何感应的迹象。这第一次实验的结果的确显得非常明确，随着一阵对这种荒唐行为的自我嘲笑，我们互道晚安准备回家，这时我的目光无意之间落在了那具木乃伊的眼睛上，并立即在惊奇中被吸引住了。其实我最初短短的一瞥已足以使我相信，那双我们都以为是玻璃珠的眼睛，那双刚才显而易见是大睁着的眼睛，现在已基本上被眼皮遮住，只剩下很少一点白膜还可被看见。

我高声提请大家注意，大伙儿马上就注意到了这个明显的事实。

我不能说我当时因那种现象而感到了惊恐，因为"惊恐"二字于我当时的情形并不精确。不过要不是有黑啤酒垫底，我很可能当场发神经病。至于其他诸位，他们当时的确没有试图掩饰其明白无误的丢魂丧魄。庞隆勒医生的惊骇状实在让人可怜。格利登先生以一种奇特的步伐逃得无影无踪。而我相信，西尔克·白金汉先生还不至于无耻到否认下列事实的地步，他当时手脚并用爬到了桌子下边。

不过，待我们从第一阵惊吓中回过神来，我们理所当然地决定马上着手进一步实验。这一次我们把接线点选在木乃伊右脚大拇趾上。我们在拇趾籽骨外切开一道口子，把电线接到扩展肌深处。然后我们调整了电池组，直接对分叉神经通电。这时，随着一阵颇似生命迹象的运动，那具木乃伊先是屈卷起右膝，卷得差一点碰到腹部，然后以惊人的力量猛一伸腿，一脚踢中庞隆勒医生，竟踢得那位绅士像离弦之箭飞出窗口，掉在了窗外的大街上。

我们蜂拥而出，想去收回那位牺牲者血肉模糊的尸骨，但却幸运地在楼梯口碰到了他，他正以一种令人莫名其妙的仓促劲儿匆匆上楼，洋溢着一种最热烈的镇静，并且比刚才更加认识到有必要进行我们严谨而热心的实验。

因此我们依照他的建议，当即在被实验者的鼻尖切开了一道深口，医生本人下手最狠，他使劲儿地拉扯鼻子接上电线。

无论以精神而论还是就肉体而言，不管从比喻上说还是照字面上讲，实验的结果都可谓惊心动魄。其一是尸体睁开了眼睛，并且一连飞快地眨动了好几分钟，就像巴恩斯先生在哑剧里表演的那样；其二是它打了一个喷嚏；其三是它坐了起来；其四是它迎面给了庞隆勒医生一拳；其五是它转向格利登和白金汉二位先生，用地道的古埃及语对他俩说道：

"我必须说，先生们，我对你们的行为既感到诧异，又感到屈辱。对庞隆勒医生我本来就没指望他干出什么好事。他是个不知好歹的可怜的小小的胖胖的白痴。因此我怜悯他并且原谅他。而你，格利登先生，还有你，西尔克，你俩一直在埃及旅行和居住，别人也许会以为你们在那儿土生土长。你，正如我刚才所说，在我们当中生活了那么长的时间，以致我认为你讲埃及语之流利就像你用自己的母语写作么流畅。而你，我从来就看作是木乃伊之忠实朋友的你，我本来真指望你的行为能更像一名绅士。可你俩见我受到这等无礼对待却袖手旁观，这叫我作何感想？在这样冷的鬼天气，你俩却允许毫不相干的普通人打开我的棺材，脱掉我的衣服，这又叫我作何感想？（说关键的一点）你们唆使并帮助那个可怜的小恶棍庞隆勒医生拉扯我的鼻子，这究竟要我以什么眼光来看待你们？"

读者肯定会理所当然地认为，在当时那种情况下听见这番话，我们要么夺门而逃，要么歇斯底里发作，要么干脆当场晕倒。我所说的这三种行为都可以被料到。实际上它们似乎都很有可能发生。可我发誓，我迄今尚不明白是怎么回事，为什么这三种行为中的任何一种都没有被我们当中的任何一人采用。不过，这真正的原因也许该从时代精神中去寻找，这种精神完全按反向判断的规律发展，而且现在通常被认为是所有自相矛盾和不可能的事情之解答。或许那原因仅仅在于木乃伊那种非常自然和注重事实的神态，那种神态使他的话听起来并不可怕。但无论原因是什么，事实却非常清楚，当时我们中没有一人表现出特别异常的惊恐，或是看上去好像认为事情出了什么特别异常的差错。

至于我自己，我确信事情完全正常，因而只往旁边挪动了一下，避开那位埃及人拳头所及的范围。庞隆勒医生把双手插进裤兜，紧紧盯着木乃伊，脸上臊得面红耳赤。格利登先生捋了捋他的连鬓胡，并竖起了他的衬衣衣领。白金汉先生耷拉下脑袋，而且把右手拇指放进了嘴巴左角。

那位埃及人表情严肃地将他打量了几分钟，最后冷笑了一声说："你干嘛不说话，白金汉先生？你没听见我刚才问你什么？请把你的拇指从嘴里拿出来！"

于是白金汉先生略为一惊，从他嘴巴的左角抽出了右手拇指，同时作为补偿，又将左手拇指塞进了上述那个缝隙的右角。

见不能从白金汉先生口中得到回答，那埃及人愤然转向格利登先生，以一种命令的口气要他大体上解释一下我们的用意是什么。

格利登先生用古埃及语做了极为详细的回答。若不是美国缺乏印刷象形文字的条件，我会非常乐意用原文一字不漏地记录下他那番非常精彩的讲话。

我最好趁这个机会说明，以下有那位木乃伊参加的谈话全部是用的古埃及语，就我自己和其他几位未曾远行过的人而论，则由格利登先生和白金汉先生充当翻译。这二位先生讲那位木乃伊的母语真是无与伦比地优雅流利。但我不能不注意到（无疑是为了向那位异乡人介绍一些完全现代，当然也就完全新颖的概念），这两位旅行家有时也被迫采用一些切合实际的方式来传达一个特殊的意思。比如说格利登先生一时间没法让那位埃及人明白"政治生活"一词的含义，于是他只好用炭笔在墙上画出一个衣冠不整、有酒糟鼻的小个子绅士，那绅士左腿朝前，右臂甩后站在一个讲坛上，紧握拳头，眼望苍天，嘴巴张成一个90度角。同样，白金汉先生也没法用语言传达"假发"这一绝对现代的概念，最后（在庞隆勒医生的建议下）他脸色发白地同意揭下自己头上的实物。

不难理解，格利登先生的那番演说主要是在论述发掘和解剖木乃伊给科学带来的极大好处。他同时也为这样做有可能给他，具体说就是给这位名叫阿拉密斯塔科的木乃伊所带来的任何骚扰表示歉意。结束时他给出了一个暗示（因为这几乎只能被视为暗示），由于这些无关紧要的小事已经解释清楚，最好是按原计划继续进行调查研究。这时庞隆勒医生准备好了他的器械。

对那位雄辩家最后提出的暗示，阿拉密斯塔科似乎感到了某种良心上的不安。这种不安的性质我不甚清楚。不过他表示他本人对刚才的正式道歉感到满意，然后他跳下桌子，同在场的各位一一握手。

握手仪式一结束，我们立刻就忙着修补刚才解剖刀在我们的被实验者身上留下的创伤。我们缝合了他太阳穴上的伤口，用绷带包扎好他的右脚，并在他的鼻尖上贴了一块1英寸见方的黑膏药。

这时大家才注意到伯爵（这似乎是阿拉密斯塔科的头衔）有点微微发抖，这无疑是天冷的缘故。医生马上奔向他的衣柜，并很快就取来了一件詹宁斯服装店最佳式样的黑色燕尾服、一条天蓝色加条纹的方格花呢裤子、一件方格花布的粉红色女式衬衫、一件宽大的花缎背心、一件白色的男士短外套、一根带钩的手杖、一顶无檐的帽子、一双漆皮高筒靴、一双淡黄色小山羊皮手套、一副眼镜、一副胡须，外加一条长长的领带。由于伯爵和医生的身材尺寸不同（两者的比例为二比一），把那堆服饰穿到埃及人身上还有一点小小的困难；不过当一切拉扯停当，他可以说是被打扮了一番。所以格利登先生让他挽住他的胳膊，把他领向壁炉边一张舒适的椅子，而医生则当即摇铃叫仆人马上送来了雪茄和葡萄酒。

谈话很快就变得轻松活跃。当然,对阿拉密斯塔科依然还活着这一多少有点惊人的事实,大家都表现出了强烈的好奇心。

"我本来以为,"白金汉先生说,"你早已死了。"

"噢,"伯爵非常惊讶地答道,"我才700岁出头一点!我父亲活了1000岁,而且死的时候一点没老糊涂。"

伯爵的话引起了一连串的提问和推算。结果证明,以前对这具木乃伊年轮的估计是大大错了。原来自从他被放入埃勒斯亚斯附近的墓穴,已经过去了5千零50年零几个月。

"可我的话,"白金汉先生重提话头,"与你被埋葬时的年龄无关,事实上我乐于承认你现在仍然是个年轻人,我的意思是说你被埋葬后那段漫长时间,据您刚才的模样来看,就是你是被包裹在沥青里的那段时间。"

"在什么里?"伯爵问。

"在沥青里。"白金汉先生重复道。

"啊,原来如此,我多少明白了你想说什么。这问题无疑值得一答,在我那个时代,我们除了二氯化汞几乎不用别的东西。"

"可我们最弄不懂的问题,"庞隆勒医生说,"就是5000年前你就已经死亡并被埋葬在埃及,怎么会今天在这儿复活,而且看上去精神这么好。"

"如果我真像你所说的已经死亡,"伯爵回答,"那我现在很可能仍然是一具僵尸,因为我发现你们还处在流电疗法的初级阶段,用这玩意儿在我们那个时代连件普通的事也做不成。可实际情况是,我当时陷入了强直性昏厥,而我最好的朋友们认为我已死去或可能会死去,因此他们立刻把我香存了起来。我相信你们都知道香存作用的基本原理?"

"这个,并不完全知道。"

"啊,我明白了。多么可悲可叹的愚昧状态!好吧,我现在也没法详细讲解,但有必要说明,在埃及,香存(严格地说)就是让全部肉体功能在其作用下无限期中止。我是在最广泛的意义上使用'肉体'一词,它包括除了精神和生命存在之外的生理存在。我再重复一遍,对我们来说,香存的主要原理就在于让全部肉体功能在其作用下立即暂停,并保持无限期的中止。简言之,被香存者当时处于什么状态,那他就保持什么状态。而我有幸具有圣甲虫的血缘,所以我被香存时仍然活着,就像你们现在所看见的我一样。"

"圣甲虫的血缘!"庞隆勒医生失声道。

"是的。圣甲虫是一个显赫但人丁不旺的贵族世家的标志,或者说'纹章'。具有'圣甲虫的血缘'不过是说属于那个家族的一员。我刚才是用的象征说法。"

"可这与你现在还活着有什么关系?"

"对啦,按照埃及的一般习俗,尸体被香存之前得掏去内脏和脑髓,唯有圣甲虫家族不依从这一习俗。所以,我若不是圣甲虫家族的一员,那我早就没有了内脏和脑髓。而没有这两样东西,活下去将有诸多不便。"

"这下我明白了,"白金汉先生说,"而且我猜想,所有到手的完整木乃伊都属于圣甲虫家族。"

"这毋庸置疑。"

"我想,"格利登先生非常温和地说,"圣甲虫是埃及诸神之一。"

"埃及诸什么之一?"那位木乃伊突然站起身来惊问道。

"诸神!"旅行家重说了一遍。

"格利登先生,听你这么说我都感到害臊,"伯爵说这话重新坐回椅子。"这星球上没有哪一个民族不是从来就承认只有一个神。圣甲虫、灵鸟之类于我们(就像类似的生物于其他民族),只是一些象征,或者说通神媒介,我们通过他们向一位创造者奉献我们的崇拜,那位创造者太伟大,不容更直接的崇敬。"

这下出现了一阵沉默。最后庞隆勒医生重新提起了话头。

"据你刚才的一番解释,"他说,"那在尼罗河畔的那些墓穴里还有其他活着的圣甲虫家族的木乃伊,这也并非不是不可能的事。"

"这一点毫无疑问,"伯爵回答,"所有尚活着便被偶然香存的圣甲虫家族成员,那现在都还活着。甚至有些故意被香存者也有可能被他们指定的解存者忽略,因而现在还躺在坟墓里。"

"请你解释一下好吗,"我说,"你说的'故意被香存'是何意思?"

"非常乐意,"那具木乃伊从眼镜后面从容不迫地把我打量了一番,然后才回答,因为这是我第一次冒昧地直接向他提问。

"非常乐意,"他说,"我那个时代人的平均寿命是800岁左右。若非特别的意外事故,很少有人在600岁之前死去;极少数人也能活上1000年;但800岁被视为自然期限。在发现我已经给你们讲过的香存原理之后,我们的哲学家们认为一种值得称赞的好奇心可以被满足,而与此同时,用分期生活的方式来过完这一自然期限对科学也会大有益处。其实就历史而论，经验也证明这种方式必不可少。比如说一位500岁的历史学家，他可以呕心沥血地写成一本书，然后让自己被小心地香存，事先给他的解存人留下指示，他们应该在多少年之后使他复活，比如说500年之后或600年之后。而待他到期复活过来，他一定会发现他那部巨著早已变成了一个杂乱无章的笔记本，也就是说，变成一个文学竞技场，一群怒气冲冲的评注家正在上面争吵，他们那些相互矛盾的推测和哑谜正在上面倾轧。那位历史学家会发现，这些打着注解旗号或借以校勘名义的猜测臆断已完全歪曲、遮掩和淹没了正文，结果作者本人不得不打着灯笼去寻找他自己的书。待把书找到，才发现该书已毫无费心去搜寻的价值。鉴于该书已被彻底歪曲，人们会认为那位历史学家有一项义不容辞的责任，那就是根据他个人的知识和经验，立即着手纠正当代人关于他原来生活的那个时代的传说。正是凭着几位不同时期的哲人所进行的这种重新和亲自校订，我们的历史才免于堕落为纯粹的天方夜谭。"

"对不起，"这时庞隆勒医生用手轻轻拍了拍埃及人的胳膊，说道，"请原谅，先生，我能打断你一下吗？"

"当然可以，先生，"伯爵一边回答一边挺直了身子。

"我只想问你一个问题，"医生说，"你刚才讲那位历史学家亲自纠正关于他那个时代的传说。那请问先生，按平均数计算，这些神秘经正确的部分通常占多大比例？"

"神秘经，正如先生你恰当地称呼，通常被发现与未经重写的史书本身所记载的内容完全一致；也就是说，迄今所知的这两者中之任何一种的任何一点在任何情况下都是完全彻底的大错特错。"

"可是，"医生继续道，"既然你在陵墓中至少过了5000年这一点非常清楚，那我当然认为你们那个时期的历史（如果不是传说）对世人普遍感兴趣的一个话题，即上帝创世这个话题，也是足够清楚的，正如我假定你也知道的一样，上帝创造这个世界仅仅发生在你们那个时代大约1000年前。"①

"你说什么，先生！"阿拉密斯塔科伯爵问道。

医生把他的话又复述了一遍，但只是在加了大量解释之后，那位异乡人才终于明白了这番话的意思。最后他吞吞吐吐地说：

"我承认，你提到的那些概念，对我来说完全新颖。在我那个时代，我从不知道任何人怀有这么新奇的怪念头，竟认为宇宙（或者说这个世界，如果你们愿意这么说）有一个开端。我记得有一次，而且只有那么一次，我听一位智者隐隐约约地暗示过有关人类起源的事。这位智者使用了你们所使用的亚当（或者说红土）这个字眼。但他是从广义上使用这个字，与从沃土中的自然萌发有关（就正如上千种低等生物自然萌发那样），我是说五大群人类之自然萌发在这个星球上五个几乎相等的不同区域同时发展。"

这时几乎所有在场的人都耸了耸肩头，其中一两位还带着意

---

① 基督教右派"创世论"认为人类历史只有约6000年，其根据是按《旧约》记载的亚当及其后裔的年岁推算，如大洪水泛滥时距上帝造亚当过了1656年（亚当130岁生赛特，赛特105岁生以挪士，以挪士90岁生该南，该南70岁生玛勒列，玛勒列65岁生雅列，雅列162岁生以诺，以诺65岁生玛士撒拉，玛士撒拉187岁生拉麦，拉麦182岁生挪亚，挪亚600岁时发大洪水），挪亚的曾孙宁录去亚述建尼尼微时距洪水泛滥又过了大约100余年，而亚述古国的历史大约从公元前2500年至公元前612年。

味深长的神情触了触他们的额顶。西尔克·白金汉先生先是轻蔑地看了阿拉密斯塔科的后脑勺一眼,接着又看了他前额一眼,最后发表议论如下:

"你们那个时代寿命的长度,加之你所解释的那种分期生存的偶然实施,肯定都非常有助于知识的全面发展和积累。因此我敢说,与现代人相比,尤其是与新英格兰人相比,我们应该把古埃及人在所有科学项目方面的不发达完全归因于他们头盖骨较大的体积。"

"我再次承认,"伯爵非常谦和地说,"我对你的话又有点不知所云。请问你说的科学项目指的是什么?"

于是我们七嘴八舌地为他详细讲述了骨相学之假定和动物磁性说之奇妙。

听完我们的介绍,伯爵谈起了几件轶事,这些鲜为人知的往事证明,加尔[①]和施普尔茨海姆[②]的骨相学在早得几乎已被人遗忘的年代就曾经在埃及兴盛并衰落,而与创造了虱灾蝗灾及其他许多类似神迹的底比斯法师那些真实的奇迹[③]相比,梅斯默尔[④]那套动物磁性说真是不足挂齿的雕虫小技。于是我问伯爵,他那个时

---

[①] 加尔(Franz Joseph Gall, 1758—1828)奥地利解剖学家,骨相学之创始人之一。

[②] 施普尔茨海姆(Johann Christoph Spurzzheim, 1776—1832),德国医生,加尔的学生和合作者,是他把加尔的骨相学理论发展成为完整的体系。

[③] 底比斯法师指摩西和亚伦。二人行神迹之事参见《旧约·出埃及记》第8—10章。

[④] 梅斯默尔(Franz Anton Mesmer, 1734—1815),奥地利医生,磁性(催眠)治疗学之创始人。

代的人是否能计算出日食月食。他非常傲慢地一笑，回答说能够。

这使我有点难堪，但我接着又问他一些有关天文学知识方面的问题。这时我们当中的一位还没开口过的成员把嘴凑近我耳边低声说道，关于这个话题，我最好去查阅托勒密的书（托勒密是谁）①，另外再读读普卢塔克的《月相说》。

于是我问木乃伊关于凹透镜和凸透镜，并大体上问他关于透镜的制造。可不待我把问题问完，那位寡言先生又悄悄碰了碰我的胳膊肘，求我看在上帝的份儿上务必翻一翻狄奥多罗斯的《历史丛书》。至于伯爵，他只是以问代答，反问是否我们现代人拥有能使我们雕出埃及贝雕风格的显微镜。我正在思考该如何作答，小个子庞隆勒医生突然以一种令人惊奇的方式插了进来。"请看看我们的建筑！"他高声嚷道，两位怒不可遏的旅行家拧得他身上青一块紫一块也没能制止住他丢人现眼。

"请看，"他热情洋溢地高喊，"请看看纽约的鲍林格林喷泉！如果这看起来太大，那就先看看华盛顿的国会大厦！"这位好心的小个子大夫接着便详细谈论起他所提到的那座建筑之宏大。他解释说，单是那门廊就装饰有整整24根大圆柱，圆柱直径为5英尺，间距为10英尺。

伯爵说，他遗憾的是一时间记不起阿佐纳克古城那些建于史前时代的主要建筑中任何一座的精确尺寸，只记得他进入陵墓之前，那些建筑的废墟依然耸立在底比斯城西面辽阔的沙土平原上。

---

① 托勒密的父母虽然都是希腊人，但他出生在埃及，并长期在亚历山大城求学和工作。

不过（说到圆柱门廊），他想起了底比斯郊外一个叫卡纳克的地方有一座小小的神殿，该殿的门廊由144根圆柱构成，每根圆柱的周长为37英尺，柱与柱之间相距25英尺。从尼罗河边到那个门廊要经过一条两英里长的通道，通道两边建有20英尺高的狮身羊头像、60英尺高的各类雕像和100英尺高的方尖塔。（像他所能记清楚的那样，）神殿本身的一个侧面有两英里长，而神殿方圆大概共有7个侧面。其墙壁内外都绘满了艳丽的图画，其间描绘有难解的字符。他不能妄自断言那些墙内能建下50座还是60座医生所说的国会大厦，但他说要塞进二三百座那样的大厦肯定会碰上点麻烦，因为卡纳克神殿毕竟是一座微不足道的小建筑。然而，他（伯爵）不能昧着良心拒绝承认医生所描述的鲍林格林那座喷泉之精巧、之壮观、之超凡绝伦。他被迫承认，无论在埃及还是在其他地方都不曾见过类似的建筑。

这时我问伯爵他对我们的铁路想说点什么。

"没什么特别要说的。"他回答。它们很不结实，设计相当不合理，结构也粗陋笨拙。它们当然不能够比拟古埃及那种庞大的、水平的、笔直的凹沟铁道，古埃及人曾在上面运送过整座整座的神庙和150英尺高的完整的方尖塔。

我谈到了我们强大的机械动力。

他承认我们对机械略有所知，但又问我该用什么方法把拱墩放上哪怕是小小的卡纳克神殿的过梁。

对这个问题我决定听而不闻，并继续问他是否对自流井有任何概念。可他只是扬了扬眉头，而格利登先生则使劲朝我眨眼睛，并悄声告诉我受雇在大绿洲钻井找水的工程师们最近已经发现了一口。

于是我提到了我们的钢。但那位异乡人翘起他的鼻子,问我们的钢是否能雕刻方尖塔上那种全凭铜制利器雕刻出的线条清晰的浮雕。

这下把我们问得张口结舌,于是我们认为最好是把话锋转向形而上学。我们派人取来一本名叫《日晷》的刊物,选读了一两章关于某种不甚明了、但却被波士顿人称之为"伟大运动"或"进步"的东西。

伯爵仅仅说那种伟大运动在他那个时代是糟糕透顶的平凡之事,至于说进步,它一度也是件令人讨厌的事,但它从来没有进步。

于是我们谈起了民主的美妙无比和极其重要,挖空心思地要给伯爵留下一个适当的印象,让他意识到我们生活在一个有自由参政权而没有国王的地方所享受到的诸多好处。

他听得津津有味,而且实际上显出了极大兴趣。待我们讲完,他说很久以前他们那儿曾发生过非常相似的事。埃及的13个州一致决定实行自由,从而为全人类树立一个极好的榜样。他们集中了所有的智者,编出了所能构想出的最精妙的法典。一时间他们也应付得相当成功,只是他们吹牛说大话的习性根深蒂固。结果,那13州与另外15或20个州的合并使自由政体变成了地球上所听到过的最令人作呕、最不能容忍的专制制度。

我问篡权的专制暴君叫什么名字。

据伯爵的回忆,专制暴君名叫乌合之众。

对此不知说什么才好,于是我提高嗓门,为埃及人对蒸汽的无知而感到遗憾。

伯爵惊讶万分地盯着我，但却没有作答。可那位寡言绅士用肘狠狠戳了戳我的肋骨，告诉我这一次已充分暴露自己，并问我是否真是那样一个白痴，竟然不知道现代蒸汽发动机是由法国工程师所罗门·德科根据希罗①的发明改进得来的。

此时我们眼看就要陷入狼狈不堪的境地，可碰巧庞隆勒医生又重振旗鼓杀回来营救我们，他质问是否古埃及人真的痴心妄想在所有重要的服装项目上与现代人一决雌雄。

听完这话，伯爵低头看了看他裤子上的条纹，随后又撩起他那件燕尾服的一边后摆，凑到眼前打量了好几分钟。最后他丢开那条燕尾，嘴巴慢慢张开到最大程度，但我不记得他回答了任何只言片语。

于是我们又恢复了元气，医生神态庄重地走到木乃伊跟前，希望他以一名绅士的名誉担保，老老实实地说出是否埃及人在任何时期知道过庞隆勒片剂或布兰德雷斯药丸②的加工制造方法。

我们非常急切地期待他的回答，但结果却是白等一阵。那答案并非唾手可得。埃及人终于面红耳赤地耷拉下了脑袋。从不曾有过比这更尽善尽美的胜利，也从不曾有过比这更不甘心的失败。实际上我简直不忍心去看那位可怜的木乃伊脸上的屈辱和羞愧。我伸手触了触帽檐，礼节性地朝他点了点头，然后告辞离去。

---

① 希罗（Hero of Alexandria），公元一世纪希腊哲学家，第一台蒸汽动力装置的发明者。

② "庞隆勒片剂"是作者的杜撰，可"布兰德雷斯药丸"是当时一种便宜的专卖药，爱伦·坡在《如何写布莱克伍德式文章》以及梅尔维尔在《白鲸》第92章中都提到过这种药丸。

回家我发现已过凌晨4点，于是立刻上床睡觉。现在是上午10点，我7点钟起床后就一直在为家庭和人类的利益写下这些备忘录。我是再也不想看到这个家了。我妻子是个泼妇。实际上我打心眼厌倦了这种生活，也大体上厌倦了19世纪。我确信这世道事事都在出毛病。再说，我急于想知道2045年谁当美国总统。所以，待我一刮完胡子并喝上一杯咖啡，我就将走出家门去找庞隆勒医生，请他把我制成木乃伊，香存200年。

（1845）

# 言语的力量
## ——奥伊洛斯与阿加索斯的对话

**奥伊洛斯**：对不起，阿加索斯，请原谅一个刚获得不朽的灵魂的弱点！

**阿加索斯**：我的奥伊洛斯，你并没有说什么需要原谅的话。即便在这儿，知识也并非一种直觉的东西。要获得知识，请随意向天使们讨教！

**奥伊洛斯**：可我曾想象，在这种存在中我会一下子知道所有的事，并立刻因为无所不知而感到幸福。

**阿加索斯**：哦，幸福不在知识之中，而在对知识的获取之中！在永远的获取中，我们永远被赐福。无所不知则是魔鬼的诅咒。

**奥伊洛斯**：可难道上帝不是无所不知？

**阿加索斯**：（既然他是最幸福者）那肯定还有一件事连他也不知道。

**奥伊洛斯**：可是，既然我们每时每刻都在获取知识，那所有的事物到头来不是都肯定会被知晓吗？

**阿加索斯**：请朝下看那深不可测的远方！当我们的目光像这样慢慢掠过星群,这样,像这样。请尽量凝视那无数排成长列的星星！即使这灵之目光，难道它不是在每一个方向都被宇宙延伸的金墙所挡住？难道那无数灿灿天体所构成的墙看上去没把纯然的无数混为一体？

**奥伊洛斯**：我清楚地领悟到物质之无穷绝不是梦。

**阿加索斯**：在这庄严世界里没有梦。但这里私下传闻，物质无穷之唯一目的就是为灵魂提供不尽清泉，以减轻灵魂求知的渴望。这种渴望是永远止不住的，因为要止住这种渴望就势必消灭灵魂本身。所以，我的奥伊洛斯，随心所欲地向我提问吧，别有什么顾虑。来！我们该向左离开这昴星团喧噪的和谐，从大熊星座飞出，越过猎户星座①去那片布满星星的草地，那里有三色紫罗兰，是三个一模一样的三色太阳安歇之处。

**奥伊洛斯**：现在，阿加索斯，趁我们行进之时教导我吧！请用地球上那种熟悉的语调对我说话！关于我们在尘世期间已习惯称为创世的方式或方法，我刚才没明白你给我的暗示。你的意思难道是说创造者并非上帝？

**阿加索斯**：我的意思是说上帝现在并不创造。

**奥伊洛斯**：请解释！

**阿加索斯**：上帝仅仅是在开初创造过。现在整个宇宙这么不断涌现的表面上的造物，只能被视为上帝创造力的间接结果，而不能看作是直接的产物。

**奥伊洛斯**：要是在人类当中，我的阿加索斯，这种看法会被视为极端的邪说。

---

① 参阅《旧约·约伯记》第9章第9节："上帝造大熊星座、猎户星座和昴星团……"。

**阿加索斯**：在天使当中，我的奥伊洛斯，这被看成是绝对的真理。

**奥伊洛斯**：我可以理解你到这样一个程度，我们称之谓的大自然或自然法则的某些作用，在某种条件下可产生具有创造物之全部外观的东西。我清楚地记得，在地球最终毁灭之前不久，曾有过许多非常成功的实验，某些学者十分缺乏说服力地把那些实验命名为微生物之创造。

**阿加索斯**：你所说的情况实际上就是第二创造的例证。自从第一言宣告第一法则存在以来，那也是曾有过的唯一创造。

**奥伊洛斯**：难道星球的世界不是无时不刻从虚无的深渊中突然出现在天宇？难道这些星球，阿加索斯，不是由上帝直接创造？

**阿加索斯**：我的奥伊洛斯，让我尽力一步步把你引向我意指的概念。你清楚地知道，正如思想不会消失，行为也同样具有无限的后果。例如我们住在地球上时甩动手臂，其结果是我们振动了环绕在手臂周围的空气。这种振动无限扩散，把脉冲传给地球空气的每一粒子，从那以后直至永远，地球空气便一直受到那只手一次运动的驱动。当时我们星球的数学家们充分了解这个事实。实际上，他们还凭着经过精确计算的特殊脉冲让这种特殊效果作用于流体，结果他们能轻而易举地测定一个已知量的脉冲会在多少时间内环绕地球，并（永远）作用于大气层的每一空气原子。颠倒实验顺序，他们发现在已知条件下可以毫不费力地从一个已知结果测出原始脉冲的值。这下数学家们看出任何已知脉冲的结果都绝对永无止境，看出对这些结果之一部分可以凭借代数分析进行精确的跟踪，还看出逆向测定简单易行。与此同时，这些人发现这种分析本身就具有一种无限期进行的能力，发现这种分析的发展和运用不存在任何想得到的极限，除非受到其发展者或运用者智力的限制。但就在这时，我们的数学家们停止了实验。

**奥伊洛斯**：可是，阿加索斯，他们为什么应该继续进行？

**阿加索斯**：因为有一些影响更深远的考虑。从他们所知道的可以推断，对一个具有无限理解力的人，一个对他来说代数分析之完美尚未展开的人，追踪传给空气的每一脉冲和穿越空气的以太不可能有什么困难，他甚至可以追踪到它们在任何无限遥远的时代所产生的无限遥远的结果。实际上可以证明，每一传给空气的这种脉冲到头来都必将影响存在于宇宙间的每一事物。而这位具有无限理解力的人，这位我们所想象的人，也许会追踪这种脉冲遥远的波动，向上和向前追踪它们对所有物质的所有粒子造成的影响，向上和向前追踪它们对旧有形态的永无止境的改变（或者说它们对新形态的创造），直到最后发现它们平平常常地从上帝的宝座反射回来。这样一个人不仅能做这种事，而且在任何时代，只要向他提供一个已知的结果（例如从无数彗星中给他一颗去观察），他就能凭着逆向分析毫不费力地测定这颗彗星的起因是由于哪一道原始脉冲。这种绝对尽善尽美的逆向推测能力，这种能把任何时代之任何结果都归之于其原因的能力，当然只能是上帝独有的特权。不过在缺乏绝对完善的前提下，这种能力本身也在各个不同的程度上被所有的天使们运用。

**奥伊洛斯**：可你只谈到了对空气的脉冲。

**阿加索斯**：谈到空气，我只涉及了地球，但这个总的命题与对以太的脉冲有关。既然唯有以太弥漫于整个太空，那它便是创造之最大媒质。

**奥伊洛斯**：那么所有运动，不管是哪一种，都会创造。

**阿加索斯**：这是必然，但有位真正的哲学家早就教导过我们，所有运动之源都是思想，而所有思想之源都是……

**奥伊洛斯**：上帝。

**阿加索斯**：我已经对你，奥伊洛斯，就像对一位来自不久前刚毁灭的美丽的地球上的孩子，讲过了作用于地球大气层的脉冲。

**奥伊洛斯**：你的确讲过了。

**阿加索斯**：那在我讲的时候，你脑子里难道就没有想到过言语的自然力量？不是每个字都对空气有一道脉冲么？

**奥伊洛斯**：可是，阿加索斯，你为什么哭泣？为什么？哦，当我们翱翔于这个美丽的星球之上，你为什么垂下翅膀？这是我们在飞行中所遇见的最最青翠但又最最可怕的星球，它那些艳丽的花儿看上去就像个美丽的梦，可它那些凶猛的火山就像是一颗骚动的心中的情。

**阿加索斯**：它们是的！它们是的！这荒凉的星。自从我交叉十指，噙着眼泪，在我心上人的脚边，用激情洋溢的寥寥数语宣告它的诞生，已经过去了3个世纪。它艳丽的花儿是所有未了之梦中最可爱的梦，它狂怒的火山是最骚动不安、最不敬神明的心中的情。

（1845）

# 反常之魔

在考虑人类精神原动力的官能和冲动之时,骨相学家从来没给一种性格倾向让出一席之地,尽管这种性格倾向一直明显地作为一种固有的、原始的、不可缺少的情感而存在,但它同样也被所有比骨相学家高明的伦理学家们所忽视。鉴于理性十足的傲慢,我们全都对这种性格倾向漠然置之。我们之所以容忍自己的理性忽视其存在,完全是因为缺乏信念,缺乏信仰,不管是信基督教的启示录,还是信犹太教的神秘经。我们脑子里从来想不到它,仅仅是由于它表面上的多余。就这种性格倾向而言,我们看不出冲动之必要。我们不能察觉其必然性。我们未能懂得,也就是说,即使这种原动力的概念曾自己冒出来过,我们也一直未能懂得。我们一直未能懂得用何种方式可以把它用来促进人类目的之实现,现世的目的或是永生的目的。不可否认,骨相学,在很大程度上还有所有的形而上学,一开始就是虚构的。正是那些明智之士或逻辑学家(而非那些理解力强或观察力敏锐的人)使自己去推测上帝的意图,并向世人口授上帝的意旨。在这样称心如意地推测出耶和华的意图之后,推测者便引用这些意图建立起自己多得数不清的思想体系。以骨相学为例,首先,我们理所当然地确定人要吃饭是上帝的意志,于是我们为人指定一个进食器官,而不管我愿意不愿意，这个器官就是上帝用来强迫人进食的工具。其次，一旦决定人要传宗接代是上帝的意志，我们马上就发现了一个性爱器官。同样我们还发现了争斗器官、想象器官、追因器官、推断器官。总而言之，各种各样的器官，要么代表一种性格倾向，要么代表一种道德情感，不然就代表一种纯粹的智力。而在对人类行为原则所做出的这些安排中，施普尔茨海姆①的信徒们不管是对是错，都一直部分地或全盘地对他们师辈的脚印亦步亦趋。他们以上帝的意志为理由，从事先想好的人类命运中去推断和证实每一件事。

但要对上述那种性格倾向进行归类（假若我们必须归类的话），更明智更可靠的做法是根据一个人经常或非经常的所作所为，或根据他经常性的偶然所为，而不是根据我们想当然地认为上帝要他去做的什么事。如果我们连上帝这些可见的造物都不能领会，那怎么能领会他创造这些作品时心中那些不可想象的思想呢？如果我们连他客观的创造物都不能理解，那又怎么能理解他主观的创造心情和状态呢？

由果溯因的归纳法也许会促使骨相学承认，被它忽视的那种性格倾向是一种人类与生俱来的原始行为本质，一种性格上的自相矛盾之物，由于没有更能表示其特性的术语，我们姑且把它称之谓反常心态。我的言下之意是说，它实际上是一种没有动机的原动力，一种不是动机的动机。由于它的驱使，我们会做出一些没法解释其目的的事。如果这种说法会被理解为措词上的一个矛

---

① 参见本书《与一具木乃伊的谈话》相应注释。

盾，那我们或许可以将其改为这样的陈述：由于它的驱使，我们为了我们不应该的理由而行动。从理论上讲，这个理由比任何理由都更不合理，可实际上，没有任何理由比它更强硬。对某些头脑而言，在某些情况下，这种理由绝对不可抗拒。就像我确信自己在呼吸一样，我也确信任何行为上的邪恶或罪过往往是一种不可抑制的力量。它驱使我们，而且只驱使我们将其实施。这种为了作恶而作恶的势不可挡的倾向不容分析，或者说不容条分缕析地分解。它是一种根本的冲动，一种原始的冲动，一种基本的冲动。我知道有人会说，当我们坚持做某事仅仅是因为我们觉得我们不应该坚持为之的时候，我们的行为不过是骨相学通常所说的争斗器官的变形。但对这种说法，我们一眼就能看出其谬误。骨相学上的争斗性本质上是自卫所必须。它保护我们不受伤害。它的本质与我们的安宁有关，因此安宁之欲望随其发生而同时被唤起。结果是任何仅仅是争斗性之变形的本原都必然唤起获取安宁的欲望，但在我称之为反常心态的实例中，不仅仅获得安宁的欲望未被唤起，而且还存在着一种强烈的敌对情绪。

扪心自问毕竟是对刚才提到的那种诡辩的最好回答。任何认真省察并全面拷问过自己灵魂的人，都不会否认上述这种性格倾向之纯粹的固有性。它并非不可理解，而是自有其特性。例如，无人不在一生的某一时刻被这样的一种欲望折磨过，那就是他极想用拐弯抹角的话来捉弄一位听话人。说话人知道他会使听者感到不快，同时他也一心一意要让他高兴。他平时说话简洁明快，清清楚楚。此时最精练明了的话语就在他的舌尖要夺口而出。他必须费很大劲才能克制自己不让那些话出口。他担心那个人生气，也不愿听他生气，但他突然想到，这种生气也许可以由一些复杂的句型和插入语引发。单是这个念头就够了。于是冲动变成希望，希望变成热望，热望变成一种不可抑制的欲望，而这个欲望（在说话者深深地遗憾和悔恨中，在不顾一切后果的情况下）被纵容。

又如，我们面前有一件必须赶紧完成的工作。我们知道如果拖延将招致毁灭性的后果。我们生活中的这一严重危机像号角一样召唤我们立即拿出力量和行动。我们焕发出激情，我们迫不及待地开始这项工作，我们的灵魂因预见到其辉煌结果而充满热情。它必须而且也应该在今天完成，然而我们却把它推延到明天。这是为什么？除了我们觉得反常之外没有别的答案，而我们用反常这个字眼也不知道其所以然。明天来临，一种更迫不及待要完成工作的紧迫感也一并来临，但是，随着这种紧迫感的增加，又产生了一种拖延的渴望，这种渴望因其神秘莫测而使我们感到一种莫名其状但却实实在在的恐惧。当这种渴望聚集力量之时，时间在飞逝。采取行动的最后时刻已经到来。我们还在为内心激烈的争斗而发抖。那是明确与模糊的抗衡，是实体与虚影的较量。但若是争斗已进行到这个程度，那占上风的总是虚影，我们徒然挣扎。时钟铃响，这是我们的福音。同时它又是惊退幽灵的雄鸡啼鸣，那幽灵已使我们畏缩了那么久。它逃走了，它消失了。我们自由了。我们重新焕发出精神。我们现在将开始工作。唉，为时晚矣！

再如，我们站在悬崖边上。我们窥视那无底深渊。我们觉得要呕吐并感到头晕。我们的第一冲动是后退脱离危险，可我们却莫名其妙地站着不动。渐渐地，我们的恶心、头晕和恐惧化为了一片莫可名状的情感之云。仍然渐渐地，但更不知不觉地，这片云呈现出形状，就像从《一千零一夜》中那个瓶子里冒出的青烟化成精灵一样。但从我们悬崖边那片云中幻化出的具体形状远比传说中任何精灵或魔鬼都可怕，但它不过是一个念头，尽管是一个可怕的念头，一个因其强烈渴望恐怖之快感而使我们每根骨头都凉到骨髓的念头。这念头只是让我们去想象，从这样一个高度笔直往下坠落时我们会有什么样的感觉。这种飞落直下（这种急速湮灭）包含有我们所能想象的所有最可怕最恶心的死亡灾难中一种最可怕最恶心的心象，而正是因为这个原因，我们此时才对它无限神往。由于我们的理智拼命要我们离开崖边，所以我们越发急于向崖边靠近。与站在悬崖边上发抖，正想着纵身一跳的人相比，世间没有任何一种热望能像他心里的热望那样着魔似的急不可耐。任何对这种念头瞬间的纵容企图，都是不可避免的毁灭。由于沉思只是敦促我们克制自己，所以如我刚才所说，我们不可能克制。如果这时没有朋友的手臂来制止我们，或如果我们不能毅然抽身离开那个深渊，我们会纵身一跳，并且粉身碎骨。

审视一下这些行为和我们会采取的类似行动，我们会发现它们仅仅是由于那种反常心态。我们采取这些行动仅仅是因为我们觉得自己不应该为之。在这种感觉的之前之后，并没有任何可理喻的道理。若不是已知这种反常心态并非不经常地促成善果，我们真可以将其视为魔王撒旦的一种直接教唆。

我已经讲了这些，现在我多少可以回答你的问题。我可以向你解释我为何会在这儿。我可以告诉你一些事，这至少会让你隐约知晓我此刻戴着镣铐呆在这死囚牢里的一个表面原因。我刚才若不那样啰嗦一阵，你说不定会完全误解我的话，或是像那群下等人一样以为我是疯子。事实上你会很容易地发现，我只是那个反常之魔的无数受害人之一。

任何采取过的行动都不可能比我的行动经过更彻底的深思熟虑。我一连几个星期几个月地反复斟酌那桩谋杀的手段。我否定了上千个计划，因为它们的实施都有被察觉的可能。最后在读一本法国人写的回忆录时，我读到了这样一段叙述：由于一支偶然染上毒的蜡烛，一位名叫皮诺的夫人差点儿死于非命。我脑子里顿时起了一个念头。我知道我要谋杀的人有卧床夜读的习惯。我还知道他的卧室窄小而且通风不良。不过我没有必要讲那些无关紧要的细节，以免你厌烦。我没有必要讲我如何轻而易举地用一支我自己做的蜡烛偷换了他卧室蜡台上本来的一支。第二天早晨他被发现死在床上，验尸官的结论是"死于天命"。

继承他的遗产后，我舒舒服服地过了几年。我脑子里一次也没有想过事情会败露。那枝致命蜡烛的残余部分早已被我小心地处理掉了。我没有留下任何能证明或怀疑我犯罪的蛛丝马迹。每当想到我绝对安全之时，我心底涌起的那种满足的感觉真强烈得难以置信。久而久之，我习惯了沉迷于这种感觉。它给我带来的欢乐胜过了我的罪孽给我带来的全部财产。但后来出现了这样一个时期，那种快活的感觉不知不觉间变成了一种缠绕于心、挥之不去的忧虑。我因为它的纠缠而忧心忡忡。我简直连一时半会儿也摆脱不了它的纠缠。这种使人烦恼的事其实相当寻常，就像我们的耳朵里，更正确地说是我们的记忆中老是想起某支拙劣的歌曲末尾的叠句，或是一幕歌剧中某个平淡的片段一样。而即使那是一支不错的歌曲，或那首咏叹调本来值得欣赏，我们也不会因此而少受折磨。就这样，我最后终于发现自己常常在考虑自身的安全，并常常喃喃自语地重复着这句话，"我安然无事"。

一天，当我在街上闲逛之时，我又发现自己正半出声地喃喃重复这几个习惯性的音节。一气之下我将这些音节改为："我平安无事！我平安无事！没错，只要我别傻乎乎地不打自招！"

我刚一说出这些字眼，就感到心里升起一股寒意。我曾经历过这种反常心态的发作，它的性质我已经特意讲过，而我记得非常清楚，在它的历次发作中，我从来没有成功地抵挡住它的袭击。当时我偶然的自我暗示，即我有可能傻乎乎地供出我所犯下的谋杀罪，仿佛就像我所谋杀的那个人的幽灵站到了我跟前，召唤我走向死亡。

开始我还努力要摆脱这个精神上的梦魇。我迈开大步行走，越走越快，越走越快，最后竟开始奔跑。我感到了一种想大声喊叫的疯狂欲望。随之接连涌上的每一阵思潮都以一种新的恐惧把我压倒，因为，天哪！我知道，我非常清楚地知道，在那种状态下我的思维能力必然失去。我继续加快步伐，像疯子一样跳着跑着穿过拥挤的大街。终于，人们有所警觉并开始追我。这时我就感觉到了我命运的结局。若是我能够扯掉自己的舌头，那时我肯定会把它扯掉，可我耳边响起了粗暴的声音，一只更粗暴的手抓住了我的肩膀。我转过身来，我透不过气。一时间我体验到了窒息的全部痛苦。我变得眼花，耳聋，脑袋发晕；接着，我相信有个看不见的魔鬼在我背上狠狠拍了一掌。于是在我心中掩埋了多年的秘密便突然冒出。

他们说我当时发音清楚，但语气很重，语速很快，而且感情激烈，仿佛生怕有人打断我那番简短但意味深长的话，正是那番话把我交给了刽子手，并将把我送进地狱。

讲完了那番为我定死罪所必须讲的话，我在一阵昏厥中倒在了地上。

可我干吗还要讲下去？今天我戴着镣铐，我在这里！明天镣铐将除去！但我将在何方？

（1845）

# 瓦尔德马先生病例之真相

瓦尔德马先生之异常病例已引起人们纷纷议论，我当然不会假装认为这是什么奇怪的事。要是它没引起议论，尤其是在这种情况下，那倒真是一个奇迹。由于有关各方都希望此事对公众保密，至少暂时不公开，直到我们有机会进行进一步的调查研究，所以我们尽可能保密。但保密的结果导致了一个被歪曲或夸张的故事在社会上传开，导致了许多令人不快的以讹传讹，自然也招来了许许多多的怀疑。

现在我有必要说出事情的真相，根据我自己对真相的了解。简而言之，事实如下：

在过去的3年间，我的注意力一再被催眠术这门学科吸引。而大约9个月前，我非常突然地想到，在已经进行过的一系列实验当中，存在着一个非常惊人而且令人不解的疏忽，即到当时为止，尚未对任何处于弥留状态的人进行过催眠。尚待弄清的问题有三：其一，在弥留之际，病人是否对催眠影响还有感应；其二，如果有感应，这种感应是否会因弥留状态而减弱或加强；其三，到何等程度，或者说在多长时间内，催眠过程可阻止死亡的侵害。另外还有一些问题需要查明，但上述三点最令我感到好奇，特别是最后一点，因为其结果之重要性不可估量。

在寻找一位可供我进行这项实验的被实验者时，我想到了我的朋友埃内斯特·瓦尔德马先生。瓦尔德马先生是《图书馆论坛》的著名编纂者，是《华伦斯坦》和《巨人传》之波兰文版的译者（所用笔名为伊萨卡·马克思）。自1839年以来，他主要居住在纽约市的哈莱姆区，以（或者说曾以）身材之极度瘦小而惹人注目。他的下肢与约翰·伦道夫[①]那两条腿非常相似，而且，他那白花花的连鬓胡与他的一头黑发形成强烈的对照，结果使后者往往被人误认为是假发。他的神经明显过敏，这使他成了接受催眠实验的极好对象。曾有两三次，我很容易地就使他进入了催眠状态，但他的特殊体质使我必然要预期的其他结果却令我失望。他的意志在任何时候都不曾明确地（或者说完全）受我支配，至于催眠所诱发的超凡洞察力，我未能从他身上看到任何可靠的迹象。我一直把我在这些方面的失败归因于他健康状况的失调。在我与他相识的几个月之前，他的医生就宣布了他已处于肺结核晚期。实际上，他早就习惯了平静地谈起他即将来临的死亡，就像谈起一件既不可避免又不必遗憾的事。

当上文所提及的那些念头钻进我脑海之时，我当然是非常自然地就想到了瓦尔德马先生。我深知此人泰然达观，所以不必担心他有什么顾虑。而且他在美国没有亲戚，因此不可能有人会从中作梗。我坦率地对他谈起了这个话题，使我惊奇的是，他似乎表现出了强烈的兴趣。我说使我惊奇，因为，尽管他容许我用他的身体任意做实验，但他从前不曾对我所做的事表示过赞同。他

---

[①] 约翰·伦道夫（John Randolph, 1773—1833），美国政治家，终生体弱多病。

那种病的性质,使医生能精确地预测他死亡的日期,最后我俩达成协议,他应该在他的医生宣布的那个时辰到来之前,提前24时派人给我送信。

我收到瓦尔德马先生的这张亲笔字条,现在算来已是7个多月前的事了。字条内容如下:

我亲爱的P:
　你最好现在就来。D和F都一致认为我挺不过明晚半夜,我想他们所说的时间非常准确。

瓦尔德马

那张纸条写好半小时后就被我收到,而15分钟后,我已经进了那位临终者的卧室。我上次见到他是在10天之前,而他在短短10天里所发生的可怕变化真让我大吃一惊。他面如死灰,两眼无光,脸上消瘦得仿佛颧骨已刺破皮肤。他不住地咯血。他的脉搏已几乎感觉不出。但他在一种惊人的程度上保持着清醒的神志和一定的体力。他说话清清楚楚,并不时在无须人帮忙的情况下服用治标剂。我进屋时他正忙着在一个笔记本上写下备忘录。他的上半身被枕头支垫着。D医生和F医生在他床边。

同瓦尔德马握过手后,我把那两位绅士领到一边,从他们那儿获得了病人的详细情况。病人的左肺18个月来一直处于半硬化或骨化的状态,当然早已完全失去生理功能。右肺之上半区如果不是完全也是部分硬化,下半区也仅仅是一团相互蔓延的脓性结核节。有几处大面积穿孔存在,有一处出现与肋骨的永久性粘连。

右肺叶的病变相对来说发生较晚。其硬化过程异常迅猛，在一个月前都还没发现任何硬化迹象，而粘连的情况仅仅是在三天以前才被注意到。除了肺结核之外，病人还被怀疑患有动脉瘤，但在这一点上，上述硬化症状使医生不可能确诊。两位医生一致认为，瓦尔德马先生的死亡时间大约在第二天（星期日）半夜。当时的时间是星期六晚上7点。

在离开病人床边来与我交谈之时，D医生和F医生已双双向他道了永别。他俩已无意再见到病人，但在我的请求下，他们同意第二天晚上10点左右顺便来看看。

他俩走后，我坦率地同瓦尔德马先生谈起了他即将来临的死亡，尤其是谈到了计划中的那个实验。他仍然声明他非常乐意甚至十分急切地想接受这一实验，并催促我马上开始。当时在场的只有一名男护士和一名女护士，可我觉得若无比他俩更可靠的证人在场，不便随意开始一项这种性质的实验，以免万一发生的意外缺乏证明，所以我把实验一直推延到了第二天晚上8点左右，当时来了一名我多少认识的医学院学生（西奥多先生），把我从进一步的尴尬中解救了出来。我原本打算等着那两位医生，但有两个原因诱使我立即着手，一是瓦尔德马先生的催促请求，二是我确信我再也不能耽搁，因为病人明显已濒临死亡。

西奥多先生欣然同意按我的要求如实记下实验中所发生的全部情况，而我现在不得不公之于众的事实正是根据他的记录，其中大部分要么是简述，要么是逐字照抄。

7点55分，我握着病人的手，请他尽可能清楚地向西奥多先生声明，他（瓦尔德马先生）是否完全愿意在他当时的状态下，让我对他进行催眠实验。

他的回答很微弱，但相当清楚："是的，我希望被催眠。"随即他又补充道，"我担心你已经拖延得太久了。"

当他说这句话时，我开始了我早就已经发现对他最有效的几个手势动作。我的侧掌第一次拂过他的前额，他就明显地受到了影响。尽管我接着发挥出了我所有的影响力，可直到10点钟两名医生按约到来之后，仍不见有任何进一步的效果。我简单地向D医生和F医生说明了我的意图，由于他俩并不反对，并说病人已处于弥留状态，于是我毫不犹豫地继续实验。这一次，我将侧掌手势变为了下压手势，并把我的目光完全集中于患者的右眼。

这时，他的脉搏已感觉不到，他带着鼾声的呼吸每30秒进行一次。

这种状况差不多保持了15分钟。在这之后，一声虽然很低沉但仍属于正常的叹气从临终者的胸腔发出，带鼾声的呼吸随之而停止，也就是说，鼾声不再明显，但呼吸的间歇没有减少。病人的四肢变得冰凉。

10点55分，我看出了催眠影响的明显迹象。那双没有光泽的眼睛的滚动，变成了那种不安的内省表情，这种表情只有在催眠状态下才能见到，而且完全不可能弄错。我用几个急速的侧掌手势使他的眼皮轻微眨动，就像刚入睡者眼皮眨动一样，接着又用几个手势使它们完全合拢。但我并没有满足于此，而是继续运用强有力的手法，让意志得以最充分的发挥，直到我使被催眠者的四肢完全僵硬。而在此之前，它们已被摆成一种看上去很自在的姿势。两条腿完全伸直，两臂几乎同样也平直地瘫在床上，离腰有一段适中的距离。头被稍稍抬高。

待我完成这些时，时间已到半夜，于是我请求医生们检查瓦尔德马先生的情况。在进行几项测试之后，他们承认病人处于一种完全的催眠状态。两名医生的好奇心被极大地唤起。D医生当即决定留下来通宵陪伴病人，而F医生离开时约定天亮时再来。西奥多先生和两名护士依然留下。

我们离开瓦尔德马先生，让他完全安静，直到凌晨3点我才又返回他身边，发现他的情况同F医生离去时一模一样，也就是说，他以同样的姿势躺着，脉搏感觉不到，呼吸非常轻微（除非把镜片凑近他的嘴边才能察觉），他的两眼自然闭合，四肢像大理石一般又硬又凉。但是，他的整个外貌看上去的确不是一副死相。

我来到瓦尔德马先生身边之后，半带尝试性地对他施加了一种影响，想让他的右臂随着我的手臂一起运动，于是我伸出右臂在他身体上方来回拂过。我以前对他进行这种实验从未取得过圆满的成功，而这一次我肯定也不抱多大希望。可令我惊讶的是，他的手臂虽然无力，却毫不勉强地跟随着我指示的每一个方向。于是，我决定碰碰运气跟他来一段简短对话。

"瓦尔德马先生，"我问，"你睡着了吗？"他没有回答，但我发现他的嘴唇微微动了一下，这促使我继续重复那个问题。当我重复第三遍时，他的身体发出了一阵非常轻微的颤抖，眼皮微微张开，露出一线眼白，嘴唇缓慢启动，从中发出一串勉强能听清的嘟囔："是的，现在睡着了。别唤醒我。让我这样死吧！"

这时我摸了摸他的四肢，发现和刚才一样僵硬。他的右臂也像先前一样随着我的手指示的方向摆动。于是，我又问道："瓦尔德马先生，你还感到胸口痛吗？"

这一次回答很及时，但比刚才更难听清："不痛。我要死了。"

我认为当时再继续打扰他并非明智之举，所以在F医生到来之前没有再说什么或再做什么。F医生是在日出前一会儿到的。发现病人还活着，他显出了极度的惊讶。他摸过脉并用镜子在病人嘴边试过呼吸，要求我再对被催眠者说话。于是，我问道，"瓦尔德马先生，你还在睡吗？"

像先前一样，在听到回答之前过了好几分钟。在这几分钟内，那位临终者似乎在聚集说话的力量。当我第四遍重复这个问题时，他用非常微弱、几乎听不见的声音回答道："是的，还在睡。在死。"

这时两名大夫都认为，更正确地说是都希望，应该允许瓦尔德马先生不受打扰地保持他当时那种明显的平静状态，直到他在平静中死去。而且大家都认为，他肯定会在几分钟内死去。我仍然决定再对他说一次话，而且只重复我先前的问题。

当我说话时，被催眠者的表情发生了明显的变化。他的眼睛滚动着慢慢睁开，瞳孔上翻渐渐消失，全身皮肤呈现尸体的颜色，看上去与其说像羊皮纸不如说像张白纸，两边脸颊中央原来一直清晰可见的圆形红斑骤然熄灭。我用熄灭这个词，因为它们消失之突然，让我联想到了蜡烛被一口气吹灭。与此同时，原来完全合拢的上唇扭缩并露出牙齿，下颌则随着一下清楚地痉挛而下坠，使嘴大张开，一览无余地露出发肿发黑的舌头。我敢说，当时在场的每一个人都早已习惯了见到临终之恐怖，但瓦尔德马先生临终表情之可怕超过了人们的想象，以至于大家仍从病床边朝后退缩。

我觉得，我现在就要讲到这番陈述的一个要点，这一点将使

873

每一位读者惊得难以置信。不过，我的责任只是陈述事实。

瓦尔德马先生身上再也看不到一丝一毫生命的迹象。确定他已经死去，我们正要把他交给护士们去料理，这时突然注意到他的舌头猛烈颤动了一阵。颤动大约持续了一分钟。在此之后，从肿胀而且没动的口里发出了一个嗓音，一种我只有发疯才会试图去形容的声音。实际上，只有两三个形容词可以被认为能部分适用于那种声音。譬如我可以说，那是一种粗糙、破哑、空洞的声音，但那声音整体上的可怖则无法言传，原因很简单，因为人类的耳朵以前从不曾听到过任何类似的声音。但公正地说，我当时认为，现在也认为，那声音中有两个特点可以被宣布为具有语调的特征，并且适合传达某种具有超自然特性的概念。首先，在我们的耳朵听来，至少在我的耳朵听来，那个声音似乎来自一个非常遥远的地方，或来自地下的某个深洞。其次，它给我极深的印象（恐怕我永远都不可能让自己明白是怎么回事），它像胶状的或胶质的东西影响触觉。

我既说是"声音"，又说是"嗓音"。我的意思是说，那个声音可以明显地（甚至明显得令人不可思议，使人毛骨悚然）区分出音节。瓦尔德马先生是在说话，显然是在回答我几分钟前问他的那个问题。大家应该记得我曾问过他是否还在睡。他现在说："是的。不，我曾一直在睡。可现在，现在，我已经死了。"

当时在场的甚至没有一人倾向于否认（或试图抑制）那种令人毛骨悚然的恐怖，那种被如此说出并被准确猜出的这段话所传达的形容不出的恐怖。西奥多先生（那名医科学生）当场晕倒。护士们马上逃出了那间卧室，而且劝也劝不回来。我不会自称能让读者了解我自己当时的感觉。我们将近有一小时谁也没说话，只顾着努力抢救西奥多先生。待他苏醒之后，我们又开始观察瓦尔德马先生的情况。

情况与我前边的最后一次描述完全相同，唯一的例外是用镜子也不能再证明他在呼吸。从手臂抽血的一次尝试也归于失败。我还应该提到，那条右臂也不再服从我的意志。我努力想使它继续跟随我的手指示的方向，但结果徒然。事实上，唯一真正的受催眠影响的迹象现在只剩下一种，那就是每当我向他提一个问题，就会发现他的舌头颤动。他仿佛是在努力要做答，但已不再有足够的意志。对于除我之外的其他人所提出的问题，他似乎完全没有感觉，尽管我力图要让在场的其他人能与他有催眠交灵感应。我相信，我现在已经讲出了要了解那名被催眠者当时的状态所必需的全部情况。另外的护士被请来，上午10点，我和两名大夫以及西奥多先生一道离开了那幢房子。

下午，我们又都去看望那名病人。他的情况依然如故。当时我们讨论了一下如果把他唤醒是否妥当，是否可行，但我们很容易就形成了一致的看法，那样做不会有什么好的结果。显而易见，到当时为止，死亡（或者说通常称为的死亡）已被催眠过程抑制。在我们看来非常清楚，唤醒瓦尔德马先生只能保证他瞬间复活，或者说至少会加速他的死亡。

从那时起直到上个周末，其间将近过了7个月，我们每天都上瓦尔德马先生家探望，有时还带着医学界的朋友和其他朋友。在此期间，病人一丝不差地保持着我最后一次所描述的状态。护士的照料仍在继续。

875

上个星期五，我们终于决定进行唤醒病人的实验，或者说试图把他唤醒。而正是这次实验之（也许）不幸的结果，在知情圈内引起了那么多的议论，从而唤起了那么多我不得不认为是不必要的公众感情。

为了把瓦尔德马先生从催眠状态中唤醒，我使用了以前习惯用的手势。这些手势一开始并不奏效。第一个苏醒的迹象是由瞳孔的下翻所显露的。大家注意到（因为非常值得注意），随着瞳孔下翻，从眼皮下大量地流出一种刺鼻难闻的黄色脓液。

这时，有人建议我应该照以前那样尝试着诱导病人的手臂。我进行了尝试，但失败了。于是，F医生表示他希望我提出一个问题。

我提出问题如下："瓦尔德马先生，能告诉我们你现在的感觉和希望吗？"

他脸颊上突然重新呈现出那两团圆形红斑，舌头开始颤动，更准确的说，是在嘴里激烈翻滚（尽管上下颌与上下唇仍然如前所述那样僵硬）。最后，我已经描述过的那种可怕的声音突然冒出：

"看在上帝的份儿上！快！快让我安睡。不然，快！快唤醒我。快！我告诉你我死了！"

我完全失去了镇静，一时间竟不知如何是好。开始我尽力想让病人恢复安静，但因他意志完全中止而归与失败，于是我回过头来拼命要把他唤醒。我很快就看出我的这一尝试可能会成功，或至少说，我很快就以为我的成功大概会实现。而且我敢肯定，当时房间里的所有人都正准备着看到病人醒来。

然而，对随后真正发生的事，任何人都不可能有任何思想准备。

就在我迅速地变换着手势动作之时，在一阵绝对出自病人舌端而不是出自嘴唇的"死！死！"呼叫声中，他的整个身躯一下子（在一分钟甚至更短的时间内），在我的手掌下方皱缩，腐朽，完全烂掉。在众目睽睽之下，床上只留下一滩令人恶心、令人厌恶的腐液。

（1845）

# 斯芬克斯

在纽约流行那场可怕的霍乱期间，我曾接受一位亲戚的邀请，去他那座位于哈得逊河畔的优雅僻静的小别墅与他共度了两星期。在那儿我们有各种各样平常的消夏方式，诸如林间漫步，素描写生，划船，钓鱼，游泳，听音乐和读书，若不是每天上午都从那座人口稠密的城市传来可怕的消息，我们本来应该过得相当愉快。可没有一天不给我们带来某一位熟人去世的噩耗。随着死亡消息的增加，我们已习惯每天预料失去某个朋友。最后，我们一见到邮差走近就不寒而栗。我们仿佛觉得从南边吹来的风中甚至都含有死亡的气息。实际上那个令人颤栗的念头占据了我的整个灵魂。我不能说别的，不能想别的，甚至连做梦也不会梦见别的。我的主人神经不像我这般过敏，所以尽管他情绪也非常低落，可仍然尽力振作我的精神。他睿智达观的心灵任何时候都不受虚幻的影响。对恐怖之实体他能充分感觉，但对其虚影他却反应迟钝。

他力图把我从我所陷入的那种异常的阴忧心境中解救出来，但他的努力在很大程度上被我在他书房里找到的几本书所挫败。那几本书具有一种性质，它们能催使天生就潜伏在我心中的任何迷信的种子发芽。我读那些书他并不知道，因此他常常弄不明白是一些什么强有力的影响作用于我的想象力。

我特别喜欢的一个话题就是人们对预兆的普遍信念，而在我所生活的这样一个时代，我几乎是拼命想为这一信念辩护。我长时间地就这个话题与他畅谈，而他坚持认为相信这种事纯属捕风捉影。我争辩道，一种绝对油然而生的普遍感情，也就是说，一种没有明显暗示痕迹的感情，其本身就具有明白无误的真实成分，因而值得高度重视。

实际上，我刚到那座别墅不久，就有一件完全莫名其妙的事发生在我眼前，事情是那么异乎寻常，所以我把它看成是一个兆头也情有可原。它使我胆战心惊，同时又使我十分迷惑，所以过了好几天我才拿定主意把那件事告诉我那位朋友。

非常暖和的一天日近黄昏的时候，我捧着一本书坐在一扇开着的窗户跟前，窗户俯瞰着哈得逊河，顺着河道可望见远方的一座小山，山的正面离我最近之处已被人们称之谓的滑坡剥去了大部分树木。当时我的思绪早已从面前那本书中飘向了附近那座阴忧而凄凉的城市。从书页上抬起目光，我看见了那片光秃秃的山坡，看见了山坡上的一个目标，一个形状可怕的活生生的怪物，它飞快地从山顶冲下山坡，最后消失在山脚下的密林之中。当我第一眼看见那个怪物时，我怀疑过自己的神志，或至少怀疑过自己的眼睛。过了好几分钟我才使自己确信，我既没有神态失常，也不是在做梦。然而，要是我描述一下那怪物（我清清楚楚地看见，并镇静自若地观察了它下山过程的那个怪物），恐怕我的读者会觉得比我当初还更难相信那些特征。

那片光秃的山坡上还剩下几棵幸免被滑坡卷走的大树，我趁那怪物冲过那几棵大树的时机，用树的直径作参照估量了一下它的大小，这样我推断出它比现有的任何战列舰都大。我之所以说战列舰，是因为那个怪物使我想到了这个念头，一艘有74门大炮的战列舰也许能非常勉强地勾勒出那个怪物的轮廓。那怪物的嘴巴长在其鼻端，而那个鼻子大约有六七十英尺长，有一头大象的身体那么粗。在这个长鼻的根部有一大丛黑色的粗毛，比从20头野牛身上能拔下的毛还多。从那团黑毛之中，朝下侧向伸出两根微微闪光的长牙，其形状很像野猪的獠牙，但却不知大多少倍。在那个长鼻的两侧并与之平行，各伸出一根巨大的柱状体，长度约有三四十英尺，看上去仿佛纯然由水晶构成，形状是完美的结晶棱柱，棱柱在夕阳余晖中反射出更华丽的光彩。怪物的躯体像一个尖端着地的楔子，躯干上生出两对翅膀，每只翅膀的长度差不多有100码，一对翅膀重于另一对之上，翅膀上都密密地覆盖着金属状鳞片，每块鳞片的直径明显地在3米到4米之间。我注意到翅膀的上下层由一根粗链相连。但这个可怕的家伙最奇特之处是它身上有个骷髅标志，那标志几乎覆盖了它的整个胸部，仿佛是由一名画家精心构图，用耀眼的白色准确地画在它身体的黑底色上。当我注视着那可怕的动物，尤其是看见它胸前那个图案之时，我心中涌起一阵恐怖和敬畏之情，一种大祸就要临头的感觉。这种感觉我发现凭理性无论如何也不可能抑制，同时我还看到那根长鼻端上的大口突然张开，接着听见从那口中发出一种非常响亮并非常凄厉的声音，那声音就像一阵丧钟敲打我的神经，待那怪物在山脚下的森林中消失，我一下跌倒在地板上，不省人事。

  我苏醒过来的第一冲动当然就是把我见到的和听到的马上告诉我的朋友。可我现在也说不清后来是一种什么样的矛盾心情阻止了我那样去做。

那件事发生三四天后的一个傍晚，我俩终于一起坐在了我看见那个幻影的那个房间。当时我在同一扇窗户跟前占据了同一个座位，而他则懒洋洋地靠在旁边的一张沙发上。时间地点引起的联想使我觉得非把那天见到的现象告诉他不可。他从头至尾听完了我的讲述。开始他一阵开怀大笑，随之又突然变得非常严肃，仿佛我的精神错乱已经是一个毋庸置疑的事实。就在这时，我又清楚地看见了那个怪物。随着一声绝对恐怖的尖叫，我连忙把它指给他看。他急切地看了一阵，但坚持说什么也没见，尽管当那怪物冲下光秃秃的小山正面时，我详细地为他指出了怪物行进的路线。

这下我的惊恐更是有增无减，因为我认为那个幻象要么是我死到临头的凶兆，要么是我神经错乱的征候。我悻悻然坐回我那张椅子，把脸深深地埋进双手。过了一会儿待我重新抬眼之时，那怪物早已无影无踪。

不过我的主人已多少恢复了平静，开始非常认真地询问有关我想象中的那个怪物的形状。当我的回答使他完全满意之后，他如释重负地长长松了口气，并以一种我所认为的极度平静，继续说起了思辨哲学的各个方面，这是我俩一直在讨论的题目。我记得（在其他看法当中）他特别强调这样一种观念：人类研究问题出错的主要根源就在于容易过低或过高地估计所研究对象的价值，而这种错误估计又仅仅是因为对其邻近参照物的误测。"例如，"他说，"要正确地估计民主之普及施加于人类的影响，那实现这种普及可能需要的时间就不该不在这个估计中构成一个条目。但你是否能告诉我，哪一位谈政治问题的作家曾想到过这一题目的这个特殊分支值得讨论？"

说到这里他停顿了一下，走向书柜并取回一册概述性的普及版《博物学》。然后他请我与他交换座位，以便他可以更清楚地看那册字体很小的书。他在靠窗边我那张椅子上坐下，翻开了那本书，又用与刚才相同的语气继续他的论述。

"要不是你把那个怪物描述得那么详细，"他说，"我也许绝不可能向你说明那是什么东西，首先，让我给你读一段一个学生关于昆虫纲鳞翅目天蛾科之Sphinx①的描述。这段描述如下：

四片膜状翅覆有金属状之彩色细鳞。由于喙部发达，突出呈长鼻形，两侧可见退化的颚和毛状触官。下翅凭一根硬竖毛支撑上翅；触角形如长棍，呈棱柱形，腹尖呈纺锤状。骷髅纹天蛾可发出一种凄厉之声，其声及其胸背部之骷髅状标记有时引起迷信者之极大恐惧。

读到这儿他合上书，把身子往前一倾，刚好形成我看见"那个怪物"时的那副坐姿。

"啊哈，它在这儿！"不一会儿他惊呼道，"它正重新爬上山的正面，我承认它的模样看上去很古怪。但是，它绝没有你所想象的那么大，或那么远，因为实际情况是：它正顺着这根由蜘蛛

---

① Sphinx一词在英语及西方多国语言中既指希腊神话中之怪兽斯芬克斯，又指昆虫类的骷髅天蛾（sphinx moth），即俗称的鬼脸天蛾。

沿窗格垂下的蛛丝蜿蜒而上,我发现它最多只有2厘米长,而且离我的眼珠大约也只有一段2厘米①远的距离。"

(1846)

---

① 原文 sixteenth of an inch(1/16英寸≈0.16厘米)恐为 sixteenth of a foot(1/16英尺≈2厘米)之误。

# 一桶蒙特亚白葡萄酒

对福尔图纳托加于我的无数次伤害，我过去一直都尽可能地一忍了之。可当那次他斗胆侮辱了我，我就立下了以牙还牙的誓言。你对我的脾性了如指掌，无论如何也不会认为我的威胁是虚张声势。我总有一天会报仇雪恨，这是一个明确设立的目标，而正是此目标的明确性消除了我对危险的顾虑。我不仅非要惩罚他不可，而且必须做到惩罚他之后我自己不受惩罚。若是复仇者自己受到了惩罚，那就不能算是报仇雪恨。若是复仇者没让那作恶者知道是谁在报复，那同样也不能算是报仇雪恨。

不言而喻，到当时为止我的一言一行都不曾让福尔图纳托怀疑过我居心叵测。我一如既往地冲他微笑，而他丝毫没看出当时我的微笑已是笑里藏刀。

他有一个弱点（我是说福尔图纳托），尽管他在其他方面都可以说是个值得尊敬甚至值得敬畏的人。他吹嘘说他是个品酒的行家。很少有意大利人真正具有鉴赏家的气质。大概他们的热情多半都被用来寻机求缘，见风使舵，蒙骗那些英格兰和奥地利富翁。在名画和珠宝方面，福尔图纳托和他的同胞一样是个冒充内行的骗子，不过说到陈年老酒，他可是个识货的里手行家。在这方面我与他相去无几。我自己对意大利名葡萄酒十分在行，一有机会总是大量买进。

那是在狂欢节高潮期的一天傍晚,当薄暮降临之时我遇见了我那位朋友。他非常亲热地与我搭话,因为他酒已经喝得不少。那家伙装扮成一个小丑,身穿有杂色条纹的紧身衣,头戴挂有戏铃的圆锥形便帽。我当时是那么乐意见到他,以致我认为可能我从来不曾那样热烈地与他握过手。

我对他说:"我亲爱的福尔图纳托,碰见你真是不胜荣幸。你今天的气色看上去真是好极了!可我刚买进了一大桶据认为是蒙特亚产的白葡萄酒,① 而我对此没有把握。"

"怎么会?"他说,"蒙特亚白葡萄酒?一大桶?不可能!尤其在这狂欢节期间!"

"我也感到怀疑,"我答道,"我真傻,居然没向你请教就照蒙特亚酒的价格付了钱。当时没找到你,而我生怕错过了一笔买卖。"

"蒙特亚酒!"

"我拿不准。"

"蒙特亚酒!"

"我非弄清楚不可。"

"蒙特亚酒!"

"因为你忙,我这正想去找卢切西。如果说还有人能分出真假,那就是他。他会告诉我……"

"卢切西不可能分清蒙特亚酒和雪利酒。"

---

① 蒙特亚(Montilla)是西班牙南部科尔多瓦省一自治城镇,所产白葡萄酒(Amontillado)乃世界名酒。下文的雪利酒则是西班牙南部雪利镇所产的白葡萄酒。

"可有些傻瓜说他的本事与你不相上下。"

"得啦，咱们走吧。"

"上哪儿？"

"去你家地窖。"

"我的朋友，这不行。我不想利用你的好心。我看出你有个约会。卢切西……"

"我没什么约会。走吧。"

"我的朋友，这不行。原因倒不在于你有没有约会，而是我看你正冷得够呛。我家地窖潮湿不堪。窖洞里到处都结满了硝石。"

"可咱们还是走吧。这冷算不了什么。蒙特亚酒！你肯定被人给蒙了。至于卢切西，他辨不出啥是雪利酒啥是蒙特亚酒。"

福尔图纳托一边说一边拉住我一条胳膊。我戴上黑绸面具，裹紧身上的短披风，然后容他催着我回我的府邸。

家里不见一个仆人。他们早就溜出门狂欢去了。我告诉过他们我要第二天早晨才回家，并明确地命令他们不许外出。我清楚地知道，这命令足以保证他们等我一转背就溜个精光。

我从他们的火台上取了两支火把，将其中一支递给福尔图纳托，然后点头哈腰地领他穿过几套房间，走向通往地窖的拱廊。我走下一段长长的盘旋式阶梯，一路提醒着紧随我后边的他多加小心。我们终于下完阶梯，一起站在了蒙特雷索家酒窖兼墓窖的湿地上。

我朋友的步态不甚平稳，每走一步他帽子上的戏铃都丁当作响。

"那桶酒呢？"他问。

"就在前面，"我说，"可请看洞壁上这些白花花的网状物。"

他转身朝向我,用他那双因中酒而渗出黏液的蒙眬醉眼窥视我的眼睛。

"硝石?"他终于问道。

"硝石。"我回答,"你这样咳嗽有多久了?"

"咳!咳!咳!——咳!咳!咳!——咳!咳!咳!——咳!咳!咳!"

我可怜的朋友好几分钟内没法回答。

"这没什么。"他最后终于说。

"喂,"我断然说道,"咱们回去吧;你的健康要紧。你有钱,体面,有人敬慕,受人爱戴。你真幸运,就像我从前一样。你应该多保重。至于我,这倒无所谓。咱们回去吧,你会生病的。要那样我可担待不起。再说,还有卢切西……"

"别再说了,"他道,"咳嗽算不了什么,它要不了我的命。我不会咳死的。"

"当然,当然,"我答道,"其实我也不想这么不必要地吓唬你,不过你应该尽量小心。咱们来点梅多克红葡萄酒去去潮吧。"

说完我从堆放在窖土上的一长溜酒瓶中抽出一瓶,敲掉了瓶嘴。

"喝吧。"我说着把酒递给他。

他睨视了我一眼,把酒瓶凑到嘴边。接着他停下来朝我亲热地点了点头。他帽子上的戏铃随之丁当作响。

"干杯,"他说,"为安息在我们周围的死者们干杯。"

"为你的长寿干杯。"

他再次挽起我的胳膊,我们继续往前走。

"这地窖,"他说,"可真大。"

"蒙特雷索家是个人丁兴旺的大家族。"我回答说。

"我记不起你家的纹章图案了。"

"蓝色底衬上一只金色的大脚,金脚正把一条毒牙咬进脚后跟的巨蛇踩得粉身碎骨。"

"那纹章上的铭词呢?"

"凡伤我者,必受惩罚。"

"妙!"他说。

酒在他的眼睛里闪耀,那些戏铃越发丁零当啷。我自己的想象力也因梅多克酒而兴奋起来。我们已经穿过由尸骨和大小酒桶堆成的一道道墙,来到了地窖的幽深之处。我又停了下来,这回还不揣冒昧地抓住了福尔图纳托的上臂。

"硝石!"我说,"瞧,越来越多了,就像苔藓挂在窖顶。我们是在河床的下面。水珠正滴在尸骨间。喂,咱们回去吧,趁现在还来得及,你的咳嗽……"

"没事,"他说,"我们继续走吧。不过先再来瓶梅多克酒。"

我开了一小瓶格拉夫白葡萄酒递给他。他把酒一饮而尽。他眼里闪出一种可怕的目光。他一阵哈哈大笑,并且用一种令我莫名其妙的手势把酒瓶往上一抛。

我诧异地盯着他。他又重复了那个手势,一个古怪的手势。

"你不懂?"他问。

"我不懂。"我答。

"那你就不是兄弟。"

"什么?"

"你就不是个mason。"

"我是的,"我说,"我是的,我是。"

"你?不可能!你是个mason?"

"是个mason。"我回答。

"给个暗号。"他说。

"这就是。"我一边回答一边从我短披风的褶层下取出一把泥刀。①

"你在开玩笑,"他惊叫一声并往后退了几步。"不过咱们还是去看那桶蒙特亚酒吧。"

"这样也好。"我说着把泥刀重新放回披风下面,又伸出胳膊让他挽住。他重重地靠在了我胳臂上。我们继续往前去找那桶蒙特亚酒。我们穿过了一连串低矮的拱道,向下,往前,再向下,最后进了一个幽深的墓穴,里边混浊的空气使我们的火把只冒火苗而不发光亮。

这个墓穴的远端连着另一个更小的墓穴,里面曾一直顺墙排满尸骨,照巴黎那些大墓窟的样子一直推到拱顶。当时这小墓穴有三面墙依然照原样陈列着骨骸,可沿第四面墙堆放的尸骨已被推倒,乱七八糟地铺在地上,有一处形成了一个骨堆。在这面因推倒尸骨而暴露出来的墙上,我们看到了一个更小的凹洞,大约有4英尺深,3英尺宽,六七英尺高。这凹洞看上去仿佛当初被建造时就没派什么特别用场,不过是窖顶两边庞大的支撑体间一个小小的空隙,它的里端是一道坚硬的花岗岩石壁。

---

① 英文mason一词既可指西方一民间秘密团体"共济会"之会员,又可指泥瓦工。从前共济会员互称兄弟,活动时有联络暗号。

福尔图纳托举起他手中昏暗的火把,尽力窥视凹洞深处,可他枉费了一番心机。微弱的火光没法让我们看清凹洞里端。

"进去吧,"我说,"那桶蒙特亚酒就在里面。至于说卢切西……"

"他是个笨蛋!"我朋友打断我的话,跟跟跄跄倒朝里走去,而我则跟着他寸步不离。眨眼之间他已走到凹洞尽头,发现去路被石墙挡住。他正傻乎乎地站在那儿发愣,我已用锁链把他锁在了那道花岗石墙上。原来石壁上嵌着两颗U形大铁钉,两钉平行相距约两英尺。一颗钉上垂着一条不长的铁链,另一颗上则悬着一把挂锁。将那根铁链绕过他腰间再把链端牢牢锁上,这不过是几秒钟内的事。他当时惊呆了,一点也没反抗。我抽出钥匙,退出了凹洞。

"伸手摸摸墙,"我站在洞口说,"你肯定会摸到硝石。这儿的确太潮了。请允许我再次求你回去。你不?那我当然得留下你了。不过我先得尽力稍稍侍候你一番。"

"蒙特亚酒!"我朋友脱口而出,他当时还没回过神来。

"当然,"我说,"蒙特亚酒。"

说着话我已经在我刚才提到的那个骨堆上忙活开了。我把骨骸一块块抛到一边,下面很快就露出了不少砌墙用的石块和灰泥。用这些材料并凭借我那把泥刀,我开始干劲十足地砌墙封那个洞口。

我连第一层石块都还没砌好,就发现福尔图纳托酒已醒了一大半。我最初知道这一点是因为凹洞深处传来一声低低的悲号。那不是一个醉汉发出的声音。接下来便是一阵长长的、令人难耐的寂静。我一连砌好了第二层、第三层和第四层。这时我听见了那根铁链猛烈的震动声。声音延续了好几分钟。为了听得更称心如意，这几分钟里我停止干活，坐在了骨堆上。等那阵当啷声终于平静下来，我才又重新拿起泥刀，一口气砌完了第五层、第六层和第七层。这时墙已差不多齐我胸高。我又歇了下来，将火把举过新砌的墙头，把一点微弱的光线照射到里边那个身影上。

突然，一串凄厉的尖叫声从那被锁住的人影嗓子里冒出，仿佛是猛地将我朝后推了一把。我一时间趑趄不前，浑身发抖。随后我拔出佩剑，伸进凹洞里四下探戳。但转念一想我又安下心来，伸手摸摸那墓洞坚固的结构，我完全消除了内心的恐惧。我重新回到墙跟前，一声声地回应那个人的尖叫。我应着他叫。我帮着他叫。我的音量和力度都压过了他的叫声。我这么一叫，那尖叫者反倒渐渐哑了。

此时已深更半夜，我的活儿也接近尾声。我已经砌完了第八层、第九层和第十层。现在最后的第十一层也快完工，只剩下最后一块石头没砌上并抹灰。我使劲儿搬起这块沉甸甸的石头，将其一角搁上它预定的位置。可就在这时，凹洞里突然传出一阵令我毛发倒立的惨笑，紧接着又传出一个悲哀的声音，我好不容易才听出那是高贵的福尔图纳托在说话。那声音说：

"哈！哈！哈！嘿！嘿！嘿！真是个有趣的玩笑，一个绝妙的玩笑。待会儿回到屋里，我们准会笑个痛快。嘿！嘿！嘿！边喝酒边笑。嘿！嘿！嘿！"

"蒙特亚酒！"我说。

"嘿！嘿！嘿！嘿！嘿！嘿！对，蒙特亚酒。可天是不是太晚了?难道他们不正在屋里等咱们吗?福尔图纳托夫人和其他人?咱们去吧。"

"对,"我说,"咱们去吧。"

"看在上帝分儿上,蒙特雷索!"

"对,"我说,"看在上帝分儿上。"

可说完这句话之后我怎么听也听不到回声。我渐渐沉不住气了,便大声喊道:

"福尔图纳托!"

没有回答。我再喊:

"福尔图纳托!"

还是没有回答。于是我将一支火把伸进那个尚未砌上的墙孔,并任其掉了下去。传出来的回声只是那些戏铃的一阵丁当。我开始感到恶心,由于地窖里潮湿的缘故。我赶紧干完我那份活儿,把最后一块石头塞进它的位置并抹好泥灰。靠着新砌的那堵石墙我重新竖起了原来那道尸骨组成的护壁。半个世纪以来没人再动过那些尸骨。愿亡灵安息!

(1846)

# 阿恩海姆乐园[1]

> 淑女一般的花园被修剪一新,
> 仿佛她进入了甜丝丝的安眠,
> 向辽远的天空闭上她的眼睛。
> 天国顿时变成蓝色的花园,
> 圆形的大花园里百花绚烂。
> 晶亮的花朵和圆露珠的闪光,
> 都悬垂在它们蓝色的叶片上,
> 像湛蓝夜空闪烁的星光璀璨。
> ——贾尔斯·弗莱彻

从他的摇篮到他的坟墓,我的朋友埃利森都乘着一阵顺畅的柔风。我用顺畅这个词并非仅仅用它世俗的意思,而是把它作为幸福的同义词。我所讲之人天生的使命似乎就是来预告杜尔哥、普赖斯、普里斯特利和孔多赛的学说,用个人的实例来证明历来

---

[1] 阿恩海姆(Arnheim)是司各特长篇小说《盖尔施泰因家的安妮》(*Anne of Geierstein*, 1829)中女主人公家的封地和祖宅,该小说第10章有段对阿恩海姆园林以及对伯爵夫人安妮在林间漫步的描写。本书《兰多的小屋》中那位安妮亦是该小说女主人公的翻版。

被世人看作痴心妄想的至善论者的那个理想。我相信从埃利森短暂的一生中，我已经看见那个信条被驳倒，那信条认为人之天性中潜藏着某种对抗极乐至福的本质。对他生命历程的匆匆审视已经使我懂得了以下几点：一般说来，人类的不幸起因于对人类几条原始法则的违背；作为一个物种，我们还拥有迄今尚未开发的理想的生存环境；即便是在今天，在眼下这个黑暗而疯狂的时代，当所有思想都集中于社会状态这个问题时，个体的人仍然可能在某种异乎寻常而且极其偶然的条件下得到幸福。

正是这样一些看法使我那位年轻的朋友受到了极大的鼓舞，因此值得注意的是，那种成为他生命特色的其乐无穷在很大程度上是预先安排的结果。其实显而易见，若非他天生的悟性恰如其分地弥补其经验之不足，埃利森先生也许早就发现他被自己生活之异常成功抛进了那个寻常的不幸旋涡，那个张着大口吞噬天才精英的旋涡。不过，我的目的并不是要写一篇关于幸福的文章。我朋友的那些观念也许可以用三言两语加以概括。他只承认幸福的四个基本要素，或严格地说是四个条件。他认为的首要条件（说来也怪）是简单而且纯生理的户外自由运动。他说，"用其他手段获得的健康难以名副其实"。他列举了猎手追狐狸时的心醉神迷，并指出耕地的农民作为一个阶层，完全可以被认为比其他人都幸福。他的第二个条件是女人的爱。第三个条件最难实现，那就是要视名利为粪土。他的第四个条件是要有一个不断追求的目标，而且他还认为，在其他三要素相等的情况下，可得到幸福之程度与这个目标之高尚成正比。

命运对埃利森的格外垂青和慷慨施与着实令人吃惊。他相貌出众，风雅超群，智力非凡。对他来说，获取知识轻松得就像一种直觉、一种必然。他的家庭是这个帝国的名门望族之一。他的新娘是最美丽可爱、最忠贞不渝的女人。他的财产从来都富足有余。不过说到他大部分财产的获得，那可真是命运做出的最任性的恶作剧之一。这恶作剧令整个社会吃惊，在这个社会中，这种恶作剧的发生大多会彻底改变被捉弄者的精神性格。

事情似乎是这样的，大约在埃利森到达法定年龄的100年前，一位叫西布赖特·埃利森的先生在一个偏远的省份去世。这位先生积聚的财产富比王家，由于没有直接继承人，他去世前突发奇想要让那笔财富在死后积累一个世纪。在详细而精明地决定了不同的投资方式之后，他宣布把最后累计的全部财产遗赠给100年后在世的埃利森家族血缘最亲的一名成员。曾有过许多想通过法律取消这笔独份遗赠的企图，只因属于溯及既往才未能得逞；但曾有一届妒忌的政府注意到了此事，最后终于通过了一项法案，禁止所有类似的资产积累。不过，这一法案并没有阻止年轻的埃利森在他21岁生日那天成为他的祖先西布赖特的继承人，接受了一笔总数达45亿美元的遗产。①

---

① 与此虚构相似的一件真事不太久之前发生在英国。那位幸运的继承人名叫特勒森。我最初是从皮克勒·马斯科亲王的《旅行》杂志上读到一篇关于该事的报道。马斯科称那笔遗产的总数为90万英镑，并不无道理地说："一想到那么一大笔钱，想到用那笔钱都可以做些什么，就会有某种庄严崇高的感觉。"为了适应本文之意图，我追随了那位亲王的陈述，尽管那陈述言过其实。实际上，本文的胚胎及篇首论述早在多年前就曾发表，在欧仁·苏的《流浪的犹太人》出版之前，而欧仁·苏写那部小说可能受到过马斯科那篇报道的启发。——原注

当人们得知他所继承的是那么巨大的一笔财富，当然对这笔财富的处置方式进行过许多推测，这笔钱数额巨大并且可直接使用，这令所有猜测者感到为难。人们一般会想象，任何这样一笔巨款的拥有人都可以做他想做的任何事情。不难推测，拥有绝对比任何人都多的财富，他肯定会挥霍无度地尽享他那个时代的奢华靡丽，或忙于玩弄政治阴谋，或谋求高位权势，或花钱使自己更加高贵，或大量收集艺术珍品，或慷慨解囊资助文学、科学和艺术，或以他的名字命名大批慈善团体。可是对于这位继承人所拥有的这笔惊人的财富来说，这些用途以及所有一般的用途似乎都只提供了一块非常有限的天地。于是人们求助于计算，而计算结果足够令人惊惶。人们发现，即使按百分之三的利润计算，那笔遗产所带来的年收入也高达1350万美元，也就是每月收入112.5万美元，或每天3.6986万美元，或每小时1541美元，或每分钟26美元。所以，照常规去猜测这笔钱的处置着实困难。人们不知道猜什么是好，甚至有些人设想埃利森先生至少会把他财产的一半作为纯粹的多余之财而放弃，把这部分多余分配给他的亲戚，让他们个个腰缠万贯。事实上，他的确把他继承遗产之前就拥有的那笔数目可观的钱财分赠给了他的近亲。

但对这个引起了他的朋友们如此多议论的问题，我并不惊于他早就做出了决定。我也不太惊于他所作决定的性质。说到他个人的仁慈博爱，他从来就问心无愧。对于被严格称为改善的任何可能性，即人自身对其一般状态改善的可能性，（我得遗憾地承认）他历来少有信念。大体上说，不管妥当与否，他在很大程度上所依靠的是自我之本性。

从最广泛和最高贵的意义上讲，他是个诗人，并且他懂得诗情之真正特征、宏伟目标以及其至高无上的庄严和高贵。他本能地感觉到，对诗情最充分的满足（如果不是唯一正确的满足）就在于创造出新的美的形式。要么是由于他早年所受的教育，要么是因为他本身的才智天性，他所有的伦理思辨中都带有某些唯物主义的特色。也许正是这种倾向使他相信，创造出具有新颖情调的纯粹的有形之美，即使不是诗情发挥之唯一合理的范畴，至少也是一方最有利的天地。因此他碰巧既没有成为音乐家也没有成为诗人，如果我们照平常的意义来使用"诗人"一词的话。说不定他忽略成为音乐家或诗人只是在体现他不求闻达的观念，毕竟不求闻达被他视为人生幸福的基本要素之一。事实上难道没有这样的可能，虽说一流天才必然雄心勃勃，但最伟大的天才对所谓的雄心则超然物外？难道不可能发生这样的事，许多远比弥尔顿更伟大的天才从来就满足于"孤芳自赏，默默无闻"？我相信这个世界还不曾见过，而且若非某些意外事件驱使那些最高贵的思想不愉快地被加以运用，这个世界将永远不会看到在一些更有意义的艺术领域，人之天性绝对有能力创造成功业绩的充分展示。

埃利森既没有成为音乐家也没有成为诗人，尽管这世上没有人能比他更深地迷恋于音乐和诗。若是避开包围着他的环境而在另一种情况下，他成为一名画家也并非不可能。雕塑虽说在本质上具有严格的诗意，但由于太局限于它的范围和结果，因而从来没有引起他太多的注意。这下我已经提到了人们通常理解的诗情早已表明能徜徉其间的全部范围。但埃利森坚持认为还有一个领域一直被世人莫名其妙地忽略了。这个领域即使不能说是最宽阔，也能说是最富饶、最真实，而且最自然。没有任何定义把风景园林设计师说成是诗人，但在我朋友看来，风景园林之创造为高尚的诗情提供了最好的机会。事实上，这是一个最美妙的领域，其间可展示把新奇美的形式无限组合的想象能力，可凭借大地所能提供的最宏伟壮观的优势把美的元素结合成美的整体。在花草树木的千姿百态和万紫千红之中，他认识到了大自然在有形之美方面最直接而且最有力的尝试。而在这种尝试的趋向或凝聚之中，更严格地说，是在其对大地上之观者眼睛的适应之中，他领悟到自己应该运用最好的手段，发挥最大的优势，不仅要完成自己作为诗人的天命，而且要实现那上帝赋予人类诗情的崇高目标。

"这种尝试对大地上之观者眼睛的适应"，在解释他的这种表达方式时，埃利森先生说了不少话来解答一个在我看来总像谜一般的问题，我是说那个只有无知者才会争辩的事实，即大自然并不存在天才的画家可以创造的那种风景组合，现实中绝对找不到闪耀在克洛德·洛兰画布上的那种理想的乐园。在最迷人的自然风景中总会发现一点儿不足或一点儿过分，或许多过分和许多不足。虽说一些风景局部也许会令最高明的画家也难以描绘，但这些局部的总体排列始终可以被改进。简而言之，在一名画家的眼中，从这颗自然星球辽阔表面人迹可至的任何部分，都可以发现被称为风景画"构图"中的刺眼之处。然而这是多么令人难以理解！在其他所有方面，我们都被正确地教导要视自然为美之极致。我们总是畏缩着不敢与她的每一个细节竞争。谁敢去模仿郁金香的色彩，或去改进幽谷百合的形态？就雕塑和肖像画而言，那种认为对自然形态应该升华或理想化而不是临摹的评论是错误的。任何肖像画或雕塑对人体美的组合都只能近似于活生生的美人。这种评论的原则只有在风景画里才算正确，而感觉到该原则在这一点上的正确对他来说只是普遍性的率先体现，这使他宣称该原则适合所有艺术领域。我说感觉到该原则在这一点上的正确，因为感觉绝非矫揉造作或痴心妄想。与其"艺术造就艺术家"的感觉举不出例证一样，数学也同样举不出绝对例证。他不仅相信，而且明确地知道，对物体外观上的这样或那样的安置可构成并独一无二地构成真正的美。不过，他的理论迄今尚未成熟到可表达的程度。要充分地研究并表达它们，还有待于一种前所未见的更深入的分析。不过，他坚信自己被他的志同道合者的声音所唤起的本能的见解。假设一幅"构图"尚有缺陷，假设仅仅对其结构布局进行一个修改，假设把这一修改提交给世界上每一名画家，其必要性会被每个人承认。而且更有甚者，对于这幅有缺陷的构图之修改，艺术界每一位单独的成员都会提出同样的修改意见。

我再说一遍，只有在风景布局之中，有形的自然才有被升华的余地，因此在这一点上，自然可容改进在当时是我一直不能解答的一个谜。那时候，我对这个问题的想法还停留在这样一种观念：自然对大地表面的安排肯定具有这样一种原始意图，那就是已经在各个方面都满足人对美、崇高或诗情画意的完美感，除非这种原始意图受挫于已知的地质变动（形态和色调搭配的变动），而艺术之魂正系于对这种变动的纠正或消除之中。然而，由于必然会想到地质变动之异常及其并不适应于任何目的，我这种观念的力度便被大大削弱。正是埃利森指出，那些变动是死亡的象征。他这样解释说：承认人在世间的永生是最初的意图。这样我们就拥有与人类极乐福地相称的大地表面之原始布局，一种并非自然存在而是精心设计的布局。地质变动是为人类后来设想的死亡状态做准备。

"现在，"我的朋友说，"我们所认为的风景画之升华也许真的就只基于这种非永生的，或者说人类的着眼点。对自然风景的每一个改动也许都会在画面上产生一个瑕疵。如果我们能设想从远处看这幅画，从整体上看这幅画，从远离地球表面的某一个点，尽管这个点不超出大气层的界限，我们很容易就会懂得，对一个局部细节所进行的改进可能同时伤及整体效果或远观效果。也许有这样一类生命，从前的人类，但现在不为人类所见，在他们远远地看来，我们的混乱也许会显出秩序，我们的单调乏味也许会显出诗情画意。总而言之，由于他们的观察力远比我们敏锐，由于他们的审美能力因死亡而得以升华，那些人间天使也许已被上帝赋予了装点大地宽阔的风景园林之使命。"

在讨论过程中，我这位朋友引用了一位作家关于风景园林的一段论述，这位作家就这一话题的议论历来被视为精当之辞：

"严格地说，只有两种类型的风景园林艺术：自然型和人工型。前者追求重视乡村田野原始之美，其手法适应周围景色，所植之树与毗邻的山岗或平原协调一致，能发现那些为常人所忽略但被有经验的研究所察觉的大小比例和色调上的微妙关系，并将这些关系变为现实。自然型园林艺术之效果通常见于绝无瑕疵与不调和之处，体现在充满了一种健康的和谐与秩序，而不在于创造出任何特别的异景奇观。人工型园林艺术有多种变化，以满足不同的鉴赏趣味。它与不同的建筑风格有一种大体上的联系。园林中可见凡尔赛宫庄严的林荫大道和幽僻之处，可见意大利式的露台，可见一种与本国哥特式或英国伊丽莎白式建筑有某种联系的变化混合型英式老建筑。无论有人说些什么来反对人工型园林艺术的滥用，一种纯艺术的混合仍为园林景观平添一种巨大的魔力。它令人赏心悦目是因为其寓意。一个露台配上一段苔藓覆盖的老式栏杆，会使人眼睛顿时浮现出昔日从台上款款而过的美丽倩影。艺术最细微的展示也是一种精心周密和人类情趣的证明。"

"从我已经说过的那些话，"埃利森说，"你不可能会猜到我反对这里所说的重现乡村田野原始之美。原始之美绝不会美过可创造之美。当然，一切都取决于一个具有潜力的位置的选择。至于说到察觉大小比例和色调上的微妙关系并将其变为现实，这不过是一种用来掩饰思想不够精确的模糊说法。这种说法可以做上千种解释，也可以认为毫无意义，令人无所适从。自然型园林艺术之效果体现在绝无瑕疵与不调和之处，而不在于创造出任何特别的奇观异景。这个主张最适合那些凡夫俗子低下的理解力，而绝不适合天才们热切的梦想。这种去掉瑕疵就是美的见解，与文学上那种把艾迪生[①]吹捧成神的拙劣评论是一路货色。事实上，虽然由避免缺点而构成的优点能直接唤起理解，从而可以被界定在标准之内，但在创造中闪耀的更崇高的优点能单凭本身的结果就被人理解。标准只适用于否定瑕疵的美，避开短处的长处。除了这些之外，经得住批评的艺术只能暗示。我们可以被教导去创作一

---

[①] 指英国作家约瑟夫·艾迪生（Joseph Addison, 1672—1719），下文提到的《加图》（*Cato*, 1713）是他写的一部悲剧。

部《加图》，但要告诉我们如何去构想一座帕提侬神庙或构思一部《神曲》，那只能枉费心机。然而，后者一旦被构想出，奇迹便被创造，对理解力的包容便可遍及宇宙。那些因无能力创造而奚落创造的否定派的诡辩家，眼下正听见满堂喝彩。与他们故作正经的假理论对抗的原则目前尚处于萌芽状态，一旦它成熟，将会从美的直觉中获得赞美。"

"那个作者关于人工型的评述，"埃利森继续说道，"倒是不那么令人讨厌。一种纯艺术的混合为园林景观平添一种巨大的魅力。此话不假，还有关于人类情趣那句话也说得不错。此话所表达的原则无可非议，不过除了原则也许还该有点儿别的什么。也许该有一个与该原则相一致的目标，一个凭常人所拥有的手段难以达到的目标，而这个目标一旦达到，那它为风景园林所增添的一种魅力则远非人类情趣这几个字就能概括。一名诗人，一名拥有巨大财力同时又具有必要的艺术观念、文化观念或者像那位作者所说的情趣观念的诗人，也许能使自己的构想一下子充满美的广度和美的新奇，从而能传达那种超凡脱俗的冲突情感。这种结果产生之时人们将会看到，他既保证了情趣或构想的所有优点，同时又使他的作品避免了世俗艺术的粗糙和浅薄。在荒郊旷野的最险峻之处，在纯粹自然的最蛮荒之地，显然存在着一位创造者的艺术，但这种艺术显然只是思想之反映，绝不具有任何一种明显的感情实质。现在让我们来设想这种上帝的意志感被降低了一步，被融入了与人类艺术意识相和谐或相一致的某种东西，形成了一种居于二者之间的中介。譬如，让我们想象有这样一片风景，它兼有的广袤和限定，以及它和谐的美丽、壮观和新奇都使人想到那些超乎人类但又相似于人类的高等生命的文化。这样，人类的情趣得以保存，而这种合成的艺术则造就出一种次自然或亚自然的氛围，一种既非上帝创造，也不是从上帝的无限本质中分出来的自然，但它仍然是自然，是由那些翱翔于人类与上帝之间的天使亲手创造的自然。"

正是由于把他的巨额财富全部用来实现这样一个梦幻，正是由于他亲自监督自己的规划保证了户外自由运动，正是由于这些计划所提供的这个追求不止的目标，正是由于这个目标的崇高精神，正是由于这种精神使他真正感觉到与世无争，正是这种清泉一直在满足但永远不可能止住那种支配他灵魂的激情以及对美的渴求，最重要的是，正是由于一名女性而不是非女性的同情，正是她的美丽和爱使他的存在沉浸于乐园华美的气氛之中，正是由于这一切的一切，埃利森想到了去寻求免于人类寻常的忧虑烦恼，并寻求到了真正的极乐至福，这种幸福远比闪烁在斯塔尔夫人[①]那些令人销魂的白日梦里的幸福更充实、更积极。

关于我朋友实实在在地创造出来的奇迹，我毫无希望向读者传达任何清晰的概念。我想描述，但描述之困难又令我泄气，我不知道该详说还是该概述。也许更好的方法是最大限度地将两者合二为一。

埃利森先生第一步所考虑的当然是地点的选择。他几乎是一开始想到这个问题，其注意力就被太平洋群岛丰饶的自然状态所

---

[①] 斯塔尔夫人（Madame de Staël, 1766—1817；原名 Anne Louise Germaine Necker），法国作家。

吸引。事实上他已经决定航行去南太平洋，可一夜的深思熟虑又使他放弃了这个念头。他说："假若我愤世嫉俗，那样一个地方倒真适合我待。在那种情况下，其荒凉偏僻、与世隔绝和交通不便就会成为最迷人之处，可我现在还不是雅典的泰门。我希望的是宁静自在而不是孤独的压抑。我心目中的地方必须保留我对宁静程度及其持续时间的控制。而且应该常常有时间让我感受到我所需要的对我所做之事所表示的富有诗意的同感。那就让我们寻找一个离繁华城市不太远的地方，并且那地方最能使我实施自己的计划。"

为了寻找这么一个地方，埃利森旅行了好几个年头，而我获得允许一直与他为伴。上千个令我神魂颠倒的地方均被他断然否定，而他否定的理由到头来都使我确信他正确无误。最后我们来到了一块异常肥沃和美丽的平整如台的地方，这块台地所提供的全景视野与西西里的埃特纳火山相差无几。而埃利森和我都认为，就视野之内美丽如画的自然景观而论，这块台地远远胜过了那座著名的火山。

埃利森如痴如醉地眺望了差不多一小时，最后欣然深吸了一口气说："我知道，在我目前的情况下，最挑剔的人十之八九也会满意这个地方，这幅全景的确是壮观，而若不是它壮观得过分，我就应该选中它了。我所认识的建筑家全都有这样一种爱好，那就是为了'视野'的缘故而把房子修在山顶上。这个错误显而易见。任何形式的壮观，尤其是广袤，总是首先使人惊讶、激动，然后令人疲倦、压抑。最好的景观莫过于时有时无，最糟的景观莫过于一成不变。而在一成不变的情况下，最令人不愉快的壮观就是广袤，最讨厌的广袤则是一望无垠。这与幽居蛰伏的情感和意识格格不入，而我们'退隐山泉'正是寻求满足这种意识和情感。登高而望远，我们会油然生发遗世独立之感觉，沮丧的心会像躲避瘟疫一样躲避远景。"

直到我们寻找的第4个年头末尾，才总算找到一个埃利森自己也承认满意的地方。我当然没必要说出这个地方在何处。我朋友最近的去世使他那片领地突然对某一类游人开放，这已经赋予阿恩海姆一种神秘的色彩，降低了长期以来闻名遐迩的枫特山庄的神秘感，这种神秘感即使说不上庄重，但也相差无几，在知名度上还遥遥领先呢。

去阿恩海姆通常是经由水路。游客一大早离城，午前一直穿行在平静而具有乡土美的两岸之间。河岸上放牧着数不清的羊，雪白的羊毛缀着绵延起伏的青青草地。不知不觉地，人工培植的概念化为了田园牧歌式的情调，这种情调渐渐融进一种幽僻的感觉，随之又汇入了一种荒野意识。随着黄昏的临近，河道变得越来越狭窄，两岸变得越来越陡峭，遮掩河岸的树叶也变得更加繁茂、更加幽暗。河水更加清澈透明。溪流开始千回百转，以至在波光粼粼的水面上，视野在任何时候都超不过三分之一英里。小船随时都像被囚禁在一个魔圈之中，四周是难以穿越的叶簇高墙，头顶是绿缎织成的屋顶，而脚下没有地板。小船以惊人的精确性与水面下的一条幽灵船形成对应，那条船底朝天的幽灵船时刻都与那条真实的小船相依相随，仿佛是为了支撑它。河道此时变成了一个峡谷，不过这名称还不甚贴切，我用它仅仅是因为语言中尚无字词能更准确地体现那种最引人注目，而并非最具有特色的景观特征。峡谷的特点只剩下两岸的高耸和相峙平行，其余的特征完全丧失。深谷两边的峭壁（清澈的河水依然静静地穿行其间）高约100英尺，偶尔达到150英尺，两壁以极大的倾斜度相互靠拢，把目光挡在了幽谷之外，而从头顶上纠缠的灌木丛间密密匝匝垂下一缕缕羽毛状的苔藓，使整个深谷弥漫着一种阴沉忧郁的气氛。蜿蜒的水道变得更加迂回曲折，常常显得是三弯九拐之后又回到了原处，以至那位航行者早已迷失了方向。而且，他被包裹在一种说不出的奇异感觉之中。自然的感觉依然存在，但自然的特征似乎已经过人工修饰，在她的万千造化中有一种惊心动魄的对称，一种荡气回肠的均匀，一种鬼斧神工的精当。没有一根枯枝，没有一片败叶，没有一块零落的卵石，任何地方都看不见一抔裸露的黄土。透明的河水涌动着，轻轻拍打洁净的花岗石岸壁或毫无瑕疵的苔藓，苔藓刀切似的轮廓虽说迷眼但很悦目。

在这水道迷津穿行的几小时，幽暗每时每刻都在加深，但蓦然间一个意想不到的急转，使小船仿佛从天上掉进了一个圆圆的水湾，与峡谷的宽度相比，这水湾显得相当开阔。其直径大约有200码，水湾除了一个出口（小船进入水湾就正对这个出口），四周环绕着与峡谷峭壁一般高的小山，尽管小山与峭壁大不相同。山坡从水边向上成45度角倾斜，从山脚到山顶，无一处遗漏，被一层最华丽的花毯覆盖。在这个波动着的色彩与芬芳的海洋中，几乎看不见一片绿叶。水湾很深，但晶莹明澈，那似乎由一层小小的圆雪花石铺成的湾底清晰可见，只要眼睛能允许自己不去看那倒映着的蓝天和满山繁花。山坡上不见一棵树，甚至连灌木也没有。观者得到的印象是华丽、温馨、斑斓、宁静、均匀、柔和、美妙、优雅、妖娆,以及一种登峰造极的栽培奇迹。这种奇迹暗示出了一个超凡脱俗、勤劳实干、情趣风雅、思想高尚、追求完美的新种族的梦。当观者的眼睛从刀切般平整的岸边,顺着姹紫嫣红的山坡向上,一直看到隐现在头顶彩云间的朦胧山巅之时,他很难不想到一幅由红宝石、蓝宝石、蛋白石和金玛瑙镶嵌而成的瀑布全景图,仿佛图上的大瀑布正悄然无声地从天而降。

观者从幽暗的峡谷骤然进入水湾,一轮斜阳使他欣喜又令他惊讶,他本以为早已坠落到地平线之下的太阳此时正迎着他,并构成了穿过小山间的另一个峡谷般的长廊的唯一终点。

但此时那位航行者离开了那条载了他那么远的小船,下到了一只象牙色的独木舟上,小舟里里外外都用鲜红色绘着阿拉伯式图案。尖尖的船艏和船艉在水面上高高翘起,整个小舟就像一弯不规则的新月。它静静地浮在水面,有一种天鹅般的矜持和优雅。黑白相间的舱底放着一支轻巧的椴木单桨,但舱内既不见划手也没有侍者。客人被告知千万别懊丧,命运女神自会给予他关照。那条大一点儿的船渐渐消失,他被独自留在了那只显然在湖心一动不动的独木舟上。当他正考虑该去向何方,忽然觉得那叶仙舟微微一动。小舟自动慢慢旋转,直到船艏朝向那轮斜阳。随后它轻盈地但以逐渐加快的速度漂行,掀起的细浪涌向象牙色的船边,其声犹如一支神曲,这似乎为那位迷惑的航行者找不到来源的一种柔和但忧郁的音乐提供了唯一可能的解释。

小舟平稳地前进,渐渐靠近另一个狭长通道的岩石隘口,通道深处更加清楚可辨。右岸绵延起伏着密林覆盖的群山。不过河岸入水处仍然可见整齐洁净的特征,看不到一般河流那种乱滩碎石的迹象。左岸的景色显得更柔和也更有人工的意味。河岸从水边以一种非常平缓的坡度向上延伸，形成一片宽阔的草地。草地看上去犹如绿色天鹅绒，其青翠碧绿堪与最纯的绿宝石媲美，这片草地的宽度从10码到300码不等；草地从水边直达一道50英尺高的墙，该墙极不规则地逶迤蜿蜒，大致顺着河流的方向，直到消失在西边。这道墙是一整块石岩，是由笔直地切削南岸原来崎岖不平的峭壁而构成的，不过从来就看不出丝毫人工建造的痕迹。轮廓分明的岩石有一种地老天荒的色泽，而且壁侧和墙顶都爬满了常青藤、红忍冬、野蔷薇和铁线莲。间或拔地而起的大树完全避免了墙顶和墙角线条之单调，这些参天大树或单株独立，或三三两两，不过都紧挨着墙，以至常有树（尤其是黑胡桃树的枝）探过墙头把它们的枝端浸入水中。墙后领地深远处的景象被一道密不透风的枝叶屏障所遮掩。

这些都是当小舟渐渐接近我称为通道隘口时所看到的景象。当靠得更近时，隘口的形状消失了，一个新的出口出现在左方，朝这个方向依然可见那道墙逶迤蜿蜒，依然大致顺着溪流的流向。朝这个新的出口望去不会看得很远，因为溪流和相随的石墙都继续向左弯曲，直到双双被浓密的树丛吞噬。

但轻舟还是不可思议地滑进了那迂回曲折的溪流，小溪与石墙相对的一岸看上去与笔直通道和墙相对的一岸非常相似。绵延的小山偶尔高高耸起变成大山，山上覆盖着枝繁叶茂的各类植物，群山依然阻断了视线。

轻轻地向前漂行，但速度比刚才稍快，短短的三弯九转之后，泛舟者发现他的去路好像被一道巨门挡住。确切地说那是一道金碧辉煌的门，精心地雕刻有回纹装饰，门扇直接反射着此时正急速下坠的落日之余晖，其灿烂光辉似乎把周围的整片森林投入了火焰。此门嵌在那道高墙之上，高墙在这里仿佛正横跨小溪。不一会儿，就可看出溪流的主体缓缓拐了个大弯仍向左流去，石墙仍照先前那样顺流蜿蜒，而从主流分出的一条水量可观的小溪则泛着细浪从那道门下穿过，从视野中消失。轻舟滑入了较小的那条溪流并漂近大门，沉重的门扇发出悦耳的声音徐徐开启。小舟滑过大门，开始加速向下滑入一片宽阔的圆形平原，平原四周环绕着紫色的高山，山脚下流淌着一条波光粼粼的河流。与此同时，整个阿恩海姆乐园骤然呈现在眼前。那儿飘荡着一种令人心旷神怡的音乐，那儿弥漫着一种令人难以忘怀的奇香，那儿看上去是一个梦一般的多彩世界：又高又细的东方树木，又低又矮的常青灌木丛，一群群金色和火红色的飞鸟，一个个水边长着百合花的湖泊，一片片开着紫罗兰、郁金香、罂粟、晚香玉和风信子的草地，一条条纵横交错的银色小溪。而从这一切之间，一座座半哥特式半撒拉逊式的建筑凌空而起，仿佛奇迹般地漂浮在半天云中。数以百计的眺窗、尖顶和尖塔在鲜红的阳光下熠熠生辉，好像由风精、仙女、天魔、地神共同创造的海市蜃楼。

（1846）

# 未来之事

《淑女杂志》诸位编辑：

我荣幸地为贵刊奉上一篇文稿，并希望你们对此稿能比我理解得更为透彻。这篇稿子是我朋友马丁·范布伦·梅维斯（有时又叫作托基普西预言家[1]）根据我大约一年前发现的一份看上去很古怪的手稿翻译的。当时那份手稿被密封在一个瓶子里，瓶子曾漂浮在那片**黑暗的海洋**[2]上，那海曾被那位努比亚地理学家详细描述过，但今天除了超验主义者和一些耽于奇想的人之外已很少有人涉足。

你们忠实的

埃德加·爱伦·坡

## 在"云雀"号气球上

2848年4月1日——好吧，我亲爱的朋友——现在你得为你

---

[1] "托基普西预言家"（Toughkeepsie Seer）暗指当时的美国唯灵论者安德鲁·杰克逊·戴维斯（Andrew Jackson Davis，1826—1910）。戴维斯一生著有26本论超自然现象的书，因长期居住在纽约州的波基普西市，故以"波基普西预言家"（Poughkeepsie Seer）而闻名。

[2] 参见本书《莫斯肯漩涡沉浮记》相关脚注。

的过失而受到一封说三道四的长信的处罚。我明确地告诉你，我打算把这封信尽可能地写得单调乏味、杂乱无章、语无伦次而且不得人心，以此来惩罚你的傲慢无礼。再说，我此时被关在一只肮脏的气球上，和一两百个贱民挤在一堆，正在进行一次愉快的旅行（多滑稽，有人竟然觉得愉快！）。至少在一个月内，我绝无希望脚踏实地，没人交谈，无事可做。当一个人无事可做之际，那就是该给朋友写信之时。你这下该明白我为何要给你写这封信了吧？这是因为我的无聊和你的过失。

那就准备好你的眼镜，安心接受骚扰吧。我打算在这次可憎的航行期间天天给你写信。唉！什么时候人类才会想出新的发明？难道我们注定要永远享受这气球的种种不便？难道就没有人能发明一种更快速敏捷的飞行方式？据我看来，这样慢吞吞地飘行比直截了当的折磨也好不了多少。实话实说，自从我们离家以来，时速一直没有超过100英里！连鸟都比我们飞得快——至少是有些鸟。我向你保证我一点儿没夸张。当然，我们的航行显得比实际上更慢——这一是因为周围没有任何参照物供我们估计方位，二是因为我们一直顺风飘行。诚然，每当遇上另一只气球，我们便有机会感觉到我们的速度，而这时我承认，事情并不像看上去那么糟糕。虽然我已经习惯这种旅行方式，但每当有气球直接从我们头顶飞过，我依然会感到头昏眼花。我总觉得那似乎是一只巨鸟正向我们扑来，要用它的利爪把我们抓走。今天早上日出时分有一只气球从我们上方经过，它离我们的头顶太近，结果其拖绳实际上擦到了悬吊我们吊舱的索网，使我们感到了极大的不安。我们的球长说，如果气囊的质地是五百年或者一千年前那种中看不中用的涂胶"油绸",那我们早就不可避免地球毁人亡了。那种绸,他向我解释说,是用一种蚯蚓的内脏制成的一种织物。那种蚯蚓被人用桑葚——一种像西瓜的水果——细心喂养,它们长胖之后就被送进作坊压碎。这样压出的糊状物被叫作原始浆,然后再经过多道工序,最后才成为"<u>丝绸</u>"。说来也怪,这种<u>丝绸</u>曾作为女人的衣料而受到喜欢!当时的气球绝大部分也是用这种材料做的。好像后来在一种植物的下部囊皮中发现了一种更好的材料,那种植物俗称大戟,当时植物学上称之为乳草。这后一种丝绸因为经久耐用而被命名为"西尔克·白金汉"①,并且通常使用前被涂上一种树胶液——一种在某些方面可能与我们现在普遍使用的马来乳胶相似的物质。那种树胶偶然也被称为印度橡胶或弹性橡胶,而且无疑是许多种真菌中的一种。请别再对我说我本质上不是一个古董爱好者。

说到拖绳——似乎我们自己这根今天上午就把一个人从船上撞到了海里。当时我们下方的海面上有许多小小的磁力螺浆船——拖绳撞上的是一条大约6000吨重的小船,无论从哪个方面看,那船上都挤得很不像话。应该禁止这些小船装载过多的乘客。当然,那位落水者未被允许重返甲板,他和他的救生圈很快就不见踪影。亲爱的朋友,我真高兴我们生活的时代如此开明进步,以至于不应该有个体存在这等事。真正的人类所关心的应该是其

---

① 爱伦·坡在此揶揄英国记者兼旅行家詹姆斯·西尔克·白金汉(James Silk Buckingham, 1786—1855),因英文silk(丝绸)和英文人名Silk(西尔克)同形同音。作者在《与一具木乃伊的谈话》中也有对白金汉的讽刺性描写。

整体。说到人类，我顺便提一下，你知道吗，我们不朽的威金斯在论及社会状态这类问题时并非像当代人所认为的那样有其独到的见解？庞狄特使我确信，大约早在一千年前，一位名叫傅立叶的爱尔兰哲学家[1]就以几乎同样的方式提出过同样的见解，因为那个哲学家开着一家卖猫皮和其他毛皮的零售商店。庞狄特无所不知，这你知道；所以这件事绝不可能弄错。真令人惊叹，我们居然发现那个印度人亚里士·多德[2]深刻的见解每天都在得到验证（正如庞狄特所引用的）——"于是我们就必然看到同样的主张在人类中循环，不是一次或两次，也不是若干次，而几乎是永无止境地重复。"[3]

**4月2日**——今天谈一谈那条管理水上电报电缆中段的磁力船。我听说当这种电报最初由霍尔斯[4]投入使用之时，人们认为它根本不可能把电文传过大洋，可今天我们却完全弄不明白这有何难处！这就是人世沧桑。世事变迁，人则与时俱进——请原谅我引用这句伊特鲁里亚语格言。要是没有太西洋电报我们该怎么办？（庞狄特说太西洋在古代被叫作"大西洋"。）我们停下来向磁

---

[1] 作者在此故意让29世纪的未来人把法国社会理论家夏尔·傅立叶（Charles Fourier, 1772—1837）讹误为爱尔兰人，并将其名Fourier（傅立叶）误拼为Furrier（皮货商）。

[2] 作者故意让29世纪的未来人把古希腊哲学家亚里士多德讹误为"印度人亚里士·多德"。

[3] 该句引自亚里士多德的《天象论》（*Meteorologica*）第1卷第3章。

[4] 作者故意让29世纪的未来人把电报的发明者之一塞缪尔·摩尔斯（Samuel Morse, 1791—1872）讹误为霍尔斯（Horse，意为"马"）。

力船问了一些问题，除了其他一些好消息，我们还获悉阿非利西亚内战方酣，瘟疫在尤罗巴和阿细亚[①]的流行正值绝妙状态。可在人类使哲学升华高尚之前，世人竟习惯于把战争和瘟疫视为灾难，这在今天看来，难道不觉得奇怪？你知道吗，实际上我们的祖先曾在古老的神庙里祈祷，祈求这些灾难（！）不要光顾人类？我们的祖先究竟是按照什么样的利益原则行事，这难道不是真的令人费解吗？难道他们真有那么愚昧，竟然看不出这个如此昭彰的事实：无数个体的消灭只会对整体有益！

4月3日——从绳梯登上气囊之顶，然后再环顾周围的世界，这可真是一种极好的消遣。你知道，若在下面的吊舱，眼界不会有这般开阔，你很少能看到头顶的景象。可坐在这儿（我就坐在这儿写信），坐在这囊顶有豪华气势的无遮无盖的广场上，四面八方所发生的一切都一览无遗。现在我视野之内正飘行着数不清的气球，它们呈现出一幅生气勃勃的画面，同时空中正回想着好几百万人的声音所汇成的嗡嗡声。我已经听说，当我们所认为的第一个气球航行家耶洛，或者（照庞狄特所说是）维奥利特[②]，当他坚持认为只要凭借升降去顺应有利气流，气球便可朝各个方向飞行之时，他同时代的所有人几乎都对他不予理睬，只把他当作一个有发明天才的疯子，因为那个时代的哲学家们（？）宣称这种事绝不可能发生。古代那些聪明的学者为什么对任何明明切实可

---

① 阿非利西亚、尤罗巴、阿细亚分别指阿非利加、欧罗巴、亚细亚三大洲。
② 耶洛（Yellow，意为"黄色"）、维奥利特（Violet，意为"紫色"）影射英国气球航行家查尔斯·格林（Charles Green，1785—1870），其姓Green意为"绿色"。

行的事都视而不见，现在看来这真令我莫名其妙。不过在任何时代，技艺进步的巨大障碍都遭到所谓的科学家们的反对。当然，我们今天的科学家完全不像古代科学家那么固执：——哦，说到这个话题，我有一件非常奇怪的事要告诉你。你知道吗，直到不足一千年前，形而上学家们才同意打消世人那个古怪的念头，即认为获得真理只有两条可行之路！请相信这一点，如果你可能的话！好像是在很久很久以前，在没有史料记载的年代，有一位名叫亚里士·多德的土耳其哲学家（也可能是印度哲学家）。此人大力推广，或姑且说竭力鼓吹，一种叫作由因及果式或演绎式的分析方法。他从他坚持认为的自明之理或"不言而喻的真相"开始，然后通过"逻辑的"过程得出结果。他最了不起的两个门徒一个叫流口利得①，一个叫侃得②。且说亚里士·多德一直独领风骚，直到一位叫什么霍格的人出现，此人有一个别号叫"埃特里克的牧羊人"③，他提倡一种截然不同的分析方法，并将其称为由果溯因法，或者称归纳法。他的方法完全涉及感觉。他是通过观察、分

---

① 作者故意让29世纪的未来人把古希腊数学家Euclid（欧几里得）误拼成Neuclid（流口利得）。在《我发现了》中有误拼成Tuclid（图口利得）。

② 爱伦·坡在《如何写布莱克伍德式文章》中也有把Kant（康德）误拼成Cant（侃得）的讽喻。

③ 此处"霍格"（Hog，意为"猪"）暗讽英国哲学家弗兰西斯·培根（Francis Bacon，1561—1626），因Bacon意为"熏肉"。另有一位苏格兰诗人詹姆斯·霍格（James Hogg，1770—1835），出生于小村庄埃特里克（Ettrick），人称"埃特里克的牧羊人"。爱伦·坡在此故意让未来人张冠李戴，混淆两个"霍格"，把"牧羊人"之称号归于培根，当然是冲着亚里士多德这头"公羊"——Aristotle（亚里士多德）的前半截Aris-的读音像拉丁文ariēs（公羊），故而上文中亚里士多德的名字被拆分为"亚里士·多德"（Aries Tottle）。

析和归类，最后把事实——即被他拿腔拿调地说的自然事例——总结为普遍规律。一言以蔽之，亚里士·多德的方法以本体作基础，霍格的方法则以现象为依据。对啦，后一种方法在提倡之初赢得了世人的高度赞美，亚里士·多德顿时声名扫地。不过他最后终于东山再起，被允许在真理这个领域与他的现代对手平分秋色。当时的学者们坚持认为，只有亚里士多德式和培根式的道路才是可能获取真知的途径。你肯定知道，"培根式"这个形容词是作为"霍格式"的同义词而发明的，它听起来更悦耳，看上去更高贵。

我亲爱的朋友，我向你保证，最断然地保证，我所讲述的这件事绝对有最充分的根据；而你很容易就能看出，如此明显的一种荒唐观念那时候肯定起过作用，从而阻碍了真正的学问发展——真的学问几乎总是以直观飞跃的方式向前发展。这种古代的观念把分析研究限制在蜗行牛步的速度；尤其是对霍格的迷恋狂热了好几百年，以致称得上正常的思想实际上完全停止。没人敢说一句真话，而为此他只觉得有负于自己的灵魂。真情真相是否能被证明为真理，这一点并不重要，因为当时那些愚顽不化的学者只看他获得真情真相所通过的途径。他们对结果甚至不屑一顾。"让我们看方法，"他们高嚷，"方法！"若发现被调查的方法既不属于亚里士（也就是说公羊）的范畴，也不归于霍格的领域，那学者们就会立即停止调查，并宣布那位"理论家"为白痴，从此对他和他发现的真理再也不予理睬。

我们当然可以断言，凭这种蜗行牛步的方法，哪怕是经历非常漫长的岁月，人们也不可能发现许多真理，因为对想象力的约束是任何古代分析模式的稳当性都无法补偿的过失。那些尤耳曼人、伏兰西人、英格利人和亚美利坚人①（顺便说一下，后者便是我们的直接祖先）所犯的错误完全类似那种自作聪明的白痴所犯的错误，那种白痴以为，他把东西拿得离眼睛越近就肯定会看得越清楚。那些人被细节蒙住了眼睛。当他们按照霍格式方法分析问题时，他们所依据的"事实"通常绝非事实，而是堆鸡零狗碎的破烂，只不过一直被假定为是事实而且肯定是事实，因为它们看上去像是那么回事。当他们沿着公羊之路分析问题，他们的那条路简直还不如公羊角直，因为他们压根儿就没有什么不言而喻的自明之理。他们肯定都丧明眇目，甚至在他们那个时代也看不见这点；因为甚至在他们那个时代，许多早就"被确认的"自明之理也已经被否定。例如——"无中不生有""物体不能运动于它不存在之处""世间绝没有恰恰相反的事物""黑暗不可能来自光明"——所有这些和类似的另外十几条早被世人断然而正式地承认为自明之理的命题，甚至在我所说的那个时代也显然站不住脚。由此可见，那些坚信"自明之理"为真理之不变基础的人是多么愚蠢！可即便从他们最有判断力的推论家口中，也很容易证明他们的自明之理大体上是一堆莫名其妙的废话。谁是他们最有判断力的逻辑学家呢？让我想想！我得去问问庞狄特，一会儿就回来……啊，有了！这儿有一本差不多写于一千年前的书，最近刚从英格利语翻译过来——顺便提一下，英格利语好像就是亚美

---

① 尤耳曼人、伏兰西人、英格利人、亚美利坚人分别指德国人（日耳曼人）、法国人（法兰西人）、英国人（英吉利人）、美国人（美利坚人）。

利坚语的雏形。庞狄特说,就其主题"逻辑"而言,此书无疑是最为精巧的一部古典论著。这位(在当时被认为很了不起的)作者叫什么米勒,或者叫穆勒;我们发现了一条关于他的重点记载,说他有匹推磨的马名叫边沁。不过让我们来看看这部宏篇大论!

啊!——穆勒先生说得真好,"能否想象在任何情况下都不能作为自明之理的判断标准"。神志清醒的现代人有谁会想到对这条自明之理加以质疑?我们唯一感到惊讶的只能是,穆勒先生怎么会偏偏想到有必要对这种一目了然的事加以暗示。不过到此为止还没有什么差错——让我们再来看一页。这页上写些什么?——"矛盾之双方不能同时为真理——即不能同时存在于自然之中。"穆勒先生这句话的意思是说,一棵树要么是一棵树,要么不是一棵树——它不可能同时是一棵树又不是一棵树。很好,可我问他为什么。他的回答是这样的——而且绝不敢说还有任何其他方式的回答——"因为不可能想象矛盾之双方同为真理。"可是根据他自己的论证,这压根儿就不是答案;因为他难道不是刚刚才承认"能否想象在任何情况下都不能作为自明之理的判断标准"?

我现在之所以抱怨这些老前辈,主要还不是因为他们的逻辑即便照他们自己的论证也是毫无根据、没有价值而且完全稀奇古怪,而是因为他们自负而愚蠢地排斥所有其他的真理之路,排斥除了那两种荒谬途径之外所有获取真理的途径——他们的两种途径一条是蜗行之途,一条是牛步之径——而他们竟敢把酷爱翱翔的灵魂限制在这两条路上。

顺便问一句,我亲爱的朋友,你难道不认为下面这件事曾让古代的那些教条主义者伤透过脑筋，那就是他们不得不断定他们所有真理中最重要而伟大的那个真理到底是通过两条路中的哪一条获得的？我说的是万有引力定律。牛顿将此归功于开普勒。而开普勒早就承认他的行星运动三大定律是猜出来的——而正是这所有定律中的三条定律引导那位伟大的英格利数学家发现了他的原理，即所有物理学原理之基础——若要追究这基础的根源，那我们必然会进入形而上学的王国。开普勒是凭猜测——也就是说，是凭想象。他本质上是个"理论家"——这个如今神圣而庄严的字眼在过去却是一种轻蔑的称呼。还有，到底是凭那两条"路"中的哪一条，一位密码专家才能破译一份异常神秘的密码？或商博良到底是通过那两条路中的哪一条，才成功地破译出了古埃及象形文字，从而把人类引向了那些永恒不朽而且几乎不可计数的真理？要那些老鼹鼠们来解释上述问题，难道不会让他们感到为难？

　　对这个话题我还有两句话要说，我就是要让你感到厌烦。你难道不觉得奇怪，那些盲从的人虽然没完没了地大谈真理之路，但还是没发现我们今天看得一清二楚的这条大道——一致性的大道？你难道不觉得稀罕，他们居然未能从上帝的杰作中演绎出这个极其重要的事实：完美无瑕的一致必然是绝对真理！自从这一命题被宣告以来，我们前进的道路一直是多么平坦！探究真理的权力从那些鼹鼠手中被夺了过来，作为一项使命交给了那些真正的思想家，那些富有热情和想象力的人。这些人讲究理论。你能否想象，若是我们的老前辈能从我背后偷看到我写下的这个词，他们会发出什么样的大声嘲笑？我刚才说，这些人讲究理论；只不过他们对自己的理论进行修正、归纳、分类——一点一点地清除自相矛盾的浮渣——直到一种毋庸置疑的一致终于脱颖而出，而由于它完全一致，连感觉最迟钝的人也承认它是绝对而当然的真理。

**4月4日**——新的气体正在创造奇迹，改进后的马来乳胶也令人叹为观止。多安全，多方便，多容易操纵，我们的现代气球在各个方面都尽如人意！有一个大气球正以每小时至少150英里的速度向我们靠近。它看上去载满了人——也许有三四百名乘客——然而它却翱翔在差不多1英里的高空，神气活现地俯视可怜的我们。说到底，100英里乃至200英里的时速仍然算不上快。还记得我们在横越加拿多大陆①那条铁路线上的飞驰吗？——每小时足足300英里——那才叫旅行！虽然什么也看不见——只能在豪华的车厢客厅里饮酒、跳舞、娱乐。你还记得吗，当我们偶然看到一眼全速运行的列车外的物体，所体验到的是一种多奇妙的感觉？似乎一切都混为一团——成为了一个整体。就我而言，我只能说我宁愿乘时速100英里的慢车旅行。那儿我们可以有玻璃车窗——甚至还能把它们打开——像看看窗外田野风光之类的事也可以办到……庞狄特说，大加拿多铁路的路线大约在九百年前就肯定已被规划出来！实际上他甚至宣称，现在还能辨认出一条铁路的痕迹——与所提到的那个遥远年代有关的痕迹。那条铁路好像有两股道；而你知道，我们的铁路有十二股道，而且有三四股新道正在修建。古代的钢轨很细，轨距很窄，照现代观念看来，即使不

---

① 29世纪的未来人所称的加拿多（"加拿大"的讹音）大陆就是美洲大陆。

说非常危险也得说极其轻率。现在的轨距——50英尺宽——实际上还被认为不够安全。至于我自己，我毫不怀疑在很久以前的确存在一条某种类型的铁路，正如庞狄特所宣称的那样；因为我心里再清楚不过，在过去的某个时期——肯定不晚于七百年前——加拿多南北两块大陆是连在一起的；当时的加拿多人必然会想到建一条横贯大陆的大铁路。

4月5日——我简直无聊透了。庞狄特是气球上唯一可交谈的人；而他，可怜的人！开口闭口谈的都是陈年往事。他花了整整一天时间试图让我相信古代的亚美利坚人是自己管理自己！——究竟有谁听说过这种荒唐事？——他们按照我们在寓言中读到的"土拨鼠"的方式，生活在一种人人为自己的联邦内。庞狄特说，他们是从那个所能想象到的最古怪的念头开始的，就是说：所有的人生而自由并且平等——公然违抗清清楚楚地铭刻在精神世界和物质世界万事万物之上的等级法则。每个人都"投票"，这是他们的说法——也就是说，每个人都干预公众事务——直到最后发现，所谓的公众的事就是谁也不负责任的事，而"共和政体"（那种荒唐事就这么称呼）就是完全没有政体。但据说最初使那些因创立了"共和政体"而自鸣得意的哲学家们感到惊恐不安的事就是发现全民投票给了欺骗阴谋可乘之机，凭借阴谋诡计，任何一个堕落得不以欺骗为耻的政党都可以在任何时候得到他们想要的任何数量的选票，而他们的欺骗行为不可能被阻止，甚至不可能被察觉。稍稍想一想这个发现就可以看清其后果，那就是卑劣之徒必占上风——总而言之，共和政府只可能是一种卑鄙下流的政府。可当那些哲学家们正为自己未能预见到这种不可避免的邪恶而感到脸红，正为自己的愚蠢而感到羞愧，并决心要创立新的理论之时，一个名叫魔怖的家伙突然使事情有了个结局。他把一切都抓到了手中，建立起了一种专制暴政。与之相比，传说中的零禄①和阿拉结巴驴嘶②之流的暴虐也只能算是小巫见大巫。据说这个魔怖（顺便说一下，他是个外国人）是天底下最令人作呕的家伙。他是个蛮横、贪婪、猥亵的巨人，有小公牛的胆、鬣狗的心和孔雀的脑袋。他最后死于精力衰竭。但不管他有多么卑鄙无耻，他仍像所有的东西一样自有其益处，那就是给人类上了一课——绝不要违反自然的类似关系，而且直到今天，这教训也没有被遗忘的危险。就共和政体而论，地球表面绝对找不到它的类似之物——除非我们把"土拨鼠"的情况作为一个例外，而如果说这个例外能证明什么，那它似乎只能证明，民主是一种绝妙的政体形式——对鼠类而言。

**4月6日**——昨晚好好地看了一番天琴座α星。用我们球长的小型望远镜对半度角观测，它的星轮很像我们在雾天用肉眼看见的太阳。顺便说一下，天琴座α星虽说比我们的太阳大得多，但它的黑点、大气和其他许多特征都与太阳相似。庞狄特告诉我，仅仅是在上个世纪，人们才开始怀疑这两颗恒星之间存在着双星关系。（说来真怪！）我们太阳系在空间的运动轨道曾被认为是环绕

---

① 作者故意让29世纪的未来人把古罗马暴君Nero（尼禄，37—68）讹称为Zero（零禄）。

② 作者故意让29世纪的未来人把古罗马皇帝Heliogabalus（即Ealgabalus，埃拉伽巴卢斯，204—222）讹称为Hellofababalus（阿拉结巴驴嘶）。埃拉伽巴卢斯在位时荒淫放荡，臭名昭著，终被禁卫军弑杀。

着银河系中心的一颗巨星。银河系的每一个天体都被宣布是围绕着这颗巨星转动，或至少说是围绕着位于昂星团阿尔库俄涅星附近的上述天体所共有的一个引力中心转动，我们太阳系绕这个中心转一周需要117,000,000年！凭我们现在的天文知识，凭我们大型天文望远镜的改进等等，我们当然会发现很难理解这种看法的根据。这种看法的第一个鼓吹者叫什么霉德勒①。我们只能断定，他起初仅仅是被类推引向了这个疯狂的假设；但既然如此，他至少应该坚持类推下去。事实上，一颗巨大的中央恒星被提出；霉德勒至此还算首尾一致。然而，从天体力学上看，这颗中央恒星应该比所有环绕它的恒星加在一起还大。于是下面这个问题就会被提出——"为什么我们看不见那颗恒星？"——尤其是我们处于这串恒星的中间地带——至少，那颗难以想象的中央恒星应当位于这个地带附近。那位天文学家对这一点也许会以该星不发光作为遁词，但这样他的类推马上就不成立。不过即使承认那颗中央恒星不发光，他又怎么解释为何围在它四面八方的无数灿烂辉煌的太阳也未能使它显露真颜？毫无疑问，他最后所能坚持的仅仅是一个所有绕行的恒星共有的引力中心——但即便如此，他的类推也肯定站不住脚。不错，我们太阳系是在绕着一个共有的引力中心转动，但它的转动是与一颗有形的恒星有关，是由于这颗恒星的缘故，因为这颗恒星的质量足以保持这个系统其他天体的平衡。数学意义上的圆是一条由无数直线构成的曲线；但这个圆

---

① 作者故意让29世纪的未来人把德国天文学家Mädler（梅德勒, 1794—1874）讹误为Mudler，而与之音同形似的英文单词muddler有"混淆是非者"的意思。

的概念——这个我们从几何学的任何角度考虑都认为是不同于实际概念的纯数学意义上的概念——事实上也可以被视为实际上的概念,这就是当我们假设太阳系和它的伙伴们围绕银河系中心某个点旋转的时候,只有在这种时候,在我们不得不涉及或至少是不得不想象这些巨圆的时候,我们才有权把这个数学上的概念视为实际上的概念。让人类最活跃的想象力再进一步,去理解这样一个难以形容的圆!这样的理解几乎并不矛盾:即一道永远沿着这个不可思议的圆之圆周疾驰的闪电,实际上将永远沿一条直线疾驰。我们太阳运行的道路就沿着这样的一个圆周——我们太阳系运行的方向就顺着这样的一条轨道——所以哪怕是认为人类的知觉会在一百万年内感觉到太阳运行的轨道稍稍偏离一条直线,这也是一种不能接受的推测;可古代的那些天文学家却似乎都傻乎乎地相信:一条明显的曲线已经显露在他们短短的天文学历史期内——显露在一个纯粹的时间点上——显露在几乎等于零的两三千年间!真是莫名其妙,这样的考虑居然未能立刻为他们指示出事情的真实情况——环绕同一引力中心的我们的太阳和天琴座α星之间存在着双星旋转关系!

**4月7日**——昨晚继续以观测天象娱乐。仔细地观测了海王星的五颗小行星,并兴趣盎然地观看了月球上一个巨大的拱墩被放上新建的达佛尼斯[①]神庙的双楣。像月球居民那么小,并且与人类那么不相同的生物,居然能发明出比我们先进得多的机械装置,想到这一点觉得很有趣。而且我发现很难想象,那些月球人轻轻

---

① 在希腊神话中,达佛尼斯(Daphnis)是西西里的牧人,据说是牧歌的创始人。

松松举起的巨大物体真会像我们的理智所告诉我们的那样轻。

4月8日——我发现了！庞狄特真是洋洋得意。一只来自加拿多的气球今天与我们相遇，并抛给我们几份最近的报纸：报上刊登有一些与古代的加拿多人，更准确地说是与古代的亚美利坚人有关的非常奇妙的消息。我想你一定知道，好几个月以来，一批工人正受雇在为乐园的一个新喷泉构筑地基，就是在帝国最大的那个娱乐花园。毫不夸张地说，乐园很久很久以来似乎就一直是个岛屿——也就是说，它北边的分界线（按任何古老的记载追溯）是一条河，更准确地说是一个狭窄的海湾。这海湾慢慢变阔，直到变为今天的宽度——1英里。岛的全长为9英里；宽度实际上变化不定。大约八百年前，那整个地区（庞狄特这么说）密密麻麻地挤满了房屋，其中有些楼房高达20层；（由于某种莫名其妙的原因）那地区附近的土地被人们视为特别珍贵。然而，2050年那场灾难性的地震将这座镇子（它大得几乎已不能再被称为村庄）连根拔掉、彻底摧毁，以致我们最不屈不挠的考古学家也一直未能从该遗址找到任何充分的资料（诸如钱币、徽章或碑铭之类的东西），因而没法对该地区原始居民的风俗习惯、生活方式等方面进行哪怕是最模糊的推测。我们迄今为止对他们的全部了解几乎就是：当一名金羊毛骑士理科德·赖克[①]最初发现那块大陆之时，他

---

① 此处是在暗讽一名自私的纽约政客理查德·赖克（Richard Riker，1773—1842）。赖克曾三度出任纽约市书记官（Recorder），而Recorder和Richard读音相似。爱伦·坡将其称为希腊神话中的"金羊毛骑士"，是暗指这位纽约市书记官曾剪过纽约市民的羊毛。

们是出没于那里的尼克尔包克尔野蛮部落①的一个分支。可他们绝非不开化，只不过是按照他们自己的方式形成了种种不同的艺术乃至科学。据说他们在许多方面都很精明，但却奇怪地患上了一种偏执狂，拼命地建造一种在古代亚美利坚被命名为"教堂"的房屋——那是一种塔式建筑，用来供奉两个偶像，一个名叫财富，一个名叫时髦。据说到了后来，该岛十之八九都变成了教堂。而且那里的女人也好像被她们后腰下边的一个自然隆起部弄得奇形怪状——不过这种变形在当时被莫名其妙地当作一种美。事实上，有一两幅这种变形女人的画像被奇迹般地保存了下来。她们看上去非常古怪，非常——说不出是像雄吐绶鸡还是像单峰骆驼。②

好啦，关于古代的尼克尔包克尔人，流传到我们今天的差不多就这么点情况。然而，好像是在帝国花园（你知道那花园覆盖全岛）中央的挖掘之中，几位工人挖出了一块显然是由人工凿成的四四方方的花岗石，石块重好几百磅。该石保存完好，那场将它掩埋的大地震并没有对它造成明显的损坏。它的一个表面嵌着一块大理石板，石板上刻着一段碑文（想想吧！）——一段字迹清楚的碑文。庞狄特真是欣喜若狂。拆开大理石板，里面是个空洞，空洞里装着一只铅盒，铅盒里满满的，有各种各样的钱币、一份长长的名册、几份看上去像报纸的文件，还有其他许多令考古学家感兴趣的东西！毫无疑问，这一切都是属于那个叫作尼克尔包

---

① 尼克尔包克尔（Knickerboker）是华盛顿·欧文（Washington Irving，1783—1859）写《纽约外史》（*A History of New-York*，1809）时杜撰的该书作者。
② 爱伦·坡对裙撑（支撑并且使女裙后部高高隆起的支架或衬垫）的嘲讽又见于《眼镜》和《山鲁佐德的第一千零二个故事》。

克尔部落的地道的亚美利坚人的遗物。抛给我们气球的那些报纸上印满了那些钱币、手稿和印刷品等的摹真图片。我现在就把大理石板上那段尼克尔包克尔人的碑文抄给你，供你一乐：

> 此乔治·华盛顿纪念碑之
> 奠基石
> 竖于1847年10月19日
> 适逢康华里勋爵
> 于公元1781年
> 在约克镇
> 向乔治·华盛顿将军投降
> 周年纪念典礼
> 纽约市华盛顿纪念碑协会赞助

我这里抄的碑文是庞狄特亲自逐字翻译的，所以内容不可能有误。从这样保存下来的这几行不多的字句中，我们探明了几个重要的事实，其中并非最不重要的一个事实就是：早在一千年前，实实在在的纪念碑就已经被废除——正如非常恰当的那样——当时的人们也和我们今天的做法一样，仅仅是表露一下将在未来的某个时候建碑的意愿；一块"冷清清而且孤零零"（请原谅我引用伟大的亚美利坚诗人本顿的诗句！）①的奠基石被小心翼翼地竖起，以作为这种高尚意愿的一个保证。从这段极妙的碑文中，我

---

① "冷清清而且孤零零"（solitary and alone）这个措辞见于英国作家劳伦斯·斯特恩（Lawrence Sterne，1713—1768）《伤感之旅》（*A Sentimental Journey Through France and Italy*，1786）第31章。美国民主党参议员托马斯·哈特·本顿（Thomas Hart Benton，1782—1859）于1837年在参议院的一次重要发言中使用过这一措辞，从而使之令人难忘。

们不但弄清了所谈论的那次大投降发生在哪儿,是谁投降,而且还清清楚楚地知道了是如何投降的。说到在哪儿,那是在约克镇(天知道那个镇子到底在哪儿);说到是谁,那是康华里将军(无疑是一个富有的玉米商①)。他投降了。那段碑文是纪念——什么?——哦,"康华里勋爵"投降。唯一的问题就是那些野蛮人要他投降能指望什么。但只要我们想到那些野蛮人无疑是一些食同类者,那我们就不难得出推论,他们是打算用他来灌香肠。至于说他是如何投降的,那碑文说得太清楚不过了。康华里勋爵是"在华盛顿纪念碑协会的赞助下"投降的(为了香肠),那个协会肯定是一个存放奠基石的慈善机构。——可是,天哪!出了什么事?啊,我明白了——气球瘪了,我们就要掉进大海。所以我的时间只够再说上两句。匆匆浏览了一遍那些报纸上的摹真图片,我发现在那个时代的亚美利坚人中有两个伟大人物,一个叫约翰,是名铁匠;另一个叫扎卡里,是名裁缝。②

再见吧,待我们重逢之时。你能否收到这封信并不重要,因为我写它纯粹是为了消遣。不过我要把此信手稿密封进一个瓶里,然后把瓶子扔进大海。

你永远的庞狄塔

(1849)

---

① 康华里将军全名查尔斯·康华里(Charles Cornwallis, 1738—1805),是美国独立战争时的英军司令,其姓第一个音节 Corn 意为"玉米",故有此谑。

② John(约翰)和 Smith(史密斯,意为"铁匠")都是英语国家很常见的人名;而扎卡里·泰勒(Zachary Taylor, 1784—1850)则是美国第12届总统。爱伦·坡创作此文时泰勒总统已当选(1849年3月就任),其姓 Taylor 源于 tailor(裁缝)一词。

# 兰多的小屋
## ——《阿恩海姆乐园》之姊妹篇

去年夏天,在一次穿越纽约州一两个临河县的徒步旅行途中,当日暮黄昏将近时,我发现自己多少有点儿为正在走的那条路而感到不安。那一带地形的起伏使人觉得意外,在刚过去的一个小时内,我脚下的路始终弯弯曲曲地迂回在一个个山谷之间,以至我再也弄不清楚可爱的B村在什么方向,而我本来打算在那儿过夜。严格地说,整整一天太阳几乎都没有照耀大地,可天气一直暖和得令人不舒服。一层像是晚秋小阳春才有的那种薄雾笼罩着一切,这当然增加了我的茫然。不过,我并不特别在意当时的处境,即使我在太阳下山之前,甚至在天黑之前还找不到那个村子,那我也完全有可能很快就发现一座小小的荷兰式农舍,或者诸如此类的小屋,尽管(也许是由于风景秀丽但土地并不肥沃)那一带实际上人烟很稀少。不管怎么说,有我的背囊当枕头,有我的猎犬作警卫,在野外露宿一夜对我而言也不失为一件乐事。所以我非常轻松地信步向前,猎犬庞托挎着我的猎枪。直到后来,正当我开始考虑那许许多多纵横交错的林间通道是否会通往大路时,我被其中一条最有希望的小径引上了一条明确无误的车道。这一点肯定不会弄错。路面上能看出轻便马车轧过的痕迹。虽说高高的灌木和繁茂的树丛在头顶相交,但树蓬下面畅通无阻,甚至能通过一辆弗吉尼亚山区马车。不过,除了能畅通无阻地穿过森林(如果那样一片树丛也称得上是森林的话),除了路面上能看出车轮轧过的痕迹,那车道与我所见过的其他道路再无任何相似之处。我所说的车辙不过是依稀可辨,轻轻地印在坚实、湿润但令人惬意的路面上。那路面看上去简直就像热那亚产的绿色天鹅绒。那显然是青草,但这样的青草除了在英格兰我们很少能看见,那么短、那么密、那么平,而且绿得那么鲜艳。路面上没有任何障碍物,甚至没有一块碎石或一根枯枝。原来绊脚的石块都已被小心翼翼地放(而不是抛)到了车道两旁,像用一半刻意讲究、一半漫不经心地为车道砌起两条优雅别致的道边。一簇簇野花生长在每一个空隙之处,枝繁叶茂,姹紫嫣红。

我当然不知道是什么造就了这一切。这一切之间无疑有艺术存在,而我并不为此感到惊讶。从一般意义上讲,天下的道路都是艺术作品。我也不能说艺术在这儿的过分表现有多么值得惊叹。这周围应该被料理的一切似乎都被料理过了,以如此自然的"神力"(正如他们在论述风景园林的书中所说),以很少的人力和财力。对,并非艺术的价值而是其性质使我在一块野花簇拥的石上坐了下来,怀着迷惑而赞美的心情把那条只有仙境中才会有的道路足足凝望了半个小时。我凝望得越久心里便越确信:肯定有一位画家,一位对形态一丝不苟的画家,监督了眼前这一切的摆布。是他无微不至的细心使这一切都保持在整洁优雅和美丽自然之间,这里的美丽自然是这个意大利词的真正含义。整幅画面很少有笔直而不间断的线条。从任何角度望去,相同的曲线效果或色彩效果一般出现两次，但不会再多。画面的每个部分都有一种和谐中的变化。这是一幅"杰作"，一幅最挑剔的批评家几乎也提不出修改建议的杰作。

我刚才跨上这条大路时拐向了右边，现在我站起身来继续沿此方向赶路。道路是那样的迂曲盘陀，所以我任何时候都只能看到前方两三步之遥的路面。路面特征倒没有什么实质上的变化。

不一会儿我渐闻潺潺水声，又往前走了一阵，当我更急促地转过一个个比刚才更突兀的拐弯时，我忽然意识到一幢某种式样的房子坐落在我正位于其顶的一个山坡脚下。由于下面的小山谷雾气弥漫，谷底的一切都看不清楚。不过当夕阳正慢慢西坠，徐徐吹来了一阵微风，当时我还伫立于坡顶，只见谷间的迷雾化作了一缕缕云圈，缭绕盘旋着飘离了山谷。

谷底的景象慢慢呈现出来，就像我要描述的那么慢。东闪出一棵树影，西亮出一片水波，接着又是一个烟囱的顶部。我差点儿禁不住以为，眼前的一切只是有时在名曰"透视画"的展出中所看见的那种精心构制的幻象。

但待山谷中的雾霭彻底消散，太阳已坠到小山背后，而就在这时，它仿佛轻盈地向南跳了一个滑步，又完完全全地跃入眼帘，从山谷西边的一个裂口放射出一种略呈紫色的光芒。于是骤然之间，令人不可思议，整个山谷和山谷中的一切都变得亮晃晃地一览无余。

当太阳滑进刚才所述的那个位置之时，我第一眼的感觉很像小时候看某些布景壮观的歌剧或通俗剧时最后一幕给我留下的印象。甚至连那种奇异的色彩也不欠缺，因为从裂口射进的落日余晖把一切都染上了橙色和紫色，而山谷中青草的鲜绿色多少也从一道雾帘反射到每一物体之上，那道雾帘当时还飘浮在头顶，仿佛对这样一幅迷人的美景依依不舍。

我就伫立在那雾帘之下山坡之上俯瞰那个小小的溪谷，它全长不会超过400码，其宽度从50码到150码不等，或许最宽处有200码。山谷的北端是最狭窄之处，从那儿越往南越宽，但也不完全规则。南端谷口最宽处也不足80码。围绕山谷起伏的坡岭简直不能被称为山，除非从它们的北面望去。那儿有一道约90英尺高的花岗岩峭壁兀然突起，而正如我刚才所说，山谷北端是最窄之处，其宽度不会超过50英尺；但当游客从这道峭壁继续往南走，他会发现左右两边的坡岭一下子显得不那么高，不那么陡，而且也不那么像岩石。总而言之，一切都向南边倾斜并越来越平缓，然而整个溪谷依然被或高或低的岗峦环抱，只有两个地方除外。其中一处我刚才已谈过。它位于西边很偏北的位置，如我前文所描述，落日正是从那儿通过花岗岩岭上一个刀切斧劈似的天然裂口把它的余晖射进椭圆形谷底的。根据目测，那裂口最宽处大概有10码。它似乎一直往上延伸，像一条天然的堤道伸向人迹罕至的大山和森林的幽深之处。另一个开口在溪谷的正南端。南边的丘陵一般来说只不过是非常平缓的斜坡，自东向西延伸约150码左右。这道斜坡的正中是一块与溪谷谷底水平的凹地。无论是植物还是其他每一个方面，南边的景象都更柔和。而北边，在那道嶙峋的巉岩之顶，从离岩边几步之遥的地方开始，一棵棵高大粗壮的山核桃、黑胡桃和栗子树拔地而起，其间偶尔点缀着橡树，那些树粗壮的横枝，尤其是黑胡桃树的横枝，远远地凌空探出峭壁的边缘。从那儿往南走，游客起初会看到同类树木，但越来越没有那么挺拔，越来越没有萨尔瓦多情调①。接着他会看到更温和的榆树，然后便是黄樟和刺槐，接下来是更柔和的菩提、紫荆、梓树和枫树，最后是更优雅、更文静的各种各样的树木。南边斜坡的整个表面只被野生灌木所覆盖，偶尔有几棵例外的银柳和白杨。而在溪谷之中（因为必须明白，刚才所说的那些树只是生长在岩顶和山坡），只见3棵孤零零的树生长在谷底。一棵是树干纤细，树形优美的榆树，它守护着山谷的南大门。另一棵是比那榆树大得多也美得多的山核桃树，尽管两棵树都异常美丽，但山核桃树的任务似乎是守住西北方那道偏门，因而它刚好从那个裂口当中的乱石堆里傲然耸出，并差不多以45度角把它优美的身躯远远伸进夕阳辉映的山谷。这棵树偏东30码处，则屹立着那棵堪称山谷的骄傲，而且无疑是我所见过的最壮观的树，也许只有佐治亚州弗林特河上游的大丝柏能与之媲美。那是一棵三丫百合树，亦称木兰鹅掌楸，是木兰科的一个天然树种。它的三丫主枝在离地面大约3英尺处从母体分叉，然后向上逐渐微微分开，在最大的那根枝干隐入叶簇的地方，它们之间相隔也不足4英尺，那是在80英尺高的地方。树的主体部分高达120英尺。没有什么树叶能比百合树的叶片更美丽、更繁茂、更青翠。以眼前这棵树为例，那些叶片足足有8英寸宽，但与绚丽烂漫的满树繁花相比，碧绿的叶片也黯然失色。请设想千百万朵又大又美的郁金香簇拥成一团的情

---

① 那不勒斯画家及诗人萨尔瓦多·罗萨（Salvator Rosa, 1615—1673）风格中之自然秀丽且富有戏剧效果和浪漫气氛的情调。

景!只有这样读者方能感觉到我想描绘的那幅图画。然后是那几根树干,它们表面光洁,有颗粒状斑点,看上去就像雄伟而典雅的圆柱,最粗一根在离地面20英尺处直径也达4英尺。另外那两棵树虽不及这棵百合树威风,但仍不失其优美典雅,它们的花和这棵百合树的花交相辉映,并使整个山谷充溢着阵阵异香。

椭圆形的谷底大部分铺着我在路上所发现的那种青草,如果说有什么区别,那就是更柔和、更茂密、更青翠,更像一层绿油油的天鹅绒地毯。简直难以想象这一切如何能达到这般的美。

我已经说到过进入山谷的两个开口。从西北方的那一个流出一条小溪,它浅浅淙淙泛着细浪,顺那道裂缝从远方流来,一头撞上那颗山核桃树独立于上的乱石堆。它在这儿绕树转了一个圈,然后继续往东北方向流淌,经过离它南岸约20英尺的百合树,未变方向一直流到山谷东西两个边界之间的正中位置。它在此迂回了一阵,接着转了一个90度的急弯,顺着大致朝南的方向迤逦而行,直到流进一个形状不规则的小湖(大致呈椭圆形)。那波光粼粼的小湖靠近山谷中更低矮的南端。小湖最宽处直径也许有100码。水晶也不会比清澈的湖水更透明。清晰可见的湖底全由雪白晶亮的小鹅卵石铺就。湖畔覆盖着已经描述过的那种青草,湖岸不是倾斜地伸入水中,而是融进了水下的一片蓝天。这片蓝天是如此的明净可鉴,时时映出水面上的一切,以至于很难分清真正的湖岸在哪儿结束,倒映出的湖岸从哪开始。水中似乎都快要鱼满为患,鳟鱼和其他各种鱼看上去好像都成了真正的飞鱼。几乎让人相信它们都是悬浮在空中。一叶桦木轻舟静静地横卧在水面,水面犹如最精巧的明镜,惟妙惟肖地映出它每一道精细的木纹。

离北岸不远的湖面上有一座花团锦簇、欣欣向荣的小岛，小岛刚好为一幢别致的小建筑提供了足够的空间，那小小的建筑像是飞禽的栖息之地。小岛由一座看上去轻巧，但非常原始的小桥与湖岸相连。小桥由单独一块又宽又厚的鹅掌楸木板构成。这块木板有40英尺长，以一个微微拱起的但一眼就能看出的弓形跨越两岸，弓形避免了桥身摇晃。从小湖的南端继续流出那条小溪，小溪在山谷中又弯弯曲曲地流淌了30码左右，最后终于穿过（已经描述过的）南坡中央地带的那块"凹地"，跌下一道100英尺高的陡峭悬崖，然后沿着它迂回曲折的道路，悄然流向哈得孙河。

小湖很深，有些地方达到30英尺。但小溪的深度很少超过3英尺，而它最宽之处也只有8英尺左右。溪岸溪底的模样与湖岸湖底相同，如果说它们有什么美中不足的话，那就是显得过分整洁。

为了打破单调，谷底宽阔的绿色草坪上随处点缀着美丽的灌木丛，诸如绣球花、山荣树，或是香气四溢的山桃花，或许点缀得更多的还是一簇簇灿然怒放、色彩缤纷的天竺葵。后者均被栽培在花盆中，但花盆都小心翼翼地埋在土里，所以看上去那些植物就像天然长成。除了这些花木之外，那天鹅绒般的草地上还优雅地点缀着羊群。一大群羊在山谷中漫游，与之相伴的有3头温驯的鹿和一大群羽毛斑斓的鸭子，一只硕大的猛犬仿佛在守护着这些动物。

顺着东西两边的峭壁（山谷周围坡岭的上部多少都显得有点儿陡峭），茂密地爬满了常春藤，所以只是偶尔能看见一点儿裸露的岩石。北边的巉岩同样也被郁郁葱葱的葡萄藤覆盖，一些葡萄藤从巉岩脚下的土中长出，而另一些则生于突出的岩壁表面。

在构成这块小小领地南部疆界的那溜低坡顶上，有一道整齐平滑的石壁，其高度足以防止那几头鹿逃出山谷。任何地方都看不见栅栏或篱笆，因为哪儿也不需要这种人工屏障。譬如说任何一头离群的羊要顺着溪流走出山谷，那它走不了几码就会发现在那道突出的岩石边缘就没有了去路，我最初一走近山谷便引起我注意的那道瀑布就越过这岩顶飞流直下。总之，山谷唯一的进出口就是扼住与车道相通的那个岩石隘口的一道大门，此门位于我伫立观望之处下方几步远的地方。

我已经描述过那条小溪一直极不规则地弯弯曲曲。正如我所说，它的两个大方向先是自西向东，然后是由南往北。溪流就这样三弯九转地几乎绕了圈，在谷底形成了一个非常近似于岛屿的、面积约为16英亩的半岛。在这个半岛上坐落着一幢房子，如果我说这幢房子就像瓦提克[①]所看见的那个地狱露台一样具有一种前所未有的建筑风格，那我只是想说房子的和谐匀称给我留下了一种最强烈的印象，一种新颖而得体的印象，总之就是诗的印象。因为除了刚才所用的这些字眼，我简直没法更精确地为抽象的诗的印象下定义，总之我无论如何都不想说所能感觉到的仅仅是新奇。

事实上，再也找不出比这更天然质朴、毫无矫饰的小屋了。它神奇的效果完全在于它如诗如画的艺术布局。当我凝视这幢小屋时，我禁不住想象它是由某位风景画大师用彩笔绘成的。

虽说我起初俯瞰山谷那个角度几乎也是观看这幢小屋的最佳

---

[①] 英国作家贝克福德（William Beckford, 1760—1844）著名哥特式小说《瓦提克》（*Vathek*, 1786）中的主人公。

位置，但还不是绝对的。所以我将根据我后来的观察对其进行描绘，从山谷南端那道石壁上的一个位置。

小屋的主体部分约有24英尺长、16英尺宽，肯定不会再多。它从地面到屋脊的高度不可能超出18英尺。这个主体建筑的西端附近有一间其大小为它三分之一的偏房。偏房的正面比主体建筑的正面往后缩进了大约两码，其屋顶当然也比相邻的屋顶矮了一大截。垂直于这一正一偏两房，从主房的后面，完全位于当中，延伸出小屋的第三个部分。这部分很小，大体上比西端偏房小三分之一。两个较大的屋顶都十分倾斜，以一种长长的凹面曲线从屋顶陡然直下，最后伸出正面墙外4英尺之遥，结果成了两条外廊的遮顶。伸出的屋顶当然用不着支撑，但由于它们看上去似乎需要，所以只在拐角处竖有毫无装饰的细柱。北屋的屋顶实际上只是主体部分屋顶的延伸。在主体部分和西屋之间，竖着一个用荷兰式硬砖砌成的很高很细的方形烟囱，砖的颜色是红黑相间，烟囱顶部有一道由突出的砖构成的细檐。山墙上面屋顶也伸出许多，主体部分伸出约有4英尺，西面伸出两英尺。大门不是恰好开在主体部分的正中，而是稍稍偏东一点儿，同时两扇窗户都靠西边。窗户并非落地窗，但远远比一般窗户更长更窄。它们和门一样有单扇遮板，窗格是菱形，可格子相当大。门的上半部分镶着玻璃，镶框也是菱形格子，一块活动遮板可在夜间挡住外面的视线。西偏房的门开在山墙上，而且相当朴实无华，唯一的一扇窗户朝向南边。北屋没有向外开的门，它也只有一扇窗户，是朝着东方。

东面山墙之单调被一段以对角线斜过墙面的楼梯（带有栏杆）所打破，楼梯从南端墙脚开始向上延伸。在宽宽的屋檐遮盖下，这段楼梯通向阁楼，更正确地说是屋顶室，因为那屋子的采光全凭向北开的唯一的窗户，看上去它一直被打算用作贮藏室。

主楼和西屋的外廊像通常一样没有铺地板，但门外和窗下的草地上都嵌着又大又平、形状不一的花岗石板，提供了在任何天气下都不会脏鞋湿袜的立足之处。屋前有同样用花岗石板铺成的小径，并非一块接一块的镶拼，而是常在石板之间留有天鹅绒般的草皮。这些优雅的小径通往各处，通向5步开外的一股清泉，通向联结山谷外的那条车道，或是跨过小溪，通向坐落在北边的一两间附属棚屋，棚屋则被几棵刺槐和梓树完全遮掩。

在小屋大门外不到6步远的地方，立着一棵早已枯死的奇形怪状的梨树。枯树从顶到根都缠满了红艳艳的紫葳花，若不细看很难断定它到底是棵什么树。这棵树不同的枯枝上挂着各式各样的鸟笼。在一个用柳条编成、顶部有环的圆形大鸟笼中，一只反舌鸟正欢蹦乱跳，另一个笼里是一只黄莺，从另外三四个美丽的囚笼中则飘出金丝雀美妙的歌声。

外廊的细柱上缠绕着茉莉花和忍冬藤，而从正房与西屋连接处正面的那个角落，则长出一根异常葱郁的葡萄藤。它无视一切阻拦，先是攀援上西屋较矮的房顶，接着又登上更高的正房屋脊，然后顺着脊檩，向左右两旁吐着卷须，一路扭曲着爬过房顶直达东山墙，然后耷拉下来，沿着那段楼梯延伸。

整幢小屋，包括其偏房，均用老式的荷兰盖房板建成。这种盖房板很宽，四角不呈圆形。这种建筑材料的奇特之处便是让房子的底部看上去比顶部更宽，就像埃及的房屋一样。而就眼前这幢小屋而言，无数盆几乎环绕过墙根的鲜花更是加强了那种别致的效果。

盖房板均被漆成灰色，暗淡的灰色融入那棵遮掩着小屋的百合树的绿荫之中。这种浓淡相宜的效果很容易被画家想到。

从我描述过的那道石壁附近的位置，那幢小屋可谓尽收眼底，因为小屋是东南角突出，所以一眼就能看到它的两个正面和东面别致的山墙，同时还可以看到主楼后伸出的北屋，看到遮盖贮藏室的那片屋顶，另外还能隐隐约约地看到小屋附近横跨小溪的一座便桥。

虽说我已把脚下的景色看了个够，可我在坡顶上伫立的时间并不算太长。我显然是早已迷失了通往我要去的那个村子的路，而作为一名行路人，我无论如何都有充分的理由去敲开眼前的那扇门，向小屋的主人打探道路，于是我立刻朝小屋走去。

脚下的路过了谷口那道门后似乎就横在一道天然壁架之上，壁架从东北边的峭壁沿着表面逐渐向下倾斜。我一直走到北边那道巉岩脚下，从那儿过了便桥，从小屋的东山墙绕到正面。在这一过程中，我注意到丝毫看不出周围建有附属棚屋的痕迹。

当我拐过墙角之时，那只猛犬向我扑来，它不吠不咬，只是露出猛虎般的眼光和神态。但我马上伸出手去向它表示友好，我从不知道有哪条狗会对我这样一种礼节无动于衷。它不仅闭嘴摇尾，而且还向我伸出了它的前爪，随后它又向庞托大献殷勤。

由于没发现有门铃，我只好用我的手杖轻轻敲击虚掩着的门扉。一个身影应声朝门口走来，那是位二十七八岁的年轻女人。她身材中等偏高，身段苗条，更准确地说是纤细。当她迈着一种完全无法形容的端庄步态走近之时，我心中暗暗地说："与那种矫揉造作的优雅相比,我肯定已在这儿发现了优雅的自然完美。"她留给我的第二个也是更鲜明的一个印象,便是她那种能激发人热情的神态。也许我能将其称为一种浪漫的神情,这种神情是那么强烈,以至当其从她那双深陷的眼睛里闪出之时,我觉得从不曾有过什么神情能如此深深地渗入我的灵魂。我不知为何如此,但那种闪烁在她那双明眸之中、偶尔也显露在她的嘴唇之上的神情,恰好具有一种能使我注意力集中于女人的力量,即使不说这种力量是绝对唯一的魅力。"浪漫情调",假若我的读者能充分理解我在此使用这个字眼的真实含义,在我看来,"浪漫情调"和"女人气质"是一对同义词。毕竟,在男人眼里,女人真正的可爱之处仅仅是她的女人味。安妮的眼睛(当时我听见有人在里屋叫她"安妮,亲爱的")是"超凡脱俗的灰色",她的头发是淡淡的栗色,这些便是我来得及时对她进行的全部观察。

在她彬彬有礼的邀请下,我进了小屋,首先经过的是相当宽敞的门厅。由于进屋的主要目的是参观,所以我一进屋就注意到右边有一扇窗户,其式样和房子正面的窗户相同。左边有一门通往正厅,而迎面一扇开着的门则使我能看见一个小房间,面积与门厅差不多,摆设像一间书房,有一扇宽大的凸窗朝向北面。

进入客厅之后我见到了兰多先生——因为我随后就得知他姓兰多。兰多先生温文尔雅,诚恳热情。可我当时更感兴趣的是那幢令我如此着迷的住房,而不是主人的举止风采。

现在我看见北屋原来是一间卧室,它的门开向客厅。这扇门的西边有一扇窗户,向外眺望着那条小溪。客厅的西端有一个壁炉,并有一门通向西屋,西屋大概是厨房。

客厅的布置真是再简单不过。地板上是一块双面提花地毯（质地精良），白底上点缀着小圆形绿色图案。窗帘是雪白的薄棉布，幅面相当宽大，折褶鲜明平整，全都非常干脆，也许还非常正式地垂至地板。墙上贴的是极其精美的法国墙纸，银白色的衬底上饰有一条条淡绿色的Z字形凸线。偌大的墙面只挂有3幅法国画家朱利安[①]用3种石墨笔所作的精致的石版画，画没加画框，直接挂在墙上。其中一幅画的是东方艳景，更准确地说就是春宫图；另一幅画的是一幕"狂欢节小景"，其盎然生气无可比拟；第三幅画的是一位希腊美女的头像，我以前从不曾见过一张美得超凡绝世，但表情又那么不可捉摸的女人的脸庞。

更实用的布置有一张圆桌、几把椅子，其中包括一把很大的摇椅，另外还有一张沙发，准确地说是"长靠椅"。椅架是用漆成乳白底色、加绿色细纹的普通枫木造就，椅座则用细藤编成。椅子和圆桌十分匹配，但所有的造型显然均出自构想出了屋外"庭园"的那位设计师的大脑，无法想象还有什么能比这一切更优美的了。

桌上有几本书，有一只装有某种新奇香料的方形大水晶瓶，有一盏质朴的毛玻璃星灯（不是太阳灯），灯上有一个意大利灯罩，此外就是一大瓶灿然怒放的鲜花。其实正是姹紫嫣红、芬芳馥郁的鲜花构成了那个房间唯一真正的装饰。一瓶光彩夺目的天竺葵几乎遮掩了壁炉。房间每个角落的三角形花架上也放着同一式样的花瓶，唯一不同的是瓶里那些可爱的花。一两个小一点儿

---

[①] 此处指贝尔纳-罗曼·朱利安（Bernard-Romain Julien, 1802—1871）

941

的花瓶装饰着壁炉架，而开着的窗户周围则簇拥着刚刚绽放的紫罗兰。

此篇之目的只是详细描绘兰多先生的那幢小屋——根据我亲眼所见。至于他如何造就那小屋，为什么那样布置，以及兰多先生本人的一些情况，说不定可以构成另一篇文章的主题。

（1849）

# 跳　蛙

我真不知有谁像国王这样如此酷爱玩笑。他活着似乎就仅仅是为了说笑开心。讲一个新鲜的笑话，并讲得妙趣横生，这便是得到他恩宠的可靠保证。于是他的七名大臣正好都是说笑逗趣的著名高手。同时他们全都效法国王，不仅调谑逗哏无与伦比，而且个个长得腰圆膀粗，脑满肠肥。人到底是因为开玩笑才长得肥胖，还是肥胖中本身就含有某种说笑的元素，对这个问题我从来就不敢妄加评论，但有一点可以断言，一个瘦骨伶仃的说笑者肯定是件稀世珍宝。

这位国王很少劳神费心去咬文嚼字，按他的说法是不要那份"鬼"聪明。他格外赞赏把笑话讲得粗犷雄浑，而且为此往往得容忍不厌其详。过分的精妙令他厌烦。他宁愿读拉伯雷的《巨人传》也不愿读伏尔泰的《查第格》；而大体说来，恶作剧远比说笑话更对他的胃口。

在我这个故事发生的年代，职业小丑在宫廷中尚未完全过时，欧洲有好几个"大国"依然养着"弄臣"，他们身穿杂色花衣，头戴系铃尖帽，随时准备着粉墨登场，插科打诨，以答谢御桌上赐下的几片面包。

我们的国王陛下当然保留着他的"弄臣"，事实上他需要某种傻气痴态，以便能平衡他那七名贤臣了不起的智慧，更不用说弥补他自己那份天资。

他那位弄臣，或者说职业小丑，不仅仅是傻气十足，而且还是个侏儒，一个瘸子，所以他在国王眼里便身价三倍。在当时的宫廷中，侏儒就和小丑弄臣一样寻常。若是既无小丑陪笑又无侏儒逗乐，许多君王就会觉得日子难挨（宫中的日子比外边稍微长一点）。但正如我刚才所说，所谓的小丑弄臣十之八九都腰圆膀阔，呆头呆脑，所以眼见跳蛙（此乃该弄臣的名字）一人具有三种天赋，我们的国王陛下真是格外扬扬自得。

我相信"跳蛙"这名字并非是那个侏儒受洗礼时由其教父教母所命，而是因为他不能像常人一般走路，结果由那七名大臣一致同意后赐给。实际上跳蛙只能用一种穿花舞步行进，走起路来又像在跳，又像在扭。这种步态让国王看得乐不可支，当然也给了他极大的安慰，因为尽管他长得大腹便便，而且脑门上天生隆起一大块，可满朝文武都公认他有第一流的体态。

虽说跳蛙由于两腿畸形，走路得竭尽全力克服重重困难，但似乎是为了弥补其下肢的缺陷，造物主给了他双臂巨大的力量，使他能在树木绳索之类可攀援的物体上进行各种异常敏捷的技艺表演。而在这种情况下。他无疑更像松鼠或小猴，而不像一只青蛙。

我没法准确地说出跳蛙当初是来自哪个国度。不过他肯定是来自某个闻所未闻的蛮荒之地，一个离我们国王的宫廷很远很远的地方。和他同时进宫的还有一位年轻姑娘，这姑娘差不多与他一般矮小（不过她身材匀称，擅长舞蹈），他俩原本住在那遥远国度里两个毗邻的省份，后来国王麾下的一名常胜将军分别把他们掳来，双双作为礼物献给了国王。

在这种情况下，两个小俘虏之间产生亲密的友情当然不足为奇。事实上他俩不久就指天盟誓成了兄妹。跳蛙虽有一身本事供人取乐，但若不是为特丽佩塔帮忙的事几乎被他一手包揽，他在宫中决不会深得人心。而特丽佩塔虽说身材矮小，但却容貌秀丽，举止优雅，所以在宫中受到了普遍的倾慕和宠爱，因此她具有很大的影响，而无论何时，只要可能，她都绝不会不为跳蛙的利益运用这种影响。

在一个盛大节日来临之际（我忘了是什么节日），国王决定举办一次化装舞会。而每逢我们宫中有化装舞会之类的活动，跳蛙和特丽佩塔的才干肯定都会被充分发挥。尤其是跳蛙在张罗舞会庆典，构想新鲜角色，以及安排服装面具方面都具有丰富的想象力，以至于没他帮手，似乎什么事也办不成。

为舞会指定的那个夜晚终于降临。一个豪华的大厅早已在特丽佩塔的监督下做好各种各样的安排。这些安排足以为化装舞会增色添光。宫廷上下都早已经迫不及待。说到穿什么衣服戴什么面具，可以认为每个人都拿定了主意。许多人早在一个星期乃至一个月前，就已经决定了他们要装扮成什么角色。实际上除了国王和他的七名大臣，宫中已几乎没人还在犹豫。我不可能知道国王和大臣为何犹豫不决，除非他们这样做是在开玩笑。但很有可能是因为长得太胖，所以他们才觉得很难拿定主意。可时间无论如何也照样飞逝，最后迫于无奈，他们召来了特丽佩塔和跳蛙。

当这一对矮小的朋友奉旨上殿面君，他们看见君王正和他的七名内阁大臣围着酒席而坐，不过君王看上去显得郁郁寡欢。他

945

知道跳蛙不爱饮酒，因为这可怜的瘸子一沾酒就几乎要发疯，而发疯并非一种愉快的感觉。但那国王就爱恶作剧，并喜欢强迫跳蛙喝酒，按他的说法是"快活快活"。

"过来，跳蛙，"那小丑和他的朋友一进殿国王就对他说，"为你家乡朋友们的健康干了这杯（跳蛙闻言叹了口气），然后给我们出出主意。我们要角色，角色，伙计！要新鲜别致、与众不同的角色。没完没了的老一套我们已经厌了。喂，喝吧！这酒会使你头脑清醒。"

跳蛙像平时一样，尽力想说句笑话以答谢君王的隆恩，但这次实在太难为他了。那天碰巧是这位可怜侏儒的生日，那道为他"家乡的朋友"干杯的圣旨使他眼里一下子涌上了泪花，当他恭顺地从那暴君手中接过酒杯时，大颗大颗辛酸的眼泪滴进了杯中。

"哈！哈！哈！哈！"暴君狂笑，侏儒在狂笑声中勉强吞下了那杯苦酒。"看一杯美酒有多大的作用！瞧，你的眼睛都发亮了！'。

可怜的家伙！他那双大眼睛与其说是发亮，还不如说是闪光，因为对他过敏的大脑来说，酒的作用与其说是强烈，不如说是立刻见效。他神经质地把空杯放到桌上，半痴半呆地扫视那君臣八人。他们似乎都为国王"玩笑"的成功而觉得非常有趣。

"现在说正事吧。"肥头大耳的首相说。

"对，"国王说："喂，跳蛙，给我们出出主意。角色，我的好伙计，我们迫切需要角色，我们都需要角色。哈！哈！哈！"因为国王是在一本正经地说笑，所以他的笑声得到了七名大臣的一致附和。

跳蛙也笑了，尽管有气无力而且多少有点茫然。

"喂，喂，"国王不耐烦地问，"你就啥也想不出来？"

"我正在使劲儿想新鲜花样。"侏儒答得心不在焉，因为那杯酒把他给灌迷糊了。

"使劲儿想！"暴君怒然问道，"你这话是什么意思？啊，我明白了。你不高兴，想再来杯酒。来吧，把这杯喝了！"国王说着又倒满一杯酒凑到跳蛙跟前，跳蛙只是呆呆地盯着酒杯，一时间吓得透不过气来。

"喝呀，我说！"残忍的暴君厉声吼道，"不然就见鬼去！"

侏儒还是依违不决。国王气得脸色发紫。七名大臣嘿嘿干笑。这时脸色苍白的特丽佩塔移步走向御座，跪在了君王跟前，恳求他开恩饶了她的朋友。

那暴君盯着她打量了好一阵。显然是对她的大胆感到惊异。他似乎一时间完全不知所措，不知该如何最恰当地发泄胸中的怒火。最后他一声没吭，只是猛然把那姑娘从他身旁推开，并把满满一杯酒泼在了她脸上。

可怜的姑娘挣扎着从地上爬起，甚至连大气都没敢出一口便重新站回到御桌的下端。

霎时间屋里一片死寂，静得连一片树叶或羽毛落地都可能被听见。可大约半分钟之后。这片静寂被一阵低沉但却刺耳的拖长的嘎嘎声打破，声音仿佛同时从那房间的每一个角落里传出。

"你，你，你，你干吗弄出这种怪声？"国王狂怒地转向侏儒，厉声问道。

后者此时看上去酒已醒了八成，他目不转睛但却从容不迫地盯着暴君的脸,矢口否认说:"我……我?这怎么可能是我?"

"这声音像是从外面传来的,"一名大臣对国王说。"依臣之见,是窗外那只鹦鹉在笼栅上磨它的嘴。"

"不错,"君王应道,那名大臣的提醒似乎令他如释重负;"但以一名骑士的名誉担保,我完全可以发誓说是这个无赖在咬牙切齿。"

此时侏儒忽然放声大笑(国王说笑的立场是那么坚定,所以绝不会反对任何人的笑声),露出一口硕大的、有力的、极其丑陋的牙齿。更有甚者,他宣称他非常乐意喝酒,要他喝多少就喝多少。君王顿时息怒。而跳蛙果然把另一杯酒一饮而尽,并且没产生丝毫明显的恶果,接着他马上热心地谈起了他的化装计划。

"我不知怎么就想到了这个主意,"他说得非常平静。仿佛他压根儿就滴酒未沾,"但就在陛下您打了这位姑娘之后,就在您把酒泼在她脸上之后,就在陛下您干完这件事之后,而且正当窗外那只鹦鹉发出怪声之时,我突然想到了一个绝妙的玩法,我老家的一种游戏,我们那儿的人在化装舞会上常常这么玩。不过这种玩法在这儿倒绝对新鲜。可惜它无论如何得八个人同时玩。而且……"

"我们就在这儿!"国王嚷道,并为自己敏锐地发现了这一巧合而笑逐颜开;"不多不少刚好八个,寡人和这七名大臣。快说!那是种什么游戏?"

"我们管它叫'八只戴铁链的猩猩',"跳蛙回答说,"要是装扮得好,那真是妙不可言。"

"咱们就玩这个。"国王说着挺直了身子,眯缝起眼睛。

"这游戏的妙处就在于,"跳蛙继续道,"在女人堆里造成的惊恐。"

"妙!"君臣八人齐声狂笑。

"我会把你们装扮成猩猩的,"侏儒接着往下说;"一切都交给我吧。装扮后那股像劲儿真可谓惟妙惟肖,参加舞会的人肯定会把你们当成真正的猩猩。当然,他们不仅会惊得目瞪口呆,而且会吓得魂飞魄散。"

"哦,这真是太妙了"国王大声嚷道,"跳蛙!朕日后会让你出人头地的。"

"拴上铁链是为了用其刺耳的声音来增加混乱。你们会被认为是从你们的饲养人那里一起逃出来的。陛下您简直难以想象其效果,化装舞会上突然闯进八只铁链拴着的猩猩,而大多数人都以为它们真是野兽。这些家伙会凶悍地嚎叫着横冲直撞,扑向那些衣冠楚楚或花枝招展的绅士淑女。那种显著的效果真是无可比拟。"

"肯定是这样,"国王说;(由于天色渐晚)大家匆匆起身开始实施跳蛙的计划。

跳蛙把那伙人扮成猩猩的方法非常简单,但装扮的效果却足以达到目的。在这个故事发生的年代,文明世界里很少有人见过我们所说的这种动物;而跳蛙化装出来的猩猩足够像野兽,并且比野兽还狰狞三分,所以它们的逼真可以被认为万无一失。

他先让国王和七名大臣穿上弹力紧身材衣衬裤,然后将他们浑身上下涂满柏油。这时有人建议往柏油上粘上羽毛,但这一建议马上就被跳蛙否决,他随之就用明显的实例使君臣八人确信,用亚麻来装扮猩猩之类动物的棕毛,其视觉效果足以乱真。于是

949

乎那层柏油上面又粘上了厚厚一层亚麻。接着取来一根长长的铁链。跳蛙先将铁链在国王腰间绕一圈并拴牢，然后又绕过一名大臣腰间并也同样拴牢，此后便如法炮制，依次拴好其余六人。待这君臣八人被拴成一串之后，跳蛙又让他们尽可能地隔开站好。这样他们便站成了一个圆圈，而为了让一切都显得自然，跳蛙又按照当今婆罗洲人捕获黑猩猩或其他巨猿的方式，把剩下的那截铁链一横一竖正直角相交在圆圈内拴成了一个十字。

举行化装舞会的地方是个圆形大厅，大厅的屋顶很高，白天的采光全凭开在屋顶中央的一个天窗。在晚上（该厅尤其是为晚上使用而设计），大厅的照明主要靠一个巨大的枝形吊灯。吊灯由一条从天窗正中垂下的铁链悬吊，其升降则像通常一样由一个平衡装置操纵，但（为了雅观）这个平衡装置被装在穹顶之外的屋顶之上。

大厅的布置历来都是交由特丽佩塔监督，但在一些具体细节上，她似乎从来都是按她那位侏儒朋友的意见办理。这次在他的建议下，那盏枝形吊灯被取掉，因为在这么暖和的季节，吊灯里的烛泪难免会滴下，那样就会弄脏客人们华丽的衣裙，届时大厅里将会十分拥挤，不可能指望大家都避开大厅中央，不站到那盏吊灯下面。于是大厅里不碍事的地方都另外安放了烛台，沿墙一圈女像柱每个雕像的右手中都被插入了一支散发着香气的火炬，总共约有五六十支。

那八只猩猩依从了跳蛙的劝告，耐着性子等到半夜才入场（当时大厅里已挤满了来参加化装舞会的男男女女）。当夜半钟声一停，他们就一块冲进大厅，准确地说是滚进了大厅，因为那根碍事的铁链使他们多半都跌倒，所以他们进去时全都连滚带爬。

人群中那阵骚乱的确可惊，国王看在眼里乐在心头。果然不出所料，不少客人都把这几个相貌狰狞的怪物当作了某种真正的野兽，即便不是恰好当作猩猩。许多女士被吓得当场晕倒，而若不是国王有先见之明下令不准带武器入厅，他那伙人说不定很快就会为他们的恶作剧付出血的代价。事实上当时大家都往门口冲去，可国王事先已下过命令，他一进入大厅各门便立即锁上，而且按照那侏儒的建议，钥匙全都交到了他手里。

当大厅里乱得不可开交之际，当每个人都只注意自身的安全之时（因为真正的危险实际上来自惊恐万状的人群之推推搡搡），说不定也有人看见那根摘除吊灯时早被拉上屋顶的铁链现在又徐徐垂了下来，直到链端的吊钩降到离地面3英尺的地方。吊链刚一降下，国王和他的七个伙伴磕磕绊绊地在大厅里东碰西撞了一圈之后，也终于转到大厅中央，当然也就恰好挨着垂下的灯链。就在此时，一直紧跟在他们身后替他们鼓劲儿的侏儒一把抓住了拴他们那根铁链圆圈内那个十字形的交叉之处，以飞快的动作将其挂在了平时挂吊灯的那个吊钩上。而几乎与此同时，灯链被一股无形的力量向上拉动，吊钩转眼之间就升到了伸手不及的位置，作为必然的结果，那八只猩猩被拉得面对面地挤成了一堆。

此时客人们才多少从惊恐中回过神来，并开始把整件事情看成是一幕精心设计的闹剧，于是那八只猩猩的狼狈相便引起了一阵哄笑。

"把他们交给我吧！"此时跳蛙大声喊道，他尖尖的嗓音在一片喧哗声中也不难听清。"把他们交给我吧。我想我认识他们。如果我能好好看看，我很快就能认出他们是谁。"

说着他爬过攒动的人头，设法挤到了墙边，从一根女像柱上取了一支火炬，然后他返回大厅中央，以猴子般的敏捷跳到国王头顶，再顺着灯链往上爬了几英尺，最后朝下伸出火炬打量那几只猩猩，嘴里依然大声喊道，"我很快就会认出他们是谁！"

正当大厅里的所有人（包括那几只猩猩在内）笑得正欢，跳蛙突然吹了一声尖厉的口哨；灯链应声猛然向上升了30英尺左右，将八只狼狈不堪、拼命挣扎的猩猩吊在了天窗与地板之间的半空中。灯链上升之时跳蛙攀附于其上，依然与身下那八个戴假面具的人保持着一定距离，依然（像什么事也没发生一样）继续朝下伸着手中的火炬，仿佛正努力想看出他们是些什么人。

人们对灯链的上升感到非常惊讶，大厅里顿时鸦雀无声。可大约一分钟之后，这片静寂被一阵低沉刺耳的嘎嘎声打破，这声音听上去就像先前国王把酒泼在特丽佩塔脸上时与他的大臣们一道听见的那种声音。不过这一次声音发自何处倒不难确定，它发自跳蛙那犬牙般的齿间，因为此刻他正咬牙切齿，发指眦裂，横眉竖眼地怒视着那君臣八人朝上仰起的脸。

"啊哈！"怒不可遏的小丑最后开口说道，"啊哈！我现在开始看出他们是些什么人了！"说着他假装要把国王看得更加清楚，把手中的火炬凑近裹在他身上的那层柏油亚麻，后者顿时便蹿起了呼呼的火苗。不到半分钟，那八只猩猩已在人群的尖叫声中熊熊燃烧，观者一个个吓得发抖，谁也无力上前救助。

最后火焰突然高高腾起，迫使小丑顺着灯链再往上爬。而当他攀援之时，下面的人群一时间又噤若寒蝉。他抓住这个机会再次开口：

"我这下可看清了，"他高声说，"这些化装者是些什么人。他们中的一位是个了不起的国王，另外七位则是他的枢密大臣。一个毫无顾忌地打一位弱女子的国王，七名撺掇扇惑、助纣为虐的大臣。至于本人，我就是跳蛙，专门说笑逗乐的小丑，而这是我的最后一次逗乐。"

由于粘在那八人身上的柏油亚麻都是极易燃烧之物，所以跳蛙那番短短的演说话音未落，他的复仇计划已大功告成。八具尸体已被烧成臭气熏天、狰狞可怕、黑糊糊的一团，正吊在拴住他们的铁链上晃来荡去。跳蛙猛然将火炬丢向他们，接着不慌不忙地朝屋顶攀缘，最后穿过天窗悄然而逝。

人们猜测特丽佩塔当时就在大厅屋顶上，她实际上是她朋友报仇雪恨的同谋。人们还猜测他俩双双逃回了他们自己的国家，因为从此以后谁也没见过他俩的踪影。

（1849）

## 冯·肯佩伦和他的发现

在阿拉戈那篇纤悉无遗、淋漓尽致的大论之后，尤其在《稀里蒙杂志》那份包括莫里上尉刚发表的详尽报告在内的摘要综述之后，我在此就冯·肯佩伦之发现再匆匆说上几句，读者当然不会以为我是要用一种科学的观点来探讨这个问题。我的目的非常简单，一是要稍稍谈谈冯·肯佩伦本人（几年前，我曾荣幸地与他有过一次泛泛之交），因为眼下任何与他有关的情况都必然值得注意；二是想从纯理论的角度，大体上臆测这一发现将要导致的后果。

不过，我最好是先用一个否定来作为这草率之篇的前提，我断然否定那种（与平常一样从报纸上得来的）似乎是普遍印象的看法，即虽然这发现的确令人惊骇，但发现本身是世人所始料不及的。

参阅（伦敦科特尔及罗芒出版公司150页本）《汉弗莱·戴维爵士化学手记》，我们会在第53页和82页上发现，那位杰出的化学家不但早就想到了我们现在所讨论的这个问题，而且实际上从实验中取得了并非无足轻重的进展，而他的实验分析方法与今天被喜气洋洋地归功于冯·肯佩伦的方法几乎如出一辙。尽管冯·肯佩伦对这一点只字未提，但毫无疑问（我断然宣称这点，而且必要的话我能证明），他自己的所作所为最初是受到了《化学手记》的启发。虽然这问题专业化了一点儿，但我还是忍不住将《手记》中的两段抄录于此，并附上汉弗莱爵士的一个化学方程式（编者按：鉴于我们缺乏必要的代数印刷符号，加之在阿森纳姆图书馆可查到《化学手记》，所以我们在此处删去了坡先生手稿中的一小部分）。

最初由《信使问询报》发表，现在被各家报刊争先转载的那篇短讯，声称这一发现应归功于缅因州不伦瑞克一位叫基萨姆的先生。坦率地说，这篇短讯在我看来不足为信。我这样说有好几个理由，尽管短讯所声称之事并非不可能，或者说并非完全不可能。我对该短讯的看法主要是根据它的风格。它显得并不真实。陈述论据的人，很少像基萨姆先生那样显得特别在意精确的时间和场所。况且，如果基萨姆先生真像他自己声称的，在他所说的那个时期（差不多8年以前）偶然撞上了这个发现，那他怎么会没有马上采取措施从这发现中获取巨大的利益？因为连十足的乡下人也肯定明白，这种发现即便不能使整个世界受益，至少也会使他个人得到好处。此外令我难以置信的是，任何一个有正常判断力的人，能在发现了基萨姆先生所声称的那种方法之后，又行动得像个孩子，正如基萨姆先生自己承认的那样，简直就像个一本正经的白痴。另外顺便问一问，谁是基萨姆先生？《信使问询报》的这篇短讯该不会是一个"抛砖引玉"的虚构？必须承认，它有一种令人惊异的月球骗局的意味。依本人之愚见，此文基本上不可相信。要不是我从经验中得知，科学家们在自己的专业领域之外是多么容易受蒙蔽，我也许真会惊于发现了一名像德雷珀教授一样杰出的化学家，也许会以严肃的口吻谈论基萨姆先生（或许该是欺傻帽先生？）对这一发现提出的权利要求。

让我们回头来看看汉弗莱·戴维爵士的《手记》。这本小册子本来并没有打算要公之于世，即便是在作者去世之后，任何精通写作的人稍稍看一眼该书文体就会确信这一点。比如在第13页中间，当作者谈及他对氧化亚氮之麻醉性的研究时，我们读到的是这样的记载："在不到半分钟内呼吸继续，逐渐减弱并代之以类似全身肌肉均受到轻压。"呼吸并没有被"减弱"不仅可以从后文中看出，而且句中动词用复数形式是佐证。所以毋庸置疑，这个句子的意思是："在不到半分钟内，呼吸继续，（这些感觉）逐渐减弱并代之以（一种）类似全身肌肉受到轻压（的感觉）。"上百个类似的例句足以证明，这份草率出版的手稿不过是一本尚待完善的笔记，它仅仅是写给作者自己看的。只消对这本小册子审视一番，几乎所有能思考的人都会相信我这种看法是正确的。事实上，汉弗莱·戴维爵士大概是这个世界上最不愿对科学问题轻易表态的人。他不仅对欺骗行为有一种异乎寻常的厌恶，而且生怕自己的结论看上去像以经验为根据。所以，对眼下正讨论的这个问题，无论他当时是多么确信自己思路正确，但在准备好所有最具说服力的实际例证之前，他绝不会把他的想法公之于众。我深信，如果他能猜到他关于烧掉这本（充满了原始想法的）《手记》的那些请求居然会被忽略，那他生命的最后时刻一定会变得非常不幸。我说他的"那些请求"，因为他当时是想把这本笔记包括在他指示"烧掉"的那些杂稿里，我认为这一点不可能有什么疑问。它免于被付之一炬到底是有幸还是不幸，这个问题尚待证明。我丝毫也不怀疑，上文抄录的两个段落以及其他类似记录给了冯·肯佩伦某种提示，但我再说一遍，这个（在任何情况下都重要的）重大发现对人类到底是有用还是有害，这个问题还有待于证明。冯·肯佩伦和他那些最接近的朋友将获得一个大丰收，对此有丝毫的怀疑也是愚蠢。他们不至于那么愚钝，以至不去及时"获取"，大量购买房产、地产和其他具有内在价值的财产。

关于冯·肯佩伦的那则短篇报道译自德文，译文最初由《家庭杂志》发表，从那之后一直被广泛转载。译者声明该文是摘译自普雷斯堡最近的一期《快讯邮报》，可他对原文的理解似乎在好几处都有讹误。"Viele"一词显而易见自始至终都被误译（正如该词常被误译一样），而译者所译的"忧患"，原文很可能是"lieden"，其正确的翻译本该是"痛苦"，这些误译也许会使原文面目全非。不过，这当然只是我个人的猜测。

不管冯·肯佩伦事实上可能是个什么样的人，他都不是"一名愤世嫉俗者"，至少从表面上看不是。我与他相识纯属偶然，而我现在几乎不敢打包票说我完全认识他。随着时间的推移，见过这么一位已声震天下，或在几天内声名鹊起的名人并与之进行过交谈，这可不是一件小事。

《文学世界》谈起他时，非常自信地说他是普雷斯堡人（大概是由于《家庭杂志》的误导），而我很高兴自己能明确地宣布，因为我是听他亲口所言，他出生在纽约州的尤蒂卡城，尽管我相信他父母的祖籍是普雷斯堡。他家与梅尔泽尔有某种渊源，就是那个因自动下棋机而死后留名的梅尔泽尔（编者按：如果我们没弄错,那个自动下棋机的发明者要么就姓肯佩伦,或冯·肯佩伦,要么他的姓与这个姓相似)。冯·肯佩伦长得又矮又胖,有一双又大又蓝、目光迟钝的眼睛,头发和胡须都是褐色,嘴阔却讨人喜欢,他有一口好牙和一个我所认为的鹰钩鼻。他的一条腿有点儿毛病。他谈吐直率,态度非常和蔼可亲。总而言之,他的体态相貌和言谈举止都与我所见过的"愤世嫉俗者"截然不同。大约6年前,我与他在罗得岛的伯爵旅馆相识,我们在那儿住了一个星期。我想,我在不同的时间与他进行过好几次交谈,加起来大概会有三四个小时。他的主要话题都是当时的一般话题,从他的口中,我压根儿想不到他会有什么科学上的造诣。他比我先离开旅馆,打算先去纽约,然后从那儿去不来梅,正是在后一座城市,他的伟大发现初次被公之于众,或准确地说,他正是在那儿被初次怀疑已拥有了这一发现。这就是我对现在将流芳百世的冯·肯佩伦个人情况的了解,但我认为,即便是这些枝节小事也会引起公众的兴趣。

毫无疑问,关于这件事的惊人传闻大多数都是纯粹的虚构,其可信度大约相当于《天方夜谭》中阿拉丁的神灯;但就这样一种发现而言,就像谈及在加利福尼亚发现金矿的情况一样,其真实部分显然会比虚构的还奇妙。至少下面的这段逸事已被证实无疑,所以我们可以绝对相信。

冯·肯佩伦在不来梅的日子开初并不好过,甚至称不上能勉强度日。众所周知,他曾经常采取极端手段以增加一点儿微薄的收入。当古特斯穆特公司大楼那桩轰动一时的伪造案案发时,冯·肯佩伦成了警方的怀疑对象,因为他刚在加斯帕里奇路买下了可观的房产，而当被问及钱从何来时，他拒绝回答。他终于被捕，最后似乎又因证据不足而被释放。然而警方开始对他的行动进行严密的监视，从而发现他经常离家，一成不变地走同一条路，而且每次都在那个以"雷神"之赫赫大名著称的迷宫般的窄巷弯道区附近，甩掉警方的跟踪。凭着锲而不舍的精神，警方终于跟他进了一条叫做弗拉特普拉茨的背街，上了一幢七层楼的老房子的顶楼，突然破门而入，警方发现他正在进行他们预料中的伪造活动。他当时的神情是那么惊惶，所以警官们毫不怀疑他正在犯罪。给他戴上手铐之后，他们开始搜查他那个房间，更准确地说是他那些房间，因为他好像占有整个顶楼。

与抓住他的那个屋顶室相连的是一个八九英尺见方的小房间，里面装备着一些化学仪器，其用途迄今尚未查明。在小房间之一隅有一个很小的火炉，炉中燃着火，火上是一个复式坩埚，即用一根导管连接的两个坩埚。其中一个几乎装满了熔化的铅，但尚未满至位于埚缘的导管入孔。另一个坩埚里盛着某种液体，当警察冲入时，那种液体好像正在急剧挥发。据现场警官说，冯·肯佩伦一见有人冲入，马上用双手端起坩埚（后来发现他手上戴着石棉手套），将埚中之物泼在了铺有花砖的地板上。正因为如此，他们才给他戴上了手铐。在开始仔细搜索房间之前，他们先对他进行了搜身。除了他衣袋里的一个纸包之外，没有搜出什么不寻常的东西，纸包里的东西后来被证明是一种锑和某种未知物质的混合物，二者所占比例并不完全相等。到目前为止，对那种未知物质的分析测定均告失败，但毫无疑问，它最终将被分析出来。

警官们把罪犯押出小房间,穿过一间没有搜出什么的前厅,来到了那位化学家的卧室。他们在卧室里翻箱倒柜,结果只发现了几张无关紧要的票据和一些并非伪造的金币和银币。最后当他们往床下看时,他们看见了一只普普通通的大箱子,箱子既无折叶搭扣也没有上锁,箱盖盖得非常随便。他们想把箱子从床底下拉出,结果发现即便他们一起使劲儿(他们一共3人,都身强力壮),那只箱子也"纹丝不动"。惊诧之余,他们中的一位钻到床下,看了看箱内然后说:"难怪我们拉它不动,天啦,满满一箱全都是旧铜币!"

说完,那名警察用双脚蹬住墙,以此作为支点拼命往外顶,他的伙伴也同时使劲向外拖,这才勉强把箱子从床下弄了出来,箱内所盛之物才得以被检查。被认为的满满一箱铜币全都是又小又光滑的金属片,其大小从一粒豌豆到一块美元不等。尽管这些金属片多少都呈扁平状,但实际上形状并不规则,大体上说,看上去"非常像熔化的铅滴在地板上冷却后的模样"。当时那三名警官除铜之外,丝毫没想过这种金属会是别的什么东西。他们当然绝没有想到那会是黄金。谁会有那么丰富的想象力呢?当第二天得知真相时,他们那份惊讶可想而知。消息很快就传遍了整个不来梅,原来他们那么不屑一顾,想都没想到该偷一小块就用车一股脑地拉回警察局的"铜片"不仅是黄金(真正的黄金),而且成色比铸币黄金更足,事实上是绝对的纯金、赤金,不含丝毫可感知的杂质!

我没有必要赘述冯·肯佩伦的供词(就他已经供认的而论)和他的获释,因为这些情况早已家喻户晓。凡是心智健全者都不会随意怀疑这个事实：如果不按字面意思而据精神实质，冯·肯佩伦实际上已经实现了"点石成金"这个古老的梦想。阿拉戈先生的见解当然值得最认真的考虑，但他并非就不会出错，他在提交研究会的报告中关于铋的那番论述，就只能作为个人之见姑妄听之。实情是直到眼下为止，所有的定性分析均告失败；说不定要过一些年头，冯·肯佩伦才肯让我们知道解开他公布的这个谜的秘诀，而在此之前，这件事可能会一直处于原状。可以说，我们目前所知道的全部事实就是，"用某种未知的方式将某种未知的物质按一定比例熔入铅内，人们便可随心所欲并轻而易举地制造纯金"。

当然，人们现在正忙于推测这一发现的直接后果和最终结果。几乎所有能思考的人都会毫不犹豫地认为，这一发现起因于被加利福尼亚的"淘金热"提高的人们对黄金情况的普遍关注；而这种想法必然让我们又想到另外一点，冯·肯佩伦的发现非常不合时宜。如果仅仅因为想到黄金会因为矿山丰富的蕴藏量而大幅度贬值，于是想到千里迢迢去淘金也许并不划算，结果许多人就打消了去加利福尼亚冒险的念头。那么，对于那些正要迁往西海岸的人，尤其是对于那些实际上已在矿区安家的人，现在公布冯·肯佩伦的伟大发现会产生什么影响呢？这发现除了宣布其自身用于制造目的的内在价值外（不管这价值有多大），还直截了当地宣布了从现在开始，或至少从不久后的将来开始（因为不能认为冯·肯佩伦会长期保守秘密），黄金的价格不会比铅高多少，而且将远远低于白银。实际上很难预测这一发现的后果，但有一点也许可以肯定，假设半年前就把这一发现公之于众，那前往加利福尼亚的迁居势必会受到实质性的影响。

到目前为止,这一发现在欧洲造成的最明显的后果就是:铅的价格整整翻了两番,而银价则几乎上涨了百分之二十五。

(1849)

# 用X代替O的时候[1]

因为大家都知道"贤者""自东方"而来，而东拉西扯·笨伯先生就来自东方，所以笨伯先生是个贤者。[2] 如果这问题还需要什么旁证，那我们的旁证就是——笨伯先生是名编辑。脾气暴躁是他唯一的弱点，因为人们指责他所具有的固执实际上恰恰不是弱点，所以他理所当然地将其视为他的优点。这是他的长处，他的美德，而大概需要一位布朗森[3]的全部逻辑方能使他信服这是"别的什么东西"。

我已经证明了东拉西扯·笨伯先生是一位贤者；而他也只有一次未能证明自己的贤明，那就是他抛弃了所有贤者合法居住的东方宝地，移居到了亚历山大-大洛波利斯城，或者说我们西方的一座同名城市。

不过我必须替他说句公道话，当他拿定主意迁居那座城市的

---

[1] 原标题为 "X-ing a Paragrab"。本文乃爱伦·坡文字游戏最盛之篇，译文难以移植其妙处。

[2] 典出《新约·马太福音》第2章第1节"当耶稣降生于伯利恒……有贤者自东方来至耶路撒冷"。本文中之"东方"暗指新英格兰，"贤者"则影射被誉为"康科得之贤者"的爱默生和"切尔西之贤者"的克莱尔等与爱伦·坡艺术见解相左者。

[3] 参见本书《催眠启示录》第6段相关脚注。

时候,他的印象是这个国家的那个特殊地区没有报纸,因而也就没有编辑。他指望在那儿创办一份《茶壶报》,从而独霸整个报界。我完全相信,如果他早知道在亚历山大-大洛波利斯城住着一位名叫约翰·史密斯(如果我记得不错的话)的绅士,而且这位绅士多年来一直靠编辑出版《亚历山大-大洛波利斯新闻报》而悄悄地发着横财,那他绝不会想迁居到那座城市。所以,仅仅是因为信息失误,笨伯先生才来到了亚历山大,让我们干脆简称洛波利斯。但当他发现自己已到了那个地方,他就决心保持自己性格之坚定,既然来之,就要安之。于是他留了下来,而且不仅仅是安居;他开箱取出了印刷机、活体字,等等等等,并与《新闻报》隔街相望租下了办公室。在他到达后的第三天上午,第一期《茶壶报》创刊发行,我是说《洛波利斯茶壶报》,根据我的记忆,这就是那份新报的报名。

我必须承认那篇社论十分耀眼,即使不说非常尖锐。它主要是对世事大张挞伐,至于《新闻报》那位编辑,他简直完全被撕成了碎片。笨伯先生的某些言辞真是如火如荼,以至于从那之后,我总是禁不住把依然还活着的约翰·史密斯看成是一个不怕火烧的怪物。我不敢自称能一字不漏地记住《茶壶报》上的所有文章,但下边这一段肯定无误:

"哦,一点不错!哦,我们发现!哦,毫无疑问!街对面那位编辑是个天才。哦,天哪!哦,苍天,老天!这世道要变成什么模样？哦，时代！哦，风尚！"①

这番如此刻薄如此经典的德摩斯梯尼式的抨击，就像一颗炸弹落在了一向爱好和平的洛波利斯市民当中。群情激愤的人们集聚到街头巷尾。每个人都在急切地等待尊贵的约翰·史密斯的反击。第二天上午《新闻报》作答如下：

"本报引述昨天《茶壶报》那篇附加短评：'哦，一点不错！哦，我们发现！哦，毫无疑问！哦，天哪！哦，老天！哦，时代！哦，风尚！'哦，那家伙就知道O个不停！这证明他的推论是一个圆圈，并说明了为什么他的文章没头没尾，言之无物。我们深信，如果不用O，那个流浪汉连一个字眼也写不出来。不知这么一O到底是不是他的习惯？顺便说一下，他刚从遥远的东方匆匆而来。真想知道他在那边是否也像这样O个不停？'O！真可怜？'"

我无意描述笨伯先生对这种含沙射影的恶意中伤之极度愤慨。但根据油滑原则，他似乎并不像人们想象的那样被那番对他高尚人品的攻击所激怒。逼得他孤注一掷的是对他文章风格的嘲笑。什么！他堂堂东拉西扯·笨伯先生！不用O就写不出一个字眼！他要尽快让那个自负的家伙知道他错了。对！他要让那个狂妄的家伙知道他是如何地大错而特错！他，来自蛤蟆池塘的东拉

---

① "哦，时代！哦，风尚！"原文为拉丁文O tempora, O mores！最初是古罗马政治家西塞罗在公元前70年控诉以权谋私、贪赃枉法的西西里总督威勒斯和在公元前63年揭露阴谋家喀提林的演说中的用语。现用于批评不良世风时的感叹语，有调侃讽刺的意味。

965

西扯·笨伯先生，将让约翰·史密斯先生清楚地看到（如果他是那么想见识见识的话），即便一次，哪怕连一次，也不使用那个不足挂齿的元音，他笨伯先生也能整段整段地，当然也能整篇整篇地写出文章。但他不能这么做；因为这实际上是向那位约翰·史密斯让步。他笨伯先生决不能改变自己的风格，决不能去迎合基督教世界任何一个史密斯先生的任性。一定要打消这样一种卑鄙念头！只要一息尚存就要O下去。他偏要坚持一O到底，能O出什么名堂就O到什么地步。

怀着这一决定在他胸中燃起的英雄气概，了不起的笨伯先生在第二期《茶壶报》上只发表了下面这篇开诚布公但却寸步不让的短评，专门论及这一不幸事件：

"《茶壶报》编辑荣幸地告知《新闻报》编辑，他（茶壶）将利用明天上午的版面让他（新闻）信服，他（茶壶）不仅能够而且愿意做自己文章风格的主人；他（茶壶）打算让他（新闻）看到，他（新闻）那篇评论在他（茶壶）不羁的心灵中所激起的会令他（新闻）无地自容的极度轻蔑，为了让他（新闻）格外满意（？），在明天《茶壶报》有相当篇幅的社论中，他（新闻）最卑谦恭顺的仆人（茶壶）将绝不会避而不用那个美丽的元音，那个永恒的符号，那个如此冒犯他（新闻）过分精致优雅的鉴赏力的字母。"

为了把这个如此委婉含蓄而非直截了当的可怕威胁付诸实现，了不起的笨伯先生对不绝于耳的催稿请求置之不理，当他的印刷所领班告诉他已到了开机印报的时候之时，他只简单地回答了一声"见鬼去吧"。正如我所说，了不起的笨伯先生对周围一切都置之不理，径自熬了一个通宵，耗了一灯油，全神贯注地写出了一篇堪称空前绝后的妙文：

那么，约翰哟！这是为什么？你知道我曾对你这么说过，下次当你还未逃脱灾祸，先不要这么洋洋自得！你妈是否知道你从家逃脱？哦，不晓得！那赶快回去，约翰，不要耽搁，快回你那讨厌的林中老窝，快回你的康科得！回去吧，老猫头鹰，回你林中的老窝！你不？哦，噢，噢，约翰，别这么瞎说！你必须滚回老窝，你不知道么！所以快回老窝，路上别耽搁；因为这儿没人要你，你不知道么？约翰，哦，约翰，哦，你再不走就会失去做人的资格。不错！你就是一只猫头鹰、一只笨鹅、一头母牛、一只猪猡、一个玩偶、一只鹦哥；一个可怜的、一无是处的大草包、大饭桶、破烂货，要么是来自康科得泥塘的一只蛤蟆。现在请消消气，别发火！千万别发火，你这个蠢货！你这只老公鸡，别这么喔喔喔！别满脸不高兴，别皱眉蹙额！别哼哼，别嘎嘎，别汪汪，别咯咯！哟，约翰哦，你怎么这幅脸色！你知道我曾对你这么说过，别再把你的丑鸭吹成天鹅，快回去消消愁吧，抱住你的酒钵！

如此一篇惊人之作自然令了不起的笨伯先生耗尽了心血，所以到天亮之前他再也没有精力照料他事。不过，他坚定沉着，镇静从容，而且看上去神志清醒地把手稿交给了等在一旁的那位印刷所的学徒，然后优哉游哉地打道回府，并怀着一种难以形容的庄重心情上床睡觉。

与此同时,那位终于拿到稿子的学徒工匆匆上楼,冲到活字分格盘跟前,马上开始排那份手稿。

当然,因文章开头一个词是"So",他首先把手伸进了大写S字母格并成功地取出了一枚大写S铅字条。这一成功使他受到极大鼓舞,他马上又飞快地将手插进小写o字母格,可当他的手指并没有夹住预期的铅字条而缩回之时,谁能描绘出他那番惊恐?当他揉着他徒然在空空如也的字盘底擦破的手指之时,又有谁能说出他当时的惊讶和愤怒?小写o格里没有一枚小写o铅字。而当他提心吊胆地查看大写O字母格时,他丧魂失魄地发现那个字盘里也同样一无所有。大惊失色的小学徒情不自禁地冲向领班。

"先生!"他气喘吁吁地说,"没有o我可什么也排不出来。"

"你这是什么意思?"领班咆哮着问,大半夜的干等弄得他情绪不好。

"哦,先生,排字间没有o,大的小的都没有!"

"什么!这到底是怎么回事?"

"我不知道,先生,"那孩子回答,"可是《新闻报》印刷所的一个小子整个晚上都在这附近转悠,我猜是他把那些铅字全偷走了。"

"他妈的!我想是这么回事,"领班说着气得脸色发紫,"不过,鲍勃,你真是个好孩子,我来告诉你该怎么办,你瞅准机会就溜过去,把他们的每一个i和(他妈的)每一个z全部偷光。"

"是,先生,"鲍勃回答时眨了眨眼睛并皱了皱眉头,"我会溜过去的,我会让他们也尝尝滋味;可现在这篇文章咋办?天亮前得排出,这你知道,要不然饭碗就砸了,再说……"

"千万别着急,"领班打断小学徒的话,说着叹了一口气并强调了一声"千万"。"我说鲍勃,那文章很长吗?"

"说不上太长。"鲍勃回答。

"啊,那好,你就尽量对付着排吧!我们必须尽快付印。"领班此时一心想的就是工作,"用其他的字母代替o,不管怎么说,没人会去读那个家伙的废话。"

"太好啦,就这么办!"鲍勃说完又匆匆向排字间跑去,一边跑嘴里一边嘟喃,"真是太棒了,它们不过是一堆话,而且是一个说话不算数的人的话。这下我要去把它们的眼珠子统统挖出来,嗯?还有它们那些该死的胃囊![1] 好吧!有一个家伙正好能用来填这些空。"事实上,虽说鲍勃年龄只有12岁,身高只有4英尺,可他已完全能够应付这种小规模的挑战。

此处说到的这种紧急情况在印刷所绝非很少发生。我说不清这是为什么,但这个事实不容争辩,每当这种紧急情况出现之时,人们总是用X来代替缺乏的字母。这真正的原因也许是X总是分字盘里剩得最多的字母,或至少说在过去总是这样,于是排字工们长期以来就养成了用X作替代字母的习惯。至于说鲍勃,他在这种情况下不用他已经习惯的X而用别的字母,那他会认为是在离经叛道。

---

[1] 此处"眼珠子"喻小写字母o,"胃囊"喻大写字母O。也可理解为,小学徒把领班说的i听成了eye(两者发音相同),把z(izzard)听成了gizzard(两者发音相似)。

"我将不得不X这篇文章，"他自言自语地说，当他把文章读过一遍，他惊讶道，"可这是我所见过的O用得最多的文章。"于是他开始用X代替O，并且随他通篇X地把报纸印了出来。

第二天上午，当洛波利斯的人们读到《茶壶报》上这篇异乎寻常的社论之时，每个人都大吃一惊。这篇奇文如下：

"Sx hx, Jxhn! Hxw nxw? Txld yxu sx, yxu knxw. Dxn't crxw, anxther time, befxre yxu're xut xf the wxxds! Dxes yxur Mxther knxw yxu'er xut? Xh, nx, nx! sx gx hxme at xnce! Nxw, Jxhn, tx yxur xdixus xld wxxds xf Cxncxrd! Gx hxme tx yxur wxxds, xld xwl,—gx! Yxu wxn't? Xh, pxh, pxh, Jxhn, dxn't dx sx! Yxu've gxt tx gx. Yxu knxw! sx gx at xnce and dxn't gx slxw, fxr nxbxdy xwns yxu here, yxu knxw. Xh, Jxhn, if yxu dxn't gx yxu'er nx hxmx—nx! yxu'er xnly a fxwl, an xwl; a cxw, a sxw; a dxll, a pxll, a pxxr xld gxxd-fxr-nx-thing-tx-nxbxdy lxg, dxg, hxg, xr frxg, cxme xut xf a Cxncxrd bxg. Cxxl, nxw—cxxl! Dx be cxxl, yxu fxxl! Nxne xf yxur crxwing, xld cxck! Dxn't frxwn sx—dxn't! dxn't hxllx, nxr hxwl, nxr grxwl, nxr bxw-bxw-wxw! Gxxd lxrd, Jxhn, hxw yxu dx lxxk! Txld yxu sx, yxu knxw, but stxp rxlling yxur gxxse xf an xld pxll abxut sx, and gx and drxwn yxur sxrrxws in a bxwl!

这篇神秘而玄妙的文章所引起的骚动难以用语言表达。《茶壶报》众读者首先获得的明确概念就是这段象形文字中潜伏着几分恶魔叛逆的意味。人们纷纷涌向笨伯先生的住处，打算给他涂上柏油，插上羽毛，然后把他驱逐出城，可大伙儿寻遍了各处也未能找到那名绅士。他突然消失了，谁也说不出他的去向；而且从此以后再也没人看见过他的踪影。

由于找不到罪魁祸首，公众的愤怒渐渐平息。随着愤怒的平息，留下的是对这个不幸事件的一大堆不同看法。

一名绅士认为整件事是个绝妙的玩笑。

另一位说实际上笨伯先生表现出了极其丰富的想象力。

第三位承认他是过分以X为中心，但仅此而已。

第四位只能认为这是新英格兰人想表达其愤怒的一般方式。

第五位则说："就算是为子孙后代树立了一个榜样。"

笨伯先生已被逼上绝路，这一点大家都很清楚。事实上，因为找不到那个编辑，有人已在传说要用私刑处置另外一个。

然而更普遍的结论是认为那件事非常离奇并且莫名其妙。连城里那位数学家也承认他对这个如此隐晦的问题无法理解。人人都知道X是个未知数；可在这个实例中（恰如他正确观察到的一样）有一个X的未知数。

小学徒鲍勃（他没有说出他用X代替O的秘密）的意见没有受到我认为值得受到的重视，尽管他说得非常直率也非常大胆。他说，在他看来那问题压根儿没什么费解之处，还说事情非常明白："笨伯先生绝不该被赶到远方去和其他人一样喝烈酒，而应该在这儿继续喝可口的×××啤酒，喝烈酒必然会使他变得粗鲁，只能使他的脾气暴躁得不能再暴躁。"

（1849）

# 灯塔（残稿）

1796年1月1日。今天是我上这座灯塔的第一天。按照与德格拉特的商定，我把它记入我的日记本中。我将尽可能地定期写日记，但对像我这样离群独居的人而言，很难说会发生什么样的事。我也许会厌倦，或者更糟……到此为止还不错！小汽艇来时如履薄冰，但既然我现在平平安安地在这儿，干吗还要去想那事？我的情绪已经在开始好转。我想这至少是我一生中的第一次完全孤独，因虽说内普丘恩个头挺大，但当然不能把它看成是"社会"。我真希望在"社会"中能找到这可怜的狗所具有的一半忠诚。从这个角度看，我与"社会"说不定并没有分离——哪怕成年……最令我吃惊的是德格拉特为我弄这份差事居然还遇到了困难，而我是这个王国的一名贵族！连宗教法庭也不可能怀疑我管理这座灯塔的能力。在此之前某人来管理过这座灯塔……过得和通常那三个守塔人一样好。这差事简单得不能再简单，印刷好的指令把一切都说得清楚明了。让奥恩多夫来陪我可绝对不行。只要他在我身边我就绝对没法读书，单是他闲不住的嘴就叫人难以忍受，更不用说他那支烟雾不断的海泡石烟斗。再说，我希望孤独……真奇怪，在此之前我从来没注意过"孤独"这个字眼听起来有多么阴郁！我几乎能想象这圆形墙的回音中有某种特异之处。可是，哦，不！这全是胡思乱想。我真认为这种与世隔绝将会使我紧张不安。这可绝对不行。我还没忘记德格拉特的预言。现在该爬上塔顶了望一番，去"看看我所能看见的"……真是看看我所能看见的！……能看见的并不太多。浪头小了一些，我这么认为，但汽艇的返航仍然会很艰难。它几乎不可能在明天中午以前看见北海岸，虽说北海岸离这儿最多只有190或200英里。

1月2日。我在一种不可能形容的心醉神迷之中度过了今天。我对孤独的渴望从不曾得到过更充分的满足。我不说已心满意足，因为我相信我今天所体验的这种欣喜将永远不会令我知足……大约黎明时分风停了下来，到了下午大海也完全平静……什么也看不见，即使用望远镜，唯有大海与蓝天和一只偶然掠过的海鸥。

1月3日。整整一天都风平浪静。天近黄昏，大海看上去就犹如一面镜子。曾有几片海藻漂进视野；但除此之外再也没看见过任何东西，哪怕是一丝云……整天都忙于探查这座灯塔……它很高……当我登上它长长的楼梯时才意识到这一点……我应该说从低潮标到塔顶也许尚不足160英尺。但从塔内地面到塔顶的高度至少有180英尺，所以塔内地面比海平面低20英尺，即便是在退潮的时候……我觉得塔内水平面下面的那一截似乎该填上砖石。这样肯定会使整个灯塔更安全……可我到底在想什么？像这样的一座建筑在任何情况下都会安如磐石，即使遇上最猛烈的飓风我也不用为安全担心……可我曾听一些水手讲过，据他们所知，若是偶然遇上从西南方刮来的飓风，这片海域的浪头之高除了麦哲伦海峡西口之外侧就无处可比。尽管单凭巨浪不可能有损于这用铁板加固的塔墙，这墙至高潮标以上50英尺有4英尺厚，如果1英寸……灯塔所坐落于其上的基石在我看来似乎是白垩……

1月4日。

……

# 爱伦·坡年表

**1809** 1月19日生于波士顿，三兄妹中的第二个孩子，父亲戴维·坡和母亲伊丽莎白·阿诺德·坡是同一个剧团的演员。祖籍英国的伊丽莎白·坡是一位著名的主角演员，其母伊丽莎白·史密斯·阿诺德在早期美国戏剧界也很出名。戴维·坡的父亲出生于爱尔兰，是独立战争时期的一名爱国者。戴维·坡不久之后离家出走。

**1811** 母亲于12月8日在弗吉尼亚州里士满去世。三兄妹威廉·亨利、埃德加和罗莎莉分别由三家人收养监护。埃德加的养父母是弗朗西丝和约翰·爱伦夫妇。约翰·爱伦生于苏格兰，当时是里士满一位富裕的烟草商。这对无儿无女的夫妇虽然没从法律上领养埃德加，但仍替他改姓为爱伦，并把他当作自己的儿子抚养。

**1815—1820** 约翰·爱伦计划在国外建立一个分支商行，举家迁往苏格兰，其后不久又迁居伦敦。埃德加先上由迪布尔姊妹办的一所学校，后于1818年成为伦敦近郊斯托克纽因顿区一所寄宿学校的学生。

**1820—1825** 爱伦全家于1820年7月回到里士满，埃德加在当地私立学校继续学业。表现出学习拉丁文以及对戏剧表演和游泳的天赋。写双行体讽刺诗，诗稿除《哦，时代！哦，风尚！》一首外均已遗失。倾慕一位同学的母亲简·斯坦纳德，后来把她描写为"我心灵第一个纯理想的爱"，并把她作为1831年发表的《致海伦》一诗的灵感来源。爱伦的商行在连续两年经济不景气后于1824年倒闭，但1825年他叔叔之死又使他成了一名富人，他在市中心买下了一幢房子。埃德加不顾双方家庭的强烈反对与莎拉·爱弥拉·罗伊斯特私定终身。

**1826** 进入（托马斯·杰斐逊于一年前创办的）弗吉尼亚大学，古典语言及现代语言成绩出众。发现爱伦提供的生活费不够开销，常参加赌博并输掉2000美元。爱伦拒绝为他支付赌债，他回到里士满，发现罗伊斯特夫妇已成功地废除了他与爱弥拉的"婚约"。

**1827** 抱怨爱伦无情，不顾弗朗西丝·爱伦的一再劝慰于3月离家出走。化名"亨利·勒伦内"乘船去波士顿。5月应募参加美国陆军，报称姓名"埃德加·A. 佩里"，年龄22岁，职业"职员"，被分派到波士顿港独立要塞的一个海岸炮兵团。说服一名年轻的印刷商出版了他的第一本书《帖木儿及其他诗》，作者署名为"一个波士顿人"，这本薄薄的诗集没引起人们注意。11月他所在部队移防到南卡罗来纳州的莫尔特雷要塞。

**1828—1829** 在一连串提升之后，获得士兵中的最高军衔军士长。怀着当职业军人的打算请求约翰·爱伦帮助谋求进入西点军校的机会。爱伦夫人于1829年2月28日去世。从军队荣誉退伍，居住在巴尔的摩几位父系亲戚家。在等候西点军校答复期间写信求爱伦出钱资助第二本诗集的出版，信中说"我早已不再把拜伦当作楷模"。爱伦拒绝资助，但《阿尔阿拉夫、帖木儿及小诗》仍于1829年12月由巴尔的摩的哈奇及邓宁出版社出版，这次他署上了自己的姓名。包括修改后的《帖木儿》和6首新作的该书样本得到著名评论家约翰·尼尔的认可，他为此书写了一篇虽短但却不乏溢美之词的评论。

**1830—1831** 1830年5月入西点军校。语言学识过人，因写讽刺军官们的滑稽诗而在学员中深得人心。约翰·爱伦于1830年10月再次结婚，婚后不久读到他以"A先生并非经常清醒"开篇的来信，因此立即与他断绝了关系。故意"抗命"（缺课，不上教堂，不参加点名）以求离开军校，1831年1月受军事法庭审判并被开除。2月到纽约。用军校同学捐赠的钱与一出版商签约出版《诗集》第二版。该书被题献给"合众国士官生"，内容包括《致海伦》《以色拉费》以及他第一次发表的评论性文章，即作为序的《致B先生的信》。在巴尔的摩与姑妈玛丽亚·克莱姆和她8岁的女儿弗吉尼亚同住。住姑妈家的还有他的哥哥威廉·亨利（于8月病逝），此外还有他的祖母伊丽莎白·凯恩斯·坡，她因亡夫在独立战争中的贡献而领取的一点抚恤金弥补了这个家庭收入之不足。送交5个短篇小说参加费城《星期六信使报》主办的征文比赛。小说无一中奖，但全部被《信使报》于次年发表。

**1832—1833** 住姑妈家，教表妹弗吉尼亚念书。写出6个短篇小说，希望加上《信使报》发表的5篇以《对开本俱乐部的故事》为书名结集出版。1833年夏送交这6篇小说参加由巴尔的摩《星期六游客报》举办的征文比赛。《瓶中手稿》赢得50美元的头奖，同时《罗马大圆形竞技场》在诗歌比赛中名列第二。两篇获奖作品均于1833年10月由《游客报》刊登。

**1834—1835** 短篇小说《梦幻者》①发表在《戈迪淑女杂志》1834年1月号，这是他首次在一份发行量大的杂志上发表作品。约翰·爱伦于3月去世；尽管他嫡出和庶出的子女均在其遗嘱中被提到，但爱伦·坡却被排除在外。《游客报》征文比赛的评委之一约翰·P. 肯尼迪把他推荐给《南方文学信使》月刊的出版人托马斯·怀特。从1835年3月开始向该刊投寄短篇小说、书评文章以及他第一个长篇故事《汉斯·普法尔》。当月以"衣衫破旧，无颜见人"为由拒绝了肯尼迪的晚餐邀请，肯尼迪开始借钱给他。祖母伊丽莎白·坡于7月去世。8月赴里士满。他笔调犀利的评论文章为他赢得了"战斧手"的别名，同时也大大地增加了《南方文学信使》在全国的发行量和知名度，怀特雇他为助理编辑兼书评主笔。当姑妈玛丽亚·克莱姆暗示说弗吉尼亚不妨搬到一位表兄家住时，他向她提出求婚，并于9月返回巴尔的摩。怀特写信警告说如果他再酗酒就把他解雇。10月携弗吉尼亚和克莱姆太太回到里士满，12月被怀特提升为这份今非昔比的月刊之编辑。在《信使》12月号上发表他后来未能完成的素体诗悲剧《波利希安》前几场。

**1836** 5月与快满14岁的弗吉尼亚·克莱姆结婚。克莱姆太太以主妇身份继续与他夫妇俩住在一起。为《南方文学信使》写了80多篇书刊评论，其中包括高度评价狄更斯的两篇；印行或重新印行他的小说和诗歌，这些诗文被经常修改。从亲戚处借钱打算让克莱姆母女俩经营一个寄宿公寓，打算起诉政府，要求退还

---

① 此篇篇名后改为《幽会》。

他祖父向国家提供的战争贷款；两项计划后来都落空。尽管有怀特和詹姆斯·柯克·波尔丁帮忙，但仍然没找到出版商愿意出版他现在已增至十六七篇的《对开本俱乐部》（哈珀兄弟出版社告诉他"这个国家的读者显然特别偏爱整本书只包含一个简单而连贯的故事……之作品"）。

**1837—1838** 为薪金（每星期大概是10美元）和编辑自主权与怀特发生争执，这导致了他于1837年1月从《南方文学信使》辞职。举家迁居纽约另谋生路，但未能找到编辑的职位。克莱姆太太经营一个寄宿公寓以帮助支撑家庭。发表诗歌和小说，其中包括《丽姬娅》（后来坡称此篇为"我最好的小说"）；重新开始写已在《南方文学信使》连载过两部分的《阿瑟·戈登·皮姆》，想把它写成一部可单独出版的长篇。哈珀出版社于1838年7月出版《阿·戈·皮姆历险记》。举家迁费城。继续当自由撰稿人，可一贫如洗，而且仍旧找不到编辑职位，考虑放弃文学生涯。

**1839—1840** 迫于生计，同意用自己的名字作为一本采贝者手册《贝壳学基础》的作者署名。开始在《亚历山大每周信使》上发表第一批关于密码分析的文章。以同意采纳《绅士杂志》之创办人及老板威廉·伯顿的编辑方针为先决条件，开始为该刊做一些编辑工作。每月提供一篇署名作品和该刊所需的大部分评论文章；早期提供的作品包括《厄舍府之倒塌》和《威廉·威尔逊》。1839年年底《怪异故事集》（两卷本）由费城的利及布兰查德出版社出版，该书包括当时已写成的全部25个短篇小说。从1840年1月起在《绅士杂志》上连载未署名的《罗德曼探险日记》，但因6月与伯顿发生争吵并被解雇而中途停止了这个没写完的长篇故事之连载。试图创办完全由他自己管理编辑事务的《佩恩杂志》，为此散发了一份"计划书"，但计划因无经济资助而被搁置。1840年11月乔治·格雷厄姆买下伯顿的《绅士杂志》，并将其与他的《百宝箱》合并为《格雷厄姆杂志》；在该刊12月号发表《人群中的人》。

**1841—1842** 从《格雷厄姆杂志》1841年4月号起成为该刊编辑（年薪800美元外加文学作品稿费）；发表他所谓的"推理小说"之首篇《莫格街凶杀案》。接着创作新的小说和诗歌，写出一系列关于密码分析和真迹复制的文章。到年底《格雷厄姆杂志》的订户增加了四倍多。打听在泰勒政府机构谋求文书职位的情况。重提创办《佩恩杂志》之计划，为此他希望得到格雷厄姆的经济支持，并邀请欧文、库珀、布莱恩特、肯尼迪和其他一些作家定期赐稿。1842年1月弗吉尼亚唱歌时一根血管破裂，差点儿丧生，其后再也没有完全恢复健康。会见狄更斯。春季发表的作品包括《格雷厄姆杂志》上的《红死病的假面具》和一篇褒扬霍桑的《旧闻逸事》的评论，另有一篇发表在《星期六晚邮报》上的文章，在这篇文章中试图根据狄更斯正在连载的《巴纳比·拉奇》之前11章推测出全书的结局（他猜对了谁是凶手，但在其他方面则猜错）。1842年5月从《格雷厄姆杂志》辞职，其编辑职务由鲁弗斯·威尔莫特·格里斯沃尔德（后为爱伦·坡的遗著保管人）接替。未能说服费城那位出版商出版扩编本《怪异故事集》，这个两卷本已经他重新修订，并重新命名为《奇思异想集》。秋天发表的作品包括《陷坑与钟摆》。

**1843** 应詹姆斯·罗塞尔·洛威尔之邀定期为他新办的杂志

《先驱》投稿。《泄密的心》《丽诺尔》和一篇后来定名为《诗律阐释》的文章发表在《先驱》上，但该刊只出了3期就停办。前往华盛顿特区，打算为在泰勒政府机构中谋求一个低级职位而接受面试，同时为他自己拟办的杂志拉订户，这份拟办的杂志此时已改名为《铁笔》。因醉酒而失去求职机会；朋友们不得不把他送上返回费城的火车。继续写讽刺作品、诗歌和评论，但因生活窘迫试着向格里斯沃尔德和洛威尔借钱。6月《金甲虫》在费城《美元日报》的征文比赛中赢得100美元奖金并立即受到欢迎；这篇小说的大量转载以及一个剧本的改编使他作为一个走红的作家而闻名。作为一套系列小丛书之第一册也是唯一一册的《埃德加·A. 坡传奇故事集》于7月出版，其中收入《莫格街凶杀案》和《被用光的人》。与费城哥特派小说家乔治·利帕德成为朋友。11月开始巡回演讲"美国的诗人和诗"。秋天发表的作品包括《黑猫》。

**1844** 迁居纽约。发表在《纽约太阳报》上的《气球骗局》大大提高了他正在上升的知名度。不顾以往的挫折继续计划创办《铁笔》，他现在设想的读者群包括"我们辽阔的南方和西部地区无数农场中……受过良好教育的人"。洛威尔邀他写一篇个人随感用于杂志，他回复道："我认为人类的努力对人类本身不会有明显效果。与六千年前相比，现在人类只是更活跃——但没有更幸福——没有更聪明。"写作后来没有完成的《美国文学批评史》，继续就美国诗歌发表演讲。10月加盟纽约《明镜晚报》编辑部，为该报撰写关于文学市场、当代作家以及呼吁国际版权法的文章。11月开始在《民主评论》月刊发表"页边集"系列短评。

**1845** 《乌鸦》发表于1月29日《明镜晚报》并赢得公众和评

论界一致好评，各报刊争相转载，许多人师法效仿。进入纽约文人圈子，结识埃弗特·戴金克，戴金克选了他12个短篇小说编成《故事集》于7月由威利及帕特南出版社出版。此书大受欢迎，这鼓励出版商于11月出版了他的《乌鸦及其他诗》。同期开始为《百老汇杂志》撰稿，7月成为该刊编辑，其后不久又靠从格里斯沃尔德、哈勒克和霍勒斯·格里利等人处借来的钱成为了该刊所有人。在该刊重新发表经过修订的他大部分小说和诗歌，并发表了60多篇文学随笔和评论，此外还在《南方文学信使》发表评论，在《美国辉格党评论》发表了一篇关于"美国戏剧"的长文。在诗中表达对女诗人弗朗西丝·萨金特·奥斯古德的爱慕。批评剽窃行为的文章涉及到被批评者中最著名的朗费罗，从而导致史称"朗费罗战争"（1—8月）的一场私人论战，这使他声名狼藉并疏远了像洛威尔这样的朋友。5月在纽约演讲"美国的诗人和诗"。10月在波士顿演讲厅阐释《阿尔阿拉夫》时赢得的倒彩以及在作答时对波士顿侮辱性的嘲弄进一步损害了他的声誉，也进一步增加了他的名声。秋天弗吉尼亚病情加重。

**1846** 精神压抑和贫病交加迫使他在1月3日出版《百老汇杂志》最后一期后停办该刊。把家搬到纽约郊外福德姆村一幢小屋，病弱的弗吉尼亚在那儿由玛丽·路易丝·休护理，休太太好心地提供被褥和其他必需品。写信对弗吉尼亚说："你现在是我与令人讨厌、令人憎恶、令人失望的生活抗争之最大而唯一的动力。"在纽约和宾夕法尼亚的许多报纸上，他和他的家庭被作为可怜的施舍救济对象而提及。全年大部分时间重病缠身，仍设法发表了《一桶蒙特亚白葡萄酒》和《创作哲学》，坚持在《戈迪淑女杂志》

上发表评论文章，并继续在《格雷厄姆杂志》和《民主评论》发表"页边集"系列短评。5月开始在《戈迪淑女杂志》发表总题为《纽约城的文人学士》的讽刺性人物特写。其中关于在费城结识的托马斯·邓恩·英格利希一篇招致英格利希不满，英格利希著文攻击他道德低下、神志错乱。起诉发表此文的《明镜晚报》，次年胜诉并获名誉赔偿金。着手以《文学的美国》为名将"文人学士"篇修订成书，计划收入分析诗歌创作的文章和关于霍桑的评论之修订稿。在致一位青年崇拜者的信中说："至于《铁笔》，那是我生命之崇高目标，我片刻也没有背离这一目标。"初闻他在法国开始声誉鹊起，《故事集》之法文译本和一篇长长的分析评论问世。

**1847** 弗吉尼亚于1月30日去世。缠绵病榻，当年创作最少。在克莱姆太太和休太太的精心护理照料下恢复健康，再度寻求资助以创办文学杂志，再次失败。完成对霍桑的评论和《风景园》[①]的修订；创作两首诗：一首是感激休太太的《致M. L. S——》，另一首是《尤娜路姆》。对宇宙哲学理论日益增长的兴趣促使他着手准备写《我发现了》的素材。

**1848** 年初健康状态愈佳。在一封信中把他过去周期性的酗酒归因于总是害怕弗吉尼亚会死去所引起的神志错乱："我的敌人与其把我酗酒归因于神志错乱，不如把我的神志错乱归因于酗酒……那是一种介乎希望与绝望之间的漫无尽头的可怕的彷徨，我要不一醉方休就没法再承受那种煎熬。从那正是我自己生命的死亡中，我感觉到了一种新的，可是——上帝啊！一种多么悲惨

---

① 此篇篇名后改为《阿恩海姆乐园》(The Domain of Arnheim)。

的存在。"四处演讲和朗诵为《铁笔》筹集资金。2月在纽约就"宇宙"的演讲已初具后来在《我发现了》中详尽阐述的主题思想，此书于6月由帕特南出版社出版。在马萨诸塞州洛厄尔市演讲期间深深地爱上"安妮"（南希·里士满夫人），她成为他的知心朋友；随后在罗得岛州的普罗维登斯开始了为期三个月的对萨拉·海伦·惠特曼的追求，他请求这位45岁的孀嬬女诗人同他结婚。当她因听说他"放荡不羁"的性格而迟疑不决之时，他终日坐立不安，心神不定，在一次去普罗维登斯归来后服下了整整一剂鸦片酊。由于惠特曼夫人的母亲和朋友施加影响，他俩短促的订婚于12月告吹。在普罗维登斯演讲中阐释《诗歌原理》。写出《钟声》。

**1849** 作为作家和演讲家均很活跃。主要发表渠道是波士顿一份有名气的周刊《我们合众国的旗帜》。2月写信对一位朋友说："文学是最高尚的职业。事实上它差不多是唯一适合一名男子汉的职业。"批评洛威尔的《写给批评家的寓言》忽略了南方作家。夏初动身去里士满寻求南方人对《铁笔》的支持。在费城停留时精神紧张，神志迷乱，明显地表现出受迫害狂想症的病象；朋友乔治·利帕德和插图画家约翰·萨廷为他担心，查尔斯·伯尔替他购了去里士满的火车票。在里士满逗留的两个月期间，他去看过妹妹罗莎莉，参加过戒酒协会的活动，并同少年时代的恋人、现已孀居的爱弥拉·罗伊斯特·谢尔顿订婚。也许是想去纽约接克莱姆太太，乘驶往巴尔的摩的船离开里士满，一星期后，即10月3日，有人在巴尔的摩一个投票站外发现了处于半昏迷谵妄状态的他。10月7日他死于"脑溢血"。《钟声》和《安娜贝尔·李》在他死后的年底问世。

# 汉译文学名著

## 第二辑书目（30种）

| 枕草子 | 〔日〕清少纳言著 | 周作人译 |
| 尼伯龙人之歌 | 佚名著 | 安书祉译 |
| 萨迦选集 | | 石琴娥等译 |
| 亚瑟王之死 | 〔英〕托马斯·马洛礼著 | 黄素封译 |
| 呆厮国志 | 〔英〕亚历山大·蒲柏著 | 李家真译注 |
| 波斯人信札 | 〔法〕孟德斯鸠著 | 梁守锵译 |
| 东方来信——蒙太古夫人书信集 | 〔英〕蒙太古夫人著 | 冯环译 |
| 忏悔录 | 〔法〕卢梭著 | 李平沤译 |
| 阴谋与爱情 | 〔德〕席勒著 | 杨武能译 |
| 雪莱抒情诗选 | 〔英〕雪莱著 | 杨熙龄译 |
| 幻灭 | 〔法〕巴尔扎克著 | 傅雷译 |
| 雨果诗选 | 〔法〕雨果著 | 程曾厚译 |
| 爱伦·坡短篇小说全集 | 〔美〕爱伦·坡著 | 曹明伦译 |
| 名利场 | 〔英〕萨克雷著 | 杨必译 |
| 游美札记 | 〔英〕查尔斯·狄更斯著 | 张谷若译 |
| 巴黎的忧郁 | 〔法〕夏尔·波德莱尔著 | 郭宏安译 |
| 卡拉马佐夫兄弟 | 〔俄〕陀思妥耶夫斯基著 | 徐振亚、冯增义译 |
| 安娜·卡列尼娜 | 〔俄〕列夫·托尔斯泰著 | 力冈译 |
| 还乡 | 〔英〕托马斯·哈代著 | 张谷若译 |
| 无名的裘德 | 〔英〕托马斯·哈代著 | 张谷若译 |
| 快乐王子——王尔德童话全集 | 〔英〕奥斯卡·王尔德著 | 李家真译 |
| 理想丈夫 | 〔英〕奥斯卡·王尔德著 | 许渊冲译 |
| 莎乐美 文德美夫人的扇子 | 〔英〕奥斯卡·王尔德著 | 许渊冲译 |
| 原来如此的故事 | 〔英〕吉卜林著 | 曹明伦译 |
| 缎子鞋 | 〔法〕保尔·克洛岱尔著 | 余中先译 |
| 昨日世界：一个欧洲人的回忆 | 〔奥〕斯蒂芬·茨威格著 | 史行果译 |
| 先知 沙与沫 | 〔黎巴嫩〕纪伯伦著 | 李唯中译 |
| 诉讼 | 〔奥〕弗兰茨·卡夫卡著 | 章国锋译 |
| 老人与海 | 〔美〕欧内斯特·海明威著 | 吴钧燮译 |
| 烦恼的冬天 | 〔美〕约翰·斯坦贝克著 | 吴钧燮译 |

图书在版编目（CIP）数据

爱伦·坡短篇小说全集 /（美）埃德加·爱伦·坡著；曹明伦译. —北京：商务印书馆，2022（2025.4 重印）
（汉译世界文学名著丛书）
ISBN 978-7-100-20208-4

Ⅰ.①爱… Ⅱ.①埃…②曹… Ⅲ.①短篇小说—小说集—美国—现代 Ⅳ.① I712.45

中国版本图书馆 CIP 数据核字（2021）第 166604 号

权利保留，侵权必究。

汉译世界文学名著丛书
爱伦·坡短篇小说全集
（上下卷）
〔美〕埃德加·爱伦·坡 著
曹明伦 译

商务印书馆出版
（北京王府井大街 36 号 邮政编码 100710）
商务印书馆发行
北京中科印刷有限公司印刷
ISBN 978-7-100-20208-4

| 2022 年 2 月第 1 版 | 开本 850×1168 1/32 |
|---|---|
| 2025 年 4 月北京第 4 次印刷 | 印张 31¼ |

定价：139.00 元